U0132632

商務
學生詞典

商務
學生詞典

主編：盛九疇
編者：杜功樂、顧義生
粵音審核：何文匯博士

姓名：＿＿＿＿＿＿＿＿＿＿

班別：＿＿＿＿＿＿＿＿＿＿

商務印書館

商務學生詞典

主　　編：盛九疇

編　　者：杜功樂、顧義生

繪　　圖：王秀蘭

責任編輯：莫玉儀

出　　版：商務印書館（香港）有限公司

　　　　　香港筲箕灣耀興道 3 號東滙廣場 8 樓

　　　　　http://www.commercialpress.com.hk

發　　行：香港聯合書刊物流有限公司

　　　　　香港新界荃灣德士古道 220-248 號荃灣工業中心 16 樓

印　　刷：美雅印刷製本有限公司

　　　　　九龍官塘榮業街 6 號海濱工業大廈 4 樓 A

版　　次：2023 年 12 月第 30 次印刷

　　　　　© 1999 商務印書館（香港）有限公司

　　　　　ISBN 978 962 07 0217 4

　　　　　Printed in Hong Kong

版權所有　不得翻印

目　錄

出 版 説 明

　　本詞典是與《商務學生字典》相輔並行的小型語文工具書，主要供中、小學生和教師使用。

　　本館出版的《商務學生字典》，突出字典的功能；《商務學生詞典》則突出詞典的功能。漢字是表意文字，有鮮明的形、音、義特徵，且字是組成漢語的基本符號，所以，就學習中文來講，字典與詞典是並列不悖的。學生和教師，不僅要有字典，也須有詞典，兩者功用不同，皆是必備之書。前者主要供學生了解字的形、音、義，後者主要供學生查閱詞語的讀音、意義和用法。因此，兩本工具書具有不可替代的性質。

　　下面從七個不同角度，就本詞典的內容，作簡要説明。針對讀者的實際需求，本詞典設定了以下諸點：

（一）收詞量大　涵蓋面廣

　　本詞典共收詞語 12000 多條，涵蓋了現代漢語的常用詞語、通用詞語、中小學教科書中出現的詞語，以及學生課外閱讀中可能遇到的一些詞語。香港教育局 2007 年發佈的《香港小學學習字詞表》，以及 1996 年香港教育署為配合“目標為本課程”而編訂的《小學教學參考詞語表（試用）》和《中國語文科學習綱要補編》中有關中國文化項目的詞語，如“孔融讓梨”、“畫蛇添足”、“指鹿為馬”、“推己及人”、“聞雞起舞”、“圖窮匕現”等，大都已收入本詞典。

　　本詞典以語文 詞目為主，也兼收了一些常用的 科 詞目，如“長江”、“黃河”、“泰山”、“黃山”、“南極”、“北極”、“籃球”、“足球”、“北斗星”、“紅十字”、“和平鴿”、“奧運會”等，以求切合學生的學習和生活層面。

　　另外，在每個字頭的複詞後，還列舉有該字頭的順序與逆序的組詞，以豐富學生的詞彙量。

（二）字形標準　書寫規範

本詞典所採用的字形，主要依據香港教育局 2007 年《香港小學學習字詞表》中所附《常用字字形表》。超出字表以外的字形，或選擇慣用者確定之，或作為異體字處理。

在每個字頭下，備有筆順示範，教導學生正確書寫漢字。

在繁體字字頭旁，還附有簡體字形對照，幫助學生認識國內通行的簡化字及標準字形。

（三）注音準確　普粵並重

本詞典同時標注普通話和粵語讀音。普通話讀音用漢語拼音方案和注音字母標注。粵語讀音用國際音標標注；在國際音標注音後，大多還有漢字直音。直音字選用與被注字聲、韻、調完全相同的常用字。如沒有完全相同的直音字，則選用聲、韻相同的常用字，再標聲調，不採用反切等其他注音方式。

為配合普通話教學的需要，本詞典為各詞目注明規範的普通話讀音。為使音義吻合，不致誤讀，除詞目後有漢語拼音注音外，凡屬於第二、第三音讀的詞語，還特別在第一個字的右下角標出 2、3 音讀數碼。如"傳"字下的"傳₂記"，"傳"後標 2，表示"傳記"一詞中的"傳"為第二音讀 zhuàn。屬於第一音讀的，一律不標音讀數碼。

（四）釋義簡明　條理清晰

本詞典的釋義，準確簡明，通俗易懂。釋義以現代漢語中的常用義為主，僻義、古義、方言義一般不收。詞目中的成語釋義，通常是先解釋其中某個單字的意思，再解釋它的字面上的意思，然後解釋它的確切含義和用法。如果是來自古代歷史故事或寓言的，則簡要焵述故事內容或寓言內容，使讀者了解該成語的由來。

在一些詞語的釋義、例句後，還列有該詞語的同義詞（用 圖 表示）、反義詞（用 反 表示），以加深讀者對該詞語的意義和用法的理解，也有助於詞匯的積累。

（五）多種提示　指導用法

　　本詞典設有多元化的注意項，或提示讀者不要錯寫某字，錯讀某音；或告訴讀者該詞目的另一種書寫形式；或注明該詞的使用場合、褒貶意義。對這些具體而實際的提示，多加留意，必有所獲。

（六）檢索容易　查閱方便

　　本詞典的單字按部首筆畫順序排列（與《商務學生字典》完全相同），並附有總筆畫檢索和漢語拼音檢索兩表。每個單字下所收的詞語，按字數多少為序排列，兩個字的詞語在前，三個、四個字的詞語在後。字數相同的詞語，則按第二個字的筆畫為序排列，筆畫數少的在前，多的在後。

（七）附錄實用　圖文並茂

　　本詞典中的不少詞目附有生動形象的插圖，有些更以專題的形式出現。詞典中的插頁介紹了中國的名山勝景、豐富的建築藝術及古代服飾知識，藉以提高同學對祖國優秀文化的認識。此外 30 條趣味百科知識和編末 12 個實用附錄，都是讀者良好的參考資料。

　　本詞典在編輯過程中，承蒙香港中文大學何文匯博士和朱國藩博士協助審閱全書粵語注音，謹此表示謝意。

　　本詞典的編寫雖力求嚴謹，但疏漏之處在所不免，敬請讀者不吝指正。

商務印書館（香港）有限公司

編輯部　謹誌

使 用 説 明

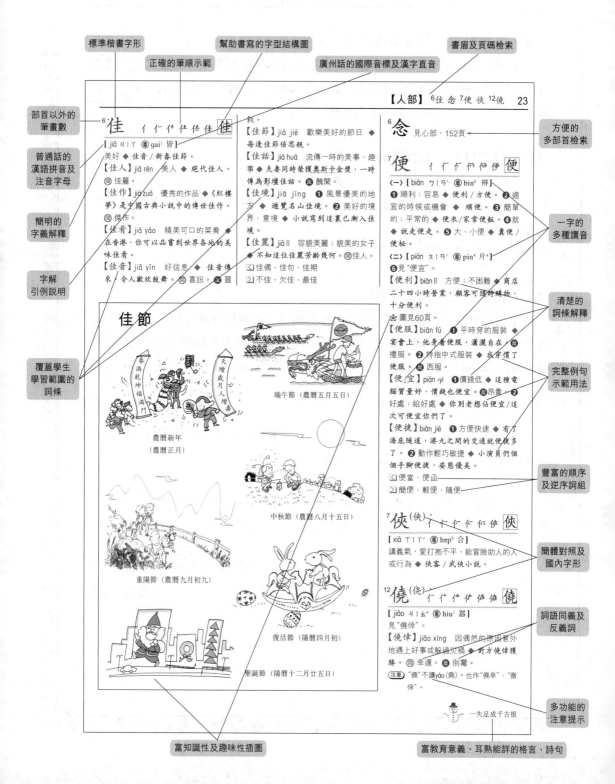

標準楷書字形

幫助書寫的字型結構圖

書眉及頁碼檢索

正確的筆順示範

廣州話的國際音標及漢字直音

部首以外的筆畫數

普通話的漢語拼音及注音字母

簡明的字義解釋

字解引例説明

覆蓋學生學習範圍的詞條

方便的多部首檢索

一字的多種讀音

清楚的詞條解釋

完整例句示範用法

豐富的順序及逆序詞組

簡體對照及國內字形

詞語同義及反義詞

多功能的注意提示

富知識性及趣味性插圖

富教育意義、耳熟能詳的格言、詩句

【人部】 ⁶佳 念 ⁷便 俠 ¹²僥 23

⁶佳 ㄧ ㄧ´ ㄨ ㄨ ㄨ ㄨ ㄨ 佳
【jiā ㄐㄧㄚ ⑧gai¹ 皆】
美好 ◆ 佳音 / 新春佳節。
【佳人】 jiā rén 美人 ◆ 絕代佳人。⑩佳麗。
【佳作】 jiā zuò 優秀的作品 ◆《紅樓夢》是中國古典小説中的傳世佳作。⑩傑作。
【佳肴】 jiā yáo 精美可口的菜肴 ◆ 在香港,你可以品嘗到世界各地的美味佳肴。
【佳音】 jiā yīn 好信息 ◆ 佳音傳來,令人歡欣鼓舞。⑩喜訊。⑫噩耗。
【佳節】 jiā jié 歡樂美好的節日 ◆ 每逢佳節倍思親。
【佳話】 jiā huà 流傳一時的美事、趣事 ◆ 夫妻同時榮獲奧斯卡金獎,一時傳為影壇佳話。⑫醜聞。
【佳境】 jiā jìng ❶風景優美的地方 ◆ 遊覽名山佳境。❷美好的境界、意境 ◆ 小説寫到這裏已漸入佳境。
【佳麗】 jiā lì 容貌美麗;貌美的女子 ◆ 不知道位佳麗芳齡幾何。⑩佳人。
☑佳偶、佳句、佳期
☒不佳、欠佳、最佳

⁶念 見心部,152頁。

⁷便 ㄧ ㄧ´ ㄨ ㄨ ㄨ ㄨ 便
〈一〉【biàn ㄅㄧㄢˋ ⑧bin⁶ 辨】
❶順利;容易 ◆ 便利 / 方便。❷適宜的時候或機會 ◆ 順便。❸簡單的;平常的 ◆ 便衣 / 家常便飯。❹就 ◆ 説走便走。❺大、小便 ◆ 糞便 / 便秘。
〈二〉【pián ㄆㄧㄢˊ ⑧pin⁴ 片⁴】
❻見「便宜」。
【便利】 biàn lì 方便;不困難 ◆ 商店二十四小時營業,顧客可隨時購物,十分便利。
⑧圖見60頁。
【便服】 biàn fú ❶平時穿的服裝 ◆ 宴會上,他身着便服,瀟灑自在。⑫禮服。❷特指中式服裝 ◆ 我穿慣了便服。⑫西服。
【便宜】 pián yi ❶價錢低 ◆ 這種電腦質量好,價錢也便宜。⑫昂貴。❷好處;給好處 ◆ 你別老想佔便宜 / 這次可便宜你們了。
【便捷】 biàn jié ❶方便快速 ◆ 有了海底隧道,港九之間的交通就便捷多了。❷動作輕巧敏捷 ◆ 小演員們個個手腳便捷,姿態優美。
☑便當、便函
☒簡便、輕便、隨便

⁷俠 (侠) ㄧ ㄧ ㄨ ㄨ ㄨ ㄨ 俠
【xiá ㄒㄧㄚˊ ⑧hep⁹ 合】
講義氣,愛打抱不平、能冒險助人的人或行為 ◆ 俠客 / 武俠小説。

¹²僥 (侥) ㄧ ㄧ ㄨ ㄨ ㄨ ㄨ 僥
【jiǎo ㄐㄧㄠˇ ⑧hiu¹ 器】
見「僥倖」。
【僥倖】 jiǎo xìng 因偶然的原因意外地遇上好事或躲過災禍 ◆ 對方僥倖獲勝。⑩幸運。⑫倒霉。
注意 「僥」不讀yáo(堯)。也作「僥幸」、「徼倖」。

一失足成千古恨

佳節

農曆新年
(農曆正月)

端午節 (農曆五月五日)

中秋節 (農曆八月十五日)

重陽節 (農曆九月初九)

復活節 (陽曆四月初)

聖誕節 (陽曆十二月廿五日)

總筆畫檢索表

字	頁	字	頁	字	頁	字	頁	字	頁	字	頁	字	頁
足	286	而	342	休	18	妄	107	批	168	求	233	吳	74
凹	47	匠	59	伍	18	忖	150	找	168	忐	150	吧	74
奶	106	灰	258	伎	18	忙	150	芋	360	車	412	吼	74
奴	107	成	164	伏	18	羊	338	址	91	甫	282	邑	425
加	54	列	48	白	356	米	323	扯	168	匣	59	囤	88
召	69	死	227	伐	18	州	132	走	407	更	205	別	49
皮	292	成	164	仲	19	汗	234	抄	168	束	209	吮	74
台	69	夷	104	件	19	汙	234	芍	360	吾	72	囮	88
矛	300	旨	199	份	19	污	234	芒	360	豆	400	**(丿)**	
母	229	攷	190	仰	19	江	234	汞	234	酉	427	告	72
幼	138	划	49	仿	19	汛	234	攻	191	辰	416	邦	425
六畫		至	356	伙	19	汕	234	赤	406	否	72	牡	269
(一)		**(丨)**		自	354	汐	234	折	168	夾	104	牠	270
匡	59	此	225	伊	19	池	234	抓	168	尬	126	我	164
丟	6	尖	126	血	70	汝	234	扳	169	邪	425	廷	141
式	142	劣	54	向	71	宇	115	扮	169	**(丨)**		利	49
刑	48	光	37	后	380	守	115	均	92	志	150	禿	309
舌	357	吁	69	行	358	宅	116	孝	114	步	226	秀	309
戎	163	早	199	舟	69	字	114	坎	92	肖	346	私	309
圭	90	吐	69	全	40	安	116	坍	92	旱	199	迄	416
扛	167	吋	69	合	71	**(一)**		抑	169	盯	295	每	230
寺	123	曳	205	兆	38	弛	142	圾	92	里	429	兵	42
艾	360	曲	205	企	18	收	191	投	169	貝	401	估	20
吉	167	同	70	兇	38	丞	6	坑	92	見	387	何	20
扣	168	吊	70	肌	346	奸	107	抗	169	助	55	佐	20
托	168	吒	70	肋	346	如	107	坊	92	呆	72	佑	20
老	341	吃	70	朵	209	妃	108	抖	169	咬	72	佈	20
考	341	因	88	朶	209	好	108	志	150	吠	72	佔	20
圳	91	吆	72	危	62	她	108	抉	169	呀	72	似	20
地	91	屹	130	旬	199	羽	340	扭	169	足	408	但	20
耳	342	帆	134	旭	199	年	269	把	170	男	283	伸	21
共	42	回	88	匈	58	阡	440	抒	170	困	88	佃	21
朽	209	肉	346	名	71	**七畫**		却	63	吵	72	作	21
朴	209	**(丿)**		各	71	**(一)**		劫	54	吶	72	伯	21
再	43	年	137	多	100	弄	141	克	38	呈	73	伶	21
臣	354	朱	209	色	359	玖	275	杆	209	呂	73	低	21
吏	69	岳	336	**(丶)**		迂	416	杜	209	吟	73	你	22
西	386	氖	231	亦	13	形	144	材	209	吩	73	住	22
成	163	先	37	冲	44	戒	164	村	209	吻	73	位	22
在	90	竹	317	冰	44	邢	425	杖	209	吹	73	伴	22
有	206	任	19	交	13	吞	72	杏	209	吸	73	佗	22
百	291	印	62	次	223	扶	168	杉	133	吭	74	皁	291
存	113	乒	9	衣	382	技	168	巫	210	呎	74	身	411
		兵	9	亥	14	扼	168	李	209			皂	291
				充	38			杈	209			伺	22

狗 272	沾 237	弦 143	垣 93	故 192	怹 230	峙 130
咎 76	泪 237	承 170	垮 93	胡 347	致 356	炭 259
炙 259	沮 237	孟 114	城 174	南 61	勁 55	峋 130
迎 417	油 237	牀 268	指 93	柑 211	（丨）	迴 417
（、）	況 237	狀 271	茉 174	枯 211	韭 451	幽 138
冽 45	泅 237	孤 114	苦 362	柯 211	背 347	（ノ）
京 14	泗 237	函 47	苯 362	柄 211	貞 402	垂 93
享 14	泊 237	妹 109	苛 362	查 295	虐 374	缸 336
泫 45	泛 238	姑 109	政 192	相 211	省 295	契 105
店 139	沿 238	妯 109	若 362	枳 211	削 51	拜 170
夜 101	泡 238	姐 109	赴 407	柵 211	昧 201	看 296
府 139	注 238	姓 109	趙 407	柳 211	眈 296	迭 417
底 139	泣 238	姊 110	茂 362	柱 212	是 201	氟 232
疙 286	沱 238	姍 109	苫 362	柿 212	則 51	怎 151
疚 286	沁 238	姗 110	苜 362	述 417	盼 297	牲 270
卒 61	泳 238	妳 110	苗 363	枷 212	哇 76	秕 310
庚 139	泥 238	妮 110	英 363	柏 212	哎 76	秒 310
盲 295	沸 239	始 110	苗 363	勃 55	哄 76	香 459
放 191	泓 239	弩 143	苟 363	軌 412	冒 43	秋 310
刻 50	沼 239	姆 110	苑 363	要 386	映 201	科 310
於 198	治 239	叁 64	苞 363	東 211	星 201	重 429
育 347	波 239	阿 440	范 363	咸 76	昨 201	竿 317
呡 231	宗 117	阻 440	拽 175	威 110	咧 76	竽 317
怔 151	定 117	附 441	哉 76	歪 226	昵 201	迤 417
怯 151	宜 117	陀 441	茄 363	甭 282	咦 76	段 228
怖 151	宙 117	糾 325	苔 363	厘 63	昭 201	便 25
怦 151	官 117	九畫	茅 363	研 302	毗 230	俠 25
性 151	空 313	（一）	括 175	頁 451	畏 283	俏 25
怕 152	帘 135	奏 105	垢 93	砒 302	趴 408	保 25
怪 152	宛 118	春 200	拴 175	厚 63	胃 348	促 26
怡 152	穹 314	玷 276	拾 175	郁 425	界 283	侶 26
羌 338	肩 347	珀 276	挑 175	砌 302	虹 375	俄 26
券 51	房 166	玲 276	垛 93	砂 302	思 151	俐 26
卷 63	衫 383	珍 276	垛 93	泵 449	迪 417	侮 26
並 6	祝 383	珊 276	拼 175	砍 342	盅 292	俗 26
炒 259	祈 306	玻 230	挖 175	面 342	品 77	俘 26
炊 259	祇 306	毒 93	按 175	耐 105	咽 77	係 26
炕 259	（一）	型 173	垠 93	耍 343	哨 77	信 26
炎 259	帚 135	拭 123	拯 176	耷 228	哈 77	皇 292
炔 259	屆 127	封 173	茉 211	殃 450	咯 77	泉 238
沫 236	居 127	持 173	甚 280	殆 228	哆 77	侵 27
法 236	屆 127	拷 173	耶 343	皆 291	咬 77	迫 417
泄 237	刷 51	拱 173	革 450		咳 77	禹 308
沽 237	屈 127		巷 134		咩 78	侯 27
河 237	弧 142				咪 78	帥 135

俊 27　盾 297　待 146　徊 146　衍 381　律 146　很 146　後 146　剎 51　俞 25　食 456　卻 63　盆 292　胚 347　胝 348　胞 348　胖 348　胎 348　匍 58　風 455　負 402　勉 55　狡 272　狠 272　怨 152　急 152　盈 292

（丶）
計 389　訂 389　訃 389　弈 142　奕 105　哀 77　亭 14　亮 14　度 139　疥 286　疫 286　疤 286　郊 425　洛 77　姿 110　音 451　帝 135

施 198　恬 154　恃 153　恒 153　恆 153　恢 153　恍 153　恫 153　恤 154　恰 154　恨 154　美 338　姜 110　叛 66　並 6　籽 323　前 51　酋 427　首 458　炬 259　炳 259　炯 259　炸 259　炮 260　炫 260　剃 51　為 260　洱 239　洪 239　洌 239　柒 212　洩 239　洞 239　洗 240　活 240　派 240　洽 240　染 212　洶 240　洛 240　洋 240　洲 240　津 240　宣 118　宦 118

室 118　突 314　穿 314　客 118　冠 43　郎 425　軍 412　扁 166　祖 306　神 306　祝 307　祕 307　祠 307

（一）
建 141　既 199　屍 127　屋 127　屏 128　屎 128　韋 451　眉 297　孩 115　娃 110　姥 110　姨 110　姪 110　姻 110　姚 110　姣 110　姦 111　怒 152　架 212　迢 417　飛 456　勇 55　怠 152　癸 289　柔 212　陋 441　陌 441　降 441　限 441　紅 325　約 326

紀 326　紉 326

十畫

（一）
挐 173　泰 236　秦 310　珠 276　班 277　素 326　栽 212　埔 93　捕 176　埂 94　捂 176　馬 459　振 176　挾 176　荊 364　茬 364　起 407　郝 425　草 364　茵 364　茴 364　茱 364　茶 364　荀 364　茗 364　茨 364　荒 364　捎 176　茳 365　捍 176　埋 94　捏 176　貢 402　捉 176　捆 176　捐 176　袁 383　捌 176　茹 365

荔 365　茲 365　挺 176　哲 78　挫 177　将 177　恐 153　挪 177　捅 177　埃 94　挨 177　耿 343　耽 343　恥 153　恭 153　真 297　框 212　桂 212　桔 212　桓 213　桐 213　株 213　栓 213　桃 213　桅 213　格 213　校 213　核 213　按 214　根 214　栩 214　索 326　軒 412　哥 78　栗 213　酌 427　配 427　翅 340　匪 59　辱 416　唇 416　夏 100　砸 302　砰 302

砧 302　砷 302　砥 302　砲 302　破 302　原 63　套 106　烈 261　殊 228　殉 228　晉 202

（丨）
鬥 463　柴 213　桌 213　虔 374　時 201　財 402　眨 297　眩 297　眠 297　眛 78　哞 78　晃 202　哺 78　哽 78　閃 437　晌 202　剔 52　晏 202　蚜 375　畔 284　蚌 375　蚣 375　蚊 375　蚪 376　蚓 376　哨 78　骨 461　哩 78　員 78　唄 78　圓 89　哭 78　哦 78

恩 153　益 292　唁 78　哼 79　哪 79　唧 79　唉 79　唆 79　豈 400　峽 130　峭 130　峨 130　峪 130　峰 131　峯 131　迴 417　崇 307　峻 131　剛 51

（丿）
耕 342　耘 342　耗 342　耙 342　缺 336　矩 301　氦 232　氧 232　氨 232　特 270　乘 9　秣 310　秤 310　租 310　秧 310　秩 310　秘 310　笑 317　笋 317　笆 317　俸 27　倩 27　倖 27　借 27

值	28	脊	348	疹	287	浴	242	脅	349	掉	178	基	94
倆	28	舀	356	疼	287	浮	242	舂	284	莆	365	聆	343
倚	28	豺	401	疲	287	流	243	能	349	英	365	聊	343
俺	28	豹	401	效	192	涕	243	蚤	376	莽	365	勘	55
倒	28	翁	340	素	327	浪	243	桑	214	焉	261	娶	111
修	29	胯	348	涧	45	浸	243	剝	52	莖	365	勒	55
倘	28	胰	348	唐	79	涌	243	陡	441	莫	365	帶	135
俱	28	脂	348	站	316	浚	243	陣	441	莉	365	乾	10
倡	28	胱	348	剖	52	害	119	陝	441	蒡	366	械	214
們	29	脈	348	旁	198	家	118	陘	441	莓	366	彬	145
個	28	脆	348	旅	198	宵	118	除	441	荷	366	婪	111
候	29	胸	349	畜	283	宴	118	院	441	茶	366	郴	426
倪	29	胳	349	悖	154	宮	119	紜	326	莎	366	梗	214
倫	29	胼	349	悟	154	容	119	純	326	莞	366	梧	214
隻	444	胺	349	悄	154	窄	314	紗	327	莊	366	梢	214
俯	29	狹	272	悍	154	宰	119	納	327	排	178	桿	214
倍	29	狸	272	悔	155	案	214	紛	327	赦	406	梛	214
做	29	狽	272	悅	155	朗	207	紙	327	堆	95	梅	214
倦	29	狼	272	差	133	扇	166	級	327	推	179	麥	469
臭	355	卿	63	羞	338	袒	383	紋	327	頂	451	梳	215
射	123	桀	213	恙	154	袖	383	紡	327	都	426	梯	215
皋	292	留	283	逆	418	袍	383	紐	327	埠	95	桶	215
躬	412	（、）		拳	175	被	383	**十一畫**		掀	179	梭	215
息	154	討	390	送	418	祥	307	（一）		逝	419	紮	327
島	130	訊	390	粉	323	冥	44	春	356	捨	179	救	193
烏	260	託	390	料	196	冤	44	球	277	掄	179	斬	197
鬼	464	記	390	迷	418	（一）		匿	59	捻	179	軟	412
偈	29	訓	390	益	293	書	205	理	277	採	180	連	419
師	135	記	390	兼	42	郡	425	責	402	授	180	專	123
追	418	凌	45	朔	207	退	418	現	277	掙	180	曹	205
徒	146	凍	45	逆	418	展	128	琉	278	教	192	速	419
徑	147	衰	383	烤	260	屑	128	琅	278	掏	180	副	52
徐	147	畝	283	烘	260	展	128	甜	280	掐	180	區	59
般	229	衷	383	烟	261	弱	143	規	387	掂	180	堅	94
般	358	高	462	烙	261	孫	115	捧	177	掠	180	逗	419
航	358	席	135	浙	241	姬	111	掛	177	掳	180	票	307
針	430	庫	139	浦	241	娠	111	堵	94	掖	95	酞	427
釘	430	迹	418	酒	427	娟	111	措	177	培	180	脣	349
釗	430	准	45	浹	241	恕	154	域	94	接	180	戚	164
拿	175	庭	139	涉	241	娛	111	捱	178	敕	193	厠	64
倉	28	座	139	消	241	娥	111	捵	177	執	94	硅	303
飢	456	症	286	涅	241	娩	111	掩	177	捲	181	硒	303
逃	418	病	286	浩	241	娘	111	莩	365	控	181	奢	106
釜	430	疽	287	海	242	娜	111			探	181	盍	293
爹	268	疾	287			娓	111			掃	181	爽	268
										掘	181		

逐 419	蛇 376	符 318	殺 229	產 281	烷 261	視 307
盛 293	唬 79	笠 318	盒 293	痊 287	清 243	（一）
區 59	累 328	第 318	貪 402	痕 287	添 245	畫 202
雪 446	剮 52	笞 318	翎 340	康 139	淋 244	尉 124
項 452	唱 80	敏 193	悉 154	庸 139	涯 244	屠 128
（丨）	國 89	做 30	欲 223	鹿 469	淹 244	屜 128
彪 374	患 154	偕 30	彩 145	瓷 280	淒 244	張 143
處 374	啡 80	袋 383	覓 387	章 316	淺 244	強 143
雀 444	唧 80	偵 30	貧 403	竟 316	淑 245	將 123
逍 419	逞 419	條 215	脚 350	部 426	淖 245	蛋 376
堂 95	唯 80	悠 155	脖 350	商 80	淌 245	媚 111
常 135	啤 80	側 30	脯 350	旌 198	混 245	婢 111
眶 297	啥 80	假 31	彫 145	族 198	涸 245	婚 111
匙 59	唸 80	偶 30	脫 350	旋 198	涎 245	婉 111
野 430	啜 81	偎 30	匐 58	望 207	淮 245	婦 111
晤 202	啊 80	偷 30	魚 464	率 275	淪 245	婀 111
晨 202	帳 135	您 155	够 101	牽 270	淆 245	習 340
眺 298	崖 131	貨 402	猜 273	情 155	淫 245	翌 340
敗 193	崎 131	售 80	逛 420	悵 155	淨 245	惠 155
販 402	眾 297	停 30	豬 273	悼 155	淘 245	通 420
眯 298	崑 131	偽 31	凰 46	惜 156	涼 246	務 56
眼 298	崗 131	偏 31	猖 273	悽 156	淳 246	參 64
眸 298	崔 131	健 31	猙 273	悼 156	淬 246	陸 442
畢 284	帷 135	軛 412	猛 273	惕 156	涪 246	陵 442
啪 79	崙 131	鳥 466	逢 420	悻 157	淞 246	貫 403
啦 79	崩 131	兜 39	夠 101	惟 157	淡 246	陳 442
啞 79	崇 131	偉 32	祭 307	惆 157	淙 246	陰 442
閉 437	崛 131	術 381	（、）	惚 157	淀 246	陶 442
問 80	圇 89	徙 147	訝 390	恬 157	淚 246	陷 442
妻 111	圈 89	得 147	許 390	悴 157	深 247	陪 442
曼 66	（丿）	徘 147	訛 390	惋 157	涮 247	組 327
晦 202	造 419	御 147	訟 390	羚 338	涵 247	紳 327
冕 43	缽 337	從 147	設 391	羞 339	婆 111	細 328
晚 202	氫 232	舶 358	訪 391	瓶 280	梁 215	紬 328
啄 79	秸 310	船 358	這 420	眷 298	淄 247	終 328
哇 284	梨 214	舷 358	訣 391	粘 323	寇 119	絃 328
異 284	犁 270	舵 358	毫 231	粗 323	寅 119	絆 328
趾 408	移 310	紋 193	孰 115	粒 323	寄 119	紹 328
唶 79	透 420	敘 193	郭 426	剪 52	寂 119	巢 132
略 284	動 55	斜 196	烹 261	敝 193	宿 119	
蛆 376	笨 317	途 420	庶 139	烴 261	室 314	十二畫
蚱 376	笘 317	釦 430	麻 469	焊 261	密 120	（一）
蚯 376	笛 317	針 430	庵 139	烯 261	啟 193	貳 403
蛉 376	笙 318	釣 431	痔 287	烽 261	祛 384	琶 278
蛀 376		釵 431	疵 287			琴 278

琶	278	揣	182	椎	216	間	438	媚	131	進	420	猴	273
琳	278	博	61	棉	216	閔	439	黑	470	傍	32	猶	273
琢	278	揭	182	棚	216	悶	156	圍	89	傢	32	然	262
琥	278	喜	81	棕	216	喇	81	(丿)		皐	355	貿	403
斑	196	彭	145	棺	216	喊	81	悲	156	皓	292	(、)	
替	205	揣	182	軸	413	喱	82	郵	426	皖	292	評	391
揍	181	菇	367	惠	156	晾	202	甥	282	眾	380	詛	391
插	182	捶	182	惑	156	景	203	無	261	街	381	詐	391
款	224	揪	183	腎	350	距	408	掣	178	復	148	訴	391
堯	95	煮	261	粟	324	跋	408	辦	180	徨	148	診	391
描	181	援	183	棗	216	跌	409	短	301	循	148	註	391
堪	96	逵	420	棘	216	跚	409	智	202	須	452	詠	392
堰	96	換	183	酣	427	跑	409	毯	231	舒	357	詞	392
握	181	裁	383	酥	427	跛	409	氮	232	鈣	431	馮	459
揀	181	報	95	硬	303	貴	403	氯	232	鈍	431	就	126
馭	459	揮	183	硝	303	蛙	376	剩	52	鈔	431	敦	194
項	452	壹	99	硯	303	蛔	376	稍	311	鈉	431	廂	140
揩	181	殼	229	硫	303	蛛	376	程	310	鈞	431	廁	140
華	366	壺	99	雁	444	蛤	376	稀	311	欽	224	斌	196
著	366	握	183	殖	228	蛟	376	稈	311	鈎	431	痘	287
菱	366	搧	183	殘	228	嘍	82	稅	311	鈕	431	痞	287
菜	366	採	183	裂	383	勛	56	黍	470	創	52	痙	287
越	407	惡	156	雄	444	鄂	426	棃	216	鉦	457	痢	287
趄	407	斯	197	雲	446	喝	81	犇	271	飯	457	痛	287
菴	366	期	207	雅	445	喂	82	逶	420	飲	457	廊	140
趁	407	欺	224	(│)		單	82	喬	82	番	284	廄	140
超	408	黃	469	紫	329	喘	82	筐	318	傘	32	童	316
敢	194	散	194	虛	374	啞	82	等	318	舜	358	竣	316
萌	367	朝	207	敝	194	啾	82	策	318	貂	401	棄	216
菌	367	喪	81	棠	216	喉	82	筒	318	脹	350	惰	157
菲	366	辜	415	掌	178	喻	82	筏	318	腌	350	惻	158
萋	367	棒	215	晴	202	喚	82	答	318	週	421	惺	158
萸	367	稜	215	暑	202	啼	82	筋	318	腴	350	愕	158
搜	183	椏	215	最	43	喧	83	筍	319	脾	350	愣	158
菜	367	棋	215	晰	202	喀	83	筆	319	腋	350	愜	158
葡	367	植	215	量	430	喔	83	備	32	勝	56	惶	158
菊	367	森	215	貼	403	喲	83	傅	32	腔	350	愉	158
菩	367	焚	261	貶	403	嵌	131	牌	269	腕	351	慨	159
萍	367	棟	215	貯	404	幅	135	貸	403	逸	421	惱	159
菠	367	椅	215	喃	81	凱	46	順	452	象	400	翔	340
堤	96	樓	216	喳	81	幀	136	堡	96	猫	273	着	298
提	181	棧	216	閏	438	買	403	傀	32	猶	273	善	339
場	96	椒	216	開	438	帽	136	傑	32	猩	273	普	203
揚	182	棵	216	閒	438	嵒	131	集	444	猾	273	粧	324
喆	81	棍	216	晶	202	悼	136	焦	262			尊	124

字	頁	字	頁	字	頁	字	頁	字	頁	字	頁	字	頁
飼	457	廈	140	滔	251	剿	53	摔	185	爾	268	圍	90
爺	268	麻	288	溪	251	十四畫		墊	97	奪	106	嘍	84
禽	309	痺	288	溜	251	(一)		撒	185	需	447	嘣	84
釉	429	痴	288	滾	251	瑪	279	壽	99	疑	286	鳴	466
愛	158	瘅	288	滂	251	瑣	279	摺	185	鳶	466	鄙	426
貉	401	瘁	288	溢	251	碧	304	摻	185	(丨)		嘛	84
亂	10	瘀	288	溯	251	瑰	279	聚	344	翡	340	嘀	84
頌	452	痰	288	溶	251	瑤	279	鄞	426	雌	445	嶄	131
頌	452	廉	140	滓	251	舔	358	夢	101	對	124	嶇	131
腰	351	資	404	溟	251	魂	464	榦	218	嘗	84	獄	274
腸	351	裔	384	溺	252	髦	463	幹	196	裳	385	罰	337
腥	351	靖	449	梁	324	摸	185	熙	264	瞄	299	慢	136
腮	351	新	197	滁	252	摳	184	兢	39	嘖	84	嶂	132
腭	351	韻	451	塞	97	駁	459	榛	218	墅	97	圖	90
腫	351	意	159	窟	315	蒜	368	構	218	夥	101	(丿)	
腹	351	遊	422	運	422	蓋	368	榱	218	睡	299	裴	385
腺	351	雍	445	遍	422	趙	408	槐	218	瞅	299	舞	358
腳	351	慌	160	褂	384	趕	408	槌	218	賒	404	製	385
腦	351	慎	160	裸	385	墓	97	槍	218	嗬	84	稭	311
詹	393	慄	160	裨	385	幕	136	榴	218	嘟	84	種	311
肄	345	愷	160	福	308	蓓	369	榜	218	嗷	84	稱	312
猿	273	義	339	禍	308	蔻	369	榕	218	嘆	84	熏	264
鳩	466	羨	339	(一)		蒼	369	榨	218	暢	203	箍	319
猾	273	羹	400	韋	339	蓑	369	榷	219	閨	439	箕	319
獅	274	粳	324	與	356	蒿	369	輓	413	聞	344	箋	320
解	388	煎	264	殿	229	蓆	369	輔	413	閩	439	算	320
煞	263	道	422	辟	415	蓄	369	輕	413	閡	439	筵	319
鄒	426	遂	422	違	422	蒲	369	塹	97	閣	439	箏	320
(、)		塑	96	裝	384	菡	369	輒	413	閨	439	管	320
試	392	煤	263	媽	112	蓉	369	歌	224	嘈	84	僥	34
詩	392	煙	263	媳	112	蒙	370	監	293	嗾	84	僚	34
誇	392	煉	263	嫉	112	摟	185	緊	331	嘔	84	僕	34
談	392	煩	263	嫌	112	遠	422	酵	427	喊	84	僑	34
誠	392	煌	263	嫁	112	嘉	84	甄	280	嘎	84	像	34
詣	392	煥	263	預	453	臺	99	酷	428	踉	409	僧	34
誅	392	溝	250	彙	144	摧	185	酶	428	遣	423	催	34
話	393	滇	250	隔	443	蒸	370	酸	428	蜻	377	鼻	471
詭	393	減	250	陳	443	慈	159	磋	304	蜥	377	魁	464
詢	393	源	250	隕	443	赫	406	碟	304	蜴	377	遮	423
該	393	溼	250	隘	443	截	165	碾	304	蜘	377	銜	432
詳	393	滑	250	經	330	誓	393	厭	64	蜓	377	鋅	431
詫	393	準	251	絹	330	境	97	碱	304	蜷	377	銅	431
裏	384	塗	97	綁	330	摘	185	碩	304	蜿	377	銑	432
稟	308	滄	251	綉	330	墉	97	碳	304	蜢	377	銘	432
稟	311			綏	330					骯	462	鉻	432

鉱	432	廖	140	漓	253	際	443	葡	370	輛	413	賬	405
銀	432	辣	415	漉	253	障	443	蓬	370	輥	414	賭	405
餌	457	彰	145	滾	253	緒	331	蔡	370	暫	203	賤	405
蝕	377	竭	316	漳	253	綾	331	蔗	370	輪	414	賜	405
鉤	457	韶	451	滴	253	綺	331	蔽	371	輟	414	賠	405
餃	457	端	317	漩	253	綫	331	撐	186	數	194	睽	299
餅	457	颯	456	漾	254	綽	331	蓿	370	遭	423	瞎	299
領	453	齊	472	演	254	綱	331	撮	186	歐	225	瞑	299
狸	401	旗	198	滬	254	綱	331	撣	186	毆	229	嘩	85
貌	401	慚	160	漏	254	維	332	蔚	370	豎	400	噴	85
膊	352	慳	160	漲	254	綿	331	蔣	371	賢	405	嘻	84
膀	352	慢	160	漊	160	綸	332	賣	405	豌	400	嘡	85
腿	352	慷	160	滲	254	綵	332	蔭	371	遷	423	噁	85
颱	456	慘	161	寨	120	綢	332	撫	186	醋	428	嘶	85
鳳	466	慣	161	寞	121	緋	332	撬	186	醃	428	嘲	85
獄	274	精	324	賓	404	綜	332	熱	264	醇	428	閱	439
孵	115	粼	324	寡	121	綻	332	播	186	醉	428	數	195
遙	423	粹	324	寫	315	綴	332	罩	450	屬	64	嘹	85
（、）		粽	324	窪	315	綠	332	墩	98	碼	304	影	145
誠	393	歉	224	察	121			撞	186	磁	304	踐	410
誌	393	弊	142	寧	121	**十五畫**		熬	265	磕	304	踢	410
誣	393	幣	136	蜜	377	（一）		遨	423	磊	304	踏	410
語	393	弊	144	寢	121	慧	160	撤	186	憂	160	踩	410
誤	393	熄	264	寥	121	璃	279	摯	184	磅	304	踮	410
誘	394	榮	218	實	121	髮	463	增	98	磋	304	踪	410
誨	394	熒	264	肇	345	撓	185	撈	186	確	304	踞	410
說	394	熔	264	褐	385	墳	97	穀	312	碾	305	蝶	377
認	394	煽	264	複	385	撕	185	撰	187	豬	401	蝴	378
誦	394	漬	252	（一）		撒	185	撥	187	震	447	蝠	378
裹	385	漢	253	肅	345	駛	459	歎	224	霄	447	蝦	378
敲	194	漢	252	劃	53	駒	459	鞋	450	霆	447	蝟	378
豪	401	滿	252	畫	293	駐	459	鞍	450	霉	447	蝸	378
膏	352	滯	252	屢	128	駝	460	蕆	370	鴉	466	蝌	378
塾	97	漆	252	獎	106	撅	186	椿	219	（丨）		蝗	378
麼	469	漸	252	遊	423	撩	185	模	219	輩	414	蝴	378
腐	350	漣	252	嫩	112	蕩	370	槽	219	鬧	464	蝙	378
瘧	288	漱	252	嫖	112	蓮	370	樞	219	齒	472	噓	85
瘦	288	漚	252	嫦	112	趣	408	標	219	劇	53	器	85
瘍	288	漂	252	嫡	112	趟	408	樺	219	膚	352	蝨	378
瘟	288	滷	253	頗	453	墟	98	樓	219	慮	160	鄲	426
廓	140	漫	253	翟	340	撲	186	麩	469	輝	414	嘿	85
瘤	288	滌	253	翠	340	慕	160	麵	469	賞	405	嘮	85
瘋	288	漁	253	熊	264	暮	204	樟	220	暱	203	嘰	85
瘓	288	漪	253	態	160	摯	185	樣	220	暴	203	罵	337
塵	97	滸	253	凳	46	蔓	370	樑	220	賦	405	罷	337

幢	136	銹	433	廟	140	寬	122	憩	161	機	221	踱	410
幟	136	銼	433	摩	185	寫	122	髻	463	輻	414	蹄	410
嶙	132	鋒	433	褒	385	審	122	撻	187	輯	414	踴	410
墨	470	鋅	433	廠	140	窮	315	駱	460	輸	414	踩	410
(丿)		銳	433	瘡	288	窯	315	駭	460	整	195	遺	424
靠	449	錦	433	瘠	289	翩	340	撼	187	賴	405	螞	378
稽	312	頜	453	瘤	289	褡	385	擂	187	霛	85	螗	378
稷	312	劍	53	慶	161	褥	385	蕙	371	融	378	螃	378
稻	312	劊	53	慶	140	褲	385	據	187	頭	453	螟	378
黎	470	餓	457	凜	45	褪	385	擄	187	瓢	279	骼	462
稿	312	餘	457	毅	229	(一)		憨	161	醖	428	骸	462
稼	312	餒	458	敵	194	熨	265	蕪	371	醒	428	器	85
箱	320	樊	219	適	423	慰	161	蕎	371	磚	305	噥	85
範	320	慾	160	頦	453	劈	53	蕉	371	磣	305	戰	165
箭	320	膜	352	憤	161	履	128	擋	187	歷	227	噪	86
篇	320	膝	352	憫	161	層	128	蕩	371	曆	204	興	357
篆	320	膘	352	憬	161	彈	144	蕊	371	奮	106	噬	86
僵	34	膛	352	憚	161	槳	220	撾	187	頰	453	噢	86
價	34	膠	352	憔	161	獎	274	操	187	遼	423	鴦	467
儉	35	魷	465	憧	161	漿	254	熹	265	霖	447	噙	86
儈	35	魯	465	憐	162	嬉	112	蔬	371	霓	447	嶼	132
億	35	獗	274	憎	162	嫵	112	擇	187	霍	447	盥	294
儀	35	劉	53	養	457	嬌	113	攜	187	霎	447	默	470
躺	412	敏	292	糊	324	駕	460	撿	187	穎	312	黔	470
瞠	292	(、)		樅	324	戮	165	擒	188	臻	356	(丿)	
魄	464	請	394	鄰	426	鄧	427	擔	188	頸	453	積	312
樂	219	諸	394	鄭	426	墮	98	壇	98	(丨)		穆	313
魅	464	課	394	憨	161	墜	98	擅	188	冀	43	頹	453
僻	35	誹	395	瑩	279	練	332	擁	188	閼	464	勳	57
質	405	誕	395	潔	254	緘	332	鞘	450	頻	453	篝	321
衝	381	諛	395	澆	254	緬	332	燕	265	餐	457	篤	320
德	148	誰	395	澎	254	緻	332	翰	340	盧	294	築	321
微	148	諍	395	潮	254	緝	332	頤	453	鄴	427	篡	321
慫	160	調	395	潭	255	緞	332	鴰	467	瞞	299	篩	321
徹	148	論	395	潦	255	線	332	樺	221	瞟	299	篌	321
衛	148	諉	395	潛	255	緩	333	橄	220	曉	204	篙	321
艘	359	諒	395	潤	255	締	333	樹	221	瞠	299	儔	161
磐	304	諄	395	澗	255	編	333	橫	221	曇	204	儒	35
盤	294	誶	395	潰	255	緯	333	樸	221	縣	333	翱	340
鋪	358	談	396	潘	255	緣	333	橋	221	鴨	467	鴕	467
鋪	432	誼	396	澈	255	**十六畫**		橡	221	閣	439	儘	36
銷	432	熟	265	澇	255	(一)		樽	221	閹	439	禦	308
鋇	432	廚	140	潺	255	靜	449	橙	221	頤	85	衡	381
鋤	432	廝	140	澄	255	靛	449	橘	221	嘴	85	衛	381
鋁	433	廣	140	澑	256			橢	221	踵	410	艙	359
		遮	423										

字	頁
錸	433
鍺	433
錯	433
錢	433
錫	433
銅	433
錐	433
錦	433
鍬	434
錠	434
鋸	434
錳	434
錄	434
錢	458
鋪	458
餡	458
館	458
學	115
貓	401
墾	98
膩	352
膨	352
雕	445
膳	352
鮎	465
穌	313
鮑	465
獨	274
駕	467
（、）	
諾	396
謀	396
謀	396
諫	396
諧	396
謁	396
謂	396
諷	396
諮	396
諺	396
諱	396
憑	161
凝	46
磨	305
癢	289
瘸	289
親	387
辨	415
辦	415
龍	472
劑	54
懂	162
憾	162
懊	162
懈	162
憶	162
義	340
糖	325
糕	325
遵	424
導	125
瞥	299
燒	265
燎	265
燃	265
熾	265
螢	378
燈	266
澠	265
澠	256
潞	256
濃	256
澡	256
澤	256
濁	256
激	256
澳	256
澈	256
憲	162
窺	315
樓	385
禪	308
（一）	
舉	356
遲	424
壁	98
選	424
豫	401
隨	443
險	444
隧	444
縛	333
十七畫	
（一）	
環	279
幫	136
擡	188
騁	460
駿	460
擬	188
薔	371
薑	371
趨	408
蕾	371
邁	424
薯	371
薛	371
薇	371
薊	371
薦	372
薪	372
薄	372
擱	188
戴	165
壕	99
擠	188
蟄	379
擯	188
擦	188
擰	188
聲	344
聰	344
聯	344
艱	359
鞠	450
擎	187
韓	451
隸	444
檔	222
檄	222
檢	222
檐	222
檀	222
檁	222
轅	414
輿	414
轄	414
輾	414
擊	187
臨	354
醛	428
醜	428
醚	428
勵	57
磺	305
壓	98
礁	305
磷	305
尷	126
霜	448
霞	448
（丨）	
戲	165
虧	375
瞰	299
瞭	300
顆	454
瞧	300
購	406
嬰	113
賺	406
瞬	300
瞳	300
瞪	300
嚇	86
嚏	86
闈	439
闊	439
闋	439
曙	204
曖	204
蹋	410
蹌	410
蹈	410
蹊	410
蹉	410
蟒	379
蟆	379
螳	379
螺	379
蟈	379
蟋	379
蟑	379
蟀	379
嘴	86
雖	445
嚎	86
嚓	86
嚀	86
嘯	86
還	424
嶺	132
嶽	132
點	470
黜	471
（丿）	
矯	301
邅	231
穗	313
黏	470
簌	321
簧	321
篷	321
簇	321
繁	334
優	36
黛	471
償	36
偏	36
儲	36
鼾	471
邀	424
徽	148
擧	344
錨	434
鍊	434
鍘	434
鍋	434
錘	434
鍥	434
鍬	434
鍾	434
鍛	434
鍍	435
鎂	435
鍵	435
龠	472
斂	195
鴿	467
鎪	458
餵	458
爵	268
懇	162
谿	400
膿	352
臊	352
臉	353
膾	352
膽	353
臆	353
臃	353
膻	397
颶	456
鮭	465
鮮	465
獲	274
獰	274
（、）	
講	396
謊	397
謝	397
謠	397
謅	397
謗	397
謎	397
謙	397
襄	385
甄	231
糜	325
膺	162
療	289
癌	289
齋	472
懦	162
糟	325
糞	325
糙	325
糠	325
斃	195
燦	266
燥	266
燭	266
煅	266
燴	266
營	266
濛	257
鴻	467
濤	256
濫	256
濬	257
溫	294
濕	257
濟	257
濱	257
濘	257
澀	257
濰	257
賽	406
豁	400
窿	315
禮	308
（一）	
臀	353
臂	353
擘	188
避	424
彌	144
孺	115
牆	268
翼	340
隱	444
績	333
縷	333
繃	334
縵	334
總	334
縱	334
縫	334
繆	334
縮	335

漢語拼音檢索表

賧	403	**bīng**		跛	409	**cài**		**cèng**		**chǎn**		**chě**	
biàn		兵	42	孹	188	菜	367	蹭	411	產	281	扯	168
便	25	冰	44	簸	322	蔡	370	**chā**		諂	395	**chè**	
卞	62	檳	222	薄	372	**cān**		叉	65	鏟	435	徹	148
汴	235	**bǐng**		**•bo**		參	64	喳	81	闡	440	掣	178
辨	335	丙	6	卜	62	餐	457	差	133	**chàn**		撤	186
變	399	屏	128	蔔	370	**cán**		插	182	顫	454	澈	255
辨	415	柄	211	**bǔ**		慚	160	杈	209	**chāng**		**chēn**	
辯	416	炳	259	卜	62	殘	228	**chá**		娼	111	郴	426
遍	422	稟	308	哺	78	蠶	380	察	121	昌	200	**chén**	
biāo		秉	309	堡	96	**cǎn**		搽	183	猖	273	塵	97
彪	374	稟	311	捕	176	慘	161	查	211	**cháng**		忱	151
標	219	餅	457	補	384	**càn**		猹	273	償	36	晨	202
膘	352	**bìng**		**bù**		燦	266	碴	304	嘗	84	沉	235
鑣	436	並	6	不	4	**cāng**		茬	364	嚐	86	沈	235
biǎo		并	6	佈	20	倉	28	茶	364	場	96	臣	354
表	382	併	25	埔	93	滄	251	**chǎ**		嫦	112	辰	416
錶	433	摒	183	埠	95	艙	359	叉	65	常	135	陳	442
biào		病	286	布	134	蒼	369	衩	383	腸	351	**chěn**	
鰾	466	**bō**		怖	151	**cáng**		**chà**		裳	385	磣	305
biē		剝	52	步	226	藏	372	剎	51	長	437	**chèn**	
憋	161	播	186	簿	322	**cāo**		岔	130	**chǎng**		稱	312
癟	289	撥	187	部	426	操	187	差	133	場	96	襯	386
鱉	466	波	239			糙	325	杈	209	廠	140	趁	407
鼈	471	玻	276	**C**		**cáo**		杈	383	敞	194	**chēng**	
bié		缽	337			嘈	84	詫	393	**chàng**		撐	186
別	49	菠	367	**cā**		曹	205	**chāi**		倡	28	瞠	299
biě		缽	431	嚓	86	槽	219	差	133	唱	80	稱	312
癟	289	**bó**		擦	188	**cǎo**		拆	171	悵	155	鐺	436
biè		伯	21	**cāi**		草	364	釵	431	暢	203	**chéng**	
彆	144	勃	55	猜	273	**cè**		**chái**		**chāo**		丞	6
bīn		博	61	**cái**		側	30	柴	213	抄	168	乘	9
彬	145	帛	135	才	167	冊	43	豺	401	超	408	呈	73
斌	196	搏	183	材	209	廁	43	**chān**		鈔	431	城	93
檳	222	柏	211	纔	336	廁	140	摻	185	**cháo**		懲	162
濱	257	泊	237	裁	383	惻	158	攙	189	嘲	85	成	164
瀕	257	渤	248	財	402	測	248	**chán**		巢	132	承	170
繽	335	脖	350	**cǎi**		策	318	單	82	朝	207	橙	221
賓	404	膊	352	彩	145	**cēn**		潺	255	潮	254	澄	255
bìn		舶	358	採	180	參	64	禪	308	**chǎo**		盛	293
擯	188	薄	372	睬	299	**céng**		纏	336	吵	72	程	311
殯	228	駁	459	綵	332	層	128	蟬	379	炒	259	誠	392
臏	353	鵓	467	踩	410	曾	205	讒	399	**chē**		**chěng**	
髕	462	**bǒ**		采	429			饞	458	車	412	逞	419
鬢	463	簸	322									騁	460

chèng
秤 310

chī
吃 70
咪 78
嗤 83
痴 288
癡 289

chí
匙 59
弛 142
持 173
池 234
遲 424
馳 459

chǐ
侈 24
呎 74
尺 126
恥 153
齒 472

chì
叱 68
斥 196
熾 265
翅 340
赤 406

chōng
充 38
冲 44
憧 161
沖 235
涌 243
舂 356
衝 381

chóng
崇 131
蟲 379
重 429

chǒng
寵 122

chòng
冲 44
衝 381

---

chōu
抽 171

chóu
仇 16
惆 157
愁 158
疇 285
稠 311
籌 322
綢 332
躊 411
酬 427

chǒu
丑 5
瞅 299
醜 428

chòu
臭 355

chū
出 46
初 382
齣 472

chú
廚 140
櫥 222
滁 252
躇 411
鋤 432
除 441
雛 445

chǔ
儲 36
杵 210
楚 217
礎 305
處 374

chù
搐 184
畜 283
矗 300
絀 328
處 374
觸 389

chuāi
揣 182

---

chuǎi
揣 182

chuān
川 132
穿 314

chuán
傳 32
椽 218
船 358

chuǎn
喘 82

chuàn
串 7

chuāng
創 52
瘡 288
窗 314

chuáng
床 138
牀 268

chuǎng
闖 439

chuàng
創 52

chuī
吹 73
炊 259

chuí
垂 93
捶 182
搥 184
椎 216
槌 218
錘 434

chūn
春 200
椿 216

chún
唇 416
淳 246
純 326
唇 349
醇 428
鶉 467

---

chǔn
蠢 380

chuō
戳 165

chuò
啜 81
綽 331
輟 414

cī
差 133
疵 287

cí
慈 159
瓷 280
磁 304
祠 307
茨 365
詞 392
辭 415
雌 445
鶿 467

cǐ
此 225

cì
伺 22
刺 49
次 223
賜 405

cōng
匆 57
囪 88
聰 344
蔥 368

cóng
叢 66
從 147
淙 246

còu
湊 247

cū
粗 323

cù
促 26
簇 321
醋 428

---

cuán
攢 190

cuàn
竄 315
篡 321

cuī
催 33
崔 131
摧 185

cuì
悴 157
淬 246
焠 262
瘁 288
粹 324
翠 340
脆 348

cūn
村 209

cún
存 113

cǔn
忖 150

cùn
吋 69
寸 123

cuō
搓 184
撮 186
磋 304
蹉 410

cuò
挫 177
措 177
銼 433
錯 433

---

d

dā
嗒 83
搭 183
答 318
耷 343
褡 385

dá
打 167
答 318
達 421

dǎ
打 167

dà
大 101

dāi
呆 72
待 146
獃 274

dǎi
歹 227
逮 421

dài
代 17
大 101
帶 135
待 146
怠 152
戴 165
殆 228
袋 383
貸 403
逮 421
黛 471

dān
丹 7
單 82
擔 188
簞 321
耽 343
眈 412
鄲 426

dǎn
撣 186
膽 353

dàn
但 20
彈 144
憚 161
擔 188
旦 199
氮 232

淡 246
石蛋 301
誕 395

dāng
當 285
檔 385
鐺 436

dǎng
擋 187
黨 471

dàng
檔 222
當 285
盪 294
蕩 371

dāo
刀 47
叨 69

dǎo
倒 28
導 125
島 130
搗 184
禱 308
蹈 410

dào
倒 28
到 50
悼 156
盜 293
稻 312
道 422

dé
得 147
德 148

·de
地 91
得 147
的 291

děi
得 147

dēng
燈 266
登 290

蹬	411	碘	303	**dǐng**		**dú**		盾	297	**è**		翻	341
děng		踮	410	頂	451	櫝	222	遁	422	厄	63	藩	373
等	318	點	470	鼎	471	毒	230	鈍	431	噩	85	**fán**	
dèng		**diàn**		**dìng**		瀆	269	頓	452	惡	156	凡	7
凳	46	佃	21	定	117	犢	271	**duō**		愕	158	樊	219
澄	255	墊	97	腚	350	獨	274	哆	77	扼	168	煩	263
瞪	300	莫	106	訂	389	讀	399	多	100	腭	351	礬	305
鄧	427	店	139	釘	430	**dǔ**		**duó**		過	421	繁	334
dī		惦	157	錠	434	堵	94	奪	106	鄂	426	**fǎn**	
低	21	殿	229	**diū**		睹	299	度	139	顎	454	反	65
嘀	84	淀	246	丟	6	篤	320	踱	410	餓	457	返	417
堤	96	澱	256	**dōng**		肚	346	**duǒ**		鱷	465	**fàn**	
提	181	玷	276	冬	44	賭	405	垛	93	鱷	466	氾	234
滴	253	甸	283	咚	76	**dù**		垛	93	**ēn**		泛	238
dí		電	447	東	210	妒	109	朵	209	恩	153	犯	271
嘀	84	靛	449	**dǒng**		妬	109	朵	209	**ér**		範	320
嫡	112	**diāo**		懂	162	度	139	躲	412	兒	39	范	363
敵	194	凋	45	董	368	杜	209	躲	412	而	342	販	402
滌	253	习	47	**dòng**		渡	249	**duò**		**ěr**		飯	457
狄	271	叼	69	凍	45	肚	346	剁	50	洱	239	**fāng**	
的	291	彫	145	動	55	鍍	435	剁	50	爾	268	坊	92
笛	317	碉	303	恫	153	**duān**		垛	93	耳	342	方	197
翟	340	貂	401	棟	215	端	317	垛	93	餌	457	芳	361
迪	417	雕	445	洞	239	**duǎn**		墮	98	**èr**		**fáng**	
dǐ		**diào**		**dōu**		短	301	惰	157	二	11	坊	92
底	139	吊	70	兜	39	**duàn**		舵	358	貳	403	妨	109
抵	172	弔	142	都	426	斷	197	跺	409			房	166
砥	302	掉	178	**dǒu**		段	228	馱	459	**f**		肪	347
邸	425	調	395	抖	169	緞	332					防	440
dì		釣	431	斗	196	鍛	434	**e**		**fā**		**fǎng**	
地	91	**diē**		蚪	376	**duī**				發	290	仿	19
帝	135	爹	268	陡	441	堆	95	**ē**		**fá**		做	29
弟	142	跌	409	**dòu**		**duì**		婀	111	乏	9	彷	145
的	291	**dié**		斗	196	兌	38	阿	440	伐	18	紡	327
第	318	疊	285	痘	287	對	124	**é**		筏	318	訪	391
締	333	碟	304	讀	399	隊	443	俄	26	罰	337	**fàng**	
蒂	368	蝶	377	豆	400	**dūn**		娥	111	閥	439	放	191
遞	423	諜	396	逗	419	噸	85	峨	130	**fǎ**		**fēi**	
diān		迭	417	鬥	463	墩	98	蛾	377	法	236	啡	80
掂	180	**dīng**		鬭	464	敦	194	訛	390	**fà**		妃	108
滇	250	丁	2	**dū**		蹲	411	額	454	琺	276	扉	166
癲	289	仃	16	嘟	84	**dǔn**		鵝	467	髮	463	菲	366
顛	454	叮	68	督	299	盹	296	**ě**		**fān**		非	449
diǎn		盯	295	都	426	**dùn**		噁	85	帆	134	飛	456
典	42	釘	430			囤	88			番	284		

féi
肥 347

fěi
匪 59
翡 340
菲 366
誹 395

fèi
吠 72
廢 140
沸 239
肺 346
費 404

fēn
分 47
吩 73
氛 232
紛 327
芬 361

fén
墳 97
汾 235
焚 261

fěn
粉 323

fèn
份 19
分 47
奮 106
忿 151
憤 161
糞 325

fēng
封 123
峯 131
峰 131
楓 217
烽 261
瘋 288
蜂 377
豐 400
鋒 433
風 455

féng
縫 334
逢 420
馮 459

fěng
諷 396

fèng
俸 27
奉 104
縫 334
鳳 466

fó
佛 22

fǒu
否 72
缶 336

fū
夫 103
孵 115
敷 194
膚 352
麩 469

fú
伏 18
佛 22
俘 26
匐 58
幅 135
弗 142
彿 146
扶 168
拂 172
服 206
氟 232
浮 242
涪 246
福 308
符 318
芙 360
蝠 378
袱 384
輻 414
鳧 466

fǔ
俯 29
府 139
撫 186
斧 197
甫 282
脯 350
腐 350
輔 413
釜 430

fù
付 17
傅 32
副 52
婦 111
富 120
復 148
服 206
父 268
縛 333
腹 351
複 385
覆 386
訃 389
負 402
賦 405
赴 407
阜 440
附 441

·fu
咐 75

g

gā
咖 76
嘎 84

gà
尬 126

gāi
該 393
賅 404

gǎi
改 191

gài
丐 4
概 217
溉 250
芥 361
蓋 368
鈣 431

gān
乾 10
尷 126
干 136
杆 209
柑 211
甘 280
竿 317
肝 346

gǎn
感 157
敢 194
杆 209
桿 214
橄 220
秆 309
稈 310
趕 408

gàn
干 136
幹 138
榦 218
贛 406

gāng
剛 51
岡 130
綱 331
缸 336
肛 346
鋼 433

gǎng
崗 131
港 247

gàng
槓 218

gāo
皋 292
篙 321
糕 325
羔 338
膏 352
皋 355
高 462

gǎo
搞 184
稿 312
鎬 435

gào
告 72
膏 352

gē
割 53
咯 77
哥 78
戈 163
擱 188
歌 224
疙 286
胳 349
鴿 467

gé
擱 188
格 213
葛 368
蛤 376
閣 439
隔 443
革 450
骼 462

gě
個 28
葛 368
蓋 368

gè
個 28
各 71
鉻 432

gěi
給 329

gēn
根 214
跟 409

gēng
庚 139
更 205
羹 340
耕 342

gěng
哽 78
埂 94
梗 214
耿 343

gèng
更 205

gōng
供 23
公 41
功 54
宮 119
工 132
弓 142
恭 153
攻 191
蚣 375
躬 412
龔 472

gǒng
拱 173
汞 234
鞏 450

gòng
供 23
共 42
貢 402

gōu
勾 57
溝 250
篝 321
鈎 431

gǒu
狗 272
苟 363

gòu
勾 57
垢 93
夠 101
夠 101
構 218
購 406

gū
估 20
咕 74
呱 75
姑 109
孤 114
沽 237
箍 319
菇 367
辜 415
骨 461
鴣 467

gǔ
古 67
穀 312
股 347
蠱 380
谷 399
賈 404
骨 461
鼓 471

gù
僱 34
固 88
故 192
雇 445
顧 454

guā
刮 50
呱 75
瓜 279

guǎ
剐 52
寡 121

guà
卦 62
掛 177
褂 384

guāi
乖 9

guǎi
拐 171

guài
怪 152

guān
冠 43
官 117
棺 216

綸 332	**gǔn**	**hán**	耗 342	橫 221	糊 324	獲 275
觀 388	滾 251	函 47	號 375	衡 381	胡 347	檴 401
關 439	滾 253	含 73	鎬 435	**hèng**	葫 367	**huán**
guǎn	輥 414	寒 120	**hē**	橫 221	蝴 378	桓 213
管 320	**gùn**	汗 234	呵 74	**hōng**	鬍 463	環 279
莞 366	棍 216	涵 247	喝 81	哄 76	鵠 467	還 424
館 458	**guō**	邯 425	嗬 84	烘 260	**hǔ**	**huǎn**
guàn	渦 249	韓 451	**hé**	轟 415	唬 79	緩 333
冠 43	蟈 379	**hǎn**	何 20	**hóng**	滸 253	**huàn**
慣 161	過 421	喊 81	合 71	宏 117	琥 278	喚 82
灌 257	郭 426	罕 337	和 75	泓 239	虎 374	宦 118
盥 294	鍋 434	**hàn**	核 213	洪 239	**hù**	幻 138
罐 337	**guó**	悍 154	河 237	紅 325	互 12	患 154
觀 388	國 89	憾 162	涸 245	虹 375	戶 165	換 183
貫 403	**guǒ**	捍 176	盒 293	鴻 467	滬 254	渙 249
鸛 468	果 210	撼 187	禾 309	**hǒng**	糊 324	煥 263
guāng	裹 385	旱 199	荷 366	哄 76	護 399	瘓 288
光 37	**guò**	汗 234	翮 387	**hòng**	**huā**	豢 400
胱 348	過 421	漢 252	貉 401	哄 76	嘩 85	**huāng**
guǎng		瀚 257	閡 439	鬨 464	花 360	慌 160
廣 140	**h**	焊 261	頜 453	**hóu**	**huá**	肓 346
guàng		翰 340	**hè**	侯 27	划 49	荒 364
逛 420	**hā**	**hāng**	和 75	喉 82	劃 53	**huáng**
guī	哈 77	夯 104	喝 81	猴 273	嘩 85	凰 46
圭 90	**há**	**háng**	嚇 86	**hǒu**	滑 250	徨 148
歸 227	蛤 376	吭 74	荷 366	吼 74	猾 273	惶 158
瑰 279	**hǎ**	杭 211	褐 385	**hòu**	華 366	煌 263
硅 303	哈 77	航 358	賀 404	候 29	譁 397	皇 292
規 387	**hāi**	行 380	赫 406	厚 63	**huà**	磺 305
閨 439	咳 77	**hāo**	鶴 468	后 71	划 49	簧 321
鮭 465	**hái**	蒿 369	**hēi**	後 146	劃 53	蝗 378
龜 472	孩 115	**háo**	嘿 85	**hū**	化 58	黃 469
guǐ	還 424	嚎 86	黑 470	乎 9	樺 221	**huǎng**
癸 289	骸 462	壕 99	**hén**	呼 75	畫 284	幌 136
詭 393	**hǎi**	毫 231	痕 287	忽 151	華 366	恍 153
軌 412	海 242	號 375	**hěn**	惚 157	話 393	晃 202
鬼 464	**hài**	蠔 379	很 146	糊 324	**huái**	謊 397
guì	亥 14	豪 401	狠 272	**hú**	徊 146	**huàng**
劌 53	害 119	**hǎo**	**hèn**	囫 88	懷 163	晃 202
桂 212	氦 232	好 108	恨 154	壺 99	槐 218	**huī**
櫃 222	駭 460	郝 425	**hēng**	弧 142	淮 245	徽 148
貴 403	**hān**	**hào**	哼 79	核 213	**huài**	恢 153
跪 409	憨 161	好 108	**héng**	湖 248	壞 99	揮 183
鱖 466	酣 427	浩 241	恒 153	狐 272	**huān**	暉 203
	鼾 471	皓 292	恆 153	瑚 278	歡 225	灰 258

該 392
輝 414

huí
回 88
茴 364
蛔 376
迴 417

huǐ
悔 155
毀 229
燬 266

huì
匯 59
卉 60
彙 144
惠 156
慧 160
晦 202
會 206
燴 266
穢 313
繪 335
蕙 371
誨 394
諱 396
賄 404

hūn
婚 111
昏 200
葷 368

hún
混 245
渾 250
魂 464

hùn
混 245

huō
豁 400

huó
和 75
活 240

huǒ
伙 19
夥 101
火 258

huò
和 75
惑 156
或 164
獲 274
禍 308
穫 313
豁 400
貨 402
霍 447

j

jī
几 46
唧 79
嘰 85
圾 92
基 94
奇 105
姬 111
屐 128
幾 138
擊 187
機 221
激 256
畸 285
稽 312
積 312
箕 319
緝 332
羈 338
肌 346
譏 398
雞 445
飢 456
饑 458
鶏 467

jí
即 63
及 66
吉 69
嫉 112
急 152
棘 216
極 217
汲 235
疾 287
瘠 289
籍 322
級 327
藉 372
輯 414
集 444

jǐ
几 46
己 133
幾 138
擠 188
濟 257
紀 326
給 329
脊 348

jì
伎 18
冀 43
劑 54
妓 108
季 114
寄 119
寂 119
忌 150
悸 157
技 168
既 199
濟 257
祭 307
稷 312
紀 326
績 333
繫 335
繼 336
薊 371
計 389
記 390
跡 409
蹟 410
際 443
髻 463

卿 465

jiā
佳 22
傢 32
加 54
嘉 84
夾 104
家 118
枷 212
浹 241
茄 363

jiá
夾 104
莢 365
頰 453

jiǎ
假 31
甲 283
賈 404
鉀 431

jià
假 31
價 34
嫁 112
架 212
稼 312
駕 460

jiān
兼 42
堅 94
奸 107
姦 111
尖 126
殲 228
漸 252
煎 264
揵 271
監 293
箋 320
緘 332
肩 347
艱 359
間 438

jiǎn
儉 35
剪 52
揀 181
撿 187
柬 211
檢 222
減 248
鹼 304
簡 321
繭 335
鹼 468

jiàn
件 19
健 31
劍 53
建 141
檻 222
毽 231
漸 252
澗 255
瀽 257
監 293
箭 320
艦 359
薦 372
見 387
諫 396
賤 405
踐 410
鍵 435
鑒 436
鑑 436
間 438
餞 458

jiāng
僵 34
姜 110
將 123
江 234
漿 254
疆 285
薑 371
韁 451

jiǎng
獎 274
槳 220
獎 274
蔣 371
講 396

jiàng
匠 59
將 123
強 143
強 143
漿 254
醬 429
降 441

jiāo
交 13
姣 110
嬌 113
教 192
椒 216
澆 254
焦 262
礁 305
膠 352
蕉 371
蛟 376
跤 409
郊 425
驕 461

jiáo
嚼 87

jiǎo
佼 34
剿 53
攪 190
狡 272
矯 301
絞 329
繳 335
腳 351
脚 350
角 388
餃 457

jiào
叫 69
嚼 87
教 192
校 213

窖 314
覺 388
較 413
轎 415
酵 427

jiē
接 180
揭 182
皆 291
秸 310
稭 311
結 328
街 381
階 442

jié
傑 32
劫 54
截 165
捷 178
桔 212
桀 213
潔 254
睫 299
竭 316
節 319
結 328

jiě
姐 109
解 388

jiè
介 16
借 27
屆 127
屈 127
戒 164
疥 283
界 286
芥 361
藉 372
解 388
誡 393

jīn
今 16
巾 134
斤 196

津 240	敬 194	橘 221	攫 190	鎧 435	殼 229	褲 385
禁 307	淨 245	菊 367	決 236	kài	kě	酷 428
筋 318	痙 287	jǔ	爵 268	愾 160	可 67	kuā
襟 385	竟 316	咀 74	獗 274	kān	坷 92	誇 392
金 430	競 317	沮 237	絕 330	刊 48	渴 249	kuǎ
jǐn	鏡 435	矩 301	腳 350	勘 55	kè	垮 93
僅 32	靖 449	舉 356	腳 351	堪 96	克 38	kuà
儘 36	靜 449	jù	角 388	看 296	刻 50	挎 174
緊 331	jiǒng	俱 28	覺 388	kǎn	可 67	胯 348
謹 397	炯 259	具 42	訣 391	坎 92	客 118	跨 409
錦 433	窘 314	劇 53	蹶 411	檻 222	課 394	kuài
jìn	迥 417	句 68	钁 437	砍 302	kěn	儈 35
勁 55	jiū	巨 133	juè	kàn	啃 79	塊 96
晉 202	啾 82	懼 163	倔 29	看 296	墾 98	快 151
浸 243	揪 183	拒 171	jūn	瞰 299	懇 162	會 206
燼 266	究 313	據 187	君 74	kāng	肯 346	筷 319
盡 293	糾 325	炬 259	均 92	康 139	kēng	膾 352
禁 307	赳 407	聚 344	菌 367	慷 160	吭 74	kuān
近 417	鳩 466	距 408	軍 412	糠 325	坑 92	寬 122
進 420	jiǔ	踞 410	鈞 431	káng	鏗 435	kuǎn
靳 450	久 8	鉅 431	jùn	扛 167	kōng	款 224
jīng	九 10	鋸 434	俊 27	kàng	空 313	kuāng
京 14	灸 259	颶 456	峻 131	亢 13	kǒng	匡 59
兢 39	玖 275	juān	浚 243	抗 169	孔 113	筐 318
旌 198	酒 427	圈 89	濬 257	炕 259	恐 153	kuáng
晶 202	韭 451	娟 111	竣 316	kǎo	kòng	狂 271
睛 299	jiù	捐 176	菌 367	拷 173	控 181	kuàng
粳 324	咎 76	鵑 467	郡 425	攷 190	空 313	曠 204
精 324	就 126	juǎn	駿 460	烤 260	kōu	框 212
經 330	廄 140	卷 63		考 341	摳 184	況 237
荊 364	救 193	捲 181	**k**	kào	kǒu	眶 297
莖 365	疚 286	juàn		銬 431	口 66	礦 305
驚 461	臼 356	倦 29	kā	靠 449	kòu	鄺 427
鯨 465	舅 356	卷 63	咖 76	kē	叩 68	kuī
jǐng	舊 357	圈 89	喀 83	苛 92	寇 119	盔 293
井 12	jū	眷 298	kǎ	柯 211	扣 167	窺 315
憬 161	居 127	絹 330	卡 62	棵 216	釦 430	虧 375
景 203	拘 172	juē	咯 77	磕 304	kū	kuí
警 398	狙 272	撅 186	kāi	科 310	哭 78	奎 105
阱 440	疽 287	jué	揩 181	苛 362	枯 211	葵 368
頸 453	車 412	倔 29	開 438	蚵 378	窟 315	逵 420
jìng	鞠 450	嚼 87	kǎi	頦 453	kǔ	魁 464
勁 55	駒 459	崛 131	凱 46	ké	苦 362	kuǐ
境 97	jú	抉 169	慨 159	咳 77	kù	傀 32
徑 147	局 127	掘 181	楷 217		庫 139	

kuì 愧 160 · 潰 255 · 饋 458 · 饋 458
kūn 坤 92 · 崑 131 · 昆 199
kǔn 捆 176
kùn 困 88
kuò 廓 140 · 括 175 · 擴 189 · 闊 439

L

lā 啦 79 · 垃 92 · 拉 172
lǎ 喇 81
là 臘 353 · 落 368 · 蠟 380 · 辣 415
·la 啦 79
lái 來 24 · 萊 366
lài 癩 289 · 籟 322 · 賴 405
lán 婪 111 · 攔 189 · 斕 196 · 欄 223 · 瀾 257 · 籃 322 · 藍 372 · 蘭 373 · 檻 385 · 讕 399 · 闌 439
lǎn 懶 163 · 攬 190 · 欖 223 · 纜 336 · 覽 388
làn 濫 256 · 爛 267
láng 廊 140 · 榔 217 · 狼 272 · 琅 278 · 螂 378 · 郎 425
lǎng 朗 207
làng 浪 243
lāo 撈 186
láo 勞 56 · 嘮 85 · 牢 269
lǎo 佬 23 · 姥 110 · 老 341
lào 澇 255 · 烙 261 · 落 368 · 酪 427
lè 勒 55 · 樂 219
le 了 11
lēi 勒 55
léi 擂 187 · 累 328 · 纍 336 · 虆 340 · 鐳 436 · 雷 446
lěi 儡 36 · 壘 99 · 磊 304 · 累 328 · 蕾 371
lèi 擂 187 · 泪 237 · 淚 246 · 累 328 · 肋 346 · 類 454
léng 棱 215 · 楞 217
lěng 冷 44
lèng 愣 158 · 楞 217
lī 哩 78
lí 厘 63 · 喱 82 · 梨 214 · 犁 216 · 漓 253 · 灕 258 · 犛 271 · 犁 270 · 狸 272 · 璃 279 · 蘺 323 · 貍 401 · 釐 430 · 離 446 · 鸝 468 · 麗 469 · 黎 470 · 鱺 471
lǐ 李 210 · 理 277 · 禮 308 · 裏 384 · 裡 384 · 里 429 · 鯉 465
lì 例 24 · 俐 26 · 利 49 · 力 54 · 勵 57 · 厲 64 · 吏 69 · 慄 160 · 曆 204 · 栗 213 · 櫟 222 · 歷 227 · 瀝 257 · 痢 287 · 礫 305 · 立 316 · 笠 318 · 粒 323 · 荔 365 · 莉 365 · 蒞 369 · 隸 444 · 靂 448 · 麗 469
·li 哩 78
liǎ 倆 28
lián 帘 135 · 廉 140 · 憐 162 · 連 252 · 簾 322 · 聯 344 · 蓮 370 · 連 419 · 鐮 436
liǎn 斂 195 · 臉 353
liàn 戀 163 · 煉 263 · 練 332 · 鍊 434 · 鏈 435
liáng 梁 215 · 樑 220 · 涼 246 · 粱 324 · 糧 325 · 良 359 · 踉 409 · 量 430
liǎng 倆 28 · 兩 40
liàng 亮 14 · 晾 202 · 涼 246 · 諒 395 · 踉 409 · 輛 413 · 量 430
liāo 撩 185
liáo 僚 34 · 嘹 85 · 寥 121 · 撩 185 · 燎 265 · 療 289 · 繚 335 · 聊 343 · 遼 423
liǎo 了 11 · 潦 255 · 燎 265 · 瞭 300
liào 廖 140 · 料 196 · 瞭 300 · 鐐 435
liě 咧 76
liè 冽 45 · 列 48 · 劣 54 · 洌 239 · 烈 261 · 獵 274 · 裂 383 · 趔 408 · 鬣 463
lín 拎 172 · 嶙 132 · 林 210 · 淋 244 · 琳 278 · 磷 305 · 鄰 324 · 臨 354 · 鄰 426 · 霖 447 · 鱗 466 · 麟 469
lǐn 凜 45 · 檁 222
lìn 吝 73 · 藺 373 · 賃 404 · 躪 411
líng 伶 21 · 凌 45 · 玲 276 · 綾 331 · 羚 338 · 翎 340 · 聆 343 · 菱 366 · 蛉 376 · 鈴 431 · 陵 442 · 零 447 · 靈 448 · 齡 472
lǐng 嶺 132 · 領 453
lìng 令 18 · 另 69
liū 溜 251
liú 劉 53 · 榴 218 · 流 243 · 瀏 257 · 琉 278 · 留 283 · 瘤 289 · 硫 303 · 餾 458
liǔ 柳 211
liù 六 40

溜	251	鱸	466	攣	190	**m**		謾	397	美	338	謎	397
陸	442	鸕	468	灤	258			máng		鎂	435	迷	418
·lo		lǔ		luǎn		mā		忙	150	mèi		醚	428
咯	77	擄	187	卵	63	媽	112	氓	231	妹	109	靡	449
lóng		滷	253	luàn		抹	170	盲	295	媚	112	mǐ	
嚨	86	虜	375	亂	10	má		芒	360	寐	120	米	323
朧	208	魯	465	lüè		麻	288	茫	365	昧	201	靡	449
瓏	279	lù		掠	180	蟆	379	mǎng		魅	464	mì	
矓	300	戮	165	略	284	麻	469	莽	365	mēn		密	120
窿	315	漉	253	lūn		mǎ		蟒	379	悶	156	沁	238
籠	322	潞	256	掄	179	嗎	83	māo		mén		祕	307
聾	345	碌	304	lún		瑪	279	猫	273	門	437	秘	310
隆	443	祿	308	侖	24	碼	304	貓	401	mèn		蜜	377
龍	472	綠	332	倫	29	螞	378	máo		悶	156	覓	387
lǒng		賂	404	圖	89	馬	459	毛	230	·men		mián	
壟	99	路	409	崙	131	mà		矛	300	們	29	棉	216
攏	189	錄	434	淪	245	罵	337	茅	363	mēng		眠	297
籠	322	陸	442	綸	332	螞	378	錨	434	蒙	370	綿	331
隴	444	露	448	論	395	·ma		髦	463	méng		miǎn	
lòng		鷺	468	輪	414	嗎	83	mǎo		朦	208	免	38
弄	141	鹿	469	lùn		嘛	84	卯	62	檬	222	冕	43
lōu		麓	469	論	395	mái		鉚	431	氓	231	勉	55
摟	185	lǘ		luō		埋	94	mào		濛	257	娩	111
lóu		櫚	222	囉	87	mǎi		冒	43	盟	293	澠	256
嘍	84	驢	461	捋	177	買	403	帽	136	曚	300	緬	332
婁	111	lǚ		luó		mài		茂	362	萌	367	miàn	
樓	219	侶	26	蘿	323	脈	348	貌	401	蒙	370	面	449
lǒu		呂	73	羅	338	賣	405	貿	403	měng		麵	469
摟	185	屢	128	蘿	374	邁	424	·me		猛	273	麪	469
簍	321	履	128	螺	379	麥	469	麼	469	蒙	370	miáo	
lòu		捋	177	邏	425	mán		méi		蜢	377	描	181
漏	254	旅	198	鑼	436	埋	94	媒	112	錳	434	瞄	299
陋	441	縷	333	騾	461	瞞	299	嵋	131	mèng		苗	363
露	448	褸	385	luǒ		蠻	380	枚	210	夢	101	miǎo	
·lou		鋁	433	裸	385	謾	397	梅	214	孟	114	渺	248
嘍	84	lǜ		luò		饅	458	楣	218	mī		秒	310
lū		律	146	洛	240	鰻	466	沒	235	咪	78	藐	372
嚕	86	慮	160	烙	261	mǎn		煤	263	眯	298	miào	
lú		氯	232	絡	329	滿	252	玫	276	瞇	299	妙	109
盧	141	濾	257	落	368	màn		眉	297	mí		廟	140
瀘	257	率	275	駱	460	曼	66	莓	366	彌	144	miē	
爐	267	綠	332			慢	136	酶	428	瀰	257	咩	78
盧	294	luán				慢	160	霉	447	眯	298	miè	
蘆	373	孿	115			漫	253	měi		瞇	299	滅	250
顱	455	巒	132			蔓	370	每	230	糜	325	蔑	370

字	頁	字	頁	字	頁	字	頁	字	頁	字	頁	字	頁
蠛	380	磨	305	捺	177	**néng**		**niáng**		膿	352	**òu**	
mín		脈	348	納	327	能	349	娘	111	農	416	漚	252
岷	130	茉	362	那	425	**ńg**		**niàng**		**nòng**				
民	231	莫	365	鈉	431	嗯	83	釀	429	弄	141	**p**	
mǐn		陌	441	**·na**		**ňg**		**niǎo**		**nú**		**pā**	
憫	161	驀	460	哪	79	嗯	83	裊	384	奴	107	啪	79
抿	172	默	470	**nǎi**		**ǹg**		鳥	466	**nǔ**		趴	408
敏	193	**móu**		乃	8	嗯	83	**niào**		努	55	**pá**	
皿	292	牟	269	奶	106	**nī**		尿	127	弩	143	扒	167
閩	439	眸	298	氖	231	妮	110	溺	252	**nù**		爬	267
míng		謀	396	**nài**		**ní**		**niē**		怒	152	琶	278
冥	44	**mǒu**		奈	105	倪	29	捏	176	**nǚ**		耙	342
名	71	某	211	耐	342	呢	76	**niè**		女	106	**pà**	
明	200	**mú**		**nán**		尼	126	孽	115	**nuǎn**		帕	134
溟	251	模	219	南	61	泥	238	涅	241	暖	203	怕	152
瞑	299	**mǔ**		喃	81	霓	447	聶	345	**nüè**		**pāi**	
茗	364	姥	110	男	283	**nǐ**		鎳	435	瘧	288	拍	171
螟	378	姆	110	難	445	你	22	鑷	436	虐	374	**pái**	
銘	432	拇	173	**nàn**		妳	110	齧	472	**nuó**		徘	147
鳴	466	母	229	難	445	擬	188	**nín**		娜	111	排	178
mìng		牡	269	**nāng**		**nì**		您	155	挪	177	牌	269
命	75	畝	283	囔	87	匿	59	**níng**		**nuò**		**pǎi**	
miù		**mù**		**náng**		昵	201	凝	46	懦	162	迫	417
謬	397	募	57	囊	87	暱	203	嚀	86	糯	325	**pài**	
mō		墓	97	**náo**		泥	238	寧	121	諾	396	派	240
摸	185	幕	136	撓	185	溺	252	擰	188			湃	249
mó		慕	160	**nǎo**		膩	352	檸	222	**o**		**pān**	
摹	185	暮	204	惱	159	逆	418	獰	274	**ō**		攀	189
摩	185	木	208	瑙	279	**niān**		**nǐng**		喔	83	潘	255
模	219	沐	234	腦	351	拈	171	擰	188	噢	86	番	284
磨	305	牧	270	**nào**		蔫	370	**nìng**		**ó**		**pán**	
膜	352	目	294	淖	245	**nián**		寧	121	哦	78	盤	294
蘑	373	睦	299	鬧	464	年	137	濘	257	**ò**		磐	304
饃	458	穆	313	**né**		粘	323	**niú**		哦	78	胖	348
魔	464	首	362	哪	79	鮎	465	牛	269	**ōu**		蹣	410
mǒ				**·ne**		黏	470	**niǔ**		區	59	**pàn**	
抹	170	**n**		呢	76	**niǎn**		扭	169	歐	225	判	49
mò				**něi**		捻	179	紐	327	毆	229	叛	66
墨	470	**ná**		哪	79	撚	189	鈕	431	鷗	468	拚	173
寞	121	拿	175	餒	458	碾	305	**niù**		**ǒu**		畔	284
抹	170	**nǎ**		**nèi**		**niàn**		拗	173	偶	30	盼	297
末	208	哪	79	內	39	唸	80	**nóng**		嘔	84	**pāng**	
沒	235	**nà**		那	425	廿	141	膿	85	藕	373	乓	9
沫	236	吶	72	嫩	112	念	151	濃	256			滂	251
漠	253	娜	111										

páng		砰	302	扁	166	憑	161	蹼	411	啟	193	錢	433
龐	141	**péng**		片	268	瓶	280	**pù**		稽	312	黔	470
彷	145	彭	145	篇	320	萍	367	堡	96	綺	331	**qiǎn**	
旁	198	朋	206	翩	340	蘋	373	暴	203	豈	400	淺	244
磅	304	棚	216	**pián**		評	391	曝	204	起	407	譴	399
膀	352	澎	254	便	25	**pō**		瀑	257	**qì**		遣	423
螃	378	硼	303	胼	349	坡	93	鋪	358	器	85	**qiàn**	
pàng		篷	321	**piàn**		朴	209	鋪	432	器	85	倩	27
胖	348	膨	352	片	268	泊	237			契	105	塹	97
pāo		蓬	370	騙	460	潑	256	**q**		憩	161	嵌	131
拋	170	鵬	467	**piāo**		頗	453			棄	216	欠	223
泡	238	**pěng**		剽	53	**pó**		**qī**		氣	232	歉	224
páo		捧	177	漂	252	婆	111	七	2	汽	235	縴	334
刨	49	**pèng**		飄	456	**pǒ**		嘁	84	泣	238	**qiāng**	
咆	76	碰	303	**piáo**		笸	317	妻	109	砌	302	嗆	83
炮	260	**pī**		嫖	112	**pò**		悽	156	訖	390	搶	184
袍	383	劈	53	朴	209	朴	209	戚	164	迄	416	槍	218
pǎo		坯	92	瓢	279	珀	276	期	207	**qiā**		羌	338
跑	409	批	168	**piǎo**		破	302	柒	212	掐	180	腔	351
pào		披	172	漂	252	粕	323	棲	216	**qiǎ**		鏘	435
泡	238	砒	302	瞟	299	迫	417	欺	224	卡	62	**qiáng**	
炮	260	霹	448	**piào**		魄	464	沏	235	**qià**		強	143
砲	302	**pí**		漂	252	**pōu**		淒	244	恰	154	強	144
pēi		啤	80	票	307	剖	52	漆	252	洽	240	牆	268
呸	74	毗	230	**piē**		**pū**		緝	332	**qiān**		薔	371
胚	347	琵	278	撇	185	仆	16	蹊	410	仟	17	**qiǎng**	
péi		疲	287	瞥	299	撲	186	**qí**		千	60	強	143
培	95	皮	292	**piě**		鋪	432	其	42	慳	160	強	144
裴	385	脾	350	撇	185	**pú**		奇	105	扦	168	搶	184
賠	405	裨	385	**pīn**		仆	16	崎	131	牽	270	**qiàng**	
陪	442	**pǐ**		拼	173	僕	34	旗	198	簽	322	嗆	83
pèi		劈	53	拼	175	匍	58	棋	215	籤	323	蹌	410
佩	24	匹	59	**pín**		脯	350	歧	226	謙	397	**qiāo**	
沛	234	否	72	貧	403	莆	365	畦	284	遷	423	悄	154
配	427	疋	286	頻	453	菩	367	祁	306	釺	430	敲	194
pēn		痞	287	**pǐn**		葡	368	祈	306	鉛	431	蹺	411
噴	85	癖	289	品	77	蒲	369	臍	353	阡	440	鍬	434
pén		**pì**		**pìn**		**pǔ**		薺	372	韆	451	**qiáo**	
盆	292	僻	35	聘	343	圃	89	騎	460	**qián**		僑	34
pèn		屁	127	**pīng**		埔	93	鰭	465	乾	10	喬	82
噴	85	譬	399	乒	9	普	203	麒	469	前	51	憔	161
pēng		辟	415	**píng**		朴	209	齊	472	潛	255	橋	221
怦	151	闢	440	坪	92	樸	221	**qǐ**		犍	271	瞧	300
抨	171	**piān**		屏	128	浦	241	乞	10	虔	374	蕎	371
烹	261	偏	31	平	136	譜	398	企	18	鉗	431		

qiǎo
巧 133
悄 154

qiào
俏 25
峭 130
撬 186
殼 229
竅 315
鞘 450

qiē
切 47

qié
茄 363

qiě
且 5

qiè
切 47
怯 151
挈 173
竊 315
趄 407
鍥 434

qīn
侵 27
欽 224
親 387

qín
勤 57
噙 86
擒 188
琴 278
禽 309
秦 310
芹 360

qǐn
寢 121

qìn
沁 236

qīng
傾 33
卿 63
氫 232
清 243
蜻 377
輕 413
青 448

qíng
情 155
擎 187
晴 202

qǐng
請 394
頃 452

qìng
慶 161
親 387

qióng
瓊 279
穹 314
窮 315

qiū
丘 6
秋 310
蚯 376
邱 425
鞦 450
鰍 465

qiú
仇 16
囚 87
求 233
泅 237
球 277
裘 384
酋 427

qū
區 59
屈 127
嶇 131
曲 205
蛆 376
趨 408
軀 412
驅 460

qú
渠 248

qǔ
取 66
娶 111
曲 205

qù
去 64
趣 408

quān
圈 89

quán
全 40
拳 175
權 223
泉 238
痊 287
蜷 377
醛 428
顴 455

quǎn
犬 271

quàn
券 51
勸 57

quē
炔 259
缺 336

qué
瘸 289

què
却 63
卻 63
榷 219
確 304
雀 444
鵲 467

qún
羣 339
裙 384

【r】

rán
然 262
燃 265

rǎn
冉 43
染 212

rāng
嚷 87

ráng
瓤 280

rǎng
嚷 87
壤 99
攘 189

ràng
讓 399

ráo
饒 458

rǎo
擾 189

rào
繞 335

rě
惹 158

rè
熱 264

rén
人 15
仁 16
任 19
壬 99

rěn
忍 150

rèn
仞 18
任 19
刃 47
妊 108
紉 326
認 394
韌 451
飪 457

rēng
扔 167

réng
仍 16

rì
日 199

róng
容 119
戎 163
榕 218
榮 218
溶 251
熔 264
絨 329
茸 364
蓉 369
融 378
鎔 435

rǒng
冗 43
宂 115

róu
揉 183
柔 212
蹂 410

ròu
肉 346

rú
儒 35
如 107
孺 115
茹 365
蠕 379

rǔ
乳 10
汝 234
辱 416

rù
入 39
褥 385

ruǎn
軟 412
阮 440

ruǐ
蕊 371

ruì
瑞 278
銳 433

rùn
潤 255
閏 438

ruò
弱 143
若 362

【S】

sā
撒 185

sǎ
撒 185
灑 258

sà
卅 60
薩 372
颯 456

sāi
塞 97
腮 351
鰓 465

sài
塞 97
賽 406

sān
三 2
叁 64

sǎn
傘 32
散 194

sàn
散 194

sāng
喪 81
桑 214

sǎng
嗓 84
搡 184

sàng
喪 81

sāo
搔 184
臊 352
騷 460

sǎo
嫂 112
掃 181

sào
掃 181
臊 352

sè
嗇 83
塞 97
澀 257
瑟 278
色 359

sēn
森 215

sēng
僧 34

shā
刹 51
杉 209
殺 229
沙 235
煞 263
砂 302
紗 327
莎 366
鯊 465

shá
啥 80

shǎ
傻 34

shà
廈 140
煞 263
霎 447

shāi
篩 321

shài
曬 204

shān
刪 49
删 49
姍 110
姗 109
山 129
扇 166
搧 184
杉 209
煽 264
珊 276
苫 362
衫 383

珊 409

shǎn
閃 437
陝 441

shàn
單 82
善 339
扇 166
擅 188
汕 234
禪 308
繕 335
膳 352
苫 362
贍 406

shāng
傷 34
商 80
墒 97

shǎng
上 3
晌 202
賞 405

shàng
上 3
尚 126

shang
裳 385

shāo
捎 176
梢 214
燒 265
稍 311
艄 358

sháo
勺 57
芍 360
韶 451

shǎo
少 125

shào
哨 78
少 125
稍 311
紹 328

shē
奢 106
賒 404

shé
折 168
舌 357
蛇 376

shě
捨 179

shè
射 123
懾 163
攝 189
涉 241
社 306
舍 357
設 391
赦 406

shéi
誰 395

shēn
伸 21
參 64
呻 74
娠 111
深 247
申 283
砷 302
紳 327
身 411

shén
什 16
甚 280
神 306

shěn
嬸 113
審 122
沈 235
瀋 257

shèn
慎 160
滲 254
甚 280
腎 350

shēng
升 60
昇 200
牲 270
生 281
甥 282
笙 318
聲 344

shéng
澠 256
繩 335

shěng
省 295

shèng
剩 52
勝 56
盛 293
聖 343

shī
失 104
尸 126
屍 127
師 135
施 198
溼 250
濕 257
獅 274
蝨 378
詩 392

shí
什 16
十 59
實 121
拾 175
時 201
石 301
蝕 377
食 456
鰣 466

shǐ
使 23
史 68
始 110
屎 128
矢 300

駛 459

shì
世 5
事 11
仕 16
似 20
侍 23
勢 56
嗜 83
噬 86
士 99
室 118
市 134
式 142
恃 153
拭 173
是 201
柿 212
氏 231
示 305
視 307
試 392
誓 393
識 398
逝 419
適 423
釋 429
飾 457

·shi
匙 59

shōu
收 191

shǒu
守 115
手 166
首 458

shòu
受 66
售 80
壽 99
授 180
獸 274
瘦 288

shū
抒 170
書 205
梳 215
樞 219
殊 228
淑 245
疎 286
疏 286
舒 357
蔬 371
輸 414

shú
塾 97
孰 115
熟 265
秫 310
贖 406

shǔ
屬 128
數 195
暑 202
曙 204
署 337
薯 371
蜀 376
黍 470
鼠 471

shù
墅 97
庶 139
恕 154
戍 164
數 195
束 209
樹 221
漱 252
術 381
豎 400
述 417

shuā
刷 51

shuǎ
耍 342

shuāi
摔 185

衰 383

shuǎi
甩 282

shuài
帥 135
率 275
蟀 379

shuān
拴 175
栓 213

shuàn
涮 247

shuāng
孀 113
雙 445
霜 448

shuǎng
爽 268

shuí
誰 395

shuǐ
水 233

shuì
睡 299
稅 311
說 394

shǔn
吮 74

shùn
瞬 300
舜 358
順 452

shuō
說 394

shuò
數 195
朔 207
爍 267
碩 304

sī
司 68
嘶 85
廝 140
思 151
撕 185
斯 197
私 309
絲 330

sǐ
死 227

sì
似 20
伺 22
嗣 83
四 87
寺 123
巳 134
泗 237
祀 306
肆 345
飼 457

sōng
松 211
鬆 463

sǒng
慫 160
聳 344

sòng
宋 117
訟 390
誦 394
送 418
頌 452

sōu
嗖 82
搜 183
艘 359
颼 456
餿 458

sǒu
擻 189

sòu
嗽 84

sū
嗦 87
穌 313
蘇 373
酥 427

sú
俗 26

sù
塑 96
宿 119
溯 251
簌 321
粟 324
素 326
嗉 345
訴 391
速 419

suān
酸 428

suàn
算 320
蒜 368

suī
雖 445

suí
綏 330
遂 422
隋 442
隨 443
髓 462

suì
歲 226
碎 303
祟 307
穗 313
遂 422
隧 444

sūn
孫 115

sǔn
損 183
榫 218
筍 317
筍 319

suō
唆 79
梭 215
簑 321
縮 335
蓑 369

suǒ
所 165
瑣 279
索 326
鎖 435

·suo
嗦 83

t

tā
他 18
塌 96
她 108
它 115
牠 270
踏 410

tǎ
塔 96
獺 275

tà
拓 170
撻 183
榻 187
踏 410
蹋 410

tāi
胎 348
苔 363

tái
台 69
抬 173
擡 188
枱 212
檯 222
臺 99
苔 363
颱 456

tài
太 103
態 160
汰 234
泰 236

tān
坍 92
攤 190
灘 258
癱 289
貪 402

tán
壇 98
彈 144
曇 204
檀 222
潭 255
痰 288
罈 337
罎 337
談 396
譚 397

tǎn
坦 92
忐 150
毯 231
袒 383

tàn
嘆 84
探 181
歎 224
炭 259
碳 304

tāng
湯 248

táng
唐 79
堂 95
塘 96
搪 184
棠 216
糖 325
膛 352
螗 378
螳 379

tǎng
倘 28
淌 245
躺 412

tàng
燙 265
趟 408

tāo
叨 69
掏 180
滔 251
濤 256
縧 334

táo
桃 213
淘 245
萄 367
逃 418
陶 442

tǎo
討 390

tào
套 106

tè
忑 150
特 270

téng
疼 287
藤 373
謄 397
騰 460

tī
剔 52
梯 215
踢 410
銻 433

tí
啼 82
提 181
蹄 410
題 454

tǐ
體 462

tì
剃 51
嚏 86
屜 128
惕 156
替 205
涕 243

tiān
天 102
添 245

tián
填 96
恬 154
甜 280
田 282

tiǎn
腆 350
舔 358

tiāo
挑 175

tiáo
條 215
笤 318
調 395
迢 417

tiǎo
挑 175

tiào
眺 298
跳 409

tiē
帖 134
貼 403

tiě
帖 134
鐵 436

tiè
帖 134

tīng
廳 141
汀 233
烴 261
聽 345

tíng
亭 14
停 30
庭 139
廷 141
蜓 377
霆 447

tǐng
挺 176
艇 358

tōng
通 420

tóng
同 70
彤 145
桐 213
瞳 300
童 316
酮 427
銅 431

tǒng
捅 177
桶 215
筒 318
統 329

tòng
同 70
痛 287

tōu
偷 30

tóu
投 169
頭 453

tòu
透 420

tou
頭 453

tū
凸 47
禿 309
突 314

tú
圖 90
塗 97
屠 128
徒 146
荼 366
途 420

tǔ
吐 69
土 90

tù
兔 39
吐 69

tuān
湍 249

tuán
團 90

tuī
推 179

tuí
頹 453

tuǐ
腿 352

tuì
蛻 377
褪 385
退 418

tūn
吞 72

tún
囤 88
屯 129
臀 353

tùn
褪 385

tuō
托 168
拖 171
脫 350
託 390

tuó
佗 22
沱 238
陀 441
駝 460
馱 459
鴕 467

tuǒ
妥 108
橢 221

tuò
唾 82
拓 170

w

wā
哇 76
挖 175
窪 315

蛙	376	枉	210	未	208	臥	354	嘻	84	系	325	顯	455
wá		綱	331	渭	249	wū		夕	100	細	328	鮮	465
娃	110	wàng		為	260	嗚	83	嬉	112	繫	335	xiàn	
wǎ		妄	107	猬	273	屋	127	希	134	隙	443	憲	162
瓦	280	往	146	畏	283	巫	133	息	154	xiā		獻	275
wà		忘	150	胃	348	汙	234	悉	154	瞎	299	現	277
瓦	280	旺	199	蔚	370	污	234	惜	156	蝦	378	綫	331
襪	386	望	207	蝟	378	烏	260	昔	199	xiá		線	332
·wa		王	275	衛	148	誣	393	晰	202	俠	25	縣	333
哇	76	wēi		衞	381	鎢	435	曦	204	匣	59	羨	339
wāi		偎	30	謂	396	wú		析	210	峽	130	腺	351
歪	226	危	62	遺	424	吾	72	汐	234	暇	203	見	387
wài		威	110	餵	458	吳	74	溪	251	狹	272	限	441
外	100	巍	132	魏	464	梧	214	烯	261	瑕	278	陷	442
wān		微	148	wēn		毋	229	熙	264	轄	414	餡	458
彎	144	薇	371	溫	248	無	261	熄	264	霞	448	xiāng	
灣	258	逶	420	瘟	288	蕪	371	熹	265	xià		廂	140
蜿	377	wéi		wén		蜈	376	犀	271	下	3	湘	248
豌	400	唯	80	文	195	wǔ		犧	271	嚇	86	相	295
wán		圍	89	紋	327	五	12	矽	302	夏	100	箱	320
丸	7	帷	135	聞	344	伍	18	硒	303	廈	140	襄	385
完	116	悼	136	蚊	375	侮	26	稀	311	xiān		鄉	426
烷	261	惟	157	wěn		午	60	羲	340	仙	17	鑲	436
玩	275	桅	213	吻	73	嫵	112	膝	352	先	37	香	459
頑	452	濰	257	穩	313	捂	176	蜥	377	掀	179	xiáng	
wǎn		為	260	紊	327	武	226	蟋	379	纖	336	祥	307
婉	111	維	332	wèn		舞	358	西	386	鍁	434	翔	340
宛	118	違	422	問	80	鵡	467	谿	400	鮮	465	詳	393
惋	157	韋	451	wēng		wù		蹊	410	xián		降	441
挽	177	wěi		嗡	83	兀	36	錫	433	咸	76	xiǎng	
晚	202	偽	31	翁	340	務	56	xí		啣	80	享	14
皖	292	偉	32	wèng		勿	57	媳	112	嫌	112	想	157
碗	303	唯	80	甕	280	塢	96	席	135	弦	143	響	451
莞	366	委	109	wō		悟	154	檄	222	涎	245	餉	457
輓	413	娓	111	喔	83	惡	156	習	340	絃	328	xiàng	
wàn		尾	127	撾	187	戊	163	蓆	369	舷	358	像	34
腕	351	緯	333	渦	249	晤	202	襲	386	賢	405	向	70
萬	308	萎	367	窩	315	物	270	xǐ		銜	432	嚮	86
wāng		葦	368	蝸	378	誤	393	喜	81	閑	438	巷	134
汪	234	wèi		wǒ		霧	448	徙	147	閒	439	橡	221
wáng		位	22	我	164		X	洗	240	鹹	468	相	295
亡	13	味	74	wò				銑	432	xiǎn		象	400
王	275	喂	82	握	183	xī		xì		洗	240	項	452
wǎng		尉	124	斡	196	吸	73	係	26	銑	432	xiāo	
往	146	慰	161	沃	235			戲	165	險	444	削	51

Column 1

字	頁
嚚	87
宵	118
消	241
蕭	258
硝	303
簫	322
蕭	372
逍	419
銷	432
霄	447
xiáo	
淆	245
xiǎo	
小	125
曉	204
xiào	
哮	78
嘯	86
孝	114
效	192
校	213
笑	317
肖	346
xiē	
些	13
楔	216
歇	224
蠍	379
xié	
偕	30
協	61
挾	176
携	184
攜	187
攜	190
斜	196
脅	349
諧	396
邪	425
鞋	450
xiě	
寫	122
血	380
xiè	
卸	63

Column 2

字	頁
寫	122
屑	128
懈	162
泄	237
洩	239
瀉	257
蟹	379
解	388
謝	397
xīn	
心	149
新	197
芯	361
薪	372
辛	415
鋅	433
馨	459
xìn	
信	26
芯	361
釁	429
xīng	
惺	158
星	201
猩	273
腥	351
興	357
xíng	
刑	48
型	93
形	144
行	380
邢	425
xǐng	
省	295
醒	428
xìng	
倖	27
姓	109
幸	137
性	151
悻	155
杏	209

Column 3

字	頁
興	357
xiōng	
兄	37
兇	38
凶	46
匈	58
洶	240
胸	349
xióng	
熊	264
雄	444
xiū	
休	18
修	29
羞	339
xiǔ	
宿	119
朽	209
xiù	
嗅	83
宿	119
秀	309
繡	330
繡	336
臭	355
袖	383
銹	433
鏽	436
xū	
吁	69
噓	85
墟	98
戌	163
虛	374
需	447
須	452
鬚	463
xú	
徐	147
xǔ	
栩	214
湑	253
許	390
xù	
婿	112

Column 4

字	頁
序	138
恤	154
敘	193
敍	193
旭	199
畜	283
絮	330
緒	331
續	336
蓄	369
酗	427
·xu	
蓿	370
xuān	
喧	83
宣	118
軒	412
xuán	
懸	163
旋	198
漩	253
玄	275
xuǎn	
癬	289
選	424
xuàn	
旋	198
渲	249
炫	260
眩	297
絢	329
xuē	
削	51
薛	371
靴	450
xué	
學	115
穴	313
xuě	
雪	446
xuè	
血	380
xūn	
勛	56
勳	57

Column 5

字	頁
薰	264
燻	266
醺	429
xún	
尋	124
峋	130
巡	416
循	148
旬	199
荀	364
詢	393
xùn	
殉	228
汛	234
訓	390
訊	390
迅	416
遜	423
馴	459

y

字	頁
yā	
丫	6
呀	72
啞	79
壓	98
押	171
椏	215
鴉	466
鴨	467
yá	
崖	131
涯	244
牙	269
芽	360
蚜	375
衙	381
yǎ	
啞	79
雅	445
yà	
亞	13
揠	181
訐	390

Column 6

字	頁
軋	412
·ya	
呀	72
yān	
咽	77
殷	229
淹	244
烟	261
焉	261
煙	263
燕	265
腌	350
醃	428
閹	439
yán	
嚴	86
岩	130
巖	132
延	141
檐	222
沿	238
炎	259
研	302
筵	319
簷	322
蜒	377
言	389
鉛	431
閻	439
顏	454
鹽	468
yǎn	
奄	105
掩	177
演	254
眼	298
衍	381
yàn	
厭	64
咽	77
唁	78
嚥	86
堰	96
宴	118
晏	202

Column 7

字	頁
焰	262
燕	265
硯	303
艷	359
諺	396
豔	400
雁	444
驗	461
yāng	
央	104
殃	228
秧	310
鴦	467
yáng	
佯	25
揚	182
楊	217
洋	241
瘍	288
羊	338
陽	443
yǎng	
仰	19
氧	232
癢	289
養	457
yàng	
恙	154
樣	220
漾	254
yāo	
吆	72
喓	72
夭	103
妖	108
腰	351
要	386
邀	424
yáo	
堯	95
姚	110
搖	184
瑤	279
窯	315
肴	347

謠	397	醫	428	臆	353	鸚	468	幽	138	虞	375	馭	459
遙	423	銥	432	艾	360	yíng		悠	155	諛	395	鬱	464
銷	458	yí		藝	372	熒	264	憂	160	輿	414	鷸	468
yǎo		儀	35	蜴	377	營	266	yóu		逾	422	yuān	
咬	77	咦	76	裔	384	瑩	279	尤	126	隅	443	冤	44
舀	356	夷	104	詣	392	盈	292	油	237	餘	457	淵	249
yào		姨	110	誼	396	螢	378	游	249	魚	464	鳶	466
瘧	288	宜	117	譯	398	蠅	379	猶	273	yǔ		鴛	467
耀	341	怡	152	議	398	贏	406	由	282	予	11	yuán	
藥	373	沂	235	逸	421	迎	417	遊	422	宇	115	元	36
要	386	疑	286	邑	425	yǐng		郵	426	嶼	132	原	63
鑰	436	移	310	yīn		影	145	鈾	431	禹	308	員	78
鷂	467	胰	348	因	88	穎	312	魷	465	羽	340	圓	89
yē		迤	417	姻	110	yìng		yǒu		與	356	圜	89
噎	85	遺	424	殷	229	應	162	友	65	語	393	垣	93
掖	180	頤	453	茵	364	映	201	有	206	雨	446	援	183
椰	217	yǐ		蔭	371	硬	303	莠	366	yù		源	250
耶	343	乙	9	陰	442	yō		酉	427	吁	69	猿	273
yé		以	17	音	451	唷	80	黝	471	喻	82	緣	333
爺	268	倚	28	yín		喲	83	yòu		域	94	袁	383
耶	343	已	134	吟	73	·yo		佑	20	寓	120	轅	414
yě		椅	215	垠	93	喲	83	又	65	尉	124	yuǎn	
也	10	矣	300	寅	119	yōng		右	67	峪	130	遠	422
冶	45	蟻	379	淫	245	傭	34	幼	138	御	147	yuàn	
野	430	yì		鄞	426	庸	139	誘	394	愈	158	怨	152
yè		亦	13	銀	432	擁	188	釉	429	慾	160	苑	363
咽	77	億	35	yǐn		癰	289	yū		慾	223	院	441
夜	101	奕	105	尹	9	臃	353	淤	246	欲	242	願	454
掖	180	屹	130	引	142	雍	445	瘀	288	熨	265	yuē	
曳	205	弈	142	癮	289	yǒng		迂	416	獄	274	曰	204
業	217	役	145	蚓	376	勇	55	yú		玉	275	約	326
液	246	意	159	隱	444	咏	76	于	12	瘐	288	yuè	
腋	350	憶	162	飲	457	恿	155	余	19	癒	289	岳	130
葉	367	抑	169	yìn		湧	160	俞	25	禦	308	嶽	132
謁	396	易	200	印	62	永	233	娛	111	籲	323	悅	155
鄴	427	毅	229	飲	457	泳	238	愉	158	育	347	月	206
頁	451	溢	251	yīng		涌	243	愚	158	與	356	樂	219
yī		異	284	嬰	113	湧	377	於	198	芋	360	粵	324
一	1	疫	286	應	162	詠	392	榆	217	蔚	370	越	407
伊	19	益	293	櫻	223	踴	410	渝	249	裕	384	閱	439
依	24	繹	335	纓	336	yòng		漁	253	譽	398	龠	472
壹	99	義	339	膺	353	用	282	瑜	278	豫	401	yūn	
揖	182	翌	340	英	363	yōu		盂	292	遇	421	暈	203
漪	253	翼	340	鶯	467	優	36	竽	317	郁	425		
衣	382	肆	345	鷹	468			萸	367	預	453		

yún
云 12
勻 57
筠 319
紜 326
耘 342
雲 446

yǔn
允 37
隕 443

yùn
員 78
孕 113
暈 203
熨 265
蘊 373
運 422
醞 428
韵 451
韻 451

Z

zā
紮 327
臢 353

zá
砸 302
雜 445

zǎ
咋 75

zāi
哉 76
栽 212
災 259

zǎi
仔 18
宰 119
崽 131
載 413

zài
再 43
在 90
載 413

zān
簪 321

zán
咱 77

zǎn
攢 190

zàn
暫 203
讚 399
贊 406

zāng
贓 406
臟 406
髒 462

zàng
臟 353
葬 368
藏 372

zāo
糟 325
遭 423

záo
鑿 436

zǎo
早 199
棗 216
澡 256
藻 373
蚤 376

zào
噪 86
灶 258
燥 266
皂 291
皁 291
竈 315
躁 411
造 419

zé
則 51
咋 75
嘖 84
擇 187
澤 256
責 402

zéi
賊 404

zěn
怎 151

zēng
增 98
憎 162
曾 205

zèng
贈 406

zhā
吒 70
喳 81
扎 167
查 211
楂 217
櫃 219
渣 248
紮 327

zhá
扎 167
札 209
炸 259
軋 412
鍘 434
閘 439

zhǎ
眨 297

zhà
乍 9
柵 211
榨 218
炸 259
蚱 376
詐 391

zhāi
摘 185
齋 472

zhái
宅 116
翟 340

zhǎi
窄 314

zhài
債 32
寨 120

zhān
占 62
氊 231
甄 231
沾 237
瞻 300
詹 393

zhǎn
展 128
斬 131
嶄 197
盞 293
輾 414

zhàn
佔 20
占 62
戰 165
棧 216
湛 247
站 316
綻 332
蘸 374
顫 454

zhāng
張 143
彰 145
樟 220
漳 253
章 316
蟑 379

zhǎng
掌 178
漲 254
長 437

zhàng
丈 3
仗 17
嶂 132
帳 135
杖 209
漲 254
瘴 289
脹 350
賬 405

zhāo
障 443
招 173
昭 201
朝 207
釗 430
著 298

zháo
著 298

zhǎo
找 168
沼 239
爪 267

zhào
兆 38
召 69
照 263
罩 337
肇 345
趙 408

zhē
折 168
遮 423

zhé
哲 78
喆 81
折 168
摺 185
蟄 379
輒 413
轍 415

zhě
者 342
鍺 433

zhè
浙 241
蔗 370
這 420
鷓 468

zhe
著 298
著 366

zhēn
偵 30
幀 136
斟 196
榛 218
珍 276
甄 280
真 297
砧 302
碪 304
臻 356
貞 402
針 430

zhěn
枕 211
疹 287
診 391

zhèn
圳 91
振 176
鎮 435
陣 441
震 447

zhēng
征 145
徵 148
怔 151
掙 180
正 225
爭 267
猙 273
癥 289
睜 299
箏 320
蒸 370

zhěng
拯 176
整 195

zhèng
掙 180
政 192
正 225
症 286
諍 395
證 398
鄭 426

zhī
之 9
只 68
吱 72
支 190
枝 210
汁 233
知 301
織 335
肢 346
胝 348
脂 348
芝 361
蜘 377
隻 444

zhí
侄 24
值 28
執 94
姪 110
植 215
殖 228
直 295
職 345

zhǐ
只 68
址 91
指 174
旨 199
枳 211
止 225
祉 306
紙 327
趾 408

zhì
制 50
峙 130
幟 136
志 150
摯 184
擲 189
智 202
治 239
滯 252
炙 259
痔 287
秩 310

稚	311	畫	202	磚	305	茁	363	zòu	
窒	314	皺	292	**zhuǎn**		著	366	奏	105
緻	332	驟	461	轉	414	酌	427	揍	181
置	337	**zhū**		**zhuàn**		**zī**		**zū**	
至	356	朱	209	傳	32	吱	72	租	310
致	356	株	213	撰	187	咨	77	**zú**	
製	385	猪	273	篆	320	姿	110	卒	61
誌	393	珠	276	賺	406	孜	114	族	198
識	398	茱	364	轉	414	淄	247	足	408
質	405	蛛	376	**zhuāng**		滋	250	**zǔ**	
zhōng		誅	392	妝	109	兹	365	祖	306
中	6	諸	394	椿	219	諮	396	組	327
忠	150	豬	401	粧	324	資	404	詛	391
盅	292	**zhú**		莊	366	齜	472	阻	440
終	328	燭	266	裝	384	**zǐ**		**zuān**	
衷	383	竹	317	**zhuàng**		仔	18	鑽	436
鍾	434	逐	419	壯	99	姊	110	**zuǎn**	
鐘	436	**zhǔ**		幢	136	子	113	纂	335
zhǒng		主	8	撞	186	滓	251	**zuàn**	
種	311	囑	87	狀	271	籽	323	攥	190
腫	351	屬	128	**zhuī**		紫	329	鑽	436
踵	410	拄	172	椎	216	**zì**		**zuǐ**	
zhòng		煮	261	追	418	字	114	嘴	85
中	6	矚	300	錐	433	漬	252	**zuì**	
仲	19	**zhù**		**zhuì**		自	354	最	43
眾	297	住	22	墜	98	**·zi**		罪	337
種	311	助	55	綴	332	子	113	醉	428
衆	380	柱	212	贅	406	**zōng**		**zūn**	
重	429	注	238	**zhūn**		宗	117	尊	124
zhōu		祝	307	諄	395	棕	216	樽	221
周	76	築	321	**zhǔn**		椶	217	遵	424
州	132	著	366	准	45	綜	332	**zuō**	
洲	240	蛀	376	準	251	踪	410	作	21
粥	324	註	391	**zhuō**		蹤	410	**zuó**	
舟	358	貯	404	卓	61	鬃	463	昨	201
謅	397	鑄	436	拙	171	**zǒng**		**zuǒ**	
週	421	駐	459	捉	176	總	334	佐	20
zhóu		**zhuā**		桌	213	**zòng**		左	133
軸	413	抓	168	**zhuó**		粽	324	撮	186
zhǒu		**zhuǎ**		着	298	糭	324	**zuò**	
帚	135	爪	267	啄	79	縱	334	作	21
肘	346	**zhuài**		濁	256	**zōu**		做	30
zhòu		拽	175	灼	259	鄒	426	坐	91
咒	74	**zhuān**		琢	278	**zǒu**		座	139
宙	117	專	123	着	298	走	407	柞	211

一 部

0
一

[yī │ 粵jɐt⁷ 壹]

❶ 最小的整數。大寫作"壹" ◆ 一支筆／千鈞一髮。❷ 相同；同樣的 ◆ 一模一樣／千篇一律。❸ 全部；整個兒 ◆ 一身汗／一冬天沒下雪。❹ 專一 ◆ 一心一意。❺ 另外；又 ◆ 墨魚一名烏賊。❻ 放在重疊動詞之間，表示稍微或短暫 ◆ 想一想／試一試。❼ 表示動作或情況突然出現 ◆ 大吃一驚／耳目一新。❽ 跟"就"相呼應，組成"一⋯⋯就⋯"格式，表示前後兩個動作或情況緊接着發生 ◆ 一學就會／一說就明白。

【一切】yī qiè ❶ 所有的 ◆ 想一切辦法來幫助他。❷ 所有的東西 ◆ 對他來說，愛情高於一切。

【一旦】yī dàn ❶ 一個早晨；一天之間。形容在很短的時間內 ◆ 山洪暴發，大片莊稼毀於一旦。❷ 表示假如有一天或忽然有一天 ◆ 一旦發生意外，也不致手忙腳亂。

【一向】yī xiàng 從過去到現在 ◆ 他的學習成績一向很好。

【一味】yī wèi 單純地 ◆ 對孩子一味遷就，不是真正愛護孩子。

【一定】yī dìng ❶ 確定不變 ◆ 一天二十四小時，這是一定的。⑩ 固定。❷ 肯定無疑 ◆ 我們一定能奪取冠軍。⑩ 必定。⑫ 未必。❸ 特定的 ◆ 液體在一定的條件下能變成固體。❹ 相當的 ◆ 中國的羽毛球隊在國際羽壇上具有一定的實力。

【一致】yī zhì ❶ 相同；沒有分歧 ◆ 我們的看法完全一致。❷ 一同；一起 ◆ 團結起來，一致對外。

【一律】yī lǜ ❶ 一個樣子 ◆ 各人有各人的情況，不能強求一律。❷ 都

應如此，沒有例外 ◆ 法律面前，一律平等。⑫ 例外。

【一般】yī bān ❶ 一樣；同樣 ◆ 人羣像潮水一般湧來。❷ 普通；通常 ◆ 一般人都明白這個道理。⑩ 平常。⑫ 特殊。

【一貫】yī guàn 從來都是這樣 ◆ 他待人一貫熱情、真誠。⑩ 一向、一直。⑫ 偶爾、偶然。

【一瞥】yī piē 很快地看一下；很快看所見到的情景 ◆ 火車的速度極快，窗外的風光一瞥而過。

【一會兒】yī huìr ❶ 表示很短的時間或在很短的時間內 ◆ 休息一會兒再走。⑩ 片刻。❷ 連用兩個"一會兒"，表示兩種情況交替出現 ◆ 一會兒晴空萬里，一會兒濃雲密佈。

【一溜煙】yī liù yān 形容跑得很快 ◆ 他衝出人羣，一溜煙就不見人影了。

【一窩蜂】yī wō fēng 形容許多人亂哄哄地同時行動或說話 ◆ 人們一窩蜂地圍了過去。

【一瞬間】yī shùn jiān 瞬：眼珠一動；一眨眼。轉眼之間，形容時間極短 ◆ 一瞬間，狂風怒吼，雷雨大作。

【一五一十】yī wǔ yī shí 敍述詳詳細細，原原本本，沒有遺漏 ◆ 我把這次經歷一五一十地告訴了姐姐。

【一日千里】yī rì qiān lǐ 原指馬跑得很快，一天能跑千里遠。後用來形容事物的發展非常迅速 ◆ 現代科學技術的發展一日千里。⑩ 日新月異。

【一毛不拔】yī máo bù bá 一根毫毛也不肯拔掉。形容極端吝嗇 ◆ 大家都踴躍捐獻，他卻一毛不拔。

【一心一意】yī xīn yī yì 心思專一 ◆ 他一心一意跟師傅學本領。⑩ 全心全意。⑫ 三心二意。

【一本正經】yī běn zhèng jīng 形容

態度很莊重、很嚴肅。常帶有諷刺意味 ◆ 看他那一本正經的樣子，大家都暗暗發笑。

【一目瞭然】yī mù liǎo rán 目：看。瞭然：明白。一眼就能看清楚 ◆ 這篇文章的主題是一目瞭然的。
注意 "一目瞭然"也作"一目了然"。

【一丘之貉】yī qiū zhī hé 貉：一種樣子像狐狸的野獸。同一個山丘上的貉。比喻都是同類，沒有甚麼區別 ◆ 他倆是一丘之貉，都是賭徒。⑩ 一路貨色。
注意 "一丘之貉"含貶義，專指壞人。

【一成不變】yī chéng bù biàn 一旦形成，永不改變 ◆ 天下哪有一成不變的事物？⑫ 千變萬化。

【一帆風順】yī fān fēng shùn 起帆航行，一路順風。比喻工作非常順利，沒有遭遇任何困難或挫折 ◆ 人的一生不可能總是一帆風順的。

【一如既往】yī rú jì wǎng 一如：完全相同。既往：以往。與過去完全一樣 ◆ 我們將一如既往，友好合作。

【一見如故】yī jiàn rú gù 故：老朋友。初次見面就像老朋友一樣 ◆ 他們兩人一見如故。

【一知半解】yī zhī bàn jiě 知道得不全面，了解得不透徹 ◆ 學習不能滿足於一知半解。

【一往無前】yī wǎng wú qián 一直向前，無所阻擋。指不怕任何困難，奮勇前進 ◆ 我佩服他那種一往無前的精神。⑩ 勇往直前。⑫ 畏縮不前。

【一針見血】yī zhēn jiàn xiě 比喻說話或寫文章簡短而直截了當，一下子便切中要害 ◆ 他的話一針見血，擊中要害。

【一敗塗地】yī bài tú dì 塗地：指肝腦塗地。形容失敗得很慘，到了不可收拾的地步 ◆ 客隊一敗塗地，連輸三局。

【一望無際】yī wàng wú jì 際：邊際。一眼望去，看不到邊際。形容十分遼闊 ◆ 眼前是一望無際的大海。

【一視同仁】yī shì tóng rén 視：看待。仁：仁愛。指同樣看待，不分親疏厚薄 ◆ 對員工要一視同仁，不能厚此薄彼。

【一無所有】yī wú suǒ yǒu　甚麼東西都沒有 ◆ 房子裏，除了數張椅子外，一無所有。

【一勞永逸】yī láo yǒng yì　逸：安逸。勞累一次，可以得到永久的安逸 ◆ 世界上沒有一勞永逸的事。

【一絲不苟】yī sī bù gǒu　苟：馬虎。形容做事非常仔細、認真，連最細微的地方也不馬虎 ◆ 他做事一向踏踏實實，一絲不苟。◎ 粗枝大葉

【一概而論】yī gài ér lùn　一概：一個標準。用同一標準來對待或處理 ◆ 兩人情況不同，不能一概而論。

【一鼓作氣】yī gǔ zuò qì　作氣：鼓起勇氣。指趁情緒高、幹勁足的時候，一口氣把事情做完 ◆ 同學們一鼓作氣把會場佈置得漂漂亮亮。

【一落千丈】yī luò qiān zhàng　形容境況、地位、聲譽等急速下降 ◆ 父母相繼去世，家境一落千丈。

【一意孤行】yī yì gū xíng　孤行：獨自行事。不聽別人勸告，固執地按自己的意志行事 ◆ 你再一意孤行，是要吃虧的。

【一鳴驚人】yī míng jīng rén　一聲鳴叫使人震驚。比喻平時沒有突出表現，一幹就取得優異的成績，使人驚訝 ◆ 他並無真才實學，卻老想一鳴驚人。

【一塵不染】yī chén bù rǎn　一點灰塵也不沾。形容環境非常潔淨；也指人品純潔高尚，絲毫沒有沾染壞習氣 ◆ 辦公室裏窗明几淨，一塵不染 / 商海沉浮數十載，他卻一塵不染。

【一網打盡】yī wǎng dǎ jìn　比喻全部抓獲或徹底肅清 ◆ 警方終於將這批歹徒一網打盡。

【一髮千鈞】yī fà qiān jūn　鈞：古代重量單位，一鈞為三十斤。一根頭髮吊着千鈞重物。比喻形勢十分危急 ◆ 在這一髮千鈞之際，他挺身而出。
(注意)"一髮千鈞"也作"千鈞一髮"。

【一箭雙雕】yī jiàn shuāng diāo　雕：一種兇猛的大鳥。一枝箭射中了兩隻雕。比喻做一件事情得到兩方面的收穫 ◆ 這個計策不錯，可以一箭雙雕。

【一舉兩得】yī jǔ liǎng dé　舉：舉動。做一件事情，得到兩方面的收穫 ◆ 這

是一舉兩得的事情，何樂而不為？
(注意)"一舉兩得"也作"一舉多得"。

【一諾千金】yī nuò qiān jīn　諾：承諾的話。一句承諾的話價值千金。形容説話算數，很講信用 ◆ 他辦事向來一諾千金，決不食言。

【一竅不通】yī qiào bù tōng　竅：洞孔，這裏指心竅。比喻甚麼也不懂 ◆ 他成天遊手好閒，對電腦一竅不通。

【一觸即發】yī chù jí fā　原指箭在弦上，一觸動就會射出。後用來比喻形勢非常緊張，稍有觸動就會發生嚴重的事情 ◆ 雙方嚴陣以待，戰爭一觸即發。

【一籌莫展】yī chóu mò zhǎn　籌：計策；辦法。展：施展。一點辦法也拿不出來 ◆ 面對重重困難，我真是一籌莫展。
(注意)不要把"籌"錯寫成"愁"。

〈一〉一生、一同、一直、一起、一流、一樣、一連串、一輩子、一言不發、一清二楚、一舉一動

〈一〉專一、統一、單一、萬一、煥然一新、言行不一、表裏如一

丁

一 丁

[dīng ㄉㄧㄥ ⑧ diŋ¹ 叮]

❶ 天干的第四位；泛指第四 ◆ 甲乙丙丁 / 丁級。❷ 成年男子；泛指人口 ◆ 壯丁 / 人丁興旺。❸ 稱從事某種職業的人 ◆ 園丁。❹ 蔬菜、肉類切成的小塊 ◆ 肉丁 / 炒雜丁。❺ 姓。
❀ 圖見103頁。

【丁香】dīng xiāng　❶ 一種落葉灌木，開紫色或白色的花，叫丁香花，長筒形，有香味。❷ 一種常綠喬木，開淡紅色的花。果實像橄欖，可以做烹飪調料，也可以榨丁香油，做芳香劑。
❀ 圖見360頁。

【丁是丁，卯是卯】dīng shì dīng, mǎo shì mǎo　丁是天干的第四位，卯是地支的第四位。天干和地支不能相混。形容辦事認真，一點也不含糊 ◆ 丁是丁，卯是卯，要一項一項分清楚。

〈一〉補丁、目不識丁

七

一 七

[qī ㄑㄧ ⑧ tsɐt⁷ 漆]

數目字，五加二的得數。大寫作"柒" ◆ 七巧板 / 七月初七。

【七夕】qī xī　農曆七月七日的晚上。神話傳説，天上的牛郎和織女被天河隔開，每年只能在這天晚上在鵲橋相會。

【七律】qī lǜ　"七言律詩"的簡稱。古詩的一種體裁。全詩八句，每句七個字，三四及五六兩句要對仗，雙句要押韻。

【七絕】qī jué　"七言絕句"的簡稱。古詩的一種體裁。全詩四句，每句七個字，雙句要押韻。

【七上八下】qī shàng bā xià　歇後語"十五個吊桶——七上八下"。形容心神不定 ◆ 明天就要公佈考試成績了，心裏總是七上八下的。

【七老八十】qī lǎo bā shí　指年紀很老，七八十歲的人了 ◆ 爺爺都七老八十了，還能做甚麼？

【七嘴八舌】qī zuǐ bā shé　形容你一句、我一句地説個不停 ◆ 大家七嘴八舌地議論開了。

〈一〉七手八腳、七拼八湊、七零八落

〈一〉亂七八糟、橫七豎八、雜七雜八、不管三七二十一

三

一 二 三

[sān ㄙㄢ ⑧ sam¹ 衫]

❶ 數目字，二加一的得數。大寫作"叁" ◆ 三個人。❷ 表示多或多次。"三"不是確指 ◆ 三番五次 / 再三叮囑。

【三三兩兩】sān sān liǎng liǎng　三個一羣、兩個一夥地在一起 ◆ 同學們三三兩兩地走出校門。

【三五成羣】sān wǔ chéng qún　三個一夥、五個一羣地在一起 ◆ 小息時同

學們常三五成羣地聚在一起。

【三心二意】sān xīn èr yì　又想這樣，又想那樣，心思不專一 ◆ 這工作不錯，你別再三心二意了。（反）一心一意。

【三言兩語】sān yán liǎng yǔ　簡單的幾句話 ◆ 這件事不是三言兩語能說清楚的。

【三長兩短】sān cháng liǎng duǎn　指意外的災禍或事故；特指人的死亡 ◆ 老人若有個三長兩短，可怎麼辦？

【三思而行】sān sī ér xíng　三思：反覆思考。多想想，考慮成熟後才行動 ◆ 事關重大，請三思而行。（注意）"三思而行"也作"三思而後行"。"三"粵讀 sam³（衫³）。

【三頭六臂】sān tóu liù bì　比喻神通廣大，本領出眾 ◆ 你就是有三頭六臂也挽回不了敗局。

【三顧茅廬】sān gù máo lú　東漢末年，劉備親自到諸葛亮隱居在隆中的茅屋拜訪，請他出來出謀劃策，幫自己爭奪天下。他去了三次才見到諸葛亮。後用來指誠心誠意地一再邀請 ◆ 我是三顧茅廬，他才答應出來幫我做事。

【三寸不爛之舌】sān cùn bù làn zhī shé　形容能言善辯，口才出眾 ◆ 憑他三寸不爛之舌，定能説服對方。

（近）三角、三更半夜、三句話不離本行
（反）不三不四、低三下四、朝三暮四

上 ² ｜ ｜ ⼂ 上

〈一〉[shàng ㄕㄤˋ 粵 sœŋ⁶尚]

❶ 位置在高處；跟"下"相對 ◆ 山上／樹上。❷ 等級、質量等高的；次序在前的 ◆ 上級／上等／上學期。❸ 指時間、處所、範圍、方面等 ◆ 早上／身上／會上／工作上。

〈二〉[shàng ㄕㄤˋ 粵 sœŋ⁵尚⁵]

❹ 從低處到高處 ◆ 上山／上車。❺ 表示到、去等動作 ◆ 上街／上學。❻ 增添；安裝 ◆ 上肥／上刺刀。❼ 按規定時間進行活動 ◆ 上班／上課。❽ 表示動作的完成或趨向 ◆ 考上中學／爬上去。❾ 表示達到一定程度或數量 ◆ 上了年紀的人／成千上萬。

〈三〉[shǎng ㄕㄤˇ 粵 sœŋ⁵尚⁵]

❿ 漢語四聲之一，即上聲。古代漢語是第二聲（平、上、去、入），現代漢語是第三聲（陰平、陽平、上聲、去聲）。

【上旬】shàng xún　每月一日到十日的那段時間 ◆ 九月上旬開學。

【上帝】shàng dì　中國古代指天上能主宰萬物的神；基督教信奉的神，認為這是萬物的創造者和主宰者 ◆ 願上帝賜平安。

【上策】shàng cè　高明的計策；最好的辦法 ◆ 與他言歸於好，這是上策。（反）下策。

【上²鈎】shàng gōu　魚吃了誘餌被鈎住。比喻被引誘上當 ◆ 經過嚴密部署，賊人終於上鈎了！

【上游】shàng yóu　❶ 河流靠近發源地的一段 ◆ 長江上游。（反）下游。❷ 比喻處在先進的地位 ◆ 他勤奮工作，力爭上游。（反）下游。

【上²當】shàng dàng　受騙 ◆ 你別上當，這是假貨。

【上行下效】shàng xíng xià xiào　效：仿效。上面的人怎麼做，下面的人就仿效着怎麼做 ◆ 廠長不正經，員工也常做些不三不四的事情，真是上行下效。（近）上梁不正下梁歪。（注意）"上行下效"多用作貶義。

（近）上午、上面、上空、上層
（反）天上、地上、桌上、淋上、晚上、錦上添花、紙上談兵、不相上下、後來居上、蒸蒸日上₂、扶搖直上₂

才 ²
見手部，167 頁。

下 ² 一 丁 下

[xià ㄒㄧㄚˋ 粵 ha⁶ 夏]

❶ 位置在低處；跟"上"相對 ◆ 山下／樹下。❷ 等級、質量等低的；次序在後的 ◆ 下級／下等／下學期。❸ 從高處到低處；降；落 ◆ 下雨／下車。❹ 表示作出、發出、用等動作 ◆ 下結論／下命令。❺ 結束；退出 ◆ 下班／一號球員下場。❻ 表示動作的繼續、完成或趨向 ◆ 請説下去／坐下休息／已經躺下了。❼ 少於；低於 ◆ 觀眾不下三千人。❽ 某些動物生產 ◆ 母豬下仔／母雞下蛋。❾ 量詞，表示動作的次數 ◆ 拍了三下／敲了幾下。（注意）❾ 粵音讀 ha⁵（夏⁵）。

【下旬】xià xún　每月二十一日到月底的那段時間 ◆ 我計劃三月下旬去廣州。

【下流】xià liú　❶ 河流靠近出口的一段 ◆ 黃河下流泥沙俱下。（同）下游。（反）上流。❷ 比喻卑鄙庸俗 ◆ 此人下流無恥。（反）高尚。

【下策】xià cè　不高明的計策；沒有辦法的辦法 ◆ 放棄競爭，這是下策。（反）上策。

【下游】xià yóu　❶ 河流靠近出口的一段 ◆ 長江下游。（反）上游。❷ 比喻處在落後的地位 ◆ 身居下游，應該急起直追。（反）上游。

【下落】xià luò　❶ 尋找中的人或物的去向 ◆ 小弟失蹤三天了，至今下落不明。❷ 往下降落 ◆ 熱氣球緩緩下落。（反）上升。

【下不為例】xià bù wéi lì　下次不能以這一次為先例。表示只通融這一次 ◆ 這一次就算了，下不為例。

（近）下午、下面、下班、下令、下賤
（反）地下、低下、天下、對症下藥、承上啟下、騎虎難下、雙管齊下

丈 ²
一 ナ 丈

[zhàng ㄓㄤˋ 粵 dzœŋ⁶ 象]

❶ 長度單位，十尺為一丈。折合市制，一丈等於 3.3333 米 ◆ 一丈布／一落千丈。❷ 測量土地 ◆ 丈量土地。❸ 對男動長輩的尊稱 ◆ 岳丈／姑丈。

【丈人】zhàng rén　古代對老年男子的尊稱。

【丈人】zhàng·ren　岳父；妻子的父親。

【丈夫】zhàng fū　成年男子 ◆ 大丈夫能屈能伸。

【丈夫】zhàng ·fu　結婚後男子是女子的丈夫 ◆ 她丈夫在一家公司當經理。

²
兀　見儿部，36頁。

³
丐　一丅下丐

[gài 《ㄞˋ ⑧ goi³ 改³/kɔi³ 概（語）]
❶ 乞求。❷ 靠要飯、討錢生活的人 ◆ 乞丐。❸ 給；施與。

³
廿　見廾部，141頁。

³
不　一丆不不

[bù ㄅㄨˋ ⑧ bɐt⁷ 畢]
❶ 表示否定 ◆ 不是／説得不對。❷ 放在句子末尾表示疑問 ◆ 你去不？／這東西賣不？

【不必】bù bì　沒有必要 ◆ 你不必為我擔心。⑤ 必需、必須。

【不朽】bù xiǔ　永不磨滅 ◆ 永垂不朽／《紅樓夢》是一部不朽的傳世名作。

【不安】bù ān　❶ 不安定；不平靜 ◆ 這幾天他總是坐立不安。❷ 客氣話，表示抱歉 ◆ 給你們添麻煩了，心裏很不安。

【不但】bù dàn　跟 “而且”、“並且” 或 “也”、“還” 等搭配使用，表示遞進關係 ◆ 她不但會説英語，法語也説得很好。⑤ 不僅。

【不妨】bù fáng　沒有妨礙，表示可以這樣做 ◆ 溫泉浴能消除疲勞，有機會你不妨試試。

【不宜】bù yí　宜：適合。不適合 ◆ 處理這件事，不宜操之過急。⑤ 適宜。

【不苟】bù gǒu　不隨便；不馬虎 ◆ 他一向不苟言笑。

【不料】bù liào　事先沒有想到 ◆ 不料天公不作美，不能去海洋公園玩了。⑤ 料到、預料。

【不屑】bù xiè　不值得 ◆ 他對這類低級的表演，向來不屑一顧。⑤ 值得。

【不堪】bù kān　❶ 禁受不住；承受不了 ◆ 對方不堪一擊。❷ 不能；無法 ◆ 後果不堪設想。❸ 表示程度深。多用於不稱心的事物或情況 ◆ 傢具已破爛不堪。

【不單】bù dān　❶ 不只是 ◆ 考滿分的不單是他們三個。⑤ 不止。❷ 不但 ◆ 他不單會游泳，還會溜冰。

【不然】bù rán　❶ 不是這樣 ◆ 她以為這是關心孩子，其實不然。❷ 如果不這樣 ◆ 快走罷，不然要遲到了。

【不測】bù cè　測：推測；預料。沒有預料到的；意外的災禍 ◆ 天有不測風雲，人有旦夕禍福。

【不禁】bù jīn　控制不住 ◆ 我不禁要問：你這樣做得對起父母嗎？

【不過】bù guò　❶ 不超過；僅僅。表示數量少、範圍小或程度輕 ◆ 真正好看的電影也不過三五部。❷ 不超過，沒有比這更……。表示程度高 ◆ 你能來幫我做事，是最好不過了。❸ 用在表示轉折關係句的後半部分；只是 ◆ 這篇作文寫得很好，不過個別用詞還需要再推敲一下。

【不僅】bù jǐn　❶ 表示超出某個範圍 ◆ 不僅我們學校參加，附近幾所學校也參加。⑤ 只是。❷ 不但。常與 “而且” 搭配使用 ◆ 中銀大廈不僅高，而且造型美觀。

【不管】bù guǎn　表示在任何情況下結果都一樣 ◆ 不管他怎麼説，我都不信。⑤ 無論。

【不論】bù lùn　不管 ◆ 不論是大事還是小事，他都要管。⑤ 無論。

【不懈】bù xiè　不鬆懈 ◆ 只要堅持不懈，總有一天會成功。

【不了了之】bù liǎo liǎo zhī　了：了結。用不了結的辦法來了結事情。指事情沒有結束就放在一邊不管了 ◆ 這件事關係重大，怎麼能不了了之？

【不毛之地】bù máo zhī dì　指貧瘠、荒涼不長莊稼的地方 ◆ 原先的不毛之地，今天已成一片綠洲。

【不可一世】bù kě yī shì　自以為世上沒有一個能比得上。形容狂妄自大，目空一切 ◆ 你看他不可一世的樣子，實在令人可笑。⑤ 妄自尊大。⑤ 妄

自菲薄。

【不可思議】bù kě sī yì　無法想像，難以理解 ◆ 他的反常表現，令人不可思議。

【不可救藥】bù kě jiù yào　不能用藥物來救治。比喻人或事物已發展到無可挽救的地步 ◆ 他多少還有點良知，還沒有到不可救藥的地步。⑤ 病入膏肓。（注意）“不可救藥” 也作 “無可救藥”。

【不可開交】bù kě kāi jiāo　開交：結束；解脱。無法結束或解脱。形容事情非常繁雜 ◆ 最近一段時間，我們都忙得不可開交。

【不由自主】bù yóu zì zhǔ　由不得自己。形容自己控制不了自己 ◆ 他不由自主地手舞足蹈起來。⑤ 情不自禁。

【不求甚解】bù qiú shèn jiě　原指讀書只要領會要旨，不求一字一句的理解。現多用來指讀書不認真，只求懂得個大概，不求深入理解 ◆ 你學習上的毛病就在於不求甚解。

【不言而喻】bù yán ér yù　喻：明白。不用説就能明白 ◆ 他這樣做的目的是不言而喻的。⑤ 顯而易見。

【不拘一格】bù jū yī gé　不拘泥於一種模式或一個標準 ◆ 開業典禮可以不拘一格，只要熱烈、隆重就好。

【不知所措】bù zhī suǒ cuò　不知道該怎麼辦 ◆ 一時急得我不知所措。⑤ 無所適從。⑤ 胸有成竹。

【不屈不撓】bù qū bù náo　撓：彎曲。不屈服。形容意志非常堅定 ◆ 她那不屈不撓的精神，令人敬佩。⑤ 百折不撓。

【不計其數】bù jì qí shù　無法計算它的數目。形容多 ◆ 香港的高樓大廈不計其數。⑤ 屈指可數。

【不約而同】bù yuē ér tóng　約：約

定、商量。事先沒有商量，彼此的意見或行動卻相同 ◆ 同學們不約而同地鼓起掌來。⑩ 不謀而合。

【不恥下問】bù chǐ xià wèn　不因為向地位或學識比自己低的人請教而覺得羞恥。形容虛心好學，能向任何人請教 ◆ 老先生不恥下問的精神，令人可敬可佩。

【不偏不倚】bù piān bù yǐ　倚：偏。不偏向於任何一方。表示辦事公正或處於中立位置 ◆ 他辦事不偏不倚。

【不假思索】bù jiǎ sī suǒ　假：憑藉。用不着想 ◆ 他不假思索地一口氣說出了八個香港之最。

【不堪設想】bù kān shè xiǎng　不敢想像。多用於指事情發展下去結果會很壞 ◆ 如果再不懸崖勒馬，後果將不堪設想。

【不寒而慄】bù hán ér lì　慄：發抖。不寒冷而發抖。形容十分恐懼 ◆ 見此慘狀，令人不寒而慄。⑩ 心驚膽顫、毛骨悚然。

【不勞而穫】bù láo ér huò　不勞動而有收穫 ◆ 你這種不勞而穫的思想必須改掉。⑩ 坐享其成。⑪ 自食其力。

【不遺餘力】bù yí yú lì　把全部力量都使出來，一點也不保留 ◆ 他不遺餘力地為慈善事業奔走。⑩ 全力以赴。

【不學無術】bù xué wú shù　沒有學問及本領 ◆ 老闆是一個不學無術的人。

【不謀而合】bù móu ér hé　謀：商量。沒有經過商量而彼此的意見或行動相一致 ◆ 他們兩人的意見不謀而合。⑩ 不約而同。

【不翼而飛】bù yì ér fēi　不長翅膀而能飛。形容東西突然不見了或消息傳播得很快 ◆ 弟弟的玩具不翼而飛了。

【不歡而散】bù huān ér sàn　不愉快地分開 ◆ 他們終因意見不合，不歡而散。

◁ 不久、不同、不如、不停、不幸、不許、不滿、不顧、不由得、不得已、不可收拾

▷ 力不從心、文不對題、名不虛傳、刻不容緩、目不轉睛、層出不窮、絡繹不絕、連綿不斷、水泄不通、美中不

足、永垂不朽、執迷不悟、當仁不讓、舉棋不定、臨危不懼、寧死不屈、雞犬不寧

---

³ **五** 見二部，12 頁。

³ **丹** 見丶部，7 頁。

³ **丑**（丑）　　フ ヌ ヲ 丑

[chǒu ㄔㄡˇ ⑧ tseu² 醜]

❶ 地支的第二位 ◆ 子丑寅卯。❷ 十二時辰之一，即半夜一時至三時。❸ 傳統戲劇裏的滑稽角色 ◆ 丑角／生旦淨末丑。❹ "醜" 的簡化字，見 428 頁。

☺ 圖見 92 頁。

³ **尹** 見丿部，9 頁。

³ **互** 見二部，12 頁。

⁴ **世**　　一 十 卅 世 世

[shì ㄕˋ ⑧ sei³ 細]

❶ 一輩子 ◆ 今生今世／永世不忘。❷ 一輩又一輩；一代又一代 ◆ 世交／世代相傳。❸ 時代 ◆ 今世／近世。❹ 世界 ◆ 舉世聞名／世外桃源。

【世代】shì dài　❶ 年代 ◆ 這個傳說不知流傳了多少世代了。❷ 好幾輩 ◆ 我們家世代經商。

【世交】shì jiāo　上一代或上幾代就有交情的人或人家 ◆ 我們兩家可算是世交了。

【世故】shì gù　指人的處世經驗 ◆ 你還年輕，不懂這些人情世故。

【世故】shì.gu　指待人處世圓滑，怕得罪人 ◆ 這個人很世故。⑪ 天真。

【世面】shì miàn　社會上各方面的情況 ◆ 帶孩子出去見見世面。

【世界】shì jiè　❶ 自然界和人類社會

一切事物的總和 ◆ 真是世界之大，無奇不有！❷ 地球上所有的地方 ◆ 香港經濟繁榮，令世界矚目。❸ 人的某種活動範圍；某個領域 ◆ 奇妙的海底世界。❹ 社會風氣；世道 ◆ 現在是甚麼世界，還能容許你橫行霸道！

【世俗】shì sú　社會上一般的風俗習慣 ◆ 不要用世俗的眼光來看人。⒡ "世俗" 多含貶義。

【世紀】shì jì　計算年代的單位，一百年為一個世紀。如 1900 年到 1999 年是二十世紀，2000 年到 2099 年是二十一世紀。

【世道】shì dào　指社會形勢、風氣 ◆ 如今世道變了，婦女的地位提高了。

【世外桃源】shì wài táo yuán　桃源：指桃花源。晉代陶淵明寫有《桃花源記》一文，作者把桃花源虛構成一個與世隔絕、沒有戰亂、環境優美、民風淳樸、人們和睦相處的理想社會。後用來比喻幻想中的美好世界或不受外界影響的安樂境地 ◆ 他歷經滄桑，看破紅塵，只想找個世外桃源安然度日。

◁ 世人、世上、世間、世襲

▷ 人世、逝世、與世無爭、舉世無雙、流芳百世

⁴ **且**　　丨 冂 月 月 且

[qiě ㄑㄧㄝˇ ⑧ tsε² 扯]

❶ 並且；又 ◆ 既聰明且勤奮／鐵塔既高且大。❷ 暫時 ◆ 且不說／你且等一會。❸ 表示兩個動作同時進行 ◆ 且戰且退。

◁ 且慢

▷ 而且、況且、暫且、得過且過

丙　一ㄏ丆丙丙　丙

[bǐng ㄅ丨ㄥˇ ⓟbiŋ² 炳]

天干的第三位；也指第三 ◆ 甲乙丙丁／丙等。

❀ 圖見102頁。

丘　ノ亠斤丘　丘

[qiū ㄑ丨ㄡ ⓟjeu¹ 休]

❶ 小土山；土堆 ◆ 土丘／沙丘。❷ 姓。

【丘陵】qiū líng　連綿的坡度不大的小山丘 ◆ 這一帶丘陵起伏。

❀ 圖見130頁。

☑ 荒丘、一丘之貉

冊　見冂部，43頁。

册　見冂部，43頁。

再　見冂部，43頁。

丟（丢）　一二千壬丟　丟

[diū ㄉ丨ㄡ ⓟdiu¹ 刁]

❶ 失去；遺失 ◆ 丟臉／丟了錢包。❷ 扔；拋棄 ◆ 丟盔棄甲／不要亂丟果皮。

【丟臉】diū liǎn　失去體面 ◆ 他居然做出這樣的事來，真丟臉！⑩ 丟醜。

【丟卒保車】diū zú bǎo jū　象棋術語，用失去“卒”來確保“車”。借指犧牲次要的，保存主要的 ◆ 他供出了張三，就是不肯説出主謀，想丟卒保車。

【丟盔棄甲】diū kuī qì jiǎ　丟棄盔甲。形容作戰中被打得大敗，狼狽而逃 ◆ 敵人丟盔棄甲，狼狽逃竄。

☑ 丟人、丟失、丟掉、丟三落四

丞　一了了丞丞　丞

[chéng ㄔㄥˊ ⓟsiŋ⁴ 成]

古代的輔佐官吏 ◆ 丞相／縣丞。

亞　見二部，13頁。

事　見丨部，11頁。

兩　見入部，40頁。

並（并）　丶丷业並並並　並

[bìng ㄅ丨ㄥˋ ⓟbiŋ⁶ 冰⁶]

❶ 一齊；相挨着 ◆ 並排／並駕齊驅。❷ 表示進一層；而且 ◆ 一致贊成並決心付諸行動。❸ 用在否定詞的前面，加強否定語氣，表示實際上不是那樣 ◆ 並不可怕／並非如此。

【並且】bìng qiě　❶ 表示兩個動作同時或先後進行 ◆ 我們去北京旅遊並且參觀了故宮博物院。❷ 用在遞進複句的後半句，表示進一層的意思 ◆ 李玲同學成績優秀，並且樂於助人。⑩ 而且。

【並列】bìng liè　平列；不分主次 ◆ 兩位同學並列第一。

【並肩】bìng jiān　❶ 肩膀靠着肩膀 ◆ 他們並肩漫步在香港公園。❷ 比喻行動一致，共同努力 ◆ 兩人長期並肩作戰，友誼很深。

【並駕齊驅】bìng jià qí qū　幾匹馬並排拉車，一齊快跑。比喻齊頭並進，不分前後 ◆ 只見紅、黑兩輛賽車並駕齊驅，向終點衝去。

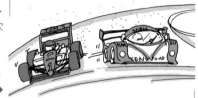

☑ 並進、並重、並行不悖

☒ 圖文並茂、相提並論、兼收並蓄、手腳並用

並　“並”的異體字，見本頁。

【丨部】

丫　丶丷丫

[yā 丨丫 ⓟa¹/ŋa¹ 鴉]

上端分叉的東西 ◆ 枝丫。

【丫頭】yā ·tou　女孩子 ◆ 這丫頭心靈手巧。

中　丨口口中　中

〈一〉[zhōng ㄓㄨㄥ ⓟdzuŋ¹ 宗]

❶ 跟上下左右距離相等；泛指位置、等級處在中間的 ◆ 中心／中途。❷ 裏面；一定的範圍之內 ◆ 心中／空中／暑假中。❸ 適合 ◆ 中看不中用。❹ 表示動作正在進行 ◆ 在辦理中／案件正在審理中。❺ 中國的簡稱 ◆ 中文／中醫。

〈二〉[zhòng ㄓㄨㄥˋ ⓟdzuŋ³ 眾]

❻ 正好對上；正合適 ◆ 中意／中獎／擊中目標。❼ 受到；遭受 ◆ 中毒／中彈身亡。

【中文】zhōng wén　中國的語言文字。一般指漢族的語言文字 ◆ 我們要努力提高中文水平。

注意 “中文”也稱“華文”。

【中心】zhōng xīn　❶ 當中；跟四周距離相等的位置 ◆ 湖中心有個小島，島上有一座古塔。⑩ 中央。⑫ 周圍。❷ 事物的主要部分 ◆ 文章的中心思想。❸ 在某一方面佔重要地位的地區或機構 ◆ 香港是世界金融貿易中心之一。

【中央】zhōng yāng　❶ 中心位置 ◆ 廣場中央矗立着人民英雄紀念碑。⑩ 中心。⑫ 周圍。❷ 政府或政治團體的最高領導機構 ◆ 中央人民政府。⑫ 地方。

【中立】zhōng lì　不偏向任何一方 ◆ 在你們這場爭論中，我保持中立。

【中年】zhōng nián　四五十歲的年紀 ◆ 前面走來一位中年婦女。

【中旬】zhōng xún　每月十一日到二十日的那段時間 ◆ 大哥五月中旬回香港探親。

【中$_2$肯】zhòng kěn　肯：附着在骨頭上的肉。切中肉和骨頭的結合部位。比喻抓住要點，正中要害 ◆ 他的話雖不多，但很中肯。

【中秋】zhōng qiū　農曆八月十五日，是中國傳統節日之一，有賞月、吃月餅的習俗 ◆ 月到中秋分外明。

✿ 圖見 23 頁。

【中國】zhōng guó　中華人民共和國的簡稱。

【中華】zhōng huá　古代稱黃河流域一帶為中華，是漢族人最初生活的地方，後指中國 ◆ 愛我中華／中華兒女。

【中$_2$暑】zhòng shǔ　因烈日或高溫引起的一種疾病，症狀是頭暈無力、心悸胸悶、臉色蒼白，嚴重的會昏睡甚至休克。

【中等】zhōng děng　不高不低；不好不壞 ◆ 中等身材／中等水平。

【中$_2$傷】zhòng shāng　誣陷別人，使受到傷害 ◆ 你不要惡意中傷好人。

【中$_2$意】zhòng yì　合乎心意；感到滿意 ◆ 這件東西我倒是很中意的。[同] 合意。

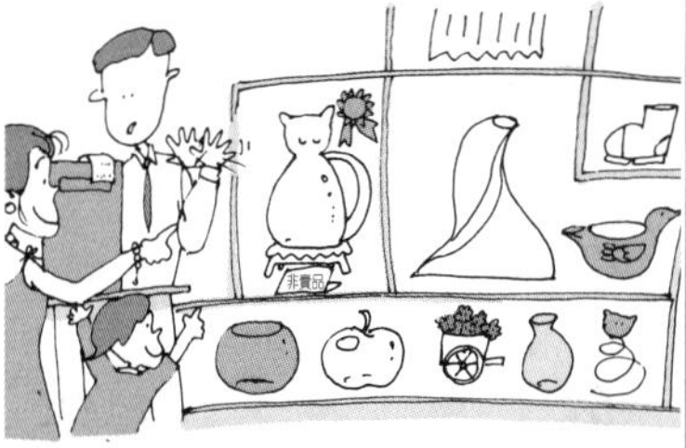

【中樞】zhōng shū　在一個系統中起主導作用的部分 ◆ 大腦是人的神經中樞。

【中醫】zhōng yī　❶ 中國的傳統醫學 ◆ 這種病，中醫有獨特的療效。❷ 用中醫理論和方法治病的醫生 ◆ 還是請個中醫來看看，說不定能治好你的病。[反] 西醫。

【中斷】zhōng duàn　中途停止或斷絕 ◆ 我和她的聯絡從未中斷過。[同] 中止。[反] 繼續、連續。

【中聽】zhōng tīng　話聽起來覺得滿意 ◆ 這些話很中聽。

【中流砥柱】zhōng liú dǐ zhù　砥柱：砥柱山，在河南三門峽東，屹立在黃河激流中，形狀像柱。比喻堅強有力的、能起支柱作用的人物或集體 ◆ 他們幾位是劇團的中流砥柱。

【中華民族】zhōng huá mín zú　中國各民族的總稱，包括漢族和五十五個少數民族。中華民族有悠久的歷史、燦爛的文化遺產和光榮的傳統 ◆ 他們是中華民族的優秀兒女。

◁ 中午、中間、中學、中式、中游

▷ 暗中、當中、空中、其中、適中、目中無人、美中不足、無中生有、古今中外、雪中送炭

3 **弔** 見弓部，142 頁。

3 **引** 見弓部，142 頁。

6 **串**　丶 冂 口 尸 吕 吕 串

[chuàn ㄔㄨㄢˋ [粵] tsyn3 寸]

❶ 把事物連貫起來 ◆ 串講課文／把一片片樹葉串起來。❷ 來往走動 ◆ 串門／走街串巷。❸ 指聯繫或暗中勾結 ◆ 串聯／串通一氣。❹ 量詞，用於連貫起來的東西 ◆ 一串珍珠。

【串通】chuàn tōng　暗中勾結 ◆ 幾個人串通一氣做壞事。

◁ 串味、串珠

▷ 客串、貫串、一連串

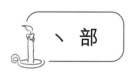

丶 部

2 **丸**（丸）　丿 九 丸

[wán ㄨㄢˊ [粵] jyn4 元]

小而圓的東西 ◆ 藥丸／魚丸。

【丸藥】wán yào　丸狀的藥物 ◆ 仁丹、保濟丸是居家、旅行必備的丸藥。

◁ 丸劑、丸子

▷ 泥丸、肉丸、彈丸之地

2 **丫** 見丨部，6 頁。

2 **凡**　丿 几 凡

[fán ㄈㄢˊ [粵] fan4 煩]

❶ 平常的；普通的 ◆ 平凡／自命不凡。❷ 所有的；一切 ◆ 凡事都要小心。❸ 大概 ◆ 凡例。❹ 指人世間 ◆ 仙女下凡。

【凡例】fán lì　寫在正文前用來說明全書內容和編輯體例的文字 ◆ 使用工具書，要先看看它的凡例。

【凡是】fán shì　總括某個範圍內的一切；所有的 ◆ 凡是本校的學生都要參加一次賣旗活動。

【凡響】fán xiǎng　平凡的音樂 ◆ 他的演出果然不同凡響。

◁ 凡人、凡夫俗子

▷ 不凡、非凡、不同凡響

2 **刃** 見刀部，47 頁。

2 **叉** 見又部，65 頁。

3 **卞** 見卜部，62 頁。

3 **太** 見大部，103 頁。

3 **丹**　丿 刀 月 丹

[dān ㄉㄢ [粵] dan1 單]

❶ 紅色 ◆ 丹青／楓葉如丹。❷ 顆粒狀或粉末狀的中成藥 ◆ 仁丹／靈丹妙藥。

【丹心】dān xīn　赤誠之心 ◆ 人生自古誰無死，留取丹心照汗青。

【丹青】dān qīng　紅色和青色的顏料，用來繪畫；借指繪畫 ◆ 老先生工於書法，擅長丹青。

【丹頂鶴】dān dǐng hè　一種珍貴的鳥

類。白羽毛，紅頭頂，黑尾巴，頸和腿很長，叫聲宏亮，是國家一級保護動物。也叫“白鶴”、“仙鶴”。

✿ 圖見 468 頁。

⇲ 牡丹、九散膏丹

3 **之** 見丿部，9頁。

4 **主** 丶 亠 亡 主 主

[zhǔ ㄓㄨˇ [粵] dzy² 煮]

❶ 主人；跟“客”相對 ◆ 東道主／喧賓奪主。❷ 財物的所有者 ◆ 物歸原主。❸ 當事人 ◆ 買主／顧主。❹ 最重要的；基本的 ◆ 主角／主體工程。❺ 負主要責任的 ◆ 主編／主辦。❻ 作決定；提看法；作出的決定；提出的看法 ◆ 主張／主意。

【主人】zhǔ rén ❶ 招待賓客的人；跟“客人”相對 ◆ 主人站在門口，迎接前來的客人。❷ 財物或權力的擁有者 ◆ 這幢房子的主人是一位老太太。❸ 聘用或僱用別人的人 ◆ 夥計說，主人外出辦事去了。

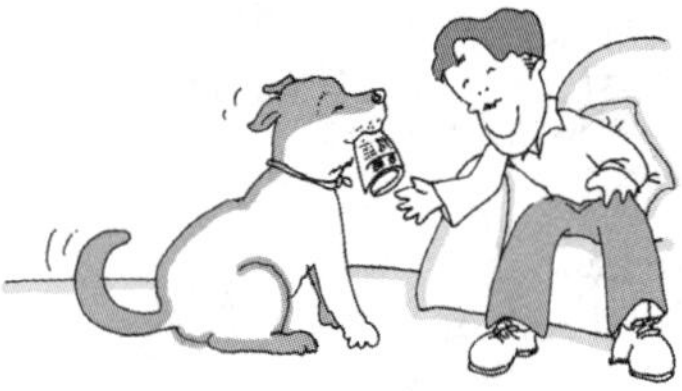

【主力】zhǔ lì 主要力量 ◆ 他是我們球隊的主力隊員。

【主見】zhǔ jiàn 自己的確定的意見、主意 ◆ 遇事要有主見，不要輕易相信別人的話。

【主角】zhǔ jué ❶ 戲劇、電影、電視等藝術表演中的主要角色或主要演員；文藝作品中的主要人物 ◆ 她是這部電影的女主角。[反] 配角。❷ 比喻某件事情或某種場合下的主要人物 ◆ 他們兩位是談判中的主角。

[注意] “角”不讀 jiǎo（絞）。

【主要】zhǔ yào 最重要的；起決定作用的 ◆ 現在的主要問題是經費不足。[同] 關鍵。[反] 次要。

【主持】zhǔ chí ❶ 負責掌握或處理 ◆ 節目主持人。[同] 主辦。❷ 維護；維持 ◆ 辦事要主持公道。

【主席】zhǔ xí ❶ 主持會議的人 ◆ 會議主席。❷ 某些國家、國家機關或團體的最高領導職位的名稱 ◆ 國家主席／工會主席。

【主宰】zhǔ zǎi ❶ 掌握；支配 ◆ 主宰香港前途、命運的是香港的七百萬人民。❷ 掌握、支配人或事物的力量 ◆ 理想、信念是個人行動的主宰。

【主教】zhǔ jiào 天主教和東正教的高級神職人員，地位比神父高，通常管理一個地區教會的事務 ◆ 紅衣主教。

【主動】zhǔ dòng 不靠外力推動、按自己的意圖行事 ◆ 警方主動出擊，一舉搗毀了這個賭窩。[反] 被動。

【主張】zhǔ zhāng ❶ 對如何行動提意見、出主意 ◆ 我主張去上海旅遊。❷ 所提的意見，所出的主意 ◆ 他的主張不錯。[同] 建議。

【主意】zhǔ ·yi 意見或辦法 ◆ 這個主意不錯，我贊成。[同] 主張。

【主管】zhǔ guǎn ❶ 主要負責掌管、處理 ◆ 會計部主管公司的財務往來。❷ 主管的人員 ◆ 他今年榮升為部門主管。

【主辦】zhǔ bàn 主持辦理；主持舉辦 ◆ 這次校際歌詠比賽由我校主辦。

【主題】zhǔ tí ❶ 文學藝術作品中所表現的中心思想 ◆ 這篇小說主題鮮明。❷ 泛指談話或文字材料的主要內容、核心部分 ◆ 綠化校園是這次講演的主題。

【主顧】zhǔ gù 顧客 ◆ 我是這家商店的老主顧。

【主人公】zhǔ rén gōng 文學藝術作品中的主要人物 ◆ 這部作品只有一個主人公，其他人都是配角。

【主人翁】zhǔ rén wēng ❶ 當家作主的人 ◆ 大家都是本廠的主人翁，要關心本廠的發展前途。❷ 同“主人公”，見本頁。

⇱ 主任、主演、主峯、主權、主力軍、主題歌

⇲ 民主、業主、不由自主、六神無主

4 **永** 見水部，233頁。

5 **乓** 見丿部，9頁。

6 **卯** 見卩部，63頁。

6 **良** 見艮部，358頁。

丿部

1 **九** 見乙部，10頁。

1 **乃** 丿 乃

[nǎi ㄋㄞˇ [粵] nai⁵ 奶]

❶ 是 ◆ 謙虛乃人之美德。❷ 你、你的 ◆ 古詩《示兒》：“王師北定中原日，家祭無忘告乃翁。”

2 **千** 見十部，60頁。

2 **丸** 見丶部，7頁。

2 **久** 丿 ク 久

[jiǔ ㄐㄧㄡˇ [粵] gɐu² 九]

時間長 ◆ 久別重逢／歷史悠久。

【久仰】jiǔ yǎng 初次見面時說的客氣話，表示仰慕已久 ◆ 久仰大名，今日得見，十分榮幸。

【久違】jiǔ wéi 客氣話，表示好久沒見面了 ◆ 久違了，近來在哪裏工作？

【久遠】jiǔ yuǎn 時間長久 ◆ 這幾件珍品年代久遠，可算是古董了。

【久而久之】jiǔ ér jiǔ zhī 經過了相當長的時間 ◆ 久而久之，人們對這件事漸漸淡忘了。

☑ 久留、久經考驗、久旱逢甘露
☑ 長久、持久、永久、經久耐用、天長地久、由來已久、年深日久、日久見人心

³ **午** 見十部，60頁。

³ **升** 見十部，61頁。

³ **之** 、㇀㇋㇂ 之

[zhī ㄓ 🔊dzi¹ 支]
❶相當於"的"◆無價之寶／驚弓之鳥。❷代替人或物◆置之不理／敬而遠之。❸表示語氣，沒有實在的意思◆久而久之／總而言之。
【之乎者也】zhī hū zhě yě "之、乎、者、也"是文言文裏常用的虛詞。用來諷刺別人說話或寫文章故作文雅、半文不白的◆這位老夫子說起話來總是之乎者也的，讓人可笑。
☑ 之上、之下、之前、之後
☑ 反之、總之、置之度外、言之有理、不速之客、無價之寶、意料之中、等閒視之

³ **尹** ㇀㇋ㅋ 尹

[yǐn ㄧㄣˇ 🔊wɐn⁵ 允]
姓。

³ **及** 見又部，66頁。

⁴ **丘** 見一部，6頁。

⁴ **乍** ノ㇅个午 乍

[zhà ㄓㄚˋ 🔊dza⁶ 炸⁶]
❶剛剛；起初◆新來乍到。❷忽然；突然◆乍冷乍熱。

⁴ **乏** 、㇀㇈ラ 乏

[fá ㄈㄚˊ 🔊fɐt⁹ 罰]
❶動少◆動乏／知識貧乏。❷疲倦◆疲乏／人困馬乏。

【乏味】fá wèi 缺少趣味◆這故事聽起來很乏味。🔄有趣。
☑ 乏力、乏術
☑ 困乏、不乏其人

⁴ **乎** 、㇅㇈立 乎

[hū ㄏㄨ 🔊fu⁴ 符]
於◆出乎意料／合乎情理。
☑ 似乎、幾乎、滿不在乎、不亦樂乎

⁵ **乒** ノ㇘ㇵㇵ丘 乒

[pīng ㄆㄧㄥ 🔊pin¹ 平¹]
❶象聲詞◆乒的一聲槍響。❷指乒乓球◆世乒賽。
【乒乓】pīng pāng ❶象聲詞◆乒乓作響。❷指乒乓球，一種球類活動項目◆他們在裏面打乒乓。
【乒壇】pīng tán 乒乓球壇；乒乓球界◆這是一支乒壇勁旅。

⁵ **乓** ノ㇘ㇵㇵ丘 乓

[pāng ㄆㄤ 🔊pɔŋ¹ 旁¹]
象聲詞，常跟"乒"字連用或重疊使用◆乒乓作響。

⁶ **兵** 見八部，42頁。

⁷ **乖** ノ㇒二千ㇲ乖乖 乖

[guāi ㄍㄨㄞ 🔊gwai¹ 怪¹]
❶懂事；不淘氣◆這孩子真乖！❷機靈；機警◆乖巧／得了便宜還賣乖。
【乖巧】guāi qiǎo 機敏靈巧，討人喜歡◆她是個很乖巧的孩子。
【乖僻】guāi pì 僻：古怪。怪僻；古怪◆他動情乖僻，不合羣。
☑ 賣乖、學乖、出乖露醜

⁸ **垂** 見土部，93頁。

⁸ **重** 見里部，429頁。

⁹ **乘** 千千丑千千乖乖乖 乘

[chéng ㄔㄥˊ 🔊siŋ⁴ 成]
❶騎；坐◆乘馬／乘車。❷趁着；利用◆乘機／乘虛而入。❸數學中的一種運算方法，即乘法。
【乘涼】chéng liáng 熱天在涼快透風的地方休息◆吃過晚飯，我們去公園乘涼。
【乘機】chéng jī 趁勢利用機會◆屋主長期不在家，小偷乘機入內行竊。
【乘興】chéng xìng 趁着一時高興◆乘興而去，敗興而歸。
【乘人之危】chéng rén zhī wēi 趁別人危難的時候要挾、傷害人家◆這不是乘人之危置人於死地嗎？
【乘風破浪】chéng fēng pò làng 船順着風勢破浪前進。比喻不怕艱險，勇往直前◆滑浪帆船乘風破浪，駛向前方。

【乘虛而入】chéng xū ér rù 趁對方實力空虛或戒備不嚴而進入◆身體抵抗力差，病菌容易乘虛而入。
☑ 乘坐、乘客
☑ 搭乘、轉乘、有機可乘

乙 部

⁰ **乙** 乙

[yǐ ㄧˇ 🔊jyt⁸ 月⁸]
天干的第二位；也指第二◆甲乙丙丁／乙等。
🖼圖見102頁。

¹ 九 ノ九

[jiǔ ㄐㄧㄡˇ ⑧ geu² 久]

❶ 數目字，五加四的得數。大寫作"玖" ◆ 九月九日重陽節。❷ 泛指數量多或次數多 ◆ 九牛一毛／九死一生。

【九天】jiǔ tiān 古代傳說天有九層，九天是最高的一層。形容極高的天空 ◆ 飛流直下三千尺，疑是銀河落九天。

【九州】jiǔ zhōu 傳說中國古代有九個州。借指中國 ◆ 九州大地，春意盎然。

【九泉】jiǔ quán 地下。指人死後埋葬的地方，即所謂"陰間" ◆ 兒女們個個事業有成，父親可以含笑九泉了。

【九龍】jiǔ lóng 九龍半島，在廣東珠江口東岸，與香港島隔海相望，是香港特別行政區的一部分。

【九死一生】jiǔ sǐ yī shēng 形容經歷了極大的危險而幸存下來 ◆ 他歷經征戰，九死一生，屢建功勳。⑩ 死裏逃生。

【九霄雲外】jiǔ xiāo yún wài 九霄：天空的最高處。形容極高極遠的地方 ◆ 他早把父母的教誨拋到九霄雲外了。

【九牛二虎之力】jiǔ niú èr hǔ zhī lì 比喻很大的力氣 ◆ 花了九牛二虎之力，才把撞壞的汽車修好。

☒ 三教九流、十拿九穩

¹ 了

見亅部，11頁。

² 乞 ノ乞

[qǐ ㄑㄧˇ ⑧ het⁷ 核⁷]

向人求、討 ◆ 乞求／乞丐。

【乞丐】qǐ gài 靠向人要飯要錢過日子的人 ◆ 以前車站、碼頭乞丐很多。

【乞求】qǐ qiú 請求給予 ◆ 他再三向法庭乞求寬恕。

【乞憐】qǐ lián 顯出可憐的樣子，希望得到別人的同情 ◆ 他真像一隻搖尾乞憐的哈巴狗。

☒ 乞討、乞食
☒ 行乞、搖尾乞憐

² 九

見丿部，7頁。

² 也 ノ乜也

[yě ㄧㄝˇ ⑧ ja⁵]

表示同樣、讓步或加強語氣 ◆ 風停了，雨也停了／你不說，我也知道／永遠也忘不了你。

【也許】yě xǔ 表示不很肯定 ◆ 已這麼晚，也許他不來了。⑩ 或許、可能。

【也罷】yě bà ❶ 也就算了。表示事情只能如此 ◆ 不說也罷，免得傷和氣。❷ 兩個以上連用，表示在任何一種情況下都一樣 ◆ 你說也罷，不說也罷，事實俱在，想賴也賴不了。

³ 予

見亅部，11頁。

³ 孔

見子部，113頁。

⁵ 丞

見一部，6頁。

⁷ 乳 ノ⺈爫爫乎乎乳

[rǔ ㄖㄨˇ ⑧ jy⁵ 羽]

❶ 乳房：人或動物的哺乳器官。❷ 奶汁 ◆ 乳汁／母乳。❸ 初生的；幼小的 ◆ 乳燕／乳豬。

【乳汁】rǔ zhī 奶水 ◆ 母親的乳汁把我餵養長大。

【乳名】rǔ míng 嬰兒出生後起的名字 ◆ 阿貴是他的乳名，大名叫宋祥貴。⑧ "乳名"也叫"小名"、"奶名"。

【乳臭未乾】rǔ xiù wèi gān 乳臭：乳腥氣。身上的乳腥氣還沒有散盡。常用來譏笑人年幼無知 ◆ 你看他乳臭未乾，卻野心勃勃。

☒ 乳母、乳牛、乳鴿、乳腺癌
☒ 煉乳、水乳交融、哺乳動物

¹⁰ 乾(干) 一十古古卓乾乾

〈一〉[gān ㄍㄢ ⑧ gon¹ 肝]

❶ 動少水分：跟"濕"相對 ◆ 乾枯／乾燥。❷ 某些烘烤或曬乾後的食品

餅乾／葡萄乾。❸ 盡；空虛 ◆ 乾杯／外強中乾。❹ 白白地 ◆ 乾着急／乾瞪眼。

〈二〉[qián ㄑㄧㄢˊ ⑧ kin⁴ 虔]

❺ 八卦名，古代以乾象徵天、日、君、夫等。以乾坤象徵天地、世界 ◆ 扭轉乾坤。

⑧ "乾〈二〉"不能簡作"干"。

【乾旱】gān hàn 因雨水少，土壤缺少水分，氣候乾燥 ◆ 連年乾旱，糧食欠收。

【乾坤】qián kūn 象徵天地、日月、陰陽等。借指世界或已成的局面 ◆ 莽莽乾坤，竟找不到一處容身之地／事已如此，有誰能扭轉乾坤呢？

【乾枯】gān kū ❶ 草木因缺少水分或衰老而變得枯黃 ◆ 久旱不雨，禾苗乾枯。❷ 皮膚因缺少水分或脂肪而變得乾燥、沒有彈性 ◆ 由於風吹日曬，皮膚乾枯了許多。❸ 江、河、湖泊、水井等沒有水了 ◆ 這是一口廢井，水早就乾枯了。⑩ 乾涸、枯竭。

【乾脆】gān cuì ❶ 爽快；直率 ◆ 説話很乾脆，不繞彎子。❷ 索性 ◆ 你不想去，乾脆別去算了。

【乾涸】gān hé 涸：沒有水。江、河、湖泊、水井等沒有水了 ◆ 河道乾涸，早已不能通航。⑩ 乾枯、枯竭。⑧ "涸"不讀 gù(固)。粵音讀 kok⁸(確)。

【乾淨】gān jìng ❶ 沒有灰塵、污垢、雜質 ◆ 把教室打掃乾淨。⑩ 清潔。⑫ 骯髒、污穢。❷ 比喻一點不剩 ◆ 把碗裏的飯吃乾淨。

【乾燥】gān zào 缺乏水分 ◆ 沙漠地帶氣候乾燥，寸草不生。⑧ 不要把"燥"錯寫成"躁"。

【乾癟】gān biě ❶ 因缺少水分或營養而不滋潤、不飽滿 ◆ 她伸出一雙乾癟的手，到處乞討。❷ 形容文章內容貧乏，枯燥乏味 ◆ 這篇作文寫得太乾癟了。

☒ 乾果、乾爹、乾等、乾巴巴
☒ 曬乾、晾乾、油漆未乾

¹² 亂(乱) 丿冖竒爭爭爭亂

[luàn ㄌㄨㄢˋ ⑧ lyn⁶ 聯⁶]

❶ 不整齊；沒條理 ◆ 雜亂無章／思

維混亂。❷ 搞亂；混淆 ◆ 擾亂秩序 / 以假亂真。❸ 任意；隨便 ◆ 不要亂跑 / 胡言亂語。❹ 社會動盪不安；心情不平靜 ◆ 動亂 / 心煩意亂。

【亂子】luàn ·zi　指禍事或糾紛 ◆ 聽說單位裏出了亂子。

【亂世】luàn shì　混亂動盪的年代 ◆ 生於亂世，死於憂患。

【亂真】luàn zhēn　仿製得很像，使人難辨真假 ◆ 這件複製品達到了以假亂真的程度。

【亂彈琴】luàn tán qín　比喻胡鬧或瞎扯 ◆ 你真是亂彈琴，哪有這樣的事？

【亂七八糟】luàn qī bā zāo　形容很亂 ◆ 房間裏搞得亂七八糟。

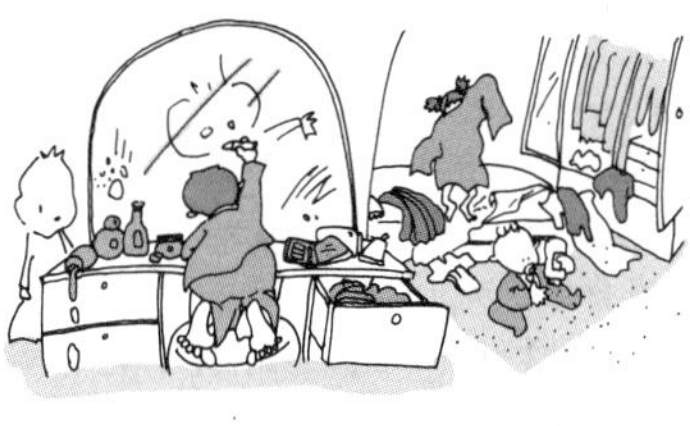

[<] 亂套、亂來、亂說、亂成一片

[>] 凌亂、忙亂、錯亂、搗亂、叛亂、擾亂、一團亂麻、眼花繚亂

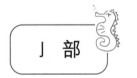

亅 部

1 **丁** 見一部，2 頁。

1 **了**　乛 了

〈一〉[liǎo ㄌㄧㄠˇ [粵] liu5 聊5]

❶ 結束 ◆ 了結 / 敷衍了事。❷"瞭"的簡化字，見 300 頁。

〈二〉[·le ·ㄌㄜ [粵] liu5 聊5]

❸ 表示動作、變化已經完成 ◆ 看了幾本小說 / 汽車駛過了大橋。❹ 放在句子末尾，表示對出現新的情況的肯定 ◆ 下雪了 / 我今年上四年級了。

【了卻】liǎo què　了結 ◆ 今天總算了卻了一樁心事。

【了解】liǎo jiě　❶ 知道；明白 ◆ 還是你最了解我。❷ 調查；打聽 ◆ 你去了解一下，他為甚麼沒來上學。

[注意]"了解"也作"瞭解"。

【了結】liǎo jié　結束；解決 ◆ 這件拖了兩年的案子終於了結。

【了如指掌】liǎo rú zhǐ zhǎng　了解得像指着自己的手掌給人看一樣。形容對事情非常清楚 ◆ 老師對同學們的學習情況了如指掌。

[注意]"了如指掌"也作"瞭如指掌"。

[<] 了不起、了不得

[>] 末了、終了、免不了、大不了、一目了然、直截了當、沒完沒了

2 **亍** 見二部，12 頁。

3 **予**　乛 ㇇ 𠃌 予

[yǔ ㄩˇ [粵] jy5 羽]

給 ◆ 給予 / 授予。

[>] 寄予、賦予

4 **乎** 見丿部，9 頁。

7 **事**　一 ㇐ 𠄌 亐 亖 𠂤 事

[shì ㄕˋ [粵] si6 士]

❶ 事情；工作 ◆ 國家大事 / 敷衍了事。❷ 意外發生的事情 ◆ 事故 / 出事。❸ 做；從事 ◆ 大事宣揚 / 無所事事。

【事件】shì jiàn　指歷史上或社會上發生的不平常的重大事情 ◆ 這裏發生了一起持槍搶劫銀行的惡性事件。

【事物】shì wù　指一切客觀存在的東西和現象 ◆ 新鮮事物層出不窮。

【事故】shì gù　意外的災禍 ◆ 不遵守交通規則，容易出事故。

【事業】shì yè　具有一定的目標、對個人和社會的發展有影響的、比較重大的事 ◆ 她為教育事業奉獻了畢生的精力。

【事跡】shì jì　個人或集體過去所做的重要的事情 ◆ 書中詳細記載了他的生平事跡。

【事實】shì shí　事情的真實情況 ◆ 他說的都是事實。

【事變】shì biàn　突然發生的重大事件 ◆ "西安事變"發生在 1936 年 12 月 12 日。

[注意]"事變"多用於軍事、政治事件。

【事半功倍】shì bàn gōng bèi　費力小，收效大 ◆ 用電腦代替手工，可以收到事半功倍的效果。[反] 事倍功半。

【事在人為】shì zài rén wéi　事情全靠人去做 ◆ 事在人為，相信你會成功的。

【事過境遷】shì guò jìng qiān　事情已經過去，情況也發生了變化 ◆ 事過境遷，往事不必再提了。

【事與願違】shì yǔ yuàn wéi　事情的結果跟自己的願望相反 ◆ 沒想到事與願違，好心沒有好報。

[<] 事情、事態、事項、事務、事假、事前、事例、事不宜遲

[>] 本事、故事、心事、無事生非、實事求是、無濟於事、意氣用事

7 **爭** 見爪部，267 頁。

二 部

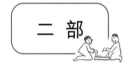

0 **二**　一 二

[èr ㄦˋ [粵] ji6 異]

❶ 數目字，一加一的得數。大寫作"貳" ◆ 二虎相鬥，必有一傷。❷ 第二 ◆ 二哥 / 二月。❸ 兩樣 ◆ 不二價 / 說一不二。

【二心】èr xīn　不忠實；不專一 ◆ 懷有二心。

【二十四節氣】èr shí sì jié qì　二十四節氣表明氣候變化和農事季節，對指導農業生產有重要意義。

[注意] 詳情參見附錄十一，487 頁。

[>] 接二連三、三心二意、心無二用、一清二楚、獨一無二、說一不二

1 **于** 一 二 于

〈一〉[yú ㄩˊ [粵] jy^{4} 余/jy^{1} 於]

❶ 姓。

〈二〉[yú ㄩˊ [粵] jy^{1} 於]

❷ "於" 的簡化字，見 198 頁。

2 **井** 一 二 ナ 井

[jǐng ㄐㄧㄥˇ [粵] dziŋ^{2} 整/dzɛŋ^{2} 鄭^{2}]

❶ 鑿地而成的取水的深洞 ◆ 水井 / 飲水不忘掘井人。❷ 形狀像井的 ◆ 礦井 / 油井。❸ 整齊；有條理 ◆ 井井有條 / 秩序井然。

【井架】jǐng jià 礦井、油井等井口豎立的金屬架子，用來裝置天車、支撐鑽具。

【井然】jǐng rán 形容很整齊的樣子 ◆ 前來參觀的人很多，但秩序井然。

【井井有條】jǐng jǐng yǒu tiáo 形容很有條理 ◆ 他思路清晰，說話井井有條。[同] 有條不紊。[反] 雜亂無章。

【井底之蛙】jǐng dǐ zhī wā 井底裏的青蛙，只能看到井口那麼大的一片天。比喻見識不廣 ◆ 他就像井底之蛙，對當今世界瞭解得太少了。

【井水不犯河水】jǐng shuǐ bù fàn hé shuǐ 比喻互不侵犯 ◆ 我倆井水不犯河水，各幹各的。

▷ 天井、市井、落井下石、臨渴掘井、離鄉背井

2 **元** 見儿部，36 頁。

2 **云** 一 二 云 云

[yún ㄩㄣˊ [粵] wɐn^{4} 雲]

❶ 相當於 "說" ◆ 人云亦云 / 不知所云。❷ "雲" 的簡化字，見 446 頁。

【云云】yún yún 如此；這樣。表示引用他人的文字或談話已結束或有所省略 ◆ 他所說的下班回來還要買菜做飯、照料孩子云云，也是事實。

2 **五** 一 丆 五 五

[wǔ ㄨˇ [粵] ŋ̍^{5} 午]

數目字，四加一的得數。大寫作 "伍" ◆ 五湖四海 / 伸手不見五指。

【五行】wǔ xíng 指金、木、水、火、土五種物質。古人用五行來解釋萬物的起源；中醫用五行來解釋生理、病理現象；迷信的人用五行來給人算命 ◆ 陰陽五行。

【五味】wǔ wèi 指甜、酸、苦、辣、鹹五種味道；泛指各種味道 ◆ 今天這一餐，可算是五味俱全了。

【五官】wǔ guān 指眼、耳、口、鼻、舌五個感覺器官，常用來指人的臉部長相 ◆ 他長得五官端正。

【五律】wǔ lǜ "五言律詩" 的簡稱。古詩的一種體裁。全詩八句，每句五個字。三四、五六兩句要對仗，雙句要押韻。

【五絕】wǔ jué "五言絕句" 的簡稱。古詩的一種體裁。全詩四句，每句五個字，雙句要押韻。

【五穀】wǔ gǔ 一般指稻、麥、黍、稷、豆五種穀物；泛指糧食作物 ◆ 今年風調雨順，五穀豐登。

【五嶽】wǔ yuè 中國五大名山的總稱，即東嶽泰山，南嶽衡山，西嶽華山，北嶽恆山，中嶽嵩山。

【五臟】wǔ zàng 指心、肝、脾、肺、腎五種內臟器官 ◆ 麻雀雖小，五臟俱全。

【五線譜】wǔ xiàn pǔ 在五條平行橫線上標記音符的一種樂譜。

【五方雜處】wǔ fāng zá chǔ 形容一個地方的居民複雜，來自各地方的人都有 ◆ 香港是個五方雜處的大都會。

【五光十色】wǔ guāng shí sè 形容色彩豔麗，花色品種繁多 ◆ 博覽會上，那五光十色的展品令人目不暇接。

【五花八門】wǔ huā bā mén 比喻花樣繁多或變化多端 ◆ 那裏的娛樂活動五花八門。[反] 千篇一律。

【五彩繽紛】wǔ cǎi bīn fēn 五彩：原指青、黃、赤、白、黑五種顏色，也泛指多種顏色。繽紛：繁多錯雜的樣子。形容色彩紛繁，豔麗悦目 ◆ 街道兩旁閃爍着五彩繽紛的霓虹燈。

【五湖四海】wǔ hú sì hǎi 指全國各地；有時也指世界各地 ◆ 來自五湖四海的客商雲集廣交會。

【五顏六色】wǔ yán liù sè 形容色彩繁多 ◆ 五顏六色的旗幟迎風飄揚。

【五體投地】wǔ tǐ tóu dì 雙膝、雙肘和頭部同時着地，是佛教最恭敬的禮儀。比喻佩服到了極點 ◆ 對他的才智和膽識，我佩服得五體投地。

◁ 五金、五短身材、五花大綁、五音不全、五十步笑百步

▷ 一五一十、三五成羣、四分五裂、三令五申、目迷五色

2 **互** 一 工 互 互

[hù ㄏㄨˋ [粵] wu^{6} 户]

彼此 ◆ 互相幫助 / 互不干涉。

【互助】hù zhù 互相幫助 ◆ 希望大家發揚互助友愛精神。

【互利】hù lì 彼此得到好處 ◆ 平等互利發展兩國貿易。

【互相】hù xiāng 表示彼此同樣對待的關係 ◆ 同學們要互相幫助，互相愛護。

[注意] "互相" 也作 "相互"。

五臟

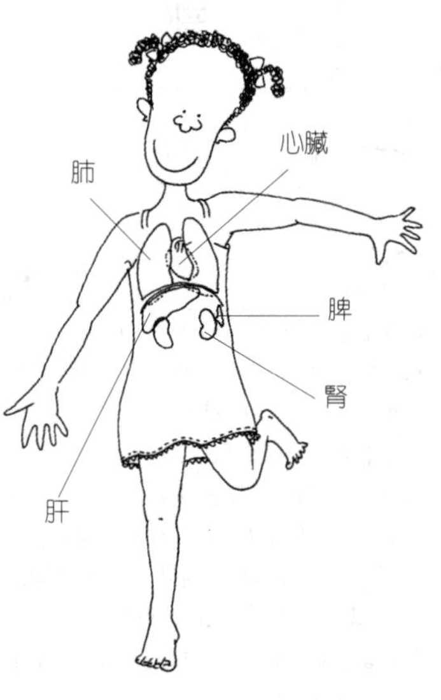

一着不慎，滿盤皆輸

【互惠】hù huì　彼此給予好處 ◆ 兩國貿易在互惠互利的原則下發展很快。

【互讓】hù ràng　互相謙讓 ◆ 遇事要互諒互讓，別傷了和氣。

【互通有無】hù tōng yǒu wú　通：流通、交換。彼此調劑充足的或短缺的物品、資源 ◆ 兩地可以互通有無，共同發展。

⊲ 互訪、互換、互敬互愛、互為因果

⊳ 交互

6
亞 (亚)　一 丆 丆 吊 吊 亞 亞　[亞]

[yà ㄧㄚˋ 粵a³/ŋa³ 丫³]

❶ 次一等的 ◆ 亞軍。❷ 亞洲的簡稱 ◆ 亞運會／東南亞國家。

【亞洲】yà zhōu　"亞細亞洲" 的簡稱。在東半球的東北部，是世界上面積最大、人口最多的一個洲。

【亞軍】yà jūn　第二名 ◆ 在字典應用大賽中，我們得了亞軍。

【亞熱帶】yà rè dài　熱帶和温帶之間的過渡地帶，氣温比温帶高，有明顯的季節變化，植物在冬季也能生長。

（注意）"亞熱帶" 也叫 "副熱帶"。

6
些　丨 ⺊ ⺊ ㇀ 此 些　[些]

[xiē ㄒㄧㄝ 粵sɛ¹ 賒]

❶ 表示不確定的數量 ◆ 一些／某些人。❷ 表示程度的比較；略微 ◆ 輕些放／他的病好些了。

⊲ 些小、些微

⊳ 有些、這些、那些

亠 部

1
亡　、 一 亡　[亡]

[wáng ㄨㄤˊ 粵mɔŋ⁴ 忙]

❶ 逃跑 ◆ 逃亡／流亡。❷ 丟失；失去 ◆ 歧途亡羊／名存實亡。❸ 死；死去的 ◆ 死亡／家破人亡。❹ 滅掉

◆ 滅亡／亡國之恨。

【亡靈】wáng líng　人死後的靈魂 ◆ 清明掃墓，拜祭先祖亡靈。

【亡羊補牢】wáng yáng bǔ láo　牢：關養牲畜的圈。丟失了羊才修理羊圈。比喻受損失後設法及時補救，免得以後再受損失 ◆ 這次文物被盜損失慘重，我們要亡羊補牢，加強防範措施。

【亡命之徒】wáng mìng zhī tú　冒險作惡、不顧性命的人 ◆ 這些搶劫犯是一夥亡命之徒。

⊲ 亡故、亡國奴

⊳ 存亡、陣亡、傷亡、脣亡齒寒

2
亢　、 一 亡 亢　[亢]

[kàng ㄎㄤˋ 粵kɔŋ³ 抗]

❶ 高 ◆ 高亢。❷ 高傲 ◆ 不卑不亢。❸ 過度；極 ◆ 亢奮／亢進。

2
六　見八部，40頁。

3
市　見巾部，134頁。

4
亦　、 一 ㇀ 亣 亦　[亦]

[yì ㄧˋ 粵jik⁹ 液]

也；也是 ◆ 人云亦云／反之亦然。

【亦步亦趨】yì bù yì qū　亦：也。步：行走。趨：快跑。別人走自己也走，別人跑自己也跑。比喻處處模仿，跟着別人行事 ◆ 像他這樣亦步亦趨，成不了大事。

4
交　、 一 ㇀ 六 亣 交　[交]

[jiāo ㄐㄧㄠ 粵gau¹ 郊]

❶ 相穿過；相連接 ◆ 交叉／交界。❷ 結交；互相往來 ◆ 交友／交際。❸ 互相 ◆ 交談／交換。❹ 一齊；同時 ◆ 雷電交加／飢寒交迫。❺ 付給 ◆ 交款／轉交。

【交叉】jiāo chā　❶ 幾條線或線段互相穿過 ◆ 前面有一座大型立體交叉天橋。⊗ 平行。❷ 部分相重的 ◆ 這部分文件內容有交叉。❸ 穿插；交替 ◆ 要防止交叉感染。⊜ 交錯。

【交代】jiāo dài　❶ 工作上辦理移交手續 ◆ 讓我給新來的會計做個交代再正式離世。❷ 陳述；説明 ◆ 罪犯終於交代了全部犯罪事實。❸ 囑咐；關照 ◆ 爸爸一再交代，回家後要幫媽做家務。

（注意）"交代" 也作 "交待"。

【交易】jiāo yì　商品買賣；當作商品來買賣 ◆ 最近與外商做成了一筆交易／不能拿原則作交易。

【交往】jiāo wǎng　互相來往 ◆ 他們兩家交往甚密。

【交涉】jiāo shè　跟對方協商解決有關事務 ◆ 你去跟他們交涉一下，請他們派人來修理。

【交流】jiāo liú　彼此把自己有的提供給對方 ◆ 會上同學們交流了學習經驗。⊜ 交換。

【交替】jiāo tì　❶ 交接替換 ◆ 目前，球隊正處於新舊交替階段。❷ 交叉；輪流 ◆ 訓練和比賽交替進行。

【交通】jiāo tōng　各種運輸和郵電通信的總稱 ◆ 香港的交通網絡非常發達。

【交換】jiāo huàn　彼此把自己的東西交給對方；調換 ◆ 聖誕節的最後一個節目是同學們交換聖誕禮物。

【交道】jiāo dào　指交際來往的事情 ◆ 我跟他打過多次交道。

【交際】jiāo jì　人與人之間的交往接觸 ◆ 他交際廣泛，神通廣大。

【交鋒】jiāo fēng　雙方作戰或競技 ◆ 這兩支球隊是初次交鋒。

【交談】jiāo tán　互相接觸談話 ◆ 我用英語跟這位外國遊客交談起來。

【交融】jiāo róng　融合在一起 ◆ 這段文字寫得情景交融，優美動人。

【交錯】jiāo cuò　交叉在一起 ◆ 香港的交通幹線縱橫交錯，出行十分方便。

【交織】jiāo zhī　交叉地組合起來 ◆ 廣場中央，數萬盆鮮花交織成一幅幅美麗的圖案。

【交響樂】jiāo xiǎng yuè　大型管弦樂套曲，一般有四個樂章組成，能表現豐富的思想內容。

（注意）"交響樂" 也叫 "交響曲"。

【交相輝映】jiāo xiāng huī yìng　光亮、彩色等相互映照 ◆ 湖光山色，交相輝映。

【交頭接耳】jiāo tóu jiē ěr　彼此頭靠着頭、貼着耳朵低聲説話 ◆ 考試的時候不能交頭接耳。

🔁 交戰、交情、交給、交朋友

🔁 外交、社交、風雨交加、百感交集、水乳交融、患難之交

⁴ **衣** 見衣部，382 頁。

⁴ **亥** 、一ㄊ亥亥 亥

[hài ㄏㄞˋ ⑧ hɔi⁶ 害]

❶ 地支的第十二位 ◆ 申酉戌亥。❷ 亥時：十二時辰之一，即二十一時至二十三時。

❂ 圖見 91 頁。

⁴ **充** 見儿部，38 頁。

⁴ **妄** 見女部，107 頁。

⁵ **言** 見言部，389 頁。

⁵ **辛** 見辛部，415 頁。

⁵ **忘** 見心部，150 頁。

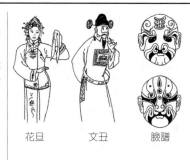

花旦　　文丑　　臉譜

🔁 京派、京胡、京都、京華

🔁 上京、赴京

⁶ **京** 一一一一一一一一一京 京

[jīng ㄐㄧㄥ ⑧ gin¹ 經]

❶ 國家的首都 ◆ 京城。❷ 特指中國的首都北京 ◆ 京腔 / 京九鐵路。

【京城】jīng chéng　指國家的首都 ◆ 唐代的京城長安非常繁華。

【京劇】jīng jù　中國的主要劇種之一，已有二百多年的歷史。表演有一定的程式，唱、做、念、打並重。念白唱詞京腔京韻。京劇被譽為中國的國劇。

(注意) "京劇"也叫"京戲"。

⁶ **享** 一一一一一享享 享

[xiǎng ㄒㄧㄤˇ ⑧ hœŋ² 響]

受用 ◆ 享受 / 坐享其成。

【享年】xiǎng nián　敬辭，指死者所活的歲數 ◆ 李先生享年八十五歲。

(注意) "享年"多用於老年人。

【享受】xiǎng shòu　獲得物質或精神上的滿足 ◆ 爸爸一生辛勞，從不貪圖享受。

【享福】xiǎng fú　享受美好幸福的生活 ◆ 子女都很有作為，也該好好享福了。

【享樂】xiǎng lè　享受安樂 ◆ 人生在世，不能只是貪圖享樂。(反) 吃苦

🔁 享用、享有

🔁 分享、有福同享

⁶ **夜** 見夕部，101 頁。

⁶ **卒** 見十部，61 頁。

⁶ **盲** 見目部，295 頁。

⁶ **氓** 見氏部，231 頁。

⁷ **亮** (亮) 一一一一一一一亮 亮

[liàng ㄌㄧㄤˋ ⑧ lœŋ⁶ 諒]

❶ 明；有光 ◆ 明亮 / 天上星，亮晶晶。❷ 聲音響 ◆ 響亮 / 歌聲嘹亮。

❸ 顯露；明朗；清楚 ◆ 亮底牌 / 心明眼亮。

【亮相】liàng xiàng　❶ 戲曲表演中的一個動作，演員在表演中突然由動而靜，做出一個塑像式的姿勢，叫"亮相" ◆ 穆桂英縱身下馬，一個亮相，博得台下一片掌聲。❷ 比喻公開露面或公開表明態度 ◆ 這支球隊是首次亮相。

【亮堂】liàng ·tang　❶ 光線充足；明亮 ◆ 房間三面有窗，既寬敞又亮堂。❷ 心胸開朗；清楚 ◆ 事情過後，心裏更亮堂了。

🔁 亮度、亮光

🔁 漂亮、洪亮、高風亮節、打開天窗説亮話

⁷ **亭** 一一一一一一一亭亭 亭

[tíng ㄊㄧㄥˊ ⑧ tiŋ⁴ 廷]

❶ 有頂無牆，供休息、眺望和觀賞用的小型建築物 ◆ 亭子 / 亭台樓閣。❷ 形狀像亭的或簡單小型的建築 ◆ 崗亭 / 售貨亭。

【亭亭玉立】tíng tíng yù lì　形容體態細長挺拔，楚楚動人 ◆ 湖邊長堤上站着一位亭亭玉立的少女。

(注意) "亭亭玉立"多用於年輕貌美的女子。

🔁 涼亭

⁷ **哀** 見口部，77 頁。

⁷ **弈** 見廾部，142 頁。

⁷ **奕** 見大部，105 頁。

⁷ **音** 見音部，451 頁。

⁷ **帝** 見巾部，135 頁。

⁸ **衰** 見衣部，383 頁。

⁸ **衷** 見衣部，383 頁。

8 **高** 見高部，462 頁。

8 **旁** 見方部，198 頁。

9 **毫** 見毛部，231 頁。

9 **孰** 見子部，115 頁。

9 **烹** 見火部，261 頁。

9 **商** 見口部，80 頁。

9 **率** 見玄部，275 頁。

9 **牽** 見牛部，270 頁。

10 **就** 見尤部，126 頁。

11 **裏** 見衣部，383 頁。

11 **稟** 見禾部，311 頁。

11 **雍** 見隹部，445 頁。

12 **豪** 見豕部，401 頁。

12 **齊** 見齊部，472 頁。

13 **褒** 見衣部，385 頁。

15 **襄** 見衣部，385 頁。

15 **齋** 見齊部，472 頁。

18 **贏** 見貝部，406 頁。

人 部

0 **人** ╱ 大

[rén ㄖㄣˊ ⑧ jen⁴ 仁]

❶ 具有智慧和靈性的高等動物；人類 ◆ 人格 ╱ 黃種人。❷ 個人；一般人 ◆ 恩人 ╱ 膽略過人。❸ 每個人；大家 ◆ 人同此心 ╱ 人所共知。❹ 別人；他人 ◆ 人云亦云 ╱ 助人為樂。❺ 成年人 ◆ 長大成人。

【人士】rén shì 有一定社會影響的人物 ◆ 希望各界人士鼎力相助。

【人才】rén cái ❶ 品德好、有才能的人 ◆ 大學裏人才濟濟。❷ 指漂亮端莊的外貌 ◆ 你兒子長得一表人才。⚠注意 "人才"也作"人材"。

【人民】rén mín 民眾；廣大的社會成員 ◆ 政府要為人民謀福利。

【人物】rén wù ❶ 在某方面有代表性的或具有突出才能的人 ◆ 愛因斯坦是科學界的傑出人物。❷ 文學藝術作品中所描繪的人物形象 ◆ 作品中的人物對話很精彩。

【人馬】rén mǎ 指軍隊；泛指某個集體的人員 ◆ 全部人馬已開赴前線。

【人格】rén gé 人的道德品質 ◆ 老校長人格高尚，大家都很尊敬他。⑩ 人品、品格。

【人員】rén yuán 從事某種工作或擔任某種職務的人 ◆ 外交人員享有某些特權。

【人流】rén liú 像流水一般接連不斷的人羣 ◆ 上海的南京路，車水馬龍，人流如潮。

【人家】rén jiā 住戶；家庭 ◆ 這個村子不大，只有五六戶人家。

【人家】rén·jia ❶ 指說話人和聽話人以外的人；別人 ◆ 我是聽人家說的。❷ 指說話人自己 ◆ 人家都急死了，你還在笑。

【人情】rén qíng ❶ 人的感情；人之常情 ◆ 這樣做太不近人情了。❷ 情面 ◆ 靠人情，靠關係，不一定能把事情辦好。❸ 應酬贈送的禮物 ◆ 送點人情，表表心意。

【人參】rén shēn 多年生草本植物，根部營養豐富，是貴重的滋補藥品。⚠注意 "參"粵音讀 sem¹（心）。

【人間】rén jiān 人世間；人類社會 ◆ 人間自有真情在。

【人煙】rén yān 指人家；住户 ◆ 這一帶人煙稀少。

【人羣】rén qún 成羣的人 ◆ 他一下子就鑽到人羣裏去了。

【人質】rén zhì 質：抵押品。一方把另一方的人扣留起來作為抵押品，迫使對方接受某種條件，被扣留的人稱"人質" ◆ 他們同意先釋放人質。⚠注意 "質"粵音讀 dzi³（至）。

【人類】rén lèi 人的總稱 ◆ 這是全人類共同的願望。

【人山人海】rén shān rén hǎi 形容人聚集得很多 ◆ 廣場上人山人海。

【人云亦云】rén yún yì yún 別人怎麼說，自己就跟着怎麼說。形容沒有主見 ◆ 自己要有主見，不要人云亦云。⑩ 鸚鵡學舌。

【人仰馬翻】rén yǎng mǎ fān ❶ 人和馬都被打得仰翻在地。形容遭到慘敗的狼狽樣子 ◆ 這一仗殺得對方人仰馬翻。❷ 比喻混亂不堪或忙得不可開交的樣子 ◆ 這幾天累得精疲力盡，人仰馬翻。

【人定勝天】rén dìng shèng tiān 人的智慧和力量能夠戰勝自然 ◆ 人定勝天，我們一定能夠戰勝地震帶來的災難。⑩ 事在人為。

【人面獸心】rén miàn shòu xīn 長着人一樣的面孔，心腸卻像野獸一樣狠毒 ◆ 他是一個人面獸心的惡棍。⑩ 衣冠禽獸。

【人浮於事】rén fú yú shì　人員的數量超過了工作的需要；事少人多 ◆ 有的學校人員緊缺，有的卻人浮於事。

【人聲鼎沸】rén shēng dǐng fèi　鼎沸：水在鍋裏沸騰。形容人聲嘈雜，像水在鍋裏沸騰一樣 ◆ 廟會上人聲鼎沸，非常熱鬧。[反] 鴉雀無聲。

◁ 人工、人造、人體、人性、人像、人數、人影、人地生疏、人財兩空

▷ 主人、仇人、敵人、出人意料、引人入勝、發人深省、平易近人、目中無人、借刀殺人、自欺欺人、怨天尤人、一鳴驚人、先發制人

^{2}仁　丿亻仁 [仁]

[rén ㄖㄣˊ [粵] jɐn^{4} 人]

❶ 友愛；同情 ◆ 仁愛 / 仁慈。❷ 果核或其他硬殼中可吃的部分 ◆ 果仁 / 蝦仁 / 杏仁。

【仁愛】rén ài　關心愛護 ◆ 老師的仁愛之心終於感動了他。

【仁義】rén yì　仁愛和正義 ◆ 這是一支仁義之師，威武之師。

【仁慈】rén cí　寬厚慈善，有同情心 ◆ 他是一位仁慈的老人。[同] 慈愛。[反] 殘忍。

【仁人志士】rén rén zhì shì　道德高尚、有志向的人。泛指愛國的進步人士 ◆ 他得到了一大批仁人志士的支持。

[注意] "仁人志士" 也作 "志士仁人"。

【仁至義盡】rén zhì yì jìn　形容對人的關心、愛護已盡了最大的努力 ◆ 我們對他可算是仁至義盡了。

◁ 仁政

▷ 當仁不讓、麻木不仁、一視同仁

^{2}什　丿亻仁什 [什]

〈一〉[shí ㄕˊ [粵] sɐp^{9} 拾]

❶ 多種多樣的 ◆ 什物 / 什錦。

〈二〉[shén ㄕㄣˊ [粵] sɐm^{6} 甚]

❷ 見 "什麼"。

【什$_{2}$麼】shén ·me　❶ 表示疑問 ◆ 這是什麼？❷ 表示不確定的事物 ◆ 想買點什麼？

[注意] "什麼" 也作 "甚麼"。

【什錦】shí jǐn　由多種原料製成的或多種花樣拼成的 ◆ 什錦糖。

^{2}仃　丿亻仃 [仃]

[dīng ㄉㄧㄥ [粵] diŋ^{1} 丁]

伶仃。見 "伶" 字，21 頁。

^{2}仆　丿亻仆 [仆]

〈一〉[pū ㄆㄨ [粵] fu^{6} 付/puk^{7}]

❶ 向前跌倒 ◆ 前仆後繼。

〈二〉[pú ㄆㄨˊ [粵] buk^{9} 瀑]

❷ "僕" 的簡化字，見 34 頁。

^{2}介　丿人介 [介]

[jiè ㄐㄧㄝˋ [粵] gai^{3} 界]

❶ 使兩者聯繫上 ◆ 介紹 / 媒介。❷ 處在中間 ◆ 介入 / 介於兩者之間。❸ 放在心上 ◆ 不必介意。❹ 動物身上堅硬的甲殼 ◆ 介蟲 / 鱗介。❺ 正直；有骨氣 ◆ 為人耿介。

【介紹】jiè shào　❶ 使人了解或熟悉 ◆ 校長向來賓介紹了我們學校的情況。❷ 從中溝通，使雙方相識或發生聯繫 ◆ 我給你介紹一下，這是我的表哥。

【介意】jiè yì　放在心上 ◆ 你別介意，我是跟你開玩笑。

◁ 介詞

▷ 簡介、中介

^{2}仇　丿亻仇 [仇]

〈一〉[chóu ㄔㄡˊ [粵] tsɐu^{4} 酬/sɐu^{4} 愁]

❶ 強烈的恨 ◆ 仇恨 / 血海深仇。❷ 敵人 ◆ 仇敵 / 疾惡如仇。

〈二〉[qiú ㄑㄧㄡˊ [粵] kɐu^{4} 求]

❸ 姓。

【仇恨】chóu hèn　強烈的怨恨 ◆ 這是上一代結下的仇恨。

【仇殺】chóu shā　因仇恨而殺害 ◆ 互相仇殺。

【仇視】chóu shì　當作仇敵來看待 ◆ 他用仇視的目光盯着對方。

【仇敵】chóu dí　仇人；敵人 ◆ 他怎麼會是你的仇敵呢？

◁ 仇深似海

▷ 冤仇、復仇、報仇、深仇大恨、恩將仇報、公報私仇

^{2}化 見匕部，58 頁。

^{2}仍　丿亻仍 [仍]

[réng ㄖㄥˊ [粵] jiŋ^{4} 刑]

依然；還是 ◆ 仍然 / 仍舊不變。

【仍然】réng rán　跟以前一樣；跟原來一樣 ◆ 我們之間有過不愉快，但他仍然是我的好朋友。[同] 依然、仍舊。

【仍舊】réng jiù　跟以前一樣；跟原來一樣 ◆ 她仍舊在一間鄉村小學教書。[同] 依舊、依然。

^{2}今　丿人今 [今]

[jīn ㄐㄧㄣ [粵] gɐm^{1} 甘]

現在；當前；跟 "古"、"昔" 相對 ◆ 今天 / 至今下落不明。

【今昔】jīn xī　現在和過去 ◆ 今昔對比，真有天壤之別！

【今生今世】jīn shēng jīn shì　這一輩子 ◆ 你的恩情今生今世我也報答不盡。

【今非昔比】jīn fēi xī bǐ　現在的情況不能同過去的情況相比。多用來形容變化很大 ◆ 故鄉已是今非昔比了。

◁ 今晚、今年、今後、今不如昔

▷ 當今、如今、至今、古往今來

^{3}仕　丿亻仁什仕 [仕]

[shì ㄕˋ [粵] si^{6} 士]

做官 ◆ 出仕 / 仕途。

³ 付　ノイイ付付　付

[fù ㄈㄨˋ ⑧fu⁶ 父]

交給 ◆ 交付 / 付款。

【付之一炬】fù zhī yī jù　一炬：一把火。指全部燒燬 ◆ 在一場大火中，幾千冊藏書付之一炬。

【付諸東流】fù zhū dōng liú　諸：之於。東流：向東流入大海的江河。把東西扔入江河流水中沖走。比喻希望落空，前功盡棄 ◆ 多年的心血付諸東流，使他痛不欲生。

(注意) "付諸東流" 也作 "付之東流"。

⊠ 付出、付之一笑

⊠ 對付、應付、支付、託付

³ 仗　ノイイ仕　仗

[zhàng ㄓㄤˋ ⑧dzœŋ⁶ 丈]

❶ 兵器的總稱 ◆ 明火執仗。❷ 依靠；憑藉 ◆ 依仗 / 仗勢欺人。❸ 兩軍交鋒；戰爭 ◆ 打仗。

【仗義執言】zhàng yì zhí yán　執言：堅持説公道話。主持正義，敢於説公道話 ◆ 他疾惡如仇，敢仗義執言。

⊠ 仗義疏財

⊠ 倚仗、仰仗、狗仗人勢

³ 代　ノイイ代　代

[dài ㄉㄞˋ ⑧doi⁶ 待]

❶ 替；代替 ◆ 代理 / 代課。❷ 歷史上的分期；朝代 ◆ 唐代 / 當代。❸ 家族相傳的輩分 ◆ 後代 / 祖孫三代。

【代步】dài bù　代替步行；代步的工具 ◆ 城市裏有許多代步工具，如汽車、電車、地鐵等。

【代表】dài biǎo　❶ 經推選產生或受委託，代為表達意見或辦事的人 ◆ 他是全國人民代表大會的代表。❷ 代替個人或集體辦事或表達意見 ◆ 班長代表我班出席聖誕遊藝會籌備會議。❸ 表示；體現 ◆ 這三部電影代表了三種不同的風格。

【代理】dài lǐ　暫時代替擔任某種職務；受委託代為辦理某些事務 ◆ 代理廠長 / 他是派去跟外商洽談貿易的總

代理。

【代替】dài tì　用甲換乙，起乙的作用 ◆ 用塑料代替木材。

(注意) "代替" 也作 "替代"。

【代溝】dài gōu　指兩代人由於思想、價值觀、生活方式等方面存在的差異而產生的隔閡 ◆ 代溝問題引起了社會學家的關注。

【代價】dài jià　買東西付出的錢；泛指為了達到某種目的而付出的精力、物力 ◆ 公司不惜代價，大做廣告。

⊠ 代辦、代勞、代管、代銷、代詞、代用品

⊠ 取代、時代、年代、現代、朝代、後代、替代、取而代之、世世代代、新陳代謝、改朝換代

³ 以　ヽヽ以以　以

[yǐ ㄧˇ ⑧jy⁵ 已]

❶ 用；拿 ◆ 以身作則 / 以理服人。❷ 按照 ◆ 以次排隊。❸ 因為 ◆ 不以此而自餒。❹ 表示目的；為了 ◆ 學以致用。❺ 表示時間、方位、數量的界限 ◆ 以前 / 黃河以北 / 十人以上。

【以及】yǐ jí　用來連接並列的幾項 ◆ 表哥、表嫂以及表弟都來了。

【以至】yǐ zhì　直到。表示時間、空間、程度、範圍等的延伸 ◆ 小學生、中學生以至大學生，都不免寫錯字。

【以免】yǐ miǎn　用在下半句話的開頭，表示避免發生下文所説的情況 ◆ 事前一定要考慮周到，以免發生意外。

【以往】yǐ wǎng　從前；過去 ◆ 以往這裏是一片海灘，現在已建起高樓大廈了。

【以便】yǐ biàn　用在下半句話的開頭，表示由於上述條件下文所説的目的就容易實現 ◆ 請把你的電話號碼告訴我，以便及時跟你聯絡。

【以為】yǐ wéi　認為 ◆ 我以為子女孝敬父母是天經地義的事。

【以致】yǐ zhì　用在下半句話的開頭，表示由於上述原因而引出下文所説的後果 ◆ 文章寫好後沒有再認真看一遍，以致出現多處用詞不當、語句不通的毛病。

【以身作則】yǐ shēn zuò zé　則：榜樣。用自己的行動作出榜樣 ◆ 我們的班長事事能以身作則。

【以逸待勞】yǐ yì dài láo　逸：安閒。勞：疲勞。安閒地休息，等對方疲勞後再出擊 ◆ 我軍以逸待勞，一舉殲滅了敵人。

⊠ 以後、以下、以來、以內、以身試法、以毒攻毒

⊠ 可以、所以、足以、夜以繼日、掉以輕心、如願以償、夢寐以求、全力以赴

³ 囚　見口部，87頁。

³ 仙　ノイ仆仙　仙

[xiān ㄒㄧㄢ ⑧sin¹ 鮮]

古代神話中指長生不老、神通廣大的人 ◆ 神仙 / 八仙過海，各顯神通。

【仙女】xiān nǚ　年輕的女仙人 ◆ 七仙女下凡。

【仙逝】xiān shì　委婉用語，稱人逝世 ◆ 家父仙逝，舉家哀痛。

【仙境】xiān jìng　神仙居住的地方；比喻風景優美的地方 ◆ 人間仙境。

【仙鶴】xiān hè　白鶴，也叫 "丹頂鶴"，見 7 頁。

【仙人掌】xiān rén zhǎng　一種多年生肉質植物。莖肥厚，多液汁，能貯藏大量水分。有片狀、柱狀、球狀，花有黃色、紅色、白色等。可供觀賞。

⊠ 仙子、仙丹

⊠ 水仙、天仙、成仙

³ 仟　ノイ仁仟　仟

[qiān ㄑㄧㄢ ⑧tsin¹ 千]

數目字 "千" 的大寫。

³ **令**　ノ 人 人 今 令　[令]

[lìng ㄌㄧㄥˋ ⑧ ling⁶ 另]

❶上級對下級的指示 ◆ 命令／下令。
❷使 ◆ 令人振奮／利令智昏。❸時
節 ◆ 時令／夏令營。

【令箭】lìng jiàn　古代軍隊中發佈命令
時用作憑證的東西，形狀像箭。借指上
級的旨意 ◆ 拿雞毛當令箭。

【令人髮指】lìng rén fà zhǐ　髮指：頭
髮豎起來。形容使人氣憤到極點 ◆ 這
夥歹徒的罪惡行徑令人髮指。

🗙 令人神往、令人生畏
🗙 禁令、司令、三令五申、朝令夕改、
　發號施令

³ **他**　ノ 亻 亻 什 他　[他]

[tā ㄊㄚ ⑧ ta¹ 它]

❶第三人稱代詞，一般用來指男性 ◆
這事不能怪他。❷別的；另外的 ◆
挪作他用。

【他人】tā rén　別人；另外的人 ◆ 要
關心自己，也要關心他人。

【他鄉】tā xiāng　家鄉以外的地方，多
指遠離家鄉的地方 ◆ 他早年流落他
鄉，吃了不少苦。

🗙 他們
🗙 其他

³ **仞**　ノ 亻 亻 仞 仞　[仞]

[rèn ㄖㄣˋ ⑧ jen⁶ 刃]

古代長度單位，八尺或七尺為一仞 ◆
為山九仞，功虧一簣。

³ **仔**　ノ 亻 亻 仔 仔　[仔]

〈一〉[zǐ ㄗˇ ⑧ dzi² 子]

❶幼小的 ◆ 仔雞／仔豬。❷細心 ◆
仔細。

〈二〉[zǎi ㄗㄞˇ ⑧ dzɐi² 濟²]

❸幼小的動物。也寫作"崽" ◆ 豬仔。
❹粵方言也用來指子女 ◆ 柳媽一生
過兩個仔。

【仔細】zǐ xì　細心 ◆ 他看得很仔細。

⁴ **休**　ノ 亻 亻 什 休　[休]

[xiū ㄒㄧㄡ ⑧ jeu¹ 丘]

❶歇息 ◆ 休息／退休。❷停止 ◆ 休
會／爭論不休。❸不要；別 ◆ 休想／
休要。

【休克】xiū kè　人體因遭受嚴重損傷病而
引起的一種症狀，表現為血壓下降、四
肢發冷、臉色蒼白、神智不清，甚至失
去知覺 ◆ 他目前還處在休克的狀態。

【休息】xiū·xi　暫時停止工作和活動，
使精神和身體處於鬆弛狀態 ◆ 運動員
正在休息室休息。

【休閒】xiū xián　休息；過清閒生活
◆ 這是一項很好的休閒活動。

【休養】xiū yǎng　休息調養 ◆ 她身體
虛弱，需要休養一段時間。

【休學】xiū xué　學生因生病等原因，
經校方同意，暫時停止學習 ◆ 他因病
休學一年。

【休戚相關】xiū qī xiāng guān　休戚：
歡樂和憂愁。形容彼此關係密切，利害
一致 ◆ 這兩家工廠互相依存，休戚
相關。

【休戚與共】xiū qī yǔ gòng　休戚：歡
樂和憂愁。形容彼此關係密切，同甘共
苦 ◆ 我願與你生死相依，休戚與共。

🗙 休止、休假、休整
🗙 公休、罷休、善罷甘休、喋喋不休

⁴ **合**　見口部，71頁。

⁴ **伎**　ノ 亻 亻 什 伎　[伎]

[jì ㄐㄧˋ ⑧ gei⁶ 忌]

同"技"。技巧；技藝 ◆ 伎倆。

【伎倆】jì liǎng　手段；花招 ◆ 他耍
了一個偷梁換柱的伎倆。

注意 "伎倆"是貶義詞。

⁴ **伍**　ノ 亻 亻 仵 伍　[伍]

[wǔ ㄨˇ ⑧ ŋ⁵ 五]

❶軍隊；行列 ◆ 應徵入伍／遊行隊
伍。❷數目字"五"的大寫。❸姓。

🗙 隊伍、退伍、為伍

⁴ **伏**　ノ 亻 亻 伏 伏　[伏]

[fú ㄈㄨˊ ⑧ fuk⁹ 服]

❶身體前傾，臉朝下；趴 ◆ 伏案工作。
❷低下去 ◆ 此起彼伏。❸認錯認罪；
使屈服 ◆ 伏罪／降龍伏虎。❹隱藏
◆ 埋伏／危機四伏。❺時令名稱，即
伏天。分初伏、中伏、末伏，合稱"三
伏"，是一年中最炎熱的時期。

【伏法】fú fǎ　犯人被執行死刑 ◆ 三
名殺人犯已於昨日伏法。

【伏筆】fú bǐ　為收到前後照應的效
果，文章前面給後面埋伏下的線索。

【伏罪】fú zuì　犯人承認罪行 ◆ 在事
實面前，他不得不低頭伏罪。

注意 "伏罪"也作"服罪"。

【伏擊】fú jī　埋伏兵力，突然襲擊對
方 ◆ 警方於深夜守候伏擊，抓獲多
名竊賊。

🗙 伏兵、伏貼
🗙 起伏、潛伏

⁴ **伐**　ノ 亻 亻 代 伐　[伐]

[fá ㄈㄚˊ ⑧ fɐt⁹ 罰]

❶砍 ◆ 伐木／採伐。❷攻擊；征討
◆ 討伐／口誅筆伐。

🗙 步伐、砍伐、北伐

⁴ **企**　ノ 人 个 仐 企　[企]

[qǐ ㄑㄧˇ ⑧ kei⁵ 其⁵]

提起腳後跟；引申為盼望 ◆ 企待／企望。

【企求】qǐ qiú　希望得到 ◆ 人民企求
安居樂業。

【企圖】qǐ tú　打算；圖謀 ◆ 小偷企
圖破門行竊，結果被警察捉住。

注意 "企圖"多用作貶義。

【企鵝】qǐ é　一種海鳥。頭部、背部
黑色，腹部白色，足、尾很短，翅膀像
魚鰭，不能飛，能游水。站立時昂首彷
彿在企望，因此叫"企鵝"。多羣居在
南美洲。

4 仲　ノ イ 亻 仆 仲 [仲]

[zhòng ㄓㄨㄥˋ [粵] dzuŋ^6 頌]

排在第二的；居中的 ◆ 仲春（春季的第二個月）/ 仲夏（夏季的第二個月）。

【仲裁】zhòng cái　由第三者對有爭議的雙方就爭議事項作出裁決 ◆ 仲裁委員會。

4 件　ノ イ 亻 仁 仵 [件]

[jiàn ㄐㄧㄢˋ [粵] gin^6 健]

❶ 量詞 ◆ 一件衣服 / 三件事情。❷ 可以一一計算的事物 ◆ 零件 / 案件。

▷ 信件、文件、條件、證件、事件

4 任　ノ イ 亻 仁 任 [任]

〈一〉[rèn ㄖㄣˋ [粵] jɐm^6 賃]

❶ 委派；使用 ◆ 任命 / 任人唯賢。❷ 擔當；承擔 ◆ 擔任 / 勝任。❸ 擔當的職務；職責 ◆ 就任 / 任重道遠。❹ 相信 ◆ 信任。❺ 由着性子；放縱 ◆ 任性 / 放任自流。

〈二〉[rén ㄖㄣˊ [粵] jɐm^4 吟]

❻ 姓。

【任何】rèn hé　不論甚麼；不管是誰。表示沒有例外 ◆ 任何人都不會同意他的説法。

【任命】rèn mìng　下命令任用 ◆ 任命他為駐美大使。

【任性】rèn xìng　放任自己的性子而不加約束 ◆ 這孩子太任性。

【任務】rèn ·wu　指定承擔的工作或責任 ◆ 學校的任務就是培養人才。

【任意】rèn yì　隨意；不加限制，想怎樣就怎樣 ◆ 你怎麼能任意曠課呢？

【任憑】rèn píng　❶ 聽便；隨意 ◆ 這件事任憑他去處理就是了。❷ 不管；無論 ◆ 任憑你有天大的本領，也難挽回敗局。

【任重道遠】rèn zhòng dào yuǎn　擔子重，道路遠。比喻責任重大，要經過長期努力 ◆ 年輕人任重道遠，是國家的棟梁。

【任勞任怨】rèn láo rèn yuàn　形容做事不辭勞苦，也不怕別人埋怨 ◆ 他工作勤勤懇懇，任勞任怨。

◁ 任用、任職、任教、任期

▷ 聘任、責任、聽之任之

4 份　ノ イ 亻 仆 份 [份]

[fèn ㄈㄣˋ [粵] fɐn^6 昏^6]

❶ 由整體分出的各部分 ◆ 月份 / 分五份。❷ 量詞 ◆ 一份報紙 / 一份禮物。

▷ 年份、股份

4 仰　ノ イ 亻 仁 仰 [仰]

[yǎng ㄧㄤˇ [粵] jœŋ^5 養]

❶ 抬起頭，臉朝上；跟“俯”相對 ◆ 仰望 / 仰泳。❷ 敬慕 ◆ 仰慕 / 敬仰。❸ 依賴；依靠 ◆ 仰賴 / 仰仗。

【仰仗】yǎng zhàng　依靠；依賴 ◆ 這件事還要仰仗各位的鼎力支持。

【仰望】yǎng wàng　抬頭向上看 ◆ 仰望星空。[反] 俯視。

【仰慕】yǎng mù　敬仰、嚮往 ◆ 今天我終於見到了仰慕已久的兒童文學作家。[同] 敬慕。[反] 藐視。

【仰賴】yǎng lài　依賴；依靠 ◆ 生活要自立、自強，不能事事仰賴父母。

【仰人鼻息】yǎng rén bí xī　比喻完全依賴別人生存，看別人的臉色行事 ◆ 這種仰人鼻息的生活，不能再繼續下去了。[反] 獨立自主。

◁ 仰泳、仰天大笑

▷ 信仰、敬仰、久仰、瞻仰、人仰馬翻、前仰後合

4 仿　ノ イ 亻 仁 仿 [仿]

[fǎng ㄈㄤˇ [粵] fɔŋ^2 訪]

❶ 照樣子做 ◆ 仿照 / 模仿。❷ 相似；類似 ◆ 相仿。❸ 仿佛。也寫作“彷彿”，見“彷〈一〉”，146 頁。

【仿古】fǎng gǔ　仿製古代的器物、藝術品 ◆ 這些兵馬俑都是仿古之作。

【仿效】fǎng xiào　模仿；效法 ◆ 猴子能仿效人的動作。

【仿造】fǎng zào　照着一定的樣式製造 ◆ 這件古玩是仿造的。[同] 仿製。

【仿照】fǎng zhào　照樣子去做 ◆ 仿照課文的寫法，寫一篇記敍文。[同] 依照、模仿。

【仿製】fǎng zhì　照着一定的樣式製造 ◆ 這是仿製品，不是真品。[同] 仿造。

4 伙　ノ イ 亻 仆 伙 [伙]

[huǒ ㄏㄨㄛˇ [粵] fɔ^2 火]

❶ 合在一起；同伴 ◆ 成羣結伙。❷ 舊指店員 ◆ 伙計。❸ 集體辦的飯食 ◆ 伙食 / 伙房。❹ 量詞，用於人羣 ◆ 一伙人 / 三個一羣，五個一伙。

[注意] ❶❷❹ 也寫作“夥”。

【伙同】huǒ tóng　跟別人合在一起做事 ◆ 父親伙同叔叔開了一家餐館。

[注意] “伙同”也作“夥同”。

【伙伴】huǒ bàn　同伴；在一起做事或一起活動的人 ◆ 他是我足球場上最好的伙伴。

[注意] “伙伴”也作“夥伴”。

【伙計】huǒ ·ji　❶ 同伴；伙伴 ◆ 隊長不時高喊：“伙計們，加油啊！”❷ 過去稱店員或僱工 ◆ 小伙計年齡不大，但很會做生意。

[注意] “伙計”也作“夥計”。

▷ 同伙、合伙、散伙

4 伊　ノ イ 亻 伊 伊 [伊]

[yī ㄧ [粵] ji^1 衣]

❶ 他；她；此。現在很少用。❷ 助詞，無實在意思 ◆ 新年伊始。

5 余　ノ 人 亼 亼 仐 余 [余]

[yú ㄩˊ [粵] jy^4 如]

❶ 我。❷ 姓。❸ “餘”的簡化字，見 457 頁。

人有悲歡離合，月有陰晴圓缺，此事古難全。——宋・蘇軾《水調歌頭》詞

⁵ 估　ノ イ 仁 什 什 估　估

[gū ㄍㄨ 粵 gu² 古]

大致推算 ◆ 估計 / 估算。

【估計】gū jì　大概的推測 ◆ 我估計這次英文考試成績在九十分以上。同估量。

【估量】gū liáng　估計；估算 ◆ 這次颱風造成的損失難以估量。

【估價】gū jià　❶ 大概測算商品的價格 ◆ 這件古董估價超過一萬元。❷ 對人或事物作出評價 ◆ 對他的這項科學發明，人們估價很高。

⊠低估、評估

⁵ 巫　見工部，133頁。

⁵ 何　ノ イ 仁 何 何 何　何

[hé ㄏㄜˊ 粵 ho⁴ 河]

❶ 表示疑問；相當於"甚麼"、"哪裏"等意思 ◆ 有何理由 / 不知從何說起。❷ 表示反問 ◆ 何苦呢？/ 何必如此？❸ 姓。

【何不】hé bù　為甚麼不？用於反問，意思是"可以"、"應該" ◆ 既然他去過北京，何不請他做嚮導呢？

【何必】hé bì　有甚麼必要？用於反問，意思是"不必" ◆ 區區小事，何必要你親自動手？

【何妨】hé fáng　有甚麼妨礙？用於反問，意思是"不妨" ◆ 學校正在招聘教師，你去試試又有何妨？

【何況】hé kuàng　用於反問，表示更進一層的意思 ◆ 他連泳池都不敢下去，何況到大海中去游泳呢？

【何苦】hé kǔ　何必自尋苦惱？用於反問，意思是"不值得" ◆ 事情已經過去，何苦整天為此悶悶不樂？

【何等】hé děng　❶ 甚麼樣的 ◆ 你知道他是何等人物？❷ 用於感歎語氣，表示不同尋常；多麼 ◆ 你看這建築是何等的雄偉！

【何足掛齒】hé zú guà chǐ　哪裏值得談起呢？用於反問，表示不值得一提 ◆ 區區小事，何足掛齒？

【何樂而不為】hé lè ér bù wéi　為甚麼不願意做呢？用於反問，表示可以做或願意做 ◆ 這是一舉兩得的事，何樂而不為呢？

⊠何以、何人、何事、何故、何在、何處、何去何從

⊠任何、如何、為何、談何容易、無可奈何

⁵ 佐　ノ イ 仁 什 佐 佐　佐

[zuǒ ㄗㄨㄛˇ 粵 dzo³ 左³]

輔助；幫助 ◆ 輔佐 / 佐證。

⁵ 佑　ノ イ 仁 什 仕 佑　佑

[yòu ㄧㄡˋ 粵 jɐu⁶ 又]

保護；輔助 ◆ 保佑。

⁵ 佈⁽布⁾　ノ イ 仁 代 佈 佈　佈

[bù ㄅㄨˋ 粵 bou³ 報]

❶ 宣告；告訴公眾 ◆ 宣佈 / 發佈。❷ 散開；分散、流傳到各處 ◆ 分佈 / 傳佈。❸ 安排；設置 ◆ 佈置 / 佈景。

【佈局】bù jú　安排 ◆ 寫文章要講究謀篇佈局。

【佈景】bù jǐng　舞台或拍攝場地所設置的景物 ◆ 舞台佈景優美。

【佈置】bù zhì　❶ 根據某種需要進行安排、裝飾 ◆ 佈置會場。❷ 安排 ◆ 教師佈置作業。

⊠佈告、佈防

⊠公佈、散佈、頒佈、擺佈、開誠佈公、烏雲密佈、星羅棋佈

⁵ 佔⁽占⁾　ノ イ 化 化 佔 佔　佔

[zhàn ㄓㄢˋ 粵 dzim³ 尖³]

❶ 據有；強取 ◆ 佔有 / 霸佔。❷ 處於 ◆ 佔優勢 / 佔上風。

【佔有】zhàn yǒu　❶ 佔據；用強力取得 ◆ 大哥佔有了全部家產。❷ 處於某種地位 ◆ 公共汽車在城市交通中佔有重要地位。

【佔領】zhàn lǐng　❶ 用武力取得 ◆ 佔領別國領土。同侵佔。❷ 佔據 ◆ 廠

家靠產品質量佔領市場。同佔有。

【佔據】zhàn jù　用強力取得或保持 ◆ 佔據有利地形，打擊侵略者。反放棄。

【佔為己有】zhàn wéi jǐ yǒu　把不屬於自己的東西強取過來作為自己所有 ◆ 他長期把公司的一台電腦佔為己有。

⊠佔用、佔便宜

⊠攻佔、獨佔、搶佔

⁵ 似　ノ イ 化 化 似 似　似

⟨一⟩ [sì ㄙˋ 粵 tsi⁵ 此⁵]

❶ 像 ◆ 相似 / 類似。❷ 好像 ◆ 似乎 / 歸心似箭。❸ 用於比較，表示超過的意思 ◆ 一年好似一年。

⟨二⟩ [shì ㄕˋ 粵 tsi⁵ 此⁵]

❹ 見"似的"。

【似乎】sì hū　好像 ◆ 我似乎在哪裏見過她？同彷彿。

【似₂的】shì ·de　放在名詞或動詞後面，表示跟某種事物或情況相像 ◆ 下起了鵝毛似的大雪 / 信件像雪片似的飛來。

注意"似的"也作"是的"。

【似是而非】sì shì ér fēi　好像是對的，事實上並不對 ◆ 這種說法似是而非。

【似曾相識】sì céng xiāng shí　好像曾經見過 ◆ 此人似曾相識，可一時記不起來了。

⊠似懂非懂、似笑非笑

⊠近似、如飢似渴

⁵ 但　ノ イ 作 但 但 但　但

[dàn ㄉㄢˋ 粵 dan⁶ 彈]

❶ 可是；不過 ◆ 他身體不好，但學習很用功。❷ 只是；僅 ◆ 但願如此。

【但是】dàn shì　放在一句話的後半句，表示轉折。上半句常有"雖然"、"儘管"等詞語與之呼應 ◆ 他年齡雖然不大，但是很有志氣。

【但願】dàn yuàn　只願 ◆ 但願你早日康復。

⁵ 伸　ノイ 亻 亻'亻' 伊 伊　伸

[shēn ㄕㄣ 粵 sen¹ 辛]

舒展開來；拉長 ◆ 伸縮 / 延伸。❷ 表白 ◆ 伸冤。

【伸展】shēn zhǎn　延長；擴展 ◆ 草原向西伸展，一望無際。⑩ 延伸。

【伸張】shēn zhāng　擴大；發揚 ◆ 法官要伸張正義，不能徇私舞弊。

【伸手不見五指】shēn shǒu bù jiàn wǔ zhǐ　形容漆黑一片，沒有一點光亮 ◆ 周圍一片漆黑，伸手不見五指。

⊿ 伸長、伸直
⊿ 能屈能伸

⁵ 夾　見大部，105 頁。

⁵ 佃　ノイ 亻 亻'亻'佃　佃

[diàn ㄉㄧㄢˋ 粵 din⁶ 電]

農民向地主租種土地 ◆ 佃農 / 佃戶。

⁵ 作　ノイ 亻 亻'亻'作　作

〈一〉[zuò ㄗㄨㄛˋ 粵 dzok⁸ 昨⁸]

❶ 做；進行活動 ◆ 合作 / 勞作。❷ 寫作；寫作成果 ◆ 作文 / 著作。❸ 裝出 ◆ 裝腔作勢 / 裝模作樣。❹ 當；充當 ◆ 作陪 / 作媒。❺ 當成 ◆ 認賊作父。❻ 興起；發作 ◆ 風雨大作 / 隱隱作痛。

〈二〉[zuò ㄗㄨㄛˋ 粵 dzok⁸ 昨⁸]

❼ 小規模的手工業工場 ◆ 作坊。

【作用】zuò yòng　對事物產生影響；對事物產生的影響、效果 ◆ 這種新藥無任何副作用。

【作者】zuò zhě　文章或著作的寫作者；文學藝術作品的創作者 ◆ 文章的作者是一位中學生。

【作品】zuò pǐn　文學藝術等方面的創作成果 ◆ 這是他最感得意的雕刻作品。

【作風】zuò fēng　在學習、工作或生活方面表現出來的態度 ◆ 李老師在教學上作風嚴謹，一絲不苟。

【作為】zuò wéi　❶ 行為；所作所為 ◆ 根據他的作為，評論他的為人。❷ 發揮才幹，做出成績 ◆ 在這方面你一定能大有作為。⑩ 成就。❸ 當做 ◆ 近期我把普通話作為學習重點。❹ 對某種身份或性質來説 ◆ 作為中國人，我感到十分自豪。

(注意) "作為"不要寫成"做為"。

【作家】zuò jiā　有一定成就的文學藝術創作者 ◆ 他是著名的兒童文學作家。

【作案】zuò àn　進行犯罪活動 ◆ 他已多次作案。

【作梗】zuò gěng　從中阻撓，使事情不順利 ◆ 由於他暗中作梗，使計劃落空。⑩ 阻撓。⑫ 幫忙。

【作惡】zuò è　做壞事；進行罪惡活動 ◆ 這批罪犯作惡多端。

【作業】zuò yè　❶ 教師給學生佈置的練習 ◆ 這些都是暑假作業。❷ 指生產或訓練活動 ◆ 他們實行流水作業。

【作弊】zuò bì　用欺騙的方式做違反規定的事情 ◆ 老師懷疑他在考試中作弊。⑩ 舞弊。

【作威作福】zuò wēi zuò fú　原指統治者專攬威權，任意賞罰。後用來形容濫用權勢，獨斷專行 ◆ 公務員要為公眾服務，豈能憑藉權力，作威作福？

【作繭自縛】zuò jiǎn zì fù　縛：束縛。蠶吐絲作繭，把自己包裹在裏面。比喻自己束縛自己，使自己陷入困境 ◆ 你這是作繭自縛，自討苦吃。

⊿ 作對、作怪、作戰、作答、作曲

⊿ 工作、動作、創作、胡作非為、以身作則、為非作歹

⁵ 伯　ノイ 亻 亻'亻'伯 伯　伯

〈一〉[bó ㄅㄛˊ 粵 bak⁸ 百]

❶ 父親的哥哥 ◆ 伯父。❷ 對輩分高、年紀大的男子尊稱 ◆ 老伯 / 李大伯。

〈二〉[bǎi ㄅㄞˇ 粵 bak⁸ 百]

❸ 大伯子：丈夫的哥哥。

【伯父】bó fù　❶ 稱父親的哥哥 ◆ 我伯父在大學教書。❷ 尊稱同學、同事或朋友的父親。

【伯母】bó mǔ　❶ 稱伯父的妻子 ◆ 伯母是位賢淑的婦人。❷ 尊稱同學、同事或朋友的母親。

【伯樂】bó lè　春秋時代秦國人，善於相馬。後用來比喻善於發現和使用人才的人 ◆ 他有眼力，能發現人才，大家都稱他為伯樂。

⁵ 坐　見土部，91 頁。

⁵ 伶　ノイ 亻 亻'亻'伶 伶　伶

[líng ㄌㄧㄥˊ 粵 lin⁴ 零]

戲曲演員 ◆ 名伶 / 優伶。

【伶仃】líng dīng　孤獨；無依無靠 ◆ 這孩子孤苦伶仃的，真可憐。

【伶俐】líng lì　乖巧，靈活 ◆ 這孩子聰明伶俐，討人喜歡。⑫ 笨拙。

【伶牙俐齒】líng yá lì chǐ　形容口齒伶俐，能説會道 ◆ 這些學生伶牙俐齒，口才好。⑫ 笨嘴笨舌。

⁵ 低　ノイ 亻 亻'亻'低 低　低

[dī ㄉㄧ 粵 dɐi¹ 底]

❶ 位置、程度等在下的；跟"高"相對

◆ 價格低廉／低空飛行。❷ 向下垂 ◆ 低垂／低頭。

【低劣】dī liè 指物品質量很差 ◆ 產品質量低劣。

【低估】dī gū 估價過低；小看 ◆ 你別低估了他的能力。反 高估。

【低沉】dī chén ❶ 聲音低而沉重 ◆ 簫聲低沉悽惋。反 高亢、嘹亮。❷ 情緒低落 ◆ 她近來情緒低沉。同 消沉。反 高漲。

【低落】dī luò 下降 ◆ 士氣低落。反 高漲。

【低廉】dī lián 價格低；便宜 ◆ 商品價格低廉。反 昂貴。

【低賤】dī jiàn 指出身、地位低下 ◆ 他出身低賤，常受人歧視。同 卑賤。反 高貴。

【低三下四】dī sān xià sì 形容卑賤地討好別人的樣子 ◆ 我決不會低三下四地去求他幫助。同 卑躬屈膝、低聲下氣。反 趾高氣揚。

【低聲下氣】dī shēng xià qì 形容說話恭順小心、低人一等的樣子 ◆ 你低聲下氣地去求他，是不會有結果的。同 低三下四。反 趾高氣揚。

低級、低價、低能、低温、低窪

降低、貶低、眼高手低

5 你 ノ 亻 亻 𠆢 你 你 你

[nǐ ㄋㄧˇ 粵 nei5 您]

第二人稱代詞，複數是“你們” ◆ 我來幫助你。

5 佗 ノ 亻 亻 亻 佗 佗 佗

[tuó ㄊㄨㄛˊ 粵 to4 陀]

華佗：中國古代名醫，是世界上最早發明麻醉劑的人。

5 位 ノ 亻 亻 亻 付 位 位

[wèi ㄨㄟˋ 粵 wɐi6 胃]

❶ 所在的地方 ◆ 位置／座位。❷ 職務；地位 ◆ 職位／學位。❸ 處在某種位置 ◆ 中國位於亞洲東部。❹ 量詞，用於人，表示尊敬 ◆ 諸位／各位來賓。

【位置】wèi ·zhi 所在的地方或所處的地位 ◆ 香港的地理位置十分優越。

地位、部位、方位、崗位、單位

5 住 ノ 亻 亻 亻 什 住 住

[zhù ㄓㄨˋ 粵 dzy6 豬6]

❶ 居住 ◆ 住房／住址。❷ 停止；停下 ◆ 雨住了。❸ 用在動詞後面，表示牢固或勝任 ◆ 記住／頂得住。

【住宅】zhù zhái 住房 ◆ 這一帶是居民住宅區。

【住址】zhù zhǐ 居住的地址 ◆ 請填上你的家庭住址。

【住所】zhù suǒ 居住的地方 ◆ 我的住所離上班的地方不遠。

【住宿】zhù sù 住下來 ◆ 住宿登記。注意 “住宿”多指在外過夜。

住處、住手、住口

站住、衣食住行

5 伴 ノ 亻 亻 亻 仁 仨 伴

[bàn ㄅㄢˋ 粵 bun6 叛]

❶ 同在一起的人 ◆ 伴侶／同伴。❷ 配合；陪着 ◆ 伴唱／陪伴。

【伴奏】bàn zòu ❶ 為歌唱、舞蹈、朗誦等配樂演奏 ◆ 他唱的是民間小調，用民樂伴奏。❷ 為一種主樂器配樂演奏 ◆ 小提琴獨奏，鋼琴伴奏。

【伴侶】bàn lǚ 同伴；特指夫妻 ◆ 她願意做我的終身伴侶。

【伴唱】bàn chàng 從旁歌唱，配合表演 ◆ 你們在前台表演，我們在後台伴唱。

【伴舞】bàn wǔ ❶ 陪別人跳舞 ◆ 他常去舞廳伴舞。❷ 從旁跳舞，配合演唱 ◆ 在台上伴舞的是幼稚園的孩子。

【伴隨】bàn suí 隨同；跟着 ◆ 不管我去哪裏，她總是形影不離地伴隨着我。同 跟隨。

伴同、伴娘

伙伴、結伴同行

5 含 見口部，73 頁。

5 伺 ノ 亻 们 们 伺 伺 伺

〈一〉[sì ㄙˋ 粵 dzi6 自／si6 士]

❶ 偵察；等候 ◆ 伺機行動。

〈二〉[cì ㄘˋ 粵 dzi6 自／si6 士]

❷ 服侍；照料 ◆ 伺候病人。

【伺機】sì jī 暗中觀察，等待時機 ◆ 他不甘失敗，伺機東山再起。

5 佛 ノ 亻 亻 仴 佀 佛 佛

〈一〉[fó ㄈㄛˊ 粵 fɐt9 乏]

❶ 佛教徒稱修行圓滿的人 ◆ 求神拜佛。❷ 佛教的簡稱 ◆ 佛經。❸ 佛像 ◆ 玉佛。

〈二〉[fú ㄈㄨˊ 粵 fɐt7 忽]

❹ 仿佛。同“彷佛”，見“彷〈一〉”，146 頁。

【佛門】fó mén 指佛教 ◆ 他們都是少林寺的佛門子弟。

【佛教】fó jiào 世界三大宗教之一。相傳為公元前六至五世紀時古印度迦毗羅衛國（今尼泊爾境）內的王子釋迦牟尼所創立。宣傳眾生平等，把修行成佛作為歸宿。主要流傳於亞洲各國。東漢末年傳入中國，以後成為中國的主要宗教之一。

佛像、佛爺、佛祖

念佛、放下屠刀，立地成佛

6 舍 見舌部，357 頁。

6 佳 亻 仁 仕 仕 佳 佳 佳

[jiā ㄐㄧㄚ 粵 gai1 皆]

美好 ◆ 佳音／新春佳節。

【佳人】jiā rén 美人 ◆ 絕代佳人。同 佳麗。

【佳作】jiā zuò 優秀的作品 ◆《紅樓夢》是中國古典小說中的傳世佳作。同 傑作。

【佳餚】jiā yáo 精美可口的菜餚 ◆ 在香港，你可以品嘗到世界各地的美味佳餚。

【佳音】jiā yīn 好信息 ◆ 佳音傳來，

令人歡欣鼓舞。⑩ 喜訊。⑫ 噩耗。

【佳節】jiā jié　歡樂美好的節日 ◆ 每逢佳節倍思親。

【佳話】jiā huà　流傳一時的美事、趣事 ◆ 夫妻同時榮獲奧斯卡金獎，一時傳為影壇佳話。⑫ 醜聞。

【佳境】jiā jìng　❶ 風景優美的地方 ◆ 遊覽名山佳境。❷ 美好的境界、意境 ◆ 小說寫到這裏已漸入佳境。

【佳麗】jiā lì　容貌美麗；貌美的女子 ◆ 不知這位佳麗芳齡幾何。⑩ 佳人。

☆ 佳偶、佳句、佳期
☆ 不佳、欠佳、最佳

---

⁶ **侍**　亻亻亻什件侍侍　侍

[shì ㄕˋ ⑧ si⁶ 士]

陪伴；照料 ◆ 侍奉 / 服侍。

【侍奉】shì fèng　服侍奉養 ◆ 她足不出戶，在家侍奉年邁的雙親。

【侍候】shì hòu　服侍照料 ◆ 她要侍候有病的大哥，不能來了。

☆ 侍女、侍從、侍衛

---

⁶ **佬**　亻亻亻什伊伊佬　佬

[lǎo ㄌㄠˇ ⑧ lou² 老²]

稱呼成年男子，常帶有貶義 ◆ 闊佬。

---

⁶ **供**　亻亻亻什世供供　供

〈一〉[gōng ㄍㄨㄥ ⑧ gung¹ 公]

❶ 準備財物給需要的人使用 ◆ 供需 / 提供。

〈二〉[gòng ㄍㄨㄥˋ ⑧ gung¹ 公]

❷ 受審人陳述案情 ◆ 供詞 / 口供。

〈三〉[gòng ㄍㄨㄥˋ ⑧ gung³ 貢]

❸ 向神佛或祖先敬獻祭品；祭品 ◆ 供品 / 上供。❹ 侍奉；侍候 ◆ 供養。

【供奉】gòng fèng　敬奉；侍奉 ◆ 供奉祖先，緬懷他們的養育之恩。

【供詞】gòng cí　受審者所陳述的跟案情有關的話 ◆ 法庭根據他的供詞展開了調查。

【供給】gōng jǐ　把錢物給需要的人使用 ◆ 免費供給工作午餐。⑩ 供應。

【供認】gòng rèn　被告承認所做的事情 ◆ 被告對所犯罪行供認不諱。

【供養】gōng yǎng　贍養、侍奉長輩 ◆ 供養父母是子女應盡的孝道。

【供應】gōng yìng　提供物資或人力等以滿足需要 ◆ 商販所需商品由批發站統一供應。⑩ 供給。

【供不應求】gōng bù yìng qiú　供應的東西不能滿足需求 ◆ 產品銷路極好，廠家已供不應求。⑫ 供過於求。

☆ 招供₂

---

⁶ **使**　亻亻亻仃仃伊使　使

〈一〉[shǐ ㄕˇ ⑧ si² 史/sei² 洗 (語)]

❶ 派遣 ◆ 指使 / 使人前往。❷ 用 ◆ 使勁 / 工具不好使。❸ 令；讓 ◆ 使人高興。❹ 假如 ◆ 假使。

〈二〉[shǐ ㄕˇ ⑧ si³ 試]

❺ 奉命辦事 ◆ 出使。❻ 奉命辦事的人 ◆ 特使。❼ 長駐外國的外交官 ◆ 大使。

【使用】shǐ yòng　使人、物、金錢等為某種目的服務 ◆ 家用電器要使用得當，以免損壞。⑩ 運用、應用。

【使者】shǐ zhě　奉命外出辦事的人 ◆ 總統親自接見了中國人民的友好使者。

（注意）"使者"多指外交人員。

佳節

農曆新年
（農曆正月）

端午節（農曆五月五日）

中秋節（農曆八月十五日）

重陽節（農曆九月初九）

復活節（陽曆四月初）

聖誕節（陽曆十二月廿五日）

【使₂命】shǐ mìng　給人辦事的命令；比喻重大的任務或責任 ◆ 耀宗是一個有強烈使命感的人。(同) 重任。

【使喚】shǐ ·huan　❶ 叫人替自己做事 ◆ 你倒挺會使喚人的。❷ 使用 ◆ 手指麻木，不聽使喚。

【使₂節】shǐ jié　一國派駐或派往另一國的外交代表或辦事代表 ◆ 外交使節。
(近) 使得、使₂館
(詞) 即使、迫使、促使、鬼使神差、見風使舵

---

⁶ 侖 (仑)　人 人 个 合 合 命 **侖**
[lún ㄌㄨㄣˊ (粵) lœn⁴ 鄰]
❶ 昆侖。山名，也寫作"崑崙"。❷ 加侖。英美的容量單位。

---

⁶ 命　見口部，75頁。

---

⁶ 佰　亻 亻 亻 仟 佰 佰 **佰**
[bǎi ㄅㄞˇ (粵) bak⁸ 百]
數目字"百"的大寫。

---

⁶ 來 (来)　一 十 十 十 中 申 **來**
[lái ㄌㄞˊ (粵) loi⁴ 萊]
❶ 從別處到這裏；跟"去"相對 ◆ 來信／來賓。❷ 從過去一直到現在 ◆ 自古以來。❸ 以後 ◆ 來年／將來。❹ 表示某些行為、動作或變化 ◆ 再來一遍／來一個前滾翻／暴風雨來了。❺ 表示動作的趨向 ◆ 從屋裏走出來／從山上爬下來。❻ 表示約數 ◆ 十來個人／二十來歲。

【來世】lái shì　下輩子 ◆ 恩重如山，來世也報答不完。(同) 來生。(反) 今世、今生。

【來生】lái shēng　下輩子；來世 ◆ 你的恩情，只好來生再相報了。(反) 今生、今世。

【來勢】lái shì　來到時的氣勢 ◆ 這次颱風來勢兇猛。

【來意】lái yì　到這裏來的意圖 ◆ 他的來意很清楚，是想貸款。

【來源】lái yuán　❶ 事物的由來 ◆ 父親失業，家裏失去經濟來源。❷ 起源；產生 ◆ 知識、經驗來源於實踐。

【來歷】lái lì　人或事物的由來、經歷 ◆ 這個人來歷不明。

【來臨】lái lín　到來；來到 ◆ 每當颱風來臨，船隻便紛紛駛進避風港。

【來日方長】lái rì fāng cháng　以後的日子還長着呢 ◆ 來日方長，你不必灰心喪氣。

【來龍去脈】lái lóng qù mài　原指山脈的走勢像延伸的龍，脈絡相連。比喻人或事物的來歷或事情的前因後果 ◆ 哥哥把這件事的來龍去脈告訴了媽媽。

(近) 來往、來到、來回、來不及
(詞) 未來、後來、原來、起來、醒來、後來居上、姍姍來遲、突如其來

---

⁶ 例　亻 亻 亻 佢 佢 例 **例**
[lì ㄌㄧˋ (粵) lei⁶ 麗]
❶ 可作依據或示範的事物 ◆ 範例／舉例。❷ 規定；規則；標準 ◆ 條例／體例。❸ 按常規進行的 ◆ 例會／破例。

【例外】lì wài　在一般規律或一定範圍之外 ◆ 大家都要遵守校規，誰也不能例外。(同) 特殊。

【例如】lì rú　舉例用語，放在所舉例子的前面 ◆ 我們要養成良好的衛生習慣，例如飯前要洗手。

【例行公事】lì xíng gōng shì　依照慣例處理公務 ◆ 開包檢查，這是例行公事。
(近) 例子、例句、例題
(詞) 比例、先例、慣例、下不為例、史無前例

---

⁶ 侄　同"姪"字，見110頁。

---

⁶ 侈　亻 亻 亻 侈 侈 侈 **侈**
[chǐ ㄔˇ (粵) tsi² 此]
❶ 浪費；奢侈。❷ 誇大；過分 ◆ 侈談。

---

⁶ 佩　亻 亻 亻 佣 佩 佩 **佩**
[pèi ㄆㄟˋ (粵) pui³ 配]
❶ 掛或帶在身上；也指掛或帶在身上的飾物 ◆ 佩帶校徽／玉佩。❷ 心裏感到可敬可服 ◆ 佩服／欽佩。

【佩服】pèi fú　對別人的才能表示敬重、服氣 ◆ 我佩服他的機智、勇敢。(同) 欽佩。

【佩戴】pèi dài　把作為標記的東西掛在胸前或臂、肩等部位 ◆ 學生進出校門要佩戴校徽。

---

⁶ 依　亻 亻 仁 仟 仟 依 **依**
[yī ㄧ (粵) ji¹ 伊]
❶ 靠 ◆ 依靠／依賴。❷ 按照 ◆ 依照／依次入場。❸ 順從 ◆ 依從／百依百順。

【依然】yī rán　跟以前一樣；跟原來一樣 ◆ 幾年不見，她依然年輕漂亮。(同) 依舊、仍舊。

【依照】yī zhào　按照 ◆ 工藝師依照原樣複製了一件。

【依稀】yī xī　模模糊糊，不清晰 ◆ 雖然夜色已濃，但山上的亭台、古塔還依稀可辨。(同) 模糊。(反) 清晰。

【依靠】yī kào　❶ 可藉此達到某種目的 ◆ 我們依靠自己的實力戰勝了對方。(同) 依賴。❷ 可以依靠的人或事物 ◆ 身邊的兒子成了她唯一的依靠。

【依賴】yī lài　❶ 離開別的人或事物而不能自立 ◆ 她已失去工作能力，好依賴父母生活。(同) 依靠。❷ 互相依存，不可分離 ◆ 生產和銷售是互相依賴的兩個方面。

【依據】yī jù　❶ 按照 ◆ 依據以往經驗，這個辦法是可行的。❷ 說話、做事的根據 ◆ 說話要有依據，不能想當然。

【依舊】yī jiù　照舊；跟原來一樣 ◆ 他依舊在那所學校教書。⑩ 依然、仍舊。

【依戀】yī liàn　留戀；捨不得離開 ◆ 我始終依戀着生我養我的那一片故土。

【依依不捨】yī yī bù shě　依依：留戀、惜別的樣子。形容感情深厚、捨不得離開 ◆ 他依依不捨地離開了家鄉。⑩ 戀戀不捨。

【依然如故】yī rán rú gù　還是跟從前一樣，沒有甚麼變化 ◆ 只有他依然如故，還在學校當校工。

【依樣畫葫蘆】yī yàng huà hú lú　照着葫蘆的樣子畫葫蘆。比喻單純模仿，不加改變 ◆ 他只是依樣畫葫蘆，毫無創意。
◁ 依附、依託、依仗、依山傍水
▷ 無依無靠、相依為命、脣齒相依

---

⁶ 佯　亻亻亻亻亻佯佯　佯
[yáng ㄧㄤˊ 粵 jœŋ⁴ 羊]
假裝 ◆ 佯裝 / 佯攻。

⁶ 併(并)　亻亻亻亻亻併併　併
[bìng ㄅㄧㄥˋ 粵 bing³ 丙³]
合在一起 ◆ 合併 / 歸併。

【併吞】bìng tūn　用強行手段把別國的領土或別人的產業併入自己的範圍 ◆ 併吞弱小鄰國的野心暴露無遺。
▷ 兼併、吞併

⁶ 念　見心部，151頁。

⁷ 便　亻亻亻亻便便便　便
〈一〉[biàn ㄅㄧㄢˋ 粵 bin⁶ 辨]
❶ 順利；容易 ◆ 便利 / 方便。❷ 適宜的時候或機會 ◆ 順便。❸ 簡單的；平常的 ◆ 便衣 / 家常便飯。❹ 就 ◆ 說走便走。❺ 大、小便 ◆ 糞便 / 便秘。
〈二〉[pián ㄆㄧㄢˊ 粵 pin⁴ 片⁴]
❻ 見 "便宜"。

【便衣】biàn yī　普通人穿的服裝，不是禮服或制服 ◆ 刑警身着便衣，在機場附近巡察。

【便利】biàn lì　方便；不困難 ◆ 商店二十四小時營業，顧客可隨時購物，十分便利。

【便服】biàn fú　❶ 平時穿的服裝 ◆ 宴會上，他身着便服，瀟灑自在。⑫ 禮服。❷ 特指中式服裝 ◆ 我穿慣了便服。⑫ 西服。

【便₂宜】pián ·yi　❶ 價錢低 ◆ 這種電腦質量好，價錢也便宜。⑫ 昂貴。❷ 好處；給好處 ◆ 你別老想佔便宜 / 這次可便宜你們了。

【便捷】biàn jié　❶ 方便快速 ◆ 有了海底隧道，港九之間的交通就便捷多了。❷ 動作輕巧敏捷 ◆ 小演員們個個手腳便捷，姿態優美。

【便條】biàn tiáo　內容簡單、只有幾句話的紙條，如留言條等。
◁ 便當、便函
▷ 簡便、輕便、隨便

⁷ 俞　丿人人俞俞俞俞　俞
[yú ㄩˊ 粵 jy⁴ 余]
姓。

⁷ 俠(侠)　亻亻亻亻俠俠俠　俠
[xiá ㄒㄧㄚˊ 粵 hap⁹ 峽/hɐp⁹ 合]
講義氣，愛打抱不平、能冒險助人的人或行為 ◆ 俠客 / 武俠小説。
◁ 俠士、俠義、俠肝義膽
▷ 大俠、武俠、遊俠、行俠仗義

⁷ 俏　亻亻亻亻亻俏俏　俏
[qiào ㄑㄧㄠˋ 粵 tsiu³ 肖]

❶ 容貌姿態輕盈美好 ◆ 俏麗 / 俊俏。❷ 貨物銷路好 ◆ 產品走俏。

【俏皮】qiào ·pi　舉止活潑，説話風趣 ◆ 她是一個很俏皮的女孩子。

【俏麗】qiào lì　好看；漂亮 ◆ 新郎英俊瀟灑，新娘俏麗動人。

【俏皮話】qiào ·pi huà　❶ 開玩笑的話或帶諷刺意味的話 ◆ 你別老説俏皮話，説點正經的。❷ 歇後語的別稱。

⁷ 保　亻亻亻亻亻佀保　保
[bǎo ㄅㄠˇ 粵 bou² 補]

❶ 護衛；使不受損害 ◆ 保護 / 保衛。❷ 負責 ◆ 保管 / 保險。❸ 維持；使不喪失 ◆ 保持 / 保溫。

【保存】bǎo cún　保留下來，使繼續存在，不受損失 ◆ 我童年時代的照片，至今保存完好。⑫ 銷毀。

【保全】bǎo quán　保護好，使不受損害 ◆ 由於搶救及時，他保全了性命。

【保守】bǎo shǒu　❶ 不泄露；不讓失去 ◆ 公務員要保守國家機密。⑫ 泄露。❷ 維持現狀，不求進取 ◆ 他思想比較保守，跟不上時代的潮流。⑩ 守舊。⑫ 先進。

【保佑】bǎo yòu　祈求神的力量來保護和幫助 ◆ 菩薩保佑 / 上帝保佑。

【保持】bǎo chí　維持原狀不變 ◆ 不管發生甚麼情況，你一定要保持鎮靜。⑫ 改變。

【保重】bǎo zhòng　提醒別人注意身體健康 ◆ 你公務繁忙，請保重身體。⑩ 珍重。
〔注意〕"保重" 多用於臨別贈言或書信裏。

【保留】bǎo liú　❶ 保存不變 ◆ 名人故居都應保留原貌，供人瞻仰。❷ 留着；不拿出來 ◆ 他毫無保留地把這筆錢捐獻給了慈善機構。

【保密】bǎo mì　保守機密，不讓泄露出去 ◆ 商場如戰場，大家一定要做好保密工作。⑫ 泄密。

【保障】bǎo zhàng　保護；有保護作用的、可以依靠的東西 ◆ 各警署都肩負保障社會安全的責任 / 他因失業，生活失去了保障。⑩ 保證。

【保衛】bǎo wèi　保護、守衛，使不受侵犯 ◆ 保衛國家，是軍人的職責。⑩ 捍衛。

【保養】bǎo yǎng　❶ 保護調養 ◆ 護膚用品可以保養皮膚。❷ 保護修理 ◆ 機器要經常保養，才能延長使用壽命。

【保險】bǎo xiǎn　❶ 安全可靠，不會有意外 ◆ 這個辦法絕對保險，你放心好了。⑫ 危險。❷ 擔保；保證 ◆ 跟他合夥，保險你能賺大錢。❸ 保險公司集中投保人的資金，用來補償少數人因自然災害、意外事故、人身傷亡等而遭受的損失。保險的種類很多，有人壽保險、財產保險等。

【保鏢】bǎo biāo　受人僱用、替人保護人身、財產安全的人 ◆ 這幾位都是他僱用的保鏢。

【保證】bǎo zhèng　❶ 擔保；擔保做到 ◆ 我保證學期考試各門功課成績優秀。❷ 可作為擔保的事物 ◆ 身體健康是做好一切工作的基本保證。⑩ 保障。

【保護】bǎo hù　盡心照顧，使不受損害 ◆ 保護動物，人人有責。⑩ 愛護、呵護。⑫ 破壞、傷害。

◀ 保暖、保鮮、保姆、保健、保值
◁ 確保、環保、朝不保夕、自身難保

促

⁷ 促　亻 亻 亻 们 促 促 【促】
[cù ㄘㄨˋ ⑧ tsuk⁷ 束]

❶ 時間緊迫 ◆ 急促 / 倉促。❷ 催；推動 ◆ 催促 / 督促。❸ 靠近 ◆ 促膝談心。

【促成】cù chéng　促使成功 ◆ 舅舅的全力支持，促成了我的美國之行。⑫ 阻礙。

【促使】cù shǐ　推動使達到一定目的 ◆ 嘉利大廈大火慘劇促使人們認識到防火安全的重要。

【促進】cù jìn　促使發展進步 ◆ 滬港直通列車的開通，大大促進了兩地的合作與交流。⑩ 推動。

【促請】cù qǐng　促及請求 ◆ 市民促請政府盡快興建中央公園。

【促織】cù zhī　蟋蟀，見 379 頁。

【促膝談心】cù xī tán xīn　促膝：相對而坐，膝部靠近。靠近坐在一起談心裏話 ◆ 我們在營地上促膝談心。

◁ 促銷
◁ 短促、匆促

侶

⁷ 侶 (侶)　亻 亻 亻 侶 侶 侶 【侶】
[lǚ ㄌㄩˇ ⑧ loey⁵ 呂]

同伴 ◆ 伴侶 / 情侶。

俘

⁷ 俘　亻 亻 亻 俘 俘 俘 【俘】
[fú ㄈㄨˊ ⑧ fu¹ 呼]

戰爭中活捉敵人；活捉到的敵人 ◆ 俘虜 / 交換戰俘。

【俘虜】fú lǔ　❶ 打仗時抓獲敵人 ◆ 這次戰役俘虜了數百名敵人。❷ 打仗時抓獲的敵人 ◆ 戰後雙方交換了俘虜。⑩ 戰俘。

【俘獲】fú huò　俘虜、繳獲 ◆ 這次戰役俘獲了幾名敵軍將領和大批武器。

俄

⁷ 俄　亻 亻 仁 住 俄 俄 【俄】
[é ㄜˊ ⑧ ŋɔ⁴ 鵝]

❶ 短時間；不久 ◆ 俄而。❷ 俄羅斯的簡稱。

俐

⁷ 俐　亻 亻 亻 仟 住 俐 【俐】
[lì ㄌㄧˋ ⑧ lei⁶ 利]

伶俐。見 "伶" 字，21 頁。

侮

⁷ 侮　亻 亻 仁 侮 侮 侮 【侮】
[wǔ ㄨˇ ⑧ mou⁵ 母]

欺負；對人不尊重 ◆ 侮辱 / 欺侮。

【侮辱】wǔ rǔ　損害別人的人格或名譽，使蒙受恥辱 ◆ 他多次侮辱女教師，終於被校方解僱。⑩ 污辱。

俗

⁷ 俗　亻 亻 亻 伀 俗 俗 【俗】
[sú ㄙㄨˊ ⑧ dzuk⁹ 濁]

❶ 社會上長期形成的風氣、習慣 ◆ 風俗 / 習俗。❷ 大眾的；流行的 ◆ 通俗歌曲。❸ 低級趣味的 ◆ 俗氣 / 庸俗。

【俗套】sú tào　陳舊的格調；陳舊無聊的禮節 ◆ 凡事貴在創新，不落俗套。

【俗氣】sú ·qi　庸俗，不雅緻 ◆ 她這身打扮太俗氣了。⑫ 高雅。

【俗話】sú huà　通俗的、廣泛流行的語句 ◆ 俗話說：世上無難事，只怕有心人。⑩ 俗語。

【俗稱】sú chēng　通俗的名稱；通常叫做 ◆ 馬鈴薯俗稱土豆。

【俗語】sú yǔ　通俗的、廣泛流行的語句。俗語通常是定型的，包括諺語、歇後語和一些慣用語。如 "留得青山在，不怕沒柴燒"、"外甥打燈籠——照舊 (舅)"、"狗嘴裏吐不出象牙" 等。⑩ 俗話。

【俗不可耐】sú bù kě nài　庸俗得叫人無法忍受 ◆ 他的一身打扮，真是俗不可耐。

◁ 粗俗、雅俗共賞、移風易俗、傷風敗俗

係

⁷ 係 (系)　亻 亻 俘 俘 俘 係 【係】
[xì ㄒㄧˋ ⑧ hɐi⁶ 系]

❶ 是 ◆ 確係事實 / 係中國血統。❷ 關聯 ◆ 關係。

信

⁷ 信　亻 亻 亻 信 信 信 【信】
[xìn ㄒㄧㄣˋ ⑧ sœn³ 迅]

❶ 誠實；不欺騙 ◆ 信用 / 言而有信。❷ 不懷疑；可靠的 ◆ 相信 / 信任。❸ 信奉 ◆ 信仰 / 信教。❹ 書信 ◆ 寫信 / 回信。❺ 消息 ◆ 信息 / 音信全無。❻ 憑據 ◆ 信物。❼ 隨意 ◆ 信口開河。

【信心】xìn xīn　相信一定能達到目的的心理 ◆ 我們有信心奪取冠軍。⑤決心。

【信用】xìn yòng　説到做到，能取得別人的信任 ◆ 他是一個守信用的人。

【信任】xìn rèn　相信並願意託付 ◆ 我們都很信任他。⑤信賴。⑥懷疑。

【信仰】xìn yǎng　對某種理論、主張或宗教表示堅信或推崇，並把它作為自己行動的指南 ◆ 宗教信仰 / 他信仰儒家學説。⑤信奉。

【信念】xìn niàn　確信不疑的看法 ◆ 他抱着必勝的信念報名參加比賽。⑤決心。

【信服】xìn fú　相信、服氣 ◆ 説不出充分的理由，怎麼讓人信服呢？⑤折服。

【信徒】xìn tú　信仰某種理論、主張或宗教的人 ◆ 她是虔誠的基督教信徒。

【信息】xìn xī　❶ 音訊；消息 ◆ 我們得不到他在國外的任何信息。⑤音信。❷ 各種符號或數據中所包含的內容，如語言文字所包含內容就是它所要傳遞的信息。

【信號】xìn hào　用來傳遞信息的光、電波、聲音、動作等 ◆ 用燈光發出信號。

【信賴】xìn lài　相信並依靠 ◆ 他是個值得信賴的人。⑤信任。⑥懷疑。

【信鴿】xìn gē　經過訓練可以用來傳遞信件的鴿子。

【信譽】xìn yù　信用和名譽 ◆ 生意場上要講信譽。

【信口開河】xìn kǒu kāi hé　信口：隨口。開河：本作"開合"。隨意張口閉口。指不負責任地隨意亂説 ◆ 説話要有根據，不能信口開河。⑤信口雌黃、胡説八道。

【信口雌黃】xìn kǒu cí huáng　信口：隨口。雌黃：古人用來塗改字的黃顏色，特指批改評論。比喻不顧事實，亂發議論 ◆ 他這是信口雌黃，一派胡言。⑤信口開河、胡説八道。

【信手拈來】xìn shǒu niān lái　隨意取來。形容取來輕鬆自如 ◆ 他積累了豐富的語彙，所以每次作文，信手拈來，都很有文采。

【信以為真】xìn yǐ wéi zhēn　相信是真的 ◆ 他是在開玩笑，你卻信以為真。

☒信件、信封、信箱、信奉、信守
☒失信、迷信、通信、背信棄義

---

⁷ 俊　亻亻亻佟俗俊俊 俊

[jùn ㄐㄩㄣˋ 粵 dzœn³ 進]

❶ 容貌秀美 ◆ 俊俏 / 英俊少年。❷才智出眾 ◆ 俊傑。

【俊俏】jùn qiào　容貌清秀俏麗 ◆ 她模樣俊俏，惹人喜歡。

【俊傑】jùn jié　才智出眾的人 ◆ 識時務者為俊傑。

☒俊美、俊秀

---

⁷ 侵　亻亻亻侵侵侵 侵

[qīn ㄑㄧㄣ 粵 tsɐm¹ 尋¹]

進犯；損害 ◆ 侵略 / 侵權 / 侵奪。

【侵犯】qīn fàn　❶ 非法干涉或損害別人的權益 ◆ 個人的合法收入不容侵犯。❷ 侵入別國的領域 ◆ 侵犯別國的領土是一種挑釁行為。

【侵佔】qīn zhàn　非法佔有；用侵略手段佔領 ◆ 大哥依仗權勢，侵佔了全部遺產 / 抗日戰爭時期，日軍首先侵佔了中國的東北三省。

【侵吞】qīn tūn　❶ 用武力併吞或佔領別國領土 ◆ 侵吞別國領土。❷ 暗中非法佔有 ◆ 他因侵吞公款而被捕入獄。

【侵略】qīn lüè　指一個或幾個國家侵犯別國的領土、主權，掠奪、奴役別國的人民。有武裝侵略、經濟侵略、文化侵略等形式 ◆ 《南京條約》是外國侵略者強迫清政府簽訂的第一個不平等條約。

【侵蝕】qīn shí　進入內部腐蝕，使逐漸變壞 ◆ 長期的風雨侵蝕，碑文已模糊不清。

【侵擾】qīn rǎo　侵犯、騷擾，使不得安寧 ◆ 這一帶經常受到海盜的侵擾。

【侵權】qīn quán　侵犯、損害他人的合法權益 ◆ 假冒商標是一種侵權行為。

【侵襲】qīn xí　侵入、襲擊 ◆ 菲律賓常受颱風的侵襲。

☒入侵

---

⁷ 侯　亻亻亻亻侉侉 侯

[hóu ㄏㄡˊ 粵 hɐu⁴ 喉]

❶ 中國古代五等爵位的第二等 ◆ 公侯伯子男。❷ 泛指高官貴族 ◆ 萬戶侯 / 侯門似海。❸ 姓。

---

⁸ 拿　見手部，175頁。

---

⁸ 俸　亻亻亻伢伢倖 俸

[fèng ㄈㄥˋ 粵 fuŋ⁶ 鳳]

俸祿；薪金 ◆ 薪俸。

---

⁸ 倩　亻亻亻俉倩倩 倩

〈一〉[qiàn ㄑㄧㄢˋ 粵 sin³ 扇]

❶ 美麗 ◆ 倩影 / 倩女。

〈二〉[qiàn ㄑㄧㄢˋ 粵 tsiŋ³ 秤]

❷ 請人代做 ◆ 倩人代筆。

---

⁸ 倖（幸）亻亻亻亻佐倖 倖

[xìng ㄒㄧㄥˋ 粵 hɐŋ⁶ 杏]

❶ 寵愛 ◆ 寵倖 / 倖臣。❷ 僥倖。見"僥"字，34頁。

---

⁸ 借　亻亻亻俳俳借 借

[jiè ㄐㄧㄝˋ 粵 dzɛ³ 蔗]

❶ 暫時使用別人的錢物或暫時把錢物給別人使用 ◆ 借錢 / 暫借。❷ 利用 ◆ 借刀殺人 / 借題發揮。

【借代】jiè dài　一種修辭方式。不直接説出某一事物的名稱，而是借用與這一事物有某種聯繫的另一個名稱來代替它。如“他擅長丹青”，用“丹青”借代“繪畫”；“別跟他多費口舌了”，用“口舌”借代“話”。

【借鑒】jiè jiàn 用別的人或事作對照，從中吸取有益的東西 ◆ **他的成功經驗，值得我們借鑒。**

【借刀殺人】jiè dāo shā rén 比喻自己不出面，利用別人去害人 ◆ **他分明是借刀殺人，用心險惡。**

【借題發揮】jiè tí fā huī 借談論某個題目來表達自己內心的真意 ◆ **你不用再借題發揮了，他已洞悉你的心意。**

◁ 借用、借條

▷ 租借、有借有還

8 值

[zhí ㄓˊ [粵]dzik9 夕]

❶ 價格；價值 ◆ **幣值／增值。** ❷ 貨物與價錢相當；值得 ◆ **這套服裝不值二佰元／不值一提。** ❸ 遇到；碰到 ◆ **正值中秋佳節。** ❹ 擔任輪流的工作 ◆ **值日／值班。**

◁ 值錢、值勤

▷ 貶值、升值、一文不值

8 倆(俩)

〈一〉[liǎ ㄌㄧㄚˇ [粵]lœŋ5 兩]

❶ 兩個 ◆ **咱倆／兄弟倆。**

〈二〉[liǎng ㄌㄧㄤˇ [粵]lœŋ5 兩]

❷ 伎倆。見“伎”字，18頁。

8 倚

[yǐ ㄧˇ [粵]ji2 椅]

❶ 靠着 ◆ **倚門而立。** ❷ 憑着；仗着 ◆ **倚仗／倚勢欺人。** ❸ 偏在一邊 ◆ **不偏不倚。**

【倚仗】yǐ zhàng 靠權勢或某種有利條件 ◆ **政府官員不可倚仗權勢，欺壓平民。**

【倚老賣老】yǐ lǎo mài lǎo 倚仗年紀大，賣弄老資格 ◆ **你別倚老賣老了，人家不吃你這一套。**

8 俺

[ǎn ㄢˇ [粵]ɐm2/ŋɐm2 黯]

北方方言。我；我們 ◆ **俺娘／俺老家。**

8 倒

〈一〉[dǎo ㄉㄠˇ [粵]dou2 島]

❶ 橫躺下來 ◆ **卧倒／跌倒。** ❷ 失敗；垮台 ◆ **倒台／倒閉。** ❸ 調換；轉換 ◆ **倒手／倒賣。**

〈二〉[dào ㄉㄠˋ [粵]dou2 島]

❹ 傾斜容器，使裏面的東西出來 ◆ **倒水／倒垃圾。**

〈三〉[dào ㄉㄠˋ [粵]dou3 到]

❺ 向後；朝相反方向行動 ◆ **倒車／倒流。** ❻ 上下、前後、主次等位置反了 ◆ **倒影／倒立／本末倒置。** ❼ 表示轉折；可是 ◆ **年紀不大，知道的事情倒不少。**

【倒$_3$敍】dào xù 一種敍述方法。先講事情的結果，再回頭敍述事情的起因和經過。這種敍述方法能引起讀者或聽者的懸念，增強表達效果。

【倒閉】dǎo bì 工廠或商店因虧本而關門歇業 ◆ **大哥因工廠倒閉而失業在家。**

【倒塌】dǎo tā 建築物坍塌倒下來 ◆ **圍牆已經倒塌。** [同] 坍塌。

【倒霉】dǎo méi 遇事不吉利；遭遇不好 ◆ **在緊要關頭才生病，真倒霉。**

[注意] “倒霉”也作“倒楣”。

【倒$_3$影】dào yǐng 物體形象倒立的影子 ◆ **湖水平靜，古塔的倒影清晰可見。**

【倒$_3$打一耙】dào dǎ yī pá 比喻不但不接受對方的意見，反而指責、誣賴對方 ◆ **他不但不認錯，還倒打一耙，說別人陷害他。**

【倒$_3$行逆施】dào xíng nì shī 做事違背常理；行為跟事物發展趨向相違背 ◆ **倒行逆施一定要失敗。**

◁ 倒$_3$退、倒$_3$數

▷ 摔倒、顛倒黑白

8 倉(仓)

[cāng ㄘㄤ [粵]tsɔŋ1 蒼]

儲藏糧食和其他物資的建築物 ◆ **糧倉／倉庫。**

【倉促】cāng cù 匆忙 ◆ **由於時間倉促，準備不足。** [同] 匆促。[反] 充足、寬裕。

[注意] “倉促”也作“倉猝”。

【倉皇】cāng huáng 匆促慌張 ◆ **歹徒倉皇逃竄。**

【倉庫】cāng kù 儲藏物資的房屋 ◆ **這一帶有幾個大倉庫。**

8 倘

[tǎng ㄊㄤˇ [粵]tɔŋ2 躺]

如果；假使 ◆ **倘若。**

8 俱

[jù ㄐㄩˋ [粵]gœy1 居/kœy1 驅(語)]

全；都 ◆ **面面俱到／聲淚俱下。**

【俱樂部】jù lè bù 進行社會、文化、文藝、體育或娛樂等活動的團體或場所 ◆ **足球俱樂部。**

8 倡

[chàng ㄔㄤˋ [粵]tsœŋ3 唱]

首先提出；發起 ◆ **倡議／提倡。**

【倡導】chàng dǎo 帶頭提倡 ◆ 銀行倡導多用信用卡。[同] 倡議。[反] 反對。

【倡議】chàng yì 首先提議 ◆ **學校發出了倡議書。** [同] 倡導。

8 個(个)

〈一〉[gè ㄍㄜˋ [粵]gɔ3 哥3]

❶ 量詞 ◆ **一個人／三個月。** ❷ 身材或物體的體積 ◆ **個子高／小個兒。** ❸ 單獨的 ◆ **個人／個別。**

〈二〉[gě ㄍㄜˇ [粵]gɔ3 哥3]

❹ 自個兒：自己。

【個別】gè bié ❶ 單個；單獨 ◆ **老師進行個別輔導。** ❷ 極少數的 ◆ **這次活動，只有個別學生沒參加。**

【個性】gè xìng 個人的性格 ◆ **這孩子個性內向，不合羣。**

8 候　亻亻亻们们作候候　候

[hòu ㄏㄡˋ 粵 heu⁶ 后]

❶ 等待 ◆ 等候／候車室。❷ 時節；時間 ◆ 候鳥／時候。❸ 看望；問好 ◆ 問候。❹ 事物變化的情況、程度 ◆ 氣候／症候。

【候鳥】hòu niǎo　隨着季節變化而定時遷徙、變換棲居地區的鳥類。如燕子、大雁、杜鵑等。

【候補】hòu bǔ　等候遞補缺額的人員 ◆ 他是候補委員。

【候選人】hòu xuǎn rén　在選舉前提出的供選民選擇的人員 ◆ 他被提名為班長候選人。

➢候機、候診、候審
➢火候、聽候、守候

8 修　亻亻亻忄修修修　修

[xiū ㄒㄧㄡ 粵 seu¹ 收]

❶ 使恢復；使完好、優美 ◆ 修理／修飾。❷ 建造 ◆ 興修水利／修建鐵路。❸ 學習 ◆ 自修／進修。❹ 長 ◆ 修長。

【修正】xiū zhèng　修改；糾正 ◆ 用修正液把錯字修正過來。

【修改】xiū gǎi　把文章、文件等裏面不恰當的地方改正過來 ◆ 文章要反覆修改。

【修訂】xiū dìng　修改訂正 ◆ 書局出版了詞典的修訂本。

(注意)"修訂"多用於指書籍、文件等。

【修建】xiū jiàn　建造 ◆ 從機場到市區修建了一條高速公路。(同)興建。

【修理】xiū lǐ　使損壞了的東西變得完好無損 ◆ 汽車發動機壞了，已送修理廠修理去了。

【修復】xiū fù　修理損壞了的東西，使它恢復完好 ◆ 防洪堤已得到修復。

【修飾】xiū shì　❶ 修理裝飾，使整齊美觀 ◆ 學校的圖書館已修飾一新。(同)裝修、修繕。❷ 梳妝打扮 ◆ 媽媽修飾了一番，顯得年輕多了。

【修養】xiū yǎng　指人們在思想、品德、知識、技能等方面，經過長期學習、鍛煉，所達到的較高的水平 ◆ 他是一位很有修養的音樂家。

【修築】xiū zhù　修建；建造 ◆ 修築公路。

【修繕】xiū shàn　整理建築物 ◆ 這幢房子已很破舊，需要修繕一下。

【修辭】xiū cí　指運用比喻、誇張、排比、擬人等表現手法，修飾詞句，使語文的表達效果更好。

➣修造、修補、修剪、修配、修車
➢維修、裝修、搶修、年久失修

8 倪　亻亻亻亻们们们们　倪

[ní ㄋㄧˊ 粵 ŋɐi⁴ 危]

姓。

8 倫(伦)　亻亻忄忄侩侩侩　倫

[lún ㄌㄨㄣˊ 粵 lœn⁴ 輪]

❶ 人與人之間的道德關係 ◆ 倫理／天倫之樂。❷ 條理；次序 ◆ 語無倫次。❸ 類；同類 ◆ 不倫不類／荒謬絕倫。

【倫比】lún bǐ　同等；相當 ◆ 在同類產品中，它質量上乘，無與倫比。

【倫次】lún cì　說話、作文的條理次序 ◆ 他語無倫次地嘮叨了半天。

【倫理】lún lǐ　指人與人之間的各種行為準則和道德規範 ◆ 中華民族十分重視倫理道德。

8 倍　亻亻位位位倍倍　倍

[bèi ㄅㄟˋ 粵 pui⁵ 陪]

❶ 把原來的數目翻番 ◆ 一倍／十倍。❷ 加倍；更加 ◆ 信心倍增／每逢佳節倍思親。

8 俯　亻亻亻俨俨俯俯　俯

[fǔ ㄈㄨˇ 粵 fu² 苦]

屈身低頭，臉朝下；跟"仰"相對 ◆ 俯視／前俯後仰。

【俯視】fǔ shì　從高處往下看 ◆ 在太平山頂俯視香港，只見高樓林立。(同)俯瞰。(反)仰望。

【俯衝】fǔ chōng　飛機等從高空急速往下衝 ◆ 幾架飛機同時俯衝而下。

【俯瞰】fǔ kàn　俯視；從高處往下看 ◆ 從熱氣球上俯瞰郊外景色。(反)仰望。

(注意)"瞰"不讀 gǎn（敢）。

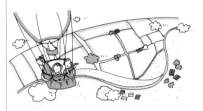

【俯拾即是】fǔ shí jí shì　只要彎下身子來撿，到處都是。形容數量很多，容易得到 ◆ 以前海灘上貝殼俯拾即是，現在很少見了。(同)比比皆是。

【俯首帖耳】fǔ shǒu tiē ěr　低着腦袋，垂着耳朵。形容非常馴服的樣子 ◆ 他性格倔強，不會俯首帖耳任你擺佈。

8 做　"仿"的異體字，見 19 頁。

8 倦　亻亻忄伊伴倦倦　倦

[juàn ㄐㄩㄢˋ 粵 gyn⁶ 捐⁶]

❶ 疲勞 ◆ 疲倦／困倦。❷ 厭煩 ◆ 厭倦／孜孜不倦。

【倦怠】juàn dài　疲勞困乏 ◆ 身心倦怠，只想休息。(同)疲倦。

【倦容】juàn róng　疲倦的神色 ◆ 他面帶倦容，不時打着哈欠。

➣誨人不倦

8 們(们)　亻亻们们们们們　們

[·men ·ㄇㄣ 粵 mun⁴ 門]

放在指人的名詞或代詞後面表示複數 ◆ 同學們／我們。

8 倔　亻亻忄伊伊倔倔　倔

〈一〉[jué ㄐㄩㄝˊ 粵 gwɐt⁹ 掘]

❶ 見"倔強"。

〈二〉[juè ㄐㄩㄝˋ 粵 gwɐt⁹ 掘]

❷ 性子急，態度生硬 ◆ 倔頭倔腦。

【倔強】jué jiàng　性格剛強，不屈服、不順從 ◆ 他性格倔強，脾氣也不好。
[注意] "強"不讀 qiáng（牆）。

9 **做**　亻 仕 佔 估 估 做 做
[zuò ㄗㄨㄛˋ [粵] dzou6 造]
❶ 製作；製造 ◆ 做衣服 / 做標本。❷ 從事某項工作或活動 ◆ 做工 / 做生意。❸ 特指寫作 ◆ 做文章。❹ 充當；擔任 ◆ 做好人。
【做主】zuò zhǔ　獨自負責；獨立做出決定 ◆ 這件事我可以做主。
【做作】zuò zuò　故意做出某種樣子 ◆ 她的表演太做作。
【做賊心虛】zuò zéi xīn xū　做了壞事怕人覺察而心裏恐慌不安 ◆ 他做賊心虛，所以說話總是躲躲閃閃的。
【做一天和尚撞一天鐘】zuò yī tiān hé shàng zhuàng yī tiān zhōng　比喻做事將就應付，不求上進，得過且過混日子 ◆ 年輕人應該有所作為，不能做一天和尚撞一天鐘。
◁ 做事、做夢、做買賣、做鬼臉
▷ 小題大做、一不做，二不休

9 **盒** 見皿部，293 頁。

9 **偕**　亻 仁 亻上 亻比 偕 偕 偕
[xié ㄒㄧㄝˊ [粵] gai1 佳]
一同 ◆ 偕同 / 白頭偕老。

9 **偵**（侦）亻 亻 亻 亻 佔 偵 偵
[zhēn ㄓㄣ [粵] dziŋ1 晶]
暗中探聽、察看 ◆ 偵察 / 偵探。
【偵查】zhēn chá　檢察、公安機關為了確定犯罪事實、犯罪人而進行調查 ◆ 經過周密偵察，此案已真相大白。
【偵探】zhēn tàn　❶ 暗中尋找、搜集機密或調查案情 ◆ 警署派我去偵探販毒集團的內情。❷ 做偵探工作的人員 ◆ 前面有幾個便衣偵探。
【偵察】zhēn chá　作戰中為了掌握敵情或地形而進行的活動 ◆ 偵察兵潛入敵人陣地偵察敵情。
【偵緝】zhēn jī　搜查捉拿 ◆ 警方已派人偵緝逃犯。

9 **偎**　亻 伊 伊 伊 偎 偎 偎
[wēi ㄨㄟ [粵] wui1 回1]
緊挨着 ◆ 偎依。
【偎依】wēi yī　親熱地緊靠在一起 ◆ 女孩偎依在母親的懷抱裏。

9 **側**（侧）亻 亻 仴 俱 俱 俱 側
[cè ㄘㄜˋ [粵] dzɐk7 則]
❶ 旁邊 ◆ 兩側 / 旁敲側擊。❷ 向旁邊傾斜的 ◆ 側影 / 側耳傾聽。
【側面】cè miàn　旁邊的一面 ◆ 這張側面半身像拍得很好。[反] 正面。
【側重】cè zhòng　把重點放在某一方面 ◆ 幾門主課中，我特別側重中文。[同] 着重、偏重。
【側影】cè yǐng　側面的影像 ◆ 站在這裏，可以看到大橋的側影。
【側目而視】cè mù ér shì　斜着眼睛看。表示畏懼、憎恨或鄙視等感情 ◆ 路人皆側目而視。
【側耳傾聽】cè ěr qīng tīng　斜着耳朵細心地聽 ◆ 他側耳傾聽音樂盒中那優美的樂曲。
◁ 側身、側翼、側泳
▷ 左側、右側

9 **條** 見木部，215 頁。

9 **偶**（偶）亻 亻 仴 偶 偶 偶 偶
[ǒu ㄡˇ [粵] ŋɐu5 藕]
❶ 雙數；成對 ◆ 偶數 / 配偶。❷ 難得的；不常有的 ◆ 偶然 / 偶合。❸ 用泥、木等製成的人像或動物 ◆ 木偶 / 玩偶。
【偶然】ǒu rán　不是經常的；不是必然的 ◆ 在鄉間，偶然也能見到一兩個外國遊客 / 這起事故純屬偶然。[同] 偶爾。[反] 經常、必然。
【偶爾】ǒu ěr　不是經常的；有時候 ◆ 他喜歡打乒乓球，偶爾也打打排球。[同] 偶然。[反] 經常。
【偶像】ǒu xiàng　原指用木頭、泥土等雕塑成的神像，後多用來比喻崇拜的對象 ◆ 他成了年輕人追捧的偶像。
【偶數】ǒu shù　能被 2 整除的整數；雙數。如 2、4、6、8 等。
▷ 佳偶、對偶、無獨有偶

9 **偷**　亻 亻 亻 伶 伶 偷 偷
[tōu ㄊㄡ [粵] tɐu1 頭1]
❶ 暗地裏拿走別人的東西；也指偷東西的人 ◆ 偷竊 / 小偷。❷ 瞞着人做 ◆ 偷聽 / 偷襲。❸ 只顧眼前，得過且過 ◆ 苟且偷生。❹ 擠時間 ◆ 偷空 / 忙裏偷閒。
【偷盜】tōu dào　暗中拿人財物 ◆ 他因偷盜文物被判刑。[同] 偷竊、盜竊。
【偷渡】tōu dù　指偷偷越過水域、邊界，非法出境 ◆ 警方拘押了全部偷渡者。
【偷襲】tōu xí　趁對方不備，暗中發動突然襲擊 ◆ 日軍偷襲珍珠港。
【偷竊】tōu qiè　暗中拿人財物，據為己有 ◆ 他因再次偷竊而落入警方手裏。[同] 偷盜。
【偷天換日】tōu tiān huàn rì　比喻暗中玩弄手法，改變事情的真相 ◆ 他這偷天換日的把戲騙不了人。[同] 偷梁換柱。
【偷梁換柱】tōu liáng huàn zhù　比喻用欺騙手段，用假的冒充真的 ◆ 他用偷梁換柱的辦法，改換包裝，蒙騙消費者。
◁ 偷看、偷換、偷工減料、偷偷摸摸
▷ 慣偷、苟且偷安

9 **停**　亻 亻 亻 伫 停 停 停
[tíng ㄊㄧㄥˊ [粵] tiŋ4 庭]

止住；中斷 ◆ 停止 / 停頓 / 停電。

【停泊】tíng bó　船隻拋錨，停止航行 ◆ 避風港內停泊着幾艘巨輪。

【停頓】tíng dùn　❶ 中途停下來 ◆ 由於斷電，工作被迫停頓下來。❷ 說話時語音上的間歇 ◆ 讀課文時要注意適當的停頓。

【停滯不前】tíng zhì bù qián　停留原處，不能向前發展 ◆ 設備落後，生產停滯不前。

🔗 停課、停火、停產、停工

🔗 暫停、馬不停蹄

---

⁹ **偽**(伪)　亻亻亻伫伪偽偽　偽

[wěi ㄨㄟˇ 粵 ŋei⁶ 魏]

❶ 假的；跟“真”相對 ◆ 偽造 / 虛偽。❷ 不合法的 ◆ 偽政府。

【偽造】wěi zào　假造 ◆ 偽造貨幣是違法行為。

【偽裝】wěi zhuāng　❶ 用假象掩蓋真相，欺騙他人 ◆ 他偽裝成外商四處行騙。❷ 軍事上採取各種手段來隱蔽自己，迷惑敵人 ◆ 戰士們把大炮偽裝起來。

【偽證】wěi zhèng　假證據 ◆ 在法庭上，提供偽證是犯法的。

【偽君子】wěi jūn zǐ　表面上裝正派，實際上是卑鄙無恥的人 ◆ 他是一個十足的偽君子。

🔗 偽鈔、偽善、偽劣

---

⁹ **偏**　亻亻亻伯伯偏偏　偏

[piān ㄆㄧㄢ 粵 pin¹ 篇]

❶ 歪；斜 ◆ 偏斜 / 太陽偏西。❷ 不公正；不全面 ◆ 偏袒。❸ 跟願望或常情相反 ◆ 偏不下雨 / 偏要參加。

【偏向】piān xiàng　❶ 不公正地支持或袒護某一方 ◆ 我會秉公辦事，決不偏向誰。❷ 不正確的傾向 ◆ 學校要糾正學生重理輕文的偏向。

【偏見】piān jiàn　片面的看法；成見 ◆ 你對他有偏見，其實他人並不壞。

【偏食】piān shí　只吃喜歡吃的食物，不吃另一些食物 ◆ 偏食不利於孩子的健康發育。

【偏旁】piān páng　構成漢字的一些常見部件，如形旁、聲旁等。

【偏差】piān chā　差錯；錯誤 ◆ 他擔心工作上出偏差。

【偏愛】piān ài　特別喜愛 ◆ 在歌曲中，她偏愛民歌。

【偏僻】piān pì　離城市或中心區遠，交通不便 ◆ 她來到偏僻的小山村當教師。

【偏廢】piān fèi　忽視了應該同樣重視的幾件事中的某件事 ◆ 學習知識和鍛煉身體，兩者不能偏廢。

【偏激】piān jī　意見或行動激烈、過火 ◆ 他的一番慷慨陳詞，不免有些偏激。

🔗 偏心、偏重、偏離、偏袒、偏題

---

⁹ **貪**　見貝部，402 頁。

---

⁹ **健**　亻亻们伊律健健　健

[jiàn ㄐㄧㄢˋ 粵 gin⁶ 件]

❶ 身體好；強壯；使強壯 ◆ 健康 / 健壯 / 健身。❷ 善於 ◆ 健談 / 健忘。

【健在】jiàn zài　健康地活着 ◆ 他的父母都還健在。

注意 “健在”多指老人。

【健全】jiàn quán　健康而沒有缺陷 ◆ 愛學習，愛鍛煉，做個身心健全的人。

【健步】jiàn bù　有力的步伐 ◆ 他健步如飛地跑了過去。

【健忘】jiàn wàng　容易忘記事情 ◆ 你太健忘了，昨天說好的事情，今天就不記得了。

【健美】jiàn měi　身體強健，體態優美 ◆ 女士們愛做健美運動。

【健康】jiàn kāng　身體好，沒有疾病 ◆ 祝你身體健康！

【健談】jiàn tán　善於說話，說很久也不知疲倦 ◆ 老人很健談，今天下午給我們講了許多偉人的故事。

---

⁹ **假**　亻亻们作作假假　假

〈一〉[jiǎ ㄐㄧㄚˇ 粵 ga² 加²]

❶ 不真實的；虛偽的 ◆ 假貨 / 虛情假意。❷ 借用；利用 ◆ 假借 / 假公濟私。❸ 假如 ◆ 假設 / 假使。

〈二〉[jià ㄐㄧㄚˋ 粵 ga³ 嫁]

❹ 休息日 ◆ 假期 / 病假。

【假如】jiǎ rú　如果。表示假設 ◆ 假如這是真的，那多好啊。

【假定】jiǎ dìng　❶ 暫且肯定某種事實 ◆ 假定他是嫌疑人，那他的作案動機是甚麼？同 假設。❷ 科學研究中提出的假設 ◆ 這只是一種假定，還需要實驗來證明。

【假冒】jiǎ mào　用假的冒充真的 ◆ 請認準商標，謹防假冒。

【假設】jiǎ shè　❶ 暫且肯定某種事實 ◆ 假設你是一個警察，那你會怎麼做？同 假定。❷ 科學研究中提出的設想 ◆ 假設往往是一些重大科學理論的先導。

【假象】jiǎ xiàng　虛假的現象 ◆ 我差一點被它的假象所迷惑。反 真相。

注意 “假象”也作“假相”。

【假裝】jiǎ zhuāng　故意表現出某種樣子來掩飾真相 ◆ 他假裝不知道。

【假面具】jiǎ miàn jù　❶ 仿照人或動物的臉形做的面具 ◆ 舞會上，大家戴了各種各樣的假面具。❷ 比喻虛偽的外表 ◆ 大量的事實終於撕開了他的假面具。

【假惺惺】jiǎ xīng xīng　虛情假意的樣子 ◆ 他裝出很傷心的樣子，還假惺惺地掉了幾滴眼淚。

【假公濟私】jiǎ gōng jì sī　借公事的名義或方便，謀取私人利益 ◆ 一些人假公濟私，到處遊山玩水。反 大公無私。

【假戲真做】jiǎ xì zhēn zuò　❶ 指演員非常投入，戲演得很逼真 ◆ 在舞台上，他們假戲真做，表演非常感人。

❷ 泛指把假的事當成真的來做 ◆ 不料他們假戲真做，舞台上的假夫妻成了生活中的真夫妻。[同] 弄假成真。

⊏ 假造、假山、假牙、假話、假髮

⊐ 虛假、狐假虎威、弄假成真

9 **偉**(伟) 偉

[wěi ㄨㄟˇ [粵] wɐi⁵ 葦]

大 ◆ 偉大／雄偉。

【偉人】wěi rén 偉大的人物 ◆ 孫中山先生是一代偉人。

【偉大】wěi dà 高超出眾；雄偉巨大。可用來形容人、事、物等 ◆ 偉大的科學家／偉大的成就／偉大的建築。

【偉績】wěi jì 偉大的功績 ◆ 他們的豐功偉績將永垂史冊。

⊏ 偉業、偉岸

⊐ 宏偉、魁偉

10 **備**(备) 備

[bèi ㄅㄟˋ [粵] bei⁶ 鼻]

❶ 事先安排好 ◆ 備課／準備。❷ 具有 ◆ 具備／德才兼備。❸ 設施；器材 ◆ 設備／裝備。❹ 完全 ◆ 完備／齊備。

【備用】bèi yòng 事先準備好，供需要時隨時取用 ◆ 倉庫裏堆放着抗洪備用物資。

【備忘錄】bèi wàng lù ❶ 外交或業務活動中的一種文書，把雙方在某一問題上一致或不一致的意見記錄下來，通知對方。❷ 隨時記錄，以防遺忘的記事本。

⊏ 備取、備查、備案

⊐ 預備、儲備、具備、籌備、配備、齊備、有備無患、關懷備至、求全責備

10 **傅** 傅

[fù ㄈㄨˋ [粵] fu⁶ 父]

❶ 負責教導或傳授技藝的人 ◆ 師傅。❷ 姓。

10 **傀** 傀

[kuǐ ㄎㄨㄟˇ [粵] fai³ 快]

見“傀儡”。

【傀儡】kuǐ lěi ❶ 木偶戲裏的木頭人，所以木偶戲也叫傀儡戲。❷ 比喻沒有自主權，受人操縱的人或組織 ◆ 他這個經理徒有虛名，實際上是個傀儡。

10 **傘**(伞) 傘

[sǎn ㄙㄢˇ [粵] san³ 汕]

❶ 擋雨、遮陽的用具 ◆ 雨傘／陽傘。

❷ 形狀像傘的東西 ◆ 降落傘。

10 **傑**(杰) 傑

[jié ㄐㄧㄝˊ [粵] git⁹ 桀]

❶ 才智超羣的人 ◆ 豪傑／俊傑。❷ 特別優異的；突出的 ◆ 傑作／傑出。

【傑出】jié chū 才能、成就等出眾的 ◆ 他為香港的經濟繁榮作出了傑出的貢獻。

【傑作】jié zuò 出色的、超出一般水平的作品 ◆ 這是他的傑作。

⊐ 英傑、人傑地靈、識時務者為俊傑

10 **傍** 傍

[bàng ㄅㄤˋ [粵] bɔŋ⁶ 磅]

臨近；依靠 ◆ 傍晚／依山傍水。

【傍晚】bàng wǎn 臨近晚上的時候。指天黑前的一、二個小時內 ◆ 傍晚時分，街道上的霓虹燈漸漸亮了起來。

10 **傢** 傢

[jiā ㄐㄧㄚ [粵] ga¹ 家]

❶ 見“傢伙”。❷ 見“傢具”。

【傢伙】jiā ·huo ❶ 指某些工具或武器 ◆ 巡邏時別忘了帶傢伙。❷ 指人或牲畜。指人時含有輕視或開玩笑的意味 ◆ 這傢伙真不像話。

[注意] “傢伙”也作“家伙”。

【傢具】jiā jù 指桌、椅、牀、櫃等家庭用具 ◆ 最近他買了一套新傢具。

[同] 傢俬。

[注意] “傢具”也作“家具”。

11 **債**(债) 債

[zhài ㄓㄞˋ [粵] dzai³ 寨³]

欠人的錢財 ◆ 欠債／還債。

【債主】zhài zhǔ 把錢借給別人，從中收取利息的人 ◆ 債主又來逼債了。

【債務】zhài wù 與借錢有關的事務；也指所欠的債 ◆ 債務糾紛／償還債務。

【債台高築】zhài tái gāo zhù 形容負債纍纍 ◆ 目前他已債台高築。

⊏ 債權、債券

⊐ 放債、收債、借債、血債

11 **傲** 傲

[ào ㄠˋ [粵] ŋou⁶ 遨⁶]

自高自大，看不起人 ◆ 驕傲／高傲。

【傲然】ào rán ❶ 驕傲自滿的樣子 ◆ 你看他傲然不可一世的樣子。❷ 堅強不屈的樣子 ◆ 面對敵人的威脅，他傲然挺立，無所畏懼。

【傲慢】ào màn 看不起人，沒有禮貌 ◆ 他態度十分傲慢。[同] 高傲、驕傲。[反] 謙虛、謙恭。

⊏ 傲氣、傲骨

⊐ 恃才傲物、居功自傲

11 **僅**(仅) 僅

[jǐn ㄐㄧㄣˇ [粵] gɐn² 緊]

只；只不過 ◆ 僅供參考／不僅如此。

11 **傳**(传) 傳

〈一〉[chuán ㄔㄨㄢˊ [粵] tsyn⁴ 全]

❶ 把知識、技能、信息等從上一代交給下一代，從一方交給另一方 ◆ 傳授／祖傳。❷ 擴散；推廣 ◆ 傳播／流傳。

❸ 表達 ◆ 傳神／傳情達意。❹ 把人叫來 ◆ 傳訊。

〈二〉[zhuàn ㄓㄨㄢˋ ⑧ dzyn⁶ 專⁶]

❺ 記敘人物生平事跡或歷史故事的文字 ◆ 自傳／《水滸傳》。

【傳奇】chuán qí ❶ 指唐 宋時的短篇小説。❷ 指明 清時的長篇戲曲。❸ 指情節離奇或人物行為不同尋常的故事 ◆ 他的一生充滿了傳奇色彩。

(注意) "傳"不讀 zhuàn（撰）。

【傳染】chuán rǎn 指通過某途徑，病菌、病毒等侵入生物肌體而引起病理反映 ◆ 聽説他傳染上了霍亂症。⑩ 感染。

【傳神】chuán shén 指文學藝術作品中描繪的人物形象，給人一種生動逼真的感覺 ◆ 人物惟妙惟肖，生動傳神。

【傳真】chuán zhēn 一種現代化的通訊方式。它利用光電效應，通過有線電或無線電裝置，把文字、圖表、照片等傳送到遠方。

【傳記】zhuàn jì 記敘人物生平事跡的作品 ◆ 偉人傳記。

(注意) "傳"不讀 chuán（船）。

【傳訊】chuán xùn 司法機關傳喚與案件有關的人接受訊問 ◆ 法官傳訊證人出庭作證。

【傳授】chuán shòu 把知識、技能教給人 ◆ 教師不僅傳授知識，也傳授經驗。

【傳單】chuán dān 印成單張四處散發的宣傳品 ◆ 飛機上撒下了許多傳單。

【傳媒】chuán méi 媒：媒介、媒體。傳播信息的媒介，如報紙、電視、廣播等 ◆ 學校通過新聞傳媒發佈招生廣告。

【傳統】chuán tǒng 歷代相傳下來的思想、道德、禮俗、價值觀等 ◆ 尊老愛幼是中華民族的傳統美德。

【傳達】chuán dá 把一方的意思轉告給另一方 ◆ 秘書傳達了董事長的三點意見。

【傳遞】chuán dì 一個接一個地傳送 ◆ 運動會前夕，火炬已傳遞到了主會場。⑩ 傳送。

【傳説】chuán shuō ❶ 輾轉敘述；聽説 ◆ 傳説她上個月突然失蹤了。❷ 民間長期流傳下來的故事。如嫦娥奔月的傳説、魯班發明鋸的傳説、孟姜女哭

倒長城的傳説等。

【傳誦】chuán sòng 廣泛地傳播誦讀；傳佈稱讚 ◆ 歷代傳誦的千古名句／他的事跡在全國廣為傳誦。

【傳聞】chuán wén ❶ 輾轉聽到 ◆ 傳聞她已失蹤。❷ 輾轉流傳的消息 ◆ 關於她失蹤的傳聞，引起了警方的注意。

【傳播】chuán bō 廣泛散佈 ◆ 蜜蜂傳播花粉／電台傳播消息。⑩ 傳佈。

【傳家寶】chuán jiā bǎo 家裏祖祖輩輩傳下來的珍貴東西；比喻好的傳統 ◆ 這個玉麒麟是我家的傳家寶。

【傳宗接代】chuán zōng jiē dài 子孫一代接一代地延續下去 ◆ 生兒育女，傳宗接代。

☒ 傳話、傳教士

☑ 宣傳、遺傳、失傳、謠傳、眉目傳情、名不虛傳

¹¹ **愈** 見心部，158 頁。

¹¹ **會** 見曰部，206 頁。

¹¹ **傾**(倾) ⺅ 亻' 亻'' 亻'' 倾 傾 傾

[qīng ㄑㄧㄥ ⑧ kiŋ¹ 鯨¹]

❶ 歪斜不正；偏在一方 ◆ 傾斜／傾心。❷ 倒塌 ◆ 傾覆／大廈將傾。❸ 全部倒出、拿出 ◆ 傾訴／傾家蕩產。

【傾心】qīng xīn ❶ 一心嚮往；愛慕 ◆ 兩人一見傾心。❷ 拿出真誠的心 ◆ 他們傾心長談，直至深夜。

【傾吐】qīng tǔ 把心裏的話完全説出 ◆ 信中傾吐了她對故土的懷念之情。⑩ 傾訴。

【傾向】qīng xiàng ❶ 在幾種不同的意見中，偏於贊成某一種 ◆ 兩種意見中我傾向於後一種。❷ 事物發展的方向、趨勢 ◆ 學生輕視體育的傾向值得注意。⑩ 偏向。

【傾注】qīng zhù ❶ 灌進；流入 ◆ 一廉飛瀑傾注到深潭裏。⑩ 傾瀉。❷ 全心付出 ◆ 學生的成長傾注了老師的心血。

【傾斜】qīng xié 歪斜不正；偏向一方 ◆ 古塔已有些傾斜。⑫ 垂直。

【傾訴】qīng sù 把心裏的話完全説出 ◆ 她向老師傾訴了內心的苦悶。⑩ 傾吐。

【傾銷】qīng xiāo 低價大量拋售商品 ◆ 傾銷劣質產品。

【傾瀉】qīng xiè 大量的水從高處急速流下 ◆ 山洪傾瀉，沖毀了道路、橋梁。⑩ 傾注。

【傾聽】qīng tīng 認真、仔細地聽 ◆ 窗外似乎有一些響聲，我側耳傾聽。

【傾盆大雨】qīng pén dà yǔ 形容雨下得很大很猛，像用盆潑水一樣 ◆ 傍晚下起了傾盆大雨。⑩ 瓢潑大雨。

【傾家蕩產】qīng jiā dàng chǎn 喪失了全部家產 ◆ 吸毒使他傾家蕩產。

【傾巢而出】qīng cháo ér chū 比喻全部出動 ◆ 敵人傾巢而出。

(注意) "傾巢而出"多用作貶義。

【傾箱倒篋】qīng xiāng dào qiè 篋：小箱子。把箱子裏的東西全部倒出。比喻竭盡所有，毫無保留 ◆ 他傾箱倒篋，把資金全部投入股票買賣。

(注意) "傾箱倒篋"也作"傾箱倒櫃"、"傾囊倒篋"。

¹¹ **催** ⺅ 亻' 亻'' 亻'' 催 催 催

[cuī ㄘㄨㄟ ⑧ tsœy¹ 吹]

促使；加快 ◆ 催淚彈／催人淚下。

【催促】cuī cù 促使加快行動 ◆ 幾經催促，他才還清貸款。

【催眠】cuī mián 用方法使人或動物儘快進入睡眠狀態 ◆ 催眠曲。

【催逼】cuī bī 催促逼迫 ◆ 債主催逼還債。

11 傷 (伤) 亻 亻 们 乍 乍 俥 傷 傷

[shāng ㄕㄤ ⑧ sœŋ¹ 商]

❶ 身體或東西受到損害 ◆ 受傷／損傷。❷ 損害；敗壞 ◆ 傷害／傷風敗俗。❸ 妨害 ◆ 無傷大體。❹ 悲哀 ◆ 傷心／悲傷。

【傷亡】shāng wáng 受傷和死亡；受傷和死亡的人 ◆ 大樓倒塌，造成人員傷亡。

【傷疤】shāng bā ❶ 傷口瘉合後留下的疤痕 ◆ 腿上有個傷疤。⑤ 傷痕。❷ 比喻過去的錯誤、恥辱、不光彩的事情等 ◆ 做人要厚道，不要去揭別人的傷疤。

【傷神】shāng shén 耗費精神 ◆ 這事太讓人傷神了。⑤ 勞神、費心。

【傷害】shāng hài 使受到損害 ◆ 他不會傷害小動物。⑤ 保護。

【傷痕】shāng hén 身體受傷後留下的痕跡 ◆ 罪犯臉部有明顯傷痕。⑤ 傷疤。

【傷感】shāng gǎn 觸景而產生悲傷的情感 ◆ 睹物思人，無限傷感。

【傷殘】shāng cán 因受傷而留下殘疾 ◆ 政府應多關心傷殘人士生活上的困難。

【傷勢】shāng shì 受傷的情況 ◆ 他的傷勢嚴重。

【傷天害理】shāng tiān hài lǐ 指做事殘忍狠毒，毫無人性，天理難容 ◆ 他罪大惡極，幹了許多傷天害理的事情。⑤ 慘無人道。

【傷風敗俗】shāng fēng bài sú 有傷風化，敗壞風氣 ◆ 沒想到他會做出這等傷風敗俗的事來。

注意 "傷風敗俗"多指行為不道德。

☒傷口、傷悲、傷腦筋

☒內傷、輕傷、憂傷、哀傷、勞民傷財、兩敗俱傷、遍體鱗傷、救死扶傷

11 傻 亻 亻 们 伊 伊 俛 傻

[shǎ ㄕㄚˇ ⑧ sɔ⁴ 梳⁴]

❶ 頭腦糊塗；愚蠢 ◆ 傻子／別做傻事。❷ 老實，不知變通 ◆ 傻等／傻幹。

☒傻瓜、傻氣、傻呼呼、傻頭傻腦

禽

見内部，309 頁。

11 傭 (佣) 亻 伫 伫 佲 佲 傭 傭

[yōng ㄩㄥ ⑧ juŋ⁴ 容]

僱用；受人僱用的人 ◆ 僱傭／傭工。

12 僥 (侥) 亻 亻 件 侟 佳 佳 僥

[jiǎo ㄐㄧㄠˇ ⑧ giu¹ 嬌／hiu¹ 囂 (語)]

見 "僥倖"。

【僥倖】jiǎo xìng 因偶然的原因意外地遇上好事或躲過災禍 ◆ 對方僥倖獲勝。⑤ 幸運。⑤ 倒霉。

注意 "僥"不讀 yáo (堯)。"僥倖"也作"僥幸"、"徼倖"。

12 僚 亻 仕 伕 佬 俲 僙 僚

[liáo ㄌㄧㄠˊ ⑧ liu⁴ 聊]

❶ 官吏 ◆ 官僚。❷ 一起做官的人；同事 ◆ 同僚。

12 僕 (仆) 亻 亻 僧 伴 伴 僅 僕

[pú ㄆㄨˊ ⑧ buk⁹ 瀑]

被僱做雜事、供使喚的人 ◆ 僕人／奴僕。

12 僑 (侨) 亻 伩 伖 伍 伝 僑 僑

[qiáo ㄑㄧㄠˊ ⑧ kiu4 喬]

寄居國外；寄居國外的人 ◆ 僑民／華僑。

【僑民】qiáo mín 住在外國的居民 ◆ 大使館對本國僑民很關心。

【僑居】qiáo jū 在外國居住 ◆ 大哥僑居意大利。

【僑胞】qiáo bāo 僑居在外國的同胞 ◆ 一批愛國僑胞回國投資辦廠。

12 像 亻 俜 俜 俜 傽 傽 像

[xiàng ㄒㄧㄤˋ ⑧ dzœŋ⁶ 象]

❶ 照人物原樣製成的形象 ◆ 肖像／塑像。❷ 相似 ◆ 孩子長得像她媽媽。

☒人像、畫像、雕像、銅像、圖像

12 僧 亻 亻 伫 俗 傊 僧 僧

[sēng ㄙㄥ ⑧ sɐŋ¹ 生／dzɐŋ¹ 增 (語)]

出家修行的男性佛教徒；和尚 ◆ 僧人／高僧。

【僧侶】sēng lǚ 和尚。

【僧多粥少】sēng duō zhōu shǎo 比喻人多東西少，不夠分配 ◆ 錄取比例為五十比一，僧多粥少，競爭十分激烈。

注意 "僧多粥少"也作"粥少僧多"。

12 僱 (雇) 亻 仾 伫 俥 俥 僱 僱

[gù ㄍㄨˋ ⑧ gu³ 故]

❶ 出錢叫人給自己做事 ◆ 僱工／僱用。❷ 租用交通工具 ◆ 僱車／僱船。

【僱工】gù gōng 僱用工人；受僱用的工人 ◆ 他是老闆的僱工。

【僱主】gù zhǔ 僱用工人或車船的人 ◆ 僱主是個吝嗇鬼。

【僱員】gù yuán 被僱用的員工 ◆ 生意清淡，三名僱員已經辭退。

【僱傭】gù yōng 出錢徵用勞動力 ◆ 僱傭軍。

13 僵 亻 亻 伃 僵 僵 僵 僵

[jiāng ㄐㄧㄤ ⑧ gœŋ¹ 姜]

❶ 肌體發硬，不能自由活動 ◆ 僵硬／凍僵。❷ 雙方相持不下，事情難以處理 ◆ 僵持不下／事情弄僵了。

【僵化】jiāng huà 變得僵硬。形容思想、行動死板，不靈活、沒發展 ◆ 他思想僵化，跟不上形勢。

【僵局】jiāng jú 相持不下的局面 ◆ 談判陷入僵局。

【僵持】jiāng chí 相持不下 ◆ 雙方各執己見，這樣僵持下去，難有結果。⑤ 和解。

【僵硬】jiāng yìng ❶ 肢體活動不靈活或不能活動 ◆ 四肢僵硬。❷ 呆板；不靈活 ◆ 方法僵硬，不知變通。⑤ 靈活。

☒僵直、僵屍

13 價 (价) 亻 仴 俩 俩 俪 價 價

[jià ㄐㄧㄚˋ ⑧ ga³ 嫁]

貨物所值的錢數 ◆ 價錢／物價。

【價格】jià gé　商品售出的價錢 ◆ 東西好，價格也公道。

【價值】jià zhí　❶ 經濟學術語，指商品生產所花費的社會必要勞動量 ◆ 商品的價值規律。❷ 積極的意義；積極的作用 ◆ 這項發明很有價值。

【價值連城】jià zhí lián chéng　形容物品極其珍貴，是無價之寶 ◆ 這幅古代名畫價值連城。

【價廉物美】jià lián wù měi　價錢便宜，東西又好 ◆ 這種文具盒價廉物美。
（注意）"價廉物美"也作"物美價廉"。

🔾 價目表

🔾 漲價、降價、評價、代價、等價交換、討價還價

13 儉（俭） 亻亻价价价俭俭　儉
［ jiǎn ㄐㄧㄢˇ （粵）gim⁶ 檢⁶ ］

節省；不浪費 ◆ 節儉／省吃儉用。

【儉省】jiǎn shěng　節約；不浪費財物 ◆ 生活過得很儉省。（同）節儉。（反）奢侈、浪費。

【儉樸】jiǎn pǔ　節省樸素 ◆ 父親一向生活很儉樸。（同）節儉、儉省。（反）奢華。

🔾 勤儉、克勤克儉

13 儈（侩） 亻亻伶伶伶伶　儈
［ kuài ㄎㄨㄞˋ （粵）kui² 繪 ］

介紹買賣從中取利的人 ◆ 市儈。

13 億（亿） 亻亻位倍倍億　億
［ yì ㄧˋ （粵）jik⁷ 益 ］

❶ 數目字。一萬萬為一億 ◆ 投資三億元／世界人口有四十多億。❷ 泛指極大的數目 ◆ 億萬富翁。

13 儀 亻伴伴伴儀儀　儀
［ yí ㄧˊ （粵）ji⁴ 兒 ］

❶ 按程序進行的禮節 ◆ 儀式。❷ 容貌；姿態 ◆ 儀表／儀態萬千。❸ 儀器 ◆ 地球儀／測量儀。

【儀式】yí shì　舉行典禮的程序、形式 ◆ 新機場的奠基儀式隆重熱烈。

【儀表】yí biǎo　❶ 人的外部形象，包括容貌和修飾 ◆ 他是一個儀表堂堂的美男子。❷ 用來測量溫度、速度、電流、血壓等的儀器，如電表、水表、溫度表等。

【儀器】yí qì　科學技術上用於實驗、測量、分析、檢驗等的精密器具。如光譜儀、測風儀、掃描儀、地震儀等。

【儀仗隊】yí zhàng duì　執行禮節性任務的武裝部隊或慶典活動中手持旗幟、標語等走在前列的隊伍。如迎送外國元首、政府要員時的三軍儀仗隊；國慶節、大型運動會開幕式上的儀仗隊。

🔾 儀容

🔾 禮儀、威儀、司儀

13 僻 亻亻伢俏俏僻　僻
［ pì ㄆㄧˋ （粵）pik⁷ 闢 ］

❶ 偏遠的 ◆ 偏僻。❷ 不常見的 ◆ 冷僻／生僻。❸ 性情古怪 ◆ 孤僻／怪僻。

【僻靜】pì jìng　地方偏僻、冷清 ◆ 那裏很僻靜。（同）背靜。（反）喧鬧。

【僻壤】pì rǎng　偏僻的地方 ◆ 故鄉原是窮鄉僻壤，現在大變樣了。

14 儒 亻亻伫伫儒儒　儒
［ rú ㄖㄨˊ （粵）jy⁴ 如 ］

❶ 過去指讀書人 ◆ 儒生。❷ 孔子創立的學派 ◆ 儒學。

【儒家】rú jiā　春秋末期由孔子創立的學派。提倡仁義、禮治，強調倫理道德和自我修養。代表人物有孔子、孟子、荀子等。儒家思想是中國古代文化的主體，影響深遠。

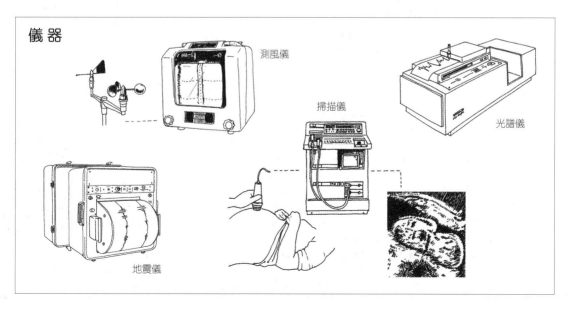

儀器

測風儀

掃描儀

光譜儀

地震儀

¹⁴儘（尽）　亻亻亻伊伊伊儘儘　儘

[jǐn ㄐㄧㄣˇ ⓔ dzœn² 準]

❶ 力求達到最大限度 ◆ 儘量／儘快。
❷ 用在表示方位的詞前面，相當於
"最" ◆ 儘東頭／儘裏邊／儘底層。
❸ 優先 ◆ 座位先儘老人和小孩坐。
❹ 老是；總是 ◆ 他儘愛説笑話。
（注意）"儘"不讀 jǐn（進）。

【儘量】jǐn liàng　表示最大限度 ◆ 我
會儘量幫助你。

【儘管】jǐn guǎn　❶ 表示不必顧慮，
放心去做 ◆ 有話儘管説。⑩ 只管。
❷ 表示先肯定某種事實，後面用"但
是"呼應，表示轉折 ◆ 儘管對方實力
很強，但是我們的力量也不弱。⑩
雖然。

¹⁵優（优）　亻佰佰優優優優　優

[yōu ㄧㄡ ⓔ jeu¹ 休]

❶ 好的；跟"劣"相對 ◆ 優良／優等。
❷ 佔上風 ◆ 優勝／優勢。❸ 充足；
富裕 ◆ 優厚／優裕。❹ 過去稱演戲
的人 ◆ 名優。

【優先】yōu xiān　得到優待而佔先 ◆
有實際工作經驗者優先錄用。

【優秀】yōu xiù　指成績、品行、作品
等非常好，超出一般水平 ◆ 這是一部
優秀作品。⑩ 優異。

【優良】yōu liáng　指質量、成績、品
種、作風等很好 ◆ 學業成績優良。

【優厚】yōu hòu　待遇等優越豐厚 ◆
報酬優厚。

【優待】yōu dài　❶ 給予好的待遇 ◆
政府制訂了優待老人的政策。❷ 良好
的待遇 ◆ 老人、兒童受到特別優待。

【優美】yōu měi　美好 ◆ 風景優美。

【優異】yōu yì　指成績等特別好，很突
出 ◆ 學習成績優異。⑩ 優秀。

【優越】yōu yuè　條件勝過別人、別
處；良好 ◆ 香港地理位置優越。

【優惠】yōu huì　比一般的優厚，可以
得到更多的實惠 ◆ 價格可以優惠。

【優雅】yōu yǎ　優美雅緻；優美高雅
◆ 環境優雅。

【優勢】yōu shì　超過對方的有利形勢
◆ 客隊人高馬大，網上佔有明顯的優
勢。

【優點】yōu diǎn　長處；好處 ◆ 這種
車有它的優點。⑩ 缺點。

【優柔寡斷】yōu róu guǎ duàn　不果
斷；猶豫不決 ◆ 由於他優柔寡斷而
誤了大事。⑩ 當機立斷。

◁ 優質
◁ 從優、養尊處優

¹⁵償（偿）　亻亻亻償償償償　償

[cháng ㄔㄤˊ ⓔ sœŋ⁴ 常]

❶ 歸還；抵補 ◆ 償還／補償。❷ 實
現；滿足 ◆ 如願以償。

【償命】cháng mìng　用生命抵償 ◆ 殺
人償命，欠債還錢。

【償還】cháng huán　歸還 ◆ 他已無力
償還債務。
◁ 賠償、得不償失

¹⁵儡　亻佣佣佣儡儡　儡

[lěi ㄌㄟˇ ⓔ lœy⁵ 呂]

傀儡。見"傀"字，32頁。

¹⁵儲（储）　亻佯佯儲儲儲　儲

[chǔ ㄔㄨˇ ⓔ tsy⁴ 廚／tsy⁵ 柱（語）]

❶ 積蓄；存放 ◆ 儲蓄／儲藏。❷ 已
經確定繼承王位的人 ◆ 皇儲。

【儲備】chǔ bèi　❶ 存放起來，供必要
時使用 ◆ 公司儲備了一大筆資金，
用來開發新產品。❷ 存放起來的錢或
物 ◆ 國家的外匯儲備很充足。

【儲蓄】chǔ xù　❶ 把錢存在銀行裏 ◆
他每月儲蓄一千元。❷ 存在銀行裏的
錢；存款 ◆ 他有數萬美元的儲蓄。

【儲藏】chǔ cáng　❶ 存放起來，防止
遺失或損壞 ◆ 糧庫裏儲藏了很多糧
食。❷ 未發現或未開發的積存 ◆ 東
海的天然氣儲藏量十分豐富。⑩ 蘊
藏。

儿 部

¹ 兀　一丌兀　兀

[wù ㄨˋ ⓔ ŋet⁹ 屹]

高高地突起 ◆ 兀立／突兀。

² 元　一二亍元　元

[yuán ㄩㄢˊ ⓔ jyn⁴ 原]

❶ 第一；為首的 ◆ 元月／元首。❷
構成一個整體的；整體中的一部分 ◆
元件／單元。❸ 貨幣單位，同"圓"，
十角等於一元。❹ 朝代名 ◆ 元、明、
清。

【元旦】yuán dàn　新年的第一天。原
指農曆正月初一，現多指公曆一月一日
◆ 今年元旦特別熱鬧。

【元老】yuán lǎo　指政界資歷深、名
望高的人；也指某種事業的創始人 ◆
他是香港造船業的元老。

【元兇】yuán xiōng　造成災禍的首要人
物 ◆ 這次慘案的元兇受到了應有的
懲罰。⑩ 罪魁禍首。

【元帥】yuán shuài　軍銜之一，將級以
上的軍官。

【元首】yuán shǒu　國家首腦；一國的
最高領導人，如總統、國王 ◆ 兩國元
首舉行了會談。

【元氣】yuán qì　生命力；活力 ◆ 由於他出血過多，元氣大傷。

【元宵】yuán xiāo　❶農曆正月十五日晚上。這一天是元宵節。元宵習俗有觀燈、吃元宵等活動 ◆ 正月十五鬧元宵。❷用糯米粉做的有餡的圓球形食品。有的地方叫"湯圓" ◆ 芝麻元宵，味道真好。

▨元素、元寶

▨公元、紀元、狀元、銀元

---

² 允

[yǔn ㄩㄣˇ 粵 wen⁵ 尹]

❶答應；許可 ◆ 允諾 / 允許。❷公平得當 ◆ 公允。

【允許】yǔn xǔ　許可；同意 ◆ 機要重地，未經允許，不得入內。

【允准】yǔn zhǔn　許可；同意 ◆ 表哥申請來港定居一事已獲允准。同允許。

【允諾】yǔn nuò　答應 ◆ 我們邀請他當教練，他欣然允諾。

---

³ 兄

[xiōng ㄒㄩㄥ 粵 hing¹ 卿]

❶哥哥 ◆ 兄長 / 表兄。❷男性朋友間的尊稱 ◆ 老兄 / 師兄。

▨弟兄、仁兄、稱兄道弟

---

⁴ 光

[guāng ㄍㄨㄤ 粵 gwong¹ 廣]

❶某些物體放出或反射出的亮光 ◆ 陽光 / 燈光。❷明亮 ◆ 光明 / 光輝。❸榮譽 ◆ 為國增光。❹景色 ◆ 湖光山色 / 風光宜人。❺平滑 ◆ 光滑。❻全部露出 ◆ 光腳 / 光膀子。❼完了；一點不剩 ◆ 錢花光了 / 人走光了。❽只；只是 ◆ 光說不做 / 光靠他一個人不行。❾對賓客來臨的敬辭 ◆ 歡迎光臨。

【光芒】guāng máng　向四周射出的強烈光線 ◆ 一輪紅日冉冉升起，光芒四射。

【光明】guāng míng　❶光亮 ◆ 霎時

間，路燈大放光明。反黑暗。❷比喻正直無私 ◆ 他做事一向光明正大。❸比喻有希望的、美好的 ◆ 前途光明。

【光彩】guāng cǎi　❶光亮和色彩 ◆ 霓虹燈光彩奪目。❷榮耀；值得尊敬 ◆ 一人立功，全家光彩。同光榮。反恥辱。

【光陰】guāng yīn　時間；時光 ◆ 一寸光陰一寸金，寸金難買寸光陰。

【光華】guāng huá　明亮的光輝 ◆ 日月光華，永照大地。

【光景】guāng jǐng　❶情形；狀況 ◆ 父親失業，母親生病，家裏的光景已大不如前。同境況。❷表示一種估計 ◆ 從家裏到學校，步行三十分鐘光景就可到達。

【光榮】guāng róng　❶覺得榮耀；值得尊敬 ◆ 當一名戰士是很光榮的。❷榮譽 ◆ 游泳隊奪冠，是全校的光榮。

【光輝】guāng huī　❶閃亮耀眼的光 ◆ 太陽的光輝照耀大地。❷比喻光明、燦爛 ◆ 你會有一個光輝的前程。

【光線】guāng xiàn　光。光從發光體射出，一般總是直線傳播，所以叫"光線"。

【光澤】guāng zé　光亮潤澤 ◆ 面部紅潤有光澤。

【光臨】guāng lín　歡迎賓客到來的客氣話 ◆ 歡迎光臨。同光顧。

【光顧】guāng gù　歡迎顧客、來賓到來的客氣話 ◆ 歡迎光顧。同光臨。

【光天化日】guāng tiān huà rì　大白天；人人都能看清楚的地方 ◆ 歹徒竟在光天化日之下搶人錢財。

【光明正大】guāng míng zhèng dà　指胸懷坦白，言行正派 ◆ 做事要光明正大，不要搞陰謀詭計。

【光明磊落】guāng míng lěi luò　磊落：心地光明。形容胸懷坦白，正大光明 ◆ 他一生光明磊落。

【光宗耀祖】guāng zōng yào zǔ　為祖宗增添光彩榮耀 ◆ 他一心想建立功業，光宗耀祖。

【光彩奪目】guāng cǎi duó mù　光亮和色彩鮮明耀眼，使人眼花繚亂 ◆ 街道兩旁的霓虹燈光彩奪目。

▨光亮、光潔、光圈、光頭、光禿禿、

光彩照人

▨時光、眼光、風光、爭光、沾光、春光明媚、發揚光大、鼠目寸光

---

⁴ 先

[xiān ㄒㄧㄢ 粵 sin¹ 仙]

❶時間或次序在前的；跟"後"相對 ◆ 領先 / 捷足先登。❷對死者的尊稱 ◆ 先父 / 先烈。

【先天】xiān tiān　人或動物在胚胎時期；泛指事物的根基 ◆ 他患有先天性心臟病 / 由於基礎太差，先天不足，她終於落榜。反後天。

【先河】xiān hé　原指古代帝王先祭祀黃河，後祭祀大海，把黃河看作海的本源。後用來指首創者 ◆ 公司的成立，開中國人獨立製片的先河。

【先例】xiān lì　曾經有過的事例 ◆ 這樣做還沒有先例。

【先烈】xiān liè　烈士 ◆ 我們要繼承先烈遺志。

【先進】xiān jìn　水平較高，在同類中處於前列 ◆ 技術先進。

【先輩】xiān bèi　❶輩分在先的人 ◆ 這是先輩創下的基業。❷已去世受人尊敬的人 ◆ 追思先輩的業績。

【先鋒】xiān fēng　先頭部隊；比喻起帶頭作用的個人或集體 ◆ 我們是開路先鋒。

【先驅】xiān qū　走在前面引導；某一事業的先行者 ◆ 他們是辛亥革命的先驅者。

【先入為主】xiān rù wéi zhǔ　先接受了某種看法，有了成見，就不容易再接受新的認識 ◆ 你不要先入為主把人看扁了。

【先見之明】xiān jiàn zhī míng　明：眼力；眼光。預先能看清事物的眼光，即預見性 ◆ 不是我有甚麼先見之明，而是事情的必然結果。

【先斬後奏】xiān zhǎn hòu zòu　先處決罪犯再上奏皇帝。比喻先處理，再報告上級 ◆ 你這是先斬後奏。

【先發制人】xiān fā zhì rén　先下手取得主動，制服對方 ◆ 我們應該先發制人，使對方措手不及。

【先睹為快】xiān dǔ wéi kuài　以先看到為快樂 ◆ 為了先睹為快，我買了首映式的門票。

☒先生、先前、先後、先兆、先禮後兵、先人後己

☒首先、原先、預先、率先、優先、祖先、爭先恐後、未老先衰、一馬當先、有言在先

⁴ 兇（凶）　ノ乂区凶凶兇　兇

[xiōng ㄒㄩㄥ ⑧ hun¹ 胸]

❶狠毒；殘暴 ◆ 兇殘 / 兇狠。❷傷人、殺人的行為 ◆ 兇手 / 行兇。❸厲害；猛烈 ◆ 鬧得太兇了 / 雙方拚搶得很兇。

【兇手】xiōng shǒu　殺人或傷害人的人 ◆ 警方拘捕了殺人兇手。

【兇狠】xiōng hěn　❶兇惡狠毒 ◆ 他像豺狼一樣兇狠。⑤仁慈。❷形容厲害、強勁 ◆ 扣球兇狠。⑥兇猛。

【兇猛】xiōng měng　❶兇惡猛烈 ◆ 獅、虎都是兇猛的野獸。⑤溫和。❷形容厲害、強勁 ◆ 這次颱風來勢兇猛。⑥兇狠。

【兇惡】xiōng è　狠毒殘暴；相貌可憎 ◆ 兇惡的敵人亂殺無辜。⑥兇狠。⑤仁慈。

【兇殘】xiōng cán　兇惡殘暴 ◆ 手段兇殘，滅絕人性。⑥兇狠。⑤仁慈。

【兇器】xiōng qì　行兇的器械，如刀、槍之類 ◆ 警方搜出了歹徒窩藏的殺人兇器。

【兇相畢露】xiōng xiàng bì lù　兇惡的面目完全暴露 ◆ 歹徒終於兇相畢露。

☒兇犯、兇暴、兇殺、兇神惡煞

☒元兇、幫兇、窮兇極惡

---

⁴ 兆　ノ丿兆兆兆兆　兆

[zhào ㄓㄠ ⑧ siu⁶ 紹]

❶事前顯露出的跡象 ◆ 預兆 / 不祥之兆。❷預示 ◆ 瑞雪兆豐年。

☒徵兆、先兆

⁴ 充　、亠云充充　充

[chōng ㄔㄨㄥ ⑧ tsuŋ¹ 匆]

❶滿的；足夠的 ◆ 充滿 / 充足。❷填滿；塞住 ◆ 充氣 / 充耳不聞。❸擔當 ◆ 充當。❹假冒 ◆ 冒充 / 以次充好。

【充分】chōng fèn　❶足夠 ◆ 我有充分的時間準備。⑥充足、充裕。❷盡量；最大限度 ◆ 在這裏可以充分發揮你的專長。

【充足】chōng zú　足夠多 ◆ 室內陽光充足。⑥充裕、充分。

【充沛】chōng pèi　充足旺盛 ◆ 他精力充沛。⑥飽滿。

【充裕】chōng yù　充足有餘；寬裕 ◆ 別着急，時間還充裕。⑥富足。⑤匱乏、短缺。

【充滿】chōng mǎn　❶裝滿；填滿 ◆ 眼裏充滿了淚水。❷充分具有 ◆ 對此我充滿信心。

【充實】chōng shí　❶豐富 ◆ 文章內容充實，語言流暢。⑤貧乏。❷加強，使充足 ◆ 調集警員，充實保安力量。

【充其量】chōng qí liàng　至多。表示最大限度的估計 ◆ 這次比賽，充其量能得個亞軍。

【充耳不聞】chōng ěr bù wén　塞住耳朵不聽。形容不願聽別人的話 ◆ 這是大家的意見，你不能充耳不聞。

☒充數、充任、充電、充斥、充公

☒補充、擴充、填充、濫竽充數、畫餅充飢、打腫臉充胖子

---

⁵ 克　一十十古古克　克

[kè ㄎㄜˋ ⑧ hɛk⁷ 刻]

❶戰勝；攻下 ◆ 攻克 / 克服。❷限止；限定 ◆ 克制 / 克己奉公。❸能夠 ◆ 克勤克儉。❹重量單位，一千

克等於一公斤。

【克制】kè zhì　控制；抑制 ◆ 他努力克制悲憤的感情，與對方周旋。

（注意）"克制"多用於情感方面。

【克服】kè fú　❶戰勝；努力消除 ◆ 你一定要克服急躁情緒。❷克制；忍受 ◆ 條件不好，請大家克服一下。

【克勤克儉】kè qín kè jiǎn　克：能夠。既能勤勞，又能節約 ◆ 父親一生克勤克儉，才有這份家業。

☒克敵制勝

☒坦克、休克、攻無不克

⁵ 禿　見禾部，309頁。

⁵ 免　ノ丿㇇免免免免　免

[miǎn ㄇㄧㄢˇ ⑧ min⁵ 勉]

❶去掉；除去 ◆ 免費 / 免稅。❷避開 ◆ 避免 / 幸免於難。❸不要 ◆ 閒人免進。

【免疫】miǎn yì　避免傳染疾病 ◆ 種了牛痘，對天花就有了免疫力。

【免除】miǎn chú　去掉 ◆ 打一針可以免除病人的痛苦。

【免稅】miǎn shuì　免繳稅款 ◆ 免稅商品。

☒免試、免得、免禮

☒難免、未免、罷免、在所難免

⁵ 兌　、丷丷㲋兌兌　兌

[duì ㄉㄨㄟˋ ⑧ dœy⁶ 隊]

換取 ◆ 兌換 / 匯兌。

【兌現】duì xiàn　原指憑票據向銀行換取現金。現多作比喻，指説到做到，實現諾言 ◆ 我既然答應了你，肯定兌現。

【兌換】duì huàn　把一種貨幣換成另一種貨幣 ◆ 他想用美元兌換港幣。

⁶ 虎　見虍部，374頁。

【儿部】

6 兒（儿）ノ ′′ ′′′ ′′′ ′′′ ′′′ [ér ㄦˊ 粵 ji⁴ 而]

❶ 男孩子 ◆ 兒子 / 生兒育女。❷ 子女 ◆ 兒女 / 兒孫滿堂。❸ 小孩 ◆ 兒童 / 嬰兒。❹ 年輕人 ◆ 游泳健兒 / 好男兒志在四方。❺ 用作詞尾 ◆ 花兒 / 一塊兒。

【兒童】ér tóng 年齡較小的孩子。通常指 6-12 歲的孩子 ◆ 兒童樂園。

【兒歌】ér gē 為兒童編寫、適合兒童傳唱的歌謠 ◆ 這幾首兒歌充滿童趣。

【兒戲】ér xì 小孩兒遊戲。比喻對正事不認真、不負責，像小孩做遊戲一樣鬧着玩 ◆ 此事性命交關，豈能視同兒戲。

☐ 兒科
☐ 女兒、孤兒、健兒、妻兒老小

6 兔 ′′ ′′ ′′ ′′ ′′ 兔 [tù ㄊㄨˋ 粵 tou³ 吐]

一種哺乳動物，有家兔和野兔兩種 ◆ 兔毛 / 小白兔。

【兔死狐悲】tù sǐ hú bēi 兔子死了，狐狸很悲傷。比喻因同類的不幸或死亡而悲傷 ◆ 同黨相繼被捕，他不免有兔死狐悲的傷感。

☐ 守株待兔

9 冕 見冂部，43 頁。

9 兜 ′ ′′ ′′ ′′ ′′ 兜 [dōu ㄉㄡ 粵 dɐu¹ 斗]

❶ 像口袋那樣的東西 ◆ 衣兜 / 褲兜。❷ 繞 ◆ 兜圈子。❸ 招攬 ◆ 兜售。

【兜風】dōu fēng 坐着車船四處遊逛

◆ 姐弟倆開車兜風去了。

【兜售】dōu shòu 到處推銷 ◆ 廠家找人兜售產品。

（注）"兜售"也作"兜銷"。

【兜圈子】dōu quān zi ❶ 繞圈；四處閒逛 ◆ 沒有事就在外面兜圈子。❷ 說話繞彎，不直截了當 ◆ 你還是直話直說，別再兜圈子了。

10 堯 見土部，95 頁。

12 兢 一 十 + 古 克 克 兢兢 兢 [jīng ㄐㄧㄥ 粵 gin¹ 京]

兢兢：小心謹慎 ◆ 戰戰兢兢。

【兢兢業業】jīng jīng yè yè 兢兢、業業：小心謹慎的樣子。形容做事情小心謹慎，認真踏實 ◆ 他工作兢兢業業，數十年如一日。

18 競 見立部，317 頁。

入 部

0 入 ノ 入 [rù ㄖㄨˋ 粵 jɐp⁹ 泣⁹]

❶ 進到裏面；參加；跟"出"相對 ◆ 入場 / 加入。❷ 收進 ◆ 收入 / 入不敷出。❸ 合乎 ◆ 入情入理。

【入門】rù mén ❶ 得到門路；初步學會 ◆ 她很有靈性，繪畫已經入門。❷ 指初級讀物 ◆《英語會話入門》。

（注）"入門"多用作書名。

【入侵】rù qīn 侵入境界之內 ◆ 封鎖邊境，防止敵人入侵騷擾。

【入神】rù shén 因有濃厚興趣而全神貫注 ◆ 故事曲折離奇，大家聽得入神。（同）出神。（反）走神。

【入迷】rù mí 喜歡某種事物到了沉迷的程度 ◆ 他玩電子遊戲機很入迷。

（同）着迷。

【入木三分】rù mù sān fēn 相傳晉代書法家王羲之在木板上寫字，墨跡透入木板有三分深。後用來形容書法筆力雄健；也比喻分析、議論問題非常深刻 ◆ 他的見解入木三分。

【入不敷出】rù bù fū chū 收入不夠支出 ◆ 家裏人多，經濟入不敷出。

【入情入理】rù qíng rù lǐ 合乎情理 ◆ 他的話入情入理。（同）合情合理。

☐ 入學、入夜、入口、入魔、入境
☐ 進入、投入、深入、體貼入微、引人入勝、無孔不入、病從口入

2 內（内）丨 冂 冂 内 内 [nèi ㄋㄟˋ 粵 nɔi⁶ 耐]

❶ 裏面；跟"外"相對 ◆ 內衣 / 室內。❷ 稱妻子或妻子的親屬 ◆ 內弟 / 賢內助。

【內心】nèi xīn 心裏頭 ◆ 其實她內心很痛苦。（反）外表。

【內地】nèi dì 離邊境或沿海較遠的地區 ◆ 沿海地區要幫助內地發展經濟。（同）腹地。

【內向】nèi xiàng 性格、思想情感深沉、不外露 ◆ 她性格內向，沉默寡言。（反）外向。

【內行】nèi háng ❶ 在某方面有豐富的知識、經驗 ◆ 種花他很內行。❷ 內行的人；專家 ◆ 這方面他是內行。（反）外行。

（注）"行"不讀 xíng（形）。

【內疚】nèi jiù 內心感到慚愧不安 ◆ 這件事我很內疚。

【內容】nèi róng 內在的事實或含意 ◆ 文章內容豐富。

【內情】nèi qíng 內部的實際情況 ◆ 只有他了解內情。（同）內幕。

【內幕】nèi mù 內部的真實情況 ◆ 無人知道這件事的內幕。（同）內情。

【內外交困】nèi wài jiāo kùn 裏裏外外都處於困難地 ◆ 內外交困，一籌莫展。

【內憂外患】nèi yōu wài huàn 指國家內部的動亂和外來的侵略 ◆ 那時正是內憂外患之際，人民苦不堪言。

☐ 內部、內亂、內戰、內銷、內奸、內衣

內科、內閣

☑海內、國內、校內、分內、由內而外、禁止入內

---

4 全(全) ノ 入 人 ^ 全 全 **全**

[quán ㄑㄩㄢˊ ⑧tsyn⁴ 泉]

❶完備；齊備 ◆ 完全／齊全。❷整個兒 ◆ 全國／全家。❸保全 ◆ 兩全其美。❹都 ◆ 全來了／全新的。

【全局】quán jú 整個局面 ◆ 考慮問題要有全局觀點。⊛ 局部。

【全面】quán miàn 包括各個方面的 ◆ 學生要全面發展。⊛ 片面。

【全部】quán bù 所有的；整個 ◆ 他把全部遺產捐獻給慈善機構。⊛ 部份。

【全體】quán tǐ 各部分的總和；所有的 ◆ 全體師生參加。⊜ 全部。⊛ 部分。

【全力以赴】quán lì yǐ fù 把全部力量都投入進去 ◆ 他全力以赴準備會考。

【全心全意】quán xīn quán yì 全身心投入，沒有雜念 ◆ 護士小姐全心全意地照顧病人。⊜ 一心一意。⊛ 三心二意。

【全神貫注】quán shén guàn zhù 全部精神都傾注在一點上。形容注意力高度集中 ◆ 同學們全神貫注地聽老師講課。⊜ 聚精會神。⊛ 心不在焉、漫不經心。

☑全身、全球、全程、全貌、全校

☑健全、十全十美、百科全書、竭盡全力、一應俱全、智勇雙全

---

6 兩(两) 一 ㄒ 币 币 兩 兩 **兩**

[liǎng ㄌㄧㄤˇ ⑧lœŋ⁵ 倆]

❶數目字，二 ◆ 兩個人／兩隻腳。❷雙方 ◆ 兩全其美／兩相情願。❸表示不定數，相當於 "幾" ◆ 我來說兩句／過兩天再說。❹重量單位，十六兩為一斤。

【兩可】liǎng kě 兩者都可以 ◆ 他的話模棱兩可。

【兩全其美】liǎng quán qí měi 雙方都得到好處。指處理事情能圓滿地照顧到兩個方面 ◆ 這是兩全其美的辦法。

【兩面三刀】liǎng miàn sān dāo 比喻當面一套，背後一套，陰險毒辣 ◆ 他是個兩面三刀的人，你要提防一下。⊜ 陽奉陰違。

【兩敗俱傷】liǎng bài jù shāng 爭鬥的雙方都受到損害，誰也贏不了 ◆ 這樣鬥下去，只能是兩敗俱傷。

☑兩岸、兩旁、兩樣、兩面派

☑勢不兩立、一舉兩得、一刀兩斷、三三兩兩、三言兩語、進退兩難

八 部

0 八 ノ 八 **八**

[bā ㄅㄚ ⑧bat⁸ 捌]

數目字，五加三的得數。大寫作 "捌" ◆ 半斤八兩。

【八仙過海】bā xiān guò hǎi 八仙：神話傳說中的八位神仙，即張果老、漢鍾離、呂洞賓、鐵拐李、曹國舅、何仙姑、韓湘子、藍采和。他們在過海時各有一套高超的法術。比喻各有各的本領或辦法。常與 "各顯神通" 連用 ◆ 營銷手段五花八門，真所謂 "八仙過海，各顯神通"。

【八面玲瓏】bā miàn líng lóng 原指四面八方的窗戶通明透亮，後用來形容人待人處事圓滑，各方面都不得罪人 ◆ 他膽小怕事，凡事八面玲瓏，決不得罪人。

【八面威風】bā miàn wēi fēng 形容威風凜凜，神氣十足 ◆ 看上去八面威風，端的是一副將軍模樣。

☑才高八斗、五花八門、四平八穩、四通八達、胡說八道、七嘴八舌、亂七八糟、橫七豎八

---

2 六 、 一 亠 六 **六**

[liù ㄌㄧㄡˋ ⑧luk⁹ 綠]

數目字，五加一的得數。大寫作 "陸" ◆ 六月。

曹國舅

漢鍾離

鐵拐李

呂洞賓

【六神無主】liù shén wú zhǔ 六神：古代指主宰心、肝、肺、脾、腎、膽六臟的神。形容心慌意亂，沒有了主意 ◆ 突如其來的打擊，使她六神無主。

何仙姑

張果老

藍采和

韓湘子

【六親不認】liù qīn bù rèn　六親：父子、兄弟、夫婦；泛指所有的親屬。所有的親屬都不相認。形容無情無義或大公無私、不講情面 ◆ 包公判案六親不

認，不徇私情。
▣ 三頭六臂、五顏六色、三十六計，走為上計

² **分** 見刀部，47頁。

² **公**　ノ 八公

[gōng 《ㄨㄥ 粵gung¹ 工]

❶ 正直無私；跟 “私” 相對 ◆ 大公無私。❷ 不偏不私 ◆ 公正／秉公辦事。❸ 國家的；集體的；共同的；跟 “私” 相對 ◆ 公物／公款／公海。❹ 讓大家知道 ◆ 公佈／公開。❺ 對男性祖輩或老年人的稱呼 ◆ 外公／老公公。❻ 稱丈夫的父親 ◆ 公婆。❼ 雄性的 ◆ 公雞／公牛。

【公元】gōng yuán　國際通用的紀年標準。原是基督教教會的紀元，以傳說中耶穌誕生前一年為公元元年 ◆ 公元一九九七年七月一日，香港回歸祖國。

【公正】gōng zhèng　公平合理，不偏袒、不徇私 ◆ 法庭將做出公正的判決。⃝ 公道。⃠ 偏袒。

【公平】gōng píng　處理事情合情合理，不偏向任何一方 ◆ 按分數高低錄取新生是公平的。⃝ 公正。

【公主】gōng zhǔ　帝王的女兒 ◆ 媽媽給我講《白雪公主》的故事。

【公司】gōng sī　依法註冊，承擔經濟責任，從事生產經營或服務性業務的工商業組織 ◆ 公司已隆重開業。

【公民】gōng mín　指具有某個國家國籍的人。公民享有該國憲法和法律規定的權利，履行憲法和法律規定的義務。

【公共】gōng gòng　公有的；公用的 ◆ 我們要愛護公共財物。

【公告】gōng gào　政府或機關團體向公眾發出的通知 ◆ 歇業公告。⃝ 通告。

【公佈】gōng bù　公開發佈，讓大家知道 ◆ 明天將公佈錄取名單。⃝ 宣佈、發佈。

【公函】gōng hán　函：信件。單位用來對外聯繫工作的文件 ◆ 我們已發出公函，邀請他來訪問。⃝ 公文。

【公約】gōng yuē　共同遵守的條約或章程 ◆ 國際公約。

【公益】gōng yì　公共的利益 ◆ 他熱心公益。

【公理】gōng lǐ　大家都承認的正確道理 ◆ 人間自有公理。

【公眾】gōng zhòng　社會上大多數的人 ◆ 政府要為公眾謀福利。

【公然】gōng rán　公開而沒有顧忌地 ◆ 他在大庭廣眾之下，公然侮辱婦女，被警方拘留。

【公寓】gōng yù　❶ 可供多戶人家居住的樓宇，設施齊全，包括卧室、廚房、衛生間等。❷ 租期較長、按月計算房租的旅館。

【公開】gōng kāi　❶ 不隱蔽的；面向大家的 ◆ 他必須公開承認錯誤。⃠ 祕密。❷ 把祕密的變成公開的 ◆ 這件事可以公開了。

【公幹】gōng gàn　❶ 公務；公事 ◆ 你找我們校長，不知有何公幹。❷ 辦理公務 ◆ 他已外出公幹。

【公園】gōng yuán　供公眾遊覽、休閒、娛樂的園林 ◆ 香港有不少景色優美的公園。

【公道】gōng dào　公正的道理 ◆ 希望法官大人能主持公道。⃝ 公平。⃠ 偏袒。

【公道】gōng ·dao　公平合理 ◆ 價格公道。

【公僕】gōng pú　為公眾服務的人 ◆ 公務員應是人民的公僕。

【公認】gōng rèn　大家都認為；大家都承認的 ◆ 校長的敬業精神是大家公認的。

【公德】gōng dé　公共道德 ◆ 做人一定要有社會公德。

【公憤】gōng fèn　公眾的憤怒 ◆ 他的行為引起了社會公憤。

【公關】gōng guān　“公共關係” 的簡稱 ◆ 她是本公司的公關小姐。

▣ 公安、公論、公式、公墓、公用
▣ 辦公、歸公、假公濟私、天下為公、開誠佈公

³ **只** 見口部，68頁。

⁴ 共

一十廿壯共 共

[gòng 《ㄨㄥˋ 粵 guŋ⁶ 共⁶]

❶ 一起；一齊 ◆ 共同／共事。❷ 相同的 ◆ 共性。❸ 總計 ◆ 共計／總共。

【共同】gòng tóng ❶ 一起；一齊 ◆ 這件作品是我們兩人共同完成的。❷ 彼此都具有的 ◆ 這是我們兩人的共同心願。

【共享】gòng xiǎng 共同享受 ◆ 共享美好的明天。

【共性】gòng xìng 相同的性質、特點 ◆ 不同形式的文學作品既有它們的共性，也有它們的個性。⚫ 個性。

【共鳴】gòng míng ❶ 物體因共振而發出聲響的現象。如拉小提琴時，琴弦與琴身會產生共鳴，使琴聲更加優美動聽。❷ 受到別人的某種思想、情感的感染，引起相同的思想、情感 ◆ 這部電視劇因能引起廣大觀眾的共鳴，所以收視率頗高。

◻ 共勉、共識

◻ 有目共睹、同甘共苦、同舟共濟

⁵ 兵

一ㄏ厂斤丘兵 兵

[bīng ㄅㄧㄥ 粵 biŋ¹ 冰]

❶ 戰士；軍隊 ◆ 士兵／按兵不動。❷ 武器 ◆ 兵器／短兵相接。❸ 戰事；戰爭 ◆ 兵不厭詐／紙上談兵。

【兵變】bīng biàn 軍隊叛變 ◆ 前線發生兵變。

【兵不厭詐】bīng bù yàn zhà 厭：排除。指用兵打仗時不排除用欺詐的方法迷惑敵人 ◆ 聲東擊西，兵不厭詐。

【兵荒馬亂】bīng huāng mǎ luàn 形容戰爭時社會動盪不安的景象 ◆ 在兵荒馬亂中，我們一家走失散了。

注意「兵荒馬亂」也作「兵慌馬亂」。

【兵臨城下】bīng lín chéng xià 形容大軍壓境，形勢危急 ◆ 現在是兵臨城下，古城危在旦夕。

◻ 兵士、兵力、兵法、兵貴神速

◻ 當兵、哨兵、騎兵、衞兵、調兵遣將、按兵不動

⁵ 岔

見山部，130頁。

⁶ 其

一十廿甘其其 其

[qí ㄑㄧ 粵 kei⁴ 奇]

❶ 他；他們；他的；他們的 ◆ 出其不意／名副其實。❷ 這；那 ◆ 確有其事／不厭其煩。

【其他】qí tā 別的 ◆ 除了唱歌、跳舞，她沒有其他愛好了。

注意「其他」也作「其它」。

【其次】qí cì ❶ 排在第二的 ◆ 王小燕首先出場，其次是李菊，最後是張小強。❷ 次要的地位 ◆ 產品質量是主要的，包裝倒在其次。

【其實】qí shí 事實上；實際上 ◆ 他的意思其實很簡單，就是想借錢。

【其樂無窮】qí lè wú qióng 其中的樂趣沒有窮盡 ◆ 在書海中漫遊，其樂無窮。

◻ 尤其、極其、莫名其妙、言過其實、適得其反、自圓其説

⁶ 具

丨丨ㄇㄇ目且具 具

[jù ㄐㄩˋ 粵 gœy⁶ 巨]

❶ 器物 ◆ 文具／傢具。❷ 有 ◆ 具有／別具一格。

【具備】jù bèi 具有 ◆ 你完全具備這些條件。

【具體】jù tǐ ❶ 實在的而不是抽象的；明確的而不是籠統的 ◆ 他的意見很具體。⚫ 抽象、籠統。❷ 特定的 ◆ 對具體的情況要作具體的分析。

◻ 工具、玩具、器具、各具特色

⁶ 典

丨ㄇ日由曲典 典

[diǎn ㄉㄧㄢˇ 粵 din² 電²]

❶ 標準；法則；可以作為依據或標準的 ◆ 典範／字典。❷ 隆重的儀式 ◆ 典禮／慶典。❸ 詩文裏引用的古書裏的故事或詞句 ◆ 典故／用典。❹ 用東西作抵押 ◆ 典押／典當。

【典型】diǎn xíng 有代表性的；有代表性的人物或事件 ◆ 舉例要典型。

【典故】diǎn gù 詩文中引用的表現古代故事或名言名句的固定詞語。如"矛盾"、"推敲"、"濫竽充數"、"聞雞起舞"、"狐假虎威"等。

【典雅】diǎn yǎ 優美而不俗氣 ◆ 文句典雅。

【典範】diǎn fàn 可以作為學習榜樣的人或事物 ◆ 張老師是我們學習的典範。

【典禮】diǎn lǐ 隆重的儀式 ◆ 開學典禮／畢業典禮。

◻ 典籍

◻ 詞典、經典、引經據典

⁶ 忿

見心部，151頁。

⁸ 真

見目部，297頁。

⁸ 兼

丷ㄱㄣㄣ兼兼兼 兼

[jiān ㄐㄧㄢ 粵 gim¹ 檢¹]

❶ 同時做幾件事或具有幾個方面 ◆ 兼職／德才兼備。❷ 加倍 ◆ 日夜兼程。

【兼併】jiān bìng 把別國的領土併入本國領土；把別人的產業兼入自己的產業 ◆ 以強凌弱，實行兼併政策。

【兼程】jiān chéng 一天走兩天的路程。形容以加倍的速度趕路 ◆ 部隊日夜兼程，開赴前線。

【兼顧】jiān gù 同時照顧到幾個方面 ◆ 生產、銷售兩方面要兼顧。

【兼收並蓄】jiān shōu bìng xù 把各方面的東西都吸收過來、保留下來 ◆ 在發展藝術方面，大家贊成兼收並蓄。

⁸ 冥

見宀部，44頁。

⁸翁 見羽部，340 頁。

⁹異 見田部，284 頁。

⁹貧 見貝部，403 頁。

¹⁰黃 見黃部，470 頁。

¹¹與 見臼部，356 頁。

¹⁴冀 ⎸ ⎺ ⺈ ⺊ 北 背 背

[jì ㄐㄧˋ ⊕gei³ 既/kei³ 暨 (語)]
❶ 希望。❷ 河北省的簡稱 ◆ 冀中平原。

¹⁴與 見臼部，357 頁。

¹⁵翼 見羽部，340 頁。

冂 部

²內 見入部，39 頁。

³丙 見一部，6 頁。

³冉 ⎸ ⎅ 冂 丹 冉

[rǎn ㄖㄢˇ ⊕jim⁵ 染]
見 "冉冉"。

【冉冉】 rǎn rǎn　慢慢地 ◆ 太陽從東方冉冉升起。

---

³冊 (冊) ⎸ ⎅ 冂 冂 冊 |冊|

[cè ㄘㄜˋ ⊕tsak⁸ 拆]
❶ 書本或簿子 ◆ 手冊 / 紀念冊。❷ 量詞，用於書籍等 ◆ 一冊書。

³冊 "冊" 的異體字，見本頁。

⁴再 一 ⎓ ⎅ 冃 冉 再 |再|

[zài ㄗㄞˋ ⊕dzɔi³ 載]
❶ 又一次；第二次 ◆ 歡迎再來 / 一而再，再而三。❷ 更加 ◆ 再快一點 / 聲音再提高一點。❸ 表示動作的先後次序 ◆ 洗了手再吃飯 / 做完作業再看電視。

【再三】 zài sān　多次；一次又一次 ◆ 我再三跟他講，這事做不得。

【再生】 zài shēng　❶ 死而復生 ◆ 他是我的再生父母。❷ 廢物經加工處理製成新產品 ◆ 再生橡膠。

【再現】 zài xiàn　過去的事情又一次出現 ◆ 大勢已去，往日的雄風不會再現了。

【再接再厲】 zài jiē zài lì　一次又一次地繼續努力，毫不鬆懈 ◆ 希望你們再接再厲，取得更大成績。

(注意) 不要把 "厲" 錯寫成 "勵"。

⊿再見、再版、再説

⊿一再、不再、時不再來、東山再起

⁷冒 ⎸ ⎅ 冂 冃 冃 冒 冒 |冒|

[mào ㄇㄠˋ ⊕mou⁶ 務]
❶ 向上升；向外透出 ◆ 冒煙 / 冒汗。❷ 頂着；不顧 ◆ 冒雨 / 冒險。❸ 魯莽；不慎重 ◆ 冒失 / 冒犯。❹ 以假充真 ◆ 冒充 / 冒名頂替。

【冒失】 mào·shi　言行輕率、魯莽 ◆ 你這樣做太冒失了。

【冒犯】 mào fàn　言行沒有禮貌而觸犯了對方 ◆ 因言語不慎，冒犯了校長。

【冒充】 mào chōng　以假充真 ◆ 他冒充醫生行醫騙錢。

【冒昧】 mào mèi　冒失；輕率；不顧是否合適 ◆ 今日冒昧登門拜訪，請先

生多多賜教。

(注意) "冒昧" 多用作客氣話。

【冒號】 mào hào　標點符號之一 (：)，主要用來提示下文。如老師説："下週要舉行全校運動會。"

【冒險】 mào xiǎn　承擔着風險；不顧危險地行事 ◆ 他冒險跳入水中，救出落水兒童。

⊿冒牌、冒領

⊿假冒、感冒

⁹冕 ⎸ ⎅ 冃 冃 早 晃 冕 |冕|

[miǎn ㄇㄧㄢˇ ⊕min⁵ 免]
古代帝王、諸侯等戴的禮帽，後來專指皇帝戴的禮帽 ◆ 加冕。

⊿冠冕堂皇

¹⁰最 ⎸ ⎓ 旦 早 昇 昜 最 |最|

[zuì ㄗㄨㄟˋ ⊕dzœy³ 醉]
到頂了；第一位的 ◆ 最高峯 / 世界之最。

冖 部

²冗 ⎓ ⎔ ⎕ |冗|

[rǒng ㄖㄨㄥˇ ⊕jung⁵ 勇]
❶ 多餘的 ◆ 冗員 / 冗長。❷ 繁雜；事情多 ◆ 冗雜 / 敬請撥冗光臨。

【冗長】 rǒng cháng　講話或寫文章長而囉嗦，廢話太多 ◆ 冗長的文章讀起來令人昏昏欲睡。

⁵罕 見网部，337 頁。

⁷軍 見車部，412 頁。

⁷冠 ⎓ ⎔ ⎕ 冚 冠 冠 |冠|

〈一〉[guān ㄍㄨㄢ ⊕gun¹ 官]

❶ 帽子 ◆ 衣冠楚楚 / 張冠李戴。
❷ 生在頂上像冠的東西 ◆ 雞冠 / 花冠。
〈二〉[guàn ㄍㄨㄢˋ 粵gun³ 貫]
❸ 位居第一的 ◆ 冠軍。❹ 戴帽子。
【冠軍】guàn jūn 比賽中的第一名 ◆ 我隊奪得冠軍。
【冠冕堂皇】guān miǎn táng huáng 形容表面上莊嚴體面、光明正大的樣子 ◆ 他說得冠冕堂皇，幹的卻是見不得人的勾當。
☒ 皇冠、奪冠₂、衣冠禽獸、怒髮衝冠

8
冥 一一冖冖冚宣冥 *冥*
[míng ㄇㄧㄥˊ 粵min⁴ 明]
❶ 昏暗 ◆ 晦冥。❷ 深沉 ◆ 冥思苦想。❸ 愚昧 ◆ 冥頑不靈。❹ 迷信人稱陰間 ◆ 冥間 / 冥幣。

8
冤 一冖冖冖冤冤冤 *冤*
[yuān ㄩㄢ 粵jyn¹ 淵]
❶ 受委屈；被誣陷 ◆ 冤屈 / 冤案。
❷ 仇恨 ◆ 冤仇 / 冤家路窄。❸ 上當；吃虧 ◆ 買了件假貨，真冤。
【冤仇】yuān chóu 受人侵害或侮辱而產生的仇恨 ◆ 兩家的冤仇已經消除。回 仇恨。
【冤枉】yuān·wang ❶ 受到不公正的對待；無辜的被加上罪名 ◆ 你這是冤枉好人。回 冤屈。❷ 吃虧；不值得 ◆ 這錢花得太冤枉。
【冤屈】yuān qū ❶ 冤枉 ◆ 你別冤屈好人。❷ 受到不公正、不應有的對待 ◆ 讓你受冤屈了。
【冤家】yuān·jia ❶ 仇人 ◆ 兩人像冤家對頭似的。❷ 指似恨實愛、使自己痛苦又難以割捨的情人、戀人 ◆ 你都快把我折磨死了，我的冤家！
【冤案】yuān àn 蒙冤受屈的案件 ◆ 這是一宗冤案。
【冤家路窄】yuān jiā lù zhǎi 仇人在窄路上相遇。指仇人或不願見到的人偏偏相逢 ◆ 不料對方的談判代表竟是三年前拋棄自己的前夫，真是冤家路窄。

☒ 冤魂、冤獄、冤有頭，債有主
☒ 申冤、結冤、鳴冤叫屈、不白之冤

冫 部

3
冬 丿ㄅㄆ冬冬 *冬*
[dōng ㄉㄨㄥ 粵dun¹ 東]
一年四季中的最後一季，即農曆十月到十二月 ◆ 冬季 / 動物怎樣過冬？
【冬至】dōng zhì 二十四節氣之一，在每年的十二月二十二日或二十三日。這一天，北半球晝短夜長，中國大部分地區正是隆冬嚴寒。
(注意) 見附錄十一，487 頁。
【冬眠】dōng mián 某些動物如青蛙、龜、蛇、蝙蝠等的越冬方式，冬天到來，牠們鑽進泥土或山洞裏，不吃不動，進入昏睡狀態。
☒ 冬令、冬瓜、冬天、冬筍
☒ 嚴冬、寒冬臘月

4
冲 ❶ "沖"的異體字，見 235 頁。
❷ "衝"的簡化字，見 381 頁。

4
冰 、冫冫冫冫冰 *冰*
[bīng ㄅㄧㄥ 粵bin¹ 兵]
❶ 水在攝氏零度或零度以下凝結成的固體 ◆ 冰山 / 結冰。❷ 使人感到寒冷 ◆ 冰手 / 冰冷。❸ 用冰使東西變冷 ◆ 冰西瓜。❹ 比喻晶瑩純潔 ◆ 冰肌玉骨。
【冰峯】bīng fēng 冰雪長年不化的山峯 ◆ 登山隊員登上了冰峯。
【冰凍】bīng dòng 水凝結成冰 ◆ 冰凍三尺，非一日之寒。
【冰球】bīng qiú ❶ 一種體育競技項目，在冰上進行，用冰球桿把冰球打進對方球門計算得分。❷ 冰球運動使用的球，扁圓形，用黑色的硬橡膠製成。
【冰窖】bīng jiào 貯藏冰的地窖。

【冰雹】bīng báo 天上降落下來的冰塊，多在夏季午後伴同雷陣雨出現，對農作物甚至人畜帶來危害。
(注意) "冰雹"也叫"雹子"。
【冰雕】bīng diāo 用冰塊雕刻成藝術作品 ◆ 哈爾濱每年舉辦一次冰雕節。
【冰霜】bīng shuāng ❶ 冰霜潔淨，比喻清白有節操 ◆ 他為人剛正，志若冰霜。❷ 冰霜寒冷，比喻神情態度嚴肅 ◆ 一個滿腔熱情，一個冷若冰霜。
【冰點】bīng diǎn 水開始凝結成冰時的溫度，通常在攝氏零度。
【冰釋】bīng shì 像冰一樣溶化。比喻誤會、懷疑、矛盾等徹底消除 ◆ 兩家多年的積怨渙然冰釋。
【冰天雪地】bīng tiān xuě dì 形容冰雪遍地，氣候寒冷 ◆ 南方人對北方的冰天雪地總有幾分畏懼。
【冰肌玉骨】bīng jī yù gǔ 形容美人體膚光潤潔白 ◆ 莊小姐長得冰肌玉骨，楚楚動人。
【冰消瓦解】bīng xiāo wǎ jiě 冰塊消融，瓦器破碎。比喻徹底消除或崩潰 ◆ 他心裏的疑慮已冰消瓦解。
☒ 冰川、冰涼、冰糖、冰雪聰明
☒ 溜冰、冷若冰霜、滴水成冰

4
次 見欠部，223 頁。

5
冷 、冫冫冷冷冷冷 *冷*
[lěng ㄌㄥˇ 粵laŋ⁵]
❶ 溫度低；跟"熱"相對 ◆ 冷水 / 寒冷。❷ 不熱情；不溫和 ◆ 冷淡 / 冷漠。❸ 不熱鬧；寂靜 ◆ 冷落 / 冷冷清清。❹ 少見的 ◆ 冷僻。❺ 暗中的 ◆ 冷槍 / 冷箭。

【冷門】lěng mén ❶ 比喻人們很少關注的 ◆ 他報考了一個冷門專業。反 熱門。❷ 比喻意想不到的人或事 ◆ 這次足球聯賽,多次爆出冷門。反 熱門。

【冷淡】lěng dàn ❶ 對人不熱情、不關心 ◆ 不知為甚麼,哥哥對嫂子越來越冷淡了。同 冷漠。反 熱情。❷ 不熱鬧;不興盛 ◆ 幾個月來,生意冷淡。同 清淡。

【冷落】lěng luò ❶ 寂寞、蕭條;不熱鬧 ◆ 門庭冷落 / 商店生意冷落,顧客稀少。❷ 對人態度冷淡;使受到冷淡的待遇 ◆ 她性格內向,經常受人冷落。

【冷酷】lěng kù 待人冷淡、刻薄,殘酷無情 ◆ 他不是個冷酷無情的人。

【冷漠】lěng mò 對人或事態度冷淡,不關心 ◆ 你不能對人如此冷漠。反 熱心。

【冷僻】lěng pì ❶ 冷落偏僻 ◆ 在一條冷僻的小巷裏發生了搶劫案。❷ 不常見的;不常用的 ◆ 她的名字是兩個冷僻字。同 生僻。

【冷靜】lěng jìng 沉着鎮靜 ◆ 遇事要冷靜,千萬不要感情用事。反 激動。

【冷血動物】lěng xuè dòng wù ❶ 體溫隨環境的變化而變化的動物,如魚、蛇、蛙等。也叫"變溫動物"。❷ 比喻心腸硬、缺乏感情的人 ◆ 你真是個冷血動物,太無情無義了。

【冷言冷語】lěng yán lěng yǔ 指含有譏諷意味的冷冰冰的話 ◆ 旁人的冷言冷語,他一概置之度外。

【冷若冰霜】lěng ruò bīng shuāng 像冰霜一樣冷。形容人不熱情,或態度嚴肅,不易接近 ◆ 他那冷若冰霜的面孔,叫人望而生畏。

【冷眼旁觀】lěng yǎn páng guān 用冷靜或冷淡的態度從旁觀察 ◆ 事情變幻莫測,你姑且冷眼旁觀。

【冷嘲熱諷】lěng cháo rè fěng 尖刻的嘲笑,辛辣的諷刺 ◆ 我受不了他的冷嘲熱諷。

⊠冷笑、冷場、冷冰冰、冷颼颼
⊠冰冷、心灰意冷

---

⁵ 冶　丶丶冫汁冶冶　[冶]
[yě ㄧㄝˇ 粵 je⁵ 野]
❶ 熔煉金屬 ◆ 冶金 / 冶煉。❷ 過分的打扮 ◆ 妖冶。
⊇陶冶

⁶ 冽　丶丶冫冖万冽　[冽]
[liè ㄌㄧㄝˋ 粵 lit⁹ 列]
凜冽。見"凜"字,本頁。

⁶ 冼　丶丶冫冫冖洗冼　[冼]
[xiǎn ㄒㄧㄢˇ 粵 sin² 癬]
姓。

⁸ 凌　丶丶冫汁冹浐浐凌　[凌]
[líng ㄌㄧㄥˊ 粵 liŋ⁴ 零]
❶ 欺壓 ◆ 盛氣凌人。❷ 接近 ◆ 凌晨。❸ 升高 ◆ 壯志凌雲。❹ 姓。
【凌空】líng kōng 高高地在天空中;直上高空 ◆ 他凌空跳水的姿勢很優美。

【凌晨】líng chén 天快亮的時候 ◆ 我每天凌晨去打太極拳。
【凌亂】líng luàn 雜亂;不整齊,沒有秩序 ◆ 房間裏很凌亂,趕快整理一下。
【凌厲】líng lì 形容迅速而猛烈 ◆ 對方攻勢凌厲。
【凌駕】líng jià 高於;超越 ◆ 法律面前人人平等,誰也不能凌駕於法律之上。
⊠凌辱
⊇欺凌

---

⁸ 凍(冻)　丶丶冫冫冷冷凍凍　[凍]
[dòng ㄉㄨㄥˋ 粵 duŋ³ 東³]
❶ 水遇寒結冰 ◆ 霜凍 / 解凍。❷ 受寒或感到冷 ◆ 凍僵 / 凍餒。❸ 凝結的湯汁 ◆ 魚凍 / 肉凍。

⁸ 准　冫冫冫冫冫准准　[准]
[zhǔn ㄓㄨㄣˇ 粵 dzœn² 準]
❶ 允許;同意 ◆ 准許 / 批准。❷ 依據;按照 ◆ 准此。❸ "準"的簡化字,見 251 頁。

⁸ 凋　冫冫冖冖冖凋凋　[凋]
[diāo ㄉㄧㄠ 粵 diu¹ 刁]
花草、樹葉枯萎變黃或脫落 ◆ 凋謝 / 凋零。
注意 "凋"也作"彫"。
【凋敝】diāo bì 生活困苦;事業衰敗 ◆ 民生凋敝 / 百業凋敝。
【凋零】diāo líng 草木凋謝零落 ◆ 秋風瑟瑟,草木凋零。
【凋謝】diāo xiè 草木、花、葉枯落 ◆ 已是深秋季節,公園裏的許多花已經凋謝。

¹⁰ 馮　見馬部,459 頁。

¹³ 凜(凛)　广庐庐庐庐凛凛　[凜]
[lǐn ㄌㄧㄣˇ 粵 lɐm⁵ 林⁵]
❶ 寒冷 ◆ 凜冽。❷ 威嚴 ◆ 大義凜然。
【凜冽】lǐn liè 形容冷得刺骨 ◆ 近日寒風凜冽,街上行人稀少。

【凜然】lǐn rán 形容令人敬畏、不可

侵犯的樣子 ◆ 他大義凜然，怒斥卑鄙小人。

【凜凜】lǐn lǐn ❶ 寒冷 ◆ 北風凜凜，大雪飄舞。❷ 形容嚴肅而令人敬畏的樣子 ◆ 將軍威風凜凜地站在主席台上檢閱三軍儀仗隊。

14 凝 氵 氵 疒 凝 凝 凝 凝

[níng ㄋㄧㄥˊ 粵 jing⁴ 仍]

❶ 由液體變成固體 ◆ 凝固 / 凝結。
❷ 注意力集中 ◆ 凝神 / 凝思。

【凝固】níng gù 由液體變成固體 ◆ 水在攝氏零度以下就會凝固成冰。

【凝思】níng sī 集中精神思考 ◆ 他閉目凝思。

【凝視】níng shì 集中注意力看 ◆ 他凝視着遠去的航船，心情久久不能平靜。

【凝結】níng jié 液體變成固體或氣體變成液體；聚集 ◆ 荷葉上凝結着一滴滴露珠 / 她的成就凝結了她半生的心血。

【凝聚】níng jù 聚集在一起 ◆ 這部作品凝聚着作者對老師的深情。

【凝滯】níng zhì 凝固不流動；不靈活 ◆ 只見她目光凝滯，直直地躺在牀上。

【凝練】níng liàn 指文字嚴謹精練 ◆ 這篇作文文筆凝練，感情深厚。

注意 "凝練" 也作 "凝煉"。

几 部

0 几 丿 几

〈一〉 [jī ㄐㄧ 粵 gei² 己 / gei¹ 基 (語)]

❶ 類似桌子而矮小的用具 ◆ 茶几 / 明窗淨几。

〈二〉 [jǐ ㄐㄧˇ 粵 gei² 己]

❷ "幾" 的簡化字，138頁。

1 凡

見 丶 部，7頁。

6 咒

見口部，74頁。

9 凰 几 几 凰 凰 凰 凰 凰

[huáng ㄏㄨㄤˊ 粵 wong⁴ 王]

鳳凰。見 "鳳" 字，446頁。

10 凱 (凯) 屵 屵 屵 岂 剴 凱

[kǎi ㄎㄞˇ 粵 hoi² 海]

勝利 ◆ 凱歌 / 凱旋而歸。

【凱旋】kǎi xuán 勝利歸來 ◆ 人們手捧鮮花送給凱旋歸來的體育健兒。

【凱歌】kǎi gē 得勝後所唱的歌 ◆ 樂隊高奏凱歌。

12 凳 𡗕 𡗕 𡙡 𡙡 𡙡 凳

[dèng ㄉㄥˋ 粵 dang³ 等³]

沒有靠背的坐具 ◆ 凳子 / 板凳。

凵 部

2 凶 丿 乂 凶

[xiōng ㄒㄩㄥ 粵 hung¹ 兇]

❶ 不幸的；不吉祥的；跟 "吉" 相對 ◆ 吉凶 / 凶多吉少。❷ 農作物收成不好 ◆ 凶年。❸ 惡；暴 ◆ 凶狠 / 窮凶極惡。❹ 關於殺傷的 ◆ 凶手 / 行凶。❺ 厲害 ◆ 鬧得太凶。

注意 ❸-❺ 同 "兇" 字。

3 出 丨 屮 屮 出

[chū ㄔㄨ 粵 tsoet⁷ 齣]

❶ 從裏到外；跟 "入"、"進" 相對 ◆ 出門 / 出口處。❷ 來到 ◆ 出場 / 出席。❸ 產生；發生 ◆ 出產 / 出事。

❹ 往外拿；支付 ◆ 出錢 / 出主意。
❺ 顯露 ◆ 出現 / 水落石出。❻ 超過；越過 ◆ 出眾 / 出界。❼ "齣" 的簡化字，見 472頁。

【出示】chū shì 拿出來給人看 ◆ 通過海關需要出示護照。

【出名】chū míng 名聲在外，為大家所知道 ◆ 他是個很出名的外科醫生。

【出色】chū sè 特別好；很突出 ◆ 媽媽的廚藝非常出色，我們都讚不絕口。同 傑出、卓越。反 平凡。

【出身】chū shēn 指個人早期的經歷或家庭成分 ◆ 總經理是教師出身。

【出沒】chū mò 出現和隱藏 ◆ 森林裏常有野獸出沒。

【出神】chū shén 因精神過度集中而顯出發呆的樣子 ◆ 老師講的故事很生動，同學們個個聽得出神。同 入神。

【出息】chū·xi 有志氣；有發展前途 ◆ 幾個孩子個個都很有出息。

【出現】chū xiàn 顯露；產生出 ◆ 天邊出現了一道彩虹。同 呈現。反 消失。

【出眾】chū zhòng 超出眾人 ◆ 她才華出眾，精明能幹。

【出產】chū chǎn 生長出或生產出；生長出或生產出的東西 ◆ 海南島出產橡膠。

【出發】chū fā ❶ 離開原來的地方到別處去 ◆ 旅行團定於明天出發。❷ 思考或處理問題時的着眼點 ◆ 學校的出發點在培育人才。

【出路】chū lù ❶ 通向外面的道路 ◆ 這裏四面環山，東山口是唯一的出路。❷ 比喻生存或發展的途徑 ◆ 他準備辭去公司職務，另謀出路。

【出人意料】chū rén yì liào 出乎人們的預計 ◆ 他出人意料地奪得了冠軍。

注意 "出人意料" 也作 "出人意表"。

【出人頭地】chū rén tóu dì　高人一等；在一般人之上 ◆ **父親要他好好讀書，將來能出人頭地。**[反] 碌碌無為。

【出口成章】chū kǒu chéng zhāng　話說出來就是一篇文章。形容文思敏捷，口才很好 ◆ **他讀書多，腦子快，常能出口成章。**

【出其不意】chū qí bù yì　出乎對方的意料之外 ◆ **這出其不意的凌空一腳，把比分扳成一比一平。**

【出生入死】chū shēng rù sǐ　出入於生死之中。形容冒着生命危險，把生死置之度外 ◆ **在戰場上，他出生入死，屢建功勳。**

【出奇制勝】chū qí zhì shèng　用別人意想不到的方法來取勝 ◆ **強攻未必奏效，只有出奇制勝才是上策。**

【出爾反爾】chū ěr fǎn ěr　本指你怎樣對別人，別人也怎樣對待你。現多指言行前後不一，反覆無常 ◆ **做人要講信用，不能出爾反爾。**[同] 言而無信。

【出頭露面】chū tóu lòu miàn　在公眾場合出現 ◆ **他一向不願意出頭露面。**

[注意] "出頭露面"也作"拋頭露面"。

【出類拔萃】chū lèi bá cuì　拔：超出。萃：草叢生的樣子，借指同類。形容品格、才智等出眾，超過同類，高出一般 ◆ **她是出類拔萃的英文教師。**

◁ 出生、出醜、出租、出動、出擊、出售、出處、出錯、出線、出品、出賣、出任、出名、出版、出風頭

▷ 突出、傑出、展出、輸出、喜出望外、入不敷出、水落石出、深入淺出、挺身而出、量入為出

3 凸　丨 ㇅ ㇃ 凸 [凸]

[tū ㄊㄨ [粵] dɐt^{9} 突]

突起；比四周高；跟"凹"相對 ◆ **凸起 / 挺胸凸肚。**

3 凹　丨 ㇅ ㇅ 凹 [凹]

[āo ㄠ [粵] au^{1}/ŋau^{1} 拗^{1}/nɐp^{7} 粒]

四周高，中間低；跟"凸"相對 ◆ **凹凸不平 / 地形凹陷。**

6 函　了 了 孑 孓 丞 [函]

[hán ㄏㄢˊ [粵] ham^{4} 咸]

信件 ◆ **公函 / 來函 / 函購。**

刀部

0 刀　㇆ [刀]

[dāo ㄉㄠ [粵] dou^{1} 都]

❶ 用來切、割、砍、削的工具或兵器 ◆ **菜刀 / 一刀兩斷。** ❷ 量詞，用於計算紙張的單位，一百張紙為一刀。

【刀山火海】dāo shān huǒ hǎi　比喻極其艱險的地方 ◆ **前面就是刀山火海，也決不後退。**

[注意] "刀山火海"也作"火海刀山"。

【刀光劍影】dāo guāng jiàn yǐng　形容激烈的搏鬥、廝殺場面或殺氣騰騰的氣勢 ◆ **兩軍展開了殘酷的廝殺，一片刀光劍影。**

◁ 刀刃、刀片、刀槍

▷ 刺刀、剪刀、單刀直入、大刀闊斧、笑裏藏刀

0 刁　㇆ [刁]

[diāo ㄉㄧㄠ [粵] diu^{1} 丟]

❶ 狡猾 ◆ **刁鑽 / 耍刁。** ❷ 姓。

【刁難】diāo nàn　故意讓人為難 ◆ **老闆對他百般刁難。**

[注意] "難"不讀 nán（南）。

【刁鑽】diāo zuān　狡猾；奸詐 ◆ **這個人既刁鑽又古怪。**

1 刃　㇆ 刀 [刃]

[rèn ㄖㄣˋ [粵] jɐn^{6} 孕]

刀口；刀鋒 ◆ **刀刃。**

▷ 迎刃而解、游刃有餘

2 切　一 ㇠ 切 [切]

〈一〉[qiē ㄑㄧㄝ [粵] tsit^{8} 徹]

❶ 用刀割斷 ◆ **切割 / 切除。**

〈二〉[qiè ㄑㄧㄝˋ [粵] tsit^{8} 徹]

❷ 符合 ◆ **切題 / 不切實際。** ❸ 親近；貼近 ◆ **親切 / 密切。** ❹ 急迫 ◆ **迫切 / 求勝心切。** ❺ 務必 ◆ **切記 / 切忌。**

〈三〉[qiè ㄑㄧㄝˋ [粵] tsɐi^{3} 砌]

❻ 所有；全部 ◆ **一切 / 目空一切。**

【切$_2$合】qiè hé　符合 ◆ **說話要切合實際，不要無中生有。**

【切$_2$身】qiè shēn　❶ 跟自己有密切關係的 ◆ **物價的漲跌關係到市民的切身利益。** ❷ 親身 ◆ **我說的都是我的切身體驗。**

【切磋】qiē cuō　古代稱加工骨器叫切，加工象牙叫磋。比喻互相商量研究，取長補短 ◆ **他們常在一起切磋學問。**

【切$_2$實】qiè shí　符合實際的；實實在在的 ◆ **老師要我制訂一個切實可行的課外閱讀計劃。**

【切$_2$齒】qiè chǐ　咬緊牙齒。形容非常憤恨 ◆ **對這幾個惡棍，人們無不切齒痛恨。**

【切$_2$題】qiè tí　符合題目的要求，沒有離題 ◆ **文章第一段都是不切題的廢話。**

◁ 切$_2$近、切$_2$忌、切$_2$莫

▷ 急切$_2$、深切$_2$、關切$_2$、確切$_2$、懇切$_2$、咬牙切$_2$齒

2 分　丿 八 分 [分]

〈一〉[fēn ㄈㄣ [粵] fɐn^{1} 婚]

❶ 把完整的東西變成幾部分；跟"合"相對 ◆ **分裂 / 瓜分。** ❷ 散發 ◆ **分發 / 分配。** ❸ 辨別 ◆ **分辨 / 分清是非。** ❹ 整體中分出的部分 ◆ **分店 / 分公司。** ❺ 表示程度 ◆ **十分可靠 / 七分把握。** ❻ 時間單位，六十秒為一分，六十分為一小時。❼ 貨幣單位，十分為一角。

〈二〉[fèn ㄈㄣˋ [粵] fɐn^{6} 份]

❽ 東西裏的不同物質 ◆ **成分 / 水分。**

❾ 職責和權利的限度 ◆ 本分／要求過分。

【分寸】fēn·cun　説話或做事的適當限度 ◆ 説話要注意分寸，要有禮貌。

【分化】fēn huà　❶ 由一個分裂成幾個 ◆ 由於意見分歧，班會內部出現分化。❷ 使分化 ◆ 他打入敵人內部，做分化瓦解工作。

【分₂外】fēn wài　❶ 特別；超過平常 ◆ 出門在外遇到同鄉，會感到分外親切。⑮ 格外。❷ 職責以外 ◆ 這不是分外工作，而是分內之事。⑰ 分內。

【分別】fēn bié　❶ 分開；不在一起 ◆ 我和表哥分別一年多了。⑮ 離別。❷ 辨別；分清 ◆ 要分別假幣和真幣可不容易。⑮ 區分、識別。❸ 不同 ◆ 把假幣和真幣放在一起，一下子看不出有甚麼分別。⑮ 區別。❹ 分頭；各自 ◆ 兩支球隊分別從左右兩側入場。

【分佈】fēn bù　分散在一定的地區內 ◆ 中國煤炭蘊藏量豐富，分佈範圍很廣。

【分析】fēn xī　找出事物內部各部分之間或事物與事物之間的關係，探究它的性質、特點 ◆ 老師要我們分析課文的篇章結構和寫作技巧。⑰ 綜合。

【分明】fēn míng　❶ 明確；清楚 ◆ 他辦事一向公私分明。⑰ 模糊。❷ 顯然；明明 ◆ 這分明是你的不對，還想抵賴？

【分歧】fēn qí　思想、意見、行動等不一致 ◆ 會上產生意見分歧。⑰ 統一、一致。

【分泌】fēn mì　生物體內某些器官產生出某種液體，如胃能分泌胃液，幫助消化。

【分配】fēn pèi　按一定的標準或要求分攤財物、安排人員 ◆ 每個辦公室分配一台電腦／我接受校長的分配，教中國語文。

【分散】fēn sàn　散在各個地方；不集中在一起 ◆ 警員分散搜查罪證。⑰ 集中。

注意 "散" 不讀 sǎn（傘）。

【分裂】fēn liè　整體的事物分開；使整體的事物分開 ◆ 戰國時代，國家分裂，出現羣雄割據的局面。⑰ 統一。

【分₂量】fēn liàng　❶ 重量 ◆ 這台洗衣機分量太重，一個人搬不動。❷ 比喻深刻、有力量 ◆ 話不多，但很有分量。

【分曉】fēn xiǎo　❶ 事情的結局或底細 ◆ 究竟鹿死誰手，很快就見分曉。❷ 清楚；明白 ◆ 且看下回，便可分曉。

【分辨】fēn biàn　區分辨別 ◆ 他是色盲，分辨不清不同的顏色。

【分離】fēn lí　分開；別離 ◆ 從此骨肉團聚，永不分離。

【分類】fēn lèi　按事物的性質、特點進行歸類 ◆ 學校圖書館的書籍是分類擺放的。

【分辯】fēn biàn　説明事實真相，消除誤會或指責 ◆ 她感到很委屈，忍不住要分辯幾句。

【分門別類】fēn mén bié lèi　按事物的性質、特點分成各種門類 ◆ 圖書館裏的書籍要分門別類擺放，方便讀者查找。

【分庭抗禮】fēn tíng kàng lǐ　原指賓主相見，站在庭院兩邊相對行禮。現用來比喻地位平等，互相對立 ◆ 這幾年公司實力大增，能與頭號船王分庭抗禮。

【分道揚鑣】fēn dào yáng biāo　鑣：馬嚼子。揚鑣：提起馬嚼子，策馬前進。比喻因志趣不同而各奔前程 ◆ 兩人意見不合，終於分道揚鑣了。

☑ 分工、分割、分手、分享、分心、分批、分攤、分解、分數
☑ 充分₂、區分、劃分、平分秋色、安分₂守己、恰如其分₂、難捨難分

³ 刊　一 二 干 于 刊　[刊]
[kān ㄎㄢ 粵hon¹ 看¹]

❶ 排印；出版 ◆ 刊印／停刊。❷ 雜誌；報紙的部分版面 ◆ 期刊／副刊。❸ 修改 ◆ 刊誤。

【刊物】kān wù　定期或不定期連續出版的讀物 ◆ 我訂閱了幾種少年文藝刊物。

【刊登】kān dēng　在報紙、刊物上登載出來 ◆ 報章上刊登了他的一篇小説。
☑ 報刊、專刊、特刊、創刊號

³ 叨　見口部，69頁。

³ 召　見口部，69頁。

⁴ 刑　一 二 干 开 刑　[刑]
[xíng ㄒㄧㄥ 粵jing⁴ 營]

對犯人施行的各種處罰 ◆ 死刑／判刑。

【刑具】xíng jù　懲罰罪犯用的器具，如手銬、腳鐐、絞架等。

【刑場】xíng chǎng　處決死刑犯人的地方 ◆ 押赴刑場，執行槍決。

【刑期】xíng qī　服刑的期限 ◆ 刑期已滿，釋放回家。

【刑警】xíng jǐng　刑事警察的簡稱 ◆ 國際刑警組織。
☑ 刑法、刑事
☑ 徒刑、緩刑、酷刑、嚴刑拷打

⁴ 列　一 ア ア ア 列　[列]
[liè ㄌㄧㄝ 粵lit⁹ 烈]

❶ 按次序排；擺出 ◆ 排列／陳列。❷ 排出的行 ◆ 行列。❸ 安排 ◆ 列入計劃。❹ 各；多 ◆ 列國／列島。❺ 量詞，用於成行列的事物 ◆ 一列火車。

【列島】liè dǎo　一般指排列成線形或弧形的一羣島嶼，如中國的澎湖列島。

【列席】liè xí　非正式代表參加會議，有發言權而無表決權 ◆ 李老師應邀列席了董事會。

【列強】liè qiáng　指同一時期內的各個強國 ◆ 清末民初，中國險被列強瓜分。

【列舉】liè jǔ　一個一個地舉出來 ◆ 他列舉了種種事實，説明保護環境的重要。

囫 列車、列隊、列傳、列祖列宗
囫 羅列、系列、並列、名列前茅

⁴ 划
一 ㄧ ㄎ 戈 戈 戈 | 划

〈一〉[huá ㄏㄨㄚˊ 粵 wa⁴ 華⁴]

❶ 撥水前進 ◆ 划船。❷ 合算 ◆ 划算 /
划得來。

〈二〉[huà ㄏㄨㄚˋ 粵 wak⁹ 或]

❸ "劃"的簡化字,見 53 頁。

⁵ 別 (别)
丶 丷 口 吊 另 別 | 別

[bié ㄅㄧㄝˊ 粵 bit⁹ 必⁹]

❶ 分離 ◆ 離別 / 久別重逢。❷ 區分;
分類 ◆ 區別 / 辨別 / 性別。❸ 不同
◆ 差別 / 天壤之別。❹ 另外的 ◆ 別
名 / 別出心裁。❺ 不要 ◆ 別去 / 別
生氣。❻ 插着;夾住 ◆ 胸前別着一
朵大紅花 / 腰間別着一把手槍。

【別字】bié zì　指寫錯或讀錯的字,如
把"再接再厲"寫成"再接再勵","勵"
字是寫別字;把"畸形"讀成 qí xíng,
"畸"字是讀別字。

【別致】bié zhì　新奇特別,跟一般的
不同 ◆ 香港的議會大廳造型很別致。

注意 "別致"也作"別緻"。

【別墅】bié shù　建在郊外或風景區的
住宅,供假日休閒時居住 ◆ 他家在對
面山上有一所別墅。

注意 "墅"不讀 yě(野)。

【別稱】bié chēng　正式名稱以外的另
一個名稱,如贛是江西省的別稱,閩是
福建省的別稱,滬是上海市的別稱。

【別出心裁】bié chū xīn cái　心裁:心
中的構想。構想新穎獨特,與眾不同
◆ 晚會上,他倆別出心裁,表演了一
段滑稽相聲。

注意 "別出心裁"也作"獨出心裁"。

【別有用心】bié yǒu yòng xīn　心中另
有打算。指心裏懷有不可告人的企圖
◆ 他一再討好老闆,顯然別有用心。

注意 "別有用心"是貶義詞。

【別具一格】bié jù yī gé　另有一種獨
特的風格 ◆ 這座建築的造型別具一格。

【別開生面】bié kāi shēng miàn　生面:

新面貌。另外開創一種新的格局、新的
形式 ◆ 上週,學校舉辦了一次別開
生面的校慶活動。

囫 別人、別處、別無二致
囫 分別、告別、送別、特別、識別、鑒別、
性別、分門別類、生離死別

⁵ 免
見儿部,38 頁。

⁵ 刪 (删)
丿 刀 刀 刑 冊 刪 | 刪

[shān ㄕㄢ 粵 san¹ 山]

去掉書面語中某些字句或內容 ◆ 刪改 /
刪節。

⁵ 删
"刪"的異體字,見本頁。

⁵ 利
丿 二 千 禾 禾 利 | 利

[lì ㄌㄧˋ 粵 lei⁶ 吏]

❶ 好處;益處;跟"害"、"弊"相對
◆ 利益 / 有利可圖。❷ 使得到好處
◆ 平等互利 / 利國利民。❸ 順當;
方便 ◆ 順利 / 交通便利。❹ 尖銳鋒
利;跟"鈍"相對 ◆ 利劍 / 鋒利。❺
利潤;利息 ◆ 年利 / 薄利多銷。

【利用】lì yòng　❶ 使財、物發揮效用
◆ 利用垃圾發電、造肥,好處很多。
❷ 藉助外物或外人為自己服務 ◆ 學生
要學會利用字典、詞典讀書識字。

【利息】lì xī　把錢存入銀行或貸給他
人而獲得的本金以外的錢。利息與本金
的比率叫利率,利率高利息就多,利率
低利息就少。

【利益】lì yì　好處 ◆ 做買賣不能損
害消費者的利益。

【利潤】lì rùn　經營工商業所賺的錢 ◆
由於成本提高,今年公司利潤下降。

【利令智昏】lì lìng zhì hūn　因貪圖私
利而頭腦發昏,失去理智 ◆ 他利令智
昏,走上了販毒的犯罪道路。囫 財
迷心竅。

囫 利器、利誘
囫 銳利、流利、吉利、權利、福利、盈
利、惟利是圖、一本萬利、爭權奪利

⁵ 刨
丿 ㄅ 勹 勹 匂 包 刨 | 刨

[páo ㄆㄠˊ 粵 pau⁴ 咆]

挖掘 ◆ 刨坑。

【刨根問底】páo gēn wèn dǐ　追究底
細 ◆ 這事已經過去,你別再刨根問
底了。囫 尋根究底。

⁵ 判
丶 丷 丷 半 半 判 | 判

[pàn ㄆㄢˋ 粵 pun³ 潘³]

❶ 分辨 ◆ 判別 / 判斷。❷ 顯然不同
◆ 前後判若兩人。❸ 評定 ◆ 裁判 /
評判。❹ 司法機關對案件的決定 ◆
判決 / 宣判。

【判決】pàn jué　❶ 法院對審理的案
件作出的最後處理決定 ◆ 法院最後判
決無罪釋放。❷ 體育比賽中裁判員作
出的判斷、判罰決定 ◆ 運動員要服從
裁判的判決。

【判斷】pàn duàn　對事物作出斷定 ◆
良好的教育應提高我們判斷是非的能
力。

【判若兩人】pàn ruò liǎng rén　形容一
個人前後變化非常大 ◆ 大病以後,他
蒼老消瘦,簡直判若兩人。

囫 談判、審判

⁵ 初
見衣部,382 頁。

⁶ 刺
一 ㄋ 冂 帀 束 束 刺 | 刺

[cì ㄘ 粵 tsi³ 次]

❶ 像針一樣尖銳的東西 ◆ 魚刺 / 刺
刀。❷ 用尖銳的東西扎入 ◆ 刺繡 / 針
刺麻醉。❸ 殺;暗殺 ◆ 行刺 / 遇刺身
亡。❹ 暗中打聽 ◆ 刺探情報。❺ 用
尖刻的話指責、譏笑別人 ◆ 諷刺。

【刺耳】cì ěr　❶ 聲音尖銳、雜亂,使
人聽了難受 ◆ 外面傳來陣陣刺耳的電
鋸聲。❷ 説話尖刻,使人聽了不舒服
◆ 這些話聽着有些刺耳。

【刺客】cì kè　從事行刺暗殺活動的人
◆ 外面有刺客!

【刺骨】cì gǔ　侵入骨頭,形容非常寒
冷 ◆ 寒風刺骨。

【刺探】cì tàn 暗中打聽 ◆ 他們是來刺探軍事情報的。

【刺蝟】cì·wei 一種哺乳動物。頭小，嘴尖，四肢短，身體背部長有密密的硬刺。常在夜間出來活動，吃昆蟲、老鼠、蛇等，也吃瓜果、蔬菜。

【刺激】cì jī ❶ 使人激動或精神上受打擊 ◆ 這件事對她刺激太大了。❷ 推動事物發展，使起積極變化 ◆ 這一舉措，將會刺激製藥業的發展。

【刺繡】cì xiù 用彩色絲線在紡織品上繡出花鳥、風景等圖案，有手繡的，也有機繡的。刺繡是一種工藝美術，中國著名的刺繡有蘇繡、湘繡等。

◪ 刺眼、刺鼻
◩ 骨刺、衝刺、芒刺在背

到

一 厶 互 互 至 到　到

[dào ㄉㄠˋ ⑨ dou³ 妒]

❶ 到達 ◆ 到期 / 遲到。❷ 去；往 ◆ 到公園去 / 到過加拿大。❸ 表示動作有結果 ◆ 拿到了 / 說到做到。❹ 周密；完備 ◆ 周到 / 面面俱到。

【到底】dào dǐ ❶ 到盡頭；到最後 ◆ 堅持到底，就是勝利。❷ 究竟。用在問句裏表示深究 ◆ 你到底去不去？❸ 終究；畢竟 ◆ 到底是有文化的人，說話知情達理。

【到家】dào jiā ❶ 回到家裏 ◆ 我每天下午五點鐘到家。❷ 指達到了相當的水平 ◆ 你的功夫還不到家。

【到處】dào chù 各處；處處 ◆ 這些東西到處都能買到。

【到達】dào dá 到了某地 ◆ 火車已經到達九龍車站。

◪ 到頭、到任、到手、到場、到時
◩ 達到、恰到好處、馬到成功

制

丿 ト 仁 仁 与 串　制

[zhì ㄓˋ ⑨ dʐɐi³ 際]

❶ 約束；限定 ◆ 控制 / 限制。❷ 訂立；規定 ◆ 制訂 / 因地制宜。❸ 制度 ◆ 學制 / 股份制。❹ "製"的簡化字，見 384 頁。

【制止】zhì zhǐ 用強力阻止 ◆ 政府採取有力措施，制止吸毒販毒現象的蔓延。⊜ 遏止。

【制定】zhì dìng 通過一定程序定出 ◆ 香港特別行政區立法機關制定的法律，都要以基本法為依據。⊜ 制訂。

【制服】zhì fú ❶ 某些職業或部門穿戴的式樣統一的服裝，如警察、消防員及海關工作人員等穿的服裝。❷ 用強力壓服 ◆ 警察終於制服了罪犯。

【制訂】zhì dìng 擬訂 ◆ 我制訂了一份課外閱讀計劃。⊜ 制定。

【制度】zhì dù ❶ 要求共同遵守的辦事規章或行動準則 ◆ 作息制度 / 財務制度。❷ 指社會體制 ◆ "一國兩制"就是"一個國家，兩種制度"。

【制約】zhì yuē 受到控制、約束 ◆ 父親的嚴厲管教，制約了他的行動自由。

【制裁】zhì cái 用強力處罰違法的人 ◆ 他作惡多端，終於受到法律的嚴厲制裁。

◩ 克制、強制、管制、抵制、節制、法制、克敵制勝、先發制人

刮

一 二 千 千 舌 舌　刮

[guā ㄍㄨㄚ ⑨ gwat⁸ 颳]

❶ 用鋒利的器具清除物體表面的東西 ◆ 刮鬍子。❷ 榨取 ◆ 搜刮民財。

【刮目相看】guā mù xiāng kàn 刮目：擦亮眼睛。指用一種新的眼光來看待 ◆ 士別三日，當刮目相看。

注意 "刮目相看"也作"刮目相待"。

例

見人部，24 頁。

剁

丿 几 兀 孕 朵 朵　剁

[duò ㄉㄨㄛˋ ⑨ do³ 躲³]

用刀向下砍；斬碎 ◆ 剁肉餡 / 剁成肉醬。

剁

"剁"的異體字，見本頁。

刻

丶 亠 宁 亥 亥 亥　刻

[kè ㄎㄜˋ ⑨ hɐk⁷ 克]

❶ 用刀在器物上雕、挖 ◆ 刻字 / 雕刻。❷ 時間單位，十五分鐘為一刻。❸ 時候 ◆ 此刻 / 稍等片刻。❹ 形容程度深 ◆ 刻苦 / 深刻。❺ 不厚道 ◆ 刻薄 / 尖刻。

【刻板】kè bǎn 原指刻有文字、圖畫的印刷底板。比喻呆板、不靈活 ◆ 他做事太刻板。⊜ 死板。⊝ 靈活。

【刻苦】kè kǔ ❶ 生活儉樸，能吃苦 ◆ 他一生刻苦耐勞。❷ 肯下苦功夫 ◆ 他學習很刻苦。

【刻畫】kè huà 用文字描寫、色彩線條或舞蹈動作等表現人物形象、人物性格 ◆ 人物形象刻畫得栩栩如生。

【刻薄】kè bó 對人要求過高，説話冷酷無情 ◆ 這些尖酸刻薄的話，誰聽了都受不了。

【刻不容緩】kè bù róng huǎn 一刻也不能拖延。形容形勢緊迫 ◆ 眼下水荒嚴重，解決飲水問題已刻不容緩。

【刻舟求劍】kè zhōu qiú jiàn 從前楚國有個人過江，不小心把劍掉在水裏。他在船沿上刻掉下去的地方刻上記號，等船停下後，就從刻有記號的地方下水找劍，結果自然找不到。比喻做事死板，不知道應隨着情況的變化而改變方法或做法。

【刻骨銘心】kè gǔ míng xīn 銘：在器物上刻字。形容牢記在心，永遠不忘 ◆ 對老師的教誨，我至今仍是刻骨銘心，終生不忘的。

注意 "刻骨銘心"多用於對別人的教誨表

示感激。
🈶 刻圖章
🈺 木刻、立刻、時刻、頃刻、苛刻

⁶ **券** 　`丶 丷 ㇀ 兰 半 券`　券
[quàn ㄑㄩㄢˋ 🔲 hyn³ 勸]
用紙片等印成的票證 ◆ 證券 / 入場券。

⁶ **刷** 　`㇆ ㇇ 尸 尸 吊 刷`　刷
[shuā ㄕㄨㄚ 🔲 tsat⁸ 察]
❶ 除污或塗抹用的工具；刷子 ◆ 牙刷 /
鞋刷。❷ 用刷子清除或塗抹 ◆ 刷牙 /
粉刷。
【刷新】shuā xīn　洗刷一新。比喻突破
舊的，創造出新的 ◆ 這次舉重比賽，
他一人刷新了兩項世界紀錄。

⁶ **冽** 見冫部，45頁。

⁷ **削** 　`𠂆 丷 丬 肖 肖 削`　削
〈一〉[xuē ㄒㄩㄝ 🔲 sœk⁸ 爍]
❶ 用刀斜刮，去掉物體表層 ◆ 削平 /
削鐵如泥。❷ 減少；減弱 ◆ 削減 /
削弱。
〈二〉[xiāo ㄒㄧㄠ 🔲 sœk⁸ 爍]
❸ 意思同❶，多用於口語 ◆ 削價 /
削鉛筆。
【削足適履】xuē zú shì lǚ　履：鞋。把
腳削小，以便能穿上比腳小的鞋。比喻
不合理地遷就 ◆ 為了迎合少數人的
低級趣味，名演員出演庸俗節目，這
無異於削足適履。
🈶 剝削

⁷ **則** ⁽則⁾ 　`丨 冂 月 月 目 貝`　則
[zé ㄗㄜˊ 🔲 dzɐk⁷ 仄]
❶ 規章；條文 ◆ 規則 / 守則。❷ 榜
樣；標準 ◆ 準則 / 以身作則。❸ 就；
便 ◆ 不平則鳴 / 不進則退。❹ 量詞，
相當於「篇」、「條」 ◆ 寓言二則 / 新
聞三則。

⁷ **剎** 　`丿 乂 二 𣎵 杀 剎`　剎
〈一〉[chà ㄔㄚˋ 🔲 sat⁸ 殺]
❶ 佛教的寺廟 ◆ 古剎鐘聲。
〈二〉[shā ㄕㄚ 🔲 sat⁸ 殺]
❷ 止住 ◆ 剎車。
【剎那】chà nà　形容時間非常短暫 ◆
剎那間就不見他的人影了。

⁷ **前** 　`丶 丷 䒑 广 前 前`　前
[qián ㄑㄧㄢˊ 🔲 tsin⁴ 錢]
❶ 位置、次序在正面的、較先的；跟
「後」相對 ◆ 前三排 / 名列前茅。❷
往前走 ◆ 前進 / 勇往直前。❸ 過去
的；早先的 ◆ 從前 / 前功盡棄。❹
未來的 ◆ 前途 / 前景。
【前夕】qián xī　❶ 前一天的晚上 ◆
大哥在中秋節前夕趕回來跟家人團
聚。❷ 指一件事情即將發生之前的一
些日子 ◆ 考試前夕，同學們都有些
緊張。
【前言】qián yán　正文前面的短文，
用來說明寫作目的、經過，或介紹主要
內容、編寫體例等。
【前奏】qián zòu　❶ 大型樂曲的序曲
◆ 前奏曲。❷ 比喻事情的先期行動
◆ 這次戰役是大反攻的前奏。
【前途】qián tú　前面的路程。比喻將
來的情況 ◆ 前途光明。🔄 前程。
【前景】qián jǐng　未來的景象 ◆ 香港
的前景會更加美好。
【前程】qián chéng　前途；將來的情況
◆ 前程似錦。
【前線】qián xiàn　打仗時雙方軍隊接
近的地帶 ◆ 軍已開赴前線。🔄 後
方。
【前仆後繼】qián pū hòu jì　仆：倒下。
前面的人倒下了，後面的人繼續跟上。
形容不怕犧牲，奮鬥不息 ◆ 戰士們前
仆後繼，終於打退了敵人的進攻。
🈺 「仆」粵音讀 fu6（付）/puk7。
【前功盡棄】qián gōng jìn qì　以前的
努力都白費了 ◆ 眼看試驗就要成功，
不料一聲爆炸，前功盡棄。
【前因後果】qián yīn hòu guǒ　事情的

起因和結果 ◆ 寫記敍文，要把一件事
的來龍去脈、前因後果寫清楚。
【前仰後合】qián yǎng hòu hé　身體前
後晃動。形容大笑時的樣子 ◆ 這段相
聲，讓大家笑得前仰後合。
【前車之鑒】qián chē zhī jiàn　鑒：可
以作為警戒或引為教訓的事。前面的車
子翻了，後面的車子可以作為警戒。比
喻後人要記取前人的失敗教訓 ◆ 落後
就要捱打，前車之鑒不可忘記。
【前所未有】qián suǒ wèi yǒu　以前從
來沒有過的 ◆ 這次考試，他取得了前
所未有的好成績。
【前赴後繼】qián fù hòu jì　前面的人
衝上去了，後面的人緊緊跟上。形容
勇往直前，英勇奮鬥 ◆ 戰士們前赴後
繼，衝鋒陷陣。
【前怕狼後怕虎】qián pà láng hòu pà
hǔ　比喻顧慮重重，畏縮不前 ◆ 像你
這樣前怕狼後怕虎，能辦成甚麼大事！
🈺 「前怕狼後怕虎」也說「前怕虎後怕
狼」。
🈶 前天、前面、前頭、前排、前邊、前方、
前往、前期、前列
🈺 以前、向前、目前、空前、提前、痛
改前非、停滯不前

⁷ **剃** 　`丿 丷 ㇜ 弓 弟 弟`　剃
[tì ㄊㄧˋ 🔲 tɐi³ 替]
用刀刮去毛髮 ◆ 剃頭 / 剃鬚刀。

⁸ **荊** 見艸部，364頁。

⁸ **剛** ⁽剛⁾ 　`丨 冂 冂 冋 冋 岡`　剛
[gāng ㄍㄤ 🔲 gɔŋ¹ 江]
❶ 堅硬；堅強；跟「柔」相對 ◆ 剛健 /
剛強。❷ 才；方才 ◆ 剛才 / 天剛亮。
❸ 正巧；恰好 ◆ 剛巧 / 剛合適。
【剛健】gāng jiàn　堅強有力 ◆ 舞姿
剛健優美。🔄 柔弱。
🈺 「剛健」多形容性格、姿態等。
【剛強】gāng qiáng　堅強；不怕苦，
不服輸，不屈服 ◆ 他意志剛強，毅力
過人。🔄 頑強。🔄 懦弱、軟弱。

【剛毅】gāng yì 堅強有毅力 ◆ 在困難面前，他顯得剛毅、鎮靜。

【剛正不阿】gāng zhèng bù ē 阿：彎曲。剛強正直，不偏私，不迎合 ◆ 包公辦案剛正不阿。

(注意)"阿"不讀 ā(啊)。

【剛愎自用】gāng bì zì yòng 固執己見，自以為是 ◆ 他一向剛愎自用，聽不進朋友的忠告。(同) 一意孤行。

(注意)"愎"不讀 fù(復)。粵音讀 bik⁷(碧)。

◪ 剛好、剛剛、剛勁有力
◪ 以柔克剛、血氣方剛

---

⁸ 剔 ⺧ ⼝ ⽇ ⽉ 号 易 剔

[tī ㄊㄧ ⑧tik⁷ 惕]

❶ 把肉從骨頭上刮下來 ◆ 剔骨頭。❷ 從縫隙中把東西挑出來 ◆ 剔牙。❸ 把不好的、不要的東西挑出 ◆ 剔除。

【剔除】tī chú 把不好的、不需要的挑出來去掉 ◆ 把一些不健康的圖書、音像製品從圖書館剔除出去。(反)保留。

【剔透】tī tòu 光亮透明 ◆ 這個玉雕晶瑩剔透。

◪ 挑剔

---

⁸ 剖 ⼂ ⼇ ⽴ 音 音 剖

[pōu ㄆㄡ ⑧peu² 哀²/feu² 阜²(語)]

❶ 破開；切開 ◆ 剖腹 / 解剖。❷ 分辨；分析 ◆ 剖析 / 剖白。

【剖白】pōu bái 分辯表白 ◆ 她受盡委屈，卻沒有機會剖白自己的痛苦。

【剖析】pōu xī 深入細緻地分析 ◆ 經老師的剖析，我明白了這篇課文巧妙的構思。

【剖腹】pōu fù 破開腹部 ◆ 剖腹產 / 剖腹自盡。

---

⁸ 剝 (剥) ⼂ ⼣ ⼭ 彐 身 彔 剝

〈一〉[bō ㄅㄛ ⑧bok⁷ 博⁷/mɔk⁷ 莫⁷(語)]

❶ 脱落 ◆ 剝落。❷ 奪去 ◆ 剝削 / 剝奪。❸ 去掉皮殼；強行脱人衣服 ◆ 生吞活剝。

〈二〉[bāo ㄅㄠ ⑧bok⁷ 博⁷/mɔk⁷ 莫⁷(語)]

❹ 意思同 ❸，多用於口語 ◆ 剝皮 / 剝光衣服。

【剝削】bō xuē 無償地佔有別人的勞動或財物 ◆ 包工頭的殘酷剝削，引起了勞工們反抗。

【剝落】bō luò 物體表面的附着物脱落下來 ◆ 大門上的油漆大都剝落了。

【剝奪】bō duó 用強制的手段奪去別人的財物或權利 ◆ 他被剝奪了選舉權和被選舉權。

---

⁹ 副 ⼀ ⼝ 吊 咠 咠 畐 副

[fù ㄈㄨˋ ⑧fu³ 富]

❶ 次要的；附帶的；跟"主"、"正"相對 ◆ 副食 / 副標題。❷ 職務屬輔助性質的人；與"正"相對 ◆ 副主席 / 副校長。❸ 符合 ◆ 名副其實。❹ 量詞，用於成對或成套的物品；也用於面部表情 ◆ 一副手套 / 一副對聯 / 一副笑臉。

【副刊】fù kān 報紙上定期刊登文藝作品、美術作品等的專頁或專欄 ◆ 他在文藝副刊上發表作品。

【副品】fù pǐn 質量不合格的產品 ◆ 這是副品，所以價錢便宜。(反) 正品。

【副作用】fù zuò yòng 附帶產生的不好的作用 ◆ 這種新藥療效顯著，而且沒有任何副作用。

◪ 副手、副詞、副職

---

⁹ 剮 (剐) ⼂ ⼝ ⼞ 円 咼 剮

[guǎ ㄍㄨㄚˇ ⑧gwa² 寡]

❶ 用刀割肉離骨 ◆ 剮骨療毒 / 千刀萬剮。❷ 碰上尖銳的東西而劃破 ◆ 衣服剮破了。

---

⁹ 剪 ⼂ ⼋ 芇 芇 前 前 剪

[jiǎn ㄐㄧㄢˇ ⑧dzin² 展]

❶ 剪刀。❷ 用剪刀剪 ◆ 剪指甲 / 裁剪。❸ 除掉 ◆ 剪除。

【剪紙】jiǎn zhǐ 一種民間工藝，用紙剪成人物、花鳥等形象或各種圖案。

【剪裁】jiǎn cái 按一定尺寸、款式裁剪衣料。比喻寫作中材料的取捨和安排 ◆ 這篇作文剪裁得當，結構巧妙。

【剪綵】jiǎn cǎi 在某些典禮上，如展覽會開幕、新建築物落成、道路橋梁首次通車等，剪斷綵帶的儀式 ◆ 請名人剪綵。

【剪輯】jiǎn jí 經過選擇、剪裁、重新編排、組合成一部完整的音像作品 ◆ 錄音剪輯 / 影片已進入剪輯階段。

◪ 剪影
◪ 修剪

---

¹⁰ 剩 ⼂ 千 千 乖 乖 乘 乘 剩

[shèng ㄕㄥˋ ⑧sing⁶ 盛]

多餘；餘下 ◆ 剩餘 / 殘羹剩飯。

---

¹⁰ 創 (创) ⼂ ⼓ 仌 仺 倉 倉 倉 創

〈一〉[chuāng ㄔㄨㄤ ⑧tsɔng¹ 倉]

❶ 傷；外傷 ◆ 創傷 / 創口。

〈二〉[chuàng ㄔㄨㄤˋ ⑧tsɔng³ 倉³]

❷ 開始；第一次做 ◆ 創立 / 開創。

【創₂立】chuàng lì 初次建立 ◆ 商務印書館創立於一八九七年。

【創₂見】chuàng jiàn 獨到的見解 ◆ 這本書裏作者有不少創見。

【創₂作】chuàng zuò 寫出、製作出文學藝術作品；也指文學藝術作品 ◆ 她既是企業家，也從事文學創作 / 這座大型雕塑是他的創作。

【創₂始】chuàng shǐ　開始建立 ◆ 祖父是這所學校的創始人之一。

【創₂造】chuàng zào　做出前所未有的新事物 ◆ 中國人創造了許多世界奇蹟。

【創₂設】chuàng shè　❶ 創辦 ◆ 政府為癌症病人創設了專科醫院。❷ 創造；設計 ◆ 老師創設情景，讓我們練習對話。

【創傷】chuàng shāng　❶ 外傷；受傷的地方 ◆ 腳上的創傷早已治癒。❷ 比喻物質上或精神上造成的破壞或傷害 ◆ 醫治戰爭的創傷 / 夫婦離異，在孩子的心靈上造成莫大的創傷。

【創₂新】chuàng xīn　創造新的；有新意 ◆ 搞藝術的貴在創新。

【創₂意】chuàng yì　新意 ◆ 香港會展中心的外型設計很有創意。

【創₂舉】chuàng jǔ　從未有過的舉動或事業 ◆ 把多媒體引進課堂，是現代教育的一大創舉。

【創₂辦】chuàng bàn　開始興辦 ◆ 學校創辦至今已有五十多年歷史。

▷創₂刊、創₂業、創₂製

▷首創₂、獨創₂

¹⁰惻　見心部，158頁。

¹⁰割　丶宀宀宝宝害害　割

[gē 《さ ⑧ got⁸ 葛]

用刀截斷；把物體分開 ◆ 割麥 / 分割。

【割裂】gē liè　把相聯繫的東西分開 ◆ 我們不能把民族藝術的繼承與發展割裂開來。

(注意)「割裂」多用於指抽象事物。

【割愛】gē ài　放棄自己心愛的東西 ◆ 我只能忍痛割愛，把古玩賣了。

【割據】gē jù　以武力獨霸一方，使一國形成分裂局面 ◆ 軍閥割據，國家分裂。

【割讓】gē ràng　因戰敗或受侵略，被迫把一部分領土讓給外國 ◆ 1842 年 8 月 29 日，英國強迫清政府簽訂了《南京條約》，永久割讓香港島。

【割雞焉用牛刀】gē jī yān yòng niú dāo　焉：哪裏。殺雞哪裏要用宰牛的刀。比喻做小事不必動用大的力量 ◆ 割雞焉用牛刀，區區小事不必興師動眾。

(注意)「割雞焉用牛刀」也作「殺雞焉用牛刀」。

▷割斷、割地賠款

▷切割、收割、宰割、心如刀割

¹¹剽　一冂丙西西覀票　剽

[piāo ㄆ一ㄠ ⑧ piu³ 票]

❶ 搶奪；掠奪 ◆ 剽竊。❷ 動作敏捷 ◆ 剽悍。

【剽竊】piāo qiè　抄襲；竊取別人的文章冒充自己的著作 ◆ 剽竊別人的研究成果，不僅可恥，而且會侵權。

¹¹剿　⺍⺍⺍⺍⺍單單剿　剿

[jiǎo ㄐ一ㄠˇ ⑧ dziu² 沼]

用武力消滅 ◆ 剿匪。

¹²劃　⁊⁊聿聿畫畫　劃

〈一〉[huà ㄏㄨㄚˋ ⑧ wak⁹ 或]

❶ 區分；分開 ◆ 劃分 / 劃清界限。❷ 打算；安排 ◆ 計劃 / 策劃。❸ 轉撥 ◆ 劃賬。

〈二〉[huá ㄏㄨㄚˊ ⑧ wak⁹ 或]

❹ 用尖銳的東西割開 ◆ 劃玻璃 / 劃破了手。❺ 擦 ◆ 劃火柴。

【劃一】huà yī　一致；使一致 ◆ 學生的服飾整齊劃一。

【劃分】huà fēn　把一個整體分成若干部分；區分 ◆ 這一帶可劃分為住宅區、商業區、旅遊觀光區幾部分。

【劃時代】huà shí dài　開闢新時代 ◆ 這項發明有劃時代的意義。

▷謀劃、規劃

¹³劇　丶广广虍虍虐　劇

[jù ㄐㄩˋ ⑧ kɛk⁹ 屐]

❶ 戲劇 ◆ 京劇 / 喜劇。❷ 猛烈；厲害；形容程度深 ◆ 劇烈 / 病勢加劇。

【劇本】jù běn　供舞台演出用的戲劇作品 ◆ 這個劇本寫得很精彩。

(注意)「劇本」也叫「腳本」。

【劇烈】jù liè　激烈；猛烈 ◆ 飯後不要做劇烈運動。

【劇場】jù chǎng　供戲曲和其他表演藝術演出的場所 ◆ 劇場裏掌聲不斷。

(注意)「劇場」也叫「戲院」。

【劇變】jù biàn　急劇的變化 ◆ 一夜之間，情況發生了劇變。

▷劇痛、劇種、劇情

▷戲劇、話劇、歌劇、慘劇、急劇

¹³劍(剑)　⺈⺈合合命僉　劍

[jiàn ㄐ一ㄢˋ ⑧ gim³ 檢³]

一種兵器，長條形，兩面有刃 ◆ 寶劍 / 舞劍。

▷刀光劍影、脣槍舌劍、口蜜腹劍、刻舟求劍

¹³劊(刽)　⺈⺈合命侖會　劊

[guì 《ㄨㄟˋ ⑧ kui² 繪]

砍割；斬殺 ◆ 劊子手。

【劊子手】guì·zi shǒu　過去稱直接處死犯人的人；比喻殺害民眾的人 ◆ 他是個殺人不眨眼的劊子手。

¹³劉(刘)　⺊卯卯窗窗鏊　劉

[liú ㄌ一ㄡˊ ⑧ lɐu⁴ 流]

姓。

¹³劈　尸居斥臣辟辟　劈

〈一〉[pī ㄆ一 ⑧ pik⁷ 闢/pɛk⁸ (語)]

❶ 用刀、斧等破開 ◆ 劈木頭。❷ 正對着 ◆ 劈面而來。❸ 特指雷擊 ◆ 天轟雷劈。

〈二〉[pǐ ㄆ一ˇ ⑧ pik⁷ 闢/pɛk⁸ (語)]

❹ 分開 ◆ 劈成兩半。

【劈波斬浪】pī bō zhǎn làng　船隻衝開波浪行進。比喻排除前進中的障礙 ◆ 同學們團結一致，劈波斬浪，終於在聯賽中奪冠。

¹⁴劑 　一十　亠　亦　齊　齊　齊 劑

[jì ㄐㄧˋ 粵dzɐi¹ 擠]

❶ 配製成的藥物 ◆ 藥劑／殺蟲劑。
❷ 量詞，用於藥物 ◆ 一劑藥。

²³釁 見酉部，429頁。

力 部

⁰力 　フ　力 力

[lì ㄌㄧˋ 粵lik⁹ 曆]

❶ 力量；能力 ◆ 體力／心有餘而力不足。❷ 儘量；盡力 ◆ 力求完美／據理力爭。

【力求】lì qiú　努力追求 ◆ 校長力求使學生有良好的學習環境。

【力爭】lì zhēng　❶ 努力爭取 ◆ 這次考試，我要力爭前三名。❷ 極力爭辯 ◆ 他據理力爭，終於真相大白。

【力量】lì liàng　❶ 氣力；力氣 ◆ 他手臂的力量很大。❷ 能力 ◆ 家裏沒有力量供他上大學。❸ 作用；效力 ◆ 這種藥力量不大。

【力圖】lì tú　努力謀求；想盡辦法 ◆ 她力圖成為一名歌星。

【力不從心】lì bù cóng xīn　心裏想做而能力不夠 ◆ 父親老了，想幹一番大事已力不從心了。

【力所能及】lì suǒ néng jí　自己的能力所能做到的 ◆ 讓同學們參加一些力所能及的公益活動有好處。

◨力氣、力挽狂瀾

◩人力、物力、努力、實力、暴力、勢力、毅力、精力、全力以赴、勢均力敵、同心協力、不遺餘力

³功 　一 エ エ 功 功

[gōng ㄍㄨㄥ 粵guŋ¹ 工]

❶ 貢獻；成就 ◆ 功勞／勞苦功高。

❷ 成效；效果 ◆ 事半功倍。❸ 技巧；本領 ◆ 功力／練功。

【功夫】gōng·fu　本領 ◆ 他的武打功夫很出色。

【功能】gōng néng　事物所具有的作用、能發揮的效能 ◆ 這台電腦功能齊全。⊜功用。

【功勞】gōng láo　對事業作出的貢獻 ◆ 在研製新產品方面，他立下了汗馬功勞。

【功績】gōng jì　功勞和成就 ◆ 他是一位功績卓著的科學家。

【功敗垂成】gōng bài chuí chéng　垂：將近。事情在快要成功的時候遭到失敗 ◆ 實驗進入最後階段，稍有疏忽，將功敗垂成。⊜功虧一簣。

[注意] “功敗垂成”多含有惋惜的意思。

【功虧一簣】gōng kuī yī kuì　簣：裝土的竹筐。原意是堆土成山，只因差一筐土而沒有完成。比喻做一件事因最後努力不夠而沒有成功 ◆ 最後由於疏忽而功虧一簣。⊜功敗垂成。

[注意] “功虧一簣”多含有惋惜的意思。

◨功用、功勳、功效、功到自然成

◩成功、立功、用功、氣功、大功告成、豐功偉績、論功行賞、前功盡棄、將功贖罪、徒勞無功

³另 見口部，69頁。

³加 　フ　力 力 加 加 加

[jiā ㄐㄧㄚ 粵ga¹ 家]

❶ 兩個以上的數合在一起；跟“減”相對 ◆ 加法／兩數相加。❷ 數量增多；程度提高 ◆ 增加／加倍努力。❸ 增添 ◆ 附加／雪上加霜。❹ 施以某種動作 ◆ 嚴加管教／大加讚賞。

【加工】jiā gōng　❶ 把原材料、半成品等製成成品 ◆ 再經兩天的加工製作，這套瓷器便可面世。❷ 做修改，使更完善 ◆ 這篇文章語言毛病較多，需要加工。

【加以】jiā yǐ　❶ 用在動詞前，表示對某一事物施加某種動作 ◆ 對這件事，我必須加以說明。❷ 加上 ◆ 他腦子聰明，加以特別用功，成績自然好。

【加強】jiā qiáng　使更加有力或更加有效 ◆ 學生要加強基本功的訓練。⊠減弱。

【加緊】jiā jǐn　加快速度，加大力度，不放鬆 ◆ 工友們加緊工作，力爭提前完成任務。⊠放鬆。

【加劇】jiā jù　程度加重 ◆ 病情加劇。⊠減輕。

◨加價、加速、加入、加重、加油

◩參加、變本加厲、快馬加鞭、風雨交加

³幼 見幺部，138頁。

⁴劣 　丿 亅 小 少 劣 劣 劣

[liè ㄌㄧㄝˋ 粵lyt⁹ 捋⁹]

壞的；不好的；跟“優”相對 ◆ 劣跡／惡劣。

【劣勢】liè shì　不利的形勢 ◆ 我隊高度不夠，網上處於劣勢。⊠優勢。

【劣質】liè zhì　質量低劣 ◆ 這些都是劣質產品。⊠優質。

◨劣等

◩優劣、低劣

⁵劫 　一 十 土 去 去 刦 劫

[jié ㄐㄧㄝˊ 粵gip⁸]

❶ 搶奪；強取 ◆ 搶劫／趁火打劫。❷ 威逼；脅制 ◆ 劫機／劫持。❸ 災難 ◆ 劫難／劫後餘生。

【劫持】jié chí　要挾；挾持 ◆ 兩名歹徒劫持了一架民航班機。

【劫奪】jié duó　用武力奪取 ◆ 警察抓住了劫奪行人錢財的強盜。

【劫富濟貧】jié fù jì pín　奪取富人財

產，救濟窮人 ◆ 俠客們除了愛打抱不平，也常做些劫富濟貧的事。
🔲 浩劫、洗劫一空

5 助 丨 П 月 月 目 助　助
[zhù ㄓㄨˋ ⑧ dzɔ⁶ 座]
相幫；支持 ◆ 幫助／援助。
【助手】zhù shǒu 協助別人做事的人 ◆ 他是我的助手。
【助長】zhù zhǎng 促使增長 ◆ 孩子要甚麼你就給甚麼，這樣會助長他的依賴思想。
(注意)"助長"多指增長不好的東西。
【助威】zhù wēi 幫助增加聲勢 ◆ 在同學們的助威聲中，小明取得了跑步第一名。
【助陣】zhù zhèn 協助作戰 ◆ 因為有兩名外籍球員助陣，實力大增。
【助理】zhù lǐ 協助主要負責人辦事；助手 ◆ 她是經理助理。
【助興】zhù xìng 幫助增加興致 ◆ 慶典後有歌舞表演給大家助興。
【助人為樂】zhù rén wéi lè 以幫助別人當作樂事 ◆ 我們要有助人為樂的精神。
🔲 互助、協助、資助、輔助、贊助、揠苗助長、愛莫能助

5 努 ㄑ ㄑ 女 女 奴 努　努
[nǔ ㄋㄨˇ ⑧ nou⁵ 腦]
❶ 儘量使出（力氣）◆ 努力學習。❷ 凸起；鼓起 ◆ 努嘴。
【努力】nǔ lì 把力量儘量使出來 ◆ 我們要努力學習科學文化知識。

6 協 見十部，61頁。

7 勃 一 十 ナ 古 亨 孛
[bó ㄅㄛˊ ⑧ but⁹ 渤]
❶ 突然 ◆ 勃發／勃然大怒。❷ 旺盛 ◆ 蓬勃／生機勃勃。
【勃勃】bó bó 旺盛的樣子 ◆ 我們興致勃勃地遊覽了海洋公園。

【勃然】bó rán 氣勢旺盛的樣子 ◆ 不少新科學、新技術勃然興起。

7 勁（劲）一 ㄣ ㄢ 巠 巠 勁　勁
〈一〉[jìn ㄐㄧㄣˋ ⑧ gin³ 敬]
❶ 力氣 ◆ 使勁／費勁。❷ 積極奮發的精神或情緒 ◆ 有幹勁／很起勁。
〈二〉[jìng ㄐㄧㄥˋ ⑧ gin³ 敬]
❸ 剛強有力 ◆ 強勁／剛勁有力。
【勁旅】jìng lǚ 強有力的隊伍 ◆ 這是一支足球勁旅。
【勁敵】jìng dí 強有力的對手 ◆ 籃球隊遇上勁敵，將有一場惡戰。
🔲 疾風知勁₂草

7 勉 ㄥ ㄣ 勹 免 免 勉　勉
[miǎn ㄇㄧㄢˇ ⑧ min⁵ 免]
❶ 盡力；努力 ◆ 勉力／勤勉。❷ 鼓勵 ◆ 勉勵／共勉。
【勉強】miǎn qiǎng ❶ 不得已；不情願 ◆ 我只好勉強同意他的請求。❷ 使人做不願做或做不到的事 ◆ 孩子不想學武術，你就不要勉強他了。❸ 將就；湊合；不充足 ◆ 考試成績勉強及格。
(注意)"強"不讀 qiáng（牆）。
【勉勵】miǎn lì 鼓勵；勸人努力進取 ◆ 老師勉勵我們做一個對社會有貢獻的人。
【勉為其難】miǎn wéi qí nán 勉強去做力所不及或不願做的事 ◆ 學校體育老師不夠，只好暫時請音樂老師勉為其難了。
(注意)"難"不讀 nàn。
🔲 互勉

7 勇 一 マ マ ア 丙 甬 甬　勇
[yǒng ㄩㄥˇ ⑧ jung⁵ 俑]
❶ 有膽量；不怕艱險 ◆ 勇敢／勇氣。❷ 兵士 ◆ 散兵游勇。
【勇士】yǒng shì 不怕艱險、不畏強暴的人 ◆ 上級嘉獎了英勇殺敵、視死如歸的一班勇士。

【勇猛】yǒng měng 勇敢有力 ◆ 他衝鋒陷陣，勇猛殺敵。
【勇敢】yǒng gǎn 有膽量，不怕艱險 ◆ 他很勇敢，也很機靈。⊘ 懦弱。
【勇往直前】yǒng wǎng zhí qián 勇敢地一直向前進 ◆ 在槍林彈雨中，戰士們勇往直前，無可阻擋。⊜ 一往無前。⊘ 畏縮不前。
🔲 英勇、奮勇、智勇雙全、見義勇為、自告奮勇

8 脅 見肉部，349頁。

9 勘 一 廿 甘 甘 其 其 勘　勘
[kān ㄎㄢ ⑧ hem³ 瞰]
❶ 校訂；核對 ◆ 校勘／勘誤表。❷ 調查；探測 ◆ 勘察／勘測。
【勘探】kān tàn 實地調查礦藏分佈、儲量等情況 ◆ 地質勘探隊出發了。
【勘測】kān cè 實地查看和測量 ◆ 勘測地形，繪製地圖。
【勘察】kān chá 實地察看 ◆ 案子發生後，警署及時派人勘察現場。

9 勒 一 艹 艹 苩 苩 革 勒　勒
〈一〉[lè ㄌㄜˋ ⑧ lek⁹ 肋]
❶ 收緊韁繩 ◆ 懸崖勒馬。❷ 強制；逼迫 ◆ 勒令／勒索。
〈二〉[lēi ㄌㄟ ⑧ lek⁹ 肋]
❸ 用繩子捆住；用繩子套住後用力抽緊 ◆ 勒緊／勒死。
【勒令】lè lìng 強制別人執行命令 ◆ 公告勒令罪犯三天內到警署自首。
【勒索】lè suǒ 用威逼手段向人索取財物 ◆ 這些惡棍經常向店主敲詐勒索。

9 動（动）一 二 亘 亘 重 重 動　動
[dòng ㄉㄨㄥˋ ⑧ dung⁶ 洞]
❶ 改變事物原來的位置或狀態；跟"靜"相對 ◆ 移動／流動。❷ 行為動作 ◆ 行動／舉動。❸ 使用；運用 ◆ 動手／動腦。❹ 使行動起來 ◆ 發動／

動員。❺觸發;激起 ◆ 感動／動人。
❻開始進行 ◆ 動身／動工。

【動人】dòng rén 感動人 ◆ 他的事跡
十分動人。

【動力】dòng lì ❶ 使機械發揮作用的
力量,如風力能使風車轉動,水力能發
電。也叫"原動力"。❷ 比喻推動工作
向前發展的力量 ◆ 他在學習上顯得動
力不足。

【動心】dòng xīn 引起思想、感情的
波動 ◆ 難道你看着人家一天天富裕
起來就一點也不動心?

【動向】dòng xiàng 行動或事情發展
的方向 ◆ 要密切注意對方的動向。

【動身】dòng shēn 開始出發;啟程 ◆
我明天動身去北京。

【動物】dòng wù 生物的一個大類,
有神經,有感覺,能運動,靠吃別的生
物生存。如飛禽走獸、昆蟲爬蟲等都是
動物 ◆ 動物園裏有很多珍奇動物。

> 最高的動物是長頸鹿。
> 最大的動物是藍鯨。體長達 34
> 米,把牠的腸子拉直,有 250 米
> 長。
> 最重的動物也是藍鯨。體重約
> 100 噸,一根舌頭便有 3 噸。

【動怒】dòng nù 發怒 ◆ 請不要動
怒,坐下來好好談。

【動員】dòng yuán 發動人參加某項活
動 ◆ 學校動員大家參加慈善活動。

【動搖】dòng yáo 不穩固;不堅定;
使動搖 ◆ 信心不能動搖／這樣做會動
搖軍心。 ⚆ 穩固、堅定。

【動態】dòng tài 事物變化發展的情況
◆ 這本雜誌報導科技發展的最新動
態。 ⚆ 靜態。

【動彈】dòng·tan 活動 ◆ 他因中風
而癱瘓,四肢已動彈不得。
⚠ "彈"不讀 dàn (但)。

【動靜】dòng·jing ❶ 動作或説話聲
◆ 屋裏沒有一點動靜。❷ 情況;消
息 ◆ 我已派人去打聽對方的動靜。

【動機】dòng jī 促使人做某件事情的
想法 ◆ 他送禮物的動機是甚麼?

【動盪】dòng dàng 形容局勢不平靜、

不安定 ◆ 社會動盪不安,民眾就要
遭殃。 ⚆ 安定。

【動聽】dòng tīng 聽起來使人感動或
使人感興趣 ◆ 他的話很動聽。
◁ 動作、動筆、動脈、動武、動嘴
◁ 生動、活動、暴動、衝動、激動、勞
動、驚心動魄、風吹草動、按兵不動、
蠢蠢欲動、輕舉妄動

---

9 務 (务)　ㄱ 孑 孑 矛 矜 矜 務
[wù ㄨˋ ⓟ mou⁶ 冒]

❶ 事情;工作 ◆ 事務／任務。❷ 做;
從事 ◆ 務農／不務正業。❸ 追求 ◆ 不
務虛名。❹ 必須;一定 ◆ 務必／除惡
務盡。

【務必】wù bì 一定要;必須 ◆ 這個
文件務必在十點鐘以前打印出來。

【務須】wù xū 必須;一定要 ◆ 會議
重要,務須準時出席。
◁ 業務、家務、服務、當務之急

---

10 勛 (勋)　ㅁ 月 目 員 員 勛 勛
[xūn ㄒㄩㄣ ⓟ fen¹ 昏]

❶ 功勞 ◆ 功勳。❷ 有大功的人 ◆
元勳。

【勳章】xūn zhāng 授予對國家、社會
功績卓著的人的榮譽證章 ◆ 他胸前掛
着十字勳章。

---

10 勝 (胜)　丿 刀 月 月 盯 胪 胅 勝
〈一〉[shèng ㄕㄥˋ ⓟ sin³ 姓]

❶ 贏;佔據優勢;跟"敗"、"負"相
對 ◆ 勝利／大獲全勝。❷ 超過 ◆ 事
實勝於雄辯。❸ 優美的;有名的;多
指景物、地方 ◆ 名勝古跡／避暑勝地。
〈二〉[shèng ㄕㄥˋ ⓟ sin¹ 升]

❹ 能夠承擔;能承受 ◆ 勝任／不勝重
負。❺ 盡 ◆ 數不勝數／不勝枚舉。

【勝地】shèng dì 風景優美的地方 ◆
黃山是著名的旅遊勝地。

【勝任】shèng rèn 有能力擔任 ◆ 你
能勝任這個工作。

【勝利】shèng lì ❶ 在戰爭或競技中打

敗了對方 ◆ 我隊以三比○取得勝利。
⚆ 失敗。❷ 事情達到了預期目的 ◆
運動會勝利閉幕。

【勝景】shèng jǐng 優美的風景 ◆ 蘇
州的園林勝景,讓人目不暇接。

【勝券在握】shèng quàn zài wò 指有
把握取勝或取勝已成定局 ◆ 甲隊已勝
券在握。
◁ 取勝、優勝、出奇制勝、引人入勝、
百戰百勝、美不勝收

---

10 勞 (劳)　丶 丷 ⺊ 火 炏 炏 勞
[láo ㄌㄠˊ ⓟ lou⁴ 盧]

❶ 工作;勞動 ◆ 不勞而穫／按勞分
配。❷ 辛苦;疲乏 ◆ 勞累／任勞任
怨。❸ 請人做事的客氣話;煩;費 ◆
勞駕／煩勞各位。❹ 功績 ◆ 功勞／
汗馬之勞。❺ 慰問 ◆ 慰勞。❻ 姓。

【勞累】láo lèi 因勞動而身體疲乏 ◆
他因勞累過度而病倒了。

【勞動】láo dòng 動手、動腦從事生
產的活動 ◆ 糧食是農民的勞動成果。

【勞碌】láo lù 忙碌辛苦 ◆ 父親勞碌
一生,現在應該享福了。

【勞駕】láo jià 麻煩別人做事或請別
人給予方便的客氣話 ◆ 勞駕,請你把
這本書放在書架上。

【勞民傷財】láo mín shāng cái 既讓民
眾勞累受苦,又浪費資財 ◆ 搞這種工
程,只會勞民傷財。

【勞苦功高】láo kǔ gōng gāo 歷盡艱
辛,功勞很大 ◆ 總工程師成績卓著,
勞苦功高。
◁ 辛勞、操勞、勤勞、疲勞、徒勞、一
勞永逸、好逸惡勞

---

11 勢 (势)　土 圥 圥 刲 埶 埶 勢
[shì ㄕˋ ⓟ sai³ 世]

❶ 力量;威力;權力 ◆ 勢力／仗勢欺
人。❷ 狀態或趨向 ◆ 形勢／大勢所
趨。❸ 姿態 ◆ 姿勢／裝腔作勢。

【勢力】shì·li 威勢;力量 ◆ 反對派
的勢力很強大。

【勢必】shì bì 從發展趨勢推測必然的
結果 ◆ 不思進取勢必落人後頭。

【勢利】shì·li 對有錢有勢的人恭維討好，對沒錢沒勢的人輕視嫌棄 ◆ 他是個勢利小人。

【勢不兩立】shì bù liǎng lì 立：存在。形容對立雙方矛盾尖銳，不能調和，不能並存 ◆ 他們兩家積怨很深，至今還是勢不兩立。

【勢如破竹】shì rú pò zhú 形勢像劈竹子那樣，上端一旦劈開，底下就很快分開了。比喻節節推進，毫無阻擋 ◆ 我隊眾志成城、勢如破竹，以五比零大獲全勝。

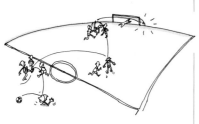

【勢均力敵】shì jūn lì dí 敵：實力相當。指雙方實力相當，難分上下 ◆ 兩隊勢均力敵，勝負難以預料。

☑ 聲勢、權勢、局勢、趨勢、優勢、手勢、仗勢欺人、虛張聲勢

¹¹ 勤 艹 苧 莒 葑 菫 勤 勤

[qín ㄑㄧㄣˊ ⑧ ken⁴ 芹]

❶ 做事努力；跟"懶"、"惰"相對 ◆ 勤快 / 勤學苦練。❷ 常常；次數多 ◆ 勤洗澡 / 勤換衣。❸ 公共事務或雜務工作 ◆ 執勤 / 外勤。❹ 在規定的時間內工作、學習 ◆ 出勤 / 缺勤。

【勤快】qín·kuai 手腳勤，不偷懶 ◆ 她很勤快，家裏總是搞得整整齊齊、乾乾淨淨。

【勤勞】qín láo 做事努力，不怕辛苦 ◆ 中華民族是勤勞勇敢的民族。⒀ 懶惰。

【勤儉】qín jiǎn 勤勞節儉 ◆ 母親勤儉持家，把我們養育成人。

【勤奮】qín fèn 不懈地努力 ◆ 她學習勤奮，成績名列前茅。

【勤懇】qín kěn 勤勞踏實 ◆ 她工作勤懇，一絲不苟。

¹¹ 募 (募) 艹 芦 莒 莒 莫 募

[mù ㄇㄨˋ ⑧ mou⁶ 務]

廣泛徵集 ◆ 募集 / 招募。

【募捐】mù juān 募集捐款 ◆ 為了賑濟災民，同學們踴躍參加募捐活動。

¹¹ 舅 見臼部，356 頁。

¹⁴ 勳 "勛"的異體字，見 56 頁。

¹⁵ 勵 (励) 厂 厃 厉 厉 厲 厲 勵

[lì ㄌㄧˋ ⑧ lei⁶ 厲]

勤勉 ◆ 勉勵 / 鼓勵。

☑ 獎勵、激勵

¹⁸ 勸 (劝) 艹 莪 荏 葟 藋 藋 勸

[quàn ㄑㄩㄢˋ ⑧ hyn³ 券]

❶ 説服；用言語開導別人 ◆ 勸告 / 好言相勸。❷ 鼓勵 ◆ 勸勉。

【勸告】quàn gào 用道理開導、告誡別人 ◆ 老師再三勸告，他就是不聽。

【勸阻】quàn zǔ 勸告、阻攔別人不要做某事 ◆ 由於老師的多次勸阻，他不再吸煙了。⒀ 慫恿。

【勸説】quàn shuō 勸告、解釋 ◆ 他不聽別人的勸説，一意孤行，終於鑄成大錯。

☑ 勸解、勸架

☑ 規勸、奉勸

勹 部

¹ 勺 ㇒ 勹 勺

[sháo ㄕㄠˊ ⑧ sœk⁸ 削]

舀東西的用具；也用作量詞 ◆ 湯勺 / 舀一勺。

² 勻 ㇒ 勹 勻 勻

[yún ㄩㄣˊ ⑧ wɐn⁴ 云]

❶ 平均 ◆ 均勻 / 顏色塗得不勻。❷ 分出；讓給；使均勻 ◆ 勻一部分菜給鄰居送去 / 把糖果勻一勻。

【勻稱】yún chèn 均勻適當 ◆ 她長得眉清目秀，身材勻稱。

² 勿 ㇒ 勹 勺 勿

[wù ㄨˋ ⑧ met⁹ 密]

不要 ◆ 請勿入內 / 勿亂拋果皮紙屑。

² 勾 ㇒ 勹 勹 勾

〈一〉[gōu ㄍㄡ ⑧ ŋɐu¹ 鈎]

❶ 畫出符號表示去掉或特別需要 ◆ 一筆勾銷 / 勾出重點。❷ 描畫出輪廓 ◆ 勾畫。❸ 招引；串通 ◆ 勾引 / 勾結。❹ 引起 ◆ 勾起往事的回憶。

〈二〉[gòu ㄍㄡˋ ⑧ ŋɐu⁶ 鈎]

❺ 見"勾當"。

【勾引】gōu yǐn 引誘人做不正當的事 ◆ 他被賭徒勾引，成了賭棍。

【勾畫】gōu huà 粗略地描繪 ◆ 這幅畫勾畫了女主角的輪廓。

【勾結】gōu jié 暗中串通一氣，做不正當的事 ◆ 警方破獲了一起內外勾結，從事販毒活動的大案。

【勾搭】gōu·da 勾引或串通一氣做不正當的事 ◆ 他跟壞人勾搭上了。

【勾₂當】gòu dàng 壞事情 ◆ 拐賣婦女兒童是犯罪的勾當。

³ 句 見口部，68 頁。

³ 匆 ㇒ 勹 勹 勾 匆

[cōng ㄘㄨㄥ ⑧ tsuŋ¹ 充]

急忙 ◆ 匆忙／急匆匆。

【匆匆】cōng cōng　急急忙忙的樣子 ◆ 他總是來去匆匆。

【匆忙】cōng máng　急急忙忙 ◆ 今天出門太匆忙，忘了帶雨傘。

---

³ **包**　ノ ㄅ 勹 匀 包

[bāo ㄅㄠ 粵 bau¹ 胞]

❶ 把東西裹緊起來 ◆ 包書／包紮。❷ 包好的東西 ◆ 郵包／封包。❸ 裝東西的袋子 ◆ 書包／公文包。❹ 有餡的食物 ◆ 肉包／水晶包。❺ 身上腫起的或地上凸起來的東西 ◆ 膿包／小土包。❻ 容納；總括 ◆ 包含／包括。❼ 承擔；負責 ◆ 承包／包退包換。❽ 保證；擔保 ◆ 打包票／包你滿意。❾ 約定的；專用的 ◆ 包場／包車。❿ 一種氈製的帳篷 ◆ 蒙古包。⓫ 量詞，用於包裹起來的東西 ◆ 一包花生米。⓬ 姓。

【包含】bāo hán　裏面含有 ◆ 這段話包含三層意思。⊜ 包括。

【包庇】bāo bì　袒護或掩護（壞人、壞事）◆ 他因包庇貪污犯而解職。⊠檢舉、揭發。

【包括】bāo kuò　包含 ◆ 語文能力包括讀、寫、聽、説四種。

【包紮】bāo zā　包裹捆紮 ◆ 護士替他包紮傷口。

【包涵】bāo·han　客氣話，意思是請人原諒 ◆ 招待不周，請多多包涵。

【包圍】bāo wéi　四面團團圍住 ◆ 村莊已被洪水包圍了。

【包裝】bāo zhuāng　❶ 把商品包好、裝好 ◆ 這些禮品包裝得很講究。❷ 包裝商品的材料 ◆ 商品的包裝超過了商品本身的價值。

【包裹】bāo guǒ　❶ 包紮 ◆ 包裹傷口。❷ 包紮好的物件 ◆ 我收到一個國外寄來的包裹。

【包辦】bāo bàn　❶ 單獨負責辦理 ◆ 這事由我一人包辦。❷ 不跟當事人商量，擅自決定辦理 ◆ 他們是由父母作主的包辦婚姻。

【包藏禍心】bāo cáng huò xīn　禍心：害人之心。心裏隱藏着害人的壞主意

◆ 對那些包藏禍心的人要格外提防。

【包羅萬象】bāo luó wàn xiàng　形容內容豐富，應有盡有 ◆ 教科全書介紹的知識，真可謂包羅萬象。

⊠ 皮包、麪包、無所不包

---

⁴ **匈**　ノ ㄅ 勹 匀 匈

[xiōng ㄒㄩㄥ 粵 huŋ¹ 兇]

匈奴（xiōng nú）：中國古代北方民族之一。

---

⁷ **匍**　ㄅ 勹 匀 甸 匍 匍

[pú ㄆㄨ 粵 pou⁴ 袍]

見“匍匐”。

【匍匐】pú fú　爬行 ◆ 游擊隊在槍林彈雨下匍匐前進。

---

⁹ **匐**　ㄅ 勹 甸 匐 匐 匐

[fú ㄈㄨ 粵 fuk⁹ 服／bak⁹ 白]

匍匐。見“匍”字，本頁。

---

⁹ **夠**　見夕部，101 頁。

匕　部

⁰ **匕**　ノ 匕

[bǐ ㄅㄧˇ 粵 bei³ 臂]

見“匕首”。

【匕首】bǐ shǒu　形狀像劍的短刀。

⊠ 圖窮匕現

---

² **化**　ノ イ 亻 化

[huà ㄏㄨㄚˋ 粵 fa³ 花³]

❶ 改變原來的樣子；使改變 ◆ 變化／化裝。❷ 融解；消除 ◆ 化凍／化痰止咳。❸ 燒掉 ◆ 火化。❹ 化學的簡稱 ◆ 數理化／化工產品。❺ 放在名詞或形容詞後面，構成動詞，表示轉變

成某種性質或狀態 ◆ 綠化／現代化。

【化石】huà shí　埋藏在地下的古生物遺體、遺跡和遺物的總稱，大多像石頭一樣堅硬，如恐龍化石等。

【化名】huà míng　改用別的名字；假名字 ◆ 逃到國外後，他化名李強，混入一家公司工作。

【化妝】huà zhuāng　用脂粉、膏膏等修飾容貌 ◆ 她正在化妝／化妝用品。

【化裝】huà zhuāng　改變裝束；假扮 ◆ 他化裝成醫生混進醫院。

【化驗】huà yàn　用科學儀器檢驗物質的成分和性質 ◆ 經過化驗，這些藥品都不合格。

【化險為夷】huà xiǎn wéi yí　夷：平安。使危險轉為平安 ◆ 小孩落入水中，幸有過往船隻相救，才化險為夷。⊜ 轉危為安。

⊠ 化身、化學

⊠ 分化、消化、惡化、僵化、溶化、進化、退化、潛移默化

---

³ **北**　1 ㅓ ㅓ 北 北

[běi ㄅㄟˇ 粵 bɐk⁷]

❶ 方位名，早晨面對太陽時左手的一方；跟“南”相對 ◆ 北方／南轅北轍。❷ 打了敗仗；敗逃 ◆ 敗北／追奔逐北。

【北京】běi jīng　中華人民共和國首都，中央直轄市。中國七大古都之一，名勝古跡眾多，有故宮、天壇公園、頤和園、十三陵、八達嶺長城等。

【北極】běi jí　地球的最北端 ◆ 歡迎赴北極考察隊勝利歸來！⊠ 南極。

【北斗星】běi dǒu xīng　大熊星座中的七顆亮星，前面四顆排列成勺形，後面三顆組成勺柄。如果把勺形外側的兩顆星用直線連接起來，再延長約五倍，就能看見北極星。北斗星的勺口指向北方，可以用來辨方向。

---

⁴ **此**　見止部，225 頁。

---

⁴ **旨**　見日部，199 頁。

⁶些 見二部，13 頁。

⁹頃 見頁部，452 頁。

⁹匙  日旦旱旱是是 匙

〈一〉［chí ㄔˊ ⑧tsi⁴ 池］
❶ 舀取湯汁的小勺 ◆ 湯匙。

〈二〉［·shi ㄕˊ ⑧si⁴ 時］
❷ 鑰匙。見 "鑰" 字，436 頁。

匚 部

²巨 見工部，133 頁。

⁴匡 一 二 三 王 王 匡

［kuāng ㄎㄨㄤ ⑧hɔŋ⁴ 康］
❶ 糾正 ◆ 匡正 / 匡謬。❷ 幫助 ◆ 匡助 / 匡濟。❸ 估計 ◆ 匡算。❹ 姓。

⁴匠 一 二 尸 尸 斤 匠

［jiàng ㄐㄧㄤ ⑧dzœŋ⁶ 象］
❶ 有專門手藝的工人 ◆ 木匠 / 能工巧匠。❷ 在某一方面造詣很深、有突出成就的人 ◆ 文學巨匠。
【匠心】jiàng xīn 巧妙的心思 ◆ 這篇小說在情節安排上獨具匠心。
注意 "匠心" 多指文藝作品中巧妙的構思。

⁵匣 一 匚 匚 匝 匝 匣 匣

［xiá ㄒㄧㄚˊ ⑧hap⁹ 峽］
有蓋的裝東西的小盒子 ◆ 木匣 / 鏡匣。

⁸匪 一 匚 匚 扌 非 匪 匪

［fěi ㄈㄟˇ ⑧fei² 誹］
❶ 強盜；搶劫財物、危害人民的人 ◆ 土匪。❷ 同 "非" 字 ◆ 得益匪淺。
【匪徒】fěi tú 用暴力搶劫財物或危害民眾的壞人 ◆ 這批匪徒無惡不作，罪該萬死。

¹¹匯 一 匚 疒 滙 滙 匯 匯

［huì ㄏㄨㄟˋ ⑧wui⁶ 回］
❶ 水流會合到一起 ◆ 匯合 / 百川匯大海。❷ 寄錢 ◆ 匯款。
【匯合】huì hé 幾條水流會合到一起；聚集 ◆ 隊伍在天星碼頭匯合。同 集合。反 散開。
⎣匯費、匯率
⎣外匯

匚 部

²匹 一 丆 兀 匹

［pǐ ㄆㄧˇ ⑧pɐt⁷］
❶ 相當；相稱；比得上 ◆ 匹配 / 匹敵。❷ 單獨 ◆ 單槍匹馬。❸ 量詞 ◆ 一匹馬。
【匹夫】pǐ fū ❶ 一個人；普通人 ◆ 國家興亡，匹夫有責。❷ 沒有謀略和知識的人 ◆ 匹夫之勇，難成大事。
【匹敵】pǐ dí 實力相當 ◆ 對方實力雄厚，無與匹敵。同 勢均力敵。

⁹匿 一 匚 工 平 尹 若 匿

［nì ㄋㄧˋ ⑧nik⁹ 溺/nik⁷ (語)］
隱藏；不讓人知道 ◆ 匿名 / 逃匿。
【匿名】nì míng 不署名或隱瞞真實姓名 ◆ 他收到一封匿名信。
⎣隱匿、藏匿、銷聲匿跡

⁹區 (区) 一 丆 匚 匸 吊 區 區

〈一〉［qū ㄑㄩ ⑧kœy¹ 拘］
❶ 劃分；分出 ◆ 區分 / 區別開來。
❷ 地域 ◆ 地區 / 風景區。❸ 行政區劃單位 ◆ 特區 / 自治區。

〈二〉［ōu ㄡ ⑧eu¹/ŋeu¹ 歐］
❹ 姓。
【區分】qū fēn 分辨；劃分 ◆ 一般人很難區分出馬和騾。同 區別。
【區別】qū bié ❶ 分別；辨別 ◆ 你能區別螃蟹的雌雄嗎？同 區分。反 混淆。❷ 不同的地方 ◆ "雲彩" 和 "彩雲" 的意思、用法有區別。
【區域】qū yù 地區的範圍 ◆ 在這個區域內，禁止一切車輛通行。
【區區】qū qū 表示少或不重要 ◆ 區區小事，不必在意。
⎣禁區、災區

⁹匾 一 丆 戶 肩 肩 扁 匾

［biǎn ㄅㄧㄢˇ ⑧bin² 貶］
❶ 長方形的題字木牌 ◆ 匾額 / 橫匾。
❷ 一種用薄竹片編成的器具，通常為圓形淺邊平底，用來養蠶或放東西 ◆ 蠶匾。

十 部

⁰十 一 十

［shí ㄕˊ ⑧sɐp⁹ 拾］
❶ 數目字，五加五的得數。大寫作 "拾" ◆ 十指連心 / 十二生肖。❷ 完全；達到頂點 ◆ 十分滿意 / 信心十足。
【十分】shí fēn 很；非常 ◆ 我十分感謝你對我的幫助。
【十足】shí zú ❶ 成色極純 ◆ 這是十足的純金。❷ 非常充足 ◆ 他信心十足。
【十全十美】shí quán shí měi 形容非常完美 ◆ 生活中很少有十全十美的事情。同 完美無缺。反 一無可取。
【十拿九穩】shí ná jiǔ wěn 形容非常有把握 ◆ 這次取勝該是十拿九穩的。
【十惡不赦】shí è bù shè 指罪大惡

極，不可饒恕 ◆ 這些十惡不赦的殺人犯，受到了法律的嚴懲。⑤ 罪該萬死。

注意 "惡"不讀 wù (誤)。

【十萬火急】shí wàn huǒ jí　形容非常緊急 ◆ 家父病危，十萬火急，望速歸。⑤ 刻不容緩。

近 五光十色、一目十行、以一當十

¹千　ノ二千

[qiān ㄑㄧㄢ 粵 tsin¹ 遷]

❶ 數目字，十個一百等於一千。大寫作"仟"。❷ 形容數量多、時間長、距離遠等 ◆ 千家萬戶 / 千秋萬代。

【千古】qiān gǔ　❶ 年代久遠 ◆ 他的英名將千古流芳。❷ 用於哀悼死者，寫在輓聯或花圈上，表示永別。如"某某先生千古"。

【千金】qiān jīn　❶ 指很多錢財 ◆ 這是件千金購買的古玩。❷ 尊稱別人的女兒 ◆ 他的千金在你公司任職。

【千秋】qiān qiū　❶ 指很長的時間 ◆ 他的英名，將千秋萬代永垂史冊。❷ 指特色、長處 ◆ 他們兩個人的畫各有千秋。

【千萬】qiān wàn　一定要 ◆ 路上千萬要小心。

注意 "千萬"多用於懇切囑咐。

【千山萬水】qiān shān wàn shuǐ　形容路途遙遠而艱險 ◆ 數十年來，他跨越千山萬水，為求尋得礦藏。

【千方百計】qiān fāng bǎi jì　想盡各種各樣的辦法、計策 ◆ 老師總是千方百計想把學生教好。

【千言萬語】qiān yán wàn yǔ　形容要說的話很多 ◆ 我有千言萬語要跟你說，卻又不知從何說起。

【千奇百怪】qiān qí bǎi guài　形容稀奇古怪，多種多樣 ◆ 黃山奇石，真可謂千奇百怪。

【千姿百態】qiān zī bǎi tài　形容形態多種多樣，各不相同 ◆ 這些金魚千姿百態，惹人喜愛。

【千真萬確】qiān zhēn wàn què　形容絕對真實，決不會錯 ◆ 這是我親眼所見，千真萬確。

【千鈞一髮】qiān jūn yī fà　同"一髮千鈞"，見2頁。

【千絲萬縷】qiān sī wàn lǚ　縷：線。形容兩者之間有着複雜而密切的聯繫 ◆ 這兩個集團有着千絲萬縷的聯繫。

注意 "縷"不讀 lóu (樓)；粵音讀 lœy⁵ (呂)。

【千載難逢】qiān zǎi nán féng　一千年也難碰到一次。指十分難得 ◆ 這是千載難逢的好機會。

【千篇一律】qiān piān yī lǜ　一律：一個樣子。形容文章或事物形式單一，缺少變化 ◆ 他的來信，總是那麼幾句話，千篇一律，不看也罷。反 千變萬化。

【千錘百煉】qiān chuí bǎi liàn　錘：打鐵。煉：冶煉鋼鐵。比喻經過長期的磨練；也比喻詩文經反覆加工潤色，精益求精 ◆ 這些戰士經過千錘百煉，已成部隊中的精英 / 詩文創作需千錘百煉，才成佳作。

【千變萬化】qiān biàn wàn huà　形容變化多端 ◆ 經商的手段千變萬化，目的都是為了賺錢。

近 千里馬、千軍萬馬、千頭萬緒、千里迢迢、千呼萬喚

近 萬紫千紅、氣象萬千

²午　ノ￼二午

[wǔ ㄨˇ 粵 ŋ⁵ 五]

❶ 地支的第七位 ◆ 子丑寅卯辰巳午未。❷ 十二時辰之一，即白天的十一時至十三時；也泛指中午 ◆ 午飯 / 午間。❀ 圖見92頁。

【午夜】wǔ yè　深夜十二點左右；半夜 ◆ 午夜時分，這裏的來往車輛還很多。

【午間】wǔ jiān　中午時間 ◆ 午間我在中環遇見了一位老朋友。

謂千奇百怪。

²卅　一ナ卅

[sà ㄙㄚˋ 粵 sɐp⁸ 澀/sa¹ 沙 (語)]

數目字，三十 ◆ "五卅"慘案。

²升　ノ二チ升

[shēng ㄕㄥ 粵 siŋ¹ 星]

❶ 提高；向上移動；跟"降"相對 ◆ 升旗 / 提升。❷ 舊時的容量單位，十升為一斗 ◆ 一升米。

【升格】shēng gé　身份、地位等提升 ◆ 他已由主任升格為校長。

【升級】shēng jí　❶ 班級或等級由低升高 ◆ 他有三門功課不及格，所以不能升級。❷ 指事態的緊張程度加深 ◆ 戰爭不斷升級。

近 升學、升值、升降機

近 上升、回升、晉升

³古　見口部，67頁。

³卉　一十士圥卉

[huì ㄏㄨㄟˋ 粵 wɐi² 毀]

花草的總稱 ◆ 花卉。

³半　ノ丷ソ半半

[bàn ㄅㄢˋ 粵 bun³ 本³]

❶ 二分之一 ◆ 半個月 / 對半分。❷ 在中間 ◆ 半山腰 / 半途而廢。❸ 不完全的 ◆ 半自動 / 半成品。❹ 形容少 ◆ 一知半解 / 一星半點。

【半百】bàn bǎi　五十 ◆ 他年過半百，神采依舊。

注意 "半百"多用來指歲數。

【半晌】bàn shǎng　半天；較長的一段時間 ◆ 他想了半晌，才想起這件事來。

【半島】bàn dǎo　三面環水、一面與陸地接壤的島嶼，如中國的山東半島、遼東半島。

【半斤八兩】bàn jīn bā liǎng　一斤等於十六兩，半斤也就是八兩。比喻彼此一樣，不相上下 ◆ 我看他們兩個是半斤八兩，都夠糊塗的。

【半信半疑】bàn xìn bàn yí　有點相信又有點懷疑；表示不完全相信◆對他的話我一向是半信半疑的。⑩將信將疑。

【半途而廢】bàn tú ér fèi　半路上停了下來。比喻做事有始無終，不能堅持到底◆他做事缺乏恆心，常常是半途而廢。⑩有始無終。⑮有始有終。

◩半天、半夜、半路、半徑、半身不遂、半生不熟

◪一半、對半、事半功倍

⁴ **早**　見日部，199頁。

⁵ **克**　見儿部，38頁。

⁶ **卓**　　ㆍ卜广占点卓

[zhuó ㄓㄨㄛˊ ⑧tsœk⁸ 綽]

❶高超；不平凡◆卓越／遠見卓識。❷姓。

【卓越】zhuó yuè　特別優秀；超乎尋常◆在物理學上，愛因斯坦做出了卓越的貢獻。

【卓著】zhuó zhù　特別突出◆公司信譽卓著，生意興隆。

【卓絕】zhuó jué　達到極點；超過一切◆父親經過艱苦卓絕的努力，才創下了這份基業。

【卓有成效】zhuó yǒu chéng xiào　成績、效果很顯著◆前一段的工作卓有成效。

⁶ **卑**　　ノイロ白自卑

[bēi ㄅㄟ ⑧bei¹ 悲]

❶地位低下◆卑賤／自卑。❷品質低劣◆卑鄙／卑劣。

【卑劣】bēi liè　卑鄙惡劣◆他以卑劣的手段騙得了校長的信任。⑮高尚。

【卑鄙】bēi bǐ　品行下流，做事不道德◆他是個卑鄙無恥的小人。⑩卑劣。⑮高尚。

【卑賤】bēi jiàn　❶出身貧寒或地位低下◆他出身卑賤，常遭人看不起。⑩低賤。❷卑鄙下賤◆此人品行不

端，行為卑賤。

【卑躬屈膝】bēi gōng qū xī　低頭哈腰，向人下跪。形容卑賤沒有骨氣◆他寧可犧牲性命，也決不卑躬屈膝向敵人求饒。

（注意）"卑躬屈膝"也作"卑躬屈節"。

⁶ **卒**　　ㆍ一广六卒卒

[zú ㄗㄨˊ ⑧dzœt⁷ 紲]

❶士兵◆一兵一卒／身先士卒。❷差役◆走卒／馬前卒。❸死亡◆病卒／生卒年不詳。❹結束◆卒業。

⁶ **協**（协）　ㆍ十扩扩协協協

[xié ㄒㄧㄝˊ ⑧hip⁸ 脅]

❶共同；一起◆協商／同心協力。❷幫助◆協助／協辦。❸配合；和諧◆協調／協奏曲。

【協力】xié lì　共同努力◆同心協力，共創未來。

【協助】xié zhù　幫助；輔助◆沒有他的協助，任務很難完成。

【協作】xié zuò　行動上互相配合◆協作伙伴／這是幾個工廠協作研製的新產品。⑩合作。

【協定】xié dìng　共同商量簽訂的條款◆雙方在長期合作協定上簽了字。⑩協議。

【協商】xié shāng　共同商量◆通過友好協商，雙方達成諒解。

【協調】xié tiáo　相互配合適當◆經理和員工工作上要協調。

【協議】xié yì　共同商量；共同商量訂立的條約◆經過兩輪談判，雙方達成協議。⑩協定。

◪妥協

⁷ **南**　　一十十内内南南

[nán ㄋㄢˊ ⑧nam⁴ 男]

❶方位名，早晨面向太陽時右手的一方；跟"北"相對◆南方／南極。❷姓。

【南洋】nán yáng　指亞洲東南的南洋羣島，分屬馬來西亞、印度尼西亞、新加坡、菲律賓等國家◆從前廣東、福

建有不少人去南洋謀生。

【南極】nán jí　地球的最南端◆歡迎南極考察隊勝利歸來。

【南征北戰】nán zhēng běi zhàn　形容轉戰南北，久經戰鬥◆他戎馬一生，南征北戰，立下赫赫戰功。

【南腔北調】nán qiāng běi diào　南北各種戲曲的唱腔、調子；泛指口音不純，夾雜有方言◆南腔北調大客串／他的話有點南腔北調。

【南轅北轍】nán yuán běi zhé　轅：車前駕牲口的長木。轍：車輪留下的痕跡。本來要去南方，車子卻往北走。比喻行為和目的完全相反◆你想幫他擺脫困境，結果反而給他增加許多麻煩，這豈不是南轅北轍嗎？⑩適得其反。

◩南海、南國、南面、南瓜

◪江南、指南針、天南地北

⁸ **索**　見糸部，326頁。

⁹ **乾**　見乙部，10頁。

⁹ **率**　見玄部，275頁。

¹⁰ **博**　　一十扩恒博博博

[bó ㄅㄛˊ ⑧bok⁸ 搏]

❶廣；多；豐富◆博大／地大物博。❷取得◆博得好評。❸賭錢◆賭博。

【博士】bó shì　最高一級的學位◆他是文學博士。

【博得】bó dé　取得；贏得◆她的精彩演出博得了觀眾的陣陣掌聲。

【博愛】bó ài　用人類普遍的愛去愛一切人◆自由、平等、博愛。

【博學】bó xué 知識廣博有學問 ◆ 我們的語文老師博學多才。

【博覽】bó lǎn 廣泛閱讀 ◆ 他博覽羣書，見識很廣。

【博物館】bó wù guǎn 收藏、陳列人類文明發展的實物或自然標本的機構。如軍事博物館、自然博物館等。

【博覽會】bó lǎn huì 規模較大的產品展覽會 ◆ 航空博覽會在灣仔會議展覽中心舉行。

【博聞強記】bó wén qiáng jì 見聞廣博，記憶力強 ◆ 李教授博聞強記，知識淵博。

〔注意〕 "博聞強記" 也作 "博聞強識(zhì)"。
〔近〕廣博、淵博、旁徵博引

¹¹ 準 見水部，251頁。

¹² 兢 見儿部，39頁。

卜 部

⁰ 卜 丨卜

〈一〉[bǔ ㄅㄨˇ ⑧buk⁷ 僕⁷]
❶ 占卜，預測吉凶的活動 ◆ 卜卦 / 問卜。❷ 估計；預料 ◆ 生死未卜。

〈二〉[·bo ㄅˇ ⑧bak⁹ 白]
❸ "蔔" 的簡化字，見370頁。

² 卞 、一下卞

[biàn ㄅㄧㄢˋ ⑧bin⁶ 辨]
姓。

³ 卡 丨卜上卡卡

〈一〉[qiǎ ㄑㄧㄚˇ ⑧ka¹]
❶ 夾在中間 ◆ 魚刺卡在喉嚨裏。❷ 夾東西的器具 ◆ 髮卡。❸ 在交通要道上設置的檢查站 ◆ 關卡 / 邊卡。

〈二〉[kǎ ㄎㄚˇ ⑧ka¹]
❹ 小而硬的紙片 ◆ 卡片 / 賀年卡。
❺ 熱量單位，卡路里的簡稱。

【卡₁通】kǎ tōng 動畫片；漫畫 ◆ 卡通片 / 卡通畫。

【卡₂拉 OK】kǎ lā OK 日語的音譯，意思是 "沒有樂隊"。演唱者在卡拉 OK 影音伴唱機的伴奏下，根據電視屏幕上顯示的畫面、歌詞演唱歌曲。

³ 占 丨卜占占占

〈一〉[zhān ㄓㄢ ⑧dzim¹ 尖]
❶ 預測吉凶禍福的活動 ◆ 占卜 / 占卦。❷ 姓。

〈二〉[zhàn ㄓㄢˋ ⑧dzim³ 尖³]
❸ "佔" 的簡化字，見20頁。

³ 外 見夕部，100頁。

⁶ 卦 一十土圭圭卦

[guà ㄍㄨㄚˋ ⑧gwa³ 掛]
古代占卜用的符號 ◆ 八卦。

⁶ 卧 見臣部，353頁。

卩 部

³ 卯 見口部，68頁。

³ 卯 、𠂋卩卯卯

[mǎo ㄇㄠˇ ⑧mau⁵ 牟⁵]
❶ 地支的第四位 ◆ 子丑寅卯。❷ 卯時：早晨五時至七時。❸ 器物上安裝榫頭的孔眼 ◆ 卯眼。
❀ 圖見92頁。

⁴ 印 ′𠂉𠂊𠂊印印

[yìn ㄧㄣˋ ⑧jen³ 因³]
❶ 圖章 ◆ 印章 / 蓋印。❷ 把文字或圖畫印在紙上或器物上 ◆ 印刷 / 印花。
❸ 痕跡 ◆ 手印 / 腳印。❹ 彼此符合 ◆ 心心相印。

【印刷】yìn shuā 把文字、圖畫製板上色印在紙上 ◆ 印刷術是中國古代四大發明之一。
❀ 圖見175頁。

【印染】yìn rǎn 在紡織品上印花、染色 ◆ 印染廠。

【印章】yìn zhāng 圖章 ◆ 請在文件上加蓋印章。

【印象】yìn xiàng 外界事物在人的頭腦裏留下的跡象 ◆ 我們只見過一面，彼此留下了深刻的印象。

【印發】yìn fā 印刷並散發 ◆ 老師把複習資料印發給我們。

【印證】yìn zhèng 證實 ◆ 結果完全印證了他的預測。
〔近〕複印、翻印

⁴ 危 ′𠂉𠂊𠂊户危

[wēi ㄨㄟ ⑧ŋɐi⁴ 霓]
❶ 不安全；跟 "安" 相對 ◆ 危險 / 臨危不懼。❷ 傷害；損害 ◆ 危害 / 危及生命財產。❸ 指人快要死了 ◆ 病危。❹ 端正 ◆ 正襟危坐。

【危急】wēi jí 危險而緊急 ◆ 情況危急，要趕快想辦法。

【危害】wēi hài 損害；使受損害 ◆ 吸煙危害健康。〔同〕傷害。

【危機】wēi jī ❶ 發生危險的因素 ◆ 那裏已是危機四伏，隨時都可能爆發戰爭。

【危險】wēi xiǎn 不安全，有遭受傷害或失敗的可能 ◆ 亂穿馬路是很危險的。〔反〕安全。

【危難】wēi nàn 危險和災難 ◆ 危難之際見真情。

【危在旦夕】wēi zài dàn xī 危險就在眼前 ◆ 伯父的病情急劇惡化，生命危在旦夕。

【危言聳聽】wēi yán sǒng tīng　故意説些嚇人的話，使人聽了震驚害怕 ◆ 這並不是危言聳聽，情況確實非常嚴重。⊜聳人聽聞。
◁危亡、危及
▷垂危、轉危為安、乘人之危

卵
⁵ [luǎn　ㄌㄨㄢˇ　⊜lœn⁵論⁵]
雌性生殖細胞；特指動物的蛋 ◆ 鳥卵 / 以卵擊石。
【卵石】luǎn shí　卵狀的石塊。
（注意）"卵石"也叫"鵝卵石"。
【卵生】luǎn shēng　由卵孵化出來的 ◆ 鳥是卵生動物。
▷殺雞取卵、危如纍卵

即
⁵ [jí　ㄐㄧˊ　⊜dzik⁷積]
❶馬上；就 ◆ 立即 / 招之即來。❷就是 ◆ 非此即彼 / 花城即廣州市。❸當；當前；當地 ◆ 即日起 / 即席發言。❹靠近 ◆ 若即若離 / 可望而不可即。
【即日】jí rì ❶當日 ◆ 我校即日起接受新生報名。❷近日內 ◆ 新校長即日將到任。
【即使】jí shǐ　就算是；表示假設兼讓步 ◆ 即使她不説，我也猜得出來。⊜即便。
【即刻】jí kè　立刻；馬上 ◆ 請即刻來電。
【即便】jí biàn　即使 ◆ 即便價錢高一些也合算。
【即席】jí xí　在宴會或集會當場 ◆ 在同學會上，他即席發表演説。
【即將】jí jiāng　就要；將要 ◆ 比賽即將開始。
【即興】jí xìng　被眼前景物所觸動乘一時高興而有所表現 ◆ 在慶祝會上，他即興表演了土風舞。
【即景生情】jí jǐng shēng qíng　被眼前景物所觸動而產生某種思想感情 ◆ 在聯歡會上，他即景生情，寫了一首《友誼無價》的小詩。
▷當即、隨即、一觸即發

却
⁵ "卻"的異體字，見本頁。

卸
⁶ [xiè　ㄒㄧㄝˋ　⊜sɛ³瀉]
拿掉；解除 ◆ 卸貨 / 卸妝 / 推卸責任。

卷
⁶ 〈一〉[juǎn　ㄐㄩㄢˇ　⊜gyn²捲]
❶書籍；字畫 ◆ 開卷有益 / 巨幅畫卷。❷全書的一部分 ◆ 上卷 / 第三卷。❸印有試題的紙 ◆ 試卷。❹分類存檔的文件 ◆ 卷宗 / 案卷。
〈二〉[juǎn　ㄐㄩㄢˇ　⊜gyn²捲]
❺ "捲"的簡化字，見181頁。
▷畫卷、手不釋卷

卻
⁷ ⁽却⁾ [què　ㄑㄩㄝˋ　⊜kœk⁸]
❶後退；退卻 ◆ 退卻 / 望而卻步。❷推辭；拒絕 ◆ 推卻 / 盛情難卻。❸放在一個單音節動詞後，相當於"掉"、"了"的意思 ◆ 忘卻 / 了卻一樁心事。❹表示語氣的轉折；可是 ◆ 話不多，卻耐人尋味。

卿
⁸ [qīng　ㄑㄧㄥ　⊜hiŋ¹兄]
❶古代高級官員的名稱；現在用於某些外國官員名 ◆ 上卿 / 國務卿。❷古代君主對大臣、長輩對晚輩的稱呼 ◆ 愛卿。❸古代夫妻、朋友之間表示親密的稱呼 ◆ 卿卿我我。

厂 部

厄
² [è　ㄜˋ　⊜ɐk⁷/ŋɐk⁷握]

❶艱難；困苦 ◆ 厄運。❷險要的地方 ◆ 險厄。
【厄運】è yùn　災難；不幸的遭遇 ◆ 十年間，他屢遭厄運，幾乎家破人亡。

厘
⁷ [lí　ㄌㄧˊ　⊜lei⁴離]
❶公制計量單位，如厘米、厘升、厘克等。❷同"釐"字，見430頁。

厚
⁷ [hòu　ㄏㄡˋ　⊜heu⁵口⁵]
❶扁平物體的上下兩面距離較大；跟"薄"相對 ◆ 厚鋼板 / 這本字典很厚。❷厚度 ◆ 五公分厚。❸深；重 ◆ 厚禮 / 深情厚意。❹待人誠懇；不刻薄 ◆ 寬厚 / 忠厚。❺重視 ◆ 厚此薄彼。❻濃 ◆ 酒味醇厚。
【厚望】hòu wàng　很大的期望 ◆ 學校對同學們寄予厚望。
【厚愛】hòu ài　指別人對自己的器重和愛護 ◆ 對老師的厚愛，我會銘記在心。
（注意）"厚愛"多用作客氣話。
【厚道】hòu ·dao　待人誠懇寬厚，不刻薄 ◆ 他是個厚道人。
【厚此薄彼】hòu cǐ bó bǐ　重視或優待一方，輕視或慢待另一方，不能一視同仁 ◆ 校長做事一向公平，決不會厚此薄彼。⊝一視同仁。
【厚顏無恥】hòu yán wú chǐ　臉皮厚，不知道羞恥 ◆ 人家早就不理他了，他卻厚顏無恥地纏住人不放。
▷優厚、雄厚、天高地厚、得天獨厚

原
⁸ [yuán　ㄩㄢˊ　⊜jyn⁴元]
❶最初的；本來的 ◆ 原始 / 原籍。❷未經加工的 ◆ 原料 / 原油。❸寬容；諒解 ◆ 原諒 / 情有可原。❹寬廣平坦的地方 ◆ 原野 / 平原。
【原因】yuán yīn　造成某種結果或引起一件事情發生的因素 ◆ 這次失敗的主要原因是輕敵。⊜原由。⊝結果。

【原告】yuán gào　向法庭起訴的人 ◆ 原告勝訴。◙ 被告。

【原來】yuán lái ❶ 最初；本來 ◆ 轉了一大圈，又回到了原來的地方。❷ 表示發現真實情況 ◆ 這恐龍模型會搖頭擺尾，原來裏面有人在操作。

【原始】yuán shǐ ❶ 最初的；第一手的 ◆ 建校初期的原始資料，至今保存完好。❷ 最古老的；還沒有開發或開化的 ◆ 山裏有一片原始森林。

【原則】yuán zé　說話做事所依據的準則 ◆ 薪金根據職位高低、貢獻大小而定，這是原則。

【原料】yuán liào　未經加工的材料 ◆ 今年棉花豐收，紡織廠原料充足。

【原理】yuán lǐ　帶有普遍性的規律 ◆ 不論是火力發電還是水力發電，它們的原理是一樣的。

【原野】yuán yě　平坦寬廣的土地 ◆ 在一望無際的原野上，到處是綠油油的莊稼。

【原諒】yuán liàng　寬容別人的過錯，不加責怪 ◆ 這是我的疏忽，請你原諒。

【原籍】yuán jí　原先的籍貫 ◆ 他原籍山東，十五歲時隨父親來香港。◙ 祖籍。

【原形畢露】yuán xíng bì lù　畢：完全。本來面目完全暴露 ◆ 他偽裝得很巧妙，但最終還是原形畢露。◙ 暴露無遺。

【原封不動】yuán fēng bù dòng　原來的封口沒有動過。比喻保持原樣沒變 ◆ 你把這東西原封不動地退回去。

☒ 原價、原稿、原子能、原始社會、原原本本

☒ 還原、復原、星火燎原

---

⁹ 廁　“廁”的異體字，見140頁。

---

¹⁰ 雁　見隹部，444頁。

¹² 厭 ^(厌)　厂厂厃厭厭厭 **厭**

[yàn ㄧㄢˋ ⑧jim³ 掩³]

❶ 不喜歡；憎惡 ◆ 厭惡 / 討厭。❷ 滿足 ◆ 貪得無厭。

【厭倦】yàn juàn　失去興趣，不想繼續下去 ◆ 她早就厭倦了秘書工作，想另謀出路。

【厭惡】yàn wù　討厭憎恨，十分反感 ◆ 我最厭惡那些搞陰謀詭計的人。◙ 喜歡。

⧉ “惡”不讀 è。粵音讀 wu³（烏³）。

【厭煩】yàn fán　嫌麻煩而討厭 ◆ 他對各種各樣的應酬感到很厭煩。

¹³ 厲 ^(厉)　厂厂厍厲厲厲 **厲**

[lì ㄌㄧˋ ⑧lei⁶ 麗]

❶ 嚴格；嚴肅 ◆ 嚴厲 / 聲色俱厲。❷ 猛烈；凌厲 ◆ 變本加厲。❸ 姓。

【厲害】lì hài　兇猛、劇烈，難以對付或忍受 ◆ 這一手真厲害，弄得大家不知所措。

☒ 雷厲風行、再接再厲

¹⁴ 歷　見止部，227頁。

¹⁴ 曆　見日部，204頁。

¹⁵ 壓　見土部，98頁。

厶 部

---

² 云　見二部，12頁。

² 公　見八部，41頁。

---

² 勾　見勹部，57頁。

² 允　見儿部，37頁。

³ 去　一十土去 **去**

[qù ㄑㄩˋ ⑧hœy³ 許³]

❶ 從所在地到別處；離開所在地；跟“來”相對 ◆ 來去自由 / 一去不復返。❷ 距離 ◆ 兩地相去不遠。❸ 過去的；多指剛過去的一年 ◆ 去年 / 去冬今春。❹ 除掉 ◆ 去掉 / 去皮。❺ 失掉 ◆ 大勢已去。❻ 離開 ◆ 去世 / 去職。❼ 表示動作的趨向或持續 ◆ 進去 / 說下去。❽ 漢語聲調之一。現代漢語有四個聲調，即陰平、陽平、上聲、去聲，簡稱陰、陽、上、去。

【去世】qù shì　離開人世 ◆ 祖父是前年去世的。◙ 逝世。

⧉ “去世”多用於成年人死去。

【去向】qù xiàng　所去的方向；蹤跡 ◆ 他離開香港後便不知去向。

【去處】qù chù ❶ 去的地方 ◆ 你知道他的去處嗎？❷ 地方；場所 ◆ 香港公園是假日休閒的好去處。

☒ 失去、回去、過去、來龍去脈、揚長而去、翻來覆去、一去不復返

---

³ 台　見口部，69頁。

⁴ 丟　見一部，6頁。

⁵ 私　見禾部，309頁。

⁶ 叁　ㄥㄥㄥ糸糸 **叁**

[sān ㄙㄢ ⑧sam¹ 三]

數目字“三”的大寫。

⁹ 參 ^(参)　ㄥㄥㄥ糸糸 **參**

〈一〉[cān ㄘㄢ ⑧tsam¹ 慘¹]

❶ 加入 ◆ 參加／參賽。❷ 進見；會見 ◆ 參拜／參見總統。❸ 查看；考察 ◆ 參考／參觀。

〈二〉［shēn ㄕㄣ ⑧ sem¹ 心］

❹ 人參：一種貴重藥材。

〈三〉［cēn ㄘㄣ ⑧ tsam¹ 慘¹/tsem¹ 侵］

❺ 參差：長短、高低、大小等不齊 ◆ 參差不齊。

【參考】cān kǎo ❶ 查閱有關資料 ◆ 他參考了大量最新研究資料，寫成了這篇論文。❷ 利用有關材料或意見瞭解情況，開闊視野 ◆ 這些材料很有參考價值。

【參加】cān jiā 加入某個組織或某種活動 ◆ 我參加籃球隊，他參加足球隊。

【參照】cān zhào 參考和仿照 ◆ 同學們可以參照課文的寫法來寫。

【參與】cān yù 加入其中，一起活動 ◆ 我和姐姐都參與了植樹活動。⑩ 參加。

【參謀】cān móu ❶ 幫人出主意；幫人出主意的人 ◆ 請你給參謀一下／請你當我的參謀。❷ 軍隊中協助首長制訂作戰計劃、指揮軍事行動的軍官 ◆ 他是陸軍總部的高級參謀。

【參觀】cān guān 實地觀看 ◆ 昨天我去參觀了香港太空館，收穫很大。

【參₃差不齊】cēn cī bù qí 優劣、長短、大小等不一致，不整齊 ◆ 員工的業務能力參差不齊。

注意 "參差"不讀 cān chà（餐岔）。"差"粵音讀 tsi¹（雌）。

⚡ 參戰、參天、參議院

又 部

⁰ 又　フ又

［yòu ㄧㄡˋ ⑧ jeu⁶ 右］

❶ 表示重複或繼續 ◆ 看了又看／一波未平，一波又起。❷ 表示幾種情況或性質同時存在 ◆ 又高又大／又多又好。❸ 表示加重語氣 ◆ 你又不是三

歲的孩子！❹ 表示轉折 ◆ 既怕冷，又不願多穿衣服，自然要感冒了。❺ 表示整數之外再加上分數 ◆ 四又二分之一。

¹ 叉　フ又叉

〈一〉［chā ㄔㄚ ⑧ tsa¹ 差］

❶ 交錯 ◆ 交叉。❷ 頭上有分杈的器具 ◆ 叉子／魚叉。❸ 用叉子刺或挑起東西 ◆ 叉魚／叉稻草。

〈二〉［chǎ ㄔㄚˇ ⑧ tsa¹ 差］

❹ 分開 ◆ 叉起兩腿。

² 友　一ナ方友

［yǒu ㄧㄡˇ ⑧ jeu⁵ 有］

❶ 朋友 ◆ 友情／好友。❷ 相好；親密 ◆ 友好／友愛。❸ 有友好關係的 ◆ 友人／友邦。

【友人】yǒu rén 朋友 ◆ 來香港旅遊的國際友人很多。

【友好】yǒu hǎo ❶ 好朋友 ◆ 這次出國旅遊，準備邀請幾位友好同行。❷ 親近和睦 ◆ 兩家友好相處幾十年。⑩ 友善。

【友善】yǒu shàn 友好和善 ◆ 同學之間要友善，要互相幫助。

【友愛】yǒu ài 友好和相親相愛 ◆ 同學之間要互助友愛。

【友誼】yǒu yì 朋友之間的親密情誼 ◆ 友誼地久天長。⑩ 友情。

⚡ 戰友、親友、校友、良師益友

² 反　一厂反反

［fǎn ㄈㄢˇ ⑧ fan² 返］

❶ 顛倒的；相背的；跟"正"相對 ◆ 相反／適得其反。❷ 不同意；對抗 ◆ 反對／反抗。❸ 翻轉；回轉過來 ◆ 反省／反敗為勝。❹ 背叛 ◆ 反叛。❺ 類推 ◆ 舉一反三。❻ 反而。表示轉折 ◆ 他不但不感激我，反以為我在陷害他。

【反正】fǎn zhèng 表示堅決肯定 ◆ 不管你信不信，反正我不信。

【反而】fǎn ér 表示跟願望相反或出乎

預料之外。常與"不但"相搭配，在句子中起轉折作用 ◆ 父親不但沒有責怪我，反而說我做得對。

【反抗】fǎn kàng 用行動抵制、反對 ◆ 有壓迫，就有反抗。

【反省】fǎn xǐng 檢查自己的思想行為有無錯誤 ◆ 我常常反省自己，做事是否盡心盡力，對人是否真誠熱情。

注意 "省"不讀 shěng。

【反映】fǎn yìng 把客觀情況表現或表達出來 ◆ 這份報告反映了民眾的要求。

【反射】fǎn shè 光線、聲音在傳播過程中遇到物體而折回的現象。如光線射到鏡面上會向折射回去，在山谷中大聲喊叫能傳來回聲，都是反射現象。

【反悔】fǎn huǐ 對以前說的話、做的事感到後悔而不認賬 ◆ 就這樣說定了，不許反悔！

【反常】fǎn cháng 跟正常情況不同 ◆ 她最近有點反常，老愛發脾氣。⑫ 正常。

【反問】fǎn wèn 對提問的人發問 ◆ 我反問道："如果你在場，你會怎樣做？"

【反感】fǎn gǎn 厭惡或不滿的情緒 ◆ 他的輕浮舉動大家看了很反感。⑫ 好感。

【反駁】fǎn bó 說出自己的理由去否定別人的意見 ◆ 他胡說你欺負小同學，你為甚麼不起來反駁呢？

【反對】fǎn duì 不贊成；不同意；不支持 ◆ 學校一向反對體罰學生。⑫ 贊成、同意、支持。

【反應】fǎn yìng 事情所引起的生理或心理活動 ◆ 服用這種新藥不會有任何反應／這個節目觀眾反應不一。

【反覆】fǎn fù ❶ 一次又一次地重複 ◆ 一個動作要反覆訓練多次才能熟練。❷ 一會這樣，一會那樣，經常變

化 ◆ 這個人反覆無常，你要小心。

注意 "反覆"也作"反復"。

【反義詞】fǎn yì cí 意思相反或相對的詞。如"高"和"矮"、"好"和"壞"、"大"和"小"、"成功"和"失敗"、"先進"和"落後"等。

反光、反面、反作用、反客為主

違反、一反常態、易如反掌

² 及 ノ ア 乃 及 及

[jí ㄐㄧˊ ⑧kep⁹給⁹]

❶ 到；達到 ◆ 涉及 / 由此及彼。❷ 趕上 ◆ 及時 / 不及。❸ 相當於"和"、"與"，用來連接並列的成分 ◆ 童話及寓言 / 老師、同學及家長。

【及格】jí gé 考試成績達到規定的最低標準 ◆ 英語考了六十分，正好及格。

【及時】jí shí ❶ 正趕上需要的時候 ◆ 你來得及時，我們正有事要找你。❷ 馬上；立刻 ◆ 有病要及時治療，不要拖。

普及、推己及人、望塵莫及

³ 奴 見女部，107頁。

⁶ 取 一 ㄏ ㄇ ㄇ 耳 耳 取 取

[qǔ ㄑㄩˇ ⑧tsœy²娶]

❶ 拿；拿回 ◆ 取款 / 取行李。❷ 得到 ◆ 取勝 / 取信於民。❸ 選擇；採用 ◆ 錄取 / 這辦法不可取。

【取巧】qǔ qiǎo 用巧妙的手段謀取好處 ◆ 做事要腳踏實地，不要投機取巧。

【取材】qǔ cái 選取材料 ◆ 寫文章取材很重要。

【取決】qǔ jué 由此決定 ◆ 兩人實力相當，誰能奪冠，取決於臨場發揮。

【取消】qǔ xiāo 廢除；使失去效力 ◆ 競賽委員會決定取消他的參賽資格。反 保留。

【取笑】qǔ xiào 嘲笑；開玩笑 ◆ 他老取笑我說話南腔北調。

【取捨】qǔ shě 採用和拋棄；選擇 ◆ 經過認真比較後再決定取捨。

【取締】qǔ dì 下令或用強制手段取消

或禁止非法活動 ◆ 採取有力措施，取締盜版活動。

【取長補短】qǔ cháng bǔ duǎn 吸取他人的長處來彌補自己的短處 ◆ 同學們要互相取長補短，共同進步。

取樂、取景、取而代之、取之不盡

爭取、奪取、獲取、採取、吸取、斷章取義、嘩眾取寵、咎由自取

⁶ 叔 ㄧ ㄐ 上 ㅑ 未 机 叔

[shū ㄕㄨ ⑧suk⁷縮]

❶ 父親的弟弟；跟父親同輩而年輕的男子 ◆ 叔叔 / 叔父 / 表叔。❷ 稱丈夫的弟弟 ◆ 小叔子。❸ 排行中第三 ◆ 伯仲叔季。

⁶ 受 一 ㄴ ㄧ ㄑ 四 四 受 受

[shòu ㄕㄡˋ ⑧seu⁶授]

❶ 接收 ◆ 接受 / 受人之託。❷ 得到；遭到 ◆ 遭受 / 受苦受難。❸ 忍耐 ◆ 忍受 / 受不了。

【受用】shòu yòng 享受；得益 ◆ 有一技之長，終生受用。

【受害】shòu hài 遭到傷害 ◆ 這次大地震受害人數以萬計。

【受罪】shòu zuì 受折磨；受苦 ◆ 孩子不孝，父母受罪。

【受寵若驚】shòu chǒng ruò jīng 受到特別的寵愛、賞識而感到驚喜和不安 ◆ 沒想到總理如此器重他，他真有點受寵若驚了。

受騙、受氣、受傷、受賄、受理

享受、承受、感受、自作自受

⁷ 叛 ㄚ ㄧ 半 半 叛 叛 叛

[pàn ㄆㄢˋ ⑧bun⁶伴]

背離、出賣自己的一方；去投靠敵對的一方 ◆ 叛變 / 背叛 / 眾叛親離。

【叛徒】pàn tú 有背叛行為的人 ◆ 這就是叛徒的下場。

【叛亂】pàn luàn 指武裝叛變暴亂活動 ◆ 軍隊的叛亂已經平息。

【叛變】pàn biàn 背叛變節，脫離自己的一方而投向敵方 ◆ 他叛變革命，

賣國求榮。同 背叛。

叛逆、叛逃

⁸ 隻 見隹部，444頁。

⁹ 曼 丶 口 日 冒 冒 曼 曼

[màn ㄇㄢˋ ⑧man⁶慢]

柔美 ◆ 輕歌曼舞。

¹⁶ 雙 見隹部，445頁。

¹⁶ 叢 ㄧ 丵 丵 丵 丵 叢 叢

[cóng ㄘㄨㄥˊ ⑧tsuŋ⁴松]

❶ 聚集 ◆ 叢林 / 雜草叢生。❷ 聚在一起的草木或人羣 ◆ 草叢 / 人叢。

【叢生】cóng shēng ❶ 草木聚集在一起生長 ◆ 田原荒蕪，雜草叢生。❷ 疾病等一齊發生 ◆ 他年老體弱，百病叢生。

【叢林】cóng lín 茂密的樹林 ◆ 考察隊進入了非洲的熱帶叢林。

【叢書】cóng shū 由許多本同類的單本書匯集成的一套書。如《中國文化史叢書》。

口 部

⁰ 口 丨 ㄇ 口

[kǒu ㄎㄡˇ ⑧heu²侯²]

❶ 嘴 ◆ 口說無憑 / 病從口入。❷ 容器通外面的地方 ◆ 瓶口。❸ 出入通過的地方 ◆ 門口 / 港口。❹ 破裂的地方 ◆ 裂口 / 傷口。❺ 刀刃 ◆ 刀口 / 捲口。❻ 量詞，多用於計算人口或有口的東西 ◆ 五口之家 / 一口井。

【口才】kǒu cái 說話的才能 ◆ 他口才好。

【口吃】kǒu chī 一種習慣性的語言障

礙，講話時常發生字音重複或話語中斷現象。俗稱"結巴" ◆ 他從小就有口吃的毛病。

【口舌】kǒu shé　❶ 指為勸說、交涉而說的話 ◆ 費了很多口舌，他才同意。❷ 因說話而引起的糾紛 ◆ 雙方話不投機，引起了口舌。

【口技】kǒu jì　一種雜技表演，演員運用口腔、鼻腔等發聲技巧來模仿各種聲響，如鳥鳴聲、汽笛聲、火車聲等。

【口吻】kǒu wěn　說話時的態度或流露出來的情緒 ◆ 你怎麼能用這種口吻對父親說話？⦿ 口氣。

【口角】kǒu jiǎo　嘴邊 ◆ 口角出血。

【口角】kǒu jué　吵嘴 ◆ 同學們相處很好，從未發生口角。

【口供】kǒu gòng　被告在案情調查或庭審中所作的與案件有關的口頭陳述。口供是定案的重要證據之一 ◆ 辦案要重證據，不輕信口供。

【口氣】kǒu qì　❶ 說話的氣勢或流露出的情緒 ◆ 他說話口氣很大 / 他用憤怒的口氣指責對方。❷ 言外之意；言語中透露出來的意思 ◆ 聽他的口氣，好像是在埋怨我們。⦿ 口吻。

【口徑】kǒu jìng　❶ 器物圓口的直徑 ◆ 小口徑步槍。❷ 比喻對問題的看法或辦事的原則 ◆ 在處理這件事上，前後口徑不一。

【口訣】kǒu jué　根據事物的內容和要點編成的便於記憶背誦的語句，如乘法口訣、珠算口訣等。

【口號】kǒu hào　供口頭呼喊的有鼓動作用的短句 ◆ 遊行隊伍不斷高呼口號。

【口齒】kǒu chǐ　說話時的發音；口才 ◆ 他講普通話口齒清晰 / 這孩子口齒伶俐，真會說。

【口若懸河】kǒu ruò xuán hé　說起話來像河水傾瀉一樣滔滔不絕。形容口才

好，能言善辯 ◆ 他才思敏捷，口若懸河。

【口是心非】kǒu shì xīn fēi　口頭上贊成，心底裏反對。指嘴上說的是一套，心裏想的是另一套，心口不一致 ◆ 他性格直爽，討厭口是心非的人。

【口蜜腹劍】kǒu mì fù jiàn　嘴上說得動聽，心裏卻藏着暗劍。比喻嘴甜心狠，陰險毒辣 ◆ 他是個口蜜腹劍的人，不能不防。

◁ 口腔、口罩、口琴、口服、口試、口信、口音、口袋、口味、口頭禪

▷ 人口、出口、傷口、守口如瓶、脫口而出、出口成章、信口開河、異口同聲、啞口無言、讚不絕口

¹
中　見 | 部，6頁。

²
古　一十古古 古

[gǔ 《ㄨˇ ⑨ gu² 鼓]

❶ 年代久遠的；跟"今"相對 ◆ 古代 / 古跡。❷ 姓。

【古老】gǔ lǎo　年代久遠的 ◆ 這是一個古老的傳說。

【古怪】gǔ guài　跟一般不相同，使人感到奇怪 ◆ 她的脾氣很古怪。

【古板】gǔ bǎn　固執保守；呆板 ◆ 老人很古板，對年輕人的所作所為總是看不慣。

【古稀】gǔ xī　指年齡七十歲 ◆ 父親年已古稀。

【古董】gǔ dǒng　古代流傳下來的器物，如兵器、陶器、瓷器、字畫等 ◆ 這些古董價值連城。

(注意) "古董"也叫"古玩"。

【古跡】gǔ jì　古代的遺跡 ◆ 北京有許多名勝古跡，如故宮、頤和園、八達嶺長城等。

(注意) "古跡"多指古代建築物。

【古樸】gǔ pǔ　樸素而具有古代風格 ◆ 這幢建築外觀古樸，裏面卻非常豪華。

【古色古香】gǔ sè gǔ xiāng　富有古樸典雅的色彩和情調 ◆ 客廳裏是一套紅木傢具，顯得古色古香。

【古往今來】gǔ wǎng jīn lái　從古到今

◆ 古往今來，不知有多少無辜百姓死於戰爭。

◁ 古雅、古都、古典

▷ 考古、復古、萬古長存、一失足成千古恨

²
右　一ナオ右 右

[yòu ㄧㄡˋ ⑨ jeu⁶ 又]

方位名，如面向南時，則東面為左，西面為右；跟"左"相對 ◆ 右手 / 右邊。

▷ 座右銘、左顧右盼、左右逢源

²
可　一ㄇㄇㄇ可 可

⟨一⟩ [kě ㄎㄜˇ ⑨ ho² 何²]

❶ 允許 ◆ 許可 / 認可。❷ 能夠 ◆ 可以 / 由此可見。❸ 值得 ◆ 可敬 / 可憐。❹ 適合 ◆ 可口。❺ 表示轉折 ◆ 年紀雖小，志向可不小。❻ 表示疑問 ◆ 身體可好？❼ 表示加強語氣 ◆ 我可沒有說。

⟨二⟩ [kè ㄎㄜˋ ⑨ hek⁷ 克]

❽ 可汗 (kè hán)：古代鮮卑、突厥、回紇、蒙古等君主的稱號。

【可口】kě kǒu　味道好；很好吃 ◆ 他是潮州人，吃家鄉菜覺得很可口。

【可是】kě shì　❶ 用在一句話的後半句，表示轉折。常與上半句中的"雖然"、"儘管"等搭配使用 ◆ 文章雖不長，可是內容很豐富。⦿ 但是。❷ 是不是。表示疑問 ◆ 說這話的可是你？

【可恥】kě chǐ　令人感到羞恥 ◆ 他考試作弊，太可恥了。⚹ 光榮。

【可能】kě néng　❶ 能夠。表示可以實現 ◆ 三天完成任務是可能的。❷ 預計會出現的情況 ◆ 比賽結果無非是三種可能：贏、輸、平。❸ 也許；大概。表示估計、猜測 ◆ 已經三點了，他可能不會來了。

【可惜】kě xī　令人惋惜 ◆ 那麼好的一個花瓶給打破了，真可惜。

【可惡】kě wù　使人厭惡、憎恨 ◆ 這傢伙真可惡！⚹ 可愛。

(注意) "惡"不讀 è，粵音讀 wu³ (烏 ³)。

【可貴】kě guì 很寶貴，值得尊重 ◆ 生命可貴，我們要好好珍惜。

【可敬】kě jìng 值得尊敬 ◆ 他是一位可敬的老人。

【可愛】kě ài 值得喜愛 ◆ 這些小演員個個眉清目秀，長得很可愛。（反）可惡。

【可疑】kě yí 令人懷疑；值得懷疑 ◆ 他鬼鬼祟祟的，行跡很可疑。

【可憐】kě lián ❶ 同情；值得同情 ◆ 你就可憐可憐他吧／這隻小貓很可憐。❷ 指數量少或質量差，不值得一提 ◆ 他們家的收入少得可憐。

【可謂】kě wèi 可以説 ◆ 我們的想法不謀而合，真可謂"英雄所見略同"。

【可歌可泣】kě gē kě qì 值得歌頌讚美，令人感動流淚。形容事跡英勇悲壯，十分感人 ◆ 每當我想起歷史上民族英雄可歌可泣的事跡，心情久久不能平靜。

◁可笑、可靠、可信、可觀、可怕

◁◁兩可、寧可、不可思議、大有可為、屈指可數、非同小可

² 占 見卜部，62頁。

² 叮 ⎮丨口口丁 叮

[dīng ㄉ丨ㄥ ⑧ diŋ¹ 丁]
❶ 蚊子等蟲類用針刺人 ◆ 蚊叮蟲咬。❷ 囑咐 ◆ 叮囑。❸ 叮噹。象聲詞 ◆ 叮噹作響。

【叮嚀】dīng níng 再三囑咐 ◆ 老師一再叮嚀，過馬路要注意交通安全。（同）叮囑。

【叮囑】dīng zhǔ 再三囑咐 ◆ 父親叮囑我，兄弟間要團結友愛。（同）叮嚀。

---

² 只 ⎮丨口口尸 只

〈一〉[zhǐ ㄓ ⑧ dzi² 止]
❶ 僅 ◆ 只有／只會。

〈二〉[zhī ㄓ ⑧ dzɛk⁸ 炙]
❷ "隻"的簡化字，見444頁。

【只有】zhǐ yǒu 用在一句話的上半句，表示一定要具備某個條件，才會有某種結果。下半句常用"才"引出結果 ◆ 只有提高產品質量，才能擴大銷路。

【只要】zhǐ yào 用在一句話的上半句，表示具備這個條件，就會有某種結果。下半句常用"就"或"便"引出結果 ◆ 只要多讀多寫，寫作水平就會不斷提高。

【只是】zhǐ shì ❶ 僅僅是 ◆ 我只是隨便説説。❷ 用在一句話的下半句，表示轉折 ◆ 他很聰明，只是不太刻苦。

【只消】zhǐ xiāo 只需要 ◆ 路不遠，只消十分鐘就到。

【只得】zhǐ dé 只能；不得不 ◆ 前面塞車嚴重，我們只得繞道行駛。（同）只好。

【只管】zhǐ guǎn ❶ 儘管；表示不必多慮 ◆ 有話只管説，不用害怕。❷ 僅僅顧到 ◆ 他只管個人享受，從來不考慮別人。（同）只顧。

² 叭 ⎮丨口口八 叭

〈一〉[bā ㄅㄚ ⑧ ba¹ 巴]
❶ 象聲詞 ◆ 叭的一聲。

〈二〉[˙ba ˙ㄅㄚ ⑧ ba¹ 巴]
❷ 喇叭。見"喇"字，81頁。

² 史 ⎮丨口口史 史

[shǐ ㄕˇ ⑧ si² 屎]
❶ 記載過去事跡的書籍；歷史 ◆ 史書／近代史。❷ 古代掌管記載歷史的官 ◆ 左史／太史。❸ 姓。

【史冊】shǐ cè 記載歷史的書籍 ◆ 97香港回歸，已記入史冊中。

【史實】shǐ shí 歷史事實 ◆ 電影《鴉片戰爭》是以史實為依據創作而成的。

【史無前例】shǐ wú qián lì 歷史上從

未有過的事 ◆ 世界健力士紀錄都是史無前例的。

◁史料、史詩

◁◁歷史、通史、祕史

² 句 ⎮丨ㄅㄅ句 句

[jù ㄐㄩˋ ⑧ gœy³ 據]
❶ 由詞或詞組構成的能表達一個完整意思的話；句子 ◆ 造句／句意。❷ 量詞，用於語言 ◆ 一句話／三句話不離本行。

【句號】jù hào 標點符號之一（。）。在書面上，一個陳述句完了，要加上句號。

◁句式

◁◁語句、名句、警句、字斟句酌

² 兄 見儿部，37頁。

² 叱 ⎮丨口口叱 叱

[chì ㄔˋ ⑧ tsik⁷ 斥]
大聲責罵 ◆ 叱責／呵叱。

² 司 ⎮丨ㄋㄋ司司 司

[sī ㄙ ⑧ si¹ 斯]
❶ 掌管 ◆ 司機／司儀。❷ 國家機關內的一級行政部門 ◆ 教育司／財政司。

【司令】sī lìng 軍隊中主管軍事工作的高級軍官 ◆ 他父親是海軍司令。

【司儀】sī yí 宣佈典禮或大會進行程序的人 ◆ 大會司儀是李小姐。

【司空見慣】sī kōng jiàn guàn 表示見得多了，也就不足為奇了 ◆ 老闆大規模地解僱員工，已是司空見慣的事。

◁司法

◁◁上司、各司其職

² 叩 ⎮丨口口叩 叩

[kòu ㄎㄡˋ ⑧ keu³ 扣]
❶ 敲；打 ◆ 叩門。❷ 磕頭 ◆ 叩首／叩頭。

² 加　見力部，54頁。

² 另　`ヽ口口另` 另
[lìng ㄌㄧㄥˋ ⑧lin⁶ 令]
別的；另外 ◆ 另一方面／另有安排。
【另起爐灶】lìng qǐ lú zào　比喻重新做起或另搞一套 ◆ 這篇作文構思不好，想另起爐灶重寫。
【另眼相看】lìng yǎn xiāng kàn　用另外一種眼光去看待。指不能同等看待 ◆ 他是博士，上司對他自然要另眼相看。⑩ 刮目相看。⑫ 一視同仁。

² 叨　`ヽ口口叨` 叨
〈一〉[tāo ㄊㄠ ⑧tou¹ 滔]
❶ 謙辭。受到 ◆ 叨擾／叨光。
〈二〉[dāo ㄉㄠ ⑧tou¹ 滔]
❷ 見"叨叨"。
【叨₂叨₂】dāo·dao　話多，說個沒完沒了 ◆ 別再叨叨了，煩死人了。
⫽ 嘮叨、嘮嘮叨₂叨₂

² 召　`フフアア召` 召
[zhào ㄓㄠˋ ⑧dziu⁶ 趙]
呼喚；叫人來 ◆ 召集／號召。
【召喚】zhào huàn　叫人來 ◆ 新的時代在召喚我們。
注意 "召喚"多用於抽象方面。
【召開】zhào kāi　召集人們開會；舉行 ◆ 學校下週要召開運動會／慶祝運動會的召開。
【召集】zhào jí　通知人們聚集起來 ◆ 校長召集全校教師開會。

² 叼　`ヽ口口叼` 叼
[diāo ㄉㄧㄠ ⑧diu¹ 刁]
用嘴銜住 ◆ 嘴裏叼着一支煙／狼叼走了一隻雞。

² 叫　`ヽ口口叫` 叫
[jiào ㄐㄧㄠˋ ⑧giu³ 嬌³]

❶ 動物發出聲音 ◆ 雞叫／喜鵲喳喳叫。❷ 呼喊 ◆ 叫喊／拍手叫好。❸ 招呼；呼喚 ◆ 把大家叫來／有人叫你。❹ 稱為 ◆ 這叫纜車。❺ 使；令 ◆ 叫人難以相信。
【叫屈】jiào qū　訴說冤屈 ◆ 誰能替我鳴冤叫屈呢？
【叫座】jiào zuò　演出吸引觀眾，票房價值高 ◆ 這台歌劇很叫座，幾乎場場爆滿。
【叫嚷】jiào rǎng　喊叫；吵鬧 ◆ 弟弟叫嚷着要吃香蕉。
【叫苦不迭】jiào kǔ bù dié　不迭：不停止。不斷地叫苦 ◆ 他家連遭不幸，一家人叫苦不迭。⑩ 叫苦連天。
【叫苦連天】jiào kǔ lián tiān　不斷地叫苦。形容很痛苦 ◆ 由於課業負擔太重，同學們叫苦連天。⑩ 叫苦不迭。
⫽ 叫喚、叫做、叫賣、叫囂
⫽ 喊叫、吼叫、嚎叫

² 台　`ㄥㄥ台台` 台
[tái ㄊㄞˊ ⑧toi⁴ 檯]
❶ 尊稱對方的詞 ◆ 台端／台鑒。❷ 高而平的建築物 ◆ 瞭望台／烽火台。❸ 高出地面供講話、表演用的建築物 ◆ 講台／舞台。❹ 像台的東西 ◆ 陽台／炮台。❺ 量詞 ◆ 一台戲／一台機器。❻ 台灣省的簡稱 ◆ 港台。
注意 ❷-❻ 同"臺"字。
【台詞】tái cí　戲劇中角色講的話 ◆ 他倆正在對台詞。
【台階】tái jiē　❶ 大門前或坡道上供人上下行走的梯狀建築物 ◆ 大家到台階拍集體照。❷ 比喻擺脫窘迫處境的途徑 ◆ 你就給他個台階下來算了。

³ 吁　`ヽ口口口二` 吁
〈一〉[xū ㄒㄩ ⑧hœy¹ 虛]
❶ 歎氣 ◆ 長吁短歎。❷ 象聲詞 ◆ 氣喘吁吁。
〈二〉[yù ㄩˋ ⑧jy⁶ 預]
❸ "籲"的簡化字，見323頁。

³ 吐　`ヽ口口口十` 吐
〈一〉[tǔ ㄊㄨˇ ⑧tou³ 兔]
❶ 東西從嘴裏出來 ◆ 吐痰／吐氣。❷ 說出 ◆ 吐露／吐字清晰。❸ 露出；綻出 ◆ 麥子吐穗／棉桃吐絮。
〈二〉[tù ㄊㄨˋ ⑧tou³ 兔]
❹ 內臟裏的東西從嘴裏湧出 ◆ 吐血／嘔吐。❺ 被迫退還侵吞的財物 ◆ 吐出臟款。
【吐露】tǔ lù　說出 ◆ 他不肯吐露真情。
⫽ 談吐、傾吐、揚眉吐氣

³ 吉　`一十士吉吉` 吉
[jí ㄐㄧˊ ⑧gɐt⁷ 桔]
❶ 表示幸運、順利；跟"凶"相對 ◆ 吉利／凶多吉少。❷ 表示喜慶、美好 ◆ 吉日良辰。❸ 吉林省的簡稱 ◆ 遼（寧）、吉、黑（龍江）。
注意 "吉"上面是"士"，不是"土"。
【吉他】jí tā　英文"六弦琴"的音譯詞。一種西洋彈撥樂器 ◆ 她不但會唱歌，吉他也彈得很好。
【吉利】jí lì　幸運 ◆ 好日子遇上不吉利的事。⑩ 吉祥。
【吉祥】jí xiáng　幸運；好運氣 ◆ 恭祝各位吉祥如意。⑩ 吉利。
【吉祥物】jí xiáng wù　一些大型運動會上用來象徵吉祥的標記 ◆
注意 吉祥物大多是動物圖案或模型。
⫽ 吉兆、吉期、吉慶
⫽ 逢凶化吉、萬事大吉

³ 扣　見手部，167頁。

³ 吏　`一一口口巨吏` 吏
[lì ㄌㄧˋ ⑧lei⁶ 利]
舊時官員的通稱 ◆ 官吏／貪官污吏。

³ 吋　`ヽ口口口十吋` 吋
[cùn ㄘㄨㄣˋ ⑧tsyn³ 寸]
英寸：長度單位，一英寸合2.45厘米。

³ 同　丨冂冂冃同同 同

〈一〉[tóng ㄊㄨㄥˊ 　粤 tuŋ⁴ 童]

❶ 一樣 ◆ 同樣 / 同名同姓。❷ 一起 ◆ 共同 / 一同。❸ 跟「和」、「跟」用法相同 ◆ 同大家商量一下。

〈二〉[tòng ㄊㄨㄥˋ 　粤 tuŋ⁴ 童]

❹「胡同」中「同」的讀音。

【同伙】tóng huǒ　參加同一組織、從事同一活動的人 ◆ 主犯和幾個同伙被一網打盡。

注意「同伙」多用作貶義；也作「同夥」。

【同行】tóng xíng　一起出行 ◆ 這次結伴同行的還有表叔一家人。

【同行】tóng háng　行業相同；同行業的人 ◆ 俗話説「同行是冤家」，你相信嗎？

【同伴】tóng bàn　在一起生活、工作、活動的伴侶 ◆ 少年時期的同伴現在已各奔東西了。

【同事】tóng shì　在同一個單位一起工作的人 ◆ 李小姐是我的同事。

【同胞】tóng bāo　❶ 同父同母所生的兄弟姐妹 ◆ 我們是同胞兄弟，手足情深。❷ 同一國家或民族的人 ◆ 歡迎港澳同胞到廣東省旅遊。

【同情】tóng qíng　對別人的遭遇在感情上引起共鳴，產生憐憫之心 ◆ 他從小失去父母，我們都很同情他。

【同意】tóng yì　贊成；准許 ◆ 我同意你的看法 / 上司同意了我們的請求。

【同音字】tóng yīn zì　讀音相同、意思不同的字。例如「毫」和「豪」、「換」和「煥」、「積」和「績」等。

【同義詞】tóng yì cí　意思相同或相近的一組詞。例如「母親」和「媽媽」、「同意」和「贊成」、「關心」和「關懷」等。

【同仇敵愾】tóng chóu dí kài　同仇：共同的仇敵。愾：憤恨。形容懷着共同的仇恨，一起對付敵人 ◆ 全國上下同仇敵愾，抵抗外國侵略者。

注意「愾」不讀 qì（氣）。

【同心協力】tóng xīn xié lì　團結一致，共同努力 ◆ 只要大家同心協力，定能取得比賽的勝利。

【同甘共苦】tóng gān gòng kǔ　一起享受幸福，一起承受苦難 ◆ 夫妻倆同甘共苦數十年。

【同舟共濟】tóng zhōu gòng jì　濟：過河。同坐一條船過河。比喻同心協力，共渡難關 ◆ 我們要同舟共濟，克服眼前的困難。同 風雨同舟。

【同牀異夢】tóng chuáng yì mèng　睡在同一張牀上，做着不同的夢。比喻表面上一起共事，心裏卻各有各的打算 ◆ 兩家聯手是同牀異夢，怎能長久？同 貌合神離。反 同心同德。

【同病相憐】tóng bìng xiāng lián　生同樣毛病的人互相憐憫。比喻遭遇相同的人能互相理解，互相同情 ◆ 他們都是事業的失敗者，同病相憐，有許多共同的語言。

【同流合污】tóng liú hé wū　指跟壞人混在一起幹壞事 ◆ 那警官竟與黑社會同流合污，幹了許多壞事。

【同歸於盡】tóng guī yú jìn　盡：完結。一同毀滅 ◆ 雙方勢不兩立，爭鬥不止，到頭來同歸於盡。

☑同時、同類、同化、同心同德
☒相同、陪同、贊同、如同、合同、一視同仁、志同道合、殊途同歸、異口同聲、不約而同

³ 吊　丨冂冂吊吊 吊

[diào ㄉㄧㄠˋ 　粤 diu³ 釣]

❶ 懸掛 ◆ 吊燈 / 吊車。❷ 收回 ◆ 吊銷證件。❸ 同「弔」字，見 142 頁。

³ 回

見口部，88 頁。

³ 吒　丨口口叶吒 吒

[zhā ㄓㄚ 　粤 dza¹ 楂]

古代神話中的人名用字 ◆ 哪吒鬧海。

³ 吃　丨口口吃吃 吃

[chī ㄔ 　粤 hɛk⁸]

❶ 把食物放到嘴裏嚼碎嚥下去 ◆ 吃飯 / 吃飽了。❷ 承受；感受 ◆ 吃虧 / 吃一驚。❸ 消滅。多用於下棋或作戰 ◆ 跳馬吃炮 / 吃掉敵人一個團。

【吃水】chī shuǐ　❶ 食用水 ◆ 這裏靠水井解決吃水問題。❷ 船身入水的深度 ◆ 這艘集裝箱船吃水達三米。

【吃香】chī xiāng　受到歡迎 ◆ 這方面的人才很吃香。

【吃緊】chī jǐn　形勢緊張 ◆ 前方吃緊，需要派部隊增援。

【吃虧】chī kuī　受到損失 ◆ 這東西價高質次，買了要吃虧的。

【吃驚】chī jīng　受驚 ◆ 他的舉動着實令人吃驚。

【吃一塹，長一智】chī yī qiàn, zhǎng yī zhì　塹：壕溝，比喻挫折。經受一次挫折，增長一分智慧 ◆ 吃一塹，長一智，經過這次失敗，我明白了許多道理。

☑吃醋、吃苦、吃力、吃不消
☒口吃、小吃、坐吃山空

³ 向　丿冂冂向向 向

[xiàng ㄒㄧㄤˋ 　粤 hœŋ³ 嚮]

❶ 方向 ◆ 風向 / 航向。❷ 朝着；對着 ◆ 向東看 / 面向大海。❸ 偏向；偏袒 ◆ 做媽媽的總是向着孩子。❹ 從來 ◆ 向來 / 一向如此。❺ 姓。❻「嚮」的簡化字，見 87 頁。

【向來】xiàng lái　從來；一向 ◆ 他沉默寡言，向來不愛説話。

【向晚】xiàng wǎn　傍晚 ◆ 向晚還不見她回家。

【向隅而泣】xiàng yú ér qì　隅：牆角。對着牆角哭泣。形容因孤獨絕望而悲傷 ◆ 家破人亡，眾叛親離，他成了向隅而泣的可憐蟲。

☑向日葵、向心力
☒方向、趨向、志向、欣欣向榮、人心所向

3　后　一ノ厂厅后后　后

[hòu ㄏㄡˋ 粵 heu⁶ 後]

❶ 帝王的妻子 ◆ 皇后／母后。❷ "後" 的簡化字，見 147 頁。

3　合　ノ人ム合合合　合

[hé ㄏㄜˊ 粵 hep⁹ 盒]

❶ 使分開的東西閉上；收攏在一起 ◆ 合上眼／笑得合不攏嘴。❷ 聚集；共同 ◆ 集合／悲歡離合。❸ 全 ◆ 合家歡聚。❹ 相符 ◆ 符合／合情合理。❺ 折算 ◆ 折合／五百克合一市斤。

【合同】hé ·tong　合作雙方為確定各自的權利和義務而簽訂的文書 ◆ 勞資合同。⟟ 合約。

【合作】hé zuò　合力做某件事情 ◆ 這本書是由幾個人合作編寫的。⟟ 協作。

【合併】hé bìng　把原來分散的、獨立的東西結合在一起 ◆ 這家公司是由幾家小廠合併組成的。⟺ 分開。

【合奏】hé zòu　若干種樂器分類、分聲部共同演奏一首樂曲 ◆ 下一個節目是管樂合奏。⟺ 獨奏。

【合格】hé gé　符合某種標準或要求 ◆ 這些產品不合格。

【合唱】hé chàng　由若干人分成幾個聲部同唱一首歌曲(也有不分聲部的) ◆ 我校的合唱隊曾多次獲獎。⟺ 獨唱。

【合羣】hé qún　跟大家合得來 ◆ 她性格內向，有點孤僻，所以不大合羣。

【合算】hé suàn　划得來 ◆ 這套衣服價廉物美，很合算。

【合影】hé yǐng　若干人合在一起照的相片 ◆ 畢業時，全班同學合影留念。

【合適】hé shì　符合客觀情況或某種要求 ◆ 她當禮儀小姐最合適。⟟ 適合。

【合謀】hé móu　共同謀劃 ◆ 兩人合謀搶劫銀行。

⟨注意⟩ "合謀" 多用來指合夥做不正當的事。

【合情合理】hé qíng hé lǐ　合乎情理 ◆ 他的要求合情合理。

⟨⟩ 合眼、合身、合法、合成、合金、合伙、合攏、合資

⟨⟩ 匯合、結合、聯合、混合、巧合、適合、配合、吻合、貌合神離、同流合污、不謀而合、志同道合

3　名　ノクタタ名　名

[míng ㄇㄧㄥˊ 粵 min⁴ 明]

❶ 人、地、事物的稱呼 ◆ 名稱／人名／書名。❷ 聲望；名聲 ◆ 出名／聞名於世。❸ 有聲望的；出名的 ◆ 名人／名著。❹ 說出 ◆ 莫名其妙／不可名狀。❺ 量詞，用於指稱人 ◆ 三名學生。

【名氣】míng ·qi　公眾給予的評價 ◆ 這位老中醫名氣很大。⟟ 名聲。

【名貴】míng guì　又有名又珍貴 ◆ 這些字畫都非常名貴。⟟ 珍貴。

【名勝】míng shèng　因風景優美而著名的地方 ◆ 北京有許多名勝古跡。

【名義】míng yì　❶ 做某事時所用的名字或稱號 ◆ 他以個人名義出資辦學。❷ 形式上的 ◆ 他名義上是老闆，實際甚麼也作不了主。

【名稱】míng chēng　事物的名字 ◆ 香港人說的雪櫃就是內地人說的冰箱，只是名稱不同。

【名聲】míng shēng　公眾給予的評價 ◆ 聽說他名聲不好，被公司開除了。⟟ 名氣、名譽。

【名額】míng é　確定的人員數目 ◆ 招生名額。

【名譽】míng yù　❶ 名聲 ◆ 由於這起醜聞，使他名譽掃地。❷ 名義上的 ◆ 老先生是我們的名譽校長。

【名不副實】míng bù fù shí　副：符合。名聲或名稱與實際不相符合 ◆ 出售的商品與廣告宣傳名不副實，顧客大喊上當。⟺ 名副其實。

【名不虛傳】míng bù xū chuán　名聲不是虛傳出來的。形容確實很好，不是空有虛名 ◆ 名不虛傳，香港的確稱得上是 "購物天堂"。⟟ 名副其實。⟺ 名不副實、徒有虛名。

【名正言順】míng zhèng yán shùn　名義正當，道理也說得通 ◆ 孩子被人打傷，要求賠償醫藥費，這是名正言順的事。

【名列前茅】míng liè qián máo　前茅：古代行軍時，有人舉着茅草當信號旗走在隊伍前頭。比喻名次排在前面 ◆ 她每次考試，成績總是名列前茅。

【名副其實】míng fù qí shí　副：符合。名聲或名稱與實際相符合 ◆ 她是一位名副其實的優秀牙科醫生。⟟ 名不虛傳。⟺ 名不副實。

【名落孫山】míng luò sūn shān　宋朝有個書生叫孫山，跟同鄉同學一起赴省城應考。考試發榜了，孫山名列榜上最後一名。同鄉同學榜上無名。回鄉後，同鄉同學的父親向他打聽兒子的情況，孫山婉言說：「解名盡處是孫山，賢郎更在孫山外。」後來用 "名落孫山" 表示考試不中，沒有被錄取 ◆ 姐姐今年考大學，沒想到會名落孫山。

⟨⟩ 名字、名單、名片、名人、名師、名醫、名存實亡

⟨⟩ 姓名、聞名、署名、簽名、有名無實、至理名言、一舉成名

3　各　ノク久久各　各

[gè ㄍㄜˋ 粵 gok⁸ 角]

❶ 每個 ◆ 各地／各有所長。❷ 彼此不相同的 ◆ 各式各樣。

【各有千秋】gè yǒu qiān qiū　千秋：千年，指長久流傳的價值。表示各有所長，各有特色 ◆ 這兩篇作文各有千秋，難分高下。

【各抒己見】gè shū jǐ jiàn　抒：表達。各人充分發表自己的意見 ◆ 請大家各抒己見。

【各奔前程】gè bèn qián chéng　各自向自己的奮鬥目標前進 ◆ 畢業以後，同學們就要各奔前程了。

【各就各位】gè jiù gè wè　各自到各自的位置上 ◆ 各就各位，預備，跑！

☑各位、各界、各種、各得其所、各盡所能

³吆 "吆"的異體字,見本頁。

³如 見女部,107頁。

³吆 丶丨口口叫吆 [吆]
[yāo ㄧㄠ 粵jiu¹腰]
見"吆喝"。
【吆喝】yāo ·he 大聲喊叫 ◆ 小販的吆喝聲不斷。

⁴吞 一二于天天吞 [吞]
[tūn ㄊㄨㄣ 粵ten¹]
❶整個嚥下去 ◆ 狼吞虎嚥。❷兼併;佔為己有 ◆ 侵吞/吞併。
【吞吐】tūn tǔ ❶吞進和吐出。比喻大量地進出 ◆ 香港維多利亞港每年的吞吐量居世界前列。❷形容說話不痛快,說得含糊不清 ◆ 他說話吞吐,好像有甚麼難言之隱。
【吞沒】tūn mò ❶把別人的財物佔為己有 ◆ 會計師吞沒了大筆公司資金。❷被水淹沒 ◆ 洪水吞沒了整個村莊。
【吞噬】tūn shì 吞食;吃掉 ◆ 一隻老虎吞噬了一隻綿羊。
【吞吞吐吐】tūn tūn tǔ tǔ 形容說話有顧慮、不痛快,說得含糊不清 ◆ 看他說話吞吞吐吐的樣子,想必有甚麼難言之隱。
☑吞食、吞雲吐霧
☑獨吞、囫圇吞棗、忍氣吞聲

⁴杏 見木部,209頁。

⁴呆 丶丨口口口呆 [呆]
[dāi ㄉㄞ 粵ngoi⁴外⁴]
❶死板;不靈活 ◆ 呆板/目瞪口呆。❷傻;愚笨。同"獃"字 ◆ 呆子/痴呆。❸停留 ◆ 呆在家裏。

【呆板】dāi bǎn 死板;不靈活 ◆ 他做事一向很呆板。⦿古板。⦸靈活。
【呆滯】dāi zhì 轉動不靈活 ◆ 由於驚嚇,她臉色蒼白,目光呆滯。
【呆若木雞】dāi ruò mù jī 笨得像木頭做的雞 ◆ 聽到這個消息,他頓時呆若木雞,半天説不出一句話來。
注意 "呆若木雞"多用來形容因恐懼、驚訝而一時發愣的樣子。
【呆頭呆腦】dāi tóu dāi nǎo 笨頭笨腦、傻乎乎的樣子 ◆ 你別看他呆頭呆腦的,心裏可明白着呢。

⁴吱 丶丨口口吐吱 [吱]
〈一〉[zhī ㄓ 粵dzi¹支]
❶象聲詞 ◆ 嘎吱一聲。
〈二〉[zī ㄗ 粵dzi¹支]
❷象聲詞,多用來形容小動物的叫聲 ◆ 小老鼠,吱吱叫。

⁴吾 一丅五五五吾 [吾]
[wú ㄨˊ 粵ŋ⁴吳]
我;我的。

⁴否 一ㄱ�不否 [否]
〈一〉[fǒu ㄈㄡˇ 粵feu²阜²]
❶否定;不承認 ◆ 否認/否決。❷不 ◆ 是否/能否。
〈二〉[pǐ ㄆㄧˇ 粵pei⁵婢/pei²鄙(語)]
❸壞;惡 ◆ 否極泰來。❹貶斥 ◆ 褒貶臧否。
【否定】fǒu dìng 認為不存在或不是事實 ◆ 兩種可能性都被否定了。⦸肯定。
【否則】fǒu zé 如果不是這樣 ◆ 一定是你告訴他的,否則他怎麼會知道?
【否認】fǒu rèn 不承認 ◆ 事實擺在面前,你還想否認?⦸承認。

⁴吠 丶丨口口吠吠 [吠]
[fèi ㄈㄟˋ 粵fei⁶廢⁶]
狗叫 ◆ 犬吠/狂吠。

⁴呀 丶丨口口吁吁呀 [呀]
〈一〉[yā ㄧㄚ 粵a¹鴉]
❶歎詞,表示驚異 ◆ 呀,你怎麼也來了!❷象聲詞 ◆ 門"呀"的一聲打開了。
〈二〉[·ya ·ㄧㄚ 粵a³亞]
❸句末語氣詞 ◆ 快來呀/説得對呀!

⁴足 見足部,408頁。

⁴吵 丶丨口口叫吵 [吵]
[chǎo ㄔㄠˇ 粵tsau²炒]
❶發生口角 ◆ 吵嘴/爭吵。❷聲音嘈雜;打擾人 ◆ 吵鬧/把孩子吵醒了。

⁴呐（吶） 丶丨口口叩呐 [呐]
[nà ㄋㄚˋ 粵nap⁹納]
見"呐喊"。
【呐喊】nà hǎn 大聲呼喊 ◆ 球迷們在看台上呐喊助威。

⁴告（告） 丶丿牛牛牛告 [告]
[gào ㄍㄠˋ 粵gou³誥]
❶説出來讓別人知道 ◆ 告訴/奔走相告。❷揭發;提起訴訟 ◆ 告發/控告。❸請求 ◆ 告饒/告老還鄉。❹宣佈;表示 ◆ 告辭/宣告。
【告別】gào bié ❶離別 ◆ 告別母校已經十多年了。❷向親友辭行 ◆ 今天來向你們告別,明天我就要出國了。❸特指向死者最後告別,表示哀悼 ◆ 向遺體告別。
【告狀】gào zhuàng ❶寫訴狀請求司法機關審理案件 ◆ 他向法院告狀,對方兩次勒索錢財。❷向上級或長輩訴説冤屈或遭受欺負 ◆ 她老愛向老師告狀,説別人欺負她。
【告發】gào fā 向司法機關檢舉、揭發 ◆ 他貪污公款是他的同事告發的。
【告誡】gào jiè 警告、勸誡 ◆ 老師一再告誡我們,學習要刻苦。

【注意】"告誡"多用於上級、長輩對下級、晚輩。

【告辭】gào cí　辭別 ◆ 我有事，先告辭了。

☒ 告示、告捷、告假、告急

☒ 勸告、轉告、報告、忠告、佈告、廣告、警告、自告奮勇、大功告成

---

⁴ **呈** 、口口口早早　呈

[chéng ㄔㄥˊ ⑧ tsiŋ⁴ 情]

❶ 顯出 ◆ 呈現。❷ 恭敬地送上 ◆ 呈報 / 謹呈。❸ 下級給上級的公文 ◆ 辭呈。

【呈現】chéng xiàn　顯露出 ◆ 山上的濃霧散去，西貢半島美麗的風光又呈現出來。

【呈報】chéng bào　向上級作書面報告 ◆ 辭職請求要呈報校長批准。

---

⁴ **呂** (呂) 、口口口尸呂　呂

[lǚ ㄌㄩˇ ⑧ lœy⁵ 旅]

姓。

---

⁴ **吟** 、口口口吟吟　吟

[yín ㄧㄣˊ ⑧ jɐm⁴ 淫]

用高低快慢的聲調，有節奏有感情地誦讀 ◆ 吟誦 / 吟詩作畫。

---

⁴ **含** 丿人人今今含　含

[hán ㄏㄢˊ ⑧ hɐm⁴ 酣]

❶ 東西放在嘴裏，不吐也不吞下去 ◆ 嘴裏含着一顆橄欖。❷ 裏面存在着 ◆ 包含 / 含意。❸ 帶有；懷有 ◆ 含笑 / 含冤而去。

【含笑】hán xiào　面帶笑容 ◆ 我含笑上前，跟他們一一握手。

【含冤】hán yuān　蒙受冤屈而未得洗雪 ◆ 他已含冤而死。

【含羞】hán xiū　面帶害羞的神情 ◆ 她坐在一旁，含羞不語。

【含義】hán yì　詞句所包含的意思 ◆ 讀課文要弄懂每個詞、每句話的含義。

【注意】"含義"也作"涵義"。

【含蓄】hán xù　含有某種意思或情感，卻不直接透露出來 ◆ 這篇文章寫得很含蓄。

【含糊】hán ·hu　❶ 説話不明確，不清楚 ◆ 他説得很含糊，好像家裏出了甚麼事。❷ 做事馬虎，不認真 ◆ 這件事關係重大，含糊不得。

【注意】"含糊"也作"含胡"。

【含辛茹苦】hán xīn rú kǔ　茹：吃。口裏咀嚼着辛苦味。比喻經受種種辛苦 ◆ 母親含辛茹苦把我養大成人。

【注意】"含辛茹苦"也作"茹苦含辛"。

【含沙射影】hán shā shè yǐng　古代傳説，水裏有一種怪物叫蜮 (yù)，看到人影就噴出沙子，被噴着的人就會生病。比喻暗中惡意中傷他人 ◆ 他是個小人，常含沙射影攻擊好人。

【含情脈脈】hán qíng mò mò　脈脈：深情凝視的樣子。眼神中包含着深情 ◆ 少女含情脈脈地注視着他遠去的背影。

【注意】"含情脈脈"也作"脈脈含情"。"脈脈"不讀 mài mài（麥麥）。

☒ 含淚、含量、含苞待放

---

⁴ **吩** 、口口口吩吩　吩

[fēn ㄈㄣ ⑧ fɐn¹ 昏]

見"吩咐"。

【吩咐】fēn fù　口頭叮囑或指派 ◆ 父母一再吩咐，到了外國要經常給家裏寫信。⑥ 囑咐。

【注意】"吩咐"多用於上級、長輩對下級、晚輩。

---

⁴ **吹** 、口口口吵吹　吹

[chuī ㄔㄨㄟ ⑧ tsœy¹ 催]

❶ 撮起嘴脣用力出氣 ◆ 吹喇叭 / 吹口哨。❷ 空氣流動 ◆ 北風吹 / 風吹草動。❸ 説大話 ◆ 吹牛 / 吹嘘。❹ 不成功 ◆ 這件事吹了。

【吹牛】chuī niú　説大話 ◆ 他是在吹牛，別信他的。

【注意】"吹牛"也作"吹牛皮"。

【吹拂】chuī fú　輕輕掠過 ◆ 春風吹拂大地，帶來一片春意。

【吹捧】chuī pěng　説大話或説假話來抬高自己或別人 ◆ 他們互相吹捧，令人反感。

【注意】"吹捧"含貶義。

【吹鼓手】chuī gǔ shǒu　原指吹奏樂器的人，現多用來比喻吹捧別人的人 ◆ 他沒有骨氣，經常當別人的吹鼓手。

【注意】"吹鼓手"含貶義。

【吹毛求疵】chuī máo qiú cī　疵：疵點，小毛病。比喻故意挑剔，找別人的差錯 ◆ 你這是吹毛求疵，有意跟人過不去。⑥ 雞蛋裏挑骨頭。

☒ 鼓吹、自吹自擂

---

⁴ **吸** 、口口口呀呀　吸

[xī ㄒㄧ ⑧ kɐp⁷ 級]

❶ 把氣引入口腔、鼻腔；跟"呼"相對 ◆ 吸氣 / 禁止吸煙。❷ 把液體引入口腔 ◆ 吸食 / 吸管。❸ 吸收；吸引 ◆ 吸塵器 / 吸鐵石。

【吸引】xī yǐn　招引過來，使接近自己一邊 ◆ 香港每年吸引無數遊客前來觀光。

【吸收】xī shōu　❶ 吸取 ◆ 樹木靠根吸收水分和養料。❷ 接受 ◆ 他身材高大，被吸收為學校籃球隊隊員。

【吸取】xī qǔ　吸收；獲得 ◆ 要吸取別人的長處，彌補自己的不足。

☒ 吸力、吸毒、吸納、吸吮

☒ 呼吸

---

⁴ **吻** 、口口口吵吵吻　吻

[wěn ㄨㄣˇ ⑧ mɐn⁵ 敏]

❶ 嘴脣 ◆ 接吻。❷ 用嘴脣接觸表示親熱、喜愛 ◆ 吻一下。❸ 説話的語氣態度 ◆ 口吻。

【吻合】wěn hé　完全一致；正好相合 ◆ 雙方意見吻合。

---

⁴ **吝** 、一ナ文文吝　吝

[lìn ㄌㄧㄣˋ ⑧ lœn⁶ 論]

捨不得；小氣；過分愛惜 ◆ 吝嗇 / 不
吝賜教。

【吝惜】lìn xī　過分愛惜，捨不得拿出
來 ◆ 他熱心慈善事業，從不吝惜個
人錢財。

【吝嗇】lìn sè　過分愛惜錢財，該用的
也捨不得用 ◆ 朋友聚餐，他從來一毛
不拔，太吝嗇了。 ⟨反⟩ 慷慨。

⁴吭　ㄏ ㄏ ㄇ ㄇˋ ㄇˊ ㄇㄉ　吭

〈一〉[háng ㄏㄤˊ ⑧ hoŋ⁴ 航]
❶ 喉嚨 ◆ 引吭高歌。

〈二〉[kēng ㄎㄥ ⑧ heŋ¹ 亨]
❷ 出聲；說話 ◆ 一聲不吭。

⁴局　見尸部，127 頁。

⁴邑　見邑部，425 頁。

⁴君　ㄋ ㄋ ㄋ ㄋ 尹 君　君

[jūn ㄐㄩㄣ ⑧ gwen¹ 軍]
❶ 國王；皇帝 ◆ 國君 / 暴君。 ❷ 對
別人的尊稱 ◆ 諸君 / 趙君。 ❸ 君子。

【君子】jūn zǐ　指有道德修養、品格高
尚的人 ◆ 君子重義不重利。⟨反⟩ 小人。

【君主】jūn zhǔ　國王；皇帝 ◆ 君主
昏庸，大臣無能，國家必亡。

⁴呎　ㄧ ㄧ ㄇ ㄇ ㄇ ㄇ　呎

[chǐ ㄔˇ ⑧ tsɛk⁸ 尺]
英尺：長度單位，一英尺合 0.3048 米。

⁴吧　ㄧ ㄧ ㄇ ㄇ ㄇ ㄇ　吧

〈一〉[bā ㄅㄚ ⑧ ba¹ 巴]
❶ 象聲詞 ◆ 只聽得吧的一聲。

〈二〉[·ba ㄅㄚ ⑧ ba⁶ 罷]
❷ 放在句末，表示商量、推測、命令
等語氣 ◆ 你去吧，好嗎 / 今天該不
會下雨吧 / 快走吧！ ❸ 放在句中，表
示停頓，並含有假設的意思 ◆ 告訴他
吧，怕他傷心；不告訴他吧，早晚他

也會知道。

⁴吮　ㄧ ㄧ ㄇ ㄣ ㄣ ㄣ　吮

[shǔn ㄕㄨㄣˇ ⑧ syn⁵ 船⁵]
用嘴吸 ◆ 吸吮 / 吮乳。

⟨注意⟩ “吮” 不要讀成 yǔn（允）。

⁴吳　ㄧ ㄧ ㄇ ㄇ ㄌ ㄌ　吳

[wú ㄨˊ ⑧ ŋ⁴ 吾]
❶ 古代國名。後來也指江蘇、浙江一
帶，所以江浙一帶的方言稱吳方言。
❷ 姓。

⁴吼　ㄧ ㄧ ㄇ ㄇ ㄇ ㄇ　吼

[hǒu ㄏㄡˇ ⑧ heu³ 口³/heu² 口]
猛獸大聲叫；泛指大聲呼叫 ◆ 獅吼 /
狂風怒吼。

⁵味　ㄧ ㄧ ㄇ ㄇ ㄇ ㄇ　味

[wèi ㄨㄟˋ ⑧ mei⁶ 未]
❶ 口嘗鼻聞所得的感覺 ◆ 味道 / 香
味。 ❷ 有滋味的食品；菜餚 ◆ 山珍
海味 / 美味佳餚。 ❸ 情趣；意味 ◆
趣味 / 看得津津有味。 ❹ 體會；揣摩
◆ 體味 / 玩味。 ❺ 量詞，用於中藥
◆ 由十幾味藥配置而成。

【味同嚼蠟】wèi tóng jiáo là　像嚼蠟
一樣沒有味道。比喻文章或説話枯燥乏
味 ◆ 這篇小説又臭又長，讀來味同
嚼蠟。⟨同⟩ 索然無味。⟨反⟩ 津津有味。

⟨☰⟩味覺、味精

⟨☲⟩口味、風味、滋味、氣味、意味、品
味、枯燥無味、耐人尋味

⁵咕　ㄧ ㄧ ㄇ ㄇ ㄇ 咕　咕

[gū ㄍㄨ ⑧ gu¹ 姑]
象聲詞 ◆ 咕咚一聲 / 咕嘟一口。

⁵呵　ㄧ ㄧ ㄇ ㄇ ㄇ ㄇ　呵

[hē ㄏㄜ ⑧ ho¹ 苛]

❶ 大聲斥責 ◆ 呵斥。 ❷ 哈氣 ◆ 呵
氣。 ❸ 歎詞，表示驚訝 ◆ 呵，想不
到你會這一手。 ❹ 象聲詞 ◆ 笑呵呵 /
樂呵呵。

【呵斥】hē chì　大聲責備 ◆ 他受不了
老闆的呵斥，一氣之下辭了職。

【呵護】hē hù　愛護；保護 ◆ 好的化
妝品能呵護你的肌膚。

⁵呸　ㄇ ㄇ ㄇ ㄇ ㄇ ㄇ　呸

[pēi ㄆㄟ ⑧ pei¹ 披]
表示斥責或看不起對方時的唾罵聲 ◆
呸！真不要臉。

⁵奇　見大部，105 頁。

⁵尚　見小部，126 頁。

⁵咀　ㄇ ㄇ ㄇ ㄇ ㄇ ㄇ　咀

[jǔ ㄐㄩˇ ⑧ dzœy² 嘴]
細細嚼碎 ◆ 咀嚼。

【咀嚼】jǔ jué　❶ 用牙齒咬或磨碎食
物 ◆ 吃東西要慢慢咀嚼，不要狼吞
虎嚥。 ❷ 比喻對詩文等反覆體味 ◆
這篇散文包含哲理，值得細細咀嚼。

⁵呻　ㄇ ㄇ ㄇ ㄇ ㄇ ㄇ　呻

[shēn ㄕㄣ ⑧ sɐn¹ 申]
見 “呻吟”。

【呻吟】shēn yín　人在身心痛苦時發出
聲音 ◆ 病人在呻吟着，大家心裏也
很難過。

⁵咒　ㄧ ㄧ ㄇ ㄇ ㄇ ㄕ　咒

[zhòu ㄓㄡˋ ⑧ dzɐu³ 奏]
❶ 宗教或巫術中用來驅鬼、消災或降
禍的語句 ◆ 咒語 / 念咒。 ❷ 用惡毒
的話罵人，希望別人遭難 ◆ 咒罵 / 詛
咒。 ❸ 發誓的話 ◆ 賭咒。

【咒罵】zhòu mà　用惡毒的話罵人 ◆
他咒罵對方不得好死。

⁵ **咋** ㄢ ㄢ ㄢ ㄢ ㄢ ㄢ ㄢ 咋

〈一〉［ zǎ ㄗㄚˇ ⑧ dza² 渣²］

❶ 怎麼 ◆ 咋辦／咋樣。

〈二〉［ zé ㄗㄜˊ ⑧ dzak⁸ 責/dzak⁹ 宅］

❷ 見 "咋舌"。

【咋₂舌】zé shé　形容害怕、吃驚，説不出話 ◆ 巴士意外翻車，傷亡慘重，聞者咋舌。

⁵ **和** ㄏ ㄏ 千 禾 禾 和 和

〈一〉［ hé ㄏㄜˊ ⑧ wo⁴ 禾］

❶ 協調；相處合得好 ◆ 和睦／和諧。❷ 溫順；不粗暴 ◆ 和藹可親／心平氣和。❸ 平息爭端 ◆ 和解／講和。❹ 不分勝負 ◆ 和棋／和局。❺ 連帶着 ◆ 和衣而卧。❻ 幾個數目加起來的總數 ◆ 總和／五加五的和是十。❼ 連詞，表示並列、聯合 ◆ 老師和學生。❽ 介詞，表示相關 ◆ 你和老師説一聲。

〈二〉［ huó ㄏㄨㄛˊ ⑧ wo⁶ 禍］

❾ 在粉狀物中加水攪拌揉弄，使有黏性 ◆ 和麵／和泥。

〈三〉［ huò ㄏㄨㄛˋ ⑧ wo⁶ 禍］

❿ 混合；攪拌 ◆ 和藥／豆沙裏和點桂花糖更香。

〈四〉［ hè ㄏㄜˋ ⑧ wo⁶ 禍］

⓫ 跟着唱或説 ◆ 隨聲附和／一唱一和。⓬ 依照別人詩詞的內容和形式創作詩詞 ◆ 和詩一首。

【和平】hé píng　安定和睦、沒有戰爭的社會狀態 ◆ 人們希望和平，不要戰爭。

【和好】hé hǎo　和睦、友好；恢復和睦友好的感情 ◆ 在老師的調解下，他們又和好如初了。

【和尚】hé ·shang　出家修行的男性佛徒 ◆ 跑了和尚跑不了廟。

【和氣】hé qi　❶ 態度溫和客氣 ◆ 他待人和氣。❷ 和睦友好的感情 ◆ 別為這點小事傷了和氣。

【和善】hé shàn　溫和善良 ◆ 他是一位和善的老人。⑥ 和藹。

【和睦】hé mù　關係融洽，友好相處 ◆ 一家人和睦相處，大家才能高高興興。

【和解】hé jiě　矛盾消除，不再爭吵或仇視 ◆ 兩家終於和解了。

【和諧】hé xié　配合適當、協調 ◆ 這個民樂合奏音調和諧，十分動聽。⑥諧調。

【和藹】hé ǎi　態度溫和親切 ◆ 她是一位慈祥和藹的老人。⑥ 和善。⑤ 兇暴。

【和平鴿】hé píng gē　象徵和平的鴿子。《聖經》中説：古代洪水淹沒了大地，住在方舟裏的挪亞放出一隻鴿子，去探測洪水是否已經退去。鴿子飛回來時，嘴裏銜着一根橄欖枝。挪亞知道洪水已退，平安已經來臨。後來人們就把鴿子和橄欖枝作為和平的象徵。

【和盤托出】hé pán tuō chū　連盤子一起端出來。比喻把東西全部拿出來或把真情實況全部説出來 ◆ 我已把事實真相和盤托出。

【和顏悅色】hé yán yuè sè　臉上露出和善喜悦的神色。形容態度和藹可親 ◆ 老師總是和顏悅色地鼓勵我們要勤奮學習。

【和藹可親】hé ǎi kě qīn　態度溫和，使人感到容易接近 ◆ 我們的語文老師是一位和藹可親的女老師。

☑緩和、溫和、柔和、風和日麗

⁵ **知**　見矢部，301 頁。

⁵ **咐** ㄢ ㄢ ㄢ ㄢ ㄢ 咐

［ fù ㄈㄨˋ ⑧ fu³ 富］

吩咐。見 "吩" 字，73 頁。

⁵ **呱** ㄢ ㄢ ㄢ ㄢ ㄢ ㄢ 呱

〈一〉［ guā ㄍㄨㄚ ⑧ gwa¹ 瓜］

❶ 象聲詞 ◆ 呱嗒一聲／鴨子呱呱地叫。

〈二〉［ gū ㄍㄨ ⑧ gu¹ 孤/wa¹ 蛙］

❷ 見 "呱呱"。

【呱₂呱】gū gū　形容嬰兒的哭聲 ◆ 大嫂懷胎十月，孩子終於呱呱墮地了。

⁵ **命** ノ 人 人 合 合 命 命

［ mìng ㄇㄧㄥˋ ⑧ ming⁶ 明⁶］

❶ 生命 ◆ 性命／喪命。❷ 人一生中生死、貧富、禍福等遭遇 ◆ 命運。❸ 上級對下級的指示、委派 ◆ 命令／任命。❹ 給予 ◆ 命名／命題作文。

【命令】mìng lìng　上級對下級發指示或發出的指示 ◆ 司令員命令部隊原地待命／連下兩道命令。

【命名】mìng míng　給予名稱 ◆ 大橋建成後，被正式命名為"南京長江大橋"。

【命脈】mìng mài　原指人的生命和血脈。比喻關係重大的事物 ◆ 水利是農業的命脈。

【命運】mìng yùn　指人的生死、貧富等一切遭遇 ◆ 魯迅筆下的阿Q一生命運悲慘。

☑壽命、拼命、奉命、相依為命

⁵ **呼** ㄢ ㄢ ㄢ ㄢ ㄢ ㄢ 呼

［ hū ㄏㄨ ⑧ fu¹ 膚］

❶ 向外吐氣；跟 "吸" 相對 ◆ 呼吸／呼氣。❷ 喊；叫喚 ◆ 呼喊／呼救。❸ 象聲詞 ◆ 呼哧一聲／北風呼呼叫。

【呼吸】hū xī　人或高等動物用肺吸進新鮮空氣，呼出二氧化碳的生理活動 ◆ 清晨到公園散步，可以呼吸到新鮮空氣。

【呼喚】hū huàn　呼喊；召喚 ◆ 導遊大聲呼喚。

【呼嘯】hū xiào　尖而長的聲音 ◆ 北風呼嘯，大雪紛飛。

【呼應】hū yìng　指兩部分互相有聯繫、有照應 ◆ 這篇文章首尾呼應。

【呼籲】hū yù　向個人或社會發出呼聲，請求援助或主持公道 ◆ 專家呼籲，大家都來保護野生動物。

[<] 呼聲、呼號、呼風喚雨

[>] 招呼、稱呼、歡呼、一呼百應、大聲疾呼

^{5}周 (周)

丿 冂 月 月 用 周 周

[zhōu ㄓㄡ [粵] dzɐu^1 舟]

❶ 物體的外圍 ◆ 周圍／四周。❷ 全；普遍 ◆ 周身發癢／眾所周知。❸ 完備；細緻 ◆ 周密／周到。❹ 時間的一輪；特指一個星期 ◆ 周年／周期。❺ 繞一圈；循環 ◆ 周而復始。❻ 接濟 ◆ 周濟。❼ 朝代名 ◆ 東周／西周。❽ 姓。

[注意] ❹❺ 同“週”字。

【周全】zhōu quán　全面 ◆ 他考慮得很周全。[同] 周到。

【周到】zhōu dào　各方面都照顧到 ◆ 服務周到。[同] 周全。

【周旋】zhōu xuán　交際應酬；打交道 ◆ 因他從中周旋，雙方消除了誤會。

【周密】zhōu mì　周到細緻 ◆ 這份計劃寫得很周密。[同] 周全。

【周詳】zhōu xiáng　周密詳細 ◆ 這份報告寫得很周詳。[同] 周全。[反] 粗略。

【周遊】zhōu yóu　到各處去遊歷 ◆ 他是旅行家，希望能周遊世界。

【周而復始】zhōu ér fù shǐ　轉了一周，又從頭開始。指不斷地循環、重複着 ◆ 一年四季，周而復始，年年如此。

[<] 周折、周身、周歲

[>] 圓周

^{5}咚

[dōng ㄉㄨㄥ [粵] duŋ^1 冬]

象聲詞 ◆ 咕咚一聲／咚咚咚的敲門聲。

^{5}咎

[jiù ㄐㄧㄡˋ [粵] gɐu^3 究]

❶ 過錯；罪過 ◆ 引咎辭職。❷ 責備；怪罪 ◆ 既往不咎。

【咎由自取】jiù yóu zì qǔ　咎：罪責；災禍。受到懲罰或災難完全是自己造成的 ◆ 他被捕入獄是咎由自取。

^{5}咆

[páo ㄆㄠˊ [粵] pau^4 刨]

見“咆哮”。

【咆哮】páo xiào　❶ 猛獸大叫 ◆ 雄獅一聲咆哮，周圍的野獸四處逃跑。❷ 水流奔瀉轟鳴 ◆ 頓時山洪咆哮而下，山下一片汪洋。

^{5}咏

“詠”的異體字，見 392 頁。

^{5}呢

〈一〉[ní ㄋㄧˊ [粵] nei^4 尼]

❶ 一種毛織品 ◆ 呢絨／花呢。

〈二〉[·ne ·ㄋㄜ [粵] nɛ^1]

❷ 語氣詞，用在句中表示停頓，放在句末表示疑問、肯定或動作正在進行等語氣 ◆ 怎麼辦呢／多着呢／在說話呢。

^{5}咖

〈一〉[kā ㄎㄚ [粵] ga^3 駕]

❶ 見“咖啡”。

〈二〉[gā ㄍㄚ [粵] ga^3 駕]

❷ 見“咖喱”。

【咖啡】kā fēi　一種熱帶植物，種子研碎、焙炒後成咖啡粉，可做飲料。

【咖$_2$喱】gā lí　一種用胡椒、姜黃、茴香等粉末合成的調味品，味香，略帶辣味。

^{6}哇

〈一〉[wā ㄨㄚ [粵] wa^1 蛙]

❶ 形容孩子的哭聲 ◆ 孩子哇地一聲哭了起來。

〈二〉[·wa ·ㄨㄚ [粵] wa^1 蛙]

❷ 語氣詞，同“啊”字 ◆ 你好哇。

^{6}哉

[zāi ㄗㄞ [粵] dzɔi^1 災]

語氣詞，表示感歎、疑問或反問 ◆ 嗚呼哀哉／何足道哉／豈有他哉。

^{6}哄

〈一〉[hōng ㄏㄨㄥ [粵] huŋ^6 鬨]

❶ 許多人同時發出聲音；人聲嘈雜 ◆ 哄笑／亂哄哄。

〈二〉[hǒng ㄏㄨㄥˇ [粵] huŋ^6 鬨]

❷ 用假話騙人 ◆ 哄騙／別哄我了。

❸ 用話語或行動逗引人 ◆ 哄孩子。

〈三〉[hòng ㄏㄨㄥˋ [粵] huŋ^6 鬨]

❹ “鬨”的簡化字，見 464 頁。

【哄動】hōng dòng　同時驚動很多人 ◆ 此事曾哄動全國。

[注意] “哄動”也作“轟動”。

【哄$_2$騙】hǒng piàn　用假話或耍手段騙人 ◆ 他想哄騙我上鈎，真是白日做夢。

【哄堂大笑】hōng táng dà xiào　滿屋子的人同時大笑 ◆ 他的滑稽表演引得哄堂大笑。

^{6}咸

[xián ㄒㄧㄢˊ [粵] ham^4 函]

全；都 ◆ 老少咸宜。

^{6}咧

[liě ㄌㄧㄝˇ [粵] lit^9 列]

嘴向兩旁微斜着張開 ◆ 咧着嘴笑／齜牙咧嘴。

^{6}咦

[yí ㄧˊ [粵] ji^2 倚]

歎詞，表示驚訝 ◆ 咦，你怎麼不參加比賽？

^{6}哎

[āi ㄞ [粵] ai^1 唉]

歎詞，表示驚訝、不滿或提醒等 ◆ 哎，真了不起／哎，你又遲到了／哎，該你上場了。

品

⁶ **品** 丶 丨 口 口 吊 吊 品

[pǐn ㄆㄧㄣˇ ⑧ ben² 稟]

❶ 物品 ◆ 成品 / 獎品。❷ 等級 ◆ 上品 / 次品。❸ 種類 ◆ 品種 / 品類。❹ 性質；本質 ◆ 品質 / 品行。❺ 體察、辨別好壞、優劣 ◆ 品評 / 品嘗。

【品行】bǐng xíng 品德行為 ◆ 他品行不端，缺乏教養。

【品味】pǐn wèi ❶ 品嘗滋味 ◆ 你好好品味一下，這茶葉質量如何？❷ 細細體會 ◆ 這句話含義深刻，值得好好品味。

【品格】pǐn gé 品質；格調 ◆ 他品格高尚，受人尊敬。

【品嘗】pǐn cháng 仔細辨別滋味 ◆ 本餐館風味獨特，歡迎品嘗。⑩ 品味。

【品種】pǐ zhǒng 種類 ◆ 花卉的品種齊全，應有盡有，任君選擇。

【品貌】pǐn mào 相貌；人品和相貌 ◆ 她品貌端莊，惹人喜愛。

【品質】pǐn zhì 人的素質或物品的質量 ◆ 他這個人品質不壞 / 產品品質優良。

【品德】pǐn dé 人的道德修養 ◆ 他是一個品德高尚的人。⑩ 品質、品行。

▷人品、作品、物品、產品、食品、禮品、商品、評頭品足

咽

⁶ **咽** 口 叩 叩 呴 呴 咽

〈一〉[yān ㄧㄢ ⑧ jin¹ 煙]

❶ 消化和呼吸的共同通道，在鼻腔、口腔和喉嚨的後方，分別稱為鼻咽、口咽和喉咽。◆ 咽喉炎 / 鼻咽癌。

〈二〉[yè ㄧㄝˋ ⑧ jit⁸ 噎]

❷ 因悲傷而聲音阻塞 ◆ 鳴咽 / 哽咽。

〈三〉[yàn ㄧㄢˋ ⑧ jin³ 宴]

❸ 同 "嚥" 字，見 86 頁。

咱

⁶ **咱** 口 口 叮 呴 呴 咱

[zán ㄗㄢˊ ⑧ dza¹ 渣]

我；我們 ◆ 咱不去 / 咱村裏有一所小學。

哈

⁶ **哈** 口 口 吥 吟 吟 哈 哈

〈一〉[hā ㄏㄚ ⑧ ha¹ 蝦¹]

❶ 張嘴呼氣 ◆ 哈氣。❷ 形容笑聲 ◆ 哈哈大笑。❸ 稍稍彎腰 ◆ 點頭哈腰。

〈二〉[hǎ ㄏㄚˇ ⑧ ha¹ 蝦¹]

❹ 見 "哈達"。❺ 姓。

【哈欠】hā ·qian 困倦時張嘴大口吸氣呼氣 ◆ 打哈欠。

【哈達】hǎ dá 藏族、蒙古族用來表示敬意或祝賀的白色絲巾或紗巾 ◆ 獻哈達。

咯

⁶ **咯** 口 口 吖 吹 吹 咯 咯

〈一〉[gē ㄍㄜ ⑧ gɔk⁷ 各⁷]

❶ 象聲詞 ◆ 咯吱一聲。

〈二〉[kǎ ㄎㄚˇ ⑧ hak⁸ 客]

❷ 吐 ◆ 咯血。

〈三〉[·lo ·ㄌㄛ ⑧ lɔ¹ 囉]

❸ 語氣詞，表示肯定的語氣 ◆ 這就對咯！

哆

⁶ **哆** 口 口 吖 吚 哆 哆

[duō ㄉㄨㄛ ⑧ dɔ² 朵]

見 "哆嗦"。

【哆嗦】duō suo 發抖 ◆ 兩手直哆嗦。

咬

⁶ **咬** 口 口 吖 吘 吘 咬

[yǎo ㄧㄠˇ ⑧ ŋau⁵ 肴⁵]

❶ 用牙齒夾住或切碎東西 ◆ 咬斷 / 咬住不放。❷ 比喻話説定了不再改變 ◆ 一口咬定。❸ 讀字音 ◆ 咬字清楚。❹ 指推敲文字 ◆ 咬文嚼字。

【咬牙切齒】yǎo yá qiè chǐ 形容痛恨到極點 ◆ 他做盡傷天害理的事情，一提起他，無不咬牙切齒。

【咬文嚼字】yǎo wén jiáo zì 指過分斟

酌字句，單着重字眼而不領會背後意思 ◆ 吃飯要細嚼慢嚥，看書有時也要咬文嚼字。

▷反咬一口

哀

⁶ **哀** 丶 一 古 亡 亨 亨 哀

[āi ㄞ ⑧ ɔi¹/ŋɔi¹ 埃]

❶ 悲痛 ◆ 悲哀 / 喜怒哀樂。❷ 悼念 ◆ 哀悼 / 默哀。❸ 苦苦地 ◆ 哀求。

【哀求】āi qiú 悲哀地反覆請求 ◆ 他苦苦哀求律師幫他打贏這場官司。

【哀思】āi sī 對死者的悲哀思念的感情 ◆ 他寫了一副挽聯，表達對英烈的哀思。

【哀悼】āi dào 悲痛地悼念死者 ◆ 敬獻花環，表示哀悼。

【哀號】āi háo 傷心地大聲痛哭 ◆ 死訊傳來，她捶胸頓足，哀號不止。

【哀愁】āi chóu 悲痛憂愁 ◆ 她滿腹哀愁，不知向誰訴説。

【哀傷】āi shāng 悲傷 ◆ 丈夫死於車禍，使她十分哀傷。⑩ 悲哀。

◁哀痛、哀歎、哀樂

咨

⁶ **咨** 丶 冫 冫 ⺈ 次 咨

[zī ㄗ ⑧ dzi¹ 支]

商量；詢問 ◆ 咨詢。

【咨詢】zī xún 跟人商量或徵求意見 ◆ 我去律師樓咨詢過，他們説還是協商解決為好。

亭

⁶ **亭** 見亠部，14頁。

咳

⁶ **咳** 口 口 吖 吖 咳 咳 咳

〈一〉[ké ㄎㄜˊ ⑧ kɔi³ 概/kɐt⁷ 語]

❶ 咳嗽 ◆ 百日咳 / 止咳化痰。

〈二〉【hāi ㄏㄞ 粵hai¹ 揩】
❷ 歎詞，表示惋惜、後悔或呼喚等 ◆ 咳！真可惜／咳！快走啊。
【咳嗽】ké·sou　喉部或氣管受刺激而把吸入的氣急呼出，聲帶振動發聲 ◆ 你近來不停地咳嗽，還是去看看醫生吧！

⁶ 咩　ㄇ ㄇˋ ㄇˊ 咩 咩 咩　咩
[miē ㄇㄧㄝ 粵mε¹]
羊叫的聲音。

⁶ 咪　ㄇ ㄇˋ ㄇˊ 咪 咪 咪　咪
[mī ㄇㄧ 粵mei¹ 米¹/mei¹ 微¹]
❶ 貓叫聲 ◆ 小貓咪咪叫。❷ 微笑的樣子 ◆ 笑咪咪。

⁶ 客　見宀部，118頁。

⁷ 唇　同"脣"字，見349頁。

⁷ 袁　見衣部，383頁。

⁷ 哧　ㄇ 吐 吐 哧 哧 哧　哧
[chī ㄔ 粵tsik⁸ 赤]
象聲詞 ◆ 哧哧地笑／噗哧一聲。

⁷ 哮　ㄇ 吐 吐 吁 哮 哮　哮
[xiāo ㄒㄧㄠ 粵hau¹ 敲]
❶ 吼叫 ◆ 咆哮。❷ 氣喘 ◆ 哮喘。
【哮喘】xiāo chuǎn　一種呼吸道疾病。患者呼吸急促、困難。俗稱"氣喘病"。

⁷ 哺　ㄇ 吓 听 哺 哺 哺　哺
[bǔ ㄅㄨˇ 粵bou⁶ 步]
餵 ◆ 哺乳／哺育。
【哺育】bǔ yù　養育；培養 ◆ 這所學校哺育了一代又一代的人才。
【哺乳動物】bǔ rǔ dòng wù　胎生的、

用母乳餵養長大的動物。例如牛、羊、豬、狗等。

⁷ 哽　ㄇ 吓 听 哽 哽 哽　哽
[gěng ㄍㄥˇ 粵gen² 梗]
喉嚨阻塞 ◆ 哽在喉嚨裏。
【哽咽】gěng yè　悲傷哭泣時因喉塞而聲音斷斷續續 ◆ 他悲痛萬狀，哽咽着說不出話來。
(注意)　"咽"不讀 yān（煙）或 yàn（雁）。

⁷ 哥　一 丁 可 可 哥 哥　哥
[gē ㄍㄜ 粵go¹ 歌]
❶ 稱同父母或親族中同輩而年齡比自己大的男子 ◆ 大哥／表哥。❷ 對年齡稍長的男子的敬稱 ◆ 張大哥／李大哥。

⁷ 哲　一 十 扌 扩 折 哲　哲
[zhé ㄓㄜˊ 粵dzit⁸ 節]
❶ 有智慧 ◆ 哲人。❷ 有智慧的人 ◆ 先哲。
【哲理】zhé lǐ　關於宇宙或人生的道理 ◆ 寓言故事大都蘊含某種哲理。

⁷ 哨　ㄇ 叮 吵 吵 哨 哨　哨
[shào ㄕㄠ 粵sau³ 梢³]
❶ 巡邏、警戒防守的崗位 ◆ 哨兵／放哨。❷ 用嘴吹出聲音 ◆ 吹口哨。
【哨子】shào·zi　一種能吹出響聲的器具，在人員集合或某些體育比賽時使用 ◆ 吹哨子。
【哨所】shào suǒ　哨兵駐守的地方 ◆ 接受邊防哨所的檢查。

⁷ 員　(员)ㄇ ㄇ 月 月 月 員　員
〈一〉【yuán ㄩㄢˊ 粵jyn⁴ 元】
❶ 團體裏的人 ◆ 成員／隊員。❷ 工作或學習的人 ◆ 職員／學員。❸ 範圍 ◆ 幅員遼闊。❹ 量詞，多用於武將 ◆ 一員猛將。

〈二〉【yùn ㄩㄣˋ 粵wen⁶ 運】
❺ 姓。
【員工】yuán gōng　職員和工人 ◆ 在全體員工的共同努力下，公司生意興隆。
📖演員、海員、動員

⁷ 唄　(呗)ㄇ ㄇ 叭 叭 叭 唄　唄
[·bei ·ㄅㄟ 粵bai⁶ 敗]
表示承認、勉強同意或讓步等語氣 ◆ 疼愛唄／去就去唄。

⁷ 哩　ㄇ ㄇ 叨 叩 叩 哩　哩
〈一〉【·li ·ㄌㄧ 粵lε¹】
❶ 用在句末，表示肯定的語氣，相當於"呢" ◆ 多着哩。
〈二〉【lǐ ㄌㄧ 粵li¹】
❷ 見"哩哩啦啦"。
【哩₂哩₂啦啦】lǐ lǐ lā lā　形容零零散散或斷斷續續的樣子 ◆ 濛濛細雨哩哩啦啦下個不停。

⁷ 哭　丶 ㄇ ㄇ 叩 哭 哭　哭
[kū ㄎㄨ 粵huk⁷ 酷⁷]
因痛苦悲傷或激動而流淚發聲；跟"笑"相對 ◆ 哭哭啼啼／痛哭流涕。
【哭泣】kū qì　低聲哭 ◆ 她一人躲在房間裏哭泣，不肯開門。
【哭笑不得】kū xiào bù dé　哭也不是，笑也不是。形容處境尷尬，不知如何是好 ◆ 沒想到會是這樣的結局，真叫人哭笑不得。(同)啼笑皆非。

⁷ 哦　ㄇ 吅 吁 呼 哦 哦　哦
〈一〉【ó ㄛˊ 粵o⁴ 柯⁴】
❶ 語氣詞，表示疑問或驚訝 ◆ 哦，他也出國留學去了？／哦，舞跳得真好！
〈二〉【ò ㄛˋ 粵o⁶ 柯⁶】
❷ 歎詞，表示醒悟 ◆ 哦，原來如此！

⁷ 唁　丶 ㄇ ㄇ 吂 哼 唁　唁
[yàn ㄧㄢˋ 粵jin⁶ 現]

對遭遇喪事的人表示慰問 ◆ 弔唁／唁電。

⁷ 高

見高部，462頁。

⁷ 哼

丶丶亠口宀咛哼

[hēng ㄏㄥ （粵）heng¹ 亨]

❶ 從鼻孔裏發出的聲音，表示痛苦、憤怒或瞧不起等 ◆ 痛得直哼哼／哼，別理他。❷ 低聲唱 ◆ 哼着小曲。

⁷ 唐

亠广广庐庐庹唐

[táng ㄊㄤ （粵）tong⁴ 堂]

❶ 朝代名 ◆ 唐朝詩人李白。❷ 姓。

⁷ 宮

見宀部，119頁。

⁷ 害

見宀部，119頁。

⁷ 容

見宀部，119頁。

⁷ 唧

叮叮叩咿唧唧

[jī ㄐㄧ （粵）dzik⁷ 即]

❶ 抽水或射水 ◆ 用唧筒唧水。❷ 形容説話聲或蟲鳴聲 ◆ 唧咕／唧唧喳喳。

⁷ 哪

叮叮吗哪哪哪

〈一〉[nǎ ㄋㄚˇ （粵）na⁵ 那]

❶ 疑問代詞 ◆ 哪個／哪裏。❷ 相當於"甚麼"；任何 ◆ 無論哪裏，都有他的朋友。❸ 表示反問 ◆ 不下功夫，哪能學好語文？

〈二〉[něi ㄋㄟˇ （粵）na⁵ 那]

❹ "哪"和"一"的合音，但指數量時不限於一 ◆ 哪年／哪所學校。

〈三〉[·na ·ㄋㄚ （粵）na¹ 那]

❺ 用在句末，表示語氣 ◆ 快來看哪／

要小心哪。

〈四〉[né ㄋㄜˊ （粵）na⁴ 拿／no⁴ 儺]

❻ 見"哪吒"。

【哪吒】né zhā　中國古代神話中的人物。小説《西遊記》、《封神演義》都把他寫成一個神通廣大、武藝高強的人。他腳踏風火輪，手拿火尖槍，大鬧東海，踏倒水晶宮，捉住蛟龍 ◆ 你知道《哪吒鬧海》的故事嗎？

（注意）"哪吒"也作"那吒"。

⁷ 唉

口叭吟吩唉唉

〈一〉[āi ㄞ （粵）ai¹／ŋai¹ 挨]

❶ 表示答應或歎息的聲音 ◆ 唉聲歎氣／唉，我馬上就來。

〈二〉[ài ㄞˋ （粵）ai¹／ŋai¹ 挨]

❷ 歎詞，表示失望、同情、惋惜等 ◆ 唉，又上當了／唉，太可惜了。

【唉聲歎氣】āi shēng tàn qì　因心情愁悶、痛苦而發出歎息聲 ◆ 你為何整天愁眉苦臉、唉聲歎氣呢？

⁷ 唆

口叭吟吟唆唆

[suō ㄙㄨㄛ （粵）so¹ 梳]

❶ 指使、挑動別人做壞事 ◆ 挑唆／唆犯。❷ 囉唆。見"囉"字，88頁。

【唆使】suō shǐ　指使或慫恿別人去做不正當的事 ◆ 受壞人的唆使，他走上了犯罪道路。

⁸ 啞 (哑)

口口咑咑咑啞

〈一〉[yǎ ㄧㄚˇ （粵）a²／ŋa² 鴉²]

❶ 因生理原因不能説話 ◆ 啞巴／聾啞。❷ 發音困難或不清楚 ◆ 聲音沙啞／嗓子都喊啞了。❸ 不出聲的 ◆ 啞劇。

〈二〉[yā ㄧㄚ （粵）a¹／ŋa¹ 鴉]

❹ 象聲詞 ◆ 啞啞學語。

【啞口無言】yǎ kǒu wú yán　像啞巴一樣説不出話來。形容沉默不語，無話可説 ◆ 他説得合情合理，對方啞口無言。

（辨）嘶啞、裝聾作啞

⁸ 區

見匚部，59頁。

⁸ 啄

口叮叮啄啄啄啄

[zhuó ㄓㄨㄛˊ （粵）dœk⁸ 琢]

鳥用嘴取食或叩擊東西 ◆ 小雞啄食／啄木鳥。

【啄木鳥】zhuó mù niǎo　一種益鳥。嘴尖而堅硬，能在樹上啄洞，用細長帶鈎的舌頭，鈎食洞裏的蛀蟲。

⁸ 啪

口叭叭呀呀啪啪

[pā ㄆㄚ （粵）pak⁷ 柏⁷]

象聲詞 ◆ 只聽得啪的一聲。

⁸ 啦

口叮叮吁吁啦啦

〈一〉[lā ㄌㄚ （粵）la¹ 喇¹]

❶ 象聲詞，多形容水聲、風聲等 ◆ 嘩啦啦／呼啦一聲。

〈二〉[·la ·ㄌㄚ （粵）la¹ 喇¹]

❷ 語氣詞，放在句末，表示已經完成或出現新的情況，同時又表示語氣 ◆ 天晴啦／他真的來啦。

⁸ 啃

口叮吽吽哨啃啃

[kěn ㄎㄣˇ （粵）heng² 肯]

❶ 用牙把堅硬的東西一點一點咬下來 ◆ 螞蟻啃骨頭。❷ 比喻鑽研、攻讀 ◆ 啃書本。

⁸ 唬

口叮吽吽唬唬唬

[hǔ ㄏㄨˇ （粵）hak⁸ 嚇]

虛張聲勢嚇人或蒙騙人 ◆ 嚇唬／別唬人。

⁸ **唱** ㄇ ㄇ ㄇ 咀 咟 唱 唱 〔唱〕

[chàng ㄔㄤˋ ⑧ tsœŋ³ 暢]

❶ 唱歌或唱戲 ◆ 演唱／獨唱。❷ 高聲唸出 ◆ 唱票。

⁸ **啡** ㄇ ㄇ ㄇ 啡 啡 啡 啡 〔啡〕

[fēi ㄈㄟ ⑧ fe¹]

咖啡。見 "咖" 字，76 頁。

⁸ **啣** "銜" 的異體字，見 432 頁。

⁸ **唯** ㄇ ㄇ 吖 吖 咋 唯 〔唯〕

〈一〉[wéi ㄨㄟˊ ⑧ wei⁴ 圍]
❶ 只；只是；單 ◆ 唯獨／唯利是圖。

〈二〉[wěi ㄨㄟˇ ⑧ wei⁵ 偉]
❷ 答應的聲音 ◆ 唯唯諾諾。

【唯一】wéi yī 只有一個；獨一無二 ◆ 你是我唯一的親人。
（注意）"唯一" 也作 "惟一"。

【唯恐】wéi kǒng 只怕；就怕 ◆ 他言行謹慎，唯恐別人說閒話。
（注意）"唯恐" 也作 "惟恐"。

【唯獨】wéi dú 只有；單單 ◆ 幾個孩子都很爭氣，唯獨小兒子不思上進。
（注意）"唯獨" 也作 "惟獨"。

【唯利是圖】wéi lì shì tú 只謀求私利，別的一概不顧 ◆ 他是個唯利是圖的商人，有甚麼良心可言？
（注意）"唯利是圖" 也作 "惟利是圖"。

【唯妙唯肖】wéi miào wéi xiào 肖：相像。形容描繪、模仿十分美妙逼真 ◆ 她扮演一個活潑可愛的小女孩，言語舉動無不唯妙唯肖。
（注意）"唯妙唯肖" 也作 "惟妙惟肖"。

【唯₁唯₂諾諾】wéi wéi nuò nuò 答應聲。形容只是順從別人，不敢有絲毫違拗 ◆ 要我唯唯諾諾做人，我辦不到。

☑唯有、唯命是從、唯我獨尊

⁸ **售** ノ イ イ 作 隹 隹 〔售〕

[shòu ㄕㄡˋ ⑧ seu⁶ 受]

賣 ◆ 售貨／出售。

⁸ **啤** ㄇ ㄇ 咁 咁 啤 啤 〔啤〕

[pí ㄆㄧˊ ⑧ be¹]

見 "啤酒"。

【啤酒】pí jiǔ 用大麥為主要原料製成的酒。

⁸ **唸**(念) ㄇ 叭 吟 吟 唸 唸 〔唸〕

[niàn ㄋㄧㄢˋ ⑧ nim⁶ 念]

❶ 出聲誦讀 ◆ 唸書／唸兩遍。❷ 上學 ◆ 唸中學了。

⁸ **啥** ㄇ 叭 吟 唅 唅 啥 〔啥〕

[shá ㄕㄚˊ ⑧ sa² 灑]

甚麼 ◆ 要啥／有啥說啥。

⁸ **商** 、 亠 亠 产 产 商 商 〔商〕

[shāng ㄕㄤ ⑧ sœŋ¹ 雙]

❶ 買賣貨物 ◆ 商業／經商。❷ 買賣貨物的人 ◆ 巨商／軍火商。❸ 交換意見 ◆ 商量／協商。❹ 除法運算的得數 ◆ 商數。❺ 朝代名 ◆ 夏、商、周。❻ 姓。

【商定】shāng dìng 商量決定 ◆ 經商定，下月中旬舉行第二次會談。

【商品】shāng pǐn 生產出來供出售的物品 ◆ 店裏的商品琳瑯滿目。

【商討】shāng tǎo 商量討論 ◆ 兩位經理曾多次商討成立聯合公司的事。

【商量】shāng liáng 交換意見和看法 ◆ 幾位同學正在商量暑假活動安排。

【商標】shāng biāo 區別不同生產者所生產的商品或代表商品質量的標誌。商標經過註冊，有專利權，他人不得侵犯。

【商談】shāng tán 口頭交換意見 ◆ 校長約了幾位老師商談學期工作安排。⑩磋商、商議。

☑商店、商場、商販、商會

⁸ **唷** ㄇ 吖 吟 吟 唷 唷 〔唷〕

[yō ㄧㄛ ⑧ jɔ¹ 喲]

歎詞，表示驚訝或疑問 ◆ 唷！力氣可真不小哇。

⁸ **啊** ㄇ 吖 吖 吓 哂 哂 〔啊〕

〈一〉[ā ㄚ ⑧ a¹ 丫]
❶ 歎詞，表示讚歎 ◆ 啊，美麗的香港！

〈二〉[á ㄚˊ ⑧ a² 啞]
❷ 歎詞，表示疑問、反問 ◆ 啊，你說甚麼？

〈三〉[ǎ ㄚˇ ⑧ a² 啞]
❸ 歎詞，表示驚訝 ◆ 啊，連你也不知道？

〈四〉[à ㄚˋ ⑧ a³ 亞]
❹ 助詞，表示答應或終於明白過來 ◆ 啊，我就來／啊，原來是這麼回事。

〈五〉[·ɑ ㄚ ⑧ a³ 亞]
❺ 語氣詞，放在句子末尾或句子中表示語氣或感情。語氣詞 "啊" 的實際讀音，常受前一個字的收尾音的影響而改變，有時也用別的字來代替，見下表：

"啊"前一字的收尾音	"啊"音變後實際讀音	舉例	"啊"的代用字
- a,- o,- e	ya	好大啊 (dàya) 真多啊 (duōya) 快寫啊 (xiěya)	呀
- i,- ü	ya	多美麗啊 (lìya) 真乖啊 (guāiya) 好大的雨啊 (yǔya)	呀
- u,- ao	wa	手段真毒啊 (dúwa) 好高啊 (gāowa) 怎麼得了啊 (liǎowa)	哇
- n	na	快看啊 (kànna) 真難啊 (nánna)	哪
- ng	nga	真長啊 (chángnga) 長得真像啊 (xiāngnga)	

⁸ **問**(问) ㄌ ㄏ ㄇ 門 門 問 〔問〕

[wèn ㄨㄣˋ ⑧ men⁶ 紊]

❶ 向人求教，請人解答；跟 "答" 相對 ◆ 問路／詢問。❷ 為表示關心而詢問 ◆ 問候／慰問。❸ 審訊；追究 ◆ 審問／盤問。❹ 管；干預 ◆ 過問／不聞不問。

【問世】wèn shì 指出版物的出版或新事物的出現，與世人見面 ◆ 這本書自去年問世以來，已多次再版。

【問號】wèn hào 標點符號之一（?）。在書面上，一個疑問句的末尾要加上問

號 ◆ 你知道嗎？

【問題】wèn tí　❶ 要求解答的題目 ◆ 老師問了我幾個問題，我都答不上來。❷ 需要研究解決的事情 ◆ 人浮於事的問題要儘快解決。❸ 事故或意外情況 ◆ 電腦又出問題了。

【問心無愧】wèn xīn wú kuì　自問沒有甚麼可以慚愧的 ◆ 不管別人怎麼説，我是問心無愧的。

[注意] "問心無愧" 多指工作盡心努力或對得起人。

⇱ 問安、問好、問答、問罪、問津、問長問短

⇲ 學問、疑問、質問、訪問、探問、發問、提問、興師問罪、不聞不問、答非所問、不恥下問

8 **啟** 見支部，193 頁。

8 **啜**

[chuò　ㄔㄨㄛˋ　[粵] dzyt^{8} 輟]

❶ 喝 ◆ 啜茗 / 啜粥。❷ 哭泣時抽噎的樣子 ◆ 啜泣。

9 **喆** "哲" 的異體字，見 78 頁。

9 **喜**　一 十 士 吉 吉 壴 喜

[xǐ　ㄒㄧˇ　[粵] hei^{2} 起]

❶ 高興；快樂 ◆ 喜悦 / 歡天喜地。❷ 愛好 ◆ 喜愛。❸ 高興的事；值得慶賀的事 ◆ 喜事 / 雙喜臨門。

【喜悦】xǐ yuè　高興；愉快 ◆ 他懷着喜悦的心情登上領獎台。[同] 愉悦。[反] 悲傷。

【喜愛】xǐ ài　愛好；有興趣 ◆ 她喜愛文學。[同] 喜歡。[反] 討厭。

【喜劇】xǐ jù　戲劇的一種類型。多用誇張的手法，幽默的語言，引人發笑，以諷刺醜惡現象。

【喜鵲】xǐ ·que　一種鳥。翅膀、尾巴羽毛黑中帶綠，背部、腹部是白色羽毛。尾巴長。民間傳説，聽到喜鵲叫，將有喜事臨門。

【喜出望外】xǐ chū wàng wài　遇到出乎意料的喜事而特別高興 ◆ 老人神奇地轉危為安，令人喜出望外。

【喜形於色】xǐ xíng yú sè　形：表現。色：臉色。心裏的喜悦表現在臉上。形容控制不住內心的喜悦 ◆ 接到錄取通知書後，姐姐不禁喜形於色。

【喜馬拉雅山】xǐ mǎ lā yǎ shān　世界上最高大的山脈，分佈在中國西藏南部和巴基斯坦、印度、尼泊爾、不丹邊境。平均海拔 6000 米。位於中尼邊境上的珠穆朗瑪峯，高 8848.13 米，是世界最高峯。

⇱ 喜報、喜訊、喜氣洋洋、喜新厭舊

⇲ 可喜、欣喜、賀喜、恭喜、驚喜、欣喜若狂、沾沾自喜

9 **喃**

[nán　ㄋㄢˊ　[粵] nam^{4} 南]

低語聲。

【喃喃】nán nán　連續不斷地低聲説話的聲音 ◆ 他常常喃喃自語。

9 **喪**（丧）

〈一〉[sāng　ㄙㄤ　[粵] sɔŋ^{1} 桑]

❶ 有關人死亡的事情 ◆ 喪事 / 喪禮。

〈二〉[sàng　ㄙㄤˋ　[粵] sɔŋ^{3} 桑^{3}]

❷ 失去 ◆ 喪失 / 喪命。

【喪$_2$生】sàng shēng　喪失生命；死亡 ◆ 他在一次車禍中喪生。[同] 喪命。

【喪$_2$失】sàng shī　失掉 ◆ 不能因為私利而喪失人格。

【喪事】sāng shì　人死後要辦的一些事情。如開追悼會、處理遺體等 ◆ 先父臨終前囑咐，死後喪事從簡。

【喪$_2$命】sàng mìng　喪生，多指暴病而死或意外死亡 ◆ 他因不慎從高空墜落而喪命。

【喪$_2$氣】sàng qì　因受挫折而情緒低落 ◆ "勝敗乃兵家常事"，你不要因一次失敗而灰心喪氣。

【喪$_2$膽】sàng dǎn　形容非常恐懼 ◆ 緝私隊威名遠揚，不法分子聞風喪膽。

【喪$_2$心病狂】sàng xīn bìng kuáng　失去理智，像發了瘋一樣。形容言行不可理喻，瘋狂殘暴到極點 ◆ 為了報復，他們殺人放火，無惡不作，到了喪心病狂的地步。

【喪$_2$魂落魄】sàng hún luò pò　丟了魂魄。形容驚恐不安的樣子 ◆ 他喪魂落魄地東躲西藏，終究難逃法網。

[注意] "喪魂落魄" 也作 "失魂落魄"。

⇱ 喪葬、喪$_2$身、喪$_2$家之犬

⇲ 奔喪、治喪、沮喪$_2$、懊喪$_2$、頹喪$_2$、垂頭喪$_2$氣、聞風喪$_2$膽

9 **喳**

〈一〉[zhā　ㄓㄚ　[粵] dza^{1} 渣]

❶ 象聲詞，形容鳥叫聲 ◆ 喜鵲叫喳喳。

〈二〉[chā　ㄔㄚ　[粵] dza^{1} 渣]

❷ 象聲詞，形容小聲説話 ◆ 喊喊喳喳。

9 **喇**

〈一〉[lǎ　ㄌㄚˇ　[粵] la^{3} 啦^{3}]

❶ 見 "喇叭"。

〈二〉[lǎ　ㄌㄚˇ　[粵] la^{1} 啦]

❷ 見 "喇嘛"。

【喇叭】lǎ ·ba　❶ 一種用嘴吹的管樂器，如小號或嗩吶等。❷ 形狀像喇叭，有擴音作用的東西 ◆ 汽車喇叭 / 高音喇叭。

✿ 圖見 221 頁。

【喇$_2$嘛】lǎ ·ma　藏、蒙佛教對僧侶的尊稱。

9 **喊**

[hǎn　ㄏㄢˇ　[粵] ham^{3} 咸^{3}]

大聲呼叫 ◆ 喊叫 / 呼喊。

⇲ 吶喊、搖旗吶喊

9 **喝**

〈一〉[hē　ㄏㄜ　[粵] hɔt^{8} 渴]

天街小雨潤如酥，草色遙看近卻無。——唐・韓愈《早春呈水部張十八員外》詩

❶ 吸食液體或稀的食物 ◆ 喝水／喝湯。

〈二〉[hè ㄏㄜˋ ⑧hot⁸ 渴]

❷ 大聲叫喊 ◆ 吆喝／大喝一聲。

【喝₂彩】hè cǎi　大聲叫好，表示讚賞 ◆ 觀眾的掌聲、喝彩聲此起彼伏。

---

⁹ **喱**　口 叮 吓 吓 呵 哂 喱

[lí ㄌㄧˊ ⑧lei¹ 里¹]

咖喱。見"咖"字，76頁。

---

⁹ **喂**　叮 哂 哂 喂 喂 喂

[wèi ㄨㄟˋ ⑧wei³ 畏]

❶ 招呼人的聲音 ◆ 喂！快過來看哪。 **❷** 把食物或藥物送進別人的嘴裏，同 "餵"字 ◆ 喂奶／喂藥。

---

⁹ **單**　口 吅 严 吅 留 單 單

〈一〉[dān ㄉㄢ ⑧dan¹ 丹]

❶ 獨個；一個 ◆ 單獨／單身。**❷** 稱 一、三、五、七、九等奇數；與"雙" 相對 ◆ 單號／單數。**❸** 不複雜 ◆ 單 純／簡單。**❹** 衣物等只有一層的 ◆ 單衣／袜單。**❺** 薄弱的 ◆ 勢孤力薄。 **❻** 只；僅 ◆ 不單／單憑熱情。**❼** 記 事用的紙片、票據 ◆ 菜單／賬單。

〈二〉[shàn ㄕㄢˋ ⑧sin⁶ 善]

❽ 姓。

〈三〉[chán ㄔㄢˊ ⑧sin⁴ 仙⁴/sim⁴ 蟬(語)]

❾ 單于(chán yú)：匈奴君主的稱號。

【單一】dān yī　只有一種 ◆ 形式單 一，缺乏吸引力。

【單元】dān yuán　整體中相對獨立、 自成系統的一個部分 ◆ 這一冊共有六 個單元。

【單位】dān wèi　**❶** 計量名稱。如 "米"是長度單位，"斤"是重量單位， "小時"是時間單位。**❷** 指機關、團體 等機構 ◆ 他是我們單位的行政長官。

【單純】dān chún　單一；不複雜 ◆ 他 的想法很單純，就是要找一份工作。 ⊗ 複雜。

【單調】dān diào　簡單、重複、缺少 變化 ◆ 媽媽的生活太單調了，每天

都是買菜、做飯、搞家務。

【單據】dān jù　收付款項或貨物的憑 據。如發票、支票、收據、借條、取貨 單等。⑤ 票據。

【單獨】dān dú　一個人 ◆ 我想單獨 跟她談談。

【單薄】dān bó　**❶** 身上穿的衣服少 ◆ 天氣這麼冷，你穿得這麼單薄，吃 得消嗎？**❷** 身體瘦弱 ◆ 她身子太單 薄，不能幹重活。⊗ 健壯。**❸** 內容 不充實；實力薄弱 ◆ 文章內容單薄， 讀來枯燥乏味／前方兵力單薄。⊗ 充 實、雄厚。

【單刀直入】dān dāo zhí rù　比喻説話 開門見山，直截了當，不繞彎子 ◆ 姐 姐見了我，便單刀直入地問："玩具 是不是你搞壞的？"⑤ 直截了當。⊗ 轉彎抹角。

【單槍匹馬】dān qiāng pǐ mǎ　一枝 槍，一匹馬，獨自上陣作戰。比喻一個 人單獨行動 ◆ 他經常是單槍匹馬去執 行公務。

⚠ "單槍匹馬"也作"匹馬單槍"。

◁ 單價

▷ 名單、孤單、形單影隻

---

⁹ **喘**　口 叫 叫 吶 吶 喘 喘

[chuǎn ㄔㄨㄢˇ ⑧tsyn² 忖]

呼吸急促 ◆ 喘氣／氣喘吁吁。

---

⁹ **唾**　吁 吁 呼 哞 唾 唾

[tuò ㄊㄨㄛˋ ⑧to³ 妥]

❶ 口水 ◆ 唾沫／唾液。**❷** 用力吐口 水，表示鄙視 ◆ 唾罵／唾棄。

【唾棄】tuò qì　鄙視拋棄 ◆ 他是個卑 鄙小人，難免被人唾棄。

【唾罵】tuò mà　鄙視責罵 ◆ 他背棄 朋友，痛遭人唾罵。

---

⁹ **啾**　叮 吁 咻 呀 咻 啾 啾

[jiū ㄐㄧㄡ ⑧dzeu¹ 周]

聲音眾多。

【啾啾】jiū jiū　形容蟲、鳥細而雜的 叫聲 ◆ 鳥兒在樹上啾啾地鳴叫起來。

---

⁹ **喬**(乔)　一 二 千 禾 丕 喬 喬

[qiáo ㄑㄧㄠˊ ⑧kiu⁴ 橋]

❶ 高而大 ◆ 喬木。**❷** 裝扮 ◆ 喬裝打 扮。**❸** 姓。

【喬木】qiáo mù　樹幹高大的樹木。如 松、柏、楊、柳、杉等。

【喬遷】qiáo qiān　比喻遷入新居或提 升職位 ◆ 恭賀喬遷之喜。

【喬裝打扮】qiáo zhuāng dǎ bàn　改變 服飾面貌，掩蓋原來的身份；裝扮 ◆ 他多次喬裝打扮，最終還是露出了破 綻。

---

⁹ **嗖**(嗖)　口 口 口 门 呷 哼 嗖

[sōu ㄙㄨ ⑧seu¹ 收]

形容東西迅速飛過的聲音 ◆ 忽聽嗖的 一聲。

---

⁹ **喉**　叫 吓 吓 哼 哞 喉

[hóu ㄏㄡˊ ⑧heu⁴ 侯]

在頸的前部、跟氣管相連接的部分，是 呼吸器官的一部分，又有發音的功能 ◆ 喉嚨／咽喉。

【喉嚨】hóu lóng　咽部和喉部的統稱。

---

⁹ **喻**　叫 吖 吟 哈 哈 喻

[yù ㄩˋ ⑧jy⁶ 遇]

❶ 明白；瞭解 ◆ 家喻户曉。**❷** 説明； 使人明白 ◆ 喻之以理／不可理喻。 **❸** 比方 ◆ 比喻。

▷ 不言而喻

---

⁹ **喚**(唤)　口 吖 吶 吶 喚 喚

[huàn ㄏㄨㄢˋ ⑧wun⁶ 換]

呼喊；呼叫 ◆ 呼喚／叫喚。

---

⁹ **啼**　口 叮 吖 呷 啦 啼 啼

[tí ㄊㄧˊ ⑧tei⁴ 提]

❶ 哭出聲；放聲哭 ◆ 啼哭／哭哭啼 啼。**❷** 某些鳥獸鳴叫 ◆ 公雞喔喔啼／ 虎嘯猿啼。

【啼笑皆非】tí xiào jiē fēi　哭也不是，笑也不是。形容處境尷尬，叫人不知如何是好 ◆ 他明明已一無所有，還要擺出一副闊佬的架勢，真叫人啼笑皆非。⊜哭笑不得。

⁹ **喧** ◌ᵀ ◌ᵀ ◌ᵀ◌ ◌ᵀ◌ ◌ᵀ咟 喧
[xuān ㄒㄩㄢ 粵 hyn¹ 圈]
聲音大而雜亂 ◆ 喧鬧／鑼鼓喧天。
【喧鬧】xuān nào　聲音大而嘈雜 ◆ 一片喧鬧聲。⊜宣譁。⊝寂靜。
【喧譁】xuān huá　聲音大而嘈雜 ◆ 請大家不要大聲喧譁，保持肅靜。⊜喧鬧。⊝肅靜。
注意 "喧譁" 也作 "喧嘩"。
【喧嚷】xuān rǎng　許多人大聲說話或喊叫 ◆ 請大家不要喧嚷，聽經理繼續往下說。
【喧賓奪主】xuān bīn duó zhǔ　客人的喧鬧聲比主人的聲音還大。比喻主客顛倒，主次顛倒 ◆ 商品過分的豪華包裝，未免有點喧賓奪主。

⁹ **喀** ◌ᵀ ◌ᵀ ◌ᵀᵀ ◌ᵀᵀ ◌ᵀᵀ 咯
[kā ㄎㄚ 粵 hak⁸ 客]
象聲詞 ◆ 喀嚓一聲。

⁹ **善** 見羊部，339頁。

⁹ **喔** ◌ᵀ ◌ᵀᵀ ◌ᵀᵀ ◌ᵀᵀ ◌ᵀᵀ 喔
〈一〉[wō ㄨㄛ 粵 ŋɐk⁷/ŋɛk⁷ 握]
❶ 形容公雞叫 ◆ 公雞喔喔啼。
〈二〉[ō ㄛ 粵 o¹ 柯]
❷ 歎詞，表示瞭解 ◆ 喔，原來是這樣。

⁹ **喲**(哟) ◌ᵀ ◌ᵀ ◌ᵀᵀ ◌ᵀᵀ ◌ᵀᵀ 喲
〈一〉[yō ㄧㄛ 粵 jo¹ 唷]
❶ 歎詞，表示驚訝或懷疑 ◆ 喲，長得真漂亮！
〈二〉[·yo ·ㄧㄛ 粵 jo¹ 唷]
❷ 用在句末，表示希望的語氣 ◆ 快來喲！

¹⁰ **嗎**(吗) ◌ ◌ᵀ ◌ᵀ ◌ᵀ 嗎 嗎 嗎
〈一〉[·ma ·ㄇㄚ 粵 ma¹ 媽/ma³ 嘛]
❶ 用在句末表示疑問的語氣詞 ◆ 身體好嗎？
〈二〉[mǎ ㄇㄚˇ 粵 ma¹ 媽]
❷ 嗎啡(mǎ fēi)：一種麻醉藥品，有毒，能止痛。

¹⁰ **嗜** ◌ᵀ ◌ᵀᵀ ◌ᵀᵀ ◌ᵀᵀ ◌ᵀᵀ 嗜
[shì ㄕˋ 粵 si³ 試]
特別愛好 ◆ 嗜好。
【嗜好】shì hào　特別的愛好 ◆ 生平無嗜好，唯獨愛飲濃茶。

¹⁰ **嗇**(啬) 一 十 土 虫 呑 嗇 嗇
[sè ㄙㄜˋ 粵 sik⁷ 色]
吝嗇。見 "吝" 字，73頁。

¹⁰ **嗦** ◌ᵀ ◌ᵀᵀ ◌ᵀᵀ ◌ᵀᵀ ◌ᵀᵀ 嗦
[suō ㄙㄨㄛ 粵 sɔk⁸ 朔]
❶ 哆嗦。見 "哆" 字，77頁。❷ 囉嗦。見 "囉" 字，87頁。

¹⁰ **嗒**(嗒) ◌ᵀ ◌ᵀᵀ ◌ᵀᵀ ◌ᵀᵀ ◌ᵀᵀ 嗒
[dā ㄉㄚ 粵 dap⁸ 答]
象聲詞 ◆ 嗒嗒的馬蹄聲。

¹⁰ **嗣** ◌ 爿 爿 冏 嗣 嗣 嗣
[sì ㄙˋ 粵 dzi⁶ 自]
❶ 繼承；接續 ◆ 嗣位。❷ 子孫 ◆ 後嗣。

¹⁰ **嗯** ◌ ◌ᵀ ◌ᵀ ◌ᵀ ◌ᵀ 嗯
〈一〉[ǹg ㄣˋ 粵 ŋ⁶ 誤]
❶ 表示答應 ◆ 嗯，我就來。
〈二〉[ńg ㄣˊ 粵 ŋ² 誤²]
❷ 表示疑問 ◆ 嗯，你說甚麼？
〈三〉[ňg ㄣˇ 粵 ŋ² 誤²]
❸ 表示出乎意外或不以為然 ◆ 嗯，居

然會有這樣的事發生！

¹⁰ **嗤** ◌ᵀ ◌ᵀ ◌ᵀᵀ ◌ᵀᵀ 嗤 嗤
[chī ㄔ 粵 tsi¹ 雌]
譏笑 ◆ 嗤之以鼻。
【嗤笑】chī xiào　譏笑 ◆ 同學們嗤笑她膽小如鼠。
【嗤之以鼻】chī zhī yǐ bí　鼻子發出冷笑聲。表示看不起 ◆ 人們對他的阿諛逢迎嗤之以鼻。

¹⁰ **嗅** ◌ᵀ ◌ᵀᵀ ◌ᵀᵀ ◌ᵀᵀ ◌ᵀᵀ 嗅
[xiù ㄒㄧㄡˋ 粵 tsɐu³ 臭/huŋ³ 控]
用鼻子辨別氣味；聞 ◆ 嗅覺靈敏。
【嗅覺】xiù jué　辨別氣味的感覺。鼻子是人和動物的嗅覺器官 ◆ 狗的嗅覺特別靈敏。

¹⁰ **嗚**(呜) ◌ᵀ ◌ᵀ ◌ᵀᵀ 嗚 嗚 嗚
[wū ㄨ 粵 wu¹ 烏]
象聲詞 ◆ 火車嗚嗚叫／孩子嗚嗚地哭個不停。
【嗚呼】wū hū　❶ 表示歎息 ◆ 嗚呼！堂堂七尺男子，竟敗在一個弱女子手下！❷ 指死亡 ◆ 他在槍戰中一命嗚呼。
【嗚咽】wū yè　低聲哭泣 ◆ 她獨自在房裏嗚咽悲泣。
注意 "咽" 不讀 yān(煙) 或 yàn(雁)。

¹⁰ **嗆**(呛) ◌ ◌ᵀᵀ ◌ᵀᵀ ◌ᵀᵀ ◌ᵀᵀ 嗆
〈一〉[qiāng ㄑㄧㄤ 粵 tsœŋ¹ 昌]
❶ 水或食物不小心進入氣管而引起咳嗽 ◆ 給水嗆了。
〈二〉[qiàng ㄑㄧㄤˋ 粵 tsœŋ³ 唱]
❷ 有刺激性的氣體使呼吸器官感到難受 ◆ 辣椒味兒真嗆人。

¹⁰ **嗡** ◌ᵀ ◌ᵀᵀ ◌ᵀᵀ ◌ᵀᵀ ◌ᵀᵀ 嗡
[wēng ㄨㄥ 粵 juŋ¹ 翁]
蟲鳴聲。

【嗡嗡】wēng wēng　形容蜜蜂、飛機等飛行時的聲音 ◆ 蜜蜂嗡嗡作響。

¹⁰嗓　口 口 吖 嗓 嗓 嗓 | 嗓

[sǎng ㄙㄤˇ ⑧ sɔŋ² 爽]
❶ 喉嚨 ◆ 嗓子疼。❷ 聲帶發出的聲音 ◆ 嗓音／金嗓子。
【嗓子】sǎng ·zi　喉嚨 ◆ 嗓子紅腫發炎。
【嗓門】sǎng mén　嗓音 ◆ 他說話嗓門高。
【嗓音】sǎng yīn　喉嚨發出的聲音 ◆ 她嗓音清脆。

¹¹嘖（嘖）　口 口 吽 哇 嘖 嘖 | 嘖

[zé ㄗㄜˊ ⑧ dzak⁸ 責／dzak⁹ 宅]
見“嘖嘖”。
【嘖嘖】zé zé　形容説話聲 ◆ 小強買了一部微型手提電腦，大家都嘖嘖稱美。

¹¹嘉　一 十 士 吉 直 嘉 嘉 | 嘉

[jiā ㄐㄧㄚ ⑧ ga¹ 加]
❶ 美好的 ◆ 嘉賓／嘉言。❷ 表揚；讚許 ◆ 嘉獎／精神可嘉。
【嘉賓】jiā bīn　尊敬的客人 ◆ 他是特邀嘉賓。
【嘉獎】jiā jiǎng　讚揚和獎勵；讚揚的話或獎勵的物品 ◆ 校方嘉獎了幾名優秀學生／幾名優秀學生得到了校方的嘉獎。

¹¹嗷　口 叶 吐 吐 哮 嗪 | 嗷

[áo ㄠˊ ⑧ ŋou⁴ 遨⁴]
見“嗷嗷”。
【嗷嗷】áo áo　哀號的聲音 ◆ 嗷嗷叫。
【嗷嗷待哺】áo áo dài bǔ　哀號着等待餵食。形容飢餓時急於想得到食物的情景 ◆ 鳥巢裏有幾隻嗷嗷待哺的幼鳥。

¹¹嘈　口 叮 吁 咘 嘈 嘈 | 嘈

[cáo ㄘㄠˊ ⑧ tsou⁴ 曹]
聲音雜亂 ◆ 嘈雜。
【嘈雜】cáo zá　聲音雜亂；一片喧鬧聲 ◆ 離開了人聲嘈雜的菜市場，我們來到了一家茶樓。⊘ 清靜。

¹¹嘟　口 叶 吐 嗒 嗒 嘟 | 嘟

[dū ㄉㄨ ⑧ dou¹ 都]
❶ 象聲詞 ◆ 遠方傳來“嘟嘟”的汽笛聲。❷ 向前突出 ◆ 弟弟聽説不讓他去，氣得嘟起了嘴。
【嘟囔】dū ·nang　連續不斷地自言自語，嘮嘮叨叨 ◆ 你在嘟囔甚麼呀？

¹¹嘆　同“歎”字，見 225 頁。

¹¹嗽　口 叩 哃 唞 唠 嗽 | 嗽

[sòu ㄙㄡˋ ⑧ seu³ 秀]
咳嗽。見“咳”字，77 頁。

¹¹嘔（呕）　口 叮 呵 呫 吀 嘔 | 嘔

[ǒu ㄡˇ ⑧ eu²/ŋeu² 毆]
吐 ◆ 嘔吐。
【嘔吐】ǒu tù　食物從胃裏經口腔吐出 ◆ 他吃了不潔食物，嘔吐不止。
【嘔心瀝血】ǒu xīn lì xuě　瀝：滴。比喻費盡心思 ◆ 這幾年，他嘔心瀝血，終於使公司擺脱困境。

¹¹嘁　口 叮 吓 吓 咏 嘁 | 嘁

[qī ㄑㄧ ⑧ tsi¹ 雌]
形容細碎的説話聲 ◆ 嘁嘁喳喳。

¹¹嘎　口 口 吶 唖 嘎 嘎 | 嘎

[gā ㄍㄚ ⑧ git⁸ 結]
形容聲音短促而響亮 ◆ 嘎巴一聲／嘎吱一響。

¹¹嗬（嗬）　口 口 吓 吓 嗬 嗬 | 嗬

[hē ㄏㄜ ⑧ hɔ¹ 苛]
表示驚歎 ◆ 嗬，真了不起！

¹¹嘗　╵ ╵ ⺌ 半 尚 尚 嘗 | 嘗

[cháng ㄔㄤˊ ⑧ sœŋ⁴ 常]
❶ 辨別滋味 ◆ 品嘗／嘗嘗味道。❷ 經歷；感受 ◆ 備嘗艱辛。❸ 試 ◆ 嘗試。❹ 曾經 ◆ 未嘗／何嘗。
【嘗試】cháng shì　試；體驗 ◆ 衝浪很刺激，你不妨去嘗試一下。

¹¹嘍（喽）　口 吽 哖 唱 唠 嘍 | 嘍

⟨一⟩ [·lou ·ㄌㄡ ⑧ leu¹ 留¹]
❶ 語氣詞，相當於“啦” ◆ 好嘍／走嘍。
⟨二⟩ [lóu ㄌㄡˊ ⑧ leu⁴ 留]
❷ 嘍囉（lóu luó）：強盜的部下；也比喻幫兇、爪牙。

¹¹嘣　口 口 吖 哻 啃 嘣 | 嘣

[bēng ㄅㄥ ⑧ beŋ¹ 崩]
形容心跳或東西爆裂的聲音 ◆ 心嘣嘣直跳／只聽嘣的一聲，琴弦斷了。

¹¹鳴　見鳥部，466 頁。

¹¹嘛　口 吒 吖 吓 听 嘛 | 嘛

⟨一⟩ [·ma ·ㄇㄚ ⑧ ma³ 媽³]
❶ 助詞，表示道理明顯，應該如此 ◆ 這是明擺着的嘛。
⟨二⟩ [·ma ·ㄇㄚ ⑧ ma⁴ 麻]
❷ 喇嘛。見“喇”字，81 頁。

¹¹嘀　口 口 吖 啇 啇 嘀 | 嘀

⟨一⟩ [dí ㄉㄧˊ ⑧ dik⁹ 敵]
❶ 嘀咕（dí ·gu）：小聲説話 ◆ 你們在嘀咕些甚麼？
⟨二⟩ [dī ㄉㄧ ⑧ dik⁹ 敵]
❷ 嘀嗒（dī dā）：形容鐘錶或水滴落下的聲音。

¹²嘻　口 吐 咘 咭 咭 嘻 | 嘻

[xī ㄒㄧ ⑧ hei¹ 希]
歡笑的樣子 ◆ 笑嘻嘻／嘻皮笑臉。

12 **噴**（喷）

〈一〉[pēn ㄆㄣ [粵] pɐn^{3} 貧^{3}]

❶ 受到壓力而散射出 ◆ 噴射／噴霧器。

〈二〉[pèn ㄆㄣˋ [粵] pɐn^{3} 貧^{3}]

❷ 香味濃厚撲鼻 ◆ 噴香／香噴噴。

【噴泉】pēn quán　向上噴出地下水的泉眼 ◆ 濟南的幾處噴泉都很有名。

【噴射】pēn shè　利用壓力把物體射出 ◆ 火焰噴射器。

【噴發】pēn fā　指火山口噴出熔巖 ◆ 火山噴發。

12 **噎**

[yē ㄧㄝ [粵] jit^{8} 熱^{8}]

食物堵住喉嚨 ◆ 慢慢吃，別噎着。

▷ 因噎廢食

12 **噁**（恶）

[ě ㄜˇ [粵] wu^{3} 胡^{3}]

見“噁心”。

【噁心】ě ·xin　❶ 難受、要嘔吐的感覺 ◆ 有點噁心。❷ 令人厭惡 ◆ 此人真叫人噁心。

12 **嘶**

[sī ㄙ [粵] sɐi^{1} 西]

❶ 馬叫 ◆ 人喊馬嘶。❷ 聲音沙啞 ◆ 嘶啞／聲嘶力竭。

【嘶啞】sī yǎ　聲音沙啞 ◆ 球迷們大聲呼喊，聲音都嘶啞了。

12 **嘲**

[cháo ㄔㄠˊ [粵] dzau^{1} 爪^{1}]

譏笑；諷刺 ◆ 嘲笑／冷嘲熱諷。

【嘲笑】cháo xiào　諷刺譏笑 ◆ 不要嘲笑別人，傷害對方的自尊心。

【嘲諷】cháo fěng　嘲笑諷刺 ◆ 他非常自信，對別人的嘲諷一概置之度外。

12 **嘹**

[liáo ㄌㄧㄠˊ [粵] liu^{4} 聊]

見“嘹亮”。

【嘹亮】liáo liàng　聲音響亮 ◆ 歌聲嘹亮。

12 **嘩**（哗）

〈一〉[huā ㄏㄨㄚ [粵] wa^{1} 娃]

❶ 象聲詞 ◆ 嘩啦一聲／水嘩嘩流。

〈二〉[huá ㄏㄨㄚˊ [粵] wa^{1} 娃]

❷ 同“譁”字，見 397 頁。

12 **嘘**

[xū ㄒㄩ [粵] hœy^{1} 虛]

❶ 慢慢地吐氣 ◆ 嘘氣。❷ 歎氣 ◆ 長嘘短歎。

12 **嚣**　“器”的異體字，見本頁。

12 **嘿**

[hēi ㄏㄟ [粵] hei^{1} 希]

❶ 歎詞，表示讚歎、驚異或招呼等 ◆ 嘿，力氣真不小／嘿，還不快跑！❷ 象聲詞，形容笑聲 ◆ 只見他站在一邊嘿嘿地傻笑。

12 **嘮**（唠）

〈一〉[lào ㄌㄠˋ [粵] lou^{4} 勞]

❶ 談；聊 ◆ 嘮家常。

〈二〉[láo ㄌㄠˊ [粵] lou^{4} 勞]

❷ 見“嘮叨”。

【嘮$_{2}$叨】láo ·dao　說起話來嚕嚕囌囌，沒完沒了 ◆ 在這裏嘮叨了半天。

12 **嘰**（叽）

[jī ㄐㄧ [粵] gei^{1} 機]

象聲詞 ◆ 嘰咕／鳥兒嘰嘰地叫。

13 **噩**

[è ㄜˋ [粵] ŋɔk^{9} 岳]

兇惡可怕的；驚恐的 ◆ 噩夢／噩耗。

【噩耗】è hào　指親友死亡的消息 ◆ 噩耗傳來，全家悲痛萬分。

13 **噸**（吨）

[dūn ㄉㄨㄣ [粵] dœn^{1} 敦]

重量單位，有公噸、英噸、美噸的分別。一公噸合 1000 公斤，一英噸合 1016 公斤，一美噸合 907.2 公斤。

13 **嘴**（嘴）

[zuǐ ㄗㄨㄟˇ [粵] dzœy^{2} 咀]

❶ 口；人和動物吃東西、說話的器官 ◆ 嘴巴／閉嘴。❷ 說話 ◆ 插嘴／笨嘴笨舌。❸ 形狀或作用像嘴的東西 ◆ 煙嘴／壺嘴。

【嘴臉】zuǐ liǎn　借指人的面貌、神態 ◆ 他那幫兇的嘴臉暴露無遺。

[注意]“嘴臉”多含貶義。

◁ 嘴硬、嘴饞、嘴甜、嘴笨、嘴快

▷ 多嘴、吵嘴、頂嘴

13 **噥**（哝）

[nóng ㄋㄨㄥˊ [粵] nuŋ^{4} 農]

見“噥噥”。

【噥噥】nóng nóng　小聲說話 ◆ 他們常在圖書館內嘟嘟噥噥。

13 **器**

[qì ㄑㄧˋ [粵] hei^{3} 氣]

❶ 用具 ◆ 器具／瓷器。❷ 生物體中具有某種生理機能的部分；器官 ◆ 消化器／呼吸器。❸ 指人的氣度、才幹 ◆ 器度不凡／大器晚成。❹ 看重；看得起 ◆ 器重。

【器皿】qì mǐn　碗、盆、杯、碟、瓶等日用器具的總稱 ◆ 玻璃器皿。

【器材】qì cái　器具和材料 ◆ 本店出售各種照相器材。

【器具】qì jù　用具 ◆ 體育館內有許多運動器具。[同] 器械。

【器官】qì guān　生物體內有獨立生理機能的部分。如人有五臟六腑等器官。

【器重】qì zhòng　看得起；重視 ◆ 上司很器重他的才幹。
〈注意〉"器重"多用於上級、長輩對下級、晚輩。

【器械】qì xiè　有專門用途的器具 ◆ 這家醫院有不少先進的醫療器械。

【器樂】qì yuè　用樂器演奏的音樂 ◆ 下一個節目是器樂合奏。

☑ 木器、電器、機器、武器、容器

¹³ 噪　ⁿⁿ ⁿⁿ ⁿⁿ ⁿⁿ ⁿⁿ ⁿⁿ 噪
[zào ㄗㄠˋ ⊕tsou³ 燥]
❶ 蟲、鳥亂叫 ◆ 蟬噪 / 鵲噪。❷ 亂喊亂叫；聲音嘈雜 ◆ 鼓噪 / 噪音污染。

【噪音】zào yīn　嘈雜刺耳的聲音 ◆ 嚴重的城市噪音會危害人們的健康。
〈注意〉"噪音"也作"噪聲"。

¹³ 噬　ⁿ ⁿ ⁿ ⁿ ⁿ 噬
[shì ㄕˋ ⊕sei⁶ 誓]
咬 ◆ 吞噬。

¹³ 噢(噢)　ⁿ ⁿ ⁿ ⁿ ⁿ 噢
[ō ㄛ ⊕o¹ 柯]
歎詞，表示答應或明白過來 ◆ 噢，我來幫你 / 噢，我知道了。

¹³ 噙　ⁿ ⁿ ⁿ ⁿ ⁿ ⁿ 噙
[qín ㄑㄧㄣˊ ⊕kem⁴ 禽]
含 ◆ 兩眼噙着淚水。

¹⁴ 嘯(啸)　ⁿ ⁿ ⁿ ⁿ ⁿ ⁿ 嘯
[xiào ㄒㄧㄠˋ ⊕siu³ 笑]
發出長而高的聲音；拉長聲音高聲尖叫 ◆ 北風呼嘯 / 虎嘯猿啼。
☑ 海嘯、仰天長嘯

¹⁴ 嚏　ⁿ ⁿ ⁿ ⁿ ⁿ 嚏
[tì ㄊㄧˋ ⊕dai³ 帝/tei³ 替 (語)]
見"嚏噴"。

【嚏噴】tì·pen　由於鼻腔受到刺激而猛然噴出氣來，並發出聲音的生理現象 ◆ 早上他總是不斷打嚏噴。
〈注意〉"嚏噴"也作"噴嚏"。

¹⁴ 嚇(吓)　ⁿ ⁿ ⁿ ⁿ ⁿ 嚇
〈一〉[xià ㄒㄧㄚˋ ⊕hak⁸ 客]
❶ 害怕；受驚；使害怕 ◆ 嚇了一跳 / 你別嚇人。
〈二〉[hè ㄏㄜˋ ⊕hak⁸ 客]
❷ 威脅 ◆ 恐嚇信。❸ 歎詞，表示不滿或驚訝 ◆ 嚇，怎麼能這樣呢！/ 嚇，真了不起！

【嚇唬】xià·hu　使害怕 ◆ 她膽子小，你別嚇唬她。
☑ 威嚇₂

¹⁴ 嘗　同"嘗"字，見84頁。

¹⁴ 襄　見衣部，385頁。

¹⁴ 嚎　ⁿ ⁿ ⁿ ⁿ ⁿ 嚎
[háo ㄏㄠˊ ⊕hou⁴ 毫]
大聲哭；大聲叫 ◆ 嚎叫 / 鬼哭狼嚎。

【嚎叫】háo jiào　大聲叫 ◆ 他在一旁嚎叫："快來救人啊！"

【嚎啕】háo táo　形容大聲哭 ◆ 她嚎啕大哭。
〈注意〉"嚎啕"也作"號啕"。

¹⁴ 嚀　ⁿ ⁿ ⁿ ⁿ ⁿ 嚀
[níng ㄋㄧㄥˊ ⊕nin⁴ 寧]
叮嚀。見"叮"字，68頁。

¹⁴ 嚓　ⁿ ⁿ ⁿ ⁿ ⁿ 嚓
[cā ㄘㄚ ⊕tsat⁸ 擦]
象聲詞 ◆ 嚓地一聲，火柴劃着了。

¹⁵ 嚕(噜)　ⁿ ⁿ ⁿ ⁿ ⁿ 嚕
[lū ㄌㄨ ⊕lou¹ 撈¹]

見"嚕囌"。

【嚕囌】lū sū　❶ 語言繁瑣 ◆ 說話太嚕囌。❷ 事情瑣碎、麻煩 ◆ 手續太嚕囌。
〈注意〉"嚕囌"也作"囉囌"。

¹⁵ 嚮(向)　ⁿ ⁿ ⁿ ⁿ ⁿ ⁿ 嚮
[xiàng ㄒㄧㄤˋ ⊕hœŋ³ 向]
❶ 同"向"字。朝着；面對着；跟"背"相對 ◆ 嚮隅而泣。❷ 引導 ◆ 嚮導。❸ 接近；將近 ◆ 嚮晚 / 嚮曉兩止。

【嚮往】xiàng wǎng　希望得到或達到 ◆ 人們嚮往幸福美好的生活。

【嚮導】xiàng dǎo　帶路；帶路的人 ◆ 我們請了一位當地的朋友做嚮導。

¹⁶ 嚥(咽)　ⁿ ⁿ ⁿ ⁿ ⁿ 嚥
[yàn ㄧㄢˋ ⊕jin³ 宴]
吞下 ◆ 狼吞虎嚥 / 細嚼慢嚥。

¹⁶ 嚨(咙)　ⁿ ⁿ ⁿ ⁿ ⁿ 嚨
[lóng ㄌㄨㄥˊ ⊕luŋ⁴ 龍]
喉嚨。見"喉"字，82頁。

¹⁷ 嚴(严)　ⁿ ⁿ ⁿ ⁿ ⁿ 嚴
[yán ㄧㄢˊ ⊕jim⁴ 炎]
❶ 緊密沒縫隙 ◆ 嚴密封鎖 / 把瓶口封嚴。❷ 認真；要求高，不放鬆；跟"寬"相對 ◆ 嚴格 / 嚴加管束。❸ 厲害 ◆ 嚴寒 / 嚴刑拷打。❹ 對別人稱自己的父親 ◆ 家嚴。❺ 姓。

【嚴正】yán zhèng　嚴肅鄭重 ◆ 政府發表嚴正聲明。

【嚴重】yán zhòng　程度深；影響大 ◆ 事情發展下去，後果非常嚴重。

【嚴格】yán gé　做事認真，絲毫不放鬆 ◆ 老師對學生的要求很嚴格。

【嚴峻】yán jùn　嚴厲；嚴肅 ◆ 這是一個嚴峻的考驗。

【嚴密】yán mì　❶ 結合緊密，沒有縫隙 ◆ 接頭很嚴密，不會漏水。❷ 仔細周到，沒有疏漏 ◆ 疑犯已在我們的嚴密監視之下。

【嚴寒】yán hán 非常寒冷 ◆ 嚴寒的冬天過去了。 反 炎熱。

【嚴肅】yán sù ❶ 使人感到敬畏 ◆ 他的表情變得嚴肅起來。❷認真，不隨便 ◆ 這件事要嚴肅處理。 反 馬虎。

【嚴厲】yán lì 嚴肅厲害 ◆ 小華考試作弊，受到老師的嚴厲責備。

【嚴謹】yán jǐn ❶ 嚴肅謹慎 ◆ 做學問態度要嚴謹。❷嚴密周到 ◆ 文章結構嚴謹。

【嚴陣以待】yán zhèn yǐ dài 擺好陣勢，等待來犯的敵人。比喻早已做好充分的準備 ◆ 我方嚴陣以待，迎接對方的挑戰。

反 嚴明、嚴酷、嚴懲、嚴禁
反 莊嚴、威嚴、尊嚴、義正詞嚴

17 嚼 `口 叩 咩 哼 咩 噌 嚼`

〈一〉[jiáo ㄐㄧㄠˊ ⑧ dzœk⁹ 着/dziu⁶ 趙]
❶ 用牙齒咬碎食物 ◆ 嚼不碎 / 細嚼慢嚥。

〈二〉[jué ㄐㄩㄝˊ ⑧ dzœk⁹ 着/dziu⁶ 趙]
❷ 義同 ❶，多作書面語詞，如 "咀嚼"。

〈三〉[jiào ㄐㄧㄠˋ ⑧ dzœk⁹ 着/dziu⁶ 趙]
❸ 倒嚼(dǎo jiào)：即牛羊等動物把嚥下去的食物再反回到嘴裏細細咀嚼，然後再嚥下去。也叫 "反芻"。

17 嚷 `吖 咿 嗙 嚕 嚔 嚷`

〈一〉[rǎng ㄖㄤˇ ⑧ jœŋ⁶ 讓]
❶ 大聲喊叫；吵鬧 ◆ 叫嚷 / 別嚷了！

〈二〉[rāng ㄖㄤ ⑧ jœŋ⁶ 讓]
❷ 見 "嚷嚷"。

【嚷₂嚷₂】rāng rang 吵鬧 ◆ 請別再嚷嚷了。

18 囂 (嚻) `口 叩 叩 哭 罒 囂 囂`

[xiāo ㄒㄧㄠ ⑧ hiu¹ 僥]
❶ 大聲喧鬧 ◆ 叫囂 / 喧囂。❷囂張。

【囂張】xiāo zhāng 放肆；猖狂 ◆ 這些悍匪氣燄囂張，揚言要與警署拚命。

19 囊 `虫 宙 患 甫 甫 臺 囊`

[náng ㄋㄤˊ ⑧ nɔŋ⁴ 瓢]
❶ 口袋 ◆ 囊中物 / 慷慨解囊。❷像口袋的東西 ◆ 膽囊。

【囊括】náng kuò 全部裝進口袋。指全部包羅在內 ◆ 中國運動員囊括了這一項目的全部金牌。

【囊中物】náng zhōng wù 比喻不必花費大力氣就可以得到的東西 ◆ 該隊實力雄厚，冠軍已成他們的囊中物。

19 囉 (罗) `口 咿 唧 唧 囉 囉 囉`

[luō ㄌㄨㄛ ⑧ lɔ⁴ 羅]
見 "囉唆"。

【囉唆】luō suō ❶ 語言繁瑣、不簡練 ◆ 說話囉唆。❷事情瑣碎、麻煩 ◆ 手續太囉唆。

注意 "囉唆" 也作 "囉嗦"、"囉嗦"。

【囉嗦】luō suō 同 "囉唆"，見本頁。
【囉嗦】luō sū 同 "囉唆"，見本頁。

20 嗹 (苏) `口 吓 吽 嗹 嗹 嗹 嗹`

[sū ㄙㄨ ⑧ sou¹ 蘇]
囉嗹。見 "囉" 字，本頁。

21 囑 (嘱) `吖 呬 呬 喔 喝 喝`

[zhǔ ㄓㄨˇ ⑧ dzuk⁷ 足]
吩咐；託付 ◆ 叮囑 / 遺囑。

【囑咐】zhǔ fù 告訴對方應該做或不應該做甚麼 ◆ 爸爸再三囑咐我一定要好好學習。

【囑託】zhǔ tuō 囑咐委託 ◆ 受朋友的囑託，讓我把這件珍貴的物品親手交給你。

22 囔 `吖 吽 啰 啰 嗇 噱 囔`

[nāng ㄋㄤ ⑧ nɔŋ⁴ 囊]
嘟囔。見 "嘟" 字，84 頁。

口 部

2 四 `一 冂 冂 四 四`

[sì ㄙˋ ⑧ sei³ 死³]
數目字，二加二的得數。大寫作 "肆" ◆ 四肢 / 一年四季。

【四肢】sì zhī 指人的兩手兩腳或動物的四條腿 ◆ 他身材高大，四肢肌肉發達。

【四分五裂】sì fēn wǔ liè 形容不完整，不團結，不統一 ◆ 由於利害衝突，內部已四分五裂。

【四平八穩】sì píng bā wěn 形容說話、做事很慎重，或說話、做事只求不出差錯，缺乏創新精神 ◆ 他在公司做事一向四平八穩，很少出差錯。

【四面楚歌】sì miàn chǔ gē 楚霸王項羽和漢王劉邦爭奪天下時，楚軍在垓下被漢軍重重圍困。晚上，項羽聽到四面的漢軍都唱着楚國的歌謠，便吃驚地說：漢軍已佔領了楚地了嗎？為甚麼楚人那麼多呀？項羽知道敗局已定，最後在烏江自刎。比喻處在四面受敵、孤立無援的困境 ◆ 我軍重重包圍了這座城市，敵軍已陷入四面楚歌的絕境。

【四海為家】sì hǎi wéi jiā 四海：指全國或世界各地。形容志在四方，到處都可以安家 ◆ 為了探索大自然的奧秘，他們跋山涉水，四海為家。

【四通八達】sì tōng bā dá 四面八方都有道路可通。形容交通十分便利 ◆ 這裏道路縱橫交錯，四通八達，出行非常方便。

2 囚 `一 冂 冂 囚 囚`

[qiú ㄑㄧㄡˊ ⑧ tsɐu⁴ 酬]
❶ 拘禁；關押 ◆ 囚禁 / 囚牢。❷被拘禁、被關押的人 ◆ 囚犯 / 死囚。

【囚犯】qiú fàn 關在監獄裏的犯人 ◆

這裏的囚犯年輕的居多。⑩囚徒。
【囚禁】qiú jìn　把犯人關押在監獄裏
◆ 這裏囚禁的都是殺人犯。⑩關押。
⊠階下囚

因　一丌闩用因因　因

[yīn 一ㄣ ⑧ jen¹ 恩]

❶緣故；原因 ◆ 病因 / 前因後果。
❷由於；因為 ◆ 因此 / 因小失大。
❸依據；根據 ◆ 因地制宜 / 因材施
教。❹沿襲 ◆ 因襲。
【因而】yīn ér　因此。用來表示結果
◆ 由於他學習用功，因而成績很好。
【因此】yīn cǐ　因為這個。用來表示結
果 ◆ 他工作出色，上司因此提升了
他。⑩因而。
【因果】yīn guǒ　原因和結果 ◆ 能力
的大小跟工作成績有沒有必然的因果
關係？
【因為】yīn wèi　表示原因或理由。常
跟"所以"搭配使用 ◆ 因為他個子最
小，所以讓他坐在前排。⑩由於。
【因素】yīn sù　決定事物成敗的原因
或條件 ◆ 科技是發展生產的重要因
素。
【因材施教】yīn cái shī jiào　根據受教
育者的個性特點、具體情況，採取不同
的教育措施 ◆ 教師要善於因材施教。
【因陋就簡】yīn lòu jiù jiǎn　利用原有
的簡陋條件辦事 ◆ 他們因陋就簡，利
用幾間茅屋辦起了一所小學。
【因勢利導】yīn shì lì dǎo　順着事物
的發展趨勢加以引導 ◆ 學生的興趣很
廣泛，教師要善於因勢利導。
【因噎廢食】yīn yē fèi shí　因為怕食物
堵住喉嚨就不吃東西。比喻因為怕受挫
折，就索性不幹了 ◆ 怎麼能因為這小
小的失誤而放棄整個計劃呢？你這不
是因噎廢食嗎？
⊠因循、因禍得福
⊠起因、陳陳相因

回　一丌冋冋回回　回

[huí ㄏㄨㄟˊ ⑧ wui⁴ 徊]

❶返；歸來 ◆ 回家 / 回國。❷答覆

◆ 回答 / 回話。❸掉轉 ◆ 回過頭
來 / 回顧往事。❹舊小説一個章節
叫"一回" ◆ 章回小説 / 且聽下回分
解。❺量詞 ◆ 一回事 / 去今三回。
❻中國少數民族回族的簡稱 ◆ 回民。
❼"迴"的簡化字，見 417 頁。
【回合】huí hé　雙方較量一次叫一個
回合 ◆ 拳擊比賽通常要進行十二個
回合才能決定勝負。
【回味】huí wèi　從回想中體會 ◆ 四
年的大學生活，至今令人回味無窮。
【回音】huí yīn　❶回聲 ◆ 在山谷裏
喊叫，能聽到遠處的回音。❷回信或
回話 ◆ 信寄出一個多月了，至今沒
有回音。
【回首】huí shǒu　回顧；回想 ◆ 往事
不堪回首。⑩回憶。
【回報】huí bào　報答；酬謝 ◆ 他出
資修建了一座圖書館，來回報母校對
他的栽培。
【回憶】huí yì　回想過去的事情 ◆ 回
憶過去，往事歷歷在目。

【回顧】huí gù　回過頭來看；回想 ◆
回顧往事，心裏久久不能平靜。⑩
回首、回憶。
【回心轉意】huí xīn zhuǎn yì　改變原
先的想法或態度 ◆ 他是個死心眼，碰
了幾次壁還不肯回心轉意。
⊠回鄉、回嘴、回敬、回頭
⊠返回、起死回生

困　一丌闩用困困　困

[kùn ㄎㄨㄣˋ ⑧ kwen³ 睏³]

❶窮苦；艱難 ◆ 貧困 / 陷入困境。
❷包圍；陷入 ◆ 圍困 / 困在孤島上。
❸疲乏 ◆ 困乏 / 人困馬乏。
【困苦】kùn kǔ　生活艱難痛苦 ◆ 這些
難民生活困苦，急需援助。

【困惑】kùn huò　感到疑惑，不知道該
怎麼辦 ◆ 父母很困惑，為甚麼孩子
的成績總是上不去？⑩疑惑。
【困境】kùn jìng　艱難的處境 ◆ 工廠
資金不足，生產已陷入困境。
【困擾】kùn rǎo　被心煩的事所纏繞而
不得安寧 ◆ 這些日子，大哥總是被一
種失落的痛苦所困擾。
【困難】kùn·nan　❶阻礙多，難應付
◆ 他覺得寫作文最困難。⑨容易。
❷窮困 ◆ 他們家收入少，生活困難。
⑩貧困。⑨富裕。
⊠困倦、困窘、困獸猶鬥
⊠窮困、內外交困

圇　一丌冂冃肙肙肙冎　圇

〈一〉[dùn ㄉㄨㄣˋ ⑧ tœn⁵ 盾]

❶儲存糧食的器物 ◆ 米圇 / 糧圇。

〈二〉[tún ㄊㄨㄣˊ ⑧ tyn⁴ 團]

❷儲存東西 ◆ 圇積。
【圇₂積居奇】tún jī jū qí　把貨物儲存
起來，等待時機，作為奇貨高價出售
◆ 一些投機商人圇積居奇，擾亂市場。

圖　一丌冂冈肉冈冈圖　圖

[hú ㄏㄨˊ ⑧ wet⁹ 屈⁹]

見"圖圇"。
【圖圇】hú lún　整個兒 ◆ 圖圇吞棗。
【圖圇吞棗】hú lún tūn zǎo　把整個棗
一口吞下，不咀嚼，不辨滋味。比喻讀
書學習只是籠統接受，不加消化，不求
甚解 ◆ 學習知識不能圖圇吞棗，要
多問幾個為甚麼。

囱　ノ丆冋冈冈囱　囱

[cōng ㄘㄨㄥ ⑧ tsuŋ¹ 充]

煙囱 (yān cōng)：爐灶出煙的通道。

固　一丌冂闩用用固固　固

[gù ㄍㄨˋ ⑧ gu³ 故]

❶堅實；不容易壞 ◆ 堅固 / 牢固。
❷堅硬；不流動 ◆ 固體 / 凝固。❸

堅持；極力地 ◆ 固守陣地／固執己見。❹ 原來；本來 ◆ 固有。

【固定】gù dìng　定下來，不變動 ◆ 他每月有固定的收入，生活有保證。

【固執】gù zhí　堅持自己的意見，不肯改變 ◆ 他很固執，不肯接受別人的忠告。

[注意] "固執" 含貶義。

【固然】gù rán　用在一句話的前半部分，表示承認某個事實，接着引出轉折的意思。常跟 "但是"、"卻" 搭配使用 ◆ 你的辦法固然好，但是要花很多人力物力。

【固體】gù tǐ　物體三態（固體、液體、氣體）之一，指有一定體積和形狀、比較堅硬的物體。如木頭、石頭、玻璃、鋼板等。

▷ 穩固、鞏固、頑固、根深蒂固

7 圃　冂 冂 冋 同 甫 圃 圃　[圃]

[pǔ ㄆㄨˇ [粵] bou^{2} 保/pou^{2} 普（語）]

種植花草、蔬菜、樹苗的園子 ◆ 花圃／苗圃。

8 國（国）　冂 冂 冋 冋 国 國 國　[國]

[guó ㄍㄨㄛˊ [粵] gwɔk^{8} 郭]

❶ 國家 ◆ 國內／國泰民安。❷ 國家的；本國的 ◆ 國旗／國產。❸ 特指傑出的、為國人所推崇的人 ◆ 國手／國腳。

【國民】guó mín　國內的人民；公民 ◆ 政府致力於提高國民的生活水平。

【國防】guó fáng　國家的防務 ◆ 鞏固國防，保障人民生命財產的安全。

【國恥】guó chǐ　國家所蒙受的恥辱 ◆ 不忘國恥。

【國畫】guó huà　指中國傳統的繪畫藝術。跟 "西洋畫" 相對 ◆ 國畫展覽。

【國境】guó jìng　國與國之間的邊界 ◆ 警署拘留了幾個偷越國境的外國人。[同] 國界。

【國旗】guó qí　代表國家的旗幟。中華人民共和國的國旗是五星紅旗。

【國歌】guó gē　代表國家的歌曲。中華人民共和國的國歌是《義勇軍進行曲》。

【國際】guó jì　國與國之間；與世界各國有關的 ◆ 香港是國際金融中心之一。

【國慶】guó qìng　一國的建國紀念日。中華人民共和國的國慶是十月一日。

【國徽】guó huī　代表國家的標誌。中華人民共和國的國徽中間是五星照耀下的天安門，周圍是穀穗和齒輪。

【國籍】guó jí　指個人屬於某個國家公民的身份 ◆ 他已經取得了中國國籍。

◁ 國庫、國寶、國都、國情

▷ 祖國、鄰國、禍國殃民

8 圇（囵）　冂 内 内 內 侖 圇　[圇]

[lún ㄌㄨㄣˊ [粵] lœn^{4} 倫]

囫圇。見 "囫" 字，89 頁。

8 圈　冂 冂 冋 冋 圏 圈　[圈]

〈一〉[quān ㄑㄩㄢ [粵] hyn^{1} 喧]

❶ 曲線形；曲線形的東西 ◆ 圓圈／花圈。❷ 畫圈作記號 ◆ 圈點。❸ 圍住 ◆ 圈地／圈出一個場子來。❹ 一定的地區範圍 ◆ 包圓圈／演藝圈。

〈二〉[juàn ㄐㄩㄢˋ [粵] gyn^{6} 倦]

❺ 關養牲畜的棚欄 ◆ 豬圈／羊圈。

〈三〉[juān ㄐㄩㄢ [粵] hyn^{1} 喧]

❻ 用棚欄把牲畜、家禽關起來 ◆ 把鴨子圈起來。

【圈子】quān ·zi　圓圈；活動的範圍 ◆ 他的生活圈子很小，所以沒有甚麼朋友。

【圈套】quān tào　使人受騙上當的計謀 ◆ 他中了對方的圈套，損失慘重。

9 圍（围）　冂 冂 冃 冎 罒 圍 圍　[圍]

[wéi ㄨㄟˊ [粵] wɐi^{4} 惟]

❶ 環繞；四面攔起來 ◆ 圍繞／團團圍住。❷ 四周 ◆ 周圍／外圍。

【圍攻】wéi gōng　包圍起來進行攻擊 ◆ 昨夜，她遭到一夥歹徒的圍攻，被搶了手錶和錢包。

【圍困】wéi kùn　被團團包圍，處於困境 ◆ 村民們被洪水圍困在一個小山上。

【圍繞】wéi rào　❶ 繞着某個物體 ◆ 月亮圍繞着地球旋轉。[同] 環繞。❷ 以某件事為中心 ◆ 同學們圍繞課外閱讀問題展開熱烈討論。

【圍觀】wéi guān　許多人圍起來觀看 ◆ 父女倆沿街賣藝，舞刀弄槍，引來許多人圍觀。

◁ 圍巾、圍攏、圍棋

▷ 包圍、範圍、解圍

10 園（园）　冂 冂 冃 冋 冏 園　[園]

[yuán ㄩㄢˊ [粵] jyn^{4} 元]

❶ 種有花草林木、瓜果蔬菜的地方 ◆ 花園／果園／校園。❷ 供人遊覽休閒的地方 ◆ 公園／兒童樂園。

【園丁】yuán dīng　❶ 從事園藝勞動的工人 ◆ 園丁告訴我說："這就是紫荊花。" ❷ 比喻教師。多指中小學教師 ◆ 教師節要來了，我們創作了一篇《園丁頌》。

【園林】yuán lín　種植花草樹木，建有亭台樓閣、假山飛瀑等，風景優美，供人遊覽休閒的場所 ◆ 蘇州園林，景色獨特。

【園藝】yuán yì　種植蔬菜、花卉、果樹等的技術 ◆ 他是園藝師，對果樹栽培很有研究。

▷ 田園、家園、樂園

10 圓（圆）　冂 冂 冃 冋 冐 圓　[圓]

[yuán ㄩㄢˊ [粵] jyn^{4} 元]

❶ 從中心到周圍距離相等的圖形 ◆ 圓圈／圓規。❷ 完滿；周到 ◆ 圓滿／自圓其說。❸ 貨幣單位，十角為一圓。

[注意] ❸ 也寫作 "元"。

【圓滑】yuán huá　形容人對各方面都討好，不得罪人 ◆ 這個人說話很圓滑。[同] 油滑。[反] 誠實。

不知何處吹蘆管，一夜征人盡望鄉。——唐・李益《夜上受降城聞笛》詩

注意　"圓滑"是貶義詞。

【圓滿】yuán mǎn　沒有缺陷、遺憾，使人滿意 ◆ 祝這次會議圓滿成功！反 缺陷。

【圓潤】yuán rùn　飽滿潤滑 ◆ 她嗓子圓潤，歌聲悅耳動聽。

◀ 圓心、圓場、圓周率

▶ 團圓、花好月圓

---

¹¹團（团）門冋冋周團團團　團

[tuán ㄊㄨㄢˊ 粵 tyn⁴ 屯]

❶ 圓形或球形的東西 ◆ 團扇／湯團。

❷ 會聚在一起 ◆ 團聚／團圓。❸ 因工作或活動而組織起來的集體 ◆ 團體／旅行團。❹ 軍隊的一級編制單位，在師（或旅）以下，營以上 ◆ 上校團副。

❺ 量詞，用於成團的東西 ◆ 一團絨線。

【團伙】tuán huǒ　糾集在一起從事不軌活動的小集團 ◆ 警方破獲了一個販毒團伙。

注意　"團伙"也作"團夥"。

【團結】tuán jié　人們為實現共同目標而聯合起來，在思想和行動上保持一致 ◆ 團結就是力量。同 聯合。反 分裂。

【團圓】tuán yuán　親人相聚在一起 ◆ 中秋佳節，家人團圓，共享天倫之樂。同 團聚。

【團聚】tuán jù　親人別後相聚 ◆ 今年除夕，全家團聚，十分歡樂。同 團圓。

【團體】tuán tǐ　有共同目的或興趣愛好的人組成的集體 ◆ 這個考察團是個民間團體。

▶ 社團、劇團、財團、樂團、疑團、花團錦簇

---

¹¹圖（图）門门周周周圖圖　圖

[tú ㄊㄨˊ 粵 tou⁴ 徒]

❶ 用線條、色彩等畫出來的形像 ◆ 圖畫／插圖。❷ 規劃；打算 ◆ 宏圖大志／大展鴻圖。❸ 謀取；希望得到 ◆ 圖謀／唯利是圖。

【圖表】tú biǎo　列有各種情況、各種數字的圖和表格的總稱。如線路圖、分

佈圖、統計表、一覽表等。

【圖案】tú àn　起裝飾作用或用作標記的花紋或圖形 ◆ 這幅圖案很有創意。

【圖書】tú shū　泛指各類書籍 ◆ 我們學校的圖書館藏書很豐富。

【圖畫】tú huà　用線條和色彩繪製出來的形象 ◆ 看！這本圖畫書的內容多豐富。同 繪畫。

【圖解】tú jiě　用圖形來分析、說明 ◆ 有些教學內容可以採用圖解法。

【圖像】tú xiàng　畫出來的、印製出來的或顯示出來的形象 ◆ 這種電視機圖像很清晰。

【圖謀】tú móu　暗中謀劃 ◆ 他做假賬圖謀私利。

注意　"圖謀"含貶義。

【圖書館】tú shū guǎn　收藏、整理圖書資料供人借閱的機構 ◆ 香港大會堂圖書館，是孩子們愛去的地方。

【圖文並茂】tú wén bìng mào　圖畫與文字都很豐富精美 ◆ 這本《兒童寓言故事精選》圖文並茂。

【圖窮匕現】tú qióng bǐ xiàn　匕：匕首。戰國時，燕國太子丹派荊軻去刺殺秦王。荊軻以進獻燕國督亢的地圖去見秦王，把匕首藏在地圖裏。他來到秦王座前，慢慢打開地圖，最後露出了匕首，連忙向秦王直刺，但沒有成功，反被秦王當場殺死。比喻事情發展到最後，真相終於暴露 ◆ 他開始裝得很友善，但圖窮匕見，終於兇相畢露。

注意　"圖窮匕現"也作"圖窮匕首現"。

◀ 圖形、圖紙、圖章

▶ 地圖、掛圖、意圖、企圖、貪圖、試圖、妄圖、發憤圖強

土 部

⁰土　一十土

[tǔ ㄊㄨˇ 粵 tou² 討]

❶ 地面上泥、沙等的混合物 ◆ 土壤／泥土／塵土飛揚。❷ 土地；地域 ◆

國土／領土。❸ 本地的；民間的 ◆ 土生土長／土風舞。❹ 不合潮流的 ◆ 土氣／土頭土腦。

【土木】tǔ mù　指修建房屋、道路、橋梁等工程 ◆ 這一帶正在大興土木。

【土地】tǔ dì　❶ 田地 ◆ 土地肥沃。❷ 指領土 ◆ 中國土地廣闊，物產豐富。

【土氣】tǔ qì　鄉土氣；不時髦 ◆ 這身打扮太土氣了。反 時髦。

【土產】tǔ chǎn　某地出產的、具有地方特色的東西 ◆ 哈蜜瓜、葡萄乾都是新疆的土產。

注意　"土產"多指農產品。

【土壤】tǔ rǎng　地球表面能生長植物的土層 ◆ 他是一位土壤學家。

【土生土長】tǔ shēng tǔ zhǎng　在本地出生成長的 ◆ 他是土生土長的廣東人。

【土崩瓦解】tǔ bēng wǎ jiě　像土山崩塌，像瓦器破裂。比喻徹底垮台 ◆ 末代王朝終於土崩瓦解。

▶ 故土、塵土、風土人情、捲土重來、面如土色、揮金如土

---

³圭　一十土圭圭　圭

[guī ㄍㄨㄟ 粵 gwɐi¹ 歸]

❶ 古代貴族在舉行典禮時拿的一種長條形玉器。❷ 古代測日影定時間的一種儀器 ◆ 圭表。

---

³寺　見寸部，123頁。

---

³在　一ナオ右在　在

[zài ㄗㄞˋ 粵 dzɔi⁶ 再⁶]

❶ 存在；生存 ◆ 健在／精神永在。

❷ 表示動作行為正進行着；正在 ◆ 他們在踢球／老師在給學生講故事。❸ 介詞，表示動作的時間、地點或範圍等 ◆ 在早晨跑步／在學校打乒乓球。

❹ 事情的關鍵、本質、要點；在於 ◆ 決定於 ◆ 事在人為／學習貴在堅持。

❺ 居於；處於 ◆ 在職／高高在上。

【在世】zài shì　活在世上 ◆ 父親在世的時候，家裏還算富裕。

【在乎】zài·hu　在意；放在心上 ◆ 這

件事你可以滿不在乎，我可在乎。

【在位】zài wèi　身居君主地位；泛指身居某個職位 ◆ 你已經不在位了，還去操這份心做甚麼。

【在即】zài jí　臨近；事情很快就要發生 ◆ 大戰在即，氣氛格外緊張。

【在於】zài yú　指出事情的關鍵所在；決定於 ◆ 取得優良的成績在於你個人的努力。

【在望】zài wàng　❶ 在視線內，可以看見 ◆ 即使在澳門，只要天氣好，大嶼山上的天壇大佛也遙遙在望。❷ 指盼望的好事就在眼前，即將到來 ◆ 勝利在望。

【在意】zài yì　介意；放在心上 ◆ 區區小事，請不必在意。

【在所不惜】zài suǒ bù xī　不管在甚麼時候、甚麼情況下都不計較 ◆ 為了不使工廠倒閉，就是傾家盪產，也在所不惜。

【在所不辭】zài suǒ bù cí　不管在甚麼時候、甚麼情況下都不推辭 ◆ 為了朋友，他即使赴湯蹈火，也在所不辭。

【在所難免】zài suǒ nán miǎn　難於避免 ◆ 工作不會一帆風順，受點挫折是在所難免的。

注意 "在所難免"也作"在所不免"。

🔺 在場、在座

🔻 正在、自在、存在、現在、實在、危在旦夕、迫在眉睫、有言在先

³
圳　一 十 土 圳 圳　圳
[zhèn ㄓㄣˋ 粵 dzen³ 振]
地名用字，如深圳，在廣東省。

³
地　一 十 土 圵 圳 地　地
〈一〉[dì ㄉㄧˋ 粵 dei⁶]
❶ 人類生活的地球 ◆ 地質／地震／地平線。❷ 田地；土地 ◆ 種地／地大物博。❸ 地點；區域 ◆ 地方／產地／本地。❹ 所處的位置或環境 ◆ 地位／設身處地。❺ 心理活動的領域 ◆ 心地善良。❻ 底子 ◆ 白地紅花。❼ 質量；品質 ◆ 質地精良。❽ 指路程遠近 ◆ 這裏大約有二十多里地。

〈二〉[·de ·ㄉㄜ 粵 dei⁶]
用在動詞、形容詞的修飾語後面，表示修飾關係 ◆ 慢慢地説／不斷地喊叫。

【地支】dì zhī　指子、丑、寅、卯、辰、巳、午、未、申、酉、戌、亥。與"天干"相配，用來記年、月、日。

【地形】dì xíng　地理形態；一個地區山水、建築、交通、土壤植物等的綜合情況 ◆ 這一帶地形比較複雜。

【地址】dì zhǐ　居住、工作或通信的地點 ◆ 名片上有我的家庭地址。

【地步】dì bù　❶ 處境；境地。多指不好的境地 ◆ 他陷入了進退兩難的地步。❷ 達到的程度 ◆ 他悲傷到了痛不欲生的地步。

【地位】dì wèi　人或團體在社會上所處的位置 ◆ 特區行政長官在特區的地位最高。

【地球】dì qiú　人類居住的星球。它是太陽系中接近太陽的第三顆大行星。地球繞太陽轉動，轉一周為一年，自轉一周為24小時 ◆ 大家都來愛護地球。☺ 圖見103頁。

【地基】dì jī　承受建築物或大型機械設備的地層 ◆ 這幢大樓的地基打得很堅實。

【地域】dì yù　指面積較大的區域 ◆ 長江三角洲地域遼闊，經濟比較發達。

【地區】dì qū　指範圍較大的某個地方 ◆ 香港地區人口密度很高。

【地勢】dì shì　地面高低起伏的形勢 ◆ 這裏地勢險要。

【地雷】dì léi　埋在地下的爆炸性武器 ◆ 戰後，這一帶還留下許多地雷。

【地圖】dì tú　顯示地球表面自然現象和人文景觀等分佈的圖。如世界地圖、中國地圖等 ◆ 從地圖上我找到了大嶼山的位置。

【地獄】dì yù　❶ 某些宗教指人死後

靈魂受苦受難的地方 ◆ 生前做壞事，死後進地獄。反 天堂。❷ 比喻黑暗而悲慘的生活環境 ◆ 在侵略者的統治下，人們生活在人間地獄裏。

【地震】dì zhèn　因地球內部構造變化而引起的地殼表面震動 ◆ 地震給人民的生命財產帶來嚴重危害。

注意 "地震"也叫"地動"。

【地質】dì zhì　地殼的成分和構造情況 ◆ 地質勘探。

【地點】dì diǎn　所在的地方 ◆ 集合地點是香港大會堂。同 地址。

【地大物博】dì dà wù bó　土地廣大，物產豐富 ◆ 中國地大物博，人口眾多。

【地廣人稀】dì guǎng rén xī　土地廣闊，人煙稀少 ◆ 那裏是浩瀚的沙漠，地廣人稀。

🔺 地下、地面、地板、地毯、地鐵

🔻 大地、天地、內地、陸地、盆地、人地生疏、腳踏實地、驚天動地

³
至　見至部，356頁。

⁴
杜　見木部，209頁。

⁴
址　一 十 土 圵 圵 址　址
[zhǐ ㄓˇ 粵 dzi² 止]
地點 ◆ 住址／地址。

🔻 遺址、舊址

⁴
牡　見牛部，269頁。

⁴
坐　丿 人 刅 刅 竹 坐　坐
[zuò ㄗㄨㄛˋ 粵 dzo⁶ 助/tso⁵ 楚⁵]
❶ 坐在椅子上的"坐"；跟"立"相對 ◆ 坐下／坐立不安。❷ 乘；搭 ◆ 坐車／坐飛機。❸ 位置所在 ◆ 坐北朝南／坐落在上海外灘。❹ 不勞動；不採取行動 ◆ 坐吃山空／坐以待斃。❺ 子彈射出時，槍炮會出現一種向後或向下的壓力 ◆ 後坐力。❻ 定罪

反坐／連坐。

【坐視】zuò shì　坐在一旁觀看。指該管或該關心的事不管或不關心 ◆ 眼看孩子一天天變壞，做父母的怎能坐視不管？

【坐井觀天】zuò jǐng guān tiān　坐在井裏看天。比喻眼光狹小，見識有限 ◆ 你是坐井觀天，不了解當今世界科技發展的情況。⊜ 井底之蛙。

【坐以待斃】zuò yǐ dài bì　斃：死。坐着等死。比喻危難臨頭不積極想辦法解決 ◆ 現在已是兵臨城下，我們豈能坐以待斃！⊜ 束手待斃。

【坐吃山空】zuò chī shān kōng　只花費而不生產，就是有堆積如山的財產，也會用完 ◆ 有的富家子弟，一生遊手好閒，最後坐吃山空，成了敗家子。

【坐享其成】zuò xiǎng qí chéng　自己不出力而享受別人的勞動成果 ◆ 只顧坐享其成的人不會受歡迎。⊜ 不勞而穫。⊝ 自食其力。

⊠ 坐牢、坐等、坐失良機
⊠ 靜坐、如坐針氈、平起平坐

⁴ 坎 一十土圹圻坎坎 坎

[kǎn ㄎㄢˇ ⑧hem² 砍]

❶ 地面上凹陷的地方 ◆ 溝溝坎坎。
❷ 見“坎坷”。

【坎坷】kǎn kě　❶ 地面高高低低、坑坑窪窪 ◆ 這條山路坎坷不平。❷ 比喻人生屢遭艱難，不順利 ◆ 伯父從小背井離鄉，一生坎坷。

⁴ 均 一十土圴均均 均

[jūn ㄐㄩㄣ ⑧gwen¹ 君]

❶ 相等；沒有輕重、多少、高下之分 ◆ 平均／均勻／勢均力敵。❷ 都；全 ◆ 均已完成／均告失敗。

【均勻】jūn yún　大小、粗細、長短、疏密等均稱；分配到各部分的數量相同 ◆ 這箱水果大小均勻／她呼吸均勻，睡得很香。⊜ 勻稱。

【均等】jūn děng　平均；相等 ◆ 對每個人來說，都是機會均等的。

【均衡】jūn héng　平衡 ◆ 收支保持均衡。

⁴ 坍 一十土圵圬坍坍 坍

[tān ㄊㄢ ⑧tan¹ 灘]

倒塌 ◆ 坍塌。

【坍塌】tān tā　倒下來 ◆ 河堤年久失修，多處已經坍塌。

⁴ 圾 一十土圹圾圾 圾

[jī ㄐㄧ ⑧sap⁸ 霎]

垃圾。見“垃”字，本頁。

⁴ 坊 一十土圹圹坊 坊

〈一〉[fāng ㄈㄤ ⑧fong¹ 方]

❶ 舊時街道、里弄的通稱 ◆ 街坊／德信坊。❷ 舊時用作表彰或紀念的一種建築物，形狀像牌樓 ◆ 牌坊／貞節坊。

〈二〉[fáng ㄈㄤˊ ⑧fong¹ 方]

❸ 小手工業的工作場所 ◆ 作坊／磨坊。

⁴ 坑 一十土圹圹坑 坑

[kēng ㄎㄥ ⑧hang¹]

❶ 地面上低陷下去的地方 ◆ 水坑／坑坑窪窪。❷ 地洞；地道 ◆ 坑道。❸ 設計陷害人 ◆ 坑人／坑害。❹ 活埋 ◆ 焚書坑儒。

【坑害】kēng hài　使人受害 ◆ 這樣做，不是坑害了大家嗎？

⁴ 社 見示部，306 頁。

⁵ 卦 見卜部，62 頁。

⁵ 坯 一土圹圬坏坯 坯

[pī ㄆㄧ ⑧pui¹ 胚]

❶ 沒有燒過的磚瓦、陶器 ◆ 土坯／磚坯。❷ 未經加工的半成品 ◆ 毛坯／鋼坯。

⁵ 坪 一十土圹坪坪 坪

[píng ㄆㄧㄥˊ ⑧ping⁴ 平]

平坦的場地 ◆ 草坪／停機坪。

⁵ 坷 一十土圹圻坷 坷

〈一〉[kě ㄎㄜˇ ⑧ho² 可]

❶ 坎坷。見“坎”字，本頁。

〈二〉[kē ㄎㄜ ⑧ho² 可]

❷ 坷垃（kē lā）：土塊 ◆ 土坷垃。

⁵ 坦 一十圹坦坦坦 坦

[tǎn ㄊㄢˇ ⑧tan² 袒]

❶ 道路或場地平整而寬闊 ◆ 平坦／坦途。❷ 心裏平靜、開朗 ◆ 坦率／舒坦。❸ 不加危瞞，如實説出 ◆ 坦白。

【坦白】tǎn bái　❶ 心地純潔，語言直率，沒有隱私 ◆ 他光明磊落，襟懷坦白。❷ 如實説出自己所犯的錯誤或罪行 ◆ 他坦白交代了自己的所作所為。⊝ 隱瞞。

【坦克】tǎn kè　一種履帶式的戰鬥車輛，上面裝有可旋轉的火力武器，是地面作戰的主要裝備之一。

【坦率】tǎn shuài　直率 ◆ 坦率地説，你的想法不切實際。⊜ 直爽、坦白。

【坦然】tǎn rán　形容心裏平靜，沒有顧慮 ◆ 面對同學的嚴厲指責，他坦然處之。

【坦誠】tǎn chéng　直率誠懇 ◆ 雙方坦誠相見，各自説出了自己的意願。⊜ 真誠。

【坦蕩】tǎn dàng　❶ 平坦寬闊 ◆ 坦蕩的大路一直伸向遠方。❷ 心地純潔無私，胸襟寬廣開朗 ◆ 他胸懷坦蕩。

⁵ 坤 一土圤圳坤坤 坤

[kūn ㄎㄨㄣ ⑧kwen¹ 羣¹]

❶ 八卦之一，代表地；跟“乾”相對 ◆ 扭轉乾坤。❷ 表示女性的 ◆ 坤錶。

⁵ 垃 一十土圹圹垃 垃

[lā ㄌㄚ ⑧lap⁹ 臘]

見"垃圾"。

【垃圾】lā·ji 塵土、果皮和紙屑等廢棄物的總稱 ◆ 請把果皮扔進垃圾箱。

⁵ 幸　見干部，137頁。

⁵ 坡　一 十 扌 圹 圤 坊 坡　坡

[pō ㄆㄛ ⑧ po¹ 婆¹/bo¹ 波（語）]

❶ 地形傾斜的地方 ◆ 山坡／陡坡。❷ 傾斜 ◆ 坡度。

【坡度】pō dù 傾斜的程度 ◆ 這山坡坡度大，爬起來很吃力。

⁵ 坳　一 十 扌 圹 圤 坳 坳　坳

[ào ㄠˋ ⑧ au³/ŋau³ 拗/au¹/ŋau¹ 拗¹]

山間的平地 ◆ 山坳。

❀ 圖見129頁。

⁶ 封　見寸部，123頁。

⁶ 型　一 二 干 开 刑 刑　型

[xíng ㄒㄧㄥˊ ⑧ jin⁴ 刑]

❶ 製造器物用的模子 ◆ 模型。❷ 樣式；類別 ◆ 典型／造型／類型。

【型號】xíng hào 指同一產品因性能、規格或式樣差異而分出的類別 ◆ 這些是同一牌子的洗衣機，只是型號不同。

⁶ 垣　十 扌 圹 圻 坦 垣　垣

[yuán ㄩㄢˊ ⑧ wun⁴ 桓]

短牆；牆 ◆ 斷垣殘壁。

⁶ 垮　十 扌 扩 圹 坏 垮　垮

[kuǎ ㄎㄨㄚˇ ⑧ kwa¹ 誇]

❶ 倒塌 ◆ 房屋震垮了／水壩沖垮了。

❷ 失敗；崩潰 ◆ 敵人被打垮了／身體拖垮了。

【垮台】kuǎ tái 比喻崩潰、瓦解或失敗 ◆ 這股社會黑勢力已徹底垮台了。

⁶ 城　十 扌 圹 坂 城 城　城

[chéng ㄔㄥˊ ⑧ siŋ⁴ 成]

❶ 城牆 ◆ 城門／萬里長城。❷ 都市 ◆ 城市／山城。

【城市】chéng shì 人口比較集中、工商業比較發達的地方，一般是國家或周圍地區政治、經濟和文化的中心 ◆ 他們都是城市裏長大的孩子，不了解農村情況。⑫ 鄉村。

【城堡】chéng bǎo 堡壘式的小城 ◆ 前面有一座中世紀的城堡。

【城樓】chéng lóu 城門洞上的樓 ◆ 城樓上掛着大紅燈籠。

【城牆】chéng qiáng 環繞城市修築的高大的牆，古代用作防禦工事 ◆ 這是一座千年古城，城牆至今保存完整。

【城門失火，殃及池魚】chéng mén shī huǒ, yāng jí chí yú 池：護城河。城門着了火，用護城河的水來撲滅，水用盡了，護城河裏的魚也遭了殃。比喻無辜被牽連而遭受禍害 ◆ 廠長被捕，秘書也丟了飯碗，真是"城門失火，殃及池魚"。

⑰ 城鄉、城鎮、城下之盟

⑫ 名城、京城、古城、江城、都城、滿城風雨、兵臨城下、眾志成城、價值連城

⁶ 垂　一 千 千 千 乖 乖 垂　垂

[chuí ㄔㄨㄟˊ ⑧ sœy⁴ 誰]

❶ 一頭從上往下掛着 ◆ 垂釣／垂柳。❷ 流傳 ◆ 名垂千古／永垂不朽。❸ 接近 ◆ 生命垂危。

【垂死】chuí sǐ 接近死亡 ◆ 敵人不甘滅亡，還在作垂死掙扎。

【垂危】chuí wēi 快要死亡或滅亡 ◆ 病人生命垂危，醫生全力搶救。

【垂直】chuí zhí 從上到下與水平線、水平面成直角關係的 ◆ 這電線杆豎得不夠垂直。

【垂釣】chuí diào 垂竿釣魚 ◆ 他獨自一人到蒲台島垂釣。

【垂顧】chuí gù 光顧的客氣話 ◆ 歡迎垂顧。

【垂手可得】chuí shǒu kě dé 形容不費力氣便可得到 ◆ 在這裏，價廉物美的商品垂手可得。

【垂涎三尺】chuí xián sān chǐ 涎：口水。流下三尺長的口水。形容非常饞或非常眼紅想得到 ◆ 聞到這大螃蟹的香味，我早已垂涎三尺了。⑩ 垂涎欲滴。

【垂涎欲滴】chuí xián yù dī 涎：口水。饞得口水都快要流下來了。形容非常饞或非常眼紅想得到 ◆ 看着眼前豐富的美食大家已垂涎欲滴。⑩ 垂涎三尺。

【垂頭喪氣】chuí tóu sàng qì 形容情緒低落，精神不振 ◆ 不要因為這小小失敗而垂頭喪氣。⑩ 灰心喪氣。⑫ 精神抖擻。

⑰ 垂問、垂青

⑫ 下垂、低垂、功敗垂成

⁶ 垢　十 扌 圹 圹 圻 垢　垢

[gòu ㄍㄡˋ ⑧ gɐu³ 救]

❶ 骯髒；髒東西 ◆ 污垢／油垢。❷ 恥辱 ◆ 含垢忍辱。

⑫ 蓬頭垢面

⁶ 垛　十 扌 扌 圫 垛 垛　垛

〈一〉[duǒ ㄉㄨㄛˇ ⑧ dɔ⁶ 墮]

❶ 牆兩側或向上突出的部分 ◆ 城垛。

〈二〉[duò ㄉㄨㄛˋ ⑧ dɔ⁶ 墮]

❷ 成堆的東西；堆積 ◆ 草垛／垛麥子。

⁶ 垛　"垛"的異體字，見本頁。

⁶ 室　見宀部，118頁。

⁶ 垠　十 扌 圹 圹 坦 垠　垠

[yín ㄧㄣˊ ⑧ ŋɐn⁴ 銀]

邊際；界限 ◆ 一望無垠。

⁷ 埔　圹 坼 圻 圻 圽 埔　埔

〈一〉[pǔ ㄆㄨˇ ⑧ bou³ 布]

❶ 柬埔寨：國名，位於亞洲。❷ 黃埔：

地名，在廣東省珠江口。

〈二〉［bù ㄅㄨˋ ⑩bou³ 布］

❸ 大埔：縣名，在廣東省東北部。又地區名，在香港新界。

---

⁷**埂** 圵圵坷坷垣垣埂 埂

［gěng ㄍㄥˇ ⑩gen² 梗］

❶ 田間的小路 ◆ 田埂。❷ 用土築成的堤防 ◆ 堤埂。

---

⁷**埋** 圵圵圹圹坤坤埋 埋

〈一〉［mái ㄇㄞˊ ⑩mai⁴ 買⁴］

❶ 把死者或東西藏在地下，用沙、土等蓋上 ◆ 埋葬／埋地雷。❷ 隱藏起來，不讓人知道 ◆ 埋伏／隱姓埋名。

〈二〉［mán ㄇㄢˊ ⑩mai⁴ 買⁴］

❸ 抱怨；責怪 ◆ 埋怨。

【埋伏】mái fú 把兵力隱蔽在敵人要經過的地方，等待機會出擊 ◆ 我軍兵分兩路，埋伏在道路兩側的叢林中。

【埋沒】mái mò ❶ 淹沒 ◆ 無情的洪水埋沒了附近的村莊和良田。❷ 使顯示不出來 ◆ 要不是遇上你，他的才幹恐怕永遠被埋沒了。

【埋怨】mán yuàn 因事情不順心而抱怨或責怪別人 ◆ 事已如此，大家不必互相埋怨了。⑩ 責備。

【埋葬】mái zàng 掩埋屍體 ◆ 屍體已運回故鄉埋葬。

【埋藏】mái cáng ❶ 藏在地下 ◆ 這一帶地底下埋藏着豐富的石油資源。❷ 隱藏；不讓人知道 ◆ 他把這段戀情深深埋藏在心底。

【埋頭苦幹】mái tóu kǔ gàn 專心、努力地工作 ◆ 經過多年的埋頭苦幹，他終於完成這項科學研究。

▷掩埋、活埋

---

⁷**袁** 見衣部，383 頁。

---

⁷**埃** 圵圵圹圹圹埃埃 埃

［āi ㄞ ⑩oi¹/ŋoi¹ 哀］

灰塵 ◆ 塵埃。

---

⁸**堵** 圵圵圵圴圴圴堵 堵

［dǔ ㄉㄨˇ ⑩dou² 賭］

❶ 阻塞；攔住 ◆ 堵漏洞／把巷口堵住，別讓小偷跑了。❷ 憋悶 ◆ 心裏堵得慌。❸ 量詞，用於牆 ◆ 一堵牆。

【堵塞】dǔ sè 受阻擋，不通暢 ◆ 馬路上交通堵塞嚴重。

---

⁸**執**（执） 圵圵圹圹圵鞤執 執

［zhí ㄓˊ ⑩dzɐp⁷ 汁］

❶ 拿着 ◆ 執筆／明火執仗。❷ 掌管 ◆ 執政／執掌公司大權。❸ 實施；實行 ◆ 執行／執法如山。❹ 堅持 ◆ 固執／執意不肯參加。❺ 憑證；單據 ◆ 執照／存執。

【執行】zhí xíng 實行 ◆ 警方在執行公務。

【執法】zhí fǎ 執行法律、法規 ◆ 法官一定要執法公正。

【執政】zhí zhèng 掌握政權 ◆ 執政黨和在野黨經常發生衝突。

【執照】zhí zhào 由主管機關發給的准許從事某種活動的憑證。如營業執照、駕駛執照等。

【執意】zhí yì 堅持自己的意見、意願 ◆ 他執意要去海外經商。

【執迷不悟】zhí mí bù wù 堅持錯誤而不覺悟 ◆ 他執迷不悟，繼續為非作歹，終於落入法網。

◁執拗、執勤、執教

▷爭執、仗義執言

---

⁸**基** 一廿廿甘甘其其 基

［jī ㄐㄧ ⑩gei¹ 機］

❶ 建築物的地下部分 ◆ 地基／牆基。❷ 根本的 ◆ 基本／基礎。❸ 依據；

基於上述理由。

【基本】jī běn ❶ 根本；根本的 ◆ 學生的基本任務是學習。❷ 主要的 ◆ 他身材高大，身體強壯，具備了當運動員的基本條件。❸ 大體上 ◆ 產品基本合格。

【基地】jī dì 從事某種事業或活動的主要地區 ◆ 國家排球隊已來到訓練基地，進行封閉式訓練。

【基金】jī jīn 為發展某一事業而籌措、儲備的專用資金。如教育基金、獎勵基金等。

【基督】jī dū 基督教徒對耶穌的稱呼，意思是上帝派到人間的救世主 ◆ 基督為世人的罪釘十字架。

【基調】jī diào ❶ 音樂作品中的主要曲調 ◆ 這部樂曲的基調活潑、歡快。❷ 基本觀點；主要的思想、情感傾向 ◆ 這篇小說的基調還是積極向上的。

【基層】jī céng 各種組織系統中的最低一級。如工廠中的車間班組，工會系統中某個單位的工會組織等。

【基礎】jī chǔ ❶ 建築物的根基 ◆ 這幢大樓的基礎很牢固。❷ 事物發展的起點或所必備的條件 ◆ 他在中小學打下了良好的基礎。

【基督教】jī dū jiào 世界三大宗教之一。奉耶穌為救世主，以《聖經》為主要經典。主要流傳於歐洲、美洲和大洋洲等地。

▷奠基、根基、登基

---

⁸**域** 圵圵圹圹域域域 域

［yù ㄩˋ ⑩wik⁹］

一定的範圍、地區 ◆ 區域／疆域。

▷地域、流域、領域

---

⁸**堅**（坚） 一丁丐丐臣取 堅

［jiān ㄐㄧㄢ ⑩gin¹ 肩］

❶ 硬；結實；牢固 ◆ 堅硬／堅固。❷ 牢固、結實的東西 ◆ 無堅不摧。❸ 不鬆懈；不動搖 ◆ 堅定／堅持。

【堅決】jiān jué 態度、主張、行動等堅定不移 ◆ 他堅決要求對方賠償損失。⑩ 猶豫。

【堅固】jiān gù　牢固結實，不易破損 ◆ 這防盜鐵門堅固耐用。

【堅定】jiān dìng　立場、主張、意志等堅強穩定，不動搖；使堅定 ◆ 他意志堅定，不達目的，決不罷休／我們要堅定必勝的信心。⊠ 動搖。

【堅持】jiān chí　堅決保持或維護 ◆ 若能堅持體育鍛煉，身體便會強壯起來。⊠ 放棄。

【堅貞】jiān zhēn　節操堅定不變 ◆ 他堅貞不屈，從容就義。

【堅強】jiān qiáng　堅定有力，不可動搖 ◆ 他以堅強的毅力戰勝了病魔。⊜ 頑強。⊠ 懦弱、軟弱。

【堅硬】jiān yìng　非常硬 ◆ 花崗嚴質地堅硬。

【堅韌】jiān rèn　堅固而有韌性 ◆ 這種材質地堅韌，耐壓耐磨。

【堅忍不拔】jiān rěn bù bá　在艱苦困難的條件下頑強堅持，毫不動搖。形容意志堅定 ◆ 他以堅忍不拔的意志和毅力，取得了博士學位。

⚠ “堅忍不拔”也作“堅韌不拔”。

⊠ 堅信、堅挺、堅毅、堅苦卓絕

---

8 堂　丨 丨 丬 严 严 告 堂　**堂**

[táng ㄊㄤˊ ⑭ tɔŋ⁴ 唐]

❶ 房子的正屋；廳 ◆ 堂屋／升堂入室。❷ 特指審理案件的地方；法庭 ◆ 公堂／過堂。❸ 寬敞的大房間 ◆ 會堂／禮堂。❹ 同祖父的親屬關係 ◆ 堂兄／堂姐妹。❺ 量詞 ◆ 一堂課。

【堂皇】táng huáng　形容氣派大 ◆ 酒店大廳裝飾得富麗堂皇。

【堂堂】táng táng　❶ 形容相貌端莊大方 ◆ 校長西裝筆挺，儀表堂堂。❷ 形容有志氣或有氣魄 ◆ 人們常有“堂堂男子漢，有淚不輕彈”的觀念。

【堂而皇之】táng ér huáng zhī　形容大大方方，不加任何掩飾 ◆ 他拿着一張假護照，堂而皇之地來到了邊防檢查站。

【堂堂正正】táng táng zhèng zhèng　形容胸懷坦蕩，光明正大 ◆ 做一個堂堂正正的中國人。

⊠ 名堂、課堂、哄堂大笑、濟濟一堂

---

8 堆　扌 扩 扩 护 护 堆　**堆**

[duī ㄉㄨㄟ ⑭ dœy¹ 對¹]

❶ 聚積起來成高大的東西 ◆ 沙堆／草堆。❷ 聚積；累積 ◆ 堆積／堆砌。❸ 量詞，用於成堆的東西 ◆ 一堆書。

【堆放】duī fàng　一堆一堆地放置着 ◆ 不要在樓道上堆放雜物。

【堆砌】duī qì　原指把磚石一層層疊起，如堆砌假山。現多用來比喻寫文章時不恰當地大量使用華麗的詞語，片面追求文章的華美 ◆ 這篇作文只是堆砌詞藻，內容卻很貧乏。

【堆積】duī jī　聚積成堆 ◆ 碼頭旁媒炭已堆積如山。

⊠ 土堆、草堆

---

8 埠　扌 扩 扩 护 护 埠 埠　**埠**

[bù ㄅㄨˋ ⑭ bou⁶ 步/feu⁶ 阜 (語)]

❶ 停船的碼頭 ◆ 埠頭／船埠。❷ 城市；通商口岸 ◆ 商埠／外埠。

---

8 培　扌 扩 扩 护 培 培　**培**

[péi ㄆㄟˊ ⑭ pui⁴ 陪]

❶ 在植物根部或牆堤的基礎部分堆土 ◆ 培土。❷ 栽種植物，使發枝成長；引申指對人進行教育、訓練 ◆ 培植／培養。

【培土】péi tǔ　在植物根部加土 ◆ 種樹先要挖坑，放下樹苗後要培土、澆水。

【培育】péi yù　使發育長大 ◆ 他是水稻專家，培育了許多水稻新品種／我們學校培育了一大批優秀人才。⊜ 培養。

【培訓】péi xùn　培養和訓練 ◆ 弟弟進了乒乓球培訓班。

【培植】péi zhí　栽種植物使長大；培養人才使成長 ◆ 這些香菇都是人工培植的／培植人才關係到國家的未來。

【培養】péi yǎng　有目的地進行教育和訓練 ◆ 學校是培養人才的搖籃。

⊠ 栽培

---

9 堯（尧）　一 十 士 垚 垚 彝　**堯**

[yáo ㄧㄠˊ ⑭ jiu⁴ 姚]

中國遠古時期部落聯盟的首領，相傳為古代的聖明君主。史書上也叫唐堯。

---

9 報（报）　土 キ ギ 幸 幸 郣 報　**報**

[bào ㄅㄠˋ ⑭ bou³ 布]

❶ 通知；告訴 ◆ 報告／報信／天氣預報。❷ 傳達消息的文件或信號 ◆ 捷報／情報。❸ 定期出版的報紙、刊物 ◆ 日報／晚報。❹ 回答；回應 ◆ 報答／恩將仇報。

【報仇】bào chóu　採取敵對行動回擊仇敵 ◆ 他的父母慘死在日軍屠刀下，為了報仇雪恨，他參加了抗日隊伍。⊜ 復仇。

【報刊】bào kān　報紙和期刊的總稱 ◆ 學校圖書館裏有許多報刊雜誌。

【報告】bào gào　❶ 把事情或意見告訴上級或公眾 ◆ 娟娟報告老師：亮亮經常欺負小芳。❷ 用書面或口頭形式，向上級或公眾所做的說明 ◆ 關於這場火災的起因和造成的損失，消防部門已公佈了最新的調查報告。

【報答】bào dá　用實際行動來表示感謝 ◆ 我要好好孝敬父母，報答他們的養育之恩。⊜ 回報。

【報復】bào fù　回擊曾經傷害過自己的人 ◆ 以自暴自棄來報復曾傷害自己的人，是極愚蠢的做法。

【報酬】bào·chou　因對方付出了勞動而付給對方的錢或實物 ◆ 你給老闆工作勤勤懇懇，老闆給你的報酬也很豐厚。⊜ 回報。

【報導】bào dǎo　❶ 通過報紙、電台等媒介發佈新聞 ◆ 各種傳媒都及時報

導了這個消息。❷ 新聞稿 ◆ 這篇報
導寫得很生動。

【報應】bào yìng　佛教用語，指為善
會有善報，為惡必有惡報 ◆ 做這種缺
德事，將來一定會有報應的。

【報警】bào jǐng　向警方報告緊急情
況；發出情況緊急的信號 ◆ 孩子失蹤
三天了，還不趕快報警？

▷ 報名、報考、報到、報時、報恩、報
　幕、報銷

▷ 畫報、海報、呈報、電報

⁹ **堪** 扌 卝 卅 其 堪 堪　[堪]

[kān ㄎㄢ ⓟ hɐm¹ 含¹]

❶ 能夠；可以 ◆ 堪稱一絕 / 不堪設
想。❷ 經得起；承受得了 ◆ 令人難
堪 / 不堪一擊。

▷ 狼狽不堪

⁹ **堰** 扌 圹 坿 垣 垾 堰　[堰]

[yàn ㄧㄢ² ⓟ jin² 演²]

較低的擋水堤壩。古代不少水利灌溉
工程，常用某某堰來命名，如四川省有
都江堰。

⁹ **堤** 扌 坦 坦 垾 垾 堤　[堤]

[dī ㄉㄧ ⓟ tɐi⁴ 提]

修築在江、河、湖、海邊上用來擋水的
高岸 ◆ 堤防 / 海堤。

【堤岸】dī àn　堤；防水高岸 ◆ 一旦
堤岸決口，後果不堪設想。

【堤壩】dī bà　堤和壩的總稱，防水、
攔水建築物 ◆ 加固堤壩，預防洪水。

▷ 河堤、防洪堤

⁹ **場**(场) 扌 坦 坦 垾 垾 場　[場]

〈一〉[chǎng ㄔㄤ ⓟ tsœŋ⁴ 祥]

❶ 可供許多人聚會或活動的地方 ◆ 會
場 / 操場。❷ 特指舞台 ◆ 出場 / 粉
墨登場。❸ 戲劇的分段 ◆ 第二場 /
第三幕第二場戲最精彩。❹ 量詞 ◆
一場排球賽。

〈二〉[cháng ㄔㄤ² ⓟ tsœŋ⁴ 祥]

❺ 翻曬和收打莊稼的平坦空地 ◆ 場
院 / 曬場。❻ 特指集市 ◆ 趕場。❼
量詞，用於一件事情的經過 ◆ 下了一
場雨 / 做了一場夢。

【場地】chǎng dì　供許多人開展活動
用的地方 ◆ 香港人多地少，訓練和比
賽場地不足。

▷注意 "場地"多指開展體育活動或施工的
地方。

【場合】chǎng hé　特定的時間、地點、
情況 ◆ 公共場合，禁止吸煙。

【場所】chǎng suǒ　活動的地方 ◆ 他
很少去娛樂場所。

【場面】chǎng miàn　❶ 一定場合下的
情景 ◆ 這次校慶活動，場面十分壯
觀。❷ 文學藝術作品中所表現的某個
生活畫面 ◆ 電視劇《鴉片戰爭》中"虎
門銷煙"的場面拍得很感人。

▷ 廣場、市場、劇場、戰場、球場、考
　場、立場、現場、排場、當場、逢場
　作戲

⁹ **堡** 亻 伊 伊 侲 保　[堡]

〈一〉[bǎo ㄅㄠ ⓟ bou² 保]

❶ 軍事上防禦用的堅固建築物 ◆ 碉
堡 / 橋頭堡。

〈二〉[bǔ ㄅㄨ ⓟ bou² 保]

❷ 村鎮。多用作地名，如楊家堡。

〈三〉[pù ㄆㄨ ⓟ bou² 保]

❸ 地名用字，如十里堡。

【堡壘】bǎo lěi　❶ 軍事上作防禦用的
一種堅固建築物 ◆ 敵軍的堡壘已被炸
毀。❷ 比喻難以攻破的事物 ◆ 攻克
科學堡壘，為人類造福。

▷ 城堡

¹⁰ **填** 扌 圹 圹 圹 堉 填　[填]

[tián ㄊㄧㄢ² ⓟ tin⁴ 田]

❶ 把凹陷的地墊平；把空缺的地方補
上 ◆ 把坑填平 / 填補虧空。❷ 在空格
裏按一定的要求、格式書寫 ◆ 填表 /
填寫。

【填充】tián chōng　習題或試題的一種
形式，要求在題目的空格上填寫合適的
內容。

▷注意 "填充"也作"填空"。

【填空】tián kòng　同"填充"，見本頁。

▷ 義憤填膺

¹⁰ **塔**(塔) 圵 圹 圹 圹 塔 塔　[塔]

[tǎ ㄊㄚ ⓟ tap⁸ 榻]

❶ 一種多層、尖頂的建築物，原為佛
教建築 ◆ 寶塔 / 大雁塔。❷ 像塔形
的建築物 ◆ 燈塔 / 電視塔。

¹⁰ **塌** 扌 圩 坍 塌 塌 塌　[塌]

[tā ㄊㄚ ⓟ tap⁸ 塔]

豎立起來的東西倒下、下陷 ◆ 坍塌 /
倒塌。

【塌方】tā fāng　路基、堤壩、山坡、
隧道等土石突然坍塌或下陷 ◆ 前面道
路塌方，車輛無法通過。

¹⁰ **塢**(坞) 扌 圹 圷 圷 坞 塢　[塢]

[wù ㄨˋ ⓟ wu² 滸]

❶ 四面高中間低的地方；四面可以擋
風的建築物 ◆ 山塢 / 花塢。❷ 在水
邊建築的停船、修船、造船的地方 ◆
船塢。

¹⁰ **塊**(块) 圵 坤 坤 坤 塊 塊　[塊]

[kuài ㄎㄨㄞˋ ⓟ fai³ 快]

❶ 凝結成團的東西 ◆ 土塊 / 石塊。
❷ 量詞，用於塊狀或片狀的東西 ◆ 一
塊香皂 / 一塊玻璃。

¹⁰ **塘** 圵 圹 圹 圹 塘 塘　[塘]

[táng ㄊㄤ² ⓟ tɔŋ⁴ 堂]

❶ 堤岸 ◆ 河塘 / 海塘。❷ 水池 ◆ 池
塘 / 魚塘。

▷ 荷塘

¹⁰ **塑** 亠 丷 屮 朔 朔 塑　[塑]

[sù ㄙㄨˋ ⓟ sou³ 訴]

用泥土、石膏等做成人、物形象 ◆ 泥塑 / 雕塑。

(注意)"塑"不讀 suò。

【塑造】sù zào ❶ 用泥土、石膏等可塑性材料做成人物形象 ◆ 他塑造的斷臂維納斯女神像非常優美。❷ 指文學藝術作品中描繪和刻畫的人物形象 ◆ 在小說《紅樓夢》中，曹雪芹塑造了各式各樣的人物形象。

【塑像】sù xiàng　用泥土、石膏或金屬等材料製成的人像 ◆ 來到淺水灣，你可以看到矗立在總會大樓旁的觀音和天后兩座大型塑像。

---

¹⁰ **塗**(涂)　氵 沪 沪 沪 涂 涂 塗　塗

[tú ㄊㄨˊ ⑧ tou⁴ 途]

❶ 抹上 ◆ 塗抹 / 塗脂抹粉。❷ 因修改而抹掉 ◆ 塗改 / 爛泥 ◆ 生靈塗炭。

【塗改】tú gǎi　塗去原來的字，重新寫過 ◆ 此證件不得塗改。

【塗料】tú liào　塗在物體表面起保護或裝飾作用的材料。如油漆、防腐劑等。

【塗脂抹粉】tú zhī mǒ fěn　塗胭脂，抹香粉。原指婦女修飾容面，現多用來比喻掩蓋、美化醜惡的事物 ◆ 他的辯解，是為自己塗脂抹粉。

□ 糊塗、一敗塗地

---

¹⁰ **塞**　宀 宀 宇 宓 寒 塞　塞

〈一〉[sāi ㄙㄞ ⑧ sɐk⁷]

❶ 堵住了；填滿 ◆ 阻塞 / 堵塞。❷ 塞子：用來堵住器物口子的東西 ◆ 瓶塞 / 軟木塞。

〈二〉[sè ㄙㄜˋ ⑧ sɐk⁷]

❸ 意思同 ❶，一般用於書面語，如"閉塞"、"搪塞"、"阻塞"、"閉目塞聰"等。

〈三〉[sài ㄙㄞˋ ⑧ tsɔi³ 菜]

❹ 邊界上險要的地方 ◆ 要塞 / 邊塞。

【塞₃外】sài wài　邊塞之外，指長城以北的地區 ◆ 塞外的迷人風光吸引了許多遊客。

【塞₃翁失馬】sài wēng shī mǎ　邊塞上有個人丟了一匹馬，他父親說："這說

不定是件甚麼事呢！"不久，那匹馬帶着塞外的另一匹好馬回來了。比喻雖然暫時遭受挫折，卻可能因此而得到意想不到的好處；也比喻壞事在一定條件下可以變成好事 ◆ 他第一年沒考上大學，很羞愧，從此便發憤努力。第二年不僅考上了大學，而且是名牌大學，真是塞翁失馬，安知非福。

(注意)"塞翁失馬"常與"安知非福"連用。
□ 閉塞₂、敷衍塞₃責、頓開茅塞₂

---

¹¹ **墊**(垫)　土 圭 幸 剒 執 執　墊

〈一〉[diàn ㄉㄧㄢˋ ⑧ din³ 電³]

❶ 把別的東西襯托在下面使加厚或加高；鋪 ◆ 把桌子墊高些 / 墊上褥子再睡。

〈二〉[diàn ㄉㄧㄢˋ ⑧ din² 典]

❷ 襯托的東西 ◆ 鞋墊 / 牀墊。

〈三〉[diàn ㄉㄧㄢˋ ⑧ din⁶ 電]

❸ 暫時替人付錢 ◆ 墊錢 / 墊支。

【墊付】diàn fù　暫時代人付錢 ◆ 表哥給我墊付了這筆貨款。

---

¹¹ **塹**(堑)　一 日 亘 車 斬 斬　塹

[qiàn ㄑㄧㄢˋ ⑧ tsim³ 簽³]

❶ 壕溝 ◆ 長江天塹。❷ 比喻挫折 ◆ 吃一塹，長一智。

---

¹¹ **墓**　一 艹 莒 莒 莫　墓

[mù ㄇㄨˋ ⑧ mou⁶ 暮]

埋葬死人的地方 ◆ 墓地 / 清明掃墓。

【墓地】mù dì　埋葬死人的地方；墳地 ◆ 他在蘇州買了塊墓地。

【墓碑】mù bēi　立在墳墓邊的石碑，上面刻有死者的姓名 ◆ 墓碑上的字已經模糊不清。

□ 墓穴
□ 公墓、掃墓、墳墓

---

¹¹ **墅**　日 甲 里 野 野 野　墅

[shù ㄕㄨˋ ⑧ sœy⁶ 睡]

別墅，見"別"字，49頁。

---

¹¹ **塾**　亠 言 享 孰 孰　塾

[shú ㄕㄨˊ ⑧ suk⁹ 熟]

舊時私人設立的教學場所 ◆ 私塾。

---

¹¹ **塵**　广 广 庐 庐 鹿 鹿　塵

[chén ㄔㄣˊ ⑧ tsɐn⁴ 陳]

飛散的灰土 ◆ 灰塵 / 一塵不染。

【塵埃】chén āi　塵土；灰土 ◆ 窗台上落滿了塵埃。

□ 風塵僕僕、望塵莫及、步人後塵、看破紅塵

---

¹¹ **境**　土 圹 圹 圹 培 境　境

[jìng ㄐㄧㄥˋ ⑧ gin² 景]

❶ 疆界 ◆ 國境 / 入境。❷ 地方；處所 ◆ 環境 / 身臨其境。❸ 遭遇到的情況 ◆ 處境 / 逆境。

【境地】jìng dì　所處的情況。通常指不好的情況 ◆ 他們已陷入十分危險的境地。

【境況】jìng kuàng　狀況 ◆ 父親去世後，他們的家庭境況已大不如前。

(注意)"境況"多指經濟狀況。

【境界】jìng jiè　事物所達到的程度或表現的情況 ◆ 她的演技達到了很高的境界，看她的表演是一種美的享受。

□ 邊境、困境、家境、事過境遷、學無止境

---

¹¹ **墒**　土 圹 圹 圹 垧 垧　墒

[shāng ㄕㄤ ⑧ sœŋ¹ 商]

土壤的濕度 ◆ 墒情 / 保墒。

---

¹² **墳**(坟)　土 圢 圹 坿 埴 墳　墳

[fén ㄈㄣˊ ⑧ fɐn⁴ 焚]

埋葬死人的地方，地面堆成土堆 ◆ 墳墓／祖墳。

【墳場】fén chǎng 埋葬死人的地方 ◆ 遺體已在墳場安葬。

【墳墓】fén mù 埋葬死人的墓穴和土堆 ◆ 那面三個是烈士的墳墓。

¹²墟 （墟） 圹 圹 圹 圹 墟 墟 墟 墟

[xū ㄒㄩ ⑧ hœy¹ 虛]

❶ 荒廢的地方 ◆ 一片廢墟。❷ 農村集市 ◆ 墟市／趕墟。

¹²墨 見黑部，470 頁。

¹²墩 墩 圹 圹 圹 圹 圹 墩 墩

[dūn ㄉㄨㄣ ⑧ dœn¹ 敦]

❶ 土堆 ◆ 土墩。❷ 粗大厚實的整塊的石頭或木頭；用大塊的石頭砌成的或用鋼筋水泥澆注成的基礎部分 ◆ 石墩／橋墩。

¹²增 增 圹 圹 圹 圹 增 增 增

[zēng ㄗㄥ ⑧ dzeŋ¹ 憎]

加多；添 ◆ 增添／增長知識。

【增加】zēng jiā 加多 ◆ 世界人口在不斷增加。⑤減少。

【增光】zēng guāng 增加光彩 ◆ 在國際大賽中奪取冠軍，為國增光。

【增長】zēng zhǎng 增加；提高 ◆ 多看課外書能增長知識／產量增長了兩倍。⑤減少、降低。

【增強】zēng qiáng 提高；加強 ◆ 兩名新隊員的加盟，使球隊的實力大大增強。⑤削弱。

【增援】zēng yuán 增加人力、物力等來援助 ◆ 增援部隊已經趕到。

【增進】zēng jìn 增加並促進 ◆ 這次交流訪問，增進了兩地學生的友誼。

◁增色、增補、增刪

◁激增、遞增、有增無減、與日俱增

¹²墮 （堕） 阝 阝 阝 阝 阵 隋 墮

[duò ㄉㄨㄛˋ ⑧ do⁶ 惰]

❶ 落下；掉下 ◆ 墮地／墮入山谷。❷ 使掉下 ◆ 墮胎。

【墮落】duò luò 思想、行為變壞 ◆ 他擇友不慎，最後墮落成一個癮君子。

¹²墜 （坠） 阝 阝 阝 阵 隊 隊 墜

[zhuì ㄓㄨㄟˋ ⑧ dzœy⁶ 序]

❶ 從高處落下；掉下來 ◆ 墜落／搖搖欲墜。❷ 往下沉；往下垂 ◆ 船身漸漸下墜／稻穗下墜。❸ 吊在下面的裝飾品 ◆ 耳墜／扇墜。

【墜落】zhuì luò 從高處掉下來 ◆ 前天發生了一起飛機墜落事件。

【墜毀】zhuì huǐ 從高處落下來摔壞 ◆ 飛機墜毀，機上乘客全部遇難。

◁呱呱墜地

¹³墾 （垦） 阝 另 豸 豸 豸 狠 墾

[kěn ㄎㄣˇ ⑧ hen² 很]

翻土；開荒 ◆ 墾荒／開墾荒地。

【墾荒】kěn huāng 開墾荒地 ◆ 墾荒造林，綠化環境。

¹³壇 （坛） 圹 圹 圹 圹 壇 壇 壇

[tán ㄊㄢˊ ⑧ tan⁴ 檀]

❶ 古代用來祭祀、舉行儀式的土築的高台 ◆ 天壇／為壇而盟。❷ 用土堆成的高地 ◆ 花壇。❸ 指職業、工作相同的社會成員的總體 ◆ 文壇／歌壇／影壇巨星。

◁論壇、體壇

¹³壁 壁 尸 尸 屃 辟 辟 辟 壁

[bì ㄅㄧˋ ⑧ bik⁷ 碧]

❶ 牆 ◆ 牆壁／銅牆鐵壁。❷ 像牆那樣陡峭的山崖 ◆ 峭壁／懸崖絕壁。❸ 營壘 ◆ 壁壘森嚴／堅壁清野。

【壁虎】bì hǔ 一種爬行動物。身體扁平，四肢短小，腳趾上有吸盤，能在牆

壁上爬行。尾巴容易斷，但很快又能再生。多在夜間活動，捕食蚊蟲、蒼蠅、飛蛾等。

【壁報】bì bào 學校、部隊等團體辦的張貼在牆壁上的簡易報刊 ◆ 我班每個月出一期壁報。

注意 "壁報"也叫"牆報"。

【壁畫】bì huà 畫在建築物的牆壁或天花板上的圖畫 ◆ 敦煌壁畫是世界上最大的佛教藝術寶庫。

【壁壘】bì lěi 古代軍營的圍牆，也泛指防禦工事。現多用來比喻對立雙方界線分明 ◆ 有神論者與無神論者一向壁壘分明。

◁壁櫥、壁燈

¹⁴壓 （压） 厂 尸 尸 屄 厭 厭 壓

[yā ㄧㄚ ⑧ at⁸/ŋat⁸ 遏]

❶ 從上向下加力 ◆ 壓碎／壓路機。❷ 用強力制服或制止 ◆ 壓迫／欺壓。❸ 迫近 ◆ 大軍壓境。❹ 擱置起來 ◆ 積壓。

【壓力】yā lì ❶ 從上往下壓迫物體的力量 ◆ 這座木橋承受不了載重汽車的壓力。❷ 對人或事造成某種威逼的力量 ◆ 運動員的心理壓力太大，技術發揮失常。

【壓抑】yā yì 限制，使不能充分顯露出來 ◆ 誰能理解她那壓抑在內心的痛苦？

【壓制】yā zhì 竭力抑制或制止 ◆ 他壓制不住心頭的怒火，向對方衝了過去。

【壓迫】yā pò 用權勢強迫使人服從 ◆ 奴隸們受不了主人的壓迫，奮起反抗。

【壓縮】yā suō ❶ 用壓力使體積縮小 ◆ 一瓶壓縮煤氣可以用一個月。❷ 減少 ◆ 把一篇一千字的文章壓縮成

三百字。

【壓歲錢】yā suì qián　過陰曆年時父母或其他長輩給孩子的賀歲錢。

☑鎮壓、高血壓、泰山壓頂

---

¹⁴壕 扩护埕埕壕壕　壕

[háo ㄏㄠˊ ⑧ hou⁴ 豪]

深溝 ◆ 戰壕 / 防空壕。

【壕溝】háo gōu　作戰時在陣地前沿挖掘的起掩護作用的深溝 ◆ 戰士們潛伏在壕溝裏，隨時準備出擊。

---

¹⁵疊 、口口田田畾疊

[lěi ㄌㄟˇ ⑧ lœy⁵ 呂]

❶ 用磚、石等堆砌 ◆ 疊牆 / 疊花壇。❷ 軍事上防守用的牆壁 ◆ 壁疊 / 街疊。

---

¹⁶壟(垄) 青青龍龍龍壟

[lǒng ㄌㄨㄥˇ ⑧ lung⁵ 隴]

❶ 農作物的行或行間的空地 ◆ 壟溝 / 麥壟。❷ 田地分界的小路；田埂 ◆ 界壟。❸ 像壟的東西 ◆ 瓦壟。

【壟斷】lǒng duàn　把持和獨佔 ◆ 這家商場壟斷了進口家電的銷售市場。

---

¹⁶壞(坏) 扩护坏埠壤壞壞　壞

[huài ㄏㄨㄞˋ ⑧ wai⁶ 懷]

❶ 不好；惡劣；跟"好"相對 ◆ 壞毛病 / 天氣很壞。❷ 東西受到損傷；破損 ◆ 毀壞 / 損壞公物要賠。❸ 放在動詞、形容詞的後面表示程度深 ◆ 氣壞了 / 忙壞了。

【壞蛋】huài dàn　罵人的話。壞人；壞傢伙 ◆ 他是個壞蛋，別跟他來往。

☑破壞、損壞、敗壞、氣急敗壞

---

¹⁷壤 扩护埠埠壤壤壤　壤

[rǎng ㄖㄤˇ ⑧ jœng⁶ 讓]

❶ 鬆軟的泥土 ◆ 土壤。❷ 大地 ◆ 天壤之別。❸ 地區 ◆ 接壤 / 窮鄉僻壤。

---

²¹壩(坝) 扩坏坝坝墇墇壩　壩

[bà ㄅㄚˋ ⑧ ba³ 霸]

截流攔水的建築物；堤 ◆ 堤壩 / 防洪大壩。

士 部

⁰士 一十士

[shì ㄕˋ ⑧ si⁶ 事]

❶ 過去稱讀書人、研究學問的人；現在指知識分子 ◆ 士農工商。❷ 對人的敬稱 ◆ 女士 / 勇士。❸ 指從事某種職業的技術人員 ◆ 護士 / 助產士。❹ 軍人 ◆ 士兵 / 三軍將士。❺ 軍銜之一，在尉以下 ◆ 中士 / 上士。

【士卒】shì zú　士兵 ◆ 連長身先士卒，向敵人猛衝過去。

【士氣】shì qì　士兵的戰鬥意志；泛指人們在某項活動中所表現出來的熱情和信心 ◆ 我隊連進三球後，士氣更加旺盛。

☑烈士、戰士、博士、身先士卒

---

¹壬 一 二 千 壬

[rén ㄖㄣˊ ⑧ jɐm⁴ 吟]

天干的第九位 ◆ 甲乙丙丁戊己庚辛壬癸。

✿ 圖見 102 頁。

---

³吉 見口部，69 頁。

---

⁴志 見心部，150 頁。

---

⁴壯(壮) ㄥ ㄐ ㄐ ㄐ 壯 壯　壯

[zhuàng ㄓㄨㄤˋ ⑧ dzong³ 葬]

❶ 強健有力 ◆ 強壯 / 健壯 / 年輕力壯。❷ 雄偉；有氣魄 ◆ 雄壯 / 壯觀。

---

❸ 增強；加強 ◆ 壯膽 / 以壯聲勢。

【壯大】zhuàng dà　變得強大 ◆ 招攬人才，壯大隊伍，提高實力。

【壯志】zhuàng zhì　遠大的志向 ◆ 一個有為的青年應該有自己的雄心壯志。

【壯烈】zhuàng liè　剛強而有氣節 ◆ 壯烈犧牲。

【壯舉】zhuàng jǔ　偉大的舉動 ◆ 太空穿梭機的出現是人類探索宇宙奧秘的一大壯舉。

【壯闊】zhuàng kuò　雄偉浩大 ◆ 十八世紀下半葉，歐洲興起了波瀾壯闊的工業革命。

【壯麗】zhuàng lì　雄壯而美麗 ◆ 中國山河壯麗，地域遼闊。

【壯觀】zhuàng guān　雄偉的景象；景象雄偉 ◆ 開幕儀式上，數千人列隊步入會場，場面十分壯觀。

☑壯士、壯年

☑茁壯、理直氣壯、老當益壯

---

⁹壹 士 壴 壴 責 責 壹 壹　壹

[yī ㄧ ⑧ jɐt⁷ 一]

數目字"一"的大寫。

---

⁹壺(壶) 士 声 壴 壺 壺 壺 壺　壺

[hú ㄏㄨˊ ⑧ wu⁴ 胡]

有把、有嘴、腹大口小，用來盛茶、酒等液體的器具 ◆ 茶壺 / 酒壺 / 水壺。

---

⁹喜 見口部，81 頁。

---

¹¹嘉 見口部，84 頁。

---

¹¹臺 見至部，356 頁。

---

¹¹壽(寿) 士 士 壽 壽 壽 壽 壽　壽

[shòu ㄕㄡˋ ⑧ sɐu⁶ 受]

❶ 歲數大；活得長久 ◆ 有福有壽 / 人壽年豐。❷ 年歲；壽命 ◆ 長壽 / 延年

益壽。❸生日 ◆ 壽辰／祝壽。❹生前準備為死後用的衣物 ◆ 壽衣／壽材。

【壽辰】shòu chén　生日 ◆ 今天是祖父的八十壽辰，前來祝壽的親朋好友很多。⑩ 誕辰。

注意 "壽辰"多用於中老年人。

【壽命】shòu mìng　人活着的年歲；事物存在的期限 ◆ 隨着生活的改善，人的壽命延長了／注意汽車的保養，可以延長它的使用壽命。

【壽星】shòu xīng　稱長壽的老人或被祝壽的人 ◆ 她今年一百零五歲，是我們這裏的老壽星／今天你是壽星，我們應該首先舉杯向你祝賀。

【壽比南山】shòu bǐ nán shān　南山：終南山。壽命像終南山那樣長久 ◆ 我們衷心祝願祖父壽比南山，福如東海。

注意 "壽比南山"是祝頌長壽的用語，常與"福如東海"連用。

⊿ 壽桃、壽麵

¹²賣 見貝部，405頁。

女 部

²冬 見冫部，44頁。

⁷夏　一ㄒ丆百百戸夏　夏

[xià ㄒㄧㄚˋ ⑨ ha⁶ 廈]

❶一年四季中的第二季，即農曆的四、五、六月 ◆ 夏天／夏季。❷指中國 ◆ 華夏。❸古朝代名，相傳由禹建立 ◆ 夏、商、周。❹姓。

¹⁰愛 見心部，158頁。

¹²憂 見心部，160頁。

夕 部

⁰夕　ノク夕

[xī ㄒㄧ ⑨ dzik⁹ 直]

❶日落時分；傍晚；跟"朝"相對 ◆ 夕陽。❷泛指晚上 ◆ 除夕／朝夕相處。

【夕陽】xī yáng　傍晚的太陽 ◆ 在夕陽照耀下，湖面波光粼粼，景色迷人。

⊿ 除夕、朝令夕改、危在旦夕

²外　ノクタ外　外

[wài ㄨㄞˋ ⑨ ŋɔi⁶ 凝]

❶在某一範圍的外邊；跟"內"相對 ◆ 門外／國外／世外桃源。❷表面的 ◆ 外表／外觀。❸自己所在地以外的；跟"本"相對 ◆ 外國／外省。❹關係疏遠的 ◆ 外人／不要見外。❺別方面的 ◆ 另外／例外。❻稱母親、姐妹或女兒方面的親戚 ◆ 外公／外婆／外甥／外孫。❼非正式的 ◆ 外號。

【外行】wài háng　對某種業務缺乏知識或沒有經驗 ◆ 在經商方面，他是外行。⒂ 內行。

【外交】wài jiāo　一個國家與其他國家之間的政務活動 ◆ 體育活動可以促進國家之間的外交關係。

【外表】wài biǎo　表面 ◆ 這幢建築外表並不起眼，裏面卻裝飾得十分豪華。⑩ 外觀。

【外界】wài jiè　某個集體以外的社會 ◆ 這是本公司的商業機密，不得向外界透露。⒂ 內部。

【外埠】wài bù　本市以外的城鎮 ◆ 本市免費送貨上門，外埠酌收運費。⒂ 本市、本埠。

【外景】wài jǐng　電影攝製中稱攝影棚以外的自然景物或實地景物 ◆ 攝影組已赴杭州西湖拍攝外景。

【外圍】wài wéi　四周圍 ◆ 別墅的外圍種滿了花草樹木。

【外號】wài hào　人的本名以外的另一個稱呼。外號是別人根據他的某種特徵給起的，往往含有褒貶意味 ◆ 他跑得很快，外號"飛毛腿"。⑩ 綽號。

【外貌】wài mào　人或物的外表形狀 ◆ 小說中人物的外貌描寫很成功。

【外賓】wài bīn　指外國來的客人 ◆ 設宴招待外賓。

【外觀】wài guān　從外表看到的樣子 ◆ 這輛汽車不僅外觀漂亮，質量也很好。⑩ 外表。

【外強中乾】wài qiáng zhōng gān　外表強大，實際上很虛弱 ◆ 他是個外強中乾的人，長得魁梧，卻沒有力氣。

⊿ 外地、外語、外科

⊿ 此外、意外、海外、裏應外合、置之度外

³名 見口部，71頁。

³多　ノクタタ多　多

[duō ㄉㄨㄛ ⑨ dɔ¹ 躲¹]

❶數量大；跟"少"相對 ◆ 人很多／多讀多寫。❷超出；有餘 ◆ 二十多歲／多了一張票。❸表示相差的程度大 ◆ 大得多／她比我聰明多了。❹不必要的 ◆ 多慮／多此一舉。❺表示驚訝、讚歎或疑問 ◆ 多美啊／多不容易啊。

【多疑】duō yí　過分疑心 ◆ 他是個老狐狸，生性多疑。

【多麼】duō ·me　表示程度深 ◆ 香港的夜景多麼漂亮！

【多餘】duō yú　超出需要的；不必要的 ◆ 請把多餘的桌子搬走。

【多嘴】duō zuǐ　不該說而說 ◆ 這不關你的事，請不要多嘴。

【多虧】duō kuī　幸虧 ◆ 多虧搶救及時，否則就危險了。

【多才多藝】duō cái duō yì　具有多方面的才能和技藝 ◆ 他是個多才多藝的人，琴棋書畫樣樣精通。

【多此一舉】duō cǐ yī jǔ　舉：舉動。

這樣的舉動是多餘的、不必要的 ◆ 又沒有下雨，帶甚麼雨傘，多此一舉！

【多多益善】duō duō yì shàn　益：更加。越多越好 ◆ 知識不嫌多，多多益善。

【多如牛毛】duō rú niú máo　多得像牛身上的毛一樣。形容數量極多，無法計算 ◆ 這裏的小吃店多如牛毛，而且風味各異。(同) 不計其數。(反) 寥若晨星。
▷多少、多心、多數、多樣、多事之秋、多愁善感
▷見多識廣、夜長夢多

⁵ 夜　、一ナ广疒夜夜〔夜〕
[yè ㄧㄝˋ 圖 je⁶ 野⁶]
從天黑到天亮的一段時間；跟“晝”相對 ◆ 夜景 / 夜幕降臨。

【夜宵】yè xiāo　夜間吃的點心之類 ◆ 肚子餓了，我們吃夜宵去。
(注意)“夜宵”也作“宵夜”。

【夜景】yè jǐng　晚上的景色 ◆ 香港的夜景十分迷人。

【夜幕】yè mù　黑夜像一幅大幕罩住了景物，因此用夜幕指黑夜 ◆ 夜幕降臨，山林一片寂靜。

【夜以繼日】yè yǐ jì rì　夜晚接着白天。指日夜不停地幹 ◆ 護士夜以繼日地守候在病危孩子身旁。
(注意)“夜以繼日”也作“日以繼夜”。

【夜長夢多】yè cháng mèng duō　比喻時間拖長了，事情有可能發生不利的變化 ◆ 既然雙方原則同意，就立即簽約，免得夜長夢多。

【夜深人靜】yè shēn rén jìng　深夜了，人們都安靜下來了 ◆ 只有在夜深人靜的時候，他才能集中精神寫作。

▷夜晚、夜色、夜間、夜郎自大
▷深夜、黑夜、連夜、半夜三更

⁸ 够　“夠”的異體字，見本頁。

⁸ 夠（够）ノ ク ク 多 多 夠〔夠〕
[gòu ㄍㄡˋ 圖 geu³ 救]
❶ 滿足；達到 ◆ 足夠 / 夠資格 / 錢夠用了。❷ 過多，令人厭煩 ◆ 這些話早聽夠了。

¹¹ 夢（梦）〔夢〕
[mèng ㄇㄥˋ 圖 mung⁶ 蒙⁶]
❶ 睡眠中出現的一種幻象 ◆ 夢境 / 做了一個夢。❷ 做夢 ◆ 夢見 / 夢寐以求。❸ 比喻幻想 ◆ 夢想。

【夢幻】mèng huàn　夢裏出現的幻景 ◆ 眼前的景象如夢幻一般，令人難以置信。

【夢鄉】mèng xiāng　指熟睡了 ◆ 我們還在說笑，弟弟卻早已進入夢鄉了。

【夢想】mèng xiǎng　❶ 不切實際的想法；妄想 ◆ 他喜從天降，夢想成真。❷ 連做夢也想。形容迫切地希望 ◆ 她受家庭的熏陶，從小就夢想成為一名出色的音樂家。

【夢話】mèng huà　❶ 睡夢中說的話 ◆ 白天思慮過久，夜裏常說夢話。❷ 比喻不切實際的話 ◆ 你是在說夢話，家裏哪有這麼多錢去買山頂別墅？

【夢境】mèng jìng　夢中的情境；比喻美妙的境界 ◆ 巖洞中那迷人的景色，使我們如入夢境一般。

【夢寐以求】mèng mèi yǐ qiú　寐：睡着。睡夢中都在追求。形容願望十分迫切 ◆ 取得博士學位，這是他夢寐以求的願望。
▷美夢、睡夢、迷夢、如夢初醒、夜長夢多、同牀異夢

¹¹ 夥（伙）〔夥〕
[huǒ ㄏㄨㄛˇ 圖 fo² 火]
❶ 同伴 ◆ 夥伴 / 成羣結夥。❷ 僱用的人 ◆ 夥計。❸ 共同；聯合起來 ◆ 夥同 / 合夥經營。

(注意)“夥”也寫作“伙”。

¹¹ 舞　見舛部，358頁。

大 部

⁰ 大　一ナ大〔大〕
〈一〉[dà ㄉㄚˋ 圖 daai⁶ 帶]
❶ 大樹、大海的“大”；跟“小”相對 ◆ 大風大浪 / 大街小巷。❷ 年長的；排行第一的 ◆ 大哥 / 大姐。❸ 表示程度深 ◆ 大紅大綠 / 大錯特錯。❹ 表示主要的、重要的 ◆ 教學大綱 / 段落大意。❺ 時間更前或更後的 ◆ 大前年 / 大後天。❻ 估計；約莫 ◆ 大約 / 大概。❼ 尊敬別人的說法 ◆ 大作 / 尊姓大名。
〈二〉[dài ㄉㄞˋ 圖 daai⁶ 帶⁶]
❽ 見“大夫”。

【大夫】dà fū　古代官職名稱，位在卿之下，士之上。

【大夫】dài·fu　指醫生 ◆ 張大夫醫術高明。

【大方】dà·fang　❶ 對錢財不吝嗇 ◆ 他樂於助人，出手大方。❷ 言談、舉止自然，不拘謹 ◆ 在宴會上，他的一舉一動大方得體，顯得很有修養。❸ 衣着、款式諧調，不俗氣 ◆ 他在穿着上追求大方、有風度。

【大地】dà dì　廣大的地面 ◆ 春天來了，大地一片葱綠。

【大局】dà jú　整個局面或形勢 ◆ 比賽馬上就要結束，比分還是零比零，看來大局已定。

【大使】dà shǐ　由一個國家派駐在別國的最高一級的外交代表。全稱是“特命全權大使” ◆ 各國大使應邀出席國慶招待會。

【大約】dà yuē　表示估計或推測 ◆ 這羣鴿子大約有兩百隻 / 哥哥乘坐的航班大約下午三點鐘可以抵達香港。(同) 大概。

【大致】dà zhì ❶大體上；就總的方面或多數情況來說 ◆ 我們的意見大致相同。❷大約 ◆ 看他的年齡，大致在三十歲上下。

【大眾】dà zhòng 民眾 ◆ 政府致力於為大眾謀福利。⊜羣眾。

【大陸】dà lù ❶面積廣大的陸地 ◆ 在非洲大陸上，有許多珍稀動物。❷特指中國除沿海島嶼之外的廣大陸地 ◆ 近幾年來，台灣來大陸探親、旅遊、經商的人數不斷增加。⊜內地。

【大概】dà gài ❶大致的內容或情況 ◆ 這件事我只知道個大概，詳情並不清楚。❷大約。表示不很精確的估計或推測 ◆ 我們分別大概有五六年了／我想，他大概早就把我們忘了。⊜也許。

【大肆】dà sì 毫無顧忌地 ◆ 這批歹徒在搶得錢後，便大肆揮霍。
注意 "大肆"是貶義詞。

【大意】dà yì 大概的意思；主要的意思 ◆ 課文的大意是講保護環境的重要性。

【大意】dà·yi 疏忽 ◆ 這道題的計算錯誤，完全是粗心大意造成的。

【大自然】dà zì rán 指整個自然界 ◆ 大自然的美景令人陶醉。

【大無畏】dà wú wèi 指對甚麼都不怕 ◆ 他臨危不懼，表現出大無畏的英雄氣概。

【大公無私】dà gōng wú sī 秉公辦事，沒有私心；一心為公，沒有私利 ◆ 法官執法，要大公無私。⊝自私自利、假公濟私。

【大失所望】dà shī suǒ wàng 形容非常失望 ◆ 執政三年，毫無成績，選民大失所望。⊝喜出望外、如願以償。

【大同小異】dà tóng xiǎo yì 大部分相同，只有小部分不同 ◆ 這兩篇作文從內容到寫法大同小異。

【大名鼎鼎】dà míng dǐng dǐng 鼎鼎：盛大；顯赫。形容名聲極大 ◆ 梅蘭芳是一位大名鼎鼎的京劇藝術家。
注意 "大名鼎鼎"也作"鼎鼎大名"。

【大言不慚】dà yán bù cán 說大話而不感到羞愧 ◆ 明明自己考試落榜，卻大言不慚地說甚麼不想進這種三流學

校讀書。

【大快人心】dà kuài rén xīn 快：痛快。人們心裏感到非常痛快。多用來形容懲辦了壞人壞事後人們的心情 ◆ 警方徹底搗毀了這個作惡多端的黑勢力，真是大快人心。
注意 "大快人心"也作"人心大快"。

【大庭廣眾】dà tíng guǎng zhòng 指人數眾多的公開場合 ◆ 他很少在大庭廣眾前露面。

【大海撈針】dà hǎi lāo zhēn 比喻尋找極為困難 ◆ 香港有七百多萬人，你又不知道她的姓名及住址，想找到她簡直是大海撈針。

【大發雷霆】dà fā léi tíng 雷霆：響雷。比喻大發脾氣，大聲呵斥 ◆ 他性情粗暴，稍不順心，便大發雷霆。⊝暴跳如雷。⊝心平氣和。

【大勢所趨】dà shì suǒ qū 整個局勢發展的趨向 ◆ 不斷進修、提高自己的競爭力是大勢所趨了。

【大義凜然】dà yì lǐn rán 大義：正義；正氣。凜然：令人敬畏的樣子。形容一身正氣令人敬畏的樣子 ◆ 大義凜然，不畏強暴，挺身而出。

【大聲疾呼】dà shēng jí hū 大聲呼喊，以引起人們的關注 ◆ 人們大聲疾呼：保護生態環境，創造美好生活。

【大驚小怪】dà jīng xiǎo guài 對於很平常的事情表現出過分的驚慌或驚訝 ◆ 一件平常的事，值得這麼大驚小怪嗎？

◨ 大家、大量、大腦、大型、大學、大廈、大話、大搖大擺、大模大樣、大逆不道、大義滅親

◨ 廣大、擴大、龐大、強大、偉大、誇大、巨大、高大、重大、正大光明、真相大白、粗枝大葉、石沉大海、聲勢浩大、因小失大

¹ 天　一二干天
[tiān ㄊㄧㄢ 粵 tin¹ 田¹]
❶高空；跟"地"相對 ◆ 天空／天邊飄來一朵彩雲。❷位置在頂部或高處的 ◆ 天窗／天橋。❸一晝夜叫"一天"；或單指白天 ◆ 今天／三天三

夜。❹季節；氣候；時令 ◆ 春天／晴天。❺自然的；不是人工做成的 ◆ 天然／天生／天險。❻宗教上指神靈的住地 ◆ 天國／天堂。

【天干】tiān gān 指甲、乙、丙、丁、戊、己、庚、辛、壬、癸。古代把它與子、丑、寅、卯……十二地支相配，用來記年、月、日。

【天下】tiān xià ❶指全國或全世界 ◆ 桂林山水甲天下。❷指現實社會 ◆ 百姓希望天下太平。

【天才】tiān cái ❶天生的才能；超人的聰明才智 ◆ 她很有音樂天才。❷有天才的人 ◆ 他是文壇天才。

【天文】tiān wén 跟日月星辰等天體有關的自然現象的總稱 ◆ 他是個天文愛好者。

【天生】tiān shēng 天然生成 ◆ 知識不是天生就有的，而是學習得來的。

【天色】tiān sè 天空的顏色。指時間的早晚或天氣的變化 ◆ 天色已晚，我們不得不告別長洲，乘船回港。

【天災】tiān zāi 指自然災害，如水災、旱災、風災、地震、火山爆發等 ◆ 隨着科學的發展，人類抵禦天災的能力大大提高了。⊝人禍。

【天真】tiān zhēn ❶心地純潔，性情直率，沒有虛假 ◆ 看到這羣天真、活潑的孩子，自己也好像年輕了許多。❷頭腦簡單；幼稚 ◆ 你的想法太天真。

【天氣】tiān qì 指一個地區在某一時間內發生的氣象變化。如颱風、下雨、溫度等 ◆ 天氣預報。

【天堂】tiān táng 某些宗教指人死後靈魂居住的美好的地方；比喻幸福美好的生活環境 ◆ 上有天堂，下有蘇杭。⊝地獄。

【天涯】tiān yá 天邊。形容很遠的地

方 ◆ 海內存知己，天涯若比鄰。

【天然】 tiān rán　自然存在的；自然產生的 ◆ 這些溶洞都是天然形成的。 ⚫反 人工、人造。

【天資】 tiān zī　人的智力素質 ◆ 他天資很高，記憶力、理解力很強。

【天塹】 tiān qiàn　塹：大溝。天然的隔斷交通的大溝 ◆ 長江天塹。

【天賦】 tiān fù　❶ 生來就具備的 ◆ 她那天賦的金嗓子，使她成為一代歌星。❷ 天資 ◆ 他很有天賦，將來一定有成就。

【天險】 tiān xiǎn　天然形成的、形勢險要的地方 ◆ 長江天險。
⚫注意 "天險" 多指大江大河或關隘。

【天鵝】 tiān é　一種體型較大的鳥。形狀像鵝，全身白色，嘴有黃、黑二色，腳粗短，黑色，趾有蹼。生活在湖泊、沼澤地帶，能高飛。吃水生植物和昆蟲。是中國二級保護動物。

【天衣無縫】 tiān yī wú fèng　古代神話傳說，仙女穿的衣服，不用針線縫製，沒有縫口。比喻文章或事情安排得十分周密完美，沒有絲毫破綻 ◆ 這篇小說從構思到情節安排，可說是天衣無縫。⚫同 完美無缺。⚫反 漏洞百出。

【天花亂墜】 tiān huā luàn zhuì　傳說有一位法師講經，感動了上天，天上的花紛紛飄落下來。後來用 "天花亂墜" 比喻説話有聲有色，非常動聽 ◆ 你別聽他説得天花亂墜的，其實全是瞎編。
⚫注意 "天花亂墜" 多指誇誇其談而不切實際，含貶義。

【天高地厚】 tiān gāo dì hòu　❶ 指天地廣闊無邊。比喻恩情深厚 ◆ 先生教育之恩，天高地厚，終生難忘。❷ 比喻情況複雜或任務艱巨 ◆ 年輕人有時不知天高地厚，把事情看得過於簡單。
⚫注意 "天高地厚" 多用在 "不知" 後面。

【天崩地裂】 tiān bēng dì liè　天塌下，地開裂。形容巨大的變化或響聲 ◆ 只聽得天崩地裂一聲巨響，大樓突然倒塌。
⚫注意 "天崩地裂" 也作 "山崩地裂"。

【天涯海角】 tiān yá hǎi jiǎo　天的邊緣，海的盡頭。形容非常遙遠的地方 ◆ 不管你跑到天涯海角，我也要把你找回來。

【天誅地滅】 tiān zhū dì miè　被天殺掉，被地滅掉。比喻罪大惡極，連天地也不能容忍 ◆ 他罪行累累，必將天誅地滅，遺臭萬年。

【天經地義】 tiān jīng dì yì　經、義：正確不變的道理。指完全正確、不可改變的道理；也指合情合理，理應如此 ◆ 子女孝敬父母是天經地義的事。

【天翻地覆】 tiān fān dì fù　天地都翻倒過來。形容變化巨大或鬧得很兇 ◆ 幾年功夫，家鄉就發生了天翻地覆的變化。
⚫注意 "天翻地覆" 也作 "地覆天翻"、"翻天覆地"。

【天羅地網】 tiān luó dì wǎng　羅：捕鳥用的網。上下四周都佈下了網。比喻設下重重包圍，已無法逃脱 ◆ 警方已撒下天羅地網，匪徒已成甕中之尖鱉。
⚫近 天地、天性、天倫、天際、天昏地暗、天長地久、天南海北
⚫後 先天、聊天、普天同慶、驚天動地、頂天立地、雨過天晴

夫 ¹　一 二 𠂇 夫　夫
[fū ㄈㄨ ⦿fu¹ 呼]

❶ 女子的配偶；跟 "妻" 相對 ◆ 丈夫 / 夫妻。❷ 成年男子 ◆ 懦夫。❸ 特指成年的體力勞動者 ◆ 農夫 / 漁夫。

【夫人】 fū·ren　過去稱貴族的妻子，現在用於對自己或別人妻子的尊稱 ◆ 還是夫人教子有方！

【夫唱婦隨】 fū chàng fù suí　丈夫唱甚麼，妻子就跟着唱甚麼。比喻夫妻互相配合，行動一致 ◆ 夫唱婦隨，妻子也辭職跟丈夫一起經商了。
⚫近 夫婦
⚫後 妹夫、大夫、姐夫、屠夫

太 ¹　一 ナ 大 太　太
[tài ㄊㄞˋ ⦿tai³ 泰]

❶ 極；過於 ◆ 太多 / 太自信。❷ 稱呼高一輩的人 ◆ 太師母 / 太祖母。

【太太】 tài·tai　❶ 稱別人或自己的妻子 ◆ 他太太和我是大學同學。❷ 僕人稱女主人 ◆ 僕人問："有我們太太的信嗎？"

【太平】 tài píng　指社會安寧、和平 ◆ 天下太平，人民才能安居樂業。

【太空】 tài kōng　極高的天空 ◆ 人們期望有一天能到太空旅行。

【太陽】 tài yáng　天體中的一顆恆星。離地球約 1.5 億公里。體積比地球大 130 倍。太陽是一個熾熱的氣體球，表面溫度約 6000 攝氏度，是地球上光和熱的主要來源 ◆ 地球繞着太陽轉。
⚫後 太子、太后、太監

夭 ¹　一 二 千 夭　夭
[yāo ㄧㄠ ⦿jiu² 妖²]

未成年而死 ◆ 夭折 / 夭亡。

【夭折】 yāo zhé　❶ 未成年而早死 ◆ 她的孩子去年就因病夭折了。❷ 比喻事情中途失敗 ◆ 雙方意見分歧太大，談判夭折了。

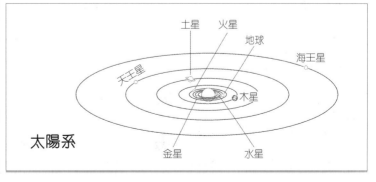

太陽系

² **矢**
見矢部，300頁。

² **夯** 一 ナ 大 夯 夯
[háng ㄏㄤ ⑧ haŋ¹ 坑]
❶ 打地基用的一種工具 ◆ 鐵夯。❷ 用夯砸 ◆ 夯地。

² **央** 、 ㄇ ㄇ 央 央
[yāng ㄧㄤ ⑧ jœŋ¹ 秧]
❶ 中心；當中 ◆ 中央。❷ 懇求；請求 ◆ 央求 / 央告。
【央求】yāng qiú 懇求 ◆ 他苦苦央求，希望父親能原諒他這一回。

² **失** ノ 丶 ㇉ 生 失
[shī ㄕ ⑧ sɐt⁷ 室]
❶ 掉了；沒有了；跟"得"相對 ◆ 丟失 / 遺失。❷ 找不着 ◆ 失蹤 / 迷失方向。❸ 沒有把握住；不小心 ◆ 失手 / 失言。❹ 錯誤 ◆ 過失。❺ 違背；不合 ◆ 失約 / 失實。❻ 沒有達到目的 ◆ 失望 / 失敗。❼ 改變常態 ◆ 失神 / 驚慌失色。
【失火】shī huǒ 發生火災 ◆ 工廠失火，損失慘重。
【失足】shī zú ❶ 走路時不小心跌倒 ◆ 孩子失足落水，幸好被過路人救起。❷ 比喻人走上邪路，造成惡果。多指走上了犯罪道路 ◆ 一失足成千古恨。
【失信】shī xìn 答應了別人的事沒有做；不守諾言 ◆ 明天我一定陪你去，決不失信。⚏ 守信。
【失眠】shī mián 夜裏睡不着覺 ◆ 她近日心事重重，夜夜失眠。
【失常】shī cháng 失去正常狀態，變得不正常起來 ◆ 過度的悲痛，使她精神失常。
【失敗】shī bài ❶ 被對方打敗 ◆ 我們的實力不如對方，所以失敗了。⚏ 勝利。❷ 工作沒有達到預定的目的 ◆ 這次手術失敗了。⚏ 成功。
【失望】shī wàng ❶ 失去希望和信心

◆ 工作不會一帆風順，不要因為受了挫折而失望。❷ 因希望落空而不愉快 ◆ 球隊連連輸球，令球迷非常失望。⟲ 掃興。
【失陪】shī péi 客氣話，表示不能陪伴對方 ◆ 你們繼續談，我有事先走一步，失陪了。
【失散】shī sàn 離散 ◆ 經過多方查尋，他終於找到了失散多年的親人。
【失策】shī cè 策略上有錯誤 ◆ 由於工作上的失策，造成被動局面。
【失業】shī yè 有勞動能力的人找不到工作做 ◆ 父親失業後，家庭經濟變得困難起來。⚏ 就業。
【失誤】shī wù 由於疏忽而造成的差錯 ◆ 由於發球失誤太多，這一局輸了。
【失學】shī xué 由於經濟困難等原因而失去上學的機會 ◆ 他慷慨解囊，幫助失學兒童重返學校。
【失聲】shī shēng ❶ 不由自主地發出聲音 ◆ 看着他那一個又一個的滑稽動作，同學們都失聲大笑起來。❷ 因悲傷過度而哽咽，哭不出聲來 ◆ 孩子遇難，父母痛哭失聲。
【失蹤】shī zōng 失去蹤跡。指下落不明 ◆ 姐姐已經失蹤三天了，要不要報警？
【失竊】shī qiè 財物被人偷走 ◆ 超市貨品屢屢失竊，令老闆非常頭痛。
【失靈】shī líng 機械、儀錶等變得不靈敏，失去應有的功能 ◆ 這次車禍是由於煞車失靈造成的。
【失魂落魄】shī hún luò pò 形容驚慌不安的樣子 ◆ 你還是去自首吧，別這樣整天失魂落魄地東躲西藏了。
◩ 失守、失利、失效、失落、失傳、失禮、失戀
◪ 消失、喪失、損失、坐失良機、顧此失彼、萬無一失

³ **尖**
見小部，126頁。

³ **夷** 一 ㇋ 三 弓 夷 夷
[yí ㄧˊ ⑧ ji⁴ 而]

❶ 平坦；平安 ◆ 化險為夷。❷ 削平 ◆ 夷為平地。❸ 古代對東方少數民族的通稱，也泛指少數民族 ◆ 東夷 / 四夷。

⁴ **夾** (夹) 一 ㇋ ㇇ ㇇ 灭 夾 夾
⟨一⟩[jiā ㄐㄧㄚ ⑧ gap⁸ 甲]
❶ 從兩邊鉗住或限制住 ◆ 夾菜 / 夾着一本書。❷ 兩面一起來 ◆ 夾擊 / 兩面夾攻。❸ 處在兩者之間 ◆ 夾縫 / 夾道。❹ 混雜；攙雜 ◆ 夾雜 / 夾生飯。❺ 夾東西的用具 ◆ 夾子 / 髮夾。
⟨二⟩[jiá ㄐㄧㄚˊ ⑧ gap⁸ 甲]
❻ 雙層的 ◆ 夾衣 / 夾被。
【夾攻】jiā gōng 從前後、左右、上下、內外等兩方面同時攻擊 ◆ 他受不了上司和部下的上下夾攻，辭去了主任職務。⟲ 夾擊。
【夾擊】jiā jī 夾攻 ◆ 分兵兩路，前後夾擊，消滅敵人。
【夾雜】jiā zá 攙入；混雜 ◆ 把正品和次品夾雜在一起，想以次充好。
◩ 夾心

⁵ **奉** 一 ㇒ 三 尹 夫 表 奉
[fèng ㄈㄥˋ ⑧ fuŋ⁶ 鳳]
❶ 恭敬地送給或接受 ◆ 奉送 / 奉命。❷ 敬詞，表示尊重 ◆ 奉勸 / 奉陪。❸ 信仰；推崇 ◆ 信奉 / 奉行。❹ 供養；侍候 ◆ 奉養 / 侍奉。
【奉行】fèng xíng 遵照實行 ◆ 中國奉行獨立自主的外交政策。
【奉告】fèng gào 敬辭，意思是告訴 ◆ 這是本公司的商業機密，無可奉告。
【奉命】fèng mìng 接受命令或指示 ◆ 我們奉命前來調查。
【奉承】fèng chéng 用好聽的話討好人 ◆ 他脾氣剛直，不愛聽奉承話，也決不奉承別人。
【奉陪】fèng péi 敬辭，意思是陪伴 ◆ 既然大家餘興未盡，我也就只好奉陪到底了。
【奉勸】fèng quàn 敬辭，意思是勸告

◆ 為孩子着想，我奉勸你還是不要離婚。

【奉獻】fèng xiàn　恭敬地獻出；獻出的東西 ◆ 這是我最新出版的一本小說，現在奉獻給各位／這是愛的奉獻。

【奉公守法】fèng gōng shǒu fǎ　奉行公事，遵守法紀 ◆ 他是個奉公守法的公務員。反 違法亂紀。

� 陽奉陰違、克己奉公

奈 5　一ナ大太杏奈　奈

[nài ㄋㄞˋ ⑧ nɔi⁶ 耐]

怎麼；如何 ◆ 無奈／無可奈何。

奇 5　一ナ大太杳杳奇　奇

〈一〉[qí ㄑㄧˊ ⑧ kei⁴ 期]

❶ 少見的；特殊的 ◆ 奇特／天下奇聞。❷ 出人意料的 ◆ 奇襲／出奇制勝。❸ 驚異 ◆ 奇怪／驚奇。

〈二〉[jī ㄐㄧ ⑧ gei¹ 基]

❹ 單數；跟「偶」相對 ◆ 奇數。

【奇妙】qí miào　奇特美妙，令人感興趣 ◆ 川劇中的變臉非常奇妙，叫人不可思議。

【奇怪】qí guài　少見的；出乎意外的 ◆ 這是一種奇怪的現象／他一向說話比較隨便，有甚麼好奇怪的？

【奇特】qí tè　奇怪而特別 ◆ 他的想法很奇特，的確與眾不同。同 奇異。

【奇異】qí yì　跟平常見到的、聽到的不一樣 ◆ 奇異的海底世界十分誘人。同 奇怪。

【奇跡】qí jì　難以想像的、不同尋常的事情 ◆ 一個心臟停止跳動了數小時的人，居然被搶救過來，實在是一個奇跡。

【奇遇】qí yù　意外的相遇；奇特的遭遇 ◆《小布頭奇遇記》是一本優秀的童話故事。

【奇觀】qí guān　罕見而又雄偉壯麗的景觀 ◆ 萬里長城是世界八大奇觀之一。

【奇形怪狀】qí xíng guài zhuàng　奇特的形狀 ◆ 黃山有許多奇形怪狀的石

頭，有的像雞，有的像猴，有的像靴子。

【奇恥大辱】qí chǐ dà rǔ　極大的恥辱 ◆ 她把被丈夫拋棄一事看作是一生中的奇恥大辱。

⊠ 奇聞、奇談

⊠ 神奇、新奇、離奇、不足為奇

奔 5　一ナ大太本本奔　奔

〈一〉[bēn ㄅㄣ ⑧ ben¹ 賓]

❶ 跑；急走 ◆ 奔跑／飛奔。❷ 古代指女子未行婚禮而私自與男子成婚，離家出走 ◆ 私奔。

〈二〉[bèn ㄅㄣˋ ⑧ ben¹ 賓]

❸ 直往；投向 ◆ 投奔／各奔前程。

【奔走】bēn zǒu　為了某種目的而去各處活動 ◆ 為了能找到一份滿意的工作，他四處奔走。同 奔忙、奔波。

【奔命】bēn mìng　受命奔走；為工作奔忙 ◆ 公司業務繁重，個個疲於奔命。

【奔放】bēn fàng　不受拘束，盡情流露 ◆ 年輕人熱情奔放，朝氣十足。注意 "奔放"多用於思想、感情等方面。

【奔波】bēn bō　忙忙碌碌地東奔西走 ◆ 為了推銷產品，他四處奔波。同 奔走、奔忙。

【奔赴】bēn fù　很快地奔向某一目的地 ◆ 他奔赴法國，繼續求學。

【奔流】bēn liú　形容水急速地流；也指奔騰的流水 ◆ 黃河之水天上來，奔流到海不復回。

【奔馳】bēn chí　車、馬等很快地跑 ◆ 一輛輛汽車奔馳在高速公路上。

【奔騰】bēn téng　奔跑跳躍，形容氣勢浩大 ◆ 滔滔江水奔騰而下，一瀉千里。

⊠ 奔忙、奔喪、奔瀉

奄 5　一ナ大太存奄　奄

[yǎn ㄧㄢˇ ⑧ jim² 掩]

❶ 覆蓋；擁有 ◆ 奄有四方。❷ 忽然；突然 ◆ 奄忽／奄然。❸ 奄奄：氣息微弱，快要斷氣的樣子 ◆ 奄奄一息。

【奄奄一息】yǎn yǎn yī xī　奄奄：氣息微弱的樣子。呼吸微弱，只剩下一口氣。形容即將死亡 ◆ 等醫生趕到，老人已奄奄一息，不會說話了。

契 6　一二三丰打切契

[qì ㄑㄧˋ ⑧ kɐi³ 溪³]

❶ 文書證券；合約 ◆ 契約／地契。❷ 意氣相合 ◆ 契合／默契。

【契友】qì yǒu　情投意合的朋友 ◆ 據說他的契友出國留學去了。

【契約】qì yuē　指買賣、租賃、抵押等事務中訂立的合約 ◆ 雙方在房屋出租契約上簽了字。

【契機】qì jī　能使情況發生轉變的重要時機或關鍵 ◆ 我們要抓住市場銷趨旺的契機，迅速把商品推向市場。

奏 6　一三丰夫夫夫奏

[zòu ㄗㄡˋ ⑧ dzɐu³ 咒]

❶ 按曲調吹彈樂器 ◆ 演奏／奏國歌。❷ 發生；取得 ◆ 奏效。❸ 古代臣子向君王陳述意見 ◆ 上奏／奏章。

【奏效】zòu xiào　取得預期的效果 ◆ 這種新的治療方法很奏效。同 見效。

⊠ 伴奏、獨奏、節奏、先斬後奏

奎 6　一ナ大太本本奎

[kuí ㄎㄨㄟˊ ⑧ kwɐi¹ 規/fui¹ 灰]

星名。常作人名用字。

奕 6　丶一广亣亦亦奕

[yì ㄧˋ ⑧ jik⁹ 亦]

見"奕奕"。

【奕奕】yì yì　精神飽滿的樣子 ◆ 年紀雖大，伯父仍然神采奕奕。

6 **美** 見羊部，338 頁。

7 **套** [套]

[tào ㄊㄠˋ [粵]tou^{3} 吐]

❶ 罩在外面；罩在外面的東西 ◆ 套上一層布／手套。❷ 相連接的或重疊上去的 ◆ 套間／套色。❸ 用繩子等結成的環狀物 ◆ 牲口套／雙套結。❹ 設法騙取或引出 ◆ 套購／套口氣。❺ 模仿；照樣子做 ◆ 生搬硬套／套用。❻ 固定的、陳舊的 ◆ 俗套／客套。❼ 量詞，用於成組的東西 ◆ 一套茶具／兩套西裝。

▷配套、圈套、生搬硬套

8 **奢** [奢]

[shē ㄕㄜ [粵]tsɛ^{1} 斜^{1}]

❶ 大量用錢，過分追求享受 ◆ 奢侈／奢華。❷ 過分；過多 ◆ 奢望。

【奢侈】shē chǐ 揮霍錢財，過分追求享受 ◆ 由於好逸惡勞，生活奢侈，他把祖業都敗光了。

【奢華】shē huá 花費大量金錢追求豪華，擺闊氣 ◆ 他家裏的陳設太奢華了。

[注意] "奢華" 多含貶義。

【奢望】shē wàng 過高的希望 ◆ 我並無奢望成為百萬富翁。

【奢靡】shē mí 奢侈浪費 ◆ 這些暴發户大都生活奢靡，揮金如土。

[注意] "靡" 粵音讀 mei^{4}（眉）。

▷驕奢淫逸、窮奢極欲

9 **奠** [奠]

[diàn ㄉㄧㄢˋ [粵]din^{6} 電]

❶ 為死者舉行儀式表示悼念 ◆ 祭奠。❷ 建立；安置 ◆ 奠基。

【奠定】diàn dìng 穩固地建立起 ◆ 由於終場前連進兩球，奠定了獲勝的基礎。

【奠基】diàn jī ❶ 打下建築物的基礎 ◆ 今天舉行大廈的奠基典禮。❷ 比喻奠定事業的基礎 ◆ 魯迅是中國現代文學的奠基人之一。

10 **奧**（奥） [奧]

[ào ㄠˋ [粵]ou^{3}/ŋou^{3} 澳]

含義深；不容易理解 ◆ 奧妙／深奧。

【奧妙】ào miào 深奧微妙，難於理解 ◆ 魔術表演有許多奧妙，外行人弄不明白。

【奧祕】ào mì 深奧而神祕 ◆ 科學家正在探索生命的奧祕。

【奧林匹克運動會】ào lín pǐ kè yùn dòng huì 世界性大型綜合運動會。古代希臘人自公元前 776 年起，在宗教遺址奧林匹亞村舉辦全國性體育競技會，1894 年國際體育大會決定把世界性的綜合運動會命名為奧林匹克運動會（簡稱"奧運會"）。現代第一屆奧運會於 1896 年在希臘的雅典舉行，以後每四年輪流在各會員國舉行。奧運會的口號是"更快、更高、更強"。奧運會的會旗是由藍、黑、紅、黃、綠五種顏色的圓圈組成的五環旗，象徵世界五大洲的團結。

11 **奪**（夺） [奪]

[duó ㄉㄨㄛˊ [粵]dyt^{9}]

❶ 搶；強取 ◆ 搶奪／掠奪。❷ 爭取；奮力得到 ◆ 奪標／爭奪冠軍。❸ 使失去 ◆ 剝奪。❹ 衝出 ◆ 奪門而去／眼淚奪眶而出。

【奪目】duó mù 光彩耀眼 ◆ 公園裏繁花似錦，鮮豔奪目。

【奪取】duó qǔ ❶ 搶奪；用強力取得 ◆ 政變軍想推翻現任總統，奪取政權。❷ 努力爭取 ◆ 我隊一定要奪取下一輪比賽的勝利。

◁奪冠、奪魁

▷爭奪、篡奪、巧奪天功、先聲奪人、強詞奪理、喧賓奪主、巧取豪奪

11 **奬** "獎" 的異體字，見 274 頁。

12 **樊** 見木部，219 頁。

13 **奮**（奋） [奮]

[fèn ㄈㄣˋ [粵]fɐn^{3} 訓/fɐn^{5} 憤（語）]

❶ 振作精神，鼓足勁頭 ◆ 努力奮鬥／浴血奮戰。❷ 用力舉起；揮動 ◆ 奮臂高呼／奮筆疾書。

【奮力】fèn lì 使出最大的勁來 ◆ 我隊奮力拚搏，終於轉敗為勝。

【奮勇】fèn yǒng 鼓起勇氣 ◆ 一個弱女子能與歹徒奮勇搏鬥，令人敬佩。

【奮鬥】fèn dòu 為達到某一目標而不懈努力 ◆ 他決心為探索宇宙的奧祕奮鬥終身。

【奮不顧身】fèn bù gù shēn 奮勇向前，不考慮自身安危 ◆ 消防員奮不顧身，跳進火海，救出了母女二人。

【奮起直追】fèn qǐ zhí zhuī 振奮起來，努力趕上去 ◆ 在比分落後的情況下，全隊奮起直追，最終取得了比賽的勝利。

【奮發圖強】fèn fā tú qiáng 振奮精神，努力謀求強盛 ◆ 我們要奮發圖強，積極向上。[同] 發憤圖強。

▷振奮、興奮、勤奮、自告奮勇

女部

0 **女** [女]

[nǚ ㄋㄩˇ [粵]nœy^{5} 餒]

❶ 女性；女人；跟"男" 相對 ◆ 女生／婦女。❷ 女兒 ◆ 長女。

【女士】nǚ shì 對成年婦女的尊稱 ◆ 這位女士是銀行職員。[反] 男士。

【女婿】nǚ xù 稱女兒的丈夫 ◆ 他女婿是醫學博士。

▷仙女、姪女、修女、生兒育女

2 **奶** [奶]

[nǎi ㄋㄞˇ [粵]nai^{5} 乃]

❶ 乳汁；乳製品 ◆ 牛奶／酸奶。❷ 餵奶 ◆ 奶媽／奶孩子。❸ 乳房 ◆ 奶頭。

【奶奶】nǎi·nai ❶稱祖母 ◆ 小芳的奶奶是一位慈善家。❷稱祖母輩或年老的婦女 ◆ 鄰居李奶奶的兒子在美國工作。

【奶油】nǎi yóu 從牛奶中提煉出來的半固體乳製品,白色或淡黃色。可直接塗抹在麵包上食用,也是製蛋糕、糖果的原料 ◆ 今天生日,爸爸送給我一個奶油蛋糕。
注意 "奶油"也叫"黃油"、"白脫"。

【奶酪】nǎi lào 用動物的乳汁加工成的半凝固乳製品 ◆ 他喝咖啡不喜歡放奶酪。

²奴

[nú ㄋㄨˊ ⑧nou⁴ 牢]
受人支使而沒有人身自由的人 ◆ 奴婢 / 農奴。

【奴才】nú·cai ❶過去指家奴 ◆ 奴才給老爺請安。❷指甘心受人指使的人 ◆ 這漢奸在鬼子面前只會點頭哈腰,一副奴才相。 反 主人。

【奴役】nú yì 任意支使,當奴隸一樣使用 ◆ 奴役百姓的時代已成過去了。

【奴僕】nú pú 過去指在主人家幹活而沒有人身自由的人 ◆ 他們都是地主家的奴僕。

【奴隸】nú lì 供人役使、沒有人身自由的人,常被任意買賣或殺害 ◆ 奴隸們受不了壓迫和剝削,紛紛起來反抗。
⬚ 家奴、亡國奴

³奸

[jiān ㄐㄧㄢ ⑧gan¹ 艱]
❶虛偽;狡詐 ◆ 奸臣 / 老奸巨猾。
❷私通敵方的人 ◆ 內奸 / 漢奸。
❸"姦"的簡化字,見112頁。

【奸細】jiān xì 給敵人刺探情報的人 ◆ 他已叛變投敵,成了一名奸細。

【奸詐】jiān zhà 虛偽狡詐,不講信義 ◆ 此人生性奸詐,見利忘義,不可不防。

【奸猾】jiān huá 欺詐狡猾 ◆ 他手段奸猾,是有名的奸商。 同 奸滑。
注意 "奸猾"也作"奸滑"。

⬚ 奸笑、奸計、奸商、奸險
⬚ 狼狽為奸

³如

[rú ㄖㄨˊ ⑧jy⁴ 餘]
❶像;好像 ◆ 如花似錦 / 一見如故。
❷依照;符合 ◆ 如願以償 / 如期完成。❸比得上 ◆ 自愧不如 / 天時不如地利,地利不如人和。 ❹表示舉例 ◆ 比如 / 例如。❺假使;表示假設 ◆ 如果 / 假如。

【如今】rú jīn 現在 ◆ 這個疑案如今已水落石出。

【如此】rú cǐ 這樣 ◆ 損失如此慘重,讓人難以相信。

【如何】rú hé 怎樣;怎麼樣 ◆ 你覺得他的辦法如何?

【如果】rú guǒ 放在一句話的前半部分,表示假設,後半部分常用"那麼"、"那"、"就"、"便"等與之呼應 ◆ 如果你能參加,就最好不過了。同 假如、倘若。

【如意】rú yì 合乎心意;滿意 ◆ 沒有一件事能讓他稱心如意。

【如實】rú shí 按照實際情況 ◆ 請你如實告訴我,這究竟是怎麼回事。

【如火如荼】rú huǒ rú tú 荼:茅草的白花。像火那樣紅,像荼那樣白。形容氣勢蓬勃或聲勢浩大 ◆ 長江三峽水利工程匯集了數十萬精兵強將,工程建設如火如荼。

【如坐針氈】rú zuò zhēn zhān 好像坐在插了針的氈子上一樣。形容焦急恐慌,心神不安 ◆ 他做賊心虛,面對眾人的指責,如坐針氈。

【如虎添翼】rú hǔ tiān yì 像老虎添了翅膀。比喻強者增添了力量變得更加強大,惡者增添了力量變得更加兇惡 ◆ 貴公司的加盟,對本公司來說是如虎添翼。

【如法炮製】rú fǎ páo zhì 炮製:用焙、炒等方法把藥材製成藥物。原意指按照成法,炮製藥物。比喻依照現成的方法辦事 ◆ 他想如法炮製,誘人上當,終於被人識破。
注意 "炮"不讀pào(泡)。

【如飢似渴】rú jī sì kě 好像餓了要吃飯,渴了要喝水那樣。形容要求十分迫切 ◆ 他如飢似渴地閱讀了許多文學名著。

【如魚得水】rú yú dé shuǐ 比喻得到了情投意合的人或十分適合他的環境 ◆ 她來到研究所後,如魚得水,充分施展了她的才華。

【如數家珍】rú shǔ jiā zhēn 好像數家裏的珍寶一樣清楚。比喻對所講的事情非常熟悉 ◆ 他是演藝圈中的人,說起演藝圈中的事情來總是如數家珍,滔滔不絕。

【如影隨形】rú yǐng suí xíng 好像影子總是跟着物體一樣。比喻兩個人或兩件事關係十分密切 ◆ 經理走到哪裏,秘書就跟到哪裏,如影隨形,寸步不離。

【如願以償】rú yuàn yǐ cháng 願望得到實現 ◆ 她終於如願以償,取得了博士學位。

【如釋重負】rú shì zhòng fù 釋:放下。負:擔子。好像放下了沉重的擔子。比喻在消除了某種負擔後,頓時感到輕鬆愉快 ◆ 十年的頑疾得到根治,他如釋重負。

⬚ 如同、如出一轍、如夢初醒、如痴如醉、如獲至寶、如膠似漆
⬚ 宛如、假如、猶如、一如既往、瞭如指掌、勢如破竹、守口如瓶、視死如歸、暴跳如雷、膽小如鼠

³安
見宀部,116頁。

³妄

[wàng ㄨㄤˋ ⑧mong⁶ 忘⁶/mong⁵ 網(語)]
任意亂來;不合實際 ◆ 輕舉妄動 / 痴心妄想。

【妄想】wàng xiǎng ❶荒唐的想法 ◆

他完全不顧現實，妄想東山再起。❷ 不切實際、不能實現的想法 ◆ 他想用欺騙的手段蒙混過關，這是妄想。

【妄圖】wàng tú 狂妄地圖謀 ◆ 歹徒妄圖越境逃跑，被我邊防軍抓獲。

【妄自菲薄】wàng zì fěi bó 菲薄：小看；輕視。形容過於自卑，過分看輕自己 ◆ 各人都有各人的長處，不要妄自菲薄。⊘ 自以為是、妄自尊大。

【妄自尊大】wàng zì zūn dà 狂妄自大 ◆ 他妄自尊大，看不起人。⊜ 自高自大。⊘ 妄自菲薄。

⊠ 狂妄、膽大妄為

³ 好　ㄑ ㄑ 女 女 好 好 |好|

〈一〉[hǎo ㄏㄠˇ ⑧hou² 號²]

❶ 美的、善的；叫人喜愛的；跟 "壞" 相對 ◆ 好人 / 美好。❷ 友愛；和睦 ◆ 友好 / 言歸於好。❸ 完成；結束 ◆ 功課做了了 / 一切都準備好了。❹ 容易；跟 "難" 相對 ◆ 這道題好做 / 這件事好辦。❺ 能夠；可以 ◆ 只好如此 / 不好胡來。❻ 表示贊成、答應等語氣 ◆ 好，就這麼辦 / 好，我就來。❼ 很 ◆ 天氣好熱 / 等了好久好久。

〈二〉[hào ㄏㄠˋ ⑧hou³ 耗]

❽ 喜歡；愛 ◆ 好勝 / 愛好。

【好歹】hǎo dǎi ❶ 好壞 ◆ 大家一向對你不錯，你不要不知好歹。❷ 指生命危險 ◆ 萬一孩子有個好歹，我們可負不起這個責任。❸ 不管怎樣；將就 ◆ 事情弄成這樣，好歹你也說句話呀！

【好奇】hào qí 對少見的或不明白的事物覺得新奇，有興趣 ◆ 孩子們的好奇心特別強。

【好客】hào kè 喜歡接待客人，對客人很熱情 ◆ 夫人特別好客，我們家

經常是賓客盈門。

【好勝】hào shèng 事事、處處想勝過別人 ◆ 她是個要強好勝的人，工作十分賣力。

【好感】hǎo gǎn 對人或事物喜歡或滿意的感情 ◆ 她能幹、敬業，上司對她很有好感。

【好意】hǎo yì 真誠善良的心意 ◆ 我們再三勸阻，都是出於好意，怕你吃虧。

【好自為之】hǎo zì wéi zhī 自己慎重對待，好好幹 ◆ 這件事可能有風險，希望你好自為之。

【好事多磨】hǎo shì duō mó 磨：經歷磨難、曲折。好事情成功之前往往要經歷許多磨難與波折 ◆ 他倆的愛情是一波三折，歷時八年，終於喜結良緣，真可謂好事多磨。

【好高騖遠】hào gāo wù yuǎn 騖：追求。指不切實際地追求過高過遠的目標 ◆ 做事情要腳踏實地，量力而行，不要好高騖遠。

⊙注意 "好高騖遠" 也作 "好高務遠"。

【好逸惡勞】hào yì wù láo 貪圖安逸，厭惡勞動 ◆ 由於他好逸惡勞，到頭來一事無成。

⊙注意 "惡" 不讀 è(扼)。粵音讀 wu³(烏³)。

⊠ 好處、好像、好些、好比

⊠ 和好、恰好、良好、幸好、討好、嗜好₂、遊手好₂閒、潔身自好₂

³ 妃　ㄑ ㄑ 女 女 妃 |妃|

[fēi ㄈㄟ ⑧fei¹ 飛]

皇帝的妾；太子、王侯的妻 ◆ 妃子 / 王妃。

³ 她　ㄑ ㄑ 女 女 她 |她|

[tā ㄊㄚ ⑧ta¹ 他]

女性的第三人稱代詞 ◆ 女同學在跳土風舞，你看，她們跳得多好。

⁴ 妍　ㄑ ㄑ 女 女 妍 妍 |妍|

[yán ㄧㄢˊ ⑧jin⁴ 言]

美麗 ◆ 爭妍鬥麗。

⁴ 妓　ㄑ ㄑ 女 女 好 妓 |妓|

[jì ㄐㄧˋ ⑧gei⁶ 忌]

賣淫的女子 ◆ 妓女 / 娼妓。

⁴ 妊　ㄑ ㄑ 女 女 妊 妊 |妊|

[rèn ㄖㄣˋ ⑧jem⁴ 吟/jem⁶ 賃]

懷孕 ◆ 妊婦。

⁴ 妖　ㄑ ㄑ 女 女 女 妖 |妖|

[yāo ㄧㄠ ⑧jiu¹ 腰/jiu² 夭²(語)]

❶ 神話傳說中指奇怪反常而能害人的東西 ◆ 妖怪 / 妖魔 / 妖精。❷ 邪惡的；不正派的 ◆ 妖術 / 妖言惑眾。❸ 打扮豔麗而不夠莊重 ◆ 妖冶 / 妖里妖氣。

【妖冶】yāo yě 裝扮豔麗而不莊重 ◆ 她打扮得太妖冶了。⊜ 妖豔。

⊙注意 "妖冶" 多含貶義。

【妖怪】yāo guài 神話傳說中模樣奇怪、有法術、會迷惑人或傷害人的怪物 ◆ 孫悟空的火眼金睛，能識破各種妖怪。⊜ 妖魔、妖精。

【妖精】yāo jīng ❶ 妖怪。❷ 比喻用姿色來迷惑男人的女子 ◆ 這個小妖精不知坑害了多少男人。

【妖魔】yāo mó 妖怪 ◆ 唐僧取經路上，遇到了各種各樣的妖魔。

【妖豔】yāo yàn 裝扮豔麗而不莊重 ◆ 她這一身妖豔的打扮，不適合出席這等莊嚴的場合。⊜ 妖冶。

⊙注意 "妖豔" 含貶義。

⊠ 妖孽

⊠ 照妖鏡、降魔伏妖

⁴ 妥　ㄑ ㄑ ㄑ ㄩ 妥 妥 |妥|

[tuǒ ㄊㄨㄛˇ ⑧to⁵ 橢]

❶ 合適；穩當 ◆ 妥當 / 穩妥。❷ 停當；完備 ◆ 事已辦妥 / 雙方談妥了。

【妥協】tuǒ xié 向對方作出讓步，以避免爭執不下 ◆ 雙方各執己見，誰也不肯妥協，只好不歡而散。⊜ 讓步。

【妥帖】tuǒ tiē　很恰當；很合適 ◆ 文章裏有些詞語用得不很妥帖。注意 "妥帖"也作"妥貼"。

【妥善】tuǒ shàn　穩當合適 ◆ 這件事一定要妥善處理，不能出絲毫差錯。同 妥當、恰當。

【妥當】tuǒ·dang　穩妥適當 ◆ 你用這種方法教育孩子不妥當。同 妥善、恰當。

妨 　ㄑ ㄑ 女 女 女 妨 妨　妨
[fáng ㄈㄤˊ 粵 foŋ⁴ 房]
阻礙；損害 ◆ 妨害 / 妨礙交通。

【妨害】fáng hài　使受到損害 ◆ 吸煙妨害健康。

【妨礙】fáng ài　阻礙；使事情不能順利進行 ◆ 在路邊隨意停車會妨礙交通。
► 不妨、無妨

妒 　ㄑ ㄑ 女 女 女 妒 妒　妒
[dù ㄉㄨˋ 粵 dou³ 到]
忌恨比自己強的人 ◆ 嫉妒 / 嫉賢妒能。

【妒忌】dù jì　對比自己強的人心懷怨恨 ◆ 不要妒忌別人的優越成績，要好好向別人學習。注意 "妒忌"也作"忌妒"。

妙 　ㄑ ㄑ 女 女 妙 妙 妙　妙
[miào ㄇㄧㄠˋ 粵 miu⁶ 廟]
❶ 美好；精美 ◆ 美妙 / 妙語驚人。
❷ 奇巧；神祕 ◆ 奇妙 / 奧妙 / 巧妙。

【妙計】miào jì　巧妙的計策 ◆ 你有甚麼錦囊妙計使這盤棋起死回生？

【妙不可言】miào bù kě yán　美妙得無法用言語來表達。形容美妙到了極點 ◆ 這幅畫生動傳神，妙不可言。

【妙手回春】miào shǒu huí chūn　妙手：指醫術高超的人。回春：使春天重返大地。形容醫術高超，能治瘉疑難重病，使病人重獲生機 ◆ 林醫生的診室裏，高掛着病人贈送的"妙手回春"的匾額。

【妙趣橫生】miào qù héng shēng　美妙的意趣層出不窮 ◆ 他們兩人合説的相聲妙趣橫生，博得陣陣掌聲。
► 微妙、惟妙惟肖、神機妙算、莫名其妙

妝（妆） 　丷 丬 丬 妝 妝 妝　妝
[zhuāng ㄓㄨㄤ 粵 dzɔŋ¹ 莊]
❶ 打扮；修飾 ◆ 妝扮 / 梳妝枱。❷ 指嫁妝，女子出嫁時隨帶的物品。
► 化妝、卸妝

妹 　ㄑ ㄑ 女 女 妹 妹　妹
[mèi ㄇㄟˋ 粵 mui⁶ 昧]
稱同輩女性中年齡比自己小的 ◆ 姐妹 / 表妹。

姑 　ㄑ ㄑ 女 女 妙 姑　姑
[gū ㄍㄨ 粵 gu¹ 孤]
❶ 稱父親的姐妹或丈夫的姐妹 ◆ 姑媽 / 姑嫂。❷ 未嫁女子的通稱 ◆ 姑娘 / 尼姑。❸ 暫且 ◆ 姑且 / 姑妄言之，姑妄聽之。

【姑且】gū qiě　暫時地 ◆ 你姑且在這裏住一夜，明天給你換房間。同 暫且。

【姑息】gū xī　無原則地寬容 ◆ 他已不是初犯，決不能姑息。

妬 "妒"的異體字，見本頁。

妻 　一 ㄈ ㄈ 妻 妻 妻　妻
[qī ㄑㄧ 粵 tsɐi¹ 棲]
男子的配偶；跟"夫"相對 ◆ 妻子 / 賢妻良母。

【妻離子散】qī lí zǐ sàn　妻子離開，子女散失。形容家庭破碎 ◆ 這場戰爭，使許多人妻離子散，家破人亡。

姐 　ㄑ 女 女 如 姐 姐　姐
[jiě ㄐㄧㄝˇ 粵 dze² 者]
❶ 稱同輩女性中年齡比自己大的 ◆ 姐妹 / 表姐。❷ 稱呼年輕女子 ◆ 劉大姐 / 李小姐。

姓 　ㄑ 女 女 姓 姓 姓　姓
[xìng ㄒㄧㄥˋ 粵 siŋ³ 性]
表明家族系統的稱號 ◆ 姓名 / 尊姓大名。

委 　一 二 千 禾 禾 委　委
[wěi ㄨㄟˇ 粵 wɐi² 毀]
❶ 任命；把事情交給他人去辦 ◆ 委任 / 委託。❷ 拋棄 ◆ 委棄。❸ 推託；推卸 ◆ 推委 / 委罪於人。❹ 委員的簡稱 ◆ 常委。❺ 事情的末尾 ◆ 事情的原委。❻ 確實 ◆ 委實。❼ 沒有精神；疲乏 ◆ 委靡不振。

【委屈】wěi·qu　受到冤枉或不公平的對待而心裏難過 ◆ 明明自己是對的，反而遭到責備，他感到很委屈。

【委託】wěi tuō　自己的事請人代辦 ◆ 經理委託祕書跟對方商談。

【委婉】wěi wǎn　言詞婉轉温和 ◆ 老師怕傷害她的自尊心，話説得很委婉。反 直率。

【委曲求全】wěi qū qiú quán　違背自己的心願，勉強遷就，以求保全 ◆ 為了家庭和孩子，父親委曲求全，還是在那家公司上班。
► 委派、委員、委過

姍（姗） 　ㄑ 女 女 姍 姍 姍　姍
[shān ㄕㄢ 粵 san¹ 山]
見"姍姍"。

【姍姍】shān shān　走路緩慢，從容不迫的樣子 ◆ 她總是姍姍來遲。

⁵ 姍　"姗"的異體字，見 109 頁。

⁵ 妳 (你)　女 女 如 奶 奶 妳　妳

[nǐ ㄋㄧˇ 　粵 nei⁵ 你]

專指女性的第二人稱代詞 ◆ 玉玲妳好！

⁵ 姊　女 女 好 奸 奸 姊　姊

[zǐ ㄗˇ 　粵 dzi² 紙]

姐姐 ◆ 姊妹。

⁵ 妮　女 女 女 奵 奵 妮　妮

[nǐ ㄋㄧ 　粵 nei⁴ 尼]

❶ 女孩子 ◆ 妮子。❷ 常作女性人名用字。

⁵ 弩　見弓部，143 頁。

⁵ 始　女 女 女 如 如 始　始

[shǐ ㄕˇ 　粵 tsi² 齒]

事情的開頭；最初；跟"終"相對 ◆ 開始 / 自始至終。

【始終】shǐ zhōng　從開始到最後；一直 ◆ 在會上，他始終一言不發 / 老師的諄諄教導，我始終銘記在心。

☒原始、創始、有始有終、週而復始

⁵ 姆　女 女 女 奵 姆 姆　姆

[mǔ ㄇㄨˇ 　粵 mou⁵ 母]

保姆(bǎo mǔ)：受僱幫人家照管孩子或料理家務的婦女 ◆ 年輕保姆。

⁶ 娃　女 女 女 奵 妵 娃　娃

[wá ㄨㄚˊ 　粵 wa¹ 蛙]

小孩 ◆ 娃娃 / 女娃。

⁶ 姥　女 女 女 奵 妼 姥　姥

〈一〉[lǎo ㄌㄠˇ 　粵 lou⁵ 老]

❶ 見"姥姥"。

〈二〉[mǔ ㄇㄨˇ 　粵 mou⁵ 母]

❷ 老年婦女。

【姥姥】lǎo·lao　稱外祖母 ◆ 媽媽帶我去姥姥家玩。

⁶ 威　厂 厂 反 反 威 威　威

[wēi ㄨㄟ 　粵 wai¹ 委]

❶ 強大的聲勢，使人敬畏、害怕 ◆ 威力 / 威嚴。❷ 施加壓力 ◆ 威逼 / 威脅。

【威武】wēi wǔ　❶ 武力；權勢 ◆ 富貴不能淫，威武不能屈。❷ 強大有氣勢 ◆ 這是一支威武之師，仁義之師。

【威信】wēi xìn　威望和信譽 ◆ 校長學識淵博，在師生中威信很高。

【威風】wēi fēng　令人敬畏的氣派或聲勢 ◆ 將軍身披戰袍，騎在高頭大馬上，顯得威風凜凜。

【威脅】wēi xié　用威力或權勢逼迫恐嚇，使人屈從 ◆ 歹徒以匕首相威脅，要她交出身上的錢包和首飾。

【威望】wēi wàng　令人敬重的名望和聲譽 ◆ 魯迅在世界文壇上享有崇高的威望。

【威逼】wēi bī　用強力逼迫 ◆ 歹徒用槍威逼她交出保險櫃的鑰匙。

【威嚇】wēi hè　用威力恐嚇 ◆ 他不怕威嚇，與歹徒搏鬥起來。

(注意)"嚇"不讀 xià(下)。

【威嚴】wēi yán　神情嚴肅，令人敬畏 ◆ 父親威嚴的目光，使他不敢抬起頭來。

☒威名、威懾

☒示威、助威、權威、作威作福、狐假虎威、耀武揚威

⁶ 姨　女 女 女 奵 妵 姨　姨

[yí ㄧˊ 　粵 ji⁴ 疑]

❶ 稱母親的姐姐 ◆ 姨媽。❷ 稱母親的妹妹、妻子的妹妹；小孩對成年婦女的一般稱呼 ◆ 秦姨。

⁶ 姪 (任)　女 女 奵 奵 姪 姪　姪

[zhí ㄓˊ 　粵 dzɐt⁹ 疾]

❶ 兄弟或同輩男性親戚的兒女 ◆ 姪子 / 姪女 / 叔姪。❷ 同輩親戚或朋友的子女 ◆ 內姪 / 世姪 / 賢姪。

⁶ 要　見西部，386 頁。

⁶ 耍　見而部，342 頁。

⁶ 姻　女 女 女 奵 奵 姻　姻

[yīn ㄧㄣ 　粵 jɐn¹ 因]

婚姻 ◆ 聯姻 / 姻緣。

【姻緣】yīn yuán　婚姻的緣分 ◆ 千里姻緣一線牽。

⁶ 姚　女 女 女 奵 奵 姚　姚

[yáo ㄧㄠˊ 　粵 jiu⁴ 搖]

姓。

⁶ 姣　女 女 奵 奵 奵 姣　姣

[jiāo ㄐㄧㄠ 　粵 gau² 狡]

容貌美 ◆ 姣好。

⁶ 姜　丷 丷 圭 圭 羊 姜　姜

[jiāng ㄐㄧㄤ 　粵 gœŋ¹ 疆]

❶ 姓。❷ "薑"的簡化字，見 371 頁。

⁶ 姿　丶 丶 冫 次 次 姿　姿

[zī ㄗ 　粵 dzi¹ 支]

❶ 容貌 ◆ 姿容 / 姿色。❷ 體態；樣子 ◆ 姿態 / 姿勢。

【姿色】zī sè　女子容貌漂亮 ◆ 他太太長得頗有幾分姿色。

【姿勢】zī shì　身體所展現的動作的樣子 ◆ 她在平衡木上的表演，動作連貫，姿勢優美。

【姿態】zī tài　❶ 姿勢；體態 ◆ 健美運動員在台上展現了各種姿態。❷ 態度；風度 ◆ 他以學者的姿態回答了記者的提問。

☒英姿、風姿、雄姿、舞姿

6 姦 (奸)　ㄙㄨㄥˋ女ㄌ女姦姦　姦
[jiān ㄐㄧㄢ ⓰gan¹ 奸]

私通；犯淫 ◆ 通姦／強姦。
【姦淫】jiān yín　男女間發生不正當的性關係；也特指強姦 ◆ 侵略軍殺人放火，姦淫擄掠，無惡不作。

7 姬　ㄙㄨ女女女妒姬姬　姬
[jī ㄐㄧ ⓰gei¹ 機]

❶ 姓。❷ 古代對婦女的美稱；也指美女。❸ 過去稱以歌舞為業的女子 ◆ 歌姬。

7 娠　ㄙㄨ女女妒妒娠　娠
[shēn ㄕㄣ ⓰sen¹ 身/dzen³ 振]

懷孕 ◆ 妊娠。

7 娟　ㄙㄨ女女女妒妒娟　娟
[juān ㄐㄩㄢ ⓰gyn¹ 捐]

❶ 姿態美好 ◆ 娟秀。❷ 多作女性人名用字。

7 娛 (娱)　ㄙㄨ女妒娛娛娛　娛
[yú ㄩ ⓰jy⁴ 魚]

快樂；歡樂；使快樂 ◆ 娛樂／娛興節目／自娛自樂。

7 娥　ㄙㄨ女妒妒娥娥　娥
[é ㄜˊ ⓰ngo⁴ 鵝]

❶ 美好 ◆ 娥眉。❷ 美女 ◆ 宮娥。❸ 嫦娥。見"嫦"字，112頁。

7 娩　ㄙㄨ女妒妒妒娩　娩
[miǎn ㄇㄧㄢˇ ⓰min⁵ 免]

生孩子 ◆ 分娩。

7 宴　見宀部，118頁。

7 娘　ㄙㄨ女女妒娘娘　娘
[niáng ㄋㄧㄤˊ ⓰nœn⁴]

❶ 母親 ◆ 爹娘。❷ 對長輩婦女的稱呼 ◆ 大娘／嬸娘。❸ 對年輕婦女的稱呼 ◆ 姑娘。

7 娓　ㄙㄨ女妒妒妒娓　娓
[wěi ㄨㄟˇ ⓰mei⁵ 美]

娓娓：形容談論不倦或説話動聽 ◆ 娓娓而談。
【娓娓動聽】wěi wěi dòng tīng　形容説話委婉動聽，富有吸引力 ◆ 他講起故事來抑揚頓挫，娓娓動聽。

7 娜　ㄙㄨ女妒妒妒娜　娜
〈一〉[nuó ㄋㄨㄛˊ ⓰no⁵ 挪]
❶ 婀娜。見"婀"字，111頁。
〈二〉[nà ㄋㄚˋ ⓰no⁴ 挪/na⁴ 拿]
❷ 多作女性人名用字。

8 娶　一ㄇ日耳取娶　娶
[qǔ ㄑㄩˇ ⓰tsœy² 取]

男子結婚；討老婆 ◆ 娶親／娶妻。

8 婪　一十十木林婪　婪
[lán ㄌㄢˊ ⓰lam⁴ 藍]

貪 ◆ 貪婪。

8 娼　ㄙㄨ女妒妒妒娼　娼
[chāng ㄔㄤ ⓰tsœŋ¹ 昌]

妓女 ◆ 娼妓／賣淫嫖娼。

8 婁 (娄)　ㅁ口日旦曲婁　婁
[lóu ㄌㄡˊ ⓰lœu⁴ 留]

姓。

8 婢　ㄙㄨ女妒妒妒婢　婢
[bì ㄅㄧˋ ⓰pei⁵ 披⁵]

舊時供有錢人家使喚的年輕女子 ◆ 奴婢／婢女。

8 婚　ㄙㄨ女妒妒婚婚　婚
[hūn ㄏㄨㄣ ⓰fen¹ 昏]

成年男女結為夫妻 ◆ 結婚／婚禮。
【婚姻】hūn yīn　男女雙方結成夫妻 ◆ 他們的婚姻十分美滿。
☒ 婚約、婚紗、婚禮
☒ 求婚、訂婚

8 婆　氵氵氵沪波婆　婆
[pó ㄆㄛˊ ⓰po⁴ 破⁴]

❶ 對祖輩或老年婦女的稱呼 ◆ 外婆／老婆婆。❷ 特指丈夫的母親 ◆ 婆媳／公婆。❸ 指從事某些行當的婦女 ◆ 媒婆／巫婆。
【婆娑】pó suō　盤旋搖動的樣子 ◆ 柳絲飄拂，樹影婆娑。
☒ 苦口婆心

8 婉　ㄙㄨ女妒妒妒婉　婉
[wǎn ㄨㄢˇ ⓰jyn² 苑]

態度溫和；和順 ◆ 婉轉／委婉／婉言。
【婉言】wǎn yán　婉轉的言辭 ◆ 我婉言謝絕了對方的聘請。
【婉轉】wǎn zhuǎn　❶ 説話語氣溫和，意思表達含蓄 ◆ 校長婉轉地向李老師提出了忠告。⊜委婉。⊗直率。❷ 聲音圓潤柔和 ◆ 她的民歌唱得婉轉動人。
⒁注意 "婉轉"也作"宛轉"。

8 婦 (妇)　ㄙㄨ女妒妒妒婦　婦
[fù ㄈㄨˋ ⓰fu⁵ 夫⁵]

❶ 結了婚的女子 ◆ 媳婦／少婦。❷ 指妻子 ◆ 夫婦／夫唱婦隨。❸ 女性的通稱 ◆ 婦科／世界婦女大會。
【婦孺皆知】fù rú jiē zhī　孺：小孩子。婦女和孩子都知道。形容廣為眾人所知 ◆ 這些婦孺皆知的道理，難道你就不明白？

8 婀　ㄙㄨ女妒妒妒婀　婀
[ē ㄜ ⓰o²/ngo² 柯²]

見"婀娜"。

【婀娜】ē nuó 姿態輕柔美好的樣子 ◆ 舞蹈演員們步履輕盈，婀娜多姿。

9 媒 女 女 女 妲 妲 媒 媒

[méi ㄇㄟˊ 粵 mui⁴ 煤]

❶ 介紹婚姻的人 ◆ 做媒 / 媒人。❷ 起聯繫作用的 ◆ 媒介 / 新聞傳媒。

【媒介】méi jiè 使雙方結合、溝通的人或事物 ◆ 蚊子、蒼蠅、老鼠等都是傳染疾病的媒介。

【媒婆】méi pó 替人説合婚事的婦女 ◆ 現代社會已經沒有媒婆了。

 媒體

9 嫂 ㄙㄠˇ 女 女 妲 妲 妲 妲 嫂

[sǎo ㄙㄠˇ 粵 sou² 數]

❶ 哥哥的妻子 ◆ 嫂子。❷ 尊稱年紀跟自己差不多的已婚婦女 ◆ 李大嫂。

9 媚 女 女 妲 妲 妲 妲 媚

[mèi ㄇㄟˋ 粵 mei⁶ 味]

❶ 討好巴結 ◆ 獻媚 / 諂媚。❷ 美好；可愛 ◆ 嫵媚 / 春光明媚。

【媚外】mèi wài 盲目推崇、討好外國的人或事物 ◆ 外國的月亮比中國的圓，這是十足的崇洋媚外思想。

 秀媚、嬌媚、奴顏媚骨

9 婿 女 女 妲 妲 妲 妲 婿

[xù ㄒㄩˋ 粵 sɐi³ 世]

女婿：女兒的丈夫。

10 媽(妈) 女 女 妲 妲 妲 妲 媽

[mā ㄇㄚ 粵 ma¹ 嗎]

❶ 母親 ◆ 我愛媽媽。❷ 對女性長輩或年長婦女的稱呼 ◆ 姑媽 / 大媽。

10 媳 女 女 妲 妲 妲 媳

[xí ㄒㄧˊ 粵 sik⁷ 息]

兒子、弟弟或其他晚輩的妻子 ◆ 兒媳 / 弟媳 / 孫媳。

【媳婦】xí fù ❶ 稱兒子的妻子 ◆ 我們老大的媳婦在公司當祕書。❷ 稱弟弟或其他晚輩親屬的妻子 ◆ 弟媳婦很能幹 / 姪媳婦在學校教書。

10 嫉 女 女 妲 妲 妲 嫉 嫉

[jí ㄐㄧˊ 粵 dzɛt⁹ 疾]

❶ 忌恨比自己強的人 ◆ 嫉恨 / 嫉賢妒能。❷ 痛恨 ◆ 憤世嫉俗 / 嫉惡如仇。

【嫉惡如仇】jí è rú chóu 同"疾惡如仇"，見 287 頁。

10 嫌 女 女 妲 妊 婷 嫌 嫌

[xián ㄒㄧㄢˊ 粵 jim⁴ 鹽]

❶ 可疑；猜疑 ◆ 嫌疑 / 避嫌。❷ 厭惡 ◆ 嫌惡 / 討嫌。❸ 不滿意 ◆ 嫌少 / 嫌他懶。❹ 怨恨 ◆ 捐棄前嫌。

【嫌棄】xián qì 厭惡而放棄或拋棄 ◆ 做父母的怎麼能嫌棄自己的孩子呢？

【嫌疑】xián yí 被懷疑有某種可能 ◆ 警方拘捕幾個嫌疑犯。

 討嫌、涉嫌

10 嫁 女 女 妲 妲 婷 嫁 嫁

[jià ㄐㄧㄚˋ 粵 ga³ 駕]

❶ 女子結婚，從娘家遷到婆家 ◆ 出嫁 / 男大當婚，女大當嫁。❷ 轉移 ◆ 轉嫁 / 嫁禍於人。

【嫁妝】jià ·zhuang 父母給女兒的陪嫁，主要是衣被等生活用品 ◆ 劉家嫁女真風光，嫁妝就有一大車。

【嫁接】jià jiē 改良植物品種的一種方法。把一種植物的枝或芽，接到另一植物的幹或根部，長出新的植株。

11 嫖 女 女 妲 妲 婩 嫖 嫖

[piáo ㄆㄧㄠˊ 粵 piu⁴ 瓢]

男子用金錢玩弄妓女 ◆ 嫖娼 / 吃喝嫖賭。

11 嫩 女 女 妲 妲 妲 妲 嫩

[nèn ㄋㄣˋ 粵 nyn⁶ 暖⁶]

❶ 剛長出來不久，還很柔弱的；跟"老"相對 ◆ 嫩芽 / 嬌嫩。❷ 食物燒製的時間短，鬆軟好嚼；跟"老"相對 ◆ 牛肉炒得很嫩 / 雞蛋煎嫩一些。❸ 顏色淺 ◆ 嫩黃 / 嫩綠。

 稚嫩、鮮嫩

11 嫦 女 妲 妲 妲 婷 嫦 嫦

[cháng ㄔㄤˊ 粵 sœŋ⁷ 常]

見"嫦娥"。

【嫦娥】cháng é 中國古代神話傳説中后羿的妻子。后羿從西王母那裏取得不死之藥，嫦娥偷吃後成仙，飛奔月宮。這就是"嫦娥奔月"的由來。

 "嫦娥"也稱"姮娥"。

11 嫡 女 妲 妲 嫡 嫡 嫡 嫡

[dí ㄉㄧˊ 粵 dik⁷ 的]

❶ 家族中血統最近的 ◆ 嫡親兄弟。❷ 關係最親近的；正宗的 ◆ 嫡系 / 嫡傳。

12 嬉 女 妲 妲 嬉 嬉 嬉 嬉

[xī ㄒㄧ 粵 hei¹ 希]

玩耍；遊戲 ◆ 嬉戲 / 嬉笑。

【嬉笑】xī xiào 玩樂歡笑 ◆ 孩子的嬉笑，使他回憶起童年的生活。

【嬉戲】xī xì 遊戲；玩耍 ◆ 孩子們在公園裏嬉戲。

【嬉皮笑臉】xī pí xiào liǎn 形容表情不嚴肅、不莊重的樣子 ◆ 老師在問你問題，你別嬉皮笑臉的。

 "嬉皮笑臉"也作"嘻皮笑臉"。

12 嫵(妩) 女 妲 妲 嫵 嫵 嫵 嫵

[wǔ ㄨˇ 粵 mou⁵ 武]

見"嫵媚"。

【嫵媚】wǔ mèi 形容女子、花木等姿態美好可愛 ◆ 她的舞姿嫵媚動人。

¹² 嬌 (娇)
[jiāo ㄐㄧㄠ 粵 giu¹ 驕]
❶ 美好；可愛 ◆ 嬌美／江山多嬌。
❷ 柔嫩脆弱 ◆ 嬌嫩。❸ 過分的愛護；寵愛 ◆ 嬌生慣養。
【嬌氣】jiāo qì 吃不得苦；受不得委屈 ◆ 這孩子太嬌氣，幾步路都不願意走。
【嬌慣】jiāo guàn 過分寵愛、放任孩子 ◆ 甚麼都由着她，這樣會把孩子嬌慣壞的。
【嬌嫩】jiāo nèn 柔嫩 ◆ 孩子的肌膚嬌嫩，要用嬰兒護膚品。
【嬌豔】jiāo yàn 柔嫩豔麗 ◆ 嬌豔的花朵散發出縷縷清香。
【嬌生慣養】jiāo shēng guàn yǎng 從小受過分的寵愛和放任 ◆ 沒想到這嬌生慣養的小姐如此能幹。
☉ 嬌媚、嬌滴滴、嬌小玲瓏
☉ 撒嬌

¹⁴ 嬰 (婴)
[yīng ㄧㄥ 粵 jiŋ¹ 英]
出生不久的孩子 ◆ 嬰兒／男嬰／育嬰院。

¹⁵ 嬸 (婶)
[shěn ㄕㄣˇ 粵 sem² 審]
❶ 叔叔的妻子 ◆ 嬸嬸／嬸娘。❷ 尊稱與父同輩而年齡較小的婦女 ◆ 大嬸。

¹⁷ 孀
[shuāng ㄕㄨㄤ 粵 sœŋ¹ 商]
死了丈夫的女人；寡婦 ◆ 遺孀。

子 部

⁰ 子
〈一〉[zǐ ㄗˇ 粵 dzi² 止]
❶ 兒子 ◆ 父子。❷ 人的通稱 ◆ 男子／女子／莘莘學子。❸ 古代稱有學問、道德及地位的人；對男子的尊稱 ◆ 君子／孔子／以子之矛，攻子之盾。❹ 植物的種子；動物的卵 ◆ 瓜子／魚子醬。❺ 小而硬的成塊或成顆粒狀的東西 ◆ 石子／棋子。❻ 幼小的；稚嫩的 ◆ 子雞／子薑。❼ 封建時代五等爵位的第四等 ◆ 公、侯、伯、子、男／子爵。❽ 地支的第一位 ◆ 子丑寅卯。❾ 子時：指夜裏十一時至一時。
〈二〉[·zi ㄗ 粵 dzi² 止]
❿ 名詞的後綴 ◆ 椅子／筷子／出亂子。
❀ 圖見 92 頁。
【子女】zǐ nǚ 兒子和女兒 ◆ 子女都長大成人了。
【子弟】zǐ dì 兒女；後輩 ◆ 公司很關心職工子弟的讀書、就業問題。
【子夜】zǐ yè 指半夜 ◆ 約在子夜時分，大樓失火。
【子孫】zǐ sūn 兒子和孫子；泛指後代 ◆ 老人家是子孫滿堂／我們都是炎黃子孫。
【子彈】zǐ dàn 槍彈 ◆ 他槍法很好，三顆子彈都打中了靶心。

¹ 孔
[kǒng ㄎㄨㄥˇ 粵 huŋ² 恐]
❶ 洞；窟窿 ◆ 鼻孔／無孔不入。❷ 姓。
【孔子】kǒng zǐ 名丘，字仲尼（公元前 551 年——公元前 479 年），春秋末期魯國人，中國古代著名的思想家、教育家，儒家學派的創始人。他的思想對後世影響極大，他的思想言論保存在《論語》一書中。孔子是人們對他的尊稱。◆ 孔子被譽為"萬世之表"。
【孔雀】kǒng què 一種觀賞鳥。雄孔雀頭頂上有一簇冠羽，尾巴的羽毛很長，展開時像一把大扇子，稱"孔雀開屏"。常見的有綠孔雀和白孔雀兩種。

【孔隙】kǒng xì 小小的洞；裂縫 ◆ 牆壁出現了孔隙，要趕快修補。
【孔融讓梨】kǒng róng ràng lí 孔融（公元 153 —— 208 年），字文舉，漢魏時人。相傳孔融四歲時，有人送來一筐梨，父親叫他先挑，他挑了一個最小的。父親問他為甚麼挑最小的，他説："哥哥年紀大，應該吃大的。"父親很高興，因為孔融年紀雖小，卻懂得敬愛兄長的道理 ◆ 爸爸給小強講了"孔融讓梨"的故事，希望他與兄長間能相互謙讓。
☉ 面孔、千瘡百孔

² 孕
[yùn ㄩㄣˋ 粵 jen⁶ 刃]
懷胎 ◆ 孕婦／懷孕。
【孕育】yùn yù 懷胎生育。比喻在原有事物中醞釀、培育出新事物 ◆ 這裏山明水秀，孕育出眾多英才，真可謂人傑地靈。

³ 存
[cún ㄘㄨㄣˊ 粵 tsyn⁴ 全]
❶ 還在；還活着；跟"亡"相對 ◆ 生死存亡／名存實亡。❷ 保留 ◆ 存根／保存。❸ 積儲；放 ◆ 存款／儲存。❹ 心裏懷有 ◆ 存心／不存幻想。
【存心】cún xīn ❶ 心裏懷有某種念頭 ◆ 我看他存心不良，不知要耍甚麼花招。❷ 故意 ◆ 他不是存心的，而是不小心把你絆了一跤。◉ 有意。
【存在】cún zài 還在；沒有消失 ◆ 活的恐龍已經絕跡，只有恐龍的化石還存在。⊗ 消失。

【存放】cún fàng 寄存；保存 ◆ 我這箱子暫時存放在你這裏 / 這些舊照片我已存放了幾十年。
☒ 存摺
☒ 生存、寄存、求同存異

³ 字 、宀宀宁宇字 〔字〕
[zì ㄗˋ ⑧dzi⁶ 自]
❶ 文字；記錄語言的符號 ◆ 漢字 / 常用字 / 錯別字。❷ 指字音 ◆ 字正腔圓 / 吐字清楚。❸ 名字；人本名以外的別號 ◆ 簽字 / 諸葛亮，字孔明。❹ 用文字寫成的憑據、契約 ◆ 字據 / 立字為據。
【字典】zì diǎn 收錄一定數量的字，按部首或音序排列，給每個字註上讀音、意義和用法的工具書 ◆ 字典是我們的良師益友。
【字眼】zì yǎn 指句子中的字或詞 ◆ 作文時要反覆推敲，選用最恰當的字眼來表情達意。
【字跡】zì jì 字的筆畫、形體 ◆ 她的作文卷面整潔，字跡清楚。
【字體】zì tǐ ❶ 指同一個字的不同書寫形體。如漢字手寫體有楷書、隸書、行書、草書等，印刷字有仿宋體、黑體等。❷ 指漢字書法的流派，如顏真卿的顏體，柳公權的柳體等。
【字斟句酌】zì zhēn jù zhuó 斟、酌：這裏指推敲字句。對每一個用字，每一句話都認真推敲。形容說話或寫作態度嚴肅、認真 ◆ 這是法律文書，必須字斟句酌。
【字裏行間】zì lǐ háng jiān 字詞裏面，行文之中。指文章所表達、流露出來的思想感情 ◆ 這篇作文，字裏行間洋溢着作者對老師的崇高敬意。
☒ 字母、字帖、字條、字幕
☒ 文字、生字、名字、赤字、別字、錯字、一字之師、片紙隻字

⁴ 孝 一十耂耂考孝 〔孝〕
[xiào ㄒㄧㄠˋ ⑧hau³ 效³]
❶ 敬重並盡心供養父母 ◆ 孝順 / 孝子。❷ 居喪；喪服 ◆ 守孝 / 戴孝。

【孝心】xiào xīn 孝順父母的心意 ◆ 這是他們的一份孝心，您就把這些東西收下吧。
【孝順】xiào shùn 順從父母意願，盡心奉養父母 ◆ 有幾個孝順的孩子，他的晚年很幸福。
【孝敬】xiào jìng ❶ 孝順敬重 ◆ 孝敬父母是美德。❷ 送物品給長輩表示敬意 ◆ 這幾盒補品是我們買來孝敬兩位老人的。

⁴ 孜 ㄱ了了孑孖孜 〔孜〕
[zī ㄗ ⑧dzi¹ 支]
見"孜孜"。
【孜孜】zī zī 努力不懈 ◆ 孜孜以求。
【孜孜不倦】zī zī bù juàn 形容勤奮努力，不知疲倦 ◆ 她學習孜孜不倦，成績名列前茅。

⁵ 孟 ㄱ了子子吞孟 〔孟〕
[mèng ㄇㄥˋ ⑧maŋ⁶ 猛⁶]
❶ 農曆每季的第一個月 ◆ 孟春（正月）/ 孟秋（七月）。❷ 姓。
【孟母三遷】mèng mǔ sān qiān 孟母：孟子（孟軻）的母親。相傳孟軻的母親為了教子，曾三次搬遷。最初孟家住在一個墳地旁，孟軻就學着做喪事；後來跟一個屠夫做鄰居，孟軻就模仿宰牛宰羊；最後只得遷到一所私塾旁邊，孟軻就跟着儒者學習各種禮節。孟母非常高興，才定居下來。這就是孟母三遷的故事。

⁵ 季 一二千禾季季 〔季〕
[jì ㄐㄧˋ ⑧gwɐi³ 貴]
❶ 三個月為一季，一年分春秋冬四季 ◆ 春季 / 換季。❷ 具有某種特點的一段時間 ◆ 雨季 / 淡季。❸ 姓。
【季度】jì dù 時間單位。一年分四季，每一季為三個月。1-3月叫第一季度，4-6月叫第二季度，7-9月叫第三季度，10-12月叫第四季度 ◆ 他的書第三季度可以出版。

【季軍】jì jūn 比賽中的第三名 ◆ 這次演講比賽，她得了季軍。
【季節】jì jié 一年中具有某種特點的時期 ◆ 春天是百花盛開的季節 / 秋天是到北京去旅遊的最好季節。
☒ 冬季、旺季、秋季

⁵ 孤 ㄱ了孑孑孤孤 〔孤〕
[gū ㄍㄨ ⑧gu¹ 姑]
❶ 幼年失去父親或父母雙亡的 ◆ 孤兒 / 遺孤。❷ 單獨 ◆ 孤單一人 / 孤軍作戰。❸ 古代王侯的自稱 ◆ 稱孤道寡。
【孤立】gū lì ❶ 同其他事物沒有聯繫 ◆ 這不是一件孤立的事件。❷ 不能得到同情或援助 ◆ 敵軍孤立無援，遭到慘敗。❸ 使失去同情或援助 ◆ 我們的策略是孤立敵軍，各個擊破。
【孤單】gū dān 單身一人，寂寞無依靠 ◆ 父母去世後，她孤單一人，很可憐。⑩ 孤獨。
【孤僻】gū pì 孤獨怪僻，不合羣 ◆ 她性格孤僻，沒有人願意跟她交朋友。⑩ 古怪。⑰ 隨和。
【孤獨】gū dú 獨自一人，寂寞無依靠 ◆ 老人一個人生活，很孤獨。⑩ 孤單。
【孤注一擲】gū zhù yī zhì 把所有的錢投下作賭注。賭徒輸急時，把剩下的錢財全部作賭，希望最後取勝。比喻在危急時不顧一切，拿出全部力量作最後一次冒險 ◆ 他已走投無路，只好變賣房產，孤注一擲了。
【孤苦伶仃】gū kǔ líng dīng 形容孤單困苦、無依無靠的處境 ◆ 他自小孤苦伶仃，是李大伯好心收養了他。
注意 "孤苦伶仃"也作"孤苦零丁"。
【孤陋寡聞】gū lòu guǎ wén 陋：淺薄。寡：少。指學識淺薄，見聞不廣 ◆ 他不讀書，不看報，就難免孤陋寡聞了。
【孤掌難鳴】gū zhǎng nán míng 一個巴掌拍不響。比喻勢單力薄，難以做成事情 ◆ 辦好學校，要靠全體教師，光靠校長一人，孤掌難鳴。
☒ 孤家寡人
☒ 一意孤行

不經一事，不長一智

⁵ **乳**　見乙部，10頁。

⁵ **享**　見宀部，14頁。

⁶ **孩**　了 孑 孒 孩 孩 孩 孩　孩
[hái ㄏㄞˊ ⑧hoi⁴ 開⁴/hai⁴ 鞋]
兒童；子女 ◆ 小孩 / 男孩 / 孩子。

⁷ **孫**　了 孑 孑 孫 孫 孫　孫
[sūn ㄙㄨㄣ ⑧syn¹ 宣]
❶ 兒女的子女 ◆ 孫子 / 孫女 / 外孫。
❷ 孫子以後各代 ◆ 曾孫 / 重孫。❸ 姓。

⁸ **孰**　亠 古 亨 享 훩 孰　孰
[shú ㄕㄨˊ ⑧suk⁹ 淑]
誰；甚麼 ◆ 人非聖賢，孰能無過 / 是
可忍，孰不可忍？

¹¹ **孵**　彳 仹 孚 孚 卵 孵　孵
[fū ㄈㄨ ⑧fu¹ 呼]
鳥類伏在蛋上，用體温使蛋受熱而成幼
鳥（也可用人工方法）◆ 孵化 / 母雞孵
小雞。

¹³ **學**（学）　⺍ 彳 臼 臼 銜 學　學
[xué ㄒㄩㄝˊ ⑧hok⁹ 鶴]
❶ 效法；學習 ◆ 學畫畫 / 學以致用。
❷ 學習的地方；學校 ◆ 小學 / 上學。
❸ 學問；學科 ◆ 學術 / 數學。
【學徒】xué tú　在工廠或商店裏學習
技能或學做買賣的青年人 ◆ 他現在還
是個學徒。
【學術】xué shù　系統的專業知識 ◆
這次學術會議是醫學界的一次盛會。
【學問】xué ·wen　❶ 一種成系統的知
識 ◆ 如何與人融洽相處其實是一門學
問。❷ 泛指知識 ◆ 他興趣廣泛，
很有學問。⑤ 學識。
【學習】xué xí　獲取知識、技能、經
驗，提升文化修養的過程 ◆ 學生的主

要任務是學習。
【學業】xué yè　學習的課程和作業 ◆
現在，學生的學業負擔太重。
【學說】xué shuō　指學術上的某種見
解、理論 ◆ 這種學說在西方很流行。
【學歷】xué lì　求學的經歷。指曾在哪
個學校就讀或畢業，取得哪種學位 ◆
本校教師全部具有大學本科畢業學
歷。
【學識】xué shí　指一個人的學問和修
養 ◆ 校長是牛津大學的法學博士，
學識淵博。⑤ 學問。
【學以致用】xué yǐ zhì yòng　致用：得
到應用。學習是為了實際應用；學習
到的東西能應用於實際 ◆ 根據學以致
用的原則，開辦了電腦操作培訓班。
【學而不厭】xué ér bù yàn　厭：滿足。
努力學習，永不滿足。形容勤奮好學
◆"學而不厭，誨人不倦"是他的座
右銘。
【學無止境】xué wú zhǐ jìng　止境：
盡頭。學習永遠沒有盡頭。常用來勉勵
人要不斷學習 ◆ 學無止境，我們要活
到老，學到老。

◁ 學者、學派、學院、學期、學費
▷ 自學、科學、不學無術、鸚鵡學舌

¹⁴ **孺**　了 孑 孑 孑 孑 孺　孺
[rú ㄖㄨˊ ⑧jy⁶ 遇/jy⁴ 余]
小孩子 ◆ 孺子可教。
▷ 婦孺皆知

¹⁷ **孽**（孼）　一 艹 苩 薛 薛 薛　孽
[niè ㄋㄧㄝˋ ⑧jit⁹ 熱]
❶ 妖怪；禍害 ◆ 妖孽 / 餘孽。❷ 罪
惡 ◆ 造孽 / 罪孽深重。
▷ 作孽、罪孽

¹⁹ **孿**（孪）　言 絬 絬 絲 䜌 孿　孿
[luán ㄌㄨㄢˊ ⑧lyn⁴ 聯/syn³ 算]
雙生 ◆ 孿生兄弟。

宀 部

² **宄**　"宂"的異體字，見43頁。

² **穴**　見穴部，313頁。

² **它**　、 丶 宀 宀 它　它
[tā ㄊㄚ ⑧ta¹ 他]
事物的第三身代詞 ◆ 桌上有一杯牛奶，
你把它喝了吧。

³ **宇**　、 丶 宀 宀 宇　宇
[yǔ ㄩˇ ⑧jy⁵ 羽]
❶ 屋簷；泛指房屋 ◆ 屋宇 / 廟宇。
❷ 宇宙 ◆ 宇航員。❸ 儀容；風度 ◆
器宇軒昂。
【宇宙】yǔ zhòu　地球和其他天體廣大
無邊的空間 ◆ 科學家為探索宇宙的奧
秘進行不懈的努力。

³ **守**　、 丶 宀 宀 宁 守　守
[shǒu ㄕㄡˇ ⑧seu² 手]
❶ 防禦；保衛 ◆ 防守 / 守邊疆。❷ 照
管；看管 ◆ 守護 / 看守。❸ 遵照；奉
行 ◆ 遵守 / 信守諾言。❹ 保持 ◆ 墨守
成規 / 保守秘密。❺ 等候 ◆ 守候。
【守則】shǒu zé　必須共同遵守的規則
◆ 借書守則規定，損壞圖書要賠償。
【守候】shǒu hòu　❶ 等待 ◆ 毒販正
要出關，就被守候在那裏的警探逮
捕了。❷ 照護，不離開 ◆ 護士小姐
日夜守候着危重病人。⑤ 守護、看護。
【守衛】shǒu wèi　防守保衛 ◆ 守衛邊

疆,是我們邊防部隊的職責。

【守護】shǒu hù　看守保護 ◆ 颱風到來之際,數百名官兵日夜守護着海堤。

【守口如瓶】shǒu kǒu rú píng　閉上嘴巴,就像塞緊的瓶子一樣。形容說話謹慎或嚴守祕密 ◆ 這件事你必須守口如瓶,決不能泄露出去。

【守株待兔】shǒu zhū dài tù　株:樹椿。戰國時宋國有個農夫,在田間耕作時,看到一隻兔子在奔跑時撞在一個樹椿上,死了。農夫意外地撿到了一隻兔子。從此他不再耕作,天天守在那個樹椿旁,希望能再撿到撞死的兔子。日子一天天過去,兔子再也沒有撿到,田地卻荒蕪了。以後人們用“守株待兔”比喻死守老經驗,不知變通,不作努力,想僥倖得到收穫 ◆ 商品要靠推銷,光靠顧客上門這種守株待兔的方法越來越不行了。

Ⅹ 守信、守勢
Ⅹ 把守、保守、安分守己、因循守舊、奉公守法

³宅　`丶宀宀宅宅**宅**

[zhái ㄓㄞˊ ⑧ dzak⁹ 擇]

居住的地方 ◆ 住宅 / 深宅大院。

³字　見子部,114頁。

³安　`丶宀宀安安**安**

[ān ㄢ ⑧ on¹/ŋon¹ 鞍]

❶太平無事,沒有危險;跟“危”相對 ◆ 安全 / 平安 / 轉危為安。❷平靜;穩定 ◆ 坐立不安 / 安居樂業。❸使人安定 ◆ 安慰 / 除暴安良。❹對環境或事物感到滿足合適;習慣於 ◆ 安於現狀。❺裝備;放置 ◆ 安裝 / 上門鈴。❻放在適當的位置上 ◆ 安排 / 安置。❼存;懷着 ◆ 無處安身 / 他到底安的甚麼心? ❽姓。

【安全】ān quán　有保障;沒有危險 ◆ 過馬路要注意交通安全。

【安危】ān wēi　指危險 ◆ 他不顧個人安危,幾次衝入火海救人。

【安定】ān dìng　❶平靜穩定 ◆ 國家經濟繁榮,民眾生活安定。⑤安寧。⑥動盪。❷使安定 ◆ 為了安定民心,警方派人在民宅四周日夜巡邏。

【安息】ān xī　❶安靜地休息 ◆ 白天勞累了一天,晚上要早點安息。❷對死者表示悼念的委婉用語 ◆ 安息吧,我最尊敬的朋友!

【安排】ān pái　有條理地處理事務或安置人員 ◆ 三天的旅遊日程已經安排好了 / 校長安排我二、三年級的中國語文。

【安逸】ān yì　安閒舒適 ◆ 他的事業心很強,從不貪圖安逸,貪圖享受。

【安閒】ān xián　平靜清閒 ◆ 一個月的假期,過得安閒自在。

【安頓】ān dùn　把人的吃、住等安排妥當 ◆ 旅客們的生活都安頓好了。

【安葬】ān zàng　埋葬死者 ◆ 爺爺的棺木準備運回老家安葬。
⑥⑥“安葬”多用於比較莊重的場合。

【安置】ān zhì　❶使人員得到適當的安排 ◆ 地震後,安置災民的工作做得很好。❷安放 ◆ 客廳裏可以安置一對沙發。

【安詳】ān xiáng　神態平靜溫和;言行舉止從容不迫 ◆ 老人安詳地在沙發上睡着了。

【安裝】ān zhuāng　把器械、設備固定在一定的位置上 ◆ 汽車裏安裝了防盜器。

【安寧】ān níng　安定;平靜 ◆ 一家人老是吵吵鬧鬧的,讓人不得安寧。

【安慰】ān wèi　心情安定舒適;使心情安定舒適 ◆ 這只是一種安慰 / 她心情不好,你去安慰安慰她。

【安靜】ān jìng　沒有嘈雜的聲音 ◆

這裏遠離鬧市,很安靜。⑥清靜。⑥喧鬧。

【安分守己】ān fèn shǒu jǐ　分:本分。安守本分,老實規矩 ◆ 父親是個安分守己的商人。

【安步當車】ān bù dàng chē　慢慢地行走,當作坐車 ◆ 上下班安步當車,我每天步行一小時。
⑥⑥“當”不讀 dāng(噹)。

【安居樂業】ān jū lè yè　安定地生活,愉快地工作 ◆ 只有社會穩定,百姓才能安居樂業。

【安然無恙】ān rán wú yàng　恙:疾病。平安無事,沒有受到損傷 ◆ 孩子不小心從三樓跌落下來,卻安然無恙,太幸運了。

Ⅹ 安心、安放、安眠、安睡、安穩
Ⅹ 公安、心安理得

⁴完　`丶宀宀宄完完**完**

[wán ㄨㄢˊ ⑧ jyn⁴ 元]

❶齊全;沒有損壞,沒有欠缺 ◆ 完好無損 / 完美無缺。❷做成了 ◆ 完成 / 完工。❸盡;沒有了 ◆ 用完 / 貨物賣完。❹交納 ◆ 完稅。

【完全】wán quán　❶齊全,沒有缺失 ◆ 本來有十幾個零件,現在不完全了。⑥完整。⑥殘缺。❷都;全部 ◆ 你的回答完全正確。

【完美】wán měi　完備美好,沒有缺陷 ◆ 這幢建築從設計到施工,都很完美,堪稱一流。⑥完善。⑥缺陷。

【完備】wán bèi　齊全;應該有的都有了 ◆ 研究所設施完備,各種儀器應有盡有。⑥完善。⑥欠缺。

【完善】wán shàn　齊全而良好 ◆ 實驗室設備完善,可以做各種物理、化學實驗。⑥完備。

【完整】wán zhěng　應有的部分都有;沒有損壞或殘缺 ◆ 這套叢書保存完整,非常難得。⑥完好。⑥殘缺。

【完好無損】wán hǎo wú sǔn　完整、齊全,沒有損壞或殘缺 ◆ 這是唐代的古畫,至今完好無損。⑥完好無損。

【完璧歸趙】wán bì guī zhào　璧:和氏璧,珍貴的玉。戰國時,趙國從楚國

得到珍貴的和氏璧，秦王知道後，提出用十五座城換和氏璧。當時秦國強大，<u>趙國</u>不敢拒絕。<u>趙王</u>派使臣<u>藺相如</u>帶璧去秦國換城。在秦朝廷上，<u>藺相如</u>見<u>秦王</u>只顧玩賞璧，無意交出十五城，就機智地把設法從<u>秦王</u>手中要回，並派人迅速地把完好的和氏璧送回<u>趙國</u>。後來人們用「完璧歸趙」比喻原物完好無損地歸還原主 ◆ 這物品我借用兩年，一直小心翼翼，今日總算完璧歸趙。

🔲 完成、完畢
🔳 體無完膚

宋 `丶ㄧㄩㄡㄐ宋` 宋
[sòng ㄙㄨㄥˋ 粵 sung³ 送]
❶ 朝代名 ◆ <u>唐</u>、<u>宋</u>、<u>元</u>、<u>明</u>、<u>清</u>。❷ 姓。

宏 `丶ㄧㄩㄡㄐ宏` 宏
[hóng ㄏㄨㄥˊ 粵 weng⁴ 弘]
大；廣 ◆ 宏大 / 寬宏大量。
【宏大】hóng dà　雄偉巨大 ◆ 這次國際航空航天展規模宏大。
【宏偉】hóng wěi　雄壯偉大 ◆ 奧運會開幕式的文娛表演氣勢宏偉。
【宏圖】hóng tú　遠大的設想；雄偉的計劃 ◆ 現在社會穩定，經濟繁榮，正可以大展宏圖。
(注意)「宏圖」也作「鴻圖」。

牢 見牛部，269 頁。

宗 `丶ㄧㄩㄡㄐ宀宗` 宗
[zōng ㄗㄨㄥ 粵 dzung¹ 鐘]
❶ 祖先 ◆ 祖宗 / 光宗耀祖。❷ 家族；同一家族的 ◆ 宗族 / 同宗同祖。
❸ 派別 ◆ 宗派 / 正宗。❹ 主旨 ◆ 宗旨 / 開宗明義。❺ 量詞 ◆ 大宗貨物。❻ 姓。
【宗旨】zōng zhǐ　主要的目的和意圖 ◆ 舉辦這次活動的宗旨是讓同學們更多地了解<u>中國</u>傳統文化。
【宗教】zōng jiào　一種社會思想意識，信奉上帝、神靈等，認為它們能主宰人的命運。世界上有基督教、佛教、伊斯蘭教三大宗教 ◆ 宗教信仰自由。
🔳 列祖列宗

定 `丶ㄧㄩㄡㄐㄩ宀定` 定
[dìng ㄉㄧㄥˋ 粵 ding⁶ 訂]
❶ 平靜；安穩 ◆ 安定 / 心神不定。
❷ 使安定 ◆ 定心丸 / 安邦定國。❸ 確立下來，不再變動 ◆ 決定 / 一言為定。❹ 確定的；不易變更的 ◆ 定律 / 定理。❺ 規定的 ◆ 定額 / 定量。❻ 預先約好 ◆ 定做 / 預定。
【定局】dìng jú　最後的、不可改變的結果 ◆ 這場球賽，紅隊失敗已成定局。
【定居】dìng jū　固定在某個地方居住下來 ◆ 全家離開加拿大，回國定居。
【定律】dìng lǜ　一種反映客觀事物必然關係的規律 ◆ 學過物理的人都知道牛頓定律。
【定期】dìng qī　❶ 規定日期 ◆ 每月第二週週五，校長定期召集全體教師開會。❷ 有規定期限的 ◆ 銀行有半年、一年、三年等不同的定期儲蓄。
【定義】dìng yì　對專用術語、一般詞語或概念所作的確切說明 ◆ 平面三角形的定義是由三條直線圍成的圖形。
【定價】dìng jià　規定價錢；規定的價錢 ◆ 根據成本定價 / 定價是 300 塊，還可以商量。
🔲 定型、定神、定時
🔳 一定、穩定、肯定、固定、指定、約定、規定、堅定、確定、斷定、一言為定、舉棋不定

宜 `丶ㄧㄩㄡㄐ宀宀宜` 宜
[yí ㄧˊ 粵 ji⁴ 疑]
❶ 合適；適當；相稱 ◆ 適宜 / 因地制宜 / 不合時宜。❷ 應該 ◆ 事不宜遲 / 不宜急於求成。
【宜人】yí rén　適合人的心意 ◆ <u>昆明</u>四季如春，氣候宜人。
🔳 不宜、便宜、權宜之計、老少咸宜

帘 見巾部，135 頁。

宙 `丶ㄧㄩㄡㄐ宀宀宙` 宙
[zhòu ㄓㄡˋ 粵 dzeu⁶ 就]
宇宙。見「宇」字，115 頁。

官 `丶ㄧㄩㄡㄐ宀宀官` 官
[guān ㄍㄨㄢ 粵 gun¹ 觀]
❶ 在國家機關或軍隊中擔任一定職務的人員 ◆ 官員 / 軍官。❷ 屬於國家或政府的 ◆ 官商 / 官辦。❸ 器官 ◆ 感官 / 五官端正。
【官方】guān fāng　指政府方面 ◆ 官方一再表示，要嚴厲打擊走私活動。
🔄 民間。
【官司】guān·si　指由法庭審理案件 ◆ 這場官司終於打贏了。
【官吏】guān lì　稱舊時在政府部門做事的大小官員 ◆ 在過去，官吏欺壓百姓的事很普遍。
【官員】guān yuán　擔任一定職務的政府工作人員 ◆ 特區各部門的官員都出席了今天的招待會。
【官僚】guān liáo　❶ 指過去的官吏 ◆ 他祖父是<u>清代</u>的大官僚。❷ 指官僚的作風，如高高在上、脫離實際，不了解下情，濫用權力、亂發指示等 ◆ 你太官僚了，對屬下的情況一無所知。
【官官相護】guān guān xiāng hù　當官的互相庇護 ◆ 由於官官相護，<u>包公</u>判案遇到很多困難。
🔲 官兵、官府、官銜、官逼民反
🔳 五官、文官、武官、外交官

⁵ 宛 ⟍ ⼋ 宀 宛 宛 宛 宛

[wǎn ㄨㄢˇ ⟨粵⟩ jyn² 婉]

❶ 好像 ◆ 宛如 / 宛若。❷ 曲折 ◆ 宛轉。

【宛如】wǎn rú 好像 ◆ 那藍天上彎彎的月亮，宛如大海中的一隻小白船。

【宛轉】wǎn zhuǎn 同"婉轉"，見111頁。

⁶ 宣 ⟍ 宀 宀 宀 宀 官 宣

[xuān ㄒㄩㄢ ⟨粵⟩ syn¹ 孫]

公開説出；發表 ◆ 宣佈 / 心照不宣。

【宣告】xuān gào 正式告訴眾人 ◆ 學校樂團今天宣告成立。⟨同⟩ 宣佈。

【宣佈】xuān bù 正式告訴眾人 ◆ 校長當眾宣佈獲獎學生名單。⟨同⟩ 宣告。

【宣揚】xuān yáng 廣泛傳播開去 ◆ 這件事如果宣揚出去，會產生嚴重後果。

【宣傳】xuān chuán 把事情向大眾説明，使大家了解並行動起來 ◆ 學校舉辦了牙病防治宣傳活動。

【宣誓】xuān shì 在一定的儀式下當眾説出表明決心的話 ◆ 他正在發表就職宣誓。

【宣稱】xuān chēng 公開表示 ◆ 他們來電話，宣稱對這一事件負責。

⟨词⟩ 宣言、宣判、宣戰

⁶ 宦 ⟍ 宀 宀 宀 宦 宦 宦

[huàn ㄏㄨㄢˋ ⟨粵⟩ wan⁶ 幻]

❶ 古代官吏的統稱；做官 ◆ 官宦人家 / 為宦數十載。❷ 見"宦官"。❸ 姓。

【宦官】huàn guān 太監 ◆ 宦官當政，皇帝成了傀儡。

⁶ 室 ⟍ 宀 宀 宏 宏 室 室

[shì ㄕˋ ⟨粵⟩ sɐt⁷ 失]

❶ 房屋；房間 ◆ 卧室 / 室外溫度。

❷ 機關、團體、學校等單位內部的工作部門 ◆ 辦公室 / 經理室。

⟨词⟩ 浴室、教室、溫室、寢室、同室操戈、引狼入室

⁶ 客 宀 宀 宀 安 安 客 客

[kè ㄎㄜˋ ⟨粵⟩ hak⁸ 嚇]

❶ 來賓；客人：跟"主"相對 ◆ 請客 / 不速之客。❷ 某些行業對主顧的稱呼 ◆ 顧客 / 乘客。❸ 出門在外的；寄居他鄉的 ◆ 旅客 / 客居在外。❹ 指從事某種活動的人 ◆ 政客 / 刺客。

【客套】kè tào 應酬時説的、老一套的客氣話 ◆ 我們是老同學，不必講客套。

【客氣】kè ·qi 待人謙讓、有禮貌 ◆ 你不必客氣，這是我們應該做的。

【客觀】kè guān 不帶個人偏見，按照事物的本來面目去觀察、分析、得出結論 ◆ 這篇報告寫得很客觀，完全符合實際情況。⟨反⟩ 主觀。

【客廳】kè tīng 會客的房間 ◆ 我們客廳裏談。

⟨词⟩ 客户、客車、客運、客隊

⟨词⟩ 會客、賓客、反客為主、不速之客

⁷ 家 宀 宀 宁 宇 宇 字 家

[jiā ㄐㄧㄚ ⟨粵⟩ ga¹ 加]

❶ 家庭；人家 ◆ 回家 / 家破人亡。

❷ 屬於家庭的 ◆ 家產 / 家務。❸ 謙稱自己的長輩或同輩中年長的 ◆ 家父 / 家兄。❹ 尊稱有專門知識或技能的人 ◆ 專家 / 行家。❺ 學術上的派別 ◆ 儒家 / 百家爭鳴。❻ 人工飼養的；跟"野"相對 ◆ 家畜 / 家禽。❼ 量詞 ◆ 一家工廠 / 兩家旅館。

【家伙】jiā ·huo ❶ 指武器或工具等 ◆ 警探們腋下都別着家伙。❷ 指人，含有輕視或開玩笑的意味 ◆ 我看這家伙不是好人 / 你這家伙説話老不正經。❸ 指性畜 ◆ 我家養了一隻長毛狗，這小家伙可機靈了。⟨注意⟩ "家伙"也作"傢伙"。

【家庭】jiā tíng 以婚姻或血緣關係為基礎，由一起生活的夫妻或父母、子女所組成的社會單位 ◆ 中國人的家庭觀念很重。

【家族】jiā zú 以血緣關係構成的社會組織 ◆ 張、王兩個家族過去積怨很深。

【家眷】jiā juàn 指妻子兒女等家庭成員 ◆ 李先生是單身來香港工作，家眷都在台灣。⟨同⟩ 家屬。

【家務】jiā wù 家庭裏的日常事務 ◆ 回家後，我們都會幫爸爸媽媽做些家務。

【家景】jiā jǐng 家庭的經濟狀況 ◆ 他父母做小買賣，家景不好。⟨同⟩ 家境。

【家鄉】jiā xiāng 家庭世代居住的地方 ◆ 美不美，家鄉水；親不親，家鄉人。⟨同⟩ 故鄉。

【家園】jiā yuán 指家鄉或家庭 ◆ 政府正在幫助災民重建家園。

【家境】jiā jìng 家庭的經濟狀況 ◆ 他從小家境貧寒。⟨同⟩ 家景。

【家屬】jiā shǔ 家庭成員 ◆ 李先生帶着家屬去歐洲旅行了。⟨同⟩ 家眷。

【家喻户曉】jiā yù hù xiǎo 喻：知道。家家户户都知道 ◆ 她取得奧運冠軍，成了家喻户曉的人物。

⟨词⟩ 家長、家信、家書、家常便飯

⟨词⟩ 大家、作家、國家、科學家、如數家珍

⁷ 宵 宀 宀 宀 宵 宵 宵 宵

[xiāo ㄒㄧㄠ ⟨粵⟩ siu¹ 消]

夜 ◆ 良宵 / 通宵達旦。

【宵小】xiāo xiǎo 夜間出來偷盜的竊賊；也泛指壞人 ◆ 關好門窗，謹防宵小行竊。

【宵夜】xiāo yè 夜裏吃的點心之類 ◆ 晚上我請你吃宵夜。⟨注意⟩ "宵夜"也作"夜宵"。

【宵禁】xiāo jìn 戒嚴時夜間禁止通行 ◆ 政府宣佈一週內實行宵禁。

⟨词⟩ 元宵

⁷ 宴 宀 宀 宀 宇 宴 宴 宴

[yàn ㄧㄢˋ ⟨粵⟩ jin³ 燕³]

酒席；用酒肉款待賓客 ◆ 宴席 / 宴請賓客。

【宴會】yàn huì 賓主一起飲酒吃飯的比較隆重的集會 ◆ 特區政府舉行盛大宴會，招待各方賓客。

⟨词⟩ 赴宴、設宴

⁷ 宮（宫） 宀宀宁宁宁宫宫宫 宮

[gōng ㄍㄨㄥ 粵 gung¹ 公]

❶ 帝王的住所 ◆ 皇宮／宮殿。❷ 神話中神仙的住所 ◆ 龍宮／月宮。❸ 某些廟宇的名稱 ◆ 北京有雍和宮／拉薩有布達拉宮。❹ 羣眾娛樂場所 ◆ 文化宮／少年宮。❺ 姓。

【宮廷】gōng tíng　古代帝王居住的地方 ◆ 這是一本宮廷祕史。

【宮殿】gōng diàn　泛指古代帝王居住的高大的房屋 ◆ 宮殿四周有高大的圍牆。

➣ 故宮、後宮、迷宮

⁷ 害 宀宀宀宀宝宝害害害 害

[hài ㄏㄞˋ 粵 hoi⁶ 亥]

❶ 損傷；毀壞 ◆ 損害／傷天害理。❷ 殘殺 ◆ 殺害／謀財害命。❸ 有壞處的；跟"益"相對 ◆ 害蟲／有害無益。❹ 災禍 ◆ 災害／禍害。❺ 患病 ◆ 害病。❻ 怕 ◆ 害怕／害羞。

【害怕】hài pà　心中發慌，產生不安情緒 ◆ 高空跳水很驚險，看了叫人害怕。⑩ 恐懼。

【害羞】hài xiū　怕難為情 ◆ 這是她第一次參加賣旗，不免有些害羞。⑩ 害臊。⑫ 大方。

【害臊】hài sào　害羞；難為情 ◆ 在眾人面前做出這種舉動，你就不怕害臊？

（注意）"臊"不讀 sāo。

【害羣之馬】hài qún zhī mǎ　比喻危害集體、公眾的人 ◆ 他營私舞弊，損壞公司名譽，是公司的害羣之馬。

➣ 害病、害處、害鳥

➣ 公害、危害、利害、妨害、受害、陷害、傷害、厲害

⁷ 容 宀宀宀宀宀容容容 容

[róng ㄖㄨㄥˊ 粵 jung⁴ 溶]

❶ 包含；接納 ◆ 容納／無地自容。❷ 寬恕；原諒 ◆ 寬容／容忍。❸ 允許；讓 ◆ 容許／不容分說。❹ 相貌；神情 ◆ 面容／笑容滿面。❺ 事物的

樣子；外觀 ◆ 市容／陣容強大。

【容忍】róng rěn　寬容忍耐 ◆ 考試作弊的行為，校方決不能容忍。

【容易】róng yì　❶ 做起來方便、不費力 ◆ 這道題目很容易。⑫ 困難。❷ 發生某種情況的可能性大 ◆ 着涼了容易感冒。

【容納】róng nà　在一定的範圍內能接受得下或放置進去 ◆ 這個體育館能容納八萬人。

【容許】róng xǔ　允許；許可 ◆ 不容許你這樣對她無禮。

【容貌】róng mào　人的相貌 ◆ 她長得容貌出眾。

【容器】róng qì　盛放東西的器具，如盒子、瓶子、杯子之類 ◆ 容器太小，放不下五斤油。

【容積】róng jī　容器能容納物質的體積 ◆ 這種瓶子的容積是 500 毫升。

（注意）"容積"也叫"容量"。

【容光煥發】róng guāng huàn fā　煥發：放出光彩。臉上放出光彩。形容人身體健康，精神飽滿 ◆ 小伙子容光煥發，精神抖擻。

➣ 內容、陣容、縱容、從容不迫、刻不容緩、義不容辭、無地自容

⁷ 宰 宀宀宀宇宇宰宰 宰

[zǎi ㄗㄞˇ 粵 dzoi² 載²]

❶ 殺 ◆ 宰豬／屠宰／宰割。❷ 主管；主持；支配 ◆ 主宰。

（注意）"宰"字下面是"辛"，不要錯寫成"幸"。

【宰相】zǎi xiàng　古代官名，是輔助皇帝管理朝政的最高官員 ◆ 宰相肚裏好撐船。

【宰割】zǎi gē　比喻侵略、欺壓、剝削 ◆ 中國已強大起來，任人宰割的年代一去不復返了。

⁷ 案 見木部，214 頁。

⁸ 寇 宀宀宁完完完 寇

[kòu ㄎㄡˋ 粵 kau³ 扣]

❶ 盜匪；侵略者 ◆ 流寇／敵寇。❷ 敵人入侵 ◆ 入寇。❸ 姓。

⁸ 寅 宀宀宁宁宙宙 寅

[yín ㄧㄣˊ 粵 jan⁴ 仁]

❶ 地支的第三位 ◆ 子丑寅卯。❷ 寅時：十二時辰之一，即凌晨三至五時。❀ 圖見 91 頁。

⁸ 寄 宀宀宀宇宇宇寄 寄

[jì ㄐㄧˋ 粵 gei³ 記]

❶ 由郵局或託人傳送 ◆ 郵寄／寄語。❷ 託付；委託 ◆ 寄存／寄託。❸ 依附 ◆ 寄生／寄人籬下。

【寄託】jì tuō　把希望、感情等放在某人或某事上 ◆ 父親把振興公司的希望寄託在兒子身上。

【寄宿】jì sù　❶ 借住 ◆ 弟弟暫時寄宿在李阿姨家。❷ 學生在學校裏住 ◆ 這是一所寄宿學校。⑫ 走讀。

【寄人籬下】jì rén lí xià　比喻依靠別人生活，不能自立 ◆ 他自小由遠房親戚收養，過着寄人籬下的生活。

➣ 寄放、寄信、寄生蟲

⁸ 寂 宀宀宀宇宗宋寂 寂

[jì ㄐㄧˋ 粵 dzik⁹ 直]

❶ 靜悄悄；沒有聲音 ◆ 寂靜／沉寂。❷ 孤單冷清 ◆ 寂寞／孤寂。

【寂寞】jì mò　孤獨；冷清 ◆ 老人一個人生活，感到很寂寞。⑫ 熱鬧。

【寂靜】jì jìng　很安靜，一點聲音也沒有 ◆ 夜深了，周圍一片寂靜。⑩ 沉靜。⑫ 喧鬧。

➣ 萬籟俱寂

⁸ 宿 宀宀宀宀宿宿宿 宿

〈一〉[sù ㄙㄨˋ 粵 suk⁷ 叔]

❶ 住；過夜 ◆ 住宿／露宿街頭。❷ 住宿的地方 ◆ 宿舍。❸ 一向就有的 ◆ 宿願／宿怨。❹ 年老的，有學問、有經驗的 ◆ 宿儒／宿將。

〈二〉[xiǔ ㄒㄧㄨˇ 粵 suk⁷ 叔]

❺ 一個晚上叫"一宿" ◆ 住了三宿。

〈三〉[xiù ㄒㄧㄨˋ 粵 seu³ 秀]

❻ 中國古代天文學家把天上某些星的集合體叫"宿" ◆ 星宿。

【宿舍】sù shè 機關、學校供職工、學生住的房間 ◆ 這一排是女生宿舍。

【宿營】sù yíng ❶ 軍隊在行軍途中或戰鬥後住宿 ◆ 首長命令就地宿營。❷ 在市區外的營社或度假屋住宿 ◆ 本週末小明約了三五知己到長洲宿營。

---

8 密 宀宀宀宓宓宓密密

[mì ㄇㄧˋ 粵 met⁹ 勿]

❶ 距離短；空隙小；靠得近；跟"稀"、"疏"相對 ◆ 密集／稠密／茂密。❷ 關係親近 ◆ 親密／關係密切。❸ 不公開 ◆ 秘密／密碼。❹ 精緻；細緻 ◆ 細密／精密。

【密切】mì qiè ❶ 關係很近；聯繫很多 ◆ 他們兩人的交往非常密切。❷ 仔細；周到 ◆ 我們正密切注視着對方的動向。

【密佈】mì bù 密密地佈滿 ◆ 天空烏雲密佈。

【密集】mì jí 稠密集中 ◆ 香港人口密集，但交通方便。⊜ 稠密。

【密謀】mì móu 祕密地商量、策劃 ◆ 他們正在密謀出售毒品，被警方當場抓獲。

(注意)"密謀"含貶義。

◁ 密封

▷ 周密、保密、機密、嚴密

---

9 寒 宀宀宀宲宲寒

[hán ㄏㄢˊ 粵 hɔn⁴ 韓]

❶ 冷 ◆ 寒風凜冽／天寒地凍。❷ 灰心失望；害怕 ◆ 寒心／膽寒。❸ 貧窮 ◆ 家境貧寒。

【寒暄】hán xuān 暄：暖。見面時問

寒問暖的應酬話 ◆ 校長跟教師寒暄了幾句，就宣佈開會。

【寒酸】hán suān ❶ 形容待人接物不夠大方 ◆ 他從沒請大家吃過一頓飯，太寒酸了。⊗ 大方。❷ 形容條件簡陋、穿着過於樸素而有失體面 ◆ 你這身打扮顯得太寒酸了。⊗ 寬綽。

【寒戰】hán zhàn 因受冷或受驚而身體發抖 ◆ 一陣冷風吹來，他不禁打了一個寒戰。

(注意)"寒戰"也作"寒顫"。

【寒顫】hán zhàn 同"寒戰"，見本頁。

【寒號鳥】hán háo niǎo 一種形狀像蝙蝠的動物，四腳，長有肉翅，不能飛，生活在巖洞裏。

(注意)"寒號鳥"又叫"寒號蟲"。

【寒來暑往】hán lái shǔ wǎng 寒冷的季節到來，暑熱的季節過去。指時光流逝，歲月變遷 ◆ 寒來暑往，我們分別不覺已十多年了。

◁ 寒冷、寒假、寒意、寒冬臘月

▷ 不寒而慄、飢寒交迫、脣亡齒寒

---

9 富 宀宀宀宮宮富富

[fù ㄈㄨˋ 粵 fu³ 副]

❶ 錢財多；跟"貧"、"窮"相對 ◆ 富翁／國富民強。❷ 豐裕；充足 ◆ 豐富／富於想像力。❸ 財產；資源 ◆ 財富。

【富有】fù yǒu 擁有大量財產 ◆ 這位珠寶商非常富有。⊜ 富裕。⊗ 貧困。❷ 很有；充分地具有 ◆ 這歌舞富有民族特色。⊗ 缺乏。

【富足】fù zú 豐富充足 ◆ 江南水鄉，水產富足。⊗ 貧乏。

【富庶】fù shù 物產豐富，人口眾多 ◆ 四川盆地因為富庶而享有"天府之國"的美稱。⊜ 富饒。

【富貴】fù guì 指有錢財有地位 ◆ 父親給兒子買了一把"長命富貴"的銀

鎖，掛在脖子上。⊗ 貧賤。

【富裕】fù yù 財物多；豐衣足食 ◆ 他家生活很富裕。⊜ 富有。⊗ 貧窮。

【富強】fù qiáng 財物豐富，力量強大 ◆ 國家富強了，人民才能安居樂業。⊜ 強盛。⊗ 貧弱。

【富饒】fù ráo 物產豐富 ◆ 中國的長江三角洲美麗富饒。⊜ 富庶。⊗ 貧乏。

【富麗堂皇】fù lì táng huáng 堂皇：氣勢雄偉。形容建築物和它的裝飾豪華美麗，氣勢宏偉 ◆ 旅館的大廳富麗堂皇，客房舒適優雅。

---

9 寓 宀宀宀宮宮寓寓

[yù ㄩˋ 粵 jy⁶ 遇]

❶ 寄住 ◆ 寓居／寄寓。❷ 住的地方 ◆ 寓所／公寓。❸ 寄託；隱含在內 ◆ 寓意／寓言。

【寓言】yù yán 文學作品的一種體裁。多用擬人、誇張等手法編成小故事，來說明某個道理，常常有諷刺意味 ◆《農夫和蛇》這個寓言告訴人們，不應憐惜害人的東西。

【寓所】yù suǒ 居住的地方 ◆ 他的寓所遠離鬧市。

【寓意】yù yì 寄託或隱含的意思 ◆ "臥薪嘗膽"故事的寓意是要人們刻苦自勵。

---

9 寐 宀宀宀宷宷寐寐

[mèi ㄇㄟˋ 粵 mei⁶ 味]

睡覺；入睡 ◆ 夜不能寐。

▷ 夢寐以求

---

10 塞 見土部，98頁。

---

11 寨 宀宀宰宰寒寨寨

[zhài ㄓㄞˋ 粵 dzai⁶ 債]

❶ 防衛用的柵欄 ◆ 木寨。❷ 舊時指軍營 ◆ 安營紮寨／壓寨夫人。❸ 村子 ◆ 山寨。

▷ 村寨、邊寨

11 賓
見貝部，404頁。

11 寡 宀宁宁宛宜寡　寡
[guǎ ㄍㄨㄚˇ 粵 gwa² 瓜²]
❶ 少；跟"眾"、"多"相對 ◆ 寡言少語 / 沉默寡言。❷ 婦女死了丈夫 ◆ 寡婦 / 守寡。
【寡不敵眾】guǎ bù dí zhòng 人少抵擋不住人多 ◆ 雙拳難敵四手，因寡不敵眾，我們只好暫時退讓。
⊡ 孤陋寡聞、優柔寡斷、曲高和寡

11 寞（寞）宀宀宁宇宫宣寞　寞
[mò ㄇㄛˋ 粵 mok⁹ 莫]
寂靜；冷落 ◆ 寂寞 / 落寞。

11 寧（宁）宀宀宁宇寍寍寧　寧
〈一〉[níng ㄋㄧㄥˊ 粵 ning⁴ 檸]
❶ 安定；平靜 ◆ 安寧 / 雞犬不寧。❷ 寧夏回族自治區的簡稱 ◆ 陝甘寧。❸ 江蘇省南京市的簡稱 ◆ 滬寧高速公路。
〈二〉[nìng ㄋㄧㄥˋ 粵 ning⁴ 檸]
❹ 情願 ◆ 寧可 / 寧死不屈。❺ 姓。
【寧₂可】nìng kě 表示在比較了有利和不利兩方面後選擇的一個方面。常用在"與其…寧可…"、"寧可…也不（也要）…"句式中 ◆ 寧可自己節省點，也不能老向父母要錢。⑩ 寧願、寧肯。
【寧靜】níng jìng 安靜 ◆ 夜深了，周圍一片寧靜。⑩ 寂靜。⑰ 喧鬧。
【寧₂願】nìng yuàn 表示在比較了有利和不利兩方面後選擇的一個方面。常用在"與其…寧願…"、"寧願…也不（也要）…"句式中 ◆ 寧願自己吃虧，也不讓別人吃虧。⑩ 寧可、寧肯。
【寧₂死不屈】nìng sǐ bù qū 寧可死去也不屈服 ◆ 為了國家的利益，他寧死不屈，慷慨就義。
⊡ 息事寧人

11 察 宀宀宀宫宫容察　察
[chá ㄔㄚˊ 粵 tsat⁸ 刷]
仔細看；調查考核 ◆ 察看 / 觀察 / 偵察。
【察覺】chá jué 看出；發覺 ◆ 母親已經察覺女兒的心事。⑩ 覺察。
【察言觀色】chá yán guān sè 色：臉色。觀察言語和神情來推測對方的心思 ◆ 他善於察言觀色。
⊡ 考察、視察

11 寥 宀宀宁宁宛寥寥　寥
[liáo ㄌㄧㄠˊ 粵 liu⁴ 聊]
❶ 稀少 ◆ 掌聲寥落 / 寥寥無幾。❷ 空闊；寂靜 ◆ 寥闊 / 寂寥。
【寥若晨星】liáo ruò chén xīng 稀少得像清晨的星星。形容很少 ◆ 近年來，特別優秀的兒童文學作品寥若晨星。⑩ 寥寥無幾、屈指可數。⑰ 多如牛毛、不勝枚舉。
【寥寥無幾】liáo liáo wú jǐ 形容非常少 ◆ 這些奢侈品，買的人寥寥無幾。⑩ 屈指可數、寥若晨星。⑰ 多如牛毛、不勝枚舉。

11 寢（寝）宀宀宀宀宇宇寢　寢
[qǐn ㄑㄧㄣˇ 粵 tsɐm² 侵²]
❶ 睡覺 ◆ 寢食不安 / 廢寢忘食。❷ 睡覺的地方 ◆ 寢室 / 就寢。

11 實（实）宀宀宀宇宇宵實　實
[shí ㄕˊ 粵 sɐt⁹ 失⁹]
❶ 草木的果子或種子 ◆ 果實 / 開花結實。❷ 充滿；填滿 ◆ 充實 / 荷槍實彈。❸ 真誠的；不虛假 ◆ 實情 / 誠實 / 真情實意。❹ 真的去做 ◆ 實行 / 實踐。❺ 客觀存在的 ◆ 事實 / 名副其實。
【實力】shí lì 實際具有的力量 ◆ 對方球隊實力很強。
【實用】shí yòng 有實際使用價值的 ◆ 這本詞典很實用。

【實地】shí dì 現實場所 ◆ 幾個探險家決定赴南極進行實地考察。
【實在】shí zài ❶ 真實；不虛假 ◆ 沒有一點實在的本事，怎能在社會上立足？❷ 的確；確實 ◆ 這些題目實在太難了。
【實行】shí xíng 用行動使計劃等變成事實 ◆ 你的想法很好，但實行起來並不容易。⑩ 實施。
【實況】shí kuàng 實際情況 ◆ 這場球賽電視台將進行實況轉播。
【實施】shí shī 實行 ◆ 計劃在實施中遇到了困難。
【實現】shí xiàn 使成為事實 ◆ 他上大學的理想終於實現了。
【實習】shí xí 把學到的理論知識拿到實際工作中去練習應用，培養、提高工作能力 ◆ 他還是個實習醫生。
【實惠】shí huì 實實在在的好處 ◆ 公司發達了，員工也得到了許多實惠。
【實際】shí jì ❶ 客觀事實或情況 ◆ 他講的不符合實際。❷ 具體的；實實在在的 ◆ 不能光聽他説，要看實際行動。
【實踐】shí jiàn ❶ 實行；履行 ◆ 我一定實踐自己的諾言，決不失信。❷ 人們有目的地改造自然、改造社會的一切實際活動 ◆ 實踐出真知。

【實質】shí zhì 本質 ◆ 這個人表面上很老實，實質上是個偽君子。
【實驗】shí yàn 為檢驗某種理論或假設而進行的觀察或操作活動 ◆ 老師給我們做了許多有趣的實驗。
【實事求是】shí shì qiú shì 從實際情況出發，作出正確的判斷或處理 ◆ 老師實事求是地肯定了他的優點，也指出了他的缺點。
⊡ 實物、實例、實效、實話
⊡ 老實、其實、忠實、現實、結實、樸實、

名存實亡、腳踏實地、有名無實、言過其實、貨真價實

12 寬（宽）宀宀宀宵宵宵寬 寬

[kuān ㄎㄨㄢ 粵 fun¹ 歡]

❶ 橫向的距離大；闊；跟"窄"相對 ◆ 寬廣／寬闊。❷ 放鬆；舒緩 ◆ 寬心／寬慰。❸ 不嚴厲；原諒；跟"嚴"相對 ◆ 寬容／責己嚴，責人寬。

【寬大】kuān dà ❶ 面積或容量大 ◆ 展廳寬大，展品琳瑯滿目。反 狹小。❷ 寬容；從寬 ◆ 你快去自首，爭取寬大處理。

【寬限】kuān xiàn 放寬規定的期限 ◆ 對方同意寬限一週還清債務。

【寬容】kuān róng 寬大容忍，不計較、不追究 ◆ 他是一犯再犯，豈能寬容？同 寬恕。

【寬恕】kuān shù 寬容饒恕；原諒 ◆ 他是初犯，就寬恕他這一次吧。

【寬敞】kuān chǎng 面積大，沒有遮攔 ◆ 教室寬敞明亮，桌椅都是新的。同 寬闊。反 狹小。

【寬裕】kuān yù 富裕；有餘 ◆ 家裏經濟不寬裕，生活比較艱難。反 拮据。

【寬廣】kuān guǎng 面積、範圍大 ◆ 輪船在寬廣的水面上航行。同 寬闊、遼闊。反 狹窄、狹小。

【寬慰】kuān wèi 解除煩惱；安慰 ◆ 孩子學習成績優良，父母心裏感到寬慰。

【寬闊】kuān kuò 橫向的距離大；空間範圍廣 ◆ 在大樓之間，有一片寬闊的草地。同 寬廣、廣闊。反 狹窄。

【寬宏大量】kuān hóng dà liàng 指人心胸開闊，氣量大 ◆ 他一向寬宏大量，不會計較這些小事。

注意 "寬宏大量"也作"寬洪大量"。

▷ 加寬、放寬

12 寫（写）宀宀宀宁宁冟冟寫 寫

〈一〉[xiě ㄒㄧㄝˇ 粵 sɛ² 捨]

❶ 拿筆寫字、作畫 ◆ 書寫／寫生。❷ 寫文章、字據 ◆ 寫作／編寫／描寫。

〈二〉[xiè ㄒㄧㄝˇ 粵 sɛ² 捨]

❸ 見"寫意"。

【寫生】xiě shēng 面對實物描繪作畫。寫生是學習繪畫、搜集素材的重要方式 ◆ 老師帶我們去香港公園寫生。

【寫真】xiě zhēn ❶ 畫人像；畫的人像 ◆ 畫家正在為少女寫真／這是一本影視明星寫真集。❷ 對事物作如實描寫 ◆ 新聞必須寫真，不能虛構。同 寫實。

【寫照】xiě zhào 如實描寫刻畫的文字 ◆ "高樓林立，車水馬龍"，這是香港都市面貌的真實寫照。

【寫₂意】xiè yì 舒適 ◆ 經濟富裕，住房寬敞，一家五口過得很寫意。同 愜意。

【寫實】xiě shí 如實地描繪 ◆ 這本傳記用寫實的手法記敍了他光輝的一生。

◁ 寫法、寫景

▷ 抄寫、輕描淡寫

12 審（审）宀宀宀宋审审審審 審

[shěn ㄕㄣˇ 粵 sɐm² 嬸]

❶ 訊問、調查案件 ◆ 審訊／審問。❷ 檢查；核對；評定 ◆ 審查／審核／評審。❸ 詳細；周密 ◆ 審慎／精審。

【審判】shěn pàn 指法庭審理、判決案件 ◆ 法庭將依法審判這宗案件。

【審查】shěn chá 查對核實 ◆ 代表資格經審查全部合格。

【審訊】shěn xùn 法庭向當事人查問有關案件的實情 ◆ 經過幾次審訊，他還是不承認犯罪事實。同 審問。

【審理】shěn lǐ 法庭查處案件 ◆ 法庭將審理此案。

【審問】shěn wèn 法庭向當事人查問有關案件的實情 ◆ 對法官的審問，他支支吾吾。同 審訊。

【審慎】shěn shèn 周密而謹慎；慎重 ◆ 這事非同小可，一定要審慎處理。

【審題】shěn tí 指作文或答題前仔細弄清題目的含義和要求 ◆ 在命題作文時，審題很重要。

◁ 審批、審定、審美、審閱

13 憲 見心部，162頁。

14 賽 見貝部，406頁。

16 寶 "寶"的異體字，見本頁。

16 寵（宠）宀宀宀寵寵寵寵 寵

[chǒng ㄔㄨㄥˇ 粵 tsuŋ² 充²]

❶ 偏愛；溺愛 ◆ 寵愛／把孩子寵壞了。❷ 尊榮 ◆ 寵辱偕忘。

【寵物】chǒng wù 指家庭飼養的受人喜愛的狗、貓等小動物 ◆ 亮亮的波斯貓病了，快送寵物醫院治療。

【寵愛】chǒng ài 喜愛；偏愛 ◆ 小女兒特別受母親的寵愛。

▷ 得寵、受寵若驚、嘩眾取寵

17 寶（宝）宀宀宀宵宵宵寶寶 寶

[bǎo ㄅㄠˇ 粵 bou² 保]

❶ 珍貴的東西 ◆ 珍寶／無價之寶。❷ 珍貴的；貴重的 ◆ 寶石／寶刀。

【寶貝】bǎo bèi ❶ 珍貴的東西；心愛的東西 ◆ 這些古玩都是父親的寶貝。❷ 對小孩的愛稱 ◆ 小寶貝，快睡覺去吧！

【寶庫】bǎo kù 儲藏珍貴物品的地方。比喻具有珍貴、豐富內容的東西 ◆ 讀書、識字是打開知識寶庫大門的鑰匙。

【寶貴】bǎo guì 極有價值的；值得重視的 ◆ 財物固然寶貴，情義更是無價。同 珍貴。

【寶塔】bǎo tǎ 塔，一種圓形尖頂的多層建築物 ◆ 山頂上有一座寶塔。

【寶藏】bǎo zàng 儲藏着的珍寶或財富 ◆ 中國有極其豐富的地下寶藏。

注意 "藏"不讀 cáng。

【寶刀未老】bǎo dāo wèi lǎo 比喻雖已年老但功夫不減 ◆ 李教授九十高齡，但寶刀未老，書法依然飄灑俊逸。

注意 "寶刀未老"也作"寶刀不老"。

▷ 珠寶、財寶、國寶、如獲至寶

寸部

0 **寸** [寸]

[cùn ㄘㄨㄣˋ [粵] tsyn3 串]

❶ 長度單位，十分等於一寸，十寸等於一尺 ◆ 三尺五寸。❷ 形容極其短小 ◆ 寸土必爭／鼠目寸光。

【寸步難行】cùn bù nán xíng　形容走路非常困難；比喻處境困難，障礙很多 ◆ 有理走遍天下，無理寸步難行。

[注意] "寸步難行"也作"寸步難移"。

⊳ 分寸、得寸進尺、手無寸鐵

3 **寺** [寺]

[sì ㄙˋ [粵] dzi6 自]

佛教的廟宇或伊斯蘭教做禮拜的地方 ◆ 寺院／少林寺／清真寺。

【寺廟】sì miào　廟宇；供奉神佛或歷史名人的建築物 ◆ 山上有一所寺廟，叫關帝廟。

3 **守** 見宀部，115頁。

4 **肘** 見肉部，346頁。

6 **恃** 見心部，153頁。

6 **封** [封]

[fēng ㄈㄥ [粵] fuŋ1 峯]

❶ 密閉；隔絕 ◆ 封口／封閉。❷ 限制在一定的範圍 ◆ 固步自封。❸ 帝王把官爵或土地賜給臣子 ◆ 封官／封土。❹ 量詞，用於裝封套的東西 ◆ 一封信。❺ 姓。

【封閉】fēng bì　❶ 緊緊地關住或蓋住，使不能通行或隨意打開 ◆ 封閉邊境口岸，防止罪犯外逃。[同] 關閉。[反] 敞開。❷ 檢查後貼上封條，禁止啟用 ◆ 警署封閉了幾處製造盜版光碟的地下工廠。[同] 查封。

【封鎖】fēng suǒ　用強制手段隔斷與外界的聯繫 ◆ 警署封鎖了整個島嶼，圍捕販毒分子。

⊲ 封面、封條

⊳ 信封、密封、原封不動

6 **耐** 見而部，342頁。

7 **辱** 見辰部，416頁。

7 **射** [射]

[shè ㄕㄜˋ [粵] sɛ6 蛇6]

❶ 凡利用壓力、彈力、推力或機械作用把東西送出都叫射 ◆ 射箭／噴射／注射。❷ 放出光、熱等 ◆ 反射／光芒四射。❸ 用語言文字暗示；言外另有所指 ◆ 影射／含沙射影。

【射程】shè chéng　子彈射出後所能達到的距離 ◆ 這種手槍的射程不到1000米。

【射擊】shè jī　用槍炮等向目標發射子彈 ◆ 歹徒拒捕，警察不得不開槍射擊。

⊲ 射門

⊳ 折射、照射、發射

8 **專**(专) [專]

[zhuān ㄓㄨㄢ [粵] dzyn1 磚]

❶ 集中在一件事情上 ◆ 專一／專題。❷ 單獨的；特定的 ◆ 專車／專款專用。❸ 獨自掌握或享有 ◆ 專利／專賣。❹ 對某種學術、技能有特長 ◆ 專家／專長。

【專一】zhuān yī　專心一意 ◆ 他工作起來用心專一，效率很高。[反] 三心二意。

【專心】zhuān xīn　集中注意力 ◆ 上課時要專心聽講。[同] 專一。

【專利】zhuān lì　即"專利權"，指發明創造人在一定期限內對自己的發明創造依法享有的利益，如專用權、獨佔權 ◆ 這是本公司的專利產品。

【專長】zhuān cháng　專門的知識技能或特長 ◆ 工程師們都學有專長。

【專制】zhuān zhì　獨斷獨行，操縱一切 ◆ 他很專制，甚麼都是他一個人說了算。[反] 民主。

【專門】zhuān mén　❶ 集中精力從事某一事情 ◆ 他是專門研究電腦的。❷ 特意；特地 ◆ 這束鮮花是我專門買來送給你的。

【專家】zhuān jiā　學問上有專門研究或技術上有特殊專長的人 ◆ 舅舅是外科專家。

【專程】zhuān chéng　專為某事去某地 ◆ 他專程飛往北京參加母校一百週年的慶祝活動。

【專業】zhuān yè　❶ 高等學校或中等技術學校中的學業門類，如中文專業、冶金專業、烹飪專業等等。❷ 專門生產某種產品或專門從事某種工作的 ◆ 這是一家生產照相機的專業工廠／他是專業作家。

【專題】zhuān tí　專門研究的題目 ◆ 教授對環保問題作了專題演講。

【專欄】zhuān lán　報刊上專登某類文章的欄目 ◆ 在文藝專欄中，我看到了他寫的詩歌。

【專心致志】zhuān xīn zhì zhì　集中心思；一心一意 ◆ 最近，她正在專心致志地學習法語。[同] 全神貫注、聚精會神。[反] 心不在焉、三心二意。

⊲ 專刊、專用

8 **將**(将) [將]

〈一〉[jiāng ㄐㄧㄤ [粵] dzœŋ1 張]

❶ 快要；就要 ◆ 將要／即將開始。❷ 把；拿；用 ◆ 將功補過／將水龍頭關緊。❸ 又；且 ◆ 將信將疑。❹ 下象棋時攻擊對方的"將"、"帥" ◆ 將軍／跳馬將。

〈二〉[jiàng ㄐㄧㄤˋ [粵] dzœŋ3 障]

❺ 軍銜名，校官以上、元帥以下的一級 ◆ 少將／上將。❻ 泛指高級軍官 ◆ 將領／將帥／損兵折將。

【將2士】jiàng shì　軍官和士兵 ◆ 三軍將士做好了戰鬥的準備。

【將來】jiāng lái 以後 ◆ 現在我要好好學習，將來為社會多作貢獻。⑩未來。⑫過去、現在、目前。

【將近】jiāng jìn 快要接近 ◆ 聽演講的將近一千人。

【將要】jiāng yào 快要；就要。表示動作或情況不久就會發生 ◆ 春節將要來臨。

【將軍】jiāng jūn 軍隊中的高級將領 ◆ 元帥請各位將軍在會議室等候。

【將就】jiāng jiù 表示勉強對付 ◆ 你在這裏將就住一晚，明天再找地方。

【將會】jiāng huì 就會。表示對未來情況的判斷 ◆ 只要刻苦努力，學習成績將會一步步提高。

【將心比心】jiāng xīn bǐ xīn 用自己的心情去推想別人的心情。指設身處地為別人着想 ◆ 我們要將心比心，體諒她目前的處境。

【將功補過】jiāng gōng bǔ guò 用功勞彌補過失 ◆ 你已認錯，希望能好好工作，將功補過。

【將功贖罪】jiāng gōng shú zuì 贖：抵消。用功勞抵消罪過 ◆ 法庭要他説出主犯，給他一個將功贖罪的機會。

注意 "將功贖罪"也作"將功折罪"。

【將計就計】jiāng jì jiù jì 順着對方的計策，反過來向對方使計 ◆ 警方將計就計，故意放走私船隻入關，然後突擊搜查，一網打盡。

☑將錯就錯
☑即將、恩將仇報、殘兵敗將₂

⁸尉 ⁻⁻尸尸尉尉尉

〈一〉[wèi ㄨㄟˋ 粵 wei³ 畏]
❶軍銜名，士以上、校以下的一級 ◆ 上尉／中尉。

〈二〉[yù ㄩˋ 粵 wet⁷ 屈]
❷尉遲：複姓。

⁹尊 ⁻⁻⁻⁻⁻尊尊尊尊
[zūn ㄗㄨㄣ 粵 dzyn¹ 專]
❶地位或輩分高；跟"卑"相對 ◆ 尊貴／尊卑。❷敬重 ◆ 尊敬／尊師愛

生。❸敬詞 ◆ 請問尊姓大名。❹量詞，用於神佛塑像或大炮 ◆ 一尊佛／一尊大炮。

【尊長】zūn zhǎng 地位或輩分比自己高的人 ◆ 這孩子目無尊長，太傲慢了。

【尊重】zūn zhòng ❶敬重；重視 ◆ 我們都很尊重老師／説話要尊重事實。⑩尊敬。⑫歧視。❷行為莊重；不輕浮 ◆ 請你表現尊重些！

【尊貴】zūn guì 可敬的；高貴的 ◆ 你是我們請來的尊貴的客人。⑫卑賤。

【尊敬】zūn jìng 尊重並恭敬地對待 ◆ 學生要尊敬老師。⑩尊重、敬重。⑫蔑視。

【尊稱】zūn chēng 尊敬地稱呼；表示尊敬的稱呼 ◆ 我們尊稱他為"聖人"／孔子是後人對孔丘的尊稱。⑫蔑稱。

【尊嚴】zūn yán ❶尊貴嚴肅 ◆ 他平時總是擺出一副尊嚴的面孔。❷尊貴的地位或身份 ◆ 這種行為有損民族尊嚴。

☑自尊、養尊處優、妄自尊大、惟我獨尊

⁹尋（寻） ⁻⁻⁻尋尋尋尋
[xún ㄒㄩㄣˊ 粵 tsɐm⁴ 侵⁴]
❶找 ◆ 尋找／搜尋。❷普通；平常 ◆ 尋常。

【尋求】xún qiú 尋找；追求 ◆ 為了尋求一種最佳治療方案，他翻閲了大量資料。

【尋味】xún wèi 仔細體會 ◆ 這篇散文含意深刻，耐人尋味。⑩體味。

【尋常】xún cháng 平常；普通 ◆ 同學之間互相幫助是很尋常的事。

【尋覓】xún mì 尋找 ◆ 為了尋覓一位精通幾種外語的人才，他四處奔波。

【尋根究底】xún gēn jiū dǐ 弄清事情

的由來和底細 ◆ 這件事已經過去，你不要再尋根究底了。

注意 "尋根究底"也作"尋根問底"。

☑尋問、尋人 ⑩故事、尋歡作樂
☑追尋

¹¹奪 見大部，106頁。

¹¹對（对） ⁻⁻⁻⁻⁻⁻⁻對
[duì ㄉㄨㄟˋ 粵 dœy³ 隊³]
❶正確；跟"錯"相對 ◆ 説得對／這樣做就對了。❷回答 ◆ 對答如流／無言可對。❸向着；朝着 ◆ 面對／對牛彈琴。❹彼此相向的 ◆ 對門／對岸。❺競爭的雙方；敵對 ◆ 對抗／針鋒相對。❻互相 ◆ 對比／對調。❼照着樣子檢查 ◆ 核對／校對。❽成雙的 ◆ 對聯／成雙成對。❾平均分成兩半 ◆ 對開／對半分。❿適合 ◆ 對胃口／文不對題。⓫對待 ◆ 對策／對事不對人。⓬對於 ◆ 對兒童文學有興趣。⓭量詞，用於成雙的 ◆ 一對夫妻／一對花瓶。

【對比】duì bǐ 把兩種事物拿來比較以顯示差別 ◆ 兩篇作文一對比，好壞就看出來了。

【對手】duì shǒu 比賽或戰鬥的對方 ◆ 對手實力較弱，但也不能輕敵。

【對付】duì ·fu 應付；採取辦法處置 ◆ 這傢伙很狡猾，不大好對付。

【對立】duì lì 兩方面互相抵觸，不能相容 ◆ 雙方意見對立，誰也不肯讓步。

【對抗】duì kàng 雙方相持不下，各不相讓 ◆ 甲方要乙方賠償損失，乙方堅決不同意，形成對抗局面。

【對待】duì dài 用某種態度或方式對人或事 ◆ 你不能這樣粗暴地對待孩子。

【對偶】duì ǒu 一種修辭方法。用兩句字數相等、句式相似的話表示相關或相反的意思，以加強表達效果。如"兩個黃鸝鳴翠柳，一行白鷺上青天"、"先天下之憂而憂，後天下之樂而樂"。

【對策】duì cè 應付的策略或辦法 ◆ 甲方球隊連連進攻得手，乙方球隊毫無對策。

【對照】duì zhào　❶ 互相對比以便參考 ◆ 這是一本中英文對照的旅遊手冊。❷ 對比 ◆ 一個愛說愛笑，一個沉默寡言，形成鮮明對照。[同] 對比。

【對稱】duì chèn　圖形或物體的相對部分在大小、形狀、排列位置上相同 ◆ 她的眉毛畫得不對稱，一邊細，一邊粗。

【對壘】duì lěi　交鋒的雙方相持不下 ◆ 兩軍對壘，一決勝負。

【對牛彈琴】duì niú tán qín　比喻對不懂道理的人講道理 ◆ 他是個惟利是圖的人，你跟他講做事要有良心，簡直是對牛彈琴。

【對症下藥】duì zhèng xià yào　針對疾病用藥。比喻根據具體情況，採取有效的解決問題的辦法 ◆ 各人有各人的實際困難，解決問題必須對症下藥。

【對答如流】duì dá rú liú　應對回答像流水一樣流暢。形容思維敏捷，口才好 ◆ 在辯論會上，他對答如流，受到好評。

⇤ 對面、對等、對象、對話

⇥ 作對、相對、針對、絕對、針鋒相對

13 導　丷 首 首 道 道 道　導

[dǎo ㄉㄠˇ [粵] dou⁶ 杜]

❶ 帶領；指引 ◆ 引導／嚮導。❷ 傳導 ◆ 導電／導熱。❸ 指導演 ◆ 自編自導。

【導致】dǎo zhì　引起；造成 ◆ 由於大霧，導致飛機不能起飛。

【導師】dǎo shī　指導別人學習知識、技能或研究學問的人 ◆ 他是我在大學讀研究生時的導師。

【導航】dǎo háng　引導飛機或船泊沿着一定的航線正確航行 ◆ 隨着科學的發展，導航技術越來越先進。

【導遊】dǎo yóu　帶領遊客遊覽觀光的人 ◆ 旅行社給我們派來了一名導遊小姐。

【導演】dǎo yǎn　指導舞台演出或電影電視拍攝；指導舞台演出或電影電視拍攝的人 ◆ 他已導演過幾部影片／這部影片由他擔任總導演。

【導火線】dǎo huǒ xiàn　❶ 用棉紙包裹火藥製成的引線，點燃導火線能引起爆炸物爆炸 ◆ 戰士撲上去，剪斷了導火線，避免了一場災難。❷ 比喻直接引起事端的事件 ◆ 老闆毆打員工，是這次罷工事件的導火線。

[注意] "導火線" 也作 "導火索"。

⇥ 指導、倡導、教導、報導、領導

小 部

0 小　丿 小 小　小

[xiǎo ㄒㄧㄠˇ [粵] siu² 笑²]

❶ 大小的"小"；跟"大"相對 ◆ 小樹／小狗／小河。❷ 年幼的；排行最末的 ◆ 小兒子／一家老小。❸ 細小的；不重要的 ◆ 不拘小節／小事一樁。❹ 時間短；跟"久"相對 ◆ 小住／小息。❺ 輕視；看不起 ◆ 別小看人。❻ 小學的簡稱 ◆ 高小畢業／大、中、小各級學校。

【小心】xiǎo xīn　當心；注意 ◆ 路太滑，不小心跌了一跤。

【小丑】xiǎo chǒu　❶ 戲曲中扮演滑稽人物的角色，俗稱"小花臉"；雜技中作滑稽表演的人 ◆ 小丑的功夫不淺，表演很精彩。❷ 比喻生活中舉動不莊重、愛逗趣的人 ◆ 看他輕狂的樣子，簡直是個小丑。

【小巧】xiǎo qiǎo　形容小而靈巧或精緻 ◆ 這個智力玩具做得很小巧。

【小看】xiǎo kàn　輕視；看不起 ◆ 你太小看他了，他現在當總經理了。

【小氣】xiǎo qì　氣量小；不大方；該用的捨不得用 ◆ 他很小氣，是有名的鐵公雞。[同] 吝嗇。[反] 大方、闊氣。

【小說】xiǎo shuō　一種文學體裁。它通過塑造人物形象和故事情節、具體環境的描寫，反映社會生活。有長篇小說、中篇小說和短篇小說等 ◆ 我最愛看金庸的武俠小說。

【小算盤】xiǎo suàn ·pan　比喻為個人或局部利益作打算 ◆ 這個人小算盤打得可精了。

【小心翼翼】xiǎo xīn yì yì　翼翼：恭敬、謹慎的樣子。形容一言一行十分謹慎，不敢有絲毫疏忽大意 ◆ 醫生小心翼翼地給他做了心臟手術。[反] 粗心大意。

【小巧玲瓏】xiǎo qiǎo líng lóng　玲瓏：精巧細緻的樣子。形容器物小而精巧 ◆ 這對微型玉雕獅子小巧玲瓏。

【小題大做】xiǎo tí dà zuò　小題目做大文章。比喻不恰當地把小事當作大事來處理。含有不值得或故意借題發揮的意思 ◆ 永年擦傷手指，便嚷着要到急診室，是不是小題大做了？

【小巫見大巫】xiǎo wū jiàn dà wū　小巫師見了大巫師，覺得法術比不上大巫師。比喻相比之下，遠遠不如 ◆ 這裏的山水也很美，但跟桂林山水相比，那就是小巫見大巫了。

⇤ 小吃、小姐、小麥、小販、小費

⇥ 弱小、短小、細小、矮小、渺小、因小失大、大同小異、大材小用

1 少　丿 小 小　少

〈一〉[shǎo ㄕㄠˇ [粵] siu² 小]

❶ 數量小；跟"多"相對 ◆ 少數／積少成多。❷ 短缺；丟失 ◆ 缺少／屋裏少了東西沒有？

〈二〉[shào ㄕㄠˋ [粵] siu³ 笑]

❸ 年紀輕；年輕人 ◆ 少女／男女老少 ❹ 過去稱富貴人家的孩子 ◆ 少爺。

【少₂年】shào nián　指人在十一、二歲到十五、六歲這個年齡及這個年齡的孩子 ◆ 我的少年時代是在農村度過的／下面由少年合唱隊表演節目。

【少見多怪】shǎo jiàn duō guài　由於見識少，遇見平常的事物也覺得奇怪。形容見識不廣 ◆ 你真是少見多怪，這

可堪孤館閉春寒，杜鵑聲裏斜陽暮。——宋・秦觀《踏莎行》詞

種玩具許多商店都有賣。

↪減少、凶多吉少

³ **尖** ⺌⺌小⼩少 尖

[jiān ㄐㄧㄢ ⓰dzim¹ 沾]

❶ 物體細小銳利的一頭 ◆ 筆尖 / 刀尖。❷ 銳利 ◆ 尖銳 / 尖刀。❸ 感覺靈敏 ◆ 眼睛尖 / 耳朵尖。❹ 聲音又高又細 ◆ 尖嗓子 / 尖聲尖氣。❺ 出眾的人或物品 ◆ 冒尖 / 拔尖。

【尖刻】jiān kè 惡毒刻薄 ◆ 他說話尖刻，讓人反感。

【尖端】jiān duān 物體尖銳的頂端。借指科學技術發展程度最高的 ◆ 這是一門尖端科學。

【尖銳】jiān ruì ❶ 器物鋒利 ◆ 他被歹徒用尖銳的匕首刺傷了。❷ 敏銳深刻 ◆ 他目光尖銳，一眼就看出了問題的要害。❸ 緊張；激烈 ◆ 雙方矛盾尖銳，真有點勢不兩立。

³ **劣** 見力部，54頁。

⁵ **尚** ⼩⼩⺌⼩尚尚 尚

[shàng ㄕㄤˋ ⓰sœŋ⁶ 上⁶]

❶ 尊崇；注重 ◆ 崇尚 / 禮尚往來。❷ 還 ◆ 尚未完成 / 成績尚可。❸ 姓。

【尚未】shàng wèi 還沒有 ◆ 大橋尚未完工。

【尚且】shàng qiě 用在一句話的前半部分，提出程度更高的事例作比較，後半部分常用“何況”等詞語呼應，推出理所當然的結論 ◆ 這麼重的行李大人尚且拿不動，更不用說小孩子了。

↪風尚、時尚、高尚

⁵ **京** 見亠部，14頁。

⁶ **省** 見目部，295頁。

⁸ **崔** 見隹部，444頁。

⁹ **景** 見日部，203頁。

尤 部

¹ **尤** 一ナ尢尤 尤

[yóu ㄧㄡˊ ⓰jɐu⁴ 由]

❶ 特別的；突出的 ◆ 無恥之尤。❷ 更加；格外 ◆ 尤其 / 尤為聰明。❸ 怨恨；責怪 ◆ 怨天尤人。❹ 過失 ◆ 以儆效尤。❺ 姓。

【尤其】yóu qí 特別是；更加。表示更進一步 ◆ 她喜歡唱歌，尤其愛現代流行曲。

⁴ **尬** 一ナ尢尢尬尬 尬

[gà ㄍㄚˋ ⓰gai³ 介]

尷尬。見“尷”字，本頁。

⁹ **就** 一亠亣京京就就 就

[jiù ㄐㄧㄡˋ ⓰dzɐu⁶ 袖]

❶ 立刻；馬上 ◆ 說完就走 / 我去去就來。❷ 單單；只有 ◆ 這件事就你知道 / 大家都贊成，就他反對。❸ 表示加強語氣 ◆ 我就不信 / 這就對了。❹ 靠近；接近 ◆ 就近入學 / 就地取材。❺ 從事；前往 ◆ 就業 / 就學。❻ 成功 ◆ 一揮而就 / 功成名就。❼ 依據；按照 ◆ 就事論事 / 就這篇文章發表意見。❽ 即使 ◆ 你就不說，我也猜得出來。❾ 已經 ◆ 作業早就做完了。

【就近】jiù jìn 在附近 ◆ 這些商品就近幾家商店都可買到。

【就業】jiù yè 得到職業；找到了工作 ◆ 經濟不景氣，就業機會減少。⓿失業。

【就義】jiù yì 為正義而死 ◆ 為了民族的利益，他寧死不屈，英勇就義。⓰犧牲。

【就緒】jiù xù 事情安排好了 ◆ 畢業典禮的準備工作已經就緒。

【就擒】jiù qín 被捉住 ◆ 歹徒已無路可逃，只好束手就擒。

【就職】jiù zhí 正式到任，開始工作 ◆ 總統發表就職演說。⓰離職。

【就事論事】jiù shì lùn shì 只按事情本身來評論，不牽涉其他 ◆ 如果就事論事，他這次工作差錯還情有可原。

↪就地、就此、就是、就座

↪成就、造就、將就、遷就、各就各位、按部就班、將計就計

¹⁴ **尷**(尶) 尢尢尢尣尷尷 尷

[gān ㄍㄢ ⓰gam¹ 緘/gam³ 鑒(語)]

見“尷尬”。

【尷尬】gān gà ❶ 處境困難，不容易處理 ◆ 他現在是進退兩難，非常尷尬。❷ 態度不自然；不好意思的樣子 ◆ 他是第一次面對面跟女朋友交談，神情有些尷尬。

尸 部

⁰ **尸** 同“屍”字，見127頁。

¹ **尹** 見丿部，9頁。

¹ **尺** ㄱㄱㄕ尺 尺

[chǐ ㄔˇ ⓰tsɛk⁸ 呎]

❶ 長度單位，十寸等於一尺，一尺等於三分之一米 ◆ 三尺四寸 / 尺有所短，寸有所長。❷ 量長度或畫圖用的工具 ◆ 尺子 / 丁字尺。❸ 某些形狀像尺的東西 ◆ 鎮尺 / 計算尺。

【尺度】chǐ dù 標準 ◆ 把握好尺度。

² **尼** ㄱㄱ尸尸尼 尼

[ní ㄋㄧˊ ⓰nei⁴ 妮]

見"尼姑"。

【尼姑】ní gū　出家修行的女佛教徒 ◆ 廟裏的尼姑在燒香拜佛。

---

⁴屁　ㄱㄱ尸尸尸屁屁　屁

[pì ㄆㄧˋ 粵pei³ 譬]

從肛門排出的臭氣 ◆ 放屁。

🔎狗屁不通

---

⁴尾　ㄱㄱ尸尸尸屋屋　尾

[wěi ㄨㄟˇ 粵mei⁵ 美]

❶ 尾巴：鳥獸蟲魚脊椎末端突出的部分 ◆ 虎頭蛇尾。❷ 事物的最後部分 ◆ 有頭有尾／文章的結尾。❸ 緊跟在後 ◆ 尾隨／尾追。❹ 量詞，用於魚 ◆ 一尾魚。

【尾隨】wěi suí　緊緊跟在後面 ◆ 偵探尾隨竊賊，進入商店。

【尾聲】wěi shēng　演出快要結束的部分；事情快要結束的階段 ◆ 運動會已接近尾聲。

🔎搖尾乞憐、有頭無尾、徹頭徹尾

---

⁴局　ㄱㄱ尸尸尸局局　局

[jú ㄐㄩˊ 粵guk⁹ 焗]

❶ 整體中的一部分 ◆ 局部。❷ 機關、單位的名稱 ◆ 書局／警察局／郵政局。❸ 形勢；事態 ◆ 時局／局勢。❹ 限制；拘束 ◆ 局限／局促。❺ 棋盤；下一次棋或一場其他的比賽 ◆ 棋局／先勝一局。❻ 圈套 ◆ 騙局。

【局面】jú miàn　事情的狀態 ◆ 香港回歸祖國後，出現了港人治港的新局面。

【局促】jú cù　❶ 地方狹小 ◆ 生日那天，有許多朋友要來祝賀，這房間太局促了。❷ 太拘束；不自然 ◆ 在那麼多陌生人面前，她顯得局促不安。同 拘謹。❸ 時間緊；太匆促 ◆ 一天一個來回，太局促了。

(注意)"局促"也作"侷促"。

【局限】jú xiàn　限制在某個小的範圍內 ◆ 看問題不能局限於眼前。

【局部】jú bù　事物的一部份 ◆ 這次颱風造成局部地區斷電。同 部份。

反 全部。

【局勢】jú shì　政治、軍事等的形勢 ◆ 由於軍事政變，造成國內局勢動盪。

🔎大局、佈局、格局、結局、僵局

---

⁴尿　ㄱㄱ尸尸尸尿尿　尿

[niào ㄋㄧㄠˋ 粵niu⁶ 鳥⁶]

小便。

---

⁵屆⁽屆⁾　ㄱㄱ尸尸尸屆屆　屆

[jiè ㄐㄧㄝˋ 粵gai³ 介]

❶ 到 ◆ 屆時。❷ 次數；期 ◆ 本屆運動會／第三屆畢業生。

---

⁵居　ㄱㄱ尸尸尸居居　居

[jū ㄐㄩ 粵gœy¹ 舉¹]

❶ 住；住處 ◆ 居住／定居／故居。❷ 處在 ◆ 後來居上／居於首位。❸ 當；任 ◆ 居功自傲／以學者自居。❹ 積存 ◆ 囤積居奇／奇貨可居。❺ 佔 ◆ 居多數／二者必居其一。❻ 姓。

【居心】jū xīn　懷著某種念頭 ◆ 我看他居心不良。

(注意)"居心"多指壞念頭，含貶義。

【居然】jū rán　表示出乎意料之外 ◆ 沒想到他居然做出這種缺德的事來。同 竟然。

【居心叵測】jū xīn pǒ cè　叵：不可。內心險惡，不可推測 ◆ 從他的所作所為來看，這個人居心叵測，不得不防。

(注意)不要把"叵"錯寫成"巨"。

【居安思危】jū ān sī wēi　處在安樂的時候，要想到可能出現的危難 ◆ 目前公司形勢很好，但不可居安思危。

【居高臨下】jū gāo lín xià　站在高處，

俯視下面。形容處在有利地位 ◆ 登上太平山，居高臨下，港島美景盡收眼底。

🔎分居、鄰居、遷居、隱居、安居樂業

---

⁵屆

"屈"的異體字，見本頁。

---

⁵屈　ㄱㄱ尸尸尿屈屈　屈

[qū ㄑㄩ 粵wɐt⁷ 鬱]

❶ 彎曲；跟"伸"相對 ◆ 屈指可數／能屈能伸。❷ 低頭服輸；妥協讓步 ◆ 屈服／寧死不屈。❸ 理虧 ◆ 理屈詞窮。❹ 委屈；冤枉 ◆ 冤屈／屈打成招。❺ 姓。

【屈服】qū fú　向外來的壓力低頭、讓步 ◆ 他認為自己沒有錯，對上司的責備不肯屈服。

【屈辱】qū rǔ　受到冤屈和侮辱 ◆ 老闆是個不講道理的人，員工受盡了屈辱。

【屈打成招】qū dǎ chéng zhāo　清白無辜的人在嚴刑拷打下被迫招認 ◆ 他受不了種種折磨，於是屈打成招，冤枉入獄。

【屈指可數】qū zhǐ kě shǔ　扳着手指就可以數清楚。形容數量很少 ◆ 在我們學校裏，身高一米九十的同學屈指可數。同 寥寥無幾。反 數不勝數。

🔎委屈、不屈不撓、首屈一指、卑躬屈膝、鳴冤叫屈

---

⁶屍⁽尸⁾　尸尸尸屍屍屍　屍

[shī ㄕ 粵si¹ 詩]

死人的軀體 ◆ 屍體／屍骨。

【屍首】shī shǒu　人死後的身體 ◆ 屍首還沒找到。同 屍體。

🔎驗屍、殭屍、行屍走肉

---

⁶屋　尸尸尸屋屋屋　屋

[wū ㄨ 粵uk⁷/ŋuk⁷]

房子；房間 ◆ 房屋／屋前屋後。

🔎茅屋、高屋建瓴、疊牀架屋

6 屏

〈一〉[píng ㄆㄧㄥˊ [粵] piŋ^{4} 平]

❶ 遮擋；用來擋風或擋住視線用的傢具 ◆ 屏障／屏風。❷ 字畫的條幅 ◆ 屏條。❸ 電視機或某些科學儀器能顯示圖像的部分，用玻璃製成 ◆ 屏幕／熒光屏。

〈二〉[bǐng ㄅㄧㄥˇ [粵] biŋ^{2} 丙]

❹ 除去 ◆ 屏棄。❺ 憋着不呼吸 ◆ 屏息／屏住呼吸。

【屏風】píng fēng　放在室內用來遮擋視線的用具 ◆ 廳內一角用屏風隔開，當作書房。

【屏₂息】bǐng xī　閉住呼吸不出聲 ◆ 他屏息側耳靜聽。

【屏障】píng zhàng　像屏風那樣用作遮擋的東西 ◆ 萬里長城是中國古代北方抵禦外族入侵的屏障。

6 屎

[shǐ ㄕˇ [粵] si^{2} 史]

❶ 糞；大便 ◆ 拉屎。❷ 眼、耳等器官的分泌物 ◆ 眼屎／耳屎。

7 展

[zhǎn ㄓㄢˇ [粵] dzin^{2} 剪]

❶ 張開；舒緩 ◆ 伸展／展翅飛翔。❷ 陳列出來 ◆ 展覽／畫展。❸ 推遲；放寬 ◆ 展期舉行。❹ 發揮 ◆ 施展。

【展示】zhǎn shì　擺出來讓人清楚地看；明顯地表現出來 ◆ 影片展示了一個家庭的悲歡離合。[同] 展現。

【展現】zhǎn xiàn　顯露 ◆ 展覽會上，最新款的歐陸時裝系列盡在眼前展現。[同] 展示。

【展望】zhǎn wàng　❶ 向遠處看；向將來看 ◆ 我們站在山頂上向四周展望／展望未來，我們滿懷信心。❷ 對事物未來發展變化的預測 ◆ 這是科學家對 21 世紀的展望。

【展期】zhǎn qī　❶ 延長或推遲規定的期限 ◆ 因連日下雨，運動會展期舉行。❷ 展覽的日期 ◆ 本次展覽會展期共十天。

【展開】zhǎn kāi　❶ 張開；鋪開 ◆ 雄鷹展開雙翅，在天空中盤旋。❷ 大規模地進行 ◆ 為救濟災民，全市展開了捐款捐物活動。[同] 開展。

【展覽】zhǎn lǎn　陳列出來供人觀看 ◆ 公園裏正舉辦菊花展覽。

◧ 展出、展品、展翅

◨ 施展、進展、開展、發展、擴展、愁眉不展

7 屑

[xiè ㄒㄧㄝˋ [粵] sit^{8} 薛]

❶ 碎末；細碎 ◆ 木屑／紙屑。❷ 值得 ◆ 不屑一顧。

7 屐

[jī ㄐㄧ [粵] kɛk^{9} 劇]

木頭鞋 ◆ 木屐。

8 屠

[tú ㄊㄨˊ [粵] tou^{4} 徒]

❶ 宰殺牲畜 ◆ 屠宰／屠夫。❷ 殘殺 ◆ 屠殺。❸ 姓。

【屠夫】tú fū　以宰殺牲畜為職業的人 ◆ 他是屠夫出身，後來才當了兵。

【屠宰】tú zǎi　宰殺牲畜 ◆ 郊外有一個屠宰場。

【屠殺】tú shā　殺害；殘殺 ◆ 1937 年 12 月的"南京大屠殺"，是日本侵略者犯下的滔天罪行。

8 屜 (屉)

[tì ㄊㄧˋ [粵] tɐi^{3} 替]

分層疊放的器物；器物中可以隨意抽出的部分 ◆ 籠屜／抽屜。

9 犀

見牛部，271 頁。

11 屢 (屡)

[lǚ ㄌㄩˇ [粵] lœy^{5} 呂]

多次；一次又一次 ◆ 屢次／屢戰屢勝。

【屢次】lǚ cì　多次；一次又一次 ◆ 他屢次在校際歌唱比賽中奪冠。

【屢見不鮮】lǚ jiàn bù xiān　多次看到，不是新奇事 ◆ 顧客購物，受騙上當的事屢見不鮮。

【屢教不改】lǚ jiào bù gǎi　多次教育，仍不改正 ◆ 屢教不改，自絕於人。

12 履

[lǚ ㄌㄩˇ [粵] lei^{5} 里/lœy^{5} 呂]

❶ 鞋 ◆ 西裝革履／削足適履。❷ 踩；走過 ◆ 如履平地。❸ 實行；執行 ◆ 履行。

【履行】lǚ xíng　用行動去實現自己答應做的或應該做的事情 ◆ 一個人如果不能履行自己的諾言，就會失去別人的信任。

◨ 步履艱難

12 層 (层)

[céng ㄘㄥˊ [粵] tsɐŋ^{4} 曾^{4}]

❶ 重疊；重複 ◆ 層層疊疊／層出不窮。❷ 量詞 ◆ 樓高廿四層。

【層次】céng cì　❶ 次序；條理 ◆ 這篇作文層次清楚，文字也通順。❷ 級別 ◆ 參加這次會議的人，層次比較高。

【層出不窮】céng chū bù qióng　接連不斷地出現，沒有窮盡 ◆ 他是一位很有才華的詩人，佳作層出不窮。

【層巒疊嶂】céng luán dié zhàng　巒：山峯。嶂：像屏障的山嶺。形容山嶺重疊，連綿不斷 ◆ 遠遠望去，只見層巒疊嶂，天空也變小了。

◨ 上層、低層、斷層

18 屬 (属)

〈一〉[shǔ ㄕㄨˇ [粵] suk^{9} 蜀]

❶ 同一類的 ◆ 金屬。❷ 同一家族或有親戚關係的 ◆ 家屬／親屬。❸ 有管轄關係的 ◆ 直屬／附屬。❹ 有統領關係的 ◆ 屬地／勝利屬於我們。❺ 是；符合 ◆ 情況屬實。❻ 用十二生肖記出生年 ◆ 我屬豬，他屬牛。

〈二〉[zhǔ ㄓㄨˇ ⑭ dzuk⁷ 足]

❼ 專注；注意力集中到一點上 ◆ 屬意 / 屬望。❽ 連接 ◆ 前後相屬。

【屬於】shǔ yú 歸於某一方面的或為某一方所有的 ◆ 這屬於私人秘密，你不要過問。

【屬實】shǔ shí 是真實的 ◆ 情況屬實。

📖 下屬、有情人終成眷屬

屮 部

1
屯 一ㄣㄇ屯

[tún ㄊㄨㄣˊ ⑭ tyn⁴ 團]

❶ 儲存；積聚 ◆ 屯糧。❷ 軍隊駐紮 ◆ 屯兵戍邊。❸ 村莊 ◆ 屯子。

山 部

0
山 丨 山 山

[shān ㄕㄢ ⑭ san¹ 珊]

❶ 地面上由土石構成的高聳部分 ◆ 山峯 / 崇山峻嶺。❷ 像山的東西 ◆ 冰山 / 山牆。

【山川】shān chuān 山嶽和河流 ◆ 雲南山川秀麗，氣候宜人。

【山水】shān shuǐ ❶ 指有山有水的風景 ◆ 桂林山水甲天下。❷ 指以山水風景為題材的中國畫 ◆ 這幅山水畫很珍貴。

【山羊】shān yáng 羊的一種。頭上有一對三角形的角，角尖向後。公羊下巴有長鬚。毛不捲曲，尾巴短而上翹。四肢有力，喜登高。肉、奶可以吃，皮、毛是工業原料。

【山村】shān cūn 山區的村莊 ◆ 我們來到一個小山村歇腳。

【山谷】shān gǔ 兩山之間凹下去的狹長地方 ◆ 山谷裏流水淙淙。⑩ 山溝。

【山林】shān lín 有山有樹林的地方 ◆ 前面的山林裏有一座廟宇。

【山坡】shān pō 山腳與山頂之間的傾斜面 ◆ 山坡上有許多樹木、花草。

【山岡】shān gāng 不高的山 ◆ 村邊的山岡上都種了樹。

注意 “山岡”也作“山崗”。

【山河】shān hé 大山和大河。借指國土 ◆ 山河壯麗。

【山城】shān chéng 依山而建的城市 ◆ 重慶是一座山城。

【山洪】shān hóng 因暴雨或積雪融化，從山上傾瀉下來的大水 ◆ 由於連日大雨，造成山洪暴發。

【山峯】shān fēng 高而尖的山頂 ◆ 只見遠處的山峯直插雲霄。

❀ 圖見本頁。

【山脈】shān mài 像脈絡一樣分佈的連綿起伏的羣山 ◆ 燕山山脈在河北省北部。

【山頂】shān dǐng 山的最高處 ◆ 登上太平山山頂，可以看到香港的全景。⑩ 山巔。⑫ 山腳。

❀ 圖見本頁。

【山野】shān yě 山和原野 ◆ 杜鵑花開遍了山野，景色美極了。

【山崖】shān yá 山的陡立的側面 ◆ 登山隊員沿着陡峭的山崖向上攀登。

❀ 圖見本頁。

【山楂】shān zhā 喬木，果實球形，深紅色，有小斑點，味酸甜，可以吃，也可以入藥。

【山腰】shān yāo 半山間 ◆ 山腰雲霧繚繞。

❀ 圖見本頁。

注意 “山腰”也作“半山腰”。

【山腳】shān jiǎo 山的最下端，靠近平地的部分 ◆ 山腳下有個停車場。⑫ 山頂。

❀ 圖見本頁。

【山溝】shān gōu ❶ 山間的水溝 ◆ 山裏人用山溝水來灌溉田地。❷ 山谷 ◆ 一輛汽車翻入山溝。❸ 借指偏僻的山區 ◆ 山溝裏飛出金鳳凰。

【山歌】shān gē 民間歌曲。形式短小，曲調輕快質樸，節奏比較自由。多流行於農村或山區 ◆ 牧童騎在牛背上，唱着山歌回村去。

【山麓】shān lù 山腳 ◆ 我們坐汽車來到泰山山麓，準備明天一早登泰山觀日出。

❀ 圖見 130 頁。

【山巒】shān luán 連綿不斷的山 ◆ 這裏山巒起伏，山峯挺拔，風景優美。

❀ 圖見 130 頁。

【山明水秀】shān míng shuǐ xiù 山水明媚秀麗。形容風景十分優美 ◆ 桂林是旅遊的好地方，那裏山明水秀，景色宜人。

注意 “山明水秀”也作“山清水秀”。

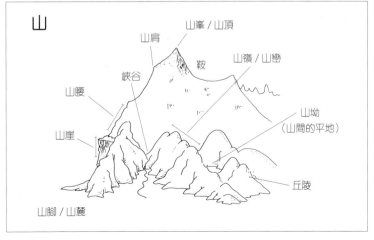

山

山峯 / 山頂
山肩
山嶺 / 山巒
峽谷
鞍
山腰
山坳
（山間的平地）
山崖
丘陵
山腳 / 山麓

【山珍海味】shān zhēn hǎi wèi　山林中海洋裏的珍貴食品。形容質量上等而且豐盛的菜餚 ◆ 富豪們天天山珍海味，而我們窮人只能是粗茶淡飯。

【山高水長】shān gāo shuǐ cháng　像山一樣高聳，像水一樣長流。比喻人的品德高尚，影響深遠；或比喻情誼或恩德深厚 ◆ 老師的恩情山高水長，永世難忘。

【山崩地裂】shān bēng dì liè　山倒塌，地裂開。形容劇烈的震動或巨大的聲勢 ◆ 工廠油罐爆炸，傳來一聲山崩地裂的巨響。

【山盟海誓】shān méng hǎi shì　像高山大海一樣永不改變的盟約誓言。多指男女相愛、永不變心的誓言 ◆ 兩人山盟海誓，永結同心，白頭偕老。

注意 "山盟海誓"也作"海誓山盟"。

【山窮水盡】shān qióng shuǐ jìn　山和水都到了盡頭。比喻陷入絕境，無路可走 ◆ 欠債累累，公司已到了山窮水盡的地步。

➋ 江山、高山、靠山、人山人海、刀山火海、排山倒海、漫山遍野、坐吃山空、氣壯山河、萬水千山、放虎歸山、開門見山、逼上梁山、愚公移山、調虎離山

³屹 ｜ ｜ 山 山' 屹
[yì ｜ˋ ⑱ŋet⁹ 兀]

形容山勢高聳直立的樣子 ◆ 屹立。

【屹立】yì lì　像山峯一樣高聳挺立、穩固不動。比喻堅固不可動搖 ◆ 高高的東方明珠電視塔屹立在上海浦江之濱。同聳立、矗立。

⁴岔 ﾉ 八 分 分 分 岔 岔
[chà ㄔㄚˋ ⑱tsa³ 詫]

❶ 由主幹分出來的 ◆ 岔道 / 三岔路口。❷ 轉移方向或話題 ◆ 你別打岔 / 把話岔開。❸ 互相讓步；錯開 ◆ 把時間岔開。❹ 岔子、岔兒：指事故、錯誤 ◆ 千萬別出岔子 / 請放心，不會出岔兒。

⁵岸 ﾉ 屮 屮 屮 岸 岸 岸
[àn ㄢˋ ⑱ŋon⁶]

江、河、湖、海等邊緣的陸地 ◆ 海岸線 / 長江沿岸。

➋河岸、對岸、隔岸觀火、道貌岸然

⁵岩
"巖"的異體字，見 132 頁。

⁵岡 (冈) ｜ 冂 門 冈 冈 岡 岡
[gāng ㄍㄤ ⑱gɔŋ¹ 江]

山脊 ◆ 在高高的山岡上。

⁵岳 ﾉ ㇒ ㇆ ㇄ 丘 乒 岳
[yuè ㄩㄝˋ ⑱ŋɔk⁹ 鄂]

❶ 高大的山。也寫作"嶽" ◆ 五岳。❷ 妻子的父母 ◆ 岳父 / 岳母。❸ 姓。

⁵岷 ｜ 丨 山 山' 屮 屮 岷 岷
[mín ㄇㄧㄣˊ ⑱mɐn⁴ 民]

見"岷山"。

【岷山】mín shān　山名。在四川省北部和甘肅省邊境，是長江、黃河的分水嶺。主峯雪寶頂高 5588 米。

⁶峙 山 屮' 屮┴ 岐 岐 峙 峙
[zhì ㄓˋ ⑱dzi⁶ 治/tsi⁵ 似]

聳立 ◆ 兩山對峙。

⁶峋 山 山' 屶 峋 峋 峋 峋
[xún ㄒㄩㄣˊ ⑱sɵn¹ 荀]

嶙峋。見"嶙"字，132 頁。

⁶幽
見幺部，138 頁。

⁷豈
見豆部，400 頁。

⁷峽 (峡) 山 山' 屷 岈 峽 峽
[xiá ㄒㄧㄚˊ ⑱hap⁹ 狹]

兩山之間的狹長凹陷地帶；兩山之間或兩個大陸之間的水道 ◆ 峽谷 / 海峽兩岸 / 長江三峽。

【峽谷】xiá gǔ　兩山之間深而狹長的山谷 ◆ 遊客們乘直升機觀賞大峽谷奇景。

☺ 圖見 129 頁。

⁷峭 山 山' 屵 屵 峭 峭 峭
[qiào ㄑㄧㄠˋ ⑱tsiu³ 俏]

❶ 山勢又高又陡 ◆ 陡峭 / 峻峭。❷ 比喻嚴厲、尖厲 ◆ 性格峭直 / 春寒料峭。

【峭壁】qiào bì　像牆壁一樣陡直的山崖 ◆ 他們沿着懸崖峭壁攀登，非常驚險。

⁷峨 山 屮' 屮┴ 岍 峨 峨 峨
[é ㄜˊ ⑱ŋɔ⁴ 俄]

見"峨嵋山"。

【峨嵋山】é méi shān　山名。在四川省峨嵋山市西南，主峯高 3099 米，風景秀麗，是中國四大佛教名山（峨嵋山、五台山、普陀山、九華山）之一。

注意 "峨嵋山"也作"峨眉山"。

⁷島 (岛) ﾉ ㇆ 白 白 鸟 島
[dǎo ㄉㄠˇ ⑱dou² 賭]

江、河、湖、海中四面環水的陸地 ◆ 島嶼 / 海南島。

【島國】dǎo guó　領土由島嶼組成的國家 ◆ 馬爾代夫是個島國。

【島嶼】dǎo yǔ　海洋、湖泊或江河中的小塊陸地。面積大的叫"島"，小的叫"嶼" ◆ 香港島周圍有許多島嶼。

➋半島、孤島、海島、羣島

⁷峪 山 屮' 屶 屶 岭 峪 峪
[yù ㄩˋ ⑱juk⁹ 浴]

山谷。多用作地名，如嘉峪關。

7 峯(峰) 山 屴 屴 岑 岭 峯 峯　**峯**

[fēng ㄈㄥ 粵 fuŋ¹ 風]

❶ 山的尖頂；比喻最高處 ◆ 山峯 / 登峯造極。❷ 形狀像山峯的東西 ◆ 駝峯 / 洪峯。

☺ 圖見130頁。

【峯巒】fēng luán　連綿起伏的山峯 ◆ 長江三峽兩岸峯巒起伏，景色優美。

【峯迴路轉】fēng huí lù zhuǎn　形容山峯、道路迴旋曲折 ◆ 汽車在峯迴路轉的盤山公路上緩緩行駛。

7 峰 “峯”的異體字，見本頁。

7 峻 山 岐 岐 岐 峻 峻 峻　**峻**

[jùn ㄐㄩㄣˋ 粵 dzœn³ 俊]

❶ 山勢又高又陡 ◆ 險峻 / 崇山峻嶺。❷ 比喻嚴厲 ◆ 嚴峻 / 嚴刑峻法。

【峻峭】jùn qiào　形容又高又陡 ◆ 華山山勢峻峭。同 陡峭。反 平坦。

【峻嶺】jùn lǐng　高大的山 ◆ 汽車穿行在崇山峻嶺之中。

8 崖 山 岜 屵 屵 岸 崖　**崖**

[yá ㄧㄚˊ 粵 ŋai⁴ 捱]

高山、高地的邊 ◆ 山崖 / 懸崖勒馬。

8 崎 山 屵 屻 岭 崎 崎 崎　**崎**

[qí ㄑㄧˊ 粵 kei¹ 畸]

見“崎嶇”。

【崎嶇】qí qū　地面高低不平 ◆ 行駛在崎嶇的山路上，汽車顛簸得很厲害。反 平坦。

8 崗(岗) 山 屵 岜 岩 崗 崗　**崗**

[gǎng ㄍㄤˇ 粵 gɔŋ³ 江]

❶ 高起的山坡 ◆ 高崗 / 黃土崗。❷ 值勤、守衛、工作的場所 ◆ 崗位 / 站崗放哨。

【崗位】gǎng wèi　原指軍警站崗放哨的地方，現在泛指職位 ◆ 大家堅守崗

位，做好本職工作。

8 崑 山 尸 片 峃 峃 崑　**崑**

[kūn ㄎㄨㄣ 粵 gwen¹ 軍/kwɐn¹ 坤(語)]

見“崑崙山”。

【崑崙山】kūn lún shān　山名。在中國西部，西起帕米爾高原，經新疆、西藏，延伸到青海，長約2500公里，高度5000至7000米。是中國最大的山脈。

注意 “崑崙山”簡稱“崑崙”。也作“昆侖”。

8 崔 山 尸 岸 岸 崔 崔　**崔**

[cuī ㄘㄨㄟ 粵 tsœy¹ 吹]

姓。

8 崙(仑) 山 屴 屵 岁 岑 岑　**崙**

[lún ㄌㄨㄣˊ 粵 lœn⁴ 輪]

崑崙山。見“崑”字，本頁。

8 崩 山 尸 片 岃 肖 崩　**崩**

[bēng ㄅㄥ 粵 beŋ¹]

❶ 倒塌；坍塌 ◆ 崩塌 / 土崩瓦解。❷ 關係破裂 ◆ 談崩了。❸ 封建時代稱皇帝死 ◆ 駕崩。

【崩潰】bēng kuì　完全瓦解；徹底垮掉 ◆ 敵人的防線已崩潰。

【崩塌】bēng tā　物體裂開並倒塌下來 ◆ 一場暴雨，造成河堤崩塌，洪水泛濫。

辨 雪崩、天崩地裂、分崩離析

8 崇 山 屮 屮 岀 峃 崇　**崇**

[chóng ㄔㄨㄥˊ 粵 suŋ⁴ 宋⁴]

❶ 高 ◆ 崇高 / 崇山峻嶺。❷ 尊重 ◆ 尊崇 / 推崇。

【崇拜】chóng bài　尊敬欽佩 ◆ 教授學識淵博，我們都很崇拜他。同 崇敬。反 鄙視。

【崇高】chóng gāo　最高的；最高尚的

◆ 致以崇高的敬禮 / 我們十分敬仰他的崇高品質。反 卑鄙。

【崇敬】chóng jìng　看重，尊敬 ◆ 師生們都很崇敬校長的為人。同 崇拜、推崇。

【崇山峻嶺】chóng shān jùn lǐng　高大陡峭的山嶺 ◆ 獵手在崇山峻嶺中打獵。

8 密 見宀部，120頁。

8 崛 山 屵 屻 峆 峆 崛　**崛**

[jué ㄐㄩㄝˊ 粵 gwɐt⁹ 掘]

突起；興起 ◆ 崛起。

9 嵌 山 屮 屮 屵 嵌 嵌　**嵌**

[qiàn ㄑㄧㄢˋ 粵 hɐm² 坎]

把東西卡在物體的空隙裏 ◆ 鑲嵌 / 嵌花。

9 崽 山 屶 尚 峃 峃 崽　**崽**

[zǎi ㄗㄞˇ 粵 dzɔi² 宰]

❶ 小孩；孩子。❷ 幼小的動物 ◆ 豬崽 / 雞崽。

9 嵋 山 山 屵 屵 屻 嵋　**嵋**

[méi ㄇㄟˊ 粵 mei⁴ 眉]

峨嵋山。見“峨”字，130頁。

11 嶄(崭) 山 屴 屶 岜 嶄 嶄　**嶄**

[zhǎn ㄓㄢˇ 粵 tsam⁵ 慚⁵]

高出；突出 ◆ 嶄露頭角。

【嶄新】zhǎn xīn　非常新 ◆ 她手上戴着一塊嶄新的手錶。

11 嶇(岖) 山 屵 屵 岖 嵎 嶇　**嶇**

[qū ㄑㄩ 粵 kœy¹ 拘]

崎嶇。見“崎”字，131頁。

11 **嶂**（嶂）

[zhàng ㄓㄤˋ [粵] dzœŋ^{3} 漲]

直立如屏障的山峯 ◆ 層巒疊嶂。

12 **嶙**

[lín ㄌㄧㄣˊ [粵] lœn^{4} 倫]

見"嶙峋"。

【嶙峋】lín xún ❶ 形容山石重疊不平 ◆ 山上怪石嶙峋。❷ 形容身體消瘦 ◆ 一場大病後，他變得瘦骨嶙峋。

13 **嶼**（屿）

[yǔ ㄩˇ [粵] dzœy^{6} 敍]

小島 ◆ 島嶼。

14 **嶺**（岭）

[lǐng ㄌㄧㄥˇ [粵] liŋ^{5} 領/lɛŋ^{5} 領（語）]

山峯；山脈 ◆ 翻山越嶺 / 大興安嶺。

14 **嶽**（岳）

[yuè ㄩㄝˋ [粵] ŋɔk^{9} 愕]

高大的山 ◆ 五嶽（中嶽嵩山，東嶽泰山，西嶽華山，南嶽衡山，北嶽恒山）。

18 **巍**

[wēi ㄨㄟ [粵] ŋɐi^{4} 危]

高大 ◆ 巍峨 / 巍巍崑崙。

【巍峨】wēi é 形容山或建築物高大挺拔 ◆ 崑崙山脈羣山巍峨，綿延千里。

【巍然】wēi rán 高大的樣子 ◆ 人民英雄紀念碑巍然聳立在天安門廣場中央。

19 **巒**（峦）

[luán ㄌㄨㄢˊ [粵] lyn^{4} 聯]

小而尖的山；連綿的山 ◆ 山巒起伏 / 層巒疊嶂。

20 **巖**（岩）

[yán ㄧㄢˊ [粵] ŋam^{4} 癌]

❶ 高峻的山崖。❷ 巖石 ◆ 巖洞 / 花崗巖。

【巖石】yán shí 堅硬的石頭 ◆ 山區的民宅，多用巖石做牆基。

巛 部

0 **川** 丿 川

[chuān ㄔㄨㄢ [粵] tsyn^{1} 穿]

❶ 河流 ◆ 名山大川 / 百川歸大海。❷ 平原；平地 ◆ 一馬平川。❸ 四川省的簡稱 ◆ 川菜 / 川劇。

【川流不息】chuān liú bù xī 河水奔流不止。形容車船、行人連續不斷 ◆ 這是一座大商場，進進出出的顧客川流不息。

[注意] 不要把"川"錯寫成"穿"。

3 **州**

[zhōu ㄓㄡ [粵] dzɐu^{1} 周]

❶ 從前的一種行政區劃 ◆ 州府。❷ 現在指少數民族自治行政區域 ◆ 自治州。

4 **巡** 見辵部，416 頁。

4 **災** 見火部，259 頁。

8 **巢**

[cháo ㄔㄠˊ [粵] tsau^{4} 抄^{4}]

❶ 鳥類的窩，或蜂、蟻等昆蟲的窩，叫作巢 ◆ 鳥巢 / 蜂巢 / 築巢。❷ 比喻盜匪藏身的地方 ◆ 巢穴 / 直搗老巢。

【巢穴】cháo xué 鳥獸棲息藏身的地方；比喻盜匪聚集、隱藏的地方 ◆ 警察搗毀了匪徒的巢穴，搜出了大量槍枝彈藥。

[反] 匪巢

工 部

0 **工** 一 丅 工

[gōng ㄍㄨㄥ [粵] guŋ^{1} 公]

❶ 從事勞動生產的人；工人 ◆ 礦工 / 紡織女工。❷ 勞動；工作 ◆ 做工 / 罷工。❸ 工業 ◆ 化工 / 工商界。❹ 建設項目；工程 ◆ 施工 / 竣工。❺ 一天的工作量 ◆ 五個工 / 三早頂一工。❻ 技巧 ◆ 唱工 / 武工。❼ 精細 ◆ 工筆畫 / 字寫得工整。❽ 擅長；善於 ◆ 工書法 / 工西洋油畫。

【工夫】gōng ·fu 時間；空閒時間 ◆ 我只用了兩天工夫就完成了 / 我沒有工夫跟你閒聊。

【工地】gōng dì 施工的場所 ◆ 進入工地要戴安全帽。

【工作】gōng zuò ❶ 從事勞動 ◆ 工人們一天工作八小時。❷ 職業 ◆ 她現在還沒有找到工作。❸ 業務；任務 ◆ 她多年從事秘書工作。

【工事】gōng shì 指作戰時軍隊用來攻擊或防禦的建築物，如碉堡、戰壕、掩體等 ◆ 兩軍都在修築工事，戰爭一觸即發。

【工具】gōng jù ❶ 泛指勞動生產或運輸中所使用的器具，如鋸、鋤、車、船等 ◆ 他家裏鋸、鉋、釜子、鑿子等木工工具樣樣都有。❷ 比喻用來達到某種目的的事物 ◆ 字典、詞典是學習語文的良好工具。

【工程】gōng chéng 規模較大的建設項目 ◆ 新機場工程規模大，投資多。

【工場】gōng chǎng 手工業者聚集一起生產的場所 ◆ 工場裏一批女工在生產煙花爆竹。

【工業】gōng yè 開採礦物或加工原材料，為社會提供生產資料或生活用品的事業 ◆ 香港的電子工業很發達。

【工會】gōng huì 代表職工利益、按產業或職業建立起來的羣眾性組織,如船業工會、教師工會等。

【工整】gōng zhěng 細緻整齊,不潦草 ◆ 她的作文條理清楚,字跡工整。
☒ 工錢、工廠
☒ 分工、手工、加工、停工、罷工、能工巧匠、巧奪天工、鬼斧神工、異曲同工

²左 一ナナ左左 左
[zuǒ ㄗㄨㄛˇ ⓟ dzo² 阻]
❶ 方位名,面向南時靠東的一邊;跟"右"相對 ◆ 左手 / 左顧右盼。❷ 邪的;不正派的 ◆ 旁門左道。❸ 相反 ◆ 意見相左。❹ 姓。

【左右】zuǒ yòu ❶ 左和右兩個方面 ◆ 告訴他吧,怕他傷心,不告訴他吧,又怕他生氣,真是左右為難。❷ 支配;影響 ◆ 他無法左右我的行動。❸ 用在數目字後面,表示約數 ◆ 看樣子,她的年齡在四十歲左右。◙ 上下。

【左右逢源】zuǒ yòu féng yuán 形容做事得心應手,非常順利;也比喻辦事圓滑,善於投機 ◆ 他生活經驗多,語言積累豐富,寫起文章來左右逢源。

【左顧右盼】zuǒ gù yòu pàn 左邊看看,右邊看看 ◆ 只見他站在台階上,左顧右盼,像是在等人。

²巧 一 T I 巧 巧
[qiǎo ㄑㄧㄠˇ ⓟ hau² 考]
❶ 靈敏精細 ◆ 靈巧 / 心靈手巧。❷ 恰好;正好 ◆ 恰巧 / 湊巧。❸ 虛浮不實 ◆ 花言巧語 / 投機取巧。

【巧合】qiǎo hé 湊巧相合或相同 ◆ 我們的衣着竟一模一樣,真是巧合。

【巧妙】qiǎo miào 指方法或技術靈巧高明,不同尋常 ◆ 這篇作文構思巧妙,讀起來生動有趣。◙ 笨拙。

【巧取豪奪】qiǎo qǔ háo duó 豪:強橫。用欺詐、強橫的手段奪取別人的東西 ◆ 漁霸巧取豪奪,欺壓漁民,引起漁民反抗。

【巧奪天工】qiǎo duó tiān gōng 天工:天然形成的精巧。精巧的人工勝過天然。形容技藝非常精妙 ◆ 這件仙女散花的玉雕,形象栩栩如生,巧奪天工。
☒ 技巧、乖巧、碰巧、輕巧、精巧、小巧玲瓏、弄巧成拙、能工巧匠、熟能生巧

²巨（巨） 一 厂 厂 巨 巨
[jù ㄐㄩˋ ⓟ gœy⁶ 具]
大 ◆ 巨大 / 巨輪。

【巨著】jù zhù 篇幅大或內容精深的著作 ◆ 他那三卷本的長篇巨著,終於出版了。

【巨變】jù biàn 巨大的變化 ◆ 短短幾年,新界的面貌已發生了巨變。
☒ 巨人、巨富
☒ 艱巨、老奸巨猾

²功 見力部,54頁。

³式 見弋部,142頁。

⁴乘 見水部,234頁。

⁴攻 見攴部,191頁。

⁴巫 一 T T 不 巫 巫 巫
[wū ㄨ ⓟ mou⁴ 無]
❶ 以裝神弄鬼替人求神降福為職業的人 ◆ 巫婆 / 小巫見大巫。❷ 姓。

⁵空 見穴部,313頁。

⁶缸 見缶部,336頁。

⁷貢 見貝部,402頁。

⁷差（差） ` ` ⺊ ⺊ 芏 差 差
〈一〉[chā ㄔㄚ ⓟ tsa¹ 叉]
❶ 不同;比較而產生的區別 ◆ 差別 / 差價。❷ 錯誤;失誤 ◆ 差錯 / 一念之差。❸ 兩數相減的餘數 ◆ 差數。
〈二〉[chà ㄔㄚˋ ⓟ tsa¹ 叉]
❹ 不好 ◆ 成績差 / 質量太差。❺ 欠缺;短少 ◆ 差五分錢 / 還差一道手續。❻ 錯 ◆ 記差了 / 先生之言差矣。
〈三〉[chāi ㄔㄞ ⓟ tsai¹ 猜]
❼ 派遣 ◆ 差遣 / 鬼使神差。❽ 公務;職務 ◆ 出差 / 美差。
〈四〉[cī ㄘ ⓟ tsi¹ 雌]
❾ 參差。見"參〈三〉",65頁。

【差別】chā bié 不相同,有區別 ◆ 兩個人的性格有差別,一個愛靜,一個好動。◙ 差異。

【差異】chā yì 不相同 ◆ 兩隊的風格有很大差異,一個兇猛,一個穩健。◙ 差別。

【差距】chā jù 事物之間的差別程度 ◆ 兩支球隊在實力上有很大差距。

【差錯】chā cuò 錯誤;失誤 ◆ 她很細心,工作上從不出差錯。

【差強人意】chā qiáng rén yì 大體上還能使人滿意 ◆ 各門功課都在七十分以上,考試成績差強人意。
☒ 時差、偏差、溫差、誤差、陰錯陽差

⁹項 見頁部,452頁。

己 部

⁰己 フ コ 己
[jǐ ㄐㄧˇ ⓟ gei² 紀]
❶ 自身 ◆ 自己 / 知己知彼。❷ 天干的第六位 ◆ 甲乙丙丁戊己庚辛。
☸ 圖見103頁。
☒ 推己及人、固執己見、損人利己

己

⁰

[yǐ ㄧˇ 粵ji⁵ 以]

❶停止 ◆ 讚歎不已。❷已經 ◆ 時間已過／勝負已定。

【已故】yǐ gù 已經去世 ◆ 已故總統的妻子新任總統職位。

【已經】yǐ jīng 表示事情完成了或時間過去了 ◆ 作業已經做完／現在已經是半夜了。

⊠迫不得已、由來已久

巳

⁰

[sì ㄙˋ 粵dzi⁶ 自]

❶地支的第六位 ◆ 子丑寅卯辰巳午未。❷巳時：上午九時至十一時。❀圖見92頁。

巴

¹

〈一〉[bā ㄅㄚ 粵ba¹ 爸]

❶盼望 ◆ 巴望／巴不得。❷靠近；挨着 ◆ 巴着窗戶看／前不巴村，後不巴店。❸乾燥黏着的東西 ◆ 泥巴／鍋巴。

〈二〉[·ba ㄅㄚ 粵ba¹ 爸]

❹詞尾 ◆ 嘴巴／尾巴。

【巴士】bā shì 公共汽車。英文 bus 的譯音 ◆ 我每天乘巴士上班。

【巴結】bā·jie 討好；奉承 ◆ 她很會巴結上司。

⊠結巴、眼巴巴

改

⁴

見攴部，191頁。

忌

⁴

見心部，150頁。

巷

⁶

[xiàng ㄒㄧㄤˋ 粵hɔŋ⁶ 項]

狹窄的街道 ◆ 大街小巷／萬人空巷。

【巷戰】xiàng zhàn 在街巷內進行的戰鬥 ◆ 守軍修築路障，與敵軍展開了激烈的巷戰。

⊠陋巷、街談巷議

巾 部

巾

⁰

[jīn ㄐㄧㄣ 粵gɐn¹ 斤]

用來擦拭、包裹、覆蓋的紡織品 ◆ 毛巾／餐巾／圍巾。

【巾幗】jīn guó 婦女帶的頭巾。借指婦女 ◆ 花木蘭是巾幗英雄。

布

²

[bù ㄅㄨˋ 粵bou³ 報]

❶棉、麻等紡織品 ◆ 棉布／布匹。❷宣告；發表 ◆ 宣布／發布。❸散開 ◆ 分布／星羅棋布。❹安排；布置 ◆ 布局。❺姓。

注意 ❷-❹ 又作"佈"。

市

²

[shì ㄕˋ 粵si⁵ 時⁵]

❶集中做買賣的場所 ◆ 市場／集市。❷買賣；交易 ◆ 開市／日中為市。❸城市 ◆ 市民／市區。❹行政區劃單位 ◆ 北京市／上海市。

【市容】shì róng 城市的面貌 ◆ 市容整潔，交通便利。

【市場】shì chǎng 買賣商品的場所 ◆ 香港市場繁榮，商品價廉物美。

【市集】shì jí 集市；定期買賣貨物的場所 ◆ 市集上人山人海。

⊠市郊

⊠夜市、都市、門庭若市

吊

³

見口部，70頁。

帆

³

[fān ㄈㄢ 粵fan⁴ 凡]

掛在桅杆上，借風力使船前進的布篷 ◆ 帆船／揚帆起航。

【帆船】fān chuán 依靠風力張帆行駛的船 ◆ 以前海面上帆船很多，現在不多見了。

⊠一帆風順

希

⁴

[xī ㄒㄧ 粵hei¹ 嬉]

❶少 ◆ 希有／人生七十古來希。❷期望 ◆ 希望／希準時出席。

【希罕】xī ·han ❶少見的 ◆ 這幅古畫是希罕之物，無價之寶。❷因希罕而喜愛 ◆ 我才不希罕這種東西呢。

注意 "希罕"多用於否定句。

【希奇】xī qí 稀少新奇 ◆ 這種希奇古怪的想法令人驚訝。

注意 "希奇"也作"稀奇"。

【希望】xī wàng ❶心想要達到某種目的 ◆ 父親希望她將來當一名律師。❷心願；想要達到的目的 ◆ 父親的希望終於實現了。

帖

⁵

〈一〉[tiē ㄊㄧㄝ 粵tip⁸ 貼]

❶妥當；合適 ◆ 妥帖。❷順從；服從 ◆ 服帖／俯首帖耳。

〈二〉[tiě ㄊㄧㄝˇ 粵tip⁸ 貼]

❸邀請或通知的紙條 ◆ 請帖／帖子。

〈三〉[tiè ㄊㄧㄝˋ 粵tip⁸ 貼]

❹供臨寫模仿用的字本或畫本 ◆ 字帖／畫帖。

帕

⁵

[pà ㄆㄚˋ 粵pa³ 怕/pak⁸ 拍（語）]

用來擦手擦臉的方形小巾 ◆ 手帕。

---

⁵ 帛 ノ イ白白白帛 帛

[bó ㄅㄛˊ ⑧bak⁹ 白]

絲織品的總稱 ◆ 布帛／化干戈為玉帛。

⁵ 帚 フコヨヨ 帚帚 帚

[zhǒu ㄓㄡˇ ⑧dzeu² 酒]

掃除垃圾的用具 ◆ 掃帚／敝帚自珍。

⁵ 帘 丶宀宀宀宀宀宀宀 帘

[lián ㄌㄧㄢˊ ⑧lim⁴ 簾]

❶ 掛在商店門口用來招攬生意的旗幟 ◆ 酒帘。❷ "簾"的簡化字，見 322 頁。

⁶ 帥(帅) ノ イ F ậ 自 皂 帥 帥

[shuài ㄕㄨㄞˋ ⑧sœy³ 歲]

❶ 軍隊中的最高指揮官 ◆ 元帥／統帥。❷ 英俊；瀟灑；漂亮 ◆ 長得帥／他的書法真帥。❸ 姓。

⁶ 帝 丶 亠 亠 产 产 帝 帝

[dì ㄉㄧˋ ⑧dei³ 諦]

❶ 君主 ◆ 帝王／皇帝。❷ 宗教或神話中最高的天神 ◆ 上帝／玉皇大帝。
【帝國】dì guó 君主制的國家，如羅馬帝國、大英帝國。

⁷ 師(师) ノ イ F ậ 自 皂 師 師

[shī ㄕ ⑧si¹ 詩]

❶ 稱傳授知識或技藝的人 ◆ 老師／尊師重道。❷ 稱擅長一種專門技藝的人 ◆ 醫師／工程師。❸ 榜樣 ◆ 前事不忘，後事之師。❹ 軍隊的編制單位，軍以下、團以上 ◆ 師長。❺ 軍隊 ◆ 師出有名／百萬雄師。
【師表】shī biǎo 品德和學問上的榜樣 ◆ 當教師的要為人師表。
【師長】shī zhǎng 對教師的尊稱 ◆ 學生要尊敬師長。

【師傅】shī ·fu ❶ 有技藝的人 ◆ 這位老師傅烹飪水平很高。❷ 傳授技藝的人 ◆ 師傅領進門，成才在個人。⑤ 徒弟。
⑤ 教師、會師、導師、良師益友、興師動眾、能者為師

⁷ 席 丶 亠 广 产 产 席 席

[xí ㄒㄧˊ ⑧dzik⁹ 直]

❶ 席子；用蘆葦竹片等編成的鋪墊用具 ◆ 竹席／草席。❷ 座位；席位 ◆ 出席／首席代表。❸ 酒筵 ◆ 酒席／筵席。❹ 量詞 ◆ 與君一席話，勝讀十年書。❺ 姓。
【席位】xí wèi 會場中所佔的座位；特指議會中所佔的人數 ◆ 民主黨贏得了多數席位。
【席捲】xí juǎn 像捲席子一樣把東西都捲進去。比喻來勢迅猛 ◆ 一會兒工夫，竊賊把辦公室裏的貴重物品席捲而去。
⑤ 主席、列席、缺席、座無虛席

⁸ 帳(帐) 巾 帄 帄 帄 帳 帳 帳

[zhàng ㄓㄤˋ ⑧dzœŋ³ 漲]

❶ 張掛起來用作遮擋的用具 ◆ 蚊帳／帳篷。❷ 錢財進出的記錄。同 "賬" 字 ◆ 記帳／帳簿。❸ 所欠的錢財；債務 ◆ 欠帳／還帳。
【帳篷】zhàng ·peng 架在地面上用來遮風擋雨或野外臨時住宿的用具，多用帆布等做成 ◆ 我們搭起帳篷，準備在這裏過夜。

⁸ 帶(带) 一 廿 卅 世 世 帶 帶

[dài ㄉㄞˋ ⑧dai³ 戴]

❶ 帶子；束衣或捆紮用的長條形的東西 ◆ 皮帶／鞋帶／繃帶。❷ 像帶子的長條 ◆ 帶魚／錄音帶。❸ 佩掛；隨身拿着 ◆ 佩帶／攜帶。❹ 率領；引導 ◆ 帶隊／帶路。❺ 順便做；連着 ◆ 附帶／拖泥帶水。❻ 地區 ◆ 熱帶／危險地帶。

【帶動】dài dòng ❶ 靠動力使物體動起來 ◆ 風車帶動石磨轉動。❷ 在前引導，使別人跟着行動起來 ◆ 在校長的帶動下，我們參加了慈善募捐活動。
【帶領】dài lǐng 在前頭引導 ◆ 老師帶領我們去參觀科學館。
⑤ 帶頭
⑤ 夾帶、領帶

⁸ 常 丶 ⺌ 业 尚 尚 常 常

[cháng ㄔㄤˊ ⑧sœŋ⁴ 嘗]

❶ 長久的；不變的 ◆ 常綠樹／常勝將軍。❷ 時時；一次又一次地 ◆ 經常／常來常往。❸ 普通的；一般的 ◆ 常識／人之常情。
【常年】cháng nián 長期；一年到頭 ◆ 他出外經商，常年不在家。
【常規】cháng guī 通常的規矩或做法 ◆ 通過海關，要檢查護照，這是常規。
【常情】cháng qíng 通常的心理或情理 ◆ 同情弱者是人之常情。
【常態】cháng tài 正常的狀態；平時的表現 ◆ 她平時性情溫和，今天卻一反常態，變得異常暴躁。⑤ 變態。
【常識】cháng shí 普通的知識 ◆ 她父親是醫生，所以她懂得不少醫學常識。
⑤ 常用、常見、常常
⑤ 日常、正常、平常、時常、尋常、老生常談、反覆無常、習以為常

⁸ 帷 巾 帄 帄 帄 帷 帷 帷

[wéi ㄨㄟˊ ⑧wai⁴ 圍]

圍起來作遮擋用的布幕 ◆ 帷幕／帷慢。
【帷幕】wéi mù 掛在舞台前的大幕布 ◆ 帷幕徐徐拉開，演出開始了。

⁹ 幅 巾 帄 帄 幅 幅 幅 幅

[fú ㄈㄨˊ ⑧fuk⁷ 福]

❶ 布匹的寬度 ◆ 單幅／雙幅。❷ 泛指書畫面或地域的廣狹 ◆ 篇幅／幅員遼闊。❸ 量詞，多用於圖畫 ◆ 一幅畫。

【幅度】fú dù 物體振動的寬度；事物的變動程度 ◆ 由於物資豐富，物價波動的幅度不大。

【幅員】fú yuán 幅：寬度。員：周圍。指疆土面積 ◆ 中國幅員遼闊，有960萬平方公里的土地。

⁹**幀**(帧) 巾 帄 帄 帖 帕 幀 幀
[zhēn ㄓㄣ (粵)dziŋ³ 證]
❶ 畫幅 ◆ 裝幀。❷ 量詞，相當於"幅" ◆ 一幀照片／一幀山水畫。

⁹**帽** 巾 帄 帄 帄 帽 帽 帽
[mào ㄇㄠ (粵)mou⁶ 冒]
❶ 帽子 ◆ 草帽。❷ 形狀或作用像帽子的東西 ◆ 筆帽／螺絲帽。

⁹**幃**(帏) 巾 帄 帄 帄 幃 幃 幃
[wéi ㄨㄟ (粵)wɐi⁴ 圍]
帳幔。同"帷"字 ◆ 幃幔。

¹⁰**幌** 巾 帄 帄 帄 帄 幌 幌
[huǎng ㄏㄨㄤ (粵)fɔŋ² 訪]
見"幌子"。

【幌子】huǎng·zi ❶ 掛在商店門前用來招引顧客的旗幟或標記 ◆ 幌子上寫着一個大大的"酒"字。❷ 比喻掩蓋真相、蒙騙別人的説法或做法 ◆ 他們以介紹工作為幌子，把一些婦女推入火坑。

¹¹**幕**(幕) 一 艹 节 苜 莫 莫 幕
[mù ㄇㄨ (粵)mɔk⁹ 莫]
❶ 張掛或覆蓋着的大塊的織物 ◆ 幕布／揭幕。❷ 戲劇中的一個段落 ◆ 序幕／

五幕話劇。❸ 內部的或隱祕的事情 ◆ 內幕／黑幕。

【幕布】mù bù 掛在舞台前供演戲或放映電影用的大塊的布 ◆ 報幕小姐撩開幕布，預告演出節目。
〔注意〕"幕布"也叫"大幕"。

【幕後】mù hòu 舞台幕布的後面。比喻暗中或背後 ◆ 警方抓到了這次事件的幕後策劃者。

▷夜幕、閉幕、開幕、銀幕、謝幕、煙幕彈

¹¹**幔** 巾 帄 帄 帄 幔 幔 幔
[màn ㄇㄢ (粵)man⁶ 慢]
掛在屋裏用作遮擋的布 ◆ 布幔／窗幔。
▷帷幔

¹¹**幣**(币) ⺌ ⺌ 巾 帀 敝 幣
[bì ㄅㄧ (粵)bɐi⁶ 弊]
錢；貨幣 ◆ 港幣／錢幣。
▷外幣、金幣、貨幣、銀幣、人民幣

¹²**幢** 巾 帄 帄 帄 幢 幢 幢
[zhuàng ㄓㄨㄤ (粵)dzɔŋ⁶ 狀]
量詞 ◆ 一幢樓房。

¹²**幟**(帜) 巾 帄 帄 帄 幟 幟 幟
[zhì ㄓ (粵)tsi³ 次]
旗子 ◆ 旗幟／獨樹一幟。

¹⁴**幫**(帮) 一 ⧾ 土 幸 封 封 幫
[bāng ㄅㄤ (粵)bɔŋ¹ 邦]
❶ 助 ◆ 替人家出力 ◆ 幫助／幫忙。❷ 成羣結夥的 ◆ 幫派／馬幫／一大幫人。❸ 物體的周圍部分 ◆ 船幫／鞋幫。

【幫兇】bāng xiōng 幫着做壞事；幫着做壞事的人 ◆ 這些幫兇決不會有好下場。

【幫忙】bāng máng 幫人做事；在別人需要時給予幫助 ◆ 這次搬家，來幫忙的人很多。

【幫助】bāng zhù 替人出力，給人支援 ◆ 大家捐錢捐物，幫助災民度過難關。

【幫腔】bāng qiāng 戲曲中一人在台上主唱，若干人在後台和着唱。比喻在一旁幫人説話 ◆ 你別幫腔，由他自己説。

干 部

⁰**干** 一 二 干
〈一〉[gān ㄍㄢ (粵)gɔn¹ 肝]
❶ 觸犯 ◆ 干犯／干擾。❷ 關係；牽連；過問 ◆ 干預／不相干。❸ 相當於"個"。若干，用來約計數目 ◆ 若干人。❹ 見"干支"。❺ 盾牌 ◆ 大動干戈／化干戈為玉帛。❻ "乾〈一〉"的簡化字，見 10 頁。
〈二〉[gàn ㄍㄢ (粵)gɔn³ 肝³]
❼ "幹"的簡化字，見 138 頁。

【干支】gān zhī 天干和地支的合稱。天干指甲乙丙丁戊己庚辛壬癸；地支指子丑寅卯辰巳午未申酉戌亥。天干與地支循環相配，組成六十花甲。古代用干支來記年、月、日，現在農曆仍沿用干支記年、記日，如 1998 年農曆為戊寅年。

【干戈】gān gē 泛指武器；借指戰爭 ◆ 雙方竟然因小事而大動干戈。

【干涉】gān shè 不該管而管 ◆ 這是我的私事，請你不要干涉。⊜ 干預。

【干預】gān yù 過問別人的事 ◆ 自己家裏的事，用不着別人來干預。⊜ 干涉。

【干擾】gān rǎo 擾亂；打擾 ◆ 她正在專心做功課，你別去干擾她。

²**平** 一 ⿱ ㄷ 平 平
[píng ㄆㄧㄥ (粵)piŋ⁴ 瓶]
❶ 表面沒有高低凹凸，也不傾斜 ◆ 平地／馬路很平。❷ 均等；公正；不相

上下 ◆ 平均／公平合理。❸ 安定 ◆ 平安／太平／和平。❹ 用武力征服；消除動亂 ◆ 平定騷亂／平息叛亂。❺ 經常的；普通的 ◆ 平時／平常／平凡的工作。❻ 漢語聲調四聲之一 ◆ 陰平／陽平。

【平凡】 píng fán　平常；普通 ◆ 他在平凡的工作中作出了優異的成績。囻 偉大、特殊。

【平日】 píng rì　平常的日子 ◆ 平日這裏遊客稀少。同 平時。

【平生】 píng shēng　一生 ◆ 這是他平生第一次看到萬里長城，高興極了。

【平民】 píng mín　普通百姓 ◆ 他是百萬富翁，卻過着平民一般的生活。囻 貴族。

【平行】 píng xíng　❶ 等級相同，沒有從屬關係 ◆ 它們是特區政府下屬的平行機構。❷ 兩條直線或兩個平面或一條直線與一個平面任意延長永不相交 ◆ 有軌電車的軌道是平行的。

【平安】 píng ān　安全；沒出意外，沒有危險 ◆ 祝你一路平安！囻 危險。

【平均】 píng jūn　把總數按份數均勻計算 ◆ 他學期考試的平均成績在85分以上。同 均勻。

【平坦】 píng tǎn　地面平整，沒有高低凹凸 ◆ 汽車在平坦的柏油馬路上行駛。囻 崎嶇。

【平定】 píng dìng　❶ 平穩安定 ◆ 激動的情緒終於平定下來。同 平靜。❷ 用武力制止叛亂 ◆ 總統命令軍隊迅速平定內亂。同 平息。

【平原】 píng yuán　大片平坦的土地 ◆ 中國的東北平原盛產小麥、大豆。

【平時】 píng shí　平常的時候；一般情況下 ◆ 他平時不愛開玩笑。

【平息】 píng xī　❶ 停止；平靜 ◆ 這場勞資風波終於平息了。❷ 用武力制止 ◆ 平息內亂，這是當務之急。同 平定。

【平常】 píng cháng　❶ 平時；一般情況下 ◆ 這裏比較偏僻，平常很少有人來。❷ 一般；沒有甚麼特別 ◆ 他的工作表現很平常，沒有引起上司的注意。囻 特別、突出。

【平淡】 píng dàn　普普通通，沒有甚

麼特別或突出的地方 ◆ 這篇文章平淡無奇，不吸引人。囻 精彩。

【平等】 píng děng　享有同等待遇 ◆ 男女平等，同工同酬。

【平靜】 píng jìng　安靜；沒有波動或動盪 ◆ 湖邊的垂柳倒映在平靜的水面上。同 寧靜。囻 熱鬧、動盪。

【平衡】 píng héng　❶ 相對的各部分在數量或質量上相等 ◆ 公司收支平衡。❷ 平穩；沒有傾斜 ◆ 在平衡木上表演，保持身體平衡很重要。

雜技演員表演走鋼絲時，總是把身體的重心保持在鋼絲的正上方。同時，手上會拿一支長竿，或展開雙臂，使身體的重量平均地落在鋼絲兩側。這樣身體便自然平衡起來了。

【平穩】 píng wěn　穩定；沒有起伏或晃動 ◆ 物價平穩／雜技演員平穩地在鋼絲上表演各種動作。同 安穩。

【平心靜氣】 píng xīn jìng qì　心平氣和，態度冷靜 ◆ 我們應該平心靜氣談一談，不要老是爭吵不休。同 心平氣和。囻 大發雷霆。

【平易近人】 píng yì jìn rén　態度和藹，使人容易接近 ◆ 我們的校長平易近人。同 和藹可親。囻 盛氣凌人。

【平鋪直敍】 píng pū zhí xù　説話或寫文章不講求修辭技巧，只是按順序簡單地直接敍述 ◆ 這篇作文像記流水賬，平鋪直敍，枯燥乏味。囻 波瀾起伏。

◺ 平方、平局、平面

◿ 水平、生平、心平氣和、風平浪靜、打抱不平

³ 年 　ノ 𠂉 𠂉 𠂇 𠂇 年

[nián ㄋㄧㄢˊ 粵 nin⁴]

❶ 地球繞太陽一周的時間叫 "一年" ◆ 一年半載／十年樹木，百年樹人。❷ 歲數 ◆ 年紀／年齡。❸ 時期；時代 ◆ 年代／清朝末年。❹ 農作物的收成 ◆ 年成／豐年。❺ 年節 ◆ 新年。

【年代】 nián dài　❶ 時代；時期 ◆ 只有在和平年代，人們才能安居樂業。❷ 指一個世紀內每十年的一個時段，如 1990 − 1999 年，稱二十世紀九十年代 ◆ 我們學校是五十年代創辦的。

【年成】 nián chéng　一年的收成 ◆ 今年風調雨順，年成不錯。

【年青】 nián qīng　指青年時期 ◆ 中學生正年青，精力旺盛。

【年華】 nián huá　年歲；時光 ◆ 我們應珍惜時間，不要虛度年華。

【年輕】 nián qīng　年紀輕；歲數不大 ◆ 年輕人要有志氣。囻 年邁。

【年邁】 nián mài　年紀老；歲數很大 ◆ 父親年邁，行動不便。囻 年輕。

【年齡】 nián líng　歲數 ◆ 他年齡不大，志氣不小。同 年紀。

◿ 少年、晚年、長年累月、度日如年

⁴ 罕　見 网部，337頁。

⁵ 幸　一 十 十 士 去 𡗓 幸

[xìng ㄒㄧㄥˋ 粵 heng⁶ 杏]

❶ 生活愉快美滿；境遇稱心如意 ◆ 幸福／幸運。❷ 希望 ◆ 幸勿推辭。❸ 同 "倖"，見28頁。

【幸存】 xìng cún　僥幸地活了下來 ◆ 在這次空難中，他是惟一的幸存者。注意 "幸存"也作"倖存"。

【幸好】 xìng hǎo　幸虧 ◆ 幸好及時送進醫院，否則他的生命就很危險了。

【幸免】 xìng miǎn　僥幸地避免 ◆ 在這次翻船事故中，只有十餘人幸免於難。注意 "幸免"也作"倖免"。

【幸運】 xìng yùn　運氣好 ◆ 他很幸運，中了頭獎。

【幸福】 xìng fú　稱心如意的境遇和生活 ◆ 祝家庭幸福，前程遠大。

【幸虧】 xìng kuī　表示得到別人幫助或由於某種有利條件而避免災害或獲得好處 ◆ 幸虧帶了雨傘，否則要淋雨了。同 多虧、幸好。

【幸災樂禍】 xìng zāi lè huò　看到別人遭災，自己心裏高興 ◆ 你不同情人家

的遭遇，反而幸災樂禍，還有沒有良心？

▷ 不幸、榮幸、慶幸

---

¹⁰幹 (干) 一 十 古 直 幹 幹 幹 [幹]

[gàn ㄍㄢˋ 粵gɔn³ 肝³]

❶ 主體部分；主要部分 ◆ 軀幹／主幹。

❷ 做事；辦事 ◆ 幹活／說幹就幹。

❸ 辦事的能力 ◆ 才幹／精明強幹。

【幹勁】gàn jìn 做事的勁頭 ◆ 年輕人有理想、有幹勁，前途無量。

【幹部】gàn bù 擔任領導或管理工作的公務員 ◆ 國家幹部要廉潔奉公。

【幹線】gàn xiàn 鐵路、電線等的主要路線 ◆ 京滬鐵路幹線都是雙軌。

◪ 支線。

▷ 骨幹、能幹、樹幹、埋頭苦幹

幺 部

---

¹幻 ㄠ ㄠ ㄠ [幻]

[huàn ㄏㄨㄢˋ 粵wan⁶ 患]

❶ 不真實的；空虛；不實在的 ◆ 夢幻／虛幻。❷ 變化 ◆ 變幻莫測／變幻無窮。

【幻想】huàn xiǎng ❶ 不切實際的想法 ◆ 隨着科學技術的發展，複製人類已不再是幻想。❷ 想像 ◆ 這本科學幻想小說很有趣。

【幻燈】huàn dēng 利用強光和透鏡把膠片上的文字或圖像投射在幕布上的一種儀器。也就是幻燈機 ◆ 教師有時利用幻燈輔助教學。

【幻覺】huàn jué 虛假的感覺 ◆ 精神失常的人有時會產生某種幻覺。

---

²幼 ㄠ ㄠ ㄠ 幻 [幼]

[yòu ㄧㄡˋ 粵jeu³ 丘³]

❶ 年紀小；還沒長成的 ◆ 幼兒／幼苗。❷ 小孩 ◆ 扶老攜幼。

【幼小】yòu xiǎo 年紀小或還未長成 ◆ 在她幼小的心靈裏，外婆是最疼愛她的人／幼小的樹木，經不起狂風暴雨的吹打。

【幼苗】yòu miáo 幼小的樹木花草 ◆ 嫩綠的幼苗破土而出。

【幼稚】yòu zhì ❶ 年齡小 ◆ 孩子在幼稚園裏玩得很開心。❷ 頭腦簡單，知識、經驗不足 ◆ 他畢竟還年輕，對問題的看法顯得幼稚。

---

⁶幽 丨 丨 ㄠ ㄠ ㄠ ㄠ [幽]

[yōu ㄧㄡ 粵jeu¹ 休]

❶ 深；暗 ◆ 幽深／幽暗。❷ 隱蔽的 ◆ 幽會／幽居。❸ 沉靜；僻靜 ◆ 幽思／幽靜。❹ 囚禁 ◆ 幽禁。❺ 陰間 ◆ 幽靈。

【幽雅】yōu yǎ 幽靜而雅緻 ◆ 這裏有亭台樓閣，小橋流水，環境很幽雅。

【幽靜】yōu jìng 幽雅清靜 ◆ 這裏背山面水，綠樹成蔭，環境非常幽靜。

【幽默】yōu mò 含蓄有趣而又意味深長 ◆ 他說話幽默，耐人尋味。

【幽靈】yōu líng 鬼魂 ◆ 一個黑影像幽靈一樣跟在她的後面。

▷ 清幽

---

⁹幾 (几) ㄠ ㄠ ㄠㄠ ㄠㄠ 幾 幾 [幾]

〈一〉[jǐ ㄐㄧˇ 粵gei² 己]

❶ 詢問數量；多少 ◆ 幾歲／現在幾點？❷ 表示數目不定 ◆ 幾本書／幾個人。

〈二〉[jī ㄐㄧ 粵gei¹ 基]

❸ 接近；差一點 ◆ 幾乎都來了。

【幾乎】jī hū 接近；只差一點點 ◆ 這樓重修後，幾乎跟原來的一模一樣。

---

¹¹麼 見麻部，469頁。

---

¹²樂 見木部，219頁。

广 部

---

⁴床 "牀"的異體字，見268頁。

---

⁴庇 丶 一 广 广 庀 庇 [庇]

[bì ㄅㄧˋ 粵bei³ 祕]

遮蔽；保護 ◆ 庇護／包庇。

【庇護】bì hù 包庇；保護 ◆ 大使館對遭難的本國僑民提供庇護。

---

⁴序 丶 一 广 庐 庐 庐 [序]

[xù ㄒㄩˋ 粵dzœy⁶ 聚]

❶ 排列的先後 ◆ 次序／順序。❷ 開頭的；正式內容之前的 ◆ 序幕／序曲／序言。

【序列】xù liè 有序的排列 ◆ 訓練題按字、詞、句、段、篇的序列編排。

【序曲】xù qǔ ❶ 歌劇、舞劇等開場時演奏的樂曲 ◆ 歌劇《茶花女》的序曲很有民族特色。❷ 比喻事情的開頭 ◆ 昨晚的較量只是聯賽的一個序曲。◎ 前奏。◪ 尾聲。

【序言】xù yán 著作正文之前的文章。有作者自己寫的，說明寫作目的和經過等；有別人寫的，介紹、評論本著作的內容 ◆ 讀一本書，最好要先看序言，初步了解它有哪些甚麼內容。⚠ 簡稱"序"。也作"敍言"。

【序幕】xù mù ❶ 多幕劇第一幕前的一場劇，用來介紹人物、劇情背景等 ◆ 當我們來到劇場時，序幕已經演完。❷ 比喻重大事件的開頭 ◆ 1937年7月7日的"蘆溝橋事變"，揭開了中國人民全面抗戰的序幕。

▷ 秩序、程序、循序漸進、井然有序

⁵店　丶 一 广 广 庐 店 店　店

[diàn ㄉㄧㄢˋ ㊉dim³ 惦]

❶買賣東西的場所；商店 ◆ 服裝店 /
書店。❷旅館 ◆ 客店 / 旅店。

【店鋪】diàn pù　泛指商店 ◆ 這類商
品只有少數幾家店鋪出售。

⁵府　丶 一 广 广 府 府　府

[fǔ ㄈㄨˇ ㊉fu² 苦]

❶官署；政權機關 ◆ 官府 / 政府。
❷高級官員辦公或居住的地方 ◆ 王府 /
總統府。❸尊稱別人的籍貫、家屬或
住宅 ◆ 府上。❹舊時的行政區劃，在
縣與省之間 ◆ 開封府 / 知府大人。

【府上】fǔ shàng　稱對方住家的客氣
話 ◆ 我改日再到府上拜訪。

⁵底　亠 广 广 庐 庐 底　底

[dǐ ㄉㄧˇ ㊉dei² 抵]

❶器物等最下面的部分 ◆ 鞋底 / 井
底之蛙。❷一段時間的末尾；結束 ◆
年底 / 進行到底。❸留作根據的原稿
或草樣 ◆ 底稿 / 底本。❹事情的內
情或根源 ◆ 摸底 / 刨根問底。

【底細】dǐ xì　人或事情的根源、背
景、內情 ◆ 這個人很神秘，沒有人
了解他的底細。

▷心底、徹底、追根問底、歸根結底

⁵庚　丶 一 广 广 户 户　庚

[gēng ㄍㄥ ㊉gang¹ 羹]

❶天干的第七位 ◆ 甲乙丙丁戊己庚
辛。❷年齡 ◆ 同庚 / 貴庚。
❀圖見102頁。

⁶度　广 广 广 庐 序 度　度

〈一〉[dù ㄉㄨˋ ㊉dou⁶ 道]

❶計量物體長短的標準；量長短的器
具 ◆ 度量衡。❷按計量標準規定的
計量單位 ◆ 溫度 / 長度。❸事物所
達到的水平、境界 ◆ 程度 / 極度困
難。❹法則；標準 ◆ 法度 / 制度。

❺人的氣量、胸懷 ◆ 度量 / 氣度不
凡。❻人的外貌、儀表 ◆ 風度 / 態
度。❼過 ◆ 歡度春節 / 虛度年華。
❽回；次 ◆ 再度奪冠 / 一年一度。

〈二〉[duó ㄉㄨㄛˊ ㊉dok⁹ 鐸]

❾估計；推測 ◆ 揣度 / 以己度人。

【度假】dù jià　過假日 ◆ 春節期間，
我們一家人去北京度假。

▷角度、高度、速度、置之度外

⁷席　見巾部，135頁。

⁷庫⁽库⁾　广 广 广 庐 盾 宣　庫

[kù ㄎㄨˋ ㊉fu³ 富]

儲存大量東西的房屋或建築物 ◆ 倉庫 /
書庫 / 水庫。

【庫存】kù cún　倉庫裏存放的物品 ◆
這產品好銷，庫存已不多。

⁷庭　广 广 庄 庄 庭 庭　庭

[tíng ㄊㄧㄥˊ ㊉ting⁴ 停]

❶廳堂 ◆ 大庭廣眾。❷正房前的院
子 ◆ 庭院。❸法院審理案件的場所
◆ 法庭 / 出庭作證。

【庭院】tíng yuàn　正屋前的空地；院
子 ◆ 庭院裏種着兩棵玉蘭花。

▷家庭、門庭若市

⁷座　广 广 广 庐 应 座　座

[zuò ㄗㄨㄛˋ ㊉dzo⁶ 助]

❶坐位 ◆ 讓座 / 對號入座。❷器物
下面的托子 ◆ 鐘座 / 底座。❸量詞
◆ 一座山 / 兩座橋。

【座落】zuò luò　建築物等位置處在 ◆
大會堂座落在天星碼頭東面。㊀位
於。

【座右銘】zuò yòu míng　寫下來放在
坐位旁邊的格言，表示時刻記住 ◆ "有
志者，事竟成"，是我的座右銘。

【座無虛席】zuò wú xū xí　座位沒有空
着的。形容賓客很多 ◆ 歌舞團連演三
場，場場爆滿，座無虛席。

▷賣座、客座

⁷唐　見口部，79頁。

⁸庶　广 广 庐 庐 庇 庶　庶

[shù ㄕㄨˋ ㊉sy³ 恕]

❶眾多 ◆ 富庶。❷老百姓 ◆ 庶民。

⁸麻　見麻部，469頁。

⁸庵　广 广 庐 庆 庵 庵　庵

[ān ㄢ ㊉em¹/ngem¹ 暗¹]

尼姑住的寺廟 ◆ 尼姑庵。

⁸庸　广 户 户 户 肩 肩　庸

[yōng ㄩㄥ ㊉jun⁴ 容]

❶平常的；普通的；不高明 ◆ 平庸 /
庸才。❷用；須 ◆ 毋庸諱言。

【庸俗】yōng sú　粗俗不高雅 ◆ 這部
喜劇片內容庸俗，盡是些低級趣味的
東西。㊀俗氣。㊉高尚、高雅、文雅。

【庸人自擾】yōng rén zì rǎo　"天下本
無事，庸人自擾之"的省略語。指平庸
的人無事找事，自尋麻煩 ◆ 大家都很
信任他，他卻疑神疑鬼，簡直是庸人
自擾。㊀杞人憂天。

▷昏庸

⁸康　广 广 户 户 庚 庚　康

[kāng ㄎㄤ ㊉hong¹ 腔]

平平安安；身體好 ◆ 安康 / 健康。

【康復】kāng fù　身體恢復健康 ◆ 經
過一週的治療，她已康復出院。

【康樂】kāng lè　有益身心健康的 ◆
學生喜歡參加社區舉辦的康樂活動。

【康莊大道】kāng zhuāng dà dào　四通
八達的大路。比喻光明的前途 ◆ 中國
人民正沿着改革開放的康莊大道闊步
前進。

⁸鹿　見鹿部，469頁。

⁹廂 (厢) 广厂广庐庐庐庐廂 **廂**

[xiāng ㄒㄧㄤ （粵）sœŋ¹ 商]

❶ 正屋前邊兩旁的房屋 ◆ 廂房／西廂房。❷ 像屋子一樣隔間的地方 ◆ 車廂／包廂。❸ 靠近城市的地段 ◆ 城廂。

▷ 一廂情願

⁹廁 (厕) 广厂庐庐庐庐 **廁**

[cè ㄘㄜˋ （粵）tsi³ 次]

廁所：大小便的地方 ◆ 男廁／女廁。

⁹廊 广厂庐庐廊廊 **廊**

[láng ㄌㄤˊ （粵）lɔŋ⁴ 郎]

屋簷下的過道，或連接建築物有頂無牆的狹長過道 ◆ 走廊／九曲迴廊。

⁹廄 (厩) 广厂庐庐庐廄 **廄**

[jiù ㄐㄧㄡˋ （粵）gɐu³ 究]

馬棚；泛指牲口棚 ◆ 馬廄。

¹⁰廈 (厦) 广厂广庐庐庐 **廈**

〈一〉[shà ㄕㄚˋ （粵）ha⁶ 夏]

❶ 高大的房子 ◆ 高樓大廈。

〈二〉[xià ㄒㄧㄚˋ （粵）ha⁶ 夏]

❷ 廈門：地名，在福建省。

¹⁰廉 广厂庐庐庐廉 **廉**

[lián ㄌㄧㄢˊ （粵）lim⁴ 簾]

❶ 不貪污 ◆ 廉潔奉公／為政清廉。

❷ 價錢便宜 ◆ 廉價／價廉物美。

【廉恥】lián chǐ 廉潔和羞恥 ◆ 他已墮落到不知廉恥的地步。

【廉潔】lián jié 清白無私，不貪財物 ◆ 公務員要廉潔奉公。

¹¹麼 見麻部，469 頁。

¹¹腐 見肉部，350 頁。

¹¹廓 广厂庐庐庐廓 **廓**

[kuò ㄎㄨㄛˋ （粵）kwɔk⁸ 擴]

❶ 空闊：寬廣 ◆ 寥廓。❷ 物體外形的邊線 ◆ 輪廓。

¹¹塵 見土部，97 頁。

¹¹廖 广厂广广庐廖 **廖**

[liào ㄌㄧㄠˋ （粵）liu⁶ 料]

姓。

¹²廚 (厨) 广厂庐庐廖廚 **廚**

[chú ㄔㄨˊ （粵）tsy⁴ 躇／tsœy⁴ 除]

❶ 做飯菜的屋子 ◆ 廚房。❷ 專做飯菜的人 ◆ 廚師／名廚。

¹²廝 (厮) 广厂庐庐庐廝 **廝**

[sī ㄙ （粵）si¹ 司]

❶ 互相 ◆ 廝打／廝殺。❷ 過去稱呼男僕 ◆ 小廝／廝役。

【廝殺】sī shā 互相殘殺 ◆ 兩軍廝殺，傷亡慘重。

¹²廣 (广) 广广广庐庐庐 **廣**

[guǎng ㄍㄨㄤˇ （粵）gwɔŋ² 光²]

❶ 寬闊：跟“狹”相對 ◆ 廣闊／地廣人稀。❷ 多 ◆ 大庭廣眾。❸ 擴大：擴充 ◆ 推廣／廣為宣傳。❹ 廣東省的簡稱：廣東、廣西稱“兩廣”。

【廣大】guǎng dà ❶ 區域寬闊 ◆ 宇宙空間，廣大無邊。❷ 人數眾多 ◆ 這本書受到廣大讀者的喜愛。

【廣告】guǎng gào 一種宣傳方式，主要通過報刊、廣播、電視等傳媒，向公眾介紹商品、服務內容或文娛體育節目等 ◆ 廣告的形式五花八門，甚有吸引力。

【廣泛】guǎng fàn 範圍大，涉及面廣 ◆ 他興趣廣泛，讀書很多。反 狹窄。

【廣博】guǎng bó 知識面寬，知道的東西多 ◆ 我們校長知識廣博，受人尊敬。反 狹窄。

【廣場】guǎng chǎng 面積寬闊的場地 ◆ 北京天安門廣場中央，矗立着人民英雄紀念碑。

【廣播】guǎng bō 電台、電視台播送節目；電台、電視台播送的節目 ◆ 每天聽廣播，能增長不少知識。

【廣闊】guǎng kuò 廣大寬闊 ◆ 在廣闊的海面上，有時可以看到海鷗在飛翔。同 寬廣、寬闊。反 狹小。

▷ 心廣體胖、神通廣大、集思廣益

¹²廟 (庙) 广广广庐庐庐 **廟**

[miào ㄇㄧㄠˋ （粵）miu⁶ 妙]

供奉神佛、祖宗或歷史名人的處所 ◆ 孔廟／宗廟／土地廟。

【廟宇】miào yǔ 供奉神、佛或祖先、歷史名人的建築 ◆ 山上有一座廟宇。

¹²摩 見手部，185 頁。

¹²廠 (厂) 广广广庐庐庐 **廠**

[chǎng ㄔㄤˇ （粵）tsɔŋ² 敞]

製造或修理器物的地方；工廠 ◆ 造船廠／紡織廠／汽車修理廠。

¹²慶 見心部，161 頁。

¹²廢 (废) 广广庐庐庐廢 **廢**

[fèi ㄈㄟˋ （粵）fɐi³ 肺]

❶ 放棄不用：停止 ◆ 廢除／作廢。

❷ 失去效用的；沒用的 ◆ 廢料／廢話。

【廢除】fèi chú 取消；不再繼續 ◆ 時代在進步，一些陳規陋習已經廢除。

反保留。

【廢墟】fèi xū　遭到破壞後變成荒涼的地方 ◆ 這次大地震，使整個城市成為一片廢墟。

【廢寢忘食】fèi qǐn wàng shí　顧不得睡覺，忘記了吃飯。形容做事專心致志 ◆ 為了準備考試，他幾乎到了廢寢忘食的地步。

近荒廢、殘廢、半途而廢、因噎廢食

13 **磨** 見石部，305頁。

14 **膚** 見肉部，353頁。

14 **應** 見心部，162頁。

16 **盧**(庐)　广广庐庐庐庐盧盧
[lú ㄌㄨˊ ⑧lou⁴ 勞]
簡陋的房屋 ◆ 草廬 / 三顧茅廬。

16 **龐**(庞)　广庐庐庐庐庐龐龐
[páng ㄆㄤˊ ⑧pɔŋ⁴ 旁]
❶ 大 ◆ 龐大。❷ 又多又雜 ◆ 龐雜。❸ 臉龐 ◆ 面龐。❹ 姓。

【龐大】páng dà　很大 ◆ 香港新機場是一項龐大的建設工程。

【龐然大物】páng rán dà wù　又高又大的東西。也比喻外表強大而實際虛弱的事物 ◆ 大象是動物中的龐然大物。

18 **魔** 見鬼部，464頁。

21 **鷹** 見鳥部，468頁。

22 **廳**(厅)　广厅庐庐庐庐廳廳
[tīng ㄊㄧㄥ ⑧tiŋ¹ 庭/tɛŋ¹ 艇(語)]
❶ 聚會、會客等用的大房間 ◆ 客廳 / 會議廳。❷ 機關單位或辦事部門 ◆ 市政廳 / 辦公廳。❸ 營業處所 ◆ 歌舞廳 / 理髮廳。

廴 部

4 **廷**　一二千壬任廷廷
[tíng ㄊㄧㄥˊ ⑧tiŋ⁴ 停]
古代帝王接見官吏和辦理政務的地方 ◆ 朝廷 / 宮廷。

5 **延**　丿亻丆正延延延
[yán ㄧㄢˊ ⑧jin⁴ 言]
❶ 伸長 ◆ 延長 / 蔓延。❷ 時間向後推 ◆ 延期 / 拖延。❸ 姓。

【延伸】yán shēn　延長；伸展 ◆ 京九鐵路由北京經深圳延伸至九龍。反縮短。

【延長】yán cháng　時間、路線等加長 ◆ 營業時間延長至晚上十二點。反縮短。

【延誤】yán wù　拖延耽誤 ◆ 因路上交通堵塞，延誤了去機場的時間。

【延請】yán qǐng　聘請 ◆ 父親為我延請了家庭教師，教我彈鋼琴。

【延遲】yán chí　往後推遲 ◆ 因下雨，運動會延遲一天舉行。同推遲。反提前。

【延緩】yán huǎn　推遲 ◆ 注意適量的運動，能延緩人體的衰老。同延遲。反加速。

【延續】yán xù　延長下去；繼續下去 ◆ 物價上漲的勢頭還會延續一段時間。同持續。反停止。

【延年益壽】yán nián yì shòu　延長歲數，增加壽命 ◆ 這種藥品有滋補養顏、延年益壽的功效。

6 **建**　フマ聿聿聿律建
[jiàn ㄐㄧㄢˋ ⑧gin³ 見]
❶ 修築 ◆ 建橋 / 興建。❷ 創設；成立 ◆ 建立 / 建校三十週年。❸ 提出

◆ 建議。

【建立】jiàn lì　❶ 設立；成立 ◆ 建立香港特別行政區，實行港人治港。❷ 產生；形成 ◆ 同學三年，使我們建立了深厚的友誼。

【建設】jiàn shè　興建新設施；開創新事業 ◆ 新機場的建設，將大大提高香港的航空運輸能力。反破壞。

【建造】jiàn zào　修建；修築 ◆ 工人們正在建造一座大橋。同建築。

【建築】jiàn zhù　❶ 建造房屋、橋梁、道路等 ◆ 上海正在建築地鐵二號線。同建造。❷ 建築物 ◆ 北京有許多古建築。

【建議】jiàn yì　提出自己的主張供人參考；提出的主張 ◆ 老師建議我們多做運動，保持身體健康 / 我們採納了老師的建議。

近修建、擴建

廾 部

1 **廿**　一十廿廿
[niàn ㄋㄧㄢˋ ⑧jɛp⁹ 入/ja⁶ 也(語)/jɛ⁶ 夜(語)]
數目字，二十 ◆ 廿年不見。

2 **卉** 見十部，60頁。

4 **弄**　一二千王王弄弄
〈一〉[nòng ㄋㄨㄥˋ ⑧luŋ⁶ 龍⁶]
❶ 玩；耍 ◆ 玩弄 / 戲弄。❷ 做；搞 ◆ 弄飯吃 / 弄清楚。
〈二〉[lòng ㄌㄨㄥˋ ⑧luŋ⁶ 龍⁶]
❸ 小巷 ◆ 弄堂。

【弄巧成拙】nòng qiǎo chéng zhuō　拙：蠢笨。本想要弄聰明，結果反而把事情弄糟，做了蠢事 ◆ 他想方設法討好女友，結果弄巧成拙，引起女友反感。

【弄假成真】nòng jiǎ chéng zhēn　本來是假做，卻變成了真事 ◆ 他們在電影

裏演夫妻，後來卻弄假成真，結為終生伴侶。

【弄虛作假】nòng xū zuò jiǎ　用虛假的一套來欺騙人 ◆ 弄虛作假可以騙人一時，但不能騙人一世。

▷ 耍弄、捉弄、賣弄、班門弄斧

⁶弈

弈　、一ナ方亦弈

[yì 丨ˋ ⑧ jik⁹ 亦]

圍棋；下棋 ◆ 對弈。

¹¹弊

弊　、丷丷丬丬尚尚敝

[bì ㄅ丨ˋ ⑧ bɐi⁶ 幣]

❶ 害處；毛病 ◆ 弊病 / 興利除弊。
❷ 欺騙；弄虛作假 ◆ 作弊 / 營私舞弊。

【弊病】bì bìng　工作上的缺點、毛病 ◆ 缺心大意是他工作上的一大弊病。

【弊端】bì duān　由於工作上有疏漏而發生的有害的事情 ◆ 管理不善的弊端已暴露出來。

弋 部

¹戈

戈　見戈部，163頁。

³式

式　一一二亍式式

[shì ㄕˋ ⑧ sik⁷ 色]

❶ 樣子 ◆ 式樣 / 新式。❷ 規格：標準 ◆ 格式 / 公式。❸ 典禮 ◆ 開幕式 / 閱兵式。

【式樣】shì yàng　物體的形狀、樣子 ◆ 這個玩具鐘式樣新穎別致。

▷ 方式、形式、款式、儀式

⁵武

武　見止部，226頁。

⁹貳

貳　見貝部，403頁。

¹¹鳶

鳶　見鳥部，466頁。

弓 部

⁰弓

弓　フコ弓

[gōng ㄍㄨㄥ ⑧ gung¹ 公]

❶ 射箭或發射彈丸的器具 ◆ 弓箭 / 彈弓。❷ 形狀像弓的東西 ◆ 琴弓。❸ 彎曲 ◆ 弓背 / 弓着腰。

¹弔（吊）

弔　フコ弓弔

[diào ㄉ丨ㄠ ⑧ diu³ 釣]

❶ 拜祭死者或慰問死者家人 ◆ 弔喪 / 弔唁。❷ 同“吊”字，見70頁。

【弔唁】diào yàn　祭奠死者，慰問家屬 ◆ 前來弔唁的人絡繹不絕。

(注意) “唁”粵音讀 jin⁶（現）。

▷ 憑弔

¹引

引　フフ弓引

[yǐn 丨ㄣˇ ⑧ jɐn⁵ 蚓]

❶ 拉開弓 ◆ 引而不發。❷ 拉長；伸長 ◆ 引領而望 / 引吭高歌。❸ 帶領 ◆ 引路 / 指引方向。❹ 招來；惹 ◆ 吸引 / 引人發笑。❺ 用來作根據 ◆ 引文 / 引經據典。❻ 離開 ◆ 引退。

【引申】yǐn shēn　字或詞由本義產生新義 ◆ “根”的本義是樹根，“人的出身”（如“尋根”）、“事情的由來”（如“禍根”）是它的引申義。

【引用】yǐn yòng　用別人說過的話、做過的事作為根據 ◆ 寫文章引用格言、警句，能增強文章的說服力。

【引見】yǐn jiàn　帶領相見，使彼此認識 ◆ 經朋友引見，我結識了這位著名畫家。(同) 介紹。

【引起】yǐn qǐ　由此而產生 ◆ 這場大火是由小孩玩火引起的。

【引進】yǐn jìn　從外部引入人才、技

術、資金、設備、管理經驗等 ◆ 為了發展本地經濟，急需引進各類人才。

【引號】yǐn hào　標點符號之一（“”、‘’或「」、『』），表示行文中直接引用的話語，或表示着重論述的對象，或表示含有特殊意義的詞語。

【引誘】yǐn yòu　招引誘惑。多指引人做壞事 ◆ 他受壞人引誘，到銀行行劫，終於被捕入獄。(同) 誘惑。

【引導】yǐn dǎo　❶ 帶路 ◆ 校長引導我們參觀了圖書館、實驗室。(同) 帶領。❷ 帶領人向某個目標行動 ◆ 學校要引導學生全面發展。

【引人入勝】yǐn rén rù shèng　勝：美妙的境地。把人帶進美妙的境地。比喻非常吸引人 ◆ 小說的故事情節引人入勝。

【引人注目】yǐn rén zhù mù　引起人們的注意 ◆ 店門兩側，擺放着一對引人注目的石獅子。

【引狼入室】yǐn láng rù shì　比喻把敵人、壞人引入內部 ◆ 把一個奸細安排在本部門工作，無疑是引狼入室。

▷ 勾引、指引、索引、拋磚引玉

²弗

弗　フフ弓弔弗

[fú ㄈㄨˊ ⑧ fɐt⁷ 忽]

不 ◆ 弗用。

³弛

弛　フフ弓引弛弛

[chí ㄔˊ ⑧ tsi² 始]

放鬆 ◆ 鬆弛 / 一張一弛。

⁴弟

弟　、丷丷兰兰弟弟

[dì ㄉ丨ˋ ⑧ dɐi⁶ 第]

稱同胞或同輩中年齡比自己小的男子 ◆ 弟弟 / 表弟。

⁵弧

弧　フフ弓弧弧弧弧

[hú ㄏㄨˊ ⑧ wu⁴ 胡]

圓周的任何一段 ◆ 弧形 / 弧線。

⁵ **弦** フ フ ゔ ゔ゙ ゔ゙ 弦弦　弦

[xián ㄒ丨ㄢˊ ⑧jin⁴ 言]

❶ 弓上發箭的繩線 ◆ 弓弦 / 箭在弦上。❷ 樂器上發聲的細絲 ◆ 琴弦 / 弦樂。❸ 月亮半圓的時候，形狀像弓，所以稱半邊月為弦月。每月上旬月缺上半叫「上弦」，下旬月缺下半叫「下弦」。

【弦外之音】xián wài zhī yīn　比喻言外之意 ◆ 主人説：「時間很晚了，該休息了。」弦外之音是要我們告辭。

☑ 扣人心弦

⁵ **弩** ㄑ ㄑ ㄑ ㄑ ㄑ ㄑ ㄑ　弩

[nǔ ㄋㄨˇ ⑧nou⁵ 腦]

一種裝有機關、靠機械力量來射箭的弓 ◆ 強弩。

⁷ **躬** 見身部，412頁。

⁷ **弱** フ フ ゔ ゔ゙ ゔ゙ 弱弱　弱

[ruò ㄖㄨㄛˋ ⑧joek⁹ 藥]

❶ 不健壯，力量小；能力差；跟「強」相對 ◆ 弱小 / 不甘示弱。❷ 年幼的 ◆ 老弱病殘。❸ 表示略少一點 ◆ 三分之一弱。

【弱智】ruò zhì　智力比較低下 ◆ 她是個弱智兒童，需要特別照顧。

【弱點】ruò diǎn　力量薄弱、有欠缺的地方 ◆ 他很聰明，弱點是不夠刻苦。⑩ 缺點。

【弱不禁風】ruò bù jīn fēng　弱得經不起風吹。形容身體非常虛弱 ◆ 林黛玉是個弱不禁風的嬌小姐。

【弱肉強食】ruò ròu qiáng shí　動物中弱者的肉成為強者的食物。比喻弱者遭受強者的欺負、併吞 ◆ 在商戰中，弱肉強食的例子並不少見。

☑ 脆弱、軟弱、虛弱、微弱、薄弱

⁸ **張**(张) フ ゔ ゔ゙ ゔ゙ 弣張張　張

[zhāng ㄓㄤ ⑧dzœŋ¹ 章]

❶ 放開；伸展；擴大 ◆ 擴張 / 誇張。❷ 陳設；鋪排 ◆ 鋪張浪費 / 張燈結綵。❸ 看；望 ◆ 東張西望。❹ 新開業 ◆ 開張。❺ 量詞 ◆ 一張紙 / 一張寫字枱。❻ 姓。

【張望】zhāng wàng　向四周或遠處看；從小孔或縫隙裏看 ◆ 他推開窗戶，向馬路對面張望。

【張揚】zhāng yáng　宣揚；把內部的事情傳出去 ◆ 這種醜事張揚出去，有損學校名譽。

【張羅】zhāng ·luo　❶ 料理；應付 ◆ 顧客很多，兩個人張羅不過來。❷ 籌備 ◆ 為了張羅兒子的婚事，他們整整忙了半個月。

【張口結舌】zhāng kǒu jié shé　張開嘴巴説不出話來。形容因理虧或害怕而説不出話或説話結結巴巴的樣子 ◆ 在老師的再三追問下，他張口結舌，低下頭來。

【張牙舞爪】zhāng yá wǔ zhǎo　張開牙齒，舞動腳爪。形容野獸兇猛的樣子；也形容人氣勢洶洶的樣子 ◆ 你看他張牙舞爪的，像是要跟人拼命一般。

【張皇失措】zhāng huáng shī cuò　張皇：慌張。失措：舉動失常。形容慌慌張張，不知怎麼辦才好 ◆ 這飛來橫禍，使他張皇失措。

【張冠李戴】zhāng guān lǐ dài　姓張的帽子戴在姓李的頭上。比喻弄錯了事實或對象 ◆ 他張冠李戴，把李白的詩説成杜甫的詩。

【張燈結綵】zhāng dēng jié cǎi　掛上燈籠，繫上彩綢。形容喜慶景象 ◆ 春節期間，許多店家張燈結綵，店員、顧客個個喜氣洋洋。

☑ 主張、伸張、慌張、緊張、鋪張、虛張聲勢、明目張膽、綱舉目張

⁸ **強**(强) フ ゔ゙ ゔ゙ 弨強強強　強

【一】[qiáng ㄑ丨ㄤˊ ⑧kœŋ⁴]

❶ 健壯；力量大；跟「弱」相對 ◆ 強壯 / 繁榮富強。❷ 程度高 ◆ 強烈 / 責任心強。❸ 粗暴；用力硬拼；兇狠 ◆ 強攻 / 強暴。❹ 好；勝過 ◆ 他比你強 / 一年強似一年。❺ 表示略多一點 ◆ 三分之一強。

【二】[qiǎng ㄑ丨ㄤˇ ⑧kœŋ⁵]

❻ 勉強；硬要 ◆ 強辯 / 強求一律。

【三】[jiàng ㄐ丨ㄤˋ ⑧kœŋ⁵]

❼ 固執；任性 ◆ 倔強 / 脾氣強。

【強大】qiáng dà　有雄厚的實力 ◆ 雙方都派出了強大的陣容參加比賽。⑩ 弱小。

【強行】qiáng xíng　用強制手段進行 ◆ 匪徒強行入屋行劫。⚠ 注意　「強」粵音讀 kœŋ⁵。

【強壯】qiáng zhuàng　身體結實、有力氣 ◆ 登山隊員個個身體強壯。⑩ 強健、健壯。⑫ 瘦弱。

【強制】qiáng zhì　用強力逼迫、控制 ◆ 老闆為了賺錢，強制工人每天工作十二小時。⑩ 強迫。⑫ 自願。⚠ 注意　「強」粵音讀 kœŋ⁵。

【強勁】qiáng jìng　強而有力的 ◆ 強勁的北風吹得人瑟瑟發抖。

【強₂迫】qiǎng pò　施加壓力使服從 ◆ 孩子不想學鋼琴，你就不要強迫他了。⑩ 逼迫。⑫ 自願。

【強烈】qiáng liè　力量很大的；程度很高的 ◆ 強烈的陽光使人睜不開眼睛 / 小説表達了作者強烈的思鄉之情。⑫ 微弱。

【強盛】qiáng shèng　強大昌盛 ◆ 國家強盛，百姓安居樂業。

【強健】qiáng jiàn　身體強壯健康 ◆ 多做運動，就能有強健的體格。⑩ 健壯。⑫ 瘦弱。

【強硬】qiáng yìng　強有力的；堅決不肯讓步 ◆ 這次比賽遇到了強硬的對手 / 對方態度強硬，不滿要求決不簽約。⑫ 軟弱。

【強盜】qiáng dào　用暴力搶劫他人財物的人 ◆ 他的照相機被強盜搶走了。

【強暴】qiáng bào ❶ 蠻橫兇暴；蠻橫兇暴的勢力 ◆ 歹徒的強暴行為叫人膽寒／他不畏強暴，與歹徒展開搏鬥。❷ 特指強姦、遭強姦 ◆ 女孩遭強暴後，一度精神失常。

【強調】qiáng diào　特別着重地指出 ◆ 老師一再強調，學習要刻苦，要有恆心。

【強₂人所難】qiǎng rén suǒ nán　勉強別人去做他不能做或不願做的事情 ◆ 明知他英文不好，卻硬要他當英文翻譯，這不是強人所難嗎？

【強₂詞奪理】qiǎng cí duó lǐ　本來沒有道理，卻硬説成有理 ◆ 有錯就認錯，不要強詞奪理為自己辯護。

☑ 加強、剛強、堅強、富強、頑強、外強中乾、自強不息、身強力壯、弱肉強食、精明強幹、發憤圖強

9
強　"強"的異體字，144頁。

9
粥　見米部，324頁。

11
彆(别) ⺀ ⺀ ⺇ ⺈ ⺈ 彆　[彆]
[biè ㄅ丨ㄝˋ ⑧ bit⁸ 鱉]
見"彆扭"。

【彆扭】biè‧niu ❶ 不順心；不正常；難對付 ◆ 他的發球很彆扭，人稱"怪球手"。❷ 意見不合；矛盾 ◆ 兩人最近有些彆扭。❸ 説話、作文不通順；不流暢 ◆ 這段文字讀起來很彆扭。

12
彈(弹) 弓 弜 弝 弨 彈 彈 彈　[彈]
〈一〉[dàn ㄉㄢˋ ⑧ dan⁶ 但]
❶ 堅硬的小圓球 ◆ 彈子／鐵彈。❷ 能爆炸、有殺傷力的武器 ◆ 炮彈／炸彈。
〈二〉[tán ㄊㄢˊ ⑧ tan⁴ 壇]
❸ 用手指彈擊 ◆ 把帽子上的塵土彈掉。❹ 用手指撥弄或敲打樂器 ◆ 彈奏／彈鋼琴。
〈三〉[tán ㄊㄢˊ ⑧ dan⁶ 但]
❺ 有彈性的 ◆ 彈力／彈簧。

【彈藥】dàn yào　槍彈、炮彈、炸彈、手榴彈等具有殺傷力的爆炸物的總稱 ◆ 私藏槍枝彈藥是違法的。

【彈丸之地】dàn wán zhī dì　指地方像彈丸那樣極為狹小 ◆ 香港只是彈丸之地，但經濟繁榮，舉世矚目。

【彈盡糧絕】dàn jìn liáng jué　槍彈用完，糧草耗盡。形容戰事危急，陷入困境 ◆ 前方已彈盡糧絕，形勢十分危急。

☑ 槍林彈雨、對牛彈₂琴

14
彌(弥) 弓 弜 弨 彌 彌 彌　[彌]
[mí ㄇ丨ˊ ⑧ mei⁴ 微]
❶ 滿 ◆ 煙霧彌漫。❷ 填補 ◆ 彌補。❸ 更加 ◆ 欲蓋彌彰。

【彌補】mí bǔ　把不足的地方補足；補救 ◆ 他發憤讀書，以彌補知識上的欠缺。

【彌漫】mí màn　充滿；佈滿 ◆ 機場因大霧彌漫，飛機不能起飛。

【彌天大謊】mí tiān dà huǎng　彌天：滿天。指天大的謊話 ◆ 為了推脱罪名，他竟撒了個彌天大謊。

19
彎(弯) ⺀ ⺀ 言 絲 絲 絲　[彎]
[wān ㄨㄢ ⑧ wan¹ 灣]
❶ 曲；不直；跟"直"相對 ◆ 彎曲／彎道。❷ 使彎曲 ◆ 彎腰。❸ 彎曲的部分 ◆ 拐個彎／轉彎抹角。

彐 部

1
尹　見丿部，9頁。

5
事　見丿部，11頁。

9
尋　見寸部，124頁。

10
彙(汇) ⺀ ⺀ ⺀ 彑 彐 彙 彙　[彙]
[huì ㄏㄨㄟˋ ⑧ wɐi⁶ 位]
聚集在一起 ◆ 詞彙／彙報。

【彙集】huì jí　聚集；集中 ◆ 他彙集了不少兒歌資料。

【彙編】huì biān　把相關材料彙總編輯；彙編成冊的材料 ◆ 老師把學生優秀的作文彙編成書／作品彙編。

彡 部

4
形 一 二 干 开 形 形　[形]
[xíng ㄒ丨ㄥˊ ⑧ jing⁴ 仍]
❶ 樣子；形象 ◆ 形狀／三角形。❷ 顯露；表現 ◆ 喜形於色。❸ 對比 ◆ 相形見絀。

【形式】xíng shì　事物的形狀、樣式等 ◆ 他用詩歌的形式表達了對母校的懷念。

【形成】xíng chéng　在發展變化中逐步造成或顯示出來 ◆ 化石是埋藏在地層中的古生物遺體形成的／黑白對比，形成鮮明的色差。

【形狀】xíng zhuàng　物體外表的樣子 ◆ 這個亭子形狀像個大蘑菇。

【形容】xíng róng ❶ 對事物加以描寫 ◆ 我當時的喜悦心情，很難用語言來形容。❷ 形體和容貌 ◆ 他長期生病，顯得形容憔悴，弱不禁風。

【形象】xíng xiàng ❶ 外形；相貌 ◆ 模特兒要有亮麗的形象，良好的氣質。❷ 指文藝作品中描寫的具體人物和畫面 ◆《水滸傳》的作者，成功地塑造了林沖、李逵、魯智深等人物形象。

【形勢】xíng shì ❶ 地勢 ◆ 這一帶地處深山峽谷，形勢險要。❷ 事情發展的狀況 ◆ 產品銷售形勢喜人。

【形跡】xíng jī　舉動和神態 ◆ 此人鬼鬼祟祟，形跡可疑。

【形態】xíng tài　形狀姿態 ◆ 畫面上的大公雞，形態栩栩如生。

【形體】xíng tǐ　❶ 身體；體形 ◆ 舞蹈演員形體要勻稱。❷ 形狀和結構 ◆ 漢字的形體結構多種多樣。

【形形色色】xíng xíng sè sè　各式各樣 ◆ 那些形形色色的風箏真叫人喜愛。

【形影不離】xíng yǐng bù lí　像形體和影子永不分離。比喻關係密切 ◆ 他倆是形影不離的好朋友。

▣ 外形、情形、畸形、圖形、體形、奇形怪狀、原形畢露、自慚形穢、得意忘形、如影隨形

4 形

丿 刀 刃 开 列 形 形　[形]

[tóng ㄊㄨㄥˊ （粵）tuŋ⁴ 同]
紅色 ◆ 紅彤彤。

8 彬

一 十 才 木 材 林　[彬]

[bīn ㄅㄧㄣ （粵）ben¹ 奔]
見 "彬彬"。

【彬彬】bīn bīn　形容文雅的樣子 ◆ 他是一個文質彬彬的讀書人。

【彬彬有禮】bīn bīn yǒu lǐ　形容文雅而有禮貌 ◆ 服務小姐個個彬彬有禮，招待熱情周到。

8 彪

見虍部，374 頁。

8 彫

❶ "雕" 的異體字，見 445 頁。
❷ "凋" 的異體字，見 45 頁。

8 彩

丿 勹 勺 乎 乎 采 采　[彩]

[cǎi ㄘㄞˇ （粵）tsoi² 採]
❶ 各種顏色 ◆ 彩色 / 五彩繽紛。❷ 鮮明；出色 ◆ 光彩奪目 / 精彩的表演。❸ 負傷流血 ◆ 掛彩。❹ 憑運氣得來的財物 ◆ 摸彩 / 中頭彩。❺ 稱讚；叫好聲 ◆ 喝彩。

【彩虹】cǎi hóng　彩色的虹 ◆ 雨後天邊出現了一道彩虹。

太陽光由紅、橙、黃、綠、青、藍、紫七種顏色組成。天空中剛下過雨後，空氣中有許多小水滴，它們把太陽光的七種顏色光折射出來，再經過反射，就形成了一道美麗的彩虹。

【彩票】cǎi piào　獎券 ◆ 他運氣好，買了一張彩票就中了頭獎。

【彩排】cǎi pái　戲劇、舞蹈等文藝演出在正式公演前，按演出要求進行的化裝排練 ◆ 昨晚的彩排很成功。

【彩霞】cǎi xiá　彩色的雲 ◆ 黎明時分，東方一片彩霞，真美！

▣ 光彩、色彩、雲彩、精彩

8 參

見厶部，64 頁。

9 彭

一 十 士 吉 吉 壴　[彭]

[péng ㄆㄥˊ （粵）paŋ⁴ 鵬]
姓。

9 須

見頁部，452 頁。

11 彰

丶 亠 立 音 章 章　[彰]

[zhāng ㄓㄤ （粵）dzœŋ¹ 章]
❶ 明顯；顯著 ◆ 臭名昭彰 / 欲蓋彌彰。❷ 表揚 ◆ 表彰。

▣ 相得益彰

12 影

日 日 旦 晃 景 景　[影]

[yǐng ㄧㄥˇ （粵）jiŋ² 映]
❶ 影子：物體擋住光線時造成的暗像 ◆ 人影 / 倒影。❷ 照片；圖像 ◆ 攝影 / 合影。❸ 電影的簡稱 ◆ 影院 / 影星。❹ 描摹 ◆ 仿影 / 影印。

【影射】yǐng shè　表面指甲而實際指乙；暗指某人或某事 ◆ 小說藉古代的故事來影射當今社會的不公平現象。

【影像】yǐng xiàng　❶ 人物畫像或肖像

◆ 影像逼真。❷ 錄像 ◆ 這是一部進口影像機。

【影響】yǐng xiǎng　❶ 對人或事起作用 ◆ 吸煙影響身體健康。❷ 對人或事所起的作用 ◆ 父母的一言一行對孩子的成長有很大影響。

▣ 幻影、身影、泡影、陰影、電影、蹤影、形影不離、無影無蹤、立竿見影、杯弓蛇影、捕風捉影

26 鬱

見鬯部，464 頁。

彳 部

3 行

見行部，380 頁。

4 役

丿 亻 亻 行 役 役　[役]

[yì ㄧˋ （粵）jik⁹ 亦]
❶ 需出勞力的事 ◆ 勞役 / 苦役。❷ 在軍隊中服務；服兵役 ◆ 服役 / 退役。❸ 戰事 ◆ 戰役。❹ 使喚；差遣 ◆ 役使 / 奴役。❺ 供使喚的人 ◆ 僕役。

4 彷

丿 亻 亻 行 行 彷　[彷]

〈一〉[fǎng ㄈㄤˇ （粵）foŋ² 訪]
❶ 見 "彷彿"。

〈二〉[páng ㄆㄤˊ （粵）pɔŋ⁴ 旁]
❷ 見 "彷徨"。

【彷彿】fǎng fú　❶ 好像；似乎 ◆ 這個人我彷彿在哪裏見過。❷ 類似；有些像 ◆ 兩人年齡相彷彿。
⚠ "彷彿" 也作 "仿佛"。

【彷徨】páng huáng　拿不定主意，不知道往哪裏去 ◆ 歧途彷徨，不知所從。⊜ 徘徊。

5 征

丿 亻 亻 行 行 征　[征]

[zhēng ㄓㄥ （粵）dziŋ¹ 晶]
❶ 遠行；走遠路 ◆ 遠征 / 長征。

❷用武力討伐 ◆ 征服 / 南征北戰。
❸ "徵" 的簡化字，見 149 頁。

【征服】zhēng fú　用強力制服 ◆ 歷史上的暴君，常有要征服他人的心態。

【征討】zhēng tǎo　派軍隊出征討伐 ◆ 國家調集軍隊，征討發動政變的叛軍。

【征途】zhēng tú　出征的路途；行程 ◆ 部隊已踏上征途，赴邊疆守衛國土。

⁵ **往**　彳 彳 彳 彳 行 行 往　往
[wǎng ㄨㄤˇ 粵 wɔŋ⁵ 王⁵]
❶ 到……去；跟 "來" 相對 ◆ 前往 / 飛機飛往上海。❷ 過去的；跟 "今" 相對 ◆ 往日 / 回憶往事。❸ 朝；向 ◆ 往前 / 人往高處走。

【往往】wǎng wǎng　常常 ◆ 由於粗心，他做數學計算題往往出錯。

【往返】wǎng fǎn　來回 ◆ 從這裏乘地鐵去九龍，往返最多一小時。

【往常】wǎng cháng　過去；平時 ◆ 他今天的表現跟往常有些不一樣。
☑ 往事、往後
☑ 交往、來往、嚮往、一往無前、勇直向前、繼往開來、禮尚往來

⁵ **彼**　彳 彳 彳 彳 彳 彼　彼
[bǐ ㄅㄧˇ 粵 bei² 比]
❶ 那；那個；跟 "此" 相對 ◆ 此起彼伏 / 顧此失彼。❷ 他；對方 ◆ 知己知彼。

【彼此】bǐ cǐ　❶ 那個和這個；雙方 ◆ 我們是同學，彼此都很了解。❷ 客套話，表示大家都一樣 ◆ 大家彼此彼此，都得了雙工資。

⁵ **彿**　彳 彳 彳 彳 彿 彿　彿
[fú ㄈㄨˊ 粵 fɐt⁷ 忽]
彷彿。見 "彷" 字，145 頁。

⁶ **待**　彳 彳 彳 彳 往 待　待
〈一〉[dài ㄉㄞ 粵 dɔi⁶ 代]
❶ 等候 ◆ 等待 / 守株待兔。❷ 對人

或事的態度 ◆ 優待 / 以禮相待。

〈二〉[dāi ㄉㄞ 粵 dɔi⁶ 代]
❸ 停留 ◆ 家裏待不住 / 在家待了三個月。

【待遇】dài yù　❶ 對待人的態度、方式等 ◆ 他工作勤懇，卻遭到不公正的待遇。❷ 指享有的工資、福利報酬或社會地位等 ◆ 他調任部門經理，待遇比以前高多了。

【待人接物】dài rén jiē wù　指與人交往相處 ◆ 她待人接物很有禮貌。
☑ 招待、虐待、接待、款待、期待、束手待斃、拭目以待、迫不及待

⁶ **衍**　見行部，381 頁。

⁶ **徊**　彳 彳 彳 徊 徊 徊　徊
[huái ㄏㄨㄞˊ 粵 wui⁴ 回]
徘徊。見 "徘" 字，147 頁。

⁶ **律**　彳 彳 彳 律 律 律　律
[lǜ ㄌㄩˋ 粵 lœt⁹ 栗]
❶ 法則；規章 ◆ 法律 / 紀律 / 定律。❷ 約束 ◆ 嚴於律己，寬於待人。❸ 古代詩歌的一種體裁 ◆ 律詩。

【律師】lǜ shī　受當事人委託或由法院指定，依法協助當事人打官司或處理其他法律事務的人 ◆ 他爸爸是律師。

【律詩】lǜ shī　古詩的一種體裁。每首八句，雙句要押韻，第三四、五六兩句要對仗，用字講究平仄。每句五個字的叫五言律詩，七個字的叫七言律詩。
☑ 規律、旋律

⁶ **很**　彳 彳 彳 彳 很 很　很
[hěn ㄏㄣˇ 粵 hɐn² 狠]
非常；表示程度高 ◆ 很好 / 很能幹 / 開心得很。

⁶ **後**　(后)　彳 彳 彳 彳 後 後　後
[hòu ㄏㄡˋ 粵 hɐu⁶ 候]
❶ 時間較晚的；位置、次序不在前面

的；跟 "前"、"先" 相對 ◆ 先來後到 / 前排後排。❷ 指下代子孫；晚輩 ◆ 後代 / 後輩。

【後果】hòu guǒ　事情最後的結果 ◆ 你這樣一意孤行，後果將不堪設想。
注意 "後果" 多指壞的結果。

【後盾】hòu dùn　背後援助和支持的力量 ◆ 媽媽是爸爸的堅強後盾。

【後悔】hòu huǐ　事後懊悔 ◆ 是我説謊欺騙了老師，我很後悔。

【後患】hòu huàn　以後的禍害；留下的禍根 ◆ 毒品泛濫，後患無窮。

【後生可畏】hòu shēng kě wèi　後生：年輕人。指年輕人能力強，可以超過前輩，值得敬畏 ◆ 一名中學生，在全國象棋比賽中多次奪冠，真是後生可畏！

【後來居上】hòu lái jū shàng　後起的超過先前的 ◆ 棋童後來居上，連勝棋王。

【後起之秀】hòu qǐ zhī xiù　秀：優秀人物。後來出現或成長起來的優秀人物 ◆ 這些博士是中國科技界的後起之秀。

【後會有期】hòu huì yǒu qī　以後還有相會的日子 ◆ 我去國外留學，畢業後一定回來，我們後會有期。

【後顧之憂】hòu gù zhī yōu　來自後方或未來的令人擔憂的事 ◆ 家裏請了傭人，孩子進了幼稚園，我就沒有後顧之憂了。
注意 "後顧之憂" 多指影響工作或家庭的困難。
☑ 後方、後來、後退、後繼有人
☑ 以後、落後、雨後春筍、先斬後奏、前因後果、爭先恐後、空前絕後

⁷ **徒**　彳 彳 彳 科 科 徒 徒　徒
[tú ㄊㄨˊ 粵 tou⁴ 途]
❶ 步行 ◆ 徒步。❷ 跟師傅學習的人 ◆ 徒弟 / 名師出高徒。❸ 同一類的人 ◆ 教徒 / 信徒。❹ 特指壞人 ◆ 匪徒 / 暴徒。❺ 剝奪犯人自由的一種刑罰 ◆ 徒刑。❻ 空；白白地 ◆ 徒手 / 徒勞無功。

【徒手】tú shǒu　空手 ◆ 他很英勇，曾徒手擒拿歹徒。

巧婦難為無米之炊

【徒刑】tú xíng 剝奪犯人身自由的刑罰，分有期徒刑和無期徒刑兩種 ◆ 他以搶劫罪判處有期徒刑三年。

【徒步】tú bù 步行 ◆ 我們徒步到海邊。

【徒弟】tú dì 跟隨師傅學習技藝的人 ◆ 他的幾個徒弟現在都很有出息。

【徒勞】tú láo 白費氣力 ◆ 我再三勸告也是徒勞，因為他根本不聽。
✍ 匪徒、暴徒、亡命之徒

---

⁷ 徑(径) 彳 彳 徎 徎 徑 徑 徑

[jìng ㄐㄧㄥˋ ⑧ gin³ 敬]

❶ 小路 ◆ 山徑／曲徑通幽。❷ 比喻達到目的的方法或門路 ◆ 途徑／捷徑。❸ 直接；直截了當 ◆ 徑直／徑行辦理。❹ 數學名詞，指圓周內通過圓心的直線 ◆ 直徑／半徑。

---

⁷ 徐 彳 彳 徍 徐 徐 徐 徐

[xú ㄒㄩˊ ⑧ tsœy⁴ 除]

❶ 緩慢 ◆ 清風徐來／國旗徐徐升起。❷ 姓。

---

⁸ 徙 彳 彳 徏 徏 徙 徙 徙

[xǐ ㄒㄧˇ ⑧ sai² 璽]

遷移 ◆ 遷徙。

---

⁸ 得 彳 彳 得 得 得 得 得

〈一〉[dé ㄉㄜˊ ⑧ dɐk⁷ 德]

❶ 從沒有到有；獲取；跟"失"相對 ◆ 得獎／一舉兩得。❷ 高興；滿意 ◆ 得意／洋洋自得。❸ 合適 ◆ 得當／得體。❹ 許可；能 ◆ 不得有誤／不得亂拋紙屑。❺ 完成了 ◆ 放心，明天就得。

〈二〉[děi ㄉㄟˇ ⑧ dɐk⁷ 德]

❻ 必須；需要；應該 ◆ 總得有個交代／你得認真一想。

〈三〉[·de ˙ㄉㄜ ⑧ dɐk⁷ 德]

❼ 用在動詞、形容詞後面，表示可能、結果、程度 ◆ 看得見／好得很／玩得很開心。

【得以】dé yǐ 能夠 ◆ 由於親友的幫助，我出國深造的願望才得以實現。

【得逞】dé chěng 達到目的 ◆ 警方早有防範，他們的陰謀未能得逞。

【得當】dé dàng 恰當；合適 ◆ 教育孩子的方法要得當。

【得罪】dé zuì 冒犯，使人不快或懷恨 ◆ 他一向小心謹慎，說話、做事從來不得罪人。

【得意】dé yì 稱心如意；感到很滿意 ◆ 考試得了第一名，他很得意。
⚠ 失意。

注意 "得意"多用來指自滿。

【得體】dé tǐ 言語、行動適合身份或場合 ◆ 你用這樣的口吻對長輩說話，很不得體。

【得寸進尺】dé cùn jìn chǐ 比喻貪得無厭 ◆ 原來商定三七分成，後來他得寸進尺，提出五五分成。

【得天獨厚】dé tiān dú hòu 天：指天然條件。厚：優越。形容所處的環境和具備的條件特別優越 ◆ 香港地理位置優越，發展進出口貿易有得天獨厚的條件。

【得不償失】dé bù cháng shī 得到的不能補償失去的 ◆ 花了那麼多錢買個冒牌貨，真是得不償失。

【得心應手】dé xīn yìng shǒu 心裏怎麼想，手就能怎麼做。形容技巧熟練，做事非常順手 ◆ 他是電腦專家，使用電腦自然得心應手。

【得過且過】dé guò qiě guò 日子能過得下去，就這樣暫且過下去。指過一天算一天，沒有長遠打算；也指工作馬虎，敷衍了事 ◆ 他在單位裏是做一天和尚撞一天鐘，得過且過。⊜ 苟且偷生。

【得意忘形】dé yì wàng xíng 形容高興得控制不住自己，失去了常態 ◆ 老師誇獎了他幾句，他便得意忘形起來。
注意 "得意忘形"多含貶義。
✍ 得失、得到、得益
✍ 取得、值得、獲得、患得患失、適得其反、如魚得水、心安理得

---

⁸ 徘 彳 彳 衧 衧 得 徘 徘

[pái ㄆㄞˊ ⑧ pui⁴ 培]

見"徘徊"。

【徘徊】pái huái 來回地走 ◆ 他在海邊徘徊。⊜ 彷徨。

---

⁸ 從(从) 彳 彳 徚 徚 徔 從 從

〈一〉[cóng ㄘㄨㄥˊ ⑧ tsuŋ⁴ 松]

❶ 自；由 ◆ 從東到西／病從口入。❷ 跟隨；跟隨的人 ◆ 隨從／輕裝簡從。❸ 依順 ◆ 服從／順從。❹ 參加 ◆ 從軍／從事。❺ 採取某種原則或方法 ◆ 從嚴處理／從長計議。❻ 次要的 ◆ 從屬／有主有從。

〈二〉[cóng ㄘㄨㄥˊ ⑧ suŋ¹ 鬆/tsuŋ¹ 匆]

❼ 從容：不慌不忙的樣子 ◆ 舉止從容。

【從事】cóng shì ❶ 投身某種事業 ◆ 父親從事教育工作已三十年。❷ 處理某事 ◆ 這次行動關係重大，不可草率從事。

【從容不迫】cóng róng bù pò 形容不慌不忙，沉着鎮靜 ◆ 她從容不迫地走上舞台，唱了一首台灣民歌。
✍ 從中、從此、從來、從命、從前
✍ 遵從、聽從、力不從心、言聽計從、何去何從、擇善而從

---

⁸ 御 彳 彳 徉 徉 徝 御 御

[yù ㄩˋ ⑧ jy⁶ 預]

❶ 駕駛車馬 ◆ 駕御／御者。❷ 跟皇帝有關的 ◆ 御醫／御筆／御花園。❸ "禦"的簡化字，見 308 頁。

---

⁹ 街

見行部，381 頁。

9 復(复) [復]

〈一〉[fù ㄈㄨˋ [粵] fuk⁹ 服]

❶ 再；又 ◆ 死灰復燃／舊病復發。❷ 還原；回到原來的樣子 ◆ 恢復／復原。❸ 回擊；報復 ◆ 復仇。❹ 返回 ◆ 循環往復。

〈二〉[fù ㄈㄨˋ [粵] fuk⁷ 福]

❺ 同"覆"。回答 ◆ 答復／復信。❻ 同"覆"。轉過去或轉回來 ◆ 反復無常／翻來復去。

【復仇】fù chóu　報仇 ◆ 他復仇的決心沒有變。

【復原】fù yuán　❶ 恢復原狀 ◆ 古董花瓶已成碎片，很難復原了。❷ 病後恢復健康 ◆ 經過幾個月的調理，她的身體已經復原。[同] 康復。

[注意] "復原"也作"復元"。

【復發】fù fā　再次發作 ◆ 他因勞累過度，心臟病復發。

【復興】fù xīng　重新興盛起來 ◆ 在歐洲文藝復興時期，產生了大批優秀作品。

【復蘇】fù sū　恢復生命；蘇醒過來 ◆ 人不能死而復蘇。

➡ 收復、康復、報復、死灰復燃、周而復始、一去不復返

9 徨 [徨]

[huáng ㄏㄨㄤˊ [粵] wɔŋ⁴ 皇]

彷徨。見"彷"字，145頁。

9 循 [循]

[xún ㄒㄩㄣˊ [粵] tsœn⁴ 巡]

依照；遵守 ◆ 遵循／因循守舊。

【循環】xún huán　事物沿着一定的軌跡重複地運動或變化 ◆ 冬去春來，一年四季循環往復。

【循序漸進】xún xù jiàn jìn　按一定的順序漸步前進 ◆ 學習要循序漸進，逐步積累。

【循規蹈矩】xún guī dǎo jǔ　遵守規矩，不妄言妄行 ◆ 父親是個循規蹈矩的老實人。

【循循善誘】xún xún shàn yòu　循循：有步驟。誘：引導。指善於有步驟地引導教誨 ◆ 老師循循善誘，同學們孜孜不倦。

10 微 [微]

[wēi ㄨㄟ [粵] mei⁴ 眉]

❶ 細小 ◆ 微小／微風吹來。❷ 少；稍稍 ◆ 微笑／稍微。❸ 衰落 ◆ 衰微。❹ 地位低 ◆ 卑微／人微言輕。❺ 精妙；奧妙 ◆ 微妙／精微。

【微妙】wēi miào　深奧玄妙，難以捉摸 ◆ 他們之間的關係非常微妙，誰也說不清。

【微弱】wēi ruò　小而弱；衰弱 ◆ 在微弱的燈光下看書，容易傷眼睛／她拖着微弱的身軀操持家務。

【微不足道】wēi bù zú dào　微小到不值一提 ◆ 我的幫助微不足道，你不必放在心上。

➡ 細微、輕微、無微不至、白璧微瑕、謹小慎微

11 銜

見金部，432頁。

12 德 [德]

[dé ㄉㄜˊ [粵] dɐk⁷ 得]

❶ 品行；為人處世的修養 ◆ 道德／社會公德。❷ 恩惠 ◆ 感恩戴德／大恩大德。❸ 心意；信念 ◆ 同心同德。

【德高望重】dé gāo wàng zhòng　品德高尚，很有聲望。◆ 他父親是一位德高望重的外科醫生。

[注意] "德高望重"多用來稱年老而有名望的人。

➡ 品德、恩德、美德

12 徵(征) [徵]

[zhēng ㄓㄥ [粵] dziŋ¹ 晶]

❶ 由國家召集或收用 ◆ 徵兵／徵稅。❷ 尋求 ◆ 徵求／徵集。❸ 跡象；現象 ◆ 徵兆／特徵。

【徵文】zhēng wén　公開徵集詩文稿件 ◆ 在這次徵文比賽中，他得了優異獎。

【徵兆】zhēng zhào　事情發生前的某種跡象 ◆ 他已漸漸恢復記憶，這是病情好轉的徵兆。[同] 徵候、預兆。

【徵求】zhēng qiú　用詢問的方式取得 ◆ 這是學校徵求了師生們的意見後作出的決定。

【徵候】zhēng hòu　事情發生前的某種跡象 ◆ 蜻蜓低飛是要下大雨的徵候。[同] 徵兆、預兆。

【徵集】zhēng jí　❶ 徵求收集 ◆ 學校圖書館徵集到一批校友的私人著作。❷ 招募人員；調集物資 ◆ 徵集新兵入伍，加強國防。

【徵詢】zhēng xún　徵求；詢問 ◆ 他去律師樓徵詢律師的意見，準備打官司。

➡ 象徵

12 衝

見行部，381頁。

12 徹(彻) [徹]

[chè ㄔㄜˋ [粵] tsit⁸ 設]

通；透 ◆ 貫徹／透徹／響徹雲霄。

【徹夜】chè yè　整夜 ◆ 她心事重重，徹夜未眠。

【徹底】chè dǐ　完完全全，沒有遺漏 ◆ 法庭要他徹底交代犯罪事實。

12 衛

見行部，381頁。

13 衡

見行部，381頁。

13 衞

見行部，381頁。

14 徽 [徽]

[huī ㄏㄨㄟ [粵] fɐi¹ 揮]

標誌 ◆ 國徽／校徽／帽徽。

心 部

⁰
心　ノ心心心

[xīn ㄒㄧㄣ 粵 sem¹ 深]

❶ 心臟：血液循環器官 ◆ 心電圖／心力衰竭。❷ 指思想、感情、意志、計謀等 ◆ 心思／心情／心計／決心。❸ 平面的中央；物體的內部 ◆ 中心／圓心／江心。
⊚ 圖見 12 頁。

【心血】xīn xuè　腦力和精力 ◆ 他花費了十年的心血完成這部小說。

【心思】xīn sī　❶ 想法；念頭 ◆ 只有她知道我的心思。❷ 動腦思考 ◆ 你別白費心思了。

【心胸】xīn xiōng　❶ 比喻氣量 ◆ 他心胸開闊，待人寬厚。❷ 比喻志向、抱負 ◆ 哥哥心胸遠大，想當科學家。

【心理】xīn lǐ　人腦反映客觀事物的過程，如感覺、知覺等；也指人的思想、感情等內心活動 ◆ 她是抱着僥倖心理去應聘的，結果被錄用了。

【心得】xīn dé　學習或工作中的體驗、收穫 ◆ 這次作文是寫讀書心得。

【心情】xīn qíng　內心的感受；情感狀態 ◆ 弟弟考上了大學，心情特別愉快。

【心虛】xīn xū　❶ 做了錯事，心裏害怕 ◆ 如果你沒有做對不起人的事，就用不着心虛。❷ 心裏膽怯，缺乏信心 ◆ 第一次登台時，不免有點心虛，怕鬧出笑話來。

【心腸】xīn cháng　對人或事物所抱的感情或態度 ◆ 母親心腸好，富有同情心。

【心意】xīn yì　對人的情意 ◆ 教師節那天，我們給老師送上鮮花，表示心意。

【心願】xīn yuàn　願望 ◆ 望子成龍是許多父母的心願。

【心臟】xīn zàng　❶ 動物體內推動血液循環的器官 ◆ 由於受了刺激，他的心臟病又發作了。❷ 比喻中心或重要部位 ◆ 北京是中國的心臟／電腦的心臟是處理器。

【心靈】xīn líng　❶ 心思靈敏 ◆ 妹妹心靈手巧。❷ 內心；思想 ◆ 妹妹心靈純潔，天真活潑。

【心不在焉】xīn bù zài yān　焉：這裏；那裏。心思不在這裏。指思想不集中 ◆ 他做事心不在焉，像有甚麼心事。
⊠ 聚精會神。

【心心相印】xīn xīn xiāng yìn　印：契合。指彼此心意相通，思想感情完全一致 ◆ 夫妻倆心心相印，生活美滿。
⊜ 情投意合。⊠ 貌合神離。

【心甘情願】xīn gān qíng yuàn　甘：自願。完全自願並樂意 ◆ 當校工是我心甘情願的，沒有人強迫我。⊠ 迫不得已。

【心灰意懶】xīn huī yì lǎn　灰：灰心；失望。懶：消沉。形容灰心喪氣，意志消沉 ◆ 兩次大考失敗，使她心灰意懶。⊠ 雄心勃勃。
〔注意〕“心灰意懶”也作“心灰意冷”。

【心血來潮】xīn xuè lái cháo　心中的血像潮水一樣上漲。指一時衝動，突然產生某種念頭 ◆ 父親得了一大筆獎金，便心血來潮想買一艘遊艇。

【心安理得】xīn ān lǐ dé　自信事情合乎情理，心裏很坦然踏實 ◆ 我靠勞動獲取報酬，自然心安理得。

【心直口快】xīn zhí kǒu kuài　性情直爽，有話就說 ◆ 他是個心直口快的人，心裏藏不住祕密。

【心悅誠服】xīn yuè chéng fú　心裏高興，真誠佩服。指心誠意地接受或佩服 ◆ 他說得合情合理，令人心悅誠服。

【心照不宣】xīn zhào bù xuān　照：明白。宣：公開說出。彼此心裏都明白，但不公開說出來 ◆ 兩人愛慕已久，只是心照不宣罷了。

【心慌意亂】xīn huāng yì luàn　心裏慌亂，沒有了主意 ◆ 一大堆麻煩的事搞得他心慌意亂。

【心煩意亂】xīn fán yì luàn　心裏煩躁，思緒紛亂 ◆ 學校裏老是不太平，大事小事不斷，弄得校長心煩意亂。

【心領神會】xīn lǐng shén huì　領：領悟。神：明白。會：理解。指不用明說，心裏已經明白 ◆ 老師一敲桌子，我們都心領神會，安靜了下來。

【心滿意足】xīn mǎn yì zú　形容稱心如意，十分滿足 ◆ 如果我們有一套寬敞的住房，就心滿意足了。

【心廣體胖】xīn guǎng tǐ pán　廣：寬闊；舒暢。胖：安適；肥胖健壯。指心情開朗舒暢，身體肥胖健壯 ◆ 老人晚年生活幸福，無憂無慮，自然心廣體胖。
〔注意〕“胖”不讀 pàng。粵音讀 pun⁴（盤）。

【心曠神怡】xīn kuàng shén yí　心胸開闊，精神愉快 ◆ 登上山頂，遠望大海，令人心曠神怡。

【心驚膽戰】xīn jīng dǎn zhàn　形容非常害怕 ◆ 看賽車比賽，真叫人心驚膽戰。⊜ 提心吊膽、心驚肉跳。
〔注意〕“心驚膽戰”也作“膽戰心驚”。

◪ 心地、心事、心明眼亮、心狠手辣、心神不定、心想事成

◪ 決心、放心、耐心、粗心、虛心、專心、擔心、關心、三心二意、同心協力、口是心非、別出心裁、語重心長、萬眾一心、觸目驚心

¹
必　ノ心心心必

[bì ㄅㄧˋ 粵 bit⁷ 別⁷]

一定；一定要 ◆ 必定／必須。

【必定】bì dìng　一定；肯定 ◆ 你們是好朋友，你有困難，他必定會幫助你。⊠ 未必。

【必要】bì yào　一定要這樣；不可缺少 ◆ 你有必要親自去一趟／必要時我可以出庭作證。⊠ 不必。

【必須】bì xū　一定要 ◆ 學生必須遵守校規。

【必然】bì rán　一定會這樣 ◆ 學習不用功，成績必然上不去。⊠ 偶然。

【必需】bì xū 一定要有的；不可缺少的 ◆ 牙刷、牙膏等都是生活必需品。
▷未必、想必、勢必、有求必應、物極必反、勢在必行

³ **志** 一十士士志志
[zhì 业˙ 粵 dzi³ 至]
❶ 理想；想有所作為的決定、決心 ◆ 志向／志願／有志者事竟成。❷ 記載。同"誌" ◆ 三國志。
【志向】zhì xiàng 想有所作為的決心和努力方向 ◆ 弟弟志向遠大，想當科學家。⟨同⟩理想、志趣。
【志氣】zhì qì 力求達到某種目的的決心和勇氣；氣概 ◆ 這孩子有志氣，甚麼困難也難不住他／切不可長他人的志氣，滅自己的威風。
【志趣】zhì qù 志向和興趣 ◆ 他們志趣相投，成了好朋友。

【志願】zhì yuàn ❶ 志向和願望 ◆ 我的志願是當一名外科醫生。⟨同⟩理想。❷ 自願 ◆ 志願獻血者排成了長隊。
【志同道合】zhì tóng dào hé 道：指理想、信仰。形容彼此志向相同，理想一致 ◆ 他們在學生時代就志同道合，後來成了夫妻。
▷意志、鬥志、眾志成城、專心致志

³ **忑** 一下下下忑忑
[tè ㄊㄜˋ 粵 tik⁷ 剔]
忐忑。見"忐"字，本頁。

³ **忖** 、丶忄忄忖
[cǔn ㄘㄨㄣˇ 粵 tsyn² 喘]
推測；思量 ◆ 忖度／思忖。

³ **忐** 一卜上上忐忐
[tǎn ㄊㄢˇ 粵 tan² 坦]
見"忐忑"。
【忐忑】tǎn tè 心神不寧 ◆ 他預感到有甚麼事情要發生，心裏忐忑不安。

忙 、丶忄忄忙忙
[máng ㄇㄤˊ 粵 mɔŋ⁴ 亡]
❶ 事情多，不得空；跟"閒"相對 ◆ 繁忙／忙裏偷閒。❷ 急迫 ◆ 急忙／匆忙。
【忙碌】máng lù 忙着做許多事情 ◆ 最近事情特別多，大家都很忙碌。⟨反⟩清閒。
【忙亂】máng luàn 事情多而沒有條理 ◆ 校慶那天，來了許多校友，接待工作有點忙亂。
▷慌忙、幫忙、手忙腳亂、不慌不忙

³ **忘** 一亡亡亡忘忘
[wàng ㄨㄤˋ 粵 mɔŋ⁴ 亡]
不記得；想不起來 ◆ 忘記／留戀忘返。
【忘卻】wàng què 忘記 ◆ 這件事人們早已忘卻了。⟨同⟩遺忘、忘懷。⟨反⟩記得。
【忘懷】wàng huái 忘記；從心中消失 ◆ 第一次見面時的情景，使我不能忘懷。⟨同⟩忘卻。
【忘恩負義】wàng ēn fù yì 負：背棄；辜負。忘記了別人對自己的恩德，不顧情義，做出對不起別人的事 ◆ 他是個忘恩負義的小人，我早跟他斷絕往來了。
▷遺忘、難忘、得意忘形、廢寢忘食

³ **忌** 一コ已已忌忌忌
[jì ㄐㄧˋ 粵 gei⁶ 技]
❶ 嫉妒 ◆ 猜忌／妒忌。❷ 怕；顧慮 ◆ 顧忌／無所畏忌。❸ 禁戒；有意迴避 ◆ 禁忌／忌口。
【忌日】jì rì 稱先輩去世的日子 ◆ 清明節正好是母親的忌日，父親帶我們一起去掃墓。

【忌妒】jì ·du 對才能、成績、地位等比自己強的人心懷怨恨 ◆ 她考了第一名，你不應該忌妒，反要好好向她學習。注意"忌妒"也作"妒忌"。
【忌諱】jì huì ❶ 因害怕有所不利而避免或禁止 ◆ 生日禮物忌諱送鐘，因為"送鐘"與"送終"諧音。❷ 忌諱的事情 ◆ 船家有很多忌諱。
▷肆無忌憚、諱疾忌醫

³ **忍** フカカ刃刃忍忍
[rěn ㄖㄣˇ 粵 jen⁵ 引／jen² 隱（語）]
❶ 耐住性子；控制住感情不讓表現 ◆ 忍耐／忍不住。❷ 狠心 ◆ 忍心／殘忍。
【忍受】rěn shòu 把痛苦、不幸的遭遇勉強承受下來 ◆ 他長期忍受病痛的折磨，身體越來越不行了。
【忍耐】rěn nài 儘量控制住感情或情緒，不讓表現出來 ◆ 他欺人太甚，我再也不能忍耐下去了。
【忍痛】rěn tòng 忍受痛苦 ◆ 祖父為了謀生，忍痛背井離鄉，去了南洋。
【忍讓】rěn ràng 忍耐相讓 ◆ 雙方忍讓些，不要再爭吵了。
【忍氣吞聲】rěn qì tūn shēng 忍住氣不敢出聲。形容受了氣只是忍耐，有話不敢説 ◆ 在別人手下工作，有時受了冤屈，也只好忍氣吞聲。⟨反⟩揚眉吐氣。
【忍無可忍】rěn wú kě rěn 忍耐到了再也無法忍受的地步 ◆ 對方一再無禮，她已忍無可忍，只好報警。
▷容忍、堅忍不拔、於心不忍

⁴ **忠** 丨口口中中忠忠
[zhōng ㄓㄨㄥ 粵 dzuŋ¹ 宗]
真誠無私，盡心竭力 ◆ 忠心耿耿／盡忠報國。
【忠告】zhōng gào 誠懇地勸告；誠懇勸告的話 ◆ 我再三忠告他要懸崖勒馬／他就是不接受我的忠告。
【忠厚】zhōng hòu 誠實厚道 ◆ 父親是個忠厚老實的人。
【忠貞】zhōng zhēn 忠誠不動搖 ◆ 岳飛忠貞不屈的氣概令人敬仰。⟨同⟩堅貞。

【忠誠】zhōng chéng　對人、對事業盡心盡力 ◆ 她對教育事業無限忠誠。⑩忠實。

【忠實】zhōng shí　❶真誠可靠 ◆ 他是我最忠實的朋友。⑩忠誠。❷忠於事實；真實 ◆ 這本書忠實地反映了香港的百年滄桑。

【忠心耿耿】zhōng xīn gěng gěng　耿耿：忠誠的樣子。形容非常忠誠 ◆ 他對事業一向忠心耿耿。

【忠言逆耳】zhōng yán nì ěr　誠懇的勸告聽來不順耳、不舒服 ◆ 良藥苦口利於病，忠言逆耳利於行。

---

⁴念　丿ハ今今念念　念

[niàn ㄋㄧㄢˋ 　⑩ nim⁶ 唸⁶]

❶常常想起 ◆ 思念／懷念。❷想法；心思 ◆ 念頭／一念之差。❸讀；上學 ◆ 念書／念小學。

☒信念、紀念、悼念、惦念、想念

---

⁴忿　丿ハ分分忿忿　忿

[fèn ㄈㄣˋ 　⑩ fen² 粉／fen⁵ 憤]

生氣；怨恨 ◆ 忿怒／忿忿不平。

---

⁴忽　丿勹勿勿忽忽　忽

[hū ㄏㄨ 　⑩ fet⁷ 拂]

❶不注意；粗心 ◆ 忽視／疏忽大意。❷突然 ◆ 忽然／忽聽得。

【忽略】hū lüè　粗心；沒有注意到 ◆ 這道題有兩問，我只回答了第一問，第二問被忽略了。⑩疏忽。

【忽視】hū shì　不注意 ◆ 同學們學習認真，但忽視了體育鍛煉。⑰重視。

【忽然】hū rán　表示情況發生得迅速而又出人意料 ◆ 汽車忽然失去控制，駛向人行道。⑩突然。

---

⁴忱　丶丶忄忄忕忱　忱

[chén ㄔㄣˊ 　⑩ sem⁴ 岑]

真誠的情意 ◆ 熱忱／謹表謝忱。

---

⁴快　丶丶忄忄㣺快　快

[kuài ㄎㄨㄞˋ 　⑩ fai³ 塊]

❶稱心；高興 ◆ 快樂／愉快。❷舒服 ◆ 身體不快。❸迅速；跟"慢"相對 ◆ 快速／火車跑得快。❹趕緊；趕快 ◆ 快走／快來看啊。❺將近；將要 ◆ 天快亮了／事情快做完了。❻鋒利 ◆ 刀磨得很快／快刀斬亂麻。❼直爽 ◆ 爽快／心直口快。

【快速】kuài sù　速度快的；很快 ◆ 電腦可以幫助你快速查找有關資料。⑩迅速。⑰緩慢。

跑得最快的動物是獵豹。
游得最快的魚類是旗魚。
飛得最快的鳥類是軍艦鳥。

【快捷】kuài jié　速度快，行動敏捷 ◆ 這種操作方法快捷而方便。

【快樂】kuài lè　感到愉快或幸福 ◆ 祝你生日快樂。

【快馬加鞭】kuài mǎ jiā biān　對快跑的馬再抽幾鞭，使牠跑得更快。比喻快上加快 ◆ 這項工程還需快馬加鞭，爭取提前完工。

☒快件、快活、快餐

☒痛快、勤快、大快人心、拍手稱快

---

⁵怔　丶丶忄忄忊怔怔　怔

[zhēng ㄓㄥ 　⑩ dzing¹ 晶]

發呆；發愣 ◆ 心裏一怔。

---

⁵怯　丶丶忄忄忙怯怯　怯

[qiè ㄑㄧㄝˋ 　⑩ hip⁸ 脅]

膽小害怕 ◆ 膽怯／羞怯／怯生生。

【怯弱】qiè ruò　膽小軟弱 ◆ 她一向怯弱，常被人欺負。⑩怯懦。⑰勇敢。

【怯場】qiè chǎng　在演出、比賽等公眾場合，因過分緊張而顯得不自然 ◆ 他初次登台演出，難免有些怯場。

【怯懦】qiè nuò　膽小怕事 ◆ 姐姐生性怯懦，受了氣只會掉眼淚。⑩怯弱。⑰勇敢。

---

⁵怖　丶丶忄忄怖怖　怖

[bù ㄅㄨˋ 　⑩ bou³ 布]

恐懼；害怕 ◆ 恐怖／恐怖活動。

---

⁵怦　丶丶忄忄忦怦　怦

[pēng ㄆㄥ 　⑩ paŋ¹ 烹]

形容心跳 ◆ 怦然心動／心怦怦直跳。

---

⁵思　一口曰田田思　思

[sī ㄙ 　⑩ si¹ 司]

❶想；腦筋 ◆ 思考／深思熟慮。❷懷念；想念 ◆ 思念／每逢佳節倍思親。❸情懷；意念 ◆ 思緒／構思。

【思考】sī kǎo　深入細緻地想 ◆ 請同學們認真思考一下，這篇課文的主旨是甚麼？⑩思索。

【思念】sī niàn　想念 ◆ 我們都很思念在外求學的弟弟。

【思索】sī suǒ　思考探求 ◆ 經過反覆思索，我終於明白了其中的奧秘。

【思想】sī xiǎng　想法；念頭 ◆ 這種自力更生的思想很值得發揚。

【思路】sī lù　思考問題的條理 ◆ 這篇作文思路清晰。

【思緒】sī xù　❶思考的頭緒 ◆ 回到久別的故鄉，不免思緒萬千。❷情緒；心情 ◆ 面對這殘破的故居，思緒久久不能平靜。

【思維】sī wéi　動腦筋，想問題 ◆ 要鼓勵學生積極思維，尋求答案。

注意 "思維"也作"思惟"。

☒心思、沉思、三思而行、集思廣益、飲水思源、顧名思義

---

⁵怎　丿卜乍乍乍怎　怎

[zěn ㄗㄣˇ 　⑩ dzem² 枕]

如何；表示疑問 ◆ 怎樣／怎麼辦。

---

⁵性　丶丶忄忄忄性　性

[xìng ㄒㄧㄥˋ 　⑩ sing³ 姓]

❶人或事物所具有的本質、特徵 ◆ 性

質／彈性。❷ 特指男女或雌雄的區別 ◆ 性別／男性／雄性。❸ 人的脾氣 ◆ 性格／耐性／任性。❹ 生命 ◆ 性命。

【性命】xìng mìng　生命 ◆ 由於搶救及時，總算保住了性命。

【性急】xìng jí　性氣急躁，缺乏耐心 ◆ 病後身體虛弱，需要一段時間才能恢復，不能太性急。

【性格】xìng gé　指人在對待事物方面所表現出來的態度和心理特點 ◆ 人的性格各不相同，有的勇敢堅強，有的膽小怕事。

【性能】xìng néng　指機械或工業產品發揮效用的程度 ◆ 這種數碼照相機性能優越。

【性情】xìng qíng　性格，脾氣 ◆ 她性情溫和，從不跟人爭吵。

【性質】xìng zhì　事物的特性 ◆ 報紙、電台都是公眾傳媒，形式不同，性質是一樣的。⑩ 本質。

◪天性、本性、個性、習性、屬性

怕

⁵ 怕　丶忄忄忄怕怕　怕

[pà ㄆㄚˋ ⑧ pa³ 爬³]

❶ 害怕 ◆ 膽小怕事／貪生怕死。❷ 也許；表示擔心或估計 ◆ 恐怕／這樣下去怕要出事。

◪可怕、懼怕

怨

⁵ 怨　丶ㄅㄅㄅ夗怨怨　怨

[yuàn ㄩㄢˋ ⑧ jyn³ 冤³]

❶ 仇恨 ◆ 怨仇／結怨。❷ 責怪；不滿 ◆ 埋怨／任勞任怨。

【怨言】yuàn yán　抱怨的話 ◆ 他的工作最辛苦，但從無怨言。

【怨恨】yuàn hèn　❶ 表示非常不滿或仇恨 ◆ 事到如今，怨恨別人也沒有用了。❷ 不滿或仇恨的情緒 ◆ 我心中的怨恨你不會明白。

【怨天尤人】yuàn tiān yóu rén　尤：責怪。抱怨天，責怪人。形容遇到不稱心的事就埋怨這、埋怨那 ◆ 事情是你自己一手造成的，不要怨天尤人。

【怨聲載道】yuàn shēng zài dào　載道：充滿道路。到處都是埋怨的聲音。形容

普遍不滿 ◆ 公司倒閉，員工們怨聲載道。

◪恩怨、無怨無悔

急

⁵ 急　丿ㄅㄅ刍刍刍急急　急

[jí ㄐㄧˊ ⑧ gɐp⁷ 蛤⁷]

❶ 快速；猛烈 ◆ 急忙趕來／急風暴雨。❷ 緊要；迫切 ◆ 急迫／急救／緊急。❸ 緊急的事 ◆ 救急／當務之急。❹ 焦躁 ◆ 着急／不宜操之過急。

【急切】jí qiè　迫切 ◆ 大家都在急切地等待校長宣佈獲獎學生的名單。

【急忙】jí máng　心裏着急或情況緊急而加快動作 ◆ 眼看孩子就要落水，他急忙跑過去一把抱住。

【急迫】jí pò　需馬上行動，不能拖延 ◆ 情況急迫，你立即趕去處理。⑩ 緊迫。

【急促】jí cù　快而短促 ◆ 樓梯上傳來一陣急促的腳步聲。

【急劇】jí jù　迅速而猛烈 ◆ 今天下午，他的病情急劇惡化。

【急躁】jí zào　性急；不冷靜；不沉着 ◆ 脾氣急躁／做事情不能太急躁，要一步一步來。⑩ 冷靜、沉着。注意 "躁"不要錯寫成"燥"。"躁"不讀 cāo（操）。

【急中生智】jí zhōng shēng zhì　在危急時刻突然想出了好主意、好辦法 ◆ 在歹徒的威逼下，他急中生智，按響了警鐘。

【急轉直下】jí zhuǎn zhí xià　形容情況突然轉變，並且很快地順勢發展下去 ◆ 從昨晚開始，他的病情急轉直下，今天已完全不省人事。

◪急流、急速、急匆匆、急風暴雨
◪危急、焦急、氣急敗壞

怪

⁵ 怪　丶丶忄忄怀怪怪怪　怪

[guài ㄍㄨㄞˋ ⑧ gwai³ 乖³]

❶ 奇異的；不常見的 ◆ 奇怪／奇形怪狀。❷ 驚奇 ◆ 少見多怪／大驚小怪。❸ 埋怨；責備 ◆ 責怪／能怪誰呢？怪你自己。❹ 神話傳說中的妖魔 ◆ 妖怪／妖魔鬼怪。❺ 很 ◆ 怪不錯

的／怪可憐的。

【怪罪】guài zuì　埋怨；責備 ◆ 這件事是你自己沒有處理好，怎麼能怪罪別人呢？⑩ 責怪。

【怪僻】guài pì　指性格、脾氣古怪，不合羣 ◆ 他性情怪僻，很少參加社交活動。

◪怪不得、怪模怪樣
◪古怪、難怪、千奇百怪

怡

⁵ 怡　丶忄忄忄怡怡怡　怡

[yí ㄧˊ ⑧ ji⁴ 宜]

愉快；舒暢；安適 ◆ 怡然自得／心曠神怡。

【怡然自得】yí rán zì dé　怡然：高興的樣子。自得：內心滿足。形容高興而滿足的樣子 ◆ 他家境富足，兒孫孝敬，退休以後，過得怡然自得。

怒

⁵ 怒　ㄑㄣㄣ奴奴怒怒　怒

[nù ㄋㄨˋ ⑧ nou⁶ 奴⁶]

❶ 生氣；氣憤 ◆ 發怒／憤怒。❷ 形容氣勢強盛 ◆ 怒吼／狂風怒號。

【怒火】nù huǒ　強烈的憤怒 ◆ 他抑制不住滿腔的怒火，衝了過去。

【怒吼】nù hǒu　猛獸發威吼叫；也比喻巨大的響聲 ◆ 獅子一聲怒吼，嚇跑了周圍的小動物／狂風大作，驚濤怒吼。

【怒號】nù háo　大聲呼叫 ◆ 北風怒號，大雪紛飛。注意 "怒號"多形容大風。"號"不讀 hào（浩）。

【怒濤】nù tāo　狂濤 ◆ 狂風大作，怒濤洶湧。

【怒髮衝冠】nù fà chōng guān　憤怒得頭髮直豎，把帽子都頂了起來。形容憤怒到了極點 ◆ 雙方爭吵得非常激烈，他怒髮衝冠，拍案而起。

◪息怒、惱怒、喜怒哀樂、惱羞成怒

怠

⁵ 怠　厶厶ㄥ台台台怠　怠

[dài ㄉㄞˋ ⑧ doi⁶ 代/toi⁵ 殆]

懶惰；不經心 ◆ 怠工／懈怠。

【怠慢】dài màn 對人冷淡，不熱情。也用作客套話 ◆ **我們可不敢怠慢上司**。[同] 慢待。[反] 敬重。

6 恃

丶 忄 忄 忄 忄 恃 **恃**

[shì ㄕˋ [粵] tsi^5 似]

依靠；依仗 ◆ **有恃無恐**。

6 恐

工 玑 巩 巩 恐 恐 **恐**

[kǒng ㄎㄨㄥˇ [粵] huŋ^2 孔]

❶ 害怕 ◆ **恐懼 / 驚恐**。❷ 嚇唬人 ◆ **恐嚇**。

【恐怖】kǒng bù 非常可怕；十分恐懼 ◆ **不要讓孩子看恐怖電影**。

【恐怕】kǒng pà ❶ 表示猜測、擔心 ◆ **這樣下去，事情恐怕要鬧僵**。❷ 表示估計；大概 ◆ **這些作業恐怕要一天才能做完**。

【恐慌】kǒng huāng 因害怕、擔憂而驚慌不安 ◆ **這裏接連發生幾起暴力事件，周圍居民都很恐慌**。

【恐龍】kǒng lóng 古代的一種爬行動物。種類很多，大的體長幾十米，小的不到一米。恐龍早已滅絕，但恐龍和恐龍蛋化石還能見到。

【恐嚇】kǒng hè 威脅 ◆ **一封恐嚇信使他徹夜不眠**。

【恐懼】kǒng jù 害怕 ◆ **這裏很安全，大家不必恐懼**。

▷ 惟恐、惶恐、爭先恐後、有恃無恐

6 恥 (耻)

一 丌 耳 耳 耳 耳 恥 **恥**

[chǐ ㄔˇ [粵] tsi^2 齒]

❶ 羞愧 ◆ **羞恥 / 知恥**。❷ 可恥的事 ◆ **恥辱 / 奇恥大辱**。

【恥辱】chǐ rǔ 遭受的羞辱；可恥的事情 ◆ **喪失人格，你不覺得是一種恥辱嗎？** [反] 光榮。

【恥笑】chǐ xiào 看不起；嘲笑 ◆ **你恥笑他幼稚，其實你也並不老練**。[同] 嗤笑。

▷ 可恥、廉恥、不恥下問、厚顏無恥、恬不知恥

6 恭

一 艹 土 共 共 恭 **恭**

[gōng ㄍㄨㄥ [粵] guŋ^1 工]

有禮貌；表現出敬意 ◆ **恭敬 / 洗耳恭聽 / 恭賀新禧**。

【恭候】gōng hòu 恭敬地等候 ◆ **我在家恭候你的光臨**。

[注意] "恭候"是客氣話。

【恭敬】gōng jìng 對人敬重有禮貌 ◆ **恭敬不如從命**。

【恭維】gōng ·wei 為了討好別人而説讚揚、奉承的話 ◆ **你別恭維我，我只是個普通的職員**。[反] 挖苦、諷刺。

◁ 恭喜、恭賀

▷ 謙恭、洗耳恭聽、玩世不恭

6 恒

"恆"的異體字，見本頁。

6 恢

丶 忄 忄 忄 忄 恢 **恢**

[huī ㄏㄨㄟ [粵] fui^1 灰]

大；寬廣 ◆ **氣勢恢宏 / 天網恢恢，疏而不漏**。

【恢復】huī fù 回復到原來的樣子 ◆ **祝你早日恢復健康**。

6 恆 (恒)

丶 忄 忄 忄 恆 恆 **恆**

[héng ㄏㄥˊ [粵] hɐŋ^4 衡]

長久；固定不變 ◆ **永恆 / 持之以恆**。

【恆心】héng xīn 保持長久不變的意志 ◆ **這孩子很聰明，就是缺乏恆心**。

【恆星】héng xīng 指天體中自己能發光的星球，如太陽等 ◆ **夜空中用肉眼能見到的星星，大多是恆星**。

6 恍

丶 忄 忄 忄 忄 恍 **恍**

[huǎng ㄏㄨㄤˇ [粵] fɔŋ^2 訪]

❶ 忽然 ◆ **恍然大悟**。❷ 好像；彷彿 ◆ **恍如隔世 / 恍如夢境**。❸ 見"恍惚"。

【恍惚】huǎng hū ❶ 神志不清；精神不集中 ◆ **病人精神恍惚，可能有危險**。❷ 隱隱約約；模糊不清 ◆ **山頂上，恍惚有人在向我們招手**。

[注意] "恍惚"也作"恍忽"。

【恍然大悟】huǎng rán dà wù 悟：清醒；明白。一下子完全明白了 ◆ **經老師一指點，我才恍然大悟**。

6 恫

丶 忄 忄 忄 恫 恫 **恫**

[dòng ㄉㄨㄥˋ [粵] duŋ^6 動]

恐嚇 ◆ **恫嚇**。

【恫嚇】dòng hè 恐嚇；威嚇 ◆ **他這是恫嚇，我才不怕呢**。

[注意] "嚇"不讀 xià（下）。

6 恩

丨 冂 冃 冃 因 恩 **恩**

[ēn ㄣ [粵] jɐn^1 因]

好處；情義；跟"仇"相對 ◆ **恩惠 / 忘恩負義**。

【恩怨】ēn yuàn 恩惠和仇恨。多偏指仇恨 ◆ **兩家的恩怨終於了結**。

恐龍

【恩情】ēn qíng 情義 ◆ 你的恩情比山高，比海深。

【恩惠】ēn huì 給予的或得到的好處 ◆ 你們的恩惠，我日後一定報答。

【恩愛】ēn ài 形容夫妻相親相愛 ◆ 這是一對恩愛夫妻。

【恩賜】ēn cì 賞給財物；因為情別人而給予好處 ◆ 多謝你們的恩賜。

【恩將仇報】ēn jiāng chóu bào 將：拿；用。用仇恨來回答恩惠 ◆ 他不但不感激，反而恩將仇報。

⊡ 感恩、開恩、小恩小惠、感恩戴德

⁶ 恬

恬 丶丶忄忄忄忄恬恬 恬

[tián ㄊㄧㄢˊ ⓟ tim⁴ 甜]

❶ 安靜 ◆ 恬靜。❷ 滿不在乎 ◆ 恬不知恥。

【恬靜】tián jìng 安靜 ◆ 他居住的環境恬靜而安適。

【恬不知恥】tián bù zhī chǐ 做了壞事還滿不在乎，不覺得羞恥 ◆ 他考試作弊，還誇耀自己考了滿分，真是恬不知恥！

⁶ 息

息 ′ㄧ冂自自息 息

[xī ㄒㄧ ⓟ sik⁷ 色]

❶ 呼進呼出的氣 ◆ 喘息 / 歎息。❷ 音信 ◆ 消息 / 信息。❸ 停歇；休息 ◆ 歇息 / 作息時間 / 自強不息。❹ 利錢 ◆ 利息 / 本息一次付清。

【息事寧人】xī shì níng rén 平息糾紛，使得到安寧 ◆ 大事化小，小事化了，息事寧人，豈不更好？

【息息相關】xī xī xiāng guān 息息：吸進呼出的氣息。一呼一吸相互關連。比喻相互關係非常密切 ◆ 陽光、空氣和水，都與生命息息相關。

⊡ 平息、出息、姑息、窒息、瞬息萬變、川流不息、奄奄一息

⁶ 恤

恤 丶丶忄忄忄忄恤 恤

[xù ㄒㄩˋ ⓟ sœt⁷ 戌]

❶ 同情；憐憫 ◆ 體恤。❷ 救濟 ◆ 撫恤。

恰

恰 丶丶忄忄忄忄恰 恰

[qià ㄑㄧㄚˋ ⓟ hɐp⁷ 瞼]

❶ 正；正好 ◆ 恰巧 / 恰恰相反。❷ 合適；適當 ◆ 恰當。

【恰巧】qià qiǎo 正好；湊巧 ◆ 小琴正悶沒人一起下棋，恰巧小倩來了。

【恰好】qià hǎo 正好 ◆ 這本字典恰好是我想要的。

【恰當】qià dàng 合適；適當 ◆ 這個詞用得不恰當。

【恰如其分】qià rú qí fèn 分：分寸。言語、行動合分寸，很適當 ◆ 老師給這篇作文的評語恰如其分。⊜ 恰到好處。

(注意) "分" 不讀 fēn (芬)。

【恰到好處】qià dào hǎo chù 言語、行動達到最適當的程度 ◆ 話說到這裏恰到好處，再多說就沒必要了。⊜ 恰如其分。

⁶ 恨

恨 丶丶忄忄忄忄恨恨 恨

[hèn ㄏㄣˋ ⓟ hɐn⁶ 很⁶]

❶ 仇和怨；跟 "愛" 相對 ◆ 仇恨 / 怨恨。❷ 懊悔；遺憾 ◆ 悔恨 / 一失足成千古恨。

【恨之入骨】hèn zhī rù gǔ 恨到骨頭裏去了。形容痛恨到了極點 ◆ 人們對縱火者恨之入骨。

⊡ 憎恨、憤恨、懷恨在心、報仇雪恨

⁶ 恙

恙 丶丶丷丷羊羊恙 恙

[yàng ㄧㄤˋ ⓟ jœŋ⁶ 讓]

病；災 ◆ 別來無恙。

⁶ 恕

恕 ㄑㄠㄠ如如恕 恕

[shù ㄕㄨˋ ⓟ sy³ 戍]

❶ 原諒；寬容 ◆ 饒恕 / 寬恕。❷ 請人原諒 ◆ 恕不奉陪 / 恕不招待。

⁷ 悖

悖 丶丶忄忄忄忄悖悖 悖

[bèi ㄅㄟˋ ⓟ bui³ 背/bui⁶ 焙]

❶ 違背情理；錯誤 ◆ 悖理 / 悖謬。

❷ 抵觸；矛盾 ◆ 並行不悖。

⁷ 悟

悟 丶丶忄忄忄悟悟 悟

[wù ㄨˋ ⓟ ŋ⁶ 誤]

明白；領會；覺醒 ◆ 領悟 / 覺悟 / 恍然大悟。

⊡ 悔悟、醒悟、執迷不悟

⁷ 悄

悄 丶丶忄忄忄忄悄悄 悄

〈一〉[qiāo ㄑㄧㄠ ⓟ tsiu² 超²]

❶ 悄悄：沒有聲音或聲音很低 ◆ 靜悄悄 / 說悄悄話。

〈二〉[qiǎo ㄑㄧㄠˇ ⓟ tsiu² 超²]

❷ 義同 ❶ ◆ 低聲悄語 / 悄然無語。❸ 憂愁 ◆ 悄然落淚。

⁷ 悍

悍 丶丶忄忄忄忄悍悍 悍

[hàn ㄏㄢˋ ⓟ hɔn⁶ 汗]

❶ 勇猛 ◆ 強悍 / 短小精悍。❷ 兇暴；蠻橫 ◆ 兇悍 / 悍然不顧。

【悍然】hàn rán 蠻橫的樣子 ◆ 對方悍然闖入經理室，無理取鬧。

⁷ 患

患 丶口口吕串患 患

[huàn ㄏㄨㄢˋ ⓟ wan⁶ 幻]

❶ 禍害；災難 ◆ 禍患 / 防患於未然。❷ 憂慮 ◆ 患得患失 / 生於憂患，死於安樂。❸ 害病 ◆ 患病 / 肝炎患者。

【患難】huàn nàn 危難困苦的處境 ◆ 患難之中見真情。

【患得患失】huàn dé huàn shī 沒有得到時擔心得不到，已經得到了，又害怕失掉。形容過分計較個人的利害得失 ◆ 他心胸寬闊，不是那種患得患失的人。

⊡ 後患、隱患、有備無患

⁷ 悉

悉 ′ㄇ㐄釆釆釆悉 悉

[xī ㄒㄧ ⓟ sik⁷ 色]

❶ 知道 ◆ 獲悉 / 知悉。❷ 全部；盡 ◆ 悉數捐獻 / 悉心照料。

【悉心】xī xīn 盡全部精力 ◆ 由於家人的悉心照料，父親很快恢復了健康。

⇲ 熟悉、洞悉

7 悔 [悔]

[huǐ ㄏㄨㄟˇ [粵] fui3 晦]

因做了錯事而懊惱 ◆ 懊悔 / 後悔。

【悔改】huǐ gǎi 認識到過錯並加以改正 ◆ 他有悔改的表現，應該鼓勵他。

【悔恨】huǐ hèn 因做錯了事而感到懊悔 ◆ 他悔恨當初沒有聽老師的勸告。

【悔悟】huǐ wù 認識到自己錯了，感到悔恨 ◆ 在老師的耐心幫助下，他終於悔悟過來。

【悔過】huǐ guò 承認自己的過錯並感到後悔 ◆ 他有悔過自新的表現，就原諒他這一次吧。

【悔不當初】huǐ bù dāng chū 後悔開始時不該這樣做 ◆ 早知如此，悔不當初。

⇲ 反悔、懺悔、無怨無悔

7 悠 [悠]

[yōu ㄧㄡ [粵] jɐu4 由]

❶ 久遠；長久 ◆ 悠久 / 悠悠歲月。❷ 安閒 ◆ 悠閒 / 悠然自得。❸ 懸空擺動 ◆ 悠蕩 / 悠悠蕩蕩。

【悠久】yōu jiǔ 年代久遠 ◆ 中國地大物博，歷史悠久。[同] 長久。

【悠悠】yōu yōu ❶ 長久；久遠 ◆ 悠悠歲月，往事已漸漸淡忘。❷ 形容從容不迫的樣子 ◆ 大家心急如焚，只有他還是悠悠自得。

【悠揚】yōu yáng 形容聲音高低起伏，和諧悅耳 ◆ 悠揚的琴聲令人陶醉。

【悠閒】yōu xián 安閒舒適 ◆ 大家都忙得不可開交，唯獨他悠閒自在。

7 您 [您]

[nín ㄋㄧㄣˊ [粵] nei5 你]

"你"的敬稱 ◆ 您好 / 謝謝您。

7 悅 [悅]

[yuè ㄩㄝˋ [粵] jyt9 月]

❶ 愉快；高興 ◆ 喜悅 / 愉悅 / 心悅誠服。❷ 使人愉快 ◆ 悅耳動聽 / 賞心悅目。❸ 和善 ◆ 和顏悅色。

【悅目】yuè mù 好看；看着很舒服 ◆ 這裏風景優美，令人賞心悅目。

【悅耳】yuè ěr 好聽；聽着很舒服 ◆ 她的二胡獨奏悅耳動聽。

7 恿 [恿]

[yǒng ㄩㄥˇ [粵] juŋ5 湧]

慫恿。見"慫"字，160頁。

8 情 [情]

[qíng ㄑㄧㄥˊ [粵] tsiŋ4 呈]

❶ 感情 ◆ 友情 / 熱情 / 人非草木，豈能無情？❷ 情面 ◆ 講情 / 求情。❸ 愛情 ◆ 情書 / 談情說愛。❹ 事物的狀況 ◆ 情況 / 實情。

【情況】qíng kuàng ❶ 事情的狀況 ◆ 他家裏的經濟情況很好。[同] 情形。❷ 指某種變化或突然發生的事情 ◆ 你快去了解一下，情況究竟如何？

【情面】qíng miàn 情義和面子 ◆ 他這種過河拆橋的做法太不講情面了。

【情侶】qíng lǚ 戀愛中的男女 ◆ 公園裏，經常可以看到成對成雙的情侶在小徑漫步。

【情理】qíng lǐ 人情事理 ◆ 故事的結局不合情理。

【情景】qíng jǐng 情形；景象 ◆ 母子重逢時的動人情景，至今歷歷在目。

【情感】qíng gǎn 指喜、怒、哀、懼、愛、惡（wù）等心理反應 ◆ 人是有情感的。

【情節】qíng jié 事情的發展變化過程；敍事作品中的情節一般包括開端、發展、高潮、結局幾部分 ◆ 這個故事情節曲折，引人入勝。

【情意】qíng yì 對人的感情 ◆ 她是個重情意的人。

【情義】qíng yì 情誼；合乎常理的感情 ◆ 他不顧兄弟情義，居然設計陷害親弟弟。

【情緒】qíng xù ❶ 人對客觀事物所反映出來的感情狀態，如愉快、悲傷、恐懼等 ◆ 他因為考了第一名而產生了驕傲自滿的情緒。❷ 特指不愉快的情感 ◆ 他因為沒有能提升而有情緒。

【情趣】qíng qù ❶ 性情志趣 ◆ 他們情趣相投，是很要好的朋友。❷ 情調趣味 ◆ 到底是藝術家，房間佈置得很有情趣。

【情調】qíng diào 情趣格調 ◆ 島上的異國情調吸引了來自各地的遊客。

【情誼】qíng yì 相互友愛的感情 ◆ 他們兩人同甘共苦，情誼深厚。[同] 情義。

【情操】qíng cāo 指人的思想、感情和品行的素質 ◆ 他寧死不屈，為國捐軀，體現了他的高尚情操。

【情願】qíng yuàn ❶ 願意 ◆ 這是我心甘情願的，沒有人強迫我。❷ 寧可；寧願 ◆ 我情願辭職，也不能受這種侮辱。

【情不自禁】qíng bù zì jīn 禁：抑制。不能控制自己的感情 ◆ 每次提到父親因車禍喪生，母親便情不自禁地傷心落淚。

【情投意合】qíng tóu yì hé 形容雙方感情融洽，志趣相合 ◆ 兩人情投意合，結為生死之交。

⇱ 情形、情報

⇲ 人情、心情、交情、表情、神情、感情、通情達理、詩情畫意、心甘情願、手下留情、觸景生情

8 悵（怅） [悵]

[chàng ㄔㄤˋ [粵] tsœŋ3 唱]

失意；傷感 ◆ 悵悵 / 惆悵 / 悵然若失。

8 悻 [悻]

[xìng ㄒㄧㄥˋ [粵] hɐŋ6 杏]

怨恨；惱怒 ◆ 悻悻而去。

⁸ 惡⁽恶⁾ 一 ﹁ 〒 〒 〒 亞 惡 **惡**

〈一〉[è ㄜˋ ⑧ok⁸/ŋok⁸]

❶ 罪過；犯罪的事；跟"善"相對 ◆ 罪惡 / 無惡不作。❷ 壞的；不好的 ◆ 惡習 / 惡人先告狀。❸ 兇狠 ◆ 惡毒 / 兇惡。

〈二〉[wù ㄨˋ ⑧wu³ 烏³]

❹ 討厭；憎恨 ◆ 可惡 / 厭惡 / 好逸惡勞。

【惡化】è huà 情況變壞 ◆ 他的病情開始惡化。⟨反⟩好轉。

【惡劣】è liè 很壞 ◆ 這人品行惡劣，公司已把他解僱了。⟨反⟩良好。

【惡毒】è dú 陰險狠毒 ◆ 他想置人於死地，用心太惡毒了。⟨反⟩善良。

【惡習】è xí 壞習慣 ◆ 他還是常去賭博，真是惡習難改。

【惡意】è yì 壞的用心 ◆ 我只是給你一個忠告，並無惡意。

【惡作劇】è zuò jù 過分捉弄人、使人難堪的行為 ◆ 這玩笑開得太過分了，簡直是惡作劇。

【惡貫滿盈】è guàn mǎn yíng 形容罪惡纍纍，罪大惡極 ◆ 這個惡貫滿盈的匪徒，終於得到了應有的懲罰。

⟨▷⟩邪惡、醜惡、疾惡如仇、窮兇極惡

⁸ 惜 丶 丶 忄 忄 忭 忭 惜 **惜**

[xī ㄒㄧ ⑧sik⁷ 色]

❶ 感到遺憾 ◆ 可惜 / 惋惜。❷ 覺得珍貴而重視 ◆ 愛惜 / 珍惜。❸ 捨不得 ◆ 吝惜 / 不惜工本。

【惜別】xī bié 捨不得分別 ◆ 我懷着依依惜別的心情向親人告別。

⟨▷⟩在所不惜

⁸ 惠 一 冂 車 車 車 惠 **惠**

[huì ㄏㄨㄟˋ ⑧wei⁶ 胃]

❶ 給予別人或受到別人給的好處 ◆ 恩惠 / 優惠。❷ 在別人的行為上加"惠"字，表示尊敬 ◆ 惠存 / 歡迎惠顧。❸ 姓。

⟨▷⟩互惠、實惠、小恩小惠

⁸ 惑 一 〒 〒 或 或 惑 **惑**

[huò ㄏㄨㄛˋ ⑧wak⁹ 或]

❶ 有疑慮而分辨不清；不明白 ◆ 疑惑 / 困惑。❷ 使迷亂；讓人分辨不清 ◆ 迷惑對方 / 蠱惑人心。

⟨▷⟩誘惑、大惑不解

⁸ 悽⁽凄⁾ 丶 丶 忄 忄 恓 悽 悽 **悽**

[qī ㄑㄧ ⑧tsɐi¹ 妻]

悲傷 ◆ 悽慘 / 悽楚。

【悽慘】qī cǎn 悲慘 ◆ 他的晚年生活很悽慘。

【悽厲】qī lì 聲音悽慘刺耳 ◆ 一陣悽厲的叫聲把我從夢中驚醒。

⁸ 悼 丶 丶 忄 忄 忄 悍 悼 **悼**

[dào ㄉㄠˋ ⑧dou⁶ 道]

追念死者，表示哀傷 ◆ 悼念 / 追悼。

【悼念】dào niàn 懷念死者，表示哀痛 ◆ 將軍死後，前來悼念的人絡繹不絕。

【悼詞】dào cí 哀悼死者的話或文章 ◆ 將軍死後，總統親自致悼詞。

⟨注意⟩"悼詞"也作"悼辭"。

⁸ 悶⁽闷⁾ 丨 冂 冂 門 門 門 悶 **悶**

〈一〉[mèn ㄇㄣˋ ⑧mun⁶ 門⁶]

❶ 心情不舒暢 ◆ 煩悶 / 苦悶。❷ 密閉的器具 ◆ 悶罐車。

〈二〉[mēn ㄇㄣ ⑧mun⁶ 門⁶]

❸ 因氣壓低或空氣不流通，使人感到憋氣 ◆ 悶熱 / 屋裏太悶，快打開窗戶。❹ 蓋嚴，不讓透氣 ◆ 剛沏的茶，悶一會兒再喝。❺ 聲音不響亮；不聲不響 ◆ 悶聲悶氣 / 悶聲不響。

【悶悶不樂】mèn mèn bù lè 悶悶：心情不暢的樣子。形容心情煩悶，高興不起來 ◆ 她整天悶悶不樂的，不知有甚麼心事。

⟨▷⟩沉悶、愁悶、鬱悶

⁸ 惕 丶 丶 忄 忄 忄 惕 惕 **惕**

[tì ㄊㄧˋ ⑧tik⁷ 剔]

謹慎；小心提防 ◆ 警惕。

⁸ 悲 丿 丿 ﹋ ﹋ 非 非 悲 **悲**

[bēi ㄅㄟ ⑧bei¹ 卑]

❶ 傷心；哀痛；跟"喜"相對 ◆ 悲哀 / 悲痛。❷ 憐憫 ◆ 慈悲。

【悲壯】bēi zhuàng 悲哀壯烈；悲哀雄壯 ◆ 為了保家衞國，他悲壯地獻出了年輕的生命 / 這悲壯的樂曲聲催人淚下。

【悲哀】bēi āi 傷心 ◆ 祖母去世，一家人都很悲哀。⟨同⟩悲傷。⟨反⟩快樂。

【悲痛】bēi tòng 傷心到了極點 ◆ 孩子因車禍喪生，使她悲痛萬分。

【悲傷】bēi shāng 傷心難過 ◆ 晚年淒涼的生活，使他非常悲傷。⟨同⟩悲哀。⟨反⟩快樂。

【悲慘】bēi cǎn 處境或遭遇極其痛苦悽慘，令人傷心 ◆ 我非常同情他的悲慘遭遇。

【悲劇】bēi jù ❶戲劇的一種，以表現主人公與惡勢力抗爭而最後悲慘失敗為主要情節。❷比喻不幸的遭遇 ◆ 他的婚姻是一場悲劇。

【悲憤】bēi fèn 悲痛憤怒 ◆ 歹徒的暴行，使人悲憤填膺。

【悲觀】bēi guān 對前途失去信心 ◆ 情況會一天天好起來，你不要太悲觀了。⟨同⟩失望。⟨反⟩樂觀。

【悲喜交集】bēi xǐ jiāo jí 悲哀與喜悅交織在一起 ◆ 她終於找到了失散多年的女兒，一時悲喜交集，激動得說不出話來。

【悲歡離合】bēi huān lí hé 悲哀、歡樂、離別、團聚。指生活中經歷的種種

遭遇 ◆ 小説反映了一家人的悲歡離合，非常感人。
☒可悲、樂極生悲

---

⁸ 悸　丶忄忄忄忄悸悸　悸

[jì ㄐㄧˋ 粵 gwɐi⁶ 跪]

因害怕而心跳 ◆ 心悸／心有餘悸。

---

⁸ 惟　丶忄忄忄忄忭惟　惟

[wéi ㄨㄟˊ 粵 wɐi⁴ 圍]

❶考慮 ◆ 思惟。❷單單 ◆ 惟有／惟一。

【惟一】wéi yī 只有一個，沒有第二個 ◆ 他是惟一的證人。
注意 "惟一"也作"唯一"。

【惟有】wéi yǒu 只有 ◆ 大家玩得很開心，惟有他顯得無精打采。
注意 "惟有"也作"唯有"。

【惟恐】wéi kǒng 只怕 ◆ 她工作十分細心，惟恐出差錯。
注意 "惟恐"也作"唯恐"。

【惟獨】wéi dú 只有 ◆ 大家都去旅遊，惟獨他不想去。
注意 "惟獨"也作"唯獨"。

【惟利是圖】wéi lì shì tú 只貪圖私利，別的甚麼都不顧 ◆ 他是個惟利是圖的商人。
注意 "惟利是圖"也作"唯利是圖"。

【惟妙惟肖】wéi miào wéi xiào 肖：相像。形容描寫、摹仿非常美妙，十分逼真 ◆ 他在電影中扮演警察，演得惟妙惟肖。
注意 "惟妙惟肖"也作"唯妙唯肖"、"維妙維肖"。

---

⁸ 惦　丶忄忄忄忄忢惦　惦

[diàn ㄉㄧㄢˋ 粵 dim³ 店]

記掛；想念 ◆ 惦念／惦記。

【惦念】diàn niàn 心裏老想着；想念 ◆ 我們很惦念住院的同學，希望他早日恢復健康。同惦記。

【惦記】diàn jì 想念；掛念 ◆ 媽媽總是惦記着在外國學習的兒子。同惦念。

---

⁸ 惆　丶忄忄忄忚惆惆　惆

[chóu ㄔㄡˊ 粵 tsɐu⁴ 囚]

見"惆悵"。

【惆悵】chóu chàng 失意；傷感 ◆ 失業後，他心中無限惆悵。

---

⁸ 惚　丶忄忄忄忄物惚　惚

[hū ㄏㄨ 粵 fɐt⁷ 忽]

恍惚。見"恍"字，154頁。

---

⁸ 悴　丶忄忄忄忚悴悴　悴

[cuì ㄘㄨㄟˋ 粵 sœy⁶ 瑞]

憔悴。見"憔"字，162頁。

---

⁸ 惋　丶忄忄忄忬忬惋　惋

[wǎn ㄨㄢˇ 粵 wun² 碗/jyn² 苑]

歎惜 ◆ 惋惜。

【惋惜】wǎn xī 可惜；遺憾 ◆ 他很有才華，卻沒有用武之地，太惋惜了。

---

⁹ 想　一十木机相想　想

[xiǎng ㄒㄧㄤˇ 粵 sœŋ² 賞]

❶動腦筋；思索 ◆ 想辦法／冥思苦想。❷希望；打算 ◆ 理想／夢想／想去旅遊。❸懷念；思念 ◆ 想念／朝思暮想。❹估計；認為 ◆ 猜想／料想不到／我想他不會來了。

【想必】xiǎng bì 表示肯定的推測 ◆ 這種事想必只有他才做得出來。

【想像】xiǎng xiàng 指把頭腦中已有的材料，通過聯想、推測、重組甚至虛構等方法，創造新形象的心理過程 ◆ 同學們的想像力很豐富。
注意 "想像"也作"想象"。

【想入非非】xiǎng rù fēi fēi 指胡思亂想，不切實際 ◆ 這是根本不可能的事，你別想入非非了。

【想方設法】xiǎng fāng shè fǎ 想盡各種辦法 ◆ 你一定要想方設法把丟失的東西找回來。

☒幻想、妄想、思想、料想、設想、感想、聯想、異想天開

---

⁹ 惰　丶忄忄忄忴悋惰　惰

[duò ㄉㄨㄛˋ 粵 dɔ⁶ 墮]

懶；不勤快；跟"勤"相對 ◆ 懶惰。

---

⁹ 感　厂厂戶咸咸咸　感

[gǎn ㄍㄢˇ 粵 gɐm² 錦]

❶覺得 ◆ 感覺／感到。❷受外界事物的刺激而引起的思想情緒上的某種反應 ◆ 感想／感慨／感動。❸某種思想情緒的體驗 ◆ 美感／好感／自豪感。❹表示或懷着謝意 ◆ 感謝／感激。

【感受】gǎn shòu ❶感覺到；體會到 ◆ 親人的關懷、照顧，使我感受到了家庭的溫暖。❷心中的感覺；體會 ◆ 參觀了安老院後，你有甚麼感受？

【感染】gǎn rǎn ❶受到傳染 ◆ 在與病人接觸過程中，他感染上了肺結核。同傳染。❷通過語言或行動使別人產生同樣的思想感情 ◆ 這篇小說寫得具體生動，很有感染力。
注意 "染"字右上角是"九"，不是"丸"。

【感動】gǎn dòng ❶情緒受到某種影響而激動起來 ◆ 他見義勇為的事跡，使我非常感動。❷使感動 ◆ 他見義勇為的事跡，感動了全校師生。

【感情】gǎn qíng ❶受外界事物影響而引起的喜怒哀樂等情緒 ◆ 他性情剛烈，容易感情衝動。❷對人或事物喜愛或關懷的心情 ◆ 他從小生活在香港，所以對香港特別有感情。

【感想】gǎn xiǎng 接觸外界事物後產生的想法 ◆ 聽了張勇助人為樂的事跡後，你有甚麼感想？

【感慨】gǎn kǎi 因有感觸而歎息 ◆ 今昔對比，讓人感慨萬千。同感歎。

【感歎】gǎn tàn　有所感觸而歎息 ◆ “世上到底還是好人多！”老人感歎地說。[同] 感慨。

【感激】gǎn jī　因對方的好意或幫助而心情激動，深表謝意 ◆ 你幫助我渡過了難關，我非常感激。

【感覺】gǎn jué　人體或人體器官在接觸外界事物時所引起的反應。如睜開眼睛能看到事物的形狀、顏色（視覺）；吃食物能嘗出甜酸苦辣的味道（味覺）；用力壓迫身體會感到疼痛（知覺）等 ◆ 他耳朵的感覺特別靈敏。

【感觸】gǎn chù　外界事物引起的感情觸動 ◆ 這件事對我感觸很深。

【感歎號】gǎn tàn hào　標點符號之一（！）。用在感歎句的末尾。如香港的夜景真美啊！

【感情用事】gǎn qíng yòng shì　憑一時的感情衝動處理事情 ◆ 這件事確實令人氣憤，但處理要冷靜，不可感情用事。[同] 意氣用事。

◁ 感人、感化、感官、感冒

▷ 反感、敏感、預感、觀感、百感交集、多愁善感

9 **惹**（惹）　惹

［rě ㄖㄜˇ [粵] jɛ⁵ 野］

招引；挑逗 ◆ 惹禍／招惹。

【惹是生非】rě shì shēng fēi　招惹是非，引起爭端 ◆ 他脾氣暴躁，常在外面惹是生非。

9 **惻**（恻）　惻

［cè ㄘㄜˋ [粵] tsɐk⁷ 測］

悲傷 ◆ 悽惻／惻隱之心，人皆有之。

9 **愚**　愚

［yú ㄩˊ [粵] jy⁴ 如］

❶ 笨；傻；跟“智”相對 ◆ 愚笨／愚蠢。❷ 欺騙；耍弄 ◆ 愚弄。

【愚弄】yú nòng　欺騙捉弄 ◆ 他這樣做是故意設圈套，愚弄人。

【愚昧】yú mèi　缺乏知識；不明事理 ◆ 他見識少，又沒有文化，常常顯得愚昧無知。

【愚蠢】yú chǔn　笨；傻 ◆ 這樣做太愚蠢了。

【愚公移山】yú gōng yí shān　相傳古代有個叫愚公的九十老人，因家門前有兩座大山擋住了進出的路，便下決心率領子孫削平它們。另一個叫河曲智叟的老人恥笑他，認為根本不可能。愚公說：“我死了還有兒子，兒子死了還有孫子，子子孫孫沒有窮盡，而山是不會增高的，還怕不能把山削平嗎？”愚公挖山不止的事感動了天帝，天帝便派神仙把兩座山搬走了。後用來比喻做事有決心，有毅力，能堅持不懈，排除困難 ◆ 只要有愚公移山的精神，定能改變山村貧窮落後的面貌。

9 **惺**　惺

［xīng ㄒㄧㄥ [粵] siŋ¹ 星／siŋ² 醒²］

見“惺忪”。

【惺忪】xīng sōng　剛睡醒眼睛模糊不清的樣子 ◆ 睡眼惺忪。

9 **愕**　愕

［è ㄜˋ [粵] ŋɔk⁹ 岳］

驚訝；發楞 ◆ 驚愕／愕然。

9 **愣**　同“楞〈二〉”，見217頁。

9 **愁**　愁

［chóu ㄔㄡˊ [粵] sɐu⁴ 仇］

憂慮；擔憂 ◆ 愁悶／發愁／憂愁。

【愁眉苦臉】chóu méi kǔ liǎn　皺着眉頭，哭喪着臉。形容憂愁苦惱的樣子 ◆ 輸了一場球，就愁眉苦臉，算甚麼好漢！

◁ 愁容、愁苦

▷ 哀愁、多愁善感

9 **愎**　愎

［bì ㄅㄧˋ [粵] bik⁷ 碧］

固執 ◆ 剛愎自用。

9 **惶**　惶

［huáng ㄏㄨㄤˊ [粵] wɔŋ⁴ 王］

恐懼；驚慌不安 ◆ 惶恐／人心惶惶。

【惶恐】huáng kǒng　驚慌害怕 ◆ 面對主考官接二連三的提問，他顯得有些惶恐不安。

▷ 誠惶誠恐

9 **愉**　愉

［yú ㄩˊ [粵] jy⁴ 如］

高興；快樂 ◆ 愉快／愉悅。

【愉快】yú kuài　高興；心情舒暢 ◆ 這次旅行非常愉快。

9 **愈**　愈

［yù ㄩˋ [粵] jy⁶ 預］

❶ 更加；越 ◆ 愈來愈懂事了／成績愈好，愈要謙虛。❷ “癒”的簡化字，見289頁。

9 **愛**（爱）　愛

［ài ㄞˋ [粵] ɔi³／ŋɔi³ 嫒］

❶ 對人或事物有親密、真摯的感情；跟“恨”相對 ◆ 愛父母／愛祖國。❷ 喜歡 ◆ 喜愛／愛看小說。❸ 珍惜；重視；保護 ◆ 愛惜／愛護／自尊自愛。❹ 容易 ◆ 鐵愛生鏽／他性子急，愛發脾氣。

【愛心】ài xīn　指同情、關懷、愛護人的思想感情 ◆ 老師對學生充滿愛心。

【愛好】ài hào　❶ 對某種事物有濃厚的興趣 ◆ 他愛好游泳，我愛好排球。[同] 喜愛、喜歡。[反] 討厭、厭惡（wù）。❷ 喜愛的事物 ◆ 集郵是他的愛好。[同] 喜好。

【注意】"好"不讀 hǎo。粵音讀 hou³（耗）。

【愛情】ài qíng　男女相愛的感情 ◆ 這是一首愛情詩，寫得真切動人。

【愛惜】ài xī　因重視而不糟蹋、不浪費 ◆ 我們要愛惜糧食。⊜ 珍惜、愛護。⊝ 糟蹋、浪費。

【愛慕】ài mù　因喜愛或敬重而想接近 ◆ 我對她的愛慕之情由來已久。⊜ 羨慕、仰慕。⊝ 嫌棄。

【愛戴】ài dài　尊敬擁護 ◆ 老前輩德高望重，受人愛戴。⊜ 敬重、敬愛。

【愛護】ài hù　愛惜保護 ◆ 要愛護公園裏的花草樹木。⊝ 破壞、損害。

【愛不釋手】ài bù shì shǒu　釋：放開。十分喜愛，捨不得放手 ◆ 小姐拿着這鑽石項鏈左看右看，愛不釋手。

【愛莫能助】ài mò néng zhù　出於同情想幫助，但沒有能力做到 ◆ 他家裏生活很困難，但我實在是愛莫能助。

⊡ 心愛、可愛、友愛、珍愛、疼愛、敬愛、熱愛、寵愛

9 **意**　丶 亠 立 音 意 意

[yì 一ˋ 粵 ji³ 懿]

❶ 意思 ◆ 詞不達意／言外之意。❷ 願望；心願 ◆ 稱心如意／非常滿意。❸ 主張；見解 ◆ 意見／主意。❹ 料想 ◆ 出乎意料／出其不意。❺ 事物顯露的情態 ◆ 春意盎然／已有幾分醉意。

【意外】yì wài　❶ 意料之外；沒有想到 ◆ 這是一個意外的收穫。⊝ 意料。❷ 意外的不幸事件 ◆ 下雨路滑，開車要特別小心，防止發生意外。

【意向】yì xiàng　願望 ◆ 雙方都有合作的意向。

【意志】yì zhì　為達到某種目的而努力的決心 ◆ 意志薄弱的人難成大事。

【意見】yì jiàn　看法；主張 ◆ 他的行為已經觸犯校規，我的意見是要給他記過處分，你的意見呢？

【意味】yì wèi　❶ 含有某種意思 ◆ 老師的臨別贈言意味深長。❷ 情趣；趣味 ◆ 這篇文章寫得生動活潑，很有文學意味。

【意思】yì·si　❶ 語言文字所表達的思想內容 ◆ 這篇文章的中心意思是甚麼？❷ 看法；心願 ◆ 老師的意思是希望我們都能參加比賽。❸ 某種趨勢或跡象 ◆ 看來他們兩人似乎有點重新和好的意思。❹ 情趣；趣味；有意義 ◆ 同學們覺得這些課外活動很有意思。

【注意】"思"粵音讀 si³（試）。

【意料】yì liào　料想；事前的估計 ◆ 紅隊能大敗藍隊，這是大家沒有意料到的。

【意義】yì yì　❶ 語言文字所表達的思想內容 ◆ 這篇文章意義深刻，耐人尋味。❷ 作用或價值 ◆ 你這樣做毫無意義。

【意境】yì jìng　文學藝術作品所表現出來的境界和情調 ◆ 文學作品通過人物形象和環境描寫來創造意境。

【意圖】yì tú　想達到某種目的 ◆ 他的意圖很明顯，是想破壞我們的合作。

【意願】yì yuàn　心願；願望 ◆ 我個人的意願是當工程師。

【意識】yì shí　❶ 思想；觀念 ◆ 這種意識太陳舊了。❷ 覺察 ◆ 我早就意識到他不是好人。

【意氣用事】yì qì yòng shì　憑一時情緒衝動處理事情 ◆ 他這樣做並無大錯，何必意氣用事，大發脾氣？⊜ 感情用事。

【意氣風發】yì qì fēng fā　風發：像強勁的風迅猛有力。指精神振奮，氣概豪邁 ◆ 運動健兒個個意氣風發，抱有必勝的信念。

⊡ 大意、心意、示意、生意、用意、同意、任意、注意、故意、滿意、誠意、願意、一意孤行、得意忘形、心滿意足、言簡意明、三心二意

9 **慈**　"慈"的異體字，見本頁。

9 **慨**　丶 忄 忙 忙 忭 慨 慨

[kǎi ㄎㄞˇ 粵 goi³ 丐/koi³ 丐（語）]

❶ 感歎 ◆ 感慨。❷ 情緒激動 ◆ 憤慨。❸ 大方；不吝惜 ◆ 慷慨解囊。

9 **惱**（恼）　丶 忄 忱 惱 惱 惱

[nǎo ㄋㄠˇ 粵 nou⁵ 腦]

❶ 生氣；發怒 ◆ 惱火／惱羞成怒。❷ 煩悶；心裏不痛快 ◆ 煩惱／苦惱。

【惱火】nǎo huǒ　生氣；心裏不痛快 ◆ 這場球賽莫名其妙地輸了，教練很惱火。

【惱羞成怒】nǎo xiū chéng nù　因惱恨、羞愧到了極點而發怒 ◆ 團長一再指責她，她惱羞成怒，離開了合唱團。

【注意】"惱羞成怒"也作"老羞成怒"。

⊡ 懊惱

10 **慈**　艹 艹 茲 茲 慈 慈

[cí ㄘˊ 粵 tsi⁴ 詞]

仁愛和善；疼愛晚輩 ◆ 慈愛／慈善／仁慈。

【慈祥】cí xiáng　和善安詳 ◆ 看着活潑可愛的兒孫，祖母露出了慈祥的笑容。

【注意】"慈祥"多用來形容老人的神色、態度。

【慈悲】cí bēi　心地善良，能關懷、同情別人的困苦 ◆ 他大發慈悲，出巨資改建孤兒院。

【慈善】cí shàn　仁慈善良，有同情心 ◆ 父親熱心慈善事業。

【慈愛】cí ài　仁慈疼愛 ◆ 慈愛的母親去世了，我們悲痛萬分。

【注意】"慈愛"多用於長輩對晚輩。

¹⁰慎 丶忄忄忄怕慎　慎

[shèn ㄕㄣˋ 粵 sen⁶ 腎]

小心 ◆ 謹慎 / 慎重。

【慎重】shèn zhòng　小心認真；不輕率 ◆ 處理這件事要慎重。

🔁 不慎、謹小慎微

¹⁰慄 丶忄忄忄怕怖慄　慄

[lì ㄌㄧˋ 粵 lœt⁹ 律]

因寒冷或害怕而發抖 ◆ 戰慄 / 不寒而慄。

¹⁰憑 "憑"的異體字，見 155 頁。

¹⁰慌(慌) 丶忄忄忄忙忙慌　慌

[huāng ㄏㄨㄤ 粵 fɔŋ¹ 方]

❶ 心神不安；動作忙亂 ◆ 恐慌 / 驚慌失措。❷ 表示程度深，相當於"很"、"非常" ◆ 餓得慌 / 悶得慌。

【慌忙】huāng máng　急急忙忙 ◆ 他慌忙趕到學校，幸好沒有遲到。

【慌張】huāng zhāng　心裏害怕，舉動忙亂失常 ◆ 只見他神色慌張，轉身就跑。 反 鎮定。

🔁 驚慌、不慌不忙、心慌意亂

¹⁰愾(忾) 丶忄忄忄忾愾愾　愾

[kài ㄎㄞˋ 粵 kɔi³ 慨]

憤恨 ◆ 同仇敵愾。

¹⁰愧(愧) 丶忄忄忄怕怕愧　愧

[kuì ㄎㄨㄟˋ 粵 kwɐi⁵ 葵⁵]

羞慚 ◆ 慚愧 / 羞愧 / 問心無愧。

¹⁰態(态) 厶厶能能能態　態

[tài ㄊㄞˋ 粵 tai³ 太]

❶ 形狀；模樣 ◆ 形態 / 狀態 / 病態。❷ 情形；情況 ◆ 動態 / 事態的發展。

【態度】tài·du　❶ 人的舉止神情 ◆ 我們的語文老師態度和藹。❷ 對人或

事物的看法和採取的行動 ◆ 沒有良好的學習態度，怎麼能學好呢？

🔁 神態、姿態、靜態、一反常態

¹¹慧 彐彐彗彗彗彗慧　慧

[huì ㄏㄨㄟˋ 粵 wɐi⁶ 惠]

聰明 ◆ 智慧 / 聰慧。

🔁 賢慧

¹¹慚(惭) 丶忄忄忄怕怕慚　慚

[cán ㄘㄢˊ 粵 tsam⁴ 蠶]

羞愧 ◆ 慚愧 / 大言不慚。

【慚愧】cán kuì　因自己有缺點、未能盡責或做錯了事而內心感到不安 ◆ 在孝敬父母上，我不如哥哥，感到很慚愧。 同 羞愧。

🔁 羞慚、自慚形穢

¹¹慳(悭) 丶忄忄忄怚怚慳　慳

[qiān ㄑㄧㄢ 粵 han¹ 閒¹]

吝嗇；小氣 ◆ 慳吝。

¹¹憂(忧) 一丆百百直憂憂　憂

[yōu ㄧㄡ 粵 jɐu¹ 幽]

❶ 發愁；擔心 ◆ 憂慮 / 憂愁。❷ 使人發愁的事 ◆ 高枕無憂 / 後顧之憂。

【憂患】yōu huàn　困苦患難 ◆ 生於憂患，死於安樂。

【憂愁】yōu chóu　苦惱發愁 ◆ 母親整天為女兒的病憂愁。

【憂傷】yōu shāng　憂愁悲傷 ◆ 這篇小說透露出作者淡淡的憂傷。

【憂慮】yōu lǜ　憂愁擔心 ◆ 你不必憂慮，父親很快就能恢復健康。

【憂鬱】yōu yù　憂愁苦悶 ◆ 她找不到合適的工作，心情很憂鬱。

【憂心忡忡】yōu xīn chōng chōng　忡忡：憂愁不安的樣子。形容心事重重，憂愁不安 ◆ 兒子考不上大學，父母為他的前途憂心忡忡。

🔁 擔憂、無憂無慮

¹¹慕(慕) 一一艹苫苜莫慕　慕

[mù ㄇㄨˋ 粵 mou⁶ 務]

景仰；嚮往 ◆ 羨慕 / 仰慕。

【慕名】mù míng　仰慕別人的名氣 ◆ 聽說張教授今天在這裏講演，我們是慕名而來的。

¹¹慮(虑) 广广卢虍虍慮　慮

[lǜ ㄌㄩˋ 粵 lœy⁶ 類]

❶ 思考；謀劃 ◆ 考慮 / 深思熟慮。❷ 發愁；擔心 ◆ 憂慮 / 無憂無慮。

🔁 顧慮、疑慮

¹¹慢(慢) 丶忄忄忄悍悍慢　慢

[màn ㄇㄢˋ 粵 man⁶ 萬]

❶ 速度小；跟"快"相對 ◆ 慢車 / 緩慢。❷ 態度冷淡，缺少禮貌 ◆ 傲慢 / 怠慢。

【慢條斯理】màn tiáo sī lǐ　形容說話做事慢慢騰騰、不慌不忙的樣子 ◆ 你看她慢條斯理的樣子，實在叫人着急。

¹¹慫(怂) 彳従従従従慫　慫

[sǒng ㄙㄨㄥˇ 粵 suŋ² 聳]

見"慫恿"。

【慫恿】sǒng yǒng　從旁鼓動別人去做某種事情 ◆ 你怎麼能慫恿他去做這種事情？

注意 "慫恿"也寫作"慫慂"。

¹¹慾(欲) 八父谷谷欲欲慾　慾

[yù ㄩˋ 粵 juk⁹ 玉]

想得到某種東西的願望 ◆ 慾望 / 食慾 / 求知慾。

【慾望】yù wàng　想得到某種東西或達到某種目的願望 ◆ 家裏無法滿足他的慾望。

🔁 利慾熏心

¹¹慷 丶忄忄忄忭愭愭　慷

[kāng ㄎㄤ 粵 hɔŋ² 康²/hɔŋ¹ 康]

感慨 ◆ 慷慨激昂。

【慷慨】kāng kǎi ❶ 情緒激昂 ◆ 他的演講慷慨激昂，扣人心弦。❷ 大方；不吝惜 ◆ 校長慷慨解囊，替小芳繳了這學期的學費。

11 慶 (庆) 广 户 庐 庐 庼 慶 慶
[qìng ㄑㄧㄥˋ ⑧ hin³ 興³]
❶ 祝賀 ◆ 慶祝 / 慶功。❷ 值得祝賀的事 ◆ 國慶 / 校慶。

【慶幸】qìng xìng 為幸運能消災避禍、得到好的結果而高興 ◆ 十分慶幸，他在這次空難中居然活了下來。

【慶祝】qìng zhù 為節日或喜慶的日子舉行的表示紀念或快樂的活動 ◆ 慶祝香港回歸文娛晚會現在開始！

【慶賀】qìng hè 慶祝；祝賀 ◆ 很多親友前來慶賀祖父九十誕辰。
☑ 吉慶、喜慶、歡慶、普天同慶

11 憋 ˋ ˙ 㡀 敝 敝 憋 憋
[biē ㄅㄧㄝ ⑧ bit⁸ 鱉]
❶ 悶；心裏不舒暢 ◆ 憋悶 / 心裏憋得難受。❷ 忍住 ◆ 憋着一肚子氣 / 實在憋不住，還是把話說了出來。

11 慰 尸 尸 屒 屒 尉 慰 慰
[wèi ㄨㄟˋ ⑧ wi³ 畏]
❶ 安慰 ◆ 慰問 / 自慰。❷ 心安 ◆ 欣慰。

【慰問】wèi wèn 安慰問候 ◆ 他見義勇為受了傷，我們應該去慰問一下。

【慰勞】wèi láo 慰問。通常指帶着物品去慰問辛勞的人 ◆ 王經理帶着飯盒去慰勞超時工作的員工。
⚠ "勞"粵音讀 lou⁶（路）。

11 慘 (惨) ˋ ㄔ ㄐ 忄 忄 忡 惨 慘
[cǎn ㄘㄢˇ ⑧ tsam² 蠶²]
❶ 處境或遭遇極不幸，使人悲傷 ◆ 悲慘 / 慘痛。❷ 狠毒；殘酷 ◆ 慘無人道 / 慘殺無辜。❸ 形容程度嚴重 ◆

損失慘重 / 屢遭慘敗。

【慘重】cǎn zhòng 損失等極其嚴重 ◆ 這次颱風使沿海一帶損失慘重。

【慘痛】cǎn tòng 悲慘痛苦 ◆ 我們要記住這場火災的慘痛教訓，做好防火工作。⑩ 沉痛。

【慘不忍睹】cǎn bù rěn dǔ 情景十分悲慘，使人不忍心去看 ◆ 車禍現場，慘不忍睹。

【慘無人道】cǎn wú rén dào 兇殘狠毒，沒有一點人性 ◆ 敵人慘無人道地殺害了許多無辜的婦女和兒童。
◁ 慘敗、慘案、慘劇
▷ 悽慘、悲慘

11 慣 (惯) ˋ ㄐ 忄 忄 忙 憎 慣
[guàn ㄍㄨㄢˋ ⑧ gwan³ 關³]
❶ 習以為常的；積久成性的 ◆ 習慣 / 吃慣了大米，不想吃麵食。❷ 縱容；放任 ◆ 從小嬌生慣養 / 別把孩子慣壞了。

【慣例】guàn lì 常規；一向的做法 ◆ 按照慣例，每個月開一次部門經理全體會議。
☑ 嬌生慣養、司空見慣

12 憤 (愤) ˋ ㄐ 忄 忄 忭 忭 憤
[fèn ㄈㄣˋ ⑧ fen⁵ 奮⁵]
生氣；不滿 ◆ 憤怒 / 憤憤不平。

【憤恨】fèn hèn 憤怒痛恨 ◆ 他欺人太甚，令人憤恨。

【憤怒】fèn nù 氣憤發怒 ◆ 兒子一再逃學，使父親非常憤怒。

【憤慨】fèn kǎi 氣憤不平；憤恨 ◆ 他營私舞弊，引起公眾極大的憤慨。
☑ 悲憤、發憤圖強、義憤填膺

12 憨 (憨) 二 广 育 敢 敢 憨
[hān ㄏㄢ ⑧ hem¹ 堪]
❶ 痴呆；傻氣 ◆ 憨痴 / 憨笑。❷ 天真；忠厚 ◆ 憨厚 / 憨直。

【憨厚】hān hòu 樸實厚道 ◆ 父親為人憨厚。

12 憫 (悯) 忄 忄 忛 忛 憫 憫 憫
[mǐn ㄇㄧㄣˇ ⑧ men⁵ 敏]
對遭遇不幸的人表示同情 ◆ 憐憫 / 悲天憫人。

12 憬 ˋ ㄐ 忄 忄 忙 惧 憬
[jǐng ㄐㄧㄥˇ ⑧ gin² 竟]
憧憬。見"憧"字，本頁。

12 憚 (惮) ˋ ㄐ 忄 忭 憚 憚
[dàn ㄉㄢˋ ⑧ dan⁶ 但]
怕 ◆ 肆無忌憚。

12 憊 (惫) ㄅ 忄 伊 佯 備 憊
[bèi ㄅㄟ ⑧ bai⁶ 敗]
非常疲倦 ◆ 疲憊不堪。

12 憩 千 舌 舌' 甜 甜 憩
[qì ㄑㄧˋ ⑧ hei³ 器]
休息 ◆ 小憩。

12 憔 ˋ ㄐ 忄 忄 忭 惟 憔
[qiáo ㄑㄧㄠˊ ⑧ tsiu⁴ 潮]
見"憔悴"。

【憔悴】qiáo cuì 形容人身體乾枯，面黃肌瘦的樣子 ◆ 一場大病過後，她憔悴了許多。

12 憧 ˋ ㄐ 忄 忄 憧 憧 憧
[chōng ㄔㄨㄥ ⑧ tsun¹ 沖]
見"憧憬"。

【憧憬】chōng jǐng 嚮往 ◆ 她一直憧憬着婚後的幸福生活。

12 憑 (凭) ㄧ 冫 沂 沂 馮 馮 憑
[píng ㄆㄧㄥˊ ⑧ pen⁴ 朋]
❶ 身子靠着；依靠；依仗 ◆ 憑欄遠眺 / 憑本事立足社會。❷ 根據；證據 ◆ 憑票入場 / 真憑實據。❸ 隨便；聽任

朱門酒肉臭，路有凍死骨。——唐·杜甫《自京赴奉先縣詠懷五百字》詩

◆ 任憑 / 聽憑。

【憑空】píng kōng 毫無根據地 ◆ 他完全是憑空捏造，根本沒有這回事。

【憑據】píng jù 證據 ◆ 你說他造謠，有甚麼憑據？同 憑證。

【憑藉】píng jiè 依靠 ◆ 憑藉我們的實力，這場比賽一定能取勝。

【憑證】píng zhèng 證據 ◆ 是他偷了鄰居的照相機，身上搜出的贓物就是憑證。同 憑據。

12 憐 (怜) ⺗ ⺗ 忄 忊 怜 怜 憐 憐

[lián ㄌㄧㄢˊ ⓟlin⁴ 連]

❶ 對別人的不幸表示同情 ◆ 可憐 / 同病相憐。❷ 愛 ◆ 憐惜 / 憐愛。

【憐惜】lián xī 同情愛惜 ◆ 寓言《農夫和蛇》告訴人們：不能憐惜像毒蛇一樣的惡人。

【憐憫】lián mǐn 對遭遇不幸的人表示同情 ◆ 他心腸狠毒，毫無憐憫之心。

12 憎 ⺗ ⺗ 忄 忄 憎 憎 憎

[zēng ㄗㄥ ⓟdzeŋ¹ 增]

厭惡；恨；跟「愛」相對 ◆ 憎惡 / 愛憎分明。

【憎恨】zēng hèn 厭惡痛恨 ◆ 誰都憎恨那些狗仗人勢的傢伙。

【憎惡】zēng wù 憎恨厭惡 ◆ 我最憎惡那些偽君子。反 喜愛。

注意 「惡」不讀 è (餓)。粵音讀 wu³ (烏³)。

12 憲 (宪) 宀 宀 宀 宀 害 害 憲

[xiàn ㄒㄧㄢˋ ⓟhin³ 獻]

❶ 法令。❷ 見「憲法」。

【憲法】xiàn fǎ 國家的根本大法，是制定其他法律的依據 ◆ 一切公民都必須遵守憲法。

13 憾 ⺗ ⺗ 忄 忄 憾 憾 憾

[hàn ㄏㄢˋ ⓟhem⁶ 撼]

失望；感到不滿足 ◆ 遺憾 / 死而無憾。

13 懂 (懂) ⺗ ⺗ 忄 忭 懵 懂 懂

[dǒng ㄉㄨㄥˇ ⓟduŋ² 董]

瞭解；明白 ◆ 不懂裝懂 / 懂事的孩子。

13 懇 (恳) ⺈ ⺕ 豸 豸 狠 懇 懇

[kěn ㄎㄣˇ ⓟhen² 很]

❶ 真誠 ◆ 懇切 / 誠懇。❷ 請求 ◆ 敬懇。

【懇切】kěn qiè 誠懇殷切 ◆ 老師懇切地說：「要珍惜時間，不要虛度年華。」

【懇求】kěn qiú 懇切地請求 ◆ 是我不對，我懇求你能原諒。

▷ 勤懇

13 懊 (懊) ⺗ ⺗ 忄 忄 懊 懊 懊

[ào ㄠˋ ⓟou³/ŋou³ 澳]

煩惱；後悔 ◆ 懊惱 / 懊悔。

【懊悔】ào huǐ 後悔 ◆ 我不該說這樣的話傷你的自尊心，我很懊悔。

【懊惱】ào nǎo 煩惱 ◆ 沒想到期末考試兩門不及格，他心裏十分懊惱。

13 應 (应) 广 广 庐 庐 雁 應 應

〈一〉[yīng ㄧㄥ ⓟjiŋ¹ 英]

❶ 該；應當 ◆ 應該 / 理應如此。❷ 允許；答應 ◆ 應允 / 應承。❸ 姓。

〈二〉[yìng ㄧㄥˋ ⓟjiŋ³ 英³]

❹ 回答；隨聲附和 ◆ 答應 / 響應。❺ 對付；對待 ◆ 隨機應變 / 應接不暇。❻ 接受 ◆ 應邀 / 應聘 / 應考。❼ 配合 ◆ 裏應外合。❽ 適合 ◆ 應時 / 適應。

【應付】yìng fù 對付 ◆ 對方很狡猾，很難應付。

【應用】yìng yòng ❶ 採用；使用 ◆ 他學會了應用電腦進行服裝設計。❷ 實用的 ◆ 書信、便條等都是應用文。

【應酬】yìng·chou ❶ 社交往來 ◆ 他剛出道，還不善應酬。❷ 交往中的宴請 ◆ 今晚我有個應酬。

【應變】yìng biàn 應付突然發生的變化 ◆ 隨機應變 / 他經驗豐富，應變能力強。

【應有盡有】yīng yǒu jìn yǒu 應該有的都有。形容很齊全 ◆ 這是個大商場，各類商品應有盡有。

【應接不暇】yìng jiē bù xiá 原指美景眾多，來不及觀看；也指人事紛繁，忙不過來 ◆ 校慶日那天，賓客很多，讓人應接不暇。

◁ 應當、應²戰

▷ 反應²、供應²、適應²、得心應²手、有求必應²

13 懈 ⺗ ⺗ 忄 忏 懈 懈 懈

[xiè ㄒㄧㄝˋ ⓟhai⁶ 械]

放鬆；不緊張 ◆ 鬆懈 / 堅持不懈。

【懈怠】xiè dài 鬆懈偷懶 ◆ 馬上就要大考了，我豈敢有絲毫懈怠？

13 憶 (忆) ⺗ ⺗ 忄 忊 憶 憶 憶

[yì ㄧˋ ⓟjik⁷ 益]

❶ 回想；思念 ◆ 回憶 / 追憶。❷ 記住；記得 ◆ 記憶力 / 記憶猶新。

14 懦 ⺗ ⺗ 忄 忄 懦 懦 懦

[nuò ㄋㄨㄛˋ ⓟnɔ⁶ 糯]

軟弱；膽小 ◆ 懦弱 / 怯懦。

【懦弱】nuò ruò 軟弱 ◆ 她是一個懦弱的女子，一切都逆來順受。反 堅強。

15 懲 (惩) ⺅ ⺕ 徍 徍 徵 懲 懲

[chéng ㄔㄥˊ ⓟtsiŋ⁴ 情]

❶ 處罰；跟「獎」相對 ◆ 懲處 / 懲罰 / 嚴懲。❷ 警戒 ◆ 懲戒。

【懲治】chéng zhì 處罰 ◆ 我們要嚴厲懲治貪污受賄的公務員。同 懲罰。

【懲罰】chéng fá 處罰 ◆ 這些人作惡多端，必須嚴厲懲罰。

【懲一警百】chéng yī jǐng bǎi 警：警戒；警告。懲罰一人，警戒眾人 ◆ 公司決定開除滋事分子，為的是懲一警百。同 殺一儆百。

注意 「懲一警百」也作「懲一儆百」。

懶 ¹⁶ (懒)

丶丨忄忄忄懈懶懶 懶

[lǎn ㄌㄢˇ 粵lan⁵ 蘭⁵]

❶ 不努力;不勤快;跟"勤"相對 ◆ 懶惰 / 好吃懶做。❷ 疲倦;精神不振作 ◆ 懶散 / 懶洋洋。❸ 不想;不願意 ◆ 懶得跟他説話。

【懶散】lǎn sǎn 精神不振,行為散漫 ◆ 這人一向懶散,得過且過。

【懶惰】lǎn duò 不愛做事;不勤快 ◆ 他太懶惰了,甚麼事也不想做。

懸 ¹⁶ (悬)

日日且県県懸懸 懸

[xuán ㄒㄩㄢˊ 粵jyn⁴ 元]

❶ 掛;吊掛 ◆ 懸掛 / 懸空。❷ 事情沒有結果 ◆ 懸案 / 懸而未決。❸ 牽掛;掛念 ◆ 以釋懸念。❹ 距離遠;差別大 ◆ 懸隔千里 / 相差懸殊。❺ 危險 ◆ 一腳射中,球碰到門梁彈了出來,好懸啊。

【懸念】xuán niàn ❶ 掛念;放心不下 ◆ 好久沒有接到他的來信了,真讓人懸念。❷ 在欣賞文學藝術作品時,急於想知道以後的故事發展或人物命運的心情 ◆ 這篇小説寫得懸念迭起,引人入勝。

【懸殊】xuán shū 差別很大 ◆ 兩支球隊實力懸殊。

【懸賞】xuán shǎng 用出錢獎賞的辦法處理事情 ◆ 警署懸賞十萬元緝拿兇犯。

【懸梁刺股】xuán liáng cì gǔ 相傳戰國時蘇秦在讀書要打瞌睡時,便用錐子刺大腿,堅持苦讀。漢朝的孫敬在讀書困倦想睡時,用繩子掛在梁上,把頭吊起,繼續讀書。後人把這兩個故事合在一起,有了"懸梁刺股"這個成語,用來形容勤奮苦學 ◆ 前人懸梁刺股的苦學精神,值得我們學習。

【注意】"懸梁刺股"也作"刺股懸梁"。

【懸崖峭壁】xuán yá qiào bì 高峻的山崖,陡峭的石壁。形容山勢險峻 ◆ 這裏叫"一線天",兩邊是懸崖峭壁,人們只能從狹窄的縫隙中看到天空。

【注意】"懸崖峭壁"也作"懸崖絕壁"。

【懸崖勒馬】xuán yá lè mǎ 在陡峭的山崖邊勒住馬。比喻面臨危險邊緣能及時醒悟回頭 ◆ 他已漸漸吸毒成癮,再不懸崖勒馬,後果不堪設想。

▷口若懸河

懷 ¹⁶ (怀)

丶忄忄忄忄忄懷 懷

[huái ㄏㄨㄞˊ 粵wai⁴ 淮]

❶ 想念 ◆ 懷念 / 懷舊。❷ 胸前 ◆ 敞胸露懷 / 抱在懷裏。❸ 心意;心胸 ◆ 情懷 / 胸懷寬廣。❹ 心裏存着;藏着 ◆ 身懷絕技 / 不懷好意。❺ 腹中有胎 ◆ 懷孕 / 懷了孩子。

【懷抱】huái bào ❶ 抱在懷裏 ◆ 母親懷抱着生病的妹妹上醫院。❷ 胸前 ◆ 孩子在母親的懷抱裏睡着了。❸ 心裏存有 ◆ 他懷抱着報效國家的理想回國去了。

【懷念】huái niàn 想念 ◆ 我很懷念我小學時的同學。⑥思念。

【懷恨】huái hèn 心裏有怨恨 ◆ 他是無意的,你不要懷恨在心。

【懷疑】huái yí ❶ 覺得有問題;起疑心 ◆ 他説的都是真話嗎?我很懷疑。❷ 猜測 ◆ 警方懷疑他跟這起案子有關。

▷忘懷、緬懷、關懷、正中下懷

懾 ¹⁸ (慑)

丶忄忄忄忄忄懾 懾

[shè ㄕㄜˋ 粵sip⁸ 攝／dzip⁸ 接]

威脅;受威逼而害怕 ◆ 威懾 / 懾服。

懼 ¹⁸ (惧)

丶忄忄忄懼懼懼 懼

[jù ㄐㄩˋ 粵gœy⁶ 巨]

害怕 ◆ 畏懼 / 恐懼 / 臨危不懼。

【懼怕】jù pà 害怕 ◆ 考試時要鎮靜,不要有懼怕心理。

戀 ¹⁹ (恋)

言言結結絲絲戀 戀

[liàn ㄌㄧㄢˋ 粵lyn² 聯]

❶ 思念不忘;不忍分離 ◆ 留戀 / 眷戀故土。❷ 特指男女相愛 ◆ 戀人 / 失戀。

【戀愛】liàn ài 男女相愛,有了感情 ◆ 求學階段要專心學習,不宜談戀愛。

【戀戀不捨】liàn liàn bù shě 形容十分留戀,捨不得離去 ◆ 這是世代居住的祖屋,一旦離開,真讓人戀戀不捨。

▷留戀、迷戀、眷戀

戈 部

戈 ⁰

一弋戈 戈

[gē ㄍㄜ 粵gwo¹ 過¹]

古代的兵器 ◆ 枕戈待旦 / 化干戈為玉帛。

【戈壁】gē bì 大片的沙漠地區 ◆ 茫茫戈壁,人煙稀少。

▷大動干戈

戊 ¹

一厂戊戊戊 戊

[wù ㄨˋ 粵mou⁶ 務]

天干的第五位 ◆ 甲乙丙丁戊己庚辛。❀圖見102頁。

戎 ²

一二于弌戎戎 戎

[róng ㄖㄨㄥˊ 粵jung⁴ 容]

❶ 軍隊;戰事 ◆ 投筆從戎 / 戎馬一生。❷ 古代對西部民族的通稱 ◆ 西戎。

【戎馬】róng mǎ 戰馬;借指軍事 ◆ 將軍戎馬一生,屢建功勳。

【戎裝】róng zhuāng 軍人裝束 ◆ 他一身戎裝,顯得很威武。

戌 ²

一厂戊戌戌 戌

[xū ㄒㄩ 粵sœt⁷ 恤]

❶ 地支的第十一位 ◆ 申酉戌亥。❷
戌時：指下午七點到九點。
⊛ 圖見 91 頁。

戍 一 厂 F 戊 戍 戍
[shù ㄕㄨˋ ⑧ sy³ 恕]
軍隊駐防 ◆ 戍邊 / 衛戍 / 戍守。

成 一 厂 厅 成 成 成
[chéng ㄔㄥˊ ⑧ sin⁴ 乘]
❶ 事情做完，已經達到目的；跟 "敗"
相對 ◆ 大功告成 / 任務完成。❷ 變
為；成為 ◆ 百煉成鋼 / 只要功夫深，
鐵杆磨成針。❸ 成果 ◆ 坐享其成 /
一事無成。❹ 事物發展到一定的狀態
◆ 成人 / 五穀成熟。❺ 建立；成全
◆ 成家立業 / 成人之美。❻ 整 ◆ 成
批 / 成天。❼ 十分之一叫 "一成" ◆
有七八成新 / 今年糧食可增產三成。
❽ 同意；能行 ◆ 贊成 / 這樣做恐怕
不成。
【成分】chéng fèn 構成事物的不同物
質或因素 ◆ 這種嬰兒食品含有鈣、胡
蘿蔔素等營養成分 / 他這樣做夾雜有
個人的感情成分。
(注意) "成分" 也作 "成份"。"分" 不讀 fēn
(芬)。
【成功】chéng gōng 取得了預期的結
果；達到了目的 ◆ 這次衛星發射很成
功。(反) 失敗。
【成立】chéng lì ❶ 建立；開始正式存
在 ◆ 我們學校成立於 1955 年。(反) 解
散。❷ 指一種理論、觀點有道理，站得
住腳 ◆ 他的觀點有根據，能成立。
【成因】chéng yīn 事物形成的原因；
事情造成的原因 ◆ 珊瑚的成因已經清
楚了，是珊瑚蟲死後的石灰質骨骼。
【成全】chéng quán 幫助別人，使達
到目的 ◆ 他想到加拿大讀書，你就
成全了他吧。
【成見】chéng jiàn 已經形成的看法。
多指對人或對事的不好的看法 ◆ 你對
他有成見，其實他並不小氣。
【成長】chéng zhǎng 生長；長大變得
成熟 ◆ 小苗已成長為大樹 / 學校為

青少年創造了一個健康成長的良好環
境。
【成果】chéng guǒ 工作或事業上的收
穫 ◆ 這本著作就是他的研究成果。
(同) 成績、成就。
【成員】chéng yuán 組成集體或家庭
的人員 ◆ 學校歌詠隊的成員一半以上
是女生。
【成效】chéng xiào 效果；功效 ◆ 使
用這種殺蟲劑，成效顯著。
【成就】chéng jiù 事業上取得的成績
◆ 他在現代通信技術研究方面取得了
巨大的成就。(同) 成績、成果。
【成語】chéng yǔ 語言中長期習用的、
結構固定的詞組。漢語的成語大多由四
個字組成，使用時相當於一個詞。不少
成語有出處，如 "濫竽充數"、"完璧
歸趙"、"守株待兔"，不了解它的出
處，很難弄懂它的意思 ◆ 姐姐給我買
了一本《學生成語詞典》。
【成熟】chéng shú ❶ 植物的果實已完
全長成；泛指生物體已發育完備 ◆ 蘋
果成熟了 / 孩子還不到十五歲，還沒
有發育成熟。❷ 達到完善的程度 ◆
一切準備工作都做好了，開工條件已
經成熟。
【成績】chéng jì 學習或工作取得的收
穫 ◆ 學習成績優良 / 各部門的工作
都很有成績。(同) 成果、成就。
【成年累月】chéng nián lěi yuè 一年又
一年，一月又一月。形容時間長久 ◆
由於成年累月日曬雨淋，小橋的木欄
杆都腐朽了。
【成羣結隊】chéng qún jié duì 一羣
羣一隊隊地聚集在一起 ◆ 學校組織學
生，成羣結隊去參觀天文館。
⬚ 成名、成品、成千上萬
⬚ 收成、形成、現成、養成、贊成、一
成不變、出口成章、弄假成真、胸有
成竹、水到渠成、相輔相成

戒 一 二 三 F 开 戒 戒 戒
[jiè ㄐㄧㄝˋ ⑧ gai³ 介]
❶ 防備；警惕 ◆ 警戒 / 存有戒心。
❷ 去掉某種嗜好 ◆ 戒煙 / 戒酒。❸
禁止做某些事情的規定 ◆ 戒條 / 清規

戒律。❹ 教訓 ◆ 引以為戒。❺ 戒指
的簡稱 ◆ 金戒 / 鑽戒。
【戒心】jiè xīn 防備之心；警惕心 ◆
此人陰險，我對他一直存有戒心。
【戒備】jiè bèi 防備 ◆ 這裏是軍事
重地，戒備森嚴。
【戒嚴】jiè yán 在戰爭期間或特殊情
況下採取的非常措施，如加強警戒、管
制交通、限制羣眾集會、實行宵禁等
◆ 該地區已戒嚴，禁止車輛和人員進出。

我 一 二 三 手 我 我 我
[wǒ ㄨㄛˇ ⑧ ŋɔ⁵ 臥⁵]
自稱；自己 ◆ 我知道 / 我家有三口人。
【我行我素】wǒ xíng wǒ sù 素：平素；
向來。不管別人怎麼說，還是按照自己
一向的做法去做 ◆ 我早就告訴他，這
樣操作不行，可他還是我行我素。

或 一 一 一 一 戸 或 或 或
[huò ㄏㄨㄛˋ ⑧ wak⁹ 劃]
❶ 也許；表示不一定 ◆ 或許能有辦
法。❷ 表示選擇 ◆ 或者我去，或者
你去。

哉 見口部，76 頁。

咸 見口部，76 頁。

威 見女部，110 頁。

栽 見木部，212 頁。

戚 厂 厂 厂 戸 戸 斥 戚 戚 戚
[qī ㄑㄧ ⑧ tsik⁷ 斥]
❶ 親屬 ◆ 親戚。❷ 憂愁 ◆ 休戚相
關。❸ 姓。

裁 見衣部，383 頁。

幾 見幺部，138 頁。

9

盏

見皿部，293 頁。

10

截　土 扌 圭 圭 查 查 截　截

[jié ㄐㄧㄝˊ ◉dzit⁹ 捷]

❶ 切斷；割斷 ◆ 截斷／截肢。❷ 阻擋；攔住 ◆ 截流／攔截。❸ 量詞，相當於 "段" ◆ 鋸成兩截／一截木頭。

【截止】jié zhǐ　到了最後期限而停止 ◆ 招生報名工作到本月底截止。

【截長補短】jié cháng bǔ duǎn　比喻用長處、優點彌補短處、缺點 ◆ 同學們之間要截長補短，共同進步。圓 取長補短。

☑ 阻截、斬釘截鐵

11

戮　ㄱ ㄢ ㄢ 罗 罗 戮 戮　戮

[lù ㄌㄨˋ ◉luk⁹ 錄]

殺 ◆ 殺戮。

12

戰（战）　冖 罒 閏 單 戰 戰　戰

[zhàn ㄓㄢˋ ◉dzin³ 箭]

❶ 打仗；軍事鬥爭 ◆ 戰爭／身經百戰。❷ 泛指爭勝負、比高低的競賽 ◆ 舌戰／挑戰。❸ 發抖；哆嗦。也寫作 "顫" ◆ 戰慄／心驚膽戰。

【戰火】zhàn huǒ　指戰爭 ◆ 戰火在不斷蔓延。

【戰抖】zhàn dǒu　發抖；打哆嗦 ◆ 他嚇得渾身戰抖。

【戰役】zhàn yì　圍繞一個軍事目標進行的某一場或某幾個戰鬥 ◆ 徹底消滅叛軍的軍事行動已進入第三戰役。

【戰事】zhàn shì　軍事活動；戰爭 ◆ 西部無戰事，東部卻戰火紛飛。

【戰爭】zhàn zhēng　國家、民族之間或內部發生的武裝衝突 ◆ 戰爭給人們帶來沉重的災難。

【戰鬥】zhàn dòu　❶ 敵對雙方進行的武裝鬥爭 ◆ 政府軍與反叛部隊發生了激烈的戰鬥。❷ 比喻從事艱苦工作或同困難作鬥爭 ◆ 全體官兵投入抗洪戰鬥第一線。

【戰略】zhàn lüè　指導整個戰爭的計劃和策略；泛指工作上重大的方針政策 ◆ 第二集團軍已完成反攻的戰略部署／我們的戰略目標是到 2010 年徹底消除貧困。

【戰術】zhàn shù　作戰的策略和方法 ◆ 由於戰術運用得當，我們最終取得了勝利。

【戰亂】zhàn luàn　戰爭時的動亂 ◆ 父子在戰亂中失散了。

【戰線】zhàn xiàn　作戰雙方的接觸線 ◆ 戰線太長，兵力分散。

【戰壕】zhàn háo　作戰時為掩護而挖的壕溝 ◆ 兩軍都在挖戰壕，築工事。

【戰戰兢兢】zhàn zhàn jīng jīng　戰戰：怕得發抖的樣子。兢兢：小心懂慎的樣子。形容因害怕而小心謹慎的樣子 ◆ 這是她第一次登台演出，難免有點戰戰兢兢。

☑ 戰敗、戰勝、戰績、戰無不勝

☑ 抗戰、宣戰、混戰、奮戰、激戰、膽戰心驚、南征北戰

13

戴　土 圭 喜 壹 壴 戴　戴

[dài ㄉㄞˋ ◉dai³ 帶]

❶ 把東西加在頭上或身體的其他部位上 ◆ 戴帽子／戴眼鏡／戴項鏈。❷ 尊敬：擁護 ◆ 愛戴／擁戴。❸ 姓。

☑ 披星戴月、張冠李戴

13

戲（戏）　广 庐 虍 虚 虗 戲　戲

[xì ㄒㄧˋ ◉hei³ 氣]

❶ 玩耍 ◆ 遊戲／嬉戲。❷ 開玩笑；嘲弄 ◆ 戲弄／戲言。❸ 戲劇、雜技等 ◆ 戲曲／馬戲。

【戲弄】xì nòng　捉弄；拿別人來尋開心 ◆ 你怎麼能戲弄小同學呢？

【戲言】xì yán　隨口說說、並不當真的話；開玩笑的話 ◆ 軍中無戲言。

【戲劇】xì jù　一種舞台表演藝術。由演員扮演不同角色，表演故事情節，使觀眾受到教育或娛樂。包括話劇、戲曲、歌劇、舞劇等 ◆ 中國的傳統戲劇有京劇、越劇、粵劇等。

☑ 戲迷、戲院

☑ 把戲、兒戲、變戲法、逢場作戲

14

戳　ㄱ ㄢ 吅 吅 罗 罩 戳　戳

[chuō ㄔㄨㄛ ◉tsœk⁸ 綽]

❶ 用尖的東西刺 ◆ 戳破／戳了一個洞／鞋底給戳穿了。❷ 圖章 ◆ 戳子／郵戳／蓋戳。

【戳穿】chuō chuān　❶ 刺穿；刺破 ◆ 鞋底被釘子戳穿了。❷ 揭穿；說穿 ◆ 假話被戳穿了。

戶 部

0

戶　丶 亠 亍 戶

[hù ㄏㄨˋ ◉wu⁶ 互]

❶ 門 ◆ 門戶／足不出戶。❷ 人家；門第 ◆ 住戶／門當戶對。❸ 有財務關係的個人或單位 ◆ 賬戶／銀行戶口。

【戶口】hù kǒu　❶ 住戶和住戶中的人口 ◆ 戶口簿。❷ 賬冊上有財務關係的個人或單位；個人或單位在銀行辦理的賬號 ◆ 錢已匯入你的銀行戶口。

☑ 窗戶、家喻戶曉

3

妒

見女部，109 頁。

4

所　丶 厂 戶 戶 所 所　所

[suǒ ㄙㄨㄛˇ ◉so² 鎖]

❶ 地方 ◆ 住所／場所。❷ 機關集團或其他辦事地方 ◆ 研究所／證券交易所。❸ 放在動詞前，表示動作的對象 ◆ 所見所聞／所知不多。❹ 放在動詞前，跟 "為" 或 "被" 相呼應，表示被

動 ◆ 被歌聲所吸引／為表面現象所蒙蔽。❺量詞 ◆ 一所醫院／三所學校。

【所以】suǒ yǐ　用在因果關係的句子中表示結果。常與表示原因的"因為"或"由於"搭配使用 ◆ 因為沒有見過面，所以我不認識他。

【所有】suǒ yǒu　❶表示屬於誰 ◆ 這筆財產歸他兒子所有。❷全部；一切 ◆ 班裏所有的同學都要參加比賽。

【所謂】suǒ wèi　所說的 ◆ 所謂名副其實，就是名聲與實際相符合。

【所以然】suǒ yǐ rán　然：這樣。為甚麼是這樣的道理或原因 ◆ 我知道這答案是對的，但說不出所以然來。

【所向披靡】suǒ xiàng pī mǐ　所向：風吹到的地方。披靡：草木隨風倒伏。風吹到哪裏，哪裏的草木就隨風倒伏。比喻力量強大，不可阻擋 ◆ 精英隊連戰連勝，所向披靡，終於奪冠。⑩所向無敵。

【所向無敵】suǒ xiàng wú dí　形容力量強大，沒有對手能擋得住 ◆ 我軍節節勝利，所向無敵。⑩所向披靡。

【所作所為】suǒ zuò suǒ wéi　指一個人或一個團體的種種行為 ◆ 他的所作所為，旁人看得清清楚楚。

☒處所、理所當然、眾所周知、一無所有、眾望所歸、流離失所

⁴肩　見肉部，347頁。

⁴房　丶丶冫戶戶房房　房
[fáng ㄈㄤˊ 粵fɔŋ⁴ 防]
❶供人居住或做其他用的建築物 ◆ 房屋／廠房／庫房。❷像房子的東西 ◆ 蜂房／心房。❸家族的分支 ◆ 遠房親戚。❹姓。

【房東】fáng dōng　把房屋出租給別人的人 ◆ 房東又來催房租了。

【房客】fáng kè　向房東租用房屋的人 ◆ 她的房客都是新移民。

☒房租、房間

☒平房、書房、樓房、廚房

⁵扁　丶丶丶戶戶扁　扁
〈一〉[biǎn ㄅㄧㄢˇ 粵bin² 貶]
❶寬而薄的形狀 ◆ 扁盒子／壓扁了。
〈二〉[piān ㄆㄧㄢ 粵pin¹ 偏]
❷小 ◆ 一葉扁舟。

⁶扇　丶丶丶戶戶戶扇　扇
〈一〉[shàn ㄕㄢˋ 粵sin³ 線]
❶搖動生風的用具 ◆ 扇子／電扇。
❷量詞，用來計算門窗 ◆ 一扇門／兩扇窗。
〈二〉[shān ㄕㄢ 粵sin³ 線]
❸搖動扇子生風。也寫作"搧" ◆ 扇風／扇一扇就涼快了。

⁸扉　丶丶丶戶戶启扉扉　扉
[fēi ㄈㄟ 粵fei¹ 非]
門 ◆ 柴扉／心扉。

⁸雇　見隹部，445頁。

手部

⁰手　一二三手　手
[shǒu ㄕㄡˇ 粵seu² 首]
❶人體的上肢；通常指用來拿東西、做事情的那一部分 ◆ 右手／手指／手掌。❷親自做的 ◆ 親手／手書／手稿。❸技能；本領 ◆ 露一手／真有一手。❹從事某種工作或有某種技能的人 ◆ 水手／鼓手／捕魚能手。

手骨佔全身中骨骼數目最多，有54塊，左右手各27塊，超過全身骨骼的1/4。手指以中指最能支撐重物。

【手法】shǒu fǎ　❶手段；方法。多指不正當的行為，含貶義 ◆ 兩起詐騙案，作案人用的是同一手法。❷指文學藝術作品的創作技巧 ◆ 作品用倒敍的手法寫成。

【手段】shǒu duàn　❶為達到某種目的而採取的具體辦法 ◆ 學校利用現代化的教學手段，來提高教學水平。❷指不正當的手法；手腕 ◆ 他設騙局，耍手段，想陷害別人。

【手術】shǒu shù　醫生用刀、剪、針等醫療器械為病人切除病灶、修復缺損等的治療、整容方法 ◆ 腫瘤已切除，手術很成功。

【手腕】shǒu wàn　❶手掌和手臂的連接部分 ◆ 在昨天的排球比賽中，他扭傷了手腕。❷指不正當的手段 ◆ 他這個人很陰險，愛耍手腕。

【手勢】shǒu shì　手作出的各種姿勢，用來表示一定的意思。如招手表示叫人過來，揮手叫人離開 ◆ 教練向裁判打手勢，要求暫停。

【手藝】shǒu yì　技藝；手工技術 ◆ 這些金匠手藝高超。

【手續】shǒu xù　辦事中要完成的一道道程序 ◆ 他正在辦理出國手續。

【手不釋卷】shǒu bù shì juàn　釋：放下。卷：指書本。手裏的書不肯放下。形容勤奮好學或讀書入迷 ◆ 快要考試了，這幾天他手不釋卷，溫習功課。

【手忙腳亂】shǒu máng jiǎo luàn　形容做事慌張而沒有條理；也形容驚慌失措 ◆ 小李是一位有經驗的售貨員，顧客再多，也不會手忙腳亂。

【手足無措】shǒu zú wú cuò　措：安放。手和腳不知放在哪裏好。形容毫無辦法或慌亂得不知怎麼辦才好 ◆ 爺爺突然昏倒在地，嚇得大家手足無措。

【手無寸鐵】shǒu wú cùn tiě　鐵：指武器。形容手裏一點武器也沒有 ◆ 他手無寸鐵，與歹徒展開搏鬥。⑩赤手空拳。

【手舞足蹈】shǒu wǔ zú dǎo　雙手揮舞，雙腳跳躍。形容十分高興的樣子 ◆ 我校球隊終於轉敗為勝，同學們興奮得手舞足蹈。

☒手帕、手槍

瓜熟蒂落，水到渠成

図伸手、毒手、握手、袖手旁觀、情同
　　手足、得心應手、愛不釋手

⁰才　一十才

[cái ㄘㄞˊ 圖 tsoi⁴ 財]
❶能力 ◆ 才能／多才多藝。❷以才
能稱人 ◆ 天才／全才。❸只有；僅僅
◆ 他才三歲，就能背唐詩了。❹剛
剛 ◆ 剛才／會議才結束，就不見他人
影了。❺表示強調 ◆ 我才不信呢。

【才能】cái néng　知識和能力 ◆ 他很
有才能，今年已有兩項發明。

【才華】cái huá　表現出來的才能 ◆
他是一位很有才華的年輕作家。

注意 "才華"多指文學藝術方面的才能。

【才智】cái zhì　才能和智慧 ◆ 諸葛亮
才智雙全，人稱"智多星"。

【才幹】cái gàn　指辦事能力 ◆ 這位
女秘書年輕漂亮，也有才幹。

図人才、口才、人才輩出、德才兼備、
　　人盡其才、博學多才

¹扎　一十才

〈一〉[zhā ㄓㄚ 圖 dzat⁸ 札]
❶刺 ◆ 扎針。❷鑽 ◆ 一頭扎進水
裏。

〈二〉[zhá ㄓㄚˊ 圖 dzat⁸ 札]
❸掙扎。見"掙"字，180頁。

²打　一十才打

〈一〉[dǎ ㄉㄚˇ 圖 da²]
❶撞擊；敲 ◆ 打鐘／打鼓。❷撞碎
◆ 碗打破了／打碎了一塊玻璃。❸
吵架；鬥毆；戰鬥 ◆ 打架／打仗／毆
打。❹放射；發出 ◆ 打槍／打火機／

打電報。❺捕捉 ◆ 打獵／打魚。❻
修築；製造 ◆ 打井／打菜刀。❼編
織；捆 ◆ 打毛衣／打包裹。❽舉；
提 ◆ 打傘／打燈籠。❾除掉 ◆ 打蛔
蟲／把樹皮打掉。❿買；買取 ◆ 打
酒／打醬油。⓫指農作物的收穫 ◆
一畝地打了兩千斤糧食。⓬計算；定
出 ◆ 精打細算／利潤打一萬。⓭寫；
畫 ◆ 打草稿／打收條／打格子。⓮
從事；做 ◆ 打工／打雜／打籃球。⓯
人際往來或交涉 ◆ 打交道／打官司。
⓰採用某種方式 ◆ 打比方／打官腔。
⓱表示某些動作或狀態 ◆ 打哈欠／打
手勢／氣得直打哆嗦。⓲玩；遊戲
◆ 打牌／打撲克。⓳從 ◆ 打上海來／
打明天起。

〈二〉[dá ㄉㄚˊ 圖 da¹]
⓴十二個叫"一打" ◆ 一打鉛筆。

【打扮】dǎ •ban　修飾外表；外表裝束
◆ 妹妹打扮得花枝招展，惹人注目／
姐姐不講究打扮，穿着很樸素。

【打倒】dǎ dǎo　❶擊倒；打翻在地
◆ 一記重拳，把對手打倒在地。❷
推翻；使徹底垮台 ◆ 打倒軍閥，統一
國家。

【打消】dǎ xiāo　消除，使不再存在 ◆
我已打消了去國外留學的念頭。

【打量】dǎ •liang　細細察看人或東西
的外表 ◆ 我把他上下打量了一番，
覺得有點面熟。

【打發】dǎ •fa　❶派人出去 ◆ 孩子
不見了，趕快打發人去找啊！❷讓
人離開 ◆ 我已經把他打發走了。❸
消磨時間 ◆ 閒着無事，找朋友下下
棋，時間很快就打發過去了。

【打算】dǎ •suan　❶考慮；計劃 ◆ 中
學畢業後，我打算去外國上大學。❷
想法；念頭 ◆ 我早有這個打算，中學
畢業後去外國上大學。

【打撈】dǎ lāo　把沉在水底的東西撈
上來 ◆ 沉船已經打撈上來了。

【打擊】dǎ jī　❶敲打 ◆ 鑼、鼓、木
琴等叫打擊樂器。❷攻擊 ◆ 我們要
嚴厲打擊販毒活動。❸指挫折、刺激
等 ◆ 丈夫因病去世，給她的精神打
擊太大了。

【打擾】dǎ rǎo　騷擾 ◆ 她正在專心
讀書，別去打擾她。回 打攪。

【打獵】dǎ liè　在野外捕捉禽獸 ◆ 每
年冬天，他都去深山老林打獵。

【打聽】dǎ •ting　詢問消息、情況 ◆
我已打聽到了他的下落，他現在在加
拿大。

【打攪】dǎ jiǎo　擾亂；妨礙 ◆ 他要
睡覺了，我們不要再去打攪他了。回
打擾。

【打草驚蛇】dǎ cǎo jīng shé　打草時
驚動了草中的蛇。比喻行動不謹慎或走
漏了風聲，使對方有了覺察，有所防備
◆ 這次行動要絕對保密，小心行事，
以免打草驚蛇。

図打破、打掃、打賭

図攻打、敲打、毆打、趁火打劫、趁熱
　　打鐵、無精打采

²扒　一十扌扒

〈一〉[bā ㄅㄚ 圖 pa⁴ 爬]
❶抓住；把着 ◆ 扒着欄杆／扒着樹枝
往上爬。❷刨；挖 ◆ 扒了一個口
子／扒了一個土坑。❸剝；強脫別人
衣服 ◆ 扒皮／扒衣服。

〈二〉[pá ㄆㄚˊ 圖 pa⁴ 爬]
❹伸手偷別人身上的財物 ◆ 扒竊／扒
手。

²扔　一十扌扔

[rēng ㄖㄥ 圖 jiŋ⁴ 仍]
❶拋棄；丟掉 ◆ 扔掉／不要亂扔果
皮紙屑。❷投擲 ◆ 扔手榴彈／把球
扔過來。

³扛　一十扌扛扛

〈一〉[káng ㄎㄤˊ 圖 goŋ¹ 江]
❶用肩擔 ◆ 扛槍打仗。

〈二〉[gāng ㄍㄤ 圖 goŋ¹ 江]
❷用兩手舉重物 ◆ 力能扛鼎。

³扣　一十扌扣扣扣

[kòu ㄎㄡˋ 圖 keu³ 叩]

❶ 套住或搭上，使不鬆開 ◆ 把門扣上 / 把衣服扣好。❷ 衣鈕；繩結 ◆ 鈕扣 / 活扣。❸ 強留下來 ◆ 扣押 / 扣留。❹ 從中減去 ◆ 扣除 / 折扣。❺ 蓋上；罩上 ◆ 用盤子把碗扣上。❻ 擊；打動 ◆ 扣球 / 扣人心弦。

【扣押】kòu yā 拘留；扣留 ◆ 這裏扣押着幾個犯人。⑩ 拘禁。⑫ 釋放。

【扣留】kòu liú 強行把人或財物留下 ◆ 他涉嫌走私，被警方扣留。⑩ 扣押。⑫ 釋放。

【扣人心弦】kòu rén xīn xián 形容文學作品、文藝表演或體育比賽等非常吸引人，使人心情激動 ◆ 這幕戲場面緊張激烈，扣人心弦。

³ 扦 一 十 才 扎 扦　扦
[qiān ㄑㄧㄢ ⑧ tsin¹ 千]

❶ 一種長而尖的器具 ◆ 竹扦 / 蠟扦。❷ 插 ◆ 扦插 / 扦花。

³ 托 一 十 才 扎 扦 托　托
[tuō ㄊㄨㄛ ⑧ tok⁸ 託]

❶ 用手掌承受着 ◆ 托着茶盤 / 托着下巴。❷ 墊器物的座子；托子 ◆ 茶托 / 槍托。❸ 陪襯 ◆ 襯托 / 烘托。❹ "託" 的簡化字，見 390 頁。

⁴ 扶 一 十 才 扎 扦 抖　扶
[fú ㄈㄨˊ ⑧ fu⁴ 符]

❶ 用手支持，使不倒下 ◆ 攙扶 / 扶老攜幼。❷ 用手使倒下的人或東西立起來 ◆ 扶起跌倒在地的弟弟 / 把小樹苗扶起來。❸ 幫助 ◆ 救死扶傷。

【扶持】fú chí 幫助 ◆ 全靠朋友們的扶持，使我擺脱了困境。

【扶養】fú yǎng 供養；養活 ◆ 父母有扶養孩子的義務。⑩ 撫養。

【扶老攜幼】fú lǎo xié yòu 攙着老人，帶着小孩 ◆ 假日裏，很多人扶老攜幼到九龍公園散步。

⁴ 技 一 十 才 扌 扩 抆　技
[jì ㄐㄧˋ ⑧ gei⁶ 忌]

手藝；專門的本領 ◆ 技能 / 一技之長 / 身懷絕技。

【技巧】jì qiǎo 文學、藝術、體育等方面的巧妙的技能 ◆ 老師給我們分析課文的寫作技巧。

【技能】jì néng 掌握和運用專門技術的能力 ◆ 在老師的指導下，她的繪畫技能有很大長進。

【技術】jì shù ❶ 知識、經驗 ◆ 我們要學習外國先進的科學技術。❷ 操作本領 ◆ 他的駕駛技術是一流的。

【技藝】jì yì 手藝；技巧 ◆ 這個玉雕技藝精湛。

➢ 特技、絕技、雜技、黔驢技窮

⁴ 扼 一 十 才 扌 扩 扼　扼
[è ㄜˋ ⑧ ɐk⁷/ŋɐk⁷ 厄]

❶ 用力掐住；抓住 ◆ 扼腕 / 扼緊喉嚨。❷ 把守；控制 ◆ 扼守 / 扼制。

【扼要】è yào 説話、寫文章能抓住要點 ◆ 這封信寫得簡明扼要。

【扼殺】è shā 壓制、摧殘，使不能生存或發展 ◆ 這種死板的教學方法，扼殺了學生的創造性思維。

⁴ 找 一 十 才 扎 找 找　找
[zhǎo ㄓㄠˇ ⑧ dzau² 爪]

❶ 尋求 ◆ 尋找 / 找工作。❷ 把多餘的部分退回；補不足 ◆ 找錢 / 找補。

➢ 查找

⁴ 批 一 十 才 扌 扑 批　批
[pī ㄆㄧ ⑧ pɐi¹]

❶ 在公文或學生作業上寫上意見 ◆ 批示 / 批改。❷ 分析；評論 ◆ 批駁 / 批評。❸ 大量的 ◆ 批發 / 批量生產。❹ 量詞，用於數量較多的人或事物 ◆ 一批貨物 / 一批學生。

【批准】pī zhǔn 同意或許可 ◆ 校長批准她休假一個月。

【批評】pī píng ❶ 指出缺點、錯誤 ◆ 老師批評他沒有按時完成作業。❷ 分析優點、缺點 ◆ 他寫的文學批評文章很有見地。

【批駁】pī bó 批評、駁斥別人的意見或觀點 ◆ 他的話還沒有説完，就遭到了眾人的批駁。

⁴ 抄(鈔) 一 才 才 扑 扣 抄　抄
[chāo ㄔㄠ ⑧ tsau¹ 鈔]

❶ 照原文寫 ◆ 抄書 / 抄寫。❷ 搜查並沒收 ◆ 抄家 / 查抄。❸ 走近路 ◆ 抄近道 / 抄小路。❹ 從側面走過去 ◆ 兩面包抄。

【抄襲】chāo xí 抄別人的文章或作業當作自己的 ◆ 這篇作文是抄襲來的。

⁴ 扯 一 十 才 扌 扯 扯　扯
[chě ㄔㄜˇ ⑧ tsɛ² 且]

❶ 拉；撕 ◆ 扯住不放 / 把信紙扯破了。❷ 隨便閒談 ◆ 閒扯 / 扯家常。

⁴ 抓 一 十 才 扌 扩 抓　抓
[zhuā ㄓㄨㄚ ⑧ dzau² 找]

❶ 用手或爪拿取東西 ◆ 抓一把米餵雞 / 抓住樹枝往上爬。❷ 用手或爪撓；搔 ◆ 抓癢 / 抓耳撓腮。❸ 捕捉；捉拿 ◆ 抓小偷 / 老鷹抓小雞。❹ 握住 ◆ 抓緊時間 / 抓住機會。

⁴ 折 一 十 才 扌 扩 折　折
〈一〉[zhé ㄓㄜˊ ⑧ dzit⁸ 節]

❶ 斷；弄斷 ◆ 折斷 / 禁止攀折花木。

❷彎曲；轉變方向 ◆ 曲折／轉折／走到半路又折了回來。❸損失；受阻礙；受打擊 ◆ 損兵折將／歷經挫折／受盡折磨。❹死去：夭折。❺佩服；信服 ◆ 折服／心折。❻價錢按幾成減少 ◆ 折扣／一律八折出售。❼相抵；抵作 ◆ 折合／把房子折價抵押。

〈二〉[zhē ㄓㄜ ⑧ dzit⁸ 節]
❽翻轉；反過來倒過去 ◆ 折騰／折跟頭。

〈三〉[shé ㄕㄜˊ ⑧ dzit⁸ 節]
❾斷 ◆ 傘柄折了／鉛筆芯折了。❿虧損；賠錢 ◆ 折本／連本錢都折光了。

〈四〉[zhé ㄓㄜˊ ⑧ dzip⁸ 接]
⓫"摺"的簡化字，見 186 頁。

【折中】zhé zhōng 調和幾種不同的意見，縮小差距，使彼能接受 ◆ 為打破僵局，他提出了一個折中的方案。
(注意) "折中"也作"折衷"。

【折扣】zhé kòu 買賣貨物時，按原價的十分之幾付款。如原價十元，只要付八元，叫八折 ◆ 這些商品都可以打折扣。

【折磨】zhé mó 使人在肉體或精神上受痛苦 ◆ 幾年來，他受盡了病痛的折磨。
☑波折、挫折、不折不扣、百折不撓

⁴ **扳** 一 十 扌 扩 扩 折 扳
[bān ㄅㄢ ⑧ pan¹ 攀]
❶拉；撥動 ◆ 扳槍機／扳着手指算。
❷扭轉 ◆ 扳回一局，打成二平。

⁴ **扮** 一 十 扌 扌 扒 扮 扮
[bàn ㄅㄢˋ ⑧ ban⁶ 辦]
化裝 ◆ 裝扮／喬裝打扮／女扮男裝。
【扮演】bàn yǎn 裝扮成某個人物出場表演 ◆ 她在這個戲裏扮演醫生。

⁴ **投** 一 十 扌 扌 扒 投 投
[tóu ㄊㄡˊ ⑧ teu⁴ 頭]
❶扔；擲 ◆ 投擲／空投。❷跳進去

◆ 投河自殺／自投羅網。❸放進去 ◆ 投放／投票。❹參加進去；找上去 ◆ 投身／投親靠友。❺寄；送 ◆ 投稿／投遞。❻光線射到 ◆ 投射／投影。❼相合；迎合 ◆ 情投意合／投其所好。

【投入】tóu rù ❶進入某個環境或某種境界 ◆ 官兵們積極投入抗洪救災鬥爭／她演戲很投入。❷投進；放入 ◆ 政府已投入了大量資金，發展教育。
【投身】tóu shēn 獻身；加入 ◆ 她願意投身教育事業，為國家培養人材。
【投降】tóu xiáng 停止抵抗，向對方表示屈服 ◆ 敵人已全部繳械投降。
⑤ 反抗。
【投訴】tóu sù 向司法機關或有關方面提出申訴 ◆ 政府已接到民眾投訴，反映某某公務員徇私枉法。
【投靠】tóu kào 前去依靠別人 ◆ 他已無家可歸，只有投靠親戚朋友。
【投機】tóu jī ❶見解相合 ◆ 酒逢知己千杯少，話不投機半句多。❷利用機會，謀取私利 ◆ 股票交易有很大的投機性。
【投擲】tóu zhì 扔；朝一定的目標拋過去 ◆ 投擲手榴彈。
【投機取巧】tóu jī qǔ qiǎo 利用機會和不正當手段謀取個人私利；不願付出辛勤的勞動，耍小聰明來取得成功 ◆ 做人做事要踏踏實實，不要老想着投機取巧。
☑投考、投宿、投資
☑棄暗投明、意氣相投

⁴ **抑** 一 十 扌 扌 扣 抑
[yì ㄧˋ ⑧ jik⁷ 益]
壓下去；遏止 ◆ 抑制／壓抑。
【抑制】yì zhì 控制；壓下去 ◆ 我無法抑制心頭的怒火。
【抑揚頓挫】yì yáng dùn cuò 抑揚：降低和提高。頓挫：停頓和曲折。形容音調的高低起伏，停頓轉折，節奏分明，和諧優美 ◆ 讀書要讀得抑揚頓挫，把作品的思想感情讀出來。

⁴ **抗** 一 十 扌 扩 扩 抗
[kàng ㄎㄤˋ ⑧ kɔŋ³ 亢]
❶抵禦；抵擋 ◆ 抵抗／抗洪。❷拒絕；不接受 ◆ 抗命／抗拒。❸對等；不相上下 ◆ 抗衡／分庭抗禮。
【抗拒】kàng jù 抵擋拒絕 ◆ 歷史潮流不可抗拒。
【抗衡】kàng héng 對抗；雙方不相上下 ◆ 紅隊實力強大，其他隊無法與他們抗衡。
【抗議】kàng yì 就對方的言論、行動表示強烈反對 ◆ 我們強烈抗議人們破壞生態環境。
☑反抗、違抗、對抗、頑抗

⁴ **抖** 一 十 扌 扌 扒 抖
[dǒu ㄉㄡˇ ⑧ deu² 斗]
❶顫動；打哆嗦 ◆ 兩手顫抖／渾身發抖。❷甩動；甩開 ◆ 抖開被窩／抖掉身上的塵土。❸振作 ◆ 抖起精神。❹諷刺別人因突然有錢有勢而得意起來 ◆ 他最近又抖起來了。
【抖擻】dǒu sǒu 振作；振奮 ◆ 希望同學們抖擻精神，迎接挑戰。
☑戰抖、顫抖

⁴ **抉** 一 十 扌 扫 抖 抉
[jué ㄐㄩㄝˊ ⑧ kyt⁸ 決]
挑選 ◆ 抉擇。
【抉擇】jué zé 選擇 ◆ 戒煙是一個十分明智的抉擇。

⁴ **扭** 一 十 扌 扚 扭 扭
[niǔ ㄋㄧㄡˇ ⑧ neu⁵ 紐]
❶掉轉 ◆ 扭頭便跑／扭過身子來。

❷用力擰；擰傷 ◆ 把繩子扭斷／小心別扭了腰。❸身體搖擺轉動 ◆ 走路一扭一扭的。❹揪住不放 ◆ 雙方扭打起來／把壞人扭送到警局。

【扭轉】niǔ zhuǎn 掉轉方向 ◆ 他扭轉身子，跟我打了個招呼。

---

⁴**把** 一十才扌扣把 **把**

〈一〉[bǎ ㄅㄚˇ ⑧ba² 靶]

❶用手握著；抓住 ◆ 把住方向盤。❷看守 ◆ 把門／把關。❸車子的柄 ◆ 車把。❹捆成長條形的東西 ◆ 草把／火把。❺將；表示處置 ◆ 把書包放好／把窗戶關上。❻量詞 ◆ 一把花生米／一把椅子／再加一把勁。❼表示約數 ◆ 個把月／大約有百把人。

〈二〉[bà ㄅㄚˋ ⑧ba² 靶]

❽器具上用手拿的部分；柄 ◆ 刀把／鋤把。

【把柄】bǎ bǐng 器物上供手拿的部分。比喻可以被人用來要挾或攻擊的過錯 ◆ 你為甚麼要怕他？是不是有甚麼把柄落在他手上？

【把持】bǎ chí 獨佔位置、權利等，不讓別人插手 ◆ 他一人把持財務大權，不許別人過問。

（注意）“把持”多含貶義。

【把握】bǎ wò ❶抓住 ◆ 我隊把握時機，連進兩球，把比分扳平。❷取得成功的依據和信心。多用在“有”或“沒有”後面 ◆ 我隊士氣正旺，有把握獲勝。

【把戲】bǎ xì ❶雜技 ◆ 猴子也會耍把戲，真有趣。❷花招；蒙騙人的手法 ◆ 你玩的這套把戲能騙得了誰呢？

---

⁴**抒** 一十才扩扩抒 **抒**

[shū ㄕㄨ ⑧sy¹ 書]

盡情表達；傾吐 ◆ 抒情／各抒己見。

【抒情】shū qíng 表達感情 ◆ 這是一首抒情詩。

【抒發】shū fā 表達出 ◆ 作品抒發了作者的思鄉之情。

承 一了了了手手承 **承**

[chéng ㄔㄥˊ ⑧sin⁴ 成]

❶接受；擔當 ◆ 承受／承擔。❷受到。客氣話 ◆ 承蒙厚愛／承您指教。❸繼續；接聯 ◆ 繼承／承上啟下。

【承受】chéng shòu 接受；經受 ◆ 她承受不了這樣的打擊。

【承蒙】chéng méng 客氣話，意思是“受到” ◆ 承蒙你的關照，我非常感激。

【承認】chéng rèn 表示接受或同意 ◆ 他已承認了錯誤。⚫ 否認。

【承諾】chéng nuò 答應辦到；答應辦到的事 ◆ 廠方承諾，三個月內包換／廠方沒有這樣的承諾。

【承擔】chéng dān 擔當；擔負 ◆ 我願意承擔一切責任。⚫ 承當。

【承上啟下】chéng shàng qǐ xià 承接上面的，引出下面的 ◆ 這個過渡段有承上啟下的作用。

（注意）“承上啟下”多用於指文章結構上的過渡連接。

【承前啟後】chéng qián qǐ hòu 繼承前面的，開創後面的 ◆ 多指繼承前人的事業，開創未來的道路 ◆ 青年肩負著承前啟後的歷史重任。⚫ 繼往開來。

（注意）“承前啟後”也作“承先啟後”。

◁ 承接、承建

◁ 奉承、一脈相承

---

⁵**拜** 丿二三丰手手拜 **拜**

[bài ㄅㄞˋ ⑧bai³ 擺³]

❶跪下叩頭或低頭拱手作揖的一種禮節 ◆ 跪拜／求神拜佛。❷敬佩；崇拜。❸對人表示恭敬的客氣話 ◆ 拜讀／拜訪。

【拜託】bài tuō 託人辦事的客氣話 ◆ 這本書拜託你轉交給我們的語文老師。

【拜訪】bài fǎng 訪問。客氣話 ◆ 週末，我登門拜訪了李教授。

◁ 拜年、拜壽

◁ 甘拜下風

---

⁵**抹** 一十才扩抹抹抹 **抹**

〈一〉[mǒ ㄇㄛˇ ⑧mut⁹ 末/mut⁸ 末⁸(語)]

❶塗上；搽 ◆ 抹上藥膏／塗脂抹粉。❷擦掉；擦 ◆ 抹眼淚／吃飽喝足，抹抹嘴巴就走了。❸去掉；勾銷 ◆ 一筆抹煞／往日的恩恩怨怨難以從心頭抹去。

〈二〉[mò ㄇㄛˋ ⑧mut⁹ 末/mut⁸ 末(語)]

❹塗上泥灰並弄平 ◆ 抹牆／抹上一層白灰。❺緊靠著繞過去 ◆ 轉彎抹角。

〈三〉[mā ㄇㄚ ⑧mut⁹ 末/mut⁸ 末⁸(語)]

❻擦 ◆ 抹布／抹桌子。❼用手按著向下移動 ◆ 抹臉／把帽子抹下來。

【抹殺】mǒ shā 去掉；消除 ◆ 事實總是事實，誰也抹殺不了。

（注意）“抹殺”也作“抹煞”。

---

⁵**拓** 一十才扩扩拓拓 **拓**

〈一〉[tuò ㄊㄨㄛˋ ⑧tɔk⁸ 托]

❶開闢；擴充 ◆ 拓荒／開拓／拓寬知識領域。

〈二〉[tà ㄊㄚˋ ⑧tap⁸ 塔]

❷“搨”的異體字，見183頁。

---

⁵**拔**(拔) 一十才扩扩扐拔 **拔**

[bá ㄅㄚˊ ⑧bɐt⁹ 跋]

❶拉出；抽出來 ◆ 拔牙／不能自拔。❷吸出 ◆ 拔毒／拔火。❸挑選；提升 ◆ 選拔／提拔。❹攻克 ◆ 連拔數城／拔掉敵人的據點。❺超出；突出 ◆ 出類拔萃／拔地而起。

【拔苗助長】bá miáo zhù zhǎng 同“揠苗助長”，見181頁。

◁ 挺拔、海拔

---

⁵**拋**(拋) 一十才扩扚拋拋 **拋**

[pāo ㄆㄠ ⑧pau¹ 泡]

❶扔；投擲 ◆ 拋錨／拋向空中。❷丟掉；捨棄 ◆ 拋棄／拋頭顱，灑熱血。❸暴露 ◆ 拋頭露面。

【拋棄】pāo qì 丟棄；扔掉不要 ◆ 父母拋棄孩子是犯法的。

【拋錨】pāo máo 把錨拋入水底，使船停穩。也比喻車輛中途發生故障，不

能行駛 ◆ 因汽車拋錨，遲到了半小時。

【拋頭露面】pāo tóu lù miàn　在公開場合露面 ◆ 她性格內向，不愛拋頭露面。

【拋磚引玉】pāo zhuān yǐn yù　把磚拋出去，希望引出玉來。比喻自己先發表粗淺的不成熟的意見，來引出別人的高見 ◆ 我剛才的發言只是拋磚引玉，現在請各位發表高見。

注意 "拋磚引玉"多用作客氣話。

---

⁵ 抨　十 扌 扩 扩 护 抨　抨

[pēng ㄆㄥ 粵 paŋ¹ 烹]

攻擊；指責 ◆ 抨擊。

【抨擊】pēng jī　發表言論，批評指責別人的言行 ◆ 這篇評論，嚴厲抨擊了某些傳媒不負責任的報導。

---

⁵ 拒　十 扌 扩 打 折 拒　拒

[jù ㄐㄩˋ 粵 kœy⁵ 距]

❶ 抵抗；抵擋 ◆ 拒捕 / 抗拒。❷ 不接受 ◆ 拒絕 / 來者不拒。

【拒絕】jù jué　不接受 ◆ 哥哥婉言拒絕了一家公司的聘請。

---

⁵ 拈　十 扌 扎 扑 扑 拈　拈

[niān ㄋㄧㄢ 粵 nim⁴ 黏/nim¹ 黏 (語)]

用手指頭夾取 ◆ 信手拈來 / 從盒子裏拈出一塊糖。

---

⁵ 押　十 扌 扌 扣 扣 押　押

[yā ㄧㄚ 粵 ap⁸/ŋap⁸ 鴨/at⁸/ŋat⁸ 遏 (語)]

❶ 拘留 ◆ 扣押 / 關押。❷ 跟隨；看管 ◆ 押送 / 押運。❸ 在文書契約上簽字或畫符號，作為憑信 ◆ 畫押 / 簽押。❹ 用財物作擔保 ◆ 抵押 / 押金。❺ 詩歌用韻叫押韻。

【押韻】yā yùn　詩歌創作中，在某些句子的末尾運用韻母相同或相近的字，使音調和諧，讀來上口。如："牀前明月光，疑是地上霜。舉頭望明月，低頭思故鄉。"第一、三、四句末尾的

"光、霜、鄉"三字，韻母相同或相近 (-uang、-uang、-iang)，這就叫押韻。

---

⁵ 抽　十 扌 扌 扣 扣 抽　抽

[chōu ㄔㄡ 粵 tsɐu¹ 秋]

❶ 拔出；拉出 ◆ 釜底抽薪 / 抽籤問卜。❷ 提取 ◆ 抽樣 / 抽肥補瘦。❸ 騰出 ◆ 抽空 / 忙中抽閒。❹ 吸 ◆ 抽水 / 抽煙。❺ 長出 ◆ 抽芽 / 抽穗。❻ 用細長的東西打 ◆ 抽打一頓 / 用鞭子抽。

【抽象】chōu xiàng　不具體；籠統的 ◆ 你的分析太抽象，能不能說具體些？ 反 具體。

【抽搐】chōu chù　肌肉不由自主地收縮的症狀 ◆ 他傷勢過重，四肢不斷抽搐。

【抽樣】chōu yàng　抽取一部分作為樣品 ◆ 經抽樣檢查，產品全部合格。

---

⁵ 拐(拐)　十 扌 扌 护 护 拐　拐

[guǎi ㄍㄨㄞ 粵 gwai² 枴]

❶ 腿腳有病，走路不穩 ◆ 一瘸一拐 / 走路一拐一拐的。❷ 轉變方向 ◆ 拐彎 / 向左拐。❸ 用欺詐手段把人或財物騙走 ◆ 拐騙 / 拐賣人口。❹ 同 "枴"字。走路拄的棍子 ◆ 拐杖 / 拐棍。

【拐騙】guǎi piàn　用欺騙手段騙走人或騙取財物 ◆ 報紙上經常能看到拐騙婦女、兒童的報導。

【拐彎抹角】guǎi wān mò jiǎo　❶ 沿着彎彎曲曲的路行走 ◆ 我鑽進小巷，拐彎抹角才找到李明的家。❷ 比喻說話、做事繞圈子，不直截了當 ◆ 你別拐彎抹角的，有甚麼事就直說。

注意 "拐彎抹角"也作"轉彎抹角"。

---

⁵ 拙　十 扌 扌 扑 拙 拙　拙

[zhuō ㄓㄨㄛ 粵 dzyt⁸ 茁]

❶ 笨；不靈巧；跟"巧"相對 ◆ 笨拙 / 拙嘴笨舌。❷ 謙詞，多用於稱自己的文章或見解 ◆ 拙作 / 拙見。

【拙劣】zhuō liè　笨拙低劣 ◆ 拙劣的表演讓人掃興。

好 弄巧成拙、勤能補拙

---

⁵ 拖　十 扌 扌 扩 扩 拖 拖　拖

[tuō ㄊㄨㄛ 粵 to¹ 妥]

❶ 拉；牽引；帶着 ◆ 拖拉機 / 拖兒帶女。❷ 拉長時間；延遲 ◆ 拖延 / 工程進度一拖再拖。❸ 垂掛在後面 ◆ 拖一條小辮子 / 長裙拖在身後。

【拖延】tuō yán　延長時間 ◆ 三天內必須完成任務，一天也不能拖延。

【拖累】tuō lèi　牽連受累；使人受牽累 ◆ 一人做事一人當，決不拖累大家。

【拖拉機】tuō lā jī　農業機械，用於耕地、播種、收割等，也可用於運輸 ◆ 現在，農村已廣泛使用拖拉機了。

【拖泥帶水】tuō ní dài shuǐ　比喻語言不簡練或做事不乾脆利落 ◆ 這篇文章拖泥帶水，廢話太多。

---

⁵ 拍　十 扌 扌 扩 扩 拍 拍　拍

[pāi ㄆㄞ 粵 pak⁸ 魄]

❶ 用手掌或扁平的器具打 ◆ 拍皮球 / 拍手叫好。❷ 拍打的用具 ◆ 球拍 / 蒼蠅拍子。❸ 音樂的節奏 ◆ 節拍 / 打拍子。❹ 攝影 ◆ 拍照 / 拍電影。❺ 發出 ◆ 拍電報。

【拍檔】pāi dàng　合作；合作人 ◆ 主持這個節目，他們兩人是最佳拍檔。

注意 "拍檔"多用於影視、戲劇等藝術範圍內。

【拍攝】pāi shè　攝影 ◆ 這次旅行，拍攝了不少風景照。

好 拍打、拍賣、拍馬屁

好 合拍

---

⁵ 拆　十 扌 扌 扩 折 折 拆　拆

[chāi ㄔㄞ 粵 tsak⁸ 冊]

把合在一起的東西分開、弄散 ◆ 拆開 / 拆散。

▷ 過河拆橋

⁵ **拎** 一 十 才 扩 扑 扒 拎 **拎**

[līn ㄌ丨ㄥ ⑧ liŋ⁴ 零 / liŋ¹ 令（語）]
用手提 ◆ 拎包 / 拎了一桶水。

⁵ **抵** 一 十 才 扩 扒 扺 抵 **抵**

[dǐ ㄉ丨ˇ ⑧ dɐi² 底]
❶ 彼此相當；替代 ◆ 抵消 / 收支相抵。❷ 擋住；抗拒 ◆ 抵擋 / 抵抗。
❸ 支撐；頂住 ◆ 抵着下巴 / 用棍子把門抵住。❹ 賠償；補償 ◆ 抵押 / 殺人抵命。❺ 到達 ◆ 抵達 / 今日抵港。
【抵抗】dǐ kàng 抵擋；用強力制止對方的進攻 ◆ 身體強健就能抵抗細菌的侵入。⑤ 抵禦。
【抵押】dǐ yā 把財物押給對方，作為償還債務的保證 ◆ 他用房產作抵押，向銀行貸款。
【抵制】dǐ zhì 阻止，使不讓存在或不發生作用 ◆ 抗日時期，市民抵制日貨。⑤ 抗拒、制止。
【抵賴】dǐ lài 死不承認 ◆ 人證物證俱在，你還想抵賴？
【抵消】dǐ xiāo 兩者因作用相反而互相失去效果 ◆ 家庭、社會的不良影響，往往抵消了學校的正面教育。
【抵擋】dǐ dǎng 抵抗阻擋 ◆ 紅隊抵擋不住藍隊的攻勢，以三比零落敗。
【抵禦】dǐ yù 抵擋防禦 ◆ 他們穿上厚厚的棉衣，並生了一堆火來抵禦寒風。⑤ 抵抗。
【抵觸】dǐ chù 互相矛盾，不協調 ◆ 這法案與憲法有抵觸，所以不能通過。

⁵ **拘** 一 十 才 扪 扚 扚 拘 **拘**

[jū ㄐㄩ ⑧ kœy¹ 驅]
❶ 逮捕；關押 ◆ 拘捕 / 拘留。❷ 約束；限制 ◆ 無拘無束 / 形式不拘。
❸ 死板；不能變通 ◆ 拘泥 / 不拘小節。

【拘束】jū shù 受束縛；表現不自然 ◆ 面對這等大人物，她顯得有點拘束。⑤ 拘謹。
【拘捕】jū bǔ 逮捕 ◆ 警方拘捕了三名殺人嫌疑犯。⑥ 釋放。
【拘留】jū liú 因違反法紀被警方短時間關押起來 ◆ 他涉嫌搶劫，已被警方拘留。⑤ 拘禁、關押。⑥ 釋放。
【拘禁】jū jìn 把被捕者暫時關押起來 ◆ 他涉嫌販毒，已被警方逮捕，拘禁起來。⑤ 拘押、關押。⑥ 釋放。
【拘謹】jū jǐn 過分謹慎；顯得不自然 ◆ 在陌生人面前，她總是顯得很拘謹。⑤ 拘束。⑥ 放肆。

⁵ **抱** 一 十 才 扚 扚 抱 **抱**

[bào ㄅㄠˋ ⑧ pou⁵ 普⁵]
❶ 用手臂圍住 ◆ 擁抱 / 抱頭大哭。❷ 環繞 ◆ 環抱 / 山環水抱。❸ 心裏懷着或身上存在着 ◆ 抱歉 / 抱病工作。
【抱負】bào fù 遠大的志向 ◆ 他是一個有抱負、有作為的青年。

【抱怨】bào yuàn 埋怨；對他人表示不滿 ◆ 這件事是你自己沒辦好，不能抱怨別人。⑤ 責怪。
【抱歉】bào qiàn 心裏不安，感到對不起別人 ◆ 我錯怪了你，很抱歉，請你原諒。
【抱頭鼠竄】bào tóu shǔ cuàn 抱着頭像老鼠一樣亂竄。形容慌忙逃跑時的狼狽相 ◆ 我軍開始搜山，嚇得隱藏在山上的土匪抱頭鼠竄。
【抱薪救火】bào xīn jiù huǒ 薪：柴草。抱着柴草去滅火。比喻本想消除災害，由於方法錯誤，反而使災害擴大 ◆ 藉販毒賺錢來償還賭債，就好像抱薪救火，使自己走上絕路。

▷ 懷抱、打抱不平

⁵ **拄** 一 十 才 扩 扩 拃 拄 **拄**

[zhǔ ㄓㄨˇ ⑧ dzy² 主]
用手杖、拐棍等支撐身體 ◆ 拄杖 / 拄着拐棍。

⁵ **拉** 一 十 才 扩 扩 拉 **拉**

[lā ㄌㄚ ⑧ lap⁹ 臘 / lai¹ 賴¹（語）]
❶ 牽；扯；拖動 ◆ 拉車 / 手拉手。❷ 用車載運 ◆ 拉貨 / 拉煤。❸ 拖長；使延長 ◆ 拉開距離 / 拉長聲音。❹ 聯絡；籠絡 ◆ 拉攏 / 拉關係。❺ 演奏樂器的一種方法 ◆ 拉二胡 / 拉手風琴。❻ 排泄 ◆ 拉屎。
【拉攏】lā lǒng 用手段把別人拉到自己一方 ◆ 他多次用請客吃飯等手段拉攏選民。
（注意）"拉攏"多含貶義。

⁵ **拌** 一 十 才 扑 扑 拌 **拌**

[bàn ㄅㄢˋ ⑧ bun⁶ 伴]
攪和 ◆ 把涼麵拌一拌 / 把水泥和沙子拌勻。

⁵ **抿** 一 十 才 扣 扣 抿 **抿**

[mǐn ㄇ丨ㄣˇ ⑧ men⁴ 民]
❶ 合攏；閉上 ◆ 抿着嘴笑。❷ 嘴脣輕輕沾一下；略微喝一點 ◆ 抿了一口酒。

⁵ **拂** 一 十 才 扚 扚 拂 **拂**

[fú ㄈㄨˊ ⑧ fet⁷ 忽]
❶ 撣去塵垢 ◆ 拂拭 / 拂去衣上的塵土。❷ 輕輕擦過 ◆ 春風拂面。❸ 甩動；抖動 ◆ 拂袖而去。
【拂曉】fú xiǎo 天快亮的時候 ◆ 今日拂曉，對面的超市發生火警。

⁵ **披** 一 十 才 扩 扩 披 **披**

[pī ㄆ丨 ⑧ pei¹ 丕]

❶搭在肩背上 ◆ 披着大衣／披麻戴孝。❷披在肩上沒有袖子的外衣 ◆ 披肩／雨披。❸散開 ◆ 披頭散髮。❹打開；揭開；表露 ◆ 披肝瀝膽／披露內幕。

【披靡】pī mǐ 草木隨風散亂倒伏的樣子。比喻軍隊潰敗逃散 ◆ 我軍長驅直入，所向披靡。

【披露】pī lù 透露；公佈 ◆ 報紙披露了這件事的內幕。

【披星戴月】pī xīng dài yuè 身披星光，頭頂月亮。形容早出晚歸，辛勤勞動；或星夜趕路，勞苦奔波 ◆ 我們披星戴月，日夜兼程，終於如期到達目的地。

【披荊斬棘】pī jīng zhǎn jí 披：劈開。斬：砍斷。荊棘：叢生的帶刺灌木。比喻清除前進道路上的障礙，克服困難，艱苦創業 ◆ 披荊斬棘，不畏艱難，一往無前的人，才有光輝的未來。

⁵ **招** 扌 扌 扪 扪 招 招 **招**

[zhāo 业ㄠ ⑧dziu¹ 蕉]

❶打手勢叫人或示意 ◆ 招手／招呼。❷用公開的方式使人來 ◆ 招生／招聘。❸惹出；引起 ◆ 招惹／招人喜歡。❹承認罪行；供認 ◆ 招認／屈打成招。❺辦法；手段 ◆ 絕招／耍花招。

【招呼】zhāo ·hu ❶呼喚；呼喊 ◆ 前面有人招呼你。❷問候；照料 ◆ 你留在這裏招呼客人。❸吩咐；關照 ◆ 上司要我來招呼一聲，文件打好了趕快送去。

【招待】zhāo dài 對賓客或顧客表示歡迎並給予款待 ◆ 主人很熱情，招待也很周到。

【招架】zhāo jià 抵擋 ◆ 我隊攻勢如潮，對方毫無招架之力。

【招致】zhāo zhì 引起 ◆ 由於經營不善，招致工廠連年虧損。

(注意)"招致"多指引起不良後果。

【招牌】zhāo ·pai 商店門前寫着店名或經銷貨物的牌子；也比喻借用某種名義 ◆ 這家商店的招牌很醒目／他打着公司的招牌到處行騙。

【招惹】zhāo rě ❶觸動 ◆ 這人習慣，招惹不得。❷引起。多指引起是

非、麻煩等 ◆ 他不安分，經常招惹是非。

【招搖撞騙】zhāo yáo zhuàng piàn 招搖：炫耀。撞騙：找機會騙人。指炫耀自己，進行欺詐蒙騙 ◆ 他冒充某報社記者，到處招搖撞騙。

⊠招引、招考、招募、招兵買馬

⊠不打自招

⁵ **拚** 扌 扌 扩 扩 拚 拚 **拚**

〈一〉[pàn ㄆㄢˋ ⑧pun¹ 潘]

❶捨棄；不顧一切 ◆ 拚命／拚棄。

〈二〉[pīn ㄆㄧㄣ ⑧piŋ¹ 乒／piŋ³ 聘]

❷同"拼"字，義同❶。

⁵ **抬** 扌 扌 扌 扩 扑 抬 **抬**

[tái ㄊㄞˊ ⑧tɔi⁴ 苔]

❶共同用手或肩搬運東西 ◆ 抬桌子／抬擔架。❷向上舉；提高 ◆ 抬起頭來／哄抬物價。

【抬槓】tái gàng 無謂的爭辯 ◆ 這件事就這樣決定下來，不要再抬槓了。

【抬舉】tái ·ju 因看重而加以讚揚或提拔 ◆ 不識抬舉／上司覺得你有才華，抬舉你當主任。

⁵ **拇** 扌 扌 扎 扣 拇 拇 **拇**

[mǔ ㄇㄨˇ ⑧mou⁵ 母]

拇指：手、腳的大指。

⁵ **拗** 扌 扌 扌 扌 抈 拗 **拗**

〈一〉[ào ㄠˋ ⑧au³/ŋau³ 坳]

❶不順口 ◆ 拗口。❷不順從 ◆ 違拗。

〈二〉[niù ㄋㄧㄡˋ ⑧au³/ŋau³ 坳]

❸固執 ◆ 脾氣很拗／實在拗不過他。

⁶ **挈** 三 丰 扪 扣 挈 挈 **挈**

[qiè ㄑㄧㄝˋ ⑧kit⁸ 揭]

❶提起；舉起 ◆ 提綱挈領。❷帶領 ◆ 扶老挈幼。

⁶ **拭** 扌 扌 扌 扩 拭 拭 **拭**

[shì ㄕˋ ⑧sik⁷ 式]

擦；揩 ◆ 拭淚／拭目以待。

【拭目以待】shì mù yǐ dài 擦亮眼睛等着瞧。形容等待某件事情的出現 ◆ 會不會有奇蹟出現，我們將拭目以待。

⁶ **持** 扌 扌 扩 拌 拌 持 **持**

[chí ㄔˊ ⑧tsi⁴ 池]

❶拿；握着 ◆ 持刀殺人／持有護照。❷堅守不變 ◆ 保持／維持現狀。❸對抗 ◆ 僵持局面／相持不下。❹主管；治理 ◆ 主持／勤儉持家。❺扶助 ◆ 支持／扶持。

【持久】chí jiǔ 保持長久 ◆ 曇花開放時間很短，不能持久。

【持有】chí yǒu 有；拿着或帶着 ◆ 持有護照或回鄉證的可以入關。

【持家】chí jiā 料理家務 ◆ 母親勤儉持家，從不浪費。

【持續】chí xù 連續不斷 ◆ 大雨持續了一星期。

【持之以恆】chí zhī yǐ héng 做事有恆心，能長期堅持下去 ◆ 學習要持之以恆，才能有收穫。⑩堅持不懈。⑳半途而廢。

⊠劫持、把持、堅持、維持、僵持、各持己見、曠日持久

⁶ **拷** 扌 扌 扌 扩 拌 拷 **拷**

[kǎo ㄎㄠˇ ⑧hau² 考]

打 ◆ 拷問／嚴刑拷打。

⁶ **拱** 扌 扌 扩 拌 拌 拱 **拱**

[gǒng ㄍㄨㄥˇ ⑧guŋ² 鞏]

❶兩手合拳，表示敬意 ◆ 拱手／打拱作揖。❷兩手合圍；環繞着 ◆ 拱衛／眾星拱月。❸建築物成弧形的 ◆ 拱門／石拱橋。❹頂起；聳起 ◆ 肥豬拱門／彎腰拱背。

【拱橋】gǒng qiáo 橋洞中間高、兩邊低成弧形的橋，如中國古代著名的趙州

橋是石拱橋。◆ 江南水鄉隨處可見形式各異的石拱橋。

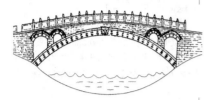

⁶ 挎

扌 扩 扩 扚 捗 挎 挎

[kuà ㄎㄨㄚˋ 粵 fu¹ 呼]

東西掛在肩上或胳膊上 ◆ 挎着書包 / 挎着籃子。

⁶ 指

扌 扚 扌 扐 指 指 指

[zhǐ ㄓˇ 粵 dzi² 子]

❶ 手指 ◆ 指紋 / 大拇指 / 屈指可數。❷ 指點;引導 ◆ 指教 / 指引。❸ 對着;向着 ◆ 指南針 / 時針指着十二點。❹ 依靠 ◆ 指望 / 指靠。❺ 斥責 ◆ 指責 / 指摘。❻ 豎起來 ◆ 令人髮指。

【指引】zhǐ yǐn 指點引導 ◆ 在幾個熱心路人的指引下,我找到了這家商店。

【指示】zhǐ shì ❶ 指給別人看;告訴人怎樣做 ◆ 前面有一塊指示牌,會告訴你怎麼走。❷ 上級、長輩對下級、晚輩發出指令或發出的指令 ◆ 首長指示我們原地待命 / 這是首長的指示,必須執行。

【指令】zhǐ lìng 指示;命令 ◆ 堅決執行首長的指令!

【指使】zhǐ shǐ 出主意叫別人去做某件事 ◆ 孩子一般不會做這種事,肯定幕後有人指使。

(注意) "指使" 多含貶義。

【指定】zhǐ dìng 確定 ◆ 老師指定三個同學參加演講比賽。

【指南】zhǐ nán 比喻能指引方向的東西。如升學指南、旅遊指南 ◆ 這本《作文指南》寫得通俗易懂。

【指責】zhǐ zé 責備 ◆ 他的行為受到全班同學的指責。

【指教】zhǐ jiào 客氣話,用於請對方給自己指點、教導或提出批評、意見 ◆ 我剛剛出道,還要請老前輩多多指。

【指望】zhǐ ·wang 希望;盼望 ◆ 父母都指望孩子長大後有出息 / 他已病入膏肓,沒有指望了。

【指揮】zhǐ huī ❶ 發佈命令,安排調度 ◆ 師長在指揮部指揮作戰。❷ 擔任指揮工作的人 ◆ 我們的音樂老師擔任樂隊指揮。

【指標】zhǐ biāo 計劃要達到的目標 ◆ 公司今年的盈利指標是一百萬。

【指導】zhǐ dǎo 指示引導 ◆ 老師正在指導學生學習電腦操作。

【指點】zhǐ diǎn 指出來讓人明白 ◆ 經過老師指點,我掌握了牢記歷史事件的竅門。

【指南針】zhǐ nán zhēn 中國古代四大發明之一,是一種指示方向的儀器。它由一根磁針和一個刻有方位、度數的底盤組成。磁針受地球磁力作用,總是指着南北方向。指南針廣泛應用於航海、行軍等。

(注意) "指南針" 也叫 "羅盤"。

【指日可待】zhǐ rì kě dài 指日:可以指出日期。形容用不着多久就能實現 ◆ 工程進展迅速,全面竣工已指日可待。(同) 為期不遠。(反) 遙遙無期。

【指桑罵槐】zhǐ sāng mà huái 比喻表面上罵甲,實際上在罵乙 ◆ 你對我有甚麼不滿可以直說,用不着指桑罵槐。(同) 指雞罵狗。

【指鹿為馬】zhǐ lù wéi mǎ 秦始皇死後,秦二世當了皇帝。大臣趙高為了擴張權勢,先是殺害了丞相李斯,自己當了丞相。後又想出毒計,陷害大臣們。一次,他把一頭鹿獻給秦二世,指着鹿說 "這是一匹馬"。二世以為趙高是開玩笑,趙高堅持說是馬,不相信可以問大臣們。二世問大臣是鹿還是馬,怕趙高的大臣說是馬,正直的大臣說是鹿。

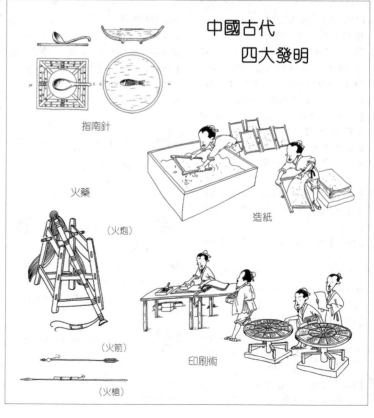

中國古代四大發明

指南針

火藥

(火炮)

造紙

(火箭)

印刷術

(火槍)

趙高在一旁記下說是鹿的大臣的名字，後來把他們都殺掉了。後人用來比喻故意顛倒黑白，歪曲事實 ◆ 有些小報的文章，常常指鹿為馬，混淆是非，十分可惡。

⊿指正、指向、指明、指派、指手劃腳、指點迷津

⊿手指、屈指可數、瞭如指掌、令人髮指、首屈一指

---

⁶ **拽** 扌 扌 扐 扐 扟 拽 拽

[zhuài ㄓㄨㄞˋ ⑨ jei⁶ 曳]

用力拉、拖 ◆ 拽不動／生拉硬拽。

---

⁶ **括** 一 扌 扌 扩 扦 括 括

[kuò ㄎㄨㄛˋ ⑨ kut⁸ 豁]

包含 ◆ 包括／概括。

⊿總括、囊括

---

⁶ **拴**(拴) 扌 扌 扚 扚 拴 拴 拴

[shuān ㄕㄨㄢ ⑨ san¹ 山]

用繩子繫住 ◆ 把馬拴在樹下／拴住了他的人，可拴不住他的心。

---

⁶ **拾** 扌 扌 扒 扲 拾 拾 拾

[shí ㄕˊ ⑨ sep⁹ 十]

❶ 從地上撿起來 ◆ 拾麥穗／眾人拾柴火焰高。❷ 數目字 "十" 的大寫。

---

⁶ **拿** 人 𠆢 合 合 合 拿 拿

[ná ㄋㄚˊ ⑨ na⁴ 那⁴]

❶ 用手取或用手握住；取得 ◆ 把書拿出來／比賽中拿了冠軍。❷ 掌握；把握 ◆ 拿主意／十拿九穩。❸ 捕捉 ◆ 拿獲／捉拿歸案。❹ 用 ◆ 拿鎖鎖上／拿筷子吃飯。❺ 把 ◆ 拿我當外人／總拿她當孩子看待。

---

⁶ **挑** 扌 扌 扌 挑 挑 挑

〈一〉[tiāo ㄊㄧㄠ ⑨ tiu¹ 佻]

❶ 用肩膀擔東西 ◆ 挑擔／千斤重擔。

❷ 一肩挑。❷ 擔子 ◆ 菜挑子。❸ 選擇；找 ◆ 挑選／雞蛋裏挑骨頭。

〈二〉[tiǎo ㄊㄧㄠˇ ⑨ tiu¹ 佻]

❹ 用竿子等把東西支起 ◆ 挑燈夜戰。❺ 用尖的東西撥 ◆ 挑刺。❻ 搬弄是非；鼓動 ◆ 挑釁／挑戰。

【挑剔】tiāo tī 在枝節問題上過於嚴格找毛病 ◆ 顧客對商品質量十分挑剔。

【挑撥】tiǎo bō 搬弄是非，引起糾紛 ◆ 她經常說東道西，挑撥同事間的關係。

【挑戰】tiǎo zhàn ❶ 故意激怒對方出來打仗 ◆ 古人打仗與現代不同，一方固守，一方挑戰，看上去好像兒戲一般。❷ 表示要跟對方競賽，一比高低 ◆ 初生牛犢不怕虎，小小年紀的他竟決意向世界冠軍挑戰。

【挑選】tiāo xuǎn 從眾多的人或事物中選出滿意的 ◆ 他們幾個是從全校同學中挑選出來的優秀代表。

【挑₂釁】tiǎo xìn 藉故生事，企圖引起衝突 ◆ 他故意挑釁，衝撞對方球員，被紅牌罰下場。

【挑₂撥離間】tiǎo bō lí jiàn 離間：拆散。在人與人之間搬弄是非，製造事端，使產生矛盾，引起不和 ◆ 他當面裝好人，背後說壞話，挑撥離間，造謠生事。

注意 "間" 不讀 jiān（兼）。

---

⁶ **拼** 扌 扌 扩 拼 拼 拼

[pīn ㄆㄧㄣ ⑨ pin¹ 兵]

❶ 組合在一起 ◆ 拼音／拼湊／拼盤。❷ 同 "拚〈一〉"。不顧一切地去做 ◆ 拼命／拼死拼活。

【拼湊】pīn còu 把零星或分散的東西合併在一起 ◆ 孩子們把零用錢拼湊起來，給媽媽買了一件生日禮品。

---

⁶ **拳** 丷 丷 丷 半 券 券 拳

[quán ㄑㄩㄢˊ ⑨ kyn⁴ 權]

❶ 手指收攏成球形，即拳頭 ◆ 握拳／拳打腳踢。❷ "拳術" 的簡稱 ◆ 打拳／太極拳。❸ 彎曲 ◆ 拳曲／拳着身子。

【拳擊】quán jī 一種體育運動項目。比賽時兩人手戴特製的拳套，以攻擊對方的頭部、身體正面部位為有效，以有效點數多少或擊倒對方為勝 ◆ 湯姆曾多次參加拳擊比賽。

⊿摩拳擦掌、赤手空拳

---

⁶ **按** 扌 扌 扩 扲 挼 按 按

[àn ㄢˋ ⑨ on³/ŋon³ 案]

❶ 用手往下壓 ◆ 按電鈴／把他按倒在地。❷ 抑制；壓住 ◆ 按兵不動／按捺不住心頭的怒火。❸ 依照 ◆ 按時上學／按規矩辦。❹ 給書籍、文章所作的說明或評論 ◆ 按語／編者按。

【按時】àn shí 按照規定的時間 ◆ 同學們都能按時完成作業。

【按照】àn zhào 依照；根據 ◆ 雙方表示，一定按照協議書辦事。

【按摩】àn mó 用手在人體上做按、推、摩、揉等動作，促進血液循環，防治疾病 ◆ 我腰酸背痛，來給我按摩一下。

注意 "按摩" 也叫 "推拿"。

【按兵不動】àn bīng bù dòng 控制住軍隊，沒有任何行動 ◆ 我們多次向他求援，他卻按兵不動。

【按部就班】àn bù jiù bān 部：類別。班：次序。指依照一定的規矩，遵循一定的程序，一步一步地進行 ◆ 學習一種知識或技能，要按部就班，不能急於求成。

注意 不要把 "部" 錯寫成 "步"。

【按圖索驥】àn tú suǒ jì 索：尋找。驥：好馬。按照圖像去尋找好馬。現多用來指順着線索去尋找 ◆ 警方根據罪犯提供的線索，按圖索驥，很快找到了被盜的贓物。

---

⁶ **挖** 扌 扌 扩 扲 挖 挖

[wā ㄨㄚ ⑨ wat⁸ 斡]

掘；掏 ◆ 挖洞／挖耳朵。

【挖苦】wā·ku 用尖酸刻薄的話諷刺人 ◆ 他是老實人，你別這樣挖苦他。

【挖掘】wā jué 開挖發掘 ◆ 挖掘海底隧道，修建地下鐵道。

【挖空心思】wā kōng xīn sī 絞盡腦

汁；費盡心計 ◆ 這人陰險，挖空心思
想拖人下水。

（注意）"挖空心思"多指動壞腦筋，含貶義。

⁶拯　扌扩打抅抠抠拯　拯

[zhěng ㄓㄥˇ ⑧tsin² 請]

援救；救助 ◆ 拯救。

【拯救】zhěng jiù　救；援救 ◆ 消防
員把被山火圍困的人士拯救出來。

⁷振　扩扩扩抌振振　振

[zhèn ㄓㄣˋ ⑧dzen³ 鎮]

❶ 搖動；揮動 ◆ 振動 / 振臂高呼。
❷ 奮起；興起 ◆ 振奮精神 / 振興中
華。

【振作】zhèn zuò　使精神變得旺盛，
情緒變得高昂 ◆ 教練要求隊員振作起
來，迎接下一輪比賽。

【振翅】zhèn chì　搖動翅膀 ◆ 雄鷹振
翅高飛。

【振奮】zhèn fèn　振作興奮；使人振作
興奮 ◆ 捷報傳來，人人振奮 / 前方
傳來了振奮人心的捷報。

【振興】zhèn xīng　大力發展，使興旺
強盛起來 ◆ 科學家為振興科技發展
作出了重大貢獻。

【振振有詞】zhèn zhèn yǒu cí　振振：
理直氣壯的樣子。形容理由似乎很充分
而説個沒完 ◆ 表面上振振有詞，其實
他心裏很虛。

（注意）"振振有詞"也作"振振有辭"。

⁷捕　扩扩抓抦捕　捕

[bǔ ㄅㄨˇ ⑧bou⁶ 步]

捉；捉拿 ◆ 捕魚 / 追捕。

【捕捉】bǔ zhuō　捉；抓 ◆ 獵人設陷
井捕捉野獸。

【捕獲】bǔ huò　抓到；捉住 ◆ 警方
一舉捕獲了五名販毒分子。

【捕撈】bǔ lāo　捕捉和打撈水產 ◆ 漁
船在海裏捕撈魚蝦。

【捕風捉影】bǔ fēng zhuō yǐng　捕捉虛
無飄渺的風和影子。比喻説話辦事只憑
虛假現象，並無事實根據 ◆ 這篇報導

純屬捕風捉影，完全不合事實。

（近）拘捕、搜捕、逮捕

⁷捂　扩扩抆抠挀捂　捂

[wǔ ㄨˇ ⑧ŋ⁶ 誤]

用手或別的東西遮蓋起來 ◆ 捂着耳朵 /
用被子捂住。

⁷挾(挾)　扌扌护护抾挾　挾

[xié ㄒㄧㄝˊ ⑧hip⁸ 協]

❶ 用胳膊夾；夾在胳膊下 ◆ 挾着講義
走進教室。❷ 仗勢威脅或逼迫 ◆ 要
挾 / 挾持。❸ 擁有；心裏懷着 ◆ 挾
怨 / 挾嫌。

【挾持】xié chí　❶ 從兩旁架住被捉的
人 ◆ 老漢被歹徒挾持走了。❷ 用威
力迫使對方服從 ◆ 劫機犯挾持了三名
人質，拒不投降。

⁷捎　扌扌扌抃抃捎　捎

[shāo ㄕㄠ ⑧sau¹ 梢]

順便帶上 ◆ 捎帶 / 捎個口信。

⁷捍　扌扌扞担捍捍　捍

[hàn ㄏㄢˋ ⑧hon⁶ 瀚]

保衛 ◆ 捍衛國家的主權。

【捍衛】hàn wèi　保衛 ◆ 他一心捍衛
國土，犧牲性命也在所不惜。

⁷捏　扌扌担担担捏　捏

[niē ㄋㄧㄝ ⑧nip⁹ 轟]

❶ 用拇指和其他手指夾住 ◆ 捏住筆 /
捏着幾張鈔票不放。❷ 用手指把軟的
東西做成一定形狀 ◆ 捏麵人 / 用橡皮
泥捏了一座寶塔。❸ 假造；虛構 ◆
捏造事實 / 憑空捏造。

【捏造】niē zào　假造事實；編造謊言
◆ 他的話全是憑空捏造，想誣陷好人。

⁷捉　扌扌扌抧捉捉　捉

[zhuō ㄓㄨㄛ ⑧dzuk⁷ 足]

❶ 捉；抓；逮 ◆ 捕捉 / 貓捉老鼠。
❷ 握 ◆ 捉筆。

【捉弄】zhuō nòng　耍弄人，使人為難
◆ 他是個老實人，你別捉弄他。（同）
耍弄、戲弄。

【捉拿】zhuō ná　捉。用於抓獲犯人
◆ 警方已將兇手捉拿歸案。

【捉摸】zhuō mō　猜測；預料 ◆ 他這
樣做的目的叫人不可捉摸。

（注意）"捉摸"多用於否定句。

【捉迷藏】zhuō mí cáng　一種兒童遊
戲。玩法是：一個人用布蒙上眼睛，摸
索着去捉住在他身邊東躲西藏的同伴
◆ 孩子們在樹林裏玩捉迷藏。

【捉襟見肘】zhuō jīn jiàn zhǒu　拉一
下衣襟，就露出了胳膊肘。原來指衣
破爛，生活貧困；後多用來比喻困難很
多，顧了這顧不了那 ◆ 父親失業後，
家庭經濟狀況已捉襟見肘。

（近）活捉、捕風捉影、賊喊捉賊

⁷捆　扌扣扣捆捆捆　捆

[kǔn ㄎㄨㄣˇ ⑧kwen² 細]

❶ 用繩子等把東西綁繁緊 ◆ 捆綁 / 把
書捆起來。❷ 量詞，用於捆紮起來的
東西 ◆ 一捆書 / 一捆柴。

⁷捐　扌扌护护捐捐　捐

[juān ㄐㄩㄢ ⑧gyn¹ 娟]

❶ 用錢物幫助 ◆ 募捐活動 / 捐錢捐
物，幫助受災民眾。❷ 捨棄；獻出
◆ 捐棄 / 為國捐軀。❸ 稅收的名目
◆ 捐稅 / 苛捐雜稅。

【捐獻】juān xiàn　把財物獻出來 ◆ 他
把自己的藏書全部捐獻給了母校圖書
館。

⁷捌(捌)　扌扌扌扔捌捌　捌

[bā ㄅㄚ ⑧bat⁸ 八]

數目字"八"的大寫。

⁷挺　扌扌扌挂挺挺　挺

[tǐng ㄊㄧㄥˇ ⑧tiŋ⁵ 梃]

❶筆直 ◆ 挺立 / 筆挺。❷伸直：向前凸出(多指身體或身體的一部分) ◆ 挺起腰桿 / 昂首挺胸。❸勉強支撐着 ◆ 有病還是硬挺着去上班。❹很 ◆ 挺好 / 挺高興。❺量詞 ◆ 一挺機槍。

【挺立】tǐng lì　直立 ◆ 一行行高大的白樺樹，挺立在馬路兩邊。

【挺拔】tǐng bá　直立高聳 ◆ 古廟裏有幾棵挺拔的參天大樹。

【挺進】tǐng jìn　軍隊勇往直前 ◆ 我軍正在向敵人的巢穴挺進。

【挺身而出】tǐng shēn ér chū　挺身：挺直身軀。指不畏強暴或不怕艱險，勇敢地站出來 ◆ 面對持槍的歹徒，他挺身而出，與歹徒英勇搏鬥。

7 挫　扌 扌 扌 挫 挫 挫 挫

[cuò ㄘㄨㄛˋ 粵 tso³ 錯]

❶不順利；遭失敗 ◆ 挫折 / 一再受挫。❷壓下去；降低 ◆ 挫傷 / 抑揚頓挫。

【挫折】cuò zhé　遭受失敗；受阻礙，不順利 ◆ 工作不會一帆風順，受到挫折不要灰心。

【挫傷】cuò shāng　使積極性、銳氣等受到損傷 ◆ 家長要多多鼓勵孩子，不要挫傷他們的積極性。

7 捋　扌 扌 扌 扌 捋 捋 捋

〈一〉[lǚ ㄌㄩˇ 粵 lyt⁹ 劣]

❶用手指順着抹，使整齊 ◆ 捋鬍子 / 把紙捋平整。

〈二〉[luō ㄌㄨㄛ 粵 lyt⁹ 劣]

❷握着東西順勢移動 ◆ 捋樹葉 / 捋起袖子。

7 挽　扌 扌 扌 扩 挽 挽 挽

[wǎn ㄨㄢˇ 粵 wan⁵ 輓]

❶拉 ◆ 挽弓 / 手挽手。❷設法使情況好轉或恢復原狀 ◆ 挽救 / 挽回損失。❸向上捲起 ◆ 挽褲腿 / 挽起袖子。❹哀悼死者。同"輓"字 ◆ 挽聯 / 挽詞。

【挽回】wǎn huí　❶扭轉不利局面，使情況好轉 ◆ 教練調兵遣將，想挽回敗局。❷收回 ◆ 損失已無法挽回。

【挽留】wǎn liú　設法讓要離去的人留下來 ◆ 外婆一再挽留我們多住幾天再走。

【挽救】wǎn jiù　從困境或危險中解救出來 ◆ 他為了挽救落水兒童，獻出了年輕的生命。

7 挪　打 扫 扫 扪 挪 挪 挪

[nuó ㄋㄨㄛˊ 粵 no⁴ 糯⁴]

移動 ◆ 挪動 / 挪個地方。

【挪用】nuó yòng　把原定用於某方面的錢物移用到別的方面 ◆ 這是救災款，不許挪用。

7 捅　扌 扌 扌 捅 捅 捅 捅

[tǒng ㄊㄨㄥˇ 粵 tɔŋ² 桶]

❶戳；扎 ◆ 捅了一刀 / 捅了個洞。❷碰；觸 ◆ 用肘捅了他幾下。❸比喻戳穿；揭露 ◆ 把事情捅出去。

7 挨　扌 扌 扌 扌 挨 挨 挨

〈一〉[āi ㄞ 粵 ai¹/ŋai¹ 唉]

❶順着次序 ◆ 挨家挨戶 / 挨個兒查問。❷靠近；緊靠着 ◆ 挨着我坐 / 兩家緊挨着。

〈二〉[ái ㄞˊ 粵 ŋai⁴ 涯]

❸同"捱"字，見 178 頁。

8 捧　扌 扌 扌 护 挟 捧 捧

[pěng ㄆㄥˇ 粵 puŋ² 碰²]

❶雙手張開手掌托着 ◆ 捧着花瓶 / 捧起獎杯。❷奉承；代人吹噓，藉此抬高一個人的地位 ◆ 吹捧 / 捧場。❸量詞，用於可捧的東西 ◆ 一捧花生米。

【捧場】pěng chǎng　原指到劇場觀看演出，為演員的演技鼓掌、喝彩；後多指到場替人說好話 ◆ 他的公司明天開張，邀請我們去捧場。

8 掛 (挂)　扌 扌 扌 扞 拱 掛 掛

[guà ㄍㄨㄚˋ 粵 gwa³ 卦]

❶把東西吊起 ◆ 懸掛 / 掛彩燈。❷

惦記 ◆ 掛念 / 身無牽掛。❸帶上；提及 ◆ 掛名總裁 / 不足掛齒。❹登記 ◆ 掛號 / 支票掛失。❺量詞，用於成串的東西 ◆ 一掛鞭炮。

【掛念】guà niàn　因想念而放心不下 ◆ 兒子在外國求學，時刻掛念家中年老的父母。⊜惦念、記掛。

【掛一漏萬】guà yī lòu wàn　形容所提到的不全，遺漏的很多 ◆ 我只是舉例說明，難免掛一漏萬。

⚡牽掛、牽腸掛肚、一絲不掛

8 措　扌 扌 扞 扞 措 措 措

[cuò ㄘㄨㄛˋ 粵 tsou³ 醋]

❶安放；處置 ◆ 手足無措 / 驚慌失措。❷計劃辦理；處理事情的方法 ◆ 籌措資金 / 新的舉措。

【措施】cuò shī　解決問題所採取的具體辦法 ◆ 警方的防範措施很有成效。

【措辭】cuò cí　說話或寫文章選用詞句 ◆ 我剛才說話措辭不當，請你原諒。注意 "措辭"也作"措詞"。

【措手不及】cuò shǒu bù jí　動手已來不及。指事情來得突然，一時來不及應付 ◆ 沒想到煞車突然失靈，弄得我措手不及。

⚡舉措、不知所措

8 捺　扌 扌 扩 扦 捧 捺 捺

[nà ㄋㄚˋ 粵 nat⁹]

❶壓下；強忍 ◆ 捺着性子 / 按捺不住心頭的怒火。❷漢字的一種筆畫名稱，如"大"字的第三筆。

8 掩　扌 扌 扩 扩 拎 掩 掩

[yǎn ㄧㄢˇ 粵 jim² 奄]

❶遮蓋；遮蔽 ◆ 掩蓋 / 遮掩。❷關上；合上 ◆ 門虛掩着。

【掩映】yǎn yìng　互相遮掩，互相襯托 ◆ 樹上的紅花與綠葉交相掩映。

【掩埋】yǎn mái　埋葬 ◆ 歹徒把被害人的屍體掩埋在樹林裏。

【掩飾】yǎn shì　遮蓋粉飾，使人看不清真相 ◆ 他強作鎮靜，但仍掩飾不住內心的喜悅。

【掩蓋】yǎn gài ❶ 遮蓋 ◆ 厚厚的白雪掩蓋了田野。❷ 隱藏：隱瞞 ◆ 為了掩蓋事實真相，他銷毀了全部證據。

【掩護】yǎn hù 採取某種方式保護 ◆ 在我軍強大的火力掩護下，偵察員越過了封鎖線。

【掩人耳目】yǎn rén ěr mù 遮住別人的耳朵和眼睛。比喻用假象掩蓋事實，使人看不清底細 ◆ 為了掩人耳目，警員裝扮成賭徒，調查賭場的情況。

【掩耳盜鈴】yǎn ěr dào líng 捂住自己的耳朵去偷鈴鐺，以為自己聽不見，別人也聽不見。比喻自欺欺人的愚蠢做法 ◆ 事情敗露後，他賊喊捉賊，玩弄起掩耳盜鈴的把戲。

⁸ 捱 扌 扌 扩 扩 护 捱 捱

[ái ㄞˊ ⑧ ŋai⁴ 涯]

❶ 遭受到 ◆ 捱罵／捱餓。❷ 熬；困難地度過 ◆ 捱日子／捱時間。

⁸ 捷 扌 扌 扫 排 捷 捷 捷

[jié ㄐㄧㄝˊ ⑧ dzit⁹ 截]

❶ 勝利 ◆ 捷報／首戰告捷。❷ 快；迅速 ◆ 思路敏捷／捷足先登。

【捷徑】jié jìng 近路；比喻能迅速達到目的的方法或途徑 ◆ 學習要取得成績，靠堅持不懈，沒有捷徑可走。

【捷報】jié bào 勝利的消息 ◆ 在奧運會上，中國選手表現出色，捷報頻傳。⑥ 喜訊。

【捷足先登】jié zú xiān dēng 指行動迅速，先達到目的 ◆ 這樣好的機會，卻讓別人捷足先登，真可惜。
⚠ "捷足先登"也作"捷足先得"。
▢ 快捷、敏捷、便捷

⁸ 掉 扌 扌 扩 护 捎 捎

[diào ㄉㄧㄠˋ ⑧ diu⁶ 調]

❶ 落下；落在後面 ◆ 掉眼淚／不要掉隊。❷ 丟失；遺漏 ◆ 錢包掉了／掉了幾行字。❸ 回轉 ◆ 掉頭就跑／掉轉槍口。❹ 對換 ◆ 掉換座位。❺ 減褪；降低 ◆ 掉色／掉價。❻ 放在動詞後表示動作完成 ◆ 忘掉／賣掉。

【掉以輕心】diào yǐ qīng xīn 指對事情漫不經心，不當回事 ◆ 對方實力很強，我們不可掉以輕心。

⁸ 掌 丶 丷 ⺌ 堂 堂 堂 掌

[zhǎng ㄓㄤˇ ⑧ dzœŋ² 獎]

❶ 手心 ◆ 手掌／鼓掌／摩拳擦掌。❷ 某些動物的腳掌 ◆ 鴨掌／熊掌。❸ 釘在鞋底上的皮或馬蹄子底下的鐵 ◆ 鞋掌／釘馬掌。❹ 用手掌打 ◆ 掌嘴。❺ 把握；主管 ◆ 掌舵／掌管。

【掌柜】zhǎng guì 稱商店的老闆或掌管商店業務的人 ◆ 王掌柜，你店裏有高麗參賣嗎？

【掌握】zhǎng wò ❶ 主持；控制 ◆ 人事部掌握人事調動大權。❷ 充分了解並運用自如 ◆ 我已經掌握了這種先進技術。

【掌管】zhǎng guǎn 負責主持和管理 ◆ 財務工作由他掌管。

【掌上明珠】zhǎng shàng míng zhū 比喻特別受父母寵愛的兒女（主要指女兒）；也比喻極受珍愛的物品 ◆ 姐妹三人，只有三女兒珍珍是父母的掌上明珠。
▢ 掌心、掌聲
▢ 易如反掌、瞭如指掌

⁸ 排 扌 扌 扌 封 扫 扫 排

[pái ㄆㄞˊ ⑧ pai⁴ 牌]

❶ 依次擺成行列 ◆ 排隊／按二十六個字母排列。❷ 排成的行列 ◆ 前排／第五排。❸ 軍隊的編制單位，"連"以下，"班"以上的一級 ◆ 排長。❹ 除去 ◆ 排除／排難解憂。❺ 演練 ◆ 排演／彩排。❻ 用竹子或木頭編紮成的

筏子 ◆ 竹排／木排。❼ 量詞，用於成行列的東西 ◆ 一排椅子／一排新建的樓房。

【排比】pái bǐ 一種修辭方法。排列三個或三個以上結構相似、字數大體相等的語句，來表達一種相關的意思，以增強語言的氣勢。如"(蘆溝橋上的石獅子)有的母子相抱，有的相互戲耍，有的像在傾聽水聲，有的像在檢閱橋上的車馬……"。

【排斥】pái chì 因不能相容而使對方離開自己一方 ◆ 他排斥外地人進公司工作。

【排列】pái liè 按一定的順序放置或列出 ◆ 以下名單按姓氏筆畫排列。

【排行】pái háng 同輩親屬按年齡大小排列的次序 ◆ 我們兄弟三人，我排行第二。
⚠ "行"不讀 xíng（形）。粵音讀 heŋ⁴（恆）。

【排除】pái chú 消除；除掉 ◆ 積水已經排除／這種可能性不能排除。

【排球】pái qiú 球類運動項目之一。比賽時雙方各出六人（沙灘排球雙方各出三人），各佔球場一方，用手把球從網上打過對方場地 ◆ 我校排球隊實力很強。

【排場】pái chǎng 鋪張的場面 ◆ 他們在一家豪華酒店舉行婚禮，排場很大。

【排練】pái liàn 演出前按演出要求進行練習 ◆ 學校話劇隊正在排練童話劇《白雪公主》。

【排擠】pái jǐ 利用權勢或手段，把自己不滿意的人擠走 ◆ 他跟上司意見不合，被排擠出公司。

【排山倒海】pái shān dǎo hǎi 推翻高山，翻倒大海。形容力量強大，來勢迅猛，無法阻擋 ◆ 我軍以排山倒海之勢，向敵人發起猛攻。
▢ 排泄、排外、排解、排洪、排遣
▢ 安排、並排、力排眾議

⁸ 掣 丿 ⺌ 牜 制 制 制 掣

[chè ㄔㄜˋ ⑧ dzɐi³ 制／tsit⁸ 設]

❶ 拖；拉 ◆ 掣肘／風馳電掣。❷ 抽

拔 ◆ 揮劍／揮回手去。

⁸ 推　扌 扩 扩 拌 拌 推　推

[tuī ㄊㄨㄟ ⑧ tœy¹ 退¹]

❶用力使東西向前移動 ◆ 推車／推開門。❷用力使事情展開 ◆ 推行／推廣。❸根據已知的情況判斷別的 ◆ 推測／推想。❹辭讓；拒絕 ◆ 推辭／推讓。❺拖延 ◆ 推延／推遲。❻看重；舉薦 ◆ 推薦／推舉。

【推行】tuī xíng　推廣實行 ◆ 中國已經全面推行五天工作制。

【推卸】tuī xiè　不肯承擔責任 ◆ 臨場指揮不當是比賽失利的主要原因，教練有不可推卸的責任。⑤承擔。

【推卻】tuī què　推辭；拒絕接受 ◆ 對方盛情邀請，我不好推卻。

【推託】tuī tuō　藉故拒絕接受 ◆ 他推託年紀大了，不肯擔任董事長一職。⑤推辭。⑥接受、承擔。

【推理】tuī lǐ　從前提推出結論的一種思維方法 ◆ 他喜歡看推理小說。

【推崇】tuī chóng　重視並給以很高評價 ◆ 她是當今文壇上最受人推崇的女作家。

【推動】tuī dòng　使事物前進；使工作展開 ◆ 學習外國先進技術，推動本地經濟的發展。⑤促進。⑥阻撓。

【推進】tuī jìn　向前進；使向前發展 ◆ 這種地下掘土機，推進速度很快／學校的各項工作，已推進到一個新階段。

【推測】tuī cè　根據現實狀況判斷未來狀況；猜測 ◆ 目前市場不景氣，新產品銷路如何，很難推測。⑤推想、預測。

【推想】tuī xiǎng　推測猜想 ◆ 我推想，這件事他並不知道。

【推算】tuī suàn　根據已有的數據，計算出有關的數值 ◆ 爺爺、爸爸和我屬虎，我今年十歲，那麼爸爸、爺爺的年齡你還推算不出來嗎？

【推敲】tuī qiāo　相傳唐代詩人賈島做詩時，對 "鳥宿池邊樹，僧敲月下門" 詩句中的 "敲" 字，曾經反覆斟酌，到底是用 "敲" 好還是用 "推" 好呢？後來遇到韓愈，韓愈説用 "敲" 字好。後用來比喻反覆斟酌字句，力求精當 ◆ 作

文時不僅要求文句通順，還要認真推敲用詞是否恰當。

【推銷】tuī xiāo　擴大產品的銷路 ◆ 每逢年底，商店都會推銷廉價商品。

【推廣】tuī guǎng　擴大範圍，使廣泛使用或發揮作用 ◆ 香港正在大力推廣普通話。

【推遲】tuī chí　把預定的時間往後移 ◆ 學校運動會推遲一週舉行。⑤延期。⑥提前。

【推薦】tuī jiàn　把好的人或事物介紹給別人 ◆ 語文老師向我們推薦了幾本課外讀物。

【推翻】tuī fān　❶使徹底垮台 ◆ 辛亥革命推翻了清王朝。⑤打倒。❷徹底否定 ◆ 原計劃已被推翻，新計劃正在制訂。

【推斷】tuī duàn　推測並斷定 ◆ 根據我的推斷，這本書將成為暢銷書。

【推辭】tuī cí　拒絕接受 ◆ 大家真心誠意推選你當代表，你就不要再推辭了。⑤推讓。⑥接受。

【推讓】tuī ràng　由於謙虛或客氣而不肯接受 ◆ 大家相信你，請你當樂隊指揮，你就不必推讓了。⑤推辭。⑥接受。

【推己及人】tuī jǐ jí rén　用自己的心情、體驗去推想別人的心情、體驗。指設身處地為他人着想 ◆ 我們要發揚推己及人的傳統美德。

【推心置腹】tuī xīn zhì fù　比喻一片真心待人 ◆ 她能推心置腹地安慰我，使我非常感動。

【推波助瀾】tuī bō zhù lán　瀾：大波浪。比喻助長聲勢，加速事態的發展 ◆ 雙方已鬧得不可開交，你為何還在一旁推波助瀾呢？⑤火上加油。

【注意】"推波助瀾" 多含貶義。

⊠類推、順水推舟

⁸ 掀　扌 扌 扚 扚 拚 掀　掀

[xiān ㄒㄧㄢ ⑧ hin¹ 牽]

❶揭開；打開 ◆ 掀開鍋蓋／掀起門簾。❷翻騰；激起 ◆ 掀起高潮／大海掀起了洶湧的波濤。

【掀起】xiān qǐ　❶揭起 ◆ 掀起鍋蓋。❷激起；湧起 ◆ 狂風襲來，大海掀起了巨浪。❸興起 ◆ 學校裏掀起了學講普通話的熱潮。

⁸ 捨^(舍)　扌 扏 扏 拾 拾 捨　捨

[shě ㄕㄜˇ ⑧ sɛ² 寫]

❶放棄 ◆ 捨不得／捨身救人。❷把財物給人 ◆ 施捨／捨藥救人。

【捨棄】shě qì　丟開；拋棄 ◆ 她不肯捨棄心愛的寵物。

【捨己為人】shě jǐ wèi rén　犧牲自己的利益甚至生命去幫助別人 ◆ 捨己為人是一種高尚的品德。

【捨本逐末】shě běn zhú mò　捨棄根本，追求枝節。指做事輕重倒置，不從根本着手，而在枝節上用功夫 ◆ 不重視產品質量的提高，光在包裝上下功夫，豈不是捨本逐末？⑤本末倒置。

【捨生取義】shě shēng qǔ yì　捨棄生命，求取正義。指為正義事業而犧牲生命 ◆ 革命先烈捨生取義的崇高精神，值得我們學習。

【捨近求遠】shě jìn qiú yuǎn　捨棄近的，尋找遠的。形容捨易求難，不考慮實際；也比喻做事方法不對頭，走彎路 ◆ 家裏就有這本書，你何必捨近求遠，去學校圖書館借呢？

⊠取捨、難捨難分、依依不捨

⁸ 掄^(抡)　扌 扞 扲 扲 捡 捡　掄

[lūn ㄌㄨㄣ ⑧ lœn⁴ 淪]

舉起手臂用力揮動 ◆ 掄拳／掄鐵錘。

⁸ 捻　扌 扲 扲 捻 捻 捻　捻

[niǎn ㄋㄧㄢˇ ⑧ nin⁵ 年⁵]

❶用手指搓 ◆ 捻線／捻鬍子。❷用

紙條、布條等搓成的長條的東西 ◆ 紙捻／藥捻。

⁸ 掰

乀 乀 手 乷 尹 扮 掰

[bāi ㄅㄞ 粵 bai¹ 擺]

用手把東西分開或折斷 ◆ 掰開／掰成兩半。

⁸ 採 ⁽采⁾

扌 扩 扩 把 护 护 採

[cǎi ㄘㄞˇ 粵 tsoi² 彩]

❶ 摘取 ◆ 採茶／上山採藥。❷ 選取；搜集 ◆ 採集標本／採納意見。❸ 挖掘；開發 ◆ 採煤／開採石油。

【採用】cǎi yòng 使用；運用 ◆ 全班採用舉手表決的方式選出了新班長。⑩ 採取。

【採取】cǎi qǔ 選取 ◆ 你不能採取這種方式對待孩子。⑩ 採用。

【採納】cǎi nà 採用；接受 ◆ 老師採納了同學們的建議，在課室裏辦了個生物角。

注意 "採納"的對象多為意見、建議等。

【採訪】cǎi fǎng 搜集訪問 ◆ 大會期間，前來採訪的記者很多。

【採集】cǎi jí 搜集 ◆ 老師帶領同學到郊外採集植物標本。

⁸ 授

扌 扩 扩 护 护 授 授

[shòu ㄕㄡˋ 粵 seu⁶ 受]

❶ 給；交給 ◆ 授權／授獎。❷ 把知識、技藝教給人 ◆ 傳授／講授。

【授意】shòu yì 把自己的意圖告訴別人，讓別人去做 ◆ 這件事是我的一個朋友授意我幹的。

☒ 教授、面授機宜

⁸ 掙 ⁽挣⁾

扌 扩 护 押 掙 掙 掙

〈一〉[zhēng ㄓㄥ 粵 dzɐŋ¹ 爭]

❶ 見 "掙扎"。

〈二〉[zhèng ㄓㄥˋ 粵 dzɐŋ¹ 爭]

❷ 用力擺脫束縛 ◆ 掙脫／掙斷繩子。

❸ 用勞動換取報酬 ◆ 掙口飯吃／掙

命掙錢。

【掙扎】zhēng zhá 竭力支撐；力圖擺脫 ◆ 他掙扎着從地上爬了起來。

⁸ 掏

扌 扚 扚 扚 掏 掏 掏

[tāo ㄊㄠ 粵 tou⁴ 逃]

❶ 手伸進去摸出來 ◆ 掏錢／掏口袋。❷ 挖 ◆ 掏了一個洞。

⁸ 掐

扌 护 护 护 护 掐 掐

[qiā ㄑㄧㄚ 粵 hap⁸ 呷]

❶ 用手指甲按或切斷 ◆ 掐指算來／掐一朵花。❷ 用手掌的虎口處緊緊卡住或按住 ◆ 掐脖子／掐住喉嚨。

⁸ 掠

扌 扩 护 护 掠 掠 掠

[lüè ㄌㄩㄝˋ 粵 lœk⁹ 略]

❶ 搶奪 ◆ 搶掠／擄掠。❷ 輕輕擦過 ◆ 涼風掠面／海鷗掠過水面。

【掠奪】lüè duó 搶奪 ◆ 這匪徒掠奪他人財物，必須把他繩之於法。

【掠影】lüè yǐng 一閃而過的影子。比喻觀察不細緻，只有個大致的印象 ◆ 《巴黎聖母院掠影》這篇文章寫得生動活潑。

注意 "掠影"多用作文章的標題。

⁸ 掂

扌 扩 扩 护 护 掂 掂

[diān ㄉㄧㄢ 粵 dim¹ 店¹]

用手托着東西上下晃動來估量它的輕重 ◆ 掂量／掂掂份量。

⁸ 掖

扌 扩 扩 护 挌 掖 掖

〈一〉[yè ㄧㄝˋ 粵 jik⁹ 亦]

❶ 扶持；提拔 ◆ 扶掖／提掖。

〈二〉[yē ㄧㄝ 粵 jik⁹ 亦]

❷ 塞；夾藏 ◆ 藏掖／腰裏掖着槍。

⁸ 接

扌 扩 扩 护 按 接 接

[jiē ㄐㄧㄝ 粵 dzip⁸ 摺]

❶ 收；受 ◆ 接收／接電話。❷ 相迎 ◆ 接待／迎接。❸ 連續；繼續 ◆ 接連／上下集接着演。❹ 連在一起 ◆ 連接／電線接通了。❺ 輪替；繼承 ◆ 四百米接力／傳宗接代。❻ 挨着；靠近 ◆ 接壤／交頭接耳。

【接近】jiē jìn 靠近；相距不遠 ◆ 氣溫已接近零度／一、二名的成績非常接近。

【接受】jiē shòu 收受；不拒絕 ◆ 你不該接受他的禮物／他願意接受這項任務。⑫ 拒絕。

【接待】jiē dài 迎接招待 ◆ 香港每年要接待很多外國遊客。

【接風】jiē fēng 請剛從遠道來的人吃飯 ◆ 今晚在濱海酒家為美國來的朋友接風洗塵。

【接洽】jiē qià 聯繫商談 ◆ 辦理商品郵購業務，請與營業部接洽。

【接納】jiē nà 接受；採納 ◆ 他被接納為學會會員／上司不接納我們的意見。

【接連】jiē lián 一個接着一個；一次接着一次 ◆ 大廈最近接連發生了幾起盜竊案。

【接替】jiē tì 接過別人的工作繼續做下去；代替 ◆ 老校工退休後，一個年輕人接替了他的工作。

【接獲】jiē huò 接到 ◆ 警方接獲市民舉報，找到了失蹤少女的下落。

【接應】jiē yìng ❶ 配合自己一方的人行動 ◆ 一連戰士直插敵軍指揮部，二連戰士埋伏接應。❷ 接濟供應 ◆ 糧食、藥品接應不上，災區人民陷入困境。

【接濟】jiē jì 給人以物質援助 ◆ 校長經常接濟貧困學生，並勉勵他們好好學習。

【接觸】jiē chù 碰上；挨着 ◆ 劇毒藥品，小心接觸。

【接二連三】jiē èr lián sān 一個接着一個；連續不斷 ◆ 這個路段，已接二連三發生了多起交通事故。

☒ 直接、承接、間接、銜接、再接再厲、應接不暇、待人接物、移花接木、青黃不接

8 捲 (卷) 扌 扩 护 捗 捲 捲 **捲**

[juǎn ㄐㄩㄢˇ ⑨ gyn² 卷]

❶ 把東西收攏成圓筒形 ◆ 捲席子 / 把地毯捲起來。❷ 裹成圓筒形的東西 ◆ 蛋捲 / 膠捲。❸ 一種大的力量把東西裹住帶走 ◆ 捲入漩渦 / 狂風捲起巨浪。❹ 量詞，用於成捲的東西 ◆ 一捲紙。

【捲土重來】juǎn tǔ chóng lái　捲土：人馬奔跑時揚起的塵土。形容失敗後重新集結力量，反撲過來 ◆ 敵人不甘心失敗，定會等待時機，捲土重來。⑥ 東山再起、重振旗鼓。

8 控 扌 扩 护 控 控 控 **控**

[kòng ㄎㄨㄥˋ ⑨ hung³ 空³]

❶ 告發 ◆ 控告 / 指控。❷ 掌握；操縱 ◆ 控制 / 搖控。

【控告】kòng gào　向有關機構告發違法違紀現象 ◆ 有人控告廠長挪用公款。

【控制】kòng zhì　把握住；操縱 ◆ 她無法控制自己的情緒 / 他受壞人控制，已多次犯罪。⑥ 約束。

【控訴】kòng sù　向有關機構或公眾訴説受害的事實經過，要求給對方以法律制裁或輿論譴責 ◆ 法庭上受害人聲淚俱下地控訴罪犯的暴戾行徑。⑥ 控告。

8 探 扌 扩 护 押 押 探 探 **探**

[tàn ㄊㄢˋ ⑨ tam³ 談³/tam¹ 貪]

❶ 找；尋求 ◆ 探礦 / 探路。❷ 打聽；偵察 ◆ 探聽 / 偵探。❸ 做偵察工作的人 ◆ 暗探 / 密探。❹ 看望 ◆ 探望病人 / 探親訪友。❺ 伸出 ◆ 探身 / 探頭探腦。

【探索】tàn suǒ　多方面尋求答案 ◆ 科學家在努力探索宇宙的奧秘。

【探討】tàn tǎo　研究討論 ◆ 這次會議主要探討愛滋病的防治。⑥ 研討。

【探望】tàn wàng　看望 ◆ 同學們去醫院探望生病的老師。

【探測】tàn cè　用儀器進行觀察和測量 ◆ 遙感技術可以探測地下資源。

【探險】tàn xiǎn　到人跡罕至的危險地方（自然界）進行實地考察 ◆ 探險隊已徒步進入世界第一大峽谷——雅魯藏布大峽谷。

【探聽】tàn tīng　暗中打聽消息 ◆ 喜歡探聽別人的隱私，搬弄口舌，決不是好品德。

⊿ 刺探、勘探、試探、窺探、鑽探

8 掃 (扫) 扌 护 护 押 押 掃 **掃**

〈一〉[sǎo ㄙㄠˇ ⑨ sou³ 素]

❶ 用笤帚清除塵土、垃圾等 ◆ 掃地 / 打掃房間。❷ 消除；清除 ◆ 掃除 / 掃黄。❸ 很快地左右移動 ◆ 掃射 / 掃視。

〈二〉[sào ㄙㄠˋ ⑨ sou³ 素]

❹ 見“掃帚”。

【掃帚】sào zhǒu　清除垃圾、塵土等的用具 ◆ 掃帚是每個家庭必備的用具。

【掃墓】sǎo mù　在墓地祭拜死者，打掃墳墓，表示追念。中國有清明節掃墓的習俗 ◆ 清明節那天，我們全家都掃墓去了。

【掃興】sǎo xìng　高興時遇上不愉快的事，使興致低落 ◆ 説好大家一起去玩的，臨時他們又不去了，真掃興。

⊿ 一掃而光、秋風掃落葉

8 掘 扌 护 护 押 押 掘 **掘**

[jué ㄐㄩㄝˊ ⑨ gwet⁹ 倔]

挖；刨 ◆ 挖掘 / 發掘。

9 揍 扌 护 拌 拌 拌 揍 **揍**

[zòu ㄗㄡˋ ⑨ tseu³ 臭]

打 ◆ 揍揍 / 揍了一頓。

9 揠 扌 护 押 押 揠 揠 **揠**

[yà ㄧㄚˋ ⑨ at⁸/ŋat⁸ 壓]

拔 ◆ 揠苗助長。

【揠苗助長】yà miáo zhù zhǎng　揠：拔。古代有個農夫，嫌他的禾苗長得太

慢，就下地把禾苗一根根拔高，幫助它成長。結果禾苗不但沒長高，反而都死了。後用來比喻違背事物的發展規律，強求速成，反而把事情弄糟 ◆ 有些家長望子成龍心切，逼着孩子去進各種速成班。這種揠苗助長的做法不可取。

注意 “揠苗助長”也作“拔苗助長”。

9 揀 (拣) 扌 扩 护 护 捒 揀 **揀**

[jiǎn ㄐㄧㄢˇ ⑨ gan² 簡]

❶ 挑選 ◆ 挑肥揀瘦 / 挑三揀四。❷ 拾取 ◆ 揀麥穗 / 在路上揀到一塊手錶。

9 揩 扌 护 批 扰 揩 揩 **揩**

[kāi ㄎㄞ ⑨ hai¹ 鞋¹]

擦；抹 ◆ 揩桌子 / 揩眼淚。

9 描 (描) 扌 扩 扩 护 描 描 **描**

[miáo ㄇㄧㄠˊ ⑨ miu⁴ 苗]

照樣子寫或畫 ◆ 描紅 / 描寫。

【描述】miáo shù　照原樣具體地敍述 ◆ 你能描述一下這件事情的經過嗎？

【描寫】miáo xiě　一種寫作方法，指用語言文字進行具體描繪、刻畫，形象化地表現人或事物的特徵。如像描寫、動作描寫、心理描寫、環境描寫等 ◆ 小説裏的人物描寫很成功。

【描繪】miáo huì　描寫；描畫 ◆ 作品描繪了新春佳節的歡樂景象。

⊿ 素描、輕描淡寫

9 提 扌 护 押 押 捍 捍 提 **提**

〈一〉[tí ㄊㄧˊ ⑨ tɐi⁴ 題]

❶ 垂手拿着；用手拎東西 ◆ 提着皮箱 / 肩擔手提。❷ 由下往上、由低到

我欲乘風歸去，又恐瓊樓玉宇，高處不勝寒。起舞弄清影，何似在人間。—宋·蘇軾《水調歌頭》詞

高或由後往前 ◆ 提高 / 提前 / 提拔。
❸ 取出 ◆ 提款 / 提貨。❹ 舉出；說
起 ◆ 提名 / 舊事重提。
〈二〉【 dī ㄉㄧ ⑧ tɐi⁴ 題】
❺ 見"提防"。
【提升】tí shēng　提高 ◆ 提升職位 /
為了提升自己的業務水平，她虛心向
同事學習。
【提示】tí shì　把重要的或容易忽略的
地方提出來，引起對方注意 ◆ 每篇文
章前面都加上了"閱讀提示"。⑩ 提
醒。
【提₂防】dī·fang　小心防備 ◆ 提防小
偷。
【提拔】tí bá　選拔人才，提升職務 ◆
他是董事長一手提拔起來的年輕經
理。
【提供】tí gōng　供給物資、資料、意
見、信息等 ◆ 姐姐給我提供了不少寫
作素材。
【提要】tí yào　概括出來的要點 ◆ 文
章前面有一段兩百字的內容提要。⑩
摘要。
【提倡】tí chàng　指出事物的優點，鼓
勵大家使用或實行 ◆ 學校提倡用普通
話進行教學。⑩ 倡導。⑮ 反對、禁止。
【提高】tí gāo　往上提升，使位置、水
平、數量、能力、程度等比原來高 ◆
努力學習語文，提高讀寫聽說能力。
⑮ 降低。
【提煉】tí liàn　從混合物中提取所需要
的或有用的成分 ◆ 汽油是從石油中提
煉出來的。
【提綱】tí gāng　內容的要點 ◆ 作文
時，最好先列出寫作提綱。
【提醒】tí xǐng　從旁指點，使引起注
意 ◆ 要不是你的提醒，這一次我又
要上當了。⑩ 提示。
【提議】tí yì　提出意見、建議；提出
的意見、建議 ◆ 班長提議星期天去參
加慈善活動 / 班長的提議，得到全班
同學的支持。
【提心吊膽】tí xīn diào dǎn　形容非常
擔心、害怕 ◆ 住在危房裏，整天叫人
提心吊膽。
【提綱挈領】tí gāng qiè lǐng　綱：網
上的總繩。挈：提。提起網的總繩，提

住衣服的領子。比喻抓住事物的關鍵部
分；把內容簡明扼要地提示出來 ◆ 請
你把這次活動計劃提綱挈領地給大家
介紹一下。
⚠ 提早、提出、提問
⚠ 相提並論

揚(扬) 扌扌扜扬揚揚 〔揚〕
9
[yáng ㄧㄤˊ ⑧ jœŋ⁴ 羊]
❶ 舉起；升起 ◆ 揚手 / 揚帆起航。
❷ 飄動 ◆ 紅旗飄揚 / 塵土飛揚。❸
傳播；顯示 ◆ 揚名 / 耀武揚威。❹
稱讚 ◆ 讚揚 / 表揚。
【揚言】yáng yán　故意傳出話來 ◆ 他
揚言要找機會報復。
⚠ "揚言"多含貶義。
【揚眉吐氣】yáng méi tǔ qì　揚起眉
毛，吐出胸中的悶氣。形容擺脫壓抑
之後舒暢、得意的神態 ◆ 湯姆掙脫了
奴隸的枷鎖，成了自由人，可以揚眉
吐氣了。
⚠ 宣揚、張揚、頌揚、飄揚、發揚光大、
趾高氣揚

揖 扌扌扜扜揖揖 〔揖〕
9
[yī ㄧ ⑧ jɐp⁷ 泣]
拱手行禮 ◆ 作揖。

揭 扌扌扜揭揭揭 〔揭〕
9
[jiē ㄐㄧㄝ ⑧ kit⁸ 竭]
❶ 掀開 ◆ 揭鍋蓋 / 揭被窩。❷ 使顯
露出來 ◆ 揭發 / 揭穿秘密。❸ 高舉
◆ 揭竿而起。
【揭示】jiē shì　使顯露出來，讓人看
到 ◆ 文章揭示了"有志者事竟成"的
人生哲理。
【揭發】jiē fā　揭露；告發 ◆ 亮亮向
老師揭發，阿明考試作弊。⑮ 隱瞞。
【揭曉】jiē xiǎo　公佈結果 ◆ 演講比
賽的獲獎名單已經揭曉，她榜上有名。
【揭露】jiē lù　把隱蔽的事物暴露出來
◆ 這篇報導揭露了這起冤案的事實真
相。⑩ 揭發。⑮ 掩蓋。

揣 扌扌扜扜扜揣 〔揣〕
9
〈一〉[chuāi ㄔㄨㄞ ⑧ tsœy² 取]
❶ 藏在衣服裏 ◆ 揣在懷裏 / 懷揣錢
包。
〈二〉[chuǎi ㄔㄨㄞˇ ⑧ tsœy² 取]
❷ 估量；猜測 ◆ 揣測 / 揣摩。
【揣₂度】chuǎi duó　推測；估量 ◆ 他
有沒有這種想法，我不敢妄加揣度。
⑩ 揣測。
⚠ "度"不讀 dù (肚)。粵音讀 dok⁹(鐸)。
【揣₂測】chuǎi cè　推測；猜測 ◆ 據
我揣測，他不會接受你的邀請。
【揣₂摩】chuǎi mó　反覆思考，細細琢
磨 ◆ 文章中有幾句飽含哲理的句子，
值得仔細揣摩。

捶(搥) 扌扌扜扜捶捶 〔捶〕
9
[chuí ㄔㄨㄟˊ ⑧ tsœy⁴ 除]
用拳、棍敲打 ◆ 捶背 / 猛地捶了一拳。
【捶胸頓足】chuí xiōng dùn zú　頓足：
腳在地上跺。形容極其悲痛或悔恨的樣
子 ◆ 聽到兒子車禍身亡的消息，她
捶胸頓足，放聲大哭。

插 扌扌扜扜插插 〔插〕
9
[chā ㄔㄚ ⑧ tsap⁸]
❶ 刺入；放進去 ◆ 插秧 / 插上門栓。
❷ 中間加進去；加進中間去 ◆ 插隊 /
插班生。
【插手】chā shǒu　參加一起幹 ◆ 這件
事請你不要插手。
【插曲】chā qǔ　❶ 穿插在電影、電視
中的歌曲 ◆ 一首電影插曲使她一舉成
名。❷ 比喻事情進行中安排或出現的
一個特殊情景 ◆ 記者報導了足球比賽
中的一個小插曲：一記有力的射門擊
中了裁判的頭部，裁判倒地不起，比
賽暫時中止。
【插敍】chā xù　寫作中的一種記敍方
法，即在敍述主要情節的過程中，插進
另一件事情的敍述。插敍在文章中有多
種作用 ◆ 這段插敍記述了主人公童
年生活中的一段經歷。

◁插花、插話、插圖、插嘴
▷穿插

▷增援、聲援

---

⁹**揪** 扌 扩 打 抖 抖ˊ 揪　揪

[jiū ㄐㄧㄡ ⑧ dzeu¹ 周]

抓住；扭住 ◆ 揪住繩子／揪住他的耳朵。

---

⁹**搜**⁽搜⁾ 扌 扌 扩 押 捝 抽　搜

[sōu ㄙㄡ ⑧ seu¹ 收／seu² 手（語）]

尋求；查找 ◆ 搜尋／搜捕。

【搜刮】sōu guā 想方設法進行掠奪 ◆ 這些貪官污吏只知道搜刮民財，怎肯替百姓辦事？

【搜查】sōu chá 搜索檢查 ◆ 警方在漁船上搜查出一批走私物品。

【搜索】sōu suǒ 仔細尋找隱藏的人或物 ◆ 歹徒逃進了山林，警方已開始全面搜索。

【搜捕】sōu bǔ 搜查逮捕 ◆ 警方正在搜捕越獄逃跑的三名犯人。

【搜集】sōu jí 到處尋找並匯集起來 ◆ 老先生搜集了許多古錢幣。⑥收集、搜羅。

【搜尋】sōu xún 到處尋找 ◆ 小貓失蹤了，大家四處搜尋，還是不見蹤影。

【搜羅】sōu luó 到處尋找並聚集在一起 ◆ 搜羅舊鐘錶是他的一種愛好。⑥搜集。

---

⁹**援** 扌 扩 护 护 护 搒　援

[yuán ㄩㄢˊ ⑧ wun⁴ 垣／jyn⁴ 元]

❶幫助；救助 ◆ 支援／救援。❷用手牽引 ◆ 攀援而上。❸引用 ◆ 援引／援例。

【援助】yuán zhù 支援幫助 ◆ 大家捐錢捐物，援助災民。⑥援救。

【援救】yuán jiù 幫助解救，使擺脫困境或險境 ◆ 醫護人員趕到災場援救傷者。⑥援助、拯救。

---

⁹**換**⁽换⁾ 扌 扩 抄 換 換 換　換

[huàn ㄏㄨㄢˋ ⑧ wun⁶ 喚]

❶對調 ◆ 調換／以舊換新。❷變更；以一種代替另一種 ◆ 換車／改頭換面。

▷交換、更換、兌換、替換、變換、脫胎換骨

---

⁹**揮**⁽挥⁾ 扌 扩 扩 押 揖 揮　揮

[huī ㄏㄨㄟ ⑧ fai¹ 輝]

❶搖動；舞動 ◆ 揮手／揮舞着鮮花。❷發號令，做指示；調遣 ◆ 指揮／揮師北上。❸散發；甩出 ◆ 揮發／揮汗如雨。

【揮發】huī fā 液體變成氣體的現象。如打開香水瓶，能聞到一股香味，這是香水揮發的結果 ◆ 把瓶子蓋緊，否則酒精就揮發掉了。

【揮舞】huī wǔ 舉起手臂拿着東西搖動 ◆ 觀眾揮舞着國旗，大聲喊着“加油！加油！”。

【揮霍】huī huò 大量地亂花錢 ◆ 偷來的幾萬元贓款已被他揮霍一空。

【揮金如土】huī jīn rú tǔ 金：錢財。花錢如撒泥土一樣。形容大肆揮霍錢財 ◆ 兒子揮金如土，萬貫家財已化為烏有。

▷發揮、借題發揮

---

⁹**握** 扩 护 押 押 握 握　握

[wò ㄨㄛˋ ⑧ ak⁷/ŋak⁷ 扼]

手指彎曲來拿住 ◆ 握手／握緊拳頭。

◁握手言歡
▷把握、掌握

---

⁹**摒** 扌 扩 护 押 捭 捭　摒

[bìng ㄅㄧㄥˋ ⑧ bin³ 併]

排除；除去 ◆ 摒棄／摒之於千里之外。

---

⁹**揉** 扌 扩 护 揉 揉 揉　揉

[róu ㄖㄡˊ ⑧ jeu⁴ 由／jeu⁶ 又]

用手來回搓或撫摩 ◆ 揉麵／揉眼睛。

---

¹⁰**搏** 扌 护 捔 押 搏 搏　搏

[bó ㄅㄛˊ ⑧ bok⁸ 博]

❶激烈地對打 ◆ 肉搏／頑強拚搏。❷跳動 ◆ 搏動／脈搏。

【搏鬥】bó dòu ❶激烈地對打 ◆ 他挺身而出，與歹徒進行英勇搏鬥。❷比喻進行激烈的抗爭 ◆ 戰士們毫不畏懼，與洪水搏鬥。

---

¹⁰**搭**⁽搭⁾ 扌 扌 扩 扩 扶 扶　搭

[dā ㄉㄚ ⑧ dap⁸ 答]

❶支起；架設 ◆ 搭帳篷／鋪路搭橋。❷掛；披 ◆ 衣服搭在繩子上／肩上搭了條浴巾。❸湊在一起 ◆ 搭配／搭檔。❹連接 ◆ 前言不搭後語／兩根電線搭在一起了。❺乘坐 ◆ 搭車／搭乘。❻一起抬 ◆ 把這些傢具搭上車。

---

¹⁰**搽**⁽搽⁾ 扌 扩 扩 扶 抡 搽　搽

[chá ㄔㄚˊ ⑧ tsa⁴ 茶]

均勻地抹上 ◆ 搽粉／頭髮上搽點油。

---

¹⁰**搨** 扌 护 护 押 捯 搨　搨

[tà ㄊㄚˋ ⑧ tap⁸ 塔]

把石碑或其他器物上的文字、圖畫印在紙上 ◆ 搨本／搨片。

注意 “搨”也寫作“拓”。

---

¹⁰**損**⁽损⁾ 扌 扩 护 捐 捐 損　損

[sǔn ㄙㄨㄣˇ ⑧ syn² 選]

❶減少；喪失 ◆ 損失／損兵折將。

❷破壞；遭受傷害 ◆ 損壞 / 損傷。

❸尖刻傷人 ◆ 嘴太損 / 這話夠損的。

【損失】sǔn shī 消耗或失去原有的東西 ◆ 這次颱風使沿海人民遭受重大損失。

【損耗】sǔn hào 損失消耗 ◆ 由於工藝落後，原材料損耗太大。

【損害】sǔn hài 受到損失、傷害 ◆ 吸煙損害身體健康。⑩ 危害。⑬ 保護、愛護。

【損壞】sǔn huài 受到傷害或破壞 ◆ 損壞名義 / 損壞公物要賠償。⑩ 毀壞。⑬ 保護、愛護。

【損人利己】sǔn rén lì jǐ 損害別人的利益，使自己得利 ◆ 我們決不能做損人利己的事情。⑬ 捨己為人。

☑ 破損、虧損

10 携 "攜"的異體字，見 190 頁。

10 搗(捣) 扌 扌 扌 护 搗 搗 搗

[dǎo ㄉㄠˇ ⑧ dou² 島]

❶用棍棒的一頭舂、捶 ◆ 搗藥 / 搗碎。❷衝擊；攻擊 ◆ 搗毀 / 直搗匪巢。❸擾亂；破壞 ◆ 搗亂 / 搗蛋。

【搗鬼】dǎo guǐ 使用詭計進行搗亂 ◆ 有人在暗中搗鬼。⑩ 搞鬼。

【搗毀】dǎo huǐ 砸爛；徹底摧毀 ◆ 警方搗毀了一個地下生產盜版光碟的工廠。

【搗亂】dǎo luàn 擾亂；進行破壞 ◆ 你再在這裏搗亂，我要報警了！

10 趨 "捶"的異體字，見 182 頁。

10 搬 扌 扌 扌 扌 扌 搬

[bān ㄅㄢ ⑧ bun¹ 般]

❶移動；遷移 ◆ 搬家 / 搬遷。❷移用 ◆ 生搬硬套。

【搬弄是非】bān nòng shì fēi 指在人前人後説長道短，製造矛盾 ◆ 搬弄是非的人，往往為自己找來許多麻煩。

☑ 搬運

10 搶(抢) 扌 扌 扌 扌 搶 搶 搶

⟨一⟩ [qiǎng ㄑㄧㄤˇ ⑧ tsœŋ² 昌²]

❶奪取；強拿 ◆ 搶奪 / 搶劫。❷爭先；趕緊做 ◆ 搶先 / 搶救傷員。

⟨二⟩ [qiāng ㄑㄧㄤ ⑧ tsœŋ² 昌²]

❸碰；撞 ◆ 呼天搶地。

【搶劫】qiǎng jié 用暴力奪取別人財物 ◆ 警方迅速破案，捉獲了攔路搶劫犯。⑩ 搶奪。

【搶救】qiǎng jiù 在緊急或危險情況下迅速救援 ◆ 他衝入火海，搶救出一位老人和一個兒童。

【搶奪】qiǎng duó 用強力或某種不正當手段把別人的東西奪取過來 ◆ 強盜搶奪了路人的錢包。⑩ 搶劫。

☑ 拚搶、爭搶

10 搖(摇) 扌 扌 扌 扌 扌 搖 搖

[yáo ㄧㄠˊ ⑧ jiu⁴ 姚]

來回擺動 ◆ 搖擺 / 搖頭擺尾。

【搖晃】yáo huàng 搖擺晃動 ◆ 路面高低不平，車子搖晃得厲害。

【搖擺】yáo bǎi 來回擺動 ◆ 湖邊的垂柳迎風搖擺。

【搖搖欲墜】yáo yáo yù zhuì 搖搖晃晃，就要掉落下來的樣子。也比喻地位或基礎不穩固，馬上就要垮台 ◆ 大風吹得廣告牌搖搖欲墜 / 腐敗的舊政府已搖搖欲墜。

【搖旗吶喊】yáo qí nà hǎn 搖動着旗幟大聲叫喊。比喻給別人助長聲勢 ◆ 球迷們在看台上搖旗吶喊。

☑ 動搖、扶搖直上、招搖撞騙、風雨飄搖

10 搞 扌 扌 扌 扌 扌 搞

[gǎo ㄍㄠˇ ⑧ gau² 狡]

弄；做 ◆ 搞清楚 / 搞好工作。

【搞鬼】gǎo guǐ 使用詭計進行搗亂 ◆ 他暗中搞鬼，使兩家不和。⑩ 搗鬼。

10 搪 扌 扌 扌 扌 扌 搪

[táng ㄊㄤˊ ⑧ tɔŋ⁴ 塘]

❶敷衍；應付 ◆ 搪塞。❷塗抹使平整 ◆ 搪爐子。❸搪瓷(táng cí)：在金屬器物表面塗上釉後燒製成用具 ◆ 搪瓷碗 / 搪瓷茶杯。

【搪塞】táng sè 表面應付，馬虎了事 ◆ 説句"對不起"就想把事情搪塞過去？沒那麼容易！⑩ 敷衍。

10 搐 扌 扌 扌 扌 搐 搐

[chù ㄔㄨˋ ⑧ tsuk⁷ 促]

牽動 ◆ 抽搐。

10 搓 扌 扌 扌 扌 扌 搓 搓

[cuō ㄘㄨㄛ ⑧ tsɔ¹ 初]

用手來回揉擦 ◆ 搓洗 / 搓搓手。

10 搧 扌 扌 扌 扌 搧 搧

[shān ㄕㄢ ⑧ sin³ 扇]

❶搖動扇子生風 ◆ 搧扇子 / 搧煤爐。❷用手掌批、打 ◆ 搧一個耳光。

10 搔 扌 扌 扌 扌 搔 搔

[sāo ㄙㄠ ⑧ sou¹ 蘇]

用手指甲來回輕輕地抓撓 ◆ 搔癢 / 隔靴搔癢。

10 搡 扌 扌 扌 扌 搡 搡

[sǎng ㄙㄤˇ ⑧ sɔŋ² 爽]

用力推 ◆ 推推搡搡。

11 摯(挚) 亠 圭 圭 剉 執 執 摯

[zhì ㄓˋ ⑧ dzi³ 至]

真誠懇切 ◆ 真摯 / 誠摯。

11 摳(抠) 扌 扌 扌 扌 扌 摳

[kōu ㄎㄡ ⑧ kɐu¹ 溝]

❶用手指或尖細的東西往深處挖 ◆ 摳鼻子 / 摳了個洞。❷鑽研；在某一方面深究 ◆ 摳書本 / 摳字眼。❸小氣 ◆ 這人太摳 / 真摳門兒。

摸(摸)

扌扩扩捛捛摸　摸

[mō ㄇㄛ 粵 mɔk² 莫/mɔ² 摩²(語)]

❶ 用手接觸或撫摸 ◆ 撫摸 / 伸手就可以摸到籃框。❷ 用手探取 ◆ 摸魚 / 摸出幾張鈔票。❸ 試着瞭解 ◆ 摸底 / 摸情況。❹ 黑暗中行路 ◆ 摸黑回家。

【摸索】mō suǒ ❶ 試探着行進 ◆ 屋裏一片漆黑，他摸索着走出房門。❷ 從實踐中尋找方法、經驗等 ◆ 經過幾年努力，他終於摸索出一套管理辦法。

摹(摹)

一 十 艹 芦 莫 莫　摹

[mó ㄇㄛˊ 粵 mou⁴ 無]

照樣子寫或畫；模仿 ◆ 摹寫 / 臨摹。

摟(摟)

扌扩扩捛捛摟摟　摟

〈一〉[lǒu ㄌㄡˇ 粵 leu⁵ 柳]

❶ 抱住 ◆ 摟在懷裏 / 摟住脖子。

〈二〉[lōu ㄌㄡ 粵 leu⁵ 柳]

❷ 把東西聚攏起來 ◆ 摟柴草。❸ 用不正當的手段謀取財物；搜刮 ◆ 摟錢。

摧

扌扩扩扩撘摧　摧

[cuī ㄘㄨㄟ 粵 tsœy¹ 吹]

折斷；破壞 ◆ 摧毀 / 無堅不摧。

【摧殘】cuī cán　使受到嚴重的損害 ◆ 歹徒喪盡天良，對他進行肉體和精神上的摧殘。

【摧毀】cuī huǐ　用強大的力量徹底破壞掉 ◆ 猛烈的炮火摧毀了敵人的防禦工事。

摩

广 广 广 广 庢 麻　摩

[mó ㄇㄛˊ 粵 mɔ⁴ 磨/mɔ¹ 魔¹(語)]

❶ 擦；接觸 ◆ 摩擦 / 摩天大樓。❷ 研究；探索 ◆ 觀摩 / 揣摩。

【摩天】mó tiān　接觸到天。形容非常高 ◆ 這是一幢摩天大廈。

【摩登】mó dēng　時髦；新式 ◆ 這些摩登少女惹人注目。

【摩擦】mó cā　❶ 兩個物體緊貼着來回移動 ◆ 機器運轉時，加點潤滑油，

可以減少摩擦。❷ 比喻人際間因利害關係引起的矛盾、衝突 ◆ 為了遺產的事，兄弟間又發生了摩擦。

(注意)"摩擦"也作"磨擦"。

【摩肩接踵】mó jiān jiē zhǒng　踵：腳後跟。肩擦着肩，腳碰着腳。形容人多擁擠 ◆ 鬧市區摩肩接踵，人流如潮。

(注意)"摩肩接踵"也作"摩肩摩繼踵"。

▷ 按摩、撫摩

摘

扌扩扩摘摘摘　摘

[zhāi ㄓㄞ 粵 dzak⁹ 擇]

❶ 用手採或取下 ◆ 採摘 / 摘帽致意。❷ 選取 ◆ 摘要 / 摘錄。

【摘要】zhāi yào　摘錄要點；摘錄出來的要點 ◆ 我摘要記下了校長的講話內容 / 這是一份校長講話的內容摘要。

摔

扌扩扩摔摔摔　摔

[shuāi ㄕㄨㄞ 粵 sœt⁷ 恤]

❶ 用力扔、拋 ◆ 摔掉 / 把球拍摔在地上。❷ 從高處掉下來；東西落下而碰破、打碎 ◆ 從樹上摔了下來 / 茶杯摔了。❸ 跌跤 ◆ 摔了一跤 / 摔倒在路旁。

撇

扌扩扩捎捎撇　撇

〈一〉[piē ㄆㄧㄝ 粵 pit⁸ 瞥]

❶ 丟開；捨棄不管 ◆ 撇開 / 撇在一邊 / 撇下一個未滿週歲的孩子。❷ 舀去浮在液體表面的東西 ◆ 撇油 / 撇沫兒。

〈二〉[piě ㄆㄧㄝˇ 粵 pit⁸ 瞥]

❸ 漢字筆畫名稱之一，如"八"字的第一筆，"力"字的第二筆。

摺(摺)

扌扩扩扣扣摺摺　摺

[zhé ㄓㄜˊ 粵 dzip⁸ 接]

❶ 疊 ◆ 摺紙 / 摺疊。❷ 摺疊式的 ◆ 摺扇 / 摺尺。❸ 摺子 ◆ 存摺 / 奏摺。

摻(摻)

扌扩扩扩扺摻　摻

[chān ㄔㄢ 粵 tsam¹ 參]

混合 ◆ 摻雜 / 摻假。

(注意)"摻"也寫作"攙"。

撓(撓)

扌扩扩捵捵撓　撓

[náo ㄋㄠˊ 粵 nau⁶ 鬧]

❶ 打擾；阻止 ◆ 阻撓。❷ 彎曲 ◆ 百折不撓 / 不屈不撓。❸ 用手指輕輕地抓 ◆ 撓癢 / 抓耳撓腮。

撕

扌扨扯捛撕撕　撕

[sī ㄙ 粵 si¹ 斯]

扯破；扯裂 ◆ 撕破 / 撕碎。

【撕毀】sī huǐ　❶ 撕破毀掉 ◆ 好好的一把紙扇給弟弟撕毀了。❷ 指單方面背棄共同商定的協議 ◆ 對方撕毀合約，必須負法律責任。

撒

扌扩扩捎捎撒　撒

〈一〉[sā ㄙㄚ 粵 sat⁸ 殺]

❶ 放開 ◆ 撒腿就跑 / 撒網捕魚。❷ 發出；放出 ◆ 撒傳單 / 輪胎撒了氣。❸ 盡量施展；故意表現 ◆ 撒野 / 撒嬌。

〈二〉[sǎ ㄙㄚˇ 粵 sat⁸ 殺]

❹ 散開；散落；散佈 ◆ 撒種 / 地上撒了一層石灰。

【撒手】sā shǒu　鬆手；放手不管 ◆ 大家都撒手，別打了 / 這件事由於他中途撒手，搞得很混亂。

【撒野】sā yě　行為放肆，蠻不講理 ◆ 他簡直像個瘋子，在眾人面前撒野。

【撒嬌】sā jiāo　依仗受到寵愛而故作嬌態 ◆ 妹妹又在撒嬌了。

【撒謊】sā huǎng　說謊話 ◆ 他是在撒謊，別信他的。(粵)扯謊。

撩

扌扩扙捵捵撩　撩

〈一〉[liāo ㄌㄧㄠ 粵 liu¹ 聊]

❶ 把下垂的東西掀起來或提上來 ◆ 撩起窗簾 / 撩起長裙。❷ 用手灑水 ◆ 撩水掃地 / 往菜上撩點水。

〈二〉[liáo ㄌㄧㄠˊ 粵 liu⁴ 聊]

❸ 挑逗；招惹 ◆ 撩逗 / 春色撩人。

12 撅

扩 扩 挦 挦 挗 撅 **撅**

[juē ㄐㄩㄝ 粵kyt⁸ 決]

翹起 ◆ 撅着嘴巴 / 撅起尾巴。

12 撲(扑)

扩 扩 扩 挷 撶 撲 **撲**

[pū ㄆㄨ 粵pok⁸ 樸]

❶ 猛衝或猛壓過去 ◆ 一頭撲在媽媽懷裏 / 那老虎向武松猛撲過來。❷ 直衝 ◆ 春風撲面 / 花香撲鼻。❸ 拍;拍打 ◆ 撲掉身上的塵土 / 老虎頭上撲蒼蠅。

【撲空】pū kōng 衝着要找的對象而去卻沒有能找到 ◆ 警方衝進歹徒的住處,卻又一次撲空,因為他們在前一天就搬走了。

【撲滅】pū miè 撲打熄滅;消滅 ◆ 森林大火已被撲滅。

【撲鼻】pū bí 直衝鼻子。形容散發出濃烈的氣味 ◆ 走進臥室,一股濃濃的茉莉芳香撲鼻而來。

【撲朔迷離】pū shuò mí lí 撲朔:腳亂動。迷離:眼睛眯起。原意指提起兔子耳朵,雄兔的腳亂動,雌兔的眼半閉着,但讓牠們在地上奔跑時,就難辨雌雄了。後用來比喻事情錯綜複雜,很難分辨清楚 ◆ 這起案子案中有案,撲朔迷離,非常棘手。

↘反撲

12 撮

扩 扩 挦 挦 撮 撮 **撮**

⟨一⟩[cuō ㄘㄨㄛ 粵tsyt⁸ 猝]

❶ 聚攏起來 ◆ 撮合 / 撮成一堆。❷ 用手指捏取 ◆ 撮藥 / 撮一點鹽。❸ 從資料中摘取 ◆ 撮要。❹ 量詞 ◆ 一小撮人。

⟨二⟩[zuǒ ㄗㄨㄛˇ 粵tsyt⁸ 猝]

❺ 量詞,用於成叢的毛髮 ◆ 一撮毛。

12 撢(撣)

扩 扩 扩 挦 撢 撢 **撢**

[dǎn ㄉㄢˇ 粵dan⁶ 但]

拂去塵土;拂去塵土的用具 ◆ 撢灰塵 / 雞毛撢。

12 撐

扌 扌 扩 扩 撐 撐 **撐**

[chēng ㄔㄥ 粵tsaŋ¹ 瞠]

❶ 用竹篙使船前進 ◆ 撐船 / 把船撐過來。❷ 支持;抵住 ◆ 支撐 / 撐竿跳高。❸ 張開 ◆ 撐傘。❹ 吃得太飽;裝得太滿 ◆ 少吃點,別撐着 / 書包撐破了。

12 撫(抚)

扩 扩 挦 挦 撫 撫 **撫**

[fǔ ㄈㄨˇ 粵fu² 苦]

❶ 輕輕地按、摸 ◆ 撫摸 / 愛撫。❷ 安慰;慰問 ◆ 安撫 / 撫恤。❸ 養育;保護 ◆ 撫育 / 撫養成人。

【撫育】fǔ yù 照料並教育兒童 ◆ 孩子在母親的撫育下健康成長。同撫養。

【撫恤】fǔ xù 政府或組織對因公犧牲、傷殘或病故人員的家屬進行安慰並給予錢物的幫助 ◆ 她丈夫犧牲後,靠政府發給的撫恤金生活。

【撫摩】fǔ mó 用手輕輕按着來回移動 ◆ 媽媽撫摩着孩子的頭髮,嘴裏輕輕哼着催眠曲。

(注意) "撫摩"也作"撫摸"。

【撫養】fǔ yǎng 愛護教養 ◆ 父母辛辛苦苦把我們撫養成人。同撫育。

12 撬

扌 扌 扩 扩 挋 撬 **撬**

[qiào ㄑㄧㄠˋ 粵giu⁶ 翹]

用棍棒或刀錐等工具抬起或弄開 ◆ 撬石頭 / 撬保險箱行竊。

12 播

扩 挦 挦 撺 播 播 **播**

[bō ㄅㄛ 粵bo³ 波³]

❶ 撒種;下種 ◆ 播種 / 飛機撒播。❷ 傳揚 ◆ 廣播 / 傳播。

【播放】bō fàng 通過電訊設備向外放送信息、節目 ◆ 電視正在播放外國電影。同播送。

【播音】bō yīn 廣播電台播送節目 ◆ 她是香港電台的播音員。

【播送】bō sòng 通過電訊設備向外傳送信息、節目 ◆ 電台正在播送天氣預報。同播放。

【播種】bō zhǒng 撒播種子 ◆ 播種機正在地裏播種。

【播種】bō zhòng 用撒播種子的方式進行種植 ◆ 這塊地適合播種小麥。

12 撞

扩 挦 扩 挦 撞 撞 **撞**

[zhuàng ㄓㄨㄤˋ 粵dzoŋ⁶ 狀]

❶ 碰擊;敲打 ◆ 撞擊 / 撞車。❷ 碰面;相遇 ◆ 撞見 / 撞上鬼了。❸ 闖;行動魯莽 ◆ 莽撞 / 橫衝直撞。

↘頂撞、招搖撞騙

12 撤

扩 扩 扩 挦 撤 撤 **撤**

[chè ㄔㄜˋ 粵tsit⁸ 設]

❶ 免去;除去 ◆ 撤職 / 撤銷。❷ 退離;收回 ◆ 撤退 / 撤回上訴。

【撤退】chè tuì 退出原來的陣地或佔領的地區 ◆ 敵軍已撤退到河對面佈防。反進攻。

【撤換】chè huàn 撤去原有的,換上另外的 ◆ 櫥窗內的展品需要撤換。

【撤銷】chè xiāo 取消 ◆ 董事會議決定,撤銷他的總經理職務。

(注意) "撤銷"也作"撤消"。

【撤職】chè zhí 撤銷職務 ◆ 他因貪污而被撤職。同革職。反任職。

【撤離】chè lí 撤退;離開 ◆ 火山爆發前,附近居民已撤離到安全地帶。

12 撈(捞)

扌 扌 扌 挦 撈 撈 **撈**

[lāo ㄌㄠ 粵lou⁴ 勞/lau⁴ (語)]

❶ 從水裏取出東西 ◆ 打撈 / 大海撈針。❷ 用不正當的手段取得 ◆ 撈外快 / 趁機撈一把。

撥(拨)

扌 扩 扩 扩 掰 撥　撥

[bō ㄅㄛ ⓟ but⁸ 鉢/but⁹ 勃 （語）]

❶ 用手指或棍子等使東西移動或分開
◆ 把火撥旺些／把鐘撥到八點整。
❷ 調配；分給 ◆ 調撥救災物資／撥
幾個青年人去搞推銷。 ❸ 量詞，用於
人的分組 ◆ 一撥人／分兩撥上街搞慈
善籌款活動。

↗ 撥亂反正
↘ 挑撥

撰

扌 扩 扞 捹 撰 撰　撰

[zhuàn ㄓㄨㄢˋ ⓟ dzan⁶ 賺/dzyn⁶ 傳⁶]

寫作 ◆ 撰寫／編撰。

【撰寫】zhuàn xiě　寫；寫作 ◆ 書的
序言是一位專家撰寫的。

撻(挞)

扌 捹 捹 捹 捹 撻　撻

[tà ㄊㄚˋ ⓟ tat⁸ 闥]

用鞭子或棍棒打 ◆ 鞭撻。

擂

扌 扩 扞 捹 擂 擂　擂

〈一〉[léi ㄌㄟˊ ⓟ lœy⁴ 雷]

❶ 敲打 ◆ 擂鼓／自吹自擂。

〈二〉[lèi ㄌㄟˋ ⓟ lœy⁴ 雷]

❷ 見“擂台”。

【擂₂台】lèi tái　比武時搭的高台。比喻
競技的場合 ◆ 乒乓球擂台賽已結束。

擊(击)

一 車 車 車 黻 擊　擊

[jī ㄐㄧ ⓟ gik⁷ 激]

❶ 敲；打 ◆ 擊鼓／旁敲側擊。 ❷ 攻
打 ◆ 攻擊／聲東擊西。 ❸ 碰撞；相
碰 ◆ 撞擊／目擊。

【擊落】jī luò　打中並掉落下來 ◆ 我
軍用導彈擊落了兩架敵機。
⚠ “擊落”多用於指飛機等。

【擊毀】jī huǐ　打中並摧毀 ◆ 一艘軍
艦被魚雷擊毀。

【擊斃】jī bì　用槍打死 ◆ 逃犯已被
擊斃。

↘ 反擊、打擊、射擊、衝擊、襲擊

撼

扌 扞 捹 捹 捹 撼　撼

[hàn ㄏㄢˋ ⓟ hɐm⁶ 憾]

搖動 ◆ 搖撼／震撼。

擎

扌 扩 苩 苩 敬 擎　擎

[qíng ㄑㄧㄥˊ ⓟ kiŋ⁴ 瓊]

舉起；往上托起 ◆ 擎起／擎天柱。

據(据)

扌 扩 扩 捹 捹 據　據

[jù ㄐㄩˋ ⓟ gœy³ 句]

❶ 按照 ◆ 據理力爭／據實招來。 ❷
依靠；憑藉 ◆ 據點／據險固守。 ❸
佔有 ◆ 佔據／據為己有。 ❹ 憑證
◆ 證據／收據。

【據說】jù shuō　根據別人所說或流傳
的說法 ◆ 據說她從前當過舞女。

【據點】jù diǎn　作為軍事行動依靠的
地點 ◆ 我軍攻佔了兩個敵人的據點。

【據為己有】jù wéi jǐ yǒu　以不正當的
手段，侵佔公家或他人的財物，作為自
己所有 ◆ 這是公家的財物，怎能據
為己有？

↘ 依據、根據、單據、割據、盤據、憑
　據、言必有據、真憑實據

擄(掳)

扌 扩 扩 捹 擄 擄　擄

[lǔ ㄌㄨˇ ⓟ lou⁵ 老]

搶奪；掠奪 ◆ 擄掠。

【擄掠】lǔ lüè　搶劫人或財物 ◆ 這批
匪徒燒殺擄掠，無惡不作。

擋(挡)

扌 扩 扩 捹 擋 擋　擋

[dǎng ㄉㄤˇ ⓟ dɔŋ² 黨]

❶ 阻攔 ◆ 阻擋／擋住去路。 ❷ 遮住
◆ 擋風／擋住了視線。 ❸ 用來遮擋的
東西 ◆ 爐擋。

↘ 抵擋、遮擋

摀

扌 扣 扣 捹 捹 摀　摀

[wō ㄨㄛ ⓟ gwo¹ 戈]

老摀：國名。

操

扌 扩 扩 捹 捹 操　操

〈一〉[cāo ㄘㄠ ⓟ tsou¹ 粗]

❶ 拿；掌握 ◆ 操縱／操起一把斧子。
❷ 從事；做 ◆ 操持家務／一手包辦。
❸ 勞心費力 ◆ 操勞一生／為孩子操碎
了心。 ❹ 用某種語言或方言說話 ◆ 操
英語／操廣東話。 ❺ 鍛煉 ◆ 操練／體
操。

〈二〉[cāo ㄘㄠ ⓟ tsou³ 躁]

❻ 品行；行為 ◆ 操行／節操。

【操心】cāo xīn　花費心思 ◆ 這事叫
祕書去辦，你就不必操心了。 ⟲ 費心。

【操作】cāo zuò　按要求動手去做 ◆
手工操作／他學會了電腦操作。

【操持】cāo chí　照料；料理 ◆ 母親
操持家務很辛苦。

【操勞】cāo láo　辛苦勞作 ◆ 父親日
夜操勞，身體已不如從前了。

【操練】cāo liàn　學習或練習軍事、體
育等方面的技能 ◆ 明天開運動會，儀
仗隊在加緊操練。

【操縱】cāo zòng　❶ 控制機械運轉 ◆
全部生產過程可用電腦進行遠距離
操縱。 ❷ 控制事務或人的行動 ◆ 公
司業務由他一人操縱／他是受壞人操
縱，才做出這種事來。

【操之過急】cāo zhī guò jí　辦事過於
急躁 ◆ 掌握一門技術要有一個學習
過程，不能操之過急。 ⟲ 急於求成。

↗ 操場、操辦
↘ 情操、穩操勝券、同室操戈

攜

“攜”的異體字，見 190 頁。

擇(择)

扌 捹 捹 捹 捹 擇　擇

[zé ㄗㄜˊ ⓟ dzak⁹ 澤]

挑選 ◆ 選擇／饑不擇食。

↘ 抉擇、不擇手段

撿(捡)

扌 扐 扐 拴 拴 撿　撿

[jiǎn ㄐㄧㄢˇ ⓟ gim² 檢]

拾取 ◆ 撿破爛／把筆撿起來。

擒

扌扩扩捡捡擒 擒

[qín ㄑㄧㄣˊ 粵 kɛm⁴ 禽]

捉拿 ◆ 擒獲 / 束手就擒 / 擒賊先擒王。

擔 (担)

扌扩扩扩护擔 擔

〈一〉[dān ㄉㄢ 粵 dam¹ 躭]

❶ 用肩挑 ◆ 擔水 / 擔柴。❷ 承當；負責 ◆ 承擔 / 擔保。❸ 承受；牽掛 ◆ 擔心 / 擔驚受怕。

〈二〉[dàn ㄉㄢˋ 粵 dam³ 躭³]

❹ 挑子；擔子 ◆ 貨郎擔 / 千斤重擔。❺ 量詞 ◆ 一擔水 / 一擔青菜。❻ 重量單位，一百斤為一擔。

【擔心】dān xīn 心裏老惦着；放心不下 ◆ 我一定能把這件事辦好，你不必擔心。同 擔憂。

【擔任】dān rèn 擔當某種職務或負責某項工作 ◆ 他擔任校長職務已十多年了。同 擔當。

【擔負】dān fù 承擔；負擔 ◆ 父親一人擔負起全家生活的重擔。同 擔當。

【擔保】dān bǎo 負責；保證 ◆ 我敢擔保，他不會做對不起你的事情。

【擔當】dān dāng 承擔；負起責任 ◆ 這個責任我可擔當不起。同 擔負、負責。

【擔憂】dān yōu 擔心；憂慮 ◆ 爺爺病了，一家人都很擔憂。同 擔心。

【擔驚受怕】dān jīng shòu pà 又恐慌又害怕 ◆ 在大風大浪時出海打魚，總讓人擔驚受怕。同 提心吊膽。

分擔、承擔、負擔

擅

扌扩护擔擔擅 擅

[shàn ㄕㄢˋ 粵 sin⁶ 善]

❶ 自作主張 ◆ 擅自決定 / 擅離職守 / 請勿擅入。❷ 善於；專長 ◆ 擅長 / 不擅辭令。

【擅自】shàn zì 自作主張 ◆ 未經允許，不得擅自入內。

【擅長】shàn cháng 特長；在某方面有專長 ◆ 她擅長跳芭蕾舞。

擁 (拥)

扌扩护护擁擁 擁

[yōng ㄩㄥ 粵 juŋ² 翁²]

❶ 抱 ◆ 擁抱。❷ 圍着；擠在一起 ◆ 擁擠 / 蜂擁而上。❸ 領有；具有 ◆ 擁有。❹ 贊成；支持 ◆ 擁護 / 擁戴。

【擁有】yōng yǒu 有；具有 ◆ 這家公司擁有上百艘遠洋巨輪。

【擁擠】yōng jǐ 人或車船等過多，擠在一起 ◆ 每逢假日，這裏人流如潮，特別擁擠。

【擁護】yōng hù 贊成並支持 ◆ 政府為百姓做好事，自然得到百姓的擁護。反 反對。

擘

尸 𡰪 𡰪 𡰪 𦙶 擘 擘

[bò ㄅㄛˋ 粵 mak⁸]

大拇指 ◆ 巨擘。

擡

同 "抬" 字，見 173 頁。

擬 (拟)

扌 扌 扎 护 护 擬 擬

[nǐ ㄋㄧˇ 粵 ji⁵ 耳]

❶ 起草；設計 ◆ 擬稿 / 擬訂計劃。❷ 打算；想要 ◆ 擬同意 / 擬採用。❸ 模仿 ◆ 擬人 / 模擬。

【擬人】nǐ rén 一種修辭方法。即把物當作人來寫，使物具有人一樣的言行和思想感情。如 "春風喚醒了大地"、"桃花露出了笑臉"、"小鳥在歌唱"。

注意 "擬人" 也叫 "比擬"。

擱 (搁)

扌 扌 扌 捫 捫 擱

〈一〉[gē ㄍㄜ 粵 gɔk⁸ 各]

❶ 放；擺 ◆ 把書擱在桌上 / 窗台上

擱了一盆花。❷ 停止進行 ◆ 擱置起來 / 這件事先擱一擱。

〈二〉[gé ㄍㄜˊ 粵 gɔk⁸ 各]

❸ 承受；禁受 ◆ 小木船擱不住這麼重。

【擱淺】gē qiǎn 船隻因水淺而船底着地，不能浮動行駛；比喻事情遇到阻礙而停頓下來 ◆ 船已在海邊擱淺 / 這項計劃耗資巨大，銀行不肯貸款，只好暫時擱淺。

【擱置】gē zhì 放下；停止進行 ◆ 這個行動方案，因人力不足，只得先擱置起來。

躭擱

擠 (挤)

扌扩扩扩擠擠 擠

[jǐ ㄐㄧˇ 粵 dzɐi¹ 劑]

❶ 緊緊靠攏在一起 ◆ 擁擠 / 屋裏擠滿了人。❷ 用力壓、榨使排出 ◆ 擠牙膏。❸ 排斥 ◆ 受排擠。

擯 (摈)

扌扩护护护擯 擯

[bìn ㄅㄧㄣˋ 粵 bɐn³ 殯]

拋棄；排除 ◆ 擯棄 / 擯除。

擦

扌扩扩扩护擦 擦

[cā ㄘㄚ 粵 tsat⁸ 察]

❶ 兩物相摩 ◆ 摩擦 / 摩拳擦掌。❷ 揩；抹 ◆ 擦桌子 / 擦皮鞋。❸ 塗；敷 ◆ 擦油 / 擦粉。❹ 貼近 ◆ 擦肩而過 / 擦着水面飛。❺ 擦東西的器具 ◆ 黑板擦。

擰

扌扩扩护擰擰 擰

〈一〉[nǐng ㄋㄧㄥˇ 粵 niŋ⁶ 佞]

❶ 用力扭轉 ◆ 擰螺絲 / 把水龍頭擰緊。❷ 相反；弄錯 ◆ 話說擰了 / 把事情搞擰了。

〈二〉[níng ㄋㄧㄥˊ 粵 niŋ⁶ 佞]

❸ 絞 ◆ 擰毛巾 / 擰成一股繩。

〈三〉[nìng ㄋㄧㄥˋ 粵 niŋ⁶ 佞]

❹ 倔強 ◆ 擰脾氣 / 脾氣太擰。

¹⁵攆(撵)
扌 护 拱 拱 捧 攆 攆

[niǎn ㄋㄧㄢˇ 粵lin⁵ 連⁵]

❶驅逐；趕走 ◆ 把他攆出去。❷追趕 ◆ 攆不上。

¹⁵攀
丿 朴 林 林 攀 攀 攀

[pān ㄆㄢ 粵pan¹ 扳]

❶抓住東西往上爬 ◆ 攀登／攀折樹木。❷結交；牽扯 ◆ 攀親／高攀／不要攀扯別人。

【攀折】pān zhé 拉下來並折斷 ◆ 愛護花木，請勿攀折。

注意 "攀折"多用來指花木。

【攀登】pān dēng 抓住東西往上爬 ◆ 我們沿着陡峭的山坡，一步步向上攀登。 同攀緣。

【攀談】pān tán 交談；閒聊 ◆ 兩人攀談起來，倒像一見如故的朋友。

【攀緣】pān yuán 抓住東西往上爬 ◆ 只見消防隊員拉住繩索攀緣而上。 同攀登。

注意 "攀緣"也作"攀援"。

☑高不可攀

¹⁵擾(扰)
扌 扩 护 捆 捆 擾 擾

[rǎo ㄖㄠˇ 粵jiu⁵ 繞]

❶攪亂；打攪 ◆ 騷擾／干擾。❷受人招待或麻煩別人時説的客氣話 ◆ 叨擾／打擾。

【擾亂】rǎo luàn 攪擾，使造成混亂或不安 ◆ 一羣流氓在打架鬧事，擾亂了商店的正常營業。

¹⁵擻(擞)
扌 护 押 捜 捜 擻 擻

[sǒu ㄙㄡˇ 粵seu² 手]

抖擻。見 "抖"字，169頁。

¹⁵擺(摆)
扌 扩 扩 押 押 擺 擺

[bǎi ㄅㄞˇ 粵bai² 捭]

❶安放；陳列 ◆ 擺放／擺設。❷來回搖動或搖動的東西 ◆ 擺動／搖頭擺尾／鐘擺。❸故意顯示；炫耀 ◆ 擺架子／擺闊氣。

【擺弄】bǎi nòng 反覆玩弄 ◆ 弟弟愛擺弄他的玩具。

【擺佈】bǎi·bu ❶安排；佈置 ◆ 這客廳擺佈得很高雅。❷支配；操縱 ◆ 我有自己的主見，決不會聽從他的擺佈。

【擺脱】bǎi tuō 脱離；甩開 ◆ 他終於擺脱了困境／他無法擺脱壞人的跟蹤。

【擺設】bǎi shè 把物品按一定的位置或審美觀念放置好 ◆ 客廳擺設得很有藝術氛圍。

【擺設】bǎi·she 擺放的東西 ◆ 她卧室裏的小擺設可不少。

注意 "擺設"多指有觀賞性的物品。

¹⁵擴(扩)
扌 扩 扩 押 擴 擴 擴

[kuò ㄎㄨㄛˋ 粵kwɔk⁸ 廓／gwɔk⁸ 國]

向外伸展；放大 ◆ 擴展／擴散。

【擴大】kuò dà 使範圍、規模、數量等加大、增多 ◆ 商場將擴大營業面積／學校今年要擴大招生名額。 反縮小。

【擴充】kuò chōng 擴大；增加 ◆ 醫院將擴充資金，購買先進的醫療設備。

【擴展】kuò zhǎn 延伸展開使擴大 ◆ 為了擴展業務，公司在中國幾個大城市開設了分公司。

【擴張】kuò zhāng 擴大領土、勢力等 ◆ 兩派都想擴張自己的勢力，經常發生衝突。

【擴散】kuò sàn 擴大；散佈開 ◆ 她身上的癌細胞已經擴散，無法救治了。

【擴寫】kuò xiě 一種寫作訓練方法，即對原文的內容進行擴展和充實，使文章的記敍描寫更具體，內容更豐富。

¹⁵擲(掷)
扌 护 押 捆 捆 擲 擲

[zhì ㄓˋ 粵dzak⁹ 擇]

拋；投：扔出去 ◆ 投擲／擲手榴彈。

☑孤注一擲

¹⁶攏(扰)
扌 捎 捎 捎 捎 攏 攏

[lǒng ㄌㄨㄥˇ 粵lung⁵ 壟]

❶合在一起；匯總起來 ◆ 合攏／歸攏。❷靠近 ◆ 靠攏／船已攏岸。❸梳理 ◆ 攏一攏頭髮。

☑拉攏、併攏

¹⁷攔(拦)
扌 杧 杧 楣 楣 攔 攔

[lán ㄌㄢˊ 粵lan⁴ 蘭]

阻止；擋 ◆ 阻攔／攔路搶劫。

【攔截】lán jié 半路擋住，不讓通過 ◆ 警方攔截了過往船隻，檢查有無走私物品。

【攔路虎】lán lù hǔ 原指攔路搶劫的匪徒。現多用來比喻學習或前進中遇到的障礙。如生字是閱讀上的攔路虎 ◆ 多查字典，可以掃除閱讀上的攔路虎。

☑遮攔

¹⁷攙(搀)
扌 护 押 押 攙 攙 攙

[chān ㄔㄢ 粵tsam¹ 參]

❶扶着 ◆ 攙扶／攙老人上車。❷混合 ◆ 攙假／酒裏攙了水。

【攙扶】chān fú 用手輕輕架住對方的胳膊或手，把對方扶起 ◆ 姐姐和我攙扶着生病的媽媽去醫院。

【攙雜】chān zá 混雜；夾雜 ◆ 這串珍珠項鏈中攙雜有人造珍珠。

¹⁷攘
扌 护 押 押 攘 攘 攘

[rǎng ㄖㄤˇ 粵jœŋ⁶ 讓]

❶排斥 ◆ 攘除／攘外。❷侵奪；搶 ◆ 攘奪。❸捋起袖子 ◆ 攘臂高呼。❹紛亂 ◆ 攘攘／熙熙攘攘。

¹⁸攝(摄)
扌 扩 扩 押 押 攝 攝

[shè ㄕㄜˋ 粵sip⁸ 涉]

❶照相 ◆ 攝影／拍攝。❷吸取；吸收 ◆ 攝取營養／攝入熱量。❸代理

◆ 攝政。

【攝製】shè zhì 指電影、電視片的拍攝與製作 ◆ 本片由珠江電影製片廠攝製。

【攝影】shè yǐng 用照相機拍照 ◆ 學校舉辦了一次攝影展覽。

18 **攜**(携) 扌 扌 扌 扌 扌 攜 攜 攜

[xié ㄒㄧㄝˊ [粵] kwɐi⁴ 葵]

❶ 帶着 ◆ 攜帶 / 攜款潛逃。❷ 拉；攙扶 ◆ 攜手 / 扶老攜幼。

【攜手】xié shǒu 手拉着手；也比喻合作 ◆ 同學們攜手並肩，登上了太平山頂 / 兩家攜手研製新產品。

☞ 提攜

19 **攤**(摊) 扌 扌 扌 扌 扌 攤 攤

[tān ㄊㄢ [粵] tan¹ 灘]

❶ 擺開；鋪開 ◆ 把書攤開 / 攤了一桌子的書。❷ 分派；分擔 ◆ 攤派 / 分攤。❸ 路旁的簡易售貨處 ◆ 擺攤 / 水果攤。❹ 量詞，用於凝聚成一片的東西 ◆ 一攤泥。

【攤派】tān pài 分攤給眾人承擔 ◆ 這次聚餐的全部費用，攤派到每個人身上，不過幾塊錢。

【攤販】tān fàn 在路邊擺攤出售貨品的人 ◆ 這個攤販以賣蔬菜為主。

【攤牌】tān pái 原指把牌面攤開，看大小，定輸贏；現多用來比喻到最後關頭，亮出事情的底細，讓對方知道 ◆ 明天我就去向他們攤牌，讓他們知道我們的實力。

☞ 分攤、均攤

19 **攢**(攒) 扌 扌 扌 扌 攢 攢

〈一〉[zǎn ㄗㄢˇ [粵] dzan² 盞]

❶ 積聚；積蓄 ◆ 攢錢 / 積攢。

〈二〉[cuán ㄘㄨㄢˊ [粵] dzan² 盞]

❷ 聚集；湊集 ◆ 攢在一處 / 人頭攢動。

19 **攣**(挛) 言 言 言 絲 絲 攣

[luán ㄌㄨㄢˊ [粵] lyn⁴ 聯]

蜷曲不能伸直 ◆ 痙攣。

20 **攫** 扌 扌 扌 扌 扌 攫 攫

[jué ㄐㄩㄝˊ [粵] gwɔk⁸ 國]

用爪抓取；奪取 ◆ 攫取 / 攫為己有。

20 **攥** 扌 扌 扌 扌 攥 攥 攥

[zuàn ㄗㄨㄢˋ [粵] dzyt⁸ 茁]

握；握緊 ◆ 攥緊拳頭 / 手裏攥着一把斧頭。

20 **攪**(搅) 扌 扌 扌 扌 扌 攪 攪

[jiǎo ㄐㄧㄠˇ [粵] gau² 狡]

❶ 拌和 ◆ 攪拌 / 攪勻。❷ 擾亂 ◆ 攪亂 / 胡攪。

【攪拌】jiǎo bàn 用棍子或器械把混合物拌和，使均勻 ◆ 在胡蘿蔔丁、土豆丁裏放上沙拉油，攪拌一下，就成了可口的沙拉。

☞ 打攪、胡攪蠻纏

21 **攬**(揽) 扌 扌 扌 扌 扌 攬 攬

[lǎn ㄌㄢˇ [粵] lam⁵ 覽]

❶ 把持；包辦 ◆ 總攬一切 / 大權獨攬。❷ 拉過來；招來 ◆ 攬生意 / 招攬顧客。❸ 摟抱 ◆ 把小孩攬在懷中。

支部

0 **支** 一 十 支 支

[zhī ㄓ [粵] dzi¹ 之]

❶ 撐起 ◆ 支撐 / 支起帳篷。❷ 維持；受得住 ◆ 體力不支。❸ 援助；贊助 ◆ 支援 / 互相支持。❹ 調度；指使 ◆ 支使 / 把他支開。❺ 付款或領款 ◆ 支出 / 預支。❻ 從總體中分出來的 ◆ 支流 / 分支。❼ 量詞，用於桿狀的東西或分支事物 ◆ 一支鉛筆 / 一支軍隊。

【支付】zhī fù 付出款項 ◆ 這些貨款將用現金支付。

【支出】zhī chū 付出；開支；付出的款項 ◆ 一個月的生活支出要數千元。[反] 收入。

【支吾】zhī wú 說話吞吞吐吐，含含糊糊 ◆ 他支吾了半天，還是沒有講出實情。

【支持】zhī chí ❶ 給以幫助或鼓勵 ◆ 同學之間要取長補短，互相支持，共同進步。❷ 勉強維持 ◆ 公司虧損嚴重，很難支持下去了。[同] 支撐。

【支配】zhī pèi 安排；控制 ◆ 思想支配行動。

【支流】zhī liú 大江大河的分支 ◆ 無定河、延河、渭河都是黃河的支流。[反] 主流。

【支援】zhī yuán 支持和援助 ◆ 大家捐錢捐物，支援災民。

【支撐】zhī chēng ❶ 用棍棒等頂住，使物體不倒塌 ◆ 幾根木頭支撐着搖搖欲墜的巨大廣告牌。❷ 勉強維持 ◆ 連續工作了三十多小時，身體實在支撐不住了。[同] 支持。

【支離破碎】zhī lí pò suì 支離：分散；殘缺。形容零散破碎，不成整體 ◆ 好好的一個玩具，被弟弟弄得支離破碎。[反] 完整無缺。

☞ 干支、收支

6 **翅** 見羽部，340 頁。

9 **鼓** 見鼓部，471 頁。

攴部

2 **攷** “考”的異體字，見 341 頁。

² 收　ㄣ ㄇ ㄇ 收 收　收

[shōu ㄕㄡ 粵 seu¹ 修]

❶ 獲得 ◆ 收效／收益。❷ 接到；接受；接納 ◆ 收信／接收／招收新生。❸ 取回；招回 ◆ 收回／收兵。❹ 聚集；合攏 ◆ 收集／收藏。❺ 結束 ◆ 收工／收攤。❻ 拘捕；監禁 ◆ 收押／收監。

【收入】shōu rù　收進；收進的錢 ◆ 父母都是高級職員，收入豐厚。⟨反⟩支出。

【收成】shōu ·cheng　指農作物及瓜果、蔬菜等收穫的成績 ◆ 今年風調雨順，莊稼收成很好。

【收拾】shōu ·shi　❶ 整理；整頓 ◆ 我幫媽媽收拾房間。❷ 修理；整修 ◆ 屋頂漏雨，要趕快收拾一下。❸ 懲罰 ◆ 你再這樣胡鬧下去，看我怎麼收拾你。

【收留】shōu liú　接收並使留下 ◆ 是一位好心人收留了那個孤兒。

【收效】shōu xiào　收到的效果 ◆ 她吃的是一種新藥，收效顯著。

【收容】shōu róng　收留人員 ◆ 這裏曾經是難民收容所。

【收買】shōu mǎi　❶ 買進；收購 ◆ 這家商店專門收買舊家電。❷ 用錢財等好處拉攏人，使為自己利用 ◆ 這個地方法官被原告收買了，才作出不公正的判決。⟨同⟩賄賂。

【收集】shōu jí　廣泛找並把它們集中在一起 ◆ 哥哥收集了許多郵票。⟨同⟩搜集、收羅。

【收復】shōu fù　指爭奪失去的領土、陣地等，使回到自己手裏 ◆ 經過一晝夜的激戰，我軍終於收復了失地。

【收養】shōu yǎng　收留別人的兒女，當作自己的兒女一樣撫養 ◆ 他是好心

人，家裏已收養了兩個孤兒。

【收據】shōu jù　收到別人的錢物後寫下的字據。收據是一種應用文，有一定的格式 ◆ 這張收據請你收好。⟨同⟩收條。

【收斂】shōu liǎn　約束行為，不使放縱 ◆ 最近，他的酗酒行為有所收斂。

【收藏】shōu cáng　收集保存 ◆ 父親是個古玩收藏家。

【收羅】shōu luó　廣泛尋求並把他（它）們集中起來 ◆ 收羅人才／哥哥為了寫論文，收羅了大量資料。⟨同⟩收集。

【收穫】shōu huò　❶ 收取成熟的農作物 ◆ 秋天是收穫的季節。❷ 泛指得到的東西，如成績、心得等 ◆ 看了電影《鴉片戰爭》，很有收穫。

⟨詞⟩吸收、沒收、招收、豐收

³ 攻　一 T T T⁵ T⁵ 攻　攻

[gōng ㄍㄨㄥ 粵 gung¹ 工]

❶ 攻打；攻擊；跟"守"相對 ◆ 攻佔／攻其不備。❷ 指責 ◆ 羣起而攻之。❸ 治療 ◆ 以毒攻毒。❹ 學習；研習 ◆ 攻讀／專攻醫學。

【攻佔】gōng zhàn　攻擊並佔領 ◆ 我軍攻佔了敵人的陣地。

【攻勢】gōng shì　進攻的勢頭 ◆ 對方球隊攻勢很猛。

【攻擊】gōng jī　❶ 攻打；進攻 ◆ 向敵人發起攻擊／這一腳凌空射門，並沒有甚麼攻擊力。❷ 指惡意指謫 ◆ 有意見可以提，但不能進行人身攻擊。

⟨詞⟩圍攻、進攻

³ 改　¬ ¬ ¬ ¬ ¬ 改 改　改

[gǎi ㄍㄞ 粵 goi² 該²]

❶ 變動；更換 ◆ 改變／更改。❷ 修正 ◆ 改寫／修改。❸ 糾正 ◆ 改正錯誤／知錯必改。

【改正】gǎi zhèng　把錯誤的改為正確的 ◆ 請同學們把作文中的錯別字改正過來。⟨同⟩更正。

【改良】gǎi liáng　去掉事物的某些缺點，使變得好一些 ◆ 改良土壤，增加糧食產量。

【改革】gǎi gé　把事物中陳舊的、不合理的部分改成新的、合理的 ◆ 學校將進行教學改革。

【改造】gǎi zào　改變舊的，造成新的，使適應需要 ◆ 政府把這間工廠改造為庇護工場，為傷殘人士提供就業機會。

【改進】gǎi jìn　改變原有的情況，使有所進步 ◆ 由於改進了學習方法，他的成績大大提高了。

【改善】gǎi shàn　使原來的情況變得好些 ◆ 為了改善居住條件，他又買了一所房子。

【改編】gǎi biān　把原作改寫成另一種體裁的作品 ◆ 這部電影是根據同名小說改編而成的。

【改變】gǎi biàn　變化；更改 ◆ 這裏的面貌有了很大的改變／原計劃不能改變。

【改觀】gǎi guān　改變原來的面貌，出現新面貌 ◆ 經過幾年的建設，舊城的面貌已大大改觀。

【改邪歸正】gǎi xié guī zhèng　不再走邪路，回到正道上來。指不再繼續做壞事 ◆ 他決心改邪歸正，重新做人。

【改過自新】gǎi guò zì xīn　自新：自己重新做人。改正過錯，重新做人 ◆ 他有了改過自新的表現，就再給他一次機會吧。

【改頭換面】gǎi tóu huàn miàn　改換了一副面孔。比喻只是改換了外表、形式，本質、內容卻沒有改變 ◆ 騙子就是騙子，即使他改頭換面變成商人，終究是個騙子。

⟨詞⟩改行、改動

⟨詞⟩悔改、塗改、篡改、朝令夕改

⁴ 牧　見牛部，270頁。

⁴ 放　丶 二 亍 方 方ˊ 放ˊ 放　放

[fàng ㄈㄤˋ 粵 fong³ 況]

❶ 解除約束；結束 ◆ 釋放／放學。❷ 不加管束，聽其自然 ◆ 放縱／放任自流。❸ 把家畜、家禽趕到野外去找食 ◆ 放牛／放牧。❹ 把人驅逐到遠

方 ◆ 放逐／流放。❺ 拋棄 ◆ 放棄。
❻ 發出；射出 ◆ 放冷箭／放射出萬
丈光芒。❼ 開出 ◆ 百花齊放／花兒
開放。❽ 點燃 ◆ 放火／放鞭炮。❾
擴展 ◆ 放大／放寬心。❿ 把錢給人
◆ 放債／放高利貸。⓫ 擱置；安放
◆ 存放／咖啡裏放點牛奶更好喝。

【放任】fàng rèn　任其自然，不加約束
或過問 ◆ 貪玩是孩子的天性，但也
不能太放任。⟨反⟩放縱。⟨反⟩約束。

【放映】fàng yìng　利用強光把膠片上
的圖像投射出來 ◆ 電影院正在放映
《鴉片戰爭》。

【放肆】fàng sì　大膽任性，毫無顧忌
◆ 他在辦公室裏大吵大鬧，太放肆
了。⟨反⟩拘謹、收斂。

【放置】fàng zhì　擺放 ◆ 窗台上放置
着一盆君子蘭。

【放棄】fàng qì　丟掉；捨去 ◆ 機會
難得，你不要放棄。⟨同⟩捨棄。⟨反⟩爭取。

【放蕩】fàng dàng　放縱；行為不檢點
◆ 他年輕時生活放蕩。⟨反⟩收斂。

【放縱】fàng zòng　任意妄為，不加約
束 ◆ 兒子行為放縱，經常在外惹是
生非。⟨同⟩放蕩。⟨反⟩收斂。

【放鬆】fàng sōng　使鬆弛；由緊張變
得鬆懈 ◆ 放鬆肌肉／學習放鬆了。

⁵ **政**　一 了 下 正 正 政 政　政
[zhèng ㄓㄥˋ ⓹ dzing³ 證]

❶ 政治 ◆ 政權／參政／廉政。❷ 國
家某一部門主管的業務 ◆ 財政／郵
政。❸ 指家庭或團體的事務 ◆ 家政／
校政。

【政局】zhèng jú　政治局面 ◆ 國家政
局穩定，人民安居樂業。

【政府】zhèng fǔ　國家行政機關 ◆ 政
府應關心民眾生活。

【政治】zhèng zhì　政府、政黨、社會
團體、個人在國家事務和國際關係方
面的政策和活動 ◆ 他在大學主修政治
學。

【政策】zhèng cè　政府為治理國家事
務而制定的措施、辦法 ◆ 中國奉行獨
立自主的外交政策。

【政權】zhèng quán　政治統治權力 ◆

武裝部隊發政變，奪取了政權。

【政變】zhèng biàn　政權發生變更。
通常指統治階級內部的一部份人，突然
採取軍事或政治手段，奪取政權的行動
◆ 政府軍逮捕了國防部長，粉碎了他
的政變陰謀。

⁵ **故**　一 十 古 古 苫 故 故　故
[gù ㄍㄨˋ ⓹ gu³ 固]

❶ 意外的事情 ◆ 事故／變故。❷ 原
因 ◆ 緣故／無緣無故。❸ 有意；存
心 ◆ 故意／明知故犯。❹ 從前的；
原來的 ◆ 故居／依然如故。❺ 老朋
友 ◆ 故交／一見如故。❻ 死亡；死
去的 ◆ 病故／已作故人。❼ 所以；
因此 ◆ 實力雄厚，故能取勝。

【故而】gù ér　因此；所以 ◆ 他有要
事在身，故而不能參加今天的聚會。

【故事】gù shì　一種文學體裁，重點
描述一件事情的發生、發展過程，事例
具體，情節連貫，適合口頭講述。故
事可以是真實的，也可以是虛構的 ◆
小時候，媽媽給我講了很多有趣的故
事。

【故居】gù jū　曾經居住過的房子 ◆
昨天我們去參觀了孫中山故居。

【故鄉】gù xiāng　指個人的出生地或
長期生活過的地方 ◆ 舉頭望明月，低
頭思故鄉／北京是我的第二故鄉，我
在那裏學習、工作了三十年。⟨同⟩家
鄉。

【故意】gù yì　有意；成心 ◆ 他是故
意為難我，想讓我出洋相。

【故障】gù zhàng　機械、儀表等發生
障礙，運轉失靈 ◆ 汽車發動機出了
故障。

【故弄玄虛】gù nòng xuán xū　玄虛：
玄妙虛無，讓人難以捉摸。故意玩弄花
招或故作高深，使人捉摸不定 ◆ 他是
在故弄玄虛，把一個簡單的道理說得
神乎其神。

【故步自封】gù bù zì fēng　故步：老
步子。封：限制住。把自己限制在原來
的地方。比喻安於現狀，不求進取 ◆
時代在飛速發展，我們決不能故步自
封。

⟨注意⟩ "故步自封" 也作 "固步自封"。

⟨⟩故土、故地重遊

⟨⟩典故、藉故、温故知新、明知故犯、
平白無故

⁶ **效**　丶 一 亠 六 方 交 交 效　效
[xiào ㄒㄧㄠˋ ⓹ hau⁶ 校]

❶ 模仿 ◆ 效法／仿效。❷ 獻出 ◆
效力／效勞。❸ 功用；成果 ◆ 功效／
已見成效。

【效力】xiào lì　❶ 出力 ◆ 梁老師為
育才事業效力了十年。⟨同⟩效勞。❷ 功
效 ◆ 這種新藥效力顯著。

【效用】xiào yòng　功效和作用 ◆ 這
是假藥，毫無效用。

【效果】xiào guǒ　好的結果和作用 ◆
姐姐多次勸弟弟不要貪玩，要好好讀
書，但效果不大。⟨同⟩成效、收效。

【效益】xiào yì　效果和收益 ◆ 公司一
季度的經濟效益很好。

【效能】xiào néng　功效；功能 ◆ 這
水杯有保温效能。

【效率】xiào lǜ　一定時間內能完成的
工作量 ◆ 他業務熟練，工作效率很
高。

【效勞】xiào láo　出力 ◆ 能為你效
勞，是我的榮幸。⟨同⟩效力。

⟨⟩見效、特效、報效、以儆效尤

⁷ **敇**　見赤部，406 頁。

⁷ **教**　一 土 耂 耂 考 孝 教　教
⟨一⟩ [jiào ㄐㄧㄠˋ ⓹ gau³ 較]

❶ 指導和培養 ◆ 教育／教導。❷ 宗
教 ◆ 教堂／基督教。❸ 使；讓；被
◆ 教他進來／教人給騙了。

〈二〉[jiāo ㄐㄧㄠ ⑧gau³ 較]
❹ 傳授 ◆ 教書 / 師傅教徒弟。

【教士】jiào shì　傳教士；從事傳教工作的神職人員 ◆ 據說他是英國教士的後代。

【教育】jiào yù　傳授知識、技能，培養思想、品德，造就人才的活動和過程。主要指學校教育，也包括家庭教育和社會教育 ◆ 學校對學生進行德智體美勞全面教育。

【教訓】jiào·xun　❶ 教導訓誡；訓斥 ◆ 弟弟犯了錯，給媽媽教訓了一頓。❷ 從錯誤或失敗中取得認識、經驗 ◆ 我們要從這次失敗中吸取 訓。

【教唆】jiào suō　慫恿指使别人做壞事 ◆ 他是一個教唆犯。
注意 "教唆" 是貶義詞。

【教授】jiào shòu　❶ 給學生講解教材內容 ◆ 爸爸是中學教師，教授中國歷史。❷ 高等學校中最高一級的教師職務名稱 ◆ 舅舅是香港大學的中文教授。

【教堂】jiào táng　基督教舉行宗教活動的建築物 ◆ 媽媽是基督徒，經常去教堂做禮拜。

【教誨】jiào huì　教育訓導 ◆ 老師的教誨，我銘記在心。⑩ 教導。

【教養】jiào yǎng　❶ 教育培養 ◆ 父母教養有方，孩子個個有出息。❷ 指文化知識和思想品德方面的修養 ◆ 她彬彬有禮，顯得很有教養。

【教練】jiào liàn　指導别人進行技術訓練；從事教導工作的人 ◆ 球隊聘請了一名外國教練。

【教導】jiào dǎo　教育指導 ◆ 同學們緊記老師的教導，勤奮學習。⑩ 教誨。

☒教材、教師、教徒、教學
☐指教、討教、管教、説教、請教、因材施教

---

⁷ 敖　一 十 圭 耂 耉 敖　**敖**

[áo ㄠˊ ⑧ŋou⁴ 熬]
姓。

---

⁷ 救　一 十 扌 求 求 救　**救**

[jiù ㄐㄧㄡˋ ⑧geu³ 夠]
幫助脱離危險、災難、困難等 ◆ 搶救 / 救死扶傷。

【救濟】jiù jì　用錢物幫助生活有困難的人 ◆ 大家踴躍捐錢捐物，救濟災民。⑩ 賑濟。

【救護】jiù hù　搶救護理傷病員，使及時得到治療 ◆ 地震發生後，政府立即組織了醫療救護隊，趕赴災區。

【救死扶傷】jiù sǐ fú shāng　救治垂危的人，照料受傷的人 ◆ 救死扶傷是醫生的天職。

☒救火、救災、救命、救星
☐挽救、拯救、搭救、補救、不可救藥、治病救人、見死不救

---

⁷ 敘　"敍" 的異體字，見本頁。

---

⁷ 敗(败)　丿 冂 月 目 貝 貯 敗　**敗**

[bài ㄅㄞˋ ⑧bai⁶ 粺]
❶ 輸了；失利；跟 "勝" 相對 ◆ 打了敗仗 / 反敗為勝。❷ 不成功；跟 "成" 相對 ◆ 失敗 / 成事不足，敗事有餘。❸ 打敗；使遭失敗 ◆ 擊敗對手 / 大敗敵軍。❹ 毀壞；損害 ◆ 身敗名裂 / 傷風敗俗。❺ 解除；消除 ◆ 敗火 / 敗毒。❻ 破舊；腐爛；凋謝 ◆ 枯枝敗葉 / 開不敗的花朵。

【敗北】bài běi　打了敗仗 ◆ 客隊最終以一分之差敗北。⑩ 失敗。⑰ 勝利。

【敗壞】bài huài　損害；破壞 ◆ 這種事傳揚出去，會敗壞家族的名聲。
注意 "敗壞" 多用於抽象事物，如名譽、風氣等。

【敗類】bài lèi　集體中的變節、墮落分子 ◆ 他貪污腐化，是公務員中的敗類。

【敗露】bài lù　隱蔽的不法活動被人發

覺 ◆ 他多次貪污公款，事情敗露後，被判刑五年。

☒敗局、敗家子
☐腐敗、一敗塗地、兩敗俱傷、氣急敗壞、殘兵敗將、驕兵必敗

---

⁷ 敏　丿 ﾉ 勹 句 每 每 敏　**敏**

[mǐn ㄇㄧㄣˇ ⑧men⁵ 吻]
靈活；迅速 ◆ 敏感 / 靈敏。

【敏捷】mǐn jié　靈活而迅速 ◆ 思維敏捷 / 她心靈手巧，動作敏捷。

【敏感】mǐn gǎn　對外界事物的變化反應極快 ◆ 他身體虚弱，對氣候變化特別敏感。⑰ 遲鈍。

【敏銳】mǐn ruì　感覺靈敏，眼光鋭利 ◆ 狗有着敏鋭的嗅覺 / 鷹的目光非常敏鋭。

☒過敏

---

⁷ 敍(叙)　丿 ㇒ 仒 余 余 敘 敍　**敍**

[xù ㄒㄩˋ ⑧dzœy⁶ 序]
❶ 談；説 ◆ 面敍 / 敍家常。❷ 記述 ◆ 記敍 / 平鋪直敍。

【敍事】xù shì　敍述事情經過 ◆《木蘭詩》是一首古代的敍事詩。

【敍述】xù shù　把事情的前後經過説出來或寫出來 ◆ 根據目擊者的口頭敍述，警方開始偵破工作。

---

⁷ 敝　丶 亠 厂 ㇒ 㳫 甫 敝　**敝**

[bì ㄅㄧˋ ⑧bei⁶ 幣]
❶ 破舊；壞的 ◆ 敝衣 / 敝帚自珍。❷ 與自己有關的客氣説法 ◆ 敝姓 / 敝校。

---

⁷ 啟(启)　丶 ㇒ ㇏ 戶 启 啟 啟　**啟**

[qǐ ㄑㄧˇ ⑧kei² 溪²]
❶ 開；打開 ◆ 啟封 / 難以啟齒。❷ 開始 ◆ 啟程 / 啟航。❸ 開導 ◆ 啟發 / 啟蒙教育。❹ 陳述 ◆ 啟事 / 某某謹啟。

【啟示】qǐ shì　啟發提示，使有所領悟 ◆ 偉人傳記能給我們很多啟示。⑩ 啟發、啟迪。

【啟事】qǐ shì　登在報刊上或張貼出來的公開聲明。如尋人啟事、招聘啟事等。

【啟迪】qǐ dí　啟發引導 ◆ 這個故事給我們甚麼啟迪呢？(同)啟示。

【啟發】qǐ fā　通過事例，引起聯想，從而有所領悟 ◆ 在老師的啟發下，我終於明白了這個道理。(同)啟迪、啟示。

【啟蒙】qǐ méng　使初學的人得到入門的知識 ◆ 她是我小學的啟蒙老師。

【啟齒】qǐ chǐ　開口；說出來 ◆ 多次想請您幫忙，但又不便啟齒。
(注意)"啟齒"多用來指向別人有所請求。

◁啟程、啟用
▷承上啟下

⁸ 敢(敢)　一 厂 丏 耳 耳 敢 敢 [敢]
[gǎn ㄍㄢˇ 粵 gem² 感]
有勇氣；有膽量 ◆ 勇敢 / 敢怒而不敢言。

【敢於】gǎn yú　表示有勇氣去做 ◆ 他敢於向世界冠軍挑戰。

【敢作敢為】gǎn zuò gǎn wéi　形容做事無所畏懼 ◆ 他充滿自信，敢作敢為。

▷果敢

⁸ 散　一 艹 昔 背 散 散 [散]
〈一〉[sàn ㄙㄢˋ 粵 san³ 傘³]
❶ 分開；跟"聚"相對 ◆ 散會 / 解散。
❷ 傳開去；分發 ◆ 散佈 / 散發傳單。
❸ 排除 ◆ 散熱 / 散散心。
〈二〉[sǎn ㄙㄢˇ 粵 san² 傘²]
❹ 鬆開；沒有約束 ◆ 散漫 / 鬆散。
❺ 零碎的；不集中的 ◆ 散裝 / 零散。
❻ 中藥藥末 ◆ 平胃散 / 丸散膏丹。

【散文】sǎn wén　文學體裁之一。它取材廣泛，形式靈活自由。雜文、隨筆、遊記、傳記、特寫等都屬於散文 ◆ 《背影》、《荷塘月色》是朱自清的散文代表作。

【散步】sàn bù　很悠閒地隨便走走 ◆ 每天晚飯後，他都會去湖邊散步。

【散佈】sàn bù　分散到各處 ◆ 他到處散佈謠言，擾亂民心。

【散發】sàn fā　向四周發出；分發 ◆ 客廳裏的一盆茉莉花散發出迷人的

芳香 / 散發商品廣告。

【散漫】sǎn màn　❶ 隨隨便便，沒有約束 ◆ 他自由散漫慣了，不適應軍營生活。❷ 鬆散；不集中 ◆ 這篇文章結構散漫，條理不清。

◁散心、散場
▷分散、失散、疏散、擴散、懶散₂、驅散、披頭散₂髮、煙消雲散

⁸ 敦　一 古 言 亨 享 敦 [敦]
[dūn ㄉㄨㄣ 粵 dœn¹ 噸]
❶ 忠厚老實 ◆ 敦厚。❷ 誠懇；誠心誠意 ◆ 敦請 / 敦促。

⁸ 敞　丨 业 片 尚 尚 敞 敞 [敞]
[chǎng ㄔㄤˇ 粵 tsɔn² 廠]
❶ 寬闊；沒有遮攔 ◆ 寬敞 / 敞篷車。
❷ 張開；打開 ◆ 敞開 / 敞着門。

【敞亮】chǎng liàng　寬敞明亮 ◆ 課室敞亮，桌椅都是新的。

【敞開】chǎng kāi　❶ 打開 ◆ 你去把大門敞開，讓車開進來。❷ 放開，沒有限制 ◆ 敞開心扉，促膝而談。

⁹ 敬(敬)　ˋ ˊ 廿 芍 苟 敬 [敬]
[jìng ㄐㄧㄥˋ 粵 giŋ³ 徑]
❶ 對人尊重，有禮貌 ◆ 敬重 / 尊敬。
❷ 有禮貌地送上 ◆ 敬茶 / 敬獻花圈。

【敬仰】jìng yǎng　尊敬；仰慕 ◆ 我們都很敬仰我們的校長。

【敬佩】jìng pèi　敬重欽佩 ◆ 大家都很敬佩校長的學識和為人。

【敬重】jìng zhòng　敬佩尊重 ◆ 他是老前輩，我們都很敬重他。

【敬業】jìng yè　對工作盡心盡力 ◆ 校長對老師的敬業精神很滿意。

【敬愛】jìng ài　尊敬熱愛 ◆ 我們買了一束鮮花，送給敬愛的語文老師。

◁敬意、敬禮、敬而遠之
▷孝敬、恭敬、致敬、崇敬、肅然起敬

⁹ 微　見彳部，148頁。

¹⁰ 敲　一 古 亨 高 高 敲 [敲]
[qiāo ㄑㄧㄠ 粵 hau¹ 哮]
打；擊 ◆ 敲門 / 敲鑼打鼓。

【敲詐】qiāo zhà　仗勢恐嚇或用欺騙、威脅手段索取別人錢財 ◆ 這批地頭蛇到處敲詐百姓，做盡了壞事。

▷旁敲側擊

¹⁰ 嫩　見女部，112頁。

¹¹ 敷　一 白 甫 専 専 敷 [敷]
[fū ㄈㄨ 粵 fu¹ 呼]
❶ 搽；塗 ◆ 敷粉 / 外敷藥，不得入口。❷ 佈置；舖開 ◆ 敷陳 / 敷設管道。❸ 足夠 ◆ 入不敷出。

【敷衍】fū yǎn　不認真，不負責；表面應付，馬虎了事 ◆ 這件事很重要，敷衍不得。

¹¹ 徵　見彳部，148頁。

¹¹ 徹　見彳部，148頁。

¹¹ 敵(敵)　一 古 啇 商 商 敵 [敵]
[dí ㄉㄧˊ 粵 dik⁹ 滴]
❶ 仇人；敵人 ◆ 仇敵 / 認敵為友。
❷ 抵擋；對抗 ◆ 寡不敵眾 / 所向無敵。❸ 地位、實力相當 ◆ 匹敵 / 勢均力敵。

【敵人】dí rén　與自己有根本利害衝突、勢不兩立的人 ◆ 敵人不甘心他們的失敗。(反)朋友。

【敵視】dí shì　當作敵人一樣看待 ◆ 他用敵視的目光看着對方。(同)仇視。(反)友好。

【敵意】dí yì　仇視的心理 ◆ 對方懷着敵意而來，你要特別小心。(反)善意。

【敵對】dí duì　敵視而相對抗 ◆ 兩國長期處於敵對狀態。

◁敵軍、敵情
▷死敵

11 **數**（数） 　數

〈一〉[shù ㄕㄨˋ [粵] sou^3 訴]

❶ 數目 ◆ 人數 / 不計其數。❷ 幾；幾個 ◆ 一家數口 / 數小時之後。

〈二〉[shǔ ㄕㄨˇ [粵] sou^2 嫂]

❸ 點數計算 ◆ 數一數 / 從一數到一百。❹ 指責；列舉過錯 ◆ 數落 / 數說。❺ 比較起來最突出的 ◆ 全班數他成績最好。

〈三〉[shuò ㄕㄨㄛˋ [粵] sɔk^8 朔]

❻ 屢次 ◆ 數見不鮮。

【數$_2$一數$_2$二】shǔ yī shǔ èr　不數第一，也數第二。形容非常突出 ◆ 他的學習成績在班上是數一數二的。

【數$_2$不勝數$_2$】shǔ bù shèng shǔ　勝：盡。數也數不完。形容非常多 ◆ 中國的名勝古跡數不勝數。

12 **整** 　整

[zhěng ㄓㄥˇ [粵] dziŋ^2 征^2]

❶ 全部的；沒有殘缺 ◆ 整天 / 完整無缺。❷ 有秩序；不亂 ◆ 整齊 / 衣冠不整。❸ 治理；使有秩序 ◆ 整理 / 調整。❹ 修理；修飾 ◆ 整修 / 整舊如新。

【整容】zhěng róng　修飾容貌，使變得美觀 ◆ 她的面部經過多次整容手術，漸漸恢復了原貌。

【整理】zhěng lǐ　使事物有條理、有秩序 ◆ 房間太亂，要整理一下。

【整頓】zhěng dùn　把紊亂、不良的狀況改正過來 ◆ 學校提出要整頓校風，嚴肅紀律。

[注意] "整頓" 多用來指紀律、作風、風氣等。

【整齊】zhěng qí　❶ 有條理；有秩序；不雜亂 ◆ 各運動員隊伍邁着整齊的步伐走過主席台。[反] 凌亂。❷ 大小、長短差不多 ◆ 這一頁頁的毛筆字寫得既漂亮又整齊。[同] 工整。

【整潔】zhěng jié　整齊清潔 ◆ 每個課堂都很整潔。[反] 骯髒。

【整體】zhěng tǐ　整個集體；事物的全部 ◆ 一個班是由幾十位同學組成的一個整體 / 全班整體出動，參加慈善活動。[反] 局部、部分。

[←] 整裝待發

[→] 完整、重整旗鼓

13 **徵** 見彳部，148 頁。

13 **斂**（敛） 　斂

[liǎn ㄌㄧㄢˇ [粵] lim^5 臉 / lim^6 殮]

❶ 收起；約束 ◆ 收斂。❷ 收集；徵收 ◆ 斂財 / 橫徵暴斂。

13 **斃**（毙） 　斃

[bì ㄅㄧˋ [粵] bɐi^6 幣]

死亡 ◆ 擊斃 / 槍斃。

[→] 束手待斃、坐以待斃

19 **變** 見言部，399 頁。

文部

0 **文** 　丶 亠 ナ 文

[wén ㄨㄣˊ [粵] mɐn^4 聞]

❶ 字；文字 ◆ 甲骨文 / 漢文。❷ 用文字寫成的作品；文章 ◆ 記敘文 / 文不對題。❸ 特指古代的書面語言 ◆ 文言 / 文白夾雜。❹ 非軍事的；跟 "武" 相對 ◆ 文人 / 文武雙全。❺ 溫柔的；不猛烈的 ◆ 文靜 / 文火。❻ 指社會科學；文化 ◆ 文科 / 文教。❼ 自然界的某些現象 ◆ 天文 / 水文。❽ 掩飾 ◆ 文過飾非。❾ 量詞，用於過去的銅錢 ◆ 一文錢。❿ 姓。

【文化】wén huà　指一定的知識和運用語言文字的能力 ◆ 他只是初中畢業，文化水平不高。

【文件】wén jiàn　指公文、信件等 ◆ 這些文件要好好保管。

【文字】wén zì　❶ 記錄語言的符號，如漢字是記錄漢語的文字 ◆ 學好語文，提高運用語言文字的能力。❷ 指用文字寫成的書面語言；文章的詞句 ◆ 這篇作文條理清楚，文字清新。

【文明】wén míng　有較高文化修養，懂禮儀，講禮貌 ◆ 請你說話文明些！[反] 粗野、野蠻。

【文物】wén wù　具有文化、藝術價值的歷代遺物。如建築、名人字畫、生活器皿等 ◆ 走私文物是犯法的。

【文采】wén cǎi　❶ 華麗的色彩；借指文章詞藻華美 ◆ 這篇文章寫得很有文采。❷ 文藝方面的才華 ◆ 此人落筆生輝，頗具文采。

【文盲】wén máng　指不識字的人 ◆ 她沒有上過學，是個文盲。

【文章】wén zhāng　指單篇的作品 ◆ 這本教材共有三十篇文章。

【文雅】wén yǎ　言談舉止溫和有禮貌 ◆ 他談吐文雅，很有修養。[反] 粗俗。

【文靜】wén jìng　文雅安靜 ◆ 她是個既漂亮又文靜的千金小姐。

[注意] "文靜" 多用來指人的性格、舉止。

【文學】wén xué　用語言塑造形象、反映社會生活、表達作者思想感情的藝術，包括詩歌、散文、小說、戲劇等 ◆ 語文課本中有不少是優秀的文學作品。

【文藝】wén yì　文學和藝術的統稱 ◆ 這幾年文藝工作者創作了不少優秀作品。

【文體】wén tǐ　文章的體裁 ◆ 記敘文、說明文、議論文、描寫文是四種常用的文體。

【文不對題】wén bù duì tí　文章的內容跟題目的要求不合；也指說話跟話題不相干或答非所問 ◆ 這篇作文東拉西扯，文不對題。

【文房四寶】wén fáng sì bǎo　指筆墨紙硯，書房中必備的四種文具 ◆ 書桌上擺放着文房四寶。

【文從字順】wén cóng zì shùn　指文章字句通順 ◆ 這篇作文雖然內容不夠充實，但條理清楚，文從字順。

【文質彬彬】wén zhì bīn bīn　文：文采。質：樸實。彬彬：配合諧調。原形容人文雅樸實，後多用來形容人言談舉止文雅有禮貌 ◆ 他是一個文質彬彬的書生。

◁ 文人、文具、文筆、文豪

◻ 引文、斯文、望文生義

³ **吝** 見口部，73 頁。

⁶ **虔** 見虍部，374 頁。

⁶ **素** 見糸部，327 頁。

⁸ **斑** 一 二 干 王 玙 玧 斑 斑

[bān ㄅㄢ 粵 ban¹ 班]

雜色；雜色的點子或條紋 ◆ 斑點 / 雀斑。

【斑白】bān bái 頭髮花白 ◆ 爸爸工作辛勞，才五十多歲，頭髮都已斑白了。

【斑馬】bān mǎ 哺乳動物。體形像馬，全身的毛黑褐色和白色條紋相間。產於非洲，是珍貴的觀賞動物。

【斑斑】bān bān 形容斑點很多 ◆ 他被車撞倒在地，衣服上血跡斑斑。

【斑斕】bān lán 燦爛多彩 ◆ 這玉雕玲瓏剔透，色彩斑斕。

⁸ **斌** 文 产 斿 斿 斌 斌 斌

[bīn ㄅㄧㄣ 粵 ben¹ 奔]

同 "彬" 字。形容有文采。常作人名用字。

¹⁷ **斕** (斓) 钅 钉 钌 钌 钌 斓 斕 斕

[lán ㄌㄢ 粵 lan⁴ 蘭]

斑斕：燦爛多彩 ◆ 五色斑斕。

斗 部

⁰ **斗** 丶丶ニ斗

〈一〉[dǒu ㄉㄡ 粵 deu² 陡]

❶ 量糧食的器具 ◆ 大斗進，小斗出。❷ 形狀像斗的東西 ◆ 髮斗 / 漏斗。❸ 形容大 ◆ 斗膽。❹ 形容小 ◆ 斗室。❺ 量詞，容量單位，十升為一斗。

〈二〉[dòu ㄉㄡ 粵 deu³ 鬥]

❻ "鬥" 的簡化字，見 463 頁。

【斗笠】dǒu lì 遮陽擋雨的帽子，邊很寬，多用薄竹片夾竹葉做成 ◆ 農夫帶着斗笠在田間工作。

⁶ **料** 丶丷ニ半米米料料

[liào ㄌㄧㄠ 粵 liu⁶ 廖]

❶ 可供加工製造或使用的物資 ◆ 原料 / 材料。❷ 可供調味或飲用的食品 ◆ 調料 / 飲料。❸ 餵牲口、家禽的糧草 ◆ 飼料。❹ 估計；猜想 ◆ 預料 / 不出所料。❺ 整理；照顧 ◆ 料理 / 照料。

【料理】liào lǐ 安排；處理 ◆ 母親要上班，又要料理家務，很辛苦。

◻ 肥料、意料、資料、偷工減料

⁷ **斜** 人 ㄥ 今 余 余 斜 斜

[xié ㄒㄧㄝ 粵 tse⁴ 邪]

不正；不直；歪 ◆ 斜線 / 傾斜。

◻ 目不斜視

⁹ **斟** 卄 甘 其 甚 甚 斟 斟

[zhēn ㄓㄣ 粵 dzem¹ 砧]

往杯裏或碗裏倒 ◆ 斟酒 / 斟茶。

【斟酌】zhēn zhuó 仔細考慮；認真推敲 ◆ 校長斟酌再三，決定提升王老師當科主任。

¹⁰ **斡** 十 古 卓 斡 斡 斡

[wò ㄨㄛ 粵 wat⁸ 挖]

見 "斡旋"。

【斡旋】wò xuán 調解爭端 ◆ 幾經斡旋，會談終於打破了僵局。

斤 部

⁰ **斤** 一 厂 斤 斤

[jīn ㄐㄧㄣ 粵 gen¹ 巾]

重量單位，十兩為一斤，一斤等於五百克。

【斤斤計較】jīn jīn jì jiào 斤斤：瑣碎、細小的事物。形容過分計較細小的或無關緊要的事物 ◆ 大家都是好朋友，不必為這些小事斤斤計較。

¹ **斥** 一 厂 斤 斥 斥

[chì ㄔ 粵 tsik⁷ 戚]

❶ 責備 ◆ 訓斥 / 痛斥。❷ 排除；使離開 ◆ 排斥 / 斥退。❸ 形容多；充滿 ◆ 充斥。❹ 出錢；支付 ◆ 斥資。

【斥責】chì zé 嚴厲地指責 ◆ 他的不道德行為，遭到同事們的斥責。

◻ 駁斥

⁴ **所** 見户部，165 頁。

⁴ **欣** 見欠部，223 頁。

4 斧

丶 八 父 父 斧 斧 斧　斧

[fǔ ㄈㄨˇ ⑧ fu² 府]

見"斧子"。

【斧子】fǔ·zi　砍竹、木等的金屬工具。

7 斬（斩）

一 亘 車 車 斬 斬 斬　斬

[zhǎn ㄓㄢˇ ⑧ dzam² 站²]

砍斷；殺 ◆ 斬草除根 / 斬首示眾。

【斬首】zhǎn shǒu　砍下腦袋。舊時的一種酷刑 ◆ 把他拉出去斬首示眾。

【斬草除根】zhǎn cǎo chú gēn　除草時把草連根拔掉，使之不能再生。比喻徹底除掉禍根，不留後患 ◆ 為了斬草除根，警方不僅沒收了全部盜版光碟，還徹底摧毀了地下加工廠。

【斬釘截鐵】zhǎn dīng jié tiě　比喻說話做事堅決果斷 ◆ 上司斬釘截鐵地說："不行，這事沒有商量餘地。"同 直截了當。

➷先斬後奏、披荊斬棘

8 斯

卄 甘 其 其 斯 斯 斯　斯

[sī ㄙ ⑧ si¹ 司]

這個；這裏 ◆ 斯人 / 生於斯。

【斯文】sī wén　言談舉止文雅有禮貌 ◆ 這學生很斯文，老師很喜歡他。

9 新

立 辛 亲 亲 新 新 新　新

[xīn ㄒㄧㄣ ⑧ sɐn¹ 申]

❶ 剛出現的；跟"舊"、"老"相對 ◆ 新品種 / 新辦法 / 新式傢具。❷ 沒有用過的或用過不久的 ◆ 新書包 / 新衣服。❸ 最近；剛才 ◆ 新聞 / 新來的同學。❹ 剛開始的 ◆ 新年 / 新學期。❺ 改掉舊的，變成新的 ◆ 改過自新 / 面目一新。❻ 稱結婚時的人或物 ◆ 新娘 / 新房。❼ 姓。

【新生】xīn shēng　剛出現的；剛產生的 ◆ 現代科技日新月異，新生事物層出不窮。

【新秀】xīn xiù　新出現的優秀人物 ◆ 她是歌壇新秀。

【新奇】xīn qí　新鮮特別 ◆ 他是第一次來香港，對這裏的一切都感到很新奇。

【新聞】xīn wén　最新消息 ◆ 我每天要聽新聞廣播，了解世界大事。

【新興】xīn xīng　最近出現或興起的 ◆ 新興城市 / 生物工程是一個新興產業。

【新穎】xīn yǐng　新鮮別致 ◆ 這幢建築設計新穎。

【新鮮】xīn xiān　❶ 剛剛生產出來或收穫上來的 ◆ 麵包很新鮮 / 新鮮荔枝上市了。❷ 空氣潔淨 ◆ 多呼吸新鮮空氣，對健康有好處。❸ 新出現的；少見的 ◆ 這可是個新鮮玩藝兒。

【新陳代謝】xīn chén dài xiè　生物體內新物質代替舊物質的過程；泛指新事物代替舊事物的過程 ◆ 人體內的新陳代謝一旦停止，生命也就終止了。

➷新式、新型

➸更新、革新、重新、清新、創新、嶄新、日新月異、標新立異、温故知新、煥然一新

14 斷（断）

糹 絲 斷 斷 斷 斷 斷　斷

[duàn ㄉㄨㄢˋ ⑧ dyn⁶ 段/tyn⁵ 團⁵]

❶ 從中間截開，不再相連 ◆ 一刀兩斷 / 斷手再接。❷ 隔絕；中止 ◆ 斷了音信 / 聯繫中斷。❸ 判定；決定 ◆ 診斷 / 當機立斷。❹ 絕對；一定 ◆ 斷無此事 / 斷不可信。

【斷言】duàn yán　肯定地說 ◆ 可以斷言，這場球他們是輸定了。

【斷定】duàn dìng　肯定 ◆ 我敢斷定，這件事跟他無關。

【斷送】duàn sòng　喪失；毀掉 ◆ 小偷從高樓上墜落下來，斷送了性命。

【斷絕】duàn jué　使不再有聯繫或來往 ◆ 自從那次爭吵以後，兩人便斷絕了來往。

【斷章取義】duàn zhāng qǔ yì　在引用別人的文章或談話時，孤立地摘取自己需要的文句，而不顧全文或整個談話的內容 ◆ 你這是斷章取義，完全歪曲了我的原意。

➸判斷、武斷、果斷、推斷、藕斷絲連、優柔寡斷

方 部

0 方

丶 一 亅 方　方

[fāng ㄈㄤ ⑧ fɔŋ¹ 芳]

❶ 四個角都是九十度的四邊形，或六個面都是方形的六面體 ◆ 方桌 / 長方形。❷ 地位的一邊或一面 ◆ 東方 / 對方 / 雙方。❸ 指某個地區 ◆ 地方 / 飛向遠方。❹ 辦法 ◆ 方法 / 教導有方。❺ 配藥的單子 ◆ 藥方 / 祖傳秘方。❻ 才；正在 ◆ 方才 / 方興未艾。❼ 數學上指一個數的自乘 ◆ 平方 / 立方。❽ 姓。

【方式】fāng shì　方法和形式 ◆ 鍛練身體的方式多種多樣。

【方向】fāng xiàng　❶ 指東、南、西、北等位置 ◆ 汽車朝西北方向駛去。❷ 目標 ◆ 老師給我們指出了努力的方向。

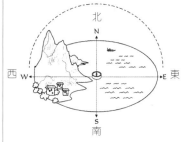

【方位】fāng wèi　方向和位置 ◆ 直升飛機已偵察到遇難船隻所在的方位。

【方法】fāng fǎ　處理事情的辦法 ◆ 由於改進了工作方法，所以效率也大大提高了。

【方便】fāng biàn　❶ 便利 ◆ 這裏交通方便。❷ 適宜 ◆ 這裏人太多，談話不方便。

【方針】fāng zhēn　引導前進的方向和目標 ◆ 我們的辦學方針是使學生在德智體美勞各方面全面發展。

【方案】fāng àn　❶ 工作或行動的計

劃 ◆ 學校制訂了年度工作方案。❷ 制定的標準格式 ◆ 掌握《漢語拼音方案》有助於學習普通話。

【方興未艾】fāng xīng wèi ài　艾：終止。形容事物正在蓬勃發展，並沒有停止 ◆ 衛星通訊事業方興未艾。

◁方言、方面

◁大方、比方、後方、千方百計、來日方長、四面八方

³ 坊　見土部，92頁。

⁴ 放　見攴部，191頁。

⁴ 於⁽于⁾ 、 ⺀ 方 方 於 於
〔yú ㄩˊ 　jy¹ 于〕

❶ 在 ◆ 往返於港九之間。❷ 向 ◆ 求教於人。❸ 給 ◆ 嫁禍於人。❹ 對；對於 ◆ 忠於職守／良藥苦口利於病。❺ 從 ◆ 青出於藍／千里之行始於足下。❻ 表示比較 ◆ 大於／高於。❼ 表示被動 ◆ 見笑於人。

【於是】yú shì　表示連接關係，由前一件事引出後一件事來 ◆ 同學們都說這本字典好，於是我也買了一本。

◁由於、急於、終於、等於、對於、屬於、同歸於盡

⁴ 房　見戶部，166頁。

⁵ 施　 ⺀ 方 方 方 施 施
〔shī ㄕ　si¹ 詩〕

❶ 實行 ◆ 施行／實施。❷ 加上；用上 ◆ 施肥／施加壓力。❸ 發佈；發出 ◆ 發號施令／施放煙幕。❹ 把財物等好處給人 ◆ 施捨／樂善好施。❺ 姓。

【施工】shī gōng　進行工程建設 ◆ 前面施工，車輛繞行。

【施展】shī zhǎn　顯示；發揮 ◆ 在研究所裏，他充分施展自己的才華。

【施捨】shī shě　送錢物接濟窮人 ◆ 靠人施捨勉強維持生活。

◁措施、設施、因材施教、倒行逆施

⁶ 旅　 、 ⺀ 方 方 旅
〔lǚ ㄌㄩˇ　lœy⁵ 呂〕

❶ 在外作客；旅行 ◆ 旅居／旅途。❷ 軍隊的編制單位，在師以下、團以上 ◆ 旅長。❸ 指軍隊 ◆ 軍旅生涯／一支勁旅。

【旅行】lǚ xíng　去外地觀光或辦事 ◆ 兩人到歐洲旅行去了。

【旅客】lǚ kè　外出旅行或旅遊的人 ◆ 近年到香港觀光的旅客減少了。

【旅途】lǚ tú　旅行途中 ◆ 祝你旅途愉快。

【旅遊】lǚ yóu　外出遊覽觀光 ◆ 黃山風景秀麗，是著名的旅遊勝地。

⁶ 旁　 ⺀ ⺊ 六 宀 㫄 旁
〔páng ㄆㄤˊ　pɔŋ⁴ 龐〕

❶ 左右兩側；旁邊 ◆ 路旁／兩旁。❷ 其他的；另外的 ◆ 旁證／旁人一概不知。❸ 邪的；偏的 ◆ 旁門左道。❹ 漢字的偏旁 ◆ 木字旁／言字旁。

【旁人】páng rén　本人之外的其他人 ◆ 我的事不用旁人管。

【旁證】páng zhèng　間接的、次要的證據 ◆ 這件事我們可以作旁證。

【旁若無人】páng ruò wú rén　周圍好像沒有人一樣。形容態度傲慢無禮，目中無人；也形容從容自然，毫不在乎 ◆ 他旁若無人地起身就走，連個招呼也不打／有些年輕人在大街上也旁若無人地擁抱接吻。

【旁敲側擊】páng qiāo cè jī　比喻不從正面直接說明本意，而是繞圈子從側面曲折地表達出來 ◆ 你不必旁敲側擊的，有甚麼話就直說好了。

◁旁聽、旁觀者清

◁偏旁部首、責無旁貸、觸類旁通

⁷ 旌　 ⺀ 方 方 方 旌 旌
〔jīng ㄐㄧㄥ　dziŋ¹ 晶〕

古代用羽毛裝飾的旗子；泛指旗子 ◆

旌節／旌旗。

⁷ 族　 ⺀ 方 方 方 族 族 族
〔zú ㄗㄨˊ　dzuk⁹ 俗〕

❶ 同姓的親屬 ◆ 家族／同宗同族。❷ 民族；種族 ◆ 漢族／異族。❸ 有共同屬性的一大類 ◆ 貴族／水族。

⁷ 旋　 ⺀ 方 方 方 旋 旋 旋
〈一〉〔xuán ㄒㄩㄢˊ　syn⁴ 船〕

❶ 轉動 ◆ 旋轉／迴旋。❷ 返回 ◆ 凱旋而歸。

〈二〉〔xuàn ㄒㄩㄢˋ　syn⁴ 船〕

❸ 打轉的 ◆ 旋風。

【旋渦】xuán wō　水流、氣流旋轉流動時形成的螺旋形圈 ◆ 落水兒童被旋渦捲走了。

◉注意 "旋渦"也作"漩渦"。

【旋轉】xuán zhuǎn　圍繞一個點或軸轉動 ◆ 月亮繞着地球旋轉，地球繞着太陽旋轉。

◁周旋、凱旋、盤旋

¹⁰ 旗　 ⺀ 方 方 方 㫓 旗 旗
〔qí ㄑㄧˊ　kei⁴ 期〕

❶ 旗幟 ◆ 國旗／校旗。❷ 稱滿族人或物 ◆ 旗人／旗袍。❸ 內蒙古自治區的行政區劃，相當於 "縣"。

【旗幟】qí zhì　❶ 旗子 ◆ 五顏六色的旗幟迎風飄揚。❷ 比喻有權威性或號召力的思想、學說或政治力量 ◆ 魯迅是中國新文學運動的一面旗幟。

【旗開得勝】qí kāi dé shèng　戰旗一展開就打了勝仗。比喻事情一開始就獲得了成功 ◆ 在首場比賽中，我隊旗開得勝。◉ 馬到成功。

【旗鼓相當】qí gǔ xiāng dāng　比喻雙方實力不相上下 ◆ 兩隊實力旗鼓相當，勝負難以預料。◉ 勢均力敵。

◁彩旗、錦旗、搖旗吶喊、大張旗鼓

无部

5 既　ヨ⺖⺖⺖⺖⺖⺖　既

[jì ㄐㄧˋ 🔊gei³ 寄]

❶ 已經 ◆ 既成事實 / 既往不咎。❷ 跟 "又"、"且" 連用，表示並列 ◆ 既快又好 / 既高且大。❸ 既然 ◆ 既來之則安之。

【既然】jì rán　用在一句話的前半部分，提出前提或原因，後半部分由此推出結論，常與 "就"、"也"、"還" 搭配使用 ◆ 既然你不願意，那就算了。

20 蠶

見虫部，380頁。

日 部

0 日　丨⺆日　日

[rì ㄖˋ 🔊jet⁹ 逸]

❶ 太陽 ◆ 日出 / 日落西山。❷ 白天；跟 "夜" 相對 ◆ 日場 / 日夜操勞。❸ 一天；一晝夜 ◆ 今日 / 明日。❹ 特定的一天 ◆ 忌日 / 生日。❺ 每天；一天天地 ◆ 日記 / 日新月異。❻ 泛指一段時間 ◆ 往日 / 來日。❼ 日本的簡稱 ◆ 日語 / 中日邦交。

【日前】rì qián　幾天前 ◆ 日前我曾給你寄去一封信。

【日記】rì jì　一種應用文。是一天所做的重要事情的記錄，也記所見、所聞、所感。日記有一定的格式，開頭一行先寫日期、星期、天氣情況，下面才是日記的正文 ◆ 姐姐每天堅持寫日記。

【日益】rì yì　一天比一天更加 ◆ 人民的生活水平日益提高。

【日常】rì cháng　平時的 ◆ 這些都是日常生活必需品。

【日期】rì qī　具體的時間，包括年、月、日 ◆ 來信的日期是 1998 年 10 月 5 日。

【日程】rì chéng　按日期排出的工作或活動程序 ◆ 這是一張香港五日遊的日程表。

【日新月異】rì xīn yuè yì　天天更新，月月不同。形容發展非常迅速 ◆ 電子通訊設備的發展日新月異。

【日積月累】rì jī yuè lěi　逐日逐月長時間不斷積累 ◆ 掌握詞彙靠日積月累。

▢ 日用、日光、日夜、日後、日曆

▢ 烈日、假日、節日、一日千里、來日方長、指日可待、與日俱增、風和日麗、蒸蒸日上、夜以繼日

1 旦　丨⺆日日　旦

[dàn ㄉㄢˋ 🔊dan³ 丹³]

❶ 天亮；早晨 ◆ 通宵達旦。❷ 某一天 ◆ 元旦 / 一旦。❸ 戲曲角色，扮演婦女 ◆ 花旦 / 老旦。

【旦夕】dàn xī　早晨和晚上。比喻很短時間 ◆ 病人已危在旦夕。

2 早　丨⺆日日旦　早

[zǎo ㄗㄠˇ 🔊dzou² 祖]

❶ 清晨 ◆ 早晨 / 早出晚歸。❷ 時間在前的 ◆ 早期 / 早就知道。❸ 比一定時間靠前 ◆ 早熟 / 來早了。❹ 早晨的問候話 ◆ 你早！

【早退】zǎo tuì　提前離開 ◆ 開會不能遲到，也不能早退。

▢ 早上、早操

▢ 及早、提早、趁早

2 旨　一⺊⺊⺊旨旨　旨

[zhǐ ㄓˇ 🔊dzi² 止]

❶ 意思；目的 ◆ 宗旨 / 旨意。❷ 特指舊時皇帝的命令 ◆ 聖旨 / 下旨。

【旨意】zhǐ yì　意圖；意見 ◆ 按照上司的旨意行事。

▢ 主旨、要旨、接旨

2 旬　ノ⺅勹旬旬　旬

[xún ㄒㄩㄣˊ 🔊tsœn⁴ 巡]

❶ 十天為一旬，一個月分上旬、中旬和下旬。❷ 十歲為一旬 ◆ 八旬老母。

2 旭　ノ九九旭旭　旭

[xù ㄒㄩˋ 🔊juk⁷ 沃]

初升的太陽 ◆ 旭日東升。

3 旱　丨⺆日日旱　旱

[hàn ㄏㄢˋ 🔊hon⁵ 寒⁵]

❶ 缺少雨水 ◆ 旱災 / 久旱逢甘雨。❷ 陸地上的；沒有水的 ◆ 旱船 / 旱田。

4 旺　丨⺆日日⺤旺旺　旺

[wàng ㄨㄤˋ 🔊wong⁶ 王⁶]

火勢大；興盛 ◆ 火很旺 / 興旺發達。

【旺季】wàng jì　營業興旺或出產多的季節 ◆ 現在是產品銷售旺季 / 西瓜上市的旺季。🔄淡季。

【旺盛】wàng shèng　情緒高昂；充滿活力 ◆ 鬥志旺盛 / 年輕人精力旺盛。

4 昔　一十卅卅芇芇昔　昔

[xī ㄒㄧ 🔊sik⁷ 色]

從前；跟 "今" 相對 ◆ 往昔 / 今昔對比。

【昔日】xī rì　從前；過去的日子 ◆ 昔日的荒灘變成了一片綠洲。

4 昆　丨⺆日日⺕⺕昆　昆

[kūn ㄎㄨㄣ 🔊gwen¹ 軍 / kwen¹ 坤 (語)]

哥哥 ◆ 昆仲 / 昆弟。

【昆蟲】kūn chóng　節肢動物的一個大類。身體分頭、胸、腹三部分，頭部有觸角，腹部有腳，大都有翅膀。蜻蜓、

蜜蜂、蒼蠅、螳螂等都屬於昆蟲。

⁴ 昌 ⟋ ⎩ ⎞ ⎞ ⎞ ⎞ 昌

[chāng 彳尢 ⑧tsœn¹ 槍]

興旺;發達 ◆ 繁榮昌盛。

【昌盛】chāng shèng 興旺發達;蓬勃發展 ◆ 國家繁榮昌盛,人民安居樂業。

⁴ 明 ⏐ ⎞ ⎞ ⎞ 明 明 明

[míng ㄇㄧㄥˊ ⑧min⁴ 名]

❶ 光亮;跟“暗”相對 ◆ 明亮 / 燈火通明。❷ 公開的;不隱蔽 ◆ 明碼標價 / 明爭暗鬥。❸ 懂得;清楚 ◆ 明白 / 黑白分明。❹ 聰慧;悟性高 ◆ 精明 / 聰明。❺ 視力 ◆ 耳聰目明 / 雙目失明。❻ 第二年或第二天 ◆ 明年 / 明天。❼ 朝代名 ◆ 元、明、清。

【明白】míng·bai ❶ 清楚;不含糊 ◆ 我已經說得很明白了。❷ 知道;懂得 ◆ 我明白他這句話的意思。❸ 聰明;懂道理 ◆ 他是個明白人,不會做這種傻事。⑤ 糊塗。

【明星】míng xīng 稱著名的、走紅的演員或運動員等 ◆ 她是電影明星,經常在廣告上出現。

【明亮】míng liàng 光線充足;亮而發光 ◆ 客廳寬敞明亮 / 她有一雙明亮的眼睛。⑩ 明朗。⑤ 昏暗。

【明朗】míng lǎng ❶ 光線充足 ◆ 今晚的月色顯得格外明朗。⑩ 明亮。⑤ 昏暗。❷ 清楚;明顯 ◆ 兩隊勢均力敵,誰勝誰負,形勢還很明朗。

【明智】míng zhì 明事理,有遠見,識時務 ◆ 立足創新,趕上世界水平,這是明智的選擇。⑤ 糊塗。

【明媚】míng mèi ❶ 景色鮮明艷麗 ◆ 春光明媚,鳥語花香。❷ 眼睛明亮動人 ◆ 她明媚的眼睛裏透出智慧的光芒。

【明確】míng què 清楚明白,確定無疑;使明確 ◆ 我的意見很明確:不贊成 / 老師的教導,使我明確了今後的努力方向。⑤ 含糊。

【明瞭】míng liǎo ❶ 清楚地知道或懂得 ◆ 課文中有幾句話的意思我還不很明瞭。❷ 清楚;明白 ◆ 請你簡單明瞭地把事情的經過說一說。

【明顯】míng xiǎn 清楚地顯露出來;能清楚地看出或感覺到 ◆ 他的進步非常明顯。⑤ 模糊。

【明目張膽】míng mù zhāng dǎn 睜開眼睛,放大膽子。形容公開地、毫無顧忌地做壞事 ◆ 他竟敢明目張膽地在大街上侮辱婦女。

【明知故犯】míng zhī gù fàn 明明知道不能這樣做,卻又故意違犯 ◆ 他是會計,卻明知故犯,多次挪用公款。

【明察秋毫】míng chá qiū háo 秋毫:鳥獸在秋天新長出的茸毛,比喻極細微的東西。形容目光銳利,連細微之處也看得很清楚 ◆ 裁判員明察秋毫,即使是很隱蔽的犯規動作,也逃不脫他的眼睛。

➣明知故問

➣光明、高明、透明、發明、說明、黎明、鮮明、證明、山明水秀

⁴ 昏 ⎯ ⎞ ⎞ 氏 氏 乔 昏

[hūn ㄏㄨㄣ ⑧fen¹ 芬]

❶ 天將黑的時候 ◆ 黃昏。❷ 光線暗 ◆ 昏暗 / 天昏地暗。❸ 神志不清;頭腦糊塗 ◆ 昏君 / 利令智昏。❹ 失去知覺 ◆ 昏迷不醒 / 昏倒在地。

【昏迷】hūn mí 失去知覺 ◆ 病人已昏迷不醒。⑤ 清醒。

【昏庸】hūn yōng 腦子糊塗而愚蠢 ◆ 我雖然老了,但還不致於昏庸到如此地步。

【昏暗】hūn àn 光線不足 ◆ 已是黃昏時分,天色漸漸昏暗下來。⑤ 明亮。

➣昏天黑地、昏頭昏腦

⁴ 易 ⟋ ⎞ ⎞ ⎞ 马 易 易

〈一〉[yì ㄧˋ ⑧ji⁶ 義]

❶ 不難;容易;跟“難”相對 ◆ 易懂 / 來之不易。❷ 和氣 ◆ 平易近人。

〈二〉[yì ㄧˋ ⑧jik⁹ 亦]

❸ 改變;更改 ◆ 移風易俗。❹ 交換 ◆ 交易 / 貿易。

【易如反掌】yì rú fǎn zhǎng 容易得像翻一下手掌。形容非常容易,毫不費力 ◆ 辦這事,對他來說簡直是易如反掌。

➣交易、容易、輕易、輕而易舉

⁴ 昂 ⟋ ⎞ ⎞ ⎞ ⎞ 昂 昂

[áng 尢ˊ ⑧ŋɔn⁴]

❶ 仰着;抬起 ◆ 昂首挺胸。❷ 價格高 ◆ 價錢昂貴。❸ 情緒高漲 ◆ 鬥志昂揚 / 慷慨激昂。

【昂貴】áng guì 價格很高 ◆ 這些鑽石名錶價格昂貴。⑤ 低廉。

【昂首闊步】áng shǒu kuò bù 抬着頭大步走。形容精神充沛、一往無前的樣子 ◆ 一隊隊戰士昂首闊步走過檢閱台。

➣高昂

⁴ 昇 “升”的異體字,見60頁。

⁵ 春 ⎯ ⎯ ⎯ ⎯ 夫 夫 春 春

[chūn 彳ㄨㄣ ⑧tsœn¹ 蠢¹]

❶ 一年四季的第一季 ◆ 春天 / 春暖花開。❷ 比喻生機;生氣勃勃 ◆ 青春 / 妙手回春。

【春光】chūn guāng 春天的景色 ◆ 春光明媚,鳥語花香。

【春節】chūn jié 農曆正月初一,是中國最隆重的傳統節日。節日活動從前一天的除夕吃年夜飯到正月十五的鬧元宵。節日期間有貼春聯、互相拜年、舞龍燈、放鞭炮等習俗 ◆ 春節到,家家戶戶樂陶陶。

☺圖見23頁。

【春聯】chūn lián 春節時貼的大紅對聯 ◆ 爺爺每年要寫不少春聯,送給親戚朋友。

【春風滿面】chūn fēng mǎn miàn 形容滿臉笑容,十分愉快 ◆ 看他春風滿面的樣子,一定是有甚麼喜事。

注意 "春風滿面" 也作 "滿面春風"。
≥ 春色、春遊、春風得意、春風化雨
≥ 青春、新春、雨後春筍

5 昧 ㄇ 日 日′ 昿 眜 眛　昧

[mèi ㄇㄟˋ ⑧ mui⁶ 妹]

❶ 糊塗；不明事理 ◆ 愚昧。❷ 隱藏 ◆ 拾金不昧。❸ 曖昧。見 "曖" 字，205 頁。

【昧心】mèi xīn　違背良心 ◆ 這些都是他賣假藥賺來的昧心錢。

5 是 ㄇ 日 旦 早 是 是　是

[shì ㄕˋ ⑧ si⁶ 事]

❶ 表示肯定判斷 ◆ 我是中國人 / 失敗是成功之母。❷ 表示存在 ◆ 桌上都是書 / 馬路對面是一個大商場。❸ 表示適合 ◆ 來得是時候 / 東西放得不是地方。❹ 表示所有 ◆ 凡是 / 是武俠小説他都看。❺ 對；正確；跟 "非" 相對 ◆ 自以為是 / 一無是處。❻ 表示答應、同意 ◆ 是，我馬上就去 / 是，三天內一定完成。❼ 相當於 "這"、"此" ◆ 是可忍，孰不可忍。

【是否】shì fǒu　是不是 ◆ 你是否還在生我的氣？

【是非】shì fēi　❶ 正確與錯誤 ◆ 你不能是非不分，裝糊塗，做好人。❷ 糾紛；口舌 ◆ 搬弄是非 / 他離開了這個是非之地，另謀職業去了。

≥ 但是、於是、口是心非、似是而非、惟利是圖、實事求是

5 映 ㄇ 日 日′ 日′ 旷 映　映

[yìng ㄧㄥˋ ⑧ jiŋ² 影/jœŋ² 央²]

因光線照射而顯出物體的影像 ◆ 放映 / 湖中的倒映。

【映照】yìng zhào　照射 ◆ 夕陽映照大地，泛出一片金光。

【映襯】yìng chèn　映照襯托 ◆ 紅花綠葉互相映襯，顯得格外嬌艷。

≥ 反映、掩映、輝映、相映成趣

5 星 丶 口 日 尸 早 星　星

[xīng ㄒㄧㄥ ⑧ siŋ¹ 升]

❶ 宇宙間發光或反射光的天體，有恆星、行星、衛星、流星等 ◆ 日月星辰 / 星光燦爛。❷ 形容細小 ◆ 零星 / 一星半點。❸ 比喻知名的藝術表演家 ◆ 歌星 / 影星。

【星辰】xīng chén　夜空中閃爍發光的星體的總稱 ◆ 今夜星辰格外明亮。

【星空】xīng kōng　星光閃爍的夜空 ◆ 遙望星空，銀河燦爛。

天上星，亮晶晶，數呀數，數不清。星星數以千億計，憑肉眼可以看到的有 6000 顆，不過每晚最多只能看到 3000 多顆。
夜空中最明亮的恆星是天狼星。它的光度是太陽的 24 倍。
北極星是北半球最重要的定位星，差不多位於北極的正上方，看來固定不動，是航海者辨別方位的指標。

【星球】xīng qiú　指宇宙中能發光或反射光的星體，如日、月、地球等 ◆ 除地球外，其他星球上是否有人類，還是個謎。

【星火燎原】xīng huǒ liáo yuán　"星星之火，可以燎原" 的省稱。星火：一丁點兒的火星。燎：燃燒。小小的火星可以蔓延燒遍整個原野。比喻事物開始時雖然力量很微弱，但很快就能發展壯大起來 ◆ 各地的鄉鎮企業如同星火燎原，欣欣向榮。

【星羅棋佈】xīng luó qí bù　像星星羅列天空，像棋子佈滿棋盤。形容數量多，分佈廣 ◆ 在江南水鄉，河流湖泊星羅棋佈。

≥ 星光、星期
≥ 行星、明星、恆星、流星、零星、北斗星、披星戴月、寥若晨星

5 昨 ㄐ 日 日′ 旷 昨　昨

[zuó ㄗㄨㄛˊ ⑧ dzɔk⁹ 鑿]

今天的前一天 ◆ 昨天 / 昨夜。

5 音 見音部，451 頁。

5 昭 ㄇ 日 日′ 町 昭 昭　昭

[zhāo ㄓㄠ ⑧ dziu¹ 招/tsiu¹ 超 (語)]

明顯 ◆ 昭然若揭 / 臭名昭著。

【昭雪】zhāo xuě　洗清被冤枉的罪名 ◆ 法院推翻了一審判決，判無罪釋放，被告終於得到平反昭雪。

【昭著】zhāo zhù　很明顯 ◆ 他罪惡昭著，天理難容。

5 晲 "暉" 的異體字，見 203 頁。

6 時 (时) 日 日′ 旷 旷 旷 時　時

[shí ㄕˊ ⑧ si⁴ 匙]

❶ 比較長的一段時間 ◆ 時代 / 古時 / 平時。❷ 規定的時間 ◆ 按時出發 / 準時參加。❸ 季節 ◆ 時令 / 清明時節雨紛紛。❹ 計算時間的單位 ◆ 時辰 / 上午九時。❺ 現代的；當前的 ◆ 時裝 / 時興。❻ 機會；時機 ◆ 機不可失，時不再來。❼ 常常 ◆ 時常 / 時有出現。❽ 有時候 ◆ 時而 / 時隱時現。

【時代】shí dài　歷史上或人生中的某個時期 ◆ 這事發生在春秋戰國時代 / 我的學生時代是在廣州度過的。

【時而】shí ér　❶ 表示不定時地重複發生 ◆ 在海邊，時而能見到海鷗掠過水面。❷ 表示在一段時間裏交替出現不同的情況 ◆ 她真是個小孩子，時而哭，時而笑。

【時光】shí guāng　時間；光陰 ◆ 青年人要珍惜大好時光，有所作為。

【時事】shí shì　最近發生的國內外大事 ◆ 爸爸很關心時事，天天看報、聽廣播。

【時刻】shí kè　❶ 某時某刻；幾點幾分 ◆ 火車時刻表。❷ 每時每刻；經常 ◆ 母親時刻惦念着在海外求學的女兒。

【時速】shí sù　一小時內的行駛或運轉的速度 ◆ 高速列車時速可以超過兩百公里。

【時期】shí qī 一段較長的時間 ◆ 在抗日戰爭時期，祖父去了南洋。

【時髦】shí máo 一時廣為流行的新鮮事物。指衣着和某些行為方式等 ◆ 他女兒的衣着很時髦 / 從前旅遊結婚是很時髦的事，現在已不希奇了。

【時機】shí jī 有利的時間和機會 ◆ 現在是旅遊旺季，擴大營業額的大好時機。

◁ 時候、時間、時裝、時鐘

▷ 及時、同時、過時、準時、隨時、臨時、天時地利、風靡一時

---

⁶ 晉(晋) 一ㄏㄈㄣㄈ晉 晉

[jìn ㄐㄧㄣˋ 粵 dzœn³ 進]

❶ 進；升 ◆ 晉見 / 晉升。❷ 山西省的別稱。❸ 姓。

---

⁶ 晃 日日日旦昆昆 晃

〈一〉[huǎng ㄏㄨㄤˇ 粵 foŋ² 訪]

❶ 明亮；閃耀 ◆ 晃眼 / 明晃晃。❷ 很快地閃過 ◆ 一晃而過 / 虛晃一槍。

〈二〉[huàng ㄏㄨㄤˋ 粵 foŋ² 訪]

❸ 搖動；擺動 ◆ 搖晃 / 晃動。

---

⁶ 晌 丨刀日日'日'日' 晌

[shǎng ㄕㄤˇ 粵 hœŋ² 享]

❶ 正午 ◆ 晌午。❷ 一天裏的一段時間；一會兒 ◆ 前半晌 / 工作了半晌。

---

⁶ 晏 口日日旦是晏 晏

[yàn ㄧㄢˋ 粵 an³/ŋan³]

❶ 晚；遲 ◆ 早起晏睡。❷ 姓。

---

⁷ 晨 日旦尸尽晨晨 晨

[chén ㄔㄣˊ 粵 sɐn⁴ 神]

清早；太陽剛出來的時候 ◆ 早晨 / 清晨。

【晨曦】chén xī 清晨的陽光 ◆ 晨曦映照在湖面上，泛起粼粼波光。

▷ 凌晨、寥若晨星

---

⁷ 奢 見大部，106 頁。

---

⁷ 晤 日日'日'昕昕晤 晤

[wù ㄨˋ 粵 ŋ⁶ 悟]

見面 ◆ 會晤 / 晤面。

---

⁷ 晦 日日'日亡昨晦晦 晦

[huì ㄏㄨㄟˋ 粵 fui³ 悔]

❶ 昏暗；不明顯 ◆ 晦暗 / 隱晦曲折。❷ 倒霉 ◆ 晦氣。

【晦氣】huì qì 倒霉；遇事不稱心 ◆ 今天真晦氣，購物時錢包給小偷偷走了。

【晦澀】huì sè 指詩文詞句含意不明顯、不好懂 ◆ 這篇文章晦澀難懂。

---

⁷ 晚 日日'日'昨晚晚 晚

[wǎn ㄨㄢˇ 粵 man⁵ 萬⁵]

❶ 日落以後的時間；夜間 ◆ 晚上 / 夜晚。❷ 時間靠後的；末期 ◆ 晚年 / 晚期。❸ 遲 ◆ 來晚了 / 亡羊補牢，未為晚也。❹ 後來的；後輩 ◆ 晚輩 / 晚生。

【晚年】wǎn nián 人生的老年時期 ◆ 兒女都很孝順，晚年生活很幸福。

【晚霞】wǎn xiá 日落時天邊出現的彩雲 ◆ 晚霞染紅了天空。

◁ 晚安、晚間、晚餐

▷ 傍晚

---

⁷ 晝(昼) 一彐尹申書書晝 晝

[zhòu ㄓㄡˋ 粵 dzɐu³ 咒]

白天；跟“夜”相對 ◆ 白晝 / 晝夜不停。

---

⁸ 晴 日'日'日丰晴晴晴 晴

[qíng ㄑㄧㄥˊ 粵 tsiŋ⁴ 情]

天空明朗無雲或雲很少 ◆ 晴天 / 晴空萬里。

【晴朗】qíng lǎng 天空無雲或雲很少，陽光充足 ◆ 天空晴朗，陽光燦爛。

【晴天霹靂】qíng tiān pī lì 霹靂：大的雷聲。晴天突然打雷。比喻突然發生令人震驚的意外事件 ◆ 一代天王的猝死，如同晴天霹靂，令人驚訝。

▷ 雨過天晴

---

⁸ 暑 口日日日甲早暑 暑

[shǔ ㄕㄨˇ 粵 sy² 鼠]

天氣炎熱；盛夏 ◆ 酷暑 / 暑假。

▷ 中暑、寒來暑往

---

⁸ 晰 日日'昨昨昕晰晰 晰

[xī ㄒㄧ 粵 sik⁷ 析]

清楚；明白 ◆ 清晰 / 明晰。

---

⁸ 晶 丨冂日日日晶 晶

[jīng ㄐㄧㄥ 粵 dziŋ¹ 貞]

❶ 光亮、透明 ◆ 亮晶晶 / 晶瑩剔透。❷ 水晶：一種堅硬、透明的礦物。

【晶瑩】jīng yíng 透明發亮 ◆ 荷葉上滾動着幾顆晶瑩的水珠。

▷ 結晶

---

⁸ 智 丿ㄣ上乍乍矢知 智

[zhì ㄓˋ 粵 dzi³ 志]

❶ 聰明；有見識；跟“愚”相對 ◆ 機智勇敢 / 不智之舉。❷ 才略；見識 ◆ 智謀 / 智勇雙全。

【智力】zhì lì 指人的思維活動能力，如觀察力、理解力、記憶力、判斷力、想像力、創造力等 ◆ 教學活動不只是傳授知識，更要注重發展學生的智力。

【智能】zhì néng 智力和能力 ◆ 這種電子玩具，對發展兒童的智能有幫助。

【智慧】zhì huì 聰明才智 ◆ 班長集中了全班同學的智慧，製作了一件精美的紀念品。

▷ 才智、明智、神智、理智、利令智昏、急中生智、見仁見智、吃一塹，長一智

---

⁸ 晾 日昉昉昞晾晾 晾

[liàng ㄌㄧㄤˋ 粵 lɔŋ⁶ 浪]

把衣物等放在太陽底下或通風處曬乾或吹乾 ◆ 晾衣服 / 衣服晾乾了。

8 **景**

[jǐng ㄐㄧㄥˇ [粵] giŋ^2 警]

❶ 風光 ◆ 風景宜人 / 香港一景。❷ 指舞台上或影視中的佈景 ◆ 場景 / 外景。❸ 情況；情形 ◆ 景況 / 情景。❹ 尊敬；敬佩 ◆ 景仰 / 景慕。

【景仰】jǐng yǎng　尊敬佩服 ◆ 我們都很景仰校長的為人。

【景色】jǐng sè　自然風光；風景 ◆ 杭州西湖景色迷人。[同] 景致。

【景物】jǐng wù　可供觀賞的風景和事物 ◆ 夜幕降臨，周圍的景物已朦朦朧朧。

【景況】jǐng kuàng　情景；狀況 ◆ 爸爸小時候家裏很窮，現在我們的景況好多了。

【景致】jǐng zhì　自然風光；風景 ◆ 登上山頂，四周的景致一覽無遺。[同] 景色。

【景氣】jǐng qì　指社會經濟活動的繁榮景象 ◆ 目前市場蕭條，商品產銷很不景氣。

【景象】jǐng xiàng　情景；現象 ◆ 春天來了，大地呈現一片欣欣向榮的景象。

【景觀】jǐng guān　自然景色；供觀賞的景物 ◆ 石林的自然景觀令人驚歎。

▷ 佈景、背景、前景、風景、情景交融、觸景生情

8 **普**

[pǔ ㄆㄨˇ [粵] pou^2 譜]

全面；廣泛 ◆ 普遍 / 陽光普照。

【普及】pǔ jí　廣泛傳佈；普遍推廣 ◆ 電話已普及廣大農村 / 普及義務教育，提高全民族文化素質。

【普通】pǔ tōng　一般的；平常的 ◆ 這是一塊普通的石英錶。[反] 特別、特殊。

【普遍】pǔ biàn　廣泛地存在；具有共同性的 ◆ 學習普通話是香港很普遍的現象。

【普通話】pǔ tōng huà　現代漢語的標準用語，它以北京語音為標準音，以北方話為基礎方言，以典範的白話文著作為語法規範 ◆ 現在不少學校都有普通話課了。

【普天同慶】pǔ tiān tóng qìng　全天下的人共同慶祝 ◆ 聖誕節是普天同慶的節日。

9 **暖**

[nuǎn ㄋㄨㄢˇ [粵] nyn^5 嫩^5]

❶ 天氣温和；不冷不熱 ◆ 温暖 / 春暖花開。❷ 使温暖 ◆ 暖手 / 暖暖身子。

【暖和】nuǎn · huo　不冷也不熱；温暖 ◆ 春天到了，天氣漸漸暖和起來。

9 **暗**

[àn ㄢˋ [粵] ɐm^3/ŋɐm^3 庵^3]

❶ 沒有亮光；昏黑；跟"明"相對 ◆ 黑暗 / 天昏地暗。❷ 隱蔽的；不露出來的 ◆ 暗礁 / 暗暗地哭泣。❸ 不明白；糊塗 ◆ 兼聽則明，偏信則暗。

【暗示】àn shì　暗中示意，使人領會 ◆ 他用手勢暗示我趕快走開。

【暗淡】àn dàn　❶ 光線昏暗；色彩不鮮豔 ◆ 室內光線暗淡 / 這塊花布色彩暗淡。❷ 比喻前途渺茫，不光明 ◆ 他屢遭挫折，感到前景暗淡。

【暗算】àn suàn　暗中謀劃算計害人 ◆ 副總統在旅行途中遭人暗算，險些喪生。

【暗箭傷人】àn jiàn shāng rén　暗地裏放冷箭傷害人。比喻用陰險的手段害人 ◆ 他四處造謠生事，暗箭傷人。

◁ 暗害、暗殺、暗號

▷ 陰暗、明察暗訪、若明若暗

9 **暉** (晖)

[huī ㄏㄨㄟ [粵] fɐi^1 揮]

❶ 陽光 ◆ 朝暉。❷ "輝"的異體字，見414頁。

9 **暈** (晕)

〈一〉[yùn ㄩㄣˋ [粵] wɐn^6 運]

❶ 太陽、月亮周圍的光圈 ◆ 日暈 / 月暈。❷ 頭昏 ◆ 暈車 / 暈船。

〈二〉[yūn ㄩㄣ [粵] wɐn^4 雲]

❸ 頭昏；感覺旋轉 ◆ 暈頭暈腦 / 暈頭轉向。❹ 昏迷；昏倒 ◆ 暈倒 / 暈過去。

9 **暇**

[xiá ㄒㄧㄚˊ [粵] ha^6 夏]

空閒 ◆ 空暇 / 閒暇。

▷ 目不暇接、應接不暇

10 **暢** (畅)

[chàng ㄔㄤˋ [粵] tsœŋ^3 唱]

❶ 沒有阻礙 ◆ 暢銷 / 暢通無阻。❷ 盡情；痛快 ◆ 暢談 / 暢遊。

【暢通】chàng tōng　沒有阻礙地通行或通過 ◆ 道路拓寬後，車輛行駛暢通無阻。

【暢銷】chàng xiāo　貨物銷路好，賣得快 ◆ 這是一本暢銷書。

【暢所欲言】chàng suǒ yù yán　痛快地説出想要説的話 ◆ 為了公司和大家的利益，請各位同仁暢所欲言。

▷ 流暢、通暢、舒暢、歡暢

10 **嘗**　見口部，84頁。

11 **暱** (昵)

[nì ㄋㄧˋ [粵] nik^9 溺/nik^7 匿 (語)]

親近；親熱 ◆ 親暱。

11 **暫** (暂)

[zàn ㄗㄢˋ [粵] dzam^6 站]

短時間的 ◆ 暫停 / 短暫。

【暫且】zàn qiě　暫時；姑且 ◆ 手裏的工作暫且放一放 / 昨天的事暫且不説，今天這件事你怎樣解釋？

【暫時】zàn shí　短時間的 ◆ 前面發生意外，交通暫時中斷。

11 **暴**

〈一〉[bào ㄅㄠˋ [粵] bou^6 步]

❶ 兇狠；殘酷 ◆ 暴徒 / 殘暴。❷ 突

然而又猛烈 ◆ 狂風暴雨／山洪暴發。❸急躁 ◆ 粗暴／暴躁。❹不愛惜；損害；糟蹋 ◆ 暴殄天物／自暴自棄。

〈二〉[pù ㄆㄨˋ ⑧buk⁹ 僕]
❺同"曝"〈一〉，見204頁。

【暴力】bào lì　武力 ◆ 這個國家最近又發生了暴力衝突。

【暴行】bào xíng　兇惡殘暴的行為 ◆ 歹徒濫殺無辜的暴行必須嚴懲。

【暴動】bào dòng　有組織的暴力行動 ◆ 受欺壓的奴隸發起了武裝暴動。

【暴發】bào fā　❶突然發生 ◆ 連日大雨造成山洪暴發。❷突然發財。多含貶義 ◆ 這一家是個暴發戶。

【暴躁】bào zào　急躁；不冷靜，愛發脾氣 ◆ 他脾氣暴躁，動不動就大吵大鬧。

(注意) 不要把"躁"錯寫成"燥"。

【暴露】bào lù　顯露出來 ◆ 大家隱蔽好，不要暴露目標。

【暴風驟雨】bào fēng zhòu yǔ　驟：急速；猛烈。形容大風大雨 ◆ 連日的暴風驟雨，使周圍成了一片澤國。

【暴跳如雷】bào tiào rú léi　蹦跳喊叫，像打雷一樣猛烈。形容大怒或情急時大喊大叫的樣子 ◆ 催員一個小小的疏忽，使公司損失數十萬，氣得老闆暴跳如雷。

¹¹暮(暮)　一十十十古芦莫莫暮

[mù ㄇㄨˋ ⑧mou⁶ 務]
❶日落的時候；傍晚 ◆ 暮色／朝思暮想。❷晚；時間快完了 ◆ 暮年／天寒歲暮。

【暮年】mù nián　人的晚年 ◆ 人到暮年，還能有甚麼作為？

【暮色】mù sè　傍晚昏暗的天色 ◆ 暮色籠罩大地。

☞日暮途窮、朝三暮四

¹¹魯

見魚部，465頁。

¹²曉(晓)　日 日′ 日⁺ 旷 晴 晴 曉

[xiǎo ㄒㄧㄠˇ ⑧hiu² 囂²]

❶天剛亮 ◆ 破曉／公雞報曉。❷知道 ◆ 曉得／家喻戶曉。❸告知；使人知道 ◆ 揭曉／曉以大義。

☞拂曉、知曉

¹²曆(历)　厂厂厂斤斤麻曆

[lì ㄌㄧˋ ⑧lik⁹ 力]

❶推算年、月、日和節氣的方法 ◆ 曆法／農曆／陽曆。❷記錄年、月、日和節氣的書或印刷品 ◆ 日曆／掛曆。

¹²曇(昙)　日 旦 旱 旱 景 曇

[tán ㄊㄢˊ ⑧tam⁴ 談]

曇花：常綠灌木，花淡黃色，常在夜間開放，開花的時間很短 ◆ 曇花一現。

【曇花一現】tán huā yī xiàn　曇花開花的時間很短，很快就凋謝了。比喻某些事物或顯赫一時的人物出現不久，很快就消失了 ◆ 這些曇花一現的人物，讓歷史去評說吧。

¹³曙　日 日′ 日⁰ 日⁰ 日⁰ 暉

[shǔ ㄕㄨˇ ⑧sy⁶ 樹]

天剛亮 ◆ 曙光初照。

【曙光】shǔ guāng　清晨的陽光；比喻即將到來的美好前景 ◆ 曙光初照，公園裏到處可見晨練的人們／我們已經看到了勝利的曙光。

¹³曖(暧)　日 日′ 日⁰ 時 晵 曖

[ài ㄞˋ ⑧ɔi³/ŋɔi³ 愛]

見"曖昧"。

【曖昧】ài mèi　❶態度、用意等含糊、不明朗 ◆ 他的話很曖昧，讓人難以捉摸。❷行為不光明；不可告人 ◆ 他們兩人關係曖昧。

¹⁵曝　日 日⁰ 日⁰ 暉 暉 暉 曝

〈一〉[pù ㄆㄨˋ ⑧buk⁹ 僕]

❶曬 ◆ 一曝十寒。

〈二〉[bào ㄅㄠˋ ⑧buk⁹ 僕]

❷見"曝光"。

【曝₂光】bào guāng　❶使照相膠片、相紙感光 ◆ 因為曝光不足，相片很模糊。❷把事情公開出來，讓大眾知道 ◆ 這間商店出售假貨的事曝光後，生意額一落千丈。

(注意) "曝光"多指不光彩的事情。也作"暴光"。

¹⁵曠(旷)　日 旷 旷 旷 曠 曠 曠

[kuàng ㄎㄨㄤˋ ⑧kwɔŋ³ 礦]

❶地方寬闊 ◆ 空曠／地曠人稀。❷心胸開闊 ◆ 心曠神怡。❸無故缺勤；荒廢 ◆ 曠課／曠工。❹姓。

【曠野】kuàng yě　廣闊的原野 ◆ 植物學家在曠野裏搜集標本。

【曠日持久】kuàng rì chí jiǔ　耗費時日，拖延很久 ◆ 這起大案已曠日持久，至今沒有判決。

☞寬曠

¹⁶曦　日 旷 旷 晴 睫 曦 曦

[xī ㄒㄧ ⑧hei¹ 希]

早晨的陽光 ◆ 晨曦。

¹⁹曬(晒)　日 曆 旷 曘 曬 曬 曬

[shài ㄕㄞˋ ⑧sai³ 徙³]

受陽光照射 ◆ 曬衣服／日曬雨淋。

日 部

⁰曰　1 冂 日 曰

[yuē ㄩㄝ ⑧jyt⁹ 月/jœk⁹ 若（語）]

❶説 ◆ 孔子曰。❷叫做 ◆ 名曰科技學院。

¹由

見田部，282頁。

¹甲

見田部，283頁。

2 曲

丶冂冂冊曲曲　曲

〈一〉[qū ㄑㄩ ⑧kuk⁷ 麴]

❶彎;跟"直"相對 ◆ 曲線／彎曲。

❷不正確;不公正;不合理 ◆ 曲解／歪曲事實／是非曲直。

〈二〉[qǔ ㄑㄩˇ ⑧kuk⁷ 麴]

❸歌;歌譜 ◆ 作曲／高歌一曲。

【曲折】qū zhé ❶彎曲 ◆ 汽車行駛在曲折的山路上。❷形容事情複雜多變 ◆ 故事情節曲折。

【曲解】qū jiě　錯誤地理解別人說話的意思。多指有意的 ◆ 你不要曲解我對你的忠告。⑩ 歪曲、誤解。

【曲₂調】qǔ diào　戲曲唱腔或歌曲的調子 ◆ 二胡獨奏曲《二泉映月》曲調優美動聽。

▷序曲₂、歪曲、歌曲、插曲₂、戲曲₂、委曲求全、異曲₂同工

2 曳

丶冂冂曰电曳　曳

[yè ㄧㄝˋ ⑧jɐi⁶ 拽]

拖;拉 ◆ 曳光彈／棄甲曳兵。

3 更

一冂冂冂百更　更

〈一〉[gēng ㄍㄥ ⑧gɐŋ¹ 庚]

❶改變;改換 ◆ 更改／更衣室。❷舊時夜間計時的方法,一夜分五更,每更約兩小時 ◆ 五更天／三更半夜。

〈二〉[gèng ㄍㄥˋ ⑧gɐŋ³ 庚³]

❸愈加;更加 ◆ 規模更大／更吸引人。❹再;又 ◆ 百尺竿頭,更進一步／更上一層樓。

【更正】gēng zhèng　改正談話或文章中的錯誤 ◆ 把作文中的錯別字更正過來。⑩ 改正。

【更₂加】gèng jiā　表示程度進一步加深或數量進一步增加或減少 ◆ 畢業班同學學習更加努力了／聽了他的介紹,想去參觀的人更加多了。

【更改】gēng gǎi　改變;改動 ◆ 計劃必須執行,不能更改。

【更換】gēng huàn　變換;替換 ◆ 更換場地／學校更換了校長。

【更新】gēng xīn　用新的替換舊的 ◆ 設備太陳舊了,需要更新。

▷變更、深更半夜、自力更生、萬象更新

5 冒

見冂部,43頁。

6 書(书)

フユユヨま書書　書

[shū ㄕㄨ ⑧sy¹ 舒]

❶書本;書籍 ◆ 圖書／教科書。❷文件 ◆ 聘書／說明書。❸信件 ◆ 書信。❹寫 ◆ 書寫／奮筆疾書。❺字體 ◆ 楷書／行書。

【書法】shū fǎ　寫字的藝術;特指中國傳統的用毛筆書寫漢字的藝術 ◆ 倩倩在學校書法比賽中得了第一名。

【書面】shū miàn　用文字表達的,跟"口頭"相對 ◆ 請給我一個書面答覆。

【書信】shū xìn　信 ◆ 書信是應用文的一種,它有一定的格式。

【書院】shū yuàn　學校的別稱 ◆ 英文書院。

【書寫】shū xiě　寫 ◆ 請用鋼筆書寫。

【書籍】shū jí　書的總稱 ◆ 要愛護圖書館的書籍。

【書呆子】shū dāi ·zi　只知道死讀書的人 ◆ 他是個書呆子,除了讀書別的甚麼也不會。

◁書刊、書店、書房、書架

▷祕書、證書、叢書、著書立說

7 曹

一𠤎𠤎曲曲曹　曹

[cáo ㄘㄠˊ ⑧tsou⁴ 嘈]

❶等;輩 ◆ 儞曹／吾曹。❷姓。

7 曼

見又部,66頁。

7 冕

見冂部,43頁。

8 替

一二夫夫扶替替　替

[tì ㄊㄧˋ ⑧tɐi³ 剃]

❶代;代換;代理 ◆ 替換／代替。❷為 ◆ 替你高興。

【替代】tì dài　用甲換乙,使甲起乙的作用 ◆ 沒有人能替代他的工作。⑩ 代替。

【替身】tì shēn　代替別人做事或受過的人 ◆ 替身演員。

【替換】tì huàn　使用另一個或另一種,把原來的一個或一種換下來 ◆ 2號球員替換8號球員上場比賽。⑩ 更替、更換。

◁替死鬼、替罪羊

▷交替、接替、冒名頂替

8 最

見冂部,43頁。

8 量

見里部,430頁。

8 曾

丶丷丷丷丷曲曾　曾

〈一〉[zēng ㄗㄥ ⑧dzɐŋ¹ 增]

書法

行書　今草　楷書　章草　隸書　小篆　古文

❶中間隔兩代的親屬 ◆ 曾孫／曾祖父。❷姓。

〈二〉[céng ㄘㄥˊ 粵tsen⁴ 層]

❸從前經歷過 ◆ 曾經／似曾相識。

◢曾²幾何時

會⁹ (会) 人ㄟ合合命命會會會

〈一〉[huì ㄏㄨㄟˋ 粵wui⁶ 匯]

❶集合在一起 ◆ 會師／聚會。❷見面 ◆ 會面／會客。❸集會；會議 ◆ 報告會／座談會。❹某種社會團體或組織 ◆ 工會／學生會。❺理解；懂得 ◆ 體會／心領神會。❻時機；機會 ◆ 適逢其會。❼付錢 ◆ 會鈔。❽大城市 ◆ 都會／省會。❾能夠；可能 ◆ 能說會道／不會忘記。

〈二〉[kuài ㄎㄨㄞˋ 粵kui² 檜/wui⁶ 匯(語)]

❿見"會計"。

【會心】huì xīn 領會別人的心意 ◆ 見到兒子事業有成，母親露出了會心的微笑。

【會合】huì hé 聚集到一起 ◆ 現在大家分散活動，三點鐘在原地會合。⑩集合、匯合。⑤分散。

【會²計】kuài jì 管理財務賬目或從事財務賬目管理的專業人員 ◆ 公司正在招聘會計。

【會晤】huì wù 會面；見面 ◆ 雙方約定十二點鐘會晤，並共進午餐。

【會話】huì huà 對話 ◆ 同學們在暑假一起報讀英語會話班。

注意"會話"多用於學習別種語言或方言。

【會談】huì tán 雙方或多方聚在一起商談 ◆ 兩國外交部長舉行會談。

◢會見、會員、會場、會議

◣約會、宴會、誤會、晚會、社會、領會、體會、委員會、融會貫通、聚精會神、牽強附會

月 部

月⁰ 丿月月

[yuè ㄩㄝˋ 粵jyt⁹ 粵]

❶月亮 ◆ 月光／月是故鄉明。❷計時單位，一年分十二個月 ◆ 月份／月曆。❸形容形狀、顏色等像月亮的 ◆ 月餅／月白色。

◢年月、歲月、日月如梭、日新月異、日積月累、披星戴月

有² 一ナオ有有有

[yǒu ㄧㄡˇ 粵jeu⁵ 友]

❶表示具有、擁有、存在、發生、出現等；跟"無"相對 ◆ 有許多書／大有希望／情況有變化。❷表示估計、比較 ◆ 路面有四十來米寬／弟弟有哥哥那麼高了。❸表示部份；跟"某"、"某些"相近 ◆ 有一天／有些事我不明白。❹放在某些動詞前，表示客氣 ◆ 有請／有勞。

【有名】yǒu míng 出名；名字為眾人所知 ◆ 他是有名的足球運動員。⑩著名。

【有利】yǒu lì 有好處；有幫助 ◆ 這次合作對大家都有利。⑩有益。

【有限】yǒu xiàn ❶有限度；有盡頭 ◆ 一個人的生命是有限的。⑤無限。❷數量不多或程度不高 ◆ 招生名額有限／他的文化水平有限，當教師絕不適合。

【有效】yǒu xiào 有效果；能達到預期的目的 ◆ 這種新藥對治療腹瀉很有效。⑤無效。

【有益】yǒu yì 有好處；有幫助 ◆ 多參加運動，有益身體健康。⑩有利。

【有趣】yǒu qù 有趣味性，讓人喜愛 ◆ 這個故事很有趣。

【有目共睹】yǒu mù gòng dǔ 大家都看到的 ◆ 這是有目共睹的事實，別想再抵賴了。

【有血有肉】yǒu xuè yǒu ròu 比喻文章描述具體生動，內容充實 ◆ 小說的主人公描寫得有血有肉，栩栩如生。⑤乾巴巴。

【有的放矢】yǒu dì fàng shǐ 的：箭靶。矢：箭。對準靶子放箭。比喻說話做事有針對性，有明確的目標 ◆ 這篇文章有的放矢，批評某些公務員的不良作風。⑤無的放矢。

【有始有終】yǒu shǐ yǒu zhōng 指做事認真，能堅持到底 ◆ 不管做甚麼事，要有始有終，不要半途而廢。⑤有始無終、半途而廢。

【有恃無恐】yǒu shì wú kǒng 恃：依仗；依靠。有所依靠而不害怕。多用來形容因有某種勢力可依靠，行為無所顧忌 ◆ 因為他爸爸是縣長，便有恃無恐，胡作非為。

注意"恃"不要錯寫成"持"；"恃"不讀chí(持)。

【有條不紊】yǒu tiáo bù wěn 有條有理，一點也不亂 ◆ 他思路嚴謹，說話有條不紊。⑩井井有條。⑤雜亂無章。

【有備無患】yǒu bèi wú huàn 事先做好準備，就可以避免災禍 ◆ 加固堤防，有備無患。⑩未雨綢繆、防患未然。

【有聲有色】yǒu shēng yǒu sè 形容說話、表演具體生動，十分精彩 ◆ 他口才好，講起故事來有聲有色。⑤枯燥無味。

◢有力、有用、有時、有緣

◣只有、佔有、具有、富有、擁有、胸有成竹、井井有條、津津有味、綽綽有餘、前所未有、應有盡有

朋⁴ 丿月月月刖朋

[péng ㄆㄥˊ 粵pen⁴ 憑]

❶朋友 ◆ 親朋好友／高朋滿座。❷結黨 ◆ 朋比為奸。

【朋友】péng ·you 彼此有交情、很要好的人 ◆ 這次全靠朋友幫忙，使度過難關。

服⁴ 丿月月月肝服

〈一〉[fú ㄈㄨˊ 粵fuk⁹ 伏]

❶衣裳 ◆ 衣服／服裝。❷相信；順

吃一塹，長一智

從 ◆ 服從 / 信服。❸ 使人信服 ◆ 說服 / 以理服人。❹ 擔任；承擔 ◆ 服務 / 服兵役。❺ 適應；習慣 ◆ 水土不服。❻ 吃 ◆ 按時服藥 / 服毒自殺。

〈二〉[fú ㄈㄨˊ ⑧ fuk⁹ 伏]

❼ 量詞，中藥一劑叫一"服" ◆ 一服藥。

【服侍】fú·shi 伺候；照料 ◆ 家裏請了傭人，專門服侍老爺爺。

【服務】fú wù 為某種事業而工作；為集體或他人做事 ◆ 旅店工作人員服務周到。

【服從】fú cóng 聽從；照別人的意思去做 ◆ 少數服從多數。

【服飾】fú shì 穿着和裝飾 ◆ 女孩子都講究服飾打扮。

🔲 服用、服食、服氣

🔲 克服、佩服、屈服、舒服、心悅誠服

---

⁶ 朔　丶丷丷屮屮屮朔朔 朔

[shuò ㄕㄨㄛˋ ⑧ sɔk⁸ 索]

❶ 農曆每月的初一 ◆ 朔望（初一和十五）。❷ 北方 ◆ 朔方 / 朔風吹，大雪飄。

---

⁶ 朗　丶ㄋㄋㄋ良良 朗

[lǎng ㄌㄤˇ ⑧ lɔŋ⁵ 狼⁵]

❶ 明亮；光線充足 ◆ 明朗 / 天氣晴朗。❷ 聲音響亮 ◆ 朗讀 / 朗誦。

【朗誦】lǎng sòng 有感情地朗讀 ◆ 老師給我們做了詩歌朗誦示範。

【朗讀】lǎng dú 大聲地讀出來 ◆ 老師請麗麗同學朗讀課文。

🔲 爽朗、開朗

---

⁷ 望(朢)　亠亠诃诃诃望望 望

[wàng ㄨㄤˋ ⑧ mɔŋ⁶ 亡⁻⁶]

❶ 向遠處、高處看 ◆ 瞭望 / 一望無際。❷ 拜訪 ◆ 看望 / 探望。❸ 希望；期待 ◆ 盼望 / 喜出望外。❹ 名譽；名聲 ◆ 名望 / 威望。❺ 向着；朝着 ◆ 望前走 / 望山上看。❻ 農曆每月十五日 ◆ 朔望（初一和十五）。

【望文生義】wàng wén shēng yì 不了解詞句的確切含意，只從字面去作牽強的解釋 ◆ 有人把"胸有成竹"解釋成"胸中有一根現成的竹子"，這是望文生義。

【望而生畏】wàng ér shēng wèi 看見就害怕 ◆ 父親威嚴的神態，讓人望而生畏。

【望洋興歎】wàng yáng xīng tàn 望洋：仰視的樣子。原意指仰望海神，感歎自己的渺小。現多用來比喻力量不夠，無可奈何 ◆ 眼看同學們都考上了大學，因為自己功課太差，只能望洋興歎。

【望塵莫及】wàng chén mò jí 望着前面人馬行走時揚起的塵土，而追趕不上。形容遠遠落在後頭 ◆ 在 400 米跑步比賽中，小強遙遙領先，令其他選手望塵莫及。

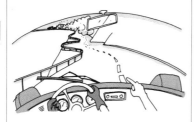

🔲 失望、眺望、欲望、張望、期望、渴望、絕望、聲望、願望、眾望所歸、德高望重、大失所望

---

⁸ 期　一十廿廿甘其其期 期

[qī ㄑㄧ ⑧ kei⁴ 其]

❶ 規定的時間 ◆ 按期 / 如期完成。❷ 約定時間 ◆ 不期而遇。❸ 希望；盼望 ◆ 期待 / 達到了預期的目的。❹ 量詞，用於分期的事物 ◆ 本刊已出版了三百期 / 第二期游泳訓練班。

【期待】qī dài 盼望等待 ◆ 父親期待兒子大學畢業後回香港工作。

【期限】qī xiàn 限定的一段時間 ◆ 期限快到了，任務還沒有完成。

【期望】qī wàng 對未來前途的希望和等待 ◆ 他期望將來成為科學家。

【期間】qī jiān 在某個時期之內 ◆ 春節期間，爸爸帶我到海洋公園玩了一趟。

🔲 延期、時期、假期、過期、學期

---

⁸ 朝　一十十古古卓 朝

〈一〉[zhāo ㄓㄠ ⑧ dziu¹ 招]

❶ 早晨；跟"夕"、"暮"相對 ◆ 朝陽 / 朝思暮想 / 朝令夕改。❷ 日；天 ◆ 今朝 / 有朝一日。

〈二〉[cháo ㄔㄠˊ ⑧ tsiu⁴ 潮]

❸ 向着；對着 ◆ 朝前走 / 朝遠處看。❹ 朝廷；朝代 ◆ 上朝 / 唐朝。❺ 臣子進見皇帝或教徒參拜神佛 ◆ 朝見 / 朝拜 / 朝聖。

【朝夕】zhāo xī ❶ 從早到晚。指天天 ◆ 同學們朝夕相處，都很友好。❷ 一朝一夕。形容很短的時間 ◆ 病人生命垂危，朝夕不保。

【朝₂代】cháo dài 指歷史上某個王朝統治時期；時代 ◆ 中國歷史是按朝代編寫的，如唐、宋、元、明、清。

【朝₂廷】cháo tíng 君主處理政務的地方；君主時代的中央統治機構 ◆ 王安石曾在朝廷做宰相。

【朝氣】zhāo qì 精神振作，生氣勃勃 ◆ 年輕人有朝氣。

【朝霞】zhāo xiá 早晨的彩霞 ◆ 朝霞映紅了天邊。

【朝三暮四】zhāo sān mù sì 古代有個寓言故事説：有個耍猴的人拿橡實餵猴子，先是早晨餵三個，晚上給四個，猴子不高興；後改為早晨餵四個，晚上給三個，猴子高興了。原指只是換個手法，實質不變。後多用來比喻反覆無常或變化多端 ◆ 他説話經常是朝三暮四的，很難讓人相信。

【朝思暮想】zhāo sī mù xiǎng 早晨想，晚上也想。形容思念心切 ◆ 她朝思暮想，渴望當一名影視演員。

🔲 改朝₂換代

---

⁸ 勝　見力部，56 頁。

---

¹³ 朦　見言部，397 頁。

¹⁴朦　月 厂 厈 厈 胪 胪 朦　朦

[méng ㄇㄥˊ 粵muŋ⁴ 蒙]

見 "朦朧"。

【朦朧】méng lóng　形容月光不明朗；泛指模糊不清 ◆ 月色朦朧 / 夜色降臨，四周一片朦朧。

¹⁶朧（胧）　月 肸 肸 朣 朣 朧　朧

[lóng ㄌㄨㄥˊ 粵luŋ⁴ 龍]

朦朧。見 "朦" 字，本頁。

¹⁶騰

見馬部，460 頁。

木 部

⁰木　一 十 才 木　木

[mù ㄇㄨˋ 粵muk⁹ 目]

❶ 樹 ◆ 樹木 / 十年樹木，百年樹人。❷ 木頭；木製品 ◆ 紅木 / 木器。❸ 手腳等發麻、失去知覺 ◆ 麻木 / 兩腿發木。❹ 呆笨；不靈活 ◆ 木頭木腦。❺ 棺材 ◆ 棺木。❻ 姓。

【木炭】mù tàn　用木材在隔絕空氣的條件下燒成的一種燃料，黑色。簡稱 "炭" ◆ 木炭可用來取暖和烤製食品。

【木偶】mù ǒu　用木頭雕刻成的人像；也用來形容人神情呆板 ◆ 他喜歡收藏各種木偶 / 他像木偶似的呆立着，毫無表情。

【木偶戲】mù ǒu xì　由演員在幕後操縱木偶、表演故事的戲劇。表演時，演員一面扯動木偶，一面說唱，還配有音樂 ◆ 孩子們愛看木偶戲。

木偶

【注意】 "木偶戲" 也叫 "傀儡戲"。

【木已成舟】mù yǐ chéng zhōu　樹木已做成了船。比喻事情已成定局，不能改變了 ◆ 事情弄到這種地步，已是木已成舟，無法挽回了。

近 木耳、木匠、木材

成 入木三分、枯木逢春、草木皆兵、緣木求魚、呆若木雞、移花接木

¹本　一 十 才 木　本

[běn ㄅㄣˇ 粵bun² 般²]

❶ 草木的根或莖幹 ◆ 草本 / 木本。❷ 事物的根源或根基 ◆ 本源 / 做人的根本。❸ 主要的；中心的 ◆ 本部 / 本末倒置。❹ 原來的；原有的 ◆ 本意 / 本來面目。❺ 自己方面的 ◆ 本國 / 三句話不離本行。❻ 現今的；目前的 ◆ 本月 / 本週內。❼ 原有的資金 ◆ 成本 / 賠本。❽ 根據；按照 ◆ 本着公平合理的原則。❾ 書冊；簿冊 ◆ 書本 / 筆記本。❿ 量詞，用於書冊 ◆ 一本書 / 一本練習簿。

【本分】běn fèn　❶ 應盡的責任、義務 ◆ 教書育人是教師的本分。❷ 安分；規矩 ◆ 他為人本分。

【本身】běn ·shen　自身；自己方面的 ◆ 商店除了考慮本身的利益，也要考慮顧客的利益。

【本事】běn ·shi　本領 ◆ 沒有本事，就別想在公司裏混飯吃。

【本來】běn lái　❶ 原來的；先前 ◆ 他露出了本來面目 / 他本來姓陳，後來改姓張。❷ 表示理應如此 ◆ 這件事本來就該由他負責。

【本性】běn xìng　本來具有的性質或個性 ◆ 真是江山易改，本性難移！

【本領】běn lǐng　能力；技能 ◆ 孫悟空，本領大，甚麼妖怪都不怕。近本事。

【本能】běn néng　人或動物天生具有的能力 ◆ 蜘蛛織網捕食是牠的本能。

【本質】běn zhì　指事物具有的性質或人的品質 ◆ 這個人本質並不壞。

【本末倒置】běn mò dào zhì　把事物的主次輕重弄顛倒了 ◆ 當學生的不好好讀書，一心想做生意賺錢，豈不是

本末倒置？近 捨本逐末。

反 本人、本地

近 根本、基本、資本、樣本、一本萬利、變本加厲、原原本本

¹未　一 二 키 才　未

[wèi ㄨㄟˋ 粵mei⁶ 味]

❶ 沒有；不曾 ◆ 未能完成 / 前所未有。❷ 不 ◆ 未知數 / 未知可否。❸ 地支的第八位 ◆ 子丑寅卯辰巳午未。❹ 未時：下午一時至三時。

✪ 圖見 91 頁。

【未必】wèi bì　不一定 ◆ 他的話未必可信。反 一定、必定。

【未免】wèi miǎn　❶ 不免；免不了 ◆ 粗心大意，未免要出錯。❷ 真是；不能不說是。表示委婉地否定 ◆ 你這樣做，未免太過分了。

【未來】wèi lái　將來；以後的時間、情景 ◆ 展望未來，前途一片光明。

【未曾】wèi céng　不曾；沒有 ◆ 我未曾說過這話。反 曾經。

【未雨綢繆】wèi yǔ chóu móu　綢繆：修補。趁着還沒下雨，先把門窗修補好。比喻事先做好準備 ◆ 老人未雨綢繆，存了一大筆養老金。近 防患未然、有備無患。

近 方興未艾、防患未然、聞所未聞

¹末　一 二 キ 末　末

[mò ㄇㄛˋ 粵mut⁹ 沒]

❶ 樹梢；東西的尖端、盡頭 ◆ 末梢 / 明察秋毫之末。❷ 比喻不是根本的；不重要的 ◆ 捨本逐末 / 本末倒置。❸ 事情的最後；終了 ◆ 週末 / 末代皇帝。❹ 碎屑 ◆ 粉末 / 茶葉末。

【末日】mò rì　最後死亡或滅亡的日子 ◆ 法庭宣判死刑，他的末日終於到了。

【末年】mò nián　歷史上某個朝代或某個時期的最後幾年 ◆ 明朝末年，李自成領導農民起義，推翻了明王朝。

【末期】mò qī　最後的一段時期 ◆ 孔子是春秋末期的思想家、教育家。

【末端】mò duān　物體的尖端、盡頭 ◆ 木棍的末端裝上菱形槍頭，就成了矛。

¹札 一十才木 札

[zhá ㄓㄚˊ ⑧dzat⁸ 扎]

書信 ◆ 信札／手札。

²朽 一十才木朽 朽

[xiǔ ㄒㄧㄡˇ ⑧nɐu⁵ 紐]

❶ 腐爛 ◆ 朽木／腐朽。❷ 衰老 ◆ 老朽。❸ 磨滅 ◆ 永垂不朽。

²朴 一十才木朴 朴

〈一〉[pò ㄆㄛˋ ⑧pok⁸ 撲]

❶ 朴樹，落葉喬木，葉子卵形或長橢圓形，花小，淡黃色，果實黑色。木材可製器具。

〈二〉[pō ㄆㄛ ⑧pok⁸ 撲]

❷ 朴刀（pō dāo）：古代一種窄長有短把的刀。

〈三〉[piáo ㄆㄧㄠˊ ⑧fɐu⁴ 浮]

❸ 姓。

〈四〉[pǔ ㄆㄨˇ ⑧pok⁸ 樸]

❹ "樸" 的簡化字，見221頁。

²朱 ノ ﹄二牛朱 朱

[zhū ㄓㄨ ⑧dzy¹ 豬]

❶ 大紅色 ◆ 朱紅／近朱者赤，近墨者黑。❷ 姓。

²朵 ノ 几几朵朵 朵

[duǒ ㄉㄨㄛˇ ⑧dɔ² 躲]

❶ 植物的花或苞 ◆ 花朵。❷ 量詞，用於花或像花的東西 ◆ 一朵大紅花／白雲朵朵。

²朶 "朵" 的異體字，見209頁。

³杆 一十才木杆 杆

〈一〉[gān ㄍㄢ ⑧gɔn¹ 肝]

❶ 長的木棍或像長木棍的東西 ◆ 旗杆／電線杆。

〈二〉[gǎn ㄍㄢˇ ⑧gɔn¹ 肝]

❷ 同 "桿" 字，見214頁。

³杜 一十才木木 杜

[dù ㄉㄨˋ ⑧dou⁶ 渡]

❶ 堵塞；防止 ◆ 杜絕／杜門不出。❷ 姓。

【杜絕】dù jué 堵死；徹底消除 ◆ 倡導廉政，杜絕貪污腐化現象。

【杜撰】dù zhuàn 沒有根據地編造 ◆ 這故事是杜撰出來的，沒有事實根據。

【杜鵑】dù juān ❶ 一種益鳥，俗稱 "布穀鳥"。身體暗灰色，腹部有黑色條紋。也叫 "子規"。❷ 一種常綠或落葉灌木，葉橢圓形，春、夏開花，多為紅色，叫 "杜鵑花"。也叫 "映山紅" ◆ 滿山遍野的杜鵑讓人賞心悅目。✿ 圖見361頁。

³杖 一十才木杧 杖

[zhàng ㄓㄤˋ ⑧dzœŋ⁶ 丈]

扶着走路的棍子；泛指棍棒 ◆ 拐杖／手杖。

³材 一十才木材 材

[cái ㄘㄞˊ ⑧tsɔi⁴ 才]

❶ 原料；物資 ◆ 木材／就地取材。❷ 能力 ◆ 人材／因材施教。

【材料】cái liào ❶ 可以直接造出成品的東西。如磚、瓦、水泥、木料是蓋房屋的材料 ◆ 建築材料貨源充足。❷ 指可供使用的資料、事實 ◆ 沒有好的材料就寫不出好的作文。

▷ 素材、教材、題材、大材小用

³村 一十才木村村 村

[cūn ㄘㄨㄣ ⑧tsyn¹ 穿]

❶ 鄉間多户人家聚居的地方；城市某些居民較集中的地區 ◆ 村莊／居民新村。❷ 粗俗 ◆ 別説村話。

【村莊】cūn zhuāng 鄉間多户農民聚居的地方 ◆ 遠處的村莊傳來一陣狗叫聲。

▷ 山村、農村、鄉村

³杏 一十才木木杏 杏

[xìng ㄒㄧㄥˋ ⑧hɐŋ⁶ 幸]

果樹，果子也叫杏，可以吃 ◆ 杏仁／杏黃。

³束 一一一束束束 束

[shù ㄕㄨˋ ⑧tsuk⁷ 畜]

❶ 捆；繫 ◆ 束腰帶。❷ 比喻受到限制 ◆ 束縛／無拘無束。❸ 量詞，用於成綑成捆的東西 ◆ 一束鮮花。

【束縛】shù fù 捆綁；比喻受約束、受限制 ◆ 種種限制束縛了他的手腳。

【束手待斃】shù shǒu dài bì 斃：滅亡；垮台。捆住自己的手坐着等死。比喻危難時不想辦法對付，坐等失敗 ◆ 我們不能束手待斃，要設法衝出重圍。⑩ 坐以待斃。

【束手無策】shù shǒu wú cè 像捆住了雙手，一點辦法也沒有 ◆ 面對困境，他束手無策。⑩ 一籌莫展、無計可施。

【束手就擒】shù shǒu jiù qín 就像捆住雙手讓別人來捉拿一樣。比喻不作抵抗或無法逃脱 ◆ 歹徒被警方團團包圍，只好束手就擒。

▷ 拘束、約束、結束、裝束

³杉 一十才木杉杉 杉

〈一〉[shān ㄕㄢ ⑧sam¹ 三/tsam³ 懺（語）]

❶ 常綠喬木，樹冠的形狀像塔，葉子呈細長披針形。木材用途廣泛。

〈二〉[shā ㄕㄚ ⑧sam¹ 三/tsam³ 懺（語）]

❷ 義同 ❶，用於 "杉木"、"杉篙" 等。

³杈 一十才木杈杈 杈

〈一〉[chā ㄔㄚ ⑧tsa¹ 叉]

❶ 叉取柴草的農具。

〈二〉[chà ㄔㄚˋ ⑧tsa³ 詫]

❷ 分岔的樹枝 ◆ 樹杈。

³ 李　一 十 十 木 本 李　李
[lǐ ㄌㄧˇ ⑧lei⁵ 里]
❶ 果樹,果子叫李子,可以吃。❷ 姓。
☑ 張冠李戴

⁴ 枉　一 十 十 木 杧 杧 枉　枉
[wǎng ㄨㄤˇ ⑧wɔŋ² 汪²]
❶ 彎曲;歪曲;不正直 ◆ 矯枉過正 /
貪贓枉法。❷ 冤屈 ◆ 冤枉。❸ 徒
然;白白地 ◆ 枉然 / 枉費心機。
【枉法】wǎng fǎ　歪曲、違犯法律 ◆
法官豈能貪贓枉法?
【枉然】wǎng rán　白白地;沒有用的
◆ 說了也是枉然,還不如不說。⑩
徒然。
【枉費】wǎng fèi 白費 ◆ 他這是枉費
心機。

⁴ 林　一 十 十 木 杧 村 林　林
[lín ㄌㄧㄣˊ ⑧lɐm⁴ 臨]
❶ 成片的樹木或竹子 ◆ 樹林 / 竹林。
❷ 比喻人或事物聚集在一起;密集、
眾多 ◆ 藝林 / 碑林 / 槍林彈雨。❸
姓。
【林立】lín lì　像樹林一樣密集地豎
立。形容很多 ◆ 維多利亞港兩岸高樓
林立。
☑ 山林、森林、園林、叢林

⁴ 枝　一 十 十 木 村 杖 枝　枝
[zhī ㄓ ⑧dzi¹ 支]
❶ 植物主幹分出的莖條 ◆ 樹枝 / 枝葉
繁茂。❷ 量詞 ◆ 一枝花 / 兩枝筆。
【枝節】zhī jié　❶ 比喻次要的或細小
的事情 ◆ 不要在枝節問題上糾纏不
清。❷ 比喻意外發生的麻煩 ◆ 在合
作中對方橫生枝節。
☑ 粗枝大葉、節外生枝

⁴ 杯　一 十 十 木 杧 杯 杯　杯
[bēi ㄅㄟ ⑧bui¹ 貝¹]
❶ 盛飲料的器皿 ◆ 茶杯 / 酒杯。❷

量詞 ◆ 一杯水。
【杯弓蛇影】bēi gōng shé yǐng　古代有
個人到朋友家去喝酒,把牆上掛着的弓
映在酒杯裏的影子當成蛇,疑心把蛇喝
進了肚裏,害怕得生了病。後來用"杯
弓蛇影"比喻疑神疑鬼,胡亂猜疑 ◆
你別杯弓蛇影,總以為人家在害你。
⑩ 疑心生暗鬼。

【杯水車薪】bēi shuǐ chē xīn　用一杯
水去救一車燃起大火的柴草。比喻力
量太小,解決不了問題 ◆ 這麼一點貸
款,簡直是杯水車薪,無法滿足工程
的需要。
【杯盤狼藉】bēi pán láng jí　狼藉:雜
亂的樣子。形容餐桌上杯盤碗筷亂七八
糟的樣子 ◆ 宴會後,人們紛紛離去,
桌上杯盤狼藉。
☑ 獎杯

⁴ 東 (东)　一 厂 币 币 百 東　東
[dōng ㄉㄨㄥ ⑧duŋ¹ 冬]
❶ 方向名,早晨太陽出來的那一邊;
跟"西"相對 ◆ 東方 / 旭日東升。❷
主人 ◆ 房東 / 作東。
【東山再起】dōng shān zài qǐ　晉代謝
安退職後隱居東山,後來又出山做官。
後用"東山再起"比喻去職後重新任職
或失勢後重新得勢 ◆ 工廠倒閉後,他
四處奔走,尋求機會,想東山再起。
【東拉西扯】dōng lā xī chě　形容說話
沒有中心 ◆ 他東拉西扯說了半天,
聽的人不知所云。
【東張西望】dōng zhāng xī wàng　四處
張望 ◆ 你東張西望的,找誰呀?

⁴ 果　丨 口 日 旦 旦 果　果
[guǒ ㄍㄨㄛˇ ⑧gwɔ² 裹]

❶ 植物的果實 ◆ 水果 / 開花結果。
❷ 事情的結局 ◆ 結果 / 前因後果。
❸ 堅決 ◆ 果斷。❹ 的確;確實 ◆
果然 / 果真如此。
【果真】guǒ zhēn　果然;真的 ◆ 事情
果真如此。
【果然】guǒ rán　果真如此;表示事實
與所說的或所預料的相符 ◆ 事情果然
不出所料。
【果實】guǒ shí　植物所結的果 ◆ 枝
頭果實纍纍。
【果斷】guǒ duàn　有決斷;不猶豫 ◆
他處事果斷,很有魄力。
☑ 果汁、果園、果樹
☑ 成果、因果、後果、效果、糖果、自
食其果

⁴ 杵　一 十 十 木 杧 杵 杵　杵
[chǔ ㄔㄨˇ ⑧tsy² 褚]
❶ 舂米或捶衣用的木棒 ◆ 杵臼 / 鐵
杵磨成針。❷ 用細長的東西戳或捅 ◆
門上給杵了幾個洞。

⁴ 枚　一 十 十 木 杧 杧 枚　枚
[méi ㄇㄟˊ ⑧mui⁴ 梅]
量詞,多用於小物件,相當於"個" ◆
一枚獎章 / 一枚金幣。

⁴ 析　一 十 十 木 杧 析 析　析
[xī ㄒㄧ ⑧sik⁷ 息]
❶ 分開;散開 ◆ 分崩離析。❷ 解釋;
辨別 ◆ 分析 / 析疑。
☑ 剖析、辨析

⁴ 板　一 十 十 木 杧 杤 板　板
[bǎn ㄅㄢˇ ⑧ban² 版]
❶ 成片狀的較硬的物體 ◆ 木板 / 黑板 /
墊板。❷ 不靈活;少變化 ◆ 死板 /
表情太板。❸ 音樂的節拍 ◆ 快板 /
有板有眼。

⁴ 來　見人部,24頁。

中國名勝

北京 故宮

北京 頤和園

北京 天壇

甘肅 敦煌石窟

萬里長城

安徽 黃山

長江三峽

西藏 布達拉宮

雲南 石林

四川 九寨溝

西安 兵馬俑

桂林山水

中國古代服飾

周代 （前11世紀 ── 前771年）

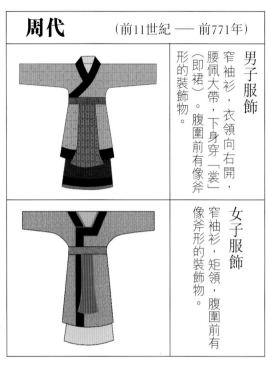

男子服飾
窄袖衫，衣領向右開，腰佩大帶，下身穿「裳」（即裙）。腹圍前有像斧形的裝飾物。

女子服飾
窄袖衫，矩領，腹圍前有像斧形的裝飾物。

漢代 （前206年 ── 220年）

男子服飾
袖寬大的袍子，腰繫大帶，下着圍裳。

女子服飾
大袖袍服，衣襟盤旋而下，腰繫絲帶。

魏晉南北朝 （220年 ── 589年）

男子服飾
大襟衫，兩袖寬博，腰繫圍裳。

女子服飾
對襟衫，兩袖寬大，下着長裙。

唐代 （618年 ── 907年）

男子服飾
圓領大襟袍，窄袖，膝下施一橫襴。

女子服飾
窄袖短衣，長裙。長袖外穿短袖半臂衫。

宋代　　（960年 ─ 1279年）

男子服飾
圓領袍衫，大袖，膝下施一橫襴。

女子服飾
窄袖對襟背子，衣襟部分敞開，下長裙。

元代　　（1271年 ─ 1368年）

男子服飾
大襟袍，窄袖，下垂至地。

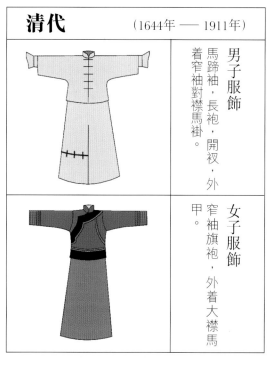

女子服飾
又寬又長的大袍，下垂至地，需由婢女隨後托起。

明代　　（1368年 ─ 1644年）

男子服飾
盤領大袍，胸前與背後各有一塊方型補子，官吏常服。

女子服飾
寬袖對襟背子，衣長過膝，下着長裙。

清代　　（1644年 ─ 1911年）

男子服飾
馬蹄袖，長袍，開衩，外着窄袖對襟馬褂。

女子服飾
窄袖旗袍，外着大襟馬甲。

中國建築

角樓

石舫

亭

閣

華表

塔

牌坊

石拱橋

城牆

民居

窰洞

鐘樓

⁴
采
見采部，429頁。

⁴
松
一十才才朹松　松

〈一〉[sōng ㄙㄨㄥ ⑧ tsuŋ⁴ 從]
❶ 常綠喬木，種類很多。種子叫松子，可以吃，也可以榨油。木材用途廣泛 ◆ 青松翠柏／松柏常青。

〈二〉[sōng ㄙㄨㄥ ⑧ suŋ¹ 嵩]
❷ "鬆"的簡化字，見463頁。

【松鼠】sōng shǔ　一種哺乳動物。樣子像老鼠，背部毛深褐色，腹部白色。尾巴長大，毛蓬鬆。生活在叢林裏。

⁴
杭
一十才才杧杭　杭

[háng ㄏㄤˊ ⑧ hɔŋ⁴ 航]
❶ 浙江省杭州市的簡稱 ◆ 上有天堂，下有蘇杭。❷ 姓。

⁴
枕
一十才才杧枕　枕

〈一〉[zhěn ㄓㄣˇ ⑧ dzɐm² 怎]
❶ 枕頭：睡覺時墊頭的用具 ◆ 高枕無憂。

〈二〉[zhěn ㄓㄣˇ ⑧ dzɐm³ 浸]
❷ 把頭放在枕頭或別的東西上 ◆ 枕戈待旦。

⁵
某
一十廿廿甘苴某　某

[mǒu ㄇㄡˇ ⑧ mɐu⁵ 畝]
代替不明確指出的人、時、地或事物等 ◆ 某人／某地／某年某月／某種事物。

⁵
柑
一十才才杧柑　柑

[gān ㄍㄢ ⑧ gɐm¹ 甘]
果樹，種類很多。果實像橘，汁多味甜 ◆ 廣柑／蜜柑／蘆柑。

⁵
枯
一十才才杧杜枯　枯

[kū ㄎㄨ ⑧ fu¹ 呼]

❶ 草木因失去水分變得焦黃，沒有生氣 ◆ 乾枯／枯黃。❷ 乾了；沒有水了 ◆ 枯井／海枯石爛。❸ 單調；乏味 ◆ 枯燥無味。

【枯萎】kū wěi　植物失去水分或生機，變得乾枯萎縮 ◆ 長期乾旱，莊稼都枯萎了。

【枯竭】kū jié　水源斷絕，沒水了；資源、才思等用盡了 ◆ 古井已枯竭／河水嚴重污染，造成水產資源枯竭。

【枯燥】kū zào　單調乏味；不生動，沒趣味 ◆ 整天剪剪貼貼，工作太枯燥／這本書寫得太枯燥，引不起興趣。

注意 "燥"不讀 cào；也不要錯寫成"躁"。

⁵
柯
一十才才杧柯柯　柯

[kē ㄎㄜ ⑧ ɔ¹/ŋɔ¹ 痾]
❶ 樹枝 ◆ 枝柯。❷ 斧子的柄。❸ 姓。

⁵
柄
一十才才杧柄柄　柄

[bǐng ㄅㄧㄥˇ ⑧ biŋ³ 併/bɛŋ³ 餅 (語)]
❶ 器物的把兒 ◆ 刀柄／傘柄。❷ 植物花葉和枝莖相連的部分 ◆ 花柄／葉柄。❸ 比喻在言語或行動上被人用來作談笑或要挾的材料 ◆ 把柄／話柄。❹ 權力 ◆ 權柄。

⁵
查
一十木木杏杳查　查

〈一〉[chá ㄔㄚˊ ⑧ tsa⁴ 茶]
❶ 考察；檢驗；尋檢 ◆ 查看／查對／查字典。

〈二〉[zhā ㄓㄚ ⑧ dza¹ 渣]
❷ 姓。

【查對】chá duì　檢查核對 ◆ 請你再查對一下引文。

【查詢】chá xún　查對詢問 ◆ 向親戚朋友查詢他的下落。

【查閱】chá yuè　找出來閱讀 ◆ 為了寫這篇作文，我查閱了不少資料。

【查獲】chá huò　搜查並獲得 ◆ 警方在輪船上查獲了大批走私物品。

◪ 查找、查禁、查辦

◪ 考查、抽查、清查、搜查、調查

⁵
相
見目部，295頁。

⁵
枳
一十才才杧枳枳　枳

[zhǐ ㄓˇ ⑧ dzi² 指]
植物，果實可做藥材。也叫枸橘。

⁵
柬
一丆丆丙阿東柬　柬

[jiǎn ㄐㄧㄢˇ ⑧ gan² 簡]
信件、帖子的總稱 ◆ 請柬／信柬。

⁵
柵 (柵)
一十才朴柵柵　柵

[zhà ㄓㄚˋ ⑧ tsak⁸ 拆]
見"柵欄"。

【柵欄】zhà -lan　用竹、木、鐵條等編的圍欄 ◆ 四周用柵欄圍起。

⁵
柏
一十才才杧柏柏　柏

〈一〉[bǎi ㄅㄞˇ ⑧ pak⁸ 拍]
❶ 柏樹：常綠喬木，種類較多。木質堅硬，可用作建築材料 ◆ 松柏常青／古柏參天。

〈二〉[bó ㄅㄛˊ ⑧ pak⁸ 拍]
❷ 柏林 (bó lín)：德國的首都。

⁵
柞
一十才才杧柞柞　柞

[zuò ㄗㄨㄛˋ ⑧ dzɔk⁸ 作/dzɔk⁹ 鑿]
柞樹：木材堅硬，可做枕木、傢具等。葉子可餵柞蠶。

⁵
柳
一十才才杧杤柳　柳

[liǔ ㄌㄧㄡˇ ⑧ lɐu⁵ 留⁵]

❶柳樹：落葉喬木，種類很多，常見的如垂柳。枝條可用來編織器具 ◆ 柳絮／桃紅柳綠。
❷姓。

【柳暗花明】liǔ àn huā míng　綠柳成蔭，繁花鮮豔。陸游詩句"柳暗花明又一村"的簡縮。比喻走出困境，又看到了光明 ◆ 經過一年多的市場蕭條，終於柳暗花明，開始繁榮起來。

⁵柱　一 十 才 杧 村 柱 柱
[zhù ㄓㄨˋ ⑧ tsy⁵ 佇]
❶建築物中用來支撐屋頂的長條形構件 ◆ 柱子／支柱。❷像柱子的東西 ◆ 水柱／脊柱。
▷中流砥柱、偷梁換柱

⁵柿　一 十 木 杧 柿 柿 柿
[shì ㄕˋ ⑧ tsi⁵ 似]
柿子樹：果實叫柿子，可以吃。

⁵柒　氵 氵 沖 汢 染 柒
[qī ㄑㄧ ⑧ tsʰɐt⁷ 七]
數目字"七"的大寫。

⁵染　氵 氵 汃 泑 染 染
[rǎn ㄖㄢˇ ⑧ jim⁵ 冉]
❶用顏料使東西着色 ◆ 印染／染衣服。❷沾上；感受到 ◆ 傳染／污染／感染。
⚠注意 "染"的右上角是"九"，不是"丸"。
【染料】rǎn liào　用來染色的材料，有天然的和合成的兩類 ◆ 這種染料價廉物美。
▷沾染、感染、一塵不染

⁵架　フ カ 加 加 卬 架 架
[jià ㄐㄧㄚˋ ⑧ ga³ 嫁]
❶安放東西的器物 ◆ 書架／貨架。
❷支撐東西的架子 ◆ 骨架／腳手架。
❸支起；搭起 ◆ 架橋／架起帳篷。
❹抵擋；承受 ◆ 招架不住。❺攙扶 ◆ 架着病人去醫院。❻把人劫走 ◆ 綁架。❼毆打；爭吵 ◆ 打架／吵架。
❽量詞 ◆ 一架飛機／一架鋼琴。
【架子】jià ·zi　❶用來放置物品或支撐物體的東西 ◆ 花架子。❷某種姿態 ◆ 他官職不大，架子卻不小。
【架設】jià shè　在空中支起或安裝 ◆ 河面上架設了一座木橋／工人們在架設電線。
【架勢】jià ·shi　姿態 ◆ 看他那架勢，像是要跟人拼命似的。
◁架次、架空、架構
▷衣架、綁架、疊牀架屋

⁵枷　一 十 木 杧 枋 枷 枷
[jiā ㄐㄧㄚ ⑧ ga¹ 加]
舊時套在犯人頸上的刑具 ◆ 枷鎖。
【枷鎖】jiā suǒ　古代的兩種刑具。比喻所受的壓迫或束縛 ◆ 她無法擺脫"從一而終"的精神枷鎖，終生守寡。

⁵枱　一 十 木 杧 杣 枱 枱
[tái ㄊㄞˊ ⑧ tɔi⁴ 抬]
桌子 ◆ 寫字枱／梳妝枱。
⚠注意 "枱"本作"檯"。

⁵柔　フ ヌ 予 矛 柔 柔 柔
[róu ㄖㄡˊ ⑧ jɐu⁴ 由]
❶軟；嫩弱；跟"剛"相對 ◆ 柔軟／柔嫩。❷溫和；不強烈 ◆ 溫柔／柔順。
【柔和】róu hé　溫和，不強烈 ◆ 他在柔和的燈光下做作業。
【柔軟】róu ruǎn　軟而不堅硬 ◆ 絲綢質地柔軟，穿着舒服。
【柔道】róu dào　一種體育運動項目，類似摔跤。兩人徒手、赤足，以摔倒對手或使對手背着地 30 秒鐘為勝 ◆ 柔

道比賽。
【柔嫩】róu nèn　柔軟嬌嫩 ◆ 柔嫩的小樹苗經不起風吹雨打。
▷優柔寡斷

⁶框　木 杧 杧 杬 杬 框 框
[kuàng ㄎㄨㄤˋ ⑧ kwaŋ¹／hɔŋ¹ 康]
❶門窗的架子 ◆ 門框／窗框。❷鑲在器物周圍的邊框 ◆ 鏡框／眼鏡框。
❸限制；約束 ◆ 框得太死。

⁶桂　一 十 木 杧 杜 杆 桂
[guì ㄍㄨㄟˋ ⑧ gwɐi³ 貴]
❶桂樹：常綠灌木或喬木，秋季開花，叫桂花，很香，可以做香料 ◆ 桂花飄香。❷廣西壯族自治區的別稱。
【桂冠】guì guān　用月桂樹葉編成的帽子。古代希臘人用來授予傑出的詩人或競技優勝者。現多用來指競賽中的冠軍或某種光榮稱號 ◆ 我隊在聯賽中摘取了桂冠／一本暢銷的詩集，使他贏得了"青年詩人"的桂冠。

⁶桔　一 十 木 杧 柞 柞 桔
〈一〉[jié ㄐㄧㄝˊ ⑧ git⁸ 結／gɐt⁷ 吉 (語)]
❶見"桔梗"。
〈二〉[jú ㄐㄩˊ ⑧ git⁸ 結／gɐt⁷ 吉 (語)]
❷"橘"俗作"桔"。
⚠注意 粵方言"橘"、"桔"音義皆有分別。兩者雖為同一科屬植物，但具體品種不能混淆，如甘桔不能稱作甘柑，四季桔也不能稱為四季橘。
【桔梗】jié gěng　草本植物，開暗藍色或紫白色的花。可供觀賞，根可做藥材。

⁶栽　一 十 十 丰 耂 栽 栽
[zāi ㄗㄞ ⑧ dzɔi¹ 災]

❶ 種植 ◆ 栽樹／移栽。❷ 硬給安上 ◆ 栽贓。❸ 跌倒 ◆ 栽倒／栽了個跟斗。

【栽培】zāi péi ❶ 種植；培育 ◆ 中國栽培水稻已有幾千年的歷史。❷ 培養、造就人才 ◆ 我們不會忘記母校對我們的栽培。

【栽種】zāi zhòng　種植 ◆ 山坡上可以栽種果樹。

〔注意〕"種" 不讀 zhǒng（腫）。

【栽贓】zāi zāng　把贓物暗藏在別人處，藉此陷害別人 ◆ 他把偷來的手錶放在我的書包裏，想栽贓陷害好人。

---

⁶ **桓**　木 木' 杧 柜 柜 桓　桓

[huán ㄏㄨㄢˊ ⑧ twun⁴ 垣]

姓。

---

⁶ **栗**　一 一 西 西 西 亜 栗　栗

[lì ㄌㄧˋ ⑧ lœt⁹ 律]

栗子樹；果實叫栗子，也叫板栗，可以吃。木質堅硬，可做器具，也用於建築材料。

---

⁶ **柴**　丨 丨 屮 屮 屮 此 柴　柴

[chái ㄔㄞˊ ⑧ tsai⁴ 豺]

❶ 燒火用的草木 ◆ 柴火／乾柴烈火。❷ 姓。

---

⁶ **桌**　丨 丨 丨 占 卓 卓 桌　桌

[zhuō ㄓㄨㄛ ⑧ dzœk⁸ 雀／tsœk⁸ 綽（語）]

❶ 日用傢具，上面可以放東西 ◆ 飯桌／書桌。❷ 量詞 ◆ 一桌菜／一桌酒席。

---

⁶ **桐**　木 杧 柯 枦 枂 桐 桐　桐

[tóng ㄊㄨㄥˊ ⑧ tuŋ⁴ 同]

樹名。有梧桐、油桐、泡桐等。

---

⁶ **株**　木 杧 杧 柈 柈 株 株　株

[zhū ㄓㄨ ⑧ dzy¹ 朱]

❶ 露出地面的樹根 ◆ 守株待兔。❷ 量詞，用於計算樹木的數量，相當於"棵" ◆ 種桃樹二百株。

【株連】zhū lián　一人有罪，牽連到別人；連累 ◆ 一人有罪，一人承當，不要株連無辜。

---

⁶ **栓**（拴）　木 木' 朳' 朳 栓 栓　栓

[shuān ㄕㄨㄢ ⑧ san¹ 山]

❶ 機械或器物上可以開關的部分 ◆ 槍栓／消火栓。❷ 瓶塞；像瓶塞的東西 ◆ 瓶栓／血栓。

---

⁶ **桃**　木 杧 杧 杓 机 桃 桃　桃

[táo ㄊㄠˊ ⑧ tou⁴ 逃]

❶ 桃樹：落葉喬木，花可觀賞，果實叫桃子，可以吃 ◆ 水蜜桃／桃紅柳綠。❷ 像桃子的東西 ◆ 壽桃／棉桃。

【桃李滿天下】táo lǐ mǎn tiān xià　比喻老師培養的學生很多，遍佈各地 ◆ 楊老師執教三十年，如今桃李滿天下。

---

⁶ **格**　木 杧 柊 柊 柊 格 格　格

[gé ㄍㄜˊ ⑧ gak⁸ 隔]

❶ 方形的空框或線條 ◆ 格子／方格。❷ 一定的標準或式樣 ◆ 規格／格式。❸ 品質；風度 ◆ 人格／風格。❹ 阻隔；阻礙 ◆ 阻格／格格不入。❺ 打鬥 ◆ 格鬥／格殺。

【格外】gé wài　超出一般；特別 ◆ 晚上出門要格外小心。

【格式】gé‧shi　一定的規格樣式 ◆ 不同的應用文有不同的格式。

【格言】gé yán　語句精練、富有教育意義的名言。如 "人心齊，泰山移"、"千里之行，始於足下"、"前事不忘，後事之師"、"宜未雨而綢繆，勿臨渴而掘井" 等 ◆ 格言飽含人生的哲理。

【格局】gé jú　結構和布局 ◆ 加插一個小人物的故事，打破了作品原有的格局。

【格調】gé diào　人的品格或藝術風格；品位 ◆ 此人格調不高／作品格調高雅。

---

❶ 格格不入】gé gé bù rù　彼此抵觸，不相投合 ◆ 西方的某些行為觀念在東方會變得格格不入。

☑ 合格、性格、破格、別具一格

---

⁶ **桅**　木 杧 杧 柃 柃 桅　桅

[wéi ㄨㄟˊ ⑧ ŋɐi⁴ 危]

見 "桅杆"。

【桅杆】wéi gān　帆船上掛帆的杆子；輪船上懸掛旗幟、信號燈的長杆 ◆ 桅杆上掛着萬國旗。

---

⁶ **桀**　夕 夘 舛 姥 娃 桀　桀

[jié ㄐㄧㄝˊ ⑧ git⁹ 傑]

❶ 兇暴 ◆ 桀驁不馴。❷ 夏朝末代的君主，相傳是暴君。

---

⁶ **校**　一 十 木 杧 柊 校 校　校

〈一〉[xiào ㄒㄧㄠˋ ⑧ hau⁶ 效]

❶ 學校 ◆ 校長／校舍。

〈二〉[xiào ㄒㄧㄠˋ ⑧ gau³ 教]

❷ 軍官等級之一，將以下，尉以上 ◆ 上校／中校。

〈三〉[jiào ㄐㄧㄠˋ ⑧ gau³ 教]

❸ 訂正 ◆ 校對／校勘。

【校友】xiào yǒu　稱在同一學校學習、工作過的師生員工 ◆ 校慶日那天來了很多校友。

【校規】xiào guī　學校制定的學生必須遵守的行為規則 ◆ 學生必須遵守校規。

【校園】xiào yuán　泛指學校範圍內的所有地方 ◆ 校園整潔，環境優美。

【校慶】xiào qìng　學校的成立紀念日 ◆ 昨天是我校成立三十週年校慶。

☑ 校服、校徽

---

⁶ **核**　一 十 木 杧 柊 核 核　核

〈一〉[hé ㄏㄜˊ ⑧ het⁹ 瞎]

❶ 果實中心包含種子的堅硬部分 ◆ 棗核。❷ 泛指中心部分 ◆ 核心。❸ 像果核那樣結成硬塊的東西 ◆ 細胞核／肺結核。❹ 特指原子核 ◆ 核能／核武

器。❺仔細對照、考察 ◆ 核對／考核。（注意）❶ 粵音又讀 wet⁹ 屈⁹。

〈二〉[hú ㄏㄨˊ 🔊 wet⁹ 屈⁹]

❻義同❶，用於某些口語詞語，如否核、梨核。

【核心】hé xīn 中心；主要部分 ◆ 董事會是公司的領導核心。

【核對】hé duì 查對核實 ◆ 請你把賬目再核對一遍。

【核算】hé suàn 對照計算 ◆ 成本核算要實事求是。

---

⁶ 案 ⵍ 安 安 安 宎 案 案

[àn ㄢˋ 🔊 ɔn³/ŋɔn³ 按]

❶ 狹長的桌子 ◆ 書案／伏案。❷ 涉及法律的事件或政治上的重大事件 ◆ 案件／破案。❸ 提出建議、計劃、辦法的文件 ◆ 提案／方案。❹ 機關、團體內處理公務的記錄、文件 ◆ 檔案／有案可查。

【案件】àn jiàn 司法部門立案審理的事件 ◆ 法庭正在進行案件調查。

【案底】àn dǐ 指某人過去違法或犯罪的記錄 ◆ 青少年若誤入歧途，因犯罪而留有案底，便會盡毀前途了。

【案情】àn qíng 案件的實情 ◆ 這起案子案情很複雜。

草案、答案、圖案

---

⁶ 桉 一 十 木 扌 桉 桉 桉

[ān ㄢ 🔊 ɔn¹/ŋɔn¹ 安]

桉樹：常綠喬木，樹葉可提取桉油。

---

⁶ 根 木 朾 朾 枂 枱 根 根

[gēn ㄍㄣ 🔊 gen¹ 斤]

❶ 植物莖幹的地下部分，有吸收水分和養料的作用 ◆ 樹根／根深葉茂。❷ 物體的基礎部分 ◆ 牆根／牙根。❸ 事情的本源 ◆ 根源／病根。❹ 徹底的 ◆ 根治／根除。❺ 量詞，用於細長的東西 ◆ 一根竹竿／一根頭髮。

【根本】gēn běn ❶ 事物的根源和最主要的部分 ◆ 好吃懶做是他墮落的

根本原因。❷ 本來；從來 ◆ 我根本就沒有說過這樣的話。❸ 完全；徹底 ◆ 問題已根本解決，你大可放心。

【根源】gēn yuán 事物產生的根本原因 ◆ 輕敵是這次比賽失利的根源。

【根據】gēn jù ❶ 按照；依據 ◆ 根據學校的規定，學生上學要穿校服、戴校徽。❷ 可以作為根據的事物 ◆ 你這樣說有甚麼根據？

【根深蒂固】gēn shēn dì gù 蒂：花葉、瓜果與枝莖相連的部分。根扎得深，蒂結得牢。比喻基礎牢固，不易動搖 ◆ 這種觀念在人們頭腦中已經根深蒂固，不是一朝一夕能改變的。

刨根問底、盤根錯節、歸根結蒂（底）、斬草除根、葉落歸根

---

⁶ 栩 木 朾 朾 枂 栩 栩 栩

[xǔ ㄒㄩˇ 🔊 hœy² 許]

栩栩：形容生動活潑的樣子 ◆ 栩栩如生。

【栩栩如生】xǔ xǔ rú shēng 形容形象生動逼真，像活的一樣 ◆ 畫中的奔馬栩栩如生。

---

⁶ 桑 ⵍ ⵍ 叒 叒 桒 桑

[sāng ㄙㄤ 🔊 sɔŋ¹ 喪¹]

❶ 桑樹：落葉喬木，葉子可餵蠶，果實可以吃，也可做藥。❷ 姓。

---

⁷ 梆 木 木 朾 杧 梆 梆 梆

[bāng ㄅㄤ 🔊 bɔŋ¹ 邦]

舊時打更用的響器，用竹筒或挖空的木頭做成 ◆ 梆子。

---

⁷ 械 木 木 朾 柿 械 械 械

[xiè ㄒㄧㄝˋ 🔊 hai⁶ 懈]

❶ 器物；用具 ◆ 器械／機械。❷ 指武器 ◆ 軍械／槍械／繳械投降。

---

⁷ 梗 木 木 朾 梗 梗 梗 梗

[gěng ㄍㄥˇ 🔊 geŋ² 耿]

---

❶ 植物的莖或枝 ◆ 花梗／芹菜梗。❷ 直着；挺着 ◆ 梗着脖子。❸ 正直；直爽 ◆ 梗直。❹ 阻塞；阻礙 ◆ 梗阻／梗塞。❺ 大略 ◆ 故事梗概。

【梗概】gěng gài 大致的內容 ◆ 我給大家介紹一下影片的故事梗概。

【梗塞】gěng sè 阻塞不通 ◆ 他死於心肌梗塞。

---

⁷ 梧 木 朾 杍 枦 梧 梧 梧

[wú ㄨˊ 🔊 ŋ⁴ 吳]

梧桐：植物名，落葉喬木，木質堅韌，可做樂器和器具。

---

⁷ 婺 見女部，111頁。

---

⁷ 梢 木 朾 朾 朴 朴 梢 梢

[shāo ㄕㄠ 🔊 sau¹ 筲]

樹枝或長條形東西的末端 ◆ 樹梢／鞭梢／喜上眉梢。

---

⁷ 桿 (杆) 木 朾 杍 桿 桿 桿

[gǎn ㄍㄢˇ 🔊 gɔn¹ 干]

❶ 某些用具上像棍子的細長部分 ◆ 秤桿／筆桿／槍桿。❷ 量詞，用於竿狀物 ◆ 一桿秤／一桿槍。

---

⁷ 梨 一 二 千 禾 禾 利

[lí ㄌㄧˊ 🔊 lei⁴ 離]

梨樹：落葉喬木，種類很多。開白花，果實也叫梨，味香甜，可以吃。

---

⁷ 梅 木 扩 栳 栴 梅 梅 梅

[méi ㄇㄟˊ 🔊 mui⁴ 媒]

❶ 落葉喬木，花可供觀賞，果實叫梅子，味酸甜，可以吃 ◆ 望梅止渴。❷ 節候名。初夏中國南方氣候濕潤多雨，正是黃梅成熟時，因此叫“梅雨” ◆ 入梅／黃梅天。❸ 姓。

【梅花鹿】méi huā lù 一種哺乳動物。夏季全身毛紅棕色，背部有許多白色斑

紋，形狀如梅花，所以叫"梅花鹿"。四肢細長而強健，跑得很快。雄鹿頭上有角，像樹枝，初生的角叫"鹿茸"，是名貴的藥物。

7 條(条) 亻亻亻亻亻亻佟佟條 條

[tiáo ㄊㄧㄠˊ ⑨ tiu⁴ 調]

❶ 細長的軟樹枝 ◆ 枝條／柳條。❷ 細長的東西 ◆ 麵條／布條。❸ 簡單的文書、字據 ◆ 便條／借條／留言條。❹ 次序；層次 ◆ 條理／有條不紊。❺ 分條說明的文字項目 ◆ 條款／條文。❻ 量詞，用於長條形的東西 ◆ 一條蛇／一條繩子。

【條件】tiáo jiàn ❶ 影響事物發生、發展或生存的因素 ◆ 魚離開了水就失去了生存條件。❷ 提出的要求或定出的標準 ◆ 對方的條件太苛刻了。

【條例】tiáo lì 指某些辦事規則或章程。如祕書工作條例、獎學金發放條例等。

【條理】tiáo lǐ 層次；秩序 ◆ 文章條理清楚，語句通順。

☑ 苗條、線條、有條不紊、井井有條

7 梳 木木木术杭梳梳 梳

[shū ㄕㄨ ⑨ so¹ 蔬]

❶ 整理頭髮的用具 ◆ 梳子／木梳。❷ 用梳子整理頭髮 ◆ 梳頭／梳洗。

【梳妝】shū zhuāng 梳洗化妝 ◆ 姑娘愛梳妝打扮。

【梳理】shū lǐ 用梳子整理頭髮；整理 ◆ 客人要來了，快把頭髮梳理一下／把材料梳理一遍。

7 梁 氵氵氵氵氵汴汴梁 梁

[liáng ㄌㄧㄤˊ ⑨ lœŋ⁴ 良]

❶ 架在牆上或柱子上支撐屋頂的大橫木 ◆ 房梁／正梁。❷ 橋 ◆ 橋梁／津梁。❸ 物體中間隆起的部分 ◆ 鼻梁／山梁。❹ 姓。

☑ 棟梁、上梁不正下梁歪

7 梯 木木术杉杉杉梯 梯

[tī ㄊㄧ ⑨ tɐi¹ 替]

❶ 供上下用的器具或設備 ◆ 梯子／樓梯／電梯。❷ 形狀像梯子那樣一層一層的東西 ◆ 梯田。

7 桶 木木术杆杆桶桶 桶

[tǒng ㄊㄨㄥˇ ⑨ tuŋ² 統]

❶ 圓柱形的盛東西的器具 ◆ 水桶／汽油桶。❷ 量詞 ◆ 一桶水。

7 梭 木木杉杉梭梭梭 梭

[suō ㄙㄨㄛ ⑨ so¹ 梳]

梭子：織布機上用來牽引緯線的工具，形狀兩頭尖，中間寬 ◆ 光陰似箭，日月如梭。

8 棒 木木术杆杆棒棒 棒

[bàng ㄅㄤˋ ⑨ paŋ⁵ 彭⁵]

❶ 棍子 ◆ 木棒／棍棒。❷ 北方方言凡身體強壯、能力強、東西好都可用"棒"來形容 ◆ 小伙子身體棒極了／球踢得真棒／他的字寫得很棒。

8 棱 木木术杉杉棱棱 棱

[léng ㄌㄥˊ ⑨ liŋ⁴ 零]

❶ 物體的邊角或尖角 ◆ 棱角／三棱鏡。❷ 物體表面凸起的長條形部分 ◆ 瓦棱。

8 椏(桠) 木木术杆柯柯椏 椏

[yā ㄧㄚ ⑨ a¹／ŋa¹ 鴉]

樹杈 ◆ 椏杈。

8 棋 木木杆杆棋棋棋 棋

[qí ㄑㄧˊ ⑨ kei⁴ 其]

文娛體育用具，種類很多 ◆ 象棋／圍棋／軍棋。

☑ 舉棋不定、星羅棋佈

8 植 木木术杆杆柿植 植

[zhí ㄓˊ ⑨ dzik⁹ 直]

❶ 栽種 ◆ 植樹／種植。❷ 穀物、草木的總稱 ◆ 植物。❸ 把有機體連接上或補好 ◆ 植皮／斷指再植。❹ 培養；樹立 ◆ 扶植／培植。

【植物】zhí wù 生物的一個大類。生長在陸地上或水中。不少植物有根、莖、葉。如花草樹木、稻麥、棉麻等都是植物。

8 棟(栋) 木木杆柿柿棟棟 棟

[dòng ㄉㄨㄥˋ ⑨ duŋ³ 凍]

❶ 房屋的正梁 ◆ 棟梁／畫棟雕梁。❷ 量詞，計量房屋的單位 ◆ 一棟房子。

【棟梁】dòng liáng 房屋的大梁。比喻能擔當重任的人 ◆ 這些大科學家都是國家的棟梁。

8 森 一十才木杂杂森 森

[sēn ㄙㄣ ⑨ sɐm¹ 心]

❶ 樹木多而密 ◆ 只見樹木，不見森林。❷ 形容陰暗可怕 ◆ 陰森／陰森森。

【森林】sēn lín 大片生長的樹林 ◆ 他們在森林裏迷了路。

【森嚴】sēn yán 防備嚴密；威嚴 ◆ 這裏是軍事重地，戒備森嚴。

8 焚 見火部，261頁。

8 椅 木木术杆杉椅椅 椅

[yǐ ㄧˇ ⑨ ji² 倚]

有靠背的坐具 ◆ 椅子／輪椅。

---

⁸ **棲**(栖) 木 杧 杧 杧 棲 棲 〔棲〕

[qī ㄑㄧ ⑧ tsɐi¹ 妻]

❶ 鳥類在樹枝上或巢裏歇息。◆ 兩棲動物。❷ 泛指居住、停留 ◆ 棲身之所。

【棲身】qī shēn 居住 ◆ 他沒有棲身之地。

【棲息】qī xī 鳥獸蟲魚等棲身、歇息 ◆ 青蛙喜歡棲息在水塘裏。

---

⁸ **棧**(栈) 木 杙 杙 杙 棧 棧 〔棧〕

[zhàn ㄓㄢˋ ⑧ dzan⁶ 撰]

❶ 存放貨物或旅客留宿的地方 ◆ 棧房／貨棧／客棧。❷ 養牲口的竹木棚或柵欄 ◆ 馬棧。

---

⁸ **椒** 木 杧 杧 村 枋 椒 〔椒〕

[jiāo ㄐㄧㄠ ⑧ dziu¹ 焦]

植物名，果實或種子有刺激性味道，有辣椒、花椒、胡椒等。

---

⁸ **棠** 丷 丷 屵 屵 쑿 쑿 〔棠〕

[táng ㄊㄤˊ ⑧ tɔŋ⁴ 唐]

植物名。(1)棠梨：落葉喬木，有紅、白兩種，紅的木質堅韌，果實味澀，不能吃；白的果實味酸，可以吃。(2)海棠：落葉小喬木，果實味酸甜，可以吃。

---

⁸ **棵** 木 杧 杧 杹 杹 杹 〔棵〕

[kē ㄎㄜ ⑧ fɔ² 火]

量詞，植物一株叫"一棵" ◆ 三棵樹。

---

⁸ **棍** 木 杧 杧 杹 杹 杹 〔棍〕

[gùn ㄍㄨㄣˋ ⑧ gwɐn³ 君³]

❶ 棒 ◆ 棍棒／警棍。❷ 壞人；無賴 ◆ 惡棍／賭棍。

---

⁸ **棗**(枣) 一 冂 ㄎ 朮 朩 枣 〔棗〕

[zǎo ㄗㄠˇ ⑧ dzou² 早]

棗樹：落葉喬木，果實味甜，可以吃 ◆ 紅棗／棗紅。

---

⁸ **棘** 一 冂 ㄎ 朩 枣 枣 〔棘〕

[jí ㄐㄧˊ ⑧ gik⁷ 激]

❶ 酸棗樹：枝上有刺。❷ 有刺草木的統稱 ◆ 荊棘／披荊斬棘。

【棘手】jí shǒu 荊棘刺手。比喻事情難辦 ◆ 這件事很棘手。

---

⁸ **棃** "梨"的異體字，見214頁。

---

⁸ **椎** 木 杧 杧 桘 桘 椎 〔椎〕

〈一〉[zhuī ㄓㄨㄟ ⑧ dzœy¹ 追]

❶ 椎骨：也叫脊椎骨，構成脊柱的短骨 ◆ 頸椎／腰椎／脊椎。

〈二〉[chuí ㄔㄨㄟˊ ⑧ tsœy⁴ 徐]

❷ 敲打東西的器具 ◆ 鐵椎。❸ 敲打 ◆ 椎胸頓足。

---

⁸ **集** 見佳部，444頁。

---

⁸ **棉** 木 杧 杧 枟 枟 棉 〔棉〕

[mián ㄇㄧㄢˊ ⑧ min⁴ 眠]

植物名。(1)草棉：俗稱棉花，是重要的經濟作物。果實叫棉桃，成熟後裂開，綻出白色纖維，就是棉花，可以用來紡紗；種子可以榨油。(2)木棉：是落葉喬木，果實內的纖維不能紡紗，可用來做枕芯等。

【棉紗】mián shā 用棉花紡成的紗 ◆ 這是用棉紗織成的布。

☑ 棉布、棉衣、棉絮

---

⁸ **棚** 一 才 朩 枂 枂 棚 〔棚〕

[péng ㄆㄥˊ ⑧ paŋ⁴ 彭]

用竹木等搭成的篷架或簡陋的建築，用來遮陽擋雨 ◆ 瓜棚／牲口棚。

---

⁸ **棄**(弃) 一 亠 ㄊ 夵 查 查 〔棄〕

[qì ㄑㄧˋ ⑧ hei³ 氣]

扔掉；捨去 ◆ 拋棄／放棄。

【棄權】qì quán 在選舉表決或比賽時放棄權利，不參加 ◆ 他決定棄權，不參加最後一輪比賽。

☑ 捨棄、遺棄、背信棄義、自暴自棄、前功盡棄

---

⁸ **渠** 見水部，248頁。

---

⁸ **棕** 木 杧 杧 梌 梌 棕 〔棕〕

[zōng ㄗㄨㄥ ⑧ dzuŋ¹ 宗]

見"棕櫚"。

【棕櫚】zōng lǘ 常綠喬木。樹幹外有棕毛，可做繩子、掃帚、刷子等。葉子可做扇子。

注意 "棕櫚"也叫"棕櫚樹"。

---

⁸ **棺** 木 杧 杧 棺 棺 棺 〔棺〕

[guān ㄍㄨㄢ ⑧ gun¹ 官]

棺材：裝殮死人的器具 ◆ 蓋棺論定／不見棺材不落淚。

---

⁹ **楔** 木 扌 枳 枂 椣 楔 〔楔〕

[xiē ㄒㄧㄝ ⑧ sit⁸ 屑]

見"楔子"。

【楔子】xiē·zi ❶ 插進榫縫使榫頭固定的上厚下薄的小木片。❷ 某些舊小說、戲曲正文前的引子或開場白。

---

⁹ **椿** 杧 杧 枡 枡 椿 椿 〔椿〕

[chūn ㄔㄨㄣ ⑧ tsœn¹ 春]

植物名，一種叫香椿，嫩葉有香味，可作菜吃。一種叫臭椿，葉子有臭味。

⁹**椰** 木 朾 朾 枏 柙 枏 椰 椰 椰

[yē ㄧㄝ ⑧ jɛ⁴ 爺]

椰樹：常綠喬木，生長在熱帶和亞熱帶。果實叫椰子，果汁可做飲料，果肉可以吃，也可以榨油。

⁹**禁** 見示部，307 頁。

⁹**楂** 一 十 木 杧 柏 楂 楂

〈一〉[zhā ㄓㄚ ⑧ dza¹ 渣]
❶ 山楂。見 "山" 字，129 頁。
〈二〉[chá ㄔㄚˊ ⑧ tsa⁴ 茶]
❷ 又短又硬的頭髮或鬍子 ◆ 頭髮楂兒。

⁹**楚** 木 林 楚 楚 楚 楚 楚

[chǔ ㄔㄨˇ ⑧ tso² 礎]
❶ 痛苦 ◆ 痛楚／苦楚。❷ 清晰；鮮明；整齊 ◆ 清楚／楚楚。❸ 古國名。戰國七雄之一，國土主要在今湖南、湖北一帶 ◆ 四面楚歌。❹ 指湖北和湖南；特指湖北 ◆ 楚劇。❺ 姓。
【楚楚】chǔ chǔ ❶ 形容鮮明、整潔的外貌 ◆ 來賓們個個衣冠楚楚，笑容滿面。❷ 形容嬌柔秀美的模樣 ◆ 小姐長得楚楚動人。
✍ 酸楚、悽楚、一清二楚

⁹**極**(极) 木 杧 杧 柯 柯 極 極

[jí ㄐㄧˊ ⑧ gik⁹ 擊⁹]
❶ 事物達到了最高的境地；到了盡頭 ◆ 南極／登峯造極。❷ 最；非常 ◆ 極好／成績極佳。❸ 用盡 ◆ 極力／極目遠望。
【極力】jí lì 用盡一切力量；想盡一切辦法 ◆ 我們會極力爭取奪冠。⑩ 竭力。
【極刑】jí xíng 最高的刑罰，指死刑 ◆ 販毒分子被處以極刑。
【極其】jí qí 非常；十分 ◆ 案情極其複雜。⑩ 極端。
【極度】jí dù 最高程度；極點 ◆ 連續

工作了兩天兩夜，身體已極度疲勞。⑩ 極端、極其。
【極限】jí xiàn 最大的限度 ◆ 升降機的載重量已達到極限。
【極端】jí duān ❶ 事物朝着某個發展方向達到了頂點 ◆ 他看問題太極端，不是把事情看得太好，就是把事情看得太壞。❷ 達到頂點的；非常 ◆ 條件極端困難。⑩ 極其。
【極點】jí diǎn 頂點；最高程度 ◆ 姐姐高興到了極點，便手舞足蹈起來。
✍ 消極、積極、樂極生悲、窮凶極惡

⁹**楷** 木 村 栉 栉 楷 楷 楷

[kǎi ㄎㄞˇ ⑧ kai²]
❶ 典範；榜樣 ◆ 楷模。❷ 漢字的一種字體，也就是現在通行的正體字 ◆ 楷書／大楷。
【楷模】kǎi mó 榜樣 ◆ 他品學兼優，是我們的學習楷模。⑩ 模範。

⁹**業**(业) 丨 业 业 业 业 業 業

[yè ㄧㄝˋ ⑧ jip⁹ 葉]
❶ 社會上的各種行業 ◆ 工業／商業／各行各業。❷ 從事的工作；職務 ◆ 職業／轉業。❸ 學習的內容或過程 ◆ 學業／畢業。❹ 財產 ◆ 產業／祖業。❺ 已經 ◆ 業已長大成人。
【業務】yè wù 本行業或個人的專業工作 ◆ 公司業務繁忙／他是法學博士，業務水平很高。
【業餘】yè yú ❶ 工作時間以外的 ◆ 他利用業餘時間學習外語。❷ 非專業的 ◆ 這些業餘歌手水平都很高。
【業績】yè jì 事業上取得的成績 ◆ 近來公司的業績不太理想。
✍ 失業、行業、事業、專業、創業、就業、敬業、營業、安居樂業

⁹**楊**(杨) 木 杧 柯 柯 柊 楊 楊

[yáng ㄧㄤˊ ⑧ jœŋ⁴ 羊]
❶ 楊樹：落葉喬木，種類很多，有白楊、黃楊、大葉楊、小葉楊、山楊等。木材可做器具 ◆ 楊柳／百步穿楊。

❷ 姓。

⁹**楞** 木 杧 柯 柙 柙 楞 楞

〈一〉[léng ㄌㄥˊ ⑧ liŋ⁴ 零]
❶ 同 "棱" 字，見 216 頁。
〈二〉[lèng ㄌㄥˋ ⑧ liŋ⁶ 另]
❷ 失神；發呆 ◆ 發楞／楞住了。❸ 魯莽；冒失 ◆ 楞小子／楞頭楞腦。
（注意）❷❸ 也作 "愣"。

⁹**榆** 木 杧 松 柃 柃 柃 榆

[yú ㄩˊ ⑧ jy⁴ 如]
榆樹：落葉喬木，果實叫榆莢或榆錢，可以吃。木質堅固，可做器具。

⁹**椶** "棕" 的異體字，見 216 頁。

⁹**楓**(枫) 木 机 机 机 楓 楓 楓

[fēng ㄈㄥ ⑧ fuŋ¹ 風]
楓樹：落葉喬木，葉子像手掌，秋天變紅 ◆ 楓葉如丹。

⁹**榔** 木 杧 柊 柊 柊 椰 榔

[láng ㄌㄤˊ ⑧ lɔŋ⁴ 郎]
❶ 榔頭：錘子 ◆ 東一榔頭，西一棒子。❷ 檳榔。見 "檳" 字，222 頁。

⁹**概** 木 村 椢 椢 椢 概 概

[gài ㄍㄞˋ ⑧ goi³ ㄎㄞ／koi³ 蓋（語）]
❶ 大致；總括 ◆ 概況／概述。❷ 氣度 ◆ 氣概。❸ 一律 ◆ 概不負責／概不退換。
【概念】gài niàn 一種事物或一類事物本質特點的概括。如 "橋" 的概念是 "架設在水上或空中供人、車通過的建築" ◆ 學習數學、物理等，一定要把名詞術語的概念弄清楚。
【概況】gài kuàng 大致的情況 ◆ 校長向來訪者介紹了學校的概況。⑫ 詳情。
【概括】gài kuò ❶ 總結；歸納 ◆ 請

你概括一下課文的中心思想。❷簡明扼要 ◆ 我只能概括地說一下，詳細情況請看材料。⟨反⟩具體。
⟨近⟩一概、大概、梗概

⁹ **楣** 杧杧杧柷栯楣楣 楣
[méi ㄇㄟˊ ⑧mei⁴ 眉]
門框上的橫木 ◆ 門楣。

⁹ **椽** 杧杧杧柈椽椽 椽
[chuán ㄔㄨㄢˊ ⑧tsyn⁴ 全]
椽子：安放在梁上用來架住屋面和屋瓦的木條 ◆ 出頭的椽子先爛。

¹⁰ **構**(构) 木杧杧榏楧構構 構
[gòu ㄍㄡˋ ⑧geu³ 救/keu³ 扣（語）]
❶建造；建築 ◆ 構築工事。❷組合；設計 ◆ 構思 / 構圖。❸構成的事物；作品 ◆ 佳構。
【構成】gòu chéng 造成；形成 ◆ 房屋是用鋼筋水泥、磚瓦木料構成的。
【構思】gòu sī 寫文章或創作藝術品時運用心思、進行設計的心理活動 ◆ 這篇文章構思巧妙。⟨同⟩構想。
【構架】gòu jià 事物的組織結構 ◆ 這文章的構架比較新穎。
（注意）"構架"也作"架構"。
【構造】gòu zào 物體各部分的組織結構和相互關係 ◆ 這是一幅人體構造圖。
⟨近⟩結構、虛構、機構

¹⁰ **榛** 杧杧杧柈柈榛榛 榛
[zhēn ㄓㄣ ⑧dzœn¹ 津]
榛樹：落葉喬木，果實叫榛子，果仁可以吃，也可榨油。

¹⁰ **槓**(杠) 杧杧杧栯橢槓槓 槓
[gàng ㄍㄤˋ ⑧gɔŋ³ 鋼]
❶抬重物的較粗的棍子 ◆ 竹槓 / 鐵槓。❷體育運動器械 ◆ 單槓 / 雙槓 / 高低槓。❸在讀書或批改文字時畫的粗線記號 ◆ 打上紅槓。

¹⁰ **榦** 同"幹"〈一〉，見138頁。

¹⁰ **榫** 木杧榏榫榫榫 榫
[sǔn ㄙㄨㄣˇ ⑧sœn² 筍]
器物接合處的凸凹部分。凸的部分叫榫頭或榫子；凹進的叫榫眼或卯眼。

¹⁰ **槐**(槐) 杧杧柙柙柙槐 槐
[huái ㄏㄨㄞˊ ⑧wai⁴ 懷]
槐樹：落葉喬木，木材可做器具，花、果、根皮可入藥。

¹⁰ **槌** 同"椎"〈二〉，見216頁。

¹⁰ **榴** 杧杧柳榴榴榴 榴
[liú ㄌㄧㄡˊ ⑧leu⁴ 留]
石榴樹：落葉灌木或小喬木，果實球形，叫石榴，裏面有許多種子，種子的外皮汁甜，可以吃。根皮、果皮可入藥。

¹⁰ **槍**(枪) 杧杧枪枪枪槍 槍
[qiāng ㄑㄧㄤ ⑧tsœŋ¹ 昌]
❶能用尖頭刺擊或能發射子彈的兵器 ◆ 手槍 / 紅纓槍 / 機關槍。❷像槍的器具 ◆ 水槍 / 焊槍。
【槍林彈雨】qiāng lín dàn yǔ 形容炮火密集，戰鬥激烈 ◆ 在槍林彈雨中，他衝鋒在前，毫不畏懼。

¹⁰ **榕** 木杧杧榕榕榕 榕
[róng ㄖㄨㄥˊ ⑧juŋ⁴ 容]

❶榕樹：常綠喬木，生長在熱帶和亞熱帶，樹幹分枝多，木材可做器具。
❷福建省福州市，別稱"榕城"。

榕樹

¹⁰ **榜** 木杧杧栐梆榜榜 榜
[bǎng ㄅㄤˇ ⑧bɔŋ² 綁]
❶張貼出來的文告或名單 ◆ 發榜 / 光榮榜。❷見"榜樣"。
【榜樣】bǎng yàng 值得學習的模範 ◆ 她品學兼優，是我學習的好榜樣。⟨同⟩楷模。

¹⁰ **榮**(荣) ˙˙ˊˊˊ炏炏 榮
[róng ㄖㄨㄥˊ ⑧wiŋ⁴ 嶸]
❶草木茂盛；跟"枯"相對 ◆ 欣欣向榮。❷事業興旺 ◆ 繁榮昌盛。❸光榮；跟"辱"相對 ◆ 榮譽 / 榮獲冠軍。
【榮幸】róng xìng 光榮、幸運 ◆ 能聆聽到大師的教誨，我深感榮幸。
【榮耀】róng yào 光榮 ◆ 能在國際比賽中獲大獎，我感到非常榮耀。
【榮譽】róng yù 光榮的名譽 ◆ 我們要愛護班級的集體榮譽。
⟨近⟩光榮、虛榮

¹⁰ **榨** 木杧杧杧榨榨 榨
[zhà ㄓㄚˋ ⑧dza³ 炸]
❶把物體裏的液汁擠壓出來 ◆ 榨取 /

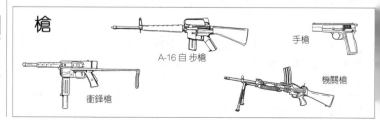

槍
A-16自步槍
手槍
衝鋒槍
機關槍

榨油。❷ 擠壓物體液汁的器具 ◆ 油榨／榨牀。

10
寨 見宀部，120頁。

10
榷 木 扩 栌 栌 榷 榷 榷 ┃榷┃
[què 〈ㄩㄝˋ 粵 kɔk⁸ 確]
商量；討論 ◆ 商榷。

11
椿 (桩) 木 杙 枺 栚 栚 椿 椿 ┃椿┃
[zhuāng ㄓㄨㄤ 粵 dzœŋ¹ 裝]
❶ 打入地裏的柱子 ◆ 打椿／木椿。❷ 量詞，用於事情 ◆ 小事一椿／一椿要事。

11
槽 木 柿 柿 柿 槽 槽 ┃槽┃
[cáo ㄘㄠˊ 粵 tsou⁴ 曹]
❶ 長條形的盛器，用來放飼料、貯水或釀酒 ◆ 馬槽／水槽。❷ 兩邊高起、中間凹下像槽的東西 ◆ 牙槽／在地上挖個槽。

11
樞 (枢) 木 桁 桁 桁 桁 樞 ┃樞┃
[shū ㄕㄨ 粵 sy¹ 書]
❶ 門上的轉軸 ◆ 流水不腐，戶樞不蠹。❷ 指事物的中心或重要部分 ◆ 樞紐／中樞。
【樞紐】shū niǔ 事物的中心或關鍵 ◆ 香港國際機場是香港的交通樞紐。

11
標 (标) 木 柙 桺 桺 標 標 ┃標┃
[biāo ㄅㄧㄠ 粵 biu¹ 彪]
❶ 記號；識別符號 ◆ 標誌／標點／商標。❷ 表明；寫明 ◆ 標價／標題。❸ 表面的，不是根本的；跟「本」相對 ◆ 治標不治本。❹ 一定的準則、規格 ◆ 標準／指標。❺ 特指用比價方式承包工程建設或進行大宗商品交易中的一種招商形式，即先由一方提出標準、條件、價目，承包商或承買方進行競爭 ◆ 招標／投標。❻ 發給競賽優勝者的

獎品 ◆ 錦標／奪標。
【標本】biāo běn 經過加工整理保持實物原形的動物、植物、礦物的樣品 ◆ 學校裏有不少動物標本。
【標明】biāo míng 用記號或文字説明使人知道 ◆ 機場裏有指示牌，標明進出通道。
【標致】biāo ·zhì 形容相貌、姿態美麗 ◆ 這姑娘長得很標致。
〔注意〕“標致”多用於女子。
【標記】biāo jì 記號 ◆ 教材中重要的地方我都做了標記。⊜ 標誌。
【標準】biāo zhǔn 衡量事物正誤優劣的準則 ◆ 這是一份標準答案。⊜ 規範。
【標榜】biāo bǎng 宣揚；吹噓 ◆ 他四處標榜自己是個慈善家，其實是個惟利是圖的商人。
〔注意〕“標榜”多含貶義。
【標誌】biāo zhì ❶ 表明特徵或便於識別的記號 ◆ 地圖上或交通指示牌上都有各種形式的標誌。⊜ 標記。❷ 表明某種特徵、狀態 ◆ 這個成績標誌着他具有了向世界冠軍挑戰的實力。
【標題】biāo tí 文章的標目。有的文章除了總標題外，還有小標題 ◆ 標題要醒目、新穎。
【標新立異】biāo xīn lì yì 追求新奇，表示與眾不同 ◆ 他總愛標新立異，好像超人一等。
〔注意〕“標新立異”多含貶義。
☑ 目標、指標

11
模 (模) 木 柆 柆 柆 栉 栉 ┃模┃
〈一〉[mó ㄇㄛˊ 粵 mou⁴ 無]
❶ 榜樣；規範 ◆ 模範／楷模。❷ 仿效；仿照 ◆ 模仿／模擬。
〈二〉[mú ㄇㄨˊ 粵 mou⁴ 無]
❸ 製造器物的模型 ◆ 模子／字模。
【模式】mó shì 樣式；形式 ◆ 兩所學校的教學模式不一樣。
【模仿】mó fǎng 照着別人的樣子學着做 ◆ 小孩子的模仿能力很強。
【模型】mó xíng 照實物原樣按比例製成的物品 ◆ 櫥窗內陳列着火箭發射

器的模型。
【模樣】mú yàng 人的相貌或裝束打扮的樣子 ◆ 看他的模樣像是混血兒／看你打扮成甚麼模樣，怪裏怪氣的。
【模範】mó fàn 值得學習的好人或好事 ◆ 姐姐今年被選為模範學生。⊜ 榜樣。
【模糊】mó ·hu 不清楚；不分明 ◆ 天色漸漸昏暗，周圍景物變得模糊起來。⊠ 清晰。
【模特兒】mó tè ér ❶ 繪畫、雕塑時供模仿或參照的對象。通常指人體 ◆ 地曾做過畫院的模特兒。❷ 在舞台上展示服裝的人 ◆ 她的職業是時裝模特兒。
【模棱兩可】mó léng liǎng kě 這樣可以，那樣也可以。指不明確表示意見或態度 ◆ 你到底贊成不贊成？別老是模棱兩可的。
☑ 規模、大模大樣、裝模作樣

11
楮 “楂”的異體字，見217頁。

11
樓 (楼) 木 枡 枡 枏 槐 樓 ┃樓┃
[lóu ㄌㄡˊ 粵 leu⁴ 留]
❶ 兩層以上的房屋 ◆ 樓房／高樓大廈。❷ 樓房的一層 ◆ 二樓／五樓。❸ 建築物的上層部分或有上層結構的建築物 ◆ 城樓／炮樓／鐘樓。❹ 姓。
【樓宇】lóu yǔ 房屋 ◆ 樓宇價格上漲。
☑ 近水樓台、空中樓閣、海市蜃樓

11
樊 木 木 杵 枺 枺 梺 樊 ┃樊┃
[fán ㄈㄢˊ 粵 fan⁴ 凡]
❶ 籬笆 ◆ 樊籬。❷ 關鳥獸的籠子 ◆ 樊籠。❸ 姓。

11
樂 (乐) 木 白 自 ┃樂┃
〈一〉[lè ㄌㄜˋ 粵 lɔk⁹ 落]
❶ 高興；喜悦；跟「悲」相對 ◆ 快樂／歡樂。❷ 喜愛；願意 ◆ 樂意幫助／樂於助人。❸ 笑 ◆ 把他逗樂了。
〈二〉[yuè ㄩㄝˋ 粵 ŋɔk⁹ 岳]
❹ 音樂 ◆ 樂器／奏樂。❺ 姓。

近水樓台先得月，向陽花木易為春。——宋·蘇麟《斷句》詩

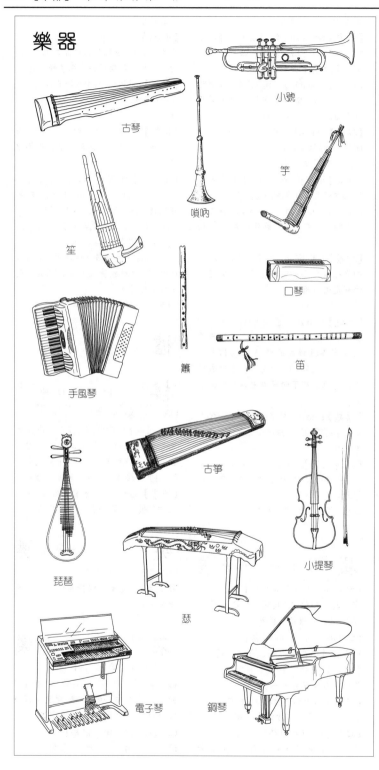

樂器

古琴

小號

嗩吶

竽

笙

□琴

手風琴

簫

笛

琵琶

古箏

瑟

小提琴

電子琴

鋼琴

【樂意】lè yì　心甘情願　◆ 他既然樂意幫助你，你就不必拒絕了。

【樂趣】lè qù　使人感到快樂的情趣　◆ 他談起旅遊的樂趣時總是滔滔不絕的。

【樂₂器】yuè qì　演奏音樂的器具。如胡琴、鋼琴、笙、笛、嗩吶等等　◆ 他爸爸開樂器行。⚙ 圖見 221 頁。

【樂觀】lè guān　對發展前途或事情的結局充滿信心和希望　◆ 我對公司的前途很樂觀。⒁ 悲觀。

🔲 享樂、娛樂、康樂、安居樂業、幸災樂禍、津津樂道、助人為樂

¹¹ **樟**　扩 扩 扩 拧 檔 樟　樟
[zhāng ㄓㄤ ⓰ dzœŋ¹ 章]
樟樹：常綠喬木，木材有香味，可提取樟腦和樟腦油，用來做傢具可以防蛀。

¹¹ **樣**⁽样⁾　扩 样 样 样 样 样　樣
[yàng ㄧㄤˋ ⓰ jœŋ⁶ 讓]
❶ 形狀　◆ 樣子 / 模樣。❷ 用來做標準的　◆ 樣品 / 榜樣。❸ 種類　◆ 各式各樣 / 樣樣齊全。

【樣品】yàng pǐn　作為標準的物品　◆ 展覽會上展出了新型相機的樣品。

🔲 式樣、同樣、走樣、花樣、照樣、圖樣、裝模作樣

¹¹ **樑**　"梁" 的異體字，見 215 頁。

¹¹ **槳**⁽桨⁾　丬 丬 丬 丬 丬 丬 將　槳
[jiǎng ㄐㄧㄤˇ ⓰ dzœŋ² 蔣]
划船的用具　◆ 蕩起雙槳。

¹² **橄**⁽橄⁾　扩 扩 材 桁 柑 橄　橄
[gǎn ㄍㄢˇ ⓰ gam³ 鑒]
橄欖樹：常綠喬木，果實長圓形，綠色，叫橄欖，也叫青果，可以吃，也可入藥。種子叫欖仁，可以榨油。

¹²橫(横) 木 杧 桳 桳 横 横 ［橫］

〈一〉［héng ㄏㄥˊ 粵 wan⁴］

❶ 跟地面平行的；左右向的；東西向的；跟「豎」、「直」、「縱」相對 ◆ 橫寫／橫線／縱橫交錯。❷ 交錯雜亂 ◆ 橫七豎八／血肉橫飛。❸ 粗暴不講理 ◆ 橫行霸道／橫加阻撓。

〈二〉［hèng ㄏㄥˋ 粵 wan⁴］

❹ 粗暴；兇狠 ◆ 蠻橫無理／態度強橫。❺ 意外的 ◆ 飛來橫禍／大發橫財。

【橫行霸道】héng xíng bà dào　霸道：蠻不講理。形容仗勢胡作非為，蠻不講理 ◆ 這批歹徒在村裏橫行霸道，胡作非為。

【橫衝直撞】héng chōng zhí zhuàng　形容毫無顧忌地亂衝亂闖 ◆ 這幫地頭蛇到處橫衝直撞，耀武揚威。

☑ 縱橫、蠻橫₂、專橫₂跋扈、妙趣橫生

¹²樹(树) 木 杧 桔 桔 桔 樹 樹 ［樹］

［shù ㄕㄨˋ 粵 sy⁶ 豎］

❶ 木本植物的總稱 ◆ 樹林／樹木。❷ 種植；培養 ◆ 十年樹木，百年樹人。❸ 建立 ◆ 獨樹一幟／樹立新風氣。

【樹立】shù lì　建立 ◆ 學校要樹立勤奮讀書的好風氣。

【樹林】shù lín　成片的樹木，面積比森林要小 ◆ 孩子們在樹林裏捉迷藏。

【樹蔭】shù yīn　樹木枝葉遮擋住陽光而形成的陰影 ◆ 建築工人在樹蔭底下歇息。

（注意）「樹蔭」也作「樹陰」。

【樹叢】shù cóng　聚生在一起的樹木 ◆ 樹叢裏鑽出一隻野兔來。

☑ 樹枝、樹葉

☑ 果樹、建樹、火樹銀花

¹²樺(桦) 木 杧 杮 杮 桦 樺 ［樺］

［huà ㄏㄨㄚˋ 粵 wa⁶ 話／wa⁴ 華⁴］

白樺樹：落葉喬木，樹皮白色。木材可做器具。

¹²樸(朴) 木 杧 枠 枠 槤 樸 ［樸］

［pǔ ㄆㄨˇ 粵 pok⁸ 撲］

不加修飾的；實實在在的 ◆ 樸素／純樸。

【樸素】pǔ sù　素淨不濃艷；平實不華麗 ◆ 學生穿着要樸素／文筆樸素，但充滿真情實感。◎ 樸實。

【樸實】pǔ shí　❶ 樸素 ◆ 她衣着很樸實，像個農村姑娘。❷ 踏實；實在；不浮誇 ◆ 他為人誠懇樸實，從不誇誇其談。

☑ 儉樸、簡樸、古樸、質樸

¹²橋(桥) 木 杧 杍 杍 桥 橋 ［橋］

［qiáo ㄑㄧㄠˊ 粵 kiu⁴ 喬］

橫跨水面或架設在空中以便通行的建築物 ◆ 橋梁／天橋。

【橋梁】qiáo liáng　❶ 架設在水上或空中供通行用的建築物 ◆ 父親是橋梁設計專家。❷ 比喻能起溝通作用的人或事 ◆ 校友會是聯絡校友的橋梁。

¹²橡 木 杧 栌 栌 橡 橡 ［橡］

［xiàng ㄒㄧㄤˋ 粵 dzœŋ⁶ 象］

❶ 橡樹：落葉喬木，果實叫橡子。木材可做枕木、傢具等。❷ 橡膠樹：常綠喬木。樹幹有乳狀膠汁，可製橡膠。

¹²樽 木 杧 柸 柸 樿 樽 ［樽］

［zūn ㄗㄨㄣ 粵 dzœn¹ 津］

❶ 古代盛酒的器具。❷ 粵語指瓶子 ◆ 花樽。

¹²橙 木 杧 杧 杧 柊 橙 ［橙］

［chéng ㄔㄥˊ 粵 tsaŋ⁴ 撐⁴］

❶ 橙樹：常綠喬木，果實叫橙子，可以吃，果皮可入藥。❷ 紅和黃合成的顏色 ◆ 紅橙黃綠藍青紫。

¹²橘 木 杍 杍 桔 橘 橘 ［橘］

［jú ㄐㄩˊ 粵 gwɐt⁷ 骨］

橘樹：常綠喬木，品種很多。果實叫橘子，可以吃，果皮可入藥。

¹²橢(椭) 木 杧 杮 栌 栌 橢 ［橢］

［tuǒ ㄊㄨㄛˇ 粵 tɔ⁵ 妥］

長圓形 ◆ 橢圓。

¹²機(机) 木 杧 桳 桳 桳 機 ［機］

［jī ㄐㄧ 粵 gei¹ 基］

❶ 由多種零件組合成的器具；機器 ◆ 打字機／洗衣機。❷ 飛機的簡稱 ◆ 機場／客機／偵察機。❸ 事物的關鍵或重要方面 ◆ 機要／機密／轉機。❹ 適宜的時候；機會 ◆ 時機／坐失良機。❺ 靈巧；靈活 ◆ 機智／機警。

【機能】jī néng　人體器官的活動能力 ◆ 父親中風後，雙腳已喪失機能。

【機械】jī xiè　❶ 機器、裝備的總稱 ◆ 機械發生了故障。❷ 比喻死板，不靈活 ◆ 這個人辦事太機械。

【機動】jī dòng　❶ 用機器發動的 ◆ 機動車。❷ 根據實際情況靈活採取行動 ◆ 你可以機動靈活處理這件事。

【機密】jī mì　重要的祕密；須要保密的事 ◆ 這些機密文件，務必要保管好／泄露國家機密是犯罪行為。

【機智】jī zhì　頭腦靈活，應變能力強 ◆ 偵察員機智地通過了敵人的封鎖線。◎ 機靈、機警。

【機遇】jī yù　機會；好時機 ◆ 我們要抓住機遇，把產品推銷到世界各地去。◎ 機會。

【機會】jī‧huì　合適的時候；有利的時機 ◆ 機會難得，千萬不要錯過。◎ 機遇。

【機構】jī gòu　泛指一般的工作部門 ◆ 父親打算把這筆錢捐給慈善機構。

【機關】jī guān　❶ 辦理事務的部門 ◆ 大哥是政府機關的公務員。❷ 巧妙周密的計謀 ◆ 機關算盡太聰明，反誤了卿卿性命。❸ 機械控制裝置；用機械控制的 ◆ 古墓的石門裝有機關，無法打開／機關槍火力很猛。

【機警】jī jǐng　對情況的變化覺察得快，反應靈敏 ◆ 他用機警的目光，注視着行跡可疑的人。⟨同⟩機智、機靈。

【機靈】jī·ling　聰明伶俐，反應快 ◆ 他頭腦靈活，同學們叫他"小機靈"。⟨同⟩機智、機警。

▷生機、司機、危機、乘機、動機、投機取巧、當機立斷、隨機應變

¹³檔(档)　木柞柞槽檔檔 檔
[dàng ㄉㄤˋ （粵）dɔŋ³ 當³]
❶ 架子上的橫木或框格 ◆ 橫檔／窗檔。❷ 存放公文案卷的櫥架 ◆ 存檔／歸檔。❸ 分類保存的公文案卷 ◆ 檔案。❹ 貨物的等級 ◆ 檔次／高檔消費品。

【檔案】dàng àn　機關、團體裏分類收藏、保管的重要文件或資料 ◆ 這些歷史檔案非常珍貴。

¹³檄　柞柏柏柞椓槲檄 檄
[xí ㄒㄧˊ （粵）het⁹ 瞎]
檄文：古代的一種文書，用來徵召、聲討或告示民眾，大多指聲討敵人的文書。

¹³檢(检)　朴柃柃柃檢檢 檢
[jiǎn ㄐㄧㄢˇ （粵）gim² 撿]
❶ 查看；查驗 ◆ 檢字／檢驗。❷ 約束；限制 ◆ 有失檢點／行為不檢。

【檢查】jiǎn chá　查看；找出存在問題 ◆ 每年檢查一次身體／試卷做好後，再從頭至尾檢查一遍。

【檢討】jiǎn tǎo　❶ 找出缺點或錯誤，好好反省 ◆ 他向老師承認了錯誤，並做了檢討。❷ 分析；研究 ◆ 我們要檢討一下前一段的工作，看哪些地方需要改進。

【檢舉】jiǎn jǔ　向有關方面揭發違法、犯罪事實；告發 ◆ 有人檢舉他有吸毒、販毒嫌疑。

【檢點】jiǎn diǎn　在言語、行為方面注意約束自己 ◆ 聽説他去了外國後，行為不很檢點。

【檢驗】jiǎn yàn　檢查驗證 ◆ 檢驗報告已經出來了，他是服毒自殺。

¹³檐　"簷"的異體字，見 322 頁。

¹³檀　柞柞柞槽檀檀 檀
[tán ㄊㄢˊ （粵）tan⁴ 壇]
檀樹：落葉喬木，木質堅硬，可製作器物。另一種叫檀香木，常綠喬木，木材有香味，可提取香料，做摺扇等。

¹³樖　柞柞柞檜檀檀 樖
[lǐn ㄌㄧㄣˇ （粵）lem⁵ 凜]
屋架上的橫木，用來支撐椽子或屋面板 ◆ 樖條。

¹⁴檯　同"枱"字，見 212 頁。

¹⁴櫃(柜)　柞柞柞柜榿槽 櫃
[guì ㄍㄨㄟˋ （粵）gwei⁶ 跪]
❶ 收藏東西的用具 ◆ 衣櫃／貨櫃／保險櫃。❷ 商店裏用來存放商品或進行交易的形狀像櫃的枱子 ◆ 櫃枱。

¹⁴檻(槛)　柞柞柞柑柙槛 檻
〈一〉[kǎn ㄎㄢˇ （粵）lam⁶ 艦]
❶ 門下面的橫木 ◆ 門檻。
〈二〉[jiàn ㄐㄧㄢˋ （粵）ham⁵ 咸⁵]
❷ 關野獸的柵欄；囚禁、押送犯人的籠車 ◆ 檻車。

¹⁴檬(檬)　柞柞柞樗樗檬 檬
[méng ㄇㄥˊ （粵）muŋ⁴ 蒙]
檸檬。見"檸"字，本頁。

¹⁴檳(槟)　柞柞柞柠檳檳 檳
〈一〉[bīn ㄅㄧㄣ （粵）bɐn¹ 賓]
❶ 檳子：果樹，果實比蘋果小，味酸甜。
〈二〉[bīng ㄅㄧㄥ （粵）bɐn¹ 賓]
❷ 檳榔(bīng ·lang)：常綠喬木，生長在熱帶、亞熱帶。果實可以吃，也可以

做藥材 ◆ 採檳榔。

¹⁴檸(柠)　柞柠柠檸檀檀 檸
[níng ㄋㄧㄥˊ （粵）niŋ⁴ 寧]
檸檬(níng méng)：(1)檸檬樹：常綠喬木，生長在熱帶或亞熱帶。味酸，可以做飲料，果皮可以提取檸檬油。(2)檸檬樹結的果實。

¹⁵櫝(椟)　木柞柞槽檀檀 櫝
[dú ㄉㄨˊ （粵）duk⁹ 牘]
❶ 櫃子；木匣 ◆ 買櫝還珠。❷ 棺材。

¹⁵麓　見鹿部，469 頁。

¹⁵櫟(栎)　才柞柏柏櫟櫟 櫟
[lì ㄌㄧˋ （粵）lik⁹ 力]
櫟樹：落葉喬木，葉子可餵柞蠶，木材可做器具。
⟨注意⟩"櫟樹"也叫"柞樹"。

¹⁵櫚(榈)　才相柙柙柙檲 櫚
[lǘ ㄌㄩˊ （粵）lœy⁴ 雷]
棕櫚。見"棕"字，216 頁。

¹⁵櫥(橱)　柞柞柞柞棝棝 櫥
[chú ㄔㄨˊ （粵）tsy⁴ 躇／tsœy⁴ 除]
放置衣物的家具 ◆ 書櫥／碗櫥／衣櫥。

【櫥窗】chú chuāng　商店沿街陳列樣品的玻璃窗 ◆ 這家商店的櫥窗裏擺放着幾件很精緻的首飾。

¹⁷櫻 (樱)

权 权 枛 櫻 櫻 櫻 　櫻

[yīng ㄧㄥ ⑧jin¹ 英]

❶ 見"櫻桃"。❷ 見"櫻花"。

【櫻桃】yīng·tao 櫻桃樹：落葉喬木，花淡紅或白色，果實味酸甜，可以吃。

【櫻花】yīng huā 落葉喬木，春天開淡紅花或白花。木材堅硬，可做器具。

¹⁷欄 (栏)

枛 枛 栌 栌 棚 欄 　欄

[lán ㄌㄢˊ ⑧lan⁴ 蘭]

❶ 欄杆：橋的兩邊或亭台等建築的四邊起攔擋作用的東西 ◆ 石欄／迴欄。❷ 關養牲畜的圈 ◆ 牛欄／豬欄。❸ 報刊上用線條等分隔開的版面；表格中的項目 ◆ 專欄／廣告欄。

¹⁸權 (权)

衣 衣 衣 衣 榷 權 　權

[quán ㄑㄩㄢˊ ⑧kyn⁴ 拳]

❶ 具有支配事物的力量；權力 ◆ 政權／職權。❷ 應有的權力和享受的利益；權利 ◆ 選舉權／合法權益。❸ 暫時的；變通的 ◆ 權變／權宜之計。❹ 衡量 ◆ 權衡利弊得失。

【權力】quán lì 職責範圍內支配人、事的力量 ◆ 老闆有權力辭退僱員。

【權利】quán lì 依法行使的權力和享受的利益 ◆ 公民享有受教育的權利。⑤義務。

【權威】quán wēi 使人信服的、有威望的 ◆ 他在法律界很有權威。

【權益】quán yì 應該享受的、不容侵犯的權力和利益 ◆ 版權法保護了作者和出版商的合法權益。

【權衡】quán héng 衡量；考慮 ◆ 權衡一下利弊得失再作打算。

☑主權、特權、棄權、爭權奪利

²¹欖 (榄)

衣 衣 衣 栏 榄 欖 　欖

[lǎn ㄌㄢˇ ⑧lam⁵ 覽]

橄欖。見"橄"字，220頁。

²⁵鬱

見鬯部，464頁。

欠 部

⁰欠

ノ ト ゲ 欠 　欠

[qiàn ㄑㄧㄢˋ ⑧him³ 謙³]

❶ 借人錢物沒有還、買東西暫時不付錢或應該給的沒有給 ◆ 欠債／欠賬。❷ 不夠；缺少 ◆ 萬事俱備，只欠東風。❸ 身體稍微向上或向前移動 ◆ 欠身。❹ 困倦時張口出氣 ◆ 打呵欠。

【欠妥】qiàn tuǒ 不夠妥當 ◆ 這樣處理欠妥，要重新考慮。

【欠佳】qiàn jiā 不夠好；不太好 ◆ 她最近身體欠佳。

【欠缺】qiàn quē 缺少；不夠 ◆ 他工作不久，辦事經驗欠缺。⑤短缺、缺乏。

【欠條】qiàn tiáo 因欠人財物而寫的條據 ◆ 請你立一張欠條，寫明歸還日期。

☑欠安、欠款
☑賒欠、拖欠

²次

ノ ゝ テ 汁 次 　次

[cì ㄘ ⑧tsi³ 幟]

❶ 順序；先後 ◆ 名次／依次排隊。❷ 第二 ◆ 次日／次子。❸ 質量差的 ◆ 次貨／東西太次。❹ 量詞，用於反覆出現的事情，略等於"回" ◆ 屢次／三番五次。

【次序】cì xù 事物在時間或空間上排列的先後 ◆ 請按次序進內參觀。⑤順序。

【次要】cì yào 重要性較差的 ◆ 他在這一事件中是次要人物。⑤重要。

【次品】cì pǐn 質量不符合標準的產品 ◆ 次品一律不准出廠。⑤次貨、等外品。⑤正品。

【次數】cì shù 動作或事件重複出現的回數 ◆ 見面次數雖然不多，但印象深刻。

☑次等、次女
☑初次、班次、層次、語無倫次

⁴欣

ノ ⌐ ⌐ 斤 炘 欣 欣 　欣

[xīn ㄒㄧㄣ ⑧jen¹ 因]

高興；喜悅 ◆ 欣喜／歡欣鼓舞。

【欣喜】xīn xǐ 歡喜；高興 ◆ 姐姐考上了大學，全家人欣喜萬分。⑤歡欣。⑤悲哀。

【欣賞】xīn shǎng ❶ 享受美好的事物，領略其中的趣味 ◆ 父親在細細欣賞張大千的國畫。❷ 認為好而喜歡 ◆ 我很欣賞這種室內裝飾。

【欣慰】xīn wèi 心裏快活且感到安慰 ◆ 兒子當上了公司總經理，父母感到欣慰。⑤快慰、寬慰。

【欣欣向榮】xīn xīn xiàng róng 欣欣：生氣勃勃的樣子。榮：草木茂盛。形容草木長得很茂盛。也比喻事業蓬勃發展 ◆ 春風送暖，草木欣欣向榮。

【欣喜若狂】xīn xǐ ruò kuáng 形容高興到了極點 ◆ 我校運動隊奪得冠軍，全校同學欣喜若狂。

☑欣然、欣幸

⁷軟

見車部，412頁。

⁷欲

八 公 谷 谷 欲 欲 欲 　欲

[yù ㄩˋ ⑧juk⁹ 玉]

❶ 想要；希望 ◆ 欲速不達／為所欲為。❷ 將要；快要 ◆ 搖搖欲墜。❸ 同"慾"字 ◆ 食欲／求知欲。

【欲望】yù wàng 想要得到某種東西或達到某種目的的願望 ◆ 青年人求知的欲望非常迫切。

【欲速不達】yù sù bù dá 急於求快，反而達不到目的 ◆ 違反學習規律，急於求成，反而欲速不達。

〔注意〕"欲速不達"也作"欲速則不達"。

【欲蓋彌彰】yù gài mí zhāng 蓋：遮掩。彌：更加。彰：明顯。本想掩蓋壞事的真相，結果反而暴露得更加明顯 ◆ 這樣遮遮掩掩，反而欲蓋彌彰。

〔注意〕"彌"不讀 ér(爾)。粵音讀 mei⁴(眉)。

【欲罷不能】yù bà bù néng　罷：停止。想停止也停止不下來 ◆ 老伯學畫興趣極濃，到了欲罷不能的地步。

▷ 望眼欲穿、震耳欲聾、暢所欲言、躍躍欲試、隨心所欲

⁸款 一 士 丰 圭 耒 款 款 **款**

[kuǎn ㄎㄨㄢˇ 粵fun² 寬²]

❶ 錢；經費 ◆ 現款／公款。❷ 法令、規章、條約等分條列出的項目 ◆ 條款／第三條第五款。❸ 字畫上的題名 ◆ 落款／下款。❹ 樣式 ◆ 款式／新款。❺ 招待 ◆ 款待。

【款式】kuǎn shì　樣式；格式 ◆ 這套西裝款式新穎，做工考究。同 式樣。

【款待】kuǎn dài　熱情優厚地招待 ◆ 我們要好好款待來自遠方的貴客。

◁ 款項、款額

▷ 捐款、貸款、匯款、籌款、撥款

⁸欺 一 廿 甘 甘 其 欺 欺 **欺**

[qī ㄑㄧ 粵hei¹ 希]

❶ 騙 ◆ 欺騙／自欺欺人。❷ 壓迫；凌辱 ◆ 仗勢欺人／欺軟怕硬。

【欺侮】qī wǔ　欺負侮辱 ◆ 自己有了實力就不怕他人欺侮。同 欺壓。

【欺負】qī·fu　侵犯、侮辱、壓迫別人 ◆ 欺負一個弱者，算甚麼好漢。同 欺侮、欺壓。反 保護、愛護。

【欺凌】qī líng　欺侮凌辱 ◆ 此人稱霸一方，欺凌弱小。同 欺負、欺壓。

【欺詐】qī zhà　用欺騙狡詐的手段騙人 ◆ 此人多次欺詐錢財，應該受到法律制裁。同 詐騙。

【欺壓】qī yā　欺負壓迫 ◆ 人們不願再受欺壓，終於起來反抗。同 欺凌。

【欺騙】qī piàn　用謊言或假相掩蓋事實，使人上當 ◆ 老實人容易受人欺騙。同 哄騙。

【欺人太甚】qī rén tài shèn　甚：過分。欺負人太過分 ◆ 不要得寸進尺，欺人太甚。

◁ 欺生、欺瞞、欺軟怕硬、欺世盜名

▷ 瞞上欺下

⁸欽（钦） ノ ト 戶 牟 釒 釒 釒 釒 **欽**

[qīn ㄑㄧㄣ 粵jem¹ 音]

❶ 恭敬；敬重 ◆ 欽佩／欽羨。❷ 古代稱皇帝親自做的 ◆ 欽定／欽賜／欽差大臣。

注意 "欽"不讀 qiàn（欠）。

【欽佩】qīn pèi　敬重佩服 ◆ 他這種捨己為人的精神令人欽佩。同 敬佩。

【欽差大臣】qīn chāi dà chén　由皇帝派遣，代表皇帝出外處理重大事務的官員。現多用來諷刺上級機關派到下面去的亂發議論指示的人 ◆ 你這樣隨便發號施令，簡直成了當今的欽差大臣了。

◁ 欽慕、欽仰

⁹歇 日 号 号 曷 歇 歇 **歇**

[xiē ㄒㄧㄝ 粵hit⁸ 蠍]

❶ 休息 ◆ 歇息／歇一會再幹。❷ 停止 ◆ 歇業。

【歇息】xiē·xi　❶ 休息 ◆ 天太熱，讓大家歇息一會兒再幹。❷ 住宿；睡覺 ◆ 他們在小鎮上找了一家旅館歇息。

【歇業】xiē yè　停止營業 ◆ 小店門上寫着：歡度春節，歇業三天。同 停業。反 開業。

【歇後語】xiē hòu yǔ　由兩部分組成的一句話，前一部分像謎面，後一部分像謎底，通常只説出前一部分，而本意卻在後一部分。如："泥菩薩過河——自身難保"、"貓哭老鼠——假慈悲"、"騎驢看唱本——走着瞧"等。

【歇斯底里】xiē sī dǐ lǐ　❶ 一種精神病症 ◆ 她是一個歇斯底里患者。❷ 形容情緒異常激動，舉止失去常態 ◆ 他歇斯底里地狂笑着，樣子有點嚇人。

◁ 歇工、歇腳、歇涼

▷ 間歇、停歇

¹⁰歌 一 哥 哥 哥 哥 歌 歌 **歌**

[gē ㄍㄜ 粵go¹ 哥]

❶ 詩；樂曲 ◆ 詩歌／歌曲。❷ 唱 ◆ 歌唱／引吭高歌。❸ 讚揚；頌揚 ◆ 歌頌／歌功頌德。

【歌手】gē shǒu　擅長唱歌的人 ◆ 她

是香港樂壇的一位著名歌手。

【歌曲】gē qǔ　供人歌唱的作品，是詩歌和音樂的結合 ◆ 這是一首悅耳動聽的歌曲。

【歌星】gē xīng　著名的歌唱家 ◆ 他特別崇拜香港歌星的演唱。

【歌唱】gē chàng　❶ 唱歌 ◆ 他是詩人又是歌唱家。❷ 頌揚 ◆ 我要用我的詩篇，來歌唱創造的奇妙與偉大。同 歌頌。

【歌詠】gē yǒng　唱歌 ◆ 她們都是學校歌詠隊的成員。

【歌頌】gē sòng　用詩、歌等來讚美 ◆ 這些詩篇歌頌烈士們勇敢抗敵的偉績。同 頌揚。反 詛咒。

【歌劇】gē jù　以唱歌為主，綜合詩歌、音樂、舞蹈等藝術的一種戲劇形式 ◆ 明晚將上演歌劇《茶花女》。

【歌謠】gē yáo　指民歌、兒歌、童謠等。歌謠流傳於民間，詞句簡潔樸素，大多押韻 ◆ 這幾首歌曲是根據民間歌謠改編而成的。

◁ 歌詞、歌聲、歌迷

▷ 民歌、可歌可泣、輕歌曼舞、載歌載舞、四面楚歌、引吭高歌

¹⁰歉 丷 丷 兰 莢 萊 歉 **歉**

[qiàn ㄑㄧㄢˋ 粵hip⁸ 怯]

❶ 莊稼收成不好；跟"豐"相對 ◆ 歉收／歉年。❷ 感到對不起人；向人説對不起 ◆ 抱歉／道歉。

【歉收】qiàn shōu　莊稼收成不好 ◆ 大旱之年，莊稼歉收。反 豐收。

【歉意】qiàn yì　抱歉的意思 ◆ 是我錯怪了你，我向你表示歉意。反 敬意。

注意 不要把"歉"錯寫成"謙"。

◁ 歉疚

▷ 抱歉、道歉、致歉

¹¹歎（叹） 卅 芇 荁 荁 莫 歎 **歎**

[tàn ㄊㄢˋ 粵tan³ 炭]

❶ 心裏苦悶時發出的呼氣聲 ◆ 長吁短歎／唉聲歎氣。❷ 讚美；讚美之聲 ◆ 讚歎不已。

【歎息】tàn xī　歎氣 ◆ 不要為這小

的失敗而歎息。⊜ 感歎。

【歎號】tàn hào　標點符號之一（！），表示一個感歎句完了 ◆ 這句話有反問意思，應把歎號改為問號。

【歎為觀止】tàn wéi guān zhǐ　觀止：看到這裏就夠了。春秋時吳國的季札在魯國觀看各種樂舞，看到舜時的樂舞時，非常讚美，說看到這裏就夠了，別的就不必再看了。後多用來讚美所見到的事物好到了極點 ◆ 黃山美景如畫，登臨者無不歎為觀止。

▣ 感歎、驚歎、讚歎、望洋興歎

¹¹**歐**（欧）　一 丆 丙 區 區 歐 **歐**

[ōu ㄡ ⑧ eu¹/ŋeu¹ 鷗]

❶ 歐洲的簡稱 ◆ 西歐 / 北歐 / 地跨歐亞兩洲。❷ 姓。

¹⁸**歡**（欢）　⺍ 龶 萨 莑 雚 **歡**

[huān ㄏㄨㄢ ⑧ fun¹ 寬]

❶ 快樂；高興；跟“悲”相對 ◆ 歡樂 / 歡天喜地。❷ 起勁；活躍 ◆ 幹得歡 / 唱得歡。

【歡呼】huān hū　高興地叫喊 ◆ 我們為勝利而歡呼。

【歡迎】huān yíng　❶ 高興地迎接 ◆ 大家熱烈鼓掌表示歡迎。⊗ 歡送。❷ 樂意接受 ◆ 新款運動鞋很受中學生歡迎。

【歡笑】huān xiào　快活地笑 ◆ 充滿歡笑的生活 / 他的滑稽表演引來一片歡笑。

【歡聚】huān jù　歡樂地聚在一起 ◆ 師生們歡聚一堂，舉行聖誕遊藝活動。⊜ 團聚、聚會。⊗ 離別、別離。

【歡樂】huān lè　快樂 ◆ 歡樂的童年已成過去。⊗ 憂傷。

【歡騰】huān téng　高興得歡呼跳躍 ◆ 我隊攻入一球，場上一片歡騰。

【歡天喜地】huān tiān xǐ dì　形容非常高興 ◆ 春節到了，孩子們歡天喜地。

【歡欣鼓舞】huān xīn gǔ wǔ　形容人心歡樂，精神振奮 ◆ 捷報傳來，人們歡欣鼓舞。

（注意）不要把“欣”錯寫成“心”。

▧ 歡度、歡慶

▣ 喜歡、聯歡、悲歡離合、不歡而散、握手言歡

止 部

⁰**止**　⏐ ⏐ ⼘ 止 **止**

[zhǐ ㄓ ⑧ dzi² 只]

❶ 停住；停下來 ◆ 停止 / 遊客止步。❷ 阻擋；使停止 ◆ 阻止 / 止咳。❸ 只；僅 ◆ 不止一次 / 止此一家。

【止境】zhǐ jìng　盡頭；終點 ◆ 科學技術的發展永無止境。

▧ 止痛、止血

▣ 防止、制止、截止、禁止、靜止、望梅止渴、適可而止

¹**正**　一 丆 下 正 **正**

〈一〉[zhèng ㄓㄥˋ ⑧ dziŋ³ 政]

❶ 不偏不斜；正中；跟“歪”、“斜”相對 ◆ 立正 / 正前方。❷ 正面的；跟“反”相對 ◆ 正反兩面 / 一正一反。❸ 合法的；正規的；合乎常理的 ◆ 正當 / 正道 / 正常。❹ 作為主體的；為主的；跟“副”相對 ◆ 正文 / 正業。❺ 純淨不雜 ◆ 純正 / 味道不正。❻ 修改差錯，使正確 ◆ 改正 / 糾正 / 正音。❼ 嚴肅；鄭重 ◆ 正告 / 正視。❽ 恰好 ◆ 正好 / 正中下懷。❾ 表示動作在進行中 ◆ 正在洗澡 / 正說着話。

〈二〉[zhēng ㄓㄥ ⑧ dziŋ¹ 征]

❿ 農曆一年的第一個月 ◆ 正月。

【正₂月】zhēng yuè　農曆一年的第一個月 ◆ 正月十五鬧元宵。

【正式】zhèng shì　合乎一般標準或合乎一定手續的 ◆《學生字典》已經正式出版。

【正直】zhèng zhí　公正坦率 ◆ 他為人正直，值得信任。

【正宗】zhèng zōng　正統的；真正的 ◆ 這是一家正宗的川菜館。

【正派】zhèng pài　指人品行端正，作風規矩 ◆ 他作風正派，從不搞邪門歪道。⊜ 正經。

【正氣】zhèng qì　❶ 光明正大的風氣或作風 ◆ 樹立正氣，打擊歪風。⊗ 邪氣。❷ 剛正不屈的氣節 ◆ 民族英雄正氣凜然。

【正規】zhèng guī　符合正式規定或標準的 ◆ 他受過正規的高等醫科教育。⊜ 規範、標準。

【正常】zhèng cháng　符合一般情況 ◆ 按照正常手續辦理出國護照。⊗ 異常、反常。

【正業】zhèng yè　正當的職業 ◆ 他整天遊手好閒，不務正業。

【正當】zhèng dāng　正在那時 ◆ 正當我要出門的時候，他來了。

（注意）“當”粵音讀 dɔŋ¹（噹）。

【正當】zhèng dàng　合理合法的 ◆ 這是正當防衛。

（注意）“當”粵音讀 dɔŋ³（檔）。

【正義】zhèng yì　公正、合理 ◆ 法官要主持主義。

【正確】zhèng què　符合事實；符合標準 ◆ 答案正確。⊗ 錯誤。

▧ 正在、正經

▣ 公正、真正、更正、端正、名正言順、光明正大、改邪歸正

²**此**　⏐ ⼘ ⼘ 止 此 **此**

[cǐ ㄘˇ ⑧ tsi² 始]

❶ 這；這個；跟“彼”相對 ◆ 此人／豈有此理。❷ 這裏；這時 ◆ 到此一遊／從此以後。❸ 這樣 ◆ 如此這般／照此辦理。

【此外】cǐ wài　除了這些以外 ◆ 我們只能答應賠償，此外別無辦法。

【此起彼伏】cǐ qǐ bǐ fú　這裏起來，那裏落下。常用來形容波浪、聲浪、麥浪等連續不斷 ◆ 運動場上，歡呼聲、吶喊聲此起彼伏。

注意 "此起彼伏"也作"此起彼落"。

☑ 此後、此刻、此時、此地無銀三百兩

☒ 彼此、如此、因此、多此一舉、長此以往、顧此失彼

---

³ **步** 丨 卜 止 止 歨 歨 步　步

[bù ㄅㄨˋ 粵 bou⁶ 部]

❶ 走路 ◆ 步行／步入教室。❷ 走路時兩腳之間的距離 ◆ 腳步／寸步難行。❸ 跟隨 ◆ 步人後塵。❹ 事情進行的階段、程序 ◆ 步驟／初步。❺ 境地 ◆ 不幸落到這一步／到了這種地步，已經很難挽回了。

注意 "步"下面是"少"，不是"少"。

【步伐】bù fá　隊伍操練或行走時腳步的大小快慢 ◆ 儀仗隊踏着整齊的步伐走過主席台。

【步行】bù xíng　走路；不坐車馬 ◆ 從家裏到學校，步行十分鐘就夠了。

【步調】bù diào　腳步的大小快慢 ◆ 兩人合作，步調要一致。

注意 "步調"多用來比喻行動的方式、步驟和速度。

【步履】bù lǚ　行走；走路 ◆ 老人手腳不便，步履艱難。

【步驟】bù zhòu　事情進行的程序 ◆ 解答這道數學題，要分三個步驟進行。

注意 "驟"不讀 jù（聚）。

【步人後塵】bù rén hòu chén　後塵：走路時後面揚起的塵土。跟在別人後面走。比喻只是模仿別人，沒有創新 ◆ 他是想闖出一條新路來，而不願步人後塵。

☑ 步兵、步槍

☒ 徒步、逐步、退步、進步、漫步、讓步、安步當車、固步自封

---

⁴ **武** 一 丁 干 干 我 武 武　武

[wǔ ㄨˇ 粵 mou⁵ 舞]

❶ 與軍事有關的；跟"文"相對 ◆ 武力／武裝。❷ 跟技擊有關的 ◆ 武術／武藝高強。❸ 勇猛 ◆ 勇武／威武。❹ 姓。

注意 "武"右邊是"弋"，不是"戈"。

【武力】wǔ lì　❶ 軍事力量 ◆ 強國用武力征服弱國的做法是不能容忍的。❷ 強硬的暴力 ◆ 要講道理，靠武力不能解決問題。

【武功】wǔ gōng　❶ 武術功夫 ◆ 少林寺武僧的武功確實不凡。❷ 指軍事征戰的功績 ◆ 歷史記載着那位大將的赫赫武功。

【武術】wǔ shù　拳術和使用刀、槍、棍、棒等兵器的格鬥技術，是中國傳統體育項目之一 ◆ 精彩的武術表演吸引了許多觀眾。

【武裝】wǔ zhuāng　❶ 器裝備 ◆ 我軍繳獲了敵軍的全部武裝。❷ 用武器裝備起來的隊伍；軍隊 ◆ 政府軍一舉消滅了地方武裝。

【武器】wǔ qì　❶ 具有殺傷力的器械，如刀、槍、火炮、炸彈等 ◆ 在現代戰爭中，使用的武器越來越先進。❷ 比喻用來進行鬥爭的工具 ◆ 魯迅先生常用雜文這個武器來抨擊時弊。

【武斷】wǔ duàn　不顧事實，單憑主觀推想作出判斷 ◆ 事實並非如此，你這樣說太武斷了。

【武藝】wǔ yì　武術本領 ◆ 他是武林高手，十八般武藝樣樣精通。

☑ 武打、武夫、武將

☒ 比武、動武、練武、文武雙全、耀武揚威

---

⁴ **歧** 丨 卜 止 止 此 此　歧

[qí ㄑㄧˊ 粵 kei⁴ 其]

❶ 岔路；從大路分出來的小路 ◆ 歧路／歧路亡羊。❷ 不相同；不一致 ◆ 分歧／歧視。

【歧途】qí tú　岔路；比喻錯誤的道路 ◆ 老師用全部愛心，把他從歧途上拉了回來。同 歧路。反 正道。

【歧視】qí shì　不平等地看待 ◆ 法律明文規定，反對種族歧視。

【歧義】qí yì　指詞句有多種不同的理解或解釋 ◆ 要講究遣詞造句，免得產生歧義。

【歧途亡羊】qí tú wáng yáng　亡：丟失。古書記載：楊子的鄰居丟了羊，沒找着。楊子問："這麼多人找一隻羊，怎麼沒找到？"鄰人說："岔路太多，岔路之中又有岔路，不知往哪裏找，只好回來了。"後比喻事情複雜多變，容易迷失方向 ◆ 商場如戰場，稍不小心，就會歧途亡羊，傾家盪產。

注意 "歧途亡羊"也作"歧路亡羊"。

---

⁴ **肯** 見肉部，346 頁。

---

⁵ **歪** 一 了 不 不 歪 歪　歪

[wāi ㄨㄞ 粵 wai¹ 懷¹]

❶ 不正；偏斜；跟"正"相對 ◆ 東倒西歪／上梁不正下梁歪。❷ 不正當；不正派 ◆ 歪道理／邪門歪道。

【歪曲】wāi qū　故意顛倒是非 ◆ 他這樣說是歪曲事實，誣賴好人。同 曲解。

【歪門邪道】wāi mén xié dào　指不正當的手段或主意 ◆ 他心術不正，盡搞歪門邪道。同 旁門左道。

注意 "歪門邪道"也作"邪門歪道"。

【歪風邪氣】wāi fēng xié qì　不正當或不正派的風氣 ◆ 那地方歪風邪氣盛行，社會治安混亂。

☑ 歪歪扭扭、歪打正着

---

⁹ **歲**(岁) 丨 卜 止 屵 屵 歲 歲　歲

[suì ㄙㄨㄟˋ 粵 sœy³ 碎]

❶ 年 ◆ 歲末年初／歲歲平安。❷ 年齡 ◆ 我十歲，弟弟七歲。

【歲月】suì yuè　年月；泛指時間 ◆ 童年的歲月美好難忘。◉ 時光。
② 年歲、週歲

¹⁰雌
見隹部，445頁。

¹¹齒
見齒部，472頁。

¹²整
見攴部，195頁。

¹²歷（历）厂厂厂厤厤厤歷　歷
[lì カ|` ⑨ lik⁹ 力]
❶ 經過 ◆ 經歷／歷盡千辛萬苦。❷ 過去的每一個、每一次 ◆ 歷史／歷代／歷次。❸ 遍；一個一個的 ◆ 歷訪歐洲各國／歷歷在目。
【歷史】lì shǐ　❶ 自然界和人類社會的發展過程；也泛指一切事物的發展過程 ◆ 中國歷史悠久。❷ 過去的事實或關於它的記載 ◆ 英國統治香港已成為歷史。❸ 指歷史學科 ◆ 歷史是一門科學。
【歷年】lì nián　以往各年 ◆ 一場大病，把他歷年的積蓄花光了。
【歷來】lì lái　從來；一向 ◆ 他歷來就喜歡來獨往。◉ 向來、一貫。② 偶爾。
【歷屆】lì jiè　過去各屆 ◆ 歡迎歷屆畢業生返校參加校慶活動。
【歷時】lì shí　經過的時間 ◆ 建橋工程歷時兩年。
【歷程】lì chéng　經歷的過程 ◆ 這是一段艱難的歷程，終生難忘。
② 來歷、學歷、簡歷、資歷、親歷其境

¹⁴歸（归）自自自自白归归　歸
[guī 《ㄨㄟ ⑨ gwei¹ 龜]
❶ 返回 ◆ 一夜未歸／滿載而歸。❷ 還給 ◆ 歸還／物歸原主。❸ 合併；聚

攏 ◆ 歸併／歸攏。❹ 屬於 ◆ 歸公／這事歸你管。❺ 依附；趨向 ◆ 眾望所歸／殊途同歸。
【歸併】guī bìng　併入或合併 ◆ 撤銷分部，歸併到總部／各種費用歸併起來近一萬元。◉ 歸總。
【歸納】guī nà　❶ 綜合整理，概括起來 ◆ 馬秘書將大家發言內容歸納整理成一份座談會紀要。◉ 歸結、綜合。❷ 從眾多事實中概括出一般原理的一種推理方法 ◆ 這篇論文用歸納法得出了令人信服的結論。
【歸宿】guī sù　最終的着落；結局 ◆ 好心人把他送進了孤兒院，總算有了個歸宿。
【歸還】guī huán　把借來或拾到的錢物還給原主 ◆ 借圖書館的書要按時歸還。
【歸屬】guī shǔ　屬於；從屬關係 ◆ 兩國發生軍事衝突，起因於某一小島的歸屬問題。
【歸心似箭】guī xīn sì jiàn　形容回家的心情十分急切 ◆ 離家數月，他早已歸心似箭。
注意 “歸心似箭”也作“歸心如箭”。
【歸根結蒂】guī gēn jié dì　歸結到根本上 ◆ 中國人能夠揚眉吐氣，歸根結蒂在於強盛國力。
注意 “歸根結蒂”也作“歸根結底”、“歸根到底”。
◁ 歸功、歸咎、歸咎、歸罪
② 回歸、同歸於盡、完璧歸趙、落葉歸根、視死如歸

歹 部

⁰歹　一丁歹歹
[dǎi ㄉㄞˇ ⑨ dai² 帶²]
壞；惡；跟“好”相對 ◆ 歹意／為非作歹。
【歹毒】dǎi dú　陰險狠毒 ◆ 此人用心歹毒，手段殘忍。

注意 不要把“歹”錯寫成“夕”。“歹”不讀 xī(夕)。
【歹徒】dǎi tú　壞人 ◆ 那三個攔路搶劫的歹徒終於落入法網。
注意 不要把“歹”錯寫成“夕”。
② 不知好歹

²死　一厂歹死死　死
[sǐ ㄙˇ ⑨ si² 史/sei² 四²]
❶ 喪失生命；跟“生”相對 ◆ 死亡／視死如歸。❷ 不顧生命；拚命 ◆ 決一死戰／殊死搏鬥。❸ 不活動；不靈活 ◆ 死水／死腦筋。❹ 不能通過 ◆ 死胡同。❺ 形容達到極點 ◆ 笑死了／氣死人了。
【死亡】sǐ wáng　失去生命 ◆ 這次車禍造成兩人死亡。◉ 亡故、去世。② 生存。
【死板】sǐ bǎn　❶ 不活潑；不生動 ◆ 文章寫得太死板，不吸引人。❷ 辦事不知變通；不靈活 ◆ 他做事太死板。◉ 呆板。② 靈活。
【死命】sǐ mìng　❶ 死亡的命運 ◆ 我軍奇兵突擊，制敵於死命。❷ 拚命 ◆ 那黃羊雖然死命掙扎，但終究還是逃不出虎口。
【死難】sǐ nàn　死於災難 ◆ 向死難者的家屬表示慰問。◉ 遇難。② 幸存。
【死不瞑目】sǐ bù míng mù　瞑目：閉眼。死了也合不上眼。指人臨死不閉眼睛，因為心裏有事放不下來；也形容死不甘心 ◆ 身負重傷的老將軍用微弱的聲音說着：“逆賊不除，我死不瞑目。”
注意 不要把“瞑”錯寫成“暝”。
【死心塌地】sǐ xīn tā dì　形容主意已定，決不改變 ◆ 你死心塌地跟着幹壞事，總有一天要坐牢。
【死灰復燃】sǐ huī fù rán　燃燒後留下的灰燼又重新燃燒起來。比喻已經消亡的東西又重新活動起來 ◆ 他賭博的惡習又死灰復燃。
注意 “死灰復燃”多含貶義。
◁ 死水、死刑、死路、死傷、死敵
② 垂死、致死、九死一生、救死扶傷、出生入死、貪生怕死

⁵ **殃**　一 丆 歹 殃 殃　殃

[yāng ㄧ大　⑧ jœŋ¹ 央]

❶ 災禍 ◆ 遭殃。❷ 使受災禍；危害 ◆ 禍國殃民／城門失火，殃及池魚。

⁵ **殆**　一 丆 歹 歹 殆 殆　殆

[dài ㄉㄞ　⑧ tɔi⁵ 怠]

❶ 危險；失敗 ◆ 知己知彼，百戰不殆。❷ 幾乎；差不多 ◆ 喪失殆盡。

⁶ **殊**　丆 歹 歹 歼 殊 殊　殊

[shū ㄕㄨ　⑧ sy⁴ 薯]

❶ 不同；差別 ◆ 殊途同歸／言人人殊。❷ 特別的 ◆ 特殊／獲此殊榮。❸ 很；非常 ◆ 殊念。

【殊死】shū sǐ　拚命；拚死 ◆ 這是一場殊死的搏鬥。

注意　"殊"不讀 zhū。

【殊榮】shū róng　特殊的榮譽 ◆ 我沒有甚麼貢獻，竟獲此殊榮，內心深感不安。

【殊不知】shū bù zhī　哪裏知道；竟沒想到 ◆ 有人以為吃補品就是好，殊不知過量服用是有害健康的。

【殊途同歸】shū tú tóng guī　走不同的路達到同一目的地。比喻用不同的方法達到相同的目的 ◆ 他們的解題方法不同，但殊途同歸，答案完全一致。

見　懸殊

⁶ **殉**　丆 歹 歹 殉 殉 殉　殉

[xùn ㄒㄩㄣ　⑧ sœn⁶ 順／sœn¹ 荀(語)]

❶ 為了一定目的而犧牲生命 ◆ 殉情／以身殉職。❷ 陪葬 ◆ 殉葬。

【殉國】xùn guó　為國家利益而犧牲生命 ◆ 人民永遠崇敬以身殉國的革命先烈。

【殉葬】xùn zàng　古代的一種陪葬風俗。國王或貴族死後，強迫死者的妻妾、奴隸隨同埋葬；也指用器物或俑等隨葬 ◆ 西安出土的兵馬俑就是古代帝王的殉葬品。

【殉職】xùn zhí　為公務而犧牲生命 ◆ 警員為追捕毒販而光榮殉職。

注意　不要把"殉"錯寫成"徇"。

⁸ **殖**　丆 歹 歹 歼 殖 殖　殖

[zhí ㄓ　⑧ dzik⁹ 直]

生育；生長 ◆ 生殖／繁殖。

【殖民地】zhí mín dì　指一個強國在國外侵佔並大批移民居住的地區；也指被強國剝奪了政治、經濟的獨立權力，並受它統治的地區或國家 ◆ 第二次世界大戰後，許多殖民地國家紛紛宣告獨立。

見　養殖

⁸ **殘**⁽殘⁾　丆 歹 歹 殘 殘 殘　殘

[cán ㄘㄢ　⑧ tsan⁴ 燦⁴]

❶ 有缺損；不完整 ◆ 殘破／殘缺不全。❷ 剩下的 ◆ 殘羹剩飯／風燭殘年。❸ 毀壞；傷害 ◆ 殘害／摧殘。❹ 兇暴 ◆ 殘酷／殘暴。

【殘局】cán jú　棋下到最後階段的局面；事情失敗或社會動亂後留下的破爛局面 ◆ 他對象棋的殘局最感興趣／工廠快要倒閉，誰來收拾這個殘局？

【殘忍】cán rěn　兇惡；狠毒 ◆ 這幫強盜生性殘忍。同兇殘、殘暴。反慈悲、善良、慈善。

【殘缺】cán quē　不完整 ◆ 這套叢書已經殘缺不全。同缺損。反完整、完好。

【殘酷】cán kù　兇狠；殘忍 ◆ 殘酷的戰爭使他失去雙親。同兇殘。反仁慈、仁愛。

【殘暴】cán bào　殘忍兇暴 ◆ 侵略者殺人放火，極其殘暴。同兇殘。反仁慈、仁愛、慈悲。

【殘餘】cán yú　在消滅過程中剩餘下來的 ◆ 敵軍的殘餘部隊躲進了叢林。

【殘廢】cán fèi　人的肢體或器官失去一部分，或失去功能 ◆ 女兒服侍雙腿殘廢的媽媽，十分孝順。同殘疾。反健全。

注意　"廢"上面是"广"，不是"疒"。

【殘骸】cán hái　人或動物的屍骨；借指殘破的建築物、機械、車船飛行器等 ◆ 失事飛機的殘骸已經找到。

注意　不要把"骸"錯寫成"核"。

見　殘月、殘冬、殘陽

見　傷殘、苟延殘喘

¹⁴ **殯**⁽殯⁾　丆 歹 歹 歼 殡 殯　殯

[bìn ㄅㄧㄣ　⑧ bɐn³ 鬢]

停棺；送葬 ◆ 殯葬／出殯。

【殯儀館】bìn yí guǎn　專門辦理喪事服務並供安放靈柩或骨灰匣的機構 ◆ 魯迅先生的追悼會在上海萬國殯儀館舉行。

注意　不要把"殯"錯寫成"儐"。

見　送殯

¹⁷ **殲**⁽殲⁾　歼 殲 殲 殲 殲 殲　殲

[jiān ㄐㄧㄢ　⑧ tsim¹ 簽]

消滅 ◆ 殲敵／全殲來犯之敵。

【殲滅】jiān miè　消滅 ◆ 我軍以強大的兵力，一舉殲滅敵軍。

注意　不要把"殲"錯寫成"纖"。

見　圍殲

┌─────────┐
│ **殳 部** │
└─────────┘

⁵ **段**　亻 亻 自 自 段 段　段

[duàn ㄉㄨㄢ　⑧ dyn⁶ 緞]

❶ 事物或時間的一節或一部分 ◆ 階段／文章共五段／把木頭鋸成三段。❷ 姓。

注意　"段"左邊是"𠂤"，不是"阝"；右上角是"几"，不是"ㄇ"。

【段落】duàn luò　文章或事情根據內容劃分成的部分 ◆ 本文共分三個段落／春節客運工作到此告一段落。

見　片段、手段、身段、地段、唱段

⁶ 殷 ˊ ㄧ ㄕ ㄕ 身 身卩 殷

〈一〉[yīn ㄧㄣ 粵 jen¹ 因]

❶ 富足 ◆ 殷實 / 殷富。❷ 懇切；深厚 ◆ 殷切 / 情意甚殷。❸ 朝代名：商代 遷都到殷地後稱為殷代。❹ 姓。

〈二〉[yān ㄧㄢ 粵 jin¹ 煙]

❺ 黑紅色 ◆ 殷紅。

【殷切】yīn qiè 情意深厚而急切 ◆ 我不會辜負父母的殷切期望。⑤ 懇切、熱切。

【殷₂紅】yān hóng 深紅色；黑紅色 ◆ 在車禍現場，地上還留着一灘殷紅的血。

注意 "殷" 不讀 yīn（音）。

【殷勤】yīn qín 熱情而周到 ◆ 客人得到主人家殷勤的款待。⑥ 冷淡、怠慢。

注意 "殷勤" 也作 "慇懃"。

⁷ 殺 (杀) ノ メ ㄡ ㄒ 杀 杀 殺

[shā ㄕㄚ 粵 sat⁸ 煞]

❶ 使人或動物喪失生命；弄死 ◆ 殺人 / 殺蟲劑。❷ 戰鬥 ◆ 殺出重圍。❸ 削減；減除 ◆ 殺價 / 殺威風。❹ 形容程度深 ◆ 真是笑殺人。

【殺害】shā hài 殺死；害死 ◆ 劫機暴徒因未達目的而殺害人質。⑥ 殘殺。

注意 "殺害" 多指為了不良目的。

【殺戮】shā lù 大量地殺害 ◆ 大批平民慘遭殺戮。⑥ 屠殺、殘殺。

注意 不要把 "戮" 錯寫成 "戳"（chuō）。

【殺機】shā jī 殺人的念頭 ◆ 歹徒心中隱藏殺機。

【殺風景】shā fēng jǐng 破壞美景。比喻在高興的場合發生使人掃興的事 ◆ 大殺風景的一場暴雨 / 演唱會正在熱烈進行的時候突然斷電，真是大殺

風景。⑥ 掃興、敗興。

注意 "殺風景" 也作 "煞風景"。

【殺一儆百】shā yī jǐng bǎi 做：警戒。殺掉或懲罰一個人，警告許多人 ◆ 有人認為死刑可起殺一儆百的作用。⑥ 殺雞儆猴。

注意 "殺一儆百" 也作 "懲一儆百"、"殺一警百"。

【殺雞取卵】shā jī qǔ luǎn 比喻只圖眼前利益，而損害長遠利益 ◆ 變賣商號，謀求暴利，豈非殺雞取卵？

注意 "殺雞取卵" 也作 "殺雞取蛋"。

▷ 殺滅、殺傷、殺人如麻、殺身成仁

▷ 自殺、扼殺、抹殺、屠殺、殘殺、暗殺、謀殺

⁸ 殼 (壳) 一 十 士 声 声 壳 殼

〈一〉[ké ㄎㄜˊ 粵 hok⁸ 學⁸]

❶ 堅硬的外皮 ◆ 貝殼 / 蛋殼。

〈二〉[qiào ㄑㄧㄠˋ 粵 hok⁸ 學⁸]

❷ 義同❶ ◆ 地殼 / 金蟬脫殼。

▷ 蚌殼、彈殼、外殼、硬殼

⁹ 毀 (毁) ㄑ ㄈ 白 白 臬 毀

[huǐ ㄏㄨㄟˇ 粵 wɐi² 委]

❶ 破壞；損害 ◆ 毀壞 / 毀容。❷ 說別人的壞話 ◆ 毀謗 / 詆毀。

注意 左上角是 "臼"，不是 "白"。

【毀約】huǐ yuē 撕毀共同商定的合約、協議等 ◆ 甲方將依法就乙方的毀約提出賠償要求。⑥ 履約。

【毀滅】huǐ miè 摧毀消滅；徹底破壞掉 ◆ 同案犯毀滅了大量罪證。⑥ 保存。

【毀謗】huǐ bàng 說人家壞話 ◆ 捏造事實，毀謗他人，是要負法律責任的。⑥ 誹謗、詆毀。

注意 "謗" 不讀 páng（旁）。

【毀壞】huǐ huài 損壞；破壞 ◆ 請勿毀壞公物。⑥ 保護。

▷ 毀譽

▷ 摧毀、搗毀、撕毀

⁹ 殿 ㄕ ㄕ 尸 屈 屖 殿 殿

[diàn ㄉㄧㄢˋ 粵 din⁶ 電]

❶ 古代稱高大的房屋，後專指帝皇居住的地方或供奉神佛的地方 ◆ 宮殿 / 太和殿 / 大雄寶殿。❷ 行軍時走在最後的；比賽中名列第四 ◆ 殿後 / 殿軍。

【殿下】diàn xià 對皇太子、親王、皇后、公主的尊稱 ◆ 大臣們願為太子殿下效勞。

¹¹ 穀 見禾部，312頁。

¹¹ 毆 (殴) 一 フ 又 品 區 區 毆

[ōu ㄡ 粵 ɐu²/ŋɐu² 嘔]

打 ◆ 毆打 / 打架鬥毆。

注意 "毆" 右邊是 "殳"，不是 "欠"。

¹¹ 毅 亠 立 立 亥 豙 豙 毅

[yì ㄧˋ 粵 ŋɐi⁶ 藝]

堅決；果斷 ◆ 毅力 / 剛毅。

【毅力】yì lì 堅強持久的意志 ◆ 他以驚人的毅力戰勝了病魔。

【毅然】yì rán 堅決地；毫不猶豫地 ◆ 他發誓痛改前非，毅然地跟昨天告別。

▷ 堅毅

毋 部

⁰ 毋 乚 � 毋 毋

[wú ㄨˊ 粵 mou⁴ 無]

不要；不可以 ◆ 寧缺毋濫 / 毋忘國恥。

注意 "毋" 中間是一撇，下面要出頭。

¹ 母 乚 ㄥ 乚 母 母 母

[mǔ ㄇㄨˇ 粵 mou⁵ 武]

❶ 母親；媽媽 ◆ 母愛 / 母子情深。❷ 對長輩婦女的尊稱 ◆ 祖母 / 伯母 / 師母。❸ 雌性的動物；跟 "公" 相對 ◆ 母雞 / 母牛。❹ 有製造、產生其他事

物的能力或作用的;從那裏出來的 ◆ 母校 / 航空母艦 / 失敗是成功之母。

【母校】mǔ xiào 稱自己畢業或學習過的學校 ◆ 歡迎校友回母校參加校慶活動。

【母愛】mǔ ài 母親對子女的愛心 ◆ 母愛是偉大的。

³ **每** ノ 一 仁 午 毎 每 每

[měi ㄇㄟˇ ⑧ mui⁵ 梅⁵]

❶各個 ◆ 每人 / 每月一次。❷各次 ◆ 每次 / 每逢佳節倍思親。

【每況愈下】měi kuàng yù xià 情況越來越壞 ◆ 爺爺年老體衰,健康每況愈下。

⁵ **毒** 一 十 丰 主 丰 责 毒 毒

[dú ㄉㄨˊ ⑧ duk⁹ 獨]

❶有害的 ◆ 毒品 / 毒氣。❷有害的東西 ◆ 吸毒 / 消毒 / 中毒。❸用毒物殺死 ◆ 毒害 / 毒老鼠。❹兇狠;殘暴 ◆ 毒辣 / 下毒手。

【毒手】dú shǒu 害人或殺人的兇狠手段 ◆ 歹徒喪心病狂,居然對一個手無寸鐵的弱女子下毒手。

【毒害】dú hài 用有毒的東西使人受害;比喻有害的言論、出版物對人造成惡劣的影響 ◆ 不許用黃色書刊毒害青少年。

【毒辣】dú là 心腸狠毒,手段殘忍 ◆ 此人陰險毒辣,要對他多加提防。

注意 不要把"辣"錯寫成"棘"。

⊲ 毒打、毒素、毒蛇
⊳ 惡毒、狠毒、病毒、以毒攻毒

比 部

⁰ **比** 一 ト 比 比

〈一〉[bǐ ㄅㄧˇ ⑧ bei² 彼]

❶比較;比賽 ◆ 比武 / 比高矮。❷

打比方 ◆ 比喻 / 把月亮比作彎彎的小船。❸模仿;打手勢 ◆ 比劃 / 連説帶比。

〈二〉[bǐ ㄅㄧˋ ⑧ bei⁶ 備]

❹靠近 ◆ 海內存知己,天涯若比鄰。

【比方】bǐ·fang ❶借用明白易懂的事物來説明不容易明白的事物 ◆ 他説話愛打比方,容易聽懂。❷比如。用來列舉 ◆ 寫日記比較自由,比方可以寫看到的或聽到的,也可以寫想到的。

【比如】bǐ rú 表示列舉 ◆ 球類運動很多,比如排球、籃球、足球。同譬如、例如。

注意 "比如"用在舉例的開頭。

【比例】bǐ lì ❶表示數量之間的關係 ◆ 女代表的比例已達預定要求。❷一種事物在整體中所佔的份量 ◆ 同學中能説普通話的比例越來越大。

注意 "例"不讀 liè(列)。

【比喻】bǐ yù 一種修辭方法,俗稱"打比方"。用有類似點的事物來比擬想要説的某一事物,以便表達得更加形象、生動。例如"初升的太陽像個大紅氣球"、"彎彎的月亮像眉毛","她是一條毒蛇"等 ◆ 請從課文中找出比喻句來。

【比較】bǐ jiào ❶辨別同類事物的異同或優劣 ◆ 兩篇作文一比較,就顯出高低來了。❷表示達到一定的程度 ◆ 她的分析理解能力比較強。

【比擬】bǐ nǐ ❶比較、區別異同、高下 ◆ 自然色彩跟人工配色是無法比擬的,前者豐富得多。❷一種修辭方法。把人當做物來描寫或把物當做人來描寫。例如"太陽公公露出了笑臉"(擬人)、"我是落葉,願化作沃土,使幼苗茁壯成長"(擬物) ◆ 文章多處運用了比擬的手法,讀來生動活潑。

【比賽】bǐ sài 競賽;在體育、文藝、生產、學習等活動中,比較本領、技能、成績的高低 ◆ 在歌詠比賽中,我校名列第一。

【比₂比₂皆是】bǐ bǐ jiē shì 比比:到處。到處都是。形容很多 ◆ 有些書刊印刷質量很差,錯字漏字比比皆是。

【比₂翼齊飛】bǐ yì qí fēi 翅膀挨着翅膀一齊飛,比喻夫妻朝夕相伴的親密關係;也比喻同伴在事業上並肩前進。

注意 "比翼齊飛"也作"比翼雙飛"。

⊲ 比₂附、比重、比照、比₂肩接踵
⊳ 對比、類比、評比、相比、今非昔比、無與倫比

⁴ **昆** 見日部,199頁。

⁵ **毗** ノ 冂 日 日 毗 毗

[pí ㄆㄧˊ ⑧ pei⁴ 皮]

連接 ◆ 毗連 / 毗鄰。

注意 "毗"不讀 bǐ(比)。

⁵ **皆** 見白部,291頁。

⁵ **怭** 一 ト 比 怭 怭 怭

[bì ㄅㄧˋ ⑧ bei³ 祕]

謹慎 ◆ 懲前怭後。

毛 部

⁰ **毛** 一 二 三 毛

[máo ㄇㄠˊ ⑧ mou⁴ 無]

❶動植物表皮上所生的絲狀物;鳥類身上的羽 ◆ 羊毛 / 羽毛。❷粗糙的;沒有加工的 ◆ 毛樣 / 毛坯。❸粗略估計的;不是純淨的 ◆ 毛估 / 毛利。❹做事粗心,不沉着 ◆ 毛手毛腳 / 毛毛躁躁。❺形容細、小 ◆ 毛孩子 / 毛毛雨。❻一元的十分之一 ◆ 一毛。❼姓。

【毛病】máo bìng ❶疾病 ◆ 他心臟有毛病。❷指器物有損傷或發生故障;比喻工作上有失誤 ◆ 機器出了毛病 / 逾期交貨是因為運輸上出了毛病。❸指缺點或壞習慣 ◆ 你要改掉不愛惜時間的毛病。

 車到山前必有路

【毛躁】máo‧zao　急躁；不細心；不沉着 ◆ 毛躁性子改不了／他做事有些毛躁。

注意 不要把"躁"錯寫成"燥"。

【毛手毛腳】máo shǒu máo jiǎo　形容做事粗心大意 ◆ 做事毛手毛腳，難免要出差錯。

【毛骨悚然】máo gǔ sǒng rán　悚然：害怕的樣子。毛髮豎起，脊梁骨發冷。形容非常恐懼 ◆ 這野狼的叫聲令人毛骨悚然。

注意 "悚"不讀 shù(束)。

【毛遂自薦】máo suì zì jiàn　毛遂是戰國時趙國平原君門下的一名食客。當時秦兵圍趙，局勢危急，趙王派平原君去楚國求救。平原君選了十九名隨從人員，還少一名，毛遂自我推薦要求同去。在平原君與楚王談判未取得結果時，毛遂挺身而出，終於說服楚王，聯合抗秦。後來用"毛遂自薦"比喻自告奮勇，自我推薦 ◆ 你來北京玩，我願毛遂自薦當嚮導。

皮毛、毫毛、一毛不拔、不毛之地、吹毛求疵、雞毛蒜皮、鳳毛麟角、九牛一毛、火燒眉毛

⁷
毫　ᐧ 一 亠 宀 亭 亭 毫
[háo ㄏㄠˊ 粵 hou⁴ 豪]

❶ 細毛 ◆ 毫毛／明察秋毫。❷ 指毛筆 ◆ 羊毫／揮毫疾書。❸ 形容極少；一點兒 ◆ 一絲一毫／毫不在乎／毫無道理。

【毫毛】háo máo　人或動物身上的細毛；比喻很小、很輕微 ◆ 我甚麼時候動過他半根毫毛了？

注意 不要把"毫"錯寫成"毫"、"豪"。

分毫、絲毫

---

⁸
毬　ᐧ 二 三 毛 毛 毛 毬 毬
[tǎn ㄊㄢˇ 粵 tam² 貪²/tan² 坦 (語)]

鋪、墊、蓋用的較厚的毛、棉織品 ◆ 毛毬／地毬／毬子。

⁹
毽　毛 毛 毛 毽 毽 毽
[jiàn ㄐㄧㄢˋ 粵 gin³ 見]

毽子：一種用腳踢的玩具 ◆ 踢毽子。

¹³
氈（氊）一 亠 ⺀ 盲 盲 盲 氈
[zhān ㄓㄢ 粵 dzin¹ 煎]

用羊毛等壓製成的片狀材料，可做墊子、褥子等 ◆ 氈子／氈帽／氈靴。

如坐針氈

¹³
氊　"氈"的異體字，見本頁。

氏 部

⁰
氏　ᐧ 厂 斤 氏
[shì ㄕˋ 粵 si⁶ 示]

❶ 姓 ◆ 姓氏／李氏姐妹。❷ 過去稱已婚婦女，加在父姓之後或夫姓父姓雙姓之後 ◆ 張氏／張王氏。

¹
民　ᐧ 亅 尸 臼 民
[mín ㄇㄧㄣˊ 粵 men⁴ 文]

❶ 人民；百姓 ◆ 民眾／公民。❷ 從事某種職業或從屬某個民族的人 ◆ 牧民／漁民／僑民。❸ 民間的 ◆ 民歌／民俗民風。❹ 非軍事的；跟"軍"相對 ◆ 民航／民用物資。

【民心】mín xīn　民眾的心願 ◆ 李縣長為政清廉，深得民心。

【民生】mín shēng　民眾的生活 ◆ 事關國計民生，要認真對待。

【民主】mín zhǔ　指人民有自由發表意見、參加管理國家大事的權利 ◆ 青年

時代，他參加過爭民主、爭自由的愛國學生運動。

【民眾】mín zhòng　人民大眾 ◆ 政府要為民眾謀福利。

【民族】mín zú　歷史上形成的人的穩定的共同體，一般有共同的語言、居住地域、經濟生活、文化傳統及生活習慣 ◆ 中華民族有着光輝燦爛的歷史。

【民間】mín jiān　❶ 民眾之中 ◆ 他經常去民間採風。❷ 指非官方的 ◆ 海峽兩岸的民間交往日益頻繁。反官方。

【民意】mín yì　民眾的意見和願望 ◆ 民意測驗表明，人們對政府的工作是滿意的。

【民歌】mín gē　勞動人民口頭創作和傳誦的詩歌、樂曲 ◆ 這首民歌旋律優美，非常動聽。

【民不聊生】mín bù liáo shēng　聊：依賴。人民沒法生活下去 ◆ 連年天災人禍，弄得民不聊生。

民工、民宅、民事、民情、民憤、民以食為天

人民、平民、居民、國民、移民、難民、勞民傷財、禍國殃民

---

⁴
昏　見日部，200頁。

⁴
氓　ᐧ 亠 亡 甿 甿 甿 氓
〈一〉[máng ㄇㄤˊ 粵 men⁴ 民 (語)]

❶ 流氓。見"流"字，243頁。

〈二〉[méng ㄇㄥˊ 粵 men⁴ 盟]

❷ 古代稱百姓為氓。

气 部

²
氖　ᐧ 一 ⺁ 气 气 氖
[nǎi ㄋㄞˇ 粵 nai⁵ 奶]

一種氣體元素，無色，無臭，可用來製造霓虹燈。

⁴氛　ノ 亠 七 气 气 氛　氛

[fēn ㄈㄣ ⑧ fen¹ 分]

情景；氣象 ◆ 氣氛／氛圍。

【氛圍】fēn wéi　周圍的氣氛和情調 ◆ 同學們沉浸在歡樂的氛圍之中。⑩ 氣氛。

⁵氟　ノ 气 气 气 氞 氟　氟

[fú ㄈㄨˊ ⑧ fɐt⁷ 忽]

一種氣體元素，有毒，有很強的腐蝕性。

⁶氣⁽气⁾　ノ 亠 七 气 气 氞 氣　氣

[qì ㄑㄧˋ ⑧ hei³ 器]

❶ 氣體，物體三態（固體、液體、氣體）之一 ◆ 氧氣／蒸氣。❷ 特指空氣 ◆ 氣溫／開窗透氣。❸ 自然界冷熱、陰晴等現象 ◆ 天氣／氣候。❹ 指人的呼吸 ◆ 氣喘吁吁／上氣不接下氣。❺ 鼻子聞到的味道 ◆ 氣味／香氣撲鼻。❻ 人所表現出來的精神狀態 ◆ 勇氣／朝氣蓬勃。❼ 事物的狀態 ◆ 新氣象／社會風氣。❽ 生氣；發怒；使生氣 ◆ 真氣人／請別動氣／故意氣我。

【氣氛】qì fēn　在一定環境下反映出來的情境 ◆ 在歡快熱烈的氣氛中迎來了春節。⑩ 氛圍。

【氣派】qì pài　❶ 指人的風度 ◆ 她那大明星的氣派實在令人反感。⑩ 派頭。❷ 事物的氣勢 ◆ 這兒是藝術殿堂，果真氣派不凡。

【氣候】qì hòu　❶ 指某一地區的天氣特徵 ◆ 這裏地處溫帶，不冷不熱，氣候宜人。❷ 比喻形勢或動向 ◆ 最近的政治氣候對金融業不利。

【氣象】qì xiàng　❶ 天氣的冷、熱、風、霜、雨、雪等自然現象及其形成過程 ◆ 觀察氣象變化，做好天氣預報。❷ 情景；景象 ◆ 大地回春，氣象更新。

【氣焰】qì yàn　比喻人的威風氣勢 ◆ 他仗勢欺人，氣焰囂張。

（注意）“氣焰”多指兇相，含貶義。

【氣勢】qì shì　人或事物表現出的某種力量和形勢 ◆ 他氣勢洶洶地闖了進來／天安門廣場氣勢雄偉。

【氣概】qì gài　人在重大問題或緊要關頭表現出來的態度和氣勢 ◆ 他昂首挺胸，英勇就義，表現出大無畏的英雄氣概。⑩ 氣派、氣魄。

（注意）“氣概”是褒義詞。不要把“概”錯寫成“慨”。

【氣節】qì jié　堅持正義，不向邪惡勢力屈服的精神品質 ◆ 文天祥堅貞不屈，表現出高尚的民族氣節。⑩ 節操。

【氣魄】qì pò　❶ 有膽有識、敢作敢為的精神 ◆ 幹大事，創大業，就要有偉大的氣魄。❷ 自然景色和建築物等的氣勢 ◆ 新建的國貿大廈很有氣魄。⑩ 氣派。

（注意）“魄”不讀 pāi（拍）。粵音讀 pak⁸（拍）。

【氣質】qì zhì　❶ 指人的個性特點 ◆ 一個文靜，一個開朗，兩人氣質不同。⑩ 個性。❷ 風格；氣度 ◆ 他具有詩人的氣質。

【氣餒】qì něi　失掉勇氣和信心 ◆ 面對失敗決不氣餒。⑩ 泄氣。

（注意）“餒”不讀 tuǒ（妥）或 suí（綏）。

【氣憤】qì fèn　生氣；憤恨 ◆ 這般無理取鬧，實在令人氣憤。⑩ 氣忿。⑰ 高興。

【氣壯山河】qì zhuàng shān hé　形容氣勢像高山大河那樣雄壯豪邁 ◆ 影片中展現了氣壯山河的戰鬥場面。

（注意）“氣壯山河”也作“氣吞山河”。

【氣急敗壞】qì jí bài huài　形容上氣不接下氣、非常緊張或惱怒的樣子 ◆ 他氣急敗壞地推門進來，跟人大吵大鬧。

【氣息奄奄】qì xī yǎn yǎn　奄奄：呼吸微弱的樣子。形容人呼吸微弱、快要斷氣的樣子；也比喻事物衰敗沒落，快要滅亡 ◆ 因傷勢嚴重，送到醫院時，他已氣息奄奄了。

【氣象萬千】qì xiàng wàn qiān　形容景象多種多樣，千變萬化，十分壯麗 ◆ 登黃山，觀雲海，氣象萬千，蔚為壯觀。

【氣勢洶洶】qì shì xiōng xiōng　洶洶：聲勢大。比喻來勢很兇猛 ◆ 有理好好說，何必這樣氣勢洶洶？

（注意）不要把“洶”錯寫成“匈”。

（近）氣色、氣量、氣憤、氣惱

（拓）生氣、志氣、和氣、風氣、客氣、淘氣、脾氣、語氣、忍氣吞聲、理直氣壯、揚眉吐氣、垂頭喪氣

⁶氦　ノ 气 气 气 氞 氦　氦

[hài ㄏㄞˋ ⑧ hɔi⁶ 亥]

一種氣體元素，無色，無臭，可用來填充氣球和電燈泡。液體氦可作冷凍劑。

⁶氨　气 气 气 气 氞 氨　氨

[ān ㄢ ⑧ ɔn¹/ŋɔn¹ 安]

一種無色氣體，是氮和氫的化合物，有強烈的刺激性臭味。可用來做冷凍劑和化肥。

⁶氧　气 气 气 气 氞 氧　氧

[yǎng ㄧㄤˇ ⑧ jœŋ⁵ 養]

一種氣體元素，無色，無臭，能助燃。氧是人和植物呼吸必需的氣體，在工業上也有廣泛用途。

【氧化】yǎng huà　指物質和氧化合的過程。如鐵器生鏽就是氧化的結果。

（拓）缺氧、輸氧

⁷氫⁽氫⁾　气 气 气 氞 氫 氫　氫

[qīng ㄑㄧㄥ ⑧ hiŋ¹ 輕]

一種氣體元素，無色，無臭，是最輕的一種元素，在工業上用途廣泛。液態氫是火箭的高能燃料。

⁸氮　气 气 气 气 氞 氮　氮

[dàn ㄉㄢˋ ⑧ dam⁶ 淡]

一種氣體元素，無色，無臭，是空氣的重要成分之一。可用來製造氮肥，氮肥是植物的重要營養素。

⁸氯⁽氯⁾　气 气 气 气 氞 氯　氯

[lǜ ㄌㄩˋ ⑧ luk⁹ 綠]

一種氣體元素，有毒，有刺激性臭味。可用來製造漂白劑、消毒劑和農藥等。

水 部

0 水

[shuǐ ㄕㄨㄟˇ ⑬ sœy² 雖²]

❶ 一種無色無臭無味的透明液體 ◆ 礦泉水／自來水。❷ 江河湖海的通稱；跟"陸"相對 ◆ 水產／水陸交通。❸ 指河流 ◆ 漢水。❹ 汁液 ◆ 藥水／墨水／汽水。

【水力】shuǐ lì　江、河、湖泊、海洋的水流所產生的動力，常用來發電 ◆ 長江三峽正在建設大型水力發電站。

【水土】shuǐ tǔ　地面的水和土；泛指自然環境和氣候 ◆ 過度砍伐林木，導致水土流失／我是北方人，初來南方時因水土不服而生病。

【水牛】shuǐ niú　一種哺乳動物。身體高大粗壯，毛多灰黑色。有一對粗大的牛角，向後彎曲。天熱喜歡浸在水裏。吃青草。是耕牛。皮可製革，肉可食用 ◆ 水牛在路邊吃草。

【水手】shuǐ shǒu　船艦上負責艙面作業和搶救工作的船員 ◆ 外輪上有幾名中國水手。

【水平】shuǐ píng　❶ 跟水面平行的 ◆ 和水平面平行的直線叫水平線。❷ 所達到的高度或程度 ◆ 我們要刻苦學習，不斷提高文化知識水平。⑬ 水準。

【水仙】shuǐ xiān　一種多年生草本植物，葉長條形，花瓣白色，中心黃色，有清香，供觀賞 ◆ 窗台上的那盆水仙花發出幽幽清香。❀ 圖見 360 頁。

【水利】shuǐ lì　開發、利用水資源和對水害的防治；也指水利工程 ◆ 充分利用水利資源／長江三峽水利樞紐是一項大型水利工程。

【水庫】shuǐ kù　利用地形築壩蓄水而形成的人工湖，用來防洪、灌溉、發電、養魚等 ◆ 水庫發揮了攔洪蓄水、調節水流的作用。

【水源】shuǐ yuán　河流的發源地；泛指水的來源 ◆ 上游污染，水源不潔，自來水的水質下降。⑬ 源頭。

【水準】shuǐ zhǔn　在某一方面達到的程度 ◆ 這是一次有較高藝術水準的音樂會。⑬ 水平。

【水中撈月】shuǐ zhōng lāo yuè　比喻根本做不到，白費力氣 ◆ 結果是水中撈月一場空。⑬ 海底撈月、竹籃打水。

【水到渠成】shuǐ dào qú chéng　水流到的地方，自然形成了溝渠。比喻條件成熟，事情自然成功 ◆ 積極創造條件，不斷努力爭取，定能水到渠成。

【水乳交融】shuǐ rǔ jiāo róng　水和奶融合在一起。比喻關係非常密切、融洽 ◆ 兩人水乳交融，形影不離。⑬ 水火不容。

【水泄不通】shuǐ xiè bù tōng　泄：排出。水都流不出去。形容人羣十分擁擠或包圍得非常嚴密 ◆ 節日的廣場人山人海，擠得水泄不通。

【水深火熱】shuǐ shēn huǒ rè　像落入深淵，掉進火坑。比喻處境極其艱難困苦 ◆ 想當年軍閥混戰，天災人禍，老百姓生活在水深火熱之中。

【水落石出】shuǐ luò shí chū　水退落下去，石頭就顯露出來。比喻事情真相大白 ◆ 這樁懸案如今終於水落石出，真相大白。

⑤ 水分、水災、水果、水草、水泥、水流、水桶、水漲船高

⑥ 山水、洪水、淡水、雨水、露水、逆水行舟、車水馬龍、渾水摸魚、萍水相逢、順水推舟、飲水思源、山青水秀、跋山涉水、依山傍水、如魚得水

1 永

[yǒng ㄩㄥˇ ⑬ wiŋ⁵ 榮⁵]

長久；久遠 ◆ 永久／永恆。

【永久】yǒng jiǔ　表示時間長遠；長遠 ◆ 我要把這件禮物珍藏起來，留作永久的紀念。⑬ 永遠、永恆。⑥ 臨時、暫時。

【永別】yǒng bié　永遠地分別 ◆ 永別了，親愛的戰友！（注意）"永別"多用於生離死別的場合。

【永恆】yǒng héng　永久不變 ◆ 我們的友誼是永恆的。⑬ 恆久。⑥ 短暫、暫時。

【永遠】yǒng yuǎn　時間長久，沒有終止 ◆ 孩子們永遠不會忘記父母的養育之恩。⑬ 永久、永世。⑥ 臨時、暫時。

【永垂不朽】yǒng chuí bù xiǔ　垂：流傳。朽：磨滅。永遠流傳，永不磨滅 ◆ 人民英雄是永垂不朽的。⑬ 流芳千古、萬古流芳。⑥ 遺臭萬年。⑦ 雋永、一勞永逸

2 汁

[zhī ㄓ ⑬ dzɐp⁷ 執]

含有某種物質的液體 ◆ 汁液／果汁／墨汁。

2 汀

[tīng ㄊㄧㄥ ⑬ tiŋ¹ 庭]

水中或水邊的小塊平地。多用作地名。（注意）"汀"不讀 dīng（丁）。

2 求（求）

[qiú ㄑㄧㄡˊ ⑬ kɐu⁴ 球]

❶ 尋找；設法得到 ◆ 尋求／求學／夢寐以求。❷ 請求 ◆ 求救／求教／懇求。❸ 需要 ◆ 供不應求。

【求情】qiú qíng　請求對方答應或寬恕 ◆ 經過父親多方請託，求情，哥哥才進了一家商店當學徒。

【求之不得】qiú zhī bù dé　想得到而得不到。形容迫切希望得到 ◆ 能去大學進修，這是求之不得的好機會。

【求同存異】qiú tóng cún yì　尋求共同點，保留不同點 ◆ 雙方可以求同存異，團結合作。

【求全責備】qiú quán zé bèi　責：要求。備：齊全。指對人要求過分挑剔，要求做到十全十美 ◆ 要寬容待人，不要求全責備。

⑤ 求人、求知、求見、求饒

⑥ 乞求、哀求、追求、不求甚解、刻舟

求劍、精益求精、實事求是

² 氾

"泛"的異體字，見238頁。

³ 汗

丶丶氵氵汗汗 汗

〈一〉[hàn ㄏㄢˋ 粵 hɔn⁶ 翰]

❶ 從皮膚的毛孔排泄出來的液體 ◆ 汗水 / 汗珠 / 出汗。

〈二〉[hán ㄏㄢˊ 粵 hɔn⁴ 寒]

❷ 可汗。見"可"字，67頁。

【汗馬功勞】hàn mǎ gōng láo 汗馬：戰馬奔馳流汗。指戰功；也泛指功勞 ◆ 張警官連破大案，立下了汗馬功勞。

注意 "汗馬功勞"也作"汗馬之勞"。

【汗流浹背】hàn liú jiā bèi 浹：濕透。汗水流遍了背脊，濕透了衣衫。形容滿身大汗 ◆ 為了趕上這班車，跑得我汗流浹背。

注意 不要把"浹"錯寫成"俠"或"夾"。"浹"不讀 xiá（俠）。粵音讀 dzip⁸（接），不讀 gap⁸（甲）。

⊠ 冷汗、流汗、血汗、揮汗如雨

³ 汙

"污"的異體字，見本頁。

³ 污

丶丶氵氵汗污 污

[wū ㄨ 粵 wu¹ 烏]

❶ 髒；不清潔 ◆ 污濁 / 污垢。❷ 弄髒 ◆ 污染 / 玷污。❸ 不廉潔；貪贓 ◆ 貪污 / 貪官污吏。

【污垢】wū gòu 積在人身上或物體上的髒東西 ◆ 把杯底的污垢洗乾淨。

注意 "垢"不讀 hòu（后）。

【污染】wū rǎn 使沾染上有害物質；弄髒 ◆ 堆放化學品的倉庫，一連燃燒四天，滾滾濃煙污染了周圍環境。

注意 "染"的右上角是"九"，不是"丸"。

【污辱】wū rǔ 侮辱；使受恥辱 ◆ 要做有道德的人，不要用惡言惡語污辱別人！

【污濁】wū zhuó 不乾淨；混濁 ◆ 空氣污濁 / 河水污濁，魚蝦絕跡。⊠ 清潔、乾淨。

注意 "濁"不讀 zhú（燭）。

【污穢】wū huì 不乾淨；髒東西 ◆ 沒有教養的人才說污穢的話 / 打掃房間要仔細，角角落落的污穢都要除去。

⊜ 骯髒、齷齪。⊠ 乾淨。

注意 "穢"不讀 suì（歲）。

⊠ 姦污、同流合污

³ 汞

一丁工于禿汞 汞

[gǒng ㄍㄨㄥˇ 粵 hung⁶ 哄]

金屬元素，俗稱水銀。

³ 江

丶丶氵氵汀江 江

[jiāng ㄐㄧㄤ 粵 gɔng¹ 剛]

❶ 大河流的通稱 ◆ 珠江 / 江河湖泊。❷ 特指長江 ◆ 江南 / 江淮平原。❸ 江蘇省的簡稱 ◆ 江浙一帶。❹ 姓。

【江山】jiāng shān ❶ 江河和山嶺 ◆ 江山如此多嬌。⊜ 河山。❷ 借指國家或國家政權 ◆ 諸葛亮協助劉備打江山。

【江湖】jiāng hú 泛指四方各地 ◆ 那孩子不幸與家人失散，流落江湖，無依無靠。

【江河日下】jiāng hé rì xià 江河的水天天向下流。比喻事物一天天衰落，情況一天不如一天 ◆ 守軍節節敗退，形勢江河日下。

³ 汕

丶丶氵氵汀汕 汕

[shàn ㄕㄢˋ 粵 san³ 傘]

汕頭：地名，在廣東省。

³ 汐

丶丶氵氵汐汐 汐

[xī ㄒㄧ 粵 dzik⁹ 夕]

海水漲潮，早潮叫潮，晚潮叫汐。

³ 汛

丶丶氵氵汎汛 汛

[xùn ㄒㄩㄣˋ 粵 sœn³ 信]

江河季節性的漲水 ◆ 汛期 / 防汛。

注意 "汛"的右邊是"卂"，不是"凡"。

【汛期】xùn qī 江河定時性的水位上

漲時期 ◆ 這條馬路要趕在汛期到來之前翻修竣工。

³ 池

丶丶氵氵汕池 池

[chí ㄔˊ 粵 tsi⁴ 持]

❶ 水塘 ◆ 水池 / 游泳池。❷ 像池子樣的場所 ◆ 樂池 / 舞池。❸ 古代指護城河 ◆ 城門失火，殃及池魚。❹ 姓。

【池塘】chí táng 蓄水的坑，一般是人工開挖的，水較淺 ◆ 池塘裏既種蓮藕又養魚。

³ 汝

丶丶氵氵汝汝 汝

[rǔ ㄖㄨˇ 粵 jy⁵ 雨]

你 ◆ 汝曹（你們）。

⁴ 汪

丶丶氵氵汀汪汪 汪

[wāng ㄨㄤ 粵 wɔng¹ 王¹]

❶ 水深而廣 ◆ 一片汪洋 / 汪洋大海。❷ 液體積聚在一起 ◆ 淚汪汪 / 地上汪着水。❸ 形容狗的叫聲。❹ 姓。

【汪洋】wāng yáng 形容水勢浩大，面積寬闊 ◆ 巨輪在汪洋大海上航行。

⁴ 沐

丶丶氵氵汁沐 沐

[mù ㄇㄨˋ 粵 muk⁹ 木]

洗頭 ◆ 櫛風沐雨。

【沐浴】mù yù ❶ 洗澡 ◆ 來溫泉沐浴的遊客很多。❷ 比喻受潤澤或沉浸在某種環境中 ◆ 小樹苗沐浴着雨露陽光，茁壯成長。

⁴ 沛

丶丶氵氵汗沛沛 沛

[pèi ㄆㄟˋ 粵 pui³ 佩]

旺盛 ◆ 精力充沛。

注意 "沛"的右邊是"巿"，不是"市"。

⁴ 汰

丶丶氵氵汏汰汰 汰

[tài ㄊㄞˋ 粵 tai³ 太]

去掉差的 ◆ 淘汰。

⁴ 沏

丶丶氵氵汢沏　沏

[qī ㄑㄧ 粵tsit⁸ 徹]

用開水沖泡東西 ◆ 沏茶。

⁴ 沙

丶丶氵氵沙沙沙　沙

[shā ㄕㄚ 粵sa¹ 紗]

❶ 細小的石粒 ◆ 沙子 / 沙灘。❷ 像沙粒的東西 ◆ 豆沙 / 沙糖。❸ 聲音嘶啞 ◆ 沙啞。❹ 姓。

【沙丘】shā qiū　丘：土堆、小山。沙漠、河岸、海濱等地由風吹而堆成的沙堆 ◆ 在一望無際的沙漠裏，到處可見起伏的沙丘。

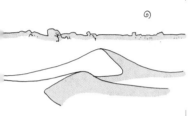

【沙場】shā chǎng　廣闊的沙地。常用來指戰場 ◆ 老將軍久經沙場，如今已解甲歸田。

【沙漠】shā mò　地面完全被沙子覆蓋的地區 ◆ 駱駝被稱為沙漠之舟。

【沙灘】shā tān　水中或水邊由沙子堆積成的陸地 ◆ 海邊有一片金色的沙灘。

【沙裏淘金】shā lǐ táo jīn　從沙子裏淘取黃金。比喻從大量的材料中選取精華；也比喻費力多而收穫少 ◆ 他沙裏淘金，從浩如煙海的古書中搜集本地名人資料。

☑沙土、沙堆、沙盤、沙發、沙礫

☑風沙、泥沙、聚沙成塔、一盤散沙

⁴ 沖 (冲)

丶丶氵氵汩沖　沖

[chōng ㄔㄨㄥ 粵tsuŋ¹ 充]

❶ 用水、酒等澆 ◆ 沖茶 / 沖服。❷ 水力撞擊 ◆ 沖刷 / 海浪沖擊堤岸。

☑沖洗、沖淡

☑急沖沖、氣沖沖、興沖沖

⁴ 汽

丶丶氵氵汽汽汽　汽

[qì ㄑㄧˋ 粵hei³ 氣]

液體或固體受熱變成的氣體；特指水蒸氣 ◆ 汽油 / 汽車 / 蒸汽機。

【汽油】qì yóu　從石油中提煉出來的一種燃料 ◆ 減少汽油用量，降低大氣污染。

【汽笛】qì dí　利用蒸氣從氣孔中噴出而發出巨大的音響的器具，多安裝在火車、輪船上 ◆ 火車的汽笛聲驚醒了我。

☑汽水、汽艇

☑蒸汽

⁴ 沃

丶丶氵氵汢沃沃　沃

[wò ㄨㄛˋ 粵juk⁷ 郁]

❶ 灌溉；澆 ◆ 沃田。❷ 土地肥 ◆ 肥沃 / 沃土。

注意 右邊起筆是撇，不是橫。

【沃野】wò yě　肥沃的田野 ◆ 沃野千里，麥浪滾滾。

⁴ 沂

丶丶氵氵汇汇沂　沂

[yí ㄧˊ 粵ji⁴ 兒]

沂河：水名，發源於山東省，流入江蘇省。

⁴ 汾

丶丶氵氵汀汾汾　汾

[fén ㄈㄣˊ 粵fen⁴ 焚]

汾河：水名，在山西省。

⁴ 沒 (没)

丶丶氵氵沙沒沒　沒

〈一〉[mò ㄇㄛˋ 粵mut⁹ 末]

❶ 沉在水裏 ◆ 沉沒 / 沒入水中。❷ 水蓋過、漫過 ◆ 沒頂之災 / 大水淹沒了莊稼。❸ 隱藏；消失 ◆ 埋沒 / 出沒無常。❹ 扣下財物 ◆ 沒收 / 抄沒。❺ 盡頭；完了 ◆ 沒世 / 沒齒不忘。

〈二〉[méi ㄇㄟˊ 粵mut⁹ 末]

❻ 沒有；無 ◆ 沒事 / 沒道理。❼ 不曾 ◆ 沒去過 / 沒聽説。❽ 不如；不夠 ◆ 沒他能幹。

【沒收】mò shōu　把違法或違禁的財物強制收歸公有 ◆ 貪污犯所得贓款全部沒收。

【沒落】mò luò　由興盛轉向衰敗；走向滅亡 ◆ 趙家當年有財有勢，如今沒落了。⑩ 衰落。⑫ 興旺、興盛。

【沒₂精打采】méi jīng dǎ cǎi　采：精神。形容精神萎靡不振或不高興、不起勁的樣子 ◆ 她垂着頭，沒精打采地站在一旁。

注意 “沒精打采”也作“無精打采”。

【沒₂頭沒₂腦】méi tóu méi nǎo　❶ 找不出頭緒 ◆ 他東拉西扯説了半天，聽起來沒頭沒腦。❷ 不明來歷，不知底細 ◆ 這種沒頭沒腦的錢，我不能要。

☑淹沒、覆沒、神出鬼沒

⁴ 汲

丶丶氵氵汀汲　汲

[jí ㄐㄧˊ 粵kep⁷ 級]

❶ 從下面把水打上來 ◆ 汲水。❷ 吸收；吸取 ◆ 汲取。

【汲取】jí qǔ　吸取 ◆ 我們要從中汲取經驗，改進工作。⑩ 吸收。

注意 “汲”不讀 xī（吸）。

⁴ 汴

丶丶氵氵汀汴　汴

[biàn ㄅㄧㄢˋ 粵bin⁶ 辨]

河南省開封市的別稱。

注意 “汴”右邊是“卞”，不是“卡”。

⁴ 沈

丶丶氵氵汇沈　沈

〈一〉[shěn ㄕㄣˇ 粵sem² 審]

❶ 姓。❷ “瀋”的簡化字，見257頁。

〈二〉[chén ㄔㄣˊ 粵tsɐm⁴ 尋]

同“沉”，見本頁。

⁴ 沉

丶丶氵氵汇沉　沉

[chén ㄔㄣˊ 粵tsɐm⁴ 尋]

❶ 沒入水裏；跟“浮”相對 ◆ 沉沒 / 船漸漸下沉。❷ 往下落；陷下去 ◆ 太陽西沉 / 地基下沉。❸ 分量重 ◆

沉重／這箱子很沉。❹表示程度深 ◆ 沉思／沉痛。❺穩重；鎮定 ◆ 沉着／沉住氣。

【沉沒】chén mò 沒入水裏 ◆ 船艙進水，渡輪已經沉沒海底。⟨反⟩浮起。

【沉重】chén zhòng 重量大；程度深 ◆ 你挑不起這副沉重的擔子／家裏出了事，心情很沉重。⟨反⟩輕鬆。

【沉迷】chén mí 過分迷戀某種事物 ◆ 青年學生不能沉迷於玩電子遊戲機。⟨同⟩入迷。

【沉浸】chén jìn 浸泡在水裏。比喻處於某種境地、氣氛之中 ◆ 她沉浸在幸福的回憶之中。

⟨注意⟩"浸"不讀 qīn(侵)。

【沉寂】chén jì 很靜；沒有一點聲音 ◆ 夜深了，周圍一片沉寂。⟨同⟩沉靜、寂靜。⟨反⟩喧鬧。

【沉痛】chén tòng 十分悲痛 ◆ 人們懷着沉痛的心情，前來弔唁為國捐軀的將士。⟨同⟩哀痛。⟨反⟩歡樂。

【沉着】chén zhuó 鎮靜；不慌不忙 ◆ 對方步步進逼，我方沉着應戰。⟨同⟩鎮定、冷靜。⟨反⟩慌張、慌亂。

⟨注意⟩"着"不讀 zháo。

【沉悶】chén mèn 使人感到沉重、煩悶，不舒暢 ◆ 他一發言，會場沉悶的空氣頓時活躍了起來。⟨反⟩輕鬆、舒暢。

【沉溺】chén nì 深深陷入某種不良境地而不能自拔 ◆ 他整天沉溺於賭博，太墮落了。

⟨注意⟩"溺"不讀 ruò(弱)。

【沉睡】chén shuì 睡得很熟 ◆ 雷聲驚醒了沉睡中的孩子。⟨同⟩熟睡、酣睡。⟨反⟩覺醒、驚醒。

【沉靜】chén jìng ❶很靜；沒有聲音 ◆ 人們進入了夢鄉，四周一片沉靜。⟨同⟩寂靜。⟨反⟩喧鬧。❷性格好靜；心緒平靜 ◆ 她生性沉靜，不愛說話／

幾天以後，心情漸漸沉靜下來。

【沉默】chén mò ❶不說話 ◆ 兩個人沉默不語。❷不愛說笑 ◆ 她性格內向，一向沉默寡言。

【沉澱】chén diàn 溶液中的某些物質沉到溶液的底層；比喻凝聚、積累 ◆ 水中的泥沙沉澱以後，水變清了／長期沉澱起來的感情一下子迸發了出來。⟨同⟩沉積。

【沉默寡言】chén mò guǎ yán 寡：少。不愛說話；很少說話 ◆ 平時滔滔不絕的李大哥，突然變得沉默寡言起來。

⟨近⟩沉₂浮、沉₂醉、沉₂甸甸

⟨反⟩低沉₂、消沉₂、陰沉₂、石沉₂大海

4 沁

`、丶氵氵氵汀沁` 沁

[qìn ㄑㄧㄣˋ ⊜ sem³ 滲]

滲；透 ◆ 沁人心脾。

⟨注意⟩"沁"不讀 xīn(心)。

4 決(决)

`、丶氵氵汀汀汒決` 決

[jué ㄐㄩㄝˊ ⊜ kyt⁸ 缺]

❶水沖破堤壩 ◆ 決堤／決口。❷拿定主意，不再改變 ◆ 決定／遲疑不決。❸確定；判定 ◆ 決賽／判決。❹一定；絕對 ◆ 決無此事／決不屈服。❺執行死刑 ◆ 處決／槍決。

【決心】jué xīn 堅定不移的意志 ◆ 我們有決心把香港建設得更加繁榮。

【決定】jué dìng ❶拿定主意 ◆ 我決定報考香港中文大學。❷決定了的事情 ◆ 政府公佈了一項新的決定。

【決策】jué cè ❶確定策略或辦法 ◆ 事關公司前途，請董事會儘快決策。❷確定了的策略或辦法 ◆ 這項決策有利於擴展公司業務。

【決賽】jué sài 決定勝負或名次的最後一場或最後一輪比賽 ◆ 我隊已取得決賽權。

【決斷】jué duàn ❶拿主意；作出決定 ◆ 此事如何處理，還是請校長決斷。❷決定事情的魄力 ◆ 他辦事決斷，從不拖泥帶水。

【決議】jué yì 經會議討論通過的決定 ◆ 經過大會討論、表決，作出如下決議。

⟨近⟩決計、決意、決裂、決一死戰

⟨反⟩表決、堅決、解決、猶豫不決

5 泰

`一三丰夫奉秦泰` 泰

[tài ㄊㄞˋ ⊜ tai³ 太]

❶安定；太平 ◆ 國泰民安。❷鎮定 ◆ 泰然自若／處之泰然。

【泰山】tài shān 山名，在山東省中部。主峯玉皇頂高 1532.8 米。中國著名風景區，有王母池、黑龍潭、南天門、日觀峯等勝景。

【泰然自若】tài rán zì ruò 自若：跟平常一樣。沉着鎮靜，不慌不忙 ◆ 別人心急如焚，他卻擺出一副泰然自若的樣子。

5 沫

`、丶氵氵汁汁汒沫` 沫

[mò ㄇㄛˋ ⊜ mut⁹ 沒]

❶液體表面的水泡 ◆ 泡沫／肥皂沫。❷口水 ◆ 唾沫。

5 法

`、丶氵氵汁汢法法` 法

[fǎ ㄈㄚˇ ⊜ fat⁸ 髮]

❶由國家制定的、必須人人遵守的行為規則 ◆ 憲法／貪贓枉法。❷有一定規則可以遵循的 ◆ 語法／文章作法。❸可作為標準的、規範的 ◆ 法帖／不足為法。❹仿效 ◆ 效法。❺處理事務的手段 ◆ 方法／辦法。❻法術 ◆ 鬥法。❼法國的簡稱 ◆ 中法兩國。

【法令】fǎ lìng 政府機關頒佈的命令、指示、決定等 ◆ 每個公民應當自覺遵守國家法令。

【法官】fǎ guān 法院的審判人員 ◆ 他父親是一名大法官。

【法律】fǎ lǜ 由立法機關制定的行為規則 ◆ 法律面前，人人平等。

【法庭】fǎ tíng 法院審理案件的機構或地方 ◆ 雙方爭執不下，只好法庭相見。⟨同⟩法院。

【法院】fǎ yuàn 行使審判權的國家機關 ◆ 法院已經作出了判決。⟨同⟩法庭。

【法網】fǎ wǎng　比喻像網一樣嚴密的法律制度 ◆ 作惡多端，�終落法網。
<u>注意</u> 不要把"網"錯寫成"綱"。

【法西斯】fǎ xī sī　<u>意</u>大利獨裁者墨索里尼的法西斯黨，實行法西斯主義，對內實行恐怖統治，對外進行武力侵略。今用來形容極其反動、野蠻、恐怖、獨裁的思想行為或人物 ◆ 這樣虐待婦女簡直是法西斯行為。
◁法定、法紀、法則、法辦
◁手法、合法、非法、犯法、書法、違法、逍遙法外、奉公守法

⁵ 泄　丶 氵 氵 汁 泄 泄　泄
[xiè ㄒㄧㄝˋ 粵sit⁸ 屑]
❶ 排出 ◆ 排泄 / 水泄不通。❷ 發散 ◆ 發泄 / 泄私憤。❸ 走漏；透露出去 ◆ 泄露機密。

【泄氣】xiè qì　失去信心和幹勁 ◆ 第一場球輸了，不要泄氣，下一場再贏回來。<u>反</u> 鼓勁。

【泄密】xiè mì　泄露機密 ◆ 公司不允許僱員有泄密行為。<u>反</u> 保密。

【泄露】xiè lòu　不該讓人知道的事讓人知道了 ◆ 這是商業機密，豈能泄露出去？<u>同</u> 泄漏。
<u>注意</u> "露"不讀 lù（路）。

⁵ 沽　丶 氵 氵 汁 汁 沽　沽
[gū ㄍㄨ 粵gu¹ 姑]
❶ 買 ◆ 沽酒 / 沽名釣譽。❷ 賣 ◆ 待價而沽。

【沽名釣譽】gū míng diào yù　用手段獵取名譽 ◆ 他的舉動只不過是沽名釣譽罷了。

⁵ 河　丶 氵 氵 沪 沪 河 河　河
[hé ㄏㄜˊ 粵ho⁴ 何]
❶ 水道的通稱 ◆ 河流 / 內河。❷ 特指黃河 ◆ 河東 / 河套 / 河西走廊。

【河山】hé shān　借指國家的疆土 ◆ 岳家軍對着遼人大呼："還我河山！"<u>同</u>山河。

【河流】hé liú　天然的或人工開鑿的水道 ◆ <u>江南水鄉</u>，河流縱橫，交通便利。
◁河渠、河溝
◁山河、拔河、黃河、銀河、江河日下、口若懸河、信口開河

⁵ 泵　一 丆 石 百 乒 泵　泵
[bèng ㄅㄥˋ 粵bɐm¹]
用來抽出、壓入液體或氣體的機械裝置 ◆ 水泵 / 油泵 / 氣泵。

⁵ 沾　丶 氵 汁 汁 汁 沾　沾
[zhān ㄓㄢ 粵dzim¹ 尖]
❶ 浸濕 ◆ 沾水 / 淚沾襟。❷ 因接觸而附着 ◆ 沾染 / 沾了一身油泥。❸ 有關係 ◆ 不沾邊 / 沾親帶故。❹ 因有關係而得到 ◆ 沾光 / 沾便宜。

【沾染】zhān rǎn　因接觸而附着上不好的東西或受到不好的影響 ◆ 創口沾染了細菌 / 他與流氓為伍，沾染了賭博惡習。
<u>注意</u> "染"右上角是"九"，不是"九"。

【沾沾自喜】zhān zhān zì xǐ　沾沾：輕浮得意的樣子。形容自以為好而得意的樣子 ◆ 稍有進步便沾沾自喜。
<u>注意</u> "沾沾自喜"含貶義。

⁵ 泪
同"淚"字，見 246 頁。

⁵ 沮　丶 氵 汁 汩 沮 沮　沮
[jǔ ㄐㄩˇ 粵dzœ² 左/dzɔ³ 佐]
敗壞 ◆ 沮喪。

【沮喪】jǔ sàng　灰心失望 ◆ 他情緒低落，顯得很沮喪。
<u>注意</u> 不要把"沮"錯寫成"祖"或"詛"。"沮"不讀 zǔ（祖）。

⁵ 況 （況）　丶 氵 汀 沪 況 況　況
[kuàng ㄎㄨㄤˋ 粵fɔŋ³ 放]
❶ 情形 ◆ 情況 / 狀況 / 概況。❷ 比方 ◆ 比況。❸ 表示更進一層 ◆ 況且 / 何況。❹ 姓。

◁近況、境況、盛況、每況愈下、真情實況

⁵ 油　丶 氵 氵 汩 油 油　油
[yóu ㄧㄡˊ 粵jɐu⁴ 由]
❶ 動物的脂肪或從動物、植物、礦物中提煉出來的脂質物 ◆ 豬油 / 豆油 / 火上加油。❷ 烹飪用的某些液體調味品 ◆ 醬油。❸ 用油漆塗抹 ◆ 油門窗。❹ 不誠懇；圓滑 ◆ 油腔滑調 / 油嘴滑舌。

【油畫】yóu huà　用油質顏料在布或木板上繪成的畫 ◆ 他在藝術學院專攻油畫。

【油滑】yóu huá　處世圓滑；不誠懇 ◆ 油滑的小伙子 / 那人太油滑，你要提防他。<u>同</u> 圓滑。<u>反</u> 誠懇、質樸。

【油膩】yóu nì　含油多的；含油多的食物 ◆ 腸胃不好，要忌食太油膩的食物。<u>反</u> 清淡。

【油腔滑調】yóu qiāng huá diào　形容說話輕浮油滑，不莊重，不誠懇 ◆ 那人一副油腔滑調的樣子，令人討厭。<u>同</u> 油嘴滑舌。
<u>注意</u> "調"不讀 tiáo（條）。

【油嘴滑舌】yóu zuǐ huá shé　形容說話輕浮油滑，態度不誠懇 ◆ 他說起話來，油嘴滑舌。<u>同</u> 油腔滑調。
◁油然、油菜、油頭粉面
◁加油、黑油油、綠油油、添油加醋

⁵ 泅　丶 氵 汋 沪 汩 泅 泅　泅
[qiú ㄑㄧㄡˊ 粵tsɐu⁴ 囚]
游泳 ◆ 泅渡 / 泅水。

⁵ 泗　丶 氵 氵 汩 泗 泗 泗　泗
[sì ㄙˋ 粵si³ 試]
❶ 鼻涕 ◆ 涕泗滂沱。❷ <u>泗水</u>：水名。也叫<u>泗河</u>，在山東省。

⁵ 泊　丶 氵 氵 汋 泊 泊　泊
〈一〉[bó ㄅㄛˊ 粵bɔk⁹ 薄]
❶ 停船靠岸 ◆ 停泊 / 夜泊秦淮河。

夜闌更秉燭，相對如夢寐。——唐·杜甫《羌村》詩

❷ 停留 ◆ 飄泊。

〈二〉[pó ㄆㄛˊ 粵 bok⁹ 薄]

❸ 湖 ◆ 湖泊 / 水泊。

⊠落泊

---

5 **泉**　` ` ㄑ 白 白 身 泉　泉

[quán ㄑㄩㄢˊ 粵 tsyn⁴ 全]

地下冒出來的水 ◆ 泉水 / 噴泉。

【泉源】quán yuán　水的源頭；比喻知識、力量等的來源 ◆ 學習是知識的泉源。

⊠甘泉、清泉、溫泉、黃泉、九泉之下、淚如泉湧

---

5 **泛**　` ` ㄒ ㄶ 氵 氾 泛 泛　泛

[fàn ㄈㄢˋ 粵 fan³ 販]

❶ 漂浮水面 ◆ 泛舟。❷ 露出；透出 ◆ 臉裏泛紅 / 東方泛出魚肚白。❸ 一般地；普遍地 ◆ 泛指 / 廣泛。❹ 不切實；不深入 ◆ 空泛 / 泛泛而論。❺ 江河湖泊裏的水猛漲橫流 ◆ 泛濫成災。

【泛濫】fàn làn　❶ 江河湖泊的水猛漲橫流 ◆ 江水泛濫，沿岸大片莊稼受淹。❷ 比喻壞事物流行擴散 ◆ 我們不能聽任黃色書刊、聲像製品在社會上泛濫。

【泛泛而談】fàn fàn ér tán　談得很浮淺，不深入 ◆ 這只是一篇應時文章，泛泛而談，並無高見。

⊠泛泛之交

---

5 **沿**(沿)　` ` ㄒ 氵 氵 氿 沿 沿　沿

[yán ㄧㄢˊ 粵 jyn⁴ 元]

❶ 順着 ◆ 沿途 / 沿街叫賣。❷ 靠近 ◆ 沿岸 / 沿海。❸ 邊 ◆ 井沿 / 前沿陣地。❹ 照原樣傳下去 ◆ 沿用 / 相沿成習。

【沿用】yán yòng　繼續使用過去的方法、名稱、制度等 ◆ 這家百年老店，商號一直沿用至今。

【沿岸】yán àn　靠近江河湖海岸邊的地區 ◆ 桂林漓江沿岸風景如畫。

【沿海】yán hǎi　靠近海邊的一帶 ◆

上海是中國沿海經濟比較發達的城市。

【沿途】yán tú　沿路；一路上 ◆ 乘坐巴士遊覽各地，沿途風光盡收眼底。

【沿襲】yán xí　按照原來的方法辦事 ◆ 沿襲老辦法，有時行不通。⊜沿用。

⊠前沿、邊沿

---

5 **泡**　` ` 氵 氵 氵 洶 泡 泡　泡

〈一〉[pào ㄆㄠˋ 粵 pau¹ 拋]

❶ 液體內包有空氣的球狀物 ◆ 泡沫 / 氣泡 / 肥皂泡。❷ 像泡一樣的東西 ◆ 電燈泡。

〈二〉[pào ㄆㄠˋ 粵 pau³ 炮]

❸ 用水沖或浸 ◆ 泡茶 / 衣服泡在水裏。

〈三〉[pāo ㄆㄠ 粵 pau¹ 拋]

❹ 質地鬆軟 ◆ 饅頭很泡。

【泡沫】pào mò　聚在一起的小氣泡 ◆ 這種肥皂沫多，去污力強。

【泡影】pào yǐng　比喻不能實現的事情或希望 ◆ 升大學的希望成了泡影。

⊠水泡、冒泡、浸泡₂、燈泡

---

5 **注**　` ` 氵 氵 氵 汁 注 注　注

[zhù ㄓㄨˋ 粵 dzy³ 駐]

❶ 灌入 ◆ 灌注 / 注入 / 注射。❷ 精力集中在一點 ◆ 注視 / 全神貫注。❸ 同“註”字。用文字給書中的字句作解釋 ◆ 注解 / 注釋。❹ 同“註”字。登記；記載 ◆ 注冊 / 注銷。❺ 賭博時下的本錢 ◆ 賭注 / 孤注一擲。

【注目】zhù mù　把視線集中到某一點上 ◆ 客廳裏掛着一幅名畫，十分引人注目。⊜矚目。

【注定】zhù dìng　早就決定了的；必然的結果 ◆ 一切靠個人努力，沒有甚麼命中注定的事 ◆ 侵略者是注定要失敗的。

【注重】zhù zhòng　很重視 ◆ 病從口入，夏天要特別注重飲食衛生。⊠忽視。

【注射】zhù shè　用針筒把液體藥劑輸

入人體或動物體內；打針 ◆ 護士給她注射了退熱的針劑。

【注視】zhù shì　精神集中地看 ◆ 弟弟目不轉睛地注視着電視裏的卡通形象。

【注意】zhù yì　把心思集中到某一方面 ◆ 行車要注意安全。

⊠關注、大雨如注

---

5 **泣**　` ` 氵 氵 汁 泣 泣 泣　泣

[qì ㄑㄧˋ 粵 jɐp⁷ 邑]

❶ 無聲或小聲地哭 ◆ 哭泣 / 泣不成聲。❷ 眼淚 ◆ 泣下沾襟。

【泣不成聲】qì bù chéng shēng　形容極其悲痛 ◆ 她因痛失冠軍而泣不成聲。

⊠抽泣、可歌可泣、向隅而泣

---

5 **沱**　` ` 氵 氵 氵 沪 沱　沱

[tuó ㄊㄨㄛˊ 粵 tɔ⁴ 駝]

沱江：水名，長江的支流，在四川省。

---

5 **泌**　` ` 氵 氵 氾 汃 泌　泌

〈一〉[mì ㄇㄧˋ 粵 bei³ 祕]

❶ 液體從細孔排出 ◆ 分泌 / 泌尿。

〈二〉[bì ㄅㄧˋ 粵 bei³ 祕]

❷ 泌陽：地名，在河南省。

---

5 **泳**　` ` 氵 氵 汀 泳 泳 泳　泳

[yǒng ㄩㄥˇ 粵 wiŋ⁶ 詠]

在水裏游動 ◆ 游泳 / 仰泳 / 自由泳。

---

5 **泥**　` ` 氵 氵 沪 泥 泥　泥

〈一〉[ní ㄋㄧˊ 粵 nei⁴]

❶ 和了水的土；濕土 ◆ 泥土 / 爛泥。❷ 像泥一般的東西 ◆ 蒜泥 / 印泥。

〈二〉[nì ㄋㄧˋ 粵 nei⁶]

❸ 用泥、灰等塗抹 ◆ 泥牆。❹ 固執；死板 ◆ 拘泥。

【泥土】ní tǔ　❶ 土壤 ◆ 田野上飄來泥土的芳香。❷ 灰塵 ◆ 他出去玩了一

一會兒，就弄得一身泥土。同 塵土。

【泥漿】ní jiāng　像漿糊一樣的稀泥 ◆ 汽車開過，泥漿四濺。

注意 不要把"漿"字錯寫成"槳"。

【泥濘】ní nìng　積起爛泥；積起的爛泥 ◆ 道路泥濘／車輪陷入泥濘。

注意 "濘"不讀 níng。

⊿ 泥人、泥丸、泥巴、泥坑、泥垢、泥沙俱下

⊿ 水泥、污泥、淤泥、拖泥帶水

⁵ **沸** 丶 氵 沪 沪 沸 沸 沸 沸 沸

[fèi ㄈㄟˋ 粵 fei³ 肺]

水、油等燒開後上下翻滾 ◆ 沸水／沸騰。

【沸騰】fèi téng　❶ 液體達到一定温度時上下翻滾、冒出氣體的現象 ◆ 壺裏的水沸騰了，蒸氣衝開了壺蓋。❷ 比喻情緒熱烈、高漲 ◆ 在狂歡節上，人們載歌載舞，熱血沸騰。

【沸沸揚揚】fèi fèi yáng yáng　像沸騰的水一樣喧鬧。形容人聲喧嚷、議論紛紛 ◆ 球迷們沸沸揚揚地議論着這場球賽。

⊿ 人聲鼎沸

⁵ **泓** 丶 氵 氵 沙 沍 泓 泓

[hóng ㄏㄨㄥˊ 粵 weng⁴ 宏]

❶ 水深。❷ 量詞，用於一道水或一片水 ◆ 一泓清泉／一泓秋水。

⁵ **波** 丶 氵 氵 沪 沙 波 波

[bō ㄅㄛ 粵 bo¹ 玻]

❶ 水面上一起一伏的現象 ◆ 波浪／碧波蕩漾。❷ 比喻事情的意外變化、曲折 ◆ 風波未平，一波又起。❸ 形容目光 ◆ 暗送秋波。❹ 物理學上稱振動傳播的形式 ◆ 聲波／電波。

【波折】bō zhé　事情的曲折變化或遇到的障礙 ◆ 此事幾經波折，最近終於辦成。

【波浪】bō làng　起伏不平的水面 ◆ 輪船在波浪滾滾的海面上航行。同 波瀾、波濤。

【波紋】bō wén　波浪形成的水紋 ◆ 微風吹來，湖面上泛起層層波紋。

【波動】bō dòng　像水波那樣起伏不定 ◆ 全年物價基本穩定，波動不大。

【波濤】bō tāo　巨大的波浪 ◆ 萬頃波濤鋪天蓋地而來。同 波瀾。

【波光粼粼】bō guāng lín lín　粼粼：形容水、石等明淨。形容水波閃閃發光 ◆ 波光粼粼的湖面上移動着點點白帆。

注意 不要把"粼"錯寫成"鄰"。

【波瀾壯闊】bō lán zhuàng kuò　波浪大而寬闊。比喻聲勢浩大，規模宏偉 ◆ 一九一九年的"五四"白話文運動，波瀾壯闊，聲勢浩大。

⊿ 奔波、碧波、推波助瀾、隨波逐流

⁵ **沼** 丶 氵 氵 沔 沼 沼

[zhǎo ㄓㄠˇ 粵 dziu² 剿]

天然的水池 ◆ 沼澤／沼澤地。

【沼澤】zhǎo zé　地勢低窪、水草茂密的泥濘地帶 ◆ 這是一片人跡罕至的沼澤地。

⁵ **治** 丶 氵 氵 沪 治 治 治

[zhì ㄓˋ 粵 dzi⁶ 自]

❶ 管理 ◆ 治理／自治。❷ 社會安定、太平；跟"亂"相對 ◆ 長治久安。❸ 辦理；處理 ◆ 治裝／治喪委員會。❹ 懲處 ◆ 治罪／懲治。❺ 醫療 ◆ 治病／醫治。❻ 修整水道 ◆ 治水。❼ 研究 ◆ 治學。

【治本】zhì běn　從根本上加以治理 ◆ 中醫診病用藥多以治本為主。反 治標。

【治安】zhì ān　社會的安寧秩序 ◆ 春節期間，社會治安情況良好。

【治理】zhì lǐ　❶ 統治；管理 ◆ "港人治港"就是香港人自己治理香港。❷ 整修；處理 ◆ 蘇州河的污水治理工程進展很快。

【治療】zhì liáo　用藥物、手術等治病 ◆ 根據你的病情，必須住院治療。

⊿ 治國

⊿ 政治、法治、統治、勵精圖治

⁶ **洱** 氵 汀 汀 洱 洱 洱

[ěr ㄦˇ 粵 ji⁵ 耳]

洱海：湖名，在雲南省。

⁶ **洪** 氵 汀 汀 洪 洪 洪

[hóng ㄏㄨㄥˊ 粵 hung⁴ 紅]

❶ 大 ◆ 洪水／洪福齊天。❷ 指大水 ◆ 防洪／山洪暴發。❸ 姓。

【洪水】hóng shuǐ　江河湖泊因大雨或融雪等原因引起暴漲的水流 ◆ 洪水泛濫，災害嚴重。

【洪亮】hóng liàng　聲音大而響亮 ◆ 朱老師上課嗓音洪亮，講解清晰。

【洪水猛獸】hóng shuǐ měng shòu　比喻極大的禍害 ◆ 不要把西方文化看作洪水猛獸，一概拒之於國門之外。

⊿ 洪峯、洪流

⊿ 山洪、分洪、排洪、聲如洪鐘

⁶ **洌** 氵 汀 汀 沔 洌 洌 洌

[liè ㄌㄧㄝˋ 粵 lit⁹ 列]

清澈潔淨 ◆ 清洌。

注意 "洌"與"冽"不同，左邊是"氵"。

⁶ **洩** 同"泄"字，見237頁。

⁶ **洞** 氵 汀 汀 洞 洞 洞 洞

[dòng ㄉㄨㄥˋ 粵 dung⁶ 動]

❶ 物體中間空的部分；窟窿 ◆ 洞穴／山洞。❷ 透徹；清楚 ◆ 洞察／洞悉。

【洞穴】dòng xué　地洞或山洞 ◆ 白天，野獸躲在洞穴中。

注意 "穴"不讀 xuè。

【洞房】dòng fáng　新婚夫婦的房間 ◆ 一對新人歡歡喜喜地進入洞房。

【洞察】dòng chá　觀察得十分清楚 ◆ 校長洞察一切，學校裏的事情，他知道得一清二楚。

【洞若觀火】dòng ruò guān huǒ　觀察事物如同看火那樣清楚 ◆ 他對這件事的來龍去脈，洞若觀火。

⊿ 空洞、漏洞、窰洞、巖洞

⁶ 洗　氵氵汁汁洙洗洗　洗

〈一〉[xǐ ㄒㄧˇ ⓥ sei² 駛]

❶ 用水除去污垢 ◆ 洗衣／洗手。❷ 清除掉冤屈、恥辱等 ◆ 洗雪／洗脫罪名。❸ 形容像用水沖過一樣；搶光、殺盡 ◆ 洗劫一空。❹ 空空的；一無所有 ◆ 一貧如洗。❺ 基督教的一種儀式 ◆ 洗禮。❻ 照相中的顯影定影 ◆ 洗相片。

〈二〉[xiǎn ㄒㄧㄢˇ ⓥ sin² 冼]

❼ 姓。

【洗劫】xǐ jié　財物全被搶光 ◆ 室內財物被強盜洗劫一空。

【洗雪】xǐ xuě　清除掉恥辱、冤屈等 ◆ 百年國恥終於得到洗雪。

【洗塵】xǐ chén　設宴歡迎遠道來的人 ◆ 今晚是專為陸總洗塵的，請多飲幾杯。⊜ 接風。

【洗滌】xǐ dí　用水（或加洗滌劑）把衣物上的污垢去掉 ◆ 自己動手，把衣服洗滌得乾乾淨淨。⊜ 洗濯。

注意 "滌" 不讀 tiáo（條）。

【洗禮】xǐ lǐ　❶ 基督教的一種儀式，把水滴在受洗人的額上，或將受洗人的身體浸入水裏，代表在眾人面前承認基督徒的身份，過去的罪惡被上帝洗淨，開始新的生命 ◆ 他已在教堂接受洗禮。❷ 比喻重大的鍛煉和考驗 ◆ 他們都受過北伐戰爭的洗禮。

【洗耳恭聽】xǐ ěr gōng tīng　恭敬地專心傾聽 ◆ 請談談您的意見，我們洗耳恭聽。

注意 "洗耳恭聽" 多用作請人講話時說的客氣話。

⊠ 洗刷、洗澡
⊟ 沖洗、梳洗、盥洗

⁶ 活　氵氵汢汘汗活活　活

[huó ㄏㄨㄛˊ ⓥ wut⁹]

❶ 生存；跟 "死" 相對 ◆ 活路／活在世上。❷ 有生命的；跟 "死" 相對 ◆ 活魚／樹苗活過來了。❸ 生動的；不呆板 ◆ 活潑／靈活。❹ 逼真的 ◆ 活像／活靈活現。❺ 不固定的 ◆ 活水／

活期存款。❻ 使活動 ◆ 舒筋活血。❼ 指工作或產品 ◆ 幹活／粗活／這活兒做得很精細。

【活力】huó lì　旺盛的生命力 ◆ 隊員們個個朝氣蓬勃，充滿青春的活力。

【活動】huó dòng　❶ 運動 ◆ 太極拳可以活動筋骨。❷ 鬆動；不穩固 ◆ 兩顆牙齒活動了。❸ 靈活；不固定 ◆ 這種活動房屋可搭可拆，十分方便。❹ 有目的的行動 ◆ 全班組織郊遊活動。

【活潑】huó·po　生動靈活，不呆板 ◆ 她機警聰明，活潑可愛。

【活躍】huó yuè　❶ 行動積極、踴躍 ◆ 學校裏有一批體育活躍分子。❷ 場面生動，氣氛熱烈 ◆ 會場氣氛活躍。反 沉悶。

【活靈活現】huó líng huó xiàn　形容描繪或表演生動逼真 ◆ 演員把主人公的形象演得活靈活現。

注意 "活靈活現" 也作 "活龍活現"。

⊠ 活該、活寶、活見鬼
⊟ 生活、快活、復活、生龍活虎

⁶ 派　氵氵汀汀汀派派　派

[pài ㄆㄞˋ ⓥ pai³ 排³]

❶ 水的支流；分支 ◆ 派生／支派。❷ 人、事或學術的流別 ◆ 派別／流派／學派。❸ 思想；作風；風度 ◆ 正派／氣派。❹ 分配；差遣；任用 ◆ 派遣／調派／委派。❺ 量詞，用於景象等，數詞限於 "一" ◆ 一派胡言／一派新氣象。

【派生】pài shēng　從一個主要事物中分化出來 ◆ 力學是從物理學派生出來的。

【派遣】pài qiǎn　派人出去做某項工作 ◆ 代表團受國家派遣赴外國考察環境保護工作。

注意 不要把 "遣" 錯寫成 "遺"。"遣" 不讀 yí（移）。

【派頭】pài tóu　排場；氣派 ◆ 他這身打扮很有派頭。

⊠ 宗派、黨派

⁶ 洽　氵氵氵汄洽洽洽　洽

[qià ㄑㄧㄚˋ ⓥ hap⁹ 峽/hep⁹ 恰]

❶ 和睦；協調 ◆ 融洽。❷ 商量；協商 ◆ 洽談／面洽。

【洽談】qià tán　接洽商談 ◆ 經理正在辦公室與對方洽談業務。

注意 "洽" 不讀 hé（合）。

⊠ 洽商
⊟ 接洽

⁶ 洶（汹）　氵氵汋汋洶洶洶　洶

[xiōng ㄒㄩㄥ ⓥ hung¹ 空]

見 "洶湧"。

【洶湧】xiōng yǒng　形容水猛烈地向上湧或向前翻滾 ◆ 洶湧澎湃的浪潮呼嘯着沖向堤岸。

⊠ 氣勢洶洶

⁶ 洛　氵氵汐汐洛洛　洛

[luò ㄌㄨㄛˋ ⓥ lɔk⁹ 落]

洛陽市：地名，在河南省。

⁶ 津　氵氵津津津津　津

[jīn ㄐㄧㄣ ⓥ dzœn¹ 樽]

❶ 唾液 ◆ 生津止渴。❷ 渡口 ◆ 要津／問津。❸ 天津市的簡稱 ◆ （北）京、（天）津、滬（上海）。

【津津有味】jīn jīn yǒu wèi　津津：有滋味，有趣味。形容吃得很有滋味或對事物有濃厚興趣 ◆ 大家都吃得津津有味／同學們津津有味地聽着王教授的演講。

⊠ 津貼、津液、津津樂道
⊟ 無人問津

⁶ 洲　氵氵汕汕洲洲洲　洲

[zhōu ㄓㄡ ⓥ dzeu¹ 周]

❶ 江河中的小塊陸地 ◆ 沙洲／長洲。❷ 大陸。全球分為七大洲，即亞洲、歐洲、非洲、南美洲、北美洲、大洋洲和南極洲。

⁶ 洋 氵 氵 氵 氵 洋 洋 洋　洋

[yáng ㄧㄤˊ 粵 jœŋ⁴ 羊]

❶ 地球上最大的水域 ◆ 太平洋／飄洋過海。❷ 泛指外國；外國的 ◆ 西洋／洋人。❸ 盛大；眾多 ◆ 洋溢／洋洋大觀。❹ 舊稱銀幣為洋錢，簡稱"洋" ◆ 大洋。

【洋相】yáng xiàng　鬧的笑話；出的醜態 ◆ 自我炫耀不成，反而出足洋相。

(注意)"相"不讀 xiāng（箱）。

【洋溢】yáng yì　充滿；充分流露 ◆ 全城洋溢着歡樂的氣氛。

▷ 洋氣、洋洋得意、洋洋灑灑

▷ 汪洋、海洋、遠洋、喜洋洋、望洋興歎

⁷ 浦 氵 氵 氵 氵 浐 浦　浦

[pǔ ㄆㄨˇ 粵 pou² 普]

❶ 水邊；河流入海的地方。多用作地名 ◆ 浦口。❷ 姓。

⁷ 酒 見西部，427頁。

⁷ 浙 氵 氵 氵 浙 浙 浙　浙

[zhè ㄓㄜˋ 粵 dzit⁸ 折]

浙江省的簡稱 ◆ 江(蘇)、浙(江)一帶。

⁷ 浹 (浃) 氵 氵 氵 氵 浃 浃　浹

[jiā ㄐㄧㄚ 粵 dzip⁸ 接]

濕透 ◆ 汗流浹背。

⁷ 涉 氵 氵 氵 氵 涉 涉　涉

[shè ㄕㄜˋ 粵 sip⁸ 攝]

❶ 徒步從水裏走過；渡水 ◆ 涉水／遠涉重洋。❷ 經歷 ◆ 涉險／涉世未深。❸ 牽連；相關 ◆ 牽涉／涉及。

【涉及】shè jí　牽涉到；關係到 ◆ 這涉及個人名譽，不是小事。

【涉足】shè zú　指進入某種環境或場所 ◆ 他涉足娛樂圈有十多年了。

【涉嫌】shè xián　有牽連某事的嫌疑 ◆ 他因涉嫌一宗商業詐騙案而被捕。

▷ 涉外、涉獵

▷ 干涉、交涉、跋涉

七大洲、四大洋

[世界地圖，標示：北冰洋、歐洲、亞洲、非洲、印度洋、大洋洲、北美洲、大西洋、太平洋、南美洲、南極洲]

⁷ 消 氵 氵 氵 氵 消 消　消

[xiāo ㄒㄧㄠ 粵 siu¹ 燒]

❶ 散失；溶化 ◆ 煙消雲散／冰雪消融。❷ 除去；滅掉 ◆ 消毒／消滅。❸ 耗費；花費 ◆ 消耗／消費。❹ 消遣；度過 ◆ 消閒／消磨時光。❺ 承受 ◆ 消受／吃不消。❻ 需要 ◆ 不消說／只消一天功夫。

【消化】xiāo huà　❶ 胃腸等器官把食物變成身體吸收的養料 ◆ 胃病患者要吃容易消化的食物。❷ 比喻理解、吸收所學的知識 ◆ 複習和作業是消化新授知識的必要步驟。

【消失】xiāo shī　逐漸減少直到沒有 ◆ 一轉眼，他在擁擠的人羣中消失了。(反) 出現。

【消沉】xiāo chén　情緒消極低沉 ◆ 他並沒有因失敗而消沉下去。

【消防】xiāo fáng　滅火和防火 ◆ 今天下午舉行消防演習。

【消毒】xiāo dú　用藥物等殺滅有害細菌 ◆ 有些醫療器械可以用酒精消毒。

【消耗】xiāo hào　因使用而漸漸減少 ◆ 與對方硬拚，體力消耗太大。

(注意)"耗"不讀 máo（毛）。

【消息】xiāo·xi　❶ 音信 ◆ 你有沒有他在美國的消息？❷ 一種新聞體裁。簡短的新聞報導 ◆ 新聞記者及時報導了游泳健兒奪冠的消息。

【消除】xiāo chú　除掉；使不存在 ◆

他們之間的誤會消除了。

【消逝】xiāo shì　消失 ◆ 母親的背影消逝在茫茫的夜色之中。(反) 出現。

【消閒】xiāo xián　❶ 消磨空閒的時間 ◆ 他退休以後常常以下棋消閒。(同)消遣。❷ 悠閒；清閒 ◆ 退休以後，他一直過着消閒的日子。(反) 忙碌。

【消費】xiāo fèi　為滿足生活需要或精神享受而花錢 ◆ 現在人們的消費觀念跟過去不同了。

【消極】xiāo jí　不求進取，情緒低落 ◆ 球賽失利後，隊員們產生了消極情緒。(反) 積極。

【消滅】xiāo miè　除掉；使滅亡 ◆ 消滅蚊蠅，預防疾病。

【消遣】xiāo qiǎn　消閒解悶 ◆ 我喜歡把聽音樂作為消遣。

(注意)不要把"遣"錯寫成"遺"。"遣"不讀 yí（移）。

【消磨】xiāo mó　❶ 精力、意志逐漸消失 ◆ 貪圖享受會消磨意志。❷ 虛度光陰 ◆ 他無所事事，到處閒逛消磨時間。

▷ 消亡、消炎、消散

▷ 打消、抵消、取消、撤消

⁷ 涅 氵 氵 氵 汨 汨 汨　涅

[niè ㄋㄧㄝˋ 粵 nip⁹ 聶]

❶ 一種礦物，可做黑色染料。❷ 染黑。

⁷ 浩 (浩) 氵 氵 氵 浩 浩 浩　浩

[hào ㄏㄠˋ 粵 hou⁶ 號]

❶ 很大 ◆ 浩大／浩劫。❷ 很多 ◆ 浩繁／浩如煙海。

【浩大】hào dà　形容氣勢或規模很大 ◆ 香港青馬大橋的建築工程十分浩大。

【浩劫】hào jié　巨大的災難 ◆ 經歷過戰爭浩劫的人民，不希望再發生戰爭。

【浩渺】hào miǎo　形容水面廣闊 ◆ 眼前是煙波浩渺的大海。

【浩蕩】hào dàng　水勢浩大；泛指規模宏大，氣勢雄壯 ◆ 江水浩蕩，白浪奔騰／抗日救亡的隊伍浩蕩地開赴前線。

【浩瀚】hào hàn　形容廣闊或繁多 ◆ 書海浩瀚，學無止境。

【浩如煙海】hào rú yān hǎi　形容書籍或資料多得像茫茫大海，十分豐富 ◆ 中國的古籍浩如煙海。

---

⁷ **海** 氵汒汙海海海 海

[hǎi ㄏㄞˇ ⑧ hoi² 凱]

❶ 大洋靠近陸地的水域 ◆ 公海／東海。❷ 大的湖泊 ◆ 青海／洱海。❸ 比喻大或多 ◆ 海量／人山人海。

【海外】hǎi wài　指國外 ◆ 他剛從海外歸來。⓹ 海內。

【海拔】hǎi bá　指陸地上某一點高出平均海水平面的高度 ◆ 珠穆朗瑪峯海拔 8848.13 米。

(注意)“海拔”也作“拔海”。

【海岸】hǎi àn　海洋邊緣的陸地 ◆ 上海位於中國東部海岸中部，長江入海口。

【海洋】hǎi yáng　海和洋的統稱 ◆ 海洋中的生物千奇百怪。

海洋的最深處在太平洋的馬里亞納海溝，有 11034 米。把世界最高的珠穆朗瑪峯放進去，其頂峯離海面還差 2185 米。
最淺的海是在前蘇聯西南部的亞速海，平均深度僅 6.6 米，最深處也只有 14 米。

【海峽】hǎi xiá　陸地之間狹長的海面通道 ◆ 馬六甲海峽是溝通太平洋和印度洋的海上交通要道。

【海島】hǎi dǎo　海洋中的島嶼 ◆ 海島上的居民大多以捕魚為生。

【海港】hǎi gǎng　沿海停泊船隻的港口 ◆ 上海是世界聞名的不凍海港之一。

【海參】hǎi shēn　生活在海底的一種圓柱形的棘皮動物，是珍貴的食品 ◆ 海參、魚翅都是宴會上的美食。

【海嘯】hǎi xiào　因海底地震或颶風引起的海水劇烈波動 ◆ 輪船在歸航途中遇到了海嘯。

(注意)“嘯”不讀 xiāo（消）。

【海濱】hǎi bīn　海邊；沿海地帶 ◆ 青島是海濱城市，風景優美。

【海關】hǎi guān　對出入國境的人員、物品進行檢查或辦理進出口業務的國家機關 ◆ 這批商品已向海關申報出口。

【海灘】hǎi tān　海邊的沙灘地 ◆ 兒童們在金色的海灘上追逐嬉戲。

【海市蜃樓】hǎi shì shèn lóu　蜃：蛤蜊。由於大氣中光線的折射作用，把遠處景物反射到空中的奇異幻景，多出現在夏天的海邊或沙漠中。古人誤以為蜃吐氣而成。常用來比喻虛無飄渺的事物 ◆ 那些不切實際的美好願望，不過是海市蜃樓而已。

(注意)不要把“蜃”錯寫成“唇”。“蜃”不讀 chún（淳）。粵音讀 sen⁶（慎）。

【海底撈月】hǎi dǐ lāo yuè　比喻白費力氣 ◆ 明知這是不可能的事情，你還在苦苦掙扎，到頭來豈不是海底撈月一場空嘛！⓹ 水中撈月、竹籃打水。

(注意)“海底撈月”也作“海中撈月”。

【海枯石爛】hǎi kū shí làn　海水乾枯，石頭朽爛。形容經歷的時間極長。用不可能的情況來表示意志堅定，永遠不變。多用為男女間表示感情永恆的誓言 ◆ 縱然海枯石爛，我對你的愛永不改變。

(注意)不要把“爛”錯寫成“瀾”。“海枯石爛”也作“石爛海枯”。

◹ 海面、海報、海產、海誓山盟

◹ 火海、苦海、滄海、航海、天涯海角、石沉大海

---

⁷ **浜** 氵汀汀汀汇浜 浜

[bāng ㄅㄤ ⑧ ben¹ 崩]

小河溝。多用作地名，如沙家浜。

(注意)“浜”不讀 bīng（兵）。

---

⁷ **浴** 氵浐浐浴浴浴 浴

[yù ㄩˋ ⑧ juk⁹ 玉]

洗澡 ◆ 沐浴／浴室。

【浴血】yù xuè　形容戰鬥激烈、殘酷 ◆ 將士們在前線浴血奮戰。

---

⁷ **浮** 氵汽浮浮浮浮 浮

[fú ㄈㄨˊ ⑧ feu⁴ 否⁴]

❶ 漂在液體表面或飄在空中；跟“沉”相對 ◆ 漂浮／浮雲。❷ 表面的 ◆ 浮土／浮雕。❸ 空虛；不實在 ◆ 浮誇／浮華。❹ 不踏實；不沉着 ◆ 浮躁／輕浮。❺ 多餘；超出 ◆ 人浮於事。

【浮力】fú lì　物體在液體中受到的向上的托力 ◆ 船能浮在水面是浮力的作用。

【浮現】fú xiàn　呈現；顯露 ◆ 媽媽的臉上浮現出幸福的笑容／一幕幕往事浮現在眼前。⓹ 顯現。

【浮動】fú dòng　❶ 隨着水流飄浮移 ◆ 水面上浮動着幾片枯葉。⓹ 漂浮。❷ 不安定；不穩定 ◆ 物價暴漲，人心浮動。

【浮誇】fú kuā　虛浮；不踏實 ◆ 做事要腳踏實地，切忌浮誇。

【浮雕】fú diāo　在平面上雕刻出的凸起的形象 ◆ 這些人像浮雕栩栩如生。

【浮躁】fú zào　輕浮急躁 ◆ 年輕人難免有點浮躁。

(注意)不要把“躁”錯寫成“燥”。“躁”不讀 cāo（操）。

【浮光掠影】fú guāng lüè yǐng　浮光：水面上的反光。掠影：一閃而過的影子。比喻觀察不細緻，印象不深刻 ◆ 這本書我只是浮光掠影地看了一下，談不出甚麼感想。

【浮想聯翩】fú xiǎng lián piān　聯翩：鳥飛的樣子，形容連續不斷。指各種想像不斷湧現 ◆ 一張發黃的照片引起詩人浮想聯翩。
▣ 浮萍、浮名
▣ 飄浮

⁷流　氵氵汸汸汸流　流
[liú ㄌㄧㄡˊ ⑨ leu⁴ 留]
❶ 流淌 ◆ 水長流／淚流滿面。❷ 指水道；流水 ◆ 河流／小溪流。❸ 像水一樣流動的東西 ◆ 人流／氣流／潮流。❹ 像流水一樣通暢 ◆ 流利／流暢。❺ 移動不定 ◆ 流星／流浪。❻ 傳下去；傳播開 ◆ 流傳／流芳百世。❼ 等級；品類 ◆ 一流產品／二流演員。❽ 派別 ◆ 流派／三教九流。❾ 古代的一種刑罰，把犯人押送到邊遠地區去 ◆ 流放。
【流亡】liú wáng　被迫離開家鄉或祖國 ◆ 孫中山先生曾經一度流亡日本。
【流失】liú shī　指有用的人或物散失掉 ◆ 水土流失嚴重／人才流失不少。
【流行】liú xíng　廣泛流傳；盛行 ◆ 今年流行超短裙。
【流利】liú lì　❶ 說話快而清楚或文章通暢明快 ◆ 她能說一口流利的普通話／文章寫這樣流利，真不愧是小作家。❷ 潤滑；不凝滯 ◆ 這支金筆書寫流利。
【流氓】liú máng　❶ 原指無業游民。後指不務正業，為非作歹的人 ◆ 警方拘捕了一名侮辱婦女的流氓。❷ 施展撒潑、無賴等下流行為 ◆ 他供認了所犯的流氓行為。
注意 "氓"不讀 mín（民）。
【流浪】liú làng　生活無着落，到處飄泊謀生 ◆ 政府收容了一批無家可歸的流浪者。⦿ 飄泊。

【流域】liú yù　一個水系的幹流和支流所流經的整個地區 ◆ 長江流域物產豐富。
【流連】liú lián　非常留戀，捨不得離去 ◆ 迷人的西子湖使遊客流連忘返。
注意 "流連"也作"留連"。
【流逝】liú shì　像流水那樣很快地消逝 ◆ 隨着時光的流逝，童年生活漸漸淡忘了。
【流動】liú dòng　移動；經常變動，不固定 ◆ 他凝視着流動的溪水而思緒萬千／大城市的流動人口多。⦾ 固定。
【流落】liú luò　生活窮困，在外地飄泊 ◆ 母女倆流落他鄉。
【流傳】liú chuán　傳下來或傳播開去 ◆ 端午節吃粽子的習俗流傳了千百年／他見義勇為的事跡流傳很廣。
【流暢】liú chàng　說話、寫文章等通順、流利 ◆ 這篇作文文筆流暢，內容充實。⦿ 流利、順暢。
【流竄】liú cuàn　潰敗亂逃或流動轉移 ◆ 潰敗的敵軍四處流竄。
注意 "流竄"多指盜匪或敵人。"竄"不讀 shǔ（鼠）。
【流露】liú lù　思想、感情等不自覺地顯露出來 ◆ 臉上流露出得意的神色。⦿ 表現、表露、顯露。
【流言蜚語】liú yán fēi yǔ　蜚：同"飛"。沒有根據的話。多指背後傳播的議論、誹謗或挑撥離間的壞話 ◆ 自己站得正，立得穩，就不怕甚麼流言蜚語。
注意 不要把"蜚"錯寫成"非"。"流言蜚語"也作"流言飛語"。
【流離失所】liú lí shī suǒ　流離：為生活所迫，離開本鄉本土，到處流浪。所：安身的地方。到處流浪，沒有安身的地方 ◆ 戰爭使百姓流離失所。⦾ 安居樂業。
▣ 流血、流派、流通、流水不腐
▣ 交流、風流、輪流、川流不息、同流合污、源遠流長、隨波逐流

⁷涕　氵氵沵沵涕涕　涕
[tì ㄊㄧˋ ⑨ tei³ 替]
❶ 眼淚 ◆ 痛哭流涕／感激涕零。❷ 哭泣 ◆ 破涕為笑。❸ 鼻涕。

⁷浪　氵氵汸浻浪浪　浪
[làng ㄌㄤˋ ⑨ lɔŋ⁶ 晾]
❶ 大的水波 ◆ 波浪／風平浪靜。❷ 像波浪那樣起伏 ◆ 熱浪／聲浪。❸ 放縱；沒有節制 ◆ 浪費／浪蕩。
【浪花】làng huā　波浪湧動時濺起的水花 ◆ 皮艇飛速前進，激起層層浪花。

海水其實不是隨着波浪，不停向岸邊移動，它只是上下振動而已。若你放一個皮球在海面上，就會發現當波浪通過時，皮球只是上下起伏罷了。

【浪費】làng fèi　沒有節制，把財物、人力、時間等無益地消耗 ◆ 浪費了的時間是追不回來的。
【浪漫】làng màn　充滿幻想，富於詩意 ◆ 作品充滿浪漫的情調。
【浪蕩】làng dàng　❶ 行為放縱，不檢點 ◆ 他是個不走正道的浪蕩公子。⦿ 放蕩。❷ 遊手好閒，四處閒逛 ◆ 此人整天浪蕩街頭。
【浪濤】làng tāo　波濤 ◆ 滾滾的浪濤撲向堤岸。
▣ 浪子回頭、浪跡天涯
▣ 風浪、流浪、乘風破浪、興風作浪

⁷浸　氵氵沪浔浔浸浸　浸
[jìn ㄐㄧㄣˋ ⑨ dzɐm³ 針³]
把東西泡在液體裏 ◆ 浸泡／浸濕。

⁷涌　氵氵沪沪沔涌涌　涌
[chōng ㄔㄨㄥ ⑨ tsuŋ¹ 充]
❶ 小河。方言詞，多用於地名 ◆ 東涌／葵涌。❷ 同"湧"字，見 250 頁。

⁷浚　同"濬"字，見 257 頁。

⁸清　氵氵沣沣清清清　清
[qīng ㄑㄧㄥ ⑨ tsiŋ¹ 青]

❶潔淨;不含雜質;跟"濁"相對 ◆ 清潔／清澈／清新。❷明白;不混亂 ◆ 清楚／旁觀者清。❸寂靜 ◆ 清靜／冷清。❹涼爽 ◆ 清涼／清爽。❺徹底;一點不留 ◆ 清除／還清債務。❻單純;不混雜東西 ◆ 清唱／清一色。❼公正廉潔 ◆ 清廉／清官難斷家務事。❽朝代名 ◆ 清朝。

【清白】qīng bái 品行純潔,沒有污點 ◆ 事實證明,他是清白無辜的。

【清秀】qīng xiù 美麗脫俗 ◆ 江南山水清秀,蘇州、杭州尤為著名。

【清明】qīng míng ❶二十四節氣之一。在每年的四月四、五或六日。這一天民間有掃墓的習俗 ◆ 清明掃墓,祭拜亡靈。❷政治有法度,治理得好 ◆ 政治清明,百姓安居樂業。

【清脆】qīng cuì 聲音清越、響亮、動聽 ◆ 她的歌聲清脆悅耳。
注意 "脆"不讀 wēi(危)。

【清高】qīng gāo 品德高尚,不同流合污 ◆ 他是位清高的讀書人,正直而稍有自傲。

【清除】qīng chú 徹底去掉 ◆ 工人正在清除路上的積雪。

【清理】qīng lǐ 徹底清查整理或處理 ◆ 財務部門正在清理公司來往賬目。

【清爽】qīng shuǎng ❶清潔涼爽 ◆ 雨過天晴,空氣清爽。反 混濁。❷整潔乾淨 ◆ 房間收拾得很清爽。反 雜亂、污穢。❸清楚明白 ◆ 我已把意思講清爽。反 模糊、含糊。

【清晨】qīng chén 指太陽出來前後的一段時間 ◆ 清晨空氣新鮮。

【清涼】qīng liáng 涼而爽快的感覺 ◆ 薄荷糖清涼潤喉。

【清閒】qīng xián 清靜有空閒 ◆ 父親現在過着清閒的生活。同 悠閒。反 忙碌。

【清晰】qīng xī 容易辨認 ◆ 雲霧散去,山下的風光清晰可見。同 清楚。反 模糊。

【清楚】qīng ·chu ❶容易辨認 ◆ 電視熒屏上的圖像很清楚。同 清晰。反 模糊。❷了解;明白 ◆ 局外人不清楚案情內幕。

【清新】qīng xīn ❶清爽新鮮 ◆ 早晨的空氣特別清新。❷新穎;不落俗套 ◆ 這篇文章構思獨特,對話活潑,給人以清新的感覺。

【清潔】qīng jié 乾淨,沒有塵土污垢 ◆ 我們要從小養成愛清潔、講衛生的好習慣。反 骯髒。

【清澈】qīng chè 清潔而透明 ◆ 小魚在清澈的溪水裏快樂地游動。同 清澄。反 混濁。

【清靜】qīng jìng 安靜,沒有干擾 ◆ 這裏風景優美,環境清靜,是休養的好地方。

【清醒】qīng xǐng 頭腦清楚,明白 ◆ 病人時而昏迷,時而清醒,尚未脫離危險。

⟁清淡、清單、清福、清苦、清廉
⟁冷清、澄清、認清

⁸ **淋** 氵汁汁沐沐淋 淋
[lín ㄌㄧㄣˊ ⓟ lem⁴ 林]
❶澆 ◆ 淋水／淋濕。❷見"淋漓"。

【淋漓】lín lí ❶形容水、汗等往下滴 ◆ 同學們個個跑得大汗淋漓。❷形容盡情、暢快 ◆ 這次春遊活動大家都玩得淋漓痛快。

【淋漓盡致】lín lí jìn zhì 淋漓:盡情;暢快。盡致:達到極點。形容表達、發揮得十分充分 ◆ 他高超的球藝發揮得淋漓盡致。

⟁淋雨、淋浴
⟁水淋淋、血淋淋、日曬雨淋

⁸ **涯** 氵汴汗汗汪涯 涯
[yá ㄧㄚˊ ⓟ ŋai⁴ 崖]
❶水邊 ◆ 涯岸。❷邊際;邊緣 ◆ 天涯海角／一望無涯。
⟁生涯

⁸ **淹** 氵氵氵汸泭淹 淹
[yān ㄧㄢ ⓟ jim¹ 醃]
❶沒在水中;被水浸泡 ◆ 淹沒／房子被水淹了。❷久留;滯留 ◆ 淹留。

【淹沒】yān mò 被水蓋過、浸沒;泛指被聲音、人流等蓋過 ◆ 洪水淹沒了莊稼／他的演講多次被熱烈的掌聲所淹沒。

⁸ **淒** (淒) 氵汏沍沍沍津淒 淒
[qī ㄑㄧ ⓟ tsɐi¹ 妻]
寒冷 ◆ 淒涼／淒風苦雨。

【淒涼】qī liáng 形容環境或處境寂寞、冷落 ◆ 他看到的是破廟、孤老、荒墳、餓狗,一片淒涼景象。

【淒慘】qī cǎn 淒涼悲慘 ◆ 在雨雪交加的冬夜,老人結束了淒慘的一生。
注意 "淒慘"也作"悽慘"。

【淒厲】qī lì 形容聲音淒慘刺耳 ◆ 淒厲的叫聲使我從睡夢中醒來。
注意 "淒厲"也作"悽厲"。

【淒風苦雨】qī fēng kǔ yǔ 形容天氣惡劣;比喻境況悲慘淒苦 ◆ 她一生中經歷了不少淒風苦雨的日子。
注意 "淒風苦雨"也作"苦雨淒風"。

⟁淒切、淒清
⟁風雨淒淒

⁸ **淺** (浅) 氵汋浅浅浅淺淺 淺
[qiǎn ㄑㄧㄢˇ ⓟ tsin² 闡]
❶從上到下、從外到裏的距離小;跟"深"相對 ◆ 淺水／淺灘。❷歷時短 ◆ 年代淺／相處的日子還淺。❸顏色淡;跟"濃"相對 ◆ 淺色／淺藍。❹表示程度不深 ◆ 膚淺／功夫淺。

【淺近】qiǎn jìn 通俗易懂;不深奧 ◆ 一句諺語說明了一個淺近的道理。同 淺顯。反 深奧。

【淺薄】qiǎn bó 膚淺、不深厚。形容缺乏學識或修養 ◆ 這個人的言談舉止顯得十分淺薄。反 深厚。
注意 不要把"薄"字錯寫成"簿"。"薄"不讀 báo。

【淺顯】qiǎn xiǎn 字句、內容或道理通俗易懂 ◆ 淺顯的兒童讀物很少讀者歡迎。同 淺近。反 深奧。

【淺嘗輒止】qiǎn cháng zhé zhǐ 輒:就。剛嘗到一點味道就停了下來。比喻學習、研究不求深入 ◆ 學習不能淺嘗輒止,不求甚解。

⟁淺易、淺陋

▷ 粗淺、浮淺、深入淺出、目光短淺、才疏學淺

8 淑

［shū ㄕㄨ [粵] suk^9 熟］

善良；美好 ◆ 淑女／賢淑。

8 淖

［nào ㄋㄠˋ [粵] nau^6 鬧］

爛泥；泥沼 ◆ 泥淖。

8 淌

［tǎng ㄊㄤˇ [粵] tɔŋ^2 倘］

往下流 ◆ 流淌／淌眼淚。

8 混

〈一〉［hún ㄏㄨㄣˊ [粵] wɐn^4 雲］

❶ 同"渾"字。水不清 ◆ 混水摸魚。❷ 糊塗；不明事理 ◆ 混蛋／混賬。

〈二〉［hùn ㄏㄨㄣˋ [粵] wɐn^6 運］

❸ 攙和在一起 ◆ 混雜／混淆。❹ 苟且過日子 ◆ 混日子／混了一輩子。❺ 冒充 ◆ 魚目混珠。

【混$_2$同】hùn tóng 把不同的人或事物等同起來 ◆ 次品不能混同於正品。

【混$_2$合】hùn hé 攙雜在一起 ◆ 雞尾酒是用多種不同的酒混合調製而成的／男女混合雙打取得第二名。

【混$_2$淆】hùn xiáo 混雜，界限不清 ◆ 這種講法是想混淆是非，顛倒黑白。

[注意] "淆"不讀 yáo（肴）。粵音讀 ŋau^4（肴）。

【混$_2$亂】hùn luàn 形容沒有條理，沒有秩序 ◆ 由於思維混亂，說話前言不搭後語。

【混$_2$濁】hùn zhuó 水或空氣等含有雜質，不清潔，不新鮮 ◆ 室內空氣混濁，是因為有人吸煙。[同] 渾濁。[反] 清潔、清新。

【混$_2$雜】hùn zá 混合攙雜 ◆ 警察一眼就看出了混雜在人羣中的小偷。

【混水摸魚】hún shuǐ mō yú 比喻趁混亂的時機撈取好處 ◆ 在人們搶購商品的時候，他混水摸魚，偷人錢包。

[注意] "混水摸魚"也作"渾水摸魚"。

【混$_2$為一談】hùn wéi yī tán 把不同的事物混在一起，說成是同樣的事物 ◆ 這是兩碼事，不能混為一談。

◁ 混$_2$充、混$_2$沌、混$_2$戰、混$_2$淆黑白

▷ 含混$_2$、鬼混$_2$、魚目混$_2$珠

8 涸

［hé ㄏㄜˊ [粵] kɔk^8 確］

水乾竭 ◆ 乾涸／枯涸。

[注意] "涸"不讀 gù（固）。

8 添

［tiān ㄊㄧㄢ [粵] tim^1 甜^1］

增加 ◆ 增添／畫蛇添足。

[注意] "添"右下不是"小"或"水"。

【添置】tiān zhì 在原有的以外再購置 ◆ 學校添置了一批物理實驗設備。

【添油加醋】tiān yóu jiā cù 比喻在敍述事情或轉述別人的話時，隨便加上原來沒有的內容或細節 ◆ 新聞報導必須忠於事實，不可添油加醋，無中生有。[同] 添枝加葉。

▷ 如虎添翼、錦上添花

8 涎

［xián ㄒㄧㄢˊ [粵] jin^4 言］

口水 ◆ 垂涎三尺。

8 淮

［huái ㄏㄨㄞˊ [粵] wai^4 懷］

淮河：水名，發源於河南省，經安徽省流入江蘇省的洪澤湖，簡稱"淮"◆ 江淮平原／淮北／淮南。

8 淪（沦）

［lún ㄌㄨㄣˊ [粵] lœn^4 倫］

❶ 沉沒 ◆ 沉淪。❷ 陷落；滅亡 ◆ 淪陷／淪亡。❸ 沒落；流落 ◆ 淪落／淪為乞丐。

【淪陷】lún xiàn 領土被敵人佔領 ◆ 南京淪陷後，日本侵略軍大肆屠殺，死者達三十萬人。[同] 陷落。[反] 光復。

【淪喪】lún sàng 喪失；消亡 ◆ 為了金錢，有些人道德淪喪，成了無恥之徒。

【淪落】lún luò 流落 ◆ 慈善機構收容了一批淪落街頭的孤兒。

8 淆

［xiáo ㄒㄧㄠˊ [粵] ŋau^4 肴］

混雜；攪亂 ◆ 混淆／淆亂。

[注意] "淆"不讀 yáo（肴）。

8 淫

［yín ㄧㄣˊ [粵] jɐm^4 吟］

❶ 過多；過度 ◆ 淫雨／淫威。❷ 放縱；放蕩 ◆ 荒淫無恥／驕奢淫逸。❸ 迷惑 ◆ 富貴不能淫，威武不能屈。❹ 不正當的性行為 ◆ 淫亂／姦淫。

【淫威】yín wēi 濫用的威力 ◆ 軍閥濫施淫威，殘害民眾。

【淫穢】yín huì 淫亂；下流 ◆ 禁止銷售淫穢的書刊。

[注意] "穢"不讀 suì（歲）。

8 淨（净）

［jìng ㄐㄧㄥˋ [粵] dziŋ^6 靜／dzɛŋ^6 鄭（語）］

❶ 清潔 ◆ 乾淨／潔淨。❷ 使清潔 ◆ 淨手／淨化。❸ 沒有剩餘 ◆ 一乾二淨／力氣使淨。❹ 純 ◆ 淨重／淨利。❺ 全部；只是 ◆ 淨挑好的吃／淨說漂亮話。

▷ 白淨、純淨、窗明几淨

8 淘

［táo ㄊㄠˊ [粵] tou^4 逃］

❶ 用水洗掉雜質 ◆ 淘米／淘金。❷ 挖濬；清除泥沙等雜物 ◆ 淘井／水溝要淘一淘了。❸ 去掉壞的，留下好的 ◆ 淘汰。❹ 頑皮 ◆ 淘氣。

【淘汰】táo tài 去掉差的、不合適的，留下好的、合適的 ◆ 過時的老產品已被淘汰。

【淘氣】táo qì 頑皮 ◆ 在幾個孩子中，數她最淘氣。

⁸ 涼(凉) 氵氵氵汸汸沪涼 涼

〈一〉[liáng ㄌㄧㄤˊ 粵lœŋ⁴ 良]

❶ 溫度較低；不熱 ◆ 涼水 / 冬暖夏涼。❷ 避熱取涼用的東西 ◆ 涼席。❸ 比喻灰心失望 ◆ 心早就涼了。

〈二〉[liàng ㄌㄧㄤˋ 粵lœŋ⁴ 良]

❹ 使溫度降低 ◆ 把水涼一涼再喝。

【涼快】liáng·kuai 清涼爽快 ◆ 大雨過後，天氣涼快多了。

【涼亭】liáng tíng 供遮陽、避雨、休息的亭子 ◆ 山路難走天又熱，到前面涼亭歇一會兒。

【涼爽】liáng shuǎng 清涼爽快 ◆ 送走了炎熱的夏日，迎來了涼爽的秋天。

☑冰涼、荒涼、乘涼、淒涼、納涼、悲涼、世態炎涼

⁸ 淳 氵氵泸泸泸淳淳 淳

[chún ㄔㄨㄣˊ 粵sœn⁴ 純]

樸實厚道 ◆ 淳樸 / 淳厚。

【淳樸】chún pǔ 誠實樸素 ◆ 這孩子淳樸可愛，老師很喜歡他。同純樸、淳厚。

⁸ 液 氵氵汸汸汸汸液 液

[yè ㄧㄝˋ 粵jik⁹ 亦]

液體：物體三態（固體、液體、氣體）之一 ◆ 血液 / 溶液。

⁸ 淬 氵氵氵汸汸汸淬 淬

[cuì ㄘㄨㄟˋ 粵tsœy³ 翠]

把金屬器件燒紅後，放到水裏使急速冷卻，來提高它的硬度。也叫淬火。

⁸ 淤 氵氵氵汸汸淤淤 淤

[yū ㄩ 粵jy¹ 於/jy³ 嫗]

❶ 江河中沉積的泥沙 ◆ 淤泥。❷ 由於泥沙沉積而阻塞不通 ◆ 淤塞 / 淤滯。

【淤泥】yū ní 河、湖、溝、池中淤積的泥沙 ◆ 挖去淤泥以後，池水變清了。

【淤塞】yū sè 水道被泥沙堵塞 ◆ 由於河牀淤塞，這條河已不能通航了。

【淤積】yū jī 泥沙沉積 ◆ 由於長期泥沙淤積，長江口出現了新的無名小島。

⁸ 涪 氵氵汸汸涪涪涪 涪

[fú ㄈㄨˊ 粵feu⁴ 浮]

涪水：水名，在四川省。

注意 “涪”不讀 péi。

⁸ 淡 氵氵汸汸汸淡淡 淡

[dàn ㄉㄢˋ 粵dam⁶ 氮]

❶ 味道、顏色不濃：跟“濃”、“深”相對 ◆ 淡水 / 淡紅。❷ 稀薄 ◆ 天高雲淡。❸ 不熱心 ◆ 冷淡 / 淡漠。❹ 不興旺 ◆ 淡季 / 生意清淡。

【淡水】dàn shuǐ 不含或含鹽分極少的水 ◆ 中國絕大多數的湖泊是淡水湖。反鹹水。

【淡忘】dàn wàng 因印象漸漸模糊而忘記 ◆ 相隔久了，有些事早已淡忘了。同忘卻。反牢記。

【淡季】dàn jì 生產或生意上清淡的季節 ◆ 在旅遊淡季，旅客購買機票可享折扣優待。反旺季。

【淡泊】dàn bó 不熱衷於名利；生活清淡寧靜 ◆ 他一向淡泊於功名利祿 / 他退休後，過着淡泊寧靜的生活。

注意 “淡泊”也寫作“澹泊”。“泊”不讀 pō（澄）。

【淡漠】dàn mò ❶ 冷淡；沒有熱情 ◆ 一場大病之後，他對世事淡漠得多了。同冷漠。反熱情。❷ 記憶不真切；印象模糊 ◆ 日子久了，印象也淡漠了。同淡薄。反深刻。

【淡薄】dàn bó ❶ 感情不深，興趣不濃 ◆ 由於分離太久，兩人的感情也漸漸淡薄了。同淡漠。反親密、熱心。❷ 淡忘；印象模糊 ◆ 人到中年，對於童年的情景越來越淡薄了。

☑平淡、清淡、暗淡、慘淡經營、輕描淡寫

⁸ 淙 氵氵泸泸涪涪淙 淙

[cóng ㄘㄨㄥˊ 粵tsuŋ⁴ 松]

淙淙：流水聲 ◆ 泉水淙淙。

注意 “淙”不讀 zōng（宗）。

⁸ 淀 氵氵汸汸汸淀淀 淀

[diàn ㄉㄧㄢˋ 粵din⁶ 電]

❶ 淺的湖泊 ◆ 白洋淀 / 荷花淀。❷ “澱”的簡化字，見 256 頁。

⁸ 淚(泪) 氵氵汸汸汸涙涙 淚

[lèi ㄌㄟˋ 粵lœy⁶ 類]

❶ 眼淚 ◆ 淚水 / 淚流滿面。❷ 像眼淚一樣的東西 ◆ 燭淚。

【淚花】lèi huā 含在眼裏快要掉下來的淚珠 ◆ 那雙閃着淚花的大眼睛 / 姑娘的眼裏噙着淚花。同淚水。

【淚珠】lèi zhū 一滴一滴的眼淚 ◆ 說到傷心處，她的淚珠直往下掉。同淚水。

【淚痕】lèi hén 眼淚流過後留下的痕跡 ◆ 一位滿臉淚痕的姑娘坐在老婦人的旁邊。

【淚如泉湧】lèi rú quán yǒng 眼淚像泉水那樣往外湧。形容極度的悲痛 ◆ 聽到兒子因車禍身亡的消息，她不禁淚如泉湧，悲痛得說不出話來。

☑淚眼、淚汪汪

☑眼淚、熱淚、聲淚俱下

⁸深　氵氵氵氵汧沪沪沪　深

[shēn ㄕㄣ 粵sɐm¹ 心]

❶ 從上到下、從外到裏的距離大；跟"淺"相對 ◆ 深水／深宅大院。❷ 歷時久 ◆ 深秋／年深日久。❸ 顏色濃；跟"淺"相對 ◆ 深紅／顏色太深。❹ 表示程度高 ◆ 深信不疑／情深意切。

【深入】shēn rù ❶ 向深處進展，達到事物的內部或中心 ◆ 深入基層，聽取意見／"一國兩制"的思想已經深入人心。❷ 深刻；透徹 ◆ 檢查組對這個問題作了深入的調查研究。⟨反⟩浮淺。

【深切】shēn qiè ❶ 感情深厚而親切 ◆ 老師的深切關懷，使我非常感動。❷ 深刻而切實 ◆ 要設身處地，方能有深切的感受。

【深沉】shēn chén ❶ 形容程度深 ◆ 深沉的暮色籠罩了大地。❷ 思想感情深而不外露 ◆ 他一向深沉、持重，不苟言笑。

【深究】shēn jiū 認真追究或探求 ◆ 事情已經過去，就不必深究了。

【深長】shēn cháng 指意思深刻而耐人尋味 ◆ 話雖不多，但意味深長。

【深刻】shēn kè ❶ 深入透徹，達到事物的本質 ◆ 這篇散文含有深刻的哲理。⟨反⟩膚淺。❷ 感受很深 ◆ 這件事給我留下了深刻的印象。⟨同⟩深切。⟨反⟩淡薄。

【深厚】shēn hòu ❶ 指感情很深 ◆ 我和他從小同學，感情深厚。❷ 指基礎厚實 ◆ 他有深厚的專業基礎，又有很強的動手能力。⟨反⟩薄弱。

【深重】shēn zhòng 程度深；情況十分嚴重 ◆ 軍閥混戰，給民眾帶來深重的災難。

【深造】shēn zào 進一步學習提高，以求獲得更多的知識和技能 ◆ 大學畢

業後，他又考上了研究生，繼續深造。

【深情】shēn qíng 深厚的感情 ◆ 不要辜負老師的一片深情。

【深淵】shēn yuān 很深的水潭；比喻罪惡、苦難極深的程度 ◆ 他終於從苦難的深淵中掙扎出來。

【深奧】shēn ào 含義、道理高深，不易理解 ◆ 他能把深奧的道理講得淺顯易懂。⟨反⟩淺顯。

【深遠】shēn yuǎn 意義、影響等深刻而久遠 ◆ 兒童時代所受的教育，對人的一生會產生深遠的影響。

【深入淺出】shēn rù qiǎn chū 用淺顯易懂的話表達出深刻的道理 ◆ 物理老師講課深入淺出，很受學生歡迎。

【深思熟慮】shēn sī shú lǜ 指深入細緻地反覆思考 ◆ 他提出的建議是經過深思熟慮的。

【深情厚誼】shēn qíng hòu yì 深厚的感情與友誼 ◆ 我無法用言語來表述我們之間的深情厚誼。

⟨注意⟩"深情厚誼"也作"深情厚意"。

【深惡痛絕】shēn wù tòng jué 惡：厭惡。痛：恨。絕：極，頂點。形容厭惡、痛恨到了極點 ◆ 對賭博，他一向是深惡痛絕的。

⟨注意⟩"深惡痛絕"也作"深惡痛疾"（疾：恨）。"惡"不讀 è。

【深謀遠慮】shēn móu yuǎn lǜ 謀劃得很周密，考慮得很長遠 ◆ 深謀遠慮，才能立於不敗之地。

⟨辨⟩深不可測、深仇大恨、深更半夜

⟨詞⟩高深、精深、艱深、水深火熱、根蒂固、發人深省、一往情深

⁸涮　氵氵氵沪沪涓涮　涮

[shuàn ㄕㄨㄢ 粵syn³ 算]

❶ 搖動着水清洗或在水裏擺動洗滌 ◆ 涮碗／涮衣服。❷ 把生肉片放在開水裏燙一下就吃 ◆ 涮羊肉。

⟨注意⟩"涮"不讀 shuā（刷）。

⁸涵　氵氵汃汃汃汃　涵

[hán ㄏㄢˊ 粵ham⁴ 咸]

包含；包容 ◆ 涵義／包涵。

【涵蓋】hán gài 包容；包括 ◆ 語文課本中，課文內容的涵蓋面很廣。

【涵養】hán yǎng 能控制情緒的功夫；修養 ◆ 他很穩重，涵養功夫很好／他們都是知書達理的人，有涵養。

⟨詞⟩內涵、海涵、蘊涵

⁸淄　氵氵氵沕沕沕淄　淄

[zī ㄗ 粵dzi¹ 支]

❶ 淄河：水名，在山東省。❷ 淄博市：地名，在山東省。

⁹湊（湊）　氵氵沪沪沫沫湊　湊

[còu ㄘㄡˋ 粵tsɐu³ 臭]

❶ 聚集 ◆ 湊錢／湊數。❷ 接近 ◆ 湊近／湊上去。❸ 碰上；趕上 ◆ 湊巧／湊熱鬧。

⟨注意⟩"湊"不讀 zōu（奏）。

【湊巧】còu qiǎo 表示正是時候或正好遇上某事 ◆ 說到曹操，曹操就到，你說湊巧不湊巧？⟨同⟩碰巧。

【湊合】còu ·he ❶ 聚集 ◆ 老同學難得湊合在一起。❷ 將就 ◆ 這支筆你先湊合着用，過兩天給你買新的。

⟨辨⟩湊趣

⟨詞⟩拼湊、緊湊、東拼西湊

⁹湛　氵汁沾沮沮湛湛　湛

[zhàn ㄓㄢˋ 粵dzam³ 斬³]

❶ 深 ◆ 技藝精湛／湛藍的天空。❷ 水清 ◆ 清湛。❸ 姓。

⟨注意⟩"湛"不讀 shèn（慎）。

【湛藍】zhàn lán 深藍色 ◆ 湛藍的天空飄着幾朵白雲。

⟨注意⟩"湛藍"多用來形容天空、水面。

⁹港　氵氵沙洪洪洪港　港

[gǎng ㄍㄤˇ 粵gɔŋ² 講]

❶ 江河的支流 ◆ 港汊。❷ 可以停泊船隻的江、海口岸 ◆ 港口／海港／避風港。❸ 香港的簡稱 ◆ 港澳（門）／港台（灣）。

長風破浪會有時，直掛雲帆濟滄海。——唐·李白《行路難》詩

【港口】gǎng kǒu　江河湖海沿岸設有碼頭,可供船隻停靠的地方 ◆ 輪船已駛入港口。

【港灣】gǎng wān　供船隻停泊的海灣 ◆ 颱風到來之前,大批船隻進入港灣避風。

▷ 軍港、商港、漁港

⁹ **湖**　氵 汁 汁 沽 沽 湖 湖　湖

[hú ㄏㄨˊ ⑧ wu⁴ 胡]

陸地上面積較大的水域 ◆ 湖泊 / 洞庭湖 / 鄱陽湖。

【湖泊】hú pō　湖的總稱 ◆ 華東幾省湖泊眾多,河流縱橫,水利資源豐富。

(注意) "泊" 不讀 bó(勃)。

【湖光山色】hú guāng shān sè　湖和山相映襯的美麗景色 ◆ 到杭州旅遊觀光,湖光山色美不勝收,令人流連忘返。

▷ 江湖、五湖四海

⁹ **湘**　氵 汁 汁 沐 湘 湘　湘

[xiāng ㄒㄧㄤ ⑧ sœŋ¹ 商]

❶ 湘江:水名,發源於廣西,流入湖南的洞庭湖。❷ 湖南省的別稱。

⁹ **渤**　氵 汁 汁 泸 泸 浡 浡　渤

[bó ㄅㄛˊ ⑧ but⁹ 勃]

渤海:中國的一個內海,在遼東半島和山東半島之間。

⁹ **渣**　氵 汁 汁 沐 浐 渣　渣

[zhā ㄓㄚ ⑧ dza¹ 楂]

❶ 物品提去精華或汁液後剩下的部分 ◆ 煤渣 / 油渣。❷ 碎屑 ◆ 麵包渣。

【渣滓】zhā zǐ　❶ 渣子;物品提取精華後剩下的東西 ◆ 豆餅是用榨油的大豆渣滓做的。❷ 比喻品質惡劣,對社會起破壞作用的人 ◆ 要教育改造流氓、騙子等社會渣滓,使他們改惡從善。

(注意) "滓" 不讀 zǎi(宰)。

⁹ **減**⁽減⁾　氵 氵 汽 浐 減 減　減

[jiǎn ㄐㄧㄢˇ ⑧ gam² 監²]

❶ 從原有數量中去掉一部份;跟 "加" 相對 ◆ 減價 / 減少。❷ 降低 ◆ 減弱 / 視力減退。

【減免】jiǎn miǎn　減輕或免除 ◆ 按照國家政策減免某項稅款 / 家境困難的學生可以申請減免部份學費。

【減弱】jiǎn ruò　降低、變弱 ◆ 午後雨停,風勢減弱。(反) 增強。

【減輕】jiǎn qīng　減少數量或程度;變輕 ◆ 為了減輕家庭負擔,他每週去餐館打工兩天。(反) 加重。

▷ 削減、縮減、偷工減料

⁹ **渠**　氵 氵 汽 洰 洰 渠　渠

[qú ㄑㄩˊ ⑧ kœy⁴ 拒⁴]

人工開鑿的水道 ◆ 溝渠 / 水渠。

▷ 水到渠成

⁹ **測**⁽測⁾　氵 氵 汩 沮 浿 測　測

[cè ㄘㄜˋ ⑧ tsɐk⁷ 側]

❶ 度量;考查 ◆ 目測 / 測驗。❷ 猜想;估計;預料 ◆ 猜測 / 預測 / 天有不測風雲。

【測定】cè dìng　經過測量、檢驗後確定 ◆ 這批藥品的成分和含量須經藥檢部門測定。

【測量】cè liáng　用儀器等測定有關數據 ◆ 經科學測量,珠穆朗瑪峯的海拔高度是 8848.13 米。

【測驗】cè yàn　❶ 用儀器或其他方法測量檢驗 ◆ 經測驗,橡膠輪胎的耐磨、耐壓、耐油的性能都是合格的。❷ 考查學習成績 ◆ 這次期中測驗我班同學成績都很好。(同) 考試。

◁ 測試

▷ 推測、揣測、居心叵測、變幻莫測

⁹ **渺**　氵 氵 沪 涉 涉 渺　渺

[miǎo ㄇㄧㄠˇ ⑧ miu⁵ 秒]

❶ 微小 ◆ 渺小。❷ 水勢遼闊 ◆ 煙波浩渺。

【渺小】miǎo xiǎo　非常微小 ◆ 個人的力量是渺小的,而集體的力量是偉大的。(反) 偉大。

【渺茫】miǎo máng　❶ 因遙遠而模糊不清 ◆ 遙隔重洋,音訊渺茫。❷ 看不清前景;因沒有把握而難以預料 ◆ 渺茫的前途,無法預料 / 他覺得前途渺茫,情緒低落。

▷ 虛無飄渺

⁹ **湯**⁽湯⁾　氵 氵 沪 沪 湯 湯　湯

[tāng ㄊㄤ ⑧ tɔŋ¹ 躺¹]

❶ 熱水或開水 ◆ 赴湯蹈火。❷ 菜少水多的食物;食物的汁液 ◆ 米湯 / 雞湯。❸ 特指中藥的湯劑 ◆ 湯藥。❹ 姓。

⁹ **溫**　氵 氵 沪 沪 沪 溫　溫

[wēn ㄨㄣ ⑧ wɐn¹ 瘟]

❶ 不冷不熱 ◆ 溫水 / 溫帶。❷ 冷熱的程度 ◆ 溫度 / 氣溫。❸ 把東西適當加熱 ◆ 溫酒。❹ 複習 ◆ 溫習 / 故知新。❺ 性情柔和 ◆ 溫柔 / 溫和。❻ 姓。

【溫和】wēn hé　❶ 天氣不冷不熱 ◆ 氣候溫和宜人。❷ 性情、態度、言語等不嚴厲,不粗暴;和氣 ◆ 她性情溫和,舉止大方。(反) 嚴厲、粗暴。

【溫度】wēn dù　冷熱的程度 ◆ 室外溫度和室內溫度相差很大。

【溫柔】wēn róu　溫和柔順 ◆ 妻子待他十分溫柔體貼。(反) 暴躁。

【溫習】wēn xí　複習 ◆ 上了新課要及時溫習,方能鞏固。

【溫順】wēn shùn　溫柔順從 ◆ 孩子溫順地躺在媽媽的懷裏。

【溫暖】wēn nuǎn　❶ 暖和 ◆ 這裏氣候溫暖,四季如春。❷ 使人心裏感到暖和 ◆ 朋友的關懷、照顧,溫暖了她的心。

【溫馨】wēn xīn　溫和芳香;溫暖 ◆ 他熱愛這個溫馨的小家庭。

(注意) "馨" 不讀 xiāng(香)。

【溫故知新】wēn gù zhī xīn　溫習舊的知識,能夠得到新的理解和體會 ◆ 反覆學習,溫故知新,求得深入理解。

☑ 溫泉、溫室、溫飽、溫文爾雅
☑ 保溫、恆溫、重溫、降溫、體溫

⁹ **渭** 氵 沪 汨 汨 渭 渭 **渭**

[wèi ㄨㄟˋ ⑧ wei⁶ 胃]

渭河：水名，發源於甘肅省，經陝西省流入黃河 ◆ 涇渭分明。

⁹ **渴** 氵 沪 沪 渇 渇 渴 **渴**

[kě ㄎㄜˇ ⑧ hot⁸ 喝]

❶ 口乾想喝水 ◆ 口渴／這水解不了近渴。❷ 形容急切 ◆ 渴望。
【渴求】kě qiú 迫切地要求 ◆ 被奴役的人們渴求自由解放。
【渴望】kě wàng 迫切地希望 ◆ 她渴望有個幸福的家庭。
☑ 解渴、飢渴、如飢似渴、望梅止渴

⁹ **渦**⁽渦⁾ 氵 沪 沪 渦 渦 渦 **渦**

〈一〉【 wō ㄨㄛ ⑧ wo¹ 窩 】
❶ 旋轉的水流 ◆ 漩渦。❷ 樣子像漩渦的 ◆ 渦輪／酒渦。
〈二〉【 guō ㄍㄨㄛ ⑧ gwo¹ 戈 】
❸ 渦河：水名，發源於河南省，經安徽省流入淮河。

⁹ **湍** 氵 沪 沪 湍 湍 湍 **湍**

[tuān ㄊㄨㄢ ⑧ tyn¹ 團¹]

水流很急 ◆ 湍急／湍流。
注意 "湍" 不讀 duān（端）或 chuān（川）。
【湍急】tuān jí 水流很急 ◆ 木排在湍急的水流中飄流而下。

⁹ **湃** 氵 沪 沪 湃 湃 湃 **湃**

[pài ㄆㄞˋ ⑧ pai³ 派]

澎湃。見 "澎" 字，254 頁。

⁹ **淵**⁽渊⁾ 氵 沪 沪 淵 淵 淵 **淵**

[yuān ㄩㄢ ⑧ jyn¹ 冤]

❶ 深水 ◆ 深淵。❷ 深；遠 ◆ 學識淵博。
【淵博】yuān bó 學識深厚廣博 ◆ 李老師不但學識淵博，而且非常愛護學生。
【淵源】yuān yuán 原指水源，後比喻事物的本源 ◆ 他家是中醫世家，家學淵源流長。
☑ 天淵之別、如臨深淵

⁹ **渝** 氵 沪 沪 渝 渝 渝 **渝**

[yú ㄩˊ ⑧ jy⁴ 如]

❶ 改變 ◆ 始終不渝。❷ 重慶市的別稱 ◆ 成（都）渝鐵路。
☑ 忠貞不渝

⁹ **渙**⁽渙⁾ 氵 沪 沪 渙 渙 渙 **渙**

[huàn ㄏㄨㄢˋ ⑧ wun⁶ 換]

消散；不集中 ◆ 渙然冰釋／精神渙散。
【渙散】huàn sàn 精神、組織、紀律等鬆懈，散漫 ◆ 企業面臨倒閉，廠裏人心渙散。
【渙然冰釋】huàn rán bīng shì 冰釋：像冰一樣消融。比喻疑慮、誤會等完全消除 ◆ 過去的誤會如今已渙然冰釋。

⁹ **渡** 氵 沪 沪 渡 渡 渡 **渡**

[dù ㄉㄨˋ ⑧ dou⁶ 道]

❶ 過河 ◆ 渡江／輪渡。❷ 過河的地方 ◆ 渡口／渡頭。❸ 通過；經過；由此到彼 ◆ 過渡／渡過難關。
☑ 擺渡、偷渡

⁹ **游** 氵 汸 汸 汸 游 游 **游**

[yóu ㄧㄡˊ ⑧ jeu⁴ 由]

❶ 在水裏活動 ◆ 游水／游泳。❷ 不固定的；經常流動的。同 "遊" 字 ◆ 游牧／無業游民。❸ 河流的一段 ◆ 上游／下游。❹ 姓。
【游牧】yóu mù 經常流動地放牧，沒有固定居處 ◆ 游牧民族愛戴大草原。
【游泳】yóu yǒng 在水裏自由地游動 ◆ 游泳是一項很好的健身運動。
【游說】yóu shuì 憑藉口才，四處去勸說別人採納意見 ◆ 他奔走各地，向人游說網上購物的好處。
【游蕩】yóu dàng 閒逛，放蕩，不做正事 ◆ 他不求上進，終日在外游蕩。
【游刃有餘】yóu rèn yǒu yú 優秀的廚師在牛骨縫隙中用刀，還有迴旋的餘地。比喻技術熟練，經驗豐富，解決問題輕鬆利落 ◆ 他是電器工程師，修理家電自然游刃有餘。
【游手好閒】yóu shǒu hào xián 同 "遊手好閒"，見 422 頁。
☑ 散兵游勇、力爭上游

⁹ **渲** 氵 沪 沪 渲 渲 渲 **渲**

[xuàn ㄒㄩㄢˋ ⑧ syn³ 算]

渲染：中國畫的一種畫法，用水墨或淡的色彩塗抹畫面，加強藝術效果；比喻誇大的形容 ◆ 大肆渲染。

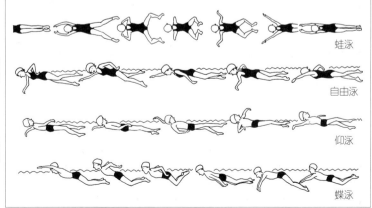

蛙泳

自由泳

仰泳

蝶泳

⁹渾 (浑) 氵沪沪沪沪沪渲渲 渾

[hún ㄏㄨㄣˊ ⑧wen⁴ 雲]

❶ 水不清 ◆ 渾濁／渾水摸魚。❷ 糊塗；胡亂 ◆ 渾話／渾不講理。❸ 全；滿 ◆ 渾身是泥。❹ 質樸；天然的 ◆ 渾厚／渾樸。

【渾厚】hún hòu 淳樸老實 ◆ 他穿着樸素，面帶微笑，一副渾厚的模樣。⑥ 純樸。

【渾濁】hún zhuó 水、空氣等因混入雜質而不清潔，不新鮮 ◆ 河水渾濁，不能飲用／室內空氣渾濁，請馬上打開窗戶。⑥ 混濁。⑩ 清潔、新鮮。

【渾水摸魚】hún shuǐ mō yú 同“混水摸魚”，見 245 頁。

【渾渾噩噩】hún hún è è 形容糊裏糊塗、愚昧無知 ◆ 一個人活在世上應該對社會有所貢獻，不能渾渾噩噩過日子。

【渾然一體】hún rán yī tǐ 形容物體完整，不可分割 ◆ 詩與畫相配，渾然一體。

◁ 渾圓、渾身是膽
▷ 攪渾、雄渾

⁹溉 氵氵沪沪泄泄泄溉 溉

[gài ㄍㄞˋ ⑧goi³ 概/koi³ 概 (語)]

澆灌 ◆ 灌溉。

⁹湧 (涌) 氵氵沪沪酒湧湧 湧

[yǒng ㄩㄥˇ ⑧juŋ⁵ 勇]

❶ 水向上冒 ◆ 噴湧／淚如泉湧。❷ 像水湧出來一樣 ◆ 風起雲湧／湧上心頭。

【湧現】yǒng xiàn 如泉水那樣噴湧出來。比喻人或事物大量出現 ◆ 年輕的科技精英不斷湧現。

▷ 泉湧、洶湧澎湃、波濤洶湧

¹⁰溝 (沟) 氵洰洪洪溝溝溝 溝

[gōu ㄍㄡ ⑧keu¹ 鳩]

❶ 水道 (一般指人工挖掘的) ◆ 水溝／陰溝。❷ 像溝一樣的東西 ◆ 壕溝／

山溝。

【溝通】gōu tōng 交流接觸，使兩方通連起來 ◆ 溝通思想，消除誤會。

【溝渠】gōu qú 為灌溉或排水而挖掘的水道 ◆ 水庫裏的水通過溝渠流向田野。

▷ 代溝、河溝、鴻溝

¹⁰滋 氵氵汸汸滋滋滋 滋

[zī ㄗ ⑧dzi¹ 支]

❶ 生長；生出 ◆ 滋生／滋長。❷ 增加營養；補養身體 ◆ 滋補／滋養。❸ 味道 ◆ 好滋味。❹ 不乾枯 ◆ 滋潤。❺ 噴出 ◆ 水管直往外滋水。

【滋生】zī shēng ❶ 繁殖；生長 ◆ 萬物滋生靠太陽／清除污水、垃圾，防止蚊蠅滋生。⑥ 孳生、滋生。❷ 引起；發生 ◆ 耐心做好調解工作，防止滋生爭端。⑩ 平息。

【滋長】zī zhǎng 產生；生長 ◆ 滋長驕傲情緒／春回大地，遍地的小草又滋長起來。⑩ 消亡、滅亡。

【滋事】zī shì 引起事端；生事 ◆ 此人遊手好閒，經常造謠滋事。

【滋味】zī wèi 味道；比喻生活上的苦樂感受 ◆ 滋味鮮美／聽到這種無理的指責，他的心裏很不是滋味。

【滋補】zī bǔ 用食品或藥品補養身體 ◆ 人參、鹿茸都是貴重的滋補品。

【滋潤】zī rùn ❶ 水分充足；不乾燥 ◆ 雨後的空氣滋潤而且清新。❷ 增添水分，使不乾枯 ◆ 有了春雨的滋潤，校園中的那片草地又轉綠了。

¹⁰滇 氵汸汸汸汸滇滇 滇

[diān ㄉㄧㄢ ⑧din¹ 顛]

雲南省的別稱。

¹⁰滅 氵汻沪沪沶滅滅 滅

[miè ㄇㄧㄝˋ ⑧mit⁹ 蔑]

❶ 火熄了；使火熄掉 ◆ 熄滅／滅火。❷ 除掉；使不存在 ◆ 消滅／滅鼠。❸ 淹沒 ◆ 滅頂之災。

【滅口】miè kǒu 怕泄漏祕密而殺害知道內情的人 ◆ 這幫強盜洗劫之後，還殺人滅口，把在家的女傭殺害了。

【滅亡】miè wáng 被消滅；不再存在 ◆ 飛蛾撲火，自取滅亡。

【滅絕】miè jué ❶ 徹底消滅 ◆ 一度滅絕了的吸毒、賣淫、賭博等醜惡現象，又死灰復燃起來。❷ 徹底喪失 ◆ 當年德國法西斯瘋狂屠殺猶太人，是滅絕人性的行為。

【滅跡】miè jì 消滅犯罪的痕跡 ◆ 罪犯殺死被害人之後，又澆上汽油，妄圖燬屍滅跡。

【滅頂之災】miè dǐng zhī zāi 滅頂：水淹沒頭頂，指淹死。比喻毀滅性的災難 ◆ 船在大海上行駛，突然遇到颱風襲擊，險遭滅頂之災。

▷ 幻滅、破滅、毀滅、撲滅、殲滅、不可磨滅

¹⁰湿 “濕”的異體字，見 256 頁。

¹⁰源 氵沪沪沪洉洉源 源

[yuán ㄩㄢˊ ⑧jyn⁴ 元]

❶ 水流的起點 ◆ 發源／水源。❷ 事物的來源和根由 ◆ 來源／根源。

【源泉】yuán quán 水源。比喻事物的來源 ◆ 生活是創作的源泉，作家必須深入生活。

【源流】yuán liú 水的源頭和支流。比喻事物的起源和發展 ◆ 文章簡述了中國詩歌的源流。

【源頭】yuán tóu 水流發源的地方；比喻事物的來源 ◆ 民歌是文學的源頭之一。

【源遠流長】yuán yuǎn liú cháng 源頭很遠，水流很長。比喻歷史悠久 ◆ 中醫學源遠流長，享譽世界。

◁ 源源本本、源源不斷
▷ 能源、起源、根源、資源、左右逢源、世外桃源、飲水思源

¹⁰滑 (滑) 氵氵沪沪滑滑滑 滑

[huá ㄏㄨㄚˊ ⑧wat⁹ 挖⁹]

❶ 光滑 ◆ 滑溜／雨後路滑。❷ 滑動 ◆ 滑冰／滑雪。❸ 狡詐；不誠實 ◆ 狡滑／圓滑。

【滑坡】huá pō ❶ 指斜坡上的土石大量向下滾落的現象 ◆ 山體滑坡對建築物、公路、農田等會造成很大破壞。❷ 比喻水平下降，走下坡路 ◆ 由於管理不善，生產連年滑坡。

【滑稽】huá jī 言語、動作、神態等引人發笑 ◆ 馬戲團的小丑做出種種滑稽的動作，使人捧腹大笑。

【滑頭】huá tóu 油滑不老實；油滑不老實的人 ◆ 這個人很滑頭，不可輕信。

◁ 滑梯、滑翔

▷ 平滑、光滑、油腔滑調、老奸巨滑

10 準（准）

［zhǔn ㄓㄨㄣˇ [粵] dzœn2 准］

❶ 正確；精確 ◆ 準確／錶走時很準。❷ 可作依據的尺度、法則 ◆ 標準／以此為準。❸ 一定 ◆ 他準來。

【準則】zhǔn zé 言論、行動等所依據的原則 ◆《學生守則》是學生言行的準則。

【準時】zhǔn shí 按規定的時間 ◆ 飛機準時起飛。

【準備】zhǔn bèi ❶ 事先計劃、安排 ◆ 遊藝會的準備工作已經完成，下午二時正式舉行。❷ 打算 ◆ 暑假期間，我準備去北京旅遊。

【準確】zhǔn què 完全符合實際或要求，沒有差錯 ◆ 七號運動員投籃準確，幾乎百發百中。

◁ 準繩

▷ 水準、瞄準

10 滄（沧）

［cāng ㄘㄤ [粵] tsɔŋ1 倉］

水深呈暗綠色 ◆ 滄海／滄海桑田。

【滄海】cāng hǎi 大海 ◆ 千萬條江河歸滄海。

【滄海一粟】cāng hǎi yī sù 大海中的一粒小米。比喻非常渺小 ◆ 宇宙茫茫，個人不過是滄海一粟，太渺小了。

[注意]“粟”不讀 lì（栗）。

【滄海桑田】cāng hǎi sāng tián 大海變成農田，農田變成大海。比喻世事變化極大 ◆ 一別三十年，滄海桑田，這一帶已變得面目全非了／短短幾年，故鄉發生了滄海桑田的轉變。

[注意]“滄海桑田”也簡作“滄桑”。

10 滔

［tāo ㄊㄠ [粵] tou1 韜］

水聲盛大 ◆ 白浪滔天。

【滔天】tāo tiān ❶ 形容波浪巨大 ◆ 一時狂風怒號，白浪滔天。❷ 比喻罪惡極大 ◆ 這夥暴徒犯下了滔天大罪，必須依法嚴懲。

【滔滔】tāo tāo ❶ 形容水勢盛大 ◆ 滔滔江水向東流。❷ 比喻説話很多，而且連續不斷 ◆ 他口才好，説起話來滔滔不絕。

10 溪

［xī ㄒㄧ [粵] kɐi1 稽］

小河溝 ◆ 溪流／溪水／小溪。

【溪流】xī liú 從山裏流出來的小股水流 ◆ 小溪流穿過山村，流入江河。

10 溜

〈一〉［liū ㄌㄧㄡ [粵] lɐu6 漏］

❶ 偷偷地走開 ◆ 溜走／悄悄地溜了。❷ 滑行 ◆ 溜冰。❸ 光滑 ◆ 滑溜／光溜溜。

〈二〉［liù ㄌㄧㄡˋ [粵] lɐu6 漏］

❹ 急流的水 ◆ 急溜。❺ 排；行 ◆ 一溜新瓦房／一溜煙跑了。

【溜達】liū ·da 散步 ◆ 清晨，去公園溜達溜達，呼吸新鮮空氣。

[注意]“溜達”也作“蹓躂”。

◁ 溜之大吉

▷ 光溜、滑溜溜

10 滾

“滾”的異體字，見 253 頁。

10 滂

［pāng ㄆㄤ [粵] pɔŋ1 乓］

見“滂沱”。

【滂沱】pāng tuó 形容雨下得很大或淚如雨下 ◆ 忽然電閃雷鳴，大雨滂沱。

10 溢

［yì ㄧˋ [粵] jɐt9 日］

❶ 水滿而外流；水漫出來 ◆ 江水橫溢。❷ 超出；過分 ◆ 溢出範圍／溢美之辭。❸ 充滿 ◆ 熱情洋溢。

【溢於言表】yì yú yán biǎo 感情流露在言詞、神情上 ◆ 他在演講中，對師長感激之情溢於言表。

10 溯

［sù ㄙㄨˋ [粵] sou3 訴］

❶ 逆流而上 ◆ 溯流而上。❷ 尋求根源；回想過去 ◆ 追溯／回溯往事。

▷ 追本溯源

10 溶

［róng ㄖㄨㄥˊ [粵] juŋ4 容］

物質在液體裏化開 ◆ 溶化／溶液。

【溶化】róng huà 固體化入液體或固體化解成液體 ◆ 洗衣粉在溫水中溶化了／隨着氣候的轉暖，河裏的冰開始溶化。[同] 溶解。[反] 凝結。

[注意] 不要把“溶”字誤寫成“熔”。

【溶解】róng jiě 固體物質均勻地化解在液體之中 ◆ 這杯糖水是由糖塊放入水中溶解而成的。

◁ 溶洞、溶劑

▷ 消溶

10 滓

［zǐ ㄗˇ [粵] dzi2 子］

液體裏沉澱下來的雜質 ◆ 渣滓。

10 溟

［míng ㄇㄧㄥˊ [粵] miŋ4 明］

❶ 模糊不清 ◆ 溟濛。❷ 古代指海 ◆ 北溟。

注意 "溟"右下是"六",不是"大"。

---

¹⁰溺 氵氵沥沥沥溺 溺

〈一〉[nì ㄋㄧˋ 粵nik⁹ 匿]

❶ 淹沒在水裏 ◆ 溺死／溺水。❷ 過分；沉迷不悟 ◆ 溺愛／沉溺酒色。

〈二〉[niào ㄋㄧㄠˋ 粵niu⁶ 尿]

❸ 同"尿"字,小便。

【溺水】nì shuǐ 淹沒在水裏 ◆ 因渡輪沉沒,有些乘客溺水身亡。

注意 "溺"不讀ruò(弱)。

【溺愛】nì ài 過分地寵愛 ◆ 父母的溺愛造成他今日的嬌懶、任性。

---

¹⁰滁 氵氵沪沪沪沪滁 滁

[chú ㄔㄨˊ 粵tsœy⁴ 徐]

滁縣:地名,在安徽省。

---

¹¹憑 見心部,160頁。

---

¹¹漬 (渍) 氵氵沣沣渍渍漬 漬

[zì ㄗˋ 粵dzi⁶ 自]

❶ 浸泡 ◆ 浸漬。❷ 污跡 ◆ 血漬／油漬／污漬。

---

¹¹漢 (汉) 氵氵沣沣漢漢漢 漢

[hàn ㄏㄢˋ 粵hon³ 看]

❶ 漢族:中國人數最多的民族 ◆ 漢人／漢語。❷ 漢語的簡稱 ◆ 英漢詞典。❸ 成年男子 ◆ 老漢／英雄好漢。❹ 朝代名 ◆ 漢朝／漢武帝。❺ 指銀河 ◆ 銀漢／霄漢。

【漢字】hàn zì 記錄漢語的文字系統。漢字由丶、一、丨、丿、乀、乛等基本筆畫組成。漢字有六萬多個字符,但常用漢字只有三、四千個。漢字中百分之八十以上是形聲字(由形旁和聲旁兩部分組成) ◆ 漢字是世界上最古老的文字。

【漢語】hàn yǔ 漢族的語言,也是中國各族人民的共同交際語言和聯合國的工作語言之一 ◆ 外國人學漢語的熱情

很高。

【漢堡包】hàn bǎo bāo 夾有熟肉、乳酪等的圓麵包 ◆ 學生們常以漢堡包充飢。

---

¹¹滿 (满) 氵沙沪沪满满满 滿

[mǎn ㄇㄢˇ 粵mun⁵ 門⁵]

❶ 全部充實,不留空隙 ◆ 滿座／充滿。❷ 認為很好、很合意 ◆ 自滿／心滿意足。❸ 十分;完全 ◆ 滿不在乎。❹ 達到一定期限 ◆ 期滿。❺ 滿族:中國少數民族之一。

【滿足】mǎn zú ❶ 心滿意足,達到了願望 ◆ 能有今天這樣的條件,我很滿足了。❷ 使滿足 ◆ 甲方滿足了乙方提出的三點要求。

【滿意】mǎn yì 滿足自己的心意;符合自己的願望 ◆ 乘興而來,滿意而歸。

【滿不在乎】mǎn bù zài ·hu 毫不在意;完全不放在心上 ◆ 同學們都很着急,他卻裝作滿不在乎的樣子。

【滿城風雨】mǎn chéng fēng yǔ 某事傳開後,到處都在議論 ◆ 這件事已鬧得滿城風雨。

【滿面春風】mǎn miàn chūn fēng 笑容滿面,十分得意 ◆ 他滿面春風地高喊:"我考上大學了!"

注意 "滿面春風"也作"春風滿面"。

【滿載而歸】mǎn zài ér guī 裝滿了東西回來。比喻收穫很豐富 ◆ 這次外出學習參觀收穫很大,真是滿載而歸。

🔍反 滿分、滿懷、滿山遍野、滿腔熱情

🔍近 美滿、圓滿、飽滿、琳琅滿目

---

¹¹滯 (滞) 氵沙沙洪洪滯滯 滯

[zhì ㄓˋ 粵dzei⁶ 濟⁶]

積留;不流通 ◆ 滯銷／滯留／停滯不前。

【滯留】zhì liú 停留不動 ◆ 因大霧停航,大批旅客滯留機場。

【滯銷】zhì xiāo 商品賣不出去;銷路不暢 ◆ 質量差、售價高,是這批商品滯銷的原因。

🔍近 呆滯

---

¹¹漆 氵氵汴沐決漆漆 漆

[qī ㄑㄧ 粵tsɐt⁷ 七]

❶ 各種黏液狀塗料的統稱 ◆ 油漆。❷ 用漆塗刷 ◆ 漆門窗。

【漆黑】qī hēi 形容像黑漆一樣,非常黑,沒有一點亮光 ◆ 周圍一片漆黑。

---

¹¹漸 (渐) 氵汩汩浉浉漸漸 漸

〈一〉[jiàn ㄐㄧㄢˋ 粵dzim⁶ 尖⁶]

❶ 慢慢地;一點一點地 ◆ 漸漸／逐漸／循序漸進。

〈二〉[jiān ㄐㄧㄢ 粵dzim¹ 尖]

❷ 流入 ◆ 西學東漸。

---

¹¹漣 (涟) 氵汩汩浀浀漣漣 漣

[lián ㄌㄧㄢˊ 粵lin⁴ 連]

水面細小的波紋 ◆ 清漣。

【漣漪】lián yī 細小的水波 ◆ 微風吹過,水上泛起片片漣漪。

注意 "漪"不讀qī(奇)。粵音讀ji⁴(衣)。

---

¹¹漱 氵氵沪沐淑漱漱 漱

[shù ㄕㄨˋ 粵sɐu³ 秀]

含水清洗口腔 ◆ 漱口。

---

¹¹漚 (沤) 氵氵沪沪沤漚漚 漚

[òu ㄡˋ 粵ɐu³ 歐³]

把東西長時間地浸泡在水裏 ◆ 漚肥／衣服老浸在水裏會漚壞的。

---

¹¹漂 氵氵洒洒漂漂漂 漂

〈一〉[piāo ㄆㄧㄠ 粵piu¹ 飄]

❶ 浮在水面;浮在水面上移動 ◆ 漂浮／漂流。

〈二〉[piǎo ㄆㄧㄠˇ 粵piu³ 票]

❷ 用藥物浸泡,使織物褪色或變白 ◆ 漂白。❸ 用水洗去雜質 ◆ 放水裏漂一漂。

〈三〉[piào ㄆㄧㄠˋ 粵piu³ 票]

❹ 見"漂亮"。

【漂₃亮】piào·liang　❶ 美麗；好看 ◆ 女孩子打扮得真漂亮。〖同〗靚麗。❷ 出色；精彩 ◆ 他的英語説得很漂亮 / 這場球踢得很漂亮。〖反〗差勁、糟糕。

【漂泊】piāo bó　隨波飄流。比喻東奔西走，生活不安定 ◆ 他從小失去父母，漂泊在外，吃了很多苦。
〖注意〗"漂泊"也作"飄泊"。

【漂浮】piāo fú　在水面上浮動 ◆ 小船漂浮在水面上。
〖注意〗"漂浮"也作"飄浮"。

【漂流】piāo liú　❶ 浮在水面隨水流動 ◆ 木筏順着水勢漂流而下。❷ 四處奔波，行蹤不定 ◆ 年輕時，為謀生計，他四處漂流。〖同〗漂泊、流浪。
〖注意〗"漂流"也作"飄流"。

¹¹漠 (漠)　氵氵氵汋泸泸漠　漠
[mò ㄇㄛˋ　粵 mɔk⁹ 莫]
❶ 沙漠 ◆ 荒漠 / 漠北 / 古詩《使至塞上》："大漠孤煙直，長河落日圓。"❷ 冷淡；不關心 ◆ 冷漠 / 漠不關心。

【漠視】mò shì　冷淡地看待 ◆ 要關心民眾疾苦，不能漠視不管。

【漠不關心】mò bù guān xīn　態度冷淡、毫不關心 ◆ 同學之間要互相幫助，不能漠不關心。
〖字〗漠然
〖字〗沙漠、淡漠

¹¹滷 (鹵)　氵氵氵汋汋沥沥滷滷　滷
[lǔ ㄌㄨˇ　粵 lou⁵ 老]
❶ 鹽滷。❷ 濃汁 ◆ 陳年老滷。❸ 用濃汁煮製食物 ◆ 滷肉 / 滷蛋。

¹¹漫　氵氵氵浔浔浔漫漫　漫
[màn ㄇㄢˋ　粵 man⁶ 慢/man⁴ 蠻]
❶ 水滿了往外流 ◆ 河水漫出來了 / 水漫金山寺。❷ 滿；遍佈 ◆ 漫山遍野 / 大霧漫漫。❸ 隨意；不受拘束 ◆ 漫談 / 散漫。❹ 長遠 ◆ 漫長 / 路漫漫。

【漫步】màn bù　隨便走走 ◆ 傍晚，我們在湖邊漫步時，遇見了張老師。

【漫長】màn cháng　道路很長；時間很久 ◆ 在漫長的艱苦歲月裏，她受盡了煎熬。

【漫畫】màn huà　用誇張、象徵等手法來諷刺、批評或讚揚某種社會現象的一種繪畫 ◆ 這是一幅很幽默的漫畫。

【漫談】màn tán　不拘形式地交流看法或體會 ◆ 同學們漫談讀書心得。

【漫山遍野】màn shān biàn yě　遍佈山崗和田野。形容很多 ◆ 火一樣的紅葉漫山遍野，十分耀眼。
〖注意〗"漫山遍野"也作"滿山遍野"。

【漫不經心】màn bù jīng xīn　隨隨便便，不放在心上 ◆ 小林做事總是漫不經心，因此常出差錯。

【漫無邊際】màn wú biān jì　❶ 廣闊得沒有邊際 ◆ 汽車駛入了漫無邊際的大沙漠。❷ 形容説話或寫文章離題很遠，沒有中心 ◆ 他講話有時漫無邊際，讓人摸不着頭腦。
〖字〗漫天、漫溢、漫無目的
〖字〗浪漫、天真爛漫、煙霧瀰漫

¹¹滌 (滌)　氵氵氵浐浐浐滌　滌
[dí ㄉㄧˊ　粵 dik⁹ 敵]
洗：洗去污垢 ◆ 洗滌 / 滌蕩。

¹¹漪　氵氵氵氵沂泲漪　漪
[yī ㄧ　粵 ji¹ 衣]
水的波紋 ◆ 漣漪。

¹¹漁 (漁)　氵氵氵洢洢漁漁　漁
[yú ㄩˊ　粵 jy⁴ 如]
❶ 捕魚 ◆ 漁民 / 漁船。❷ 謀取 ◆ 從中漁利。

¹¹滸 (滸)　氵氵沣洁洁滹滹　滸
〈一〉[hǔ ㄏㄨˇ　粵 wu² 塢]
❶ 水邊。
〈二〉[xǔ ㄒㄩˇ　粵 hœy² 許]
❷ 滸墅關：地名，在江蘇省。

¹¹漓　氵氵沪漓漓漓漓　漓
[lí ㄌㄧ　粵 lei⁴ 灘]
❶ 淋漓。見"淋"字，244 頁。❷ "灘"的簡化字，見 258 頁。

¹¹漉　氵氵氵泸泸滹滹　漉
[lù ㄌㄨˋ　粵 luk⁹ 鹿]
❶ 水往下滲；濕潤 ◆ 濕漉漉。❷ 過濾 ◆ 漉酒。

¹¹漩　氵氵汸汸泋游游　漩
[xuán ㄒㄩㄢˊ　粵 syn⁴ 船]
迴旋的水流 ◆ 漩渦。

¹¹漳　氵氵汩汩滓滓滓　漳
[zhāng ㄓㄤ　粵 dzœŋ¹ 章]
❶ 漳河：水名，發源於山西省，經河南省、河北省流入衛河。❷ 漳州：地名，在福建省。

¹¹滴　氵氵氵汸泻滴滴　滴
[dī ㄉㄧ　粵 dik⁹ 敵]
❶ 水點 ◆ 水滴 / 汗滴。❷ 液體一點一點落下來 ◆ 滴水成冰 / 水滴石穿。❸ 量詞 ◆ 一滴血 / 幾滴眼淚。
〖注意〗"滴"右邊是"啇"，不是"商"。
〖字〗垂涎欲滴

¹¹滾　氵氵浐泻泻滚滚　滾
[gǔn ㄍㄨㄣˇ　粵 gwen² 均²]
❶ 旋轉着移動 ◆ 滾雪球 / 在地上滾來滾去。❷ 液體煮開 ◆ 滾水 / 水滾了。❸ 形容水流翻騰 ◆ 波濤滾滾。❹ 責令人馬上走開 ◆ 滾出去。❺ 很；非常 ◆ 滾圓 / 滾燙。

【滾滾】gǔn gǔn　形容急速地翻騰、旋轉 ◆ 大道上，車輪滾滾，塵土飛揚。

【滾瓜爛熟】gǔn guā làn shú　形容讀書或背誦非常熟練而流暢 ◆ 爺爺教他的十多首唐詩，他背得滾瓜爛熟。
〖字〗滾動、滾滾而來

⊃打滾、翻滾、圓滾滾

¹¹漾 氵氵氵洋洋洋漾 **漾**

[yàng ㄧ尤ˋ ⓟ jœŋ⁶ 樣]

水面輕微波動 ◆ 河水漾漾 / 碧波蕩漾。

¹¹演 氵氵氵氵演演演 **演**

[yǎn ㄧㄢˇ ⓟ jin⁵ 兗/jin² 偃 (語)]

❶ 當眾表現技藝；表演 ◆ 演戲 / 義演。❷ 當眾發表見解；根據事理推斷、發揮 ◆ 演說 / 演義。❸ 按一定的程式練習 ◆ 演習 / 演算。❹ 不斷發展、變化 ◆ 演變 / 演化。

【演示】yǎn shì 通過實驗或實物、圖表，顯示事物的發展變化過程 ◆ 這堂物理課，老師作了物質三態變化的演示實驗。

【演奏】yǎn zòu 用樂器表演 ◆ 她是著名的小提琴演奏家。

【演員】yǎn yuán 參加表演的人員 ◆ 電視劇裏的羣眾角色多是臨時演員。

【演唱】yǎn chàng 表演歌曲或戲曲 ◆ 你最希望出席哪位歌星的演唱會呢？

【演習】yǎn xí 實地練習 ◆ 這是一次從實戰出發的海陸空三軍聯合演習。

【演進】yǎn jìn 演變進化 ◆ 一幅幅圖片展示了生物的演進過程。

【演義】yǎn yì 根據史料和傳說，加工整理，用章回體寫成的長篇小說 ◆《三國演義》裏有不少有趣的歷史故事。

【演說】yǎn shuō 就某個問題當眾發表見解 ◆ 新上任的市長發表就職演說。⊜ 講演。

【演講】yǎn jiǎng 演說；講演 ◆ 學校將組織一次以公民責任為主題的演講比賽。

【演變】yǎn biàn 逐漸發展變化 ◆ 青蛙是由蝌蚪演變而來的。

⊃演技

⊃扮演、表演、導演、故技重演

¹¹滬 ^(沪) 氵氵沪沪滬滬 **滬**

[hù ㄏㄨˋ ⓟ wu⁶ 戶]

上海市的別稱 ◆ 滬劇 / 滬、(香) 港。

¹¹漏 氵沪沪沪漏漏 **漏**

[lòu ㄌㄡˋ ⓟ leu⁶ 陋]

❶ 東西從洞眼、縫隙裏流出或透過 ◆ 漏水 / 漏氣。❷ 泄露 ◆ 泄漏機密 / 走漏消息。❸ 遺落 ◆ 遺漏 / 掛一漏萬。❹ 逃脫 ◆ 漏網 / 漏稅。

【漏洞】lòu dòng ❶ 器物破損出現的小孔 ◆ 水管出現漏洞。❷ 比喻說話、做事不周密的地方 ◆ 她的辯護漏洞不少。⊜ 破綻。

【漏網】lòu wǎng 魚從網眼漏出去。比喻僥倖逃脫 ◆ 那起銀行搶劫案中的漏網之徒，終於緝拿歸案了。

¹¹漲 ^(涨) 氵氵沪沪涑涑漲 **漲**

〈一〉[zhǎng ㄓㄤˇ ⓟ dzœŋ³ 帳]

❶ 水位升高 ◆ 漲水 / 水漲船高。❷ 價格提高 ◆ 漲價 / 價格上漲。

〈二〉[zhàng ㄓㄤˋ ⓟ dzœŋ³ 帳]

❸ 體積增大 ◆ 熱漲冷縮。❹ 充滿 ◆ 頭昏腦漲 / 煙塵漲天。

¹¹漿 ^(浆) 丬丬丬丬氺漿 **漿**

〈一〉[jiāng ㄐㄧㄤ ⓟ dzœŋ¹ 章]

❶ 比較濃的液體 ◆ 豆漿 / 泥漿。❷ 用米湯、粉漿等浸濕衣服、紗、布等，使乾後變硬變挺 ◆ 漿紗 / 漿衣服。

〈二〉[jiàng ㄐㄧㄤˋ ⓟ dzœŋ¹ 章]

❸ 見 "漿糊"。

【漿糊】jiàng ·hu 用麵粉做成，可以黏貼東西的糊狀物。

⊃血漿、紙漿、糖漿

¹¹滲 ^(渗) 氵沪沪沦涂涂滲 **滲**

[shèn ㄕㄣˋ ⓟ sɐm³ 沁]

液體從細孔裏慢慢透過或漏出 ◆ 滲透 / 滲水。

【滲透】shèn tòu 液體從細小空隙中透過；比喻一種事物或勢力逐漸進入 ◆ 細雨滲透大地，禾苗茁壯成長 / 警方正積極打擊滲透到學校的黑社會勢力。

¹²潔 ^(洁) 氵沪沪洁潔潔 **潔**

[jié ㄐㄧㄝˊ ⓟ git⁸ 結]

❶ 乾淨 ◆ 清潔 / 整潔。❷ 為人清白、正派 ◆ 純潔 / 廉潔奉公。

【潔白】jié bái 純淨的白色 ◆ 潔白的鵝毛大雪飛飛揚揚。⊜ 污黑。

【潔淨】jié jìng 清潔乾淨，沒有污點、雜質 ◆ 潔淨的白手套給弄髒了。

【潔白無瑕】jié bái wú xiá 瑕：玉石上的斑點。潔白得沒有一點斑點。比喻人或事物完美無缺 ◆ 孩子的心靈潔白無瑕。

(注意) "瑕"不讀 jiǎ (甲)。

【潔身自好】jié shēn zì hào 指保持自身純潔，不同流合污 ◆ 她一生潔身自好，決不做見利忘義、同流合污的事。

(注意) "潔身自好" 含褒義。"好" 讀 hào。
粵音讀 hou³ (耗)。

⊃皎潔、簡潔、玉潔冰清

¹²澆 ^(浇) 氵氵洁洁洁澆澆 **澆**

[jiāo ㄐㄧㄠ ⓟ giu¹ 嬌]

❶ 用水淋；灌溉 ◆ 澆水 / 澆花 / 澆灌良田。❷ 把金屬熔液或混凝土倒入模型 ◆ 澆鑄。

¹²澎 氵氵沪沪澎澎 **澎**

[péng ㄆㄥˊ ⓟ paŋ¹ 烹]

見 "澎湃"。

【澎湃】péng pài 波浪相撞擊；形容聲勢浩大 ◆ 波濤洶湧澎湃。

¹²潮 氵氵沪沪潮潮 **潮**

[cháo ㄔㄠˊ ⓟ tsiu⁴ 憔]

❶ 海水定時漲落的現象 ◆ 觀潮 / 潮

迅雷不及掩耳

漲潮落。❷ 像潮水起伏那樣的情況 ◆
思潮／風潮。❸ 含水分較多，有點濕
◆ 潮濕／受潮。

【潮水】cháo shuǐ　江河海洋中受潮汐
影響而定期漲落的水 ◆ 人們從四面八
方像潮水一樣湧向廣場。

【潮流】cháo liú　潮汐引起的水流運
動。比喻社會的一種傾向或發展趨勢
◆ 他思想保守，跟不上時代的潮流。

【潮濕】cháo shī　含水分較多 ◆ 連日
陰雨，屋子裏潮濕得很。⦿ 濕潤。
⊜ 乾燥。

⊠低潮、浪潮、高潮、寒潮、心血來潮

12 潭 氵 沪 沪 沪 潭 潭　潭
[tán ㄊㄢˊ ⦿ tam⁴ 談]
深水坑；水深的地方 ◆ 深潭／水潭／
龍潭虎穴。

12 潦 氵 氵 汏 汏 潦 潦　潦
[liáo ㄌㄧㄠˊ ⦿ lou⁵ 老]
❶ 見“潦草”。❷ 見“潦倒”。

【潦草】liáo cǎo　❶ 寫字不工整 ◆ 信
寫得不錯，就是字跡太潦草。⊠ 工
整。❷ 做事馬虎、不仔細、不認真 ◆
做事要認真，不能馬虎潦草。⦿ 草
率。⊠ 認真。

【潦倒】liáo dǎo　頹喪；不得意 ◆ 破
產後，他生活窮困潦倒，很可憐。⦿
落魄。

12 潛(潜) 氵 氵 汇 汈 潛 潛　潛
[qián ㄑㄧㄢˊ ⦿ tsim⁴ 簪ˊ]
❶ 鑽到水裏 ◆ 潛水／潛艇。❷ 隱藏
的 ◆ 潛藏／潛力。❸ 祕密地 ◆ 潛逃／
潛入。

【潛力】qián lì　隱藏着的力量 ◆ 他熟
悉業務，又聰明好學，因此潛力很大。

【潛心】qián xīn　專心；全身心投入
◆ 他潛心研究中國文化，終於取得豐
碩成果。

【潛在】qián zài　隱藏在事物內部的、
沒有被發覺或不容易發覺的 ◆ 學生的
潛在智能還沒有得到充分的發揮。

【潛伏】qián fú　隱藏；埋伏 ◆ 這種
只顧眼前、不考慮長遠的做法，潛伏
着很大的危機。

【潛逃】qián táo　犯罪的人偷偷地逃跑
◆ 警方將潛逃的主犯緝拿歸案。

【潛能】qián néng　潛在的能力 ◆ 我
們要充分發揮每個人的潛能，把工作
做得更好。

【潛艇】qián tǐng　能潛入水下進行戰
鬥活動的軍艦 ◆ 中國已經能夠生產核
潛艇。

[注意] “潛艇”也叫“潛水艇”。

【潛移默化】qián yí mò huà　指人的思
想、性格、習慣等受別人或環境的影
響，不知不覺地發生了變化 ◆ 教師處
處以身作則，就能使學生潛移默化。

12 潰(溃) 氵 沖 沖 清 潰 潰　潰
[kuì ㄎㄨㄟˋ ⦿ kui² 繪]
❶ 堤壩被大水沖破 ◆ 潰堤／潰決。
❷ 散亂；垮台 ◆ 潰敗／潰不成軍。
❸ 腐爛 ◆ 潰爛／胃潰瘍。

【潰逃】kuì táo　隊伍被打垮而逃跑 ◆
敵軍向南潰逃。

【潰敗】kuì bài　隊伍被打垮 ◆ 侵略
軍不堪一擊，潰敗南逃。

【潰瘍】kuì yáng　皮肉腐爛壞死 ◆ 胃
潰瘍是一種常見的慢性病。

【潰不成軍】kuì bù chéng jūn　軍隊被
打得七零八落，不成隊伍。形容打仗慘
敗 ◆ 我守備部隊把入侵敵軍打得潰
不成軍，四處逃竄。

⊠崩潰、擊潰

12 潘 氵 汗 汗 潘 潘 潘　潘
[pān ㄆㄢ ⦿ pun¹ 判¹]
姓。

12 澈 氵 汽 汽 清 澈 澈　澈
[chè ㄔㄜˋ ⦿ tsit⁸ 設]
水很清 ◆ 清澈／澄澈。

12 澇(涝) 氵 氵 汸 澇 澇 澇　澇
[lào ㄌㄠˋ ⦿ lou⁶ 路]

雨水過多，造成災害；跟“旱”相對 ◆
澇災／防澇抗旱。

12 潤(润) 氵 沪 汻 潤 潤 潤　潤
[rùn ㄖㄨㄣˋ ⦿ jœn⁶ 閏]
❶ 不乾燥 ◆ 濕潤／滋潤。❷ 使不乾
燥 ◆ 潤喉／潤潤嗓子。❸ 細膩；光
滑 ◆ 光潤／滑潤。❹ 修飾；使有文
采 ◆ 潤色／潤飾。❺ 利益 ◆ 利潤／
分潤。

【潤色】rùn sè　修飾文字 ◆ 此文主題
明確，文字還需潤色。⦿ 潤飾。

【潤飾】rùn shì　修飾文字 ◆ 這篇作
文，經姐姐潤飾後，生動多了。⦿
潤色。

【潤滑】rùn huá　加上油脂等以減少摩
擦，使轉動靈活 ◆ 加油可以減少摩
擦，起潤滑作用。

【潤澤】rùn zé　滋潤，不乾枯 ◆ 雨後
的睡蓮潤澤嬌豔。

12 澗(涧) 氵 沪 沪 沪 澗 澗　澗
[jiàn ㄐㄧㄢˋ ⦿ gan³ 諫]
兩山間的水流 ◆ 山澗／溪澗。

12 潺 氵 沪 沪 沪 潺 潺　潺
[chán ㄔㄢˊ ⦿ san⁴ 孱]
見“潺潺”。

【潺潺】chán chán　形容泉水、溪水等
流動的聲音 ◆ 潺潺的流水，繞過山
腳，流入山村。

12 澄 氵 矜 矜 澄 澄 澄　澄
〈一〉[chéng ㄔㄥˊ ⦿ tsin⁴ 情]
❶ 水很清 ◆ 湖水澄澈。❷ 把事情弄
清楚 ◆ 澄清事實。
〈二〉[dèng ㄉㄥˋ ⦿ dɐŋ⁶ 鄧]
❸ 使雜質沉澱下去，液體變清 ◆ 把水
澄清了再喝。

【澄清】chéng qīng　❶ 水清澈明淨 ◆
澄清的湖水泛起片片漣漪。⊠ 渾濁。
❷ 把事情弄清楚 ◆ 澄清事實，消除
誤會。

¹²潑(泼) ㄆㄛ ㄆㄞ ㄆㄞ ㄆㄣ 潑潑 潑

[pō ㄆㄛ 粵put⁸]

❶灑或用力倒水，使散開 ◆ 潑水 / 潑灑。❷蠻橫不講理 ◆ 撒潑 / 潑婦。

【潑辣】pō·la ❶蠻橫不講理。含貶義 ◆ 這女人很潑辣，誰見她都怕三分。❷有魄力。含褒義 ◆ 他工作大膽潑辣，不到半年時間，公司已大有起色。

【潑水節】pō shuǐ jié 中國傣族和中南半島某些民族的傳統節日，在陽曆四月中。在節日期間，人們身穿盛裝，互相潑水祝福 ◆ 一年一度的潑水節總是熱鬧非凡。

▷活潑

¹³湎(湎) ㄕ ㄕㄞ ㄕㄞ ㄕㄞ ㄕㄣ 湎 湎

〈一〉[miǎn ㄇㄧㄢˇ 粵men⁵ 敏/min⁵ 免]

❶湎池：地名，在河南省。

〈二〉[shéng ㄕㄥˊ 粵sing⁴ 成]

❷湎水：古水名，在今山東省。

¹³濃(浓) ㄕ ㄕㄞ ㄕㄞ ㄕㄞ ㄕㄣ 濃 濃

[nóng ㄋㄨㄥˊ 粵nung⁴ 農]

❶稠；密；跟"淡"相對 ◆ 濃茶 / 濃煙滾滾。❷程度深 ◆ 濃厚 / 興趣很濃。

【濃厚】nóng hòu ❶煙霧、雲層等又濃又厚 ◆ 煙囱冒出濃厚的黑煙，污染了天空。❷情感、色彩、氣氛等濃重 ◆ 街頭巷尾充滿着濃厚的節日氣氛。❸興趣很濃 ◆ 她對輕音樂有濃厚的興趣。

【濃郁】nóng yù ❶香味很濃 ◆ 滿樹的桂花散發出濃郁的芳香。❷情感、色彩、氣氛等濃重 ◆ 這些詩篇充滿濃郁的鄉土氣息。

¹³潞(潞) ㄕ ㄕㄞ ㄕㄞ ㄕㄞ ㄕㄣ 潞 潞

[lù ㄌㄨ 粵lou⁶ 路]

❶潞城：縣名，在山西省。❷潞西：縣名，在雲南省。

¹³澡(澡) ㄕ ㄕㄞ ㄕㄞ ㄕㄞ 澡澡澤 澡

[zǎo ㄗㄠˇ 粵tzou² 早]

洗身 ◆ 洗澡 / 澡堂。

¹³澤(泽) ㄕㄞ ㄕㄞ ㄕㄞ ㄕㄣ 澤澤 澤

[zé ㄗㄜˊ 粵dzak⁹ 擇]

❶水積聚的地方 ◆ 沼澤 / 湖澤。❷金屬、珠玉等的光亮 ◆ 色澤 / 光澤。❸濕潤 ◆ 潤澤。❹恩惠 ◆ 恩澤。

¹³濁(浊) ㄕㄞ ㄕㄞ ㄕㄞ 濁濁濁 濁

[zhuó ㄓㄨㄛˊ 粵dzuk⁹ 俗]

❶水渾，不潔淨；跟"清"相對 ◆ 渾濁 / 濁流 / 污濁。❷聲音低沉粗重 ◆ 濁音 / 濁聲濁氣。❸混亂 ◆ 濁世。

¹³激 ㄕ ㄕㄞ ㄕㄞ 激激激 激

[jī ㄐㄧ 粵gik⁷ 擊]

❶水流受到阻礙或震蕩而向上湧或飛濺起來 ◆ 激起浪花 / 海水激蕩。❷使感情衝動 ◆ 激動 / 激怒 / 刺激。❸急劇的；強烈的 ◆ 激戰 / 慷慨激昂。

【激昂】jī áng 激動昂揚 ◆ 他的精彩演講使聽眾情緒激昂，深受鼓舞。

【激怒】jī nù 刺激而使發怒 ◆ 老闆的無理指責激怒了僱員。

【激烈】jī liè 動作、言論等十分劇烈 ◆ 一場激烈的球賽 / 雙方爭論得非常激烈。⊜猛烈。⊝溫和、平和。

【激動】jī dòng ❶感情衝動，不能平靜 ◆ 面對救命恩人，她激動得說不出一句話來。❷使感情激動 ◆ 他的報告真是激動人心。

【激情】jī qíng 強烈的、難以抑制的情感 ◆ 年青人心中常充滿激情。⊜熱情、豪情。

【激發】jī fā 使激動而奮發 ◆ 這部影片大大激發了人們奮發向上的精神。

【激勵】jī lì 激發鼓勵 ◆ 校長在畢業典禮上講話，激勵大家要不斷學習，努力進取。⊜勉勵。

▷激進、激增、激蕩

▷刺激、感激、偏激

¹³澳(澳) ㄕ ㄕㄞ ㄕㄞ ㄕㄞ 澳澳 澳

[ào ㄠˋ 粵ou³/ngou³ 奧]

❶海邊彎曲可以停船的地方。多用作地名 ◆ 三都澳。❷澳門的簡稱 ◆ (香)港澳。❸澳大利亞的簡稱 ◆ 中澳兩國。

¹³澱(淀) ㄕㄞ ㄕㄞ ㄕㄞ ㄕㄣ 澱澱 澱

[diàn ㄉㄧㄢˋ 粵din⁶ 電]

沉積；沉積的東西 ◆ 沉澱 / 澱粉。

¹⁴濤(涛) ㄕㄞ ㄕㄞ 濤濤濤 濤

[tāo ㄊㄠ 粵tou⁴ 陶]

❶大浪 ◆ 浪濤 / 波濤 / 驚濤駭浪。❷像波濤的聲音 ◆ 松濤。

¹⁴鴻

見鳥部，467頁。

¹⁴濫(滥) ㄕㄞ ㄕㄞ ㄕㄞ ㄕㄞ 濫濫 濫

[làn ㄌㄢˋ 粵lam⁶ 纜]

❶水漫出來 ◆ 泛濫成災。❷過度；沒有節制 ◆ 濫用職權 / 寧缺毋濫。

【濫用】làn yòng 胡亂地、過度地使用 ◆ 濫用抗生素類藥物，對人體有害。

【濫調】làn diào 內容空洞令人生厭的話 ◆ 人們聽厭了那套陳詞濫調。注意 "調"不讀 tiáo(條)。

【濫竽充數】làn yú chōng shù 竽：一種形狀像笙的古樂器。古代齊國國君齊宣王喜歡三百人一齊吹竽給他聽，南郭先生不會吹，卻混在裏面充數。齊宣王死後，他的兒子繼承了君位。新國君喜歡每個人單獨吹，南郭先生只好逃走了。後用來比喻沒有真才實學的人混在行家裏面充數；也比喻以次貨冒充好貨 ◆ 小周本不會唱歌，卻濫竽充數跟着大家登台表演大合唱。注意 不要把"竽"錯寫成"竿"。

▷粗製濫造

14 濛 (蒙)

氵氵氵沽渀濛濛 濛

[méng ㄇㄥˊ ⑧ muŋ⁴ 蒙]

形容雨點細小、密集 ◆ 雨濛濛 / 細雨
濛濛。

14 濬 (浚)

氵氵沪沪沪浚濬 濬

[jùn ㄐㄩㄣˋ ⑧ dzœŋ³ 俊]

挖深；疏通河道 ◆ 疏濬。

14 濕 (湿)

氵氵氵沪涃涃濕 濕

[shī ㄕ ⑧ sɐp⁷ 拾⁷]

東西沾上了水或含水分太多；跟 "乾"
相對 ◆ 潮濕 / 衣服濕透了。

【濕潤】shī rùn　潮濕潤澤 ◆ 當她談
到自己苦難的童年時，濕潤的眼眶充
滿了淚水。⑫ 乾枯、乾燥。

⊠ 濕度、濕淋淋、濕漉漉
⊠ 淋濕

14 濟 (济)

氵氵沪泾泲渧濟 濟

〈一〉[jǐ ㄐㄧˇ ⑧ dzɐi³ 祭]

❶ 救助 ◆ 救濟 / 扶危濟貧。❷ 渡；
過河 ◆ 同舟共濟。❸ 有益處 ◆ 無濟
於事。

〈二〉[jǐ ㄐㄧˇ ⑧ dzɐi² 仔]

❹ 濟南市：地名，在山東省。❺ 濟濟：
形容人多 ◆ 濟濟一堂 / 人才濟濟。

⊠ 周濟、接濟、經濟

14 濱 (滨)

氵氵沪汜沪涽濱 濱

[bīn ㄅㄧㄣ ⑧ bɐn¹ 賓]

❶ 水邊 ◆ 海濱 / 江濱。❷ 靠近水邊
◆ 濱海城市 / 濱江大道。

14 濘 (泞)

氵氵沪沪渲濘 濘

[nìng ㄋㄧㄥˋ ⑧ niŋ⁶ 佞]

爛泥；泥漿 ◆ 道路泥濘。

14 澀 (涩)

氵氵沪洳澀澀澀 澀

[sè ㄙㄜˋ ⑧ sɐp⁸ 霎]

❶ 不潤滑；磨擦力大 ◆ 滯澀。❷ 吃
起來使舌頭發麻的味道 ◆ 苦澀。❸
文章不流暢，意思難懂 ◆ 艱澀 / 晦澀。

⊠ 羞澀

15 灘 (滩)

氵氵氵浝渻灘灘 灘

[wēi ㄨㄟ ⑧ wɐi⁴ 維]

❶ 灘河：水名，在山東省。❷ 灘坊市：
地名，在山東省。

15 濾 (滤)

氵氵沪沪滤濾濾 濾

[lǜ ㄌㄩˋ ⑧ lœy⁶ 慮]

液體通過紗布、沙層等去掉雜質 ◆ 過
濾。

15 瀑 (瀑)

氵氵沪沪渠渠瀑 瀑

[pù ㄆㄨˋ ⑧ buk⁹ 僕]

從高山、懸崖瀉落下來的水流 ◆ 瀑布 /
飛瀑。

【瀑布】pù bù　從高山、懸崖瀉落下
來的水流，遠看像垂掛的白布 ◆ 貴州
省的黃果樹瀑布，是中國最著名的瀑
布。

15 濺 (溅)

氵氵沪沪渼渼濺 濺

[jiàn ㄐㄧㄢˋ ⑧ dzin³ 箭]

迸射；液體受衝擊而向四外飛射 ◆ 濺
了一身水 / 浪花飛濺。

【濺濺】jiàn jiàn　流水聲 ◆ 走進山
谷，能聽到濺濺的流水聲。

15 瀏 (浏)

氵氵沪浏渪瀏瀏 瀏

[liú ㄌㄧㄡˊ ⑧ lɐu⁴ 劉]

❶ 瀏陽河：水名，在湖南省。❷ 見 "瀏
覽"。

【瀏覽】liú lǎn　大略地翻閱一下 ◆ 今
天的報紙我只是瀏覽了一下，沒細看。

15 瀋 (沈)

氵沪沪渼渼瀋瀋 瀋

[shěn ㄕㄣˇ ⑧ sɐm² 審]

瀋陽市：地名，在遼寧省。

15 瀉 (泻)

氵氵沪沪沪泻瀉 瀉

[xiè ㄒㄧㄝˋ ⑧ sɛ³ 舍]

❶ 水向下急流 ◆ 傾瀉 / 一瀉千里。
❷ 腹瀉 ◆ 上吐下瀉。

16 瀚 (瀚)

氵氵洁洁淖瀚 瀚

[hàn ㄏㄢˋ ⑧ hɔn⁶ 汗]

廣大 ◆ 浩瀚。

16 瀝 (沥)

氵氵沪渊渊瀝 瀝

[lì ㄌㄧˋ ⑧ lik⁹ 力]

❶ 液體一滴一滴地落下 ◆ 嘔心瀝血 /
雨漸漸瀝瀝下個不停。❷ 過濾。

⊠ 披肝瀝膽

16 瀕 (濒)

氵氵沪沪涉瀕 瀕

[bīn ㄅㄧㄣ ⑧ bɐn⁴ 賓 /pɐn⁴ 頻]

臨近；靠近 ◆ 瀕臨滅絕 / 瀕海小鎮。

⚠ "瀕" 不讀 píng（平）。

【瀕危】bīn wēi　接近危險的境地；快
要死亡 ◆ 大家都來保護瀕危動物。

16 瀘 (泸)

氵氵沪沪滹瀘 瀘

[lú ㄌㄨˊ ⑧ lou⁴ 勞]

瀘州：地名，在四川省。

17 瀾 (澜)

氵沪沪渭渭瀾 瀾

[lán ㄌㄢˊ ⑧ lan⁴ 蘭]

大波浪 ◆ 巨瀾 / 推波助瀾 / 波瀾壯闊。

17 瀰 (弥)

氵沪沪浠渳瀰瀰 瀰

[mí ㄇㄧˊ ⑧ mei⁴ 眉 /mei⁵ 美]

見 "瀰漫"。

【瀰漫】mí màn　煙塵、水、霧等充滿
◆ 室內煙霧瀰漫。

⚠ "瀰漫" 也作 "彌漫"。

18 灌 (灌)

氵氵沪洰灌灌 灌

[guàn ㄍㄨㄢˋ ⑧ gun³ 貫]

郎騎竹馬來，繞牀弄青梅。同居長干里，兩小無嫌猜。——唐·李白《長干行》詩

❶ 澆水 ◆ 灌溉 / 澆灌。❷ 注入 ◆ 灌注 / 灌輸。❸ 姓。

【灌木】guàn mù　矮小而叢生的樹木，如茶樹、茉莉、玫瑰等 ◆ 河邊灌木叢生。

【灌注】guàn zhù　澆進；注入 ◆ 為了使學生健康成長，老師灌注了全部心血。

【灌溉】guàn gài　把水引入田地，澆灌莊稼 ◆ 興修水利，灌溉農田。

【灌輸】guàn shū　把思想、知識等傳輸給人 ◆ 不少漫畫灌輸人們不良意識，我們要小心選擇。

---

¹⁸瀟（潇）氵 浐 浐 浐 潇 潇 瀟
[xiāo ㄒㄧㄠ ⓟ siu¹ 消]
❶ 水深而清。❷ 見"瀟灑"。

【瀟灑】xiāo sǎ　言談舉止自然大方；無拘無束 ◆ 他風度瀟灑，引人注目。

---

¹⁹灘（滩）氵 浐 浐 浐 灘 灘 灘
[tān ㄊㄢ ⓟ tan¹ 攤]
❶ 水邊泥沙淤積成的平地或水中的沙洲 ◆ 沙灘 / 海灘。❷ 江河中水淺石多、水流很急的地方 ◆ 急流險灘。

---

¹⁹灑（洒）氵 浐 浐 浐 灑 灑 灑
[sǎ ㄙㄚˇ ⓟ sa² 耍]
❶ 把水散佈開 ◆ 灑水掃地。❷ 東西散落 ◆ 麵粉灑了一地。❸ 舉止自然大方 ◆ 灑脫 / 瀟灑。

【灑脫】sǎ tuō　言談舉止自然，不拘束 ◆ 他言談高雅，舉止灑脫，是很有修養的人。

---

¹⁹灕（漓）氵 浐 浐 浐 灕 灕 灕
[lí ㄌㄧ ⓟ lei⁴ 離]
灕江：水名，在廣西壯族自治區北部，江水清澈，兩岸風景秀麗。

---

²²灣（湾）氵 浐 浐 灣 灣 灣 灣
[wān ㄨㄢ ⓟ wan¹ 彎]
❶ 江河等彎曲的地方 ◆ 河灣。❷ 海

岸向陸地凹進可停泊船隻的地方 ◆ 海灣 / 港灣 / 淺水灣。

---

²³灤（滦）氵 浐 浐 灤 灤 灤 灤
[luán ㄌㄨㄢˊ ⓟ lyn⁴ 聯]
灤河：水名，在河北省。

火 部

⁰火　丶 丶 丷 火
[huǒ ㄏㄨㄛˇ ⓟ fo² 夥]
❶ 物體燃燒時發出的光和熱 ◆ 火焰 / 烈火。❷ 發怒；怒氣 ◆ 惱火 / 別發火。❸ 指槍炮彈藥 ◆ 軍火 / 前方已開火。❹ 比喻緊急 ◆ 火速 / 十萬火急。❺ 中醫指引起發炎、紅腫等症狀的病因 ◆ 上火 / 虛火上升。

【火力】huǒ lì　❶ 煤、油等燃燒時產生的動力 ◆ 火力發電的成本比水力發電高。❷ 彈藥武器所產生的殺傷力和破壞力 ◆ 重機槍的火力很猛。

【火把】huǒ bǎ　夜間照明用的東西，或用薄竹片編紮成長條，或在棍棒一端紮上棉花，蘸油點燃 ◆ 拿着火把走夜路。

【火坑】huǒ kēng　比喻極端悲慘、難以忍受的生活環境 ◆ 姑娘終於跳出火坑，脫離苦海。
注意 "坑"不讀 kàng（炕）。

【火炬】huǒ jù　火把 ◆ 運動員高舉火炬，跑入會場。

【火焰】huǒ yàn　火頭發光發熱、閃爍向上升的那一部分 ◆ 眾人拾柴火焰高。同 火苗。

【火箭】huǒ jiàn　用來發射人造衛星等的飛行裝置，也可裝上彈頭製成導彈 ◆ 火箭發射成功。

【火藥】huǒ yào　炸藥的一類。爆炸時有的有煙，有的沒有煙 ◆ 火藥是中國古代四大發明之一。
☺ 圖見 174 頁。

【火上加油】huǒ shàng jiā yóu　比喻使人更加憤怒或使事態更加嚴重 ◆ 他正在氣頭上，你別再去火上加油了。
注意 "火上加油"也作"火上澆油"。

【火燒眉毛】huǒ shāo méi ·mao　比喻情況十分緊急 ◆ 事情已到了火燒眉毛的時候，你卻一點不着急。同 燃眉之急。
注意 "火燒眉毛"也作"火燎眉毛"。

⊠ 火山、火花、火車、火災、火柴、火警

⊠ 怒火、煙火、烽火、戰火、如火如荼、星火燎原、趁火打劫、刀山火海、赴湯蹈火

---

²灰　一 ナ 大 広 灰
[huī ㄏㄨㄟ ⓟ fui¹ 魁]
❶ 物體燃燒後剩下的粉末 ◆ 煤灰 / 灰爐。❷ 塵土 ◆ 灰塵 / 不費吹灰之力。❸ 特指石灰 ◆ 白灰 / 抹灰。❹ 介於黑白之間的顏色 ◆ 灰白 / 銀灰色。❺ 失望；消沉 ◆ 灰心 / 心灰意懶。

【灰心】huī xīn　因遭到困難或失敗而失去信心；意志消沉 ◆ 不要因這小小挫折而灰心失望。同 沮喪、頹喪。

【灰暗】huī àn　暗淡；不鮮明 ◆ 天色陰沉灰暗 / 畫面色調灰暗。反 明亮。

【灰燼】huī jìn　物體燃燒後剩下的殘餘物 ◆ 一場大火，數間民房頓時化為灰燼。

【灰心喪氣】huī xīn sàng qì　因事情不順利而情緒低落，失去信心 ◆ 一點小小的挫折，何必這樣灰心喪氣？同 心灰意冷。反 興高采烈。

⊠ 灰溜溜、灰蒙蒙

⊠ 炮灰、死灰復燃、萬念俱灰

---

³灶　丶 丶 丷 火 灶 灶
[zào ㄗㄠ ⓟ dzou³ 早]

用來燒水、做飯菜的設備 ◆ **灶台 / 煤氣灶**。

▷ 另起爐灶

3 **狄** 見犬部，271 頁。

3 **灼** [灼]

[zhuó ㄓㄨㄛˊ [粵] dzœk8 雀]

❶ 燒；燙 ◆ **灼熱 / 灼傷**。❷ 明白透徹 ◆ **真知灼見**。

【灼熱】zhuó rè　像被火燙着一樣熱 ◆ **在灼熱的陽光下，草木都快枯萎了**。[同] 火熱。[反] 冰冷。

▷ 燒灼

3 **灸** [灸]

[jiǔ ㄐㄧㄡˇ [粵] gɐu3 救]

中醫的一種治療方法，就是用艾絨熏烤身體的某些穴位 ◆ **針灸**。

3 **災** (灾) [災]

[zāi ㄗㄞ [粵] dzɔi1 栽]

一切自然的（如水、火、蟲等）和人為的（如戰爭、傷害等）禍害 ◆ **水災 / 災難**。

【災害】zāi hài　水、旱、蟲、戰爭等所造成的禍害 ◆ **成羣的蝗蟲給農作物帶來了嚴重的災害**。

【災荒】zāi huāng　因自然災害而收成不好 ◆ **特大洪水造成這個地區災荒嚴重**。

【災禍】zāi huò　自然的或人為造成的禍害 ◆ **謹慎駕駛，避免人為災禍**。[同] 災難。

【災難】zāi nàn　天災人禍所造成的苦難 ◆ **唐山大地震是歷史上一場嚴重的災難**。[同] 災禍。

[注意] "難" 不讀 nán（南）。

◁ 災民、災區、災情

▷ 火災、旱災、救災、抗災、幸災樂禍、泛濫成災、滅頂之災

4 **炒** [炒]

[chǎo ㄔㄠˇ [粵] tsau2 吵]

❶ 把食物放在鍋裏加熱並不斷翻動使變熟 ◆ **炒菜 / 炒花生**。❷ 從事倒手買賣來謀利 ◆ **炒地皮 / 炒股票**。

4 **炊** [炊]

[chuī ㄔㄨㄟ [粵] tsœy1 吹]

燒火做飯菜 ◆ **炊事 / 炊具**。

【炊煙】chuī yān　燒火做飯時冒出的煙 ◆ **黃昏時分，村舍茅屋裏冒出縷縷炊煙**。

[注意] 不要把 "炊" 錯寫成 "吹"。

▷ 野炊、巧婦難為無米之炊

4 **炙** [炙]

[zhì ㄓˋ [粵] dzɛk8 隻]

❶ 烤 ◆ **炙肉**。❷ 烤熟的肉 ◆ **膾炙人口**。

[注意] "炙" 上面是 "月"，不讀 jiǔ（久）。

4 **炕** [炕]

[kàng ㄎㄤˋ [粵] kɔŋ3 抗]

北方農村用磚或土坯砌成、可以燒火取暖的牀 ◆ **土炕 / 上炕睡覺**。

4 **炎** [炎]

[yán ㄧㄢˊ [粵] jim4 嚴]

❶ 天氣極熱 ◆ **炎熱 / 炎夏**。❷ 身體某一部位發生紅腫、痛癢等症狀 ◆ **發炎 / 消炎**。❸ 指炎帝。炎帝與黃帝合稱炎黃，代表中華民族的祖先 ◆ **炎黃子孫**。

【炎熱】yán rè　天氣很熱 ◆ **在炎熱的盛夏，到廬山避暑是一種享受**。[反] 寒冷。

【炎黃子孫】yán huáng zǐ sūn　炎黃：指炎帝神農氏和黃帝軒轅氏，是中國古代傳説中的兩個帝王，借指中華民族的祖先。中華民族的子孫 ◆ **炎黃子孫血肉相連 / 我們都是炎黃子孫，要為中華民族爭光**。

▷ 趨炎附勢

4 **炔** [炔]

[quē ㄑㄩㄝ [粵] kyt8 決]

有機化合物。如乙炔，是一種可燃氣體。

5 **炳** [炳]

[bǐng ㄅㄧㄥˇ [粵] biŋ2 丙]

明亮；光耀顯著 ◆ **彪炳**。

5 **炬** [炬]

[jù ㄐㄩˋ [粵] gœy6 巨]

❶ 火把 ◆ **火炬 / 目光如炬**。❷ 用火燒 ◆ **付之一炬**。❸ 蠟燭 ◆ **春蠶到死絲方盡，蠟炬成灰淚始乾**。

5 **炭** (炭) [炭]

[tàn ㄊㄢˋ [粵] tan3 歎]

❶ 木炭，用木材燒製成的一種燃料 ◆ **炭盆 / 雪中送炭**。❷ 煤 ◆ **煤炭 / 焦炭**。

5 **炯** [炯]

[jiǒng ㄐㄩㄥˇ [粵] gwiŋ2 迥]

明亮 ◆ **目光炯炯**。

【炯炯】jiǒng jiǒng　形容明亮 ◆ **目光炯炯有神**。

[注意] "炯炯" 多用於目光。"炯" 不讀 tóng（同）。

5 **炸** [炸]

〈一〉[zhà ㄓㄚˋ [粵] dza3 詐]

❶ 物體突然破裂 ◆ **爆炸 / 瓶子炸了**。❷ 用炸藥、炸彈等爆破 ◆ **轟炸 / 炸碉堡**。

〈二〉[zhá ㄓㄚˊ [粵] dza3 詐]

❸ 把食物放到滾油裏煎熟 ◆ **炸魚 / 炸油條**。

【炸彈】zhà dàn　一種爆炸性武器，一

飛流直下三千尺，疑是銀河落九天。——唐・李白《望廬山瀑布》詩

般用飛機投擲 ◆ 飛機投下的炸彈沒有擊中目標。

【炸藥】zhà yào 受熱或撞擊後發生爆炸，產生高能量和高溫氣體的物質，如黃色炸藥、黑色火藥等 ◆ 築路工人用炸藥開山打洞。

⁵ **秋** 見禾部，310 頁。

⁵ **炮** 丶 丷 火 灯 灼 灼 炮 [炮]

〈一〉[pào ㄆㄠˋ 粵 pau³ 豹]
❶ 射程較遠的重型武器，種類很多 ◆ 大炮 / 高射炮 / 迫擊炮。❷ 爆竹 ◆ 鞭炮 / 花炮。

〈二〉[páo ㄆㄠˊ 粵 pau⁴ 刨]
❸ 炮製：用烘、炒等方法加工製造中藥 ◆ 如法炮製。

〈三〉[bāo ㄅㄠ 粵 bau³ 爆]
❹ 一種烹調方法，就是在旺火上急炒 ◆ 炮羊肉。

【炮火】pào huǒ 指戰場上發射的炮彈和炮彈爆炸時發出的火焰 ◆ 兩軍激戰，炮火連天。

【炮台】pào tái 舊時在江海口岸和其他要塞上修築的安放火炮的工事 ◆ 虎門炮台遺址保存完好。

【炮彈】pào dàn 供火炮發射的彈藥 ◆ 炮彈擊中了敵人的指揮所。
🔎 槍炮、禮炮、馬後炮、連珠炮

⁵ **炫** 丶 丷 火 灯 灯 炫 [炫]

[xuàn ㄒㄩㄢˋ 粵 jyn⁶ 願]
❶ 照耀 ◆ 光彩炫目。❷ 誇耀 ◆ 炫耀自己。
ⓘ注意 "炫" 不讀 xuán（玄）。

【炫目】xuàn mù 光線耀眼 ◆ 炫目的燈光，照得廣場如同白晝。

【炫耀】xuàn yào ❶ 光線強烈；光彩奪目 ◆ 陽光炫耀，碧空萬里無雲。❷ 誇耀 ◆ 他愛炫耀自己的才能。

⁵ **為**（为）丶 丿 ソ 乡 为 為 [為]

〈一〉[wéi ㄨㄟˊ 粵 wai⁴ 圍]

❶ 做；作為 ◆ 敢作敢為 / 大有可為。
❷ 充當；當作 ◆ 選他為代表 / 指鹿為馬。❸ 成；變成 ◆ 成為 / 反敗為勝。❹ 是 ◆ 失敗為成功之母。❺ 被 ◆ 為人稱頌。

〈二〉[wèi ㄨㄟˋ 粵 wai⁶ 胃]
❻ 替；給 ◆ 為國爭光 / 為民服務。
❼ 表示目的：為了 ◆ 為正義而戰 / 為事業發達而不辭辛勞。❽ 表示原因 ◆ 因為 / 為此而付出代價。

【為人】wéi rén 指做人處世的態度 ◆ 他為人忠厚老實。

【為了】wèi·le 表示動作行為的目的 ◆ 同學們連日來加緊練習，為了贏得運動會全場總冠軍。

【為害】wéi hài 造成損害 ◆ 使青少年明白毒品的為害，遠離毒品。

【為患】wéi huàn 造成災禍 ◆ 連降暴雨，洪水為患。

【為期】wéi qī 指時間或期限的長短 ◆ 實現這一目標已為期不遠了 / 為期三天的會議已經結束。

【為難】wéi nán ❶ 感到不好辦、難應付 ◆ 這件事，讓我十分為難。❷ 使人為難 ◆ 他不願意，就不要為難他了。

【為非作歹】wéi fēi zuò dǎi 作惡；做壞事 ◆ 這幫為非作歹的流氓已經全部落網。

【為虎添翼】wèi hǔ tiān yì 比喻幫助惡人，助長惡人的勢力 ◆ 給壞人當幫兇，豈不是為虎添翼？ⓘ 為虎作倀。
ⓘ注意 "為虎添翼" 是貶義詞。

【為所欲為】wéi suǒ yù wéi 想幹甚麼就幹甚麼 ◆ 這些人為所欲為，目無法紀。
ⓘ注意 "為所欲為" 是貶義詞，多指做壞事。
◀ 為止、為₁此、為₂何、為人師表
🔎 人為、以為、行為、作為、認為、混為一談、自以為是、狼狽為奸、習以為常、見義勇為、膽大妄為

⁶ **烤** 丶 丷 火 灯 灶 烂 烤 [烤]

[kǎo ㄎㄠˇ 粵 hau¹ 敲]
用火或其他熱源烘乾、烘熟或取暖 ◆ 烤鴨 / 烤火 / 燒烤。

⁶ **烘** 丶 丷 火 灯 灶 烘 烘 [烘]

[hōng ㄏㄨㄥ 粵 huŋ¹ 空]
❶ 用火烤乾、烤熟或取暖 ◆ 烘乾 / 烘山芋。❷ 渲染；襯托 ◆ 烘托 / 烘雲托月。

【烘托】hōng tuō 用其他事物作陪襯，使主要事物更加鮮明突出 ◆ 在雲霧的烘托下，千年古松顯得更加挺拔、蒼勁。ⓘ 襯托。
🔎 臭烘烘、暖烘烘、熱烘烘

⁶ **耿** 見耳部，343 頁。

⁶ **烏**（乌）丿 亻 亻 亻 乌 烏 [烏]

[wū ㄨ 粵 wu¹ 污]
❶ 烏鴉 ◆ 愛屋及烏。❷ 黑色 ◆ 頭髮烏黑 / 烏雲密佈。

【烏有】wū yǒu 沒有；不存在 ◆ 一切希望化為烏有。

【烏賊】wū zéi 一種可食用的軟體動物，身體橢圓而扁平，頭部有一對大眼，口的邊緣有十隻腕足。體內有墨囊，遇到危險時能放出黑色液體作掩護。俗稱墨魚。

【烏鴉】wū yā 一種鳥，全身羽毛烏黑。俗叫老鴉。成羣地棲息在樹林或田野，以果實、穀物、昆蟲等為食物 ◆ 天下烏鴉一般黑。

【烏龜】wū guī 一種爬行動物，體扁，有堅硬的甲殼。背部隆起，黑褐色，有花紋。趾間有蹼，能游水。龜甲可入藥。

【烏紗帽】wū shā mào 古代官員戴的一種用黑紗製成的帽子。後借指官職 ◆ 他是位不怕丟烏紗帽的清官。

【烏合之眾】wū hé zhī zhòng 烏合：像烏鴉那樣聚集成羣。比喻臨時湊合在一起的、缺乏組織、紀律的一羣人

那支土匪隊伍不過是烏合之眾，不堪一擊。

【烏煙瘴氣】wū yān zhàng qì　烏煙：黑煙。瘴氣：熱帶山林中的一種濕熱而有毒的氣體。形容環境嘈雜、秩序混亂或風氣敗壞、社會黑暗 ◆ 好端端的咖啡廳，被一幫流氓搞得烏煙瘴氣。

⁶烈 　一 ア 歹 歹 列 列　烈
[liè ㄌㄧㄝˋ ⑧ lit⁹ 列]
❶ 很猛；很強 ◆ 烈日 / 強烈。❷ 正直；剛強 ◆ 剛烈 / 烈性漢子。❸ 為正義而死的 ◆ 烈士 / 先烈。
【烈士】liè shì　為正義事業獻出生命的人 ◆ 在烈士紀念碑前獻上一束鮮花。
【烈火】liè huǒ　猛烈的火 ◆ 熊熊烈火燒燬了那幢樓房。
【烈日】liè rì　炎熱的太陽 ◆ 烈日當空，熱浪滾滾。⑩ 驕陽。
【烈性】liè xìng　性格剛烈；性質猛烈 ◆ 這烈性漢子怎肯低頭彎腰？／這是一種烈性炸藥。
⟳ 壯烈、猛烈、熱烈、劇烈、激烈、轟轟烈烈、興高采烈

⁶烟　"煙"的異體字，見263頁。

⁶烙 　丶 ⺊ 火 火 炒 炊 烙　烙
〈一〉[lào ㄌㄠˋ ⑧ lok⁹ 絡]
❶ 食物放在熱鍋上烤熟 ◆ 烙餅。❷ 用燒熱的金屬器物燙、熨 ◆ 烙花 / 烙印。
〈二〉[luò ㄌㄨㄛˋ ⑧ lok⁹ 絡]
❸ 炮烙 (páo luò)：古代的一種酷刑，用炭燒熱銅柱，叫人爬上去，最後掉入火中燒死。

⁶羔　見羊部，338頁。

⁷焉 　一 丁 下 正 乎 焉　焉
〈一〉[yān ㄧㄢ ⑧ jin⁴ 言]
❶ 相當於"於此" ◆ 心不在焉。
〈二〉[yān ㄧㄢ ⑧ jin¹ 煙]

❷ 怎麼；哪裏 ◆ 塞翁失馬，焉知非福 / 皮之不存，毛將焉附。

⁷烴(烃) 　丶 ⺊ 火 炶 烴 烴　烴
[tīng ㄊㄧㄥ ⑧ tin¹ 聽]
有機化學中碳氫化合物的總稱。

⁷焊 　丶 ⺊ 火 炟 焊 焊 焊　焊
[hàn ㄏㄢˋ ⑧ hon² 罕 /hon⁶ 汗]
用熔化的金屬連接或修補金屬器物 ◆ 焊接 / 電焊。

⁷烯 　丶 ⺊ 火 炆 炑 烯 烯　烯
[xī ㄒㄧ ⑧ hei¹ 希]
有機化合物，如乙烯。

⁷烽 　丶 ⺊ 火 炉 炫 烽 烽　烽
[fēng ㄈㄥ ⑧ fuŋ¹ 風]
見"烽火"。
【烽火】fēng huǒ　古代邊防為報警而點燃的煙火；比喻戰爭或戰火 ◆ 古長城上有烽火台 / 抗日的烽火曾燃遍中華大地。

⁷烹 　丶 亠 古 古 亨 亨　烹
[pēng ㄆㄥ ⑧ paŋ¹ 棚]
燒煮食物 ◆ 烹飪 / 烹調。
注意 "烹"上面是"亨"，不是"享"。
【烹飪】pēng rèn　做飯做菜 ◆ 姐姐愛跟媽媽學習烹飪方法。
【烹調】pēng tiáo　燒製菜餚 ◆ 特聘名師掌勺，烹調特色菜餚。
注意 "調"不讀 diào (掉)。

⁷烷 　丶 ⺊ 火 炉 炉 烷 烷　烷
[wán ㄨㄢˊ ⑧ jyn¹ 完]
有機化合物，是構成石油的主要成分。

⁸煮 　一 ⺨ 土 少 者 者　煮
[zhǔ ㄓㄨˇ ⑧ dzy² 主]

把食物或器具放在水裏燒開，使變熟或消毒 ◆ 煮飯 / 把碗、筷煮一煮消毒。

⁸焚 　一 十 オ 木 林 林　焚
[fén ㄈㄣˊ ⑧ fen⁴ 墳]
燒 ◆ 焚燒 / 玩火自焚。
【焚燬】fén huǐ　燒燬 ◆ 警方焚燬了一批毒品。
【焚燒】fén shāo　燒；燒燬 ◆ 大火焚燒了一個多小時。
⟳ 心急如焚、玉石俱焚、憂心如焚

⁸無(无) 　丿 ⺌ ⺌ 午 冊 無 無　無
[wú ㄨˊ ⑧ mou⁴ 毛]
❶ 沒有；跟"有"相對 ◆ 從無到有 / 無理取鬧。❷ 不 ◆ 無妨 / 無須。❸ 不論 ◆ 事無大小，都一一親自處理。
【無不】wú bù　沒有一個 ◆ 班會決定今年免收班會費，同學們無不拍手贊成。⑩ 個個、人人。
【無比】wú bǐ　沒有甚麼能夠比得上的 ◆ 能有機會上台表演，我感到無比榮幸。
【無非】wú fēi　只不過；不外乎 ◆ 他這次來無非是想借點錢。
【無故】wú gù　沒有緣故 ◆ 不得無故曠課。
【無恥】wú chǐ　不顧或不知羞恥 ◆ 只有他才做得出這種卑鄙無恥的事情。
【無聊】wú liáo　❶ 因沒事幹而感到空虛煩悶 ◆ 退休在家，感到寂寞無聊。❷ 沒有意義，使人厭煩 ◆ 盡說些無聊的話，誰愛聽？
【無辜】wú gū　❶ 沒有罪；沒有錯 ◆ 他是無辜的受害者。❷ 沒有罪的人 ◆ 匪徒們開槍射擊，亂殺無辜。
注意 "辜"下面是"辛"，不是"幸"。
【無賴】wú lài　❶ 撒野撒潑，蠻不講理 ◆ 他大吵大鬧，大耍無賴，十分可惡。❷ 遊手好閒、品行不端的人 ◆ 這幾個無賴成天東遊西蕩，盡是生非。
【無論】wú lùn　表示在任何條件下都是如此 ◆ 無論他要甚麼花招，我都不會受騙上當。⑩ 不論、不管。

【無中生有】wú zhōng shēng yǒu　本來沒有硬説成有。指憑空捏造 ◆ 這是無中生有，想陷害好人。⟨同⟩無事生非。

【無可奈何】wú kě nài hé　奈何：如何；怎麼辦。指不得已，沒有辦法 ◆ 他兩手一攤，露出無可奈何的神情。

【無地自容】wú dì zì róng　容：容納。沒有地方可以讓自己藏身。形容羞愧到了極點 ◆ 我做了對不起朋友的事，感到無地自容。

【無的放矢】wú dì fàng shǐ　的：靶心。矢：箭。沒有目標亂放箭。比喻説話做事脱離實際，沒有明確的目的 ◆ 説話寫文章都要有針對性，不能信口開河，無的放矢。⟨反⟩有的放矢。

【無病呻吟】wú bìng shēn yín　呻吟：病痛時發出的哼哼聲。沒有病而發出呻吟聲。比喻文學作品缺乏真情實感，矯揉造作 ◆ 這種無病呻吟的文章不看也罷。

⟨注意⟩ "吟" 的右旁是 "今" 不是 "令"。

【無所事事】wú suǒ shì shì　事事：做事。指閒着甚麼事也不幹 ◆ 他退休在家裏，成天無所事事。

【無所適從】wú suǒ shì cóng　適：往，到。從：跟隨。不知聽從誰的才好；不知怎樣辦才好 ◆ 兩位老總意見不一，弄得我們無所適從。

【無能為力】wú néng wéi lì　指沒有能力去做好某件事情或解決某個問題 ◆ 他患的是癌症，醫生也無能為力。

【無動於衷】wú dòng yú zhōng　衷：內心。內心毫無觸動。指對應該關心的事情卻漠不關心 ◆ 聽了她聲淚俱下的訴説，你怎麼會無動於衷呢？

⟨注意⟩ "無動於衷" 也作 "無動於中"。不要把 "衷" 錯寫成 "哀"。

【無微不至】wú wēi bù zhì　微：細小的地方。至：到。沒有一點細微的地方不照顧到。形容關懷、照顧得非常細緻周到 ◆ 這次遠足，老師對同學們照顧得無微不至。

【無惡不作】wú è bù zuò　沒有甚麼壞事不做。指做盡壞事 ◆ 侵略軍姦淫擄掠，殺人放火，無惡不作。

【無精打采】wú jīng dǎ cǎi　形容沒精神、不高興的樣子 ◆ 他近來總是無精打采的，是不是遇到甚麼不順心的事？

⟨注意⟩ "無精打采" 也作 "沒精打采"。

【無濟於事】wú jì yú shì　濟：幫助。對事情沒有甚麼幫助 ◆ 唉聲嘆氣是無濟於事的，要想個解決的辦法才是。

⟨注意⟩ "無濟於事" 也作 "無補於事"、"於事無補"。

⟨三⟩ 無情、無償、無禮、無孔不入、無法無天、無拘無束、無計可施、無價之寶、無影無蹤、無緣無故

⟨四⟩ 一無所有、慘無人道、若無其事、忍無可忍、語無倫次、萬無一失、肆無忌憚、大公無私、不學無術、走投無路、鴉雀無聲、獨一無二

---

⁸ **焦** ノ ケ ケ 化 住 住 住 **焦**

[jiāo ㄐㄧㄠ ⑧dziu¹ 招]

❶ 東西被燒或被烤後變成炭狀或變得枯黃 ◆ 飯焦了／一片焦土。❷ "焦炭" 的簡稱 ◆ 煉焦。❸ 形容心裏着急 ◆ 心焦／焦躁不安。❹ 姓。

【焦土】jiāo tǔ　被烈火燒焦了的土地 ◆ 森林大火使這裏變成了一片焦土。

【焦急】jiāo jí　心裏着急 ◆ 孩子病了，媽媽十分焦急。

【焦慮】jiāo lǜ　着急憂慮 ◆ 爺爺因病住院，一家人終日焦慮不安。

【焦點】jiāo diǎn　光線經折射後的聚合點。比喻引人注目的集中點 ◆ 環保問題成了一時議論的焦點。

【焦躁】jiāo zào　着急而煩躁 ◆ 嚴重塞車，使趕着上班的乘客焦躁不安。

⟨注意⟩ "躁" 左旁是 "足"，不是 "火"；"躁" 不讀 cāo (操)。

【焦頭爛額】jiāo tóu làn é　頭、額都被燒壞了。比喻處於十分狼狽、窘迫的境地 ◆ 這兩天事情又多又雜，忙得

我焦頭爛額。⟨同⟩狼狽不堪。

---

⁸ **焰** 火 灯 灯 炉 焰 焰 **焰**

[yàn ㄧㄢˋ ⑧jim⁶ 驗]

❶ 火苗 ◆ 烈焰／火焰。❷ 比喻氣勢盛 ◆ 氣焰囂張／兇焰畢露。

【焰火】yàn huǒ　爆竹一類的東西，燃放時能放射出各種顏色的火花、變幻出各種景物供人觀賞 ◆ 夜空中焰火綻放，五光十色，千變萬化，美極了！

⟨注意⟩ "焰火" 也叫 "煙火"、"煙花"。

---

⁸ **然** ク 夕 夕 丬 妖 妖 **然**

[rán ㄖㄢˊ ⑧jin⁴ 言]

❶ 是；對 ◆ 不以為然。❷ 這樣；如此 ◆ 不盡然／知其然，不知其所以然。❸ 表示轉折，相當於 "但是"、"可是" ◆ 然而／年已古稀，然身體強健。❹ 放在某些詞後面，表示狀態 ◆ 突然／飄飄然／煥然一新。

【然而】rán ér　用在一句話的後半部分開頭，表示轉折，或限制、補充上文的意思。常與 "雖然"、"儘管" 等配合使用 ◆ 話雖然不多，然而含意卻很深刻。⟨同⟩但是、可是。

【然後】rán hòu　這樣之後。表示承接上面的動作或情況 ◆ 先請秘書起草文稿，然後送經理審批。

⟨三⟩ 天然、自然、公然、必然、果然、依然、居然、忽然、既然、偶然、當然、猛然、恍然大悟、肅然起敬、一目了然、大義凜然、防患未然、理所當然

---

⁸ **焠** "淬" 的異體字，見 246 頁。

---

⁸ **焙** ᠂ 丬 丬 灯 灯 炉 焙 **焙**

[bèi ㄅㄟˋ ⑧bui⁶ 貝⁶]

把東西 (如藥材、茶葉等) 放在器皿裏，放在小火上烘烤 ◆ 焙乾／焙茶葉。

⟨注意⟩ "焙" 不讀 péi (培)。

---

⁸ **勞** 見力部，56 頁。

⁹ 煤

丶丷火炸炸炸炸　煤

[méi ㄇㄟˊ ⑧ mui⁴ 梅]

黑色礦物，由長期埋在地下的古代植物變成，是重要的燃料和化工原料 ◆ 煤炭／煤礦／採煤。

【煤氣】 méi qì　煤炭在隔絕空氣的條件下燃燒時產生的氣體，無色無臭，有毒。可作燃料 ◆ 煤氣廠通過管道將煤氣送向用戶。

⁹ 煩 (烦)

丶丷火灯炉炉煩　煩

[fán ㄈㄢˊ ⑧ fan⁴ 凡]

❶ 心裏苦悶、焦躁 ◆ 煩悶／心煩意亂。❷ 討厭 ◆ 厭煩／膩煩。❸ 多而雜 ◆ 煩雜／要言不煩。❹ 有勞別人的客氣話 ◆ 煩交。

【煩惱】 fán nǎo　煩悶苦惱 ◆ 你何必自尋煩惱？反 愉快。

【煩悶】 fán mèn　心情苦悶，不暢快 ◆ 這次考試成績不好，心裏很煩悶。反 愉快。

【煩瑣】 fán suǒ　繁雜瑣碎 ◆ 審批手續太煩瑣。反 簡單、簡明。

注意 "煩瑣" 也作 "繁瑣"。

【煩躁】 fán zào　心煩急躁 ◆ 工作不順利，心裏很煩躁。同 焦躁。

注意 不要把 "躁" 錯寫成 "燥"。"躁" 不讀 cāo (操)。

▷ 煩請、煩心。

▷ 麻煩、耐煩、不厭其煩。

⁹ 煙 (烟)

丶丷火灯炉炉炉　煙

[yān ㄧㄢ ⑧ jin¹ 胭]

❶ 物質燃燒時產生的氣體 ◆ 冒煙／濃煙滾滾。❷ 煙氣凝結的黑灰 ◆ 松煙。❸ 像煙一樣的東西 ◆ 雲煙／煙波浩渺。❹ 指煙草和煙草製品 ◆ 香煙／公共場所不能吸煙。❺ 特指鴉片 ◆ 煙土／林則徐 虎門銷煙。

【煙囱】 yān cōng　爐灶、鍋爐上排煙的管道 ◆ 這裏是煙囱林立的工業區。

【煙花】 yān huā　❶ 指春天豔麗的景物 ◆ 滿目煙花的揚州 瘦西湖。❷ 焰火 ◆ 禁止燃放煙花爆竹。同 煙火。

【煙霧】 yān wù　泛指煙氣、霧氣等 ◆ 周圍煙霧彌漫，空氣不好。

【煙波浩渺】 yān bō hào miǎo　煙波：指煙霧籠罩的水面。浩渺：形容水面遼闊。煙霧籠罩着的水面遼闊無邊 ◆ 千島湖 上煙波浩渺，遊船穿梭其中，忽隱忽現。

【煙消雲散】 yān xiāo yún sàn　像煙雲那樣消散。比喻事物消失得乾乾淨淨、無影無蹤 ◆ 經過解釋，他倆的誤會已經煙消雲散。同 冰消瓦解。

◁ 煙草、煙幕彈。

▷ 炊煙、硝煙、浩如煙海。

⁹ 煉 (炼)

丶丷火灯炉炉炉　煉

[liàn ㄌㄧㄢˋ ⑧ lin⁶ 練]

❶ 用加熱等方法使物質純淨或變得堅韌 ◆ 煉鋼／煉油。❷ 用心琢磨，下功夫，使字句更精妙 ◆ 煉字／煉句。

▷ 冶煉、提煉、精煉、鍛煉、凝煉、百煉成鋼、千錘百煉

⁹ 照

丨冂日日日 昭昭　照

[zhào ㄓㄠˋ ⑧ dziu³ 招³]

❶ 光線射在物體上 ◆ 照射／陽光普照大地。❷ 對着鏡子或其他有反光作用的東西反映映像 ◆ 照鏡子／清澈的湖水照出了自己的身影。❸ 拍攝；拍攝的相片 ◆ 照相／畢業照。❹ 依據；按着 ◆ 依照／按照。❺ 對着；朝着 ◆ 照這個方向走。❻ 對比；查對 ◆ 對照／查照。❼ 憑證 ◆ 護照／駕駛執照。❽ 關心；看護 ◆ 照顧／照料／關照。❾ 太陽光 ◆ 夕照／晚照。❿ 明白 ◆ 心照不宣。

【照例】 zhào lì　按照慣例或常情 ◆ 每星期五下午照例是學生合唱團的排練時間。

【照射】 zhào shè　光線射在物體上 ◆ 藥品要放在陰涼處，不能讓陽光直接照射。

【照料】 zhào liào　關心料理 ◆ 病人有護士小姐照料，你們放心好了。同 照顧、照管、照看、照應。

【照常】 zhào cháng　跟平常一樣 ◆ 春節期間酒樓照常營業。

【照應】 zhào yìng　配合；呼應 ◆ 文章前後照應，條理清晰。

【照應】 zhào·ying　照料；照顧 ◆ 朋友出國旅遊時要互相照應。

【照舊】 zhào jiù　跟原來的一樣 ◆ 比賽辦法照舊。同 依舊、照樣。

【照顧】 zhào gù　❶ 考慮到；注意到 ◆ 課外活動要照顧男女生不同的愛好。❷ 特別關心並給予優待 ◆ 乘車、就醫優先照顧七十歲以上老人。

【照耀】 zhào yào　強烈的光線照射 ◆ 明媚的陽光照耀着港灣。

◁ 照片、照章辦事

▷ 仿照、參照、遵照、肝膽相照

⁹ 煌

丶丷火灯炉煌煌　煌

[huáng ㄏㄨㄤˊ ⑧ woŋ⁴ 皇]

明亮 ◆ 輝煌。

⁹ 煥 (焕)

丶丷火灯焐焐煥　煥

[huàn ㄏㄨㄢˋ ⑧ wun⁶ 換]

鮮明；光亮 ◆ 容光煥發。

【煥發】 huàn fā　❶ 光彩四射 ◆ 經過美容後，她顯得容光煥發，光彩照人。❷ 振作 ◆ 煥發精神，迎接挑戰。

【煥然一新】 huàn rán yī xīn　煥然：鮮明、光亮的樣子。形容光彩奪目，呈現出嶄新的面貌 ◆ 房間經過重新佈置，已煥然一新。

注意 不要把 "煥" 錯寫成 "換"。

⁹ 煞

ク 夕 乎 岁 岁 敎　煞

〈一〉[shà ㄕㄚˋ ⑧ sat⁷ 殺]

❶ 很；極；表示程度深 ◆ 氣煞人／煞是好看。❷ 兇神 ◆ 兇神惡煞。

〈二〉[shā ㄕㄚ ⑧ sat⁷ 殺]

❸ 結束；收尾 ◆ 煞尾。❹ 削減；消除 ◆ 煞價／煞威風。❺ 止住 ◆ 煞車。

【煞₂風景】 shā fēng jǐng　損壞美好的景色。比喻在興高采烈的場合使人掃興 ◆ 在山頂賞月時，突然大雨滂沱，真是大煞風景。

注意 "煞風景" 也作 "殺風景"。

9 煎

丷 艹 广 芇 荷 前 [煎]

[jiān ㄐㄧㄢ] ⓟdzin¹ 箋]

❶ 一種烹調方法，就是把食物放在少量的油裏燒熟 ◆ 煎餅 / 煎雞蛋。❷ 用水煮熬 ◆ 煎藥。

【煎熬】jiān áo 比喻痛苦，受折磨 ◆ 在軍閥混戰的年代，老百姓受盡煎熬，苦不堪言。

10 熙

ㄊ ㄯ ㄐ 臣 臣 臣 [熙]

[xī ㄒㄧ] ⓟhei¹ 希]

❶ 光明；興盛。❷ 歡樂。

【熙熙攘攘】xī xī rǎng rǎng 形容人來人往，擁擠熱鬧的景象 ◆ 節日的街頭行人熙熙攘攘，熱鬧非常。

注意 "熙" 左上是 "臣"，不是 "臣"。"攘" 不讀 ràng（讓）。

10 熏

一 二 丙 亩 重 重 [熏]

[xūn ㄒㄩㄣ] ⓟfen¹ 分]

❶ 用火煙烤製食物 ◆ 熏魚 / 熏雞。❷ 煙氣或其他氣味接觸物體 ◆ 熏蚊子 / 臭氣熏天。❸ 溫和 ◆ 熏風。

注意 ❶❷ 也作 "燻"。

【熏陶】xūn táo 因長期接觸而逐漸受到好的影響 ◆ 從小受到藝術的熏陶 / 她受家庭讀書氣氛的熏陶，漸漸成了小書迷。

注意 "熏陶" 是褒義詞。不要把 "熏" 錯寫成 "薰"。

10 熄

丷 火 火 炉 炉 熄 熄 [熄]

[xī ㄒㄧ] ⓟsik⁷ 式]

火滅了；滅掉燈火 ◆ 熄火 / 熄燈就寢。

【熄滅】xī miè 滅掉，使不再燃燒 ◆ 爐火已經熄滅。

10 熒

（荧）丷 丷 丷 炒 炒 燃 [熒]

[yíng ㄧㄥˊ] ⓟjiŋ⁴ 營]

❶ 光亮微弱的樣子 ◆ 星光熒熒 / 一燈熒然。❷ 眼光迷亂；疑惑 ◆ 熒惑。

【熒光屏】yíng guāng píng 塗有熒光物質的屏幕 ◆ 他是經常在電視熒光屏

上露臉的知名人物。

10 熔

丷 火 炉 炉 烧 熔 [熔]

[róng ㄖㄨㄥˊ] ⓟjuŋ⁴ 容]

固體受熱到一定溫度變成液體 ◆ 熔化 / 熔解。

【熔解】róng jiě 物質由固體狀態轉變為液體狀態 ◆ 這鐵鍋是用熔解了的鐵水澆鑄而成的。⊜ 熔化。

10 煽

丷 火 炉 炉 煽 煽 [煽]

[shān ㄕㄢ] ⓟsin³ 扇]

❶ 用扇子扇火，使旺盛 ◆ 把爐火煽旺。❷ 鼓動別人做不好的事情 ◆ 煽動 / 煽風點火。

【煽動】shān dòng 引起並助長別人的行動或情緒 ◆ 他發表了帶有煽動性的演說。⊜ 挑唆。

注意 "煽動" 含貶義。"煽" 不讀 shàn（善）。

【煽風點火】shān fēng diǎn huǒ 比喻鼓勵別人做某種事情。多指做壞事 ◆ 他在職工中煽風點火，製造混亂。

10 熊

厶 ㄙ 白 自 能 能 [熊]

[xióng ㄒㄩㄥˊ] ⓟhuŋ⁴ 紅]

❶ 哺乳動物，體大，四肢粗短，能爬樹。種類很多，有黑熊、白熊、棕熊等 ◆ 狗熊 / 北極熊。❷ 姓。

【熊熊】xióng xióng 形容火勢很旺 ◆ 一場熊熊的烈火燒燬了工廠的倉庫。

【熊貓】xióng māo 哺乳動物。身體肥胖，形狀像熊，尾短。全身毛白色，四肢、兩耳、眼圈黑色。毛粗而厚，性耐寒。生活在中國西南地區高山中，喜吃竹筍、竹葉。是中國特產的一種珍稀動物 ◆ 熊貓是中國的國寶，屬於國家一級保護動物。

注意 "熊貓" 也叫 "貓熊"。

11 熱（热）

十 土 幸 刲 刲 刲 熱 [熱]

[rè ㄖㄜˋ] ⓟjit⁹]

❶ 溫度高；跟 "冷" 相對 ◆ 熱水 / 炎熱。❷ 體溫過高 ◆ 退熱 / 全身發熱。❸ 加熱 ◆ 把飯菜熱一熱再吃。❹ 情意深厚 ◆ 熱心 / 熱愛。❺ 非常羨慕或急切想得到 ◆ 熱中 / 熱切。❻ 吸引人的；受人關注的 ◆ 熱門 / 足球熱。

【熱中】rè zhōng ❶ 急切地想得到個人名利 ◆ 過去的讀書人，大都熱中於功名利祿。❷ 十分愛好某種活動 ◆ 他熱中於玩保齡球。⊠ 討厭。

注意 "熱中" 也作 "熱衷"。

【熱心】rè xīn 有熱情，肯盡力幫助人 ◆ 父親一向熱心慈善事業。⊜ 熱忱。⊠ 冷漠。

【熱血】rè xuè 比喻獻身於正義事業的熱情 ◆ 熱血青年為扶貧事業出錢出力。

【熱忱】rè chén 熱情 ◆ 他滿腔熱忱地幫助孤寡老人。⊜ 熱心。⊠ 冷漠。

注意 "忱" 不讀 shěn（審）。

【熱門】rè mén 吸引人的、受人關注的事物 ◆ 四年一度的世界盃足球賽一時成為熱門話題。⊠ 冷門。

【熱帶】rè dài 赤道兩側南北回歸線之間的地帶，常年受太陽直射，氣溫高 ◆ 熱帶雨林的雨量充足。

【熱烈】rè liè 興奮激動，情緒高漲 ◆ 觀眾對藝術家的精彩表演，報以熱烈的掌聲。⊠ 冷淡。

【熱情】rè qíng ❶ 熱烈的感情 ◆ 他滿懷熱情報名參加單車越野賽。⊜ 熱忱、熱心。❷ 待人熱心友好 ◆ 熱情地接待來訪的賓客。⊠ 冷淡。

【熱愛】rè ài 熱烈地愛 ◆ 他是一位熱愛運動的人。⊜ 酷愛。⊠ 痛恨。

【熱誠】rè chéng 熱心誠懇 ◆ 她待人熱誠，樂於助人。⊜ 真誠、熱忱、熱情。⊠ 虛偽。

【熱鬧】rè ·nao ❶ 景象興盛活躍；興盛活躍的景象 ◆ 熱鬧的遊藝會 / 去展覽會看熱鬧。❷ 使場面活躍，精神愉快 ◆ 週末讓大家好好熱鬧一番。

☑ 熱浪、熱淚、熱辣辣
☑ 狂熱、親熱、酷熱、水深火熱

☑ 成熟、駕輕就熟

---

11 瑩

見玉部，279頁。

---

11 熬 (熬) 十 土 耂 耂 孝 敖 | **熬**

〈一〉【áo ㄠˊ 粵 ŋou⁴ 遨】
❶ 小火慢煮，使水份減少，濃度增加
◆ 熬藥 / 熬粥。❷ 比喻勉強忍受、支
撐 ◆ 熬夜 / 熬過難關。
〈二〉【āo ㄠ 粵 ŋou⁴ 遨】
❸ 把菜放在水裏煮 ◆ 熬白菜。

---

11 熟 亠 𠂆 享 孰 孰 孰 | **熟**

【shú ㄕㄨˊ 粵 suk⁹ 淑】
❶ 食物經過加熱烹煮到可以吃的程度；
跟 "生" 相對 ◆ 熟食 / 生米煮成熟飯。
❷ 莊稼、瓜果等長成了，到了可以收
穫的程度 ◆ 瓜熟蒂落 / 莊稼成熟了。
❸ 經過加工煉製的 ◆ 熟鐵 / 熟牛皮。
❹ 經歷過的，留有印象的 ◆ 面熟 / 耳
熟。❺ 因常見、常做而認識、瞭解 ◆
熟人 / 熟悉。❻ 因反覆練習而精通、
有經驗 ◆ 熟練 / 熟能生巧。❼ 表示
程度深 ◆ 熟睡 / 深思熟慮。
【熟悉】shú xī 知道得清楚，瞭解得
透徹 ◆ 讓新同學先熟悉一下校園環
境。❺ 生疏、陌生。
【熟語】shú yǔ 慣用的固定詞組，一
般不能隨意變動其中的成分。要從整體
上把握它的含義。使用上相當於一個
詞。如 "七上八下"、"丟三落四"、
"不管三七二十一"、"跑了和尚跑不了
廟"、"三個臭皮匠，賽過諸葛亮" 等。
【熟練】shú liàn 動作、技術純熟，有
經驗 ◆ 鄭傅是一位熟練的電腦操
作員。❻ 純熟。❺ 生疏。
【熟能生巧】shú néng shēng qiǎo 熟
練了，就能找到訣竅，技術就變得高超
◆ 勤學苦練，熟能生巧。
【熟視無睹】shú shì wú dǔ 熟視：常
看見。睹：看見。經常看到，卻像沒看
見一樣。形容對眼前的事物極不關心。
◆ 對這種糟蹋糧食的現象不能熟視
無睹。❻ 視而不見、視若無睹。
注意 "熟視無睹" 含貶義。不要把 "睹" 錯
寫成 "賭"。

---

11 熨 尸 尸 尸 屄 屄 屄 尉 | **熨**

〈一〉【yùn ㄩㄣˋ 粵 wet⁷ 屈 / tɐŋ³ 燙 (語)】
❶ 用燒熱的烙鐵或熨斗把衣物燙平整
◆ 熨衣服。
〈二〉【yù ㄩˋ 粵 wet⁷ 屈】
❷ 熨帖：妥帖；妥善。

---

12 燒 (烧) 火 火 炶 烌 燒 | **燒**

【shāo ㄕㄠ 粵 siu¹ 消】
❶ 把東西點着；起火 ◆ 燃燒 / 火燒
戰船。❷ 加熱煮熟食物或使物體起變
化 ◆ 燒飯 / 燒磚 / 燒炭。❸ 體溫過
高 ◆ 退燒 / 發高燒。
【燒烤】shāo kǎo 燒製或烤製肉食品；
烤製的肉食品 ◆ 掛爐燒烤的鴨子又香
又嫩 / 買幾種燒烤招待客人。
【燒燬】shāo huǐ 燒掉；被火毀滅 ◆
一場大火燒燬了附近的民宅。
☑ 燒香拜佛
☑ 焚燒、燃燒、火燒眉毛、怒火中燒

---

12 熹 一 十 吉 吉 直 喜 | **熹**

【xī ㄒㄧ 粵 hei¹ 希】
天亮；明亮 ◆ 熹微 / 星熹。

---

12 燕 艹 苷 苜 莊 莊 蔬 | **燕**

〈一〉【yàn ㄧㄢˋ 粵 jin³ 宴】
❶ 燕子：候鳥，背黑，腹白，翅膀尖
而長，尾巴像張開的剪刀。捕食害蟲，
是益鳥 ◆ 鶯歌燕舞。
〈二〉【yān ㄧㄢ 粵 jin¹ 煙】
❷ 古代國名，後用來指河北省北部 ◆
燕趙多悲歌 / 北京舊稱燕京。

---

12 燎 丷 丷 炑 炑 燎 燎 | **燎**

〈一〉【liáo ㄌㄧㄠˊ 粵 liu⁵ 了 / liu⁶ 料】
❶ 延燒 ◆ 星星之火，可以燎原。

〈二〉【liǎo ㄌㄧㄠˇ 粵 liu⁵ 了 / liu⁶ 料】
❷ 挨近了火而燒焦，多用於毛髮 ◆ 火
燎眉毛。
【燎原】liáo yuán 火蔓延到大片原野
◆ 中國的改革開放正以燎原之勢蓬
勃發展。

---

12 燃 火 火 炒 炒 燃 燃 | **燃**

【rán ㄖㄢˊ 粵 jin⁴ 言】
❶ 燒 ◆ 燃燒 / 死灰復燃。❷ 點火 ◆
燃燈 / 點燃。
【燃放】rán fàng 用火點着；放炮仗
◆ 市區內不准燃放煙花爆竹。
【燃料】rán liào 能燃燒產生熱能、光
能的物質 ◆ 煤炭、木材、汽油、沼
氣等都是燃料。
【燃燒】rán shāo 物質起火而發光發
熱的現象；也用來比喻某種感情像烈火
燃燒一樣強烈 ◆ 燃燒了幾個月的森林
大火終於被撲滅 / 他心中燃燒着復仇
的怒火。
【燃眉之急】rán méi zhī jí 像火燒眉
毛那樣的緊急。比喻情況非常急迫 ◆
水陸空搶運救災物資，以解災民的燃
眉之急。❸ 迫在眉睫。

---

12 熾 (炽) 火 炉 烗 烗 熾 熾 | **熾**

【chì ㄔˋ 粵 tsi³ 次】
火旺；勢盛 ◆ 熾熱 / 熾烈。
【熾熱】chì rè ❶ 極熱 ◆ 火山噴射
出熾熱的巖漿。❸ 火熱、酷熱。❹
冰冷。❷ 比喻感情熱烈 ◆ 作品洋溢
着對生命熾熱的愛。
注意 "熾" 不讀 shí（識）或 zhī（織）。

---

12 燙 (烫) 氵 汩 沺 渇 湯 湯 | **燙**

【tàng ㄊㄤˋ 粵 tɔŋ³ 趟】
❶ 溫度高 ◆ 水很燙 / 滾燙的水。❷

接觸高溫物體感覺疼痛或受傷 ◆ 燙手 / 燙傷。❸ 用熱的東西使別的物體發生變化 ◆ 燙髮 / 燙衣服。

¹²螢

見虫部，378 頁。

¹²燈 (灯) 丶 火 灯 灯 炉 烃 燈 燈

[dēng ㄉㄥ ⑧ deng¹ 登]

發光照明的用具 ◆ 電燈 / 燈火通明。

【燈火】 dēng huǒ 泛指亮着的燈 ◆ 酒店大堂裏燈火輝煌。

【燈塔】 dēng tǎ 矗立在海岸或島嶼上裝有強烈光源的高塔，用來指引船隻夜間航行 ◆ 燈塔是夜航船隻的指路明燈。

【燈節】 dēng jié 農曆正月十五日是中國傳統的元宵節，這天夜晚有觀燈的風俗，故又稱燈節 ◆ 燈節之夜，孩子們拖着兔子燈，提着鯉魚燈、荷花燈走上街頭，賽燈、觀燈鬧元宵。

【燈飾】 dēng shì 具有裝飾觀賞作用的燈具 ◆ 去燈飾商店買燈。

【燈謎】 dēng mí 貼在花燈上讓人猜的謎語 ◆ 製燈謎、猜燈謎是一種高尚有趣的文娛活動。

【燈籠】 dēng ·long 一種照明用具或裝飾品，用薄竹片或鐵絲做骨架，糊上紙或紗，裏面點蠟燭或裝上電燈 ◆ 大紅燈籠高高掛。

☑ 花燈、幻燈、走馬燈、張燈結綵

¹³燦 (灿) 丶 火 火 灿 灿 燿 燦

[càn ㄘㄢ ⑧ tsan³ 粲]

光彩鮮明耀眼 ◆ 燦爛 / 金光燦燦。

【燦爛】 càn làn 光彩鮮明耀眼 ◆ 今夜星光燦爛。⑩ 絢爛、輝煌。⑫ 暗淡、昏暗。

¹³燥 丶丶 火 炉 炉 焊 燥

[zào ㄗㄠ ⑧ tsou³ 醋]

乾；沒有水分或水分很少 ◆ 乾燥 / 燥熱。

⚠ "躁"不讀 cāo（操）。

☑ 枯燥、口乾舌燥

¹³燭 (烛) 丶 火 灯 焗 焗 燭 燭

[zhú ㄓㄨˊ ⑧ dzuk⁷ 竹]

用蠟和油脂製成的照明用具 ◆ 蠟燭 / 燭光。

☑ 火燭、香燭、風燭殘年、洞房花燭

¹³燬 (毁) 丶 火 火 炉 焯 燬

[huǐ ㄏㄨㄟˇ ⑧ wei² 委]

燒掉；燒壞 ◆ 焚燬。

¹³燴 (烩) 丶 火 灯 炒 焓 燴

[huì ㄏㄨㄟˋ ⑧ wui⁶ 匯]

一種烹調方法，把幾種食品用濃汁燒在一起 ◆ 燴豆腐 / 燒雜燴。

¹³營 (营) 丶 火 炏 炏 營 營 營

[yíng ㄧㄥˊ ⑧ jin⁴ 形]

❶ 謀求；設法 ◆ 營救 / 營利。❷ 建造；管理 ◆ 營建 / 經營。❸ 軍隊駐紮的地方 ◆ 營房 / 野營 / 安營紮寨。❹ 軍隊的編制單位之一，在團以下，連以上 ◆ 營長。

【營救】 yíng jiù 想辦法援救 ◆ 警方積極營救被拐賣的婦女。⑩ 解救。

【營養】 yíng yǎng 物質中所含的能促進生長發育、維持生命健康的養分 ◆ 水果營養豐富。

【營業】 yíng yè 經營商業、服務業、交通運輸業等業務 ◆ 節日期間百貨公司照常營業。

【營私舞弊】 yíng sī wǔ bì 舞弊：以欺騙手法做違法亂紀的事情。指為謀求私利而玩弄手法做違法亂紀的事 ◆ 公務員要廉潔奉公，不能營私舞弊。

⚠ "營私舞弊"也作"徇私舞弊"。

☑ 營地、營造

☑ 陣營、結黨營私、步步為營

¹⁴燻 丶 火 炉 炉 煙 燻 燻

[xūn ㄒㄩㄣ ⑧ fen¹ 分]

❶ 用火煙烤製食物 ◆ 燻魚 / 燻肉 / 燻雞。❷ 煙氣或其他氣味接觸物體 ◆ 燻蚊子 / 牆燻黑了。

⚠ "燻"也作"熏"。

¹⁴爐 (烬) 丶 火 灯 炉 炉 爐 爐

[jìn ㄐㄧㄣˋ ⑧ dzœn⁶ 盡]

物質燃燒後剩下的殘餘物 ◆ 灰爐。

¹⁵爆 丶 火 炉 炉 爆 爆 爆

[bào ㄅㄠ ⑧ bau³ 包³]

❶ 猛然炸裂 ◆ 爆炸 / 爆裂。❷ 突然發生；出乎意料地發生 ◆ 火山爆發 / 爆出冷門。

【爆竹】 bào zhú 用多層紙把火藥捲緊，呈圓柱形，兩頭堵死，點着引火線後能爆炸發聲的物品。多在喜慶日燃放

營養素	主 要 食 品	主 要 功 能
蛋白質	牛奶、肉、魚、豆類、雞蛋	促進生長發育，補充機體代謝的消耗
糖	澱粉類食物、水果	供給熱能，增進肝的解毒功能
脂肪	奶油、油脂、胡桃、花生、芝麻	供給熱能、脂肪酸
維他命 A	肝臟、胡蘿蔔、雞蛋、蔬菜等	增強機體對傳染病的抵抗能力；避免夜盲症、乾眼病等
維他命 B 羣	肝臟、牛奶、豆類、穀類食物等	幫助吸收碳水化合物、蛋白質及脂肪等；促進生長發育及消化道的功能
維他命 C	新鮮蔬果	保持骨骼及牙齒健康；抗壞血病；促進損傷瘉合
維他命 D	肝臟、魚、蛋黃、牛奶、魚肝油等	幫助攝取鈣及磷，促進骨骼及牙齒的發育
維他命 K	花生油、花菜、菠菜、苜蓿	促使體內生成凝血酶原體

◆ 爆什聲聲除舊歲。

注意 "爆竹"也叫"爆仗"或"炮仗"。

【爆炸】bào zhà ❶ 炸彈、油罐等猛然炸裂，產生巨大的聲響和破壞力，叫爆炸 ◆ 恐怖分子經常製造炸彈爆炸事件。❷ 形容數量急劇增加，到了極限 ◆ 我們正處於知識爆炸的時代。

【爆破】bào pò 用炸藥摧毀 ◆ 爆破山巖，修築隧道。

【爆裂】bào liè 突然破裂 ◆ 病人腦血管爆裂，至今昏迷不醒。

【爆發】bào fā 突然而迅猛地發生或發作 ◆ 火山爆發／禮堂裏爆發出陣陣掌聲。

【爆滿】bào mǎn 形容影院、競賽場等觀眾極多，已沒有空位 ◆ 新片放映幾天來場場爆滿。

---

¹⁵ 爍（烁） 火 灯 炉 炉 煤 燥 爍

[shuò ㄕㄨㄛˋ ⑧ sœk⁸ 削]

光亮的樣子 ◆ 閃爍。

注意 "爍"不讀 lè（樂）、lì（力）。

---

¹⁶ 爐（炉） 火 炉 炉 炉 炉 爐 爐

[lú ㄌㄨˊ ⑧ lou⁴ 勞]

做飯菜、取暖、冶煉等用的器具或設備 ◆ 爐灶／鍋爐／煉鋼爐。

【爐火純青】lú huǒ chún qīng 純：純粹。相傳舊時道家煉丹，到爐火中火焰轉成純青色時，就算煉成了。比喻學問、技藝達到純熟、完美的境界 ◆ 他的棋藝精湛，已經達到爐火純青的境地。

▣ 火爐、熔爐、另起爐灶

---

¹⁷ 爛（烂） 火 灯 灯 灯 燗 爛 爛

[làn ㄌㄢˋ ⑧ lan⁶ 蘭⁶]

❶ 食物煮得過熟變得稀軟；稀軟的東西 ◆ 爛飯／爛泥。❷ 腐壞 ◆ 腐爛／潰爛。❸ 表示程度極深 ◆ 喝得爛醉／書背得滾瓜爛熟。❹ 頭緒紛亂 ◆ 爛攤子／一本爛賬。❺ 光亮；有光彩 ◆ 星光燦爛／山花爛漫。

【爛漫】làn màn ❶ 色彩鮮豔美麗 ◆ 山花爛漫，春意盎然。⑩ 絢麗、絢爛。❷ 自然坦率，毫不做作 ◆ 成天跟天真爛漫的孩子在一起，心裏很開心。⑩ 純真、天真。

◁ 爛糊、爛熟

▣ 燦爛、破銅爛鐵、海枯石爛

爪 部

⁰ 爪 一 厂 爪 爪

⟨一⟩ [zhǎo ㄓㄠˇ ⑧ dzau² 找]

❶ 鳥獸的腳或動物的趾甲 ◆ 爪牙／鷹爪。

⟨二⟩ [zhuǎ ㄓㄨㄚˇ ⑧ dzau² 找]

❷ 義同 ❶，多用於 "爪子"、"爪兒" 等詞 ◆ 雞爪子／貓爪子。

【爪牙】zhǎo yá 爪和牙是猛禽、猛獸的武器。比喻壞人的幫兇 ◆ 那批爪牙在主子指使下無惡不作。⑩ 走狗。

注意 "爪"不讀 zhuǎ。

▣ 魔爪、一鱗半爪、張牙舞爪

---

³ 妥 見女部，108 頁。

---

⁴ 采 見采部，429 頁。

---

⁴ 受 見又部，66 頁。

---

⁴ 爭（争） ⺈ ⺈ ⺥ 爭 爭 爭

[zhēng ㄓㄥ ⑧ dzeŋ¹ 增]

❶ 努力取得或達到 ◆ 爭取／爭奪／競爭。❷ 辯論 ◆ 爭論／爭辯。

【爭光】zhēng guāng 爭取光榮 ◆ 在國際比賽中為國爭光。

【爭吵】zhēng chǎo 因意見不合而爭辯、吵嘴 ◆ 雙方各持己見，引起一場爭吵。⑩ 口角、爭執。

【爭取】zhēng qǔ 盡力實現或獲得 ◆ 我要努力爭取冠軍。

【爭氣】zhēng qì 發憤圖強，不甘落後 ◆ 孩子個個爭氣，父母得到寬慰。

【爭執】zhēng zhí 各自堅持己見，不肯相讓 ◆ 雙方各自堅持自己的意見，爭執不下。⑩ 爭論、爭吵。

【爭奪】zhēng duó 努力奪取 ◆ 各隊雄心勃勃，都想爭奪杯賽冠軍。⑩ 奪取。

【爭端】zhēng duān 引起爭執的原因 ◆ 通過協商，解決爭端。

【爭論】zhēng lùn 各自發表意見，互相辯論 ◆ 大家七嘴八舌爭論不休，得不出一個結論。⑩ 爭執。

【爭議】zhēng yì 討論中意見不一致 ◆ 對於這起事件的評價，目前尚有爭議。⑩ 爭論。

【爭辯】zhēng biàn 爭論；辯論 ◆ 你不講道理，我不跟你爭辯了。

注意 "辯"中間是"言"，不要錯寫成"辨"。

【爭先恐後】zhēng xiān kǒng hòu 搶在前面，唯恐落後 ◆ 同學們爭先恐後地報名參加植樹活動。

◁ 爭鬥、爭臉、爭鳴、爭持不下、爭權奪利、爭妍鬥豔

▣ 力爭、戰爭、家爭鳴、寸土必爭

---

⁴ 爬 ⺈ 厂 爪 爪 爬 爬 爬

[pá ㄆㄚˊ ⑧ pa⁴ 扒]

❶ 手腳一齊着地行走 ◆ 爬行／烏龜爬上岸來。❷ 攀登；抓住東西從下往上走 ◆ 爬山／爬樹。

---

⁴ 乳 見乙部，10 頁。

---

⁶ 舀 見臼部，356 頁。

---

⁷ 覓 見見部，387 頁。

---

⁸ 舜 見舛部，358 頁。

⁹ **愛** 見心部，158頁。

⁹ **亂** 見乙部，10頁。

¹³ **爵** ⺤⺤⺤⺤⺤⺤⺤爵
[jué ㄐㄩㄝˊ ⓟdzœk⁸ 雀]
❶ 古代的飲酒器具。❷ 爵位：君主國家貴族封號的等級，一般分為公、侯、伯、子、男五等 ◆ 公爵／伯爵。

父部

⁰ **父** ⺈八ㄆ父
[fù ㄈㄨˋ ⓟfu⁶ 付]
❶ 爸爸 ◆ 父親／父子／認賊作父。❷ 對男性長輩的通稱 ◆ 祖父／伯父／父老鄉親。
💬 岳父、姑父、舅父

⁴ **斧** 見斤部，197頁。

⁴ **爸** 八ㄆ父爸爸爸
[bà ㄅㄚˋ ⓟba¹ 巴]
爸爸，也就是父親。

⁶ **釜** 見金部，430頁。

⁶ **爹** 八ㄆ父爷爹爹
[diē ㄉㄧㄝ ⓟdɛ¹]
❶ 父親 ◆ 爹媽／爹娘。❷ 對老年男子的尊稱 ◆ 老爹。
💬 乾爹

⁹ **爺**(爷) 父父爷爷爷爷
[yé ㄧㄝˊ ⓟjɛ⁴ 耶]

❶ 父親 ◆ 爺娘。❷ 爺爺：祖父。❸ 對年長男子的尊稱 ◆ 老大爺。❹ 過去對官僚或主人的稱呼 ◆ 王爺／老爺。❺ 對神佛的尊稱 ◆ 土地爺／財神爺／佛爺。

爻部

⁷ **爽** 一ㄏ爻爻爽爽 爽
[shuǎng ㄕㄨㄤˇ ⓟsɔŋ² 嗓]
❶ 明朗；清亮 ◆ 秋高氣爽／眉清目爽。❷ 直率；痛快 ◆ 直爽／性格豪爽。❸ 舒服 ◆ 涼爽／身體不爽。❹ 失誤；差錯 ◆ 絲毫不爽／屢試不爽。
【爽快】shuǎng kuài ❶ 舒服痛快 ◆ 沖個涼水澡，真爽快。同 舒暢、暢快。❷ 直率；直截了當 ◆ 他說話爽快，從來不轉彎抹角。同 直爽、乾脆。
【爽直】shuǎng zhí 乾脆直率 ◆ 他是個性格爽直的人。同 直爽。反 婉轉。
【爽約】shuǎng yuē 爽：違背。失約 ◆ 他一向守信，從不爽約。同 違約。反 守約、守信。
【爽朗】shuǎng lǎng ❶ 天空明朗，空氣清爽 ◆ 爽朗的天空飄浮着幾朵白雲。同 晴朗。反 陰沉。❷ 開朗；直率 ◆ 她性格爽朗，活潑可愛。
💬 颯爽英姿

¹⁰ **爾**(尔) 一ㄇ行爾爾爾 爾
[ěr ㄦˇ ⓟji⁵ 耳]
❶ 你；你的 ◆ 爾等／爾虞我詐。❷ 如此；這樣 ◆ 偶爾／不過爾爾。
【爾後】ěr hòu 從此以後 ◆ 三年前他去南洋闖蕩，爾後音信全無。同 而後。
【爾虞我詐】ěr yú wǒ zhà 爾：你。虞、詐：欺騙。你欺騙我，我欺騙你。指互相猜疑，互相欺騙 ◆ 舊時官場上那種爾虞我詐、鈎心鬥角的現象司空見慣。
💬 出爾反爾

爿部

³ **壯** 見士部，99頁。

³ **妝** 見女部，109頁。

⁴ **牀**(床) 丬丬丬丬丬丬牀 牀
[chuáng ㄔㄨㄤˊ ⓟtsɔŋ⁴ 藏]
❶ 睡覺用的傢具 ◆ 牀鋪／單人牀。❷ 像牀的東西 ◆ 車牀／機牀。❸ 量詞，用於被褥等 ◆ 一牀棉被。

⁴ **狀** 見犬部，271頁。

⁷ **將** 見寸部，123頁。

¹¹ **奬** 見犬部，274頁。

¹³ **牆**(墙) 丬丬丬牆牆牆 牆
[qiáng ㄑㄧㄤˊ ⓟtsœŋ⁴ 祥]
用磚、石、土等砌成，用來分隔房屋或某些場所內外的建築物 ◆ 牆壁／城牆／圍牆。
💬 隔牆有耳、銅牆鐵壁

片部

⁰ **片** ノノ丿片 片
⟨一⟩[piàn ㄆㄧㄢˋ ⓟpin³ 騙]
❶ 平而薄的東西 ◆ 刀片／名片。❷

零星的；不全的 ◆ 片段／片面理解。

❸ 量詞 ◆ 兩片葉／一片深情。

〈二〉[piān ㄆㄧㄢ ⑧ pin³ 騙]

❹ 義同 ❶，用於口語中的一部分詞，如"片子"、"唱片"。

【片刻】piàn kè　很短的時間；一會兒 ◆ 請你稍等片刻。

【片面】piàn miàn　❶ 單方面的 ◆ 你不能只聽片面之詞就匆忙下結論。❷ 只注意到了事物的一個方面 ◆ 你對他的看法太片面。（反）全面。

【片段】piàn duàn　整個作品或生活經歷中的一部分 ◆ 報紙選登了這篇小說的片段／中學時代的生活片段。（注意）"片段"也作"片斷"。

【片言隻語】piàn yán zhī yǔ　指簡短的幾句話或零碎的文字材料 ◆ 父母思念，卻不見兒子有片言隻語的來信／我們不能抓住文章的片言隻語，就武斷地否定整篇文章。（同）片紙隻字。

【片紙隻字】piàn zhǐ zhī zì　指簡短的幾句話或零碎的文字材料 ◆ 他離家出走後，從未寄來過片紙隻字／僅憑這片紙隻字是不能說明問題的。（同）片言隻語。

（四）片甲不留、片瓦無存

（五）圖片、照片、明信片、打成一片

4 版 丿丿广片片片版 版

[bǎn ㄅㄢˇ ⑧ ban² 板]

❶ 上面有文字或圖畫供印刷用的底子 ◆ 排版／鉛版。❷ 印刷品排印的次數 ◆ 初版／第五版。❸ 報紙的分頁 ◆ 頭版／版面設計。

【版畫】bǎn huà　用刻刀在木版、石版、鋼版等版面上雕刻後印刷出來的圖畫 ◆ 這是一本青年作家的版畫集。

【版圖】bǎn tú　原指戶籍和地圖，現在泛指一國的國土、疆域 ◆ 中國版圖遼闊，物產豐富。

（四）版本、版面、版稅、版權

（五）出版、原版、再版、翻版

8 牌 丿丿广片牌牌牌 牌

[pái ㄆㄞˊ ⑧ pai⁴ 排]

❶ 用作標誌的板，上面有文字或圖記 ◆ 招牌／門牌／廣告牌。❷ 商品的專用名稱；牌子 ◆ 名牌／老牌／中華牌。❸ 古代護身用的武器 ◆ 盾牌／擋箭牌。❹ 娛樂或賭博用品 ◆ 撲克牌／麻將牌。

【牌照】pái zhào　指行車憑證或特種營業執照 ◆ 汽車牌照被盜。

15 牘(牘) 丿丿片片片片牘牘 牘

[dú ㄉㄨˊ ⑧ duk⁹ 讀]

古代寫字用的木片，後來指公文、書信 ◆ 尺牘／文牘。

（五）連篇累牘

牙 部

0 牙 一二于牙 牙

[yá ㄧㄚˊ ⑧ nga⁴ 衙]

❶ 牙齒：咀嚼食物的器官 ◆ 門牙／換牙。❷ 與牙齒有關的 ◆ 牙膏／牙周病。❸ 特指象牙 ◆ 牙雕／牙筷。

（五）爪牙、犬牙交錯、伶牙利齒、張牙舞爪、虎口拔牙

牛 部

0 牛 丿丨二牛 牛

[niú ㄋㄧㄡˊ ⑧ ngeu⁴ 偶⁴]

❶ 反芻類家畜，能耕地、拉車、馱運東西，肉和奶營養價值高。常見的有水牛、黃牛等 ◆ 耕牛／奶牛。❷ 比喻有力或固執倔強 ◆ 牛勁／牛脾氣。

【牛郎織女】niú láng zhī nǚ　兩個星座名。古代神話牛郎是民間一位樸實的放牛郎，織女是天帝的孫女。織女喜歡

牛郎，私下成親，過着男耕女織的生活。但遭到天帝的懲罰，用銀河把他們隔開，只准他們在每年農曆七月七日夜相會一次。現用來比喻長期分居的夫妻 ◆ 他倆結婚四年，長期分居兩地，過着牛郎織女般的生活。

【牛頭不對馬嘴】niú tóu bù duì mǎ zuǐ　比喻説的與做的不一致，或所答非所問，或兩件事物不相關 ◆ 人家問的是東，他回答的卻是西，真是牛頭不對馬嘴。（注意）"牛頭不對馬嘴"也作"驢頭不對馬嘴"。

（五）吹牛、九牛一毛、汗牛充棟、對牛彈琴、九牛二虎之力、風馬牛不相及

2 牟 一ㄥ厶午午 牟

[móu ㄇㄡˊ ⑧ meu⁴ 某]

❶ 牛叫聲。❷ 用不正當的手段取得 ◆ 牟取暴利。❸ 姓。

3 牡 丿丿土牛牛牡 牡

[mǔ ㄇㄨˇ ⑧ meu⁵ 某]

雄性的鳥獸 ◆ 牡雞／牡牛。

【牡丹】mǔ ·dan　一種落葉小灌木，夏初開花，花朵大，有紅、白、紫等顏色，是著名的觀賞植物，有"花王"之稱 ◆ 每年去洛陽看牡丹的遊客成千上萬。

3 牢 丶丶宀宀宀牢牢 牢

[láo ㄌㄠˊ ⑧ lou⁴ 勞]

❶ 關押犯人的地方；監獄 ◆ 牢房／監牢。❷ 堅固；結實；經久不壞 ◆ 牢固／牢不可破。❸ 關養牲畜的圈 ◆ 牢籠／亡羊補牢，猶未為晚。

【牢房】láo fáng　監獄裏關押犯人的房間 ◆ 這間牢房陰暗潮濕。（同）牢獄、監牢。

【牢固】láo gù　堅實；堅固 ◆ 語文基礎打得牢固，對學習任何科目都很有幫助。（同）穩固、紮實。（反）薄弱。

【牢靠】láo ·kao　❶ 堅固；結實 ◆ 木棚雖不牢靠，尚可暫避風雨。（同）牢固。❷ 穩當可靠 ◆ 他辦事牢靠，你儘可放心。

【牢騷】láo sāo 煩惱不滿的情緒 ◆ 最近他總是牢騷滿腹／有話好好說，別發牢騷。

【牢籠】láo lóng 關鳥獸的籠子。比喻束縛人的事物 ◆ 衝破傳統觀念的牢籠，做個現代女性。◎樊籠。

【牢不可破】láo bù kě pò 非常堅固、不可摧毀。常指友誼等抽象事物 ◆ 兩人的友誼久經考驗，牢不可破。

☒牢記、牢獄

☒地牢、亡羊補牢

³ 牠(它) ㇒㇒ㄅ牛牜牜牥牠 牠

[tā ㄊㄚ 粵ta¹ 他]

指稱動物的代詞。

⁴ 牧 ㇒㇒ㄅ牛牜牧牧 牧

[mù ㄇㄨˋ 粵muk⁹ 木]

放養牲畜 ◆ 牧馬／蘇武牧羊。

【牧民】mù mín 牧區中以畜牧為生的人 ◆ 牧民逐草而居，住處多不固定。

【牧場】mù chǎng 放牧牲畜的草地 ◆ 山腳下是一片天然牧場。

【牧童】mù tóng 放牧牛羊的孩子 ◆ 牧童騎在牛背上，吹着短笛，十分自在。

☒放牧、畜牧、遊牧

⁴ 物 ㇒㇒ㄅ牛牜牞物物 物

[wù ㄨˋ 粵meʋ⁶ 勿]

❶一切有形體的東西 ◆ 動物／食物／貨物。❷具體內容；實質 ◆ 言之有物／空洞無物。❸自己以外的人或環境 ◆ 待人接物。❹尋找 ◆ 物色。

【物件】wù jiàn 物品 ◆ 買了一些小物件送給朋友。

【物色】wù sè 尋找合適的人或物 ◆ 物色人才。◎尋求。

【物品】wù pǐn 多指日常生活應用的東西 ◆ 請旅客保管好自己的貴重物品。◎物件。

【物產】wù chǎn 天然出產的或人工製造的物品 ◆ 江南水鄉物產豐富。

【物資】wù zī 生產或生活上需要的物質資源 ◆ 大量救災物資正源源不斷地運向災區。

【物價】wù jià 商品的價格 ◆ 經濟不景氣，物價大跌。

【物質】wù zhì 指金錢和吃、穿、用的東西 ◆ 青年人不要過分追求物質享受。

【物體】wù tǐ 有形的物質個體 ◆ 玻璃是一種透明的物體，它表面光滑，用途廣泛。

☒人物、文物、刊物、生物、事物、財物、植物、禮物、讀物、農作物、地大物博

⁵ 牲 ㇒㇒牛牛牜牝牲牲 牲

[shēng ㄕㄥ 粵sɐŋ¹ 生]

家畜 ◆ 牲口／牲畜。

【牲口】shēng·kou 指牛、馬、驢等能幫人幹活的家畜 ◆ 爺爺正在餵牲口。

【牲畜】shēng chù 指牛、羊、豬等家畜 ◆ 張老伯是飼養牲畜的能手。

(注意)"畜"不讀 xù(蓄)。

☒畜牲、犧牲

⁶ 特 ㇒牛牜牜牧牛特特 特

[tè ㄊㄜˋ 粵dɐk⁹ 得⁹]

❶不同於一般的；不尋常的 ◆ 特別／特效／奇特。❷專門的 ◆ 特意／特派記者。

【特地】tè dì 表示專門為了某件事情 ◆ 為了參加跑步比賽，他特地買了一雙運動鞋。◎特意。

【特色】tè sè 事物獨有的色彩、情調和風格等 ◆ 他們跳的土風舞很有民族特色。◎特點。

【特別】tè bié ❶不同於一般的；不平常的 ◆ 今年夏天特別熱／這幢建築的外形很特別。◎特殊。❺平常、普通。❷特地 ◆ 今天我生日，媽媽特別為我買了蛋糕。◎特意。❸尤其 ◆ 我很喜歡音樂，特別愛彈鋼琴。

【特長】tè cháng 特別擅長的方面 ◆ 他的特長是打籃球。◎專長。

【特性】tè xìng 人或事物特有的性質 ◆ 人物描寫要抓住人物的特性／汽油的特性是易燃。◎特點、特徵。

【特定】tè dìng ❶專門指定的 ◆ 他是這次會議的特定代表。❷具體的某個人、時、地方 ◆ 只有在特定的場合才能說這樣的話。❺一般。

【特殊】tè shū 不同於一般的；不尋常的 ◆ 他身殘志不殘，不需要特殊照顧。◎特別。❺一般。

【特產】tè chǎn 某個地方特有的或著名的物產 ◆ 西湖龍井茶是杭州的特產。◎土產。

【特務】tè wù 軍隊中執行警衞、通訊等特別任務的 ◆ 特務連擔任首長的警衞工作。

【特務】tè·wu 參加間諜組織、從事刺探情報、進行暗害破壞等活動的人 ◆ 幾個暗藏的特務已經落網。◎特工。

【特意】tè yì 專門地；特地 ◆ 這個座位是特意為顧老師留的。

【特徵】tè zhēng 人或事物的顯著特點 ◆ 此人的外貌特徵是粗眉大眼方臉，左腳微跛。

【特寫】tè xiě ❶描寫真人真事的一種文學樣式，是報告文學的一種 ◆ 這是一篇頌揚見義勇為的人物特寫。❷電影、電視中把人或物的某一部分特別放大的鏡頭 ◆ 這些特寫鏡頭都是為了突出人物性格，襯托環境氣氛的。

【特點】tè diǎn 人或事物具有的獨特的地方 ◆ 這篇文章有哪些特點，請同學們討論一下。◎特色、特性。

【特權】tè quán 特殊的權利 ◆ 政府公務人員不應該利用特權，為自己謀取私利。

☒特技、特區、特邀、特異功能

☒奇特、獨特

⁷ 犁 "犁"的異體字，見271頁。

⁷ 牽(牽) ㇒㇒ㄊ玄玄玄牽牽 牽

[qiān ㄑㄧㄢ 粵hin¹ 掀]

❶拉 ◆ 牽引／千里姻緣一線牽。❷

連帶；連累 ◆ 牽涉／牽連。

【牽涉】qiān shè 因一件事的發生而牽連涉及到別的事和人 ◆ 這件事比較複雜，牽涉到某些頭面人物。⊙牽連。

【牽連】qiān lián 因某個人或某件事而連帶影響到別人 ◆ 這宗經濟案件把叔父也牽連進去了。⊙牽涉。

【牽掛】qiān guà 心中掛念 ◆ 媽媽牽掛着在外讀書的女兒。⊙惦念、記掛。

【牽強】qiān qiǎng 勉強生硬 ◆ 這樣解釋過於牽強，使人難以信服。
⟨注意⟩ "強" 不讀 qiáng（牆）。

【牽強附會】qiān qiǎng fù huì 附會：把沒有關係的事說成有關係。指指拉硬扯，勉強湊合 ◆ 這種說法牽強附會，沒有說服力。
⟨注意⟩ "強" 不讀 qiáng（牆）。

【牽腸掛肚】qiān cháng guà dù 形容非常掛念，放心不下 ◆ 最使她牽腸掛肚的，是在外地讀書的女兒。
☑ 順手牽羊

⁸ 犁（犁）ㄧ ㄑ ㄑ ㄑ ㄑ ㄑ 犁
[lí ㄌㄧˊ ⑭ lɐi⁴ 黎]
❶ 翻土用的農具 ◆ 扶犁。❷ 用犁耕地 ◆ 犁田。
⊛ 圖見 416 頁。

⁸ 犀 ㄕ ㄕ ㄕ ㄕ ㄕ 犀
[xī ㄒㄧ ⑭ sɐi¹ 西]
哺乳動物，形狀像牛，生長在熱帶森林裏。鼻子上有角，是名貴的藥材。通稱犀牛。

【犀利】xī lì 形容武器鋒利；現多用來形容語言、目光等銳利、明快 ◆ 這篇評論文筆犀利，說理透徹。

⁹ 犍 牛 牜 牮 牮 犍 犍 犍
⟨一⟩[jiān ㄐㄧㄢ ⑭ gin¹ 堅]

❶ 閹割過的公牛 ◆ 犍牛。
⟨二⟩[qián ㄑㄧㄢˊ ⑭ kin⁴ 虔]
❷ 犍為：地名，在四川省。

¹⁵ 犢（犊）牛 牜 牜 牮 犢 犢 犢
[dú ㄉㄨˊ ⑭ duk⁹ 讀]
小牛 ◆ 初生牛犢不怕虎。

¹⁶ 犧（牺）牜 牮 牮 牮 犧 犧 犧
[xī ㄒㄧ ⑭ hei¹ 希]
❶ 古代祭祀用的毛色純一的牲畜。❷ 見 "犧牲"。

【犧牲】xī shēng 原指古代祭祀時宰殺的牲畜；現指獻出生命或放棄個人利益 ◆ 他常常犧牲休息時間去參加公益活動。

犬 部

⁰ 犬 一 ナ 大 犬
[quǎn ㄑㄩㄢˇ ⑭ hyn² 勸²]
狗 ◆ 警犬／獵犬。

【犬牙交錯】quǎn yá jiāo cuò 像狗的牙齒那樣長短不齊。原比喻交界線曲折不齊；現多用來比喻情況錯綜複雜 ◆ 兩國邊境以山河為界，犬牙交錯，地形複雜／這起案件牽涉面廣，犬牙交錯，非常棘手。

【犬馬之勞】quǎn mǎ zhī láo 犬馬：在君主、尊長面前卑稱自己。願像犬馬那樣為主人奔走。表示願意為別人效勞 ◆ 您老人家請吩咐，在下願效犬馬之勞。
☑ 雞犬不寧、喪家之犬

² 犯 ノ イ イ 犯 犯
[fàn ㄈㄢˋ ⑭ fan⁶ 飯]
❶ 違反；抵觸 ◆ 犯法／明知故犯。❷ 犯罪的人 ◆ 囚犯／盜竊犯。❸ 侵

害 ◆ 侵犯領空。❹ 發作；發生 ◆ 犯病／犯錯誤。❺ 值得 ◆ 犯得着／犯不着。

【犯法】fàn fǎ 觸犯法律、法令 ◆ 法律面前人人平等，誰犯法，誰就要被依法治罪。⊙犯罪。

【犯罪】fàn zuì 觸犯法律法令，應該受到刑法處罰的行為 ◆ 殺人搶劫是嚴重的犯罪行為。⊙犯法。

⁴ 狂 ノ イ イ 犭 犴 狂 狂
[kuáng ㄎㄨㄤˊ ⑭ kwɔŋ⁴ 礦⁴]
❶ 精神失常；瘋癲 ◆ 狂人／瘋狂／犬病。❷ 盡情地；無拘束地 ◆ 狂歡／狂笑。❸ 驕傲自大 ◆ 狂妄／口出狂言。❹ 猛烈 ◆ 狂浪／狂風暴雨。

【狂妄】kuáng wàng 極端的放肆；自高自大到極點 ◆ 他目空一切，態度十分狂妄。

【狂熱】kuáng rè 極度的熱情 ◆ 有些中學生狂熱地崇拜某個明星，簡直如癡如迷。

【狂歡】kuáng huān 縱情地歡樂 ◆ 捷報傳來，球迷們通宵狂歡。

【狂風暴雨】kuáng fēng bào yǔ 猛烈的風，大而急的雨；也比喻處境險惡或聲勢猛烈 ◆ 經歷過狂風暴雨考驗的人是不會向困難低頭的。⊙暴風驟雨。
☑ 猖狂、輕狂、瘋狂、欣喜若狂、喪心病狂

⁴ 狄 ノ イ イ 犭 犲 狄
[dí ㄉㄧˊ ⑭ dik⁹ 滴]
❶ 中國古代對北方少數民族的通稱。❷ 姓。

⁴ 狀（状）丬 丬 爿 爿 牀 狀 狀
[zhuàng ㄓㄨㄤˋ ⑭ dzɔŋ⁶ 撞]
❶ 樣子 ◆ 形狀／奇形怪狀。❷ 情況 ◆ 狀況／維持現狀。❸ 陳述事實的文字 ◆ 狀紙／訴狀。❹ 褒獎、委任等憑證 ◆ 獎狀／委任狀。

【狀元】zhuàng·yuan 科舉時代殿試第一名。比喻某個行業中成績最突出的人

◆ 三百六十行，行行出狀元。

【狀況】zhuàng kuàng　情況 ◆ 我不瞭解他畢業以後的工作狀況。 (同)情形。

【狀態】zhuàng tài　人或事物表現出來的形態、狀況 ◆ 病人仍處於昏迷狀態。

(近)症狀、罪狀、慘狀、不可名狀

⁵ **狙** ノノ犭犭狙狙狙　狙

[jū ㄐㄩ (粵)dzœy¹ 追]

見"狙擊"。

【狙擊】jū jī　暗中埋伏，伺機攻擊敵人 ◆ 他是一個出色的狙擊手。

(注意)"狙"不讀 zǔ(阻)。

⁵ **狐** ノノ犭犭狐狐狐　狐

[hú ㄏㄨˊ (粵)wu⁴ 胡]

哺乳動物，也叫狐狸。尾毛能排出臭氣，皮毛很珍貴 ◆ 狐假虎威 / 兔死狐悲。

【狐疑】hú yí　像狐狸那樣多疑。懷疑；猜疑 ◆ 聽了他的一番解釋，反而令人滿腹狐疑。 (反)相信。

【狐假虎威】hú jiǎ hǔ wēi　假：借。古代寓言：狐狸遇上了老虎，老虎要吃牠。狐狸說："上天命令我做百獸之王，你吃了我就違背了天意。你若不信，跟我走一趟，看看百獸見了我是不是逃跑。"老虎跟在狐狸後面，一起走進森林，果然各種走獸見了就逃跑。原來狐狸是借着老虎的威風嚇跑百獸的，老虎還以為百獸真的是怕狐狸呢。比喻利用別人的威勢欺壓人、嚇唬人 ◆ 他仗着父親是大官，狐假虎威，欺壓百姓。 (同)狗仗人勢。

⁵ **突** 見穴部，314頁。

⁵ **狗** ノノ犭犭狗狗狗　狗

[gǒu ㄍㄡˇ (粵)geu² 久]

❶ 哺乳動物，也叫犬。嗅覺、聽覺都很靈敏 ◆ 獵狗 / 哈叭狗。 ❷ 比喻受人利用、替人做壞事的人 ◆ 走狗 / 狗

腿子。

【狗仗人勢】gǒu zhàng rén shì　仗：依仗。比喻走狗、奴才倚仗着主子的權勢胡作非為，欺壓別人 ◆ 這些打手狗仗人勢，做盡了壞事。 (同)狐假虎威。

【狗血噴頭】gǒu xuè pēn tóu　形容罵得很兇，很厲害 ◆ 記得小時候有一次逃學，被爸爸罵了個狗血噴頭。

(注意)"狗血噴頭"也作"狗血淋頭"。

【狗急跳牆】gǒu jí tiào qiáng　比喻在走投無路時，不顧一切地行動，或不擇手段地冒險蠻幹 ◆ 警方為了防止歹徒狗急跳牆，採取了應急措施。

(近)走狗、狼心狗肺、偷雞摸狗

⁶ **哭** 見口部，78頁。

⁶ **臭** 見自部，355頁。

⁶ **狡** ノノ犭犭狩狩狡　狡

[jiǎo ㄐㄧㄠˇ (粵)gau² 絞]

狡猾；詭詐 ◆ 狡詐 / 狡辯。

【狡詐】jiǎo zhà　狡猾奸詐 ◆ 此人非常狡詐，不要輕易信任他。 (同)詭詐。 (反)忠厚、誠實。

【狡猾】jiǎo huá　不老實，愛耍花招、施詭計 ◆ 再狡猾的狐狸也逃不過好獵手。 (同)狡詐。 (反)老實。

(注意)"狡猾"也作"狡滑"。

【狡賴】jiǎo lài　狡辯抵賴 ◆ 他做了壞事，還百般狡賴。

(注意)"賴"不讀 lǎn(懶)。

【狡辯】jiǎo biàn　狡猾地強辯 ◆ 事實俱在，不用狡辯。 (同)詭辯。

(注意)不要把"辯"錯寫成"辨"。

⁶ **狼** ノノ犭犭狼狼狼　狼

[hěn ㄏㄣˇ (粵)hen² 很]

❶ 兇惡；殘忍 ◆ 狼毒 / 兇狠。 ❷ 竭盡全力 ◆ 狠抓管理。

【狠心】hěn xīn　❶ 心腸殘忍 ◆ 把孩子打成這樣，那繼母也太狠心了。 ❷ 下定決心，不顧一切 ◆ 他已下狠心戒毒。

【狠毒】hěn dú　兇狠毒辣 ◆ 那個強盜十分狠毒，搶了財物還殺人滅口。 (同)兇殘、殘暴。

⁷ **狹**(狭) ノ犭犭犭狹狹狹　狹

[xiá ㄒㄧㄚˊ (粵)hap⁹ 峽]

窄；不寬闊；跟"寬"、"廣"相對 ◆ 狹長 / 狹小。

【狹窄】xiá zhǎi　❶ 寬度小 ◆ 當年狹窄的鄉間小路，如今已拓展成寬闊的公路。 (同)狹小。 (反)寬闊、寬廣。 ❷ 指心胸、眼光、見識等不寬廣 ◆ 心胸狹窄的人往往很難與人合作共事。 (同)狹隘。 (反)寬廣。

【狹隘】xiá ài　❶ 寬度小 ◆ 我們沿着狹隘的山徑向上攀登。 (反)寬闊。 ❷ 指心胸、氣量、見識等不寬廣 ◆ 他的思想狹隘保守，不能接受新事物。 (同)狹窄。 (反)寬闊、寬廣。

(注意)"隘"不讀 yì(益)。

【狹路相逢】xiá lù xiāng féng　在狹窄的道路上相逢。比喻仇人相遇，彼此都不能容讓 ◆ 沒想到在外國遇見殺父仇人，狹路相逢，他怎肯善罷甘休。

⁷ **狽**(狈) ノ犭犭狈狽狽狽　狽

[bèi ㄅㄟˋ (粵)bui³ 貝]

傳說中的一種獸，像狼，前腿短，要趴在狼身上才能行走 ◆ 狼狽為奸。

⁷ **狸** ノ犭犭狸狸狸　狸

[lí ㄌㄧˊ (粵)lei⁴ 離]

狐狸。見"狐"字，272頁。

⁷ **狼** ノ犭犭狺狼狼　狼

[láng ㄌㄤˊ (粵)lɔn⁴ 郎]

哺乳動物，樣子像狗，性情兇殘，會傷害人畜。皮毛可製衣物 ◆ 狼心狗肺 / 狼吞虎嚥。

【狼狽】láng bèi　傳說狽是一種獸，前腿極短，走路時要趴在狼的身上，離開狼就不能行動。形容困苦或尷尬的樣子

◆ 外出遇雨，衣服全被淋濕，樣子十分狼狽。⑩ 窘困。

【狼藉】láng jí　形容亂七八糟，不可收拾的樣子 ◆ 杯盤狼藉 / 他道德敗壞，早已聲名狼藉。

【狼心狗肺】láng xīn gǒu fèi　比喻心腸狠毒或忘恩負義 ◆ 逆子謀殺親娘，真是狼心狗肺！⑩ 人面獸心。

(注意)“肺”右旁是“市”，不是“巿”。

【狼吞虎嚥】láng tūn hǔ yàn　形容大口大口地吃東西，吃得又猛又急 ◆ 他狼吞虎嚥地吃完午飯，就趕往體育館去看球賽了。

【狼狽為奸】láng bèi wéi jiān　奸：邪惡。狽的前腿很短，行動時必須趴在狼的身上。狼和狽經常一起傷害牲畜。比喻互相勾結做壞事 ◆ 毒販與軍警狼狽為奸，大量走私毒品。

☒ 引狼入室、豺狼當道、如狼似虎

---

⁸ 猜　犭 犭⺨ 犲 犲 猜 猜　|猜|

[cāi ㄘㄞ 粵 tsai¹ 釵]

❶ 疑心 ◆ 猜疑 / 猜忌。❷ 推想；推測 ◆ 猜想 / 猜測。

【猜度】cāi duó　度：推測，估計。猜測估量 ◆ 他在想些甚麼，別人根本無法猜度。

(注意)“度”不讀 dù(渡)。粵音讀 dok⁹(鐸)。

【猜測】cāi cè　憑自己的想像去估計、推測 ◆ 凡事沒有真憑實據，就不要胡亂猜測。⑩ 猜想。

【猜想】cāi xiǎng　根據某種跡象猜測 ◆ 快五點鐘了，我猜想他不會來了。⑩ 估計。

【猜疑】cāi yí　沒有根據地起疑心 ◆ 別瞎猜疑，冤枉好人。⑩ 懷疑。⑰ 相信、信賴。

---

⁸ 猪　“豬”的異體字，見 401 頁。

---

⁸ 猖　犭 犭 犭 犭 犯 猖　|猖|

[chāng 彳尢 粵 tsœŋ¹ 昌]

兇猛放肆；恣意妄為 ◆ 猖狂 / 猖獗。

【猖狂】chāng kuáng　狂妄而放肆；氣勢洶洶 ◆ 我軍多次打退了敵人的猖狂進攻。

【猖獗】chāng jué　肆無忌憚地瘋狂活動 ◆ 這一帶走私猖獗，必須嚴厲打擊。

---

⁸ 猙⁽猙⁾　犭 犭 犲 猙 猙 猙　|猙|

[zhēng ㄓㄥ 粵 dzeŋ¹ 增]

見“猙獰”。

【猙獰】zhēng níng　形容面目兇惡的樣子 ◆ 那人面目猙獰，十分嚇人。

---

⁸ 猛　犭 犭 犵 狉 狉 猛　|猛|

[měng ㄇㄥˇ 粵 maŋ⁵ 蜢]

❶ 氣勢壯；力量大 ◆ 兇猛 / 猛烈。❷ 突然 ◆ 猛然 / 猛回頭。❸ 嚴厲 ◆ 寬猛相濟。

【猛烈】měng liè　氣勢兇猛；力量強大 ◆ 猛烈的陽光會灼傷皮膚。

【猛然】měng rán　忽然；突然 ◆ 猛然一聲巨響，那幢樓房倒塌了。

【猛醒】měng xǐng　突然醒悟；忽然明白 ◆ 出了事，他才猛醒過來，為自己的所做所為感到羞恥。

(注意)“猛醒”也作“猛省”。

【猛獸】měng shòu　兇猛的獸類 ◆ 獅、虎、豹等猛獸長期生活在動物園裏，漸漸失去了野性。

☒ 迅猛、勇猛、突飛猛進、窮追猛打

---

⁹ 猫　“貓”的異體字，見 401 頁。

---

⁹ 猹　犭 犭 犲 犲 狋 猹　|猹|

[chá ㄔㄚˊ 粵 dza¹ 渣]

樣子像獾的動物。

---

⁹ 猬　同“蝟”字，見 378 頁。

---

⁹ 猩　犭 犭 犯 犯 猩 猩　|猩|

[xīng ㄒㄧㄥ 粵 siŋ¹ 升]

猩猩：猿類哺乳動物，樣子有點像人，前肢長，能在地上直立行走 ◆ 黑猩猩。

---

⁹ 猴　犭 犭 犷 狉 猴 猴　|猴|

[hóu ㄏㄡˊ 粵 hɐu⁴ 喉]

哺乳動物，俗稱猴子，形狀有點像人，全身有毛，有尾巴。種類很多，成羣地生活在山林裏 ◆ 金絲猴。

(注意)“猴”右面是“侯”，不是“候”。

---

⁹ 猶⁽犹⁾　犭 犷 犷 狥 猶 猶　|猶|

[yóu ㄧㄡˊ 粵 jɐu⁴ 由]

❶ 如同 ◆ 猶如 / 雖死猶生。❷ 還；仍然 ◆ 言猶在耳 / 記憶猶新。❸ 見“猶豫”。

【猶如】yóu rú　如同；好像 ◆ 大廳裏燈火輝煌，猶如白晝。

【猶豫】yóu yù　遲疑不決；拿不定主意 ◆ 情況緊急，快作決斷，不能再猶豫了。⑩ 躊躇。⑰ 決意。

☒ 猶豫不決

☒ 困獸猶鬥、雖敗猶榮

---

¹⁰ 猿　犭 犷 狚 狚 猿 猿　|猿|

[yuán ㄩㄢˊ 粵 jyn⁴ 元]

哺乳動物，樣子像猴，沒有尾巴，有類人猿、長臂猿、猩猩等 ◆ 猿猴 / 古詩《朝辭白帝城》：“兩岸猿聲啼不住，輕舟已過萬重山。”

☒ 心猿意馬

---

¹⁰ 猾⁽猾⁾　犭 犭 犵 犷 犷 猾　|猾|

[huá ㄏㄨㄚˊ 粵 wat⁹ 滑]

奸詐 ◆ 狡猾 / 老奸巨猾。

¹⁰獅 (狮) 犭 犭' 犷 狆 獅 獅 獅

[shī ㄕ (粵)si¹ 詩]

哺乳動物，猛獸，俗稱獅子。頭圓而大，尾巴粗長，雄獅頸部有長毛。獅子有獸王之稱。主要產在非洲和亞洲的西部 ◆ 獅吼／舞獅。

¹⁰獃 (呆) 屮 屮' 岂 岂 崖 獃 獃

[dāi ㄉㄞ (粵)ŋɔi⁴ 呆]

傻；笨；痴 ◆ 獃子／痴獃／獃頭獃腦。

¹¹獄 (狱) 犭 犭' 狺 狺 獄 獄 獄

[yù ㄩˋ (粵)juk⁹ 育]

❶ 監禁犯人的地方 ◆ 監獄／入獄。
❷ 官司；訴訟案件 ◆ 冤獄。

¹¹獎 (奖) 丬 丬' 丬' 丬' 坍 將 獎

[jiǎng ㄐㄧㄤˇ (粵)dzœŋ² 掌]

❶ 鼓勵；表揚；稱讚；跟「懲」、「罰」相對 ◆ 獎勵／誇獎。❷ 為鼓勵或表揚而發給的證書或財物 ◆ 獎狀／獎品。

【獎杯】jiǎng bēi 獎給競賽優勝者的杯狀紀念品，一般用金屬製成 ◆ 中國乒乓健兒捧回了這次比賽的全部獎杯。

【獎狀】jiǎng zhuàng 發給獲獎者的榮譽證書 ◆ 校長親自為獲獎者頒發獎狀。

【獎章】jiǎng zhāng 發給得獎者佩戴的紀念章 ◆ 他胸前掛滿了各種各樣的獎章，是一位了不起的英雄。

【獎牌】jiǎng pái 獎給競賽優勝者的幣形紀念品，有金、銀、銅牌等 ◆ 他胸前掛着金光閃閃的獎牌。

【獎賞】jiǎng shǎng 對有功人員或競賽優勝者給予榮譽或物質獎勵 ◆ 他捨命勇救火場中的孩童，不知道政府會給予甚麼獎賞？

【獎勵】jiǎng lì 給予榮譽或財物來鼓勵 ◆ 學校每年要獎勵一批品學兼優的學生。

☑ 獎金、獎勤罰懶
☑ 中獎、得獎、獲獎、嘉獎

¹²獗 犭 犭' 犷 狆 獗 獗 獗

[jué ㄐㄩㄝˊ (粵)kyt⁸ 決]

猖獗。見「猖」字，273頁。

¹²默 見黑部，470頁。

¹³獨 (独) 犭 犭' 狆 狆 獨 獨 獨

[dú ㄉㄨˊ (粵)duk⁹ 讀]

❶ 孤單；只有一個 ◆ 單獨／獨唱。
❷ 只是；唯有 ◆ 唯獨／不獨。

【獨白】dú bái 戲劇、影視中角色獨自抒發個人情感和願望的話 ◆ 這段獨白真切感人。

【獨立】dú lì ❶ 一個國家不受別國控制而自主地存在 ◆ 中國奉行獨立自主的外交政策。❷ 不依靠別人 ◆ 老師規定的作業，應該獨立完成，不可抄襲。⟳ 依賴。

【獨自】dú zì 單獨一個人 ◆ 放學後，他獨自在家溫習功課。

【獨特】dú tè 獨有的；特別的；與眾不同的 ◆ 這幢建築造型獨特，別具一格。⟲ 特別。⟳ 一般。

【獨裁】dú cái 獨自操縱一切權力；獨斷專行 ◆ 軍隊推翻了君主的獨裁統治。⟳ 民主。

【獨創】dú chuàng 獨特的創造；創新 ◆ 這種獨創精神值得發揚。

【獨一無二】dú yī wú èr 只有一個，沒有第二個。指沒有相同的或沒有可以相比的 ◆ 悉尼歌劇院的造型設計在世界上是獨一無二的。⟳ 無獨有偶。

【獨具匠心】dú jù jiàng xīn 匠心：巧妙的心思。指具有與眾不同的巧妙的構思 ◆ 這篇小說情節跌宕起伏，引人入勝，真可謂是獨具匠心之作。⟲ 別出心裁。

（注意）「獨具匠心」多指文學藝術的創作。也作「別具匠心」。

【獨樹一幟】dú shù yī zhì 單獨樹立起一面旗幟。比喻自成一家，獨自闖出一條路子 ◆ 這本兒童讀物獨樹一幟，把詩與畫完美地結合在一起，很受歡迎。

（注意）「獨樹一幟」也作「別樹一幟」。

【獨斷獨行】dú duàn dú xíng 一個人說了算，一切按個人意見行事 ◆ 工作講究合作性，不能獨斷獨行。

（注意）「獨斷獨行」也作「獨斷專行」。

☑ 獨具慧眼、獨當一面
☑ 孤獨、得天獨厚

¹⁴獲 (获) 犭 犭' 犷' 犷 獕 獲 獲

[huò ㄏㄨㄛˋ (粵)wɔk⁹ 鑊]

❶ 捉住 ◆ 捕獲／擒獲。❷ 得到 ◆ 獲得／獲勝／獲獎。

【獲得】huò dé 取得；得到 ◆ 我校足球隊獲得了聯賽冠軍。⟲ 贏得、獲取。

【獲悉】huò xī 得到消息 ◆ 從朋友那裏獲悉，他最近要去美國。⟲ 得知。

¹⁴獰 (狞) 犭 犷 狞 狞 獰 獰

[níng ㄋㄧㄥˊ (粵)niŋ⁴ 寧]

兇惡可怕 ◆ 猙獰／獰笑。

¹⁵獸 (兽) 丷 丷 哭 哭 哭 獸 獸

[shòu ㄕㄡˋ (粵)sɐu³ 瘦]

❶ 野生的、有四條腿、全身長毛的動物的通稱 ◆ 野獸／飛禽走獸。❷ 比喻野蠻兇暴 ◆ 獸性大發／人面獸心。

【獸性】shòu xìng 形容極端野蠻殘忍的性情 ◆ 侵略軍獸性大發，進村後見人就殺，見屋就燒。

☑ 獸醫
☑ 禽獸、衣冠禽獸、洪水猛獸

¹⁵獵 (猎) 犭 犭' 犾' 犾 獵 獵 獵

[liè ㄌㄧㄝˋ (粵)lip⁹]

捕捉禽獸 ◆ 打獵／獵槍。

【獵人】liè rén 以打獵為業的人 ◆ 村裏的獵人進山打獵去了。

（注意）「獵」不讀là（蠟）。

【獵手】liè shǒu 善於打獵的人 ◆ 狐狸再狡猾，也逃不過好獵手。

【獵物】liè wù 獵取的對象；打獵得來的鳥獸 ◆ 老虎發現獵物，便猛撲過去／獵手提着獵物回村了。

【獵狗】liè gǒu　受過訓練，能幫助獵人打獵的狗 ◆ 好的獵狗能夠幫助主人發現獵物。

16 **獻**（献）广 疒 卢 虍 膚 膚 獻 獻 獻

［xiàn ㄒㄧㄢˋ ⑧ hin³ 憲］

❶ 恭敬地送上 ◆ 獻禮 / 獻花 / 貢獻。

❷ 表現給人看 ◆ 獻技 / 獻藝 / 獻殷勤。

【獻身】xiàn shēn　獻出全部精力或生命 ◆ 大學畢業後，他決定獻身教育事業。

☑ 文獻、呈獻、捐獻、奉獻

16 **獺**（獭）犭 犷 狚 狚 猏 獺 獺 獺

［tǎ ㄊㄚˇ ⑧ tsat⁸ 察/tat⁸ 撻］

哺乳動物，有水獺、旱獺和海獺三種。獺的皮毛很珍貴。

注意 "獺" 不讀 lài（賴）。

18 **獾** "獾" 的異體字，見 401 頁。

玄 部

0 **玄**　、一亠玄玄 玄

［xuán ㄒㄩㄢˊ ⑧ jyn⁴ 元］

❶ 黑色 ◆ 玄色 / 玄狐。❷ 深奧；微妙；不易理解的 ◆ 玄妙 / 故弄玄虛。❸ 不可靠；靠不住 ◆ 玄想 / 這話真玄。

【玄妙】xuán miào　深奧微妙，難以捉摸 ◆ 我聽不懂你說的陰陽五行之道，太玄妙了。

【玄虛】xuán xū　使人迷惑，無法捉摸

的言辭或手段 ◆ 他這是誇誇其談，故弄玄虛。

5 **畜**　見田部，283 頁。

6 **率**　、亠玄玄宓宓率 率

〈一〉［shuài ㄕㄨㄞˋ ⑧ sœt⁷ 恤］

❶ 帶領 ◆ 率領 / 率隊出征。❷ 直爽 ◆ 直率 / 坦率。❸ 不仔細；不慎重 ◆ 草率 / 輕率。❹ 榜樣 ◆ 表率。

〈二〉［lǜ ㄌㄩˋ ⑧ lœt⁹ 律］

❺ 一定的標準和比值 ◆ 效率 / 利率。

【率先】shuài xiān　帶頭；首先 ◆ 校長率先捐款，支援災區。

【率領】shuài lǐng　帶領 ◆ 校長率領師代表團赴內地參觀訪問。

☑ 比率2、頻率2、圓周率2

玉 部

0 **玉**　一二干王 玉

［yù ㄩˋ ⑧ juk⁹ 欲］

❶ 一種質地堅硬、略透明、有光澤的礦物，可以做裝飾品或雕刻的原料 ◆ 玉器 / 玉鐲。❷ 比喻潔白或美麗 ◆ 玉容 / 冰肌玉骨 / 亭亭玉立。❸ 敬詞；客氣話 ◆ 玉體 / 玉音。

【玉米】yù mǐ　一年生草本植物。莖高五、六尺，葉子長而大，果實可供食用或釀酒、製澱粉 ◆ 玉米又叫"玉蜀黍"，也叫"棒子"、"珍珠米"。

【玉雕】yù diāo　在玉石上雕刻的技藝；也指用玉雕成的藝術品 ◆ 這座叫做"沉思"的玉雕，造型美觀，寓意深刻。

【玉石俱焚】yù shí jù fén　俱：一起。焚：燒。美玉和石頭一起燒燬。比喻好的壞的一同被毀掉 ◆ 雙方各不相讓，終至玉石俱焚。

☑ 冰清玉潔、亭亭玉立、拋磚引玉

0 **王**　一二干王 王

〈一〉［wáng ㄨㄤˊ ⑧ wɔŋ⁴ 黃］

❶ 君主；國君 ◆ 國王 / 帝王將相。

❷ 一族或一類中最強的、為首的 ◆ 棋王 / 蜂王 / 花王。❸ 姓。

〈二〉［wàng ㄨㄤˋ ⑧ wɔŋ⁶ 旺］

❹ 稱王；成為國君統治天下 ◆ 王天下。

【王子】wáng zǐ　國王的兒子 ◆ 王子犯法，應該和老百姓一樣治罪。

【王妃】wáng fēi　國王的妾；王子的妻 ◆ 王妃熱心慈善事業。

【王法】wáng fǎ　原指封建時代國家的法律；現借指國家的政策法令 ◆ 這幫歹徒膽大包天，目無王法。

【王朝】wáng cháo　朝代；朝廷 ◆ 孫中山先生領導的辛亥革命，推翻了清王朝的封建統治。

【王牌】wáng pái　原指撲克牌中最大的牌，比喻競爭中最有實力的人物或手段 ◆ 在緊要關頭，教練調隊裏的王牌——二米一五的高大中鋒上場。

☑ 王后、王室、王冠、王公貴族

☑ 先王、霸王、稱王稱霸

1 **主**　見丶部，8 頁。

2 **全**　見入部，40 頁。

3 **玖**　一二干王 玎珍 玖

［jiǔ ㄐㄧㄡˇ ⑧ gɐu² 久］

❶ 像玉的黑色美石。❷ 數目字"九"的大寫。

4 **玩**　二干王 玎玙玩 玩

［wán ㄨㄢˊ ⑧ wun⁶ 換］

❶ 遊戲 ◆ 玩耍 / 玩捉迷藏。❷ 耍弄 ◆ 玩花招 / 玩弄權術。❸ 觀賞 ◆ 玩賞 / 遊山玩水。❹ 輕視；用不嚴肅的態度來對待 ◆ 玩忽職守 / 玩世不恭。❺ 體會 ◆ 細細玩味。❻ 可供觀賞的東西 ◆ 古玩。

【玩弄】wán nòng ❶用手拿着或來回撫摸着玩 ◆ 小姑娘玩弄着她心愛的布娃娃。❷耍手段戲弄人 ◆ 你不該這樣玩弄別人的感情。

注意 "弄"不讀 lòng。

【玩具】wán jù 供兒童玩耍的物品 ◆ 這種玩具既好玩，又能增進智力。

【玩笑】wán xiào 戲弄人的舉動或言語 ◆ 你這個玩笑開得太過分了。

【玩偶】wán ǒu 供兒童玩耍的人像，多用布、木頭、泥土等做成 ◆ 弟弟很喜歡這種玩偶。

注意 "偶"不讀 yù（遇）。

【玩賞】wán shǎng 觀看欣賞 ◆ 公園裏在舉辦花展，我們去好好玩賞一番。⊜觀賞。

注意 "賞"不讀 cháng（嘗）。

【玩意兒】wán yìr ❶玩具 ◆ 弟弟有許多小玩意兒。❷指東西 ◆ 這玩意兒體積小，功能多，價錢也便宜。

⊠玩火自焚、玩物喪志
⊡把玩、賞玩

⁴ 玫 一二于王王'玎玫 玫

[méi ㄇㄟˊ ⓟmui⁴ 梅]

見"玫瑰"。

【玫瑰】méi·gui 落葉灌木，枝上有刺，花紫紅或白色，香味很濃，供觀賞，也可做香料 ◆ 餐桌上插着一支玫瑰花。

⊛圖見 361 頁。

注意 不要把"玫"錯寫成"玖"。

⁵ 珐 一二于王王'珐珐珐 珐

[fà ㄈㄚˋ ⓟfat⁸ 法]

見"珐琅"。

【珐琅】fà láng 一種塗料，塗在金屬製品上，有防鏽和裝飾的作用。

⁵ 玷 一二于王王'玷玷玷 玷

[diàn ㄉㄧㄢˋ ⓟdim² 點]

❶白玉上面的污點；比喻人的缺點、過失。❷弄髒；使有污點 ◆ 玷污。

注意 "玷"不讀 zhàn（佔）。

【玷污】diàn wū 弄髒；比喻名譽、人格等受到損害 ◆ 王老師的下流行徑，玷污了學校的名聲。

⁵ 皇 見白部，292 頁。

⁵ 珊（珊） 一二于王王'珋珋珊珊 珊

[shān ㄕㄢ ⓟsan¹ 山]

見"珊瑚"。

【珊瑚】shān hú 由珊瑚蟲分泌的石灰質骨胳聚集而成，形狀像樹枝，有紅、白等色，可做裝飾品，供玩賞 ◆ 紅珊瑚／珊瑚島。

⁵ 珀 一二于王王'珀珀珀 珀

[pò ㄆㄛˋ ⓟpak⁸ 拍]

琥珀。見"琥"字，278 頁。

⁵ 珍 一二于王王'玠玠珍 珍

[zhēn ㄓㄣ ⓟdzen¹ 真]

❶寶貴；寶貴的東西 ◆ 珍品／珍貴。❷看重；重視 ◆ 珍藏／珍惜／珍愛。

【珍奇】zhēn qí 稀有而且珍貴 ◆ 大熊貓、金絲猴等都是珍奇動物。⊜珍稀。

【珍品】zhēn pǐn 珍貴的物品 ◆ 美術館裏展出了多幅油畫珍品。

【珍重】zhēn zhòng ❶愛惜；重視 ◆ 患難之交最值得珍重。⊜珍惜、珍愛。❷保重 ◆ 近來天氣轉冷，請老人家珍重身體。

【珍珠】zhēn zhū 某些貝類動物（如蚌）的貝殼裏形成的圓形顆粒狀物體，乳白色，有光澤，可作裝飾品，也可入藥 ◆ 媽媽喜歡戴珍珠項鏈。

【珍惜】zhēn xī 重視愛惜 ◆ 珍惜時間，好好學習。

【珍貴】zhēn guì 貴重；價值大；意義深刻 ◆ 他收藏的這些郵票非常珍貴。⊜寶貴。

【珍稀】zhēn xī 珍貴而且稀少 ◆ 金絲猴、大熊貓都是珍稀動物，必須大力保護。⊜珍奇。

【珍藏】zhēn cáng 因有價值而妥善收藏 ◆ 他把珍藏了多年的古畫拿去拍賣了。

【珍寶】zhēn bǎo 珠玉寶石的總稱；也泛指有價值的物品 ◆ 珍寶有價，情誼無價。

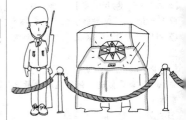

【珍禽異獸】zhēn qín yì shòu 珍奇的飛禽走獸 ◆ 動物園裏養着各種珍禽異獸，供遊客觀賞。

⊡袖珍、山珍海味、如數家珍

⁵ 玲 一二于王王'玪玪玲 玲

[líng ㄌㄧㄥˊ ⓟlin⁴ 零]

見"玲瓏"。

【玲瓏】líng lóng ❶形容物體精緻纖巧 ◆ 那枚玉如意小巧玲瓏，惹人喜愛。⊜精巧。❷形容人靈活敏捷或嬌小可愛 ◆ 小女孩玲瓏活潑，十分可愛。⊜靈巧、機靈。

⊠玲瓏剔透
⊡八面玲瓏、嬌小玲瓏

⁵ 玻 一二于王王'玝玝玻 玻

[bō ㄅㄛ ⓟbo¹ 波]

見"玻璃"。

【玻璃】bō·li ❶質地硬而脆的透明物體，種類很多，可做門窗、日用器皿等，是重要的建築材料 ◆ 玻璃窗。❷像玻璃那樣透明的東西 ◆ 玻璃絲襪／有機玻璃。

⁶ 珠 一二于王王'珔珔珠 珠

[zhū ㄓㄨ ⓟdzy¹ 朱]

❶珍珠：蚌殼內由分泌物形成的圓粒，有光澤，是貴重的裝飾品，也可入藥 ◆ 珍珠粉／夜明珠。❷像珠子一樣的

球形東西 ◆ 水珠 / 露珠 / 淚珠。

【珠算】zhū suàn　用算盤計算的方法 ◆ 過去用珠算的銀行職員，現在改用電腦了。

【珠寶】zhū bǎo　珍珠、寶石；泛指珍貴的東西 ◆ 前面有一家珠寶行。

【珠光寶氣】zhū guāng bǎo qì　珍珠、寶石光彩閃爍。形容婦女服飾華貴富麗 ◆ 那位女歌星滿身珠光寶氣，格外引人注目。

【珠聯璧合】zhū lián bì hé　璧：美玉。珍珠與美玉合在一塊兒。比喻美好的事物或傑出的人才匯集在一起 ◆ 他們二人搭檔表演小品，真是珠聯璧合，令人叫絕。
注意 不要把“璧”錯寫成“壁”。
近 珠璣、珠圓玉潤
反 有眼無珠、魚目混珠、掌上明珠

6 班　一 = 丰 王 玎 班 | 班
[bān ㄅㄢ ● ban¹ 斑]
❶ 按一定要求編排的組別 ◆ 班級 / 班組。❷ 班次 ◆ 早班 / 輪班。❸ 軍隊編制的最小單位，在“排”以下 ◆ 一班戰士。❹ 返回 ◆ 班師。❺ 量詞，用於人或交通工具 ◆ 一班人馬 / 一天有三班飛機飛往香港。

【班次】bān cì　❶ 班級的次序 ◆ 禮堂的座位按班次排列，低年級坐在前面。❷ 飛機、車、船定時開行的次數 ◆ 公共汽車增加班次，方便了乘客。

【班門弄斧】bān mén nòng fǔ　班：指古代的巧匠魯班。在魯班的門前耍弄斧頭。比喻在行家面前賣弄本領 ◆ 在各位書法家面前，我怎敢班門弄斧？
注意 “班門弄斧”常用作謙詞。
反 按部就班

7 現　(現) 一 = 丰 王 玎 玥 現 | 現
[xiàn ㄒㄧㄢˋ ● jin⁶ 彥]
❶ 顯露 ◆ 出現 / 現出原形。❷ 目前；眼前的 ◆ 現在 / 現狀。❸ 當場；臨時 ◆ 現做現賣 / 現編現演。❹ 當時實有的；現成的 ◆ 現錢 / 現貨。❺ 指現金；現款 ◆ 兌現 / 貼現。

【現代】xiàn dài　❶ 現今這個時代 ◆ 他很有現代意識。❷ 在中國歷史分期上，現代指 1919 年“五四”運動到現在這段時期 ◆ 他是研究現代文學的。

【現成】xiàn chéng　現有的；已經準備好的 ◆ 飯菜都是現成的，你就吃了再走吧。

【現行】xiàn xíng　正在實施的；正在進行着的 ◆ 根據現行的法律，她是遺產的合法繼承人。

【現金】xiàn jīn　現款 ◆ 在本店購物，可以付現金，也可以用信用卡。
同 現錢、現鈔。

【現狀】xiàn zhuàng　目前的狀況 ◆ 公司的經營現狀不很樂觀。

【現場】xiàn chǎng　❶ 事故發生的場所及當時的狀況 ◆ 保護好案發現場，以利警方偵查。❷ 指生產、演出、比賽等活動場所 ◆ 首長親臨現場指揮作戰 / 電視台進行現場直播。

【現款】xiàn kuǎn　可以直接支付的貨幣 ◆ 攜帶巨額現款出門很不安全。
同 現金、現錢、現鈔。

【現象】xiàn xiàng　事物所表露出來的情況 ◆ 守秩序是一種良好的社會現象。

【現實】xiàn shí　❶ 客觀存在的事實 ◆ 面對現實，丟掉幻想。❷ 合乎客觀情況的 ◆ 他的想法比較現實，我贊成。同 實際。

【現代化】xiàn dài huà　有當代先進科學技術水平的 ◆ 無線電話是現代化的通訊工具。

【現身說法】xiàn shēn shuō fǎ　用親身經歷來講明道理，勸導別人 ◆ 老師現身說法，教育學生惟有勤奮才能成才。
反 表現、發現、實現、體現、顯現、活龍活現、曇花一現

7 球　一 = 丰 王 玎 玎 玖 球 | 球
[qiú ㄑㄧㄡˊ ● keu⁴ 求]
❶ 圓形的東西 ◆ 眼球 / 氣球。❷ 特指球形的體育用品 ◆ 籃球 / 乒乓球。❸ 特指地球 ◆ 南半球 / 環球旅行。

【球迷】qiú mí　喜歡打球或看球賽而入迷的人 ◆ 他們父子倆是一對足球迷。
反 球場、球隊、球賽、球藝

反 月球、星球

7 理　一 = 丰 王 玎 玾 玾 理 | 理
[lǐ ㄌㄧˇ ● lei⁵ 里]
❶ 治理；辦理 ◆ 理財 / 處理。❷ 整理；使整齊 ◆ 理髮 / 清理。❸ 道理；事理 ◆ 理由 / 合理。❹ 對別人的言行作出反應 ◆ 理睬 / 置之不理。❺ 物質組織的紋路 ◆ 紋理 / 肌理。❻ 指物理學；泛指自然科學 ◆ 數理化 / 理科。

【理由】lǐ yóu　道理；説話做事的根據 ◆ 他這樣做是有他的理由的。

【理智】lǐ zhì　分辨是非得失和控制感情行為的能力 ◆ 處理人事問題，一定要理智，不可感情用事。反 任性。

【理解】lǐ jiě　懂得；明白；瞭解 ◆ 老師的用意我能理解。

【理想】lǐ xiǎng　❶ 希望實現的奮鬥目標 ◆ 他的理想是當一名工程師。同 志向、抱負。❷ 符合希望的；使人滿意的 ◆ 他找到了一份理想的工作。同 滿意、合意。

【理睬】lǐ cǎi　對別人的語言行動表示相應的態度 ◆ 她再三向你表示道歉，你怎麼老不理睬她呢？同 理會。
注意 “理睬”多用於否定。

【理會】lǐ huì　❶ 懂得；瞭解；明白 ◆ 他説這話的意思，我是理會的。❷ 理睬 ◆ 我主動向他打招呼，他卻不予理會。同 理會。

【理論】lǐ lùn　❶ 有系統的理性知識；知識體系 ◆ 這是一本經濟理論著作。❷ 爭論是非；評理 ◆ 上司處理不公正，我要找他理論去。

【理直氣壯】lǐ zhí qì zhuàng　直：公正；合理。理由正確充分，説話時氣勢自然很足 ◆ 既然你是被冤枉的，你應該理直氣壯地去爭辯。反 理屈詞窮。

【理所當然】lǐ suǒ dāng rán　當然：應當這樣。按道理應該是這樣 ◆ 因無故曠工而被罰扣工資，是理所當然的。⊗ 豈有此理。

【理屈詞窮】lǐ qū cí qióng　理屈：理虧。窮：盡。指理由站不住，被駁得無話可説 ◆ 對方理屈詞窮，只得認錯、道歉。⊗ 理直氣壯。

⊘ 真理、原理、修理、哲理、推理、道理、整理、情理、管理、至理名言、順理成章、心安理得、言之成理、強詞奪理、通情達理

琉

⁷琉　一 т т т 扩 扩 琉 琉　[琉]

[liú ㄌㄧㄡˊ ⑩ leu⁴ 留]

見"琉璃"。

【琉璃】liú lí　塗在磚、瓦等上面的金黃色或綠色的釉料。

琅

⁷琅　一 т т т 王 玎 玾 琅　[琅]

[láng ㄌㄤˊ ⑩ lɔŋ⁴ 狼]

❶ 琅邪(láng yá)：山名，在山東省。❷ 見"琅琅"。

【琅琅】láng láng　象聲詞，形容金石相碰的聲音或響亮的讀書聲 ◆ 書聲琅琅 / 琅琅上口。

琵

⁸琵　一 т т 王 珏 珏 琵　[琵]

[pí ㄆㄧˊ ⑩ pei⁴ 皮]

見"琵琶"。

【琵琶】pí pá　彈撥樂器，長柄，下面像瓜子形，四根弦 ◆ 猶抱琵琶半遮面。❀ 圖見 220 頁。

琴

⁸琴　一 т т 王 玨 琴 琴　[琴]

[qín ㄑㄧㄣˊ ⑩ kɐm⁴ 禽]

❶ 指古琴，是一種五弦、七弦的彈撥樂器 ◆ 琴棋書畫。❷ 某些樂器的統稱，如胡琴、鋼琴、口琴、手風琴、小提琴、電子琴等。❀ 圖見 220 頁。

【琴師】qín shī　戲曲樂隊中操琴伴奏

的人 ◆ 他是京劇團的琴師，技藝精湛。

【琴鍵】qín jiàn　鋼琴、風琴彈奏時按動的部分 ◆ 這架鋼琴有幾個琴鍵壞了。

⊘ 對牛彈琴

琶

⁸琶　一 т т 王 珏 琶 琶　[琶]

[pá ㄆㄚˊ ⑩ pa⁴ 爬]

琵琶。見"琵"字，本頁。

琳

⁸琳　一 т т 王 玡 玞 琳　[琳]

[lín ㄌㄧㄣˊ ⑩ lɐm⁴ 林]

美玉 ◆ 琳琅。

【琳琅滿目】lín láng mǎn mù　琳琅：美玉；比喻珍貴的物品。形容眼前充滿多種多樣的珍貴物品 ◆ 工藝展品琳琅滿目，令人目不暇接。

琢

⁸琢　一 т т 王 玎 玚 琢　[琢]

[zhuó ㄓㄨㄛˊ ⑩ dzœk⁸ 啄]

加工玉石 ◆ 雕琢 / 玉不琢，不成器。

【琢磨】zhuó mó　❶ 雕刻和打磨玉石 ◆ 老玉工因材施工，把那塊玉石琢磨成一匹駿馬。❷ 比喻研究推敲、加工潤飾，使精益求精 ◆ 這篇文章經過反覆琢磨才定稿發表。

⊘ 切磋琢磨、精雕細琢

琥 (琥)

⁸琥　一 т т 王 玒 玚 玚 琥　[琥]

[hǔ ㄏㄨˇ ⑩ fu² 苦]

見"琥珀"。

【琥珀】hǔ pò　古代樹脂的化石，一般為黃褐色的透明體，可做香料、藥材，也可做裝飾品。

斑

⁸斑　見文部，196 頁。

瑟

⁹瑟　一 т т 王 玨 瑟 瑟　[瑟]

[sè ㄙㄜˋ ⑩ sɐt⁷ 失]

一種古弦樂器，二十五根弦。古時常與琴一起演奏 ◆ 琴瑟。

❀ 圖見 220 頁。

【瑟瑟】sè sè　❶ 形容輕細的聲音 ◆ 瑟瑟的秋風吹得我打了個寒噤。❷ 形容顫抖的樣子 ◆ 行走在雪地裏，凍得我瑟瑟發抖。

注 "瑟"不讀 bì (必)。

瑚

⁹瑚　一 т т 王 玒 玥 珋 瑚　[瑚]

[hú ㄏㄨˊ ⑩ wu⁴ 胡]

珊瑚。見"珊"字，276 頁。

瑞

⁹瑞　一 т т 王 珆 珆 瑞 瑞　[瑞]

[ruì ㄖㄨㄟˋ ⑩ sœy⁶ 睡]

吉祥；好兆頭 ◆ 祥瑞。

【瑞雪】ruì xuě　應時的好雪 ◆ 冬末初春下雪，預兆着有個好年成，這就叫瑞雪兆豐年。

瑜

⁹瑜　一 т т 王 玖 玖 玙 瑜　[瑜]

[yú ㄩˊ ⑩ jy⁴ 如]

❶ 美玉。❷ 玉的光彩；比喻優點 ◆ 瑕瑜互見 / 瑕不掩瑜。

瑕

⁹瑕　一 т т 王 玥 玘 玗 玗　[瑕]

[xiá ㄒㄧㄚˊ ⑩ ha⁴ 霞]

玉上的斑點；比喻缺點 ◆ 瑕疵 / 白璧無瑕。

【瑕疵】xiá cī　細微的缺點 ◆ 十全十美、一無瑕疵的人是沒有的。

注 不要把"疵"錯寫成"庇"。

【瑕不掩瑜】xiá bù yǎn yú　瑕：玉的斑點。瑜：玉的光彩。玉上的斑點掩蓋不了它的光澤。比喻缺點掩蓋不了優點，優點是主要的 ◆ 他雖然有些缺點，但是瑕不掩瑜，仍是一位優秀教師。

【瑕瑜互見】xiá yú hù jiàn　比喻缺點和優點都存在 ◆ 這篇文章瑕瑜互見，立意新穎，但論證不足。

⁹ 瑙 ㄒ ㄒ 玟 珜 瑙 瑙 瑙 **瑙**

[nǎo ㄋㄠˇ ⓖnou⁵ 腦]
瑪瑙。見"瑪"字，本頁。

¹⁰ 瑪（玛） ㄒ ㄒ 玟 玙 珔 珚 瑪 **瑪**

[mǎ ㄇㄚˇ ⓖ ma⁵ 馬]
見"瑪瑙"。
【瑪瑙】mǎ nǎo　石英類礦物，質地堅硬，色澤美麗，可做器皿或裝飾品。

¹⁰ 瑰（瑰） ㄒ ㄒ 玠 珔 珛 瑰 **瑰**

〈一〉[guī ㄍㄨㄟ ⓖ gwɐi¹ 歸]
❶ 像玉的石頭。❷ 珍奇；美好 ◆ 瑰寶 / 瑰麗。
〈二〉[guī ㄍㄨㄟ ⓖ gwɐi¹ 歸/gwɐi³ 貴(語)]
❸ 玫瑰。見"玫"字，276 頁。
【瑰寶】guī bǎo　珍貴的寶物 ◆ 敦煌壁畫是中國古代藝術的瑰寶。ⓖ珍寶。
【瑰麗】guī lì　異常美麗 ◆ 維多利亞港的黃昏景色瑰麗迷人。ⓖ絢麗。

¹⁰ 瑣（琐） ㄒ ㄒ 玙 玪 珔 瑣 瑣 **瑣**

[suǒ ㄙㄨㄛˇ ⓖ so² 所]
細小；零碎 ◆ 瑣事 / 煩瑣。
【瑣碎】suǒ suì　細小而繁多 ◆ 家務事很瑣碎，但不做又不行。ⓖ瑣細。

¹⁰ 瑤（瑶） ㄒ ㄒ 玙 珔 珚 珚 瑤 **瑤**

[yáo ㄧㄠˊ ⓖ jiu⁴ 搖]
美玉；比喻美好 ◆ 瓊瑤 / 瑤琴。

¹⁰ 瑩（莹） ˙˙ ˙ ㄒ ㄒ ㄒ 瑩 瑩 **瑩**

[yíng ㄧㄥˊ ⓖ jiŋ⁴ 仍]
❶ 光潔似玉的美石。❷ 光潔透明 ◆ 晶瑩透亮。

¹¹ 璃 ㄒ ㄒ 玝 珔 珚 璃 璃 **璃**

[lí ㄌㄧˊ ⓖ lei⁴ 離]
玻璃。見"玻"字，276 頁。

¹³ 環（环） ㄒ ㄒ 玝 玿 珚 珚 環 **環**

[huán ㄏㄨㄢˊ ⓖ wan⁴ 還]
❶ 圓形中空的東西 ◆ 耳環 / 吊環。
❷ 圍繞 ◆ 環繞 / 環球旅行。❸ 一串連環中的一節；比喻相關事物中一個組成部分 ◆ 環節 / 重要的一環。
【環保】huán bǎo　環境保護的簡稱。指有關防止自然環境惡化，善用資源及改善環境使更適合於人類生活的工作 ◆ 少用膠袋是環保方法之一。
【環抱】huán bào　圍繞 ◆ 村子被羣山環抱着。ⓖ環繞。
注 "環抱"多用於自然景物。
【環視】huán shì　向四周看 ◆ 老師走進教室，環視學生之後，開始講課。ⓖ環顧。
【環節】huán jié　相關事物中的一個組成部分 ◆ 預習是學習過程中的一個重要環節。
【環境】huán jìng　周圍的地方；所處的情況、條件 ◆ 別墅背山面水，環境優美 / 艱苦的環境能鍛煉人。
【環繞】huán rào　圍繞 ◆ 月球環繞地球運轉。ⓖ環抱。
【環顧】huán gù　向四周看 ◆ 登上山頂，環顧周圍，只見山巒起伏，一片葱翠。ⓖ環視。
▧光環、花環、循環

¹³ 璧 ㄕ 启 臂 辟 辟 璧 **璧**

[bì ㄅㄧˋ ⓖ bik⁷ 碧]
古代的一種玉器，扁平，圓形，中間有空。也作為玉的通稱 ◆ 白璧無瑕 / 完璧歸趙。

¹⁵ 瓊（琼） ㄒ ㄒ 玝 珔 珚 瑪 **瓊**

[qióng ㄑㄩㄥˊ ⓖ kiŋ⁴ 鯨]
❶ 美玉。❷ 美好的 ◆ 瓊漿玉液 / 瓊樓玉宇。

¹⁶ 瓏（珑） ㄒ ㄒ 玝 珔 珚 璭 璭 **瓏**

[lóng ㄌㄨㄥˊ ⓖ luŋ⁴ 龍]
玲瓏。見"玲"字，276 頁。

瓜 部

⁰ 瓜 一 厂 爪 瓜 **瓜**

[guā ㄍㄨㄚ ⓖ gwa¹ 掛¹]
蔓生植物和它所結的果實，種類很多，如西瓜、冬瓜、南瓜、黃瓜、絲瓜、哈密瓜等 ◆ 種瓜得瓜，種豆得豆。
【瓜分】guā fēn　像切瓜那樣地分割 ◆ 列強瓜分中國的美夢破滅了。
【瓜葛】guā gé　瓜和葛都是蔓生植物，能纏繞在別的物體上。比喻有牽連或有糾紛 ◆ 這件事跟他沒有瓜葛。
【瓜熟蒂落】guā shú dì luò　蒂：花或瓜果跟枝莖相連的部分。瓜熟了，瓜蒂自然脱落。比喻條件或時機成熟，事情自然成功 ◆ 經過一段時間的準備，兩校聯合舉辦運動會的事終於瓜熟蒂落。ⓖ水到渠成。
▧瓜代、瓜秧、瓜蔓、瓜田李下
▧傻瓜、滾瓜爛熟

³ 弧 見弓部，142 頁。

³ 孤 見子部，114 頁。

¹¹ 瓢 一 厂 西 西 覀 票 **瓢**

[piáo ㄆㄧㄠˊ ⓖ piu⁴ 飄⁴]
舀東西的用具，用剖開的葫蘆或木料、金屬做成 ◆ 水瓢 / 飯瓢。
【瓢潑大雨】piáo pō dà yǔ　形容雨得很大，像用瓢潑水那樣 ◆ 一場瓢潑大雨，使大家遊興大減。ⓖ傾盆大雨。
▧依葫蘆畫瓢

¹⁴ 瓣 ㄧ ㄛ 立 辛 辢 辧 **瓣**

[bàn ㄅㄢ ⓖ ban⁶ 辦]

❶ 組成花朵的花片 ◆ 花瓣。❷ 植物的種子、果實或球莖可以分開的片狀小塊 ◆ 豆瓣 / 蒜瓣。

瓤

¹⁷瓤 一 西 酉 穿 穿 穿 襄 【瓤】

[ráng 日尤ˊ ⑲ nɔŋ⁴ 囊]

瓜果皮或殼裏的肉 ◆ 西瓜瓤。

瓦 部

瓦

⁰瓦 一 ア ア 瓦 【瓦】

〈一〉[wǎ ㄨㄚˇ ⑲ ŋa⁵ 雅]

❶ 蓋屋頂用的建築材料 ◆ 瓦片 / 磚瓦。❷ 用陶土燒成的器物 ◆ 瓦盆 / 瓦罐。❸ 電功率單位“瓦特”的簡稱 ◆ 一隻四十瓦燈泡。

〈二〉[wà ㄨㄚˋ ⑲ ŋa⁶ 訝]

❹ 鋪瓦 ◆ 瓦瓦。

【瓦斯】wǎ sī　氣體；特指煤氣等可燃氣體 ◆ 礦井發生瓦斯爆炸，死傷多人。

【瓦解】wǎ jiě　比喻事物崩潰、分裂或分化 ◆ 這支隊伍因自相殘殺而土崩瓦解。

【瓦礫】wǎ lì　破成碎片的磚瓦石塊 ◆ 地震過後，救護隊在一片瓦礫中拯救傷者。

注意 “礫”不讀 lè（樂）。

☑ 片瓦無存、土崩瓦解、寧為玉碎，不為瓦全

瓷

⁶瓷 冫 次 次 资 瓷 【瓷】

[cí ㄘˊ ⑲ tsi⁴ 池]

用純淨色白的黏土燒製成的器物 ◆ 瓷器 / 青瓷 / 陶瓷。

【瓷器】cí qì　用瓷土燒製成的器皿 ◆ 中國江西景德鎮的瓷器中外聞名。

瓶

⁶瓶 ⺀ 并 并 瓶 瓶 瓶 【瓶】

[píng ㄆㄧㄥˊ ⑲ piŋ⁴ 平]

口小腹大，用來盛液體的容器，大都用玻璃或瓷製成 ◆ 酒瓶 / 花瓶。

☑ 守口如瓶

甄

⁹甄 西 垔 垔 甄 甄 甄 【甄】

[zhēn ㄓㄣ ⑲ dzen 真/jen¹ 因（語）]

鑒別；審查 ◆ 甄別。

【甄別】zhēn bié　審查考核；辨別鑒定 ◆ 研究歷史，要仔細甄別史料的真偽。

甕

¹³甕 厂 疒 瘫 瘫 瓮 甕 甕 【甕】

[wèng ㄨㄥˋ ⑲ uŋ³/ŋuŋ³]

口小腹大的陶製容器 ◆ 酒甕 / 菜甕。

【甕中之鱉】wèng zhōng zhī biē　罐子裏的甲魚。比喻已在別人掌握之中，再也無法逃脫 ◆ 敵人在我軍四面包圍下，已成甕中之鱉。

【甕中捉鱉】wèng zhōng zhuō biē　罐子裏捉甲魚。比喻對象已在掌握之中，伸手就能捉到；也形容做事輕而易舉，很有把握 ◆ 正規軍對付烏合之眾，就像甕中捉鱉，手到擒來。

甘 部

甘

⁰甘 一 十 廿 甘 【甘】

[gān ㄍㄢ ⑲ gem¹ 金]

❶ 甜；味美；跟“苦”相對 ◆ 甘甜 / 苦盡甘來。❷ 情願；願意 ◆ 心甘情願 / 甘願受罰。❸ 甘肅省的簡稱。❹ 姓。

【甘心】gān xīn　願意；情願 ◆ 為了子女，父母再吃苦受累也甘心。

【甘休】gān xiū　情願罷休 ◆ 今晚不做出這道難題，我決不甘休。⑳ 罷手。

【甘苦】gān kǔ　❶ 歡樂和苦難 ◆ 他們倆是同甘苦、共患難的好朋友。❷ 體會到的滋味。多偏指困苦的一面 ◆ 你沒有經歷過這種事，不知道其中的甘苦。

【甘願】gān yuàn　甘心情願，毫不勉強 ◆ 他們甘願放棄休息的機會，參

加義工活動。

【甘心情願】gān xīn qíng yuàn　同“心甘情願”，見 150 頁。

【甘拜下風】gān bài xià fēng　甘：情願；樂意。下風：風向的下方；借對地位在下的。情願居於下位。表示自認不如，真心敬佩別人 ◆ 在大師面前，我只能甘拜下風。

☑ 甘草、甘蔗

☑ 不甘、同甘共苦、善罷甘休

某

⁴某 見木部，211 頁。

甚

⁴甚 一 廿 甘 甚 其 甚 甚 【甚】

〈一〉[shèn ㄕㄣˋ ⑲ sem⁶ 心⁶]

❶ 很；極 ◆ 成績甚佳 / 進步甚快。❷ 過分；超過 ◆ 欺人太甚 / 關心他人甚於關心自己。

〈二〉[shén ㄕㄣˊ ⑲ sem⁶ 心⁶]

❸ 甚麼 ◆ 姓甚名誰。

【甚至】shèn zhì　強調突出的事例，表示更進一層的意思 ◆ 在這裏，不但大人，甚至連幾歲的小朋友也都能説普通話。

注意 “甚至”也説“甚至於”。

【甚₂麼】shén •me　指代詞。❶ 問人或事物 ◆ 他是你甚麼人？/ 你想買甚麼？❷ 表示任指 ◆ 你甚麼時候來找我都可以。❸ 表示驚訝不滿 ◆ 你嚷嚷甚麼，事情哪有這麼好辦的！❹ 表示否定 ◆ 走這麼一點路，叫甚麼苦！❺ 用在並列成分前，表示列舉 ◆ 甚麼排球、籃球、乒乓球，他都喜歡。❻ 放在一個成分或幾個並列成分的後面，表示“等等” ◆ 他就喜歡吃魚、肉、雞、蛋甚麼的，卻不愛吃蔬菜。

注意 “甚麼”也作“什麼”。

☑ 不求甚解

甜

⁶甜 一 二 千 舌 舌 甜 【甜】

[tián ㄊㄧㄢˊ ⑲ tim⁴ 恬]

❶ 像糖和蜜的味道；跟“苦”相對 ◆ 甜點心 / 甜酸苦辣。❷ 比喻美好、舒適、幸福 ◆ 甜蜜的生活 / 睡得很香

甜。

【甜美】tián měi　❶ 香甜美味 ◆ 這種蘋果味道甜美。⑤ 甘美、甘甜。❷愉快；舒服；美好 ◆ 老百姓的日子越過越甜美。

【甜蜜】tián mì　形容感到非常幸福、美好 ◆ 甜蜜的生活／孩子們露出了甜蜜的微笑。

（注意）不要把"蜜"錯寫成"密"；下面是"虫"，不是"山"。

【甜言蜜語】tián yán mì yǔ　話説得像蜜糖那樣甜。指為了討好或哄騙人而説動聽的話 ◆ 他用甜言蜜語騙我上當。

⬆甜品、甜食、甜絲絲、甜滋滋
⬇甘甜、香甜

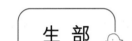

生 部

⁰ 生　ノ ㇒ ㇒ 牛 生

[shēng ㄕㄥ ⑧ seŋ¹ 牲]

❶ 長出 ◆ 生根開花／草木叢生。❷產出；生育 ◆ 生孩子／出生在香港。❸ 發生 ◆ 生病／生效。❹活着；跟"死"相對 ◆ 生存／無一生還。❺ 維持生活的辦法 ◆ 生計／謀生。❻ 性命 ◆ 生命／喪生。❼ 有生命的東西 ◆ 生物／生靈。❽ 生存期間；生活階段 ◆ 前半生／畢生精力。❾ 沒成熟或沒煮熟的；跟"熟"相對 ◆ 生米煮成熟飯／生食與熟食要分開。❿ 不熟悉；不熟練 ◆ 陌生／生字／生手。⓫ 勉強 ◆ 生硬／生搬硬套。⓬ 學生；讀書人 ◆ 招生／書生／研究生。⓭戲曲裏扮演男性的角色 ◆ 老生／小生／武生。

【生存】shēng cún　活着；保存生命 ◆ 沒有水、陽光和空氣，生物就無法生存。⑤ 生活。⑥ 死亡。

【生肖】shēng xiào　以十二地支配上十二種動物，用來記人的出生年的一種習俗。按順序為鼠（子）、牛（丑）、虎（寅）、兔（卯）、龍（辰）、蛇（巳）、

馬（午）、羊（未）、猴（申）、雞（酉）、狗（戌）、豬（亥）。如子年生的人屬鼠等。 ◆ 我的生肖和李老師一樣，都屬牛，他比我大十二歲。

（注意）"生肖"也叫"屬相"。

【生長】shēng zhǎng　人或其他生物的出生、發育、成長；產生和增長 ◆ 空氣、水和陽光是萬物生長的必要條件。⑤ 成長。

（注意）"長"不讀 cháng（常）。粵音讀dzœŋ²（掌）。

【生物】shēng wù　自然界中有生命的物體，如動物、植物 ◆ 海洋生物千奇百怪。

【生命】shēng mìng　❶ 生物的生活能力 ◆ 張老師是一位熱愛生命的人，他的生活多姿多彩。⑤ 性命。❷ 比喻抽象事物所具有的生存、發展能力 ◆ 藝術生命常駐。

【生怕】shēng pà　只怕；很怕 ◆ 他連走帶跑趕往學校，生怕上課遲到。⑤害怕。

【生計】shēng jì　謀生的辦法；生活 ◆ 為了全家人的生計，祖父早年去了南洋。

【生活】shēng huó　❶ 人或生物為了生存和發展而進行的各種活動 ◆ 校園生活豐富多彩。❷ 生存 ◆ 再困難也要生活下去。❸ 衣、食、住、行等方面的事和情況 ◆ 父親一向生活儉樸。❹ 工作；活兒 ◆ 最近生活比較多。

【生氣】shēng qì　❶ 因不稱心而不高興 ◆ 小芬做錯了事，又惹媽媽生氣了。⑥ 高興、滿意。❷ 旺盛的生命力；活力 ◆ 年輕人生氣勃勃。⑤ 生機。

【生理】shēng lǐ　生物機體的生命活動和體內各種器官的功能 ◆ 如果發現生理障礙，必須及時治療。

【生動】shēng dòng　具體形象，活潑感人 ◆ 他倆合説的相聲生動、幽默。⑥ 呆板。

【生產】shēng chǎn　❶ 製造 ◆ 新產品試製成功，已正式投入生產。❷生孩子 ◆ 這位孕婦下個月就要生產了。⑤ 生育。

【生涯】shēng yá　長期從事某種職業的生活 ◆ 這本書生動地記敍了一位

演員數十年舞台生涯的歷程。⑤ 生活。

【生硬】shēng yìng　❶ 不自然；不熟練 ◆ 她的舞蹈動作很生硬。⑥ 自然、熟練。❷ 不柔和 ◆ 他説話態度生硬，令人不快。⑥ 死板。⑥ 温和、柔和。

【生殖】shēng zhí　生育繁殖後代 ◆老鼠的生殖能力很強。

【生意】shēng·yi　商業經營；買賣 ◆商店開業以來，一直生意興隆。

【生疏】shēng shū　❶ 不熟悉 ◆ 初來乍到，人地生疏。⑥ 熟悉。❷ 因長期不接觸而不熟練 ◆ 長久不彈琴，感到生疏了。⑥ 熟練。❸ 不親近；關係不密切 ◆ 孩子長期寄養在親戚家，對媽媽反而有點生疏了。⑤ 疏遠。

【生機】shēng jī　❶ 生存的機會 ◆ 他的胃癌如果動手術，還有一線生機。❷ 生命力 ◆ 春天到了，大地呈現一片生機。⑤ 生氣。

【生搬硬套】shēng bān yìng tào　不顧實際情況，生硬地搬或套用別人的理論、經驗和辦法 ◆ 學習別人的經驗，不能生搬硬套。

【生龍活虎】shēng lóng huó hǔ　像活生生的蛟龍和猛虎。形容人活潑矯健，很有生氣和活力 ◆ 運動場上健兒們個個生龍活虎，奮力拼搏。⑥無精打采。

【生米煮成熟飯】shēng mǐ zhǔ chéng shú fàn　比喻事情已成定局，不能再改變 ◆ 這件事已經是生米煮成熟飯了。⑤ 木已成舟。

⬆生平、生來、生色、生老病死、生死與共、生離死別

⬇寄生、產生、發生、誕生、衛生、出生入死、老生常談、別開生面、急中生智、節外生枝、熟能生巧、觸景生情、九死一生、自力更生、談笑風生

⁶ 產（产）　㇒ 亠 亠 产 产 产 產 產

[chǎn ㄔㄢˇ ⑧ tsan² 剷]

❶ 婦女生育；動物生仔或下蛋 ◆ 產婦／產仔／產卵。❷ 生長出；製造出 ◆出產／產品。❸ 指生長或製造出來的東西 ◆ 水產／特產。❹ 指財物 ◆ 財產／遺產。

【產生】chǎn shēng　從已有的事物中生出新的事物；出現 ◆ 舊的矛盾剛解決，新的矛盾又產生了。⊜ 發生。

【產品】chǎn pǐn　生產出來的物品 ◆ 產品大量積壓。

【產量】chǎn liàng　產品的總數量 ◆ 產量不斷上升。

⊠ 土產、生產、名產、破產、家產、資產、停產、投產、傾家盪產

7 甥　ノ ヒ 牛 生 別 甥 甥 [sheng ㄕㄥ ⑧ sɐŋ¹ 生]
姐妹的兒女 ◆ 外甥。

用 部

0 用　ノ 刀 月 月 用 [yòng ㄩㄥˋ ⑧ juŋ⁶ 容⁶]
❶ 使用；應用；任用 ◆ 學以致用 / 用腦想一想 / 聘用。❷ 用處；效果 ◆ 用途 / 作用。❸ 花費 ◆ 零用 / 費用。❹ 吃、喝的客氣説法 ◆ 請用茶 / 請用飯。❺ 需要 ◆ 不用再説 / 不用害怕。

【用心】yòng xīn　❶ 集中注意力；多動腦筋 ◆ 學習用心，進步就快。⊜ 專心、用功。❷ 懷着某種念頭 ◆ 他這樣做是別有用心的。⊜ 居心。

【用功】yòng gōng　下功夫，努力學習 ◆ 他學習用功，成績優秀。⊜ 勤奮。

【用具】yòng jù　日常使用的器具 ◆ 這套廚房用具價廉物美。⊜ 用品。

【用法】yòng fǎ　使用的方法 ◆ 請根據説明書上的用法，正確使用。

【用品】yòng pǐn　供使用的物品 ◆ 去商店買生活用品。

【用途】yòng tú　應用的範圍或方面 ◆ 鋼鐵和木材用途很廣。⊜ 用處、用場。

【用意】yòng yì　某種打算；企圖 ◆ 他這樣做，用意是好的。⊜ 意圖。

⊠ 用戶、用處

⊠ 利用、信用、運用、應用、實用、感

情用事、大材小用、人盡其才，物盡其用

0 甩　ノ 刀 月 月 甩 [shuǎi ㄕㄨㄞˇ ⑧ let⁷]
❶ 擺動；揮動 ◆ 甩胳膊 / 甩尾巴。❷ 扔出 ◆ 甩手榴彈。❸ 拋開 ◆ 把他一個人遠遠地甩在後面。

2 甫　一 ｢ 厂 厅 甫 甫 甫 [fǔ ㄈㄨˇ ⑧ fu² 府 / pou² 普]
剛剛；才 ◆ 年甫二十 / 驚魂甫定。

4 甬　一 マ ｱ ｱ 冴 育 甬 [běng ㄅㄥˇ ⑧ buŋ²]
"不用"的合音字 ◆ 甬説 / 甬管。

田 部

0 田　｜ 冂 日 田 田 [tián ㄊㄧㄢˊ ⑧ tin⁴ 填]
❶ 種植農作物的土地 ◆ 農田 / 良田萬頃。❷ 跟農村、土地有關的 ◆ 田

園風光 / 解甲歸田。❸ 姓。

【田地】tián dì　❶ 耕種的土地 ◆ 洪水淹沒了大片田地。⊜ 農田、土地。❷ 地步；達到某種境地 ◆ 想不到紅隊會輸到這般田地。

【田徑】tián jìng　體育運動項目田賽和徑賽的合稱。跳高、跳遠、投擲項目稱田賽；跑步、競走項目稱徑賽 ◆ 田徑比賽是學校運動會的主要賽項。

【田野】tián yě　田地和原野 ◆ 田野裏莊稼綠油油的。

【田螺】tián luó　一種有圓錐形外殼的軟體動物。生長在淡水中，有觸角，肉味鮮美，可食用 ◆ 我愛吃炒田螺。

⊠ 田間、田埂

⊠ 梯田、滄海桑田

0 由　｜ 冂 日 由 由 [yóu ㄧㄡˊ ⑧ jeu⁴ 游]
❶ 原因 ◆ 原由 / 理由。❷ 經過；經歷 ◆ 必由之路。❸ 因；由於 ◆ 咎由自取。❹ 歸 ◆ 這事由我負責。❺ 聽從；順從 ◆ 由他去 / 身不由己。❻ 自；從 ◆ 由淺入深 / 由此可見。

【由來】yóu lái　❶ 事情從發生到現在 ◆ 張、王兩家的恩怨由來已久。❷ 事情發生的原因 ◆ 警方已查清這起兇殺案的由來。⊜ 起因、原因。⊛ 結局。

【由於】yóu yú　表示原因或理由 ◆ 由於連續陰雨，運動會推遲一週舉行。

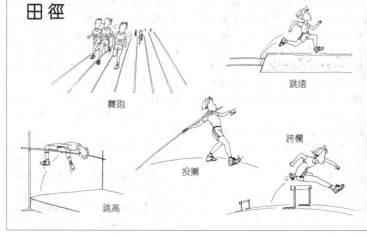

田徑

賽跑

跳遠

投擲

跳高

跨欄

囘 因為。

【由衷】yóu zhōng　發自內心 ◆ 對他們的大力支援，我們表示由衷的感謝。囘 衷心。

囜 自由、事由、情由、緣由、不由自主、言不由衷、聽天由命

⁰
甲
丨 口 日 曰 甲

[jiǎ ㄐㄧㄚˇ ⑧ gap⁸ 夾]

❶ 天干的第一位 ◆ 甲乙丙丁。❷ 第一位；位居第一的 ◆ 甲等／桂林山水甲天下。❸ 動物身上的硬殼 ◆ 甲殼蟲／手指甲。❹ 穿在身上或包在物體外面起防護作用的裝備 ◆ 盔甲／裝甲車。
❀ 圖見 103 頁。

【甲骨文】jiǎ gǔ wén　刻在龜甲或獸骨上的文字，是中國古代最早的文字。後代的漢字是從甲骨文發展而來的 ◆ 甲骨文是中國商朝後期的文字。

囜 片甲不存、解甲歸田、年逾花甲

⁰
申
丨 口 日 曰 申

[shēn ㄕㄣ ⑧ sɐn¹ 身]

❶ 陳述，説明 ◆ 申明／申請／申訴。❷ 地支的第九位 ◆ 申酉戌亥。❸ 申時：指下午三時至五時。❹ 上海市的別稱。
❀ 圖見 92 頁。

【申報】shēn bào　向上級或有關部門提出書面報告 ◆ 向海關申報出口貨物的名稱及數量。

【申訴】shēn sù　對判決或處分不服時，向有關部門説明理由，提出重新處理的要求 ◆ 高等法院接受了當事人的申訴，重新審理此案。

【申冤】shēn yuān　❶ 申訴冤屈，也作"伸冤" ◆ 天下之大，竟沒有他申冤的地方。❷ 洗雪冤屈 ◆ 法律是公正的，你一定能夠得到申冤昭雪。囘 平反。囚 蒙冤。

【申請】shēn qǐng　向上級或有關部門説明情況，提出請求 ◆ 他向學校申請助學金。

【申辯】shēn biàn　講述理由，進行辯解 ◆ 他無理指責我，還不讓我申辯，真是豈有此理！

囜 引申、重申、三令五申

---

²
甸
ノ 勹 勹 勹 甸 甸

[diàn ㄉㄧㄢˋ ⑧ din⁶ 電]

❶ 放牧的草地 ◆ 草甸子。❷ 古代稱都城郊外的地方。

囜 沉甸甸、重甸甸

---

²
男
丨 口 曰 田 毘 男

[nán ㄋㄢˊ ⑧ nam⁴ 南]

❶ 男性；跟 "女" 相對 ◆ 男生／男女平等。❷ 兒子 ◆ 生男育女／她有兩男一女。❸ 爵位的第五等 ◆ 男爵。

【男士】nán shì　對成年男子的尊稱 ◆ 請各位男士伴同女眷一起入席。

囚 男裝、男子漢、男耕女織

囜 善男信女

---

⁴
毗
見比部，230 頁。

---

⁴
畏
口 田 田 甼 甼 畏 畏

[wèi ㄨㄟˋ ⑧ wɐi³ 慰]

❶ 害怕 ◆ 畏懼／不畏強暴／畏首畏尾。❷ 佩服；敬佩 ◆ 敬畏／後生可畏。

【畏罪】wèi zuì　犯了罪怕受到法律制裁 ◆ 那個畏罪潛逃的兇犯已被緝拿歸案。

【畏懼】wèi jù　害怕 ◆ 面對困難，他毫不畏懼。

囚 畏縮、畏難

囜 無畏、大無畏、望而生畏

---

⁴
界
口 田 田 甲 界 界

[jiè ㄐㄧㄝˋ ⑧ gai³ 介]

❶ 地區和地區相連接的邊線 ◆ 邊界／交界。❷ 一定的範圍 ◆ 界限／工商界。

【界限】jiè xiàn　不同事物的分界 ◆ 是非界限要分明。

囜 分界、世界、眼界、境界

---

⁴
胃
見肉部，348 頁。

---

⁵
留
ノ ⺅ ⻌ 勺 卯 留 留

[liú ㄌㄧㄡˊ ⑧ lɐu⁴ 流]

❶ 停在一個地方不離開 ◆ 停留／逗留。❷ 使留下；不讓離開 ◆ 挽留／拘留。❸ 保存 ◆ 保留／留得青山在，不怕沒柴燒。❹ 收下 ◆ 收留。❺ 把注意力放在某個方面；注意 ◆ 留心／留意。❻ 遺下 ◆ 遺留／留言。

【留心】liú xīn　注意；小心 ◆ 過馬路時要留心。囘 當心。

【留步】liú bù　客人臨走時請主人不要相送的客氣話 ◆ 陳教授要送客人下樓，客人連聲説："請留步，請留步！"

【留念】liú niàn　留作紀念 ◆ 校友聚會，合影留念。

【留神】liú shén　注意；當心 ◆ 出門在外，要處處留神。

注意 "留神" 多用來指避免出意外或差錯。

【留意】liú yì　注意；留心 ◆ 聽説幾家公司要招聘會計，請你幫我留意一下。

【留影】liú yǐng　拍照留作紀念 ◆ 這是我們遊覽北京時在長城上的留影。

【留學】liú xué　到國外學校學習 ◆ 哥哥準備去英國留學。

【留戀】liú liàn　捨不得離開或捨棄 ◆ 他留戀都市生活，不願去農村工作。

囚 留有餘地

囜 居留、收留、滯留、寸草不留

---

⁵
畝 (畆)
一 亠 宀 亩 亩 畝 畝

[mǔ ㄇㄨˇ ⑧ mɐu⁵ 某]

計算土地面積的單位，一畝等於六十平方丈，666.67 平方米 ◆ 五畝地。

---

⁵
畜
亠 玄 产 产 育 畜 畜

〈一〉[xù ㄒㄩˋ ⑧ tsuk⁷ 促]

❶ 飼養禽獸 ◆ 畜牧／畜養。

〈二〉[chù ㄔㄨˋ ⑧ tsuk⁷ 促]

❷ 飼養的禽獸；也泛指禽獸 ◆ 家畜／

 春眠不覺曉，處處聞啼鳥。夜來風雨聲，花落知多少。——唐·孟浩然《春曉》詩

牲畜。

【畜₂生】chù·sheng　泛指禽獸；也常用做罵人的話 ◆ 此人毫無人性，畜生不如／不知這畜生又在做甚麼喪天害理的事情。

【畜牧】xù mù　飼養大批的牲畜和家禽 ◆ 這家畜牧公司主要飼養奶牛和肉用雞。

---

⁵ **畔**　日 田 田 田 田′ 畔′ 畔　畔

[pàn ㄆㄢˋ ⑧ bun⁶ 叛]

旁邊 ◆ 河畔／橋畔／歌聲在耳畔迴響。

注意 "畔"不讀 bàn（半）。

---

⁵ **畚**　ㄥ ㄥ ㄥ ㄥ 矢 畚　畚

[běn ㄅㄣˇ ⑧ bun² 本]

❶畚箕：裝土的工具。❷用畚箕撮 ◆ 畚土／畚垃圾。

---

⁶ **畦**　日 田 田 田′ 畔 畦　畦

[qí ㄑㄧˊ ⑧ kwei⁴ 葵]

田裏分成的一塊塊小區 ◆ 田畦／菜畦。

注意 "畦"不讀 wā（窪）。

---

⁶ **畢**（毕）　日 田 田′ 界′ 閈 畢　畢

[bì ㄅㄧˋ ⑧ bɐt⁷ 筆]

❶結束；完成 ◆ 完畢／今日事今日畢。❷全部 ◆ 畢生精力／原形畢露。❸姓。

【畢生】bì shēng　一生；終生 ◆ 老校長為教育事業貢獻了畢生的精力。

【畢竟】bì jìng　表示歸根到底的意思 ◆ 他畢竟還是個孩子，想法太簡單 ⑩ 究竟、到底、終究。

【畢業】bì yè　學習期滿，學完全部課程並考試合格 ◆ 校長給畢業生頒發畢業證書。

⊠ 鋒芒畢露

---

⁶ **異**（异）　日 田 田 田 界 畀　異

[yì ㄧˋ ⑧ ji⁶ 二]

❶不同；跟"同"相對 ◆ 大同小異／日新月異。❷奇怪；奇特 ◆ 奇異／驚異。❸特別的 ◆ 優異／大放異彩。❹另外的；別的 ◆ 異國他鄉。❺分開 ◆ 父母離異。

【異常】yì cháng　❶跟往常不同 ◆ 今年天氣異常，雨水過多。⑩ 反常。⑰ 正常。❷非常；特別 ◆ 今天得了冠軍，心情異常激動。

【異樣】yì yàng　❶不一樣；不同 ◆ 幾年不見，她還是那麼年輕，看不出有甚麼異樣。⑩ 兩樣。❷與往常不同；特殊 ◆ 近來他神情異樣，不知有甚麼心事。⑩ 特別。

【異口同聲】yì kǒu tóng shēng　不同的人說出同樣的話。指大家的說法完全一樣 ◆ 大家異口同聲地說："贊成！"⑩ 眾口一詞。

【異曲同工】yì qǔ tóng gōng　工：細緻；巧妙。曲調不同，卻同樣美妙。今多指做法不同，但效果一樣好 ◆ 一首古詩，一首新詩，都寫雪景，有異曲同工之妙／這兩種推銷方法，可謂異曲同工。

【異想天開】yì xiǎng tiān kāi　異：奇特。天開：打開天門。指想法荒唐離奇，不切實際 ◆ 不費任何氣力，便想一夜間成為百萬富翁，簡直是異想天開。

⊠ 奇異、怪異、差異、詫異、見異思遷、同牀異夢、標新立異

---

⁶ **略**　日 田 田 田′ 畋 略　略

[lüè ㄌㄩㄝˋ ⑧ lœk⁹ 掠]

❶簡單，簡要的；跟"詳"相對 ◆ 粗略／詳略得當。❷稍微 ◆ 略知一二／略有所聞。❸簡要的敍述 ◆ 要略／傳略。❹省去；簡化 ◆ 省略／原文從略。❺計謀 ◆ 策略／謀略。❻奪取 ◆ 侵略／攻城略地。

【略微】lüè wēi　稍微 ◆ 他在國外的情況，我略微知道一些。

---

⁶ **累**　見糸部，328頁。

---

⁷ **番**　一 ㄇ 平 采 番 番　番

〈一〉[fān ㄈㄢ ⑧ fan¹ 翻]

❶指外國或外族的 ◆ 番邦／番薯。❷量詞：（1）表示次數、遍數 ◆ 三番五次／考慮一番。（2）表示一種 ◆ 另有一番天地。

〈二〉[pān ㄆㄢ ⑧ pun¹ 潘]

❸番禺：地名，在廣東省。

---

⁷ **畫**（画）　一 一 一 寸 書 書　畫

〈一〉[huà ㄏㄨㄚˋ ⑧ wak⁹ 或]

❶描繪；繪圖 ◆ 畫一棵樹／依樣畫葫蘆。❷簽押；署名 ◆ 簽字畫押。❸漢字的一筆叫"一畫" ◆ 凸字是五畫。

〈二〉[huà ㄏㄨㄚˋ ⑧ wa⁶ 話]

❹畫出的圖像 ◆ 國畫／漫畫。

【畫₂報】huà bào　以刊登圖畫和照片為主的報刊 ◆《科學畫報》是同學們愛看的報刊之一。

【畫蛇添足】huà shé tiān zú　成語故事：一户人家的奴僕得了主人賞給的一壺酒。酒少人多，怎麼分呢？大家商量決定在地上畫蛇，誰先畫好酒就給誰喝。一人先畫好了，看到別人都還沒畫好，又為蛇畫了腳。這時另一個也畫好了，把酒搶了過去，説："你畫的不是蛇，蛇怎麼會有腳呢？"比喻多此一舉，不但無益，反而有害 ◆ 他們三位把意思説得非常清楚了，我如果再發言，就是畫蛇添足了。

注意 不要把"添"錯寫成"漆"。

【畫龍點睛】huà lóng diǎn jīng　據説南朝梁時畫家張僧繇(yóu)在金陵安樂寺壁上畫了四條龍，不點眼睛，説點了就會飛掉。人們不相信，偏讓他畫上。

他剛給兩條龍點上眼睛，就雷電大作，兩條龍破壁飛去，只剩下沒有點眼睛的兩條。後用來比喻作文或說話時在關鍵地方加上一兩句點明要旨的話，使內容更加精闢傳神，生動有力 ◆ 這個結尾句改得好，在全文起了畫龍點睛的作用。
☑ 畫₂卷、畫₂家、畫₂廊、畫餅充飢
☒ 勾畫、刻畫、油畫₂、壁畫₂、詩情畫₂意

⁸雷

見雨部，446頁。

⁸畸

日 田 田 町 畔 畸 **畸**

[jī ㄐㄧ ⑧gei¹ 機/kei¹ 崎 (語)]
❶ 不正常的，不均衡的 ◆ 畸形。❷偏 ◆ 畸輕／畸重。
注意 "畸"不讀 qí (騎)。
【畸形】jī xíng ❶ 生物體的某部分形態異常 ◆ 自然博物館裏陳列着畸形胎兒的標本。❷ 事物發展不均衡，不正常 ◆ 這個地區娛樂行業畸形發展的現象已有所改變。
注意 "畸"不讀 qí (騎)。

⁸當(当)

丨 小 小 当 当 常 **當**

〈一〉[dāng ㄉㄤ ⑧dɔŋ¹ 噹]
❶ 擔任 ◆ 當經理／當班長。❷承擔；承受 ◆ 擔當不起／敢作敢當。❸ 主持；掌管 ◆ 當權／當家作主。❹ 阻擋；把守 ◆ 銳不可當／一夫當關，萬夫莫開。❺ 相稱；相配 ◆ 實力相當／門當户對。❻ 應該 ◆ 應當／理當如此。❼ 對着；向着 ◆ 當面説清／當眾宣佈。❽ 那時；那地 ◆ 當時／當地／當場試驗。
〈二〉[dàng ㄉㄤ ⑧dɔŋ³ 檔]
❾ 合適 ◆ 適當／用詞不當。❿ 抵得上；等於 ◆ 以一當十／老將出馬，一個頂倆。⓫ 作為；認為 ◆ 安步當車／把忠告當耳邊風。⓬ 圈套；受騙上當。⓭ 用實物作抵押 ◆ 典當／當鋪。
〈三〉[dàng ㄉㄤ ⑧dɔŋ¹ 噹]

⓮ 指事情發生的同一時間 ◆ 當天／當年。
【當心】dāng xīn　小心；留神 ◆ 天雨路滑，騎車要特別當心。⑩ 注意、留心。⑫ 大意。
【當年】dāng nián　指過去的某一時間 ◆ 我很懷念當年在母校的學習生活。⑩ 當時。
【當年】dàng nián　就在本年；同一年 ◆ 當年建廠，當年投入生產。
【當前】dāng qián　❶ 目前；現階段 ◆ 準備升學考試，是我當前的頭等大事。❷ 就在面前 ◆ 大敵當前，人人應該起來保衞祖國。
【當真】dàng zhēn　❶ 以為是真的 ◆ 這些話是開玩笑説的，何必當真呢？❷ 真的；確實 ◆ 當真有這種情況嗎？

注意 "當真"粵音又讀 dɔŋ¹ (噹)。

【當時】dāng shí　指過去發生某件事情的時候；那時候 ◆ 祖母八十歲去世，當時我還不到十歲。
【當時】dàng shí　就在同一時候 ◆ 他暴跳如雷，當時我不知如何是好。
【當然】dāng rán　❶ 應當這樣 ◆ 孝敬長輩，理所當然。❷ 表示肯定，不必懷疑 ◆ 我這樣説，當然有我的理由。
【當選】dāng xuǎn　被選舉上 ◆ 經全班同學投票，他被當選為班長。
【當之無愧】dāng zhī wú kuì　當：接受。指接受某種榮譽或嘉獎，因名實相符而毫不慚愧 ◆ 他品學兼優，被評為優秀學生，是當之無愧的。⑫ 受之有愧。
【當仁不讓】dāng rén bù ràng　仁：合乎道義的事。指遇到應該做的事情，就積極去做，毫不退讓 ◆ 這次賑災義演，我當仁不讓，一定參加。
【當務之急】dāng wù zhī jí　務：事

情。當前急需要去做的事情 ◆ 當務之急是趕快把傷員送往醫院救治。
【當機立斷】dāng jī lì duàn　抓住時機，立刻作出決斷 ◆ 警方當機立斷，封鎖機場，終於抓獲了逃犯。⑫ 猶豫不決、優柔寡斷。
☑ 當代、當₂作、當初、當局
☒ 正當、充當、每當、恰當₂、相當、老當益壯、一馬當先、旗鼓相當

¹¹奮

見大部，106頁。

¹³壘

見土部，99頁。

¹⁴疇(畴)

田 町 畔 畴 畴 疇 **疇**

[chóu ㄔㄡˊ ⑧tsɐu⁴ 酬]
❶ 田地 ◆ 田疇／平疇千里。❷ 種類 ◆ 範疇。
注意 "疇"不讀 shòu (壽)。

¹⁴疆

弓 彊 彊 彊 疆 疆 **疆**

[jiāng ㄐㄧㄤ ⑧gœŋ¹ 姜]
邊界 ◆ 疆界／邊疆。
【疆域】jiāng yù　國家的領土。主要指面積大小 ◆ 中國疆域遼闊，有九百六十萬平方公里的土地。⑩ 疆土。
注意 "疆"左下"弓"內有"土"。
【疆場】jiāng chǎng　指戰場 ◆ 老將軍馳騁疆場幾十年。

¹⁶縲

見系部，336頁。

¹⁷疊(叠)

日 田 田 壘 壘 **疊**

[dié ㄉㄧㄝˊ ⑧dip⁹ 蝶]
❶ 一層一層地堆積；重複 ◆ 重疊／疊羅漢。❷ 用手摺 ◆ 摺疊／鋪牀疊被。
【疊牀架屋】dié chuáng jià wū　牀上牀，屋下架屋。比喻重複多餘 ◆ 這篇文章的毛病在於疊牀架屋，堆砌詞藻。
☒ 層巒疊嶂

疋 部

⁰ 疋
"匹"的異體字，見59頁。

⁷ 疎
"疏"的異體字，見本頁

⁷ 疏
〈一〉[shū ㄕㄨ ⑧ sɔ¹ 梳]
❶清除阻塞；使通暢 ◆ 疏通 / 疏濬河道。❷分散 ◆ 疏散 / 仗義疏財。❸稀少；不密；跟"密"相對 ◆ 稀疏 / 疏密不勻。❹關係遠；不親近；不熟悉 ◆ 疏遠 / 人地生疏。❺不仔細；粗心 ◆ 粗疏 / 疏忽大意。❻淺薄；空虛 ◆ 空疏 / 才疏學淺。
〈二〉[shū ㄕㄨ ⑧ sɔ³ 梳³]
❼指對古書舊注的注釋 ◆ 注疏。❽古代臣子向君主陳述事情的文字 ◆ 上疏 / 奏疏。
【疏忽】shū ·hu　因粗心大意而沒有注意到 ◆ 由於疏忽，考試時漏做了兩小題。⑥忽略。⑧注意、留意。
【疏通】shū tōng　❶清除淤積物，使水流暢通 ◆ 阻塞的下水道經過疏通已經不再污水四溢了。⑥疏導、疏濬。⑧阻塞。❷從中調解，使雙方溝通思想，消除隔閡 ◆ 經過朋友疏通，雙方消除了誤解，又重歸於好了。⑥調解、斡旋。
【疏遠】shū yuǎn　關係或感情上不密切，有距離 ◆ 由於意見不合，他倆的關係漸漸疏遠了。⑧親近、密切。
【疏散】shū sàn　把集中的人羣或東西分散開 ◆ 疏散附近居民，使遠離火場。⑧集合、聚集。
【疏漏】shū lòu　疏忽遺漏 ◆ 校對工作細緻，沒有甚麼疏漏。
【疏濬】shū jùn　消除淤積物或挖深河

槽，使水流暢通 ◆ 這段河道經過疏濬，船隻往來已暢通無阻。⑥疏導、疏通。⑧淤塞、阻塞。
🔑生疏、荒疏、志大才疏

⁹ 疑
[yí ㄧˊ ⑧ ji⁴ 移]
❶不相信 ◆ 懷疑 / 半信半疑。❷不明白；不能斷定的 ◆ 疑問 / 嫌疑 / 疑案。
【疑心】yí xīn　❶懷疑的心思 ◆ 她的疑心病很重。❷懷疑；猜測 ◆ 你不要隨便疑心別人。⑥猜疑。
【疑問】yí wèn　有懷疑或不明白的地方 ◆ 同學們有甚麼疑問，可以向老師請教。
【疑惑】yí huò　不明白或不相信 ◆ 他的反常表現令人疑惑不解。
【疑慮】yí lǜ　懷疑又擔心 ◆ 他疑慮重重，不敢站出來說明真相。
【疑難】yí nán　有疑問且難以處理 ◆ 學習上遇到疑難問題時，應當虛心向人請教。
【疑神疑鬼】yí shén yí guǐ　毫無根據地懷疑這個，懷疑那個。形容人疑心很重 ◆ 成天疑神疑鬼的，你不是自尋煩惱嗎？
🔑可疑、質疑、將信將疑、形跡可疑、滿腹狐疑

疒 部

³ 疙
[gē ㄍㄜ ⑧ ŋɛt⁹ 兀]
見"疙瘩"。
【疙瘩】gē ·da　❶皮膚上長的小硬塊 ◆ 渾身雞皮疙瘩。❷塊狀的東西 ◆ 線結成了疙瘩。❸心裏想不通或不易解決的問題 ◆ 心裏有疙瘩。❹彆扭；不順 ◆ 這個人很疙瘩 / 文章疙裏疙瘩的，讀不通。

³ 疚
[jiù ㄐㄧㄡˋ ⑧ gɐu³ 救]
內心的痛苦 ◆ 內疚 / 深感歉疚。

⁴ 疥
[jiè ㄐㄧㄝˋ ⑧ gai³ 介]
疥瘡 (jiè chuāng)：一種會傳染的皮膚病，起小水疱，發癢。

⁴ 疫
[yì ㄧˋ ⑧ jik⁹ 役]
流行性急性傳染病的總稱 ◆ 瘟疫 / 鼠疫。
【疫苗】yì miáo　一種藥劑，接種後能使機體產生免疫力 ◆ 接種牛痘疫苗可以預防天花。
【疫情】yì qíng　流行性傳染病發生和發展的情況 ◆ 了解疫情，及時做好防治工作。
🔑防疫、免疫

⁴ 疤
[bā ㄅㄚ ⑧ ba¹ 巴]
傷口或瘡口長好後留下的痕跡 ◆ 瘡疤 / 好了傷疤忘了痛。

⁵ 症
〈一〉[zhèng ㄓㄥˋ ⑧ dziŋ³ 政]
❶生病的現象、狀況；疾病 ◆ 對症下藥 / 不治之症。
〈二〉[zhēng ㄓㄥ ⑧ dziŋ¹ 貞]
❷"癥"的簡化字，見290頁。
【症狀】zhèng zhuàng　生了病表現出來的異常狀態，如發燒、咳嗽、吐血 ◆ 從病人的症狀看，他患的是急性肺炎。⑥症候、病症。
🔑炎症、急症、絕症、後遺症

⁵ 病
[bìng ㄅㄧㄥˋ ⑧ biŋ⁶ 並/bɛŋ⁶ 餅⁶]
❶身體發生不舒適的現象；失去健康

近朱者赤，近墨者黑

的狀態 ◆ 生病／疾病。❷ 缺點；壞處 ◆ 通病／弊病。

【病菌】bìng jūn　能致病的細菌 ◆ 小小一口痰，病菌千千萬。

【病魔】bìng mó　比喻所患的疾病，像魔鬼纏身，使人痛苦 ◆ 病魔奪去了他年輕的生命。

(注意) "病魔" 多指長期重病。

【病入膏肓】bìng rù gāo huāng　膏肓：古人把心尖脂肪叫 "膏"，心臟和隔膜之間叫 "肓"，認為是藥力達不到的地方。原指病情嚴重，已無法醫治。也用來比喻事態嚴重，已無法挽救 ◆ 病人的骨癌已到晚期，已經病入膏肓，將不久於人世／他甘於墮落，已病入膏肓，難以挽救。

(注意) "肓" 不讀 máng（盲）。粵音讀 fɔŋ¹（方）。"肓" 下面是 "月"，不是 "目"。

【病從口入】bìng cóng kǒu rù　疾病多是由飲食不注意而引起的 ◆ 一定要注意飲食衛生，防止病從口入。

▣病因、病例、病房、病牀、病歷

▣毛病、治病、同病相憐、喪心病狂

---

⁵ **疽**　疒 疒 疒 疒 疽 疽 疽 **疽**

[jū ㄐㄩ （粵）tsœy¹ 吹]

一種毒瘡 ◆ 疽癰。

⁵ **疾**　疒 疒 疒 疒 疒 疾 疾 **疾**

[jí ㄐㄧ （粵）dzɐt⁹ 姪]

❶ 病 ◆ 疾病／積勞成疾。❷ 痛苦 ◆ 痛心疾首。❸ 痛恨 ◆ 疾惡如仇。❹ 快速；猛烈 ◆ 疾駛而過／疾風知勁草。

【疾病】jí bìng　病的總稱 ◆ 身患多種疾病，長期在家休養。

【疾苦】jí kǔ　困苦 ◆ 政府關心人民疾苦。

【疾駛】jí shǐ　車船等快速行駛 ◆ 汽車從大橋上疾駛而過。

【疾惡如仇】jí è rú chóu　疾：憎恨；痛恨。痛恨壞人壞事像痛恨仇敵一樣 ◆ 魯迅先生一身正氣，疾惡如仇。

(注意) "疾惡如仇" 多用來形容人有強烈的正義感。

▣殘疾、諱疾忌醫、大聲疾呼

---

⁵ **疹**　疒 疒 疒 疒 疹 疹 **疹**

[zhěn ㄓㄣˇ （粵）tsɐn² 診]

一種皮膚上起紅色小顆粒的病，有傳染性 ◆ 濕疹／麻疹。

⁵ **疼**　疒 疒 疒 疒 疼 疼 **疼**

[téng ㄊㄥˊ （粵）tuŋ⁴ 同]

❶ 痛；由疾病、創傷等引起的難受的感覺 ◆ 牙疼／肚子疼。❷ 喜愛；痛惜 ◆ 疼愛／心疼。

【疼愛】téng ài　喜愛 ◆ 爺爺特別疼愛小孫女。

【疼痛】téng tòng　痛；痛苦 ◆ 傷口疼痛難忍。

⁵ **疲**　疒 疒 疒 疒 疒 疲 疲 **疲**

[pí ㄆㄧˊ （粵）pei⁴ 皮]

勞累；困倦 ◆ 疲倦／精疲力竭。

【疲乏】pí fá　疲倦、勞累，沒有力氣 ◆ 一天工作下來，身體已疲乏不堪。（同）疲勞、疲憊。

【疲倦】pí juàn　疲勞困倦 ◆ 他不知疲倦，通宵工作。（同）疲乏。

【疲勞】pí láo　疲乏勞累 ◆ 一天連續工作十多小時，太疲勞了。

【疲憊】pí bèi　極度疲勞 ◆ 一連工作了三天三夜，身體已疲憊不堪。（同）疲勞。

【疲於奔命】pí yú bēn mìng　奔命：奉命奔走。原指為完成使命往來奔走，弄得疲憊不堪；泛指事情繁多，忙於應付，累得精疲力盡 ◆ 本職工作加上額外任務，搞得我疲於奔命。

---

⁶ **痔**　疒 疒 疒 疒 疒 痔 **痔**

[zhì ㄓˋ （粵）dzi⁶ 自]

痔瘡（zhì chuāng）：一種常見的肛門疾病。

⁶ **疵**　疒 疒 疒 疒 疵 疵 疵 **疵**

[cī ㄘ （粵）tsi¹ 雌]

毛病；缺點 ◆ 吹毛求疵。

---

⁶ **痊**（痊）　疒 疒 疒 疒 痊 痊 **痊**

[quán ㄑㄩㄢˊ （粵）tsyn⁴ 全]

病好了 ◆ 痊癒。

【痊癒】quán yù　病好了，已恢復健康 ◆ 祝您早日痊癒。

⁶ **痕**　疒 疒 疒 疒 痕 痕 **痕**

[hén ㄏㄣˊ （粵）hɐn⁴ 很⁴]

傷疤；事物留下的印跡 ◆ 疤痕／一條裂痕。

【痕跡】hén jì　事發過後留下的印跡；跡象 ◆ 雪地裏留下了車輪的痕跡／罪犯在作案現場沒有留下任何痕跡。

▣傷痕、淚痕滿面

---

⁷ **痘**　疒 疒 疒 疒 痘 痘 **痘**

[dòu ㄉㄡˋ （粵）dɐu⁶ 豆]

❶ 一種全身出豆子大小的水疱或膿疱的傳染病 ◆ 水痘／痘瘡（即天花）。❷ 痘苗（dòu miáo）：也叫牛痘苗，接種在人身上，可以預防天花 ◆ 種痘。

⁷ **痞**　疒 疒 疒 疒 疒 痞 **痞**

[pǐ ㄆㄧˇ （粵）pei² 鄙／pei⁵ 婢／fɐu² 否]

❶ 痞塊（pǐ kuài）：中醫指腹內可以摸到的硬塊。❷ 指壞人、惡棍 ◆ 痞子／地痞流氓。

⁷ **痙**（痙）　疒 疒 疒 疒 痙 痙 **痙**

[jìng ㄐㄧㄥˋ （粵）giŋ⁶ 競]

痙攣（jìng luán）：筋肉緊張，不自然地收縮或手腳抽搐的現象，是一種神經性病症。

⁷ **痢**　疒 疒 疒 疒 疒 痢 **痢**

[lì ㄌㄧˋ （粵）lei⁶ 利]

痢疾（lì·ji）：一種腸道傳染病。

⁷ **痛**　疒 疒 疒 疒 痛 痛 **痛**

[tòng ㄊㄨㄥˋ （粵）tuŋ³ 通³]

胡馬依北風，越鳥巢南枝。——漢・無名氏《行行重行行》詩

❶ 因疾病、創傷等引起的難受的感覺 ◆ 頭痛 / 傷口隱隱作痛。❷ 悲傷 悲痛 / 痛不欲生。❸ 極度地；徹底地 ◆ 痛恨 / 痛罵 / 痛哭流涕。

【痛心】tòng xīn　很傷心 ◆ 她不願提起那痛心的往事。

【痛快】tòng kuài　❶ 舒暢；高興 ◆ 比賽得了冠軍，心裏特別痛快。⑤ 開心。❷ 盡興 ◆ 今天讓大家痛快地玩一天。❸ 爽快 ◆ 我求他幫忙，他痛快地答應了。

【痛苦】tòng kǔ　肉體上或精神上感到非常難受 ◆ 病人痛苦地呻吟着。

【痛恨】tòng hèn　非常憎恨 ◆ 人們痛恨貪官污吏。

【痛楚】tòng chǔ　悲痛；苦楚 ◆ 無人知道她內心的痛楚。

【痛不欲生】tòng bù yù shēng　悲痛得不想活了。形容極度悲傷 ◆ 突然得到丈夫遇難的噩耗，她痛不欲生。

【痛心疾首】tòng xīn jí shǒu　疾首：頭痛。形容痛恨到極點 ◆ 他對自己所犯的錯誤痛心疾首。

【痛改前非】tòng gǎi qián fēi　痛：徹底地。徹底改正以前的錯誤 ◆ 他決心痛改前非，重新做人。

⊇ 哀痛、沉痛

⁸麻　疒疒疒疒疒麻　麻

[má ㄇㄚˊ ⑧ ma⁴ 麻]

❶ 麻疹 (má zhěn)：一種皮膚上起紅色小粒的急性傳染病。❷ 麻瘋 (má fēng)：一種慢性傳染病。

⁸痴　疒疒疒疒疒痴　痴

[chī ㄔ ⑧ tsi¹ 雌]

❶ 傻；笨；無知 ◆ 痴笑 / 像個白痴。❷ 形容對某人或某種事物極度迷戀 ◆ 痴情 / 如痴如醉。

【痴呆】chī dāi　動作、神情呆滯；傻裏傻氣 ◆ 他兩眼痴呆地望着天花板，一聲不響 / 他患了老年痴呆症。

【痴情】chī qíng　多情到了極度迷戀的程度 ◆ 你對他真可謂一片痴情。

【痴心妄想】chī xīn wàng xiǎng　指一心想着不可能實現的事情 ◆ 他想在這裏稱王稱霸，那是痴心妄想。

⁸痺　疒疒疒疒疒痺　痺

[bì ㄅㄧˋ ⑧ bei³ 臂]

中醫指由風、寒、濕等引起的肢體疼痛或麻木的病狀 ◆ 手腳麻痺。

⁸痹　"痺"的異體字，見本頁。

⁸瘁　疒疒疒疒疒瘁　瘁

[cuì ㄘㄨㄟˋ ⑧ sœy⁶ 睡]

過度勞累 ◆ 心力交瘁 / 鞠躬盡瘁，死而後已。

⁸瘀　疒疒疒疒疒瘀　瘀

[yū ㄩ ⑧ jy¹ 於/jy³ 嫗]

積血；血不流通 ◆ 瘀血 / 活血化瘀。

⁸痰　疒疒疒疒疒痰　痰

[tán ㄊㄢˊ ⑧ tam⁴ 談]

氣管或支氣管分泌的黏液 ◆ 不要隨地吐痰。

⁹瘍 (疡)　疒疒疒疒瘍瘍　瘍

[yáng ㄧㄤˊ ⑧ jœŋ⁴ 羊]

瘡；潰爛 ◆ 潰瘍。

⁹瘟　疒疒疒疒瘟瘟　瘟

[wēn ㄨㄣ ⑧ wen¹ 温]

人和動物的流行性急性傳染病 ◆ 瘟疫 / 雞瘟 / 豬瘟。

⁹瘧 (疟)　疒疒疒疒瘧瘧　瘧

〈一〉[nüè ㄋㄩㄝˋ ⑧ jœk⁹ 若]

❶ 瘧疾 (nüè jí)：一種按時發冷發熱的傳染病，由瘧蚊把瘧原蟲傳入人體血液中而引起。

〈二〉[yào ㄧㄠˋ ⑧ jœk⁹ 若]

❷ 瘧子：即瘧疾，有些地方的口頭語 ◆ 發瘧子。

⁹瘦 (瘦)　疒疒疒疒瘦瘦　瘦

[shòu ㄕㄡˋ ⑧ sɐu³ 獸]

❶ 脂肪少，肌肉不豐滿；跟"肥"、"胖"相對 ◆ 骨瘦如柴 / 面黃肌瘦。❷ 衣服鞋襪等窄小；跟"肥"、"大"相對 ◆ 袖子太肥，褲腿太瘦。❸ 土地不肥沃 ◆ 瘦田 / 田地太瘦。

⁹瘉　同"癒"字，見 289 頁。

⁹瘓 (痪)　疒疒疒疒瘓瘓　瘓

[huàn ㄏㄨㄢˋ ⑧ wun⁶ 換]

癱瘓。見"癱"字，289 頁。

⁹瘋 (疯)　疒疒疒疒瘋瘋　瘋

[fēng ㄈㄥ ⑧ fuŋ¹ 風]

神經錯亂；精神失常 ◆ 瘋子 / 裝瘋賣傻。

【瘋狂】fēng kuáng　精神變得失常；比喻失去理智，猖狂或狂熱到極點 ◆ 日本侵略軍攻陷南京以後，瘋狂屠殺中國人民 / 球迷們的熱情達到了瘋狂的程度。

【瘋瘋癲癲】fēng fēng diān diān　精神失常的樣子 ◆ 看你瘋瘋癲癲的成甚麼樣子！

(注意)　"瘋瘋癲癲"常用來形容人言語舉動輕狂或反常。

¹⁰瘡 (疮)　疒疒疒疒瘡瘡　瘡

[chuāng ㄔㄨㄤ ⑧ tsɔŋ¹ 倉]

❶ 皮肉腫爛的病 ◆ 瘡口 / 凍瘡 / 頭上生瘡。❷ 外傷 ◆ 刀瘡 / 棒瘡。

【瘡疤】chuāng bā　瘡口癒合後留下的疤痕；比喻受過的痛苦或短處、痛處 ◆ 他臉上有個瘡疤 / 你不要好了瘡疤忘了痛。⑤ 傷疤。

⊇ 千瘡百孔

10 瘤 广疒疒疒疒疖瘤瘤 瘤

[liú ㄌㄧㄡˊ ⑧ lɐu⁴ 留]

人或動物身體長出的腫塊 ◆ 肉瘤 / 腫瘤。

10 瘠 广疒疒疒疒疒疒瘠 瘠

[jí ㄐㄧˊ ⑧ dzik⁸ 即⁸/dzɛk⁸ 隻(語)]

❶ 身體瘦弱；跟"肥"、"胖"相對。

❷ 土地不肥沃；跟"肥"相對 ◆ 瘠土 / 瘠田 / 貧瘠。

11 瘴 广疒疒疒瘁瘴瘴 瘴

[zhàng ㄓㄤˋ ⑧ dzœŋ³ 帳]

見"瘴氣"。

【瘴氣】 zhàng qì 熱帶或亞熱帶山林中蒸發出來的一種濕熱空氣，能使人生病 ◆ 外地人害怕南方山地的瘴氣。

⊿烏煙瘴氣

11 瘸 广疒疒疒瘸瘸瘸 瘸

[qué ㄑㄩㄝˊ ⑧ kœ⁴]

腿腳有毛病，走路時身體不平衡 ◆ 瘸子 / 一瘸一拐。

12 療 (疗) 广疒疒疗疗疗療療 療

[liáo ㄌㄧㄠˊ ⑧ liu⁴ 聊]

治病 ◆ 醫療 / 治療。

【療效】 liáo xiào 治療疾病的效果 ◆ 這種新藥療效顯著。

【療養】 liáo yǎng 治療調養 ◆ 這所療養院設在風景區，設備完善，條件很好。

⊿療程

⊿診療、理療

12 癌 广疒疒癌癌癌癌 癌

[ái ㄞˊ ⑧ ŋam⁴ 岩]

惡性腫瘤 ◆ 肺癌 / 食道癌。

13 癒 (愈) 广疒疒疒疒癒癒 癒

[yù ㄩˋ ⑧ jy⁶ 預]

病好了 ◆ 痊癒。

【癒合】 yù hé 傷口長好了 ◆ 瘡口已經完全癒合。

13 癖 广疒疒疒疒癖癖 癖

[pǐ ㄆㄧˇ ⑧ pik⁷ 僻]

長期形成對某種事物的特別愛好 ◆ 癖好 / 嗜癖成癖。

【癖好】 pǐ hào 積久成習的特別愛好 ◆ 收集外國郵票是他的癖好。⊜嗜好。

⊿注⊿ "好" 不讀 hǎo (郝)。粵音讀 hou³ (耗)。

⊿怪癖

14 癡 同"痴"字，見 288 頁。

14 瘪 (瘪) 广疒疒疒瘦瘦瘪 瘪

〈一〉 [biě ㄅㄧㄝˇ ⑧ bit⁹ 別]

❶ 物體表面凹陷下去；不飽滿 ◆ 乾瘪 / 皮球瘪了。

〈二〉 [biē ㄅㄧㄝ ⑧ bit⁹ 別]

❷ 瘪三 (biē sān)：上海人稱城市中靠要飯或偷竊為生的無業游民。

15 癥 (症) 广疒疒疒疒癥癥 癥

[zhēng ㄓㄥ ⑧ dziŋ¹ 貞]

肚子裏結塊的病 ◆ 癥結。

【癥結】 zhēng jié 肚子裏結硬塊的病；比喻事情難辦或失敗的根本原因 ◆ 這次失利，癥結在於輕敵。

15 癢 (痒) 广疒疒疒疒癢癢 癢

[yǎng ㄧㄤˇ ⑧ jœŋ⁵ 仰]

皮膚受到刺激，忍不住要抓撓才舒服的一種感覺 ◆ 搔癢 / 背上癢。

⊿隔靴搔癢、無關痛癢

16 癩 (癞) 广疒疒疒疒癩癩 癩

〈一〉 [lài ㄌㄞˋ ⑧ lai⁶ 賴]

❶ 中醫指麻瘋病，是一種慢性傳染病。

❷ 因生癬疥等皮膚病而毛髮脫落 ◆ 癩皮狗。

〈二〉 [là ㄌㄚˋ ⑧ lat⁹ 辣]

❸ 癩痢 (là lì)：頭上生瘡使毛髮脫落的皮膚病。

17 癬 (癣) 广疒疒疒癬癬癬 癬

[xuǎn ㄒㄩㄢˇ ⑧ sin² 洗]

由真菌引起的某些皮膚病的統稱，患處發癢 ◆ 頭癬 / 牛皮癬。

17 癮 (瘾) 广疒疒疒疒癮癮 癮

[yǐn ㄧㄣˇ ⑧ jɐn⁵ 引]

一種積久成了習慣，不易改掉的嗜好或特別濃厚的興趣 ◆ 煙癮 / 看小説上了癮。

18 癰 (痈) 广疒疒疒瘫癰癰 癰

[yǒng ㄩㄥˇ ⑧ juŋ¹ 翁]

一種毒瘡 ◆ 疽癰。

19 癱 (瘫) 广疒疒瘫瘫癱癱 癱

[tān ㄊㄢ ⑧ tan¹ 灘/tan² 坦(語)]

見"癱瘓"。

【癱瘓】 tān huàn ❶ 神經機能發生障礙，肢體麻木不能活動 ◆ 老人右肢癱瘓，生活不能自理。❷ 比喻機構失去效能，不能正常進行工作 ◆ 汽車司機罷工，形成交通癱瘓。

19 癲 (癫) 广疒疒癲癲癲癲 癲

[diān ㄉㄧㄢ ⑧ din¹ 顛]

精神錯亂、失常 ◆ 癲狂 / 瘋瘋癲癲。

癶 部

4 癸 ㄋㄋㄋㄋㄋㄋ癶癸 癸

[guǐ ㄍㄨㄟˇ ⑧ gwɐi³ 貴]

秋風吹不盡，總是玉關情。——唐·李白《秋歌》詩

天干的第十位 ◆ 甲乙丙丁戊己庚辛壬癸。
✤ 圖見 102 頁。

⁷ **登** ㄱㄱˊㄉˊ癶癶癶癶登 登

[dēng ㄉㄥ ⑧dɐŋ¹ 燈]

❶ 從低處向高處走 ◆ 登山／攀登。
❷ 記載；刊出 ◆ 登記／登報。❸ 穀物成熟 ◆ 五穀豐登。

【登陸】dēng lù 從海洋或江河來到陸地上 ◆ 颱風在福建沿海登陸。

【登記】dēng jì 把有關事項記錄在表冊上，以備日後查考 ◆ 借閱圖書要登記。

【登台】dēng tái 登上舞台；出現在舞台上 ◆ 今天我們民樂隊要登台演出。

【登載】dēng zǎi 詩文等在報刊上發表 ◆《星島日報》副刊登載過他寫的短篇小說。⑩ 刊登、刊載、發表。

【登峯造極】dēng fēng zào jí 造：到達。極：最高處。登山到達最高峯。比喻學問、技藝等達到極高的境地 ◆ 他的國畫藝術雖然不能說已經登峯造極，但有他獨特的風格。⑩ 爐火純青。
◁ 登高
▷ 刊登、攀登、一步登天、粉墨登場、捷足先登

⁷ **發** (发) ㄱㄱˊㄉˊ癶發發 發

[fā ㄈㄚ ⑧fat⁸ 法]

❶ 生長出來；產生出 ◆ 發芽／發電。
❷ 放射出 ◆ 發炮／閃閃發光。❸ 散開 ◆ 揮發／蒸發。❹ 送出；派出；跟“收”相對 ◆ 發信／發貨／發兵。
❺ 表達；宣佈 ◆ 發言／發佈。❻ 起始；起程 ◆ 發源／出發。❼ 擴展；興旺 ◆ 發展／發家致富。❽ 揭開 ◆ 揭發／發掘。❾ 顯現出 ◆ 發麻／樹葉發黃。❿ 啟示 ◆ 啟發／發人深省。
⓫ 量詞，用於槍彈 ◆ 一發子彈。

【發生】fā shēng 開始出現；產生 ◆ 情況發生了意料不到的變化。

【發行】fā xíng 新的出版物等推向市場 ◆ 這份報章在香港的發行量很大。

【發佈】fā bù 向公眾宣佈或公佈 ◆ 新聞發佈會。
注意 “發佈”多用於指命令、指示、新聞等。

【發作】fā zuò ❶ 突然爆發出來或產生作用 ◆ 氣候突然變化，他的哮喘病又發作了。❷ 發脾氣 ◆ 他憋着一肚子氣，不敢發作。

【發言】fā yán 在會議上或公開場合講話，發表意見 ◆ 討論會上，同學們發言踴躍。

【發表】fā biǎo ❶ 向公眾表達意見；宣佈 ◆ 對此他沒有發表意見／外交部發表聲明。❷ 指作品在報刊上登載出來 ◆ 他的論文已經在刊物上發表了。

【發明】fā míng 創造新的事物或新方法 ◆ 印刷術是中國古代四大發明之一。
✤ 圖見 174 頁。

【發育】fā yù 生物體從初生到漸步成熟的生長過程 ◆ 兒童正處在發育階段，要注意營養。

【發泄】fā xiè 把某種慾望或不滿情緒儘量散發出來 ◆ 一肚子的怨氣無處發泄。

【發射】fā shè 射出 ◆ 又一顆人造衛星發射成功。

【發展】fā zhǎn 事物由小到大、由弱到強、由低級到高級、由簡單到複雜的變化 ◆ 現代通訊技術發展迅速。

【發現】fā xiàn ❶ 看到或找到前人沒有看到的事物或規律 ◆ 地質勘探隊在沙漠地帶發現了大油田。❷ 發覺 ◆ 下了車，他才發現錢包丟了。

【發掘】fā jué 把埋藏在地下的東西挖掘出來 ◆ 考古隊從這座古墓中發掘出許多珍貴文物。

【發動】fā dòng ❶ 起動；機械開始運轉 ◆ 沒有汽油，汽車怎麼發動？❷ 開始行動 ◆ 我隊發動攻勢，對方無法抵擋。❸ 使行動起來；動員 ◆ 校長發動全校師生捐款救災。

【發揚】fā yáng 使發展光大 ◆ 這種助人為樂、見義勇為的精神應該好好發揚。

【發揮】fā huī 充分表現出來；充分達出來 ◆ 這是你發揮才能的最好機會／他的觀點已經發揮得淋漓盡致。

【發達】fā dá 事物發展到先進、高級的程度；事業很興旺 ◆ 資訊科技越來越發達。

【發源】fā yuán 形成河流的源頭；事物的起源 ◆ 黃河、長江都發源於青海省境內／中國是用針灸治病的發源地。

【發誓】fā shì 用語言鄭重地表示決心或提出保證 ◆ 對天發誓／隊員們發誓要把失去的獎杯奪回來。⑩ 起誓。

【發奮】fā fèn 振作精神，決心努力 ◆ 他發奮用功，終於取得優異成績。

【發覺】fā jué 開始察覺 ◆ 在整理房間時，我才發覺我的電子玩具不見了。⑩ 發現、察覺。

【發人深省】fā rén shēn xǐng 省：醒悟。啟發人深刻思考而引起醒悟 ◆ 學生中產生這樣的悲劇實在發人深省。
注意 “發人深省”也作“發人深醒”。“省”不讀 shěng。

【發號施令】fā hào shī lìng 號：號令。施：發佈。發佈命令，下達指示 ◆ 只是發號施令卻不幹實事的上司不受歡迎。

【發憤圖強】fā fèn tú qiáng 發憤：決心努力。圖強：謀求強盛。下定決心，努力謀求強盛 ◆ 他發憤圖強，希望闖出一番大事業來。
◁ 發出、發光、發放、發財、發行、發揚光大
▷ 告發、啟發、散發、開發、頒發、爆發、先發制人、借題發揮、一言不發、意氣風發

⁹ **凳** 見几部，46 頁。

白部

⁰白

[bái ㄅㄞˊ [粵] bak⁹ 帛]

❶像霜、雪一樣的顏色；跟"黑"相對 ◆ 雪白／潔白／黑白分明。❷明亮 ◆ 如同白晝／白天黑夜。❸清楚 ◆ 明白／真相大白。❹陳述；說明 ◆ 表白／自白。❺淺顯的；地方話；口語 ◆ 淺白／京白／白話文。❻空的；甚麼都沒有 ◆ 空白／交白卷。❼沒有代價、沒有效果的 ◆ 白費力氣／白跑一趟。❽把字寫錯或讀錯 ◆ 寫白字／念白了。❾姓。

【白字】bái zì　寫錯或讀錯的字 ◆ 他是個"白字大王"，常常寫錯字或讀錯字。[同] 別字。

【白痴】bái chī　智力低下、行動遲鈍的精神病；痴呆的人 ◆ 一問三不知，簡直像個白痴。

【白晝】bái zhòu　白天 ◆ 街道上燈火通明，如同白晝。[反] 黑夜。

【白鷺】bái lù　鷺鷥的一種，羽毛白色，兩腿細長，能涉水捕食魚蝦 ◆ 兩個黃鸝鳴翠柳，一行白鷺上青天。

【白手起家】bái shǒu qǐ jiā　在一無所有的情況下創立家業或建立起一番事業 ◆ 父親白手起家，從經營一家小店到今天擁有一家大公司。

【白紙黑字】bái zhǐ hēi zì　白紙上寫的黑字。指證據確鑿，不容否認或抵賴 ◆ 這白紙黑字，清清楚楚，豈能抵賴？

【白頭偕老】bái tóu xié lǎo　偕：共同。夫妻共同生活一輩子。常用來祝頌婚姻美滿 ◆ 祝賀新郎新娘互敬互愛，白頭偕老。

[注意]"偕"不讀 jiē（皆）。粵音讀 gai²（皆）。"白頭偕老"也作"白頭到老"。

【白髮蒼蒼】bái fà cāng cāng　蒼蒼：灰白色。形容老年人頭髮都白了 ◆ 前面走來一位白髮蒼蒼的老人。

【白璧無瑕】bái bì wú xiá　璧：泛指美玉。瑕：斑點。潔白的玉上沒有斑點。比喻人或事物完美無缺 ◆ 像他那樣品行高尚，可說是白璧無瑕了。

[注意]"璧"下面是"玉"，不是"土"。"瑕"不讀 jiǎ（假）。

[頭] 白食、白茫茫、白日做夢

[尾] 蒼白、清白、平白無故、一窮二白

¹百

[bǎi ㄅㄞˇ [粵] bak⁸ 伯]

❶數目字，十的十倍是一百。大寫作"佰" ◆ 五百五十。❷表示很多 ◆ 百貨／百花盛開。

【百姓】bǎi xìng　人民大眾 ◆ 國家太平，百姓安居樂業。

[注意]"百姓"也稱"老姓"。

【百般】bǎi bān　各種各樣；採用各種各樣的方法 ◆ 百般武藝，件件精通／他百般抵賴，死不認賬。

【百貨】bǎi huò　日用商品的總稱 ◆ 這是一家商品種類繁多、信譽良好的百貨公司。

【百孔千瘡】bǎi kǒng qiān chuāng　到處都是孔洞和瘡口。比喻破壞很嚴重或毛病很多 ◆ 長期的戰亂，把一個好端端的國家弄得百孔千瘡，民不聊生。[同] 滿目瘡痍。

[注意]"百孔千瘡"也作"千瘡百孔"。

【百折不撓】bǎi zhé bù náo　折：挫折。撓：彎曲。比喻意志堅強，無論受到多少挫折也決不退縮、屈服 ◆ 要有百折不撓的精神，事業才能成功。[同] 不屈不撓。

[注意]"撓"不讀 yáo（堯）。粵音讀 nau⁶（鬧）。"百折不撓"也作"百折不回"。

【百科全書】bǎi kē quán shū　匯集各學科的知識，分列條目，進行解釋的大型工具書 ◆ 家裏有一本《大英百科全書》。

[頭] 百發百中、百戰百勝、百裏挑一

[尾] 一呼百應、千方百計、千錘百煉、年過半百、殺一儆百

²阜

"皂"的異體字，見本頁。

²皂

[zào ㄗㄠˋ [粵] dzou⁶ 造]

❶黑色 ◆ 不分清紅皂白。❷"肥皂"的簡稱 ◆ 香皂／藥皂。

³帛

見巾部，135 頁。

³的

〈一〉[dì ㄉㄧˋ [粵] dik⁷ 嫡]

❶箭靶的中心 ◆ 有的放矢／眾矢之的。

〈二〉[dí ㄉㄧˊ [粵] dik⁷ 嫡]

❷實在；確實 ◆ 的確。

〈三〉[·de ·ㄉㄜ [粵] dik⁷ 嫡]

❸表示修飾或領屬關係 ◆ 慈祥的面容／國家的財產。❹代替所指的人或事物 ◆ 男的／用的／年輕的。❺用在句子末尾，常跟"是"呼應，表示肯定的語氣 ◆ 天氣是晴朗的／他學習是很用功的。

【的₂確】dí què　完全確實；實在 ◆ 他的表演的確很精彩。

⁴泉

見水部，238 頁。

⁴皆

[jiē ㄐㄧㄝ [粵] gai¹ 佳]

都；全 ◆ 啼笑皆非／人人皆知。

【皆大歡喜】jiē dà huān xǐ　皆：都。大家都很滿意、高興 ◆ 人人得獎，皆大歡喜。

[尾] 比比皆是、有口皆碑、草木皆兵、觸目皆是

⁴ 皇

[huáng ㄏㄨㄤˊ 粵 wɔŋ⁴ 王]

❶ 帝王；君主 ◆ 皇帝 / 皇宮。❷ 盛大 ◆ 富麗堂皇。

【皇后】huáng hòu 皇帝的妻子；借指文藝、體育等領域內最有名的女性 ◆ 電影皇后 / 帆板皇后。

☑ 堂而皇之

⁵ 皋

同"皐"字，見 355 頁。

⁶ 兜

見儿部，39 頁。

⁶ 習

見羽部，340 頁。

⁷ 皓

[hào ㄏㄠˋ 粵 hou⁶ 浩]

潔白；明亮 ◆ 皓齒 / 皓月當空。

⁷ 皖

[wǎn ㄨㄢˇ 粵 wun⁵ 浣]

安徽省的別稱 ◆ 皖南 / 皖北。

¹⁰ 皚

[ái ㄞˊ 粵 ŋɔi⁴ 呆]

潔白 ◆ 白雪皚皚。

【皚皚】ái ái 形容雪的潔白 ◆ 眼前是一片皚皚的白雪。

¹⁰ 魄

見鬼部，464 頁。

皮部

⁰ 皮

[pí ㄆㄧˊ 粵 pei⁴ 脾]

❶ 人和動植物表面的一層 ◆ 皮膚 /

樹皮。❷ 加工過的皮革 ◆ 皮鞋 / 皮箱。❸ 事物表面的或包在外面的東面 ◆ 地皮 / 封皮。❹ 某些薄片狀的東西 ◆ 鐵皮 / 粉皮。❺ 淘氣 ◆ 頑皮 / 這孩子真夠皮的。❻ 鬆脆的東西受潮或放久後變軟 ◆ 花生米皮了。❼ 指橡膠 ◆ 橡皮 / 皮球。

【皮毛】pí máo ❶ 帶毛的獸皮 ◆ 貂皮、狐皮都是很貴重的皮毛。❷ 比喻表面的淺薄的知識 ◆ 對天文學，我只懂得一點皮毛。

【皮革】pí gé 去毛加工後的獸皮 ◆ 皮帶、皮箱、皮手套都是皮革製品。
注意 "皮革" 也叫"熟皮"。

【皮膚】pí fū 人或動物身體表面的一層組織 ◆ 年紀老了，皮膚失去了彈性和光澤。

【皮開肉綻】pí kāi ròu zhàn 綻：破裂。皮和肉都破裂了。形容被打得傷勢很重 ◆ 他被暴徒打得皮開肉綻，鮮血淋漓。
注意 "綻" 不讀 dìng（定）。粵音讀 dzan⁶（賺）。

☑ 俏皮、調皮、嬉皮笑臉、雞毛蒜皮

¹⁰ 皺 (皱)

[zhòu ㄓㄡˋ 粵 dzɐu³ 晝]

❶ 臉上的紋路；物品的摺紋 ◆ 臉上起了皺紋 / 衣服皺了，要燙一下。❷ 收攏而起皺紋 ◆ 皺眉頭 / 眉頭一皺，計上心來。

【皺紋】zhòu wén 皮膚或物體表面形成的凹凸不平的條紋 ◆ 平靜如鏡的湖面被春風吹起了皺紋。

皿部

⁰ 皿

[mǐn ㄇㄧㄣˇ 粵 miŋ⁵ 茗]

杯、碟、盤等日用器具的統稱 ◆ 器皿。

³ 盂

[yú ㄩˊ 粵 jy⁴ 余]

盛液體的器皿 ◆ 痰盂。

³ 孟

見子部，114 頁。

⁴ 盅

[zhōng ㄓㄨㄥ 粵 dzuŋ¹ 中]

小杯子 ◆ 酒盅 / 茶盅。

⁴ 盆

[pén ㄆㄣˊ 粵 pun⁴ 盤]

❶ 敞口的用來盛東西或洗東西的器具 ◆ 花盆 / 洗臉盆。❷ 量詞，用於盆裝的東西 ◆ 一盆蘭花 / 一盆清水。

【盆地】pén dì 四周山嶺環繞，中間低平的地區，形狀像盆 ◆ 四川盆地物產豐富。

【盆景】pén jǐng 盆中栽有花草小樹或置山石造型，形成小型景觀，供陳列觀賞 ◆ 這個盆景的設計很有藝術性。

☑ 聚寶盆、傾盆大雨

⁴ 盈

[yíng ㄧㄥˊ 粵 jiŋ⁴ 仍]

❶ 充滿 ◆ 熱淚盈眶 / 賓客盈門。❷ 多出；有餘；跟 "虧" 相對 ◆ 盈餘、盈利。

【盈利】yíng lì 利潤；獲得利潤 ◆ 公司去年盈利五百萬元。反 虧損、虧本。

【盈餘】yíng yú 從收入中除去開支後的剩餘 ◆ 這個月盈餘三百元。

【盈虧】yíng kuī ❶ 指月亮的圓缺 ◆ 月有盈虧，人有聚散。❷ 賺錢和蝕本 ◆ 這家企業自負盈虧。

☑ 充盈、輕盈、笑盈盈、惡貫滿盈

⁵ 盎

[àng ㄤˋ 粵 ɔŋ³/ŋɔŋ³ 骯³]

洋溢；濃厚 ◆ 盎然。

（注意）"盎" 不讀 yāng（央）。

【盎然】àng rán　形容氣氛或趣味等洋溢的樣子 ◆ 春意盎然。

---

⁵ **益** 、 ⸝ ⸜ 〃 ㅄ 益 益
[yì ㄧˋ ⑧ jik⁷ 億]

❶ 增加 ◆ 增益／延年益壽。❷ 好處；有好處的；跟 "害" 相對 ◆ 利益／對健康有益。❸ 更加 ◆ 日益／精益求精。

【益友】yì yǒu　助人進步的好朋友 ◆ 字典、詞典是讀書人的良師益友。

【益處】yì chù　好處；對人或事物有利的因素 ◆ 多讀好書對加強修養、增進知識大有益處。⑥ 裨益。⑦ 壞處、害處。

【益鳥】yì niǎo　能捕食害蟲、害獸，對人類、莊稼有益的鳥類 ◆ 貓頭鷹是一種益鳥。

【益蟲】yì chóng　對人類、莊稼有益的昆蟲 ◆ 蜜蜂、螳螂等都是益蟲。⑦害蟲。

☑ 效益、權益、多多益善、老當益壯、相得益彰、集思廣益

---

⁶ **盔** 一 ナ ナ ㄜ 灰 夼 盔
[kuī ㄎㄨㄟ ⑧ kwɐi¹ 虧]

保護頭部、預防受傷所戴的帽子 ◆ 鋼盔／盔甲。
☑丟盔棄甲

---

⁶ **盛** 一 厂 厂 成 成 成 盛
〈一〉[shèng ㄕㄥˋ ⑧ siŋ⁶ 剩]

❶ 興旺；繁茂；跟 "衰" 相對 ◆ 繁榮昌盛／枝葉茂盛。❷ 有規模；隆重熱烈 ◆ 盛會／盛況空前。❸ 華美的；豐富的 ◆ 節日的盛裝／豐盛的晚宴。❹ 深厚的；表示程度深 ◆ 盛讚／盛情難卻。❺ 廣泛；普遍 ◆ 盛傳／盛行一時。❻ 姓。

〈二〉[chéng ㄔㄥˊ ⑧ siŋ⁴ 成]

❼ 把東西裝進容器 ◆ 盛飯。

【盛大】shèng dà　規模大而隆重熱烈 ◆ 在人民大會堂舉辦盛大的國慶招待會。

【盛行】shèng xíng　廣泛地流行 ◆ 這種服式曾經盛行一時。⑥ 風行、時興。

【盛名】shèng míng　很大的名聲；很高的名望 ◆ 中國的茶葉和瓷器在世界上享有盛名。⑦ 虛名。

【盛況】shèng kuàng　盛大而熱烈的狀況 ◆ 國際藝術節在上海開幕，盛況空前。

【盛情】shèng qíng　深厚的情意 ◆ 承蒙你們盛情相邀，我一定準時參加慶典。⑥ 盛意、厚意。

【盛會】shèng huì　盛大的集會 ◆ 在北京召開的國際婦女大會，是一次空前的盛會。

【盛氣凌人】shèng qì líng rén　盛氣：驕橫的氣勢。凌：欺壓。以驕橫的氣勢欺壓別人。形容態度傲慢，氣勢逼人 ◆ 他盛氣凌人，不把別人放在眼裏。

☑盛世、盛典、盛宴、盛譽、盛₂載
☑旺盛、強盛、興盛、豐盛

---

⁶ **盒** ノ 人 人 合 合 盒 盒
[hé ㄏㄜˊ ⑧ hɐp⁹ 合]

有底有蓋可以裝東西的器具 ◆ 紙盒／文具盒。

---

⁷ **盜**（盗） ˋ ˊ 氵 氵 次 洛 盜 盜
[dào ㄉㄠˋ ⑧ dou⁶ 道]

❶ 偷竊；搶劫 ◆ 盜竊／偷盜。❷ 偷搶別人財物的人 ◆ 強盜／海盜。

【盜賊】dào zéi　強盜和小偷 ◆ 某些地區治安情況很差，盜賊橫行。

【盜竊】dào qiè　用非法手段暗中獲取公家或私人的財物 ◆ 他因盜竊國家財產而被判刑。⑥ 偷竊、偷盜。

☑盜取、盜用
☑掩耳盜鈴、欺世盜名

---

⁸ **盞**（盏） ˋ ˊ ˊ ˋ 戔 盞 盞
[zhǎn ㄓㄢˇ ⑧ dzan² 棧²]

❶ 小杯子 ◆ 酒盞／把盞相慶。❷ 量詞，用於燈 ◆ 一盞燈。

---

⁸ **盟** 日 明 明 明 明 明 盟
[méng ㄇㄥˊ ⑧ mɐŋ⁴ 萌]

❶ 集團或國家之間的聯合 ◆ 聯盟／結盟。❷ 發誓 ◆ 盟誓。❸ 內蒙古自治區的一級行政單位，相當於地區 ◆ 哲里木盟／伊克昭盟。

【盟友】méng yǒu　結盟的朋友 ◆ 他倆是盟友關係，交情非同一般。

【盟約】méng yuē　結成聯盟關係所訂立的誓約或條約 ◆ 兩國訂立的盟約，必須共同信守。

☑盟主、盟國
☑同盟、海誓山盟

---

⁹ **監**（监） 一 丨 ㄧ 千 臣 監 監
〈一〉[jiān ㄐㄧㄢ ⑧ gam¹ 鑒¹]

❶ 從旁察看 ◆ 監視／監考。❷ 牢獄 ◆ 監獄／收監。

〈二〉[jiàn ㄐㄧㄢˋ ⑧ gam³ 鑒]

❸ 古代的官名或官府名 ◆ 太監／國子監。

【監視】jiān shì　從一旁注視別人的行為，以便及時發現情況 ◆ 警方嚴密監視毒販的一舉一監。

【監督】jiān dū　察看並督促；做監督工作的人 ◆ 在教練的監督下，運動員完成了全部訓練項目。

【監禁】jiān jìn　把罪犯關押起來，不讓其自由行動 ◆ 他因犯走私罪，被判監禁三年。⑥ 囚禁。

【監察】jiān chá　監督各級國家機關及其工作人員的工作，檢舉違法失職行為 ◆ 監察政府工作是公民的義務。

【監獄】jiān yù　關押犯人的場所 ◆ 過了三年監獄生活，他終於改惡從善了。⑥ 牢獄、監牢、牢房。

【監護】jiān hù　❶ 仔細觀察並護理 ◆ 病人病情惡化，一定要加強監護。❷ 指依法對未成年人和精神病患者的合法權益進行監督保護 ◆ 監護人對被監護人依法實行監護。

---

⁹ **盡**（尽） ㄱ � 圭 圭 書 盡 盡
[jìn ㄐㄧㄣˋ ⑧ dzœn⁶ 進⁶]

洛陽親友如相問，一片冰心在玉壺。——唐·王昌齡《芙蓉樓送辛漸》詩

❶完◆ 無窮無盡／取之不盡，用之不竭。❷全部用出來◆ 盡心盡力／人盡其才，物盡其用。❸達到極點◆ 盡情／盡善盡美。❹全部；所有◆ 應有盡有／前功盡棄。❺死◆ 自盡／同歸於盡。

【盡力】jìn lì 使出全部力量◆ 我一定盡力做好這件事情。◎努力、竭力。

【盡心】jìn xīn 用盡心力◆ 護士小姐盡心盡力照料病人。

【盡情】jìn qíng 放開情懷，毫不拘束◆ 在師生聯歡會上，我們盡情地唱歌跳舞。

【盡興】jìn xìng 興趣得到充分的滿足◆ 大家在海洋公園玩了一天，盡興而歸。◙掃興。

【盡頭】jìn tóu 終點；末端◆ 在緩跑徑的盡頭，有一個亭子。

【盡職】jìn zhí 努力做好本職工作◆ 她是一位十分盡職的好老師。

【盡善盡美】jìn shàn jìn měi 盡：達到極點。形容事物非常完美，沒有一點兒缺陷◆ 她的表演藝術盡善盡美，無可挑剔。

◪盡人皆知、盡如人意

◩詳盡、各盡所能、淋漓盡致、鞠躬盡瘁、山窮水盡、仁至義盡

¹⁰盤(盘) 月 舟 舟 舭 般 般 盤

[pán ㄆㄢˊ ⓹pun⁴ 盆]

❶淺而扁的盛器◆ 盤子／茶盤。❷形狀或功用像盤的東西◆ 磨盤／方向盤。❸旋轉；迴環曲繞◆ 盤繞／盤山公路。❹仔細查究；清點◆ 盤查／盤貨。❺市場行情◆ 開盤／收盤。❻全面；全部◆ 和盤托出／通盤考慮。❼量詞◆ 一盤棋。

【盤旋】pán xuán ❶繞着圈子飛行或走動◆ 飛機在機場上空盤旋一周後緩緩降落。❷徘徊；逗留◆ 傍晚時分，有一老人在街心花園盤旋。

【盤問】pán wèn 仔細查問◆ 經過一番盤問，我們才通過了這個關卡。◎盤查。

【盤算】pán ·suan 心裏仔細算計或籌劃◆ 放假前，他就盤算好假期裏要做的事。◎謀劃。

【盤踞】pán jù 霸佔；非法佔據◆ 島上盤踞着一股海盜，時常出沒作案。⚠注意 "盤踞"也作"盤據"。

【盤纏】pán ·chan 路費◆ 我已湊足了盤纏，準備去歐洲旅行。◎旅費。

【盤根錯節】pán gēn cuò jié 盤：曲折迴繞。錯：交錯。節：枝節。根部彎曲盤繞，枝根錯綜交叉。比喻事情繁雜紛亂，很難處理◆ 這裏的人事關係盤根錯節，令人頭痛。◎錯綜複雜。

◪盤點、盤根問底

◩地盤、棋盤、一盤散沙、杯盤狼藉、如意算盤

¹¹盧(卢) 广 卢 卢 虐 虐 虘 盧

[lú ㄌㄨˊ ⓹lou⁴ 勞]

姓。

¹¹盥 木 朩 朩 朩 盥 盥 盥

[guàn ㄍㄨㄢˋ ⓹gun³ 貫]

洗手洗臉◆ 盥洗室。

¹²盪(荡) 氵 沪 泥 湯 湯 盪 盪

[dàng ㄉㄤˋ ⓹dɔŋ⁶ 蕩]

❶搖動；擺動◆ 搖盪／盪鞦韆。❷洗滌◆ 盪滌。❸清除；弄光◆ 掃盪／傾家盪產。

【盪漾】dàng yàng ❶微微的水波一起一伏地動着◆ 湖面碧波盪漾。❷飄盪；起伏不定◆ 校園裏盪漾着孩子們歡樂的笑聲。

◩動盪、飄盪

¹⁸蠱 見虫部，380頁。

¹⁹鹽 見鹵部，468頁。

目 部

⁰目 丨 冂 冃 目 目

[mù ㄇㄨˋ ⓹muk⁹ 木]

❶眼睛◆ 目中無人／耳聞不如目見。❷看◆ 一目瞭然／一目十行。❸大項中分出的小項◆ 細目／條目。❹標題◆ 書目／題目。

【目光】mù guāng ❶眼睛射出的光芒；眼神◆ 他的目光炯炯有神／溫柔的目光。❷視線◆ 觀眾的目光都集中在主角身上。❸眼光；見識◆ 不管從事甚麼工作，都要有遠大的目光。

【目的】mù dì 想要達到的目標或得到的結果◆ 這次作文競賽的目的在於提高寫作興趣和寫作水平。

【目前】mù qián 眼前；指說話的時候◆ 目前的困難是暫時的。◎眼下、當前。

【目睹】mù dǔ 親眼看到◆ 目睹這悲慘的一幕，叫人心驚膽戰。◎目擊。⚠注意 不要把"睹"錯寫成"賭"。

【目標】mù biāo ❶攻擊或尋求的對象◆ 重炮對準目標猛烈轟擊。❷想要達到的目的或結果◆ 我們的目標是奪取冠軍。

【目錄】mù lù ❶按類別、次序編排的事物的名目，如圖書分類目錄、財產目錄等◆ 學生要學會使用圖書館的目錄。❷指書刊正文前的篇章目錄◆ 各冊語文教科書前都有一個課文錄。

【目擊】mù jī 親眼看到◆ 我是這一事件的目擊者，願意作證。◎目睹。

【目不暇接】mù bù xiá jiē 暇：空閒。接：接觸。眼睛顧不上都看。形容可看的東西很多，看不過來◆ 博覽會上品琳琅滿目，令人目不暇接。◎應接不暇。

(注意)"目不暇接"也作"目不暇給"。

【目不暇給】mù bù xiá jǐ 同"目不暇接"，見本頁。

【目不轉睛】mù bù zhuǎn jīng 睛：眼珠。眼珠一動也不動地看着。形容注意力非常集中，看得出神 ◆ **觀眾都目不轉睛地看着空中飛人的表演。**

【目中無人】mù zhōng wú rén 眼睛裏沒有別人。形容驕傲自大，不把別人放在眼裏 ◆ **才知道點皮毛，就目中無人，太狂妄了。** ⓓ 目空一切。

【目光如豆】mù guāng rú dòu 目光：眼光。眼光像豆子那樣小。形容人眼光短淺，缺乏遠見 ◆ **他目光如豆，只顧眼前利益，成不了大事業。** ⓓ 鼠目寸光。ⓕ 高瞻遠矚。

【目空一切】mù kōng yī qiè 一切都不放在眼裏。形容狂妄自大，甚麼都看不起 ◆ **看他那目空一切的樣子，就沒人願意接近他。** ⓓ 不可一世、目中無人。

【目瞪口呆】mù dèng kǒu dāi 睜大雙眼愣着不動，張大嘴巴說不出話來。形容受驚或害怕而發愣的神態 ◆ **轟隆一聲巨響，把屋子裏的人嚇得目瞪口呆。** ⓓ 瞠目結舌。

⊲ 目測、目送、目不識丁、目迷五色

⊳ 注目、盲目、節目、醒目、耳目一新、有目共睹、明目張膽、魚目混珠、觸目驚心、耳聞目睹、眉清目秀、一葉障目、光彩奪目、琳琅滿目

2 盯 丨 П 月 月 目 目一 盯

[dīng ㄉㄧㄥ ⓨ dɛŋ^{1}]

❶ 視線集中在一點上 ◆ **兩眼緊盯着他。** ❷ 跟蹤；緊跟着不放 ◆ **盯梢 / 盯住他，別讓他跑了。**

3 直 一 十 亣 冇 有 育 直

[zhí ㄓˊ ⓨ dzik^{9} 夕]

❶ 不彎曲的；跟"曲"相對 ◆ **直線 / 筆直。** ❷ 使彎曲的變直 ◆ **直起腰來 / 把手伸直。** ❸ 豎的；跟"橫"相對 ◆ **垂直 / 直立行走。** ❹ 中間沒有周折、阻礙的；中間不停的 ◆ **直接 / 直通 / 直達。** ❺ 爽快；坦率 ◆ **直率 / 心直口快。** ❻ 公正；正義；正確 ◆ **正直 / 理直氣壯 / 是非曲直。**

【直接】zhí jiē 不經過中間轉折的 ◆ **那本書我直接給你送去。** ⓕ 間接。

【直爽】zhí shuǎng 直接乾脆，說話、行動沒有顧忌 ◆ **他性格直爽，有甚麼說甚麼。** ⓓ 爽直、直率、坦率。

【直率】zhí shuài 爽快坦率，言語、行動沒有顧忌 ◆ **我可以直率地告訴你，這件事是你錯了。** ⓓ 直爽。

【直言不諱】zhí yán bù huì 諱：顧忌。有話直說沒有顧忌 ◆ **你既然主動來徵求意見，那我就直言不諱了。**

(注意)"諱"不讀 wěi（偉）。粵音讀 wɐi^{3}（畏）/wɐi^{5}（偉）（語）。

【直截了當】zhí jié liǎo dàng 直截：不拐彎抹角。了當：爽快。爽爽快快，不繞圈子 ◆ **他說話一向直截了當，從不轉彎抹角。** ⓓ 開門見山。

(注意)"直截了當"也作"直捷了當"，但不要錯寫成"直接了當"。

⊲ 直到、直播、直覺

⊳ 耿直、簡直、平鋪直敍、勇往直前

3 盲 丶 亠 亡 亡 肓 肓 盲

[máng ㄇㄤˊ ⓨ maŋ^{4} 猛^{4}]

❶ 眼瞎；看不見東西 ◆ **盲人 / 夜盲症。** ❷ 對某種事物不認識或分辨不清 ◆ **文盲 / 色盲。**

【盲目】máng mù 眼睛看不見東西。比喻認識不清，目標不明確 ◆ **情況還沒有弄清，不要盲目行動。**

【盲從】máng cóng 不辨是非，盲目跟從 ◆ **處事要頭腦清醒，有主見，不要盲從。**

4 省 丿 丿丶 小 少 少 省 省

〈一〉[shěng ㄕㄥˇ ⓨ saŋ^{2} 生^{2}]

❶ 節約；不浪費 ◆ **節省 / 省吃儉用。** ❷ 簡化；減少 ◆ **省略 / 省了一道工序。** ❸ 地方行政區劃名稱 ◆ **省會 / 廣東省。**

〈二〉[xǐng ㄒㄧㄥˇ ⓨ siŋ^{2} 醒]

❹ 檢查 ◆ **反省 / 自省。** ❺ 醒悟；知覺 ◆ **發人深省 / 不省人事。**

【省心】shěng xīn 少操心 ◆ **兒子考上了大學，父母省心多了。**

【省事】shěng shì 減少麻煩；方便 ◆ **家裏有了電飯煲，燒飯省事多了。**

【省略】shěng lüè 去掉；略去不必要的部分 ◆ **這段文字與前面重複，可以省略。**

【省$_{2}$悟】xǐng wù 頭腦變得清醒起來，認識由錯誤變得正確 ◆ **經過老師的開導，他終於省悟了。** ⓓ 醒悟、覺悟。

【省略號】shěng lüè hào 標點符號的一種（……）。表示文中省略的部分或表示斷斷續續的話語中的停頓 ◆ **我去過北京、上海、福州……，你呢？/ 我想……還是……不去算了。**

⊳ 儉省、猛省$_{2}$

4 相 一 十 才 木 札 机 相

〈一〉[xiāng ㄒㄧㄤ ⓨ sœŋ^{1} 雙]

❶ 表示雙方都有的行為動作 ◆ **互相幫助 / 相親相愛。** ❷ 表示一方對另一方的行為動作 ◆ **相信 / 好言相勸。** ❸ 表示比較 ◆ **相等 / 不相上下。**

〈二〉[xiàng ㄒㄧㄤˋ ⓨ sœŋ^{3} 雙^{3}]

❹ 容貌；模樣 ◆ **相貌 / 兇相畢露。** ❺ 仔細察看事物的外表 ◆ **伯樂相馬。** ❻ 官名 ◆ **丞相 / 首相 / 宰相。**

〈三〉[xiāng ㄒㄧㄤ ⓨ sœŋ^{3} 雙^{3}]

❼ 親自看 ◆ **相親 / 相女婿。**

【相干】xiāng gān 互相關連；有關係或有牽連 ◆ **這件事跟他毫不相干。** ⓓ 相關。

(注意)"相干"多用於否定。

【相互】xiāng hù 表示雙方有相同的行為動作或關係 ◆ **同學之間相互學習，相互幫助。** ⓓ 互相。

【相反】xiāng fǎn ❶ 表示事物互相對

立或互相排斥 ◆ 你的意見正好和他相反。⑧ 相同。❷ 用在兩句話的中間，表示遞進或轉折關係 ◆ 父母不但沒有責怪我，相反還給了我不少鼓勵 / 準備不足，就可能失利，相反，準備充分，就可能取勝。⑨ 反之。

【相仿】xiāng fǎng 大致相同；差不多 ◆ 兄弟二人外貌相仿，性格卻不同。⑨ 相像、相似、相近。

【相似】xiāng sì 彼此有相同的地方 ◆ 他倆性格相似，都比較內向。⑧ 相像、相仿。

【相信】xiāng xìn 認為正確、可靠而不懷疑 ◆ 我相信他講的都是實情。⑨ 信任。⑧ 懷疑。

【相處】xiāng chǔ 彼此接觸、來往或生活在一起 ◆ 同學之間團結友愛，相處得很好。
注意 "處" 不讀 chù（觸）。

【相距】xiāng jù 相互之間的距離 ◆ 兩地相距不遠。

【相當】xiāng dāng ❶ 彼此差不多 ◆ 兩隊實力相當，勝負很難預料。❷ 適宜；恰當 ◆ 我一時想不出用一個相當的詞語來形容。❸ 表示一定的程度，但不到 "很" 的程度 ◆ 這道題目相當難解。
注意 "當" 不讀 dàng（蕩）。

【相傳】xiāng chuán ❶ 長期以來互相傳說的 ◆ 相傳這古廟裏曾有一個能治百病的老和尚。❷ 一個傳一個，一代傳一代 ◆ 這種刺繡工藝是當地婦女代代相傳的。

【相對】xiāng duì ❶ 性質上相互對立 ◆ 美與醜、好與壞、新與舊各自相對。❷ 彼此向着對方的方向 ◆ 隔岸的兩座高樓遙遙相對。❸ 有條件的；暫時的 ◆ 在宇宙發展過程中，人們對各個具體發展過程的認識都是相對的。⑧ 絕對。❹ 表示比較 ◆ 相對而言，甲隊實力佔優勢。⑧ 絕對。

【相稱】xiāng chèn 配得上；合適 ◆ 她那過分艷麗的打扮跟她的職業身份很不相稱。
注意 "稱" 不讀 chēng（撐）或 chèng（秤）。粵音讀 tsin³（秤）。

【相貌】xiāng mào 人的面部長相；容貌 ◆ 他兒子長得相貌堂堂，一表人才。
注意 "貌" 右旁是 "皃"，不是 "兒"。

【相聲】xiāng ·sheng 曲藝的一種。以學、説、逗、唱的表演形式來引人發笑，內容大多帶有諷刺意味。有一人（單口相聲）、雙人（對口相聲）和多人（羣口相聲）三種表演形式 ◆ 相聲是一門語言藝術。

【相應】xiāng yìng ❶ 互相呼應 ◆ 文章前後相應，結構完整。❷ 相適應 ◆ 情況不同了，工作方法也要作相應的變化。

【相識】xiāng shí ❶ 彼此認識 ◆ 他們是經朋友介紹而相識的。❷ 相識的人 ◆ 我們是老相識了。

【相關】xiāng guān 互相有聯繫 ◆ 飲食衛生與健康密切相關。

【相繼】xiāng jì 一個接着一個 ◆ 三個孩子相繼考上了大學。⑧ 接連。

【相形見絀】xiāng xíng jiàn chù 相形：相比較。絀：不足。相比之下，就顯出不足來了 ◆ 他是班上的 "棋王"，到外校一比賽，便相形見絀，連連失敗。

注意 "絀" 不讀 chū（出）。粵音讀 dzœt⁷（卒）。

【相依為命】xiāng yī wéi mìng 為命：活命；過日子。互相依靠着生活下去，誰也離不開誰 ◆ 母女二人相依為命，艱難度日。

【相得益彰】xiāng dé yì zhāng 相得：相稱，互相投合。益：更加。彰：顯著。彼此互相配合、映襯，雙方的作用、長處更加顯著 ◆ 優美的畫面配上悦耳的音樂，真可謂相得益彰。

【相提並論】xiāng tí bìng lùn 把不同性質的人或事物混同起來，放在一起議論或同等看待 ◆ 有事請假與無故缺席

不能相提並論。⑧ 混為一談、等量齊觀。

【相輔相成】xiāng fǔ xiāng chéng 輔：幫助。成：促成。互相輔助，互相促進 ◆ 課堂教學和課外閱讀相輔相成，互相促進。

☒ 相₁片、相₁比、相₁同、相₁近、相₁思、相差、相遇

☒ 不相上下、交相輝映、自相矛盾、真相₂大白、肝膽相照、息息相關、針鋒相對、意氣相投、旗鼓相當

⁴ 眈 ｜ ｜ 丨 目 目￪ 目￪ 目￪ 眈
[dǔn ㄉㄨㄣˇ 粵 dzœn⁶ 俊]
瞌睡；小睡 ◆ 打眈。

⁴ 冒 見 冂 部，43 頁。

⁴ 看 一 二 三 手 乔 看 看
〈一〉[kàn ㄎㄢˋ 粵 hɔn³ 漢]
❶ 用眼睛觀察 ◆ 看書 / 向前看。❷ 訪問；探望 ◆ 看望 / 看病人。❸ 照料；照看 ◆ 照看。❹ 對待 ◆ 看待 / 另眼相看。❺ 診治 ◆ 看病 / 是張大夫把我的病看好的。❻ 認為 ◆ 我看你沒有錯 / 你看這辦法好不好。❼ 表示姑且試一試 ◆ 你猜猜看 / 先找找看。
〈二〉[kān ㄎㄢ 粵 hɔn¹ 刊]
❽ 守護 ◆ 看護 / 看門。❾ 監視 ◆ 看押 / 看守所。

【看₂守】kān shǒu ❶ 守衛 ◆ 貨物因無人看守而遭盜竊。❷ 監視 ◆ 看守犯人。⑨ 看管。

【看₂管】kān guǎn ❶ 監視管理犯人 ◆ 加強警力，看管要犯。❷ 照管 ◆ 碼頭上專門有人看管行李。

【看法】kàn ·fa 對事物的見解 ◆ 他的看法與眾不同。⑨ 觀點、見解。

【看待】kàn dài 對待 ◆ 對兒子、女兒要一樣看待，不能偏心。⑨ 對待。

【看望】kàn wàng 探望問候 ◆ 我們去看望老校長。⑨ 拜望。

【看風使舵】kàn fēng shǐ duò 根據風向轉舵。多用來比喻為人處事圓滑，善

於隨機應變 ◆ **他是個看風使舵、善於投機的人。**

(注意) "看風使舵" 也作 "見風使舵"

⊠ 看見、看透

⊠ 小看、收看、觀看、走馬看花

4 盾　一 厂 厂 戶 斤 盾 盾

[dùn ㄉㄨㄣˋ ⓐ tœn⁵/sœn⁵]

❶ 古代打仗時用來護身的武器 ◆ **盾牌 / 以子之矛，攻子之盾。** ❷ 形狀像盾的東西 ◆ **銀盾。**

⊠ 矛盾、後盾、自相矛盾

4 盼　丨 冂 目 目 盼 盼 盼

[pàn ㄆㄢˋ ⓐ pan³ 攀³]

❶ 想望；期望 ◆ **盼望 / 總算把你們盼回來了。** ❷ 看 ◆ **左顧右盼。**

【盼望】pàn wàng　深切地期望 ◆ **盼望你早日回家與親人團聚。** ⓓ 期盼。

⊠ 企盼、顧盼

4 眉　一 コ 尸 尸 尸 眉 眉

[méi ㄇㄟˊ ⓐ mei⁴ 微]

❶ 眼眶上面的毛；眉毛 ◆ **眉清目秀 / 喜上眉梢。** ❷ 指書頁上方的空白處 ◆ **眉批。**

【眉目】méi mù　❶ 眉毛和眼睛；泛指面貌 ◆ **這孩子長得眉目清秀，聰明伶俐。** ❷ 文章的綱要、條理 ◆ **這篇作文眉目不夠清晰。**

【眉目】méi ·mu　比喻事物的頭緒 ◆ **這件事總算有點眉目了。**

【眉來眼去】méi lái yǎn qù　指用眼神傳遞情意 ◆ **他倆早已眉來眼去，你真的沒有覺察出來？**

【眉飛色舞】méi fēi sè wǔ　色：臉色。形容十分高興或得意的神態 ◆ **他眉飛色舞地述說着昨天領獎的情景。** ⓓ 眉開眼笑。ⓡ 愁眉苦臉。

【眉清目秀】méi qīng mù xiù　形容容貌清秀美麗 ◆ **新來的插班生是個眉清目秀的女孩子。**

【眉開眼笑】méi kāi yǎn xiào　形容非常高興的神態 ◆ **作文比賽得了獎，他不由得眉開眼笑、手舞足蹈起來。** ⓓ 眉飛色舞。ⓡ 愁眉苦臉。

⊠ 娥眉、揚眉吐氣、燃眉之急、濃眉大眼、火燒眉毛、迫在眉睫、巾幗不讓鬚眉

5 真　一 十 冇 冇 育 直 真

[zhēn ㄓㄣ ⓐ dzɐn¹ 珍]

❶ 真實；不虛假；跟 "假" 相對 ◆ **真人真事 / 真憑實據。** ❷ 清楚 ◆ **看得真 / 聲音太小，聽不真。** ❸ 的確；實在 ◆ **他真好 / 這夜景真美。** ❹ 事物的本來面貌 ◆ **逼真 / 失真。**

【真正】zhēn zhèng　確實；一點不假 ◆ **這才是真正的名牌產品。**

【真切】zhēn qiè　❶ 清楚確實，不模糊 ◆ **他在一旁聽得真切。** ❷ 真誠懇切 ◆ **他的話出自肺腑，真切感人。**

【真相】zhēn xiàng　事情的真實情況 ◆ **請你說明事實真相。** ⓡ 假象。

(注意) "真相" 也作 "真象"。

【真理】zhēn lǐ　真實的、符合客觀事物及其規律的道理 ◆ **天才出於勤奮，這是一條真理。**

【真情】zhēn qíng　❶ 真實的情況 ◆ **她始終不肯說出真情。** ⓓ 實情。❷ 真誠的思想、感情 ◆ **這不是無病呻吟，而是真情流露。**

【真誠】zhēn chéng　真實誠懇，不虛假 ◆ **他一向待人真誠、熱情。** ⓓ 真摯。ⓡ 虛偽。

【真摯】zhēn zhì　真誠懇切 ◆ **作品抒發了作者懷念故土的真摯的感情。**

(注意) "摯" 不讀 zhí（執）。粵音讀 dzi³（至）。

【真實】zhēn shí　符合客觀事實，不虛假 ◆ **這是一個真實的故事。** ⓡ 虛假。

【真才實學】zhēn cái shí xué　真正的才能，切實的學問。泛指有真正的本領 ◆ **有真才實學的人才能得到別人的賞識。**

【真心誠意】zhēn xīn chéng yì　真實誠懇的心意 ◆ **我們要真心誠意地幫助他，使他度過難關。** ⓡ 虛情假意。

【真憑實據】zhēn píng shí jù　確鑿可信的憑據 ◆ **沒有真憑實據，不要隨便下結論。**

⊠ 真心、真話、真金不怕火煉

⊠ 天真、果真、純真、傳真、認真、千真萬確、貨真價實、弄假成真、返璞歸真

5 眨　冂 目 目 盱 盱 眨 眨

[zhǎ ㄓㄚˇ ⓐ dzap⁸ 匝/dzam² 斬(語)]

眼皮很快地一張一閉 ◆ **眨眼 / 一眨眼工夫。**

5 眩　冂 目 目 盱 盱 眩 眩

[xuàn ㄒㄩㄢˋ ⓐ jyn⁴ 元/jyn⁶ 願]

眼花 ◆ **頭昏目眩。**

5 眠　冂 目 目 盱 盱 眠 眠

[mián ㄇㄧㄢˊ ⓐ min⁴ 棉]

❶ 睡覺 ◆ **失眠 / 徹夜不眠。** ❷ 某些動物的一種生理現象，在一個特定的時間之內不吃不動 ◆ **冬眠 / 蠶眠。**

⊠ 睡眠、安眠藥、催眠曲

6 眶　目 盱 盱 盱 眶 眶 眶

[kuàng ㄎㄨㄤˋ ⓐ hɔŋ¹ 康/kwaŋ¹ 框]

眼窩的周圍 ◆ **眼眶 / 熱淚盈眶。**

⊠ 奪眶而出

6 眾 (众)　罒 罒 罒 罒 罒 眾 眾

[zhòng ㄓㄨㄥˋ ⓐ dzuŋ³ 綜]

❶ 多；跟 "寡" 相對 ◆ **眾多 / 寡不敵眾。** ❷ 許多人 ◆ **羣眾 / 觀眾。**

【眾人】zhòng rén　許多人 ◆ **俗話說 "眾人拾柴火焰高"，意思就是人多力**

苦恨年年壓金線，為他人作嫁衣裳。——唐・秦韜玉《貧女》詩

量大。

【眾多】zhòng duō 很多 ◆ 中國地大物博，人口眾多。

【眾志成城】zhòng zhì chéng chéng 萬眾一心，就像城牆一樣堅固。比喻大家團結一致，力量就無比強大 ◆ 軍民團結，眾志成城，必定能戰勝洪水。

【眾所周知】zhòng suǒ zhōu zhī 周：普遍；全。大家全都知道 ◆ 眾所周知，他們已經正式結婚了。⑰ 盡人皆知。

【眾叛親離】zhòng pàn qīn lí 叛：背叛。大多數人和親友都背離自己。形容不得人心，處境十分孤立 ◆ 他獨斷專行，目中無人，最後弄得眾叛親離，孤立無援。⑮ 眾望所歸。

【眾望所歸】zhòng wàng suǒ guī 望：期望。歸：歸附。大家所一致期望的。形容得到眾人的信任和敬仰 ◆ 他被推舉為學校代表，是眾望所歸的。⑮ 眾叛親離。

【眾說紛紜】zhòng shuō fēn yún 紛紜：多而雜亂。議論紛紛，說法不一 ◆ 對這部電影的評論，眾說紛紜，一時尚無定論。

⊠ 眾矢之的、眾怒難犯

⊡ 公眾、出眾、民眾、萬眾一心、大庭廣眾、興師動眾

眺

[tiào ㄊㄧㄠˋ ⑧ tiu³ 跳]

向遠處看 ◆ 眺望 / 遠眺。

【眺望】tiào wàng 站在高處向遠處看 ◆ 登上太平山頂，眺望香港島和九龍，遠近景物盡收眼底。

注意 "眺" 不讀 zhào（兆）。

眷

[juàn ㄐㄩㄢˋ ⑧ gyn³ 絹]

❶ 親屬 ◆ 親眷 / 家眷。❷ 關懷；想念 ◆ 眷念 / 眷戀。

【眷屬】juàn shǔ 親屬；家眷 ◆ 他到香港經商，眷屬仍住上海。

【眷戀】juàn liàn 深深地懷念 ◆ 他眷戀着童年快樂的時光。

眯

〈一〉[mī ㄇㄧ ⑧ mei⁵ 米]

❶ 灰沙等進入眼睛，使一時睜不開或看不清 ◆ 灰塵眯了眼睛。

〈二〉[mī ㄇㄧ ⑧ mei¹ 微]

❷ 眼皮微微合攏，成一條線 ◆ 眯縫着眼 / 眯着眼笑。❸ 合上眼睛小睡 ◆ 眯了一會兒。

眼

[yǎn ㄧㄢˇ ⑧ ŋan⁵ 顏⁵]

❶ 眼睛 ◆ 眼明手快 / 耳聽為虛，眼見為實。❷ 小孔；窟窿 ◆ 針眼 / 泉眼。❸ 要點；關鍵所在 ◆ 節骨眼。❹ 音樂的節拍 ◆ 板眼 / 一板三眼。

【眼力】yǎn lì ❶ 視力 ◆ 年紀老了，眼力不行了。❷ 辨別是非好壞的能力 ◆ 這塊綢料花樣美，質地好，你真有眼力。

【眼光】yǎn guāng ❶ 視線 ◆ 大家把眼光集中到新老師身上。❷ 觀察事物的能力；觀點 ◆ 他很有眼光 / 偉明同學大有進步，我們不能再用老眼光來看他了。⑰ 眼力。

【眼色】yǎn sè 向人示意的目光 ◆ 誰願意看別人的眼色行事！

【眼界】yǎn jiè 眼睛所看到的範圍；見識的廣度 ◆ 到外地參觀訪問，的確使我大開眼界。

【眼眶】yǎn kuàng ❶ 眼皮四周的邊緣 ◆ 她的眼眶裏充滿淚水。❷ 眼睛周圍的部位 ◆ 這一拳打中了他的左眼眶。⑰ 眼圈。

【眼簾】yǎn lián 眼皮；視覺範圍 ◆ 進入校門，首先映入眼簾的是一幢五層高的教學大樓。

【眼中釘】yǎn zhōng dīng 比喻心目中最憎恨的人 ◆ 志強舉報過商店的瞞稅情況，經理就把他看作眼中釘，肉中刺。

【眼明手快】yǎn míng shǒu kuài 眼光明亮，手腳麻利。形容反應迅速，動作敏捷 ◆ 他眼明手快，機智勇敢。

注意 "眼明手快" 也作 "眼疾手快"。

【眼花繚亂】yǎn huā liáo luàn 眼睛發花，看到的是一片紛亂。形容事物複雜紛繁，無法辨清 ◆ 新書展銷大廳陳列各類圖書幾千種，看得我眼花繚亂，不知買哪本好。

【眼高手低】yǎn gāo shǒu dī 眼界很高，而實際能力很低 ◆ 他是個眼高手低的人，光會挑剔，自己卻做不來。

⊠ 眼紅、眼前、眼看、眼珠、眼淚、眼鏡、眼熟、眼巴巴、眼睜睜

⊡ 轉眼、耀眼、另眼相看、有眼無珠、心明眼亮、眉開眼笑

眸

[móu ㄇㄡˊ ⑧ meu⁴ 謀]

瞳人；代指眼睛 ◆ 凝眸遠望 / 明眸皓齒。

着^(着)

〈一〉[zhuó ㄓㄨㄛˊ ⑧ dzœk⁹ 嚼]

❶ 接觸；附上 ◆ 着陸 / 着色 / 不着邊際。❷ 穿衣 ◆ 穿着講究 / 吃着不用愁。❸ 下落；結果 ◆ 無着落 / 尋找無着。❹ 派遣 ◆ 着人來取。❺ 做；用 ◆ 着手 / 着力。

注意 ❷ 粵音讀 dzœk⁸（雀）。

〈二〉[zháo ㄓㄠˊ ⑧ dzœk⁹ 嚼]

❻ 接觸；挨到 ◆ 挨不着邊 / 上不着天，下不着地。❼ 感受到 ◆ 着急 / 着涼。❽ 燃燒 ◆ 着火 / 柴太濕，燒不着。❾ 表示動作的結果 ◆ 猜着了 / 睡着了。

〈三〉[zhāo ㄓㄠ ⑧ dzœk⁹ 嚼]

❿ 下棋時走一步或下一子叫 "一着" ◆ 一着不慎，全盤皆輸。⓫ 計策；手段 ◆ 有甚麼高着 / 這一着很厲害。

〈四〉[·zhe ·ㄓㄜ 粵dzœk⁹嚼]

⓬ 助詞，表示動作、狀態在持續 ◆ 走着走着 / 正說着話呢。⓭ 表示程度深。常跟「呢」連用 ◆ 多着呢、還遠着呢。⓮ 用來加強命令或囑咐的語氣 ◆ 你聽着 / 過馬路看着點兒。

【着手】zhuó shǒu　動手；開始去做 ◆ 上星期已着手籌備全校運動會。

【着重】zhuó zhòng　注重於某個方面 ◆ 老師着重培養我們外語會話的能力。

【着₂迷】zháo mí　愛好到入迷的程度 ◆ 孩子玩電子遊戲機簡直着迷了。

【着眼】zhuó yǎn　從某個方面來觀察、考慮 ◆ 不能光看眼前利益，要着眼於公司的未來發展。

【着落】zhuó luò　❶下落 ◆ 失散多年的妹妹有着落了。❷來源 ◆ 擴建經費還沒有着落。

【着想】zhuó xiǎng　從某一方面去考慮 ◆ 為子孫後代着想。

【着₂魔】zháo mó　入魔；迷戀某種事物到極點 ◆ 某些同學崇拜明星到着魔的地步。㊀入迷、着₂迷。

㊂沉着、大處着眼、歪打正着₂

⁸ 睛　目 旷 旷 旷 睦 睛 睛
[jīng ㄐㄧㄥ 粵dziŋ¹ 晶]
眼珠 ◆ 目不轉睛 / 畫龍點睛。

⁸ 睦　目 旷 旷 昔 睦 睦 睦
[mù ㄇㄨˋ 粵muk⁹ 木]
和善；相親 ◆ 和睦相處 / 睦鄰友好。

【睦鄰】mù lín　跟鄰居或鄰國友好相處 ◆ 我的睦鄰信條是「遠親不如近鄰」。

⁸ 睹　目 旷 旷 旷 旷 睹 睹
[dǔ ㄉㄨˇ 粵dou² 島]
看見 ◆ 親眼目睹 / 耳聞目睹。

㊂先睹為快、有目共睹、慘不忍睹、熟視無睹

⁸ 睫　目 旷 旷 脏 睫 睫 睫
[jié ㄐㄧㄝˊ 粵dzit⁹ 捷]
上下眼皮邊上細長的毛 ◆ 眼睫毛 / 目不交睫 / 迫在眉睫。

⁸ 督　⺊ ⺊ ⺊ 未 未 叔 督
[dū ㄉㄨ 粵duk⁷ 篤]
監管；察看 ◆ 督促 / 監督。

【督促】dū cù　監督催促 ◆ 家長督促孩子做作業。

㊂督察、督學、督戰
㊂總督、基督教

⁸ 睬　目 旷 旷 旷 睬 睬 睬
[cǎi ㄘㄞˇ 粵tsɔi² 彩]
理會；答理 ◆ 理睬 / 不理不睬。

⁸ 睜（睁）　目 旷 旷 旷 睜 睜
[zhēng ㄓㄥ 粵dzeŋ¹ 增]
張開眼睛 ◆ 睜不開眼 / 睜大眼睛。

⁹ 瞄（瞄）　目 旷 旷 旷 瞄 瞄
[miáo ㄇㄧㄠˊ 粵miu⁴ 苗]
眼睛盯着目標看 ◆ 瞄準。

【瞄準】miáo zhǔn　對準；看準 ◆ 瞄準目標射擊。

⁹ 睡（睡）　目 旷 旷 旷 睡 睡
[shuì ㄕㄨㄟˋ 粵sœy⁶ 瑞]
睡覺 ◆ 早睡早起 / 昏昏欲睡。

【睡眠】shuì mián　睡覺 ◆ 有充足的睡眠，才有充沛的精力。

【睡夢】shuì mèng　指熟睡的狀態 ◆ 他在睡夢中被電話鈴聲驚醒。

【睡意】shuì yì　要想睡覺的感覺 ◆ 已是深夜，他還是毫無睡意。

㊂入睡、沉睡、熟睡、瞌睡

⁹ 瞅　目 旷 旷 旷 旷 瞅
[chǒu ㄔㄡˇ 粵tsɐu² 丑]

看 ◆ 沒瞅見 / 瞅了一眼。

¹⁰ 睞　「睬」的異體字，見 299 頁。

¹⁰ 瞎　目 旷 旷 旷 旷 瞎
[xiā ㄒㄧㄚ 粵hɐt⁹ 核]
❶ 眼睛失明，看不到東西 ◆ 瞎子 / 耳聾眼瞎。❷胡亂；盲動 ◆ 瞎說 / 瞎吹 / 瞎胡鬧。

¹⁰ 瞑　目 旷 旷 旷 旷 瞑
[míng ㄇㄧㄥˊ 粵miŋ⁴ 明/miŋ⁶ 命]
閉上眼睛 ◆ 死不瞑目。

¹¹ 瞞（瞒）　目 旷 旷 旷 瞞 瞞
[mán ㄇㄢˊ 粵mun¹ 門]
把真實情況隱藏起來，不讓人知道 ◆ 隱瞞 / 欺上瞞下 / 實不相瞞。

㊂瞞天過海

¹¹ 瞟　目 旷 旷 旷 瞟 瞟
[piǎo ㄆㄧㄠˇ 粵piu² 縹]
斜着眼睛看 ◆ 瞟了他一眼。

¹¹ 瞠　目 旷 旷 旷 瞠 瞠
[chēng ㄔㄥ 粵tsaŋ¹ 撐]
直直地瞠着眼睛看 ◆ 瞠目結舌。

【瞠目結舌】chēng mù jié shé　瞪大眼睛，說不出話來。形容吃驚或窘迫的樣子 ◆ 他突然收到法庭的傳票，一時瞠目結舌，手足無措。㊀目瞪口呆。

¹¹ 瞥　⺊ ⺊ 竹 尚 尚 敝 瞥
[piē ㄆㄧㄝ 粵pit⁸ 撇]
匆匆一看；粗略地看一下 ◆ 瞥見 / 一瞥。

¹² 瞰（瞰）　目 旷 旷 旷 旷 瞰
[kàn ㄎㄢˋ 粵hɐm³ 磡]

從高處往下看；俯視 ◆ 俯瞰 / 鳥瞰。

---

¹²瞭（了）　目 肭 肭 脺 瞭 瞭

〈一〉【瞭 ㄌㄧㄠˇ 粵 liu⁵ 了】

❶明白 ◆ 明瞭 / 一目瞭然。

〈二〉【瞭 ㄌㄧㄠˋ 粵 liu⁴ 聊】

❷從高處向遠處看 ◆ 瞭望。

注意 "瞭〈二〉"不能簡作"了"。

【瞭₂望】liào wàng　登高遠望；從高處、遠處觀察 ◆ 站在高山之巔，瞭望四周景色。同 眺望。

【瞭解】liǎo jiě　❶知道得很清楚 ◆ 這些做人的道理大家都瞭解。同 明白、清楚。❷調查；打聽；弄清楚 ◆ 你去瞭解一下他最近的情況。

【瞭如指掌】liǎo rú zhǐ zhǎng　形容對情況瞭解得非常清楚 ◆ 老師對我的學習情況瞭如指掌。

---

¹²瞧　目 肝 肝 脺 脺 脺 瞧

[qiáo ㄑㄧㄠˊ 粵 tsiu⁴ 潮]

看 ◆ 瞧熱鬧 / 瞧不起人。

---

¹²瞬　目 肝 肝 脺 脺 脺 瞬

[shùn ㄕㄨㄣˋ 粵 sœn³ 信]

一眨眼；一轉眼。形容時間很短 ◆ 一瞬間 / 轉瞬之間。

【瞬息萬變】shùn xī wàn biàn　瞬息：一眨眼或一呼吸的時間。形容在極短的時間內變化極快極大 ◆ 戰場上的情況瞬息萬變，誰能抓住時機，誰就能取勝。

---

¹²瞳　目 肝 脺 脺 脺 瞳

[tóng ㄊㄨㄥˊ 粵 tuŋ⁴ 童]

見"瞳孔"。

【瞳孔】tóng kǒng　眼球中央的圓孔，可隨着光線的強弱縮小或擴大。也叫瞳人 ◆ 瞳孔放大。

---

¹²瞪　目 肝 肝 脺 脺 瞪

[dèng ㄉㄥˋ 粵 tsiŋ⁴ 呈/tsaŋ⁴ 橙]

❶睜大眼睛看 ◆ 目瞪口呆 / 眼睛瞪得圓圓的。❷生氣地看；怒目而視 ◆ 吹鬍子瞪眼 / 瞪了他一眼。

---

¹³瞻　目 肝 脺 脺 脺 瞻

[zhān ㄓㄢ 粵 dzim¹ 尖]

向上或向前看 ◆ 觀瞻 / 高瞻遠矚。

注意 "瞻"不讀 dǎn（膽）、shàn（贍）。

【瞻仰】zhān yǎng　懷着崇敬的心情看 ◆ 上午我們瞻仰了中山陵。

【瞻望】zhān wàng　向高處看或向遠處看 ◆ 瞻望未來，我們充滿信心。

【瞻前顧後】zhān qián gù hòu　❶看看前面，看看後面。形容做事謹慎，考慮周到 ◆ 計劃做一件事情，一定要瞻前顧後，不能顧此失彼。❷形容猶豫不決，顧慮太多 ◆ 你這樣瞻前顧後，當斷不斷，只會坐失良機。

---

¹⁴矇（蒙）　目 肝 脺 脺 脺 矇

[méng ㄇㄥˊ 粵 muŋ⁴ 蒙]

見"矇矓"。

【矇矓】méng lóng　兩眼半開半合，看東西模糊不清的樣子 ◆ 醉眼矇矓。

---

¹⁶矓（矓）　目 肝 脺 脺 脺 矓

[lóng ㄌㄨㄥˊ 粵 luŋ⁴ 籠]

矇矓。見"矇"字，本頁。

---

¹⁹矗　一 十 广 市 直 矗 矗

[chù ㄔㄨˋ 粵 tsuk⁷ 促]

高高地直立 ◆ 矗立。

【矗立】chù lì　高聳地直立着 ◆ "東方明珠"電視塔就矗立在黃浦江旁。

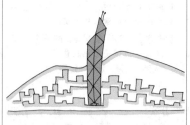

注意 "矗"不讀 zhí（直）。

---

²¹矚（矚）　目 肝 脺 脺 脺 矚

[zhǔ ㄓㄨˇ 粵 dzuk⁷ 足]

注視 ◆ 舉世矚目 / 高瞻遠矚。

【矚目】zhǔ mù　注視；關注 ◆ 中國的經濟發展令世人矚目。

矛 部

⁰矛　マ ワ ヌ 予 矛

[máo ㄇㄠˊ 粵 mau⁴ 茅]

古代的兵器，有長柄，一端裝有金屬槍頭，用來刺敵 ◆ 長矛 / 以子之矛，攻子之盾。

【矛盾】máo dùn　矛和盾原是古代的兩種兵器，矛用來刺殺，盾用來抵擋。比喻言語行為自相抵觸 ◆ 他前後的說法有矛盾。

---

⁴柔　見木部，212頁。

---

⁶務　見力部，56頁。

矢 部

⁰矢　ノ ㇄ ㇄ 生 矢

[shǐ ㄕˇ 粵 tsi² 始]

❶箭 ◆ 弓矢 / 有的放矢。❷發誓 ◆ 矢志不移 / 矢口否認。

【矢口否認】shǐ kǒu fǒu rèn　一口咬定，死不承認 ◆ 他矢口否認曾參與此事。

---

²矣　㇄ ㇄ ㇄ ㇄ 矢 矣

[yǐ ㄧˇ 粵 ji⁵ 以]

文言語氣詞，表示事物已經怎樣或將會怎樣，相當於"了"、"啦" ◆ 可矣 / 由來久矣。

³ **知** ノ ヒ 匕 矢 知 知 知 知

[zhī 业 ⑧ dzi¹ 支]

❶ 曉得；瞭解；認識 ◆ 知錯 / 知己知彼，百戰百勝。❷ 使知道 ◆ 通知 / 來信告知。❸ 知識 ◆ 無知 / 求知。

【知己】zhī jǐ ❶ 彼此瞭解而情誼深厚的 ◆ 穎聰是我的知己朋友。⑩ 知心。❷ 彼此瞭解而情誼深厚的人 ◆ 人生難得一知己。⑩ 知交。

【知心】zhī xīn 彼此瞭解很深的 ◆ 我們只是相識，談不上知心。⑩ 知己。

【知名】zhī míng 有名；著名 ◆ 楊振寧是一位知名科學家。

【知交】zhī jiāo 相互瞭解交情很深的朋友 ◆ 這件事是一位知交託辦的。⑩ 知己。

【知足】zhī zú 對已經得到的感到滿足 ◆ 要知足常樂，切莫貪得無厭。

【知音】zhī yīn 指能瞭解自己的特長或心思的人 ◆ 朋友雖多，知音難覓。⑩ 知己。

【知識】zhī·shi 人們在生活中積累起來的經驗的概括和總結 ◆ 甚麼是打開人類知識寶庫的鑰匙？❷ 有關學術、文化方面的 ◆ 他在知識界是位名人。(注意)"知"粵音又讀 dzi³ (智)。

【知覺】zhī jué 感覺 ◆ 他傷勢過重，一時失去了知覺。

☒ 通知、自知之明、明知故犯、溫故知新、人所共知、未卜先知

⁵ **矩** ⊾ 矢 矢' 矢ㄴ 知 矩 矩

[jǔ ㄐㄩˇ ⑧ gœy² 舉]

❶ 畫方形的用具；曲尺 ◆ 矩尺 / 不以規矩，不成方圓。❷ 法度；規則 ◆ 規矩 / 循規蹈矩。

⁷ **短** 矢 矢' 矢' 矢ㅜ 短 短 短

[duǎn ㄉㄨㄢˇ ⑧ dyn² 端]

❶ 兩端之間距離小；跟"長"相對 ◆ 短跑 / 短袖 / 短期。❷ 缺少；不夠數 ◆ 短缺 / 短斤缺兩。❸ 缺點 ◆ 取長補短 / 各有各的長處，各有各的短處。

【短見】duǎn jiàn ❶ 淺薄的見解。多作自謙用語 ◆ 這是我的短見，僅供參考。❷ 指自殺 ◆ 她服安眠藥自尋短見。

【短促】duǎn cù 短暫而急促 ◆ 他的生命雖然短促，但捨己救人的獻身精神永存。

【短暫】duǎn zàn 時間較短的 ◆ 回途中，他曾在香港作短暫的停留。⑬ 長久。

【短小精悍】duǎn xiǎo jīng hàn 悍：勇猛。形容人身材矮小卻精明幹練；也形容文章簡短有力 ◆ 短小精悍的小伙子 / 這篇評論短小精悍，一針見血。(注意)"悍"不讀 gàn (幹)。

【短兵相接】duǎn bīng xiāng jiē 短兵：刀、劍等短兵器。接：交戰。用短兵器相互刺殺，即肉搏戰。現多用來比喻面對面地進行針鋒相對的鬥爭 ◆ 雙方短兵相接，各不相讓，談判終於破裂。

☒ 短途、短淺

☒ 簡短、縮短、長吁短歎

⁷ **智** 見日部，202 頁。

⁸ **矮** 矢 矢' 矢Γ 矢Γ 矮 矮 矮

[ǎi ㄞˇ ⑧ ɐi²/ŋɐi²]

由底至頂的距離短；跟"高"相對 ◆ 矮牆 / 身材矮小。

¹² **矯** (矫) 矢 矢' 矢° 矯 矯 矯

[jiǎo ㄐㄧㄠˇ ⑧ giu² 繳]

❶ 糾正 ◆ 矯正 / 矯形手術。❷ 強壯；英勇 ◆ 矯健。(注意)"矯"不讀 qiáo (橋)。

【矯正】jiǎo zhèng 糾正；改正 ◆ 哥哥幫弟弟矯正普通話的讀音。

【矯形】jiǎo xíng 把人體畸形的部位改變成正常狀態 ◆ 他的牙齒經過牙醫矯形以後，顯得整齊美觀了。

【矯健】jiǎo jiàn 強壯而有力 ◆ 各校運動員踏着矯健的步伐入場。

【矯枉過正】jiǎo wǎng guò zhèng 枉：彎曲。把彎曲的東西扭直，超過了限度，結果反而又彎向另一邊。比喻糾正錯誤或偏差超過了應有的限度 ◆ 別矯枉過正，從一個極端走向另一個極端。

【矯揉造作】jiǎo róu zào zuò 矯：使彎曲的變成直的。揉：使直的變成彎曲的。造作：做作；不自然。形容故意做作，很不自然 ◆ 文章貴在自然，切忌矯揉造作，華而不實。

石 部

⁰ **石** 一 ア ズ 石 石

〈一〉[shí ㄕˊ ⑧ sɛk⁹ 碩]

❶ 石頭 ◆ 巖石 / 鐵石心腸。❷ 姓。

〈二〉[dàn ㄉㄢˋ ⑧ sɛk9 碩]

❸ 容量單位，十斗為一石 ◆ 一石大米。

【石灰】shí huī 一種用石灰石燒成的白色物質。生石灰成固體狀，吸水後變成熟石灰，成粉末狀。用於建築、農業、醫藥衛生等方面 ◆ 人們把石灰水塗在樹幹上，用來滅蟲護樹。

【石油】shí yóu 一種液體礦物。儲藏在地下巖層或海底，可用來提煉汽油、煤油等，是重要的能源或化工原料 ◆ 中國石油工業發展很快。

【石像】shí xiàng 用石頭雕成的人像 ◆ 這是一座古代英雄的石像。

【石沉大海】shí chén dà hǎi 好像石頭沉沒在大海裏。比喻無影無蹤，毫無音信 ◆ 他接連發出幾封求職信，都如石沉大海，沒有回音。

☒ 石塊、石榴

☒ 化石、寶石、鑽石、水落石出、海枯石爛、以卵擊石、落井下石

³ **岩** 見山部，130 頁。

³ 矽　一ㄱ石石矽矽　矽

[xī Tㄧ 粵dzik⁹夕]

"硅"的舊稱，見 302 頁。

³ 妬　見女部，109 頁。

⁴ 研　一ㄱ石石矿研　研

[yán ㄧㄢˊ 粵jin⁴言]

❶細磨 ◆ 研墨／研成細末。❷深入探討 ◆ 研究／鑽研。

【研究】yán jiū ❶探求事物的本質、規律等 ◆ 李時珍一面行醫，一面研究藥物。❷考慮或商討 ◆ 開會研究下一步的工作安排。

【研討】yán tǎo　研究和討論；研究探討 ◆ 普通話教學的研討會在香港舉行。

⁴ 砒　一ㄱ石石矿砒　砒

[pī ㄆㄧ 粵pei¹丕]

"砷"的舊稱。砒霜 (pī ·shuāng)：砒的化合物，有劇毒，可作藥用。

⁴ 砌　一ㄱ石石砌砌　砌

[qì ㄑㄧˋ 粵tsɐi³妻³]

❶用灰泥黏合，把磚石等一層層疊起來 ◆ 砌牆／砌堤壩。❷台階 ◆ 雕欄玉砌。

↘ 堆砌

⁴ 砍　一ㄱ石石砍砍　砍

[kǎn ㄎㄢˇ 粵hɐm²坎]

用刀、斧等猛劈 ◆ 砍柴／砍伐。

【砍伐】kǎn fá　用鋸或斧鋸倒或砍倒樹木 ◆ 過量砍伐林木，造成木材資源匱乏。

注意 不要把"砍"誤寫成"坎"。

⁴ 砂　一ㄱ石石矽砂　砂

[shā ㄕㄚ 粵sa¹紗]

❶細小的石粒 ◆ 礦砂／飛砂走石。❷像砂粒的東西 ◆ 砂糖／鐵砂。

⁴ 泵　見水部，237 頁。

⁵ 砸　ㄱ石石砸砸砸　砸

[zá ㄗㄚˊ 粵dzap⁸眨]

❶敲擊；搗 ◆ 砸核桃／把蒜砸爛。❷打碎；打破 ◆ 茶杯砸了／司馬光砸缸救人。❸比喻事情做壞或失敗了 ◆ 這件事辦砸了／戲演砸了。

⁵ 砰　ㄱ石石矿砰砰　砰

[pēng ㄆㄥ 粵paŋ¹烹]

形容物體撞擊、重物落地的聲音或槍聲 ◆ 忽聽得砰的一聲。

⁵ 砧　ㄱ石矽砧砧砧　砧

[zhēn ㄓㄣ 粵dzɐm¹箴]

切、剁東西或錘打東西時墊在底下的器具。同"碪"、"椹"字 ◆ 砧板／鐵砧。

注意 "砧"不讀 zhān (詹)。

⁵ 砷　ㄱ石石砷砷砷　砷

[shēn ㄕㄣ 粵sɐn¹申]

舊稱"砒"。一種非金屬化學元素，有毒，可做殺蟲劑和除草劑。

⁵ 砥　ㄱ石石矽砥砥　砥

[dǐ ㄉㄧˇ 粵dei²底／dzi²枝／dzi²止]

❶磨刀石。❷砥柱：山名，在黃河中流 ◆ 中流砥柱。

⁵ 砲　"炮"的異體字，見 260 頁。

⁵ 破　ㄱ石石砑破破　破

[pò ㄆㄛˋ 粵po³婆³]

❶東西受到損壞變得不完整 ◆ 破裂／破碎／家破人亡。❷使損壞 ◆ 破壞／破釜沉舟。❸劈開 ◆ 勢如破竹／乘風破浪。❹衝開；打敗 ◆ 攻破敵陣／大破敵軍。❺超出常規；越過 ◆ 破例／破紀錄。❻揭穿；使真相露出 ◆ 破案／一語道破。❼耗費；花費 ◆ 讓你破費了。❽清除 ◆ 破除迷信。

【破例】pò lì　打破常例 ◆ 領導一破例，就管不住別人了。

注意 "例"不讀 liè (列)。

【破產】pò chǎn ❶喪失全部財產；資不抵債 ◆ 工廠經營失敗，宣告破產。❷比喻事情徹底失敗 ◆ 警方及時採取行動，歹徒劫車陰謀破產。

【破裂】pò liè ❶物體出現裂縫 ◆ 砂鍋已破裂，不能用了。❷比喻感情、關係受到損害，不能再維持下去 ◆ 他倆的感情已破裂，只能分手。

【破碎】pò suì　破成碎塊 ◆ 誰來挽救、撫慰她那破碎的家庭和破碎的心呢？反 完整。

【破滅】pò miè　理想或希望徹底落空 ◆ 發財的夢破滅了，他變得心灰意冷。

【破綻】pò zhàn　衣服的破洞裂縫。比喻說話做事中露出的漏洞 ◆ 他今天的講話破綻百出，實在可笑。

注意 "綻"不讀 dìng (定)。粵音讀 dzan⁶ (賺)。

【破獲】pò huò　查清案件並捕獲罪犯 ◆ 警方破獲了一起販毒案。

【破壞】pò huài ❶使事物受到損害或損害 ◆ 不許破壞公物。同 毀壞。反 保護、愛護。❷違反；不遵守 ◆ 任何人不得破壞學校紀律。反 維護。

【破爛】pò làn　嚴重損壞；殘缺破損 ◆ 祖屋已破爛不堪／那孩子穿得很破爛，像是乞丐。

【破天荒】pò tiān huāng　天荒：從未開墾的土地。指從未有過或第一次出現 ◆ 我從來不喝酒，今天是破天荒第一次。同 開天闢地。

【破涕為笑】pò tì wéi xiào　涕：眼淚。停止哭而笑起來。比喻轉悲為喜 ◆ 爸爸買來了玩具，弟弟立刻破涕為笑。

【破釜沉舟】pò fǔ chén zhōu　釜：鍋。打破飯鍋，沉沒渡船。據古書記載，項羽率領全軍與秦軍作戰，軍隊渡過黃河後，他下令部下把飯鍋打爛，把渡船沉

英雄所見略同

掉，表示要拚死作戰，已沒有退路。後用來比喻不留退路，下決心幹到底 ◆ 我們只能破釜沉舟，與對方一決雌雄。

【注意】 不要把"釜"錯寫成"斧"。

【破鏡重圓】 pò jìng chóng yuán 比喻夫妻失散或分手後又重新團圓 ◆ 夫妻分手多年後，在子女的勸說下終於破鏡重圓。

☒破舊、破門而入

☒打破、突破、識破、爆破、支離破碎、牢不可破

---

⁶ **硅** 石 石 矿 矽 硅 硅 **硅**

[guī ㄍㄨㄟ ⑧ gwei¹ 歸]

舊稱"矽"。一種非金屬化學元素，很堅硬，有光澤，是用來製造玻璃及半導體的重要材料。

---

⁶ **硒** 石 石 矸 矵 硒 硒 **硒**

[xī ㄒㄧ ⑧ sei¹ 西]

一種非金屬元素，可用來製造光電管、半導體晶體管等。

---

⁷ **硬** 石 石 矿 砺 硒 硬 **硬**

[yìng ㄧㄥˋ ⑧ ŋaŋ⁶]

❶ 質地非常堅固、結實；跟"軟"相對 ◆ 堅硬 / 硬木。❷ 剛強；堅強不屈 ◆ 硬漢子 / 欺軟怕硬。❸ 堅決；固執 ◆ 態度強硬 / 硬是不承認。❹ 勉強；不自然 ◆ 生硬 / 生搬硬套。❺ 能力強；質量好 ◆ 硬功夫 / 貨色硬。

【硬性】 yìng xìng 不能改變或通融的 ◆ 升級留級標準是硬性規定，不能隨意改變。

【硬朗】 yìng·lang 形容老年人身體健壯 ◆ 外公身板硬朗，天天上公園打太極拳。

【硬筆】 yìng bǐ 指鉛筆、鋼筆、圓珠筆等筆尖堅硬的筆 ◆ 學校裏舉行寫字比賽，分毛筆字組和硬筆字組。

☒強硬、軟硬兼施

---

⁷ **硯** 石 石 矵 砚 硯 硯 **硯**

[yàn ㄧㄢˋ ⑧ jin⁶ 現]

硯台(yàn tái)：磨墨的用具 ◆ 筆墨紙硯。

---

⁷ **硝** 石 石¹ 矽² 矽³ 硝 **硝**

[xiāo ㄒㄧㄠ ⑧ siu¹ 消]

❶ 某些礦物鹽的泛稱 ◆ 芒硝 / 火硝。❷ 用芒硝處理皮革，使變得柔軟 ◆ 硝皮。

【硝煙】 xiāo yān 炸藥爆炸後冒起的煙霧 ◆ 在硝煙瀰漫的戰爭年代，他離鄉背井，受盡煎熬。

---

⁷ **硫** 石 石 矽 硪 砳 硫 **硫**

[liú ㄌㄧㄡˊ ⑧ leu⁴ 流]

一種非金屬元素，淺黃色結晶體，用途廣泛，可用來製造硫酸、火藥、火柴、藥品等。通稱硫磺。

【硫酸】 liú suān 一種無色油狀液體，是重要的化工原料 ◆ 硫酸有極強的腐蝕性。

---

⁸ **碘** 石 石 矵 砳 砳 碘 **碘**

[diǎn ㄉㄧㄢˇ ⑧ din² 典]

一種非金屬元素，用途廣泛，可用來製造藥品、染料、照相材料等。人體缺少碘會引起甲狀腺腫大。

【碘酒】 diǎn jiǔ 碘溶於酒精而成的消毒液體 ◆ 蟲咬以後可塗些碘酒消毒。

---

⁸ **碑** 石 石¹ 矵 砷 碑 碑 **碑**

[bēi ㄅㄟ ⑧ bei¹ 卑]

刻有文字，豎立起來作為紀念或標誌的石塊 ◆ 墓碑 / 紀念碑。

【碑文】 bēi wén 刻在石碑上的文字 ◆ 由於年代久遠，碑文已模糊不清。

☒界碑、里程碑、有口皆碑

---

⁸ **碉**⁽碉⁾ 石 矴 矵 砢 硐 碉 **碉**

[diāo ㄉㄧㄠ ⑧ diu¹ 刁]

碉堡(diāo bǎo)：軍事上主要用於防守的建築物，用磚石、鋼筋水泥等材料建成 ◆ 炸碉堡。

---

⁸ **硼** 石 矴 矵 砶 硼 硼 **硼**

[péng ㄆㄥˊ ⑧ peŋ⁴ 朋]

一種非金屬元素，硼的化合物，如硼酸、硼砂，可用於醫藥、農業、玻璃工業等。

---

⁸ **碎** 石 石 矿 砳 砳 碎 **碎**

[suì ㄙㄨㄟˋ ⑧ sœy³ 歲]

❶ 完整的東西破裂成零片零塊 ◆ 破碎 / 杯子打碎了。❷ 零星的；不完整的 ◆ 碎布 / 零碎。❸ 形容說話嘮叨 ◆ 嘴碎 / 閒言碎語。

☒瑣碎、粉碎、粉身碎骨、支離破碎

---

⁸ **碰** 石 石 矿 矵 砳 碰 **碰**

[pèng ㄆㄥˋ ⑧ puŋ³ 篷³]

❶ 兩物相撞擊 ◆ 碰杯 / 碰得頭破血流。❷ 遇見；遇到 ◆ 在商店碰到了幾位老同學 / 碰上了好運氣。❸ 試探 ◆ 碰運氣 / 碰機會。

【碰巧】 pèng qiǎo 湊巧；恰巧 ◆ 碰巧有朋友去香港，託他給你帶點新茶去。

【碰壁】 pèng bì 撞到牆壁。比喻遇到障礙或遭到拒絕 ◆ 辦事處處碰壁，心裏真不好過。

【碰釘子】 pèng dīng ·zi 比喻遭到拒絕或受到訓斥 ◆ 在外面碰釘子、挨責罵，受了一肚子氣。

---

⁸ **碗** 石 矿 砳 砳 砳 碗 **碗**

[wǎn ㄨㄢˇ ⑧ wun² 腕]

敞口的飲食器具 ◆ 飯碗 / 瓷碗 / 一碗湯。

 紅豆生南國，春來發幾枝？願君多採擷，此物最相思。——唐·王維《相思》詩

⁸ 碌(碌) 石 石ノ 矿 矿 砼 碌 | 碌

[lù ㄌㄨˋ ⑧ luk⁹ 陸/luk⁷（語）]

❶ 事務繁忙 ◆ 忙碌／勞碌一生。❷ 平凡；沒有作為 ◆ 庸庸碌碌／碌碌無為。

【碌碌無為】lù lù wú wéi 碌碌：平庸無能。形容沒有能力，無所作為。也形容忙忙碌碌，卻一事無成 ◆ 人的一生不能碌碌無為，虛度年華。

⁹ 碧 一 丆 王 王 玗 珀 | 碧

[bì ㄅㄧˋ ⑧ bik⁷ 壁]

❶ 青綠色的玉 ◆ 金碧輝煌。❷ 青綠色 ◆ 碧綠／碧波蕩漾。

【碧波】bì bō 青綠色的水波 ◆ 杭州西湖碧波蕩漾，風景如畫。

【碧空】bì kōng 淺藍色的天空 ◆ 碧空萬里無雲。

⁹ 碪 "砧"的異體字，見302頁。

⁹ 碟 石 石ノ 矿 矿ㅂ 砝 碟 | 碟

[dié ㄉㄧㄝˊ ⑧ dip⁹ 蝶]

飲食器具，比盤子小 ◆ 碟子／一碟泡菜。

⁹ 碴 石 石ノ 矿ㅗ 矿木 矿朩 碴 | 碴

[chá ㄔㄚˊ ⑧ tsa⁴ 查]

❶ 小碎塊 ◆ 冰碴／玻璃碴。❷ 器物上的破口 ◆ 碗上有個破碴。❸ 碴兒：引起爭執的事由或藉口 ◆ 別找碴兒。

⁹ 礆 "鹼"的異體字，見468頁。

⁹ 碩(碩) 石 石ノ 矿 砳 砳 碩 | 碩

[shuò ㄕㄨㄛˋ ⑧ sɛk⁹ 石]

大 ◆ 豐碩／碩大無朋。

【碩果】shuò guǒ 大的果實；比喻巨大的成就 ◆ 科研人員的辛勤勞動，換來了累累碩果。

⁹ 碳(碳) 石 石ノ 矿ㅛ 矿山 砣 碳 | 碳

[tàn ㄊㄢˋ ⑧ tan³ 炭]

一種非金屬元素，是構成有機物的主要成分，在工農業和醫藥上用途很廣 ◆ 碳水化合物。

¹⁰ 磁 石 石ノ 矿ㅛ 砿 砼 磁 | 磁

[cí ㄘˊ ⑧ tsi⁴ 池]

磁性：具有吸引鐵、鈷、鎳等金屬的性質 ◆ 磁鐵／消磁。

¹⁰ 碼(碼) 石 石ノ 矿 矼 碼 碼 | 碼

[mǎ ㄇㄚˇ ⑧ ma⁵ 馬]

❶ 表示數目的符號或用具 ◆ 號碼／籌碼／明碼標價。❷ 指一件事或一類事 ◆ 這是兩碼事。❸ 堆疊 ◆ 把磚碼齊。❹ 英美制長度單位，一碼折合0.9144米。

【碼頭】mǎ ·tou ❶ 江河湖海岸邊供船舶停靠、裝卸貨物、旅客上下的建築物 ◆ 碼頭上旅客眾多，人聲嘈雜。❷ 借指交通便利的商業城市 ◆ 他是商人，經常跑碼頭，奔走於廣州、上海、武漢等地。

▷ 頁碼、起碼、數碼、編碼

¹⁰ 磕 石 石ノ 矿ㅗ 砝 砝 磕 | 磕

[kē ㄎㄜ ⑧ kɔi³ 慨]

敲擊；碰撞 ◆ 磕煙斗／跌了一跤，只磕破了一點皮。

¹⁰ 磊 一 丆 丆 石 石 磊 | 磊

[lěi ㄌㄟˇ ⑧ lœy⁵ 呂]

石頭多 ◆ 山石磊磊。

【磊落】lěi luò 心地正大光明 ◆ 先生為人襟懷坦白，光明磊落，深受師生敬仰。

【磊磊】lěi lěi 形容石頭很多、層層疊疊的樣子 ◆ 山上怪石磊磊，形狀各異。

▷ 光明磊落

¹⁰ 磐 ㄇ 卢 月 舟 舟 般 | 磐

[pán ㄆㄢˊ ⑧ pun⁴ 盤]

大石頭 ◆ 堅如磐石。

【磐石】pán shí 厚而大的石頭。比喻非常穩固，不動搖 ◆ 他們是生死之交，友誼堅如磐石。

注意 不要把"磐"錯寫成"盤"。

¹⁰ 磋(磋) 石 石ノ 矿兰 砟 砟 磋 | 磋

[cuō ㄘㄨㄛ ⑧ tsɔ¹ 初]

❶ 把骨、角等磨製成器物 ◆ 如切如磋，如琢如磨。❷ 商量；研究 ◆ 磋商／切磋技藝。

【磋商】cuō shāng 反覆商量研究 ◆ 經過磋商，雙方達成協議。

注意 "磋"不讀 chà（詫）。

¹⁰ 磅 石 石ノ 矿ㅗ 砝 砝 磅 | 磅

〈一〉[bàng ㄅㄤˋ ⑧ bɔŋ⁶ 鎊]

❶ 英美制重量單位，一磅折合0.454公斤。❷ 磅秤或用磅秤稱 ◆ 過磅／磅一下體重。

〈二〉[páng ㄆㄤˊ ⑧ pɔŋ⁴ 旁]

❸ 見"磅礴"。

【磅₂礴】páng bó 氣勢宏大 ◆ 運動會開幕式氣勢磅礴。

¹⁰ 確(确) 石 石ノ 矿 砰 碓 確 | 確

[què ㄑㄩㄝˋ ⑧ kɔk⁸ 涸]

❶ 真實；實在 ◆ 正確／千真萬確。❷ 堅定；堅固 ◆ 確信／確保安全。

【確立】què lì 穩固地建立 ◆ 經過磋商，簽訂協議書，確立合作關係。

【確切】què qiè ❶ 準確；恰當 ◆ 這個定義下得十分確切。⑩ 貼切。❷ 真實可靠 ◆ 我們還沒有得到他回國的確切日期。⑩ 確實、切實。

【確定】què dìng 明確而肯定；明確地決定 ◆ 我會給你一個確定的答覆／日期還沒有確定。

【確信】què xìn 堅決相信，絲毫不懷疑 ◆ 可以確信，他跟這宗案子無關。⑩ 堅信。⑳ 懷疑。

【確實】què shí ❶ 真實可靠 ◆ 消息確實。❷ 的確；表示對情況的肯定 ◆ 交通確實很方便。

【確鑿】què záo 有根有據，非常確實 ◆ 在確鑿的證據面前，他不得不低頭認罪。
▷ 明確、精確、準確

---

¹⁰ 碾 石 矿 矿 碾 碾 碾 【碾】

[niǎn ㄋㄧㄢˇ ⓟ nin⁶ 年⁶]
❶ 把東西軋碎、磨碎的工具 ◆ 碾子 / 石碾。❷ 用碾子滾軋、轉磨 ◆ 碾米 / 碾碎。

---

¹¹ 磚 (砖) 石 矿 砷 磚 磚 磚 【磚】

[zhuān ㄓㄨㄢ ⓟ dzyn¹ 專]
❶ 用黏土等燒製成的建築材料 ◆ 磚頭 / 磚瓦。❷ 形狀像磚的東西 ◆ 茶磚 / 冰磚。
▷ 拋磚引玉

---

¹¹ 磨 广 广 庐 庐 庐 麻 【磨】

〈一〉[mó ㄇㄛˊ ⓟ mɔ⁴ 摩⁴]
❶ 物體相摩擦 ◆ 磨刀 / 磨墨 / 鐵杵磨成針。❷ 遭受痛苦；糾纏 ◆ 折磨 / 好事多磨。❸ 消滅；消失 ◆ 永不磨滅。❹ 拖延、消耗時間 ◆ 磨洋工 / 消磨時間。

〈二〉[mò ㄇㄛˋ ⓟ mɔ⁶ 摩⁶]
❺ 把糧食磨成粉的工具 ◆ 石磨 / 磨坊。❻ 用磨碾碎東西 ◆ 磨麵粉 / 磨豆腐。

【磨₂坊】mò fáng 利用水力、人力、畜力等轉動石磨把東西磨碎的場所。
注意 "磨坊"也叫"磨房"

【磨損】mó sǔn 機械等物體在使用中因長期摩擦而受到損傷 ◆ 鞋底已經磨損。

【磨滅】mó miè 經過相當長的時間而逐步消失 ◆ 爺爺的音容笑貌給我們留下了不可磨滅的印象。

【磨練】mó liàn 在艱難困苦的環境中刻苦鍛煉 ◆ 越是艱苦困難的環境，

越能練人的意志。⊟ 鍛煉、錘煉。
注意 "磨練"也作"磨煉"。
▷ 琢磨

---

¹¹ 碜 (碜) 石 石 矿 矿 碜 碜 【碜】

[chěn ㄔㄣˇ ⓟ tsɐm² 寢]
食物中夾雜有沙子 ◆ 牙碜。

---

¹² 磺 (磺) 石 矿 碏 磺 磺 磺 【磺】

[huáng ㄏㄨㄤˊ ⓟ wɔŋ⁴ 王]
硫磺。見"硫"字，303頁。

---

¹² 礁 石 矿 矿 碓 碓 礁 【礁】

[jiāo ㄐㄧㄠ ⓟ dziu¹ 焦]
河流、海洋中距水面較近、或隱或現的巖石 ◆ 礁石 / 暗礁 / 觸礁。

---

¹² 磷 石 矿 矿 磷 磷 磷 【磷】

[lín ㄌㄧㄣˊ ⓟ lœn⁴ 倫]
一種非金屬元素，有黃磷、紅磷等，可用來製造火柴等。磷也是植物營養的重要成分之一 ◆ 磷肥。

---

¹³ 礎 (础) 石 矿 碳 碳 礎 礎 【礎】

[chǔ ㄔㄨˇ ⓟ tsɔ² 楚]
墊在房屋柱子底下的石頭 ◆ 基礎 / 月暈而風，礎潤而雨。

---

¹⁴ 礙 (碍) 石 矿 矿 碍 碍 碍 【礙】

[ài ㄞˋ ⓟ ŋɔi⁶ 外]
❶ 阻擋；阻止；使人不方便 ◆ 阻礙 / 障礙。❷ 妨害 ◆ 妨礙 / 有礙觀瞻。

【礙事】ài shì ❶ 有妨礙；造成不方便 ◆ 過道上停放車輛，走路出入太礙事了。❷ 造成嚴重影響 ◆ 你患的是小毛病，不礙事的。

【礙手礙腳】ài shǒu ài jiǎo 妨礙做事；感到不方便 ◆ 寫字枱上攤滿了書刊，看書寫字礙手礙腳的。

---

¹⁵ 礬 (矾) 石 石 矿 矾 礬 樊 【礬】

[fán ㄈㄢˊ ⓟ fan⁴ 凡]
某些金屬硫酸鹽的結晶，常見的如明礬。

---

¹⁵ 礫 (砾) 石 矿 矿 碟 碟 礫 【礫】

[lì ㄌㄧˋ ⓟ lik⁹ 力]
碎石 ◆ 瓦礫 / 砂礫。

---

¹⁵ 礦 (矿) 石 矿 矿 碎 礦 礦 【礦】

[kuàng ㄎㄨㄤˋ ⓟ kwɔŋ³ 鄺]
❶ 埋藏在地層中有開採價值的自然物質 ◆ 礦石 / 金礦 / 煤礦。❷ 開採礦物的場所 ◆ 礦山 / 礦井。

【礦泉水】kuàng quán shuǐ 含有大量礦物質的水。有天然的和人工製造的 ◆ 礦泉水含有多種微量元素，飲用有益健康。
▷ 礦物、礦藏
▷ 開礦、探礦、採礦

示 部

⁰ 示 一 二 亍 示 【示】

[shì ㄕˋ ⓟ si⁶ 士]
表明：把事情告訴人或把東西給人看 ◆ 示意 / 示範 / 表示。

【示威】shì wēi 顯示威力的舉動，多以此表示抗議或提出要求 ◆ 數萬工人參加示威遊行，要求增加工資。

【示弱】shì ruò 顯得比別人軟弱無能 ◆ 運動會上，低年級的同學也不甘示弱，要跟高年級比個高低。⊠ 逞強、逞能。
注意 "示弱"多用於否定。

【示意】shì yì 用表情、動作或圖形等表達意思 ◆ 老師擺擺手，示意那位同學坐下 / 這是一幅示意圖。

【示範】shì fàn 用規範的做法讓人看，供人學習 ◆ 上物理實驗課時，老

師先給我們做了示範。
▷告示、指示、展示、啟示、提示、暗示、請示、顯示

³社 `、ᄀ ᄒ ᅔ ᅕ 补 社` 社
[shè ㄕㄜˋ ⑧sɛ⁵ 舍⁵]
指某些團體或機構 ◆ 報社 / 通訊社。
【社交】shè jiāo 社會上人與人之間的交際往來 ◆ 爺爺退休以後，社交活動少了。⑩交際。
【社會】shè huì 關係密切的人類生活的共同體 ◆ 每個人都應有社會公德。

³奈 見大部，105頁。

³祀 `、ᄀ ᄒ ᅔ ᅕ 礼 祀` 祀
[sì ㄙˋ ⑧dzi⁶ 字]
祭祀 ◆ 祀祖。

³祁 `、ᄀ ᄒ ᅔ ᅕ 祁` 祁
[qí ㄑㄧˊ ⑧kei⁴ 其]
❶ 地名用字，如祁縣 (在山西省)；祁連山 (在甘肅省)。❷ 姓。

⁴祈 `ᄀ ᄒ ᅔ ᅕ 初 祈` 祈
[qí ㄑㄧˊ ⑧kei⁴ 其]
❶ 向神求福 ◆ 祈禱 / 祈福。❷ 向人請求；希望 ◆ 祈求 / 祈望 / 敬祈光臨。❸ 姓。
【祈求】qí qiú 懇切地請求 ◆ "願母親在天上安息！"她默默地祈求着。
【祈禱】qí dǎo 宗教信徒向神靈請求保佑並告訴自己的希望與心願 ◆ 老人面向神像，雙手合十，喃喃地祈禱着。

⁴祇 (只) `ᄀ ᄒ ᅔ ᅕ 初 祇` 祇
⟨一⟩[zhǐ ㄓˇ ⑧dzi² 紙]
❶ 僅僅；不過，同 "只" 字 ◆ 祇有一人 / 祇此一家，別無分店。
⟨二⟩[qí ㄑㄧˊ ⑧kei4 其]
❷ 古代稱地神 ◆ 神祇。

⁵祖 `ᄀ ᄒ ᅔ 礼 初 祖 祖` 祖
[zǔ ㄗㄨˇ ⑧dzou² 早]
❶ 父母親的上一輩 ◆ 祖父 / 外祖父 / 祖孫三代。❷ 上代長輩的通稱 ◆ 祖祖輩輩 / 祖傳秘方。❸ 指受人尊敬的事業、學派等的創始人 ◆ 鼻祖 / 祖師爺。
【祖先】zǔ xiān 一個民族或家族的年代久遠的老祖宗 ◆ 相傳中華民族的祖先是炎帝神農氏和黃帝軒轅氏。
【祖宗】zǔ ·zong 一個家族的前代長輩 ◆ 祠堂裏供奉着祖宗的牌位。
【祖國】zǔ guó 自己的國家 ◆ 香港在一九九七年回歸祖國。
【祖傳】zǔ chuán 祖宗傳下來的 ◆ 老中醫用祖傳秘方治好了奶奶的病。
【祖籍】zǔ jí 原籍；祖宗居住的地方 ◆ 父親說，我們家祖籍在江蘇揚州。
【祖祖輩輩】zǔ zǔ bèi bèi 世世代代 ◆ 他家祖祖輩輩是種田的，到他這一代開始經商了。
▷光宗耀祖

⁵神 `ᄀ ᄒ ᅔ 礼 初 神 神` 神
[shén ㄕㄣˊ ⑧sɐn⁴ 臣]
❶ 宗教指天地萬物的創造者和主宰者；神話傳說中指能力非凡的人；也指被崇拜的人物死後的精靈 ◆ 天神 / 神仙 / 神靈。❷ 不平凡的；特別高超的 ◆ 神醫 / 神童。❸ 奇妙的；令人驚異的 ◆ 神奇 / 神速。❹ 心思；精力 ◆ 精神 / 全神貫注。❺ 氣色；表情 ◆ 神色 / 神態。
【神色】shén sè 面部表情 ◆ 他做賊心虛，神色慌張。⑩神情。
【神志】shén zhì 知覺；意識 ◆ 病人已神志不清。
【神奇】shén qí 非常奇妙 ◆《會飛的貓》是一個神奇的故事。
【神往】shén wǎng 心裏嚮往 ◆ 日月潭風景如畫，令人神往。
【神氣】shén ·qi ❶ 表情 ◆ 看她的神氣，似乎有甚麼心事。⑩神情、神態。❷ 精神飽滿，有生氣 ◆ 穿着新的校服，顯得特別神氣。❸ 得意、傲慢的

樣子 ◆ 我勸你別這樣神氣，還是虛心點好。
【神速】shén sù 驚人的速度 ◆ 警方行動神速，幾個小時就破了此案。⑩飛速。⑤遲緩。
【神祕】shén mì 使人摸不透、弄不清 ◆ 他是個行跡不定的神祕人物。⑩奧祕。
【神情】shén qíng 臉部的神態表情 ◆ 那陌生人一經查問，神情立刻緊張起來。⑩神色。
【神聖】shén shèng 極其崇高而莊嚴的 ◆ 教師是人類靈魂的工程師，教育是一項神聖的工作。
【神話】shén huà 關於神仙或神化了的古代英雄的故事 ◆ 中國古代有許多神話作品，如《女媧補天》、《精衛填海》。
【神態】shén tài 神情態度 ◆ 大家都很焦急，看到他那若無其事的神態，能不生氣嗎？⑩神情。
【神出鬼沒】shén chū guǐ mò 形容行動迅速，出沒無常，不可捉摸 ◆ 抗日游擊隊神出鬼沒，打得鬼子暈頭轉向。⑳注意 "沒" 不讀 méi(梅)。
【神氣活現】shén qì huó xiàn 形容自以為了不起而表現出得意、傲慢的樣子 ◆ 那個管家，在老爺面前低頭哈腰，在下人面前卻神氣活現。⑩趾高氣揚。⑤垂頭喪氣。
【神通廣大】shén tōng guǎng dà 神通：原指神佛的法力無所不能；後泛指非凡的本領。形容本事很大，辦法很多 ◆ 此人神通廣大，路路皆通。
【神機妙算】shén jī miào suàn 非凡的機智，巧妙的謀略。形容智謀高超 ◆ 諸葛亮神機妙算，陷周郎於進退兩難的境地。

◪ 神化、神怪、神槍手、神魂顛倒
◪ 定神、費神、傳神、凝神、出神入化、心馳神往、聚精會神

⁵ **祝** 礻 礻 礻 祀 祝 祝 〔祝〕

[zhù ㄓㄨˋ ⑧dzuk⁷足]

❶ 表示對人或對事的某種良好的願望 ◆ 祝福／祝你進步。❷姓。

【祝賀】zhù hè　向有喜事的人或單位道喜 ◆ 大家舉杯祝賀新婚夫婦生活美滿。⑩慶賀。

【祝壽】zhù shòu　向年老的長者祝賀生日 ◆ 校友們返校為老校長祝壽。⑩拜壽。

【祝福】zhù fú　原指求神賜福，今泛指祝願人平安幸福 ◆ 我祝福好人一生平安。

【祝願】zhù yuàn　向對方表示良好的願望 ◆ 衷心祝願同學們學習進步，健康成長！

◪ 祝酒、祝頌、祝詞
◪ 慶祝

⁵ **祟** ⑪ 屮 屮 屮 出 出 毕 〔祟〕

[suì ㄙㄨㄟˋ ⑧sœy⁶睡]

迷信說法指神怪害人；現多指暗中破壞或行為不光明正大 ◆ 作祟／鬼鬼祟祟。

⚠ "祟"不讀 chóng。上面是"出"字，下面是"示"字。

⁵ **祕**(秘) 礻 礻 礻 礻 祕 祕 〔祕〕

〈一〉[mì ㄇㄧˋ ⑧bei³臂]

❶ 不公開的；使人摸不透的 ◆ 祕密／神祕莫測。

〈二〉[bì ㄅㄧˋ ⑧bei³臂]

❷ 祕魯：國名。

【祕方】mì fāng　不曾公開的有顯著療效的藥方 ◆ 他向國家獻出了治療蛇毒的祖傳祕方。

【祕書】mì shū　掌管文書檔案並協助主管處理日常工作的人 ◆ 經理請祕書起草文件。

【祕訣】mì jué　未公開的巧妙辦法 ◆ 成功的祕訣在於勤奮和創造。

⚠ "訣"不讀 quē（缺）。

【祕密】mì mì　不公開的；隱蔽不讓人知曉的 ◆ 他們之間本來已有祕密交往／一定要保守祕密。⑫公開。

◪ 祕史、祕而不宣
◪ 奧祕、隱祕、行動詭祕

⁵ **祠** 礻 礻 礻 祠 祠 祠 〔祠〕

[cí ㄘˊ ⑧tsi⁴池]

供奉祖先、鬼神或名人的地方 ◆ 祠堂／武侯祠（為祭祀諸葛亮而建，在四川省成都市）。

⁶ **票** 一 ㄷ 戸 両 両 西 〔票〕

[piào ㄆㄧㄠˋ ⑧piu³漂]

❶ 作為憑證的紙片 ◆ 車票／支票／電影票。❷ 指紙幣 ◆ 鈔票／零票。❸ 被歹徒綁架勒索金錢的人 ◆ 綁票。❹ 非職業的戲曲演出 ◆ 票友。

⁶ **祭** ノ ㄗ ㄗ ㄗ 夕 外 〔祭〕

[jì ㄐㄧˋ ⑧dzei³制]

❶ 供奉天地神佛或祖先的活動 ◆ 祭文／祭祖／祭壇。❷ 對死者表示追悼、紀念的儀式 ◆ 祭奠／公祭。

【祭祀】jì sì　向神佛或祖先行禮（上供品、叩頭跪拜等），表示崇敬，請求保佑 ◆ 舊時學宮祭祀孔子的典禮十分隆重。

【祭奠】jì diàn　舉行儀式，悼念死者 ◆ 人們送上花籃，默哀行禮，祭奠先烈英靈。

⁶ **祥** 礻 礻 礻 祥 祥 祥 〔祥〕

[xiáng ㄒㄧㄤˊ ⑧tsœŋ⁴詳]

吉利 ◆ 吉祥如意／不祥之兆。

【祥和】xiáng hé　吉利安寧 ◆ 願大家過一個歡樂祥和的新年！

【祥瑞】xiáng ruì　好的徵兆 ◆ 這也許是一種祥瑞吧。

◪ 慈祥

⁷ **視**(视) 、 ㄒ 礻 礻 祁 視 〔視〕

[shì ㄕˋ ⑧si⁶事]

❶ 看 ◆ 注視／視而不見。❷ 察看 ◆ 視察／監視。❸ 看待；看作 ◆ 重視／視死如歸。

【視力】shì lì　眼睛分辨物體形象的能力 ◆ 青少年要注意保護視力。

【視野】shì yě　眼睛能看到的範圍 ◆ 登上山頂，視野就開闊多了。⑩眼界。

【視察】shì chá　❶ 上級部門人員到下面檢查工作 ◆ 最近教育署督學要來我校視察。❷ 仔細察看 ◆ 大橋設計人員到現場視察地形。

【視線】shì xiàn　眼睛觀察事物的線路 ◆ 前面的卡車擋住了駕駛員的視線。

【視覺】shì jué　眼睛辨別物體形狀、顏色等特性的感覺 ◆ 用眼過度會產生視覺模糊。

【視而不見】shì ér bù jiàn　看見了就像沒有看見一樣。指不重視或不關心 ◆ 工傷事故不斷發生，經理卻視而不見。⑩熟視無睹。

【視死如歸】shì sǐ rú guī　把死看得像回家一樣。形容英勇無畏，為正義事業不怕犧牲生命 ◆ 他一身正氣，視死如歸。

◪ 仇視、正視、巡視、歧視、透視、輕視、鄙視、凝視、一視同仁

⁸ **禁** 一 十 オ 木 林 林 〔禁〕

〈一〉[jìn ㄐㄧㄣˋ ⑧gem³金³]

❶ 不准；不許；制止 ◆ 禁止／嚴禁入內。❷ 法律或習俗上不允許的事情 ◆ 犯禁／令行禁止。❸ 拘押 ◆ 監禁／囚禁。❹ 舊稱皇帝住的地方 ◆ 禁宮／紫禁城。

〈二〉[jīn ㄐㄧㄣ ⑧gem¹金]

❺ 承受得起；忍得住 ◆ 弱不禁風／情不自禁。

【禁止】jìn zhǐ　不准許 ◆ 禁止在公共場所吸煙。

【禁令】jìn lìng　不許從事某種活動的法令 ◆ 有些人財迷心竅，不顧禁令，製黃販黃，毒害青年。

【禁忌】jìn jì 犯忌諱的話或行動 ◆ 西方習俗對"十三"這個數字是禁忌的,認為它不吉利。

【禁受】jìn shòu 受;承受 ◆ 她再也禁受不了這種打擊了。

【禁閉】jìn bì 一種處罰,把犯錯誤者關在屋子裏,讓他反省 ◆ 他違犯軍紀,被罰禁閉三天。

▷ 禁區、禁毒
▷ 宵禁、軟禁、忍俊不禁₂

⁸
禀 "稟"的異體字,見311頁。

⁸
祿(禄) 礻 礻 礻 礻 礻 祿 |祿|
[lù ㄌㄨˋ ⑧ luk⁹ 六]
❶ 古代官吏領取的錢糧 ◆ 俸祿 / 高官厚祿。❷ 報酬;好處 ◆ 無功不受祿。

⁹
福 礻 礻 礻 祁 福 福 |福|
[fú ㄈㄨˊ ⑧ fuk⁷ 幅]
幸福;幸運;跟"禍"相對 ◆ 福氣 / 天有不測風雲,人有旦夕禍福。

【福利】fú lì 生活上的利益 ◆ 公司為員工謀福利。

【福星】fú xīng 象徵能給人們帶來幸福和希望的人或事物 ◆ 真是福星高照,他中了大獎。

【福音】fú yīn ❶ 基督教徒稱耶穌所說的話或門徒所傳佈的教義 ◆ 聆聽牧師傳佈福音。❷ 比喻有利於眾人的好消息 ◆ 新藥的推出,給糖尿病人帶來了福音。⑩ 佳音。

【福氣】fú·qi 享受幸福生活的緣分 ◆ 他真有福氣,娶了一位賢淑的妻子。

【福如東海】fú rú dōng hǎi 福氣像東海那樣大。祝頌用語 ◆ 祝爺爺福如東海,壽比南山。

(注意) "福如東海"常與"壽比南山"連用。

▷ 口福、耳福、享福、眼福、託福、作威作福

⁹
禍(祸) 礻 礻 礻 祁 禍 禍 |禍|
[huò ㄏㄨㄛˋ ⑧ wo⁶ 和⁶]

❶ 災難;不幸;跟"福"相對 ◆ 災禍 / 車禍。❷ 損害;為害 ◆ 禍國殃民。

【禍根】huò gēn 禍事的根源;引起災難的人或事物 ◆ 肝炎流行的禍根是毛蚶。

【禍害】huò hài ❶ 災難;災害 ◆ 駕車亂闖紅燈,終於造成嚴重禍害。❷ 引起災難的人或事物 ◆ 水質污染是影響健康的一大禍害。❸ 損害;損壞;使受害 ◆ 此地盜賊橫行,禍害百姓。

【禍患】huò huàn 禍事;災難 ◆ 治理斜坡,消除禍患。

【禍不單行】huò bù dān xíng 不幸的事接連發生 ◆ 真是禍不單行,她剛失去愛子,自己又遇上車禍。

【禍國殃民】huò guó yāng mín 使國家受害,使人民遭殃 ◆ 那些引狼入室、禍國殃民的漢奸終究得到了懲罰。

▷ 闖禍、因禍得福、嫁禍於人、罪魁禍首、天災人禍、幸災樂禍

¹¹
禦(御) 彳 彳 彳 徉 御 御 |禦|
[yù ㄩˋ ⑧ jy⁶ 預]
抵擋;抵抗 ◆ 抵禦 / 防禦 / 禦寒。

¹²
禪(禅) 礻 礻 礻 祁 禪 禪 |禪|
〈一〉 [chán ㄔㄢˊ ⑧ sim⁴ 蟬]
❶ 佛教用語,指排除雜念,靜思修行 ◆ 坐禪 / 參禪。❷ 泛指有關佛教的事物 ◆ 禪院 / 禪寺 / 禪杖。
〈二〉 [shàn ㄕㄢˋ ⑧ sin⁶ 善]
❸ 古代帝王把王位讓給別人 ◆ 禪讓 / 禪位。

¹³
禮(礼) 礻 礻 礻 礻 禮 禮 |禮|
[lǐ ㄌㄧˇ ⑧ lei⁵ 黎⁵]
❶ 隆重的儀式 ◆ 典禮 / 婚禮。❷ 表示尊敬的言語、動作或態度 ◆ 禮貌 / 禮節 / 以禮相待。❸ 表示敬意或慶賀而送的東西 ◆ 禮物 / 禮品。

【禮花】lǐ huā 舉行慶祝活動時放的煙火 ◆ 夜空禮花璀璨,喜慶香港回歸。

【禮物】lǐ wù 表示敬意或情意而贈送的物品 ◆ 這本詞典是我送給你的生

日禮物。⑩ 禮品。

【禮品】lǐ pǐn 表示敬意或情意而贈送的物品 ◆ 禮品雖小情意重。⑩ 禮物

【禮拜】lǐ bài ❶ 宗教信徒向神行禮的活動 ◆ 基督徒到教堂做禮拜。❷ 星期 ◆ 下個禮拜去遠足。❸ 一星期中的某一天 ◆ 禮拜六只上半天課。❹ 星期日 ◆ 明天禮拜,我和媽媽去外婆家。

【禮節】lǐ jié 表示禮貌的種種形式 ◆ 敬禮、鞠躬、握手、獻花等不同禮節用於不同場合。

【禮貌】lǐ mào 待人恭敬謙讓的表現 ◆ 這孩子有禮貌,有教養。

【禮讓】lǐ ràng 有禮貌地謙讓 ◆ 禮讓是一種美德。

【禮尚往來】lǐ shàng wǎng lái 禮:禮節。尚:注重。在禮節上應注重有來有往;對方用怎樣的禮節待我,我用相應的禮節報答對方 ◆ 這是我回贈你的生日禮物,請別客氣,禮尚往來嘛。

▷ 禮服
▷ 失禮、行禮、賀禮、敬禮、獻禮、先禮後兵、彬彬有禮

¹⁴
禱(祷) 礻 礻 礻 礻 禱 禱 |禱|
[dǎo ㄉㄠˇ ⑧ tou² 討]
向神求保佑 ◆ 禱告 / 祈禱。

【禱告】dǎo gào 求神保佑 ◆ 老奶奶禱告上蒼保佑全家平安。

内 部

⁴
禹 ノ 亻 亇 肙 禹 禹 |禹|
[yǔ ㄩˇ ⑧ jy⁵ 雨]
傳說中夏朝的第一個君主,曾治理洪水 ◆ 夏禹治水,三過家門而不入。

⁸
萬(万) 一 艹 艹 苫 萬 萬 |萬|
[wàn ㄨㄢˋ ⑧ man⁶ 慢]

❶數目字，十個一千等於一萬。❷形容很多 ◆ 萬物／萬水千山。❸極；很 ◆ 萬不得已／不幸中的萬幸。❹姓。

【萬一】wàn yī　表示可能性極小 ◆ 出國要加倍小心，萬一護照丟了就麻煩了。

【萬幸】wàn xìng　萬分幸運 ◆ 車子撞壞，人沒受傷，真是萬幸。

（注意）"萬幸"多指免遭災難。

【萬不得已】wàn bù dé yǐ　形容無計可施，只得這樣 ◆ 我們這樣做，也是萬不得已。

【萬水千山】wàn shuǐ qiān shān　無數的山山水水。形容路途遙遠，或歷盡艱險 ◆ 飛機飛越了萬水千山，終於平安降落。

（注意）"萬水千山"也作"千山萬水"。

【萬古長青】wàn gǔ cháng qīng　萬古：千年萬代。永遠像松柏一樣青翠，經久不衰 ◆ 願我們的友誼萬古長青。

【萬馬奔騰】wàn mǎ bēn téng　比喻氣勢磅礴、發展迅速的景象 ◆ 潮水如萬馬奔騰，洶湧澎湃。

【萬眾一心】wàn zhòng yī xīn　千萬人一條心。形容大家團結一致，齊心協力 ◆ 只要我們萬眾一心，一定能夠克服眼前的困難。

【萬紫千紅】wàn zǐ qiān hóng　形容花木繁茂，色彩絢麗；也比喻事物豐富多彩、繁榮興旺的景象 ◆ 春回大地，萬紫千紅／這是一條商業街，那萬紫千紅的繁華景象令人陶醉。

【萬象更新】wàn xiàng gēng xīn　萬象：宇宙間的一切景象。一切事物或景象都變得煥然一新 ◆ 春天是萬象更新的季節。

（注意）"萬象更新"多形容春天的景象。

【萬無一失】wàn wú yī shī　形容決不會有一點失誤 ◆ 這事派他去辦，肯定萬無一失。

【萬籟俱寂】wàn lài jù jì　萬籟：自然界萬物發出的聲響。各種各樣的聲響都靜止了。形容周圍環境十分寧靜 ◆ 夜深了，萬籟俱寂，只有星星在天空眨着眼睛。

☒萬能、萬事如意、萬家燈火

☒一本萬利、千絲萬縷、千變萬化、包羅萬象、雷霆萬鈞

---

⁸ 禽 人 亼 今 含 禽 禽 禽 **禽**

［qín ㄑㄧㄣˊ ⑧ kɐm⁴ 琴］

鳥類的總稱 ◆ 飛禽／家禽。

【禽獸】qín shòu　❶鳥類和獸類 ◆ 動物園裏有各種各樣的禽獸。❷比喻行為卑劣或兇殘如同畜生的人 ◆ 他無恥下流，禽獸不如。

禾 部

⁰ 禾 一 二 千 禾 禾 **禾**

［hé ㄏㄜˊ ⑧ wɔ⁴ 和］

❶穀類植物的總稱 ◆ 禾苗／古詩："鋤禾日當午，汗滴禾下土。"❷特指稻子。

【禾苗】hé miáo　穀類植物的幼苗 ◆ 綠油油的禾苗在茁壯成長。

---

² 禿 (秃) 一 二 千 禾 禿 **禿**

［tū ㄊㄨ ⑧ tuk⁷］

❶沒有毛髮 ◆ 禿頂／禿尾巴雞。❷山上沒有樹木；樹木沒有葉子 ◆ 禿樹／光禿禿的山頭。

---

² 秀 一 二 千 禾 禾 秀 **秀**

［xiù ㄒㄧㄡˋ ⑧ sɐu³ 瘦］

❶穀物抽穗開花 ◆ 麥秀／稻子秀穗了。❷美麗的 ◆ 秀麗／眉清目秀。❸特別優異的；出眾的 ◆ 優秀／後起之秀。

【秀才】xiù cái　❶明清時代通過最低一級考試的人 ◆ 那位清朝的秀才後來當了國文老師。❷泛指讀書人或擅長寫文章的人 ◆ 他上過大學，是我們廠裏的秀才。

【秀氣】xiù qì　❶清秀雅致 ◆ 她的字寫得很秀氣。❷物品小巧精緻 ◆ 這隻荷包做得真秀氣。

【秀麗】xiù lì　清秀美麗 ◆ 春城昆明風景秀麗，氣候宜人。

☒俊秀、新秀、山清水秀

---

² 私 一 二 千 禾 禾 私 **私**

［sī ㄙ ⑧ si¹ 思］

❶屬於個人的；跟"公"相對 ◆ 私事／私生活。❷利己的；為了個人的；跟"公"相對 ◆ 自私自利／大公無私。❸非公家的 ◆ 私立學校／私營機構。❹祕密的；暗地裏；不合法的 ◆ 私下／走私／私藏武器。

【私人】sī rén　屬於個人的或個人和個人之間的 ◆ 這是他的私人財產／他們之間私人關係很好。

【私下】sī xià　不通過正常手續而在背地裏進行 ◆ 這起車禍雙方私下了結了。

【私心】sī xīn　為個人利益打算的念頭 ◆ 要多為公眾着想，少一點私心雜念。

【私自】sī zì　背着別人或私下裏去做不合規矩的事 ◆ 私自拆別人的信件是不道德的。

【私交】sī jiāo　私人之間的交情 ◆ 他們兩人私交很深。

☒公報私仇、竊竊私語、假公濟私、鐵面無私

---

³ 秆 "稈"的異體字，見310頁。

---

³ 和 見口部，75頁。

---

³ 秉 一 二 千 千 弖 秉 **秉**

［bǐng ㄅㄧㄥˇ ⑧ bìng² 丙］

❶拿着 ◆ 秉燭夜遊／秉筆直書。❷主持；按照 ◆ 秉公處理。

【秉公】bǐng gōng　主持公道；按照法規 ◆ 公務員一定要秉公辦事，不能徇私舞弊。

---

³ 委 見女部，109頁。

 粉身碎骨全不怕，要留青白在人間。——明‧于謙《石灰吟》詩

³季 見子部，114頁。

⁴香 見香部，459頁。

⁴秕 ノ ニ 千 禾 禾 秆 秕 〔秕〕

[bǐ ㄅㄧˇ 粵bei² 比]

不飽滿的穀粒 ◆ 秕穀 / 秕粒。

⁴秒 ノ ニ 千 禾 利 秒 〔秒〕

[miǎo ㄇㄧㄠˇ 粵miu⁵ 渺]

❶ 計算時間的單位，六十秒為一分，六十分為一小時 ◆ 秒錶 / 分秒必爭。
❷ 計算圓周角度的單位，六十秒為一分，六十分為一度。

⁴科 ノ ニ 千 禾 利 科 〔科〕

[kē ㄎㄜ 粵fo¹ 火¹]

❶ 學術或業務的類別 ◆ 文科 / 內科。
❷ 動植物的分類 ◆ 貓科 / 豆科。❸ 機關裏按工作性質分設的辦事單位 ◆ 人事科 / 財務科。
【科幻】kē huàn 科學幻想的簡稱 ◆ 青少年愛讀科幻小説。
注意 不要把"幻"錯寫成"幼"。
【科目】kē mù 按事物性質劃分的類別 ◆ 需要學習的科目很多。
【科技】kē jì 科學和技術的簡稱 ◆ 依靠科技，發展生產。
【科學】kē xué ❶ 探求事物客觀真理，反映事物客觀規律的一門知識 ◆ 哥哥喜歡自然科學，我喜歡社會科學。❷ 合乎科學的 ◆ 他的説法不科學。

⁴秋 ノ ニ 千 禾 禾 秋 秋 〔秋〕

[qiū ㄑㄧㄡ 粵tsœu¹ 抽]

❶ 一年四季中的第三季，農曆的七月至九月 ◆ 秋季 / 深秋時節。❷ 指一年的時間 ◆ 千秋萬代 / 一日不見，如隔三秋。❸ 指某一個時期 ◆ 多事之秋 / 危急存亡之秋。❹ 莊稼成熟的

時節 ◆ 麥秋。❺ "鞦"的簡化字，見450頁。
【秋高氣爽】qiū gāo qì shuǎng 秋季天空明朗清淨，氣候涼爽 ◆ 秋高氣爽正是旅遊的好季節。

⁵秦 三 声 夫 夬 麦 麦 泰 〔秦〕

[qín ㄑㄧㄣˊ 粵tsœn⁴ 巡]

❶ 朝代名：❶ 戰國七雄之一。❷ 秦始皇滅六國後，統一中國，國號為秦。❷ 姓。

⁵秫 千 禾 禾 秆 秫 秫 〔秫〕

[shú ㄕㄨˊ 粵sœt⁹ 述]

指有黏性的高粱 ◆ 秫米。

⁵秤 千 禾 禾 禾 秆 秤 秤 〔秤〕

[chèng ㄔㄥˋ 粵tsing³ 青³]

稱重量的器具 ◆ 桿秤 / 磅秤 / 一桿秤。

⁵乘 見ノ部，9頁。

⁵租 千 禾 利 和 和 租 〔租〕

[zū ㄗㄨ 粵dzou¹ 遭]

❶ 出錢借用他人的東西 ◆ 租房 / 租用。❷ 收取費用，把東西借給他人使用；把東西借給別人使用時所收取的錢或實物 ◆ 出租 / 租金 / 房租。

⁵秧 千 禾 禾 和 和 秧 〔秧〕

[yāng ㄧㄤ 粵jœng¹ 央]

❶ 植物的幼苗；特指稻苗 ◆ 秧苗 / 插秧。❷ 某些植物的莖 ◆ 豆秧 / 瓜秧。❸ 某些幼小的動物 ◆ 魚秧。

⁵秩 千 禾 禾 禾 秆 秩 〔秩〕

[zhì ㄓˋ 粵dit⁹ 迭]

次序 ◆ 秩序。

【秩序】zhì xù 有條理；有順序 ◆ 請大家遵守秩序，排隊入場。

⁵秘 同"祕"字，見307頁。

⁶秸 同"稭"字，見310頁。

⁶移 禾 秆 秒 秽 移 移 〔移〕

[yí ㄧˊ 粵jy⁴ 宜]

❶ 挪動；搬動 ◆ 移動 / 寸步難移。
❷ 改變 ◆ 移風易俗 / 堅定不移。
【移民】yí mín 遷往另一地區或國外去定居；遷移到外地或國外去定居的人 ◆ 因建造水庫，這個地區要大規模移民 / 大批移民找不到工作。
【移交】yí jiāo ❶ 把人或事物轉交給有關方面 ◆ 此案移交司法部門處理。
❷ 原經管人把工作交代給接替的人 ◆ 父親辦完移交手續就可以退休了。
【移居】yí jū 改換居住的地方 ◆ 他是從上海移居香港的。
【移動】yí dòng 挪動；變動原來的位置 ◆ 室內桌椅請不要隨意移動。
【移植】yí zhí ❶ 把培植的秧苗取種到田地裏 ◆ 移植的秧苗苗壯生長。
❷ 將身體的一部分組織或器官移到本人或另一人有缺陷的部位上 ◆ 這次腎臟移植手術做得十分成功。
【移花接木】yí huā jiē mù 原指花木的嫁接；比喻暗中耍手段，更換人或事物 ◆ 他移花接木，把自己的照片貼在他人的護照上，想蒙混過關。同偷梁換柱。
注意 "移花接木"含貶義。
【移風易俗】yí fēng yì sú 轉變舊風氣，改變舊習俗 ◆ 提倡移風易俗，把土葬變為火葬。
⊡遷移、轉移、潛移默化、愚公移山

⁷稈(秆) 禾 禾 秆 秆 秆 程 〔稈〕

[gǎn ㄍㄢˇ 粵gon² 趕]

某些植物的莖 ◆ 麥稈 / 高粱稈。

⁷程　禾 禾² 禾¹ 禾^程 程 程　程

[chéng 《ㄥ／ 粵tsin⁴ 情]

❶ 規矩；規章；法則 ◆ 章程／操作規程。❷ 事情進行的步驟、順序 ◆ 程序／日程。❸ 路途；道路的一段 ◆ 路程／行程。❹ 姓。

【程式】chéng shì 一定的格式 ◆ 公文大都有一定的程式，與一般的文章不完全一樣。⊜格式、模式。

【程序】chéng xù 事情進行的次序 ◆ 會議按原定的程序順利進行。⊜步驟。

【程度】chéng dù ❶ 知識、能力等方面所具有的水平 ◆ 兩地學生的文化程度大致相仿。❷ 事物發展所達到的地步 ◆ 想不到此事已到不可收拾的程度。

▣工程、全程、前程、起程、進程、課程、議程、里程碑

⁷稍　禾 禾² 禾¹ 禾^禾 稍 稍　稍

〈一〉[shāo ㄕㄠ 粵sau² 梢²]

❶ 略微；表示程度淺、數量少或時間短 ◆ 稍有不同／請稍等／稍有出入。

〈二〉[shào ㄕㄠ丶 粵sau² 梢²]

❷ 稍息（shào·xi）：軍事或體操的一種口令，使從立正變為休息姿態。

【稍許】shāo xǔ 表示程度不深、數量不多或時間不長 ◆ 今天稍許轉暖了一點。⊜稍微、略微。

【稍微】shāo wēi 表示程度不深、數量不多或時間不長 ◆ 請你稍微等一會兒。⊜稍許、略微。

⁷稀　禾 禾² 禾^禾 禾^禾 稀 稀　稀

[xī ㄒㄧ 粵hei¹ 希]

❶ 疏；不密；空隙大；跟“密”相對 ◆ 稀疏／地廣人稀。❷ 少有；難得 ◆ 稀有金屬／物以稀為貴。❸ 薄；不稠；水分多或濃度小；跟“稠”相對 ◆ 稀飯／空氣稀薄。

【稀少】xī shǎo 極少 ◆ 午夜時分，路上行人稀少。

【稀有】xī yǒu 很少有的；很少見的 ◆ 產於中國的大熊貓是世界稀有動物之一。⊜罕有。

【稀罕】xī·han ❶ 稀奇少見 ◆ 揚子鱷是受保護的稀罕動物。⊜稀有。❷ 認為稀奇而喜愛 ◆ 沒有人稀罕你這玩意兒。

〔注意〕“稀罕”也作“希罕”。

【稀疏】xī shū 數量少，分佈散 ◆ 人老了，頭髮稀疏了。⊜稠密。

【稀薄】xī bó 濃度小 ◆ 高原地區空氣稀薄。

⁷黍　見黍部，470頁。

⁷稅　禾 禾² 禾¹ 禾^禾 稅^禾 稅　稅

[shuì ㄕㄨㄟ丶 粵sœy³ 歲]

國家根據規定向單位或個人徵收的錢或實物 ◆ 稅收／關稅／所得稅。

▣苛捐雜稅

⁸稚　禾 禾² 禾¹ 禾^禾 稚^禾 稚　稚

[zhì ㄓ丶 粵dzi⁶ 自]

幼小 ◆ 稚氣／幼稚園。

【稚氣】zhì qì 孩子氣 ◆ 已經是中學生了，臉上總還帶着幾分稚氣。

⁸稗　禾 禾² 禾¹ 禾^稗 稗^禾 稗　稗

[bài ㄅㄞ丶 粵bai⁶ 敗]

稗子、稗草：稻田裏的雜草。

⁸稠　(稠)　禾 禾¹ 禾¹ 禾^稠 稠^禾 稠　稠

[chóu ㄔㄡ／ 粵tseu⁴ 酬]

❶ 多而密；跟“稀”相對 ◆ 稠密／稠人廣眾。❷ 濃；厚；水分少、濃度大；跟“稀”相對 ◆ 粥很稠／稠雲濃霧。

【稠密】chóu mì 多而密 ◆ 這裏原先很荒涼，現在已經發展成一個人口稠密的城鎮了。⊜稀疏。

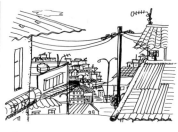

〔注意〕“稠”不讀 zhōu（周）。

⁸稟　(禀)　丶 一 宀 冖 亩 亩 亩　稟

[bǐng ㄅㄧㄥˇ 粵bɐn² 品]

❶ 領受 ◆ 稟承／稟命。❷ 對上級或長輩報告 ◆ 稟報／稟告。

⁹稭　(秸)　禾 禾² 禾¹ 禾^秸 秸^禾 秸　稭

[jiē ㄐㄧㄝ 粵git⁸ 結]

農作物脫粒後剩下的莖稈 ◆ 麥稭／豆稭。

⁹種　(种)　禾 禾² 禾¹ 禾^種 種^種 種　種

〈一〉[zhǒng ㄓㄨㄥˇ 粵dzun² 腫]

❶ 植物的種子 ◆ 稻種／花種／播種。❷ 藉以繁殖的動物 ◆ 種馬／配種。❸ 人或其他生物的族類 ◆ 種族／物種／黃種人。❹ 事物的類別 ◆ 種類／品種。❺ 量詞，表示類別 ◆ 一種觀點／兩種唱法。

〈二〉[zhòng ㄓㄨㄥ丶 粵dzun³ 眾]

❻ 把植物的種子或秧苗埋在土裏，使發育生長 ◆ 種樹／種瓜得瓜，種豆得豆。❼ 把痘苗接種在人體上 ◆ 接種／種牛痘。

【種族】zhǒng zú 人種 ◆ 我們反對種族歧視。

【種²植】zhòng zhí 把植物的種子或幼苗埋在土裏，使發育成長 ◆ 種植花草樹木，美化校園。⊜栽種。

【種類】zhǒng lèi 按事物的性質特點分出的門類 ◆ 筆的種類很多，有毛筆、鋼筆、鉛筆、圓珠筆等。

▣火種、耕種₂、栽種₂

⁹ 稱(称) 禾 禾 秆 稱 稱 稱 稱 稱

〈一〉【chēng ㄔㄥ 粵tsiŋ³ 秤】
❶ 用秤測量東西的輕重 ◆ 稱體重／稱一稱份量。
〈二〉【chēng ㄔㄥ 粵tsiŋ¹ 青】
❷ 叫；叫做 ◆ 稱呼／大家稱他小機靈。❸ 名字；名號 ◆ 名稱／稱號。❹ 說 ◆ 人人稱便／據目睹者稱。❺ 讚揚 ◆ 稱讚／稱頌。
〈三〉【chèn ㄔㄣ 粵tsiŋ³ 秤】
❻ 適合；相當 ◆ 相稱／匀稱。
【稱心】chèn xīn 符合心意 ◆ 他終於找到了一份稱心的工作。同滿意。
【稱呼】chēng hū ❶ 叫；按稱謂喊人 ◆ 對成年男子，一般多稱呼"先生"。❷ 寫信或當面招呼時用的名稱 ◆ 書信開頭先寫稱呼。
【稱號】chēng hào 授予個人或單位的榮譽名稱 ◆ 張老師榮獲"傑出人才"稱號。
【稱謂】chēng wèi 表示親屬關係或其他人際關係而使用的名稱，如父親、老師、經理等 ◆ 中國的親屬稱謂很複雜。
【稱職】chèn zhí 能夠勝任本職工作 ◆ 他是個稱職的會計師。
【稱讚】chēng zàn 肯定優點，誇獎讚揚 ◆ 老師稱讚他成績好，又樂於助人。同表揚。

【稱王稱霸】chēng wáng chēng bà 王：君主。霸：霸主，古代諸侯的首領。自稱為君主，自命為霸主。比喻憑藉勢力，橫行一方 ◆ 這裏有錢有勢的人很多，輪不到你來稱王稱霸。
【稱心如意】chèn xīn rú yì 稱：符合。完全合乎心意 ◆ 又升職，又提薪，這下你稱心如意了吧？同心滿意足。

☑稱道、稱兄道弟
☒對稱₃、號稱₂、聲稱₂、拍手稱₂快

¹⁰ 稽 禾 秆 秆 稽 稽 稽 稽

〈一〉【jī ㄐㄧ 粵kɐi¹ 溪】
❶ 查考；核查 ◆ 稽查／有案可稽。❷ 爭論；計較 ◆ 反唇相稽。❸ 停留；拖延 ◆ 稽留／稽延。
〈二〉【qǐ ㄑㄧˇ 粵kɐi² 啟】
❹ 稽首（qǐshǒu）：叩頭至地。
【稽查】jī chá ❶ 檢查走私、偷漏稅、違禁等活動 ◆ 海關人員加強了稽查工作。❷ 擔任稽查工作的人 ◆ 稅務局派出稽查五人到某公司查賬。
☒滑稽、無稽之談

¹⁰ 穀(谷) 士 圥 圥 萩 穀 穀 穀

【gǔ ㄍㄨˇ 粵guk⁷ 菊】
❶ 糧食作物的總稱 ◆ 穀物／五穀豐登。❷ 指稻子的果實 ◆ 稻穀。
【穀物】gǔ wù 穀類作物或穀類作物子實的通稱 ◆ 今年，稻、麥、玉米、高粱等穀物收成很好。

¹⁰ 稷 ´ 千 禾 秆 秆 稷 稷

【jī ㄐㄧ 粵dzik⁷ 跡】
古代稱一種穀物叫稷，大概是黍。古人把稷看作百穀之長，所以把它當穀神來奉祀 ◆ 社稷。

¹⁰ 稻 禾 禾 秆 秆 稻 稻 稻

【dào ㄉㄠˋ 粵dou⁶ 道】
糧食作物的一種，子實去殼以後即大米。有水稻、旱稻兩種 ◆ 稻穀／稻米。

¹⁰ 稿 禾 秆 秆 秆 稿 稿 稿

【gǎo ㄍㄠˇ 粵gou² 高²】
❶ 文章、圖畫的草底或沒有發表的作品 ◆ 草稿／原稿。❷ 穀類植物的莖稈。
【稿件】gǎo jiàn 報刊、出版社編輯部稱作者交來的作品 ◆ 這次徵文活動收到稿件千餘篇。同稿子。

【稿費】gǎo fèi 文章刊出或書籍出版後，出版機構付給作者的報酬 ◆ 我用第一次得到的稿費買了一本詞典。
注意 "稿費"也叫"稿酬"。
☑稿子、稿本、稿紙
☒初稿、定稿、約稿、組稿

¹⁰ 稼 禾 秆 秆 秆 稼 稼 稼

【jià ㄐㄧㄚˋ 粵ga³ 嫁】
農作物 ◆ 莊稼。

¹¹ 積(积) 禾 禾 秆 秆 稗 積 積

【jī ㄐㄧ 粵dzik⁷ 即】
❶ 聚集起來 ◆ 積聚／積少成多。❷ 長時間累積起來 ◆ 積習／積勞成疾。❸ 乘法的得數 ◆ 乘積。
【積累】jī lěi ❶ 一點一點增加；積少成多 ◆ 秦老師從教三十年，積累了豐富的教學經驗。同積聚。❷ 積累起來的東西 ◆ 這十萬元是她一生的積累。
【積極】jī jí ❶ 主動、努力求進取 ◆ 他工作積極，成績顯著。反消極。❷ 正面的；有益的 ◆ 優秀的讀物對青少年的健康成長有積極作用。反消極。
【積蓄】jī xù ❶ 積累儲存 ◆ 積蓄大量資金，準備開設公司。❷ 積存起來的東西 ◆ 他把全部積蓄捐獻給了災區。
【積壓】jī yā 長期堆積存放，未作處理或解決 ◆ 市場疲軟，商品積壓嚴重。
【積勞成疾】jī láo chéng jí 由於長期操勞過度而得了病 ◆ 積勞成疾的李木匠終於一病不起，不到五十歲就死了。
☑積存、積怨
☒容積、面積、堆積、淤積、累積、體積、日積月累、囤積居奇、處心積慮

¹¹ 穎(颖) 一 匕 幺 幺 象 穎 穎

【yǐng ㄧㄥˇ 粵wiŋ⁶ 泳】
❶ 細長物體的尖端 ◆ 脫穎而出。❷ 聰明 ◆ 聰穎。
☒新穎

¹¹穆 禾 禾 秙 种 秾 穆 穆

[mù ㄇㄨˋ ⑧ muk⁹ 目]

❶ 恭敬；莊嚴 ◆ 肅穆／靜穆。❷ 姓。

¹¹穌 (稣) ⺈ 魚 魚 魚 魽 鮇 穌

[sū ㄙㄨ ⑧ sou¹ 蘇]

昏迷後醒過來；死而復生。同"蘇"字 ◆ 穌醒／復穌。

¹¹穎

見頁部，453 頁。

¹²穗 禾 禾 稆 秵 秱 穗 穗

[suì ㄙㄨㄟˋ ⑧ sœy⁶ 睡]

❶ 稻、麥等穀類植物聚生在莖端的花和果實 ◆ 稻穗／吐穗揚花。❷ 用絲線等結紮成的像穗一樣的裝飾品，也叫"流蘇" ◆ 燈穗／旗穗。❸ 廣州市的別稱。

¹³穢 (秽) 禾 秆 秬 秽 穢 穢 穢

[huì ㄏㄨㄟˋ ⑧ wei³ 畏]

❶ 骯髒的 ◆ 污穢。❷ 醜惡的 ◆ 穢行／穢跡。

☞淫穢、自慚形穢

¹⁴穫 (获) 禾 秆 秄 秮 秮 穫

[huò ㄏㄨㄛˋ ⑧ wok⁹ 獲]

收割莊稼 ◆ 收穫。

☞不勞而穫

¹⁴穩 (稳) 禾 秆 秸 稵 稵 稳 穩

[wěn ㄨㄣˇ ⑧ wen² 溫²]

❶ 安定；不動搖 ◆ 穩定／穩固。❷ 妥當；可靠；有把握 ◆ 穩妥／十拿九穩。❸ 沉着；不浮躁 ◆ 穩重／穩紮穩打。

【穩妥】wěn tuǒ 妥當；可靠 ◆ 這辦法不夠穩妥。⑩ 妥善。

⚠ 不要把"穩"錯寫成"隱"。

【穩固】wěn gù ❶ 穩定牢固 ◆ 他在中小學打下了穩固的基礎。⑩ 牢固、堅固。❷ 使穩固 ◆ 為了穩固自己的領導地位，他做了很多工作。⑩ 鞏固。

【穩定】wěn dìng ❶ 平穩安定，沒有變動 ◆ 物價穩定。⑫ 波動。❷ 使穩定 ◆ 穩定情緒，再作打算。

【穩重】wěn zhòng 言談舉止沉着莊重，有分寸，不輕浮 ◆ 新來的那位員工說話做事很穩重，可以信賴。⑫ 輕浮、毛躁。

【穩健】wěn jiàn ❶ 穩而有力 ◆ 老先生年逾古稀，步履穩健，精神很好。❷ 穩重；不輕舉妄動 ◆ 辦事一向穩健的經理這回準備冒一次險了。

【穩如泰山】wěn rú tài shān 穩固得像泰山一樣。形容非常穩固，不可動搖 ◆ 中國隊的防守穩如泰山，對手無法攻破。

☞平穩、安穩

穴 部

⁰穴 丶 丶 宀 宀 穴

[xué ㄒㄩㄝˊ ⑧ jyt⁹ 月]

❶ 洞；動物的窩 ◆ 洞穴／巢穴／蟻穴。❷ 穴位 ◆ 點穴／太陽穴。

【穴位】xué wèi 中醫指人體上可以進行針灸的部位 ◆ 針灸醫生用銀針刺激人體相應的穴位，可以治療疾病。

⚠注意 "穴位"也叫"穴道"。

☞墓穴、不入虎穴，焉得虎子

²究 丶 丶 宀 宀 空 究 究

[jiū ㄐㄧㄡ ⑧ geu³ 救]

❶ 細心探求；徹底追查 ◆ 探究／尋根究底。❷ 到底 ◆ 終究／究竟。

【究竟】jiū jìng ❶ 結果；事情的經過 ◆ 大家都想知道這件事的究竟。❷ 用在問句，表示進一步追究 ◆ 你究竟去不去看足球賽？❸ 畢竟；到底 ◆

他究竟是個孩子，還不懂事。

☞考究、查究、研究、深究、講究

³空 丶 宀 宀 空 空 空 空

〈一〉[kōng ㄎㄨㄥ ⑧ hung¹ 兇]

❶ 裏面甚麼東西也沒有 ◆ 空瓶／目空一切。❷ 天空；空間 ◆ 晴空萬里／跨越時空。❸ 浮泛不切實際 ◆ 空想／空話連篇。❹ 白白地；沒有結果的 ◆ 空跑一趟／完全落空。

〈二〉[kòng ㄎㄨㄥˋ ⑧ hung¹ 兇]

❺ 沒有被佔用的；閒置着的 ◆ 空地／抽空。❻ 騰出、留出空來 ◆ 空出一個房間／回行時要空兩格寫。❼ 缺；虧欠 ◆ 空缺／虧空。

【空前】kōng qián 以前所沒有的 ◆ 迎接香港回歸的各種慶祝活動，真是盛況空前。

【空洞】kōng dòng ❶ 物體上的窟窿 ◆ 這個鑄件有空洞（砂眼）。❷ 説話或作文沒有內容或內容不切實 ◆ 這篇文章寫得太空洞。

【空想】kōng xiǎng 憑空設想；不切實際的想法 ◆ 這只是空想，萬萬行不通。⑩ 幻想。

【空虛】kōng xū 裏面空空的，沒有實在的東西；不充實 ◆ 他很富有，但精神很空虛，所以到處尋求刺激。

【空間】kōng jiān 物體存在和運動所佔的區域、範圍 ◆ 房間太小，沒有活動空間。

【空²閒】kòng xián ❶ 空着的時間；沒有事的時候 ◆ 最近功課很忙，一點空閒也沒有。❷ 有了空，閒暇無事 ◆ 等我空閒一點再陪你去玩，好嗎？

【空²隙】kòng xì 空着的、沒有被佔用的地方或時間 ◆ 房間裏堆滿了東西，連一點空隙也沒有。

【空曠】kōng kuàng 地方廣闊，眼前沒有建築物等 ◆ 在空曠的沙漠裏，偶而可以見到駱駝匹。

【空中樓閣】kōng zhōng lóu gé 建造在半空中的樓閣。比喻脫離現實的空想或憑空虛構的事物 ◆ 年青時有過空中樓閣式的幻想，到了中年才真正面對現實了。⊜ 海市蜃樓。

【空前絕後】kōng qián jué hòu 以前沒有過，今後也不會有。形容極其難得的、獨一無二的事 ◆ 架車飛渡黃河，恐怕是空前絕後的壯舉了。

【空頭支票】kōng tóu zhī piào 比喻不能兌現或不準備兌現的諾言 ◆ 競選時對選民的承諾，當選後成了空頭支票。

◁ 空中、空軍、空降、空氣

▷ 太空、天空、夜空、真空、赤手空拳、坐吃山空、海闊天空

³ 帘

見巾部，135頁。

³ 穹

宀 宀 宀 宀 宀 穹 穹 **穹**

[qióng ㄑㄩㄥˊ ⑧ huŋ¹ 空/guŋ¹ 公(語)]
天空 ◆ 穹蒼。

⁴ 突

宀 宀 宀 宀 穴 穿 突 **突**

[tū ㄊㄨ ⑧ det⁹ 凸]

❶ 忽然 ◆ 突然 / 突變。❷ 特出；鼓起 ◆ 突出 / 突起。❸ 衝撞；衝破 ◆ 衝突 / 突破紀錄。❹ 煙囱 ◆ 曲突徙薪。

【突出】tū chū ❶ 衝出 ◆ 戰士們浴血苦戰，突出重圍。❷ 鼓出來 ◆ 他臉部的特徵是顴骨突出。❸ 超過一般 ◆ 他因學習成績突出而受到表揚。

【突破】tū pò ❶ 衝破；打開缺口 ◆ 我軍先頭部隊已突破敵軍防線。❷ 打破；超出 ◆ 他的舉重已突破世界紀錄。

【突圍】tū wéi 衝出包圍 ◆ 尖刀連突圍成功，終於殺出一條血路。

【突然】tū rán 情況發生得急促而且出人意料 ◆ 汽車突然不受控制，撞到路旁的大樹上。

【突擊】tū jī ❶ 集中兵力急速而猛烈地攻擊敵人 ◆ 空降部隊向恐怖分子進行突擊，解救了全部人質。❷ 比喻在短期內集中力量加速完成某項工作 ◆ 為參加學校藝術節歌詠比賽，我們合唱隊突擊排練新歌。

【突如其來】tū rú qí lái 突如：突然。

形容來得突然，叫人意想不到 ◆ 這突如其來的打擊，使她痛不欲生。

【突飛猛進】tū fēi měng jìn 形容進步、發展十分迅速 ◆ 他進了中學以後學業突飛猛進。

▷ 唐突、異軍突起

⁴ 穿

宀 宀 宀 宀 穴 穿 穿 **穿**

[chuān ㄔㄨㄢ ⑧ tsyn¹ 川]

❶ 鑿孔；鑽通 ◆ 穿洞 / 穿耳。❷ 通過 ◆ 不要亂穿馬路 / 走大街穿小巷。❸ 把衣服、鞋襪等套在身上 ◆ 穿衣 / 穿鞋。❹ 透；破 ◆ 看穿 / 鞋底磨穿了。

【穿着】chuān zhuó 衣着；裝束 ◆ 中學生不要太講究穿着，還是樸素一點好。

【穿插】chuān chā ❶ 交叉着做 ◆ 老師把賞畫與賞詩穿插起來講，很受學生歡迎。❷ 插入 ◆ 歌舞晚會中穿插了兩個魔術表演。

【穿梭】chuān suō 像織布的梭子來回活動，形容來往頻繁 ◆ 高速公路上的汽車穿梭不斷。

【穿越】chuān yuè 穿過；通過 ◆ 隧道穿越海底，貫通港島和九龍。

【穿鑿附會】chuān záo fù huì 穿鑿：打穿，鑿通，借指講不通的道理強作解釋。附會：把毫無關係的事物硬扯在一起。形容生拉硬扯，強作解釋 ◆ 他這種東拉西扯、穿鑿附會的解釋無法令人信服。⊜ 牽強附會。

◁ 穿戴、穿針引線

▷ 揭穿、戳穿、水滴石穿、望眼欲穿

⁵ 窄

宀 宀 宀 穴 窄 窄 窄 **窄**

[zhǎi ㄓㄞˇ ⑧ dzak⁸ 責]

狹小；跟"寬"相對 ◆ 狹窄 / 馬路窄 / 心胸窄。

▷ 冤家路窄

⁶ 窒

宀 宀 宀 空 空 窒 窒 **窒**

[zhì ㄓˋ ⑧ dzɐt⁹ 姪]
阻塞不通 ◆ 窒塞 / 窒息。

【窒息】zhì xī 因氧氣不足或呼吸系統發生障礙而導致呼吸困難或停止呼吸 ◆ 被埋在礦井的二人，因缺氧窒息而死。

注意 "窒"不讀 shì (室)。

⁷ 窖

宀 宀 宀 宀 窄 窖 窖 **窖**

[jiào ㄐㄧㄠˋ ⑧ gau³ 教]
儲藏東西的地洞；把東西儲藏在地洞裏 ◆ 地窖 / 菜窖 / 窖甘薯。

⁷ 窗

宀 宀 宀 宀 窅 窅 窗 **窗**

[chuāng ㄔㄨㄤ ⑧ tsœŋ¹ 昌]
房屋、車、船、飛機等用來通風採光的設施 ◆ 窗戶 / 玻璃窗。

【窗戶】chuāng •hu 房屋和車、船、飛機等用來通氣採光的裝置 ◆ 打開窗戶，迎接陽光。

【窗口】chuāng kǒu ❶ 窗戶跟前 ◆ 一隻蝴蝶從窗口飛了進來。❷ 牆上開的供售票、付款、掛號等用的窗形的口子 ◆ 三號窗口發售開往北方的車票。

【窗簾】chuāng lián 掛在窗戶上的遮擋物 ◆ 窗簾不僅起遮擋作用，而且起裝飾作用。

◁ 窗台

▷ 紗窗、打開天窗說亮話

⁷ 窘

宀 宀 宀 穿 穿 窘 窘 **窘**

[jiǒng ㄐㄩㄥˇ ⑧ kwɐn⁵ 菌]

❶ 窮困 ◆ 窘困 / 窘迫。❷ 為難；難堪 ◆ 窘態 / 陷入窘境。

【窘迫】jiǒng pò ❶ 生活窮困 ◆ 他失業以後生活窘迫。❷ 處境困難 ◆ 在眾人責問下，他處於有口難辯的窘迫

境地。同尷尬。
反受窘

8 窟  穴 突 窈 窅 窟 窟 窟

[kū ㄎㄨ ⑧ fɐt⁷ 忽]
❶ 洞穴 ◆ 石窟 / 狡兔三窟。❷ 某些人聚居或匯集的地方。現多指壞人聚集的地方 ◆ 貧民窟 / 盜窟 / 賭窟。
【窟窿】kū ·long 孔；洞 ◆ 門上有個窟窿。

9 窩 (窝) 穴 突 窜 窜 窜 窩 窩 窩

[wō ㄨㄛ ⑧ wo¹ 渦]
❶ 鳥、獸、昆蟲棲息的巢穴 ◆ 鳥窩 / 雞窩 / 馬蜂窩。❷ 人棲身的地方 ◆ 賊窩 / 安樂窩。❸ 隱藏壞人或贓物、違禁物品 ◆ 窩藏 / 窩主。❹ 凹陷進去的地方 ◆ 酒窩 / 眼窩。
【窩藏】wō cáng 藏匿罪犯或贓物等 ◆ 他因窩藏贓物而犯法。
【窩囊】wō·nang ❶ 軟弱無能，膽小怕事 ◆ 你這人太窩囊，連半個"不"字也不敢説。❷ 因受委屈而心裏不痛快 ◆ 我受了一肚子窩囊氣。

9 窪 (注) 穴 突 突 窄 窪 窪 窪

[wā ㄨㄚ ⑧ wa¹ 蛙]
❶ 低凹；深陷 ◆ 窪地。❷ 低凹、深陷的地方 ◆ 水窪。

10 窮 (穷) 穴 突 窄 窮 窮 窮 窮 窮

[qióng ㄑㄩㄥˊ ⑧ kuŋ⁴]
❶ 貧困；缺少錢財；跟"富"相對 ◆ 窮困 / 貧窮。❷ 完；盡 ◆ 無窮無盡 / 層出不窮。❸ 極；徹底 ◆ 窮奢極侈 / 窮兇極惡。
【窮困】qióng kùn 生活貧窮，經濟困難 ◆ 他在晚年過的是窮困潦倒的生活。同窮苦。反富裕。
【窮苦】qióng kǔ 貧窮困苦 ◆ 他出生在一個窮苦農民的家庭裏。同窮困。反富裕。

【窮盡】qióng jìn 達到盡頭 ◆ 人的生命是有限的，而科學的發展是沒有窮盡的。
【窮兇極惡】qióng xiōng jí è 窮：極端。兇惡到了極點 ◆ 一股窮兇極惡的海盜，殺人搶劫，殘害漁民。
【窮途末路】qióng tú mò lù 窮途：絕路。末路：路的盡頭。形容到了無路可走的地步 ◆ 盟軍攻克柏林，希特勒窮途末路，以自殺結束罪惡的一生。同山窮水盡、日暮途窮。
【窮奢極慾】qióng shē jí yù 窮：極端。慾：慾望。極端奢侈，盡情享受。形容生活上揮霍無度，縱情享樂到了極點 ◆ 一些貪官污吏花天酒地，過着窮奢極慾的生活。
注意 "窮奢極慾"也作"窮奢極侈"。
【窮鄉僻壤】qióng xiāng pì rǎng 僻：偏僻。壤：土地。指荒遠偏僻的地區 ◆ 京九鐵路的通車使一些窮鄉僻壤改變了面貌。
注意 "壤"不讀 ràng（讓）。
反無窮、山窮水盡、日暮途窮、理屈詞窮、黔驢技窮

10 窯 (窑) 穴 突 窄 窄 窰 窰 窯 窯

[yáo ㄧㄠˊ ⑧ jiu⁴ 搖]
❶ 燒製磚瓦、陶瓷等的建築物 ◆ 磚窯 / 石灰窯。❷ 土法採煤時開鑿的洞 ◆ 小煤窯。❸ 在山坡上開挖修建的用做房屋的洞 ◆ 窯洞。
【窯洞】yáo dòng 在山坡上挖成的洞窟，供人居住 ◆ 他曾經住過延安的窯洞。

11 窺 (窥) 穴 突 突 窄 窺 窺 窺 窺

[kuī ㄎㄨㄟ ⑧ kwɐi¹ 規]
偷偷察看 ◆ 窺探 / 窺測。
【窺探】kuī tàn 暗中察看 ◆ 偵察人員暗中跟蹤，窺探黑社會的行動。同窺視。
【窺視】kuī shì 暗中察看 ◆ 他站在露台一角，窺視那形跡可疑的人。同窺探。

【窺測】kuī cè 暗中觀測盤算 ◆ 蛇頭四出活動，窺測方向，伺機組織偷渡。

12 窿 穴 突 突 窄 窿 窿 窿 窿

[lóng ㄌㄨㄥˊ ⑧ luŋ⁴ 龍]
窟窿。見"窟"字，本頁。

13 竄 (窜) 穴 突 突 窅 窜 窜 竄 竄

[cuàn ㄘㄨㄢˋ ⑧ tsyn³ 寸]
❶ 逃走；亂跑 ◆ 逃竄 / 流竄。❷ 修改文字 ◆ 竄改。
反上竄下跳、抱頭鼠竄

13 竅 (窍) 穴 穴 窄 窄 窄 竅 竅 竅

[qiào ㄑㄧㄠˋ ⑧ hiu³ 曉³]
❶ 孔；洞 ◆ 七竅（耳、目、口、鼻）流血。❷ 比喻事情的關鍵或解決問題的好辦法 ◆ 竅門 / 訣竅。
【竅門】qiào mén 能解決問題的好方法 ◆ 掌握竅門，事半功倍。同訣竅。
反開竅、一竅不通、鬼迷心竅

16 竈

同"灶"字，見258頁。

18 竊 (窃) 穴 突 窃 窃 窃 竊 竊 竊

[qiè ㄑㄧㄝˋ ⑧ sit⁸ 屑]
❶ 偷 ◆ 盜竊 / 行竊。❷ 暗暗地 ◆ 竊聽 / 竊笑。
【竊取】qiè qǔ 偷得；用不正當的手段得到 ◆ 他被控竊取他人研究成果。同偷竊。
【竊賊】qiè zéi 小偷 ◆ 竊賊已經抓到。
注意 "賊"右面是"戎"，不是"戒"。
【竊聽】qiè tīng 偷聽 ◆ 他躲在門外竊聽她們談話的內容。
【竊竊私語】qiè qiè sī yǔ 竊竊：形容聲音細微。私下裏小聲説話 ◆ 只見他倆在走廊盡頭竊竊私語。反高談闊論。

立部

⁰ **立** 丶 亠 亣 亣 立

[lì ㄌㄧˋ [粵] lap⁹ 臘 / lɐp⁹ 笠]

❶ 直着身子站着 ◆ 立正 / 坐立不安。❷ 豎起 ◆ 矗立 / 立竿見影。❸ 建立；設置 ◆ 立功 / 創立 / 設立。❹ 生存；存在 ◆ 自立 / 勢不兩立。❺ 馬上；即刻 ◆ 立即 / 當機立斷。

【立志】lì zhì 樹立志向 ◆ 他立志要做一位出色的醫生。

【立求】lì qiú 努力追求或謀求 ◆ 說話作文都應立求簡潔明瞭。

【立足】lì zú ❶ 站住腳，能生存下去 ◆ 沒有一技之長，是很難在社會上立足的。❷ 站在某種立場上 ◆ 我們要立足於自力更生。

【立即】lì jí 立刻；馬上 ◆ 我接到面試通知，立即前往應試。

【立刻】lì kè 馬上；一刻也不耽擱 ◆ 警方接報，立刻出動警員趕往出事地點。[同] 立即。

【立意】lì yì ❶ 打定主意 ◆ 孩子立意要考醫科大學，父母也就不得不同意了。[同] 決意、決心。❷ 確定文章所要表達的中心意思或主旨 ◆ 這篇文章立意新穎，不落俗套。

【立場】lì chǎng 觀察事物或處理問題時所處的地位和所抱的態度 ◆ 如果你站在我的立場上，也會這樣做的。

【立竿見影】lì gān jiàn yǐng 在陽光下豎起竹竿，立刻可以看到影子。比喻很快見效 ◆ 藥到病除，立竿見影。

⊳ 屹立、孤立、倒立、對立、確立、樹立、獨立、聳立、頂天立地、標新立異

⁴ **音** 見音部，451 頁。

⁵ **站** 亠 立 立 站 站 站

[zhàn ㄓㄢˋ [粵] dzam⁶ 暫]

❶ 直立；跟"坐"相對 ◆ 站立 / 站在海邊看日出。❷ 車船等交通工具臨時停靠供人貨上下的地方 ◆ 汽車站 / 火車站。❸ 為某種業務而設立的機構 ◆ 氣象站 / 觀測站。

【站台】zhàn tái 車站上供乘客上下或裝卸貨物用的高於路面的平台 ◆ 第 14 次列車停靠 3 號站台。

[注意] "站台"也叫"月台"。

【站崗】zhàn gǎng 站在崗位上，執行守衛警戒任務 ◆ 這裏是軍事重地，門口有人站崗。

⁶ **章** 亠 立 产 音 音 音 章

[zhāng ㄓㄤ [粵] dzœŋ¹ 張]

❶ 成篇的文字或詩文、歌曲的段落 ◆ 文章 / 章節 / 第二樂章。❷ 法規；條文 ◆ 章程 / 招生簡章。❸ 條理 ◆ 雜亂無章。❹ 印記；標誌 ◆ 圖章 / 紀念章。❺ 姓。

【章法】zhāng fǎ ❶ 文章的組織結構 ◆ 這是一篇章法嚴謹、內容充實的好文章。❷ 比喻辦事的規則和方法 ◆ 這場球練指揮不當，踢得毫無章法。

【章節】zhāng jié 文章的組成部分。通常一本書分為若干章，一章又分為若干節。也泛指書上一些比較大的段落 ◆ 既要通讀全書，又要抓住重點章節認真複習。

⊳ 違章、斷章取義、出口成章、順理成章

⁶ **竟** 亠 立 产 音 音 音 竟

[jìng ㄐㄧㄥˋ [粵] giŋ² 景]

❶ 終於；到底 ◆ 究竟 / 有志者事竟成。❷ 意料不到 ◆ 竟敢 / 竟會做出這樣的事來。❸ 完成 ◆ 未竟之業。

【竟然】jìng rán 表示出乎意料 ◆ 一個三歲孩子竟然能背出那麼多唐詩，真了不起。[同] 居然。

⊳ 畢竟

⁶ **翌** 見羽部，340 頁。

⁷ **童** 亠 产 音 音 音 章 童

[tóng ㄊㄨㄥˊ [粵] tuŋ⁴ 同]

小孩；未成年的人 ◆ 兒童 / 神童。

【童心】tóng xīn 兒童天真純潔的心；像兒童那樣天真純潔的心 ◆ 老作家童心大發，跟孩子們一起玩丟手絹遊戲。

【童年】tóng nián 兒童時代；幼年時代 ◆ 我的童年是在廣州度過的。

【童話】tóng huà 兒童文學的一種體裁，它運用豐富的想像、幻想和擬人、誇張等手法，編寫適合兒童閱讀的故事 ◆ 我最愛看童話故事集。

【童謠】tóng yáo 在兒童中間流行的歌謠，它形式短小，意思淺顯，語言生動活潑 ◆ 小朋友們都很喜歡這首童謠。[同] 兒歌。

⊲ 童裝、童叟(老頭)無欺、童言無忌

⊳ 牧童、頑童、返老還童

⁷ **竣** 立 立 立 竣 竣 竣 竣

[jùn ㄐㄩㄣˋ [粵] tsœn¹ 春]

完畢 ◆ 竣工 / 告竣。

【竣工】jùn gōng 工程完畢 ◆ 大橋已提前竣工。[同] 完工、落成。

⁸ **靖** 見青部，449 頁。

⁸ **意** 見心部，159 頁。

⁹ **竭** 立 竭 竭 竭 竭 竭 竭

[jié ㄐㄧㄝˊ [粵] kit⁸ 揭]

盡；用完 ◆ 竭盡全力 / 聲嘶力竭。

【竭力】jié lì 用盡全力 ◆ 媽媽竭力勸說爸爸戒煙。

【竭誠】jié chéng 誠心誠意；十分真誠 ◆ 我們的服務員將竭誠為你服務。

⊳ 枯竭、衰竭、盡心竭力、精疲力竭、取之不盡，用之不竭

竹 部

端

立 立′ 址 址 址 端 端

[duān ㄉㄨㄢ ⑧ dyn¹ 短¹]

❶ 正；正派 ◆ 端正／行為不端。❷ 事物的一頭；起頭 ◆ 筆端／開端。❸ 原因 ◆ 無端生事。❹ 方面 ◆ 變化多端／作惡多端。❺ 用手捧着東西 ◆ 端飯／端來一盆水。

【端午】duān wǔ　指農曆五月初五，是中國的傳統節日。相傳這一天古代愛國詩人屈原投汨羅江自盡。有吃糉子、賽龍舟等習俗 ◆ 每年端午節，這裏都舉行龍舟比賽。
☺圖見 23 頁。

【端正】duān zhèng　❶ 不歪斜；各部分保持均衡的狀態 ◆ 五官端正／他的字寫得很端正，很整齊。❷ 正派 ◆ 他是一個品行端正的好青年。❸ 使端正 ◆ 老師幫助同學端正學習態度。

【端莊】duān zhuāng　形容舉止、神態莊重得體 ◆ 新來的祕書小姐舉止端莊，談吐文雅。

【端詳】duān xiáng　❶ 端莊安詳 ◆ 新媳婦舉止端詳，性格溫順。❷ 詳細情況 ◆ 請你聽我細說端詳。

【端詳】duān ·xiang　打量；仔細觀察 ◆ 爺爺眼力不好，端詳了老半天才認出來客原來是他的一位學生。
☑尖端、爭端、極端、各執一端

颯

見風部，456 頁。

競 (竞)

立 立 立 吉 竞 竞

[jìng ㄐㄧㄥˋ ⑧ gin⁶ 勁⁶]

比賽；爭勝 ◆ 競賽／龍舟競渡。

【競技】jìng jì　指體育競賽 ◆ 運動員的競技狀態極佳。

【競爭】jìng zhēng　跟別人爭奪優勝 ◆ 經過激烈競爭，他終於奪得冠軍。

【競選】jìng xuǎn　候選人為爭取當選而進行活動 ◆ 夫人、朋友都參加了他的競選活動。

【競賽】jìng sài　進行比賽，爭取優勝 ◆ 我第一次參加數學競賽就得了第三名。◎比賽。

竹

ノ ト ト ゲ 竹 竹

[zhú ㄓㄨˊ ⑧ dzuk⁷ 足]

竹子，多年生常綠植物，莖直中空，有節。用途廣泛，可製作器具，也是造紙、建築材料 ◆ 竹林／竹筍。

【竹林】zhú lín　成片生長着的竹子 ◆ 竹林裏有兩位老者在打太極拳。

【竹蓆】zhú xí　用薄竹片編成的蓆子 ◆ 大熱天睡竹蓆特別涼快。
☑竹竿、竹筒、竹籃打水一場空
☑爆竹、青梅竹馬、胸有成竹、勢如破竹

竿

ノ ト ト ゲ 竺 竿 竿

[gān ㄍㄢ ⑧ gon¹ 干]

竹的主幹 ◆ 竹竿／立竿見影。
☑釣竿、揭竿而起、百尺竿頭，更進一步

竽

ノ ト ト ゲ 竺 竽 竽

[yú ㄩˊ ⑧ jy⁴ 如]

古代像笙的一種管樂器 ◆ 濫竽充數。
☺圖見 220 頁。

笑

ノ ト ト ゲ 竺 笑 笑

[xiào ㄒㄧㄠˋ ⑧ siu³ 嘯]

❶ 面部露出喜悦的表情，發出歡樂的聲音；跟 "哭" 相對 ◆ 笑容滿面／哈哈大笑。❷ 譏笑 ◆ 嘲笑／蚍蜉撼大樹，可笑不自量。

【笑料】xiào liào　被人用來取笑的資料；令人發笑的資料 ◆ 他大出洋相，被同事當作笑料傳開了。

【笑容】xiào róng　含笑的神情 ◆ 新郎新娘笑容滿面，向來賓敬酒。◎笑顏。◙愁容。

【笑話】xiào huà　❶ 使人發笑的話或被人當作笑料的事 ◆ 我初到北京時，因為語言不通鬧了許多笑話。❷ 取笑；譏笑 ◆ 學説普通話要大膽開口，不怕人家笑話。

【笑逐顏開】xiào zhú yán kāi　逐：追隨。顏：臉面。開：舒展。笑得臉面舒展開來。形容眉開眼笑，滿臉笑容，十分喜悦 ◆ 兒子在學校裏得了獎，樂得媽媽笑逐顏開。◎眉開眼笑。

【笑裏藏刀】xiào lǐ cáng dāo　形容表面和善，內心卻十分陰險毒辣 ◆ 這種人當面嘻嘻哈哈，實際上笑裏藏刀，不懷好意。
☑取笑、玩笑、發笑、微笑、哭笑不得、啼笑皆非、談笑風生、嬉皮笑臉、破涕為笑

笋

"筍" 的異體字，見 319 頁。

笆

ノ ト ト ゲ 竺 笆 笆

[bā ㄅㄚ ⑧ ba¹ 巴]

❶ 用竹子、柳條等編成的器物 ◆ 笆斗。❷ 籬笆。見 "籬" 字，323 頁。

笨

ノ ト 竺 竺 笁 笨 笨

[bèn ㄅㄣˋ ⑧ ben⁶ 奔⁶]

❶ 不聰明 ◆ 愚笨／笨拙。❷ 不靈巧 ◆ 笨嘴笨舌／笨手笨腳。

【笨重】bèn zhòng　指物體又大又重 ◆ 這木沙發太笨重，既佔地方，搬動也不便。◙輕巧。

筐

ノ ト ト 竺 竺 筐 筐

[pǒ ㄆㄛˇ ⑧ po² 頗]

見 "筐籮"。

【筐籮】pǒ ·luo　用薄竹片或柳條等編織成的器具，可以盛東西。

笛

ノ ト 竺 竺 笁 笛 笛

[dí ㄉㄧˊ ⑧ dek⁹]

❶管樂器，大都用竹製成，橫吹 ◆ 笛子 / 笛聲悠揚。❷響聲尖屬的發音器 ◆ 汽笛 / 警笛。
☺ 圖見 220 頁。

⁵ 笙 ⺮ ⺮ ⺮ ⺮ ⺮ 笙

[shēng ㄕㄥ (粵)sen¹ 生]
管樂器，用長短不同的竹管做成，用嘴吹奏 ◆ 蘆笙 / 笙獨奏。
☺ 圖見 220 頁。

⁵ 符 ⺮ ⺮ ⺮ ⺮ 符 符

[fú ㄈㄨˊ (粵)fu⁴ 扶]
❶ 記號；標記 ◆ 音符 / 標點符號。
❷ 相合；相一致 ◆ 符合 / 與事實相符。❸ 道士用來驅鬼防病的圖形 ◆ 符咒 / 護身符。
【符合】fú hé 兩者相一致 ◆ 他說的跟事實完全符合。
【符號】fú hào 記號；標記 ◆ 寫文章要正確使用標點符號。
⊠ 休止符

⁵ 笠 ⺮ ⺮ ⺮ ⺮ ⺮ 笠

[lì ㄌㄧˋ (粵)lep⁹ 粒⁹/lep⁷ 粒 (語)]
用竹或草編成的帽子或覆蓋物 ◆ 竹笠 / 斗笠 / 蓑笠。
☺ 圖見 196 頁。

⁵ 第 ⺮ ⺮ ⺮ ⺮ 第 第

[dì ㄉㄧˋ (粵)dei⁶ 弟]
❶ 表示次序 ◆ 次第 / 第一名。❷ 達官貴人的住宅 ◆ 府第 / 宅第。
⊠ 及第、門第、落第

⁵ 笤 ⺮ ⺮ ⺮ ⺮ 笤 笤

[tiáo ㄊㄧㄠˊ (粵)tiu⁴ 條]
見 "笤帚"。
【笤帚】tiáo ·zhou 掃地的工具。

⁶ 筐 ⺮ ⺮ ⺮ 筐 筐 筐

[kuāng ㄎㄨㄤ (粵)kwaŋ¹ 框/hoŋ¹ 康]

用薄竹片、荊條等編的盛東西的器具 ◆ 什筐 / 籮筐 / 一筐土。

⁶ 等 ⺮ ⺮ ⺮ ⺮ 等 等

[děng ㄉㄥˇ (粵)deŋ² 登²]
❶ 品級；級別 ◆ 等級 / 優等。❷ 相同；一樣 ◆ 相等 / 平等。❸ 等待 ◆ 等候 / 再等一會兒。❹ 表示列舉沒完 ◆ 蘋果、香蕉、梨等水果 / 紐約、倫敦、東京等國際大城市。❺ 表示列舉完了，用 "等" 收尾 ◆ 北京、天津、上海、重慶等四個直轄市 / 語文、數學、英語等三門功課成績優秀。
【等同】děng tóng 把不同的事物當做同樣的事物來看待 ◆ 這兩件事性質不同，不能等同起來。
【等次】děng cì 等級高低 ◆ 同類產品按不同等次定不同價格。⊜ 檔次。
【等於】děng yú ❶ 數量相等 ◆ 三加五等於八。❷ 相當於；跟……一樣 ◆ 說了等於白說。
【等待】děng dài 等着；盼着 ◆ 等待你的回音。⊜ 等候。
【等候】děng hòu 等待 ◆ 我在這裏等候你多時了。
【等等】děng děng 表示列舉未完 ◆ 桃、梨、香蕉、蘋果等等都是水果。
【等閒視之】děng xián shì zhī 等閒：平常。把它看得很平常。指不重視或瞧不起 ◆ 對孩子的說謊，我們不能等閒視之。
⊠ 均等、相等、對等

⁶ 策 ⺮ ⺮ ⺮ 笣 笧 第 策

[cè ㄘㄜˋ (粵)tsak⁸ 冊]
❶ 計謀；謀略；辦法 ◆ 策略 / 對策。
❷ 用馬鞭打馬；比喻督促 ◆ 鞭策 / 揚鞭策馬。❸ 古代寫字用的竹片、木片 ◆ 簡策。
(注意) "策" 下面是 "朿"，不是 "束"。
【策略】cè lüè ❶ 根據形勢發展的需要而制訂的行動方針 ◆ 商場如戰場，經商也要講策略。❷ 注意方式、方法的靈活運用 ◆ 採取這種辦法比較策略。

【策劃】cè huà 出主意，訂計劃 ◆ 這次活動是他一手策劃的。⊜ 謀劃、籌劃。
⊠ 策動
⊠ 失策、決策、政策、計策、羣策羣力、束手無策

⁶ 筋 ⺮ ⺮ ⺮ ⺮ ⺮ 筋 筋

[jīn ㄐㄧㄣ (粵)gen¹ 斤]
❶ 肌腱或附在骨頭上的韌帶 ◆ 牛蹄筋 / 傷筋動骨。❷ 可以看見的皮下靜脈血管 ◆ 青筋暴起。❸ 形狀像筋的東西 ◆ 橡皮筋。
【筋斗】jīn dǒu 跟頭 ◆ 摔筋斗 / 翻筋斗。
【筋疲力盡】jīn pí lì jìn 形容體力用盡，非常疲勞 ◆ 爸爸下班回家，總是一副筋疲力盡的樣子。
(注意) "筋疲力盡" 也作 "精疲力盡"、"精疲力竭"。

⊠ 筋骨
⊠ 抽筋、腦筋、鋼筋

⁶ 筒 ⺮ ⺮ 筒 筒 筒 筒 筒

[tǒng ㄊㄨㄥˇ (粵)tuŋ⁴ 同]
❶ 粗的竹管 ◆ 竹筒。❷ 比較粗的像管子那樣的東西 ◆ 筆筒 / 郵筒 / 袖筒。

⁶ 筏 ⺮ ⺮ ⺮ ⺮ 筏 筏 筏

[fá ㄈㄚˊ (粵)fet⁹ 伐]
簡易的水上交通工具，有用竹、木編成的，也有用整張的牛皮、羊皮充氣而成的 ◆ 竹筏 / 木筏 / 皮筏子。

⁶ 答 ⺮ ⺮ ⺮ ⺮ 笭 答 答

〈一〉[dá ㄉㄚˊ (粵)dap⁸ 搭]

❶ 回話；回答；跟 "問" 相對 ◆ 答覆／有問必答。❷ 還報 ◆ 答謝／報答。

〈二〉【dā ㄉㄚ ⑧ dap⁸ 搭】

❸ 義同❶，用於 "答應"、"答理" 等詞。

【答案】dá àn　對問題所做的解答 ◆ 這是唯一的正確答案。

【答謝】dá xiè　感謝和報答對方所給予的好處、恩惠 ◆ 我們不知道怎樣答謝老師的培育之恩才好。

【答₂應】dā yìng　❶ 應聲回答 ◆ 我在門外喊了多聲，屋裏沒人答應。❷ 同意；允許 ◆ 答應了別人的事一定要做到。

【答覆】dá fù　回答別人所提的問題或要求 ◆ 請在一週內給我一個滿意的答覆。⑩ 回音。

【答非所問】dá fēi suǒ wèn　回答的不是所問的內容 ◆ 我問的是它的產地，你說的是它的功用，真是答非所問。⑩ 牛頭不對馬嘴。

☑ 解答、報答、對答如流

筍(笋) ⺮ ⺮ ⺮ 竻 笱 筍 筍

【sǔn ㄙㄨㄣˇ ⑧ sœn² 榫】

竹子剛出土的嫩芽，可當菜吃，味道鮮美 ◆ 竹筍／冬筍。

☑ 雨後春筍

筆(笔) ⺮ ⺮ 竺 笁 笔 筆 筆

【bǐ ㄅㄧˇ ⑧ bet⁷ 畢】

❶ 寫字、畫圖的工具 ◆ 鋼筆／毛筆／畫筆。❷ 寫 ◆ 代筆／親筆。❸ 筆畫 ◆ 筆順／"凸" 字是五畫。❹ 量詞 ◆ 一筆生意／一筆糊塗賬。

【筆名】bǐ míng　作者發表作品時用的別名 ◆ 沈雁冰筆名茅盾，是現代著名的文學家。

【筆挺】bǐ tǐng　❶ 直直地站立着 ◆ 門口有兩名衛兵，筆挺地站在兩旁。❷ 指衣服燙得很平直，沒有皺褶 ◆ 他穿着一套筆挺的西裝。

【筆記】bǐ jì　聽講或閱讀時做的記錄 ◆ 要養成做讀書筆記的習慣。

【筆順】bǐ shùn　指書寫漢字的筆畫順序 ◆ 學寫漢字要掌握筆順的基本規律。

【筆畫】bǐ huà　指構成漢字的一、丨、丿、丶、乛等基本筆形 ◆ 查字典有按筆畫、部首、拼音等多種查法。

【筆跡】bǐ jì　個人寫字的字跡特點 ◆ 經過有關部門鑒定，確認這張字條是他的筆跡。

【筆誤】bǐ wù　無意中寫錯的字 ◆ 文中有幾處筆誤，已一一訂正。

☑ 筆直、筆試

☑ 文筆、伏筆、敗筆、一筆抹煞

筠 ⺮ ⺮ 竻 竻 筠 筠 筠

【yún ㄩㄣˊ ⑧ wen⁴ 雲】

竹子的青皮；借指竹子。

筷 ⺮ ⺮ 竹 筷 筷 筷 筷

【kuài ㄎㄨㄞˋ ⑧ fai³ 快】

筷子：夾菜的用具 ◆ 竹筷／碗筷。

節(节) ⺮ ⺮ 笢 笢 笢 節 節

【jié ㄐㄧㄝˊ ⑧ dzit⁸ 折】

❶ 竹子和其他植物的莖幹分枝長葉的地方 ◆ 竹節／節外生枝。❷ 動物骨骼相連接的地方 ◆ 關節／骨節。❸ 段落 ◆ 音節／章節。❹ 時令：節日 ◆ 節氣／春節。❺ 事情的情形 ◆ 細節／情節。❻ 禮儀 ◆ 禮節／不拘小節。❼ 人的操守 ◆ 氣節／節操。❽ 刪略 ◆ 節選／刪節。❾ 省減，不浪費：限制，不放縱 ◆ 節約／節制。❿ 量詞，用於分段的事物 ◆ 四節課／二十節車廂。

【節日】jié rì　❶ 傳統的慶祝或祭祀的日子 ◆ 春節期間，到處張燈結綵，喜氣洋洋，充滿節日的氣氛。❷ 紀念日 ◆ 三月八日是國際勞動婦女的節日。

☺ 圖見23頁。

【節目】jié mù　文藝演出或廣播電台、電視台播出的項目 ◆ 春節晚會的節目特別精彩／現在是新聞聯播節目時間。

【節制】jié zhì　限制或控制 ◆ 飲食要有節制，不要暴飲暴食。

【節奏】jié zòu　❶ 音樂中交替出現的有規律的強弱、長短、快慢的現象 ◆ 這支曲子節奏歡快，充滿節日喜慶的氣息。❷ 比喻有規律的工作或生活進程 ◆ 在競爭激烈的社會，生活節奏大大加快了。

【節省】jié shěng　儘量減少耗費 ◆ 生活上能節省的要儘可能節省。⑩ 節約。

【節約】jié yuē　節省 ◆ 節約開支。

【節儉】jié jiǎn　節省：不浪費財物 ◆ 他一向過着節儉的生活。

【節外生枝】jié wài shēng zhī　枝節上又生出枝杈來。比喻在原有問題之外又生出新的問題：也比喻故意設置障礙，使問題不能順利解決 ◆ 一切條件都談妥了，怎麼突然又節外生枝起來？

【節衣縮食】jié yī suō shí　節、縮：節省。省吃省穿，儘量節約 ◆ 一家人節衣縮食，為的是能讓兒子讀完大學。

☑ 節拍、節哀、節錄

☑ 季節、調節、環節、盤根錯節

箍 ⺮ ⺮ 竻 竻 笲 箍 箍

【gū ㄍㄨ ⑧ ku¹】

用薄竹片或金屬條從外面緊緊把器物捆紮起來，使不鬆散；從外面把器物緊緊捆紮起來的圈 ◆ 箍木桶／木桶上的鐵箍斷了。

筵 ⺮ ⺮ 笁 笁 笁 筵 筵

【yán ㄧㄢˊ ⑧ jin⁴ 言】

酒席 ◆ 喜筵／壽筵。

【筵席】yán xí　舉行宴會時設的座位；也指酒席 ◆ 他們在豪華酒店大擺筵席，為老人祝壽。⑩ 宴席。

箕 ⺮ ⺮ 笪 笪 笪 箕 箕

【jī ㄐㄧ ⑧ gei¹ 基】

用薄竹片或柳條、鐵皮等製成的揚穀或清除垃圾的器具 ◆ 簸箕／畚箕。

 桃花潭水深千尺，不及汪倫送我情。——唐・李白《贈汪倫》詩

⁸ **箋**（笺）ʼ ⺮ ⺮⼂ ⺮⼂ ⺮⼂ 笺 箋 **箋**

[jiān ㄐㄧㄢ ⓟ dzin¹ 煎]

❶ 供寫信、寫便條等用的小張的紙 ◆ 信箋／便箋。❷ 古書的註釋 ◆ 箋註。

⁸ **算** ⺮ ⺮⼂ ⺮⼂ 笪 筲 算 **算**

[suàn ㄙㄨㄢ ⓟ syn³ 蒜]

❶ 計數 ◆ 心算／能寫會算。❷ 計劃；謀劃 ◆ 打算／神機妙算。❸ 當作；認為 ◆ 就算我沒有說／這種講法不能算是正確的。❹ 作罷；不再計較 ◆ 他不想去就算了／算了罷，事情都過去了。❺ 承認有效 ◆ 說話是算數的／他說的不算。

【算術】suàn shù 數學中最基礎的部分，如加、減、乘、除的四則運算等 ◆ 在小學時，他的算術成績很好。

【算數】suàn shù 承認有效 ◆ 合約上白紙黑字寫得清清楚楚，怎麼能不算數呢？

【算盤】suàn ·pan 中國傳統的一種計算工具。在一個長方形木框裏裝上橫梁、直檔和算珠；橫梁上一粒算珠代表 5，橫梁下一粒算珠代表 1，根據運算口訣進行運算 ◆ 中國的算盤歷史悠久，使用方便。

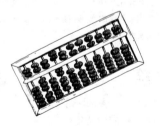

☑ 合算、珠算、核算、結算、運算、精打細算

⁸ **箏**（筝）ʼ ⺮ ⺮⼂ ⺮⼂ 笞 筝 箏 **箏**

[zhēng ㄓㄥ ⓟ dzɐŋ¹ 增]

❶ 中國民族弦樂器之一，用手彈撥發聲 ◆ 古箏／箏獨奏。❷ 風箏。

☺ 圖見 221 頁。

⁸ **管** ⺮ ⺮⼂ 竺 管 管 管 **管**

[guǎn ㄍㄨㄢˇ ⓟ gun² 館]

❶ 較長的圓筒形的東西 ◆ 竹管／血管／自來水管。❷ 管狀的吹奏樂器 ◆ 管樂／單簧管。❸ 主持；負責辦理 ◆ 主管／管理。❹ 負責供應 ◆ 管吃／管住。❺ 過問；關係 ◆ 管閒事／這不管你的事。❻ 約束 ◆ 管束／管。❼ 保證 ◆ 管保你滿意／包管你馬到成功。❽ 相當於“把” ◆ 同學們管他叫“小博士”／北京人管甘薯叫“白薯”。❾ 姓。

【管制】guǎn zhì 強制性的管理 ◆ 會場周圍實行交通管制。

【管家】guǎn jiā 替人管理家產和日常事務的人 ◆ 他是張府的老管家。

【管理】guǎn lǐ ❶ 掌管處理 ◆ 副校長負責管理全校的教學工作。❷ 保管料理 ◆ 這位圖書管理員工作很負責。❸ 看管並約束 ◆ 她負責管理青少年罪犯。

【管教】guǎn jiào 約束教導 ◆ 這孩子太貪玩，要多加管教才是。

【管轄】guǎn xiá 負責管理 ◆ 在我們的管轄範圍內，治安情況良好。

☑ 管用

☑ 看管、接管、儘管、總管、雙管齊下

⁹ **箱** ⺮ ⺮⼂ 笱 箱 箱 箱 **箱**

[xiāng ㄒㄧㄤ ⓟ sœŋ¹ 商]

❶ 收藏衣物的方形用具 ◆ 箱子／皮箱。❷ 像箱子的東西 ◆ 冰箱／信箱。

☑ 翻箱倒櫃

⁹ **範**（范）ʼ ⺮ ⺮⼂ 笪 笪 笵 範 **範**

[fàn ㄈㄢ ⓟ fan⁶ 飯]

❶ 榜樣；標準 ◆ 典範／規範。❷ 界限 ◆ 範圍／迫其就範。❸ 限制 ◆ 防範。

【範文】fàn wén 語文教學中作為學習榜樣的文章 ◆ 這篇範文是老作家葉聖陶先生寫的。

【範例】fàn lì 可作榜樣的事例 ◆ 他奮發圖強的事跡是我們學習的範例。

【範圍】fàn wéi 區域界限；包容的方面 ◆ 開發區佔地幾百公頃，範圍很大／這件事不屬於我的工作範圍。

【範疇】fà chóu 事物劃分出的大類；範圍 ◆ 語文能力包括讀、寫、聽、說四個範疇。

☑ 示範、師範、模範

⁹ **箭** ⺮ ⺮⼂ 竺 笻 筘 箭 **箭**

[jiàn ㄐㄧㄢ ⓟ dzin³ 戰]

一種古代兵器，可以搭在弓上發射；箭現在也作為一種體育運動項目 ◆ 弓箭／一箭雙雕。

☑ 箭頭

☑ 火箭、冷箭、明槍暗箭、歸心似箭

⁹ **篇** ⺮ ⺮ 笆 笒 篇 篇 **篇**

[piān ㄆㄧㄢ ⓟ pin¹ 偏]

首尾完整的文章 ◆ 篇章／長篇小說／一篇散文。

【篇目】piān mù 書籍中篇章標題的目錄 ◆ 兩套教材篇目有許多不同。

【篇章】piān zhāng 整篇和其中的章節；泛指文章 ◆ 作文時要先列提綱，安排好篇章結構。

【篇幅】piān ·fu ❶ 文章的長短 ◆ 這篇文章篇幅過長，請刪改到三千字。❷ 報刊等的版面或所能容納的字數 ◆ 用整版篇幅刊登廣告／本刊因篇幅有限，來稿請不要超過五千字。

☑ 詩篇、千篇一律、長篇大論

⁹ **篆** ⺮ ⺮⼂ 笪 笪 笋 篆 **篆**

[zhuàn ㄓㄨㄢˋ ⓟ syn⁶ 船⁶]

漢字的一種字體，分大篆、小篆 ◆ 篆文。

☺ 圖見 205 頁。

【篆刻】zhuàn kè 刻印章。印章字體多用篆文，先寫後刻，所以稱篆刻 ◆ 學校裏有書法、篆刻、繪畫等課外活動小組。

¹⁰ **篤**（笃）ʼ ⺮ ⺮⼂ 笞 管 筐 篤 **篤**

[dǔ ㄉㄨˇ ⓟ duk⁷ 督]

❶ 忠厚誠實；一心一意 ◆ 篤實 / 篤學。**❷** 病重 ◆ 病篤。

---

¹⁰ **篝**　⺮ ⺮ 竺 笁 笁 篝 篝　**篝**

[gōu ㄍㄡ 粵keu¹ 溝]

❶ 竹籠。**❷** 見 "篝火"。

【篝火】gōu huǒ　原指用竹籠罩着的火。現指在野外燃起的火堆 ◆ 大家圍着篝火，跳起了民族舞蹈。

---

¹⁰ **築**（筑）　⺮ 笁 笁 筑 築 築　**築**

[zhù ㄓㄨˋ 粵dzuk⁷ 竹]

建造；修建 ◆ 築路 / 修築 / 構築防禦工事。

---

¹⁰ **篡**　⺮ 笽 笽 篁 篁 篡　**篡**

[cuàn ㄘㄨㄢˋ 粵san³ 散]

奪取；用不正當的手段奪取權力或地位 ◆ 篡奪 / 篡位。

【篡位】cuàn wèi　古代臣子奪取王位 ◆ 西漢末年，王莽篡位。

【篡改】cuàn gǎi　故意改動原文或歪曲原意 ◆ 他們篡改原文，歪曲原意，有其不可告人的目的。

（注意）"篡" 不讀 zuàn（鑽），下面是 "厶"，不是 "糸"。

【篡奪】cuàn duó　用陰謀手段奪取 ◆ 軍方乘局勢混亂之機，篡奪了國家領導權。

---

¹⁰ **篩**（筛）　⺮ ⺮ ⺮ 笆 笚 笚　**篩**

[shāi ㄕㄞ 粵sɐi¹ 西]

❶ 篩子，用薄竹片、鐵絲等做成的有孔眼的器具，可以漏下細的，留下較粗的。**❷** 用篩子過東西 ◆ 篩米 / 篩沙子。**❸** 斟酒 ◆ 篩酒。

【篩選】shāi xuǎn　**❶** 用篩子分選東西 ◆ 篩選稻種。**❷** 經過不斷淘汰，從中挑選 ◆ 這十位空中小姐是從幾百名應徵者中篩選出來的。

（注意）"篩" 不讀 shī（師）。

---

¹⁰ **簑**　同 "蓑" 字，見 369 頁。

---

¹⁰ **篙**　⺮ ⺮ 竺 笚 笠 篙 篙　**篙**

[gāo ㄍㄠ 粵gou¹ 高]

撐船用的竹竿或木竿 ◆ 竹篙。

---

¹¹ **簌**　⺮ 竺 笌 笋 笋 簌　**簌**

[sù ㄙㄨˋ 粵suk⁷ 叔]

見 "簌簌"。

【簌簌】sù sù　**❶** 象聲詞，形容風吹樹葉等發出的細碎聲音 ◆ 樹葉簌簌作響。**❷** 形容眼淚紛紛落下的樣子 ◆ 淚珠簌簌地掉了下來。

---

¹¹ **簍**（篓）　⺮ 笁 笓 笓 簍 簍　**簍**

[lǒu ㄌㄡˇ 粵leu⁵ 柳]

用竹片、荊條或鐵絲等編成的盛東西的器具 ◆ 竹簍 / 背簍 / 字紙簍。

---

¹¹ **篷**　⺮ 笅 笆 笎 箬 篷　**篷**

[péng ㄆㄥˊ 粵puŋ⁴ 蓬]

❶ 用竹片、葦蓆、帆布等製成的用來遮陽、擋風雨的設備 ◆ 帳篷 / 車篷。**❷** 指船帆 ◆ 扯起篷來。

---

¹¹ **簇**　⺮ 竺 竺 笍 笍 簇　**簇**

[cù ㄘㄨˋ 粵tsuk⁷ 促]

❶ 聚集；聚成一團 ◆ 簇擁 / 花圍錦簇。**❷** 量詞 ◆ 一簇鮮花。

【簇新】cù xīn　極新 ◆ 他今天穿了一套簇新的西裝，風度不凡。（同）嶄新。

（注意）"簇新" 多用來形容衣服。"簇" 不讀 zú（族）。

【簇擁】cù yōng　許多人緊緊地圍着 ◆ 同學們簇擁着這位世界冠軍，要求簽名留念。

---

¹² **簧**（簧）　⺮ 笁 笙 箐 簧 簧　**簧**

[huáng ㄏㄨㄤˊ 粵wɔŋ⁴ 黃]

❶ 樂器裏振動發聲的薄片 ◆ 巧舌如簧。**❷** 器物上有彈力的機件 ◆ 彈簧 / 鎖簧。

---

¹² **簪**　⺮ 笁 笙 笒 笒 簪　**簪**

[zān ㄗㄢ 粵dzam¹ 站¹]

❶ 簪子，別住髮結的首飾 ◆ 玉簪。**❷** 插戴 ◆ 簪花。

---

¹² **簞**（箪）　⺮ 笞 笝 箪 箪 簞　**簞**

[dān ㄉㄢ 粵dan¹ 丹]

古代盛飯用的圓形竹器 ◆ 簞食壺漿。

【簞食壺漿】dān sì hú jiāng　簞：古代盛飯用的圓形竹器。食：飯食。漿：古代的一種帶酸味的飲料，用來代酒。用簞盛飯食，用壺盛酒漿。指百姓熱烈歡迎他們所愛戴的軍隊；形容軍隊受到熱烈歡迎的情景 ◆ 電影重現了羣眾簞食壺漿歡迎軍隊進城的熱烈情景。

（注意）"食" 不讀 shí（蝕）。

---

¹² **簡**（简）　⺮ 笫 笧 笧 簡 簡　**簡**

[jiǎn ㄐㄧㄢˇ 粵gan² 柬]

❶ 不複雜；不煩瑣 ◆ 簡單 / 簡便。**❷** 書信；信件 ◆ 書簡。**❸** 古代用寫字的竹片、木片 ◆ 竹簡。**❹** 姓。

【簡直】jiǎn zhí　強調完全如此或差不多如此 ◆ 他簡直像個瘋子！

（注意）"簡直" 含誇張語氣。

【簡化】jiǎn huà　把複雜的變成簡單的 ◆ 簡化字 / 簡化手續，提高效率。

【簡易】jiǎn yì　簡單而容易 ◆ 這是一種簡易的解題方法，一學就會。（同）簡便。（反）繁複。

【簡要】jiǎn yào　簡單扼要 ◆ 校長向來賓簡要介紹了學校的情況。（反）囉嗦。

【簡便】jiǎn biàn　簡單方便 ◆ 操作簡便。（反）麻煩。

【簡陋】jiǎn lòu　簡單粗劣 ◆ 這是一家老廠，設備簡陋、陳舊。

（注意）"簡陋" 多用來形容房屋或設備等。

【簡略】jiǎn lüè　指內容簡單；不詳細 ◆ 答案過於簡略，不能給滿分。

【簡單】jiǎn dān　單純的；程序、頭緒少；容易理解或掌握的 ◆ 手續簡單 / 故事情節簡單。（反）複雜。

【簡稱】jiǎn chēng　**❶** 複雜名稱的簡

化形式。如“特區”是“特別行政區”的簡稱；“人代會”是“人民代表大會”的簡稱。❷ 簡單地稱呼 ◆“特別行政區”簡稱“特區”。

【簡練】jiǎn liàn　簡要精練，沒有多餘的詞句 ◆ 雖是學生作文，倒寫得簡練。[同] 精練。

【簡潔】jiǎn jié　指説話、寫文章簡明扼要，沒有廢話 ◆ 他説話簡潔，辦事幹練，從不拖泥帶水。[反] 囉嗦。

【簡樸】jiǎn pǔ　簡單樸素 ◆ 他生活簡樸，從不貪圖享受。

◁ 簡明、簡短

▷ 精簡、言簡意賅、因陋就簡

13 簸

〈一〉[bò ㄅㄛˋ [粵] bɔ^3 播]

❶ 見“簸箕”。

〈二〉[bǒ ㄅㄛˇ [粵] bɔ^2 跛]

❷ 用簸箕上下顛，揚去塵土等雜物 ◆ 簸穀。❸ 搖動；搖盪 ◆ 顛簸。

【簸箕】bò·ji　用竹片、柳條、鐵皮等製成的揚穀或清除垃圾的器具。

13 簽（签）

[qiān ㄑㄧㄢ [粵] tsim^1 籤]

❶ 寫上代表姓名的符號 ◆ 簽名 / 簽署。❷ 簡要地寫出意見 ◆ 簽注。❸“籤”的簡化字，見 323 頁。

【簽到】qiān dào　參加會議等活動時在本子上簽上姓名，表示到達 ◆ 請與會者簽到後領取文件。

【簽訂】qiān dìng　在訂立的條約或合同上簽字，表示負責並開始生效 ◆ 兩國政府簽訂了友好互助協定。

【簽署】qiān shǔ　領導人在正式文件上簽字，表示鄭重與負責 ◆ 兩國首腦簽署了聯合公報。

◁ 簽約、簽收、簽證

13 簷（檐）

[yán ㄧㄢˊ [粵] jim^4 嚴]

❶ 屋頂邊沿伸出的部分 ◆ 屋簷 / 廊簷。❷ 某些器上像屋簷的部分 ◆ 帽簷。

▷ 飛簷走壁

13 簾（帘）

[lián ㄌㄧㄢˊ [粵] lim^4 廉]

用布、竹片等做成用來遮擋門窗的用具 ◆ 門簾 / 窗簾。

13 簿

[bù ㄅㄨˋ [粵] bou^6 步]

本子 ◆ 賬簿 / 練習簿。

[注意] 不要把“簿”錯寫成“薄”。

14 籍

[jí ㄐㄧˊ [粵] dzik^9 直]

❶ 書 ◆ 書籍 / 古籍。❷ 登記的名冊 ◆ 户籍 / 名籍。❸ 出生地或長久居住的地方 ◆ 籍貫 / 原籍。❹ 個人對國家或組織的隸屬關係 ◆ 國籍 / 學籍。

【籍貫】jí guàn　一個人的祖居或出生的地方 ◆ 他的籍貫是浙江省寧波市。

[注意] 不要把“籍”錯寫成“藉”。

14 籌（筹）

[chóu ㄔㄡˊ [粵] tsɐu^4 酬]

❶ 計數的工具 ◆ 籌碼。❷ 謀劃 ◆ 籌劃 / 統籌。❸ 計策；辦法 ◆ 一籌莫展。

【籌建】chóu jiàn　計劃建造 ◆ 學校正在籌建一所大禮堂。

【籌備】chóu bèi　事先計劃和準備 ◆ 校慶的籌備工作已經完成。

【籌集】chóu jí　設法收集 ◆ 學校已經籌集到一筆資金，用來改善辦學條件。[同] 籌募。

【籌劃】chóu huà　想辦法；訂計劃 ◆ 我們正在籌劃成立海外營業部。

【籌辦】chóu bàn　計劃舉辦 ◆ 中小學生書法美術作品展覽會由我校籌辦。

◁ 籌款

▷ 運籌帷幄

14 籃（篮）

[lán ㄌㄢˊ [粵] lam^4 藍]

❶ 用薄竹片、藤條等編成的盛器，上面有提梁 ◆ 花籃 / 竹籃。❷ 籃球架上供投球用的帶網鐵圈 ◆ 籃框 / 投籃。

【籃球】lán qiú　❶ 球類運動項目之一。以把球投入對方籃圈計算得分，以得分多少定勝負 ◆ 這是一支名震全國的籃球勁旅。❷ 籃球運動使用的球。

14 纂

見糸部，335 頁。

14 簫（箫）

[xiāo ㄒㄧㄠ [粵] siu^1 消]

管樂器，用一根竹管製成，直着吹，叫“洞簫”；用數根竹管排在一起的，叫“排簫”。

✿ 圖見 220 頁。

16 籟（籁）

[lài ㄌㄞˋ [粵] lai^6 賴]

從孔穴裏發出的聲音；泛指自然界的聲音 ◆ 萬籟俱寂。

16 籠（笼）

〈一〉[lóng ㄌㄨㄥˊ [粵] luŋ^4 龍]

❶ 用薄竹片、木條、金屬條等編成的器具，用來關養動物或盛放東西 ◆ 鳥籠 / 鐵籠。❷ 把手放在袖筒裏 ◆ 籠着手。

〈二〉[lǒng ㄌㄨㄥˇ [粵] luŋ^4 龍]

❸ 遮蓋；罩住 ◆ 籠罩。

〈三〉[lǒng ㄌㄨㄥˇ [粵] luŋ^5 壟]

❹ 比較大的箱子 ◆ 箱籠。

【籠$_2$絡】lǒng luò　用手段拉攏人 ◆ 他用小恩小惠籠絡人心。

【籠$_2$罩】lǒng zhào　像籠子那樣罩在上面 ◆ 烏雲籠罩着大地。

【籠$_3$統】lǒng tǒng　含糊不清；不具體，不明確 ◆ 敍事過於籠統，缺乏情節描寫。[反] 具體。

◁ 籠子

▣ 牢籠、蒸籠、燈籠

17 籤（签）� 竺 竺 竺 簽 簽 簽 **籤**
[qiān ㄑㄧㄢ 粵 tsim¹ 簽]
❶ 某些作標誌用的東西 ◆ 標籤／書籤。❷ 某些一兩頭尖的細短棍或扁狀的東西 ◆ 牙籤／竹籤。

19 籮（箩）ᵧ 竺 竺 笊 籓 籓 籮 **籮**
[luó ㄌㄨㄛˊ 粵 lɔ⁴ 羅]
用竹子編的盛器，方底圓口 ◆ 籮筐。

19 籬（篱）ᵧ 竺 竺 笊 篃 篃 籬 **籬**
[lí ㄌㄧˊ 粵 lei⁴ 離]
籬笆：用竹子、樹枝等編成的遮攔物 ◆ 竹籬笆／一個籬笆三個樁，一個好漢三個幫。

26 籲（吁）ᵧ 欠 欠 笊 篃 篃 **籲**
[yù ㄩˋ 粵 jy⁶ 預]
為某種要求而呼喊 ◆ 呼籲／籲請。

米 部

0 米 丶 丷 丷 半 米 米 **米**
[mǐ ㄇㄧˇ 粵 mɐi⁵ 迷⁵]
❶ 穀物去殼後的種子 ◆ 小米／高粱米／花生米。❷ 特指稻穀去殼後的子粒 ◆ 大米／糯米。❸ 長度單位，一米為一百厘米，等於三市尺。
▣ 生米煮成熟飯、巧婦難為無米之炊

3 籽 丶 丷 丷 半 半 籽 籽 **籽**
[zǐ ㄗˇ 粵 dzi² 子]
植物的種子 ◆ 棉籽／花籽／油菜籽。
【籽實】zǐ shí 稻、麥、高粱等農作物穗上的種子 ◆ 大豆等豆類作物豆莢內的

豆粒 ◆ 稻穗沉甸甸，籽實很飽滿。
注意 "籽實"也叫"子實"、"子粒"。

4 粉 丶 丷 半 半 籿 籿 粉 **粉**
[fěn ㄈㄣˇ 粵 fɐn² 忿]
❶ 細末 ◆ 粉末／麵粉。❷ 粉狀化妝品 ◆ 脂粉／塗脂抹粉。❸ 某些澱粉製成的食品 ◆ 粉絲／涼粉。❹ 用石灰等塗料刷牆壁 ◆ 粉刷一新。❺ 淺色；帶白色的 ◆ 粉紅。❻ 使破碎 ◆ 粉身碎骨。
【粉末】fěn mò 極細小的碎末 ◆ 把胡椒子粒磨成粉末，便成胡椒粉，可作調味品。
【粉刷】fěn shuā 用石灰等塗料塗刷牆壁 ◆ 客廳與臥室已經粉刷一新。
【粉碎】fěn suì ❶ 破碎得像粉末似的。形容破損嚴重 ◆ 一不小心，花瓶被打得粉碎。❷ 比喻使徹底失敗或遭到毀滅 ◆ 我軍粉碎了敵人的多次進攻。
【粉身碎骨】fěn shēn suì gǔ 身體粉碎。多用來指為了達到某種目的而不惜犧牲生命 ◆ 為了保衛國家，即使粉身碎骨，也在所不惜。
【粉墨登場】fěn mò dēng chǎng 粉墨：指化妝。化好妝登台表演。也比喻壞人喬妝打扮一番，登上政治舞台 ◆ 八十高齡的老藝人今天也要粉墨登場／在時局動盪之際，一些政客又粉墨登場了。
▣ 油頭粉面

5 粗 丶 丷 半 半 籿 籵 粗 **粗**
[cū ㄘㄨ 粵 tsou¹ 操]
❶ 顆粒較大的；直徑較大的；跟"細"相對 ◆ 粗沙／粗鐵絲。❷ 東西不精緻；毛糙 ◆ 粗糙／粗布。❸ 不周密；馬虎 ◆ 粗心／粗疏。❹ 大致；略微 ◆ 粗具規模／粗略估計。❺ 魯莽；不文雅的 ◆ 粗魯／粗野。❻ 聲音大而低沉 ◆ 粗嗓子／粗聲粗氣。
【粗心】cū xīn 疏忽；不仔細 ◆ 你太粗心了，老把鑰匙鎖在家裏。反 細心。
【粗壯】cū zhuàng 身軀魁梧健壯；物體粗大結實 ◆ 那個身材粗壯的青年是

舉重運動員。
【粗俗】cū sú 粗野庸俗；不文雅 ◆ 這個人說話粗俗，粗乏教養。同 粗魯、庸俗。反 文雅、高雅。
【粗淺】cū qiǎn ❶ 淺顯易懂；不深奧 ◆ 像這樣粗淺的道理你都不明白？反 深奧。❷ 淺薄；不深刻 ◆ 我這些粗淺的看法，僅供參考。反 深刻。
【粗野】cū yě 粗魯野蠻；不文明，沒禮貌 ◆ 這個球員向來粗作粗野，常被罰紅牌離場。同 粗暴、粗魯。反 文明。
【粗暴】cū bào 粗野暴躁 ◆ 你怎麼能又罵又打，如此粗暴地對待你的太太呢？同 粗魯。反 溫和。
【粗魯】cū lǔ 粗糙魯莽 ◆ 他性格粗魯，脾氣暴躁。反 文雅、文明。
【粗糙】cū cāo ❶ 質地不精緻；表面不光滑 ◆ 這些瓷器太粗糙／常年幹粗活髒活，手上皮膚很粗糙。反 精緻、光滑。❷ 馬虎草率；不細緻 ◆ 他工作粗糙，經常出錯。反 細緻。
注意 "糙"不讀 zào（造）。
【粗枝大葉】cū zhī dà yè 形容做事馬虎潦草，不認真，不細緻 ◆ 做這種精密儀器，不能粗枝大葉。
【粗茶淡飯】cū chá dàn fàn 指簡單的飯菜；形容生活清苦 ◆ 他常年過着粗茶淡飯的生活。
【粗製濫造】cū zhì làn zào 指製作馬虎草率，只求數量，不顧質量 ◆ 這些粗製濫造的冒牌貨，使消費者深受其害。反 精雕細作。
◁ 粗劣、粗陋、粗眉大眼

5 粕 丶 丷 半 半 籿 籵 粕 **粕**
[pò ㄆㄛˋ 粵 pɔk⁸ 撲]
糟粕。見"糟"字，325頁。

5 粘 同"黏"字，見470頁。

5 粒 丶 丷 半 半 籿 籵 粒 **粒**
[lì ㄌㄧˋ 粵 nɐp⁷ 凹／lɐp⁷ 笠⁷]
❶ 細小、圓珠形的東西 ◆ 米粒／沙

粒。❷ 量詞,用於顆粒狀的東西 ◆ 一
粒豆 / 一粒子彈。

6 粟 一 ㄇ 西 西 覀 粟 覀

[sù ㄙㄨˋ 粵suk⁷ 叔]

一種穀物,俗稱穀子,去殼後叫小米;
古代泛指糧食 ◆ 滄海一粟。

(注意)「粟」下面是「米」,不要錯寫成「木」。

6 粧 「妝」的異體字,見 109 頁。

6 粥 弓 弜 弨 羿 羿 粥 粥

[zhōu ㄓㄡ 粵dzuk⁷ 祝]

稀飯 ◆ 喝粥 / 雞粥。

7 粳 米 米 粐 粐 粳 粳 粳

[jīng ㄐㄧㄥ 粵gɐŋ¹ 庚]

粳稻:水稻的一種,籽實叫粳米,有黏
性。

7 粵 (粤) ㄅ ㄅ 向 血 血 粵

[yuè ㄩㄝˋ 粵jyt⁹ 月]

廣東省的別稱 ◆ 粵語。

7 粱 氵 汀 汈 汈 沙 粱 粱

[liáng ㄌㄧㄤˊ 粵lœŋ⁴ 良]

高粱:糧食作物,子實可以食用,也可
以釀酒。

(注意)「粱」下面是「米」,不要錯寫成「木」。

🔄 黃粱美夢

8 精 米 米 米 料 料 精 精

[jīng ㄐㄧㄥ 粵dziŋ¹ 晶/dzɛŋ¹ (語)]

❶ 經過加工提煉,品質純淨的東西 ◆
精鹽 / 香精。❷ 生物的雄性生殖物
質 ◆ 精子 / 受精。❸ 完美的;最好
的 ◆ 精美 / 精華。❹ 細密的;不粗
糙 ◆ 精細 / 精緻。❺ 聰明;機靈;
能幹 ◆ 精明 / 精幹 這個人很精。
❻ 熟練掌握 ◆ 精通 / 精於此道。❼

精神;精力 ◆ 聚精會神 / 精疲力竭。
❽ 很;非常;完全 ◆ 錢輸個精光 /
衣服淋得精濕。

【精力】jīng lì 精神和體力 ◆ 年輕人
精力充沛。

【精心】jīng xīn 特別用心 ◆ 他精心
創作了一幅油畫,送給母校。🔄 悉心。

【精巧】jīng qiǎo 精緻靈巧 ◆ 這隻
精巧的小鬧鐘是媽媽買給我的生日禮
物。

【精美】jīng měi 精緻好看 ◆ 他送給
我一件精美的木雕工藝品。

【精神】jīng shén 指人的思想意識、
道德情操等 ◆ 他那不怕困難、發憤圖
強的精神,值得大家學習。

【精神】jīng·shen 有生氣,有活力 ◆
球場上,小伙子們個個精神飽滿,生
龍活虎。

【精彩】jīng cǎi 優美;出色 ◆ 觀眾
對話劇團的精彩表演報以熱烈的掌聲。
(注意)「精彩」也作「精采」。

【精通】jīng tōng 對某種學問、技術
或業務了解透徹,並熟練地掌握 ◆ 我
們的校長不僅精通英語,法語也說得
很好。

【精密】jīng mì 精確細密 ◆ 實驗室
裏有不少貴重的精密儀器。

【精細】jīng xì 精密細緻 ◆ 這件玉
雕手工精細,造型很美。🔄 精緻。
🔄 粗糙。

【精華】jīng huá 最好的部分 ◆ 第二
段的人物描寫,是文章的精華部分。
🔄 糟粕。

【精練】jīng liàn 說話或作文簡潔、扼
要,沒有多餘的詞句 ◆ 這篇文章語言
精練,淺顯易懂。🔄 簡練。

【精確】jīng què 非常準確 ◆ 統計數
字必須精確,不能有絲毫差錯。

【精緻】jīng zhì 精巧細緻 ◆ 這小小
的八音盒做得很精緻。🔄 粗糙。

【精闢】jīng pì 透徹;深刻 ◆ 老師
精闢的分析和獨到的見解,使同學們
深受教益。

【精靈】jīng líng ❶ 聰明機靈 ◆ 姐弟
倆都很精靈,討人喜歡。❷ 鬼怪 ◆
你聽過藍精靈的童話故事嗎?

【精疲力盡】jīng pí lì jìn 盡:用完。
形容體力耗盡,十分疲勞 ◆ 爬到半
山,他已累得精疲力盡了。

(注意)「精疲力盡」也作「筋疲力盡」、「精
疲力竭」。

【精益求精】jīng yì qiú jīng 精:完
美。益:更加。已經很好了,還要求做
得更好 ◆ 他是外科醫生,對醫療手
術精益求精。

🔄 精良、精簡、精明強幹

🔄 妖精、味精、酒精、無精打采、養
精蓄銳

8 粼 米 米 米 粦 粦 粼 粼

[lín ㄌㄧㄣˊ 粵lɐn⁴ 倫]

粼(粼粼):形容水清澈而泛光的樣子 ◆ 湖
水粼粼 / 波光粼粼。

8 粹 米 米 粁 粎 粎 粹 粹

[cuì ㄘㄨㄟˋ 粵sœy³ 歲]

❶ 純淨不雜 ◆ 純粹。❷ 精華 ◆ 精
粹 / 國粹。

8 粽 米 米 粐 粜 粽 粽 粽

[zòng ㄗㄨㄥˋ 粵dzuŋ³ 眾]

粽子:用竹葉或葦葉等包裹糯米而煮成
的食品 ◆ 端午節,吃粽子。

9 糉 「粽」的異體字,見 324 頁。

9 糊 米 米 料 粘 糊 糊 糊

〈一〉[hú ㄏㄨˊ 粵wu⁴ 胡]

❶ 粥類食品 ◆ 玉米糊糊。❷ 黏合;
貼 ◆ 裱糊 / 糊窗戶。❸ 食物燒焦

也寫作"煳"。◆ 飯糊了。

〈二〉[hū ㄏㄨ 粵wu⁴ 胡]

❹ 用泥、石灰等為黏的東西，把縫、洞堵上 ◆ 糊牆縫 / 用泥把洞糊上。

〈三〉[hù ㄏㄨˋ 粵wu⁴ 胡]

❺ 像粥一樣稀黏的食品或用品 ◆ 漿糊 / 芝麻糊。

【糊塗】hú·tu ❶ 頭腦不清楚；不明事理 ◆ 你好糊塗，這祕密怎麼可以告訴別人？⑮ 精明。❷ 模模糊糊看不清 ◆ 近視眼不戴眼鏡，眼前一片糊塗。⑮ 清晰。❸ 混亂不清 ◆ 一筆糊塗賬。

⚎ 糊裏糊塗

⚏ 含糊、迷糊、模糊

¹⁰ **糖** 米 扩 扩 扩 扩 扩 糖　糖

[táng ㄊㄤˊ 粵tɔŋ⁴ 唐]

❶ 從甘蔗、甜菜、大麥等提煉出來的有甜味的食品 ◆ 白糖 / 麥芽糖。❷ 指糖果 ◆ 奶糖 / 水果糖 / 薄荷糖。

¹⁰ **糕** 米 米ˊ 米ˊ 米" 米" 料 糕　糕

[gāo ㄍㄠ 粵gou¹ 高]

用麵粉或米粉為主要原料做成的食品 ◆ 年糕 / 蛋糕 / 糕餅。

【糕點】gāo diǎn　糕餅點心的統稱 ◆ 這家做的糕點很有特色。

⚎ 糟糕

¹¹ **糟** 米 米ˊ 米ˊ 料 糟 糟　糟

[zāo ㄗㄠ 粵dzou¹ 遭]

❶ 釀酒剩下的渣子 ◆ 酒糟。❷ 比喻沒有價值的東西 ◆ 糟粕。❸ 用酒或酒糟醃製食品 ◆ 糟肉 / 糟魚。❹ 腐爛 ◆ 桌子腿糟了 / 木頭椽子糟了。❺ 指事情辦壞、情況不好 ◆ 成績糟透了 / 這件事給弄糟了。

【糟粕】zāo pò　酒糟。比喻沒有價值的東西 ◆ 中國古典文學中有精華，也有糟粕。

【糟糕】zāo gāo　形容情況不好 ◆ 這次考試，他的語文成績很糟糕。

【糟蹋】zāo tà　❶ 浪費或損壞 ◆ 你們不該這樣糟蹋糧食。❷ 侮辱；摧殘傷害 ◆ 那個糟蹋婦女的暴徒終於受到法律的嚴懲。

⚠ "糟蹋"也作"糟踏"。

⚎ 亂糟糟、亂七八糟

¹¹ **糞** (糞) 米 畨 畨 畨 畨 畫　糞

[fèn ㄈㄣˋ 粵fen³ 訓]

排泄物，俗稱"屎"、"大便" ◆ 糞便。

¹¹ **糙** 米 米‖ 粘 糙 糙 糙　糙

[cāo ㄘㄠ 粵tsou³ 燥]

不細緻；不光滑 ◆ 粗糙 / 毛糙。

¹¹ **糜** 广 广 广 庐 庐 庭 糜　糜

[mí ㄇㄧˊ 粵mei⁴ 眉]

❶ 粥。❷ 爛 ◆ 糜爛。❸ 浪費 ◆ 糜費。

【糜爛】mí làn　腐爛；腐敗 ◆ 這些貪污腐化分子揮金如土，生活糜爛。

⚠ 不要把"糜"錯寫成"靡"。

¹¹ **糠** 米 米‖ 糜 糜 糜 糖 糠　糠

[kāng ㄎㄤ 粵hɔŋ¹ 康]

從稻米、麥子等子實上脫下來的皮或殼 ◆ 米糠 / 吃糠嚥菜。

¹² **糧** (粮) 米 料ˉ 料 糧 糧 糧　糧

[liáng ㄌㄧㄤˊ 粵lœŋ⁴ 良]

穀類、豆類、薯類等食物的總稱 ◆ 糧食 / 五穀雜糧。

¹⁴ **糯** 米 米ˊ 粘 糯 糯 糯　糯

[nuò ㄋㄨㄛˋ 粵no⁶ 懦]

有黏性的稻米或其他農作物 ◆ 糯稻 / 糯米。

糸部

¹ **糸** ' ' ' ' ' ' ' ' 糸 糸　糸

[xì ㄒㄧˋ 粵hei⁶ 係]

❶ 有聯屬關係的 ◆ 系統 / 直系親屬。❷ 高等學校按專業設置的教學行政單位 ◆ 中文系 / 物理系。❸ "係"的簡化字，見 27 頁。❹ "繫"的簡化字，見 335 頁。

【系列】xì liè　相互關聯而成組成套的事物 ◆ 這是一套有關中國古代文化的系列叢書。

【系統】xì tǒng　❶ 同類事物按內部聯繫組成的整體。如鼻、氣管、肺組成人的呼吸系統，口、食管、胃、腸組成人的消化系統 ◆ 胃潰瘍是消化系統的疾病。❷ 完整而有條理的 ◆ 考試前要系統複習各門功課。

⚎ 世系、派系

² **糾** (纠) ' ' ' ' ' 糸 糾　糾

[jiū ㄐㄧㄡ 粵geu² 九]

❶ 纏繞 ◆ 糾纏 / 糾紛。❷ 改正 ◆ 糾正 / 有錯必糾。❸ 聚集；集合 ◆ 糾集 / 糾合。❹ 督察 ◆ 糾察隊。

【糾正】jiū zhèng　改正 ◆ 工作中如發現錯誤應儘快糾正。

【糾紛】jiū fēn　爭執不下的事情 ◆ 他不願捲入這複雜的人事糾紛中去。

【糾集】jiū jí　聚集；聯合 ◆ 這批歹徒糾集在一起，到處胡作非為。⑮ 糾合。

⚠ "糾集"含貶義。

【糾纏】jiū chán　❶ 牽連在一起 ◆ 不要把公事與私事糾纏在一起。❷ 找麻煩 ◆ 我跟你已經沒有甚麼關係了，請你不要再來糾纏我。

³ **紅** (红) ' ' ' ' 糸 紅 紅　紅

[hóng ㄏㄨㄥˊ 粵huŋ⁴ 洪]

❶ 像鮮血一樣的顏色 ◆ **紅花 / 桃紅柳綠**。❷ 象徵喜慶、光榮或成功 ◆ **紅榜 / 開門紅 / 紅白喜事**。❸ 受到寵愛、重視 ◆ **紅歌星 / 大紅人 / 他越來越走紅**。❹ 盈利 ◆ **紅利 / 分紅**。

【紅人】hóng rén　得寵或名氣很響的人 ◆ **你是公司的大紅人，我可得罪不起 / 他被評為全國傑出青年，頓時成了紅人**。

【紅包】hóng bāo　裏面有錢的紅紙包 ◆ **春節回鄉下，我得了不少紅包**。

(注意) "紅包"也叫"封包"或"紅封包"。

【紅潤】hóng rùn　形容皮膚滋潤，白裏透紅有光澤 ◆ **孩子臉色紅潤，十分可愛**。

⊠ 紅葉、紅彤彤、紅綠燈

⊠ 火紅、通紅、鮮紅、面紅耳赤、青紅皂白、燈紅酒綠、萬紫千紅

3 **約**（约）　約

[yuē ㄩㄝ ㊎ jœk⁸ 若⁸]

❶ 管束；限制 ◆ **約束 / 制約**。❷ 事先說定 ◆ **約會 / 預約**。❸ 共同議定的應遵守的條文 ◆ **條約 / 違約**。❹ 邀請 ◆ **約請 / 特約**。❺ 節省 ◆ **節約 / 儉約**。❻ 大概 ◆ **約計 / 大約**。❼ 模糊；不很清楚 ◆ **隱約**。

【約束】yuē shù　限制或受到限制 ◆ **凡事不能太任性，要注意約束自己**。

【約莫】yuē ·mo　大概估計 ◆ **我在車站等了約莫十來分鐘，他就來了**。㊂ 大約、大概。

(注意) "約莫"也作"約摸"。

【約會】yuē huì　預先約定的聚會 ◆ **今天下午幾位老校友有個約會**。

【約定俗成】yuē dìng sú chéng　約定：共同認定。俗成：習慣上一直沿用。指事物的名稱或社會習俗是人們在長期的生活中共同認定或形成的 ◆ **語言是約定俗成的產物**。

⊠ 約法三章

⊠ 公約、不約而同

3 **紉**（纫）　紉

[rèn ㄖㄣˋ ㊎ jɐn⁴ 人]

❶ 縫補衣服；做針線活 ◆ **縫紉**。❷ 穿針引線 ◆ **紉針**。

3 **紀**（纪）　紀

〈一〉[jì ㄐㄧˋ ㊎ gei² 己]

❶ 記載 ◆ **紀要 / 紀實**。❷ 規則；法度 ◆ **紀律 / 違法亂紀**。❸ 紀年的單位。古代以十二年為一紀，現在以一百年為一世紀。❹ 年歲 ◆ **年紀**。

〈二〉[jǐ ㄐㄧˇ ㊎ gei² 己]

❺ 姓。

【紀元】jì yuán　❶ 紀年的開始。如陽曆（公元）以耶穌出生那一年為元年 ◆ **1997年7月1日香港回歸祖國，開創了香港歷史的新紀元**。

【紀念】jì niàn　對人或事表示懷念 ◆ **學校舉辦遊藝會，紀念建校三十週年 / 天安門廣場上矗立着人民英雄紀念碑**。

【紀律】jì lǜ　要求社會或集體中的成員共同遵守的行動規則 ◆ **學生不能違反學習紀律**。

【紀錄】jì lù　在某個時期、某個範圍內記載下來的最高成績 ◆ **他在奧運會上創造了多項世界紀錄**。

⊠ 法紀、軍紀

4 **素**　素

[sù ㄙㄨˋ ㊎ sou³ 訴]

❶ 白色的 ◆ **素服**。❷ 顏色單純；不華麗；不加修飾的 ◆ **素淨 / 素描 / 樸素**。❸ 本來的；原有的 ◆ **素材 / 素質**。❹ 構成事物的基本成分 ◆ **元素 / 因素**。❺ 平時；向來 ◆ **平素 / 素昧平生**。❻ 指蔬菜、瓜果等食品；跟"葷"相對 ◆ **素菜 / 兩葷一素**。

【素材】sù cái　藝術創作中的原始材料 ◆ **平時注意觀察周圍事物，積累素材，寫作時就得心應手了**。

【素來】sù lái　向來；從來 ◆ **我素來不善於在大庭廣眾之下講話**。㊂ 一向、平素。

【素描】sù miáo　只用線條勾描人或物體的輪廓而不加色彩的畫 ◆ **素描是學習繪畫的基本功**。

【素質】sù zhì　❶ 事物本來具有的性質和特點 ◆ **她的身體素質不大好**。❷ 素養；修養 ◆ **學生的語文素質急需提高**。

【素不相識】sù bù xiāng shí　從來就不相認識 ◆ **我跟他素不相識**。㊂ 素昧平生。

⊠ 要素、我行我素

4 **紜**（纭）　紜

[yún ㄩㄣˊ ㊎ wɐn⁴ 雲]

紛紜。見"紛"字，327頁。

4 **索**　索

〈一〉[suǒ ㄙㄨㄛˇ ㊎ sɔk⁸ 朔]

❶ 粗的繩子或鏈條 ◆ **繩索 / 鐵索**。❷ 單獨 ◆ **離羣索居**。❸ 盡；毫無 ◆ **索然無味**。

〈二〉[suǒ ㄙㄨㄛˇ ㊎ sak⁸]

❹ 尋找；探求 ◆ **搜索 / 探索**。❺ 討取；要 ◆ **索取 / 簡章備索**。

【索₂取】suǒ qǔ　向人討、要 ◆ **我已經從學校索取了一份招生簡章**。

【索性】suǒ xìng　直截了當；乾脆 ◆ **別再推來推去了，索性一起去算了**。

⊠ 索₂賠、索₂引

⊠ 思索₂、摸索₂、線索、按圖索₂驥、敲詐勒索₂

4 **純**（纯）　純

[chún ㄔㄨㄣˊ ㊎ sœn⁴ 脣]

❶ 單一；不混雜 ◆ **純淨 / 純金**。❷ 高度的；完全 ◆ **純熟 / 純屬無中生有**。

【純淨】chún jìng　潔淨；不含雜質 ◆ **純淨的泉水甘甜可口**。㊂ 清澈。㊍ 渾濁。

【純粹】chún cuì　❶ 不夾雜其他成分 ◆ **純粹的黃金質地較軟**。㊂ 道地。❷ 單單；完全 ◆ **父母責備你，純粹是為了你好**。

【純潔】chún jié　單純清白；沒有污點，沒有私念或歹意 ◆ **不能讓孩子純潔的心靈受到傷害**。㊂ 純樸。㊍ 污穢。

【純樸】chún pǔ　誠實樸素 ◆ 她是一個善良純樸的女孩。 ⦿ 樸實、淳厚。

注意 "純樸"也作"淳樸"。

⇩純度、純種

⇩單純、爐火純青

⁴ 紗（纱）　ㄥ ㄥ ㄠ 彳 彳 紗　紗

[shā ㄕㄚ ⑭sa¹ 沙]

❶ 用棉、麻等紡成的細絲，可以用來捻線、織布 ◆ 棉紗／紡紗織布。❷ 用紗織成的較稀疏的紡織品 ◆ 紗布／窗紗。

⁴ 納（纳）　ㄥ ㄥ ㄠ 纟 纟 納　納

[nà ㄋㄚˋ ⑭nap⁹ 鈉]

❶ 收進；歸入 ◆ 出納／歸納。❷ 接受 ◆ 採納／接納。❸ 交付 ◆ 納稅／繳納。❹ 享受 ◆ 納涼／納福。❺ 密密地縫 ◆ 納鞋底。

【納涼】nà liáng　乘涼 ◆ 夏天，公園是納涼的好地方。

【納悶】nà mèn　疑惑不解，心裏發悶 ◆ 幾次去信都不見回音，心裏很納悶。

⇩納入

⇩笑納、容納、吐故納新

⁴ 紛（纷）　ㄥ ㄥ ㄠ 纟 纟 紛　紛

[fēn ㄈㄣ ⑭fen¹ 分]

❶ 形容多 ◆ 大雪紛飛／議論紛紛。❷ 形容多而雜亂 ◆ 紛亂／頭緒紛繁。❸ 爭執 ◆ 糾紛／排難解紛。❹ 見"紛紜"。

【紛紜】fēn yún　形容雜亂的樣子 ◆ 眾說紛紜。

【紛呈】fēn chéng　接二連三地呈現出來 ◆ 節目繁多，精彩紛呈。

【紛紛】fēn fēn　❶ 多；多而雜亂 ◆ 七嘴八舌，議論紛紛。❷ 接連不斷地 ◆ 學校要搞慈善活動，同學們紛紛報名參加。

【紛繁】fēn fán　又多又複雜 ◆ 公司的工作頭緒紛繁，大家忙得不可開交。

⇩紛爭

⇩五彩繽紛

⁴ 紙（纸）　ㄥ ㄥ ㄠ 纟 纟 紙　紙

[zhǐ ㄓˇ ⑭dzi² 指]

用來書寫、繪畫、印製、包裝等的紙張，大多用植物纖維製成 ◆ 信紙／牛皮紙。

【紙上談兵】zhǐ shàng tán bīng　在紙面上空談用兵打仗。比喻不切實際的空談 ◆ 他的一番言論完全是紙上談兵，於事無補。

⇩紙張、紙幣

⇩剪紙、圖紙、片紙隻字

⁴ 級（级）　ㄥ ㄥ ㄠ 纟 纟 級　級

[jí ㄐㄧˊ ⑭kep⁷ 吸]

❶ 台階；層 ◆ 石級／拾級而上。❷ 等次 ◆ 級別／等級。❸ 學校裏按修學年限所分的級別 ◆ 年級／升留級。

⁴ 紊　一 文 文 玄 紊 紊　紊

[wěn ㄨㄣˇ ⑭men⁶ 問]

亂 ◆ 紊亂／有條不紊。

【紊亂】wěn luàn　多而雜亂；混亂 ◆ 晚會散場時，人羣擁擠，秩序紊亂。

⁴ 紋（纹）　ㄥ ㄥ ㄠ 纟 纟 紋　紋

[wén ㄨㄣˊ ⑭men⁴ 文]

❶ 圖案；花樣 ◆ 花紋／紋身。❷ 線條；皺痕 ◆ 紋路／指紋。

【紋理】wén lǐ　物體上的線條、花紋 ◆ 油漆地板紋理清晰，平整光滑。

【紋絲不動】wén sī bù dòng　一點兒也不動 ◆ 他紋絲不動地坐在那裏發呆。

⇩波紋、皺紋

⁴ 紡（纺）　ㄥ ㄥ ㄠ 纟 紅 紡　紡

[fǎng ㄈㄤˇ ⑭fong² 訪]

❶ 把棉、麻、絲等纖維加工成紗、線 ◆ 紡紗／紡線／毛紡廠。❷ 紡綢：一種柔軟、細密的絲織品。

【紡織】fǎng zhī　把棉、毛、麻等紡成紗或線，織成布匹 ◆ 她在紡織廠工作。

⁴ 紐（纽）　ㄥ ㄥ ㄠ 纟 紉 紐　紐

[niǔ ㄋㄧㄡˇ ⑭neu⁵ 扭]

❶ 紐釦 ◆ 衣紐。❷ 有連結作用的 ◆ 紐帶／樞紐。❸ 器物上手提的部分 ◆ 秤紐。

【紐帶】niǔ dài　能夠起聯繫作用的人或事物 ◆ 鐵路、公路是溝通城鄉和城市之間的紐帶。

⁵ 紮（扎）　一 十 木 札 敖 紮　紮

〈一〉[zā ㄗㄚ ⑭dzat⁸ 札]

❶ 捆；束 ◆ 捆紮／包紮。

〈二〉[zhā ㄓㄚ ⑭dzat⁸ 札]

❷ 暫住；停留 ◆ 駐紮／紮營。

⁵ 組（组）　ㄥ ㄥ ㄠ 纟 組 組　組

[zǔ ㄗㄨˇ ⑭dzou² 祖]

❶ 結合；構成 ◆ 組合／組詞。❷ 由不多的人結合成的單位 ◆ 小組／分組討論。❸ 有系統的或成套的東西 ◆ 組歌／組詩。

【組成】zǔ chéng　結合而成的 ◆ 我們五個人正好組成一個籃球隊。

【組合】zǔ hé　❶ 把分散的人或事物結合在一起 ◆ 詞和詞組組合成句子。❷ 結合在一起的人或事物 ◆ 他們兩人是羽毛球混合雙打的最佳組合。

【組織】zǔ zhī　❶ 把分散的人或事物結合起來 ◆ 老師組織同學們參加各種課餘活動。❷ 按一定的宗旨組織起來的集體 ◆ 工會是員工們自己的組織。

⁵ 紳（绅）　ㄥ ㄥ ㄠ 纟 組 組　紳

[shēn ㄕㄣ ⑭sen¹ 申]

指地方上有權勢、有地位的人 ◆ 紳士 ／ 土豪劣紳。

---

⁵ **累** 田 甲 里 累 累 累 累 **累**

〈一〉[lěi ㄌㄟˇ ⑧ ley⁵ 呂]

❶ 堆積；積聚 ◆ 累積 ／ 日積月累。
❷ 連續；屢次 ◆ 連篇累牘 ／ 累教不改。❸ 牽連 ◆ 牽累 ／ 連累。

〈二〉[lèi ㄌㄟˋ ⑧ ley⁶ 類]

❹ 疲勞；辛勞 ◆ 勞累 ／ 不怕苦，不怕累。

〈三〉[lěi ㄌㄟˇ ⑧ ley⁶ 類]

❺ 見"累贅"。❻ "纍"的簡化字，見 336 頁。

【累積】lěi jī 層層增加，不斷積聚 ◆ 每天儲蓄幾角錢，一年累積起來數目也就不小了。⑤ 積累。

【累₃贅】léi zhuì ❶ 煩瑣；多餘；不簡潔 ◆ 本文語言累贅，不夠簡練。❷ 使人感到多餘或麻煩的人或事物 ◆ 出門帶幾個大包，真是累贅。

☑ 成年累月

---

⁵ **細**(细) 幺 糸 糸 細 細 細 **細**

[xì ㄒㄧˋ ⑧ sei³ 世]

❶ 長而不粗；跟"粗"相對 ◆ 細鐵絲 ／ 細毛線。❷ 顆粒微小；跟"粗"、"大"相對 ◆ 細沙 ／ 斜風細雨。❸ 聲音小 ◆ 嗓音細 ／ 細聲細氣。❹ 精緻 ◆ 細緻 ／ 工藝精細。❺ 周密；詳盡 ◆ 仔細 ／ 詳細。❻ 瑣碎的；不重要的 ◆ 細節 ／ 事無巨細。

【細小】xì xiǎo 很小 ◆ 機械手錶是由許多細小的零件裝配起來的。⑤ 粗大。

【細心】xì xīn 用心仔細 ◆ 同學們在細心觀察昆蟲標本。⑤ 細緻。⑤ 粗心。

【細菌】xì jūn 微生物中的一大類，體積很小，只有在顯微鏡下才能看見。大部分的細菌對人類有利，少數細菌能產生毒素，使人畜或植物得病。

【細節】xì jié 細小的環節或情節 ◆ 有了這一段細節描寫，人物就更加生動了。

【細微】xì wēi 細小；微小 ◆ 這對孿生兄弟長得一模一樣，一時很難辨出他倆的細微差別。⑤ 巨大、顯著。

【細膩】xì nì ❶ 精細光滑，不粗糙 ◆ 這是一件光潤、細膩、精巧的玉雕工藝品。⑤ 粗糙。❷ 指文藝創作中描寫、表演等細緻入微 ◆ 作者對主人公的心理活動描寫得十分細膩。⑤ 粗疏。

【細緻】xì zhì 精細周密 ◆ 她做事情很細緻，從來沒有出過差錯。⑤ 仔細。⑤ 粗疏。

【細水長流】xì shuǐ cháng liú ❶ 比喻一點一滴地持續做下去，持之以恆 ◆ 讀書勿貪多，貴在能堅持，細水長流，日積月累，知識就越來越豐富。❷ 比喻節約使用財物，使保持經常不短缺 ◆ 錢多了也不能揮霍浪費，要細水長流啊！

☑ 精細、底細、精打細算、膽大心細

---

⁵ **絀**(绌) 幺 糸 糽 糾 紳 絀 **絀**

[chù ㄔㄨˋ ⑧ dzœt⁷ 卒]

不足；不夠 ◆ 相形見絀。

---

⁵ **終**(终) 幺 糸 糹 終 終 終 **終**

[zhōng ㄓㄨㄥ ⑧ dzuŋ¹ 中]

❶ 末了；結束；跟"始"相對 ◆ 年終 ／ 有始有終。❷ 指人死 ◆ 臨終 ／ 終年八十五歲。❸ 從開始到末了的整段時間 ◆ 終生難忘 ／ 終年積雪。❹ 到底；畢竟 ◆ 終於成功 ／ 終究會真相大白。

【終止】zhōng zhǐ 停止；結束 ◆ 比賽還沒有終止，不少觀眾就退場了。⑤ 延續。

【終日】zhōng rì 整天；從早到晚 ◆ 媽媽終日忙忙碌碌，非常辛苦。⑤ 成天。

【終生】zhōng shēng 一生 ◆ 老師的諄諄教導，使我終生難忘。⑤ 畢生、終身。

【終年】zhōng nián ❶ 整年；一年到頭 ◆ 山頂終年積雪不化。❷ 指人去世時的年齡 ◆ 徐工程師英年早逝，終年三十八歲。

【終身】zhōng shēn 一輩子；一生 ◆ 婚姻是終身大事，豈能當兒戲？⑤ 終生、畢生。

【終究】zhōng jiū 到底；畢竟 ◆ 世上終究還是好人多。

【終於】zhōng yú 表示經過較長過程最後出現某種結果 ◆ 經過反覆調查，案情終於真相大白。

【終點】zhōng diǎn 一段路程結束的地方；也特指跑步比賽終止的地點 ◆ 京九鐵路的終點站在九龍的紅磡 ／ 在百米短跑中，阿強第一個衝向終點。

☒ 終結

☑ 告終、始終、自始至終

---

⁵ **絃** "弦"的異體字，見 144 頁。

---

⁵ **絆**(绊) 幺 糸 糸 糾 紺 絆 **絆**

[bàn ㄅㄢˋ ⑧ bun³ 半]

走路時腳被東西擋住或纏住 ◆ 絆腳石 ／ 絆了一跤。

---

⁵ **紹**(绍) 幺 糸 糸 紹 紹 紹 **紹**

[shào ㄕㄠˋ ⑧ siu⁶ 邵]

❶ 替人引進、牽合 ◆ 介紹。❷ 浙江省紹興市的簡稱 ◆ 紹酒。

---

⁶ **結**(结) 幺 糸 糸 紂 紝 結 **結**

〈一〉[jié ㄐㄧㄝˊ ⑧ git⁸ 潔]

❶ 用繩、線、布條等打釦或編織；也指結成的東西 ◆ 蝴蝶結 ／ 結網。❷ 聯合；組織 ◆ 結合 ／ 成羣結隊。❸ 構成 ◆ 結仇 ／ 結怨。❹ 凝聚；凝固 ◆ 凝結 ／ 結冰。❺ 結束；完了 ◆ 結業 ／ 了結。

〈二〉[jiē ㄐㄧㄝ ⑧ git⁸ 潔]

❻ 植物長出果實或種子 ◆ 開花結果 ／ 樹上結了很多荔枝。

【結₂巴】jiē ·ba ❶ 口吃 ◆ 他說話結巴，斷斷續續，聽着使人着急。❷ 口吃的人 ◆ 他是個結巴。

【結合】jié hé ❶ 密切聯繫在一起 ◆ 把理論與實踐結合起來，做到學以致

用。❷ 指男女雙方成為夫妻 ◆ 他倆是在患難之中結合的。

【結交】jié jiāo 跟人交際往來 ◆ 他愛好體育，喜歡結交體育界的朋友。[同] 交往。[反] 斷交。

【結束】jié shù 完畢；不再繼續下去 ◆ 會議已經結束。[反] 開始。

【結局】jié jú 最後的結果或局面 ◆ 誰也沒有想到事情的結局是這樣的！

【結$_2$果】jiē guǒ 植物長出果實 ◆ 院子裏的那棵桃樹終於開花結果了。

【結果】jié guǒ 事物發展的最後狀況 ◆ 兩隊經過激烈的角逐，結果紅隊獲勝。

【結晶】jié jīng ❶ 物體從液體或氣體變成透明的固體的過程 ◆ 冰糖是用白糖或紅糖加水溶化成糖汁，再經過蒸發結晶而成的。❷ 比喻可貴的成果 ◆ 這部長篇小說是作者五年辛勤勞動的結晶。

【結構】jié gòu ❶ 一個整體事物中各部分的搭配和排列 ◆ 這篇文章結構嚴謹，條理清楚。❷ 建築物的構造 ◆ 這幢大樓是鋼筋水泥結構，非常堅固。

【結$_2$實】jiē shí 植物長出果實 ◆ 蘋果樹上結實纍纍。

【結$_2$實】jiē ·shi ❶ 物品堅固耐用 ◆ 這種自行車是用錳鋼製造的，很結實。❷ 身體強壯 ◆ 舉重運動員身體都很結實。

【結論】jié lùn 對人或事作出的最後論斷 ◆ 這件事究竟誰是誰非，還不好下結論。

[>] 巴結、勾結、終結、團結、總結、張口結舌、張燈結綵、歸根結底(蒂)

6 **絨** (绒) 纟 纟 纟 纟 絨 絨 絨

[róng ㄖㄨㄥˊ [粵] juŋ^4 容]

❶ 細小柔軟的短毛 ◆ 絨毛 / 鴨絨。❷ 表面有絨毛的紡織品 ◆ 絲絨 / 絨線。

【絨線】róng xiàn ❶ 刺繡用的較粗的絲線，大多是彩色的 ◆ 用這種絨線繡的花，色澤特別好。❷ 毛線 ◆ 這是全毛絨線，輕、軟，保暖性好。

[<] 絨布、絨毯

[>] 平絨、呢絨、毛絨絨

6 **紫** 丨 卜 屮 止 止 此 紫

[zǐ ㄗˇ [粵] dzi^2 子]

藍和紅合成的顏色 ◆ 紫色 / 萬紫千紅。

【紫荊】zǐ jīng 常綠喬木，葉子墨綠色，呈心形，花紫紅色，有香味，供觀賞 ◆ 紫荊花是香港的市花。

✿ 圖見 361 頁。

【紫禁城】zǐ jìn chéng 即北京的故宮，是明、清兩代的皇宮。

6 **給** (给) 纟 纟 紒 給 給 給 給

〈一〉[gěi ㄍㄟˇ [粵] kɐp^7 級]

❶ 使對方得到；把東西交付對方 ◆ 給他一本字典 / 把卷子交給老師。❷ 替；為 ◆ 給學生補課 / 給旅行團當翻譯。❸ 被 ◆ 衣服給淋濕了 / 小羊給狼叼走了。❹ 讓；使 ◆ 應該給他們試試 / 這件事應該給大家知道。❺ 向 ◆ 給老師拜年 / 給他陪個不是。

〈二〉[jǐ ㄐㄧˇ [粵] kɐp^7 級]

❻ 供應 ◆ 供給 / 自給自足。❼ 富足 ◆ 家給人足。

【給$_2$予】jǐ yǔ 給 ◆ 請給予大力支持。

[注意] "給予"也作"給與"。

【給$_2$養】jǐ yǎng 供軍隊用的生活必需品 ◆ 這支部隊兵強馬壯，給養充足。

[>] 配給$_2$

6 **絢** (绚) 纟 纟 約 約 絢 絢

[xuàn ㄒㄩㄢˋ [粵] hyn^3 勸]

色彩華麗 ◆ 絢麗。

[注意] "絢"不讀 xún (旬)。

【絢麗】xuàn lì 色彩鮮明美麗 ◆ 園中鮮花盛開，五彩繽紛，絢麗奪目。[同] 妍麗、豔麗。

6 **絡** (络) 纟 纟 紁 紋 絡 絡

[luò ㄌㄨㄛˋ [粵] lɔk^9 烙]

❶ 像網一樣的東西 ◆ 網絡 / 脈絡。❷ 用網兜住一樣；聯繫上 ◆ 聯絡 / 籠絡人心。

【絡繹不絕】luò yì bù jué 絡繹：前後相接，連續不斷。形容往來行人或車馬連續不斷 ◆ 每逢假日，到海洋公園玩的人絡繹不絕。

[注意] "繹"不讀 zé (澤)。

6 **絞** (绞) 纟 纟 紋 紋 紋 絞

[jiǎo ㄐㄧㄠˇ [粵] gau^2 狡]

❶ 擰；擰緊 ◆ 絞毛巾 / 幾根繩子絞在一起。❷ 用繩子把人勒死的一種刑罰 ◆ 絞刑。

[<] 絞盡腦汁

6 **統** (统) 纟 纟 紋 紋 紋 統

[tǒng ㄊㄨㄥˇ [粵] tuŋ^2 桶]

❶ 事物間的連續關係 ◆ 傳統 / 血統。❷ 總起來管理 ◆ 統率 / 統治。❸ 合一 ◆ 統一 / 統稱。❹ 共計；全部 ◆ 統共 / 統統。❺ 衣服、鞋襪的筒狀部分 ◆ 長統鞋 / 短統襪。

【統一】tǒng yī ❶ 完整而不分裂；一致而沒有分歧 ◆ 國家統一，人民生活安定 / 大家的認識是統一的。[同] 一統。❷ 使成為整體；使一致起來 ◆ 把大家的意見統一起來。

【統治】tǒng zhì 控制、管理國家或地區 ◆ 孫中山先生領導的辛亥革命，推翻了清王朝的統治。

【統帥】tǒng shuài ❶ 軍隊中的最高指揮員 ◆ 三軍統帥。[同] 主帥。❷ 統轄指揮 ◆ 他統帥部隊轉戰南北，立下赫赫戰功。[同] 統率、統領。

【統計】tǒng jì ❶ 總合起來計算 ◆ 統計一下每天來圖書館借書、閱覽的人數。❷ 指有關數據的搜集、整理、計算和分析等 ◆ 全國人口統計是一項複雜的工作。

【統率】tǒng shuài　統轄率領　◆ 軍長統率全軍將士在前線浴血奮戰。⊜統帥、統領

⊠統籌

⊡正統、系統、籠統、不成體統

6 **絕**(绝)　糹 糿 纩 絽 絽 絕　絕

[jué ㄐㄩㄝˊ ⓟdzyt⁹ 拙⁹]

❶ 斷了　◆ 絕交／與世隔絕。❷ 盡；完了　◆ 氣絕身亡／彈盡糧絕。❸ 沒有希望的；沒有出路的　◆ 走上絕路／絕處逢生。❹ 出色的；獨一無二的　◆ 絕招／精彩絕倫。❺ 極；最　◆ 絕妙／風景絕佳。❻ 一定；無論如何；表示很堅決、很肯定　◆ 絕對／絕不後退。❼ 絕句　◆ 五絕／七絕。

【絕句】jué jù　一種古代詩體。每首四句，每句五個字的叫五言絕句，每句七個字的叫七言絕句　◆ 語文課本裏的一些唐宋詩人的絕句都很優美。

【絕技】jué jì　特別高超、別人不易學會的技藝　◆ 老藝人身懷絕技，令人敬佩。⊜絕招。

【絕招】jué zhāo　❶ 絕技　◆ 他的這一絕招是祖傳的。❷ 一般人想像不到的手段或計策　◆ 警方以放虎歸山的絕招擒獲了主犯。

【絕望】jué wàng　希望徹底破滅；毫無希望　◆ 不要絕望啊！困境終會過去的。

【絕跡】jué jì　沒有蹤跡；完全見不到　◆ 大雪封山，行人絕跡。

【絕對】jué duì　❶ 不管在甚麼情況或條件下都是如此　◆ 在賽場上，裁判的判決只能絕對服從。❷ 表示非常肯定　◆ 經過再三核對，這些數據絕對正確。⊟相對。

⊠絕食、絕境、絕緣、絕無僅有

⊡回絕、杜絕、拒絕、謝絕、斷絕、空前絕後、讀不絕口、絡繹不絕

6 **絮**　ㄥ 纟 纟 如 絜 絮　絮

[xù ㄒㄩˋ ⓟsœy³ 歲／sœy⁵ 緒（語）]

❶ 彈鬆的棉花　◆ 棉絮。❷ 像棉絮一

樣的東西　◆ 柳絮。❸ 把棉花均勻地鋪在衣、被裏　◆ 絮棉襖。❹ 話多；語言囉嗦　◆ 絮語／絮絮叨叨。

6 **絲**(丝)　ㄥ 纟 纟 纟 糸 糸　絲

[sī ㄙ ⓟsi¹ 私]

❶ 蠶絲　◆ 絲綢／絲線。❷ 像絲一樣細長的東西　◆ 鐵絲／粉絲。❸ 形容極細微　◆ 一絲不苟／絲毫不差。

【絲毫】sī háo　形容極小或很少　◆ 統計數字完全正確，沒有絲毫差錯。

【絲綢】sī chóu　蠶絲或人造絲織物的總稱　◆ 中國絲綢聞名全球。⊜綢緞。

【絲絲入扣】sī sī rù kòu　絲絲：每一根絲。扣：同“筘”，織布機上的主要附件之一。織布時，每條經線都從扣齒中通過。比喻文章寫作或藝術表演準確細緻，有條不紊　◆ 這段心理活動的描寫，絲絲入扣，真切感人。

7 **綁**(绑)　ㄥ 纟 纟 纾 绑 綁　綁

[bǎng ㄅㄤˇ ⓟbɔŋ² 榜]

用繩子捆繫起來　◆ 捆綁／鬆綁。

【綁架】bǎng jià　強行把人劫走　◆ 一位商界知名人士的孩子，昨天遭歹徒綁架。

7 **經**(经)　ㄥ 纟 纟 纾 經 經　經

[jīng ㄐㄧㄥ ⓟgiŋ¹ 京]

❶ 紡織機上的直線　◆ 經線。❷ 地圖上或地球儀上貫穿南北兩極的直線，分東西兩度線；跟“緯”相對　◆ 經緯度／東經 180 度。❸ 中醫指人體內的脈絡　◆ 經絡／經脈。❹ 具有權威性、典範性的著作或宗教典籍　◆ 經典／佛經。❺ 管理；治理　◆ 經理／經營。❻ 正常的；不變的　◆ 經常／天經地義。❼ 經過；親自體驗過的　◆ 經歷／身經百戰。❽ 指婦女的月經　◆ 經期。

【經典】jīng diǎn　權威性的著作；具有權威性的　◆ 四書、五經是儒家的經典／曹雪芹是中國古代小說的經典作家。

【經理】jīng lǐ　❶ 經營管理　◆ 董事

會決定，由他經理飯店業務。❷ 指某些企業或企業部門中的主管人　◆ 公司董事會聘請他擔任營業部經理。

【經常】jīng cháng　常常；時常　◆ 近來他經常遲到。

【經費】jīng fèi　需要使用或可以動用的錢款　◆ 學校經費有限，一定要節約開支。

【經過】jīng guò　❶ 通過某個地點、某段時間或某種行為動作等　◆ 從廣州出發，經過香港去台灣／經過一天一夜的搶救，病人終於轉危為安。❷ 過程；經歷　◆ 請你把這件事情的經過寫下來。

【經歷】jīng lì　❶ 親自見過、做過或遭受過　◆ 爺爺的一生經歷過許多風風雨雨。❷ 經歷過的事　◆ 爺爺的經歷，可以寫一部小說。

【經營】jīng yíng　謀劃和管理　◆ 經過多年的苦心經營，公司的規模不斷擴大。

【經濟】jīng jì　❶ 指個人或家庭的收支情況　◆ 這些同學的家庭經濟情況都很好。❷ 指社會物質生產、分配、交換等活動　◆ 中國的經濟增長速度很快。❸ 節約；花錢少　◆ 用天然氣要經濟得多。

【經驗】jīng yàn　❶ 通過實踐得來的知識或技能　◆ 張老師執教三十多年，有豐富的教學經驗。❷ 經歷；體驗　◆ 這麼大的暴雨，我還沒有經驗過。

⊠經受、經商、經久耐用

⊡已經、曾經、神經、飽經風霜、漫不經心、不經一事，不長一智

7 **絹**(绢)　ㄥ 纟 纟 纲 絗 絹　絹

[juàn ㄐㄩㄢˋ ⓟgyn³ 眷]

❶ 薄的絲織品　◆ 絹紡／絹花。❷ 手絹：即手帕。

7 **繡**　“繡”的異體字，見 336 頁。

7 **綏**(绥)　ㄥ 纟 纟 紓 絞 綏　綏

[suí ㄙㄨㄟˊ ⓟsœy¹ 須]

⁸ 維 (维) 糸 糹 紵 紆 紵 維 維

[wéi ㄨㄟˊ ⑧ wɐi⁴ 惟]

❶ 連結 ◆ 維繫。❷ 保持；保全 ◆ 維持／維護。❸ 思考；想 ◆ 思維。❹ 助詞，表示加強語氣 ◆ 維妙維肖／步履維艱。

【維持】wéi chí　保持；使繼續存在下去 ◆ 警方和童軍一起維持會場秩序／一家人靠父親的薪金維持生活。

【維修】wéi xiū　保養和修理 ◆ 電視機壞了，快送到維修部維修。

【維繫】wéi xì　維持聯繫，使不渙散 ◆ 孩子成了維繫這個破碎家庭的唯一紐帶。

【維護】wéi hù　維持保護，使不受損害 ◆ 維護正義，舉報貪污。

【維生素】wéi shēng sù　人體生長、發育所必需的營養物質 ◆ 蔬菜和水果含有豐富的維生素。

⟨注意⟩ “維生素”也作“維他命”。

【維妙維肖】wéi miào wéi xiào　同“惟妙惟肖”，見 157 頁。

☞ 思維、恭維、纖維、進退維谷

⁸ 綸 (纶) 糸 糿 紛 紛 給 綸

⟨一⟩[lún ㄌㄨㄣˊ ⑧ lœn⁴ 輪]

❶ 某些合成纖維的名稱 ◆ 錦綸。❷ 釣魚用的線 ◆ 垂綸。

⟨二⟩[guān ㄍㄨㄢ ⑧ gwan¹ 關]

❸ 綸巾(guānjīn)：古代一種配有青絲帶的頭巾 ◆ 羽扇綸巾。

⁸ 綵 (彩) 糸 糹 紛 紛 綵 綵

[cǎi ㄘㄞˇ ⑧ tsoi² 採]

彩色絲綢 ◆ 剪綵／張燈結綵。

⁸ 綳

“繃”的異體字，見 334 頁。

⁸ 綢 (绸) 糸 糿 紒 紒 綢 綢

[chóu ㄔㄡˊ ⑧ tseu⁴ 酬]

薄而柔軟的絲織品 ◆ 絲綢／綾羅綢緞。

⁸ 綜 (综) 糸 糹 糿 綜 綜 綜

[zōng ㄗㄨㄥ ⑧ dzuŋ¹ 中／dzuŋ³ 眾]

❶ 總合在一起 ◆ 綜合／綜觀全局。❷ 交錯在一起 ◆ 錯綜複雜。

【綜合】zōng hé　把不同的事物組合在一起 ◆ 他把一年的剪報綜合起來，編了一本剪報集。

☞ 綜述、綜觀

⁸ 綻 (绽) 糸 紵 紵 綻 綻 綻

[zhàn ㄓㄢˋ ⑧ dzan⁶ 賺]

裂開；露出破綻 ◆ 皮開肉綻。

⟨注意⟩ “綻”不讀 dìng (定)。

⁸ 綴 (缀) 糸 糹 紒 綴 綴 綴

[zhuì ㄓㄨㄟˋ ⑧ dzœy³ 最]

❶ 用針線縫合 ◆ 補綴／綴上幾針。❷ 連結；拼合；連結的部分 ◆ 連綴／拼綴／詞綴。❸ 裝飾 ◆ 點綴。

⁸ 綠 (绿) 糸 糹 紒 紵 綠 綠

⟨一⟩[lǜ ㄌㄩˋ ⑧ luk⁹ 陸]

❶ 像青草那樣的顏色 ◆ 青山綠水／桃紅柳綠。

⟨二⟩[lù ㄌㄨˋ ⑧ luk⁹ 陸]

❷ 義同 ❶，用於“鴨綠江”、“綠林好漢”等詞語。

【綠化】lǜ huà　種植花草樹木，改善環境 ◆ 植樹造林，種花種草，綠化城市。

☞ 綠豆、綠葉、綠油油

☞ 認綠、翠綠、碧綠、嫩綠、墨綠、燈紅酒綠

⁹ 練 (练) 糸 糹 紒 紵 緬 練

[liàn ㄌㄧㄢˋ ⑧ lin⁶ 鍊]

❶ 反復學習和實踐 ◆ 訓練／勤學苦練。❷ 經驗多；純熟 ◆ 熟練／老練。❸ 白色的絹 ◆ 江水如練。

【練習】liàn xí　❶ 反復學習實踐，熟練掌握知識或技能 ◆ 他天天練習毛筆字，進步很大。❷ 指作業 ◆ 一百多

題的數學練習，小強半個小時就能做完。

☞ 練功、練武

☞ 演練、操練、磨練

⁹ 緘 (缄) 糸 糹 紒 紒 緘 緘

[jiān ㄐㄧㄢ ⑧ gam¹ 監]

❶ 閉口不言；封口 ◆ 緘口／緘默。❷ 書信 ◆ 緘札。

⟨注意⟩ “緘”不讀 jiǎn (減)。

⁹ 緬 (缅) 糸 紅 紅 紵 緬 緬

[miǎn ㄇㄧㄢˇ ⑧ min⁵ 免]

❶ 遙遠 ◆ 緬懷。❷ 緬甸的簡稱。

【緬懷】miǎn huái　追念；懷念 ◆ 老戰士站在人民英雄紀念碑前，緬懷往事，思緒萬千。

⁹ 緻 (致) 糸 紅 紵 綏 緻 緻

[zhì ㄓˋ ⑧ dzi³ 至]

精密；精細 ◆ 精緻／細緻。

⁹ 緝 (缉) 糸 紵 紵 緝 緝 緝

⟨一⟩[jī ㄐㄧ ⑧ tsɐp⁷ 輯]

❶ 搜捕；捉拿 ◆ 通緝／緝捕歸案。

⟨二⟩[qī ㄑㄧ ⑧ tsɐp⁷ 輯]

❷ 一種針腳細密的縫紉法 ◆ 緝鞋口。

【緝私】jī sī　檢查走私行為；搜捕走私人犯 ◆ 海關加強緝私力量，堅決打擊走私犯罪活動。

⟨注意⟩ 不要把“緝”錯寫成“輯”。

【緝拿】jī ná　搜捕人犯 ◆ 警方行動迅速，終將逃犯緝拿歸案。

⁹ 緞 (缎) 糸 糹 緞 紵 緞 緞

[duàn ㄉㄨㄢˋ ⑧ dyn⁶ 段]

質地厚實、一面有光澤的絲織品 ◆ 緞子／綾錦緞。

⁹ 線 (线) 糸 紵 綽 綽 線 線

[xiàn ㄒㄧㄢˋ ⑧ sin³ 扇]

❶ 用絲、麻、毛、棉等紡成的細長物 ◆ 絲線 / 毛線。❷ 像線一樣細長的東西 ◆ 電線 / 曲線。❸ 交通路線 ◆ 航線 / 京廣線。❹ 交界的地方；邊沿 ◆ 界線 / 國境線 / 海岸線。❺ 比喻細微 ◆ 一線希望 / 一線生機。

【線索】xiàn suǒ　比喻事物發展的脈絡或探究問題、尋找事物的頭緒、途徑 ◆ 這篇小説以一根項鏈為線索，把故事寫得曲折生動 / 偵破這件大案，警方已經有了線索。

☑光線、防線、視線、前線、戰線

緩 (缓)　糺 紖 紓 絽 綬 綏　緩

[huǎn ㄏㄨㄢˇ ⑧ wun⁶ 換]

❶ 慢；跟“急”相對 ◆ 緩慢 / 緩緩而行。❷ 推遲；延遲 ◆ 緩期 / 刻不容緩。❸ 使緊張狀態平和下來 ◆ 緩和 / 緩衝。❹ 恢復 ◆ 緩過氣來 / 昏過去後又緩過來了。

【緩和】huǎn hé　情勢由緊張變得平和 ◆ 雙方的敵對情緒已經緩和下來。⑩ 和緩。

【緩慢】huǎn màn　慢；行動不迅速 ◆ 老大爺拄着枴杖，緩慢地在路邊行走。⑩ 緩緩、遲緩。⑩ 快速。

【緩緩】huǎn huǎn　慢慢地 ◆ 渡輪緩緩駛向碼頭。⑩ 緩慢。⑩ 迅速、快速。

【緩兵之計】huǎn bīng zhī jì　緩：延緩。兵：指軍事形勢。延緩對方進攻的策略。指拖延時間，使事態暫時緩和的辦法 ◆ 對方答應重新談判，其實是一種緩兵之計。

☑舒緩、遲緩、輕重緩急

締 (缔)　糸 紒 紒 紒 統 締　締

[dì ㄉㄧˋ ⑧ dɐi⁶ 弟]

❶ 結合；訂立 ◆ 締結 / 締約。❷ 創立；組織 ◆ 締造。❸ 取消；禁止 ◆ 取締。

編 (编)　糹 紒 紒 舒 絹 編　編

[biān ㄅㄧㄢ ⑧ pin¹ 偏]

❶ 編織 ◆ 編什籃 / 編草蓆。❷ 按條理或順序組織、排列 ◆ 編組 / 編號。❸ 創作或對文字作加工整理 ◆ 編寫 / 編輯。❹ 成本的書或書畫的部分 ◆ 簡編 / 上編 / 續編。❺ 捏造；胡説 ◆ 編造謊言 / 胡編亂造。

【編排】biān pái　按次序排列 ◆ 演出節目單已經編排好了。

【編寫】biān xiě　編輯或創作 ◆ 編寫教科書的工作很辛苦 / 他一年中編寫了三個電影劇本。

【編輯】biān jí　❶ 對資料或稿件進行編選、加工、整理 ◆ 我們的語文老師編輯出版了十幾本兒童讀物。❷ 從事編輯工作的人 ◆ 他是一位資深編輯。

【編導】biān dǎo　❶ 編輯和導演的略稱 ◆ 她編導的幾部電影，很受觀眾歡迎。❷ 擔任編輯和導演的人 ◆ 這部影片由她擔任編導。

【編織】biān zhī　把條狀的東西交織起來，成為某種物品 ◆ 這件毛衣是媽媽親手為奶奶編織的。

◁編目、編者、編譯

☑主編、改編、匯編

緯 (纬)　糹 紒 紒 綷 綷 緯　緯

[wěi ㄨㄟˇ ⑧ wɐi⁶ 惠/wɐi⁵ 偉 (語)]

❶ 紡織機上的橫線 ◆ 緯線 / 緯紗。❷ 地圖上或地球儀上跟赤道平行的橫線，分南北兩度線；跟“經”相對 ◆ 緯度 / 北緯 50 度。

緣 (缘)　糹 紒 紒 綷 綷 緣　緣

[yuán ㄩㄢˊ ⑧ jyn⁴ 元]

❶ 原因 ◆ 緣故 / 緣由。❷ 因為；為了 ◆ 緣何。❸ 抓住東西向上爬 ◆ 攀緣而上 / 緣木求魚。❹ 邊沿 ◆ 邊緣。❺ 人與人之間相遇相親的情分 ◆ 緣分 / 姻緣。

【緣分】yuán fèn　人與人相遇相親的情分、機遇 ◆ 我倆一見如故，真是有緣分。

(注意)“分”不讀 fēn (紛)。

【緣由】yuán yóu　原因 ◆ 他這樣做莫非有説不出的緣由？⑩ 緣故。

(注意)“緣由”也作“原由”。

【緣故】yuán gù　原因 ◆ 你的成績不好，主要是學習不用功的緣故。⑩ 緣由。

(注意)“緣故”也作“原故”。

【緣木求魚】yuán mù qiú yú　緣：沿着；順着。爬到樹上去捉魚。比喻方向或方法不對，不能達到預期的目的 ◆ 他向來一毛不拔，你卻要他捐錢，簡直是緣木求魚。

☑人緣、血緣、良緣、絕緣、機緣、無緣無故

縛 (缚)　糹 絹 絹 絹 縛 縛　縛

[fù ㄈㄨˋ ⑧ fɔk⁸ 霍]

捆綁；引申為受到限制 ◆ 束縛 / 手無縛雞之力 / 作繭自縛。

縣 (县)　目 且 県 県ˊ 縣 縣　縣

[xiàn ㄒㄧㄢˋ ⑧ jyn⁶ 願]

中國行政區劃單位，由地區、自治州、直轄市領導。如江蘇省有吳縣、武進縣、淮安縣等。

績 (绩)　糹 紒 紶 絬 績 績　績

[jì ㄐㄧˋ ⑧ dzik⁷ 即]

成就；功勞 ◆ 成績 / 功績 / 業績。

☑豐功偉績

縷 (缕)　糹 紒 紒 縉 縉 縷　縷

[lǚ ㄌㄩˇ ⑧ lɵy⁵ 呂]

❶ 線 ◆ 一絲一縷 / 千絲萬縷。❷ 一條一條地；詳細地 ◆ 縷述 / 條分縷析。❸ 量詞 ◆ 一縷輕煙。

(注意)“縷”不讀 lóu (樓)。

☑不絕如縷

細雨濕衣看不見，閒花落地聽無聲。——唐·劉長卿《別嚴士元》詩

¹¹繃(绷) 糸' 糸丁 約 約 約 繃 **繃**

〈一〉[bēng ㄅㄥ ⑧ beŋ¹ 崩]

❶ 拉緊;不鬆弛 ◆ 把繩子繃直繃緊。

❷ 用繩子或布帛繃緊的竹木框 ◆ 棕繃 / 藤繃。

〈二〉[běng ㄅㄥˇ ⑧ beŋ¹ 崩]

❸ 板着 ◆ 繃着臉不聲不響。

【繃帶】bēng dài 包紮傷口用的紗布帶 ◆ 他頭部受傷,現在還纏着繃帶呢。

¹¹繁 ㄏ 仁 ㄅ 每 每 每 **繁**

[fán ㄈㄢˊ ⑧ fan⁴ 凡]

❶ 多;跟 "簡" 相對 ◆ 繁花似錦 / 繁星滿天。❷ 多而複雜 ◆ 繁瑣 / 繁雜。

❸ 興旺;興盛 ◆ 繁華 / 繁榮昌盛。

❹ 生殖 ◆ 繁殖 / 繁育。

【繁多】fán duō 多 ◆ 百貨公司裏商品種類繁多。

【繁忙】fán máng 事情很多,沒有空閒時間 ◆ 最近工作特別繁忙,有時晚上還要加班。⑤ 清閒。

【繁星】fán xīng 多而密的星星 ◆ 仰望繁星點點的夜空,她陷入了沉思。

【繁茂】fán mào 草木繁密茂盛 ◆ 公園裏花木繁茂,景色宜人。

(注意) "茂" 下面是 "戊",不是 "戍"。

【繁重】fán zhòng 工作、任務又多又重 ◆ 她被繁重的教學工作累得病倒了。⑤ 輕鬆。

【繁殖】fán zhí 生物生育後代 ◆ 人工繁殖揚子鱷已經獲得成功。

(注意) 不要把 "殖" 錯寫成 "植"。

【繁華】fán huá 繁榮熱鬧的景象 ◆ 香港是座十分繁華的商業城市。⑤ 冷落、蕭條。

(注意) "繁華" 多用來形容城市。

【繁複】fán fù 又多又複雜 ◆ 操作程序過於繁複,要大大簡化。

【繁榮】fán róng 蓬勃發展,興旺發達;使繁榮 ◆ 市場繁榮,物價穩定 / 發展生產,繁榮經濟。⑤ 蕭條。

(注意) "繁榮" 多用於建設事業或經濟活動。

⊠ 浩繁、紛繁、頻繁、刪繁就簡

¹¹綯(绦) 糸' 糸丁 約 終 綯 綯 **綯**

[tāo ㄊㄠ ⑧ tou¹ 滔]

用絲編成的繩子、帶子 ◆ 絲綯。

(注意) "綯" 不讀 tiáo (條)。

¹¹總(总) 糸' 糸勹 紉 納 細 總 **總**

[zǒng ㄗㄨㄥˇ ⑧ dzuŋ² 腫]

❶ 合起來 ◆ 總共 / 總數。❷ 全部的;全面的 ◆ 總動員 / 總管。❸ 一直;一向 ◆ 半個月來,總不見晴天 / 晚飯後總是要出去散步。❹ 畢竟;到底;無論如何 ◆ 總算熬出頭了 / 個人的力量總是有限的。

【總之】zǒng zhī 總括起來說;表示下文是總括性的話 ◆ 不管你怎麼說,總之我不會相信。⑩ 總而言之。

【總共】zǒng gòng 一共 ◆ 全校總共有一千五百名學生。

【總和】zǒng hé 總數;全部加在一起的數量 ◆ 這個月的產量超過前兩個月的總和。

【總是】zǒng shì 表示經常這樣,很少變化 ◆ 他總是在晚飯後出去散步。

【總理】zǒng lǐ 中國國務院的領導人;某些國家內閣的首腦 ◆ 兩國總理舉行會談。

【總結】zǒng jié ❶ 對一個階段內的工作、學習等進行回顧分析,得出結論 ◆ 運動員認真總結此次參賽成績不佳的經驗教訓,以利再戰。❷ 總結後形成的書面材料 ◆ 這份工作總結請你交給校長。

【總統】zǒng tǒng 某些國家的元首稱總統 ◆ 總統發表就職演說。

【總體】zǒng tǐ 整體;由若干個體組成的事物 ◆ 李工程師承擔大橋的總體設計。

【總而言之】zǒng ér yán zhī 總括起外說 ◆ 不管你有多少理由,總而言之,動手打人是不應該的。⑩ 總之。

⊠ 總目、總部、總裁、總算

¹¹縱(纵) 糸 糸丁 約' 糾' 絆' 縱 **縱**

〈一〉[zòng ㄗㄨㄥˋ ⑧ dzuŋ¹ 忠]

❶ 直的;豎的;跟 "橫" 相對 ◆ 縱隊 / 縱橫交錯。

〈二〉[zòng ㄗㄨㄥˋ ⑧ dzuŋ³ 眾]

❷ 放;釋放 ◆ 縱火犯 / 縱虎歸山。

❸ 放任;不加約束 ◆ 縱容 / 放縱。

❹ 身子猛然跳起 ◆ 縱身一跳。❺即使 ◆ 縱然 / 縱使。

【縱₂火】zòng huǒ 放火 ◆ 警方查明這起火災是有人故意縱火造成的。

【縱₂身】zòng shēn 身體猛然向前或向上跳 ◆ 他縱身上馬,飛馳而去。

【縱₂容】zòng róng 放縱和容忍錯誤行為,不加制止 ◆ 對子女的不良行為做父母的千萬不能縱容包庇。

【縱₂情】zòng qíng 盡情 ◆ 在狂歡夜裏,年輕人縱情唱歌跳舞,通宵達旦

⊠ 操縱₂、稍縱₂即逝

¹¹縫(缝) 糸 終 終 縫 縫 縫 **縫**

〈一〉[féng ㄈㄥˊ ⑧ fuŋ⁴ 逢]

❶ 用針線連結 ◆ 縫衣服 / 縫縫補補。

〈二〉[fèng ㄈㄥˋ ⑧ fuŋ⁶ 鳳]

❷ 接合處的痕跡 ◆ 衣縫 / 天衣無縫。

❸ 窄長的空隙 ◆ 裂縫 / 門縫裏看人。

【縫合】féng hé 用特製的針和線把傷口縫上 ◆ 被害人面部傷口經縫合後將不會影響外表美觀。

【縫紉】féng rèn 裁製衣服、鞋帽等縫線活 ◆ 新式的縫紉機是用電腦控制的。

【縫隙】fèng xì 狹長的裂口、空隙 ◆ 在山石的縫隙中長出了一棵小樹。

⊠ 夾縫₂、裁縫

¹¹縴(纤) 糸 糸丁 糸亍 約 縴 縴 **縴**

[qiàn ㄑㄧㄢˋ ⑧ hin¹ 牽]

拉船前進的粗繩 ◆ 拉縴 / 縴夫。

1縮(缩) 紋紓紓紓紓縮 縮

[suō ㄙㄨㄛ ⑧ suk⁷ 叔]

❶ 由大變小；由長變短；由多變少 ◆ 縮小／熱脹冷縮／緊縮開支。❷ 不伸出；向後退 ◆ 縮手縮腳／退縮。

【縮影】 suō yǐng　能反映事物面貌的具體而微小的形象 ◆ 家庭是社會的一個縮影。

【縮寫】 suō xiě　❶ 寫作訓練的一種方法，即按一定要求把長文章改寫成短文章 ◆ 請把下列文章縮寫成二百字的短文。❷ 在使用拼音文字的語言中，某些專用名詞或常用詞組的簡便寫法。如 CHI 是 CHINA（中國）的縮寫；U.N. 是 United Nations（聯合國）的縮寫。

【縮手縮腳】 suō shǒu suō jiǎo　縮：收縮。把手和腳都收縮住。形容膽子小或顧慮多，不敢放手辦事 ◆ 他膽子小，顧慮又多，做甚麼事總是縮手縮腳的。

☑ 縮水、縮短、縮減

☑ 收縮、伸縮、畏縮不前、節衣縮食

2繞(绕) 紋紓紓縫縫繞 繞

[rào ㄖㄠˋ ⑧ jiu⁵ 擾]

❶ 纏 ◆ 纏繞／繞毛線。❷ 圍着轉；環圍着 ◆ 繞場一周／環繞。❸ 走彎路 ◆ 繞道行駛／從小路繞過去。

【繞口令】 rào kǒu lìng　一種語言遊戲，用聲音相同或相近字交叉重疊編成句子，要求快速唸出而不出錯。如："一面小花鼓，鼓上畫老虎，弟弟敲破鼓，媽媽拿布補，不知是布補鼓，還是布補虎。"

注意 "繞口令"也叫"拗口令"或"急口令"。

2繚(缭) 紋紓紓繚繚繚 繚

[liáo ㄌㄧㄠˊ ⑧ liu⁴ 聊]

纏繞；圍繞 ◆ 繚繞。

【繚亂】 liáo luàn　多而混雜 ◆ 地攤上五顏六色、五花八門的毛公仔，使人眼花繚亂。

【繚繞】 liáo rào　形容迴旋飄忽的樣子 ◆ 半山腰雲霧繚繞。

12織(织) 紋紓紓繕織織 織

[zhī ㄓ ⑧ dzik⁷ 即]

用棉、麻、絲、毛等製成布匹和衣物等用品 ◆ 紡織／織毛衣／織魚網。

☑ 交織、組織、編織

12繕(缮) 紋紓絲絲繕繕 繕

[shàn ㄕㄢˋ ⑧ sin⁶ 善]

❶ 修理 ◆ 修繕。❷ 抄寫 ◆ 繕寫。

13繫(系) ⼀ 豆 亘 車 載 繫

〈一〉[xì ㄒㄧˋ ⑧ hei⁶ 係]

❶ 聯絡；關聯 ◆ 聯繫／維繫。❷ 牽掛 ◆ 繫念。❸ 拴；拘囚 ◆ 繫馬／繫囚。

〈二〉[jì ㄐㄧˋ ⑧ hei⁶ 係]

❹ 打結；扣上 ◆ 繫鞋帶。

☑ 解鈴還需繫鈴人

13繭(茧) ⼀ 耂 艹 芍 茜 繭 繭

[jiǎn ㄐㄧㄢˇ ⑧ gan² 簡]

❶ 蠶和某些昆蟲成蛹前吐絲做成的殼，一般呈橢圓形 ◆ 蠶繭／作繭自縛。❷ 同"趼"字。手腳上因磨擦而生的硬皮 ◆ 老繭。

13繩(绳) 紋紓紀紀繩繩 繩

[shéng ㄕㄥˊ ⑧ siŋ⁴ 成]

❶ 繩子 ◆ 韁繩／草繩。❷ 糾正；制裁 ◆ 繩之以法。❸ 標準；法度 ◆ 準繩。

【繩索】 shéng suǒ　粗的繩子 ◆ 這是拔河比賽用的繩索。

【繩之以法】 shéng zhī yǐ fǎ　繩：制裁。法：法律。用法律加以制裁 ◆ 對於不法之徒必須繩之以法。

13繹(绎) 紋紓絳絳繹繹 繹

[yì ㄧˋ ⑧ jik⁹ 亦]

理出事物的頭緒來 ◆ 演繹。

☑ 絡繹不絕

13繳(缴) 紋紓絲絲繳繳 繳

[jiǎo ㄐㄧㄠˇ ⑧ giu² 矯]

❶ 交納；交付 ◆ 繳納／上繳／繳學費。❷ 迫使交出 ◆ 繳械／繳獲。

【繳納】 jiǎo nà　交納 ◆ 納稅人要主動繳納稅款。

【繳械】 jiǎo xiè　迫使交出武器；被迫交出武器 ◆ 敵人已無處可逃，只得繳械投降。

【繳獲】 jiǎo huò　從戰敗的敵人或犯罪分子那裏獲取武器、物資等 ◆ 警方在漁船上繳獲走私香煙三百箱。

☑ 收繳

13繪(绘) 紋紓絵絵繪繪 繪

[huì ㄏㄨㄟˋ ⑧ kui² 潰]

畫圖；描述 ◆ 繪畫／繪圖／描繪。

【繪畫】 huì huà　畫畫兒 ◆ 姐姐在美術學校學習繪畫。

【繪聲繪色】 huì shēng huì sè　繪：描繪。描繪得有聲有色。形容敍述、描寫非常生動逼真，活靈活現 ◆ 老師繪聲繪色地給我們講武松打虎的故事。

☑ 繪製

14纂(纂) ⺮ 竹 笡 箪 篁 纂 纂

[zuǎn ㄗㄨㄢˇ ⑧ dzyn² 轉²]

搜集材料編書 ◆ 編纂／纂輯。

14辮(辫) ⼀ ㄱ 立 亍 亲 辨 辮

[biàn ㄅㄧㄢˋ ⑧ bin¹ 鞭]

❶ 分成幾股編起來的頭髮 ◆ 髮辮／梳了兩條小辮子。❷ 像辮子一樣的東西 ◆ 蒜辮／草帽辮。

14繽(缤) 紋紓絽絽紗繽 繽

[bīn ㄅㄧㄣ ⑧ ben¹ 賓]

見"繽紛"。

【繽紛】 bīn fēn　繁多而雜亂的樣子 ◆ 公園裏鮮花盛開，色彩繽紛。

¹⁴繡 (绣)

纟 纠 繡 繡 繡 繡　**繡**

[xiù ㄒㄧㄡˋ ⑧ seu³ 秀]

用彩色的絲線在綢緞、布帛上刺成花紋圖案等；也指繡成的物品 ◆ 繡花 / 刺繡 / 蘇繡。

☑ 錦繡山河、錦繡前程

¹⁴繼 (继)

纟 纟 纵 继 繼 繼　**繼**

[jì ㄐㄧˋ ⑧ gei³ 計]

❶ 連續；接替 ◆ 繼續 / 夜以繼日。❷ 隨後；跟着 ◆ 初則口角，繼而動武。

【繼承】jì chéng ❶ 依照法律承接死者的遺產 ◆ 死者的配偶是遺產的第一繼承人。❷ 接過前人留下的事業，繼續做下去 ◆ 表哥繼承舅父遺志，經營公司業務。

【繼續】jì xù ❶ 連續不間斷 ◆ 這次普通話比賽得了第三名，我會繼續努力，爭取下次比賽得第一。❷ 表示跟前一件事有連續關係的後一件事 ◆ 本週的球類比賽是上週田徑比賽的繼續。

【繼往開來】jì wǎng kāi lái 繼承前人的事業，開創未來的事業 ◆ 年輕人肩負繼往開來的歷史重任。

☑ 繼父、繼母、繼任

☑ 相繼、前仆後繼

¹⁵續 (续)

纟 纟 续 续 續 續　**續**

[xù ㄒㄩˋ ⑧ dzuk⁹ 俗]

❶ 接連不斷；連接下去 ◆ 連續 / 延續。❷ 添；加 ◆ 壺裏再續點水進去 / 狗尾續貂。

【續寫】xù xiě 寫作訓練的一種方法，即接着前面的開頭部分繼續往下寫 ◆ 根據所提供的句子，續寫成一段文字。

☑ 續集、續編

☑ 手續、持續、陸續、斷斷續續

¹⁵纍 (累)

丶 口 田 田 畾 畾　**纍**

[léi ㄌㄟˊ ⑧ lœy⁴ 雷]

纍纍：連結成串的樣子 ◆ 果實纍纍。

¹⁵纏 (缠)

纟 纩 纩 纏 纏 纏　**纏**

[chán ㄔㄢˊ ⑧ tsin⁴ 前]

❶ 繞 ◆ 纏繞 / 傷口纏着繃帶。❷ 攪擾；難擺脫、難應付 ◆ 糾纏不清 / 病魔纏身。

【纏綿】chán mián ❶ 糾纏着，不能擺脫 ◆ 爺爺中風之後，纏綿病牀一年多了。❷ 宛轉動人 ◆ 她的歌聲優美纏綿，悅耳動聽。

【纏繞】chán rào ❶ 長條的東西一圈一圈地繞在別的物體上 ◆ 牽牛花的莖纏繞着竹竿，向上生長。❷ 糾纏；煩擾 ◆ 孩子們纏繞着老爺爺，要他講故事。

☑ 盤纏、胡攪蠻纏

¹⁷纓 (缨)

纟 纟 绂 纓 纓 纓　**纓**

[yīng ㄧㄥ ⑧ jiŋ¹ 英]

❶ 帶子；繩子 ◆ 長纓。❷ 用絲線等做的像穗子的裝飾物 ◆ 紅纓槍。

¹⁷纖 (纤)

纟 纟 纤 纖 纖 纖　**纖**

[xiān ㄒㄧㄢ ⑧ tsim¹ 簽]

細小；細微 ◆ 纖細 / 纖巧。

【纖巧】xiān qiǎo 細小精巧 ◆ 這枚纖巧的玉掛件價錢很貴。

(注意) "纖" 不讀 qiān（籤）。

【纖維】xiān wéi 天然的或人工合成的細絲狀的物質 ◆ 棉紗是天然纖維，人造絲是合成纖維。

☑ 纖小、纖弱

¹⁷纔

"剛才"、"方才" 中 "才" 的異體字，見 167 頁。

²¹纜 (缆)

纟 纟 继 缆 纜 纜　**纜**

[lǎn ㄌㄢˇ ⑧ lam⁶ 濫]

❶ 繫船的粗繩子或鐵索；泛指粗繩 ◆ 纜繩 / 解纜揚帆。❷ 像纜的東西 ◆ 電纜。

【纜車】lǎn chē 一種利用絞車在斜坡上沿着軌道上下運行或吊空運行的交通工具 ◆ 香港的太平山、山東的泰山都有纜車運載遊客上下山。

【纜繩】lǎn shéng 用多股棕、麻或金屬絲擰成的粗繩 ◆ 解開纜繩，扯起風帆，漁船出海了。

缶 部

⁰缶

丿 丷 ㇏ 午 缶　**缶**

[fǒu ㄈㄡˇ ⑧ feu² 否]

❶ 口小腹大的瓦器，可用來盛水。❷ 古代的打擊樂器，瓦製，形狀像缶 ◆ 擊缶。

³缸

丿 丷 ㇏ 午 缶 缸　**缸**

[gāng ㄍㄤ ⑧ goŋ¹ 江]

❶ 盛東西的器具，底小、口寬、腹大，比盆要深，用陶、瓷、玻璃等製成 ◆ 水缸 / 金魚缸。❷ 像缸的器物 ◆ 汽缸。

⁴缺

丿 丷 午 缶 缸 缺　**缺**

[quē ㄑㄩㄝ ⑧ kyt⁸ 決]

❶ 殘破；不完整；不完美 ◆ 缺口 / 缺不全 / 完美無缺。❷ 短少；不夠 ◆ 缺少 / 欠缺。❸ 應到而未到 ◆ 缺課 / 缺席。❹ 職位上的空額 ◆ 補缺 / 空缺。

【缺口】quē kǒu 物體邊緣因缺掉一塊而形成的空隙；比喻缺少或可以突破的地方 ◆ 這件貪污案的偵查工作，先從知情人那裏打開了缺口。

【缺乏】quē fá 沒有或不夠 ◆ 這篇文章空講道理，缺乏例證，因此說服力不強。⑩ 缺少、欠缺。

【缺少】quē shǎo 沒有或不夠 ◆ 旅行社缺少導遊。⑩ 缺乏。

【缺陷】quē xiàn 有欠缺或不夠完美的地方 ◆ 我們不應該譏笑身體上有缺陷的同學。⑩ 殘缺。

【缺點】quē diǎn 短處；不足的地方

◆ 人不可能沒有缺點，十全十美的人
是沒有的。反優點。
近缺德、缺損
近短缺

⁵**缽**　"缽"的異體字，見431頁。

¹²**罈(坛)**　缶 缶 缶 缶 罈 罈 罈 罈
[tán ㄊㄢˊ 粵tàm⁴ 潭]
口小肚大用來盛東西的陶器，俗稱"罈
子"◆ 酒罈子／泡菜罈子。

¹⁶**罎**　"罈"的異體字，見本頁。

¹⁸**罐(鑵)**　缶 缶 缶 缶 罐 罐 罐 罐
[guàn ㄍㄨㄢˋ 粵gun³ 灌]
盛東西的器具，多為圓筒形 ◆ 瓦罐／
鹽罐／茶葉罐。
【罐頭】guàn·tou ❶ 盛東西用的大口
的器皿 ◆ 這些空罐頭可當廢品賣。
❷ "罐頭食品"的簡稱 ◆ 我從來不吃
肉類罐頭。

网 部

罕　丿 冖 帘 帘 罕 罕
[hǎn ㄏㄢˇ 粵hon² 看²]
稀少；難得 ◆ 罕見／稀罕之物。
【罕見】hǎn jiàn　難得見到 ◆ 這樣大
的天然鑽石非常罕見。同少見。

署　冖 罒 罒 罒 署 署
[shǔ ㄕㄨˇ 粵sy⁶ 樹/tsy⁵ 柱（語）]
❶ 某些辦理公務的機關 ◆ 教育署／海
關總署。❷ 安排；佈置 ◆ 部署。❸
簽名；題字 ◆ 簽署／署名。
【署名】shǔ míng　寫上自己的姓名 ◆

這本書是兩人合作編寫的，所以由兩
個人共同署名。
近公署、官署

⁸**置**　冖 罒 罒 罒 罥 署 置
[zhì ㄓˋ 粵dzi³ 至]
❶ 安放；擱 ◆ 放置／安置／本末倒
置。❷ 設立；配備 ◆ 設置／配置。
❸ 購買 ◆ 購置／添置。
【置身】zhì shēn　把自己放在 ◆ 這是
全家人的大事，你不能置身事外，不
聞不問。
【置信】zhì xìn　相信 ◆ 這個統計數
字令人難以置信。
【置之不理】zhì zhī bù lǐ　理：理睬。
放在一邊，不加理睬 ◆ 對我的請求，
上司置之不理。
【置之度外】zhì zhī dù wài　度：打算；
考慮。把它放在考慮之外。指不放在心
上 ◆ 目睹意外發生，我們豈能置之
度外，漠不關心？

近置換、置辦、置若罔聞
近佈置、位置、裝置、處置、不置可否、
　推心置腹

⁸**罪**　冖 罒 罒 罪 罪 罪 罪
[zuì ㄗㄨㄟˋ 粵dzœy⁶ 聚]
❶ 犯法的行為 ◆ 罪行／犯罪。❷ 刑
罰；懲處 ◆ 判罪／死罪。❸ 過失 ◆
罪過／歸罪於人。❹ 苦難；痛苦 ◆
受罪。
【罪犯】zuì fàn　犯罪的人 ◆ 聽說有
兩名罪犯已越獄逃跑。
【罪行】zuì xíng　犯罪的行為 ◆ 被告
對自己所犯的罪行供認不諱。
【罪名】zuì míng　法律所規定的罪行
的名稱，如盜竊罪、貪污罪等 ◆ 法庭

宣佈他蓄意謀財害命的罪名成立，判
處終生監禁。
【罪狀】zuì zhuàng　犯罪的事實 ◆ 根
據犯人的罪狀，法院作出了公正的判決。
【罪惡】zuì è　嚴重的犯罪作惡行為 ◆
這些歹徒橫行一方，殺人搶劫罪惡累累。
【罪證】zuì zhèng　犯罪的證據 ◆ 被
告犯罪事實清楚，罪證確鑿，被依法
判處入獄 15 年。
【罪大惡極】zuì dà è jí　罪惡大到了
極點 ◆ 這些強盜殺人放火，罪大惡
極，必須嚴懲。
【罪有應得】zuì yǒu yīng dé　犯了罪得
到了應有的懲罰 ◆ 這批罪犯被依法懲
處，是罪有應得。
【罪魁禍首】zuì kuí huò shǒu　魁、首：
頭目。犯罪或引起災禍的首要分子 ◆
這個走私集團中，被稱"龍頭老大"
的是罪魁禍首。
近得罪、陪罪、請罪、認罪、負荊請罪、
　將功贖罪

⁸**罩**　冖 罒 罒 罒 罯 罩 罩
[zhào ㄓㄠˋ 粵dzau³ 爪³]
❶ 遮蓋的器具 ◆ 燈罩／口罩／牀罩。
❷ 遮蓋 ◆ 籠罩／用紗罩把菜罩好。
❸ 捕魚或養雞用的竹器。

⁹**罰(罚)**　冖 罒 罒 罵 罵 罰 罰
[fá ㄈㄚˊ 粵fet⁹ 乏]
處分；懲處；跟"賞"相對 ◆ 罰款／
處罰／判罰點球。
近刑罰、懲罰、賞罰分明

¹⁰**駡(骂)**　罒 罒 罒 罵 罵 駡
[mà ㄇㄚˋ 粵ma⁶ 麻⁶]
用惡毒難聽的話侮辱人或斥責人 ◆ 辱
駡／謾駡／破口大駡。

¹⁰**罷(罢)**　罒 罒 罒 罷 罷 罷
〈一〉[bà ㄅㄚˋ 粵ba⁶ 吧]
❶ 停止 ◆ 罷工／罷休／欲罷不能。
❷ 免去；解除 ◆ 罷免／罷官。❸ 完

了 ◆ 吃罷飯就走了。

〈二〉[·ba·ㄅㄚ　粵ba⁶ 吧]

❹ 語氣助詞，同“吧” ◆ 好罷 / 快走罷。

【罷了】bà ·le　用在陳述句的末尾，表示“不過如此”，有把事情往小裏說的意思。常跟“不過”、“只是”等詞語前後呼應 ◆ 我只是說說罷了，你可不要當真。⑩ 而已。

【罷手】bà shǒu　住手；停止進行 ◆ 兩人下棋一盤又一盤，直到天黑方才罷手。⑩ 罷休。

【罷休】bà xiū　停止；不再做某件事情 ◆ 隊員們紛紛表示，不奪回冠軍獎杯，誓不罷休。⑩ 罷手。

【罷免】bà miǎn　免去或撤銷委派的或選舉產生的人員的職務 ◆ 職工要求罷免不稱職的廠長。

◪ 罷市

◩ 也罷、作罷、善罷甘休

---

¹⁴羅（罗）罒罘罙罜羅羅　羅

[luó ㄌㄨㄛˊ　粵lɔ⁴ 蘿]

❶ 捕鳥獸的網；張網捕捉 ◆ 羅網 / 門可羅雀。❷ 搜尋；招來 ◆ 搜羅 / 羅致人才。❸ 陳列；排列 ◆ 羅列 / 星羅棋佈。❹ 一種質地輕軟稀疏的紡織品 ◆ 綾羅綢緞。❺ 姓。

【羅列】luó liè　❶ 分佈；陳列 ◆ 博物館的展室裏羅列着歷代的陶瓷珍品。❷ 列舉 ◆ 這篇作文只是羅列一些事實，缺乏分析，沒有鮮明的觀點。

【羅網】luó wǎng　捕捉鳥獸的網；比喻束縛；也比喻法網或圈套 ◆ 沒想到我還是自投羅網，中了他們的奸計。

◪ 邏盤、羅致人才

◩ 張羅、天羅地網、包羅萬象

---

¹⁹羈（羁）罒罩罯罯羈羈　羈

[jī ㄐㄧ　粵gei¹ 機]

❶ 馬籠頭 ◆ 無羈之馬。❷ 束縛；拘束 ◆ 羈絆 / 放蕩不羈。❸ 停留；使停留 ◆ 羈留 / 羈旅。

羊 部

⁰羊　丶丷丷丬兰　羊

[yáng ㄧㄤˊ　粵jœŋ⁴ 陽]

哺乳動物，有山羊、綿羊、羚羊等 ◆ 羊腸小道 / 亡羊補牢。

【羊腸小道】yáng cháng xiǎo dào　指山林中曲折狹窄的小路 ◆ 為了採集植物標本，我們沿着羊腸小道尋遍了整個山頭。

⚠注意 “羊腸小道”也作“羊腸鳥道”或“羊腸小徑”。

◩ 牧羊、替罪羊、順手牽羊

---

²羌　丶丷丷兰羊羊　羌

[qiāng ㄑㄧㄤ　粵gœŋ¹ 疆]

中國少數民族之一 ◆ 羌族。

---

³美　丶丷丷兰羊羊　美

[měi ㄇㄟˇ　粵mei⁵ 尾]

❶ 漂亮；好看；跟“醜”相對 ◆ 美麗 / 年輕貌美。❷ 使美麗 ◆ 美容 / 美化環境。❸ 好的；善的 ◆ 價廉物美 / 成人之美。❹ 稱讚 ◆ 讚美。❺ 滿意；得意 ◆ 美滋滋 / 幸福美滿。❻ 美洲、美國的簡稱 ◆ 歐美各國 / 中美兩國。

【美化】měi huà　通過裝飾或點綴，使變得美觀起來 ◆ 栽種花草樹木，美化校園環境。

【美好】měi hǎo　好；令人滿意 ◆ 每個父母都希望子女有美好的將來。⑩ 美滿。

【美妙】měi miào　美好奇妙，令人喜歡 ◆ 美妙動聽的音樂使人陶醉。

【美容】měi róng　美化容貌，使變得亮麗 ◆ 經過美容師的美容，媽媽顯得年輕了許多。

【美感】měi gǎn　美的感覺或體驗 ◆

香港會展中心造型別致，富有美感。

【美夢】měi mèng　美好的夢。多用來指不切實際的幻想 ◆ 美夢成真 / 個人的努力一再失敗，當歌星的美夢破滅了。

【美滿】měi mǎn　美好圓滿，沒有缺憾 ◆ 一家人過着美滿幸福的生活。⑩ 美好。

【美德】měi dé　美好的品德 ◆ 尊老愛幼是中國的傳統美德。

【美麗】měi lì　好看；使人看了產生美感 ◆ 孔雀的羽毛很美麗。

【美觀】měi guān　外形好看；漂亮 ◆ 房間的佈置美觀大方。

【美不勝收】měi bù shèng shōu　勝：盡；全部。收：接受。美好的東西太多來不及一一欣賞吸收 ◆ 美術、書法展覽會展品琳瑯滿目，美不勝收。

【美中不足】měi zhōng bù zú　事物總的方面是好的，但還略有不足的地方 ◆ 這篇作文寫得具體生動，美中不足的是個別用詞不很確切。

◪ 美味、美景、美意、美術、美輪美奐

◩ 完美、鮮美、精美、健美、優美、各全其美

---

³姜　見女部，110頁。

---

⁴氧　見气部，232頁。

---

⁴差　見工部，133頁。

---

⁴恙　見心部，154頁。

---

⁴羔　丶丷丷兰羊羔　羔

[gāo ㄍㄠ　粵gou¹ 高]

小羊；也指幼小的動物 ◆ 羊羔 / 羔羊。

---

⁵羚　丷兰羊羚羚羚　羚

[líng ㄌㄧㄥˊ　粵liŋ⁴ 零]

羚羊：形狀像山羊，四肢細長，有角。角可做藥材。

---

⁵ 羞（羞）丷丷羊羊羞羞　羞
[xiū ㄒㄧㄡ 粵 seu¹ 修]
❶ 感到恥辱 ◆ 羞恥／羞愧／惱羞成怒。❷ 難為情 ◆ 害羞／怕羞。❸ 使難為情 ◆ 別羞他。

【羞恥】xiū chǐ　不光彩；不體面 ◆ 他竟然做出這種缺德的事情來，太不知羞恥了。

【羞辱】xiū rǔ　❶ 恥辱 ◆ 她已多次蒙受羞辱，再也無法忍受。❷ 使蒙受恥辱 ◆ 是你一次又一次地羞辱她，她才決意跟你分手。同 侮辱。

【羞愧】xiū kuì　感到羞恥和慚愧 ◆ 他終於認識到了自己的錯誤，內心感到十分羞愧。同 羞慚、內疚。

▷ 羞怯、羞答答
▷ 含羞

---

⁶ 着　見目部，298 頁。

---

⁶ 善（善）丷丷丷丷善善　善
[shàn ㄕㄢˋ 粵 sin⁶ 羨]
❶ 品行好；仁慈；跟"惡"相對 ◆ 善良／慈善。❷ 良好；好的 ◆ 完善／多多益善。❸ 友好；和好 ◆ 友善／和善。❹ 擅長；很會 ◆ 善於交際／能歌善舞。❺ 容易 ◆ 善變／多愁善感。❻ 做好 ◆ 善後／善始善終。❼ 熟悉 ◆ 面善。

【善良】shàn liáng　內心純潔，有同情心 ◆ 她心地善良，樂於助人。反 歹毒。

【善意】shàn yì　善良的心意；好意 ◆ 他是出於善意，才給你這個忠告。反 惡意。

【善舉】shàn jǔ　慈善的事情 ◆ 義賣、義演，救濟災民，是值得稱道的善舉。

【善始善終】shàn shǐ shàn zhōng　有好的開頭，也有好的結尾。指從開始到結束一直做得很好 ◆ 做事情要善始善終，不要虎頭蛇尾。同 有始有終。反 有頭無尾、有始無終。

【善罷甘休】shàn bà gān xiū　好好了結糾紛 ◆ 他欺人太甚，我決不會善罷甘休。

注意 "善罷甘休"多用於否定。

▷ 善心、善事
▷ 改善、妥善、盡善盡美、多愁善感、循循善誘、多多益善、改惡從善、與人為善

---

⁶ 翔　見羽部，340 頁。

---

⁷ 義（义）丷丷兰羊羊義義　義
[yì ㄧˋ 粵 ji⁶ 二]
❶ 公正合理的道德或舉動 ◆ 正義／見義勇為。❷ 合乎正義的；有益公眾的 ◆ 義舉／義演。❸ 情誼 ◆ 有情有義／忘恩負義。❹ 意思；內容 ◆ 意義／含義／望文生義。❺ 不是親屬而認作親屬的 ◆ 義父／義子。

【義氣】yì ·qi　指甘願為朋友出錢出力甚至犧牲自己的氣概 ◆ 李大哥很講義氣，為朋友赴湯蹈火也決不推辭。

【義務】yì wù　❶ 法律上或道德上應盡的責任 ◆ 父母有撫養子女的義務／贍養父母是子女應盡的義務。反 權利。❷ 不要報酬的 ◆ 老中醫經常義務給人看病。

【義不容辭】yì bù róng cí　義：道義；容：允許。辭：推辭。道義上不允許推辭 ◆ 供養父母，是子女義不容辭的責任。同 責無旁貸。

【義正辭嚴】yì zhèng cí yán　道理正當，言辭嚴肅 ◆ 文章義正辭嚴地駁斥了某些人的錯誤論調。

注意 "義正辭嚴"也作"義正詞嚴"。

【義憤填膺】yì fèn tián yīng　義憤：由不合理或不正當的行為而引起的憤怒。膺：胸膛。胸中充滿了義憤 ◆ 聽到了子女殘酷虐待父母的事以後，大家無不義憤填膺。

▷ 仁義、主義、名義、信義、道義、大義滅親、見義勇為、斷章取義

---

⁷ 羨（羡）丷丷兰羊羊羨羨　羨
[xiàn ㄒㄧㄢˋ 粵 sin⁶ 善]
因喜愛而希望得到 ◆ 羨慕／欣羨。

【羨慕】xiàn mù　喜愛別人的優越之處，希望自己也有 ◆ 小美的毛筆字寫得很好，同學們都很羨慕她。

注意 "慕"下面是"小"，不是"水"。

---

⁷ 羣（群）ⁿ ⁿ 尹 君 君 羣 羣　羣
[qún ㄑㄩㄣˊ 粵 kwen⁴ 裙]
❶ 聚集在一起的人或物 ◆ 人羣／羊羣／成羣結隊。❷ 成羣的；眾多的 ◆ 羣島／羣山。❸ 量詞，用於成羣的人或物 ◆ 一羣孩子／一羣羊。

【羣島】qún dǎo　海洋中相互連接或相距很近的一羣島嶼 ◆ 中國的舟山羣島，共有六百多個島嶼。

【羣眾】qún zhòng　人民大眾；老百姓 ◆ 政府要為羣眾謀福利。

【羣體】qún tǐ　由個體組成的、存在某種關係的集體 ◆ 在羣體生活中，要團結互助，和睦相處。同 團體。

【羣策羣力】qún cè qún lì　策：計策；主意。大家出主意，出氣力 ◆ 只要公司上下羣策羣力，就一定能夠度過目前的難關。

【羣龍無首】qún lóng wú shǒu　首：頭，引申為頭領。一羣龍沒有一個領頭的。比喻眾人在一起沒有一個領頭的 ◆ 三十多人的旅遊團不能羣龍無首，於是大家推舉偉強為旅遊團團長。

▷ 羣芳、羣情、羣雄、羣集、羣英會
▷ 成羣、合羣、超羣、害羣之馬、鶴立雞羣

義

10 義　丷丷丷半美美美羹義

[xǐ ㄒㄧ　⑧ hei¹ 希]

姓。

羸

13 羸　亠亡亩亩扁羸

[léi ㄌㄟˊ　⑧ lœy⁴ 雷]

瘦弱 ◆ 羸弱。

羹

13 羹　丷半羔恙羹

[gēng ㄍㄥ　⑧ gɐŋ¹ 庚]

濃湯或糊狀食物 ◆ 蛇羹 / 雞蛋羹 / 豆腐羹。

羽 部

羽

0 羽　刁刁刃羽羽羽

[yǔ ㄩˇ　⑧ jy⁵ 雨]

鳥類的毛 ◆ 羽毛 / 羽絨。

【羽絨】yǔ róng　鳥類腹部、背部的絨毛；特指經過處理的鴨、鵝等的絨毛 ◆ 羽絨服輕軟保暖，是冬令的暢銷商品。

翅

4 翅　一十扌支刲刲翅

[chì ㄔˋ　⑧ tsi³ 次]

❶ 鳥類、昆蟲等動物的翅膀 ◆ 展翅飛翔 / 插翅難飛。❷ 魚翅：鯊魚的鰭，是珍貴的食品。

翁

4 翁　丿八公公谷翁

[wēng ㄨㄥ　⑧ juŋ¹ 雍]

❶ 稱年老的男子 ◆ 老翁 / 鷸蚌相爭，漁翁得利。❷ 指父親 ◆ 家翁。❸ 指丈夫或妻子的父親 ◆ 翁姑 / 翁婿。❹ 對人的尊稱 ◆ 富翁 / 醉翁之意不在酒。❺ 姓。

☉塞翁失馬，焉知非福

習

5 習 ^(习)　刁刁刃羽羽羽習習

[xí ㄒㄧˊ　⑧ dzap⁹ 雜]

❶ 反覆地學，反覆地練 ◆ 複習 / 練習。❷ 學習 ◆ 習武 / 習藝。❸ 長時期逐漸形成的行為 ◆ 習慣 / 習俗。❹ 常常；熟悉的 ◆ 習見 / 習以為常。❺ 姓。

【習作】xí zuò　❶ 練習的作業，如書法、繪畫、文章等 ◆ 這是我的習作，請你指教。❷ 練習寫文章 ◆ 近年來致力習作，稍有進步。

【習性】xí xìng　長期受環境影響而養成的習慣和特性 ◆ 生長在江南水鄉的孩子往往有愛好游泳的習性。

【習俗】xí sú　習慣和風俗 ◆ 端午節吃粽子、賽龍舟是中國的民間習俗。

【習習】xí xí　形容風輕輕地吹 ◆ 湖邊涼風習習，荷花飄香。

【習慣】xí guàn　長時間漸漸形成的某種行為或社會風氣 ◆ 要從小養成良好的生活習慣。

【習以為常】xí yǐ wéi cháng　習：習慣。常：平常。經常重複的事，就把它看得很平常了 ◆ 每天晚飯後去附近公園散步，已經習以為常了。

☉見習、演習、預習、温習、惡習、實習、積習難改

翎

5 翎　丿ㅅ亽今今令翎翎

[líng ㄌㄧㄥˊ　⑧ liŋ⁴ 零]

翎毛：鳥類翅膀或尾部的長羽毛 ◆ 雁翎 / 野雞翎 / 孔雀翎。

翌

5 翌　刁刁刃羽羽羿翌翌

[yì ㄧˋ　⑧ jik⁹ 亦]

下一個；第二 ◆ 翌日（第二天）/ 翌年（第二年）。

翔

6 翔　丷丷肖羊羿羿翔

[xiáng ㄒㄧㄤˊ　⑧ tsœŋ⁴ 祥]

轉着圈兒飛 ◆ 飛翔 / 翱翔 / 滑翔。

翡

8 翡　丿月非非非翡

[fěi ㄈㄟˇ　⑧ fei² 匪]

古書上指一種有紅毛的鳥。

【翡翠】fěi cuì　❶ 半透明、有光澤的翠綠色硬玉，可做裝飾品。❷ 一種鳥，有藍色和綠色的羽毛，生活在水邊，吃魚蝦。羽毛可做裝飾品。

翟

8 翟　刁羽羿羿翟翟

⟨一⟩ [zhái ㄓㄞˊ　⑧ dzak⁹ 摘]

❶ 姓。

⟨二⟩ [dí ㄉㄧˊ　⑧ dik⁹ 敵]

❷ 長尾巴的野雞。

翠

8 翠　刁刁刃羽羿翠翠

[cuì ㄘㄨㄟˋ　⑧ tsœy³ 脆]

青綠色 ◆ 翠綠 / 翠竹 / 青松翠柏。

翩

9 翩　尸户启扁扁翩

[piān ㄆㄧㄢ　⑧ pin¹ 篇]

形容動作輕快 ◆ 翩然。

【翩翩】piān piān　❶ 形容動作輕快 ◆ 翩翩起舞。❷ 形容舉止優雅 ◆ 他風度翩翩，舉止優雅。

翰

10 翰　十古卓龺幹翰

[hàn ㄏㄢˋ　⑧ hɔn⁶ 汗]

長而硬的羽毛。古代用來做筆，所以借指毛筆、文章、書信等 ◆ 揮翰疾書 / 翰墨。

翱

10 翱　丿白皋皋翱翱

[áo ㄠˊ　⑧ ŋou⁴ 遨]

展翅飛翔 ◆ 翱翔。

【翱翔】áo xiáng　在空中迴旋地飛 ◆ 老鷹在天空自由翱翔。

翼

11 翼　刁羽羽羿翼翼翼

[yì ㄧˋ　⑧ jik⁹ 亦]

❶ 翅膀 ◆ 鳥翼 / 不翼而飛。❷ 像

膀的東西 ◆ 機翼 / 飛翼船。❸ 作戰時陣地的兩側；政治上的派別 ◆ 左翼 / 右翼。

【翼翼】yì yì　謹慎小心的樣子 ◆ 媽媽小心翼翼地把一隻花瓶放在茶几上。

☑ 比翼雙飛、如虎添翼

¹² 翶
"翻"的異體字，見本頁。

¹² 翻　ㄈㄢ ㄈㄢ 番 番 番 翻　翻
[fān ㄈㄢ ⑧ fan¹ 番]

❶ 反轉過來 ◆ 翻車 / 人仰馬翻。❷ 改變；推倒原來的 ◆ 翻案 / 翻臉不認人。❸ 把一種語文譯成另一種語文 ◆ 翻譯。❹ 越過 ◆ 翻山越嶺 / 翻過一山又一山。❺ 數量成倍地增加 ◆ 五年內翻了一番。

【翻身】fān shēn　❶ 躺着轉動身體 ◆ 鬧鐘一響，他便立即翻身下牀。❷ 指改變被壓迫、被奴役的地位，或改變不利的處境 ◆ 工廠連年虧損，要在短期內翻身不大可能。

【翻案】fān àn　推翻原來的結論或結案 ◆ 被告不服判決，要繼續上訴，並聘請大律師為他翻案。

【翻譯】fān yì　❶ 把一種語文譯成另一種語文 ◆ 這份資料是從英文翻譯過來的。❷ 從事翻譯工作的人 ◆ 這幾位都是代表團的翻譯。

【翻天覆地】fān tiān fù dì　形容變化巨大 ◆ 短短二十年，這個村莊發生了翻天覆地的變化。

注意 "翻天覆地"也作"天翻地覆"。

【翻箱倒櫃】fān xiāng dǎo guì　把箱子櫃子都倒過來。形容徹底搜尋 ◆ 一家人翻箱倒櫃也沒找到那張活期儲蓄存摺。

注意 "翻箱倒櫃"也作"翻箱倒篋"。

☑ 翻印、翻新、翻滾、翻來覆去

☑ 推翻

¹⁴ 耀　⺌ 业 光 耀 耀 耀　耀
[yào ㄧㄠˋ ⑧ jiu⁶ 搖⁶]

❶ 光線強烈地照射 ◆ 照耀 / 閃耀。

❷ 顯示 ◆ 顯耀 / 炫耀。❸ 光榮 ◆ 榮耀。

【耀眼】yào yǎn　光線強烈，令人眼花 ◆ 閃爍的霓虹燈發出耀眼的光芒。

【耀武揚威】yào wǔ yáng wēi　炫耀武力，顯示威風。形容得意誇耀的樣子 ◆ 紅隊在聯賽中才贏了兩場球，便耀武揚威，擺出不可一世的樣子來。

注意 "耀武揚威"多含貶義。

☑ 誇耀、光宗耀祖

老 部

⁰ 老　一 十 土 耂 老　老
[lǎo ㄌㄠˇ ⑧ lou⁵ 魯]

❶ 年紀大；年紀大的人；跟"少"、"幼"相對 ◆ 老人 / 扶老攜幼。❷ 歷時長久的；跟"新"相對 ◆ 老廠 / 老牌子。

❸ 陳舊的；原來的 ◆ 老式 / 老家 / 老地方。❹ 閱歷深，經驗豐富 ◆ 老手 / 老練。❺ 硬的；跟"嫩"相對 ◆ 老豆腐 / 豬肝炒得太老了。❻ 總是；常常 ◆ 老愛開玩笑 / 老是記不住。❼ 很；極 ◆ 老早就起牀了 / 老遠就看到了。

❽ 詞頭，用於稱人、排行或某些動物名 ◆ 老張 / 老三 / 老虎 / 老鼠。❾ 姓。

【老爺】lǎo ·ye　❶ 過去稱呼官吏及有權勢的人；現在用來稱呼官員時，含諷刺意味 ◆ 要做人民的公僕，不要高高在上當老爺。❷ 過去有錢有勢人家的僕人稱呼男主人 ◆ 管家帶着一批僕人給老爺請安了。

【老實】lǎo ·shi　❶ 誠實；不虛假 ◆ 老實人從不說假話。㊀ 狡詐。❷ 規規矩矩，不惹是生非 ◆ 這孩子老實聽話，從來不跟人爭吵。㊀ 頑皮、頑劣。

【老練】lǎo liàn　經驗豐富，穩重能幹 ◆ 警署指派一位老練的警官負責此案的偵破工作。㊀ 幹練。

【老闆】lǎo bǎn　工商業的業主 ◆ 他本是個推銷員，後來積了點錢開店當了老闆。

注意 "老闆"也作"老板"。

【老人家】lǎo ·ren ·jia　對老年人的尊稱 ◆ 老人家想買點甚麼？

【老百姓】lǎo bǎi xìng　平民；人民大眾 ◆ 天下太平，老百姓才能安居樂業。

【老生常談】lǎo shēng cháng tán　老生：老書生。老書生經常講的話。指經常談起，並無新意的老話 ◆ 安全生產雖然是老生常談了，但還沒有引起大家的足夠重視。

【老奸巨猾】lǎo jiān jù huá　形容人極其奸詐、狡猾 ◆ 跟這種老奸巨猾的人打交道，一定要提高警惕。

【老馬識途】lǎo mǎ shí tú　春秋時，管仲跟隨齊桓公去打仗，回來時迷了路。管仲放幾匹老馬在前面走，終於找到了歸路。因為老馬能辨認道路。後用來比喻經驗豐富的年長者熟識情況，有辦法 ◆ 在老工程師的指導下，技術難題解決了，還是"老馬識途"啊！

【老羞成怒】lǎo xiū chéng nù　同"惱羞成怒"，見 160 頁。

【老當益壯】lǎo dāng yì zhuàng　年紀雖老，志向更高，勁頭更大 ◆ 張教授老當益壯，跟年青人一起研究新技術，開發新產品。

【老謀深算】lǎo móu shēn suàn　老練的策劃，深遠的打算。形容人精明能幹，善於計謀 ◆ 在生意場上，他是個老謀深算的行家。

☑ 老成持重

☑ 元老、衰老、蒼老、返老還童

² 考　一 十 土 耂 耂　考
[kǎo ㄎㄠˇ ⑧ hau² 巧]

❶ 測試；測驗 ◆ 考試 / 考了第一名。

❷ 檢查 ◆ 考察 / 考核。❸ 思索；研究 ◆ 思考 / 考慮 / 考古。

【考究】kǎo jiū　❶ 查考研究 ◆ 考究成語的出處，對理解、使用成語有幫助。❷ 講究；力求精緻 ◆ 演藝圈內的人對衣着很考究 / 這件木雕工藝品造型美觀，雕工考究。㊀ 精緻。

【考查】kǎo chá　按標準進行檢查衡量 ◆ 學習成績的考查包括知識和能力兩方面。㊀ 考核。

【考試】kǎo shì　檢查、評估學習成績的方法，有口試、筆試等 ◆ **小敏的期末考試成績名列全班第一。**

【考察】kǎo chá　實地察看，深入調查 ◆ **中國赴南極的科學考察工作取得重大成果。**

【考慮】kǎo lǜ　認真思索；仔細想一想 ◆ **這件事讓我考慮一下再答覆你。**

【考驗】kǎo yàn　通過具體的事件、行動來考察檢驗 ◆ **我們之間的友誼是經得起考驗的。**

▷參考、報考、補考、監考

---

⁴ 者　一 ＋ 土 少 老 者 者 　者

[zhě 坐ㄜˇ 　⑩dzɛ² 姐]

表示某種人或事物 ◆ **讀者 / 記者 / 弱者 / 兩者缺一不可。**

而 部

⁰ 而　一 丆 尸 丙 而 　而

[ér ㄦˊ ⑩ji⁴ 兒]

❶ 又；並且 ◆ **少而精 / 樸素而大方。** ❷ 但是；可是 ◆ **好看而不實用 / 心有餘而力不足。** ❸ 表示承接；才；然後 ◆ **先天下之憂而憂，後天下之樂而樂。** ❹ 到；及 ◆ **由淺而深 / 自下而上。**

【而已】ér yǐ　用在陳述句末尾，表示只不過如此。常跟 "不過"、"無非"、"僅僅" 等詞語呼應 ◆ **我不過是隨便說說而已，你不必太在意。** ⑩ 罷了。

【而且】ér qiě　表示意思更進一層。前面常有 "不但"、"不僅" 等跟它呼應 ◆ **香港市場不但商品種類繁多，而且價廉物美。**

▷因而、然而、視而不見、三思而行、不約而同、不謀而合、不翼而飛、似是而非、迎刃而解、背道而馳、滿載而歸、隨遇而安、適可而止、乘虛而入

---

³ 耐　一 丆 丙 而 耏 耐 　耐

[nài ㄋㄞˋ ⑩nɔi⁶ 奈]

受得住；禁得起 ◆ **吃苦耐勞 / 經久耐用。**

【耐久】nài jiǔ　能夠經受長時間 ◆ **這種自行車輕便靈巧，堅固耐久，很受年青人歡迎。**

【耐心】nài xīn　心裏不急躁，不厭煩 ◆ **蔣老師給一些學習有困難的同學輔導時，特別耐心。**

【耐用】nài yòng　經得起長時間使用，不容易損壞 ◆ **這種運動鞋質地柔軟，經久耐用。**

【耐性】nài xìng　能忍耐，不急躁的格 ◆ **凡事要有耐性，不能急於求成。**

【耐煩】nài fán　能克制煩躁的情緒 ◆ **説話囉嗦，大家聽得不耐煩了。**
注意 "耐煩" 多為否定用法。

【耐人尋味】nài rén xún wèi　耐：經得起。味：意味。形容意味深長，值得仔細體會 ◆ **這幅漫畫幽默含蓄，耐人尋味。**

▷耐寒、耐熱、耐磨
▷忍耐、能耐、俗不可耐

---

³ 耍　一 丆 丙 両 耍 耍 　耍

[shuǎ ㄕㄨㄚˇ ⑩sa² 灑]

❶ 遊戲；玩 ◆ **玩耍。** ❷ 玩弄；使出 ◆ **耍花招 / 耍手腕。** ❸ 舞動 ◆ **耍大刀。**
注意 "耍" 上面是 "而"，不是 "西"。

耒 部

⁴ 耕　三 丰 耒 耒 耒 耕 耕 　耕

[gēng ㄍㄥ ⑩gaŋ¹]

翻鬆土地 ◆ **耕地 / 耕種。**

【耕地】gēng dì　❶ 用犁翻鬆土地 ◆ **有了拖拉機，就不用牛耕地了。** ❷ 指用來種植農作物的土地 ◆ **工業發展**

很快，耕地面積不斷減少。

【耕耘】gēng yún　耕地和除草；比喻致力於某種事業 ◆ **沒有農民的辛勤耕耘，哪來每天需要的糧食 / 王教授從三十年，辛勤耕耘，如今桃李滿天下。**

【耕種】gēng zhòng　耕地和種植 ◆ **春天到了，農民又要忙於耕種了。**
▷耕牛、耕作、耕畜
▷刀耕火種、精耕細作

---

⁴ 耘　三 丰 耒 耒 耘 耘 　耘

[yún ㄩㄣˊ ⑩wen⁴ 云]

除草 ◆ **耘田 / 耕耘。**

---

⁴ 耗　三 丰 耒 耒 耗 耗 　耗

[hào ㄏㄠˋ ⑩hou³ 好³]

❶ 消費；損失 ◆ **消耗 / 損耗。** ❷ 拖延 ◆ **耗時間。** ❸ 不好的消息 ◆ **噩耗。**

【耗費】hào fèi　消耗 ◆ **父母為了把孩子養大成人，不知耗費了多少心血！**

---

⁴ 耙　三 丰 耒 耒 耙 耙 　耙

〈一〉[bà ㄅㄚˋ ⑩pa⁴ 爬]

❶ 一種農具，用來弄碎土塊、平整土地。❷ 用耙碎土、平地 ◆ **耙地。**
〈二〉[pá ㄆㄚˊ ⑩pa⁴ 爬]

❸ 一種農具，用來翻動穀物、聚攏柴草或平整土地 ◆ **釘耙 / 竹耙。**
⑥ 圖見 416 頁。

耳 部

⁰ 耳　一 丆 丌 丌 耳 耳 　耳

[ěr ㄦˇ ⑩ji⁵ 以]

❶ 聽覺器官 ◆ **耳朵 / 耳聞不如見。** ❷ 形狀像耳朵的東西 ◆ **黑木耳 / 銀耳。**

【耳目】ěr mù　❶ 指聽到的和看到的 ◆ **到了郊外，耳目所及，全是青山綠**

水及鳥兒歌聲，令人心曠神怡。❷
指替人打探消息的人 ◆ 你怎麼心甘情
願地做人耳目？

【耳邊風】ěr biān fēng 從耳邊吹過的
風。比喻對別人的話滿不在乎，聽了不
放在心上 ◆ 人家好心規勸，你卻當作
耳邊風。

注意 "耳邊風"也作"耳旁風"。

【耳目一新】ěr mù yī xīn 聽到的和看
到的都比以前新鮮 ◆ 這廣告設計很有
創意，讓人耳目一新。

【耳聞目睹】ěr wén mù dǔ 親耳聽到，
親眼看到 ◆ 這些年來，人們耳聞目睹
的詐騙案還少嗎？

【耳聰目明】ěr cōng mù míng 聰：聽
力好。明：視力好。形容頭腦清楚，聽
力、視力都很好 ◆ 爺爺八十多歲了，
但身體健康，耳聰目明。

【耳濡目染】ěr rú mù rǎn 濡：浸濕，
沾染。形容聽到的看到的多了，無形
中就會受到影響 ◆ 她的爸爸是樂團指
揮，她從小耳濡目染，對音樂的認
識比我們深很多。

【耳聞不如目見】ěr wén bù rú mù jiàn
耳朵聽到的不如眼睛看見的可靠 ◆ 耳
聞不如目見，倘若不是親眼所見，我
不會相信氣功的威力。

注意 "耳聞不如目見"也作"耳聞不如眼見"。

◁耳光、耳背、耳語

◁悅耳、洗耳恭聽、掩耳盜鈴、面紅耳
赤、忠言逆耳

2 **取** 見又部，66頁。

3 **耷** 一ナ大本衣耷耷耷
[dā ㄉㄚ ⑧dap8 答]
見"耷拉"。
【耷拉】dā ·la 下垂的樣子 ◆ 他耷拉
着腦袋。

3 **耶** 一ナ厅月耳耳耳耶
〈一〉[yé ㄧㄝˊ ⑧je4 爺]
❶ 表示疑問，相當於"嗎"、"呢" ◆
是耶？非耶？

〈二〉[yē ㄧㄝ ⑧je4 爺]
❷ 見"耶穌"。
【耶穌】yē sū 基督教所信奉的救世
主，死時被釘在十字架上。陽曆十二
月二十五日是耶穌誕生日，叫"聖誕
節"。耶穌又稱"基督"或"耶穌基
督"。

4 **恥** 見心部，153頁。

4 **耿** 一ナ月耳耳耿耿
[gěng ㄍㄥˇ ⑧gen2 梗]
❶ 正直 ◆ 耿直 / 耿介。❷ 姓。
【耿直】gěng zhí 正直；直爽 ◆ 他為
人耿直。

注意 "耿直"也作"梗直"、"鯁直"。

【耿耿】gěng gěng ❶ 形容忠誠 ◆ 他
對朋友一向忠心耿耿。❷ 形容心事重
重，不能平靜 ◆ 他對沒能提升職位，
一直耿耿於懷。

4 **耽** "躭"的異體字，見412頁。

5 **聆** 一ナ月耳耵聆聆
[líng ㄌㄧㄥˊ ⑧ling4 玲]
聽 ◆ 聆聽 / 聆教。
【聆聽】líng tīng 聽：恭敬地聽 ◆ 同
學們聚精會神地聆聽校長的教誨。

◁聆訊

5 **聊** 一ナ月耳耵耵聊
[liáo ㄌㄧㄠˊ ⑧liu4 僚]
❶ 姑且；暫且 ◆ 聊以自慰。❷ 略微；
稍微 ◆ 聊勝於無。❸ 依賴；寄託 ◆
民不聊生 / 百無聊賴。❹ 閒談 ◆ 聊
天 / 閒聊。
【聊天】liáo tiān 閒談 ◆ 從前我們常
一起聊天。
【聊以自慰】liáo yǐ zì wèi 聊：姑且。
姑且用來自我安慰 ◆ 我講這些話只是
聊以自慰罷了。
【聊表寸心】liáo biǎo cùn xīn 聊：略

微。寸心：微小的心意。略微表示一點
心意 ◆ 今送上一束鮮花，聊表寸心。

謝謝您！

◁無聊

7 **聘** 一ナ月耳耵聏聏聘
[pìn ㄆㄧㄣˋ ⑧pin3 娉]
❶ 請人擔任職務 ◆ 聘請 / 聘用。❷
定親；訂婚 ◆ 聘禮。
【聘用】pìn yòng 聘請任用 ◆ 公司已
經聘用他了。
【聘任】pìn rèn 聘請擔任職務 ◆ 他
被聘任為部門經理。
【聘書】pìn shū 聘請人擔任職務的證
書 ◆ 他接到了學校的一份聘書。
【聘請】pìn qǐng 請人擔任職務 ◆ 公
司聘請了一位律師。

◁招聘、受聘、解聘、應聘

7 **聖**（圣）一ナ月耵聖聖聖
[shèng ㄕㄥˋ ⑧sing3 姓]
❶ 品格高尚的 ◆ 聖人 / 聖賢。❷ 學
問、技能成就極高的 ◆ 詩聖杜甫。
❸ 最崇高、莊嚴的 ◆ 神聖 / 聖地。
❹ 封建時代對帝王的尊稱 ◆ 聖上 / 聖
旨。❺ 宗教徒尊稱崇拜的事物 ◆ 聖
母 / 聖誕。
【聖地】shèng dì 宗教稱與教主宗
教活動有密切關係的地方。如耶路撒冷
是伊斯蘭教、基督教和猶太教的聖地。
【聖誕】shèng dàn 基督教徒稱耶穌的
生日 ◆ 十二月二十五日是聖誕節。
【聖旨】shèng zhǐ 古代指皇帝的命
令。現多比喻不可違抗的話 ◆ 難道你
的話是聖旨？
【聖經】shèng jīng 基督教的經典。包
括《舊約全書》和《新約全書》。《舊約
全書》原是猶太教的經典，敍述世界和

人類的起源，猶太民族的歷史，及與上帝的關係。《新約全書》敍述耶穌的生平和基督教早期發展的情況等。

【聖賢】shèng xián　聖人和賢人 ◆ 人非聖賢，孰能無過？

⁸聞 (闻)

丨尸尸門門閏聞

[wén ㄨㄣˊ ⑧ men⁴ 文]

❶ 聽見 ◆ 耳聞目睹／所見所聞。❷ 聽到的事情；消息 ◆ 新聞／奇聞。❸ 有名氣 ◆ 默默無聞／舉世聞名。❹ 用鼻子嗅 ◆ 聞到了香味。❺ 姓。

【聞名】wén míng　❶ 聽到名聲 ◆ 聞名不如見面。❷ 有名氣 ◆ 中國的萬里長城聞名世界。

【聞所未聞】wén suǒ wèi wén　聽到了從來沒有聽到過的 ◆ 這篇報導披露了一些聞所未聞的內幕。⟨反⟩ 不足為奇、習以為常。

【聞風喪膽】wén fēng sàng dǎn　風：風聲，消息。聽到一些風聲就嚇破了膽。形容極端害怕 ◆ 敵人聞風喪膽，不戰而逃。

⟨注意⟩ "喪"不讀 sāng（桑）。

【聞雞起舞】wén jī qǐ wǔ　晉代 祖逖和劉琨立志為國效力，互相勉勵，每天夜裏聽到頭遍雞叫，就起牀舞劍習武。後用來比喻有志者及時發奮 ◆ 足球運動員們聞雞起舞，立志為國爭光。⟨同⟩ 發奮圖強。

⟨⟩ 聞風而動、聞訊趕來

⟨⟩ 見聞、傳聞、趣聞、醜聞、喜聞樂見、博聞強記

⁸聚 (聚)

丨丨耳取取聚聚

[jù ㄐㄩˋ ⑧ dzœy⁶ 序]

會合；集合；跟 "散" 相對 ◆ 聚餐／合家團聚。

【聚居】jù jū　集中居住在一個地區 ◆ 寧夏是回族聚居的地區。

【聚集】jù jí　聚合；集中 ◆ 聚集人力物力，抗洪救災。⟨反⟩ 分散。

【聚會】jù huì　聚集；會合 ◆ 這是一次老朋友聚會，沒有外人。

【聚精會神】jù jīng huì shén　集中注意力 ◆ 同學們在聚精會神地看書。⟨同⟩ 專心致志、全神貫注。⟨反⟩ 心不在焉。

⟨⟩ 聚積、聚沙成塔

⟨⟩ 歡聚、團聚、凝聚

¹¹聲 (声)

土 声 声 殸 殸 聲

[shēng ㄕㄥ ⑧ siŋ¹ 升／sɛŋ¹ 腥 (語)]

❶ 聲音；物體振動發出的音響 ◆ 響聲／歌聲／書聲琅琅。❷ 說出來讓人知道 ◆ 聲明／聲辯。❸ 名譽；名氣 ◆ 聲望／名聲。❹ 量詞，表示發出聲音的次數 ◆ 喊了幾聲／大喝一聲。

【聲明】shēng míng　❶ 公開表態或說明 ◆ 這份合約，聲明作廢。❷ 有關聲明的文告 ◆ 律師受權發表聲明。⟨同⟩ 申明。

【聲討】shēng tǎo　公開譴責壞人的罪行 ◆ 這種罪行徑必須加以聲討。

【聲望】shēng wàng　名聲和威望 ◆ 我們的校長在教育界很有聲望。⟨同⟩ 名望。

【聲張】shēng zhāng　說出去；傳開去 ◆ 這是內部的事情，請不要聲張。

【聲勢】shēng shì　聲威、氣勢 ◆ 民眾舉行了聲勢浩大的遊行示威活動，要求增加工資。

【聲調】shēng diào　❶ 說話、讀書的腔調 ◆ 播音員的播音聲調悅耳。❷ 指字音的高低升降 ◆ 現代漢語普通話有四個聲調：陰平、陽平、上聲、去聲。

【聲譽】shēng yù　聲望名譽 ◆ 我們要維護學校的聲譽。

【聲色俱厲】shēng sè jù lì　色：臉色。俱：都。說話時聲音和臉色都顯得很嚴厲 ◆ 父親聲色俱厲地訓斥了大哥的錯誤行為。

【聲東擊西】shēng dōng jī xī　聲：聲張，揚言。表面上揚言攻打這邊，實際上卻攻打那邊。這是迷惑對方的一種戰術 ◆ 聲東擊西，兵不厭詐。

【聲淚俱下】shēng lèi jù xià　俱：一起。邊訴說，邊哭泣。形容十分激動、悲痛的樣子 ◆ 一談到這事，他便聲淚俱下。

【聲嘶力竭】shēng sī lì jié　嘶：嘶啞。竭：盡。聲音嘶啞，力氣用盡。形容拚命地叫喊 ◆ 地聲嘶力竭地呼喊着："救命……救命！"

⟨⟩ 聲威、聲援、聲稱

⟨⟩ 心聲、呼聲、掌聲、有聲有色、低聲下氣、怨聲載道、隨聲附和、虛張聲勢、異口同聲、忍氣吞聲、鴉雀無聲

¹¹聰 (聪)

丨丨耳耵聦聪聰聰

[cōng ㄘㄨㄥ ⑧ tsuŋ¹ 匆]

❶ 聽覺靈敏 ◆ 耳聰目明。❷ 智力強 ◆ 聰明／聰慧。

【聰明】cōng míng　智商高，記性好，理解能力強 ◆ 秘書聰明能幹，是經理的得力助手。

⟨⟩ 聰穎、聰明反被聰明誤

¹¹聳 (耸)

丿 纵 纵 纵 從 聳

[sǒng ㄙㄨㄥˇ ⑧ suŋ² 慫]

❶ 高高地直立 ◆ 高聳入雲。❷ 使人吃驚 ◆ 危言聳聽。

【聳立】sǒng lì　高高地直立 ◆ 山峯聳立，直插雲霄。⟨同⟩ 矗立。

【聳人聽聞】sǒng rén tīng wén　聳：使驚動。故意誇大或捏造事實，使人聽到感到震驚 ◆ 他常常捕風捉影，講一些聳人聽聞的事。

¹¹聯 (联)

耳 耵 聊 聯 聯 聯

[lián ㄌㄧㄢˊ ⑧ lyn⁴ 巒]

❶ 連接；結合 ◆ 聯繫／聯盟。❷ 對聯 ◆ 上聯／下聯。

【聯合】lián hé　❶ 結合在一起，使不分散 ◆ 聯合起來力量大。⟨反⟩ 分散。❷ 共同的；結合起來的 ◆ 兩校聯合舉

辦運動會。

【聯名】 lián míng　共同署名 ◆ 外文老師聯名寫信給校長，要求增加教學資源。

【聯絡】 lián luò　聯繫；接觸 ◆ 自從他去了加拿大，我們就失去了聯絡。

【聯想】 lián xiǎng　由某事物想到其他相關的事物 ◆ 科學家最善於聯想。回 想象。

【聯繫】 lián xì　互相接上關係 ◆ 我們經常用電話聯繫。回 聯絡。

【聯歡】 lián huān　在一起歡聚、娛樂 ◆ 今晚學校舉辦聯歡會，紀念建校十週年。

⊠ 聯軍

⊡ 春聯、對聯、蟬聯、關聯

聶 （聂） 一 ㄏ ㅏㅏ 耳 耳 聶　聶

[niè ㄋㄧㄝˋ 粵 nip⁹ 捏]

姓。

職 （职） ㄐ 耳 耵 耵 聍 職　職

[zhí ㄓˊ 粵 dzik⁷ 即]

❶ 工作崗位 ◆ 職位 / 辭職。❷ 所從事的工作 ◆ 職業。❸ 分內應做的事 ◆ 職責 / 盡職。

【職工】 zhí gōng　職員和工人 ◆ 公司全體職工都很努力。

【職位】 zhí wèi　擔任一定職務的位置 ◆ 這個職位對你很合適。

【職員】 zhí yuán　從事行政或業務工作的人員 ◆ 公司職員待遇都很好。

【職務】 zhí wù　工作上應承擔的任務 ◆ 秘書的職務就是協助主管做好工作。回 職責。

【職責】 zhí zé　職務範圍內應負的責任 ◆ 救死扶傷是醫生應盡的職責。

【職業】 zhí yè　個人在社會上所從事的工作 ◆ 現在大學畢業生找職業也不容易。

【職權】 zhí quán　職務範圍內享有的權力 ◆ 公務員應廉潔奉公，不能濫用職權。

⊠ 本職、失職、免職、稱職、撤職、以身殉職

聽 （听） 耳 耵 耵 睜 聽 聽　聽

[tīng ㄊㄧㄥ 粵 tiŋ¹ 汀/tiŋ³ 亭³/tɛŋ³ 廳(語)]

❶ 用耳朵感覺聲音 ◆ 聽音樂 / 聽故事。❷ 服從；接受 ◆ 聽話 / 聽不進忠告。❸ 量詞，用於罐裝物 ◆ 一聽奶粉。❹ 順着；由着；隨便 ◆ 聽任 / 聽其自然。

【聽力】 tīng lì　耳朵分辨聲音的能力 ◆ 這位老人聽力很好。

【聽信】 tīng xìn　聽到就相信 ◆ 你不要聽信謠傳。

【聽從】 tīng cóng　按照別人的話去做 ◆ 你要聽從老師的教導，努力學習。

【聽寫】 tīng xiě　教師念、學生寫的一種語文訓練方法 ◆ 請同學們聽寫一首古詩。

【聽覺】 tīng jué　耳朵對聲音的感覺 ◆ 她聽覺靈敏。

【聽之任之】 tīng zhī rèn zhī　聽、任：聽憑、任憑。之：他(它)、他(它)們。聽憑他(它)怎樣，不去干涉 ◆ 對於破壞生態環境的現象，不能聽之任之。

【聽其自然】 tīng qí zì rán　聽：聽憑。聽憑它自由發展，不去過問 ◆ 事已如此，也只好聽其自然了。

⊠ 聽取、聽便、聽眾

⊡ 打聽、收聽、旁聽、探聽、動聽、傾聽、言聽計從、道聽途説、聳人聽聞、危言聳聽、洗耳恭聽

聾 （聋） 青 青 青 青 龍 龍　聾

[lóng ㄌㄨㄥˊ 粵 luŋ⁴ 籠]

耳朵聽不見或聽不清聲音 ◆ 聾子 / 耳聾眼瞎。

⊡ 震耳欲聾

聿 部

肆 一 ㄏ ㅏ 镸 镸 肆　肆

〈一〉[sì ㄙˋ 粵 si³ 試]

❶ 由着性子去做，不顧一切 ◆ 放肆 / 肆意妄為。❷ 小店鋪 ◆ 酒肆 / 店肆。

〈二〉[sì ㄙˋ 粵 sei³ 四]

❸ 數目字 "四" 的大寫。

【肆虐】 sì nüè　任意殘害或破壞 ◆ 因蝗蟲肆虐，大片莊稼被毀。

【肆意】 sì yì　不顧一切地任意去做 ◆ 為了泄私憤，他肆意攻擊上司。

【肆無忌憚】 sì wú jì dàn　忌憚：顧忌；畏懼。任意胡作非為，毫無顧忌 ◆ 歹徒肆無忌憚，竟在光天化日之下行兇搶劫。

肄 一 ㅌ 上 镸 镸 镸　肄

[yì ㄧˋ 粵 ji⁶ 義]

學習 ◆ 肄業。

【肄業】 yì yè　在校學習期滿而成績不合格，沒有取得畢業資格的；在校學習一年以上，未學完應學課程而中途退學的 ◆ 他肄業於香港大學。

肅 （肃） ㅌ 串 肃 肃 肃 肅　肅

[sù ㄙㄨˋ 粵 suk⁷ 宿]

❶ 恭敬 ◆ 肅然起敬。❷ 莊重；認真 ◆ 嚴肅 / 莊嚴肅穆。

【肅立】 sù lì　恭敬地站立 ◆ 典禮開始，全體肅立。

【肅清】 sù qīng　徹底清除 ◆ 警方出動大批警力，一舉肅清了藏匿在山中的匪徒。

【肅靜】 sù jìng　嚴肅寂靜 ◆ 請大家肅靜，聽法官宣判。

【肅穆】 sù mù　嚴肅恭敬 ◆ 會場莊嚴肅穆，鴉雀無聲。

【肅然起敬】 sù rán qǐ jìng　肅然：恭敬的樣子。形容對一些感人事跡表現出恭敬的神情，流露出敬佩的感情 ◆ 看了有關孫中山先生的事跡介紹，不禁肅然起敬。

肇 ㅋ 戶 庐 庐 隆 肇　肇

[zhào ㄓㄠˋ 粵 siu⁶ 兆]

❶ 開始 ◆ 肇始。❷ 引起 ◆ 肇事者。

【肇事】zhào shì 引起事故；挑起事端；鬧事 ◆ 他是這次交通事故的肇事者。

肉 部

肉
丿 冂 內 內 肉 肉

[ròu 日ㄡˋ ⑧juk⁹ 玉]

❶ 人或動物體內皮包着的軟組織 ◆ 牛肉 / 皮開肉綻。❷ 某些瓜果裏可以吃的部分 ◆ 果肉 / 桂圓肉。

【肉麻】ròu má 對虛偽或輕佻的言語、舉動產生的不舒服感覺 ◆ 這本書有些描寫太肉麻了。

【肉搏】ròu bó 空手或用刀棍等短兵器搏鬥 ◆ 警察手持警棍同暴徒肉搏。

▢ 肉食、肉眼、肉類、肉體
▢ 肌肉、骨肉、弱肉強食、心驚肉跳

肌
丿 冂 月 月 肌 肌

[jī ㄐㄧ ⑧gei¹ 基]

肌肉，皮肉的統稱 ◆ 面黃肌瘦 / 心肌梗塞。

【肌膚】jī fū 肌肉和皮膚 ◆ 還好，只損傷一點肌膚。

【肌體】jī tǐ 身體；比喻組織機構 ◆ 肌體健全 / 肌體運轉不靈，需要調整。

肋
丿 冂 月 月 肋 肋

[lèi ㄌㄟˋ ⑧lek⁹ 勒]

胸部兩側的部位 ◆ 肋骨 / 兩肋插刀。

【肋骨】lèi gǔ 人或脊椎動物胸腔兩側成對的長條形骨骼。人有十二對肋骨，呈扁而彎的形狀，與胸骨、脊柱相連，以保護胸腔內臟 ◆ 他在手術時拿掉了兩根肋骨。

肝
丿 冂 月 月 肝 肝

[gān ㄍㄢ ⑧gon¹ 干]

人和高等動物的內臟之一，有分泌膽汁、儲藏養料和解毒等功能 ◆ 肝臟 / 豬肝。

【肝腦塗地】gān nǎo tú dì 肝血和腦漿塗滿地。形容人慘死的情景；也表示盡忠竭力，不惜犧牲生命 ◆ 蘇武寧願肝腦塗地，也決不喪失民族氣節。

【肝膽相照】gān dǎn xiāng zhào 比喻兩心相通，以真誠待人 ◆ 我們兩個向來肝膽相照，無話不談。

肛
丿 冂 月 月 肛 肛

[gāng ㄍㄤ ⑧gong¹ 江]

肛門和肛道的總稱 ◆ 脫肛。

【肛門】gāng mén 人和動物的直腸末端，糞便的出口處。

肚
丿 冂 月 月 肚 肚

〈一〉[dù ㄉㄨˋ ⑧tou⁵ 逃⁵]

❶ 人和動物的腹部 ◆ 肚子 / 挺胸凸肚。❷ 某些像肚子的東西 ◆ 腿肚子。

〈二〉[dù ㄉㄨˋ ⑧tou⁵ 逃⁵]

❸ 動物的胃 ◆ 豬肚 / 牛肚。

【肚量】dù liàng 對人寬容的程度 ◆ 他肚量大，不記恨。

(注意)"肚量"也作"度量"。

▢ 牽腸掛肚

肘
丿 冂 月 月 肘 肘

[zhǒu ㄓㄡˇ ⑧dzou² 走/dzau² 爪 (語)]

人的上臂和前臂之間向外凸起、能彎曲的部分 ◆ 胳膊肘 / 捉襟見肘。

肖
丿 丨 丬 丬 肖 肖 肖

[xiào ㄒㄧㄠˋ ⑧tsiu³ 俏]

像；相似 ◆ 肖像 / 惟妙惟肖。

【肖像】xiào xiàng 人的相片或畫像 ◆ 牆上掛着一幅魯迅肖像。

▢ 不肖

肓
丶 亠 亡 肓 肓 肓 肓

[huāng ㄏㄨㄤ ⑧fong¹ 方]

人體心臟與橫膈膜之間的部位 ◆ 病入膏肓。

肺
丿 冂 月 月 肝 肺 肺

[fèi ㄈㄟˋ ⑧fai³ 廢]

❶ 呼吸器官 ◆ 肺病 / 肺癌。❷ 比喻內心 ◆ 肺腑之言 / 狼心狗肺。

☺ 圖見12頁。

(注意)"肺"右邊是"巿"(4畫)，不是"市"。

請試試深深吸一口氣後吹氣球，直到你吹不出氣來。氣球的大小，大約就是你肺部空氣量的一半。

【肺腑】fèi fǔ 比喻內心 ◆ 聽了他的一番肺腑之言，我深受感動。

▢ 肺炎、肺活量、肺結核

肢
丿 冂 月 月 肝 肢 肢

[zhī ㄓ ⑧dzi¹ 之]

人體的兩臂、兩腿，鳥獸的翅膀和腳 ◆ 四肢 / 下肢 / 前肢。

▢ 假肢、截肢

肯
丨 止 止 止 肎 肯 肯

[kěn ㄎㄣˇ ⑧heng² 亨²]

❶ 願意；同意 ◆ 肯幫忙 / 不肯説。❷ 骨節上的肉；比喻關鍵、要害 ◆ 中肯。

【肯定】kěn dìng ❶ 承認；確認 ◆ 校長肯定了你的工作成績。⒜ 否定。

❷一定 ◆ 這任務肯定能完成。❸ 確定 ◆ 這支球隊能不能贏還不能肯定。

⁴ 肴　"餚"的異體字，見458頁。

⁴ 股　丿 几 月 肝 肝 股　股

[gǔ ㄍㄨˇ 粵 gu² 古]

❶大腿 ◆ 懸梁刺股。❷某些機關、團體裏的辦事部門 ◆ 宣傳股 / 財務股。❸工商企業資金的份額 ◆ 股份 / 股票。❹量詞，用於成條的東西、力氣等，成批的人或氣體 ◆ 一股線 / 一股勁 / 一股敵人 / 一股香味。

【股東】gǔ dōng　持有股份公司的股票或合夥企業的股份的人 ◆ 今天召開股東大會。

【股票】gǔ piào　股東向股份公司投資入股的憑證 ◆ 他有這家公司的股票。
☆股市、股份公司
☆入股

⁴ 肪　丿 几 月 肪 肪 肪 肪　肪

[fáng ㄈㄤˊ 粵 fɔŋ¹ 方]

脂肪：動物體內凝結的油質。

⁴ 育　丶 亠 ㄊ 玄 育 育 育　育

[yù ㄩˋ 粵 juk⁹ 玉]

❶生孩子 ◆ 生育 / 生兒育女。❷撫養 ◆ 育嬰 / 撫育。❸培植 ◆ 育秧 / 封山育林。❹培養；教育 ◆ 育才 / 德育。

【育才】yù cái　培養人才 ◆ 學校要為國育才。
☆哺育、培育、發育、智育、養育、體育

⁴ 肩　丶 亠 ㄟ 户 户 肩 肩　肩

[jiān ㄐㄧㄢ 粵 gin¹ 堅]

❶肩膀 ◆ 肩並肩 / 肩挑背扛。❷擔負；承擔 ◆ 肩負 / 身負重任。

【肩負】jiān fù　擔負 ◆ 父親肩負一家老小生活的重擔。
☆並肩、摩肩接踵

⁴ 肥　丿 几 月 肝 肝 肥 肥　肥

[féi ㄈㄟˊ 粵 fei⁴ 飛⁴]

❶胖；跟"瘦"相對 ◆ 肥胖 / 肥壯。❷土質好，養料充足 ◆ 肥沃。❸使土地肥沃的養料 ◆ 肥料 / 施肥。❹增加養分，使土地肥沃 ◆ 肥田。

【肥沃】féi wò　土地養分、水分豐富 ◆ 這片土地很肥沃。☒貧瘠。

【肥壯】féi zhuàng　肥大又健壯 ◆ 他養的牲口都很肥壯。

【肥胖】féi pàng　胖 ◆ 他身體略顯肥胖，動作卻很靈活。☒消瘦。

【肥料】féi liào　能增加土壤養分，促進植物生長的物質。包括無機肥料、有機肥料和細菌肥料等 ◆ 肥料充足，莊稼就長得好。
☆化肥、挑肥揀瘦、腦滿腸肥

⁵ 胡　一 十 古 古 胡 胡 胡　胡

[hú ㄏㄨˊ 粵 wu⁴ 狐]

❶隨意亂來 ◆ 胡説 / 胡言亂語。❷中國古代對北方和西方各少數民族的通稱 ◆ 胡人 / 胡地。❸姓。❹"鬍"的簡化字，見463頁。

【胡同】hú tòng　巷子；小街道 ◆ 北京稱街巷為胡同。
注意"胡同"也作"衚衕"。

【胡話】hú huà　神志不清時説的話；也指沒有道理的話 ◆ 你這是説胡話，誰會相信？

【胡亂】hú luàn　馬虎；不認真 ◆ 寫字不能胡亂地寫。☒認真。

【胡鬧】hú nào　無理取鬧；不講道理地亂搞 ◆ 這裏是法庭，不許你們胡鬧。

【胡作非為】hú zuò fēi wéi　無所顧忌地任意行動 ◆ 我們要遵紀守法，不能胡作非為。☒安分守己。

【胡言亂語】hú yán luàn yǔ　❶毫無根據地瞎説 ◆ 你不要聽信他的胡言亂語。❷説胡話 ◆ 他故意裝瘋賣傻，胡言亂語。同 胡説八道。

【胡思亂想】hú sī luàn xiǎng　不切實

際地瞎想 ◆ 大家都是一片好心，你別胡思亂想。

【胡説八道】hú shuō bā dào　毫無道理地亂説 ◆ 你不要聽他胡説八道！同 胡言亂語。
☆胡來、胡扯、胡琴、胡椒、胡蘿蔔、胡攪蠻纏

⁵ 胚　丿 几 月 肝 肧 肧 胚　胚

[pēi ㄆㄟ 粵 pui¹ 醅]

處在發育初期的生物體 ◆ 胚胎。

【胚胎】pēi tāi　卵受精後初期發育的動物體。人的胚胎由臍帶和胎胚相連，通過母體吸收營養 ◆ 人和大多數哺乳動物都是由胚胎發育而成的。

⁵ 背　丨 刂 匕 北 北 背 背　背

⟨一⟩ [bèi ㄅㄟˋ 粵 bui³ 貝]

❶胸部的後面，肩以下腰以上的部分 ◆ 背脊 / 駝背。❷物體的反面或後面 ◆ 刀背 / 手心手背。❸背對着 ◆ 背光 / 背山面水。❹離開；向相反方向 ◆ 背離 / 背井離鄉。❺違反 ◆ 違背 / 背信棄義。❻聽覺差 ◆ 耳背。

⟨二⟩ [bèi ㄅㄟˋ 粵 bui⁶ 貝⁶]

❼不看書本，憑記憶唸出來 ◆ 背書 / 背誦。

⟨三⟩ [bēi ㄅㄟ 粵 bui³ 貝]

❽用肩背馱東西 ◆ 背孩子 / 背着書包上學校。❾負擔 ◆ 背了一身債。

【背叛】bèi pàn　違背；叛變 ◆ 在敵人的威逼利誘下，他竟背叛國家，宣佈投降。

【背景】bèi jǐng　❶用來襯托的景物 ◆ 話劇需要舞台背景。❷影響人物、事件的環境或情況 ◆ 鴉片戰爭就是在這種歷史背景下爆發的。❸比喻在背後撐腰的勢力或靠山 ◆ 你們查一查這夥人的背景。

【背₂誦】bèi sòng　靠記憶唸出看過的文字 ◆ 請把這首唐詩背誦一遍。

【背影】bèi yǐng　人的背面形象 ◆ 我只看到了他的背影。

【背水一戰】bèi shuǐ yī zhàn　背向江河作戰。比喻沒有退路，只能決一死戰

◆ 公司已面臨破產，為了擺脫困境，現在只好背水一戰了。

【背井離鄉】bèi jǐng lí xiāng　井：指家園。離開家鄉，外出謀生 ◆ 祖父早年背井離鄉，去了南洋。

(注意)「背井離i」也作「離鄉背井」。

【背信棄義】bèi xìn qì yì　信：信用。義：道義。不守信用，不講道義 ◆ 對方背信棄義，單方面撕毀協議。

【背道而馳】bèi dào ér chí　馳：奔跑。朝着相反的道路奔跑。比喻彼此方向、目標完全相反 ◆ 他的行為跟學校的要求是背道而馳的。(同) 南轅北轍。

⊠ 背心、背包

⊠ 汗流浹背

---

⁵ **胃** 丶 口 口 田 田 胃 ⟦胃⟧

[wèi ㄨㄟˋ ⑧ wɐi⁶ 位]

人體內的消化器官，樣子像口袋 ◆ 胃痛 / 胃潰瘍。

【胃口】wèi kǒu ❶食慾 ◆ 我這兩天胃口不好。❷比喻興趣愛好 ◆ 這場音樂會很合我的胃口。

⊠ 開胃、腸胃

---

⁵ **胝** 丿 月 月ˊ 肚 肚 胝 ⟦胝⟧

[zhī ㄓ ⑧ dzi¹ 支]

胼胝。見「胼」字，349 頁。

---

⁵ **胞** 丿 月 月ˊ 肑 肑 胞 ⟦胞⟧

[bāo ㄅㄠ ⑧ bau¹ 包]

❶見「胞衣」。❷同父母所生的 ◆ 胞兄 / 胞妹。❸同一國家和民族的人 ◆ 全國同胞 / 海外僑胞。

【胞衣】bāo yī　包着胎兒的膜。用作中藥時叫紫河車。

---

⁵ **胖** 丿 月 月 月ˊ 肝 胖 ⟦胖⟧

⟨一⟩ [pàng ㄆㄤˋ ⑧ bun⁶ 版]

❶人體長得很豐滿，肉多，跟「瘦」相對 ◆ 肥胖 / 胖娃娃。

⟨二⟩ [pán ㄆㄢˊ ⑧ pun⁴ 盤]

❷舒坦 ◆ 心廣體胖。

---

⁵ **胎** 丿 月 肝 肝 胎 胎 ⟦胎⟧

[tāi ㄊㄞ ⑧ tɔi¹ 台¹]

❶人或哺乳動物母體內的幼體 ◆ 胎兒 / 十月懷胎。❷器物的坯子 ◆ 泥胎。❸襯在衣服、被褥裏的東西 ◆ 棉花胎。❹車輪的內帶 ◆ 輪胎。❺表示懷胎或生育的次數 ◆ 頭胎 / 母豬一胎生了十幾隻小豬。

---

⁶ **胯** 月 扩 扩 胯 胯 胯 ⟦胯⟧

[kuà ㄎㄨㄚˋ ⑧ kwa¹ 誇/kwa³ 跨/fu³ 富]

腰的兩側和大腿之間的部分 ◆ 胯骨 / 胯下之辱。

---

⁶ **胰** 月 肝 肝 肝 脾 胰 ⟦胰⟧

[yí ㄧˊ ⑧ ji⁴ 兒]

人或高等動物體內的一種內分泌腺，能分泌消化液和胰島素 ◆ 胰臟 / 胰腺炎。

---

⁶ **脂** 月 肝 胪 胪 脂 脂 ⟦脂⟧

[zhī ㄓ ⑧ dzi¹ 支]

❶植物體內所含的油質 ◆ 脂肪 / 油脂。❷「胭脂」的簡稱 ◆ 脂粉 / 塗脂抹粉。

【脂肪】zhī fáng　有機化合物，是供給人體所需熱量的主要食物，也是各種食油的主要成分 ◆ 適當地吃一些含脂肪的食物對健康有益。

【脂粉】zhī fěn ❶胭脂和香粉 ◆ 脂粉是女性常用的化妝品。❷借指婦女 ◆ 這青年有些娘娘腔，脂粉氣。

---

⁶ **胱** 月 月 月ˊ 肟 胩 胱 ⟦胱⟧

[guāng ㄍㄨㄤ ⑧ gwɔŋ¹ 光]

膀胱。見「膀」字，352 頁。

---

⁶ **脈** ⁽脉⁾ 月 月ˊ 肝 肵 肵 脈 ⟦脈⟧

⟨一⟩ [mài ㄇㄞˋ ⑧ mɐk⁹ 默]

❶血管 ◆ 動脈 / 靜脈。❷動脈跳動 ◆ 脈搏 / 切脈。❸像血管那樣分佈的東西 ◆ 山脈 / 葉脈。

⟨二⟩ [mò ㄇㄛˋ ⑧ mɐk⁹ 默]

❹見「脈脈」。

【脈₂脈₂】mò mò　用眼神或動作默默表示的情思 ◆ 她含情脈脈地注視着這張照片。

【脈絡】mài luò　人體血管的主幹和分支。比喻線索條理 ◆ 這篇文章脈絡清楚。

【脈搏】mài bó ❶由心臟跳動引起的脈的搏動。通常指在手腕部位按摸到的脈搏。脈搏頻率與心跳一致。正常成年人安靜時每分鐘平均 60-80 次，兒童較快 ◆ 由於劇烈運動，脈搏加快。❷比喻形勢發展的進程 ◆ 跟不上時代的脈搏，就會落伍。

⊠ 一脈相承、來龍去脈

---

⁶ **脊** 丿 人 八 大 火 杂 脊 ⟦脊⟧

[jǐ ㄐㄧˇ ⑧ dzik⁸ 即⁸/dzɛk⁸ 炙 (語)]

❶人和動物背部中間的骨柱 ◆ 脊髓 / 脊椎骨。❷物體中間高起的部分 ◆ 屋脊 / 山脊。

【脊梁】jǐ ·liang　脊背 ◆ 走路時脊梁要挺直。

【脊椎】jǐ zhuī ❶指脊柱，人和脊椎動物背部中間的骨頭 ◆ 脊椎動物。❷指椎骨，是組成脊柱的骨頭 ◆ 人的脊柱由三十三個脊椎構成。

【脊椎動物】jǐ zhuī dòng wù　有脊椎的動物。包括魚類、兩棲動物、爬行動物、鳥類和哺乳動物五大類 ◆ 青蛙屬於脊椎動物。

---

⁶ **脆** 月 月ˊ 肟 胪 胪 脆 ⟦脆⟧

[cuì ㄘㄨㄟˋ ⑧ tsœy³ 翠]

❶東西容易斷、容易碎的 ◆ 這種玻璃太脆。❷食物酥鬆爽口 ◆ 鬆脆 / 餅乾又甜又脆。❸聲音清亮 ◆ 清脆 / 嗓音脆。❹說話做事爽快 ◆ 乾脆利落。

【脆弱】cuì ruò　不堅強，受不起挫折 ◆ 妹妹感情脆弱，要多加關照。(反) 堅強。

胸　月 𦝠 𦙷 𦙷 胸胸胸　胸

[xiōng ㄒㄩㄥ ⑧ huŋ¹ 凶]

❶ 身體的前面，脖子以下肚子以上的部分 ◆ 胸膛／前胸後背。❷ 指人的內心、抱負、氣量等 ◆ 胸有成竹／心胸狹窄。

【胸臆】xiōng yì　臆：胸。內心深處的想法 ◆ 這首詩直抒胸臆，感情奔放。

【胸襟】xiōng jīn　氣量：抱負 ◆ 他胸襟寬廣，光明磊落。

【胸懷】xiōng huái　❶ 心裏存有 ◆ 年輕人應該胸懷大志。❷ 指氣量、抱負 ◆ 胸懷開闊，心情才能舒暢。

【胸有成竹】xiōng yǒu chéng zhú　成：完整的。畫竹之前，心裏已經有了完整的竹子的形象。比喻事前已考慮成熟 ◆ 主教練對打贏這場球已經胸有成竹。

(注意) "胸有成竹"也作"成竹在胸"。

🔎 胸口、胸脯、胸中無數、胸無點墨

胳　月 𦝠 𦙷 𦚐 胳胳胳　胳

[gē ㄍㄜ ⑧ gɔk⁸ 各]

見 "胳膊"。

【胳膊】gē·bo　肩膀以下手腕以上的部分 ◆ 胳膊肘往外拐。

(注意) "胳膊"也叫"胳臂"。

胼　月 𦝠 𦙷 𦙷 𦙷 胼胼　胼

[pián ㄆㄧㄢˊ ⑧ pin⁴ 騙⁴]

見 "胼胝"。

【胼胝】pián zhī　手腳上因長期磨擦而長出的硬皮。俗稱 "老繭" ◆ 滿手胼胝。

胺　月 𦝠 𦙷 𦙷 胺胺胺　胺

[àn ㄢˋ ⑧ ɔn¹/ŋɔn¹ 安]

一種有機化合物。

脅（脇）　フ ㄅ ㄅˊ ㄅ 𦚢 𦚢 𦚢　脅

[xié ㄒㄧㄝˊ ⑧ hip⁸ 怯]

❶ 從腋下到肋骨盡頭的部位 ◆ 兩脅。❷ 逼迫 ◆ 脅從／威脅利誘。

【脅持】xié chí　用威力迫使他人服從 ◆ 對脅持青少年扒竊的罪犯要嚴加懲處。

【脅迫】xié pò　威嚇強迫 ◆ 不管壞人怎樣脅迫，他都毫不動搖。

【脅從】xié cóng　被迫跟着別人做壞事 ◆ 對主犯和脅從分子要區別對待。

能　ㄥ ㄥ 育 育 能能　能

[néng ㄋㄥˊ ⑧ nɐŋ⁴]

❶ 才幹；本領 ◆ 才能／無能。❷ 有才幹的 ◆ 能人／能者為師。❸ 能夠；會 ◆ 能説會道／能歌善舞。❹ 能量的簡稱 ◆ 熱能／太陽能。

【能力】néng lì　完成某項任務的本領 ◆ 學校教學要注重學生的能力培養。

【能手】néng shǒu　在某方面技能特別熟練的人 ◆ 他是維修電腦的能手。

【能否】néng fǒu　能不能 ◆ 你能否跟我們一起去參觀太空館？

【能耐】néng·nai　本領；才能 ◆ 這個人在企業管理方面很有能耐。

【能夠】néng gòu　❶ 具有某種能力 ◆ 我們一定能夠拿冠軍。❷ 表示有條件或情理上許可 ◆ 你的申請大概能夠批准／在課室內不能夠吃零食。

【能量】néng liàng　❶ 物質做功的能力，簡稱 "能"。能的基本類型有：熱能、電能、太陽能、原子能等。❷ 指人的某方面的活動能力 ◆ 這個人交際廣，能量大。

人體的能量是從食物來的。食物在腸胃中經過消化、分解、吸收，儲存在血液內。血液在身體各處循環流動，把吸收到的營養傳輸給肌肉。這些養分蘊含在肌肉內，會以一種相當緩慢的燃燒過程釋放出能量，供給我們各活動所需。

【能幹】néng gàn　能力強，辦事效率高 ◆ 新來的秘書很能幹。

【能源】néng yuán　能產生能量的資源，如水力、風力、煤等 ◆ 我們要大力開發各種能源。

【能工巧匠】néng gōng qiǎo jiàng　技藝高超的工匠 ◆ 這些精美的手工藝品，都是能工巧匠的傑作。

【能言善辯】néng yán shàn biàn　言：説。形容很會説話，善於辯論 ◆ 你能言善辯，誰説得過你？

【能屈能伸】néng qū néng shēn　屈：彎曲。能彎曲能伸直。指失意時能忍耐、不灰心，得意時能充分施展才能。形容胸懷大志，能適應各種環境的考驗 ◆ 大丈夫能屈能伸，小小挫折算得了甚麼！

【能説會道】néng shuō huì dào　道：説。形容人很善於講話 ◆ 全班就數他能説會道。

🔎 能見度、能者多勞、能者為師

🔎 功能、可能、本能、技能、性能、逞能、萬能、勤能補拙、熟能生巧、難能可貴、力所能及、愛莫能助、欲罷不能

脣　一 ㄏ ㄏ ㄏ 辰 辰 辰　脣

[chún ㄔㄨㄣˊ ⑧ sœn⁴ 純]

嘴脣 ◆ 脣膏／脣油。

【脣舌】chún shé　指話語 ◆ 這個問題很簡單，不必多費脣舌就能説清。

【脣亡齒寒】chún wáng chǐ hán　亡：無。春秋時代虞國和虢 (guó) 國是兩個相鄰的小國，晉國想先向虞國借一條路去攻打虢國，回頭時再滅虞國。虞國

大臣宮之奇知道後，勸說君說："虞國和虢國就像嘴脣和牙齒一樣，嘴脣沒有了，牙齒就會感到冷。如果借路給晉國，等於自己挖墳墓。"後來用來比喻雙方互相依存，利害相關◆《紅樓夢》裏的榮國府和寧國府，真可謂是"脣亡齒寒"，一榮俱榮，一損俱損。⊜ 齒脣相依、休戚相關。

【脣槍舌劍】chún qiāng shé jiàn 脣、舌：指言辭。形容爭辯非常激烈，言辭銳利，各不相讓◆ 雙方脣槍舌劍，爭論不休。

【脣齒相依】chún chǐ xiāng yī 比喻關係密切，互相依靠◆ 那兩個國家是脣齒相依的鄰邦。⊜ 脣亡齒寒、休戚相關。

---

⁷腳 "腳"的異體字，見 351 頁。

---

⁷脯 月 刖 肝 肝 胁 脯 脯 **脯**

〈一〉[fǔ ㄈㄨˇ ⑧ fu² 苦/pou² 普（語）]
❶ 乾肉◆ 豬肉脯／牛肉脯。❷ 蜜汁乾果；蜜餞◆ 果脯／桃脯。

〈二〉[pú ㄆㄨˊ ⑧ pou⁴ 葡]
❸ 胸脯◆ 雞脯肉。

---

⁷脖 月 刖 肚 肚 肸 胇 脖 **脖**

[bó ㄅㄛˊ ⑧ but⁹ 勃]
脖子：頸項。

---

⁷脫 月 刖 肸 胱 胖 脫 脫 **脫**

[tuō ㄊㄨㄛ ⑧ tyt⁸]
❶ 落下◆ 脫落／脫皮。❷ 去掉身上穿戴的衣物◆ 脫鞋／脫帽致敬。❸ 離開；躲開◆ 脫離／脫險。❹ 遺漏◆ 脫漏。

【脫身】tuō shēn 離開；擺脫◆ 工作太忙，實在不能脫身。

【脫節】tuō jié ❶ 本來連接的物體分開◆ 自行車鍊條脫節了。❷ 原有聯繫或應該聯繫的事物沒有聯繫起來◆ 小學和初中階段的知識不能脫節。

【脫險】tuō xiǎn 脫離危險◆ 他終於脫險，幸免於難。

【脫離】tuō lí ❶ 離開◆ 病人已經脫離危險。❷ 斷絕聯繫◆ 他已跟公司脫離關係。

【脫口而出】tuō kǒu ér chū 不加思索，隨口說出◆ 他書看得多，詩詞名句，脫口而出。

【脫胎換骨】tuō tāi huàn gǔ 道教以為修煉得法，能使凡胎變成聖胎，凡骨變成仙骨，長生不老。後來用來比喻徹底改變◆ 他已經脫胎換骨，從一個遊手好閒者變成一個自食其力的新人。

【脫穎而出】tuō yǐng ér chū 穎：物體的尖端。錐子的尖端穿透布袋顯露出來。比喻有才能的人有了充分顯示本領的機會◆ 在這次演講比賽中，他脫穎而出，奪得冠軍。

⊒ 逃脫、超脫、開脫、解脫、擺脫、灑脫、臨陣脫逃

---

⁸脹（胀） 月 刖 肌 胖 脹 脹 **脹**

[zhàng ㄓㄤˋ ⑧ dzœŋ³ 帳]
❶ 體積變大；跟 "縮" 相對◆ 膨脹／熱脹冷縮。❷ 皮肉浮腫◆ 腫脹。❸ 吃得過飽腸胃或體內受到某種壓力而感到不舒服◆ 肚子脹／頭昏腦脹。

---

⁸腎（肾） 一 一 丨 丐 丐 臤 臤 **腎**

[shèn ㄕㄣˋ ⑧ sœn⁶ 慎]
腎臟：分泌尿液的器官◆ 腎虛／腎功能。

---

⁸腌 月 刖 肸 胺 胺 胺 **腌**

〈一〉[ā ㄚ ⑧ jim¹ 淹]
❶ 見 "腌臢"。

〈二〉[yān ㄧㄢ ⑧ jim¹ 淹/jip⁸ 葉]
❷ "醃" 的異體字，見 428 頁。

【腌臢】ā zā 骯髒；不乾淨◆ 碼頭邊太腌臢了。

（注意）"臢" 粵音讀 dzam¹（簪）。

---

⁸腆 月 胛 胛 胛 腆 腆 **腆**

[tiǎn ㄊㄧㄢˇ ⑧ tin² 天²]

---

❶ 豐厚。❷ 挺起、凸出胸部或腹部◆ 腆着肚子／腆胸收腹。

---

⁸脾 月 月' 肼 胛 脾 脾 **脾**

[pí ㄆㄧˊ ⑧ pei⁴ 皮]
動物製造白血球的器官◆ 健脾補腎。

【脾氣】pí·qi ❶ 性情◆ 姐姐脾氣好，從來不跟人爭吵。❷ 情緒急躁好發怒◆ 這個人肝火旺，脾氣大。

---

⁸腋 月 刖 胪 胪 腋 腋 **腋**

[yè ㄧㄝˋ ⑧ jik⁹ 亦]
胳肢窩◆ 腋下。
⊒ 集腋成裘

---

⁸腐 广 广 庐 府 府 腐 **腐**

[fǔ ㄈㄨˇ ⑧ fu⁶ 父]
❶ 東西朽爛變質◆ 腐爛／腐朽。❷ 陳舊◆ 陳腐／迂腐。❸ 豆製品◆ 乳／豆腐。

【腐化】fǔ huà 道德敗壞；墮落◆ 因貪污腐化而被解催。

【腐朽】fǔ xiǔ ❶ 腐爛◆ 這地板有點腐朽了。❷ 思想陳腐；生活墮落制度敗壞◆ 她過着腐朽的寄生生活腐朽的清王朝終於被推翻了。⊜ 腐敗。

【腐敗】fǔ bài ❶ 腐爛◆ 不要吃腐敗變質的食物。❷ 墮落；黑暗◆ 政治腐敗。⊜ 腐朽。

【腐蝕】fǔ shí ❶ 物質因為化學作用而受到損害◆ 硫酸有很強的腐蝕力。❷ 人受壞影響而逐漸變質◆ 壞書對青少年的腐蝕作用不可低估。

【腐爛】fǔ làn 東西由於細菌侵蝕而損壞◆ 這根木頭腐爛了。

---

⁸勝 見力部，56 頁。

---

⁸腚 月 刖 肸 胪 胪 腚 **腚**

[dìng ㄉㄧㄥˋ ⑧ diŋ⁶ 定]
屁股◆ 光腚。

 拳不離手，曲不離口

⁸ **腔** 月 月⁻ 胪 脖 胶 腔 腔　腔

[qiāng ㄑㅣㄤ ⑧ hoŋ¹ 康]

❶ 人或動物體內空的部分 ◆ 胸腔 / 口腔。❷ 歌曲的調子 ◆ 唱腔 / 花腔女高音。❸ 説話；説話的聲音、語氣等 ◆ 搭腔 / 官腔 / 南腔北調。

【腔調】qiāng diào ❶ 説話的調子 ◆ 廣東人説話就是這樣的腔調。❷ 指言行舉止不正派的樣子 ◆ 看你這副流里流氣的腔調！

◪ 油腔滑調、裝腔作勢、字正腔圓

⁸ **腕** 月 月⁻ 胪 脘 脘 腕 腕　腕

[wàn ㄨㄢˋ ⑧ wun² 碗]

胳膊和手、小腿和腳相連的地方 ◆ 手腕 / 腳腕。

⁹ **腰** 月 胪 脚 脚 腰 腰　腰

[yāo ㄧㄠ ⑧ jiu¹ 邀]

❶ 肋骨以下胯骨以上的部位 ◆ 彎腰 / 兩手叉腰。❷ 褲、裙等圍在腰間的部分 ◆ 褲腰。❸ 事物的中間部分 ◆ 半山腰 / 攔腰截斷。❹ 腰子，腎的俗稱。

【腰包】yāo bāo 指錢包 ◆ 不好意思讓你掏腰包。

【腰纏萬貫】yāo chán wàn guàn 貫：舊時用繩子穿錢，每一千個叫一貫。腰間纏繞着萬貫銅錢。形容擁有大量錢財 ◆ 兄弟二人都是腰纏萬貫的富商。

◪ 腰身、腰圍

◪ 山腰、撐腰、褲腰

⁹ **腸**(肠) 月 胛 脾 脾 腸 腸　腸

[cháng ㄔㄤˊ ⑧ tsœŋ² 祥]

人和動物的內臟之一，分大腸、小腸，有消化食物、吸收營養的功能 ◆ 腸胃 / 雞腸。

◪ 心腸、衷腸、羊腸小道、牽腸掛肚、鐵石心腸

⁹ **腥** 月 胛 胛 胛 腥 腥　腥

[xīng ㄒㄧㄥ ⑧ siŋ¹ 星 / seŋ¹ 聲 (語)]

❶ 魚、肉一類的食物 ◆ 葷腥。❷ 魚、蝦等難聞的氣味 ◆ 腥氣 / 多放薑酒去腥味。

【腥風血雨】xīng fēng xuè yǔ 鮮血像下雨一樣飛濺，血腥味隨風四溢。形容殺戮的殘酷或鬥爭的激烈 ◆ 日寇在南京大屠殺期間，到處是腥風血雨。

注意 "腥風血雨" 也作 "血雨腥風"。

⁹ **腮** 月 胛 胛 胛 胛 腮　腮

[sāi ㄙㄞ ⑧ sɔi¹ 鰓]

臉頰；臉兩邊的下半部分，俗稱 "腮幫子" ◆ 落腮鬍子 / 抓耳撓腮。

⁹ **腭** 月 月⁻ 胪 胪 腭 腭　腭

[è ㄜˋ ⑧ ŋɔk⁹ 岳]

口腔的上壁，靠近牙齒比較硬的部分叫 "前鍔"，靠近鼻腔比較軟的部分叫 "軟鍔"。

⁹ **腫**(肿) 月 月⁻ 胪 脂 脂 腫　腫

[zhǒng ㄓㄨㄥˇ ⑧ dzuŋ² 總]

肌膚浮脹 ◆ 腫脹 / 紅腫 / 浮腫。

【腫脹】zhǒng zhàng 皮膚、肌肉等組織由於發炎、瘀血而體積增大 ◆ 小腿有些腫脹。

【腫瘤】zhǒng liú 人體某部分的細胞不正常增生所形成的腫塊。可分為良性腫瘤和惡性腫瘤兩種。惡性腫瘤就是癌 ◆ 醫生給他切除了腹腔內的腫瘤。

⁹ **腹** 月 月⁻ 胪 脂 脂 腹　腹

[fù ㄈㄨˋ ⑧ fuk⁷ 福]

❶ 肚子 ◆ 腹瀉 / 捧腹大笑。❷ 比喻中心部位 ◆ 深入腹地。

【腹地】fù dì 中心附近的地區；內地 ◆ 中原地區是中國的腹地。

【腹稿】fù gǎo 在動筆寫作之前已經想好的文稿 ◆ 這篇文章三天前我就打好了腹稿。

【腹背受敵】fù bèi shòu dí 腹：指前面。背：指後面。前後都受到敵人的攻擊 ◆ 孤軍深入，要防止腹背受敵。

◪ 心腹、口蜜腹劍、推心置腹

⁹ **腺** 月 月⁻ 胪 脂 脂 腺 腺　腺

[xiàn ㄒㄧㄢˋ ⑧ sin³ 線]

生物體內有分泌功能的組織 ◆ 乳腺 / 胰腺 / 汗腺 / 內分泌腺。

⁹ **腳**(脚) 月 月⁻ 胪 脁 脁 腳　腳

〈一〉[jiǎo ㄐㄧㄠˇ ⑧ gœk⁸]

❶ 人和動物腿的下端，着地行走的部分 ◆ 腳掌 / 腳踏兩隻船。❷ 東西的最下部 ◆ 牆腳 / 山腳。

〈二〉[jué ㄐㄩㄝˊ ⑧ gœk⁸]

❸ 演員；演員在戲曲、電影裏扮演的人物。也寫作 "角" ◆ 腳色 / 主腳。

【腳印】jiǎo yìn 腳留下的痕跡 ◆ 貓留下的腳印像一朵梅花。

【腳色】jué sè 演員在戲劇或電影電視中扮演的人物 ◆ 你在戲中演哪個腳色？

注意 "腳色" 也作 "角色"。

【腳步】jiǎo bù ❶ 行走時兩腳之間的距離 ◆ 他腿長，腳步大，一次總是跨兩個台階。❷ 行走時腳步的動作 ◆ 腳步輕一點，不要吵醒人家。

【腳踏實地】jiǎo tà shí dì 比喻做事踏實、認真、不虛浮 ◆ 主任做工作一向腳踏實地，你儘管放心。

◪ 腳跟、腳鐐

◪ 赤腳、陣腳、落腳、絆腳石、手忙腳亂、束手束腳

⁹ **腦**(脑) 月 胛 胚 脳 脳 腦　腦

[nǎo ㄋㄠˇ ⑧ nou⁵ 努]

❶ 人或高等動物神經系統的主要部分 ◆ 腦子 / 大腦。❷ 指頭 ◆ 腦袋 / 探頭探腦。❸ 功能或形狀像腦子的東西 ◆ 電腦 / 豆腐腦。

【腦汁】nǎo zhī 指腦筋 ◆ 我絞盡腦汁，總算把這個難題解決了。

【腦海】nǎo hǎi 指腦子 ◆ 在我的腦海裏，她是個沉默寡言的人。

【腦筋】nǎo jīn ❶ 指記憶、思考等能力 ◆ 動腦筋，想辦法。❷ 指思想、

意識 ◆ 這種老腦筋，要變一變了。

[〈] 腦震蕩、腦滿腸肥

[〉] 首腦、頭腦、樟腦、肝腦塗地、頭昏腦脹、呆頭呆腦、搖頭晃腦

10 膊 月 𦙶 𦚋 𦛠 𦛪 膊 膊

[bó ㄅㄛˊ [粵] bɔk⁸ 博]

上臂 ◆ 胳膊。

[〉] 赤膊

10 膏 亠 市 亭 高 高 高 膏

〈一〉[gāo ㄍㄠ [粵] gou¹ 高]

❶ 脂肪；油脂 ◆ 脂膏 / 民脂民膏。❷ 很稠的糊狀物 ◆ 牙膏 / 藥膏 / 雪花膏。

〈二〉[gào ㄍㄠˋ [粵] gou³ 告]

❸ 加上潤滑油，使機械轉動靈活自如 ◆ 膏油。

【膏藥】gāo ·yao　貼在皮膚上，主要用來消腫止痛的一種外用中藥 ◆ 這種舒筋活血的膏藥很有用。

10 膀 月 月˙ 肣 胪 脐 膀 膀

〈一〉[bǎng ㄅㄤˇ [粵] bɔŋ² 綁]

❶ 胳膊上部靠肩的部分 ◆ 膀子 / 肩膀。❷ 鳥類和某些昆蟲的翅膀。

〈二〉[páng ㄆㄤˊ [粵] pɔŋ⁴ 旁]

❸ 膀胱（páng guāng）：人或高等動物儲尿的器官。

10 腿 月 月ˇ 肥 胉 腿 腿 腿

[tuǐ ㄊㄨㄟˇ [粵] tœy² 推²]

❶ 人的下肢；動物的四肢 ◆ 左腿 / 右腿 / 前腿 / 後腿。❷ 器物上像腿的東西 ◆ 桌子腿 / 椅子腿。❸ 醃製的豬腿 ◆ 金華火腿。

11 膝 月 肝 胩 脥 脥 膝 膝

[xī ㄒㄧ [粵] sɐt⁷ 失]

大腿和小腿相連接的關節的前部 ◆ 膝蓋 / 護膝 / 雙膝跪下。

[〉] 奴顏卑膝、卑恭屈膝

11 膘 月 𦙶 𦚋 𦛠 腰 膘 膘

[biāo ㄅㄧㄠ [粵] biu¹ 標]

牲畜小腹兩邊的肉 ◆ 長膘 / 膘肥體壯。

11 膜 (膜) 月 肝 肝 肝 胩 膜 膜

〈一〉[mó ㄇㄛˊ [粵] mɔk⁹ 漠]

❶ 生物體內像薄皮的組織 ◆ 耳膜 / 腦膜 / 橫膈膜。❷ 像膜一樣薄的東西 ◆ 笛膜 / 塑料薄膜。

〈二〉[mó ㄇㄛˊ [粵] mou⁴ 無]

❸ 見“膜拜”。

【膜$_2$拜】mó bài　跪在地上雙手舉到額前恭敬地行禮 ◆ 她信佛，常去廟裏向菩薩頂禮膜拜。

11 膚 (肤) 丶 ㇀ 广 卢 卢 虍 膚

[fū ㄈㄨ [粵] fu¹ 呼]

❶ 身體的表皮 ◆ 皮膚 / 膚色。❷ 比喻表面的，淺薄的 ◆ 膚淺。

【膚淺】fū qiǎn　表面的；不深 ◆ 你對這個問題的理解太膚淺。[反] 深刻。

[〉] 肌膚、體無完膚

11 膛 月 月' 肖 胪 腔 膛 膛

[táng ㄊㄤˊ [粵] tɔŋ⁴ 堂]

❶ 胸腔 ◆ 胸膛 / 開膛破肚。❷ 器物的中空部分 ◆ 爐膛 / 子彈上膛。

11 膠 (胶) 月 月' 肜 肜 膠 膠 膠

[jiāo ㄐㄧㄠ [粵] gau¹ 交]

❶ 有黏 ，能黏合器物的東西 ◆ 膠水 / 如膠似漆。❷ 黏合 ◆ 膠合 / 膠住。❸ 指橡膠 ◆ 膠鞋。

【膠水】jiāo shuǐ　用來黏合東西的液體狀的膠 ◆ 這種膠水黏性強，用途廣。

【膠卷】jiāo juǎn　供攝影用的成卷的膠片，有黑白和彩色兩種 ◆ 相機裏的膠卷用完了沒有？

[注意]“膠卷”也叫“菲林”。

[〉] 橡膠、萬能膠

12 膨 月 肝 肚 肚 肺 膨 膨

[péng ㄆㄥˊ [粵] paŋ⁴ 彭]

脹大 ◆ 膨脹。

【膨脹】péng zhàng　❶ 物體由於溫度升高等原因使體積增加 ◆ 黃豆浸泡在水裏，體積就膨脹。❷ 指擴大或增長 ◆ 控制通貨膨脹。

12 膩 (腻) 月 肝 肝 脜 脜 膩 膩

[nì ㄋㄧˋ [粵] nei⁶ 餌]

❶ 食物油脂過多 ◆ 油膩。❷ 厭煩 ◆ 玩膩了。❸ 細緻 ◆ 細膩。❹ 污垢 ◆ 塵膩。

【膩煩】nì ·fan　厭煩；厭惡 ◆ 這種廢話連篇的文章令人一看就膩煩。

12 膳 (膳) 月 肝 肝 胖 胖 膳 膳

[shàn ㄕㄢˋ [粵] sin⁶ 善]

飯食 ◆ 用膳 / 膳宿。

【膳食】shàn shí　日常的飯菜 ◆ 膳食要注意營養搭配。

13 膿 (脓) 月 肿 胂 胂 膿 膿 膿

[nóng ㄋㄨㄥˊ [粵] nuŋ⁴ 農]

皮肉腐爛變成的黃白色黏液 ◆ 膿包 / 化膿。

13 臊 月 肝 胆 脜 脜 脾 臊

〈一〉[sāo ㄙㄠ [粵] sou¹ 蘇]

❶ 難聞的腥臭氣味 ◆ 腥臊 / 狐臊。

〈二〉[sào ㄙㄠˋ [粵] sou³ 掃]

❷ 害羞；難為情 ◆ 害臊。

13 膾 (脍) 丿 月 肸 肸 脍 膾 膾

[kuài ㄎㄨㄞˋ [粵] kui² 繪]

切得很細的肉 ◆ 膾炙人口。

【膾炙人口】kuài zhì rén kǒu　炙：烤肉。美味的食物人們愛吃。比喻好的文藝作品受人喜愛，廣為傳誦 ◆ 白居易的《琵琶行》是一首膾炙人口的詩篇。

¹³臉(脸)

月 胁 胁 胎 胎 臉　臉

[liǎn ㄌ丨ㄢˇ 粤 lim⁵ 斂⁵]

❶面部；面部的表情 ◆ 洗臉／愁眉苦臉。❷面子；體面 ◆ 丟臉／沒臉見人。

【臉色】liǎn sè ❶健康狀況在臉部的表現 ◆ 這孩子近來臉色不大好。❷表情 ◆ 看她喜笑顏開的臉色，就知道她考試成績不錯。

【臉譜】liǎn pǔ 京劇等傳統戲曲中用色彩在演員臉上勾畫的各種圖案，表示人物的性格特徵 ◆ 京劇的臉譜豐富多彩。

【臉龐】liǎn páng 臉的形狀和輪廓 ◆ 他的臉龐像鵝蛋，一雙烏黑的眼睛炯炯有神。⊜ 面龐。

⊠賞臉、嘴臉、翻臉、嘻皮笑臉

¹³膽(胆)

月 胩 胪 胪 膌 膽　膽

[dǎn ㄉㄢˇ 粤 dam² 擔²]

❶膽囊：人或動物的內臟器官之一，儲存膽汁，能幫助消化 ◆ 苦膽／蛇膽／卧薪嘗膽。❷膽量；勇氣 ◆ 膽大心細／一身是膽。❸裝在器物內部，供充氣或盛水用的東西 ◆ 瓶膽／球膽。

【膽怯】dǎn qiè 膽子小；缺少勇氣 ◆ 我剛開始登台演戲時，還真有點膽怯。

【膽略】dǎn lüè 膽量和謀略 ◆ 我們的經理膽略過人。

【膽量】dǎn liàng 承擔風險、責任等的勇氣 ◆ 參加汽車拉力賽，不僅要有技術、體力，還要有膽量。

【膽大心細】dǎn dà xīn xì 既要有膽量，又要小心謹慎 ◆ 外科醫生動手術一定要膽大心細。

【膽大包天】dǎn dà bāo tiān 形容膽子很大，無法無天 ◆ 這夥歹徒膽大包天，竟敢在光天化日下行兇搶劫。⊜膽大妄為。

注意 “膽大包天”含貶義。

【膽大妄為】dǎn dà wàng wéi 妄為：亂來。膽子很大，竟敢亂來。形容毫無顧忌，胡作非為 ◆ 法律豈能容忍他如此膽大妄為？⊜ 膽大包天。

【膽小如鼠】dǎn xiǎo rú shǔ 膽小得像老鼠那樣。形容膽小怕事 ◆ 你別看他

長得魁梧，卻是膽小如鼠。

【膽戰心驚】dǎn zhàn xīn jīng 戰：發抖。形容害怕極了 ◆ 架車飛越黃河的驚險表演，讓人看了膽戰心驚。

注意 “膽戰心驚”也作“心驚膽戰”。

⊲膽識

⊠大膽、斗膽、壯膽、赤膽忠心、肝膽相照、明目張膽、提心吊膽

¹³臃

月 胪 胪 胪 臃 臃　臃

[yōng ㄩㄥ 粤 jung² 擁]

腫脹 ◆ 臃腫。

【臃腫】yōng zhǒng ❶身體過胖或衣服過厚，行動不便 ◆ 你穿這麼厚的棉衣，顯得臃腫不堪。❷比喻機構龐大，人浮於事 ◆ 機構臃腫，必然會影響辦事效率。

¹³臆

月 胪 胪 胳 臆 臆　臆

[yì 丨ˋ 粤 jik⁷ 益]

❶胸 ◆ 胸臆。❷主觀的 ◆ 臆測／臆斷。

【臆造】yì zào 主觀地編造 ◆ 這是別人憑空臆造的，決無此事。

【臆測】yì cè 憑主觀推測 ◆ 這只是我的臆測，未必正確。

¹³膺

广 产 庐 庐 雁 膺　膺

[yīng 丨ㄥ 粤 jing¹ 英]

❶胸 ◆ 義憤填膺。❷受；當 ◆ 榮膺。

¹³膽 見言部，397頁。

¹³臀

尸 屁 屁 屍 殿 臀　臀

[tún ㄊㄨㄣˊ 粤 tyn⁴ 團]

屁股 ◆ 臀部。

注意 “臀”不讀 diàn（殿）。

¹³臂

尸 启 屏 肨 辟 臂　臂

〈一〉[bì ㄅ丨ˋ 粤 bei³ 祕]

❶從肩膀到手腕部分 ◆ 兩臂／臂膀。❷某些動物的前肢 ◆ 螳臂當車，自不量力。❸像臂一樣能提物的東西 ◆ 吊臂／起重臂。

〈二〉[·bei ·ㄅㄟ 粤 bei³ 祕]

❹“胳臂”中“臂”的讀音。

⊠三頭六臂、振臂高呼、袒胸露臂

¹⁴臍(脐)

月 胪 胪 胪 臍 臍　臍

[qí ㄑ丨ˊ 粤 tsi⁴ 池]

❶肚臍。❷螃蟹腹部下能活動的部分，尖形的是雄蟹，圓形的是雌蟹。

¹⁴臏(膑)

月 胪 胪 胪 臏 臏　臏

[bìn ㄅ丨ㄣˋ 粤 pen⁵ 牝]

膝蓋骨 ◆ 臏骨。

¹⁵臘(腊)

月 月 胪 臘 臘 臘　臘

[là ㄌㄚˋ 粤 lap⁹ 蠟]

❶農曆十二月 ◆ 臘八粥／寒冬臘月。❷冬天醃製後風乾的肉類 ◆ 臘肉／臘鴨。

¹⁶騰 見馬部，460頁。

¹⁸臟(脏)

月 胪 胪 胪 臘 臟　臟

[zàng ㄗㄤˋ 粤 dzong⁶ 撞]

人或動物體內器官的統稱 ◆ 內臟／五臟六腑。

✿圖見12頁。

¹⁹臢(臜)

月 胪 胪 胪 臢 臢　臢

[zā ㄗㄚ 粤 dzam¹ 簪]

腌臢。見“腌〈一〉”，350頁。

 淚眼問花花不語，亂紅飛過鞦韆去。——宋·歐陽修《蝶戀花》詞

臣 部

⁰ 臣 一丁丆千千臣 臣

[chén 彳ㄣˊ 粵 sen⁴ 辰]
君主時代的官吏 ◆ 君臣／忠臣。
≡ 大臣、功臣、奸臣

² 臥 一丁丆千臣臥 臥

[wò ㄨㄛˋ 粵 ŋo⁶ 餓]
❶躺下 ◆ 臥倒／臥牀不起。❷供睡覺用的 ◆ 臥室／臥具。
【臥室】wò shì　用來睡覺的房間 ◆ 這間臥室整潔幽雅。
【臥病】wò bìng　因患病而躺倒 ◆ 他已臥病多日。
【臥薪嘗膽】wò xīn cháng dǎn　薪：柴草。春秋時越國被吳國打敗後，據說越王勾踐夜裏睡在柴草上，飯前睡時嘗苦膽，來激勵自己，不忘國恥，立志報仇。經過多年苦心經營，終於打敗了吳國。後來用"臥薪嘗膽"形容刻苦自勵，發憤圖強 ◆ 越王勾踐"臥薪嘗膽"的精神曾激勵過許多處於困境的有志之士。
≡ 坐臥不安、藏龍臥虎

⁵ 堅 見土部，94頁。

⁸ 監 見皿部，293頁。

⁸ 緊 見糸部，331頁。

¹¹ 臨（临）一丁千臣臣臣臨臨 臨

[lín ㄌㄧㄣˊ 粵 lem⁴ 林]
❶到；來 ◆ 來臨／光臨／雙喜臨門。

❷靠近；面對 ◆ 臨近／面臨。❸將要；快要 ◆ 臨走時／臨別贈言。❹從高處往下看 ◆ 居高臨下。❺照着字畫摹仿 ◆ 臨帖／臨摹。
【臨別】lín bié　快要分別 ◆ 這本書送給你，作為臨別紀念。
【臨近】lín jìn　靠近；接近 ◆ 臨近春節，生意越來越興隆。
【臨時】lín shí　❶暫時；短期 ◆ 我臨時在這裏住幾天。❷到事情快發生的時候 ◆ 快去預訂車票，免得臨時買不到。
【臨終】lín zhōng　人快要死的時候 ◆ 爺爺臨終時還喊着你的名字。
【臨摹】lín mó　照着原本字畫摹仿着寫或畫 ◆ 他在臨摹柳公權的字帖。
【臨頭】lín tóu　指不幸或麻煩的事情落到頭上 ◆ 他出門不久，就大難臨頭，出了車禍。
【臨危不懼】lín wēi bù jù　面臨危險，毫不畏懼 ◆ 遇上山火，要臨危不懼，儘快擇路逃生。◙ 驚慌失措、貪生怕死。
【臨陣脱逃】lín zhèn tuō táo　陣：陣地；戰場。到上陣打仗時就逃跑。指貪生怕死；比喻事到臨頭因怕苦畏難而退縮 ◆ 由於他臨陣脱逃而受到軍法處置／早就講好三人合作，想不到他臨陣脱逃，不幹了。
【臨渴掘井】lín kě jué jǐng　等到渴了才挖井。比喻事先不準備，臨時才想辦法 ◆ 明天就要參加演講比賽，現在臨渴掘井，恐怕很難奏效。◙ 臨陣磨槍。◙ 未雨綢繆。
≡ 降臨、身臨其境

自 部

⁰ 自 ′ㄏㄖㄖ自自 自

[zì ㄗˋ 粵 dzi⁶ 字]
❶自己 ◆ 自學／自願。❷當然；必然的 ◆ 自不待言／是非自有公論。

❸從 ◆ 自古以來／自始至終。
【自由】zì yóu　❶不受限制和拘束 ◆ 請各位自由發言。◙ 束縛、拘束。❷在法律和社會公德許可的範圍內按自己意願活動的權利 ◆ 社會上每個人都有言論及通信的自由。
【自白】zì bái　自己表白，説明自己的意思 ◆ 我的冤屈，一時難以自白。
【自立】zì lì　靠自己，不依賴別人 ◆ 家長要培養孩子的自立精神。
【自在】zì zài　無拘無束 ◆ 他向來無憂無慮，逍遙自在。
【自在】zì·zai　安逸舒適 ◆ 這裏環境優美，住在這兒挺自在。
【自私】zì sī　只為自己打算，不顧別人 ◆ 做人不能太自私，要多為別人着想。
【自卑】zì bēi　認為自己不如人家；覺自己缺乏信心 ◆ 你要有信心，不用自卑。◙ 自滿、自負。
【自述】zì shù　敍述自己的事情 ◆ 這本書是根據他本人的自述整理而成的。
【自信】zì xìn　相信自己 ◆ 這次比賽我們自信能取勝。
【自負】zì fù　❶自己承擔 ◆ 文責自負。❷自以為比別人強 ◆ 他很自負，看不起別人。◎ 自大。◙ 自卑。
【自首】zì shǒu　犯了罪的人主動向司法機關投案，交代所犯的罪行 ◆ 天網恢恢，坦白自首是罪犯唯一的出路。
【自然】zì rán　❶天然形成的 ◆ 石林的自然景觀令人驚訝。❷按自身規律發展 ◆ 這件事就聽其自然吧。❸理所當然的 ◆ 你不下功夫，自然學不好。
【自然】zì·ran　不做作；不緊張 ◆ 他的表演很自然。
【自發】zì fā　沒有別人指使，由自己產生的；不自覺的 ◆ 這次義演是一些演員自發組織起來的。
【自滿】zì mǎn　對自己已有的成績感到滿足 ◆ 即使考了第一名，也不能自滿。
【自盡】zì jìn　自殺 ◆ 他因為家庭糾紛而投海自盡了。
【自豪】zì háo　自己覺得光榮 ◆ 學生

為你取得的成績感到自豪。

【自衛】zì wèi　自己保衞自己 ◆ 他這樣做是出於自衞。

【自覺】zì jué　❶ 自己感覺 ◆ 這種病的自覺症狀不明顯。❷ 自己認識到應該這樣；主動 ◆ 他能自覺地幫媽媽做些家務。

【自力更生】zì lì gēng shēng　依靠自己的力量把事情辦好 ◆ 受災後，我們靠自力更生，重建家園。

【自不量力】zì bù liàng lì　量：估計；衡量。自己不能正確衡量自己的能力。指沒有自知之明，過高地估計自己的能力 ◆ 他們宣稱這次能拿冠軍，我看有點自不量力。

(注意)"自不量力"也作"不自量力"。"量"不讀 liáng（良）。

【自以為是】zì yǐ wéi shì　是：對的。認為自己是正確的。多指主觀、不虛心 ◆ 他總是自以為是，不接受忠告。

【自吹自擂】zì chuī zì léi　擂：打鼓。自己為自己吹喇叭，自己為自己打鼓。比喻自己誇耀自己 ◆ 你有哪些能力我最清楚，別自吹自擂了。

【自告奮勇】zì gào fèn yǒng　告：表明。敢於表明自己的勇氣。指自己主動地要擔當某項任務 ◆ 他自告奮勇地報名參加了全港普通話演講大賽。

【自私自利】zì sī zì lì　只為自己利益打算 ◆ 自私自利的人不會受人歡迎。

【自作自受】zì zuò zì shòu　自己做的事，自己承擔後果。指自己做了不好的事，自己受罪 ◆ 他落到今天這個地步，真是自作自受。(同)自食其果。

【自知之明】zì zhī zhī míng　明：明智。指有正確認識自己的能力 ◆ 人貴有自知之明。

【自始至終】zì shǐ zhì zhōng　自：從。至：到。從開始到結束 ◆ 他自始至終參與了這座大橋的建造。(同)從頭到尾。

【自相矛盾】zì xiāng máo dùn　矛：長矛，古代用來刺殺的武器。盾：盾牌，用來保護自己的武器。古代有個寓言故事說：有個賣矛和盾的人，一會兒說他的盾非常堅固，甚麼武器也戳不破；一會兒又說他的矛鋒利無比，甚麼東西都能刺破。有人便問：拿你的矛來刺你的盾，那會怎麼樣？他沒有話好回答了。後用來比喻自己的言語行動前後不一致，互相抵觸 ◆ 你現在的觀點跟你以前的看法自相矛盾。

【自食其力】zì shí qí lì　靠自己的勞動養活自己 ◆ 一個體魄健全的人，應該自食其力。

【自食其果】zì shí qí guǒ　果：指苦果、後果。自己嘗自己種下的苦果。比喻自己做了壞事或錯事，自己承擔後果或受到應有的懲罰 ◆ 他不聽忠告，總有一天要自食其果。

【自討苦吃】zì tǎo kǔ chī　討：招來。自己給自己惹麻煩 ◆ 你這樣做不是自討苦吃嗎？

【自高自大】zì gāo zì dà　自以為了不起 ◆ 即使有才能，也不要自高自大。

【自強不息】zì qiáng bù xī　息：停止。自己努力上進，永不鬆懈 ◆ 這些成績，是他多年來自強不息的結果。

【自給自足】zì jǐ zì zú　給：供給，供應。用自己生產的東西，滿足自己的需求 ◆ 過去那種自給自足的經濟生活一去不復返了。

(注意)"給"不讀 gěi。

【自圓其說】zì yuán qí shuō　圓：使圓滿，使周密。讓自己的說法周全、圓滿，沒有漏洞，不相矛盾 ◆ 儘管你作了一番補充說明，但還是不能自圓其說。

【自欺欺人】zì qī qī rén　既欺騙自己，也欺騙別人 ◆ 你們那套自欺欺人的把戲，人家早就看透了。

【自然而然】zì rán ér rán　自然：按自身規律發展。然：這樣。按規律發展就是這樣的；理所當然的 ◆ 他學習一向刻苦認真，取得好成績是自然而然的。

【自暴自棄】zì bào zì qì　暴：糟蹋。棄：拋棄。自己糟蹋自己，自己看不起自己。指自卑自賤，自甘落後，不求進取 ◆ 你要有取勝的信心，不能自暴自棄。(反)自高自大。

【自顧不暇】zì gù bù xiá　暇：空閒。自己的事都顧不過來 ◆ 他這兩天忙得自顧不暇，哪裏還能管你的事情？

(三)自主、自從、自動、自稱、自由自在、自投羅網、自怨自艾

(四)私自、擅自、獨自、毛遂自薦、作繭自縛、放任自流、沾沾自喜、故步自封、庸人自擾、無地自容

---

⁴ 臭　丿ノ丨白白臭臭　臭

〈一〉【chòu ㄔㄡˋ　粵 tsɐu³ 湊】

❶ 難聞的氣味；跟"香"相對 ◆ 臭氣／腥臭。❷ 使人厭惡的 ◆ 臭名遠揚／遺臭萬年。❸ 狠狠地 ◆ 一頓臭罵。

〈二〉【xiù ㄒㄧㄡˋ　粵 tsɐu³ 湊】

❹ 用鼻子聞；同"嗅"字 ◆ 臭出甚麼味道。❺ 氣味 ◆ 無色無臭／乳臭未乾。

【臭名昭著】chòu míng zhāo zhù　名：名聲。昭著：明顯。壞名聲大家都知道 ◆ 你不要跟這種臭名昭著的人混在一起。

【臭味相投】chòu wèi xiāng tóu　投：投合。比喻思想作風、興趣愛好相同的人合得來 ◆ 這兩人一向臭味相投。

(注意)"臭味相投"多用於貶義。

(二)口臭、狐臭

---

⁴ 息　見心部，154頁。

---

⁶ 皋（皐）　丿丨白白皐皐　皋

【gāo ㄍㄠ　粵 gou¹ 高】

水邊的高地。

---

⁸ 鼻　見鼻部，471頁。

至部

⁰至 一厂云云至至 至

[zhì ㄓˋ ⑧dzi³ 志]

❶到 ◆ 自始至終／賓至如歸。❷極；最 ◆ 至高無上／如獲至寶。❸至於；表示可能達到某種程度 ◆ 甚至／竟至。

【至交】zhì jiāo 最要好的朋友 ◆ 我們是至交，理應相助。

【至於】zhì yú ❶達到。多用於表示可能的否定式 ◆ 如果不是生病缺課，他的成績不至於這麼差。❷表示另説一事 ◆ 這所學校各種設施都很好，至於師資條件，更是一流。

【至高無上】zhì gāo wú shàng 至：最。沒有比這更高的 ◆ 在封建社會裏，皇帝擁有至高無上的權力。

【至理名言】zhì lǐ míng yán 最正確、最精闢的言論 ◆“國家興亡，匹夫有責”，這是至理名言。

▣至今、至親

▣以至、甚至、仁至義盡、從頭至尾、無微不至

³致(致) 一厶云至到致致 致

[zhì ㄓˋ ⑧dzi³ 志]

❶給與；向對方表示 ◆ 致函／致謝。❷引起；招引 ◆ 致病／致癌物質。❸達到 ◆ 發家致富。❹集中精力 ◆ 專心致志／致力於慈善事業。❺情趣 ◆ 別致／興致勃勃。❻“緻”的簡化字，見 332 頁。

【致力】zhì lì 把力量集中在某個方面 ◆ 張教授一心致力於環保研究工作。

【致死】zhì sǐ 導致死亡 ◆ 病人終因失血過多致死。

【致命】zhì mìng 使失去生命的；比喻最嚴重的 ◆ 武松向老虎頭部猛擊了致命的幾拳／意志薄弱是他的致命弱

點。

【致敬】zhì jìng 向人敬禮或表示敬意 ◆ 市民向英勇救人的消防員致敬！

【致意】zhì yì 向人表示問候 ◆ 他向大家招手致意。

【致謝】zhì xiè 向人表示感謝 ◆ 他向曾幫助他的人一一致謝。

▣致使、致辭

▣一致、大致、招致、景致、雅致、導致、學以致用

⁸臺 同“台”字，見 69 頁。

¹⁰臻 工至幺致臻臻臻 臻

[zhēn ㄓㄣ ⑧dzœn¹ 津]

達到 ◆ 臻於完美／日臻完善。

臼部

⁰臼 ′ ′ ′ ′ 臼臼 臼

[jiù ㄐㄧㄡˋ ⑧kɐu⁵ 舅]

❶舂米的器具，大多用石頭做成，也有木製的 ◆ 石臼。❷形狀像臼的 ◆ 臼齒。

【臼齒】jiù chǐ 口腔後部兩側的牙齒，用來磨碎食物。人的臼齒上下各六顆 ◆ 臼齒脱落會影響咀嚼。

²兒 見儿部，39 頁。

⁴舀 爫爫爫舀舀舀 舀

[yǎo ㄧㄠˇ ⑧jiu⁵ 繞]

用瓢、勺等取東西 ◆ 舀水／舀湯。

⁵舂 三夫夫舂舂舂 舂

[chōng ㄔㄨㄥ ⑧dzuŋ¹ 忠]

用杵臼搗去穀物的皮殼 ◆ 舂米。

⁶與(与) ㄅㄅ竹竹朗朗與 與

〈一〉[yǔ ㄩˇ ⑧jy⁵ 雨]

❶和 ◆ 老師與學生／城市與鄉村。❷同；跟 ◆ 與疾病作鬥爭。❸給予 ◆ 贈與／授與。❹幫助 ◆ 與人為善。

〈二〉[yù ㄩˋ ⑧jy⁶ 預]

❺參加 ◆ 與會／參與。

【與其】yǔ qí 用在表示比較而有所取捨的語句中，常與“不如”連用 ◆ 天氣那麼好，與其呆在家裏，不如出去走走。

【與日俱增】yǔ rì jù zēng 俱：一起。隨着時間不斷增長 ◆ 公司的效益與日俱增。

【與世長辭】yǔ shì cháng cí 辭：告別。與人世永遠告別。去世的委婉説法 ◆ 他的祖父不幸與世長辭了。

【與世無爭】yǔ shì wú zhēng 不跟別人爭名奪利 ◆ 他為人寬厚，與世無爭。

【與眾不同】yǔ zhòng bù tóng 跟大家不一樣。指獨特 ◆ 他設計的服裝與眾不同，別具一格。

▣與人為善

▣事與願違

⁷舅 ′ ′ 臼臼臼舅舅 舅

[jiù ㄐㄧㄡˋ ⑧kɐu⁵ 臼]

❶母親的兄弟 ◆ 舅舅／舅父。❷妻子的兄弟 ◆ 妻舅／小舅子。

⁹舉(舉) ㄅㄅ竹竹朗朗舉 舉

[jǔ ㄐㄩˇ ⑧gœy² 矩]

❶向上抬；往上托 ◆ 舉手／舉重。❷推選；推薦 ◆ 選舉／推舉。❸起；興起 ◆ 舉兵／舉辦。❹提出 ◆ 舉例／列舉。❺動作；行為 ◆ 舉動一舉兩得。❻全 ◆ 舉國上下／舉世聞名。

【舉止】jǔ zhǐ 言行的姿態和風度 ◆ 他見多識廣，舉止大方。

【舉行】jǔ xíng 進行 ◆ 體育場正在舉行足球賽。

【舉例】jǔ lì 提出例子 ◆ 請你舉例說明。

【舉動】jǔ dòng 行為；動作 ◆ 舉動要文明。

【舉辦】jǔ bàn 舉行；辦理 ◆ 第八屆全國運動會在上海舉辦。

【舉一反三】jǔ yī fǎn sān 反：類推。從一件事類推而瞭解其他有關的事 ◆ 無論學習和工作，都要善於舉一反三。

【舉足輕重】jǔ zú qīng zhòng 形容所處地位重要，影響巨大 ◆ 校長在學校裏是個舉足輕重的人物。

【舉棋不定】jǔ qí bù dìng 棋：棋子。拿着棋子不知怎麼下好。比喻猶豫不決，拿不定主意 ◆ 情況緊急，不能再舉棋不定了。⒀ 當機立斷。

⒂創舉、檢舉、輕舉妄動、綱舉目張、輕而易舉

興(兴) ㄇ 目 俱 俱 闸 闸 興

〈一〉[xīng ㄒㄧㄥ ⑧ hiŋ¹ 兄]

❶ 開始；發動 ◆ 興建 / 百廢俱興。

❷ 盛行；流行 ◆ 時興 / 現在不興這種打扮了。❸ 旺盛；跟 "衰"、"亡" 相對 ◆ 興盛 / 復興。

〈二〉[xìng ㄒㄧㄥ ⑧ hiŋ³ 慶]

❹ 對事物愛好的情緒 ◆ 興趣 / 掃興。

【興亡】xīng wáng 國家的興盛和滅亡 ◆ 國家興亡，匹夫有責。

【興旺】xīng wàng 旺盛；迅速發展 ◆ 我們的事業將更加興旺發達。

【興隆】xīng lóng 興旺；昌盛 ◆ 這家商店生意興隆。

【興趣】xìng qù 對某種事物喜好的情緒 ◆ 他對打乒乓球特別有興趣。

【興奮】xīng fèn 情緒激動；精神振奮 ◆ 喜訊傳來，大家都很興奮。

【興風作浪】xīng fēng zuò làng 興、作：掀起。掀起風浪。比喻無事生非、製造事端 ◆ 這些人常常興風作浪，企圖混水摸魚。

【興致勃勃】xìng zhì bó bó 興致：興趣。勃勃：旺盛的樣子。形容很有興趣 ◆ 聽說要去郊外遠足，大家都興致勃勃地報名參加。

【興師動眾】xīng shī dòng zhòng 興、動：發動。師、眾：軍隊、將士。調兵遣將，出動軍隊。形容動用很多的人 ◆ 這點小事用不着興師動眾，有我們幾個人就可以了。

【興高采烈】xìng gāo cǎi liè 興：興致。采：精神；情緒。形容興致高漲，情緒熱烈 ◆ 在聯歡會上，同學們個個興高采烈。

⒀興沖沖、興妖作怪

⒂助興₂、振興、高興₂、新興、方興未艾、望洋興歎

學 見子部，115 頁。

興 見車部，414 頁。

舊(旧) ㄧ 一 十 五 莧 萑 舊 舊

[jiù ㄐㄧㄡ ⑧ geu⁶ 夠⁶]

❶ 用過很久的；過時的；跟 "新" 相對 ◆ 舊車 / 陳舊。❷ 從前的；原先的 ◆ 舊居 / 舊地重遊。❸ 老交情；老朋友 ◆ 舊交 / 故舊。

【舊居】jiù jū 從前居住過的房屋 ◆ 那幾間矮小的屋子是他的舊居。

【舊地重遊】jiù dì chóng yóu 重新遊覽曾經到過的地方 ◆ 杭州我去過，這次是舊地重遊。

注意 "重" 不讀 zhòng（仲）。

⒀舊事、舊聞

⒂仍舊、依舊、懷舊、因循守舊

覺 見見部，388 頁。

釁 見酉部，429 頁。

舌 部

舌 一 二 千 千 舌 舌

[shé ㄕㄜˊ ⑧ sit⁹ 泄⁹]

❶ 舌頭 ◆ 舌根 / 舌尖。❷ 像舌頭的東西 ◆ 火舌 / 帽舌。❸ 指代說話、辯論等事 ◆ 鸚鵡學舌 / 唇槍舌劍。

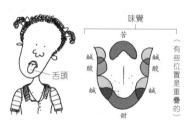

味覺

苦

鹹 酸 鹹 酸

鹹 鹹

甜

舌頭

（有些位置是重疊的）

【舌苔】shé tāi 舌頭表面滑膩的東西，中醫用觀察舌苔來診斷病症。

【舌戰】shé zhàn 比喻辯論緊張激烈 ◆ 經過一番舌戰，對方終於同意賠償損失。

⒀口舌、脣舌、繞舌、七嘴八舌

舍 人 人 ㅅ 仝 全 余 舍 舍

〈一〉[shè ㄕㄜˋ ⑧ sɛ³ 赦]

❶ 房屋；住所 ◆ 農舍 / 校舍 / 宿舍。

〈二〉[shě ㄕㄜˇ ⑧ sɛ² 寫]

❷ 同 "捨" 字，見 179 頁。

⒀寒舍、退避三舍

甜 見甘部，280 頁。

舒 ㇒ 乍 乍 舍 舍 舒 舒 舒

[shū ㄕㄨ ⑧ sy¹ 書]

❶ 伸展；寬解 ◆ 舒展 / 舒服。❷ 緩慢 ◆ 舒緩。❸ 姓。

【舒服】shū·fu 輕鬆愉快 ◆ 搬了新

居，住得更舒服了。

【舒展】shū zhǎn　❶ 伸展，不緊縮 ◆ 他終於想出一條妙計，緊鎖的眉頭頓時舒展了。❷ 舒適 ◆ 他這兩天心情格外舒展。

【舒暢】shū chàng　舒服愉快 ◆ 大家心情舒暢。

【舒適】shū shì　舒服安適 ◆ 誰都嚮往過上舒適的生活。

☒ 舒坦、舒筋活血

8 **舔**

[tiǎn ㄊㄧㄢˇ ⓨ tim² 添²]

用舌頭取食或接觸東西 ◆ 舔食 / 舔嘴唇。

9 **舖** 同"鋪〈三〉"，見 432 頁。

舛部

6 **舜**

[shùn ㄕㄨㄣˋ ⓨ sœn³ 信]

中國上古時代傳説中的一個帝王，也叫虞舜。

8 **舞**

[wǔ ㄨˇ ⓨ mou⁵ 武]

❶ 舞蹈 ◆ 跳舞 / 載歌載舞。❷ 揮動 ◆ 舞動 / 揮舞。❸ 耍弄 ◆ 舞弊 / 舞文弄墨。

【舞台】wǔ tái　❶ 供演員演出的高台 ◆ 我夢想自己能在舞台上載歌載舞。❷ 借指人物活動的場所 ◆ 一代偉人相繼退出了歷史舞台。

【舞姿】wǔ zī　舞蹈的動作姿態 ◆ 她的舞姿非常優美。

【舞弊】wǔ bì　用弄虛作假的手段做不合法的或違反紀律的事 ◆ 對考場舞弊行為要嚴肅處理。

【舞蹈】wǔ dǎo　用人體動作來表現生活、抒發思想感情的藝術形式 ◆ 她的舞蹈有鮮明的民族風格。

☒ 飛舞、鼓舞、歌舞、手舞足蹈、張牙舞爪、眉飛色舞、龍飛鳳舞

舟部

0 **舟**

[zhōu ㄓㄡ ⓨ dzɐu¹ 州]

船 ◆ 同舟共濟 / 順水推舟。

☒ 刻舟求劍、風雨同舟、逆水行舟

4 **般**

[bān ㄅㄢ ⓨ bun¹ 搬]

樣；種 ◆ 這般 / 雷鳴般的掌聲。

【般配】bān pèi　❶ 男女雙方在年齡、性格、教養、長相等方面相稱 ◆ 兩人都是大學畢業，我看很般配。❷ 人的身份跟服飾、打扮、住所等相稱 ◆ 參加社交活動，穿這樣的衣服有點不般配。

☒ 一般、百般

4 **航**

[háng ㄏㄤˊ ⓨ hɔŋ⁴ 杭]

在水上或天空行駛 ◆ 航海 / 航空。

【航行】háng xíng　船在水裏或飛行物在空中行駛 ◆ 輪船在茫茫大海中航行。

【航空】háng kōng　❶ 飛機等飛行器在空中飛行 ◆ 中國的航空事業發展很快。❷ 跟航空有關的 ◆ 航空母艦 / 航空模型。

【航班】háng bān　飛機由始發站起飛的班次 ◆ 上午因大霧耽誤了幾次航班。

【航海】háng hǎi　船舶在海上航行 ◆ 中國有悠久的航海歷史。

【航程】háng chéng　飛機、船舶航行的距離 ◆ 隨着科技的發展，飛機的航程越來越遠了。

【航線】háng xiàn　泛指水上和空中的航行路線 ◆ 這家航空公司又新闢了兩條國際航線。

☒ 民航、出航、通航、導航、啟航

5 **舶**

[bó ㄅㄛˊ ⓨ bak⁹ 白]

航海的大船 ◆ 船舶。

【舶來品】bó lái pǐn　從外國進口的商品。因過去外國商品多由船舶運來而得名 ◆ 這批舶來品質量一般。

5 **船**（舩）

[chuán ㄔㄨㄢˊ ⓨ syn⁴ 旋]

水上的交通運輸工具 ◆ 輪船 / 帆船。

【船隻】chuán zhī　船的總稱 ◆ 這家公司擁有大批船隻。

【船舶】chuán bó　船的總稱 ◆ 這個造船廠能生產多種類型的船舶。

【船塢】chuán wù　供檢修、製造船舶用的建築物 ◆ 這裏新建了一個能修造萬噸巨輪的船塢。

5 **舷**

[xián ㄒㄧㄢˊ ⓨ jin⁴ 言]

船和飛機的兩側 ◆ 船舷 / 舷梯。

5 **舵**

[duò ㄉㄨㄛˋ ⓨ tɔ⁴ 駝]

船或飛機用來控制航行方向的裝置 ◆ 掌舵 / 把舵。

【舵手】duò shǒu　在船上掌舵的人 ◆ 他在遠洋輪上當了二十多年的舵手。

7 **艄**

[shāo ㄕㄠ ⓨ sau¹ 梢]

❶ 船尾 ◆ 船艄。❷ 船舵 ◆ 掌艄。

7 **艇**

[tǐng ㄊㄧㄥˇ ⓨ tiŋ⁵ 挺 / tɛŋ⁵ 廳（語）]

輕便快速的小船或戰船 ◆ 汽艇／潛水艇。

9 艘(艘) 月 月 月 舟 舟 船 船 艘
[sōu ㄙㄡ 粵seu¹ 收／seu² 首 (語)]
量詞，用於船隻 ◆ 一艘輪船／一艘軍艦。

10 艙(舱) 月 月 月 舟 舟 舟 艙
[cāng ㄘㄤ 粵tsɔŋ¹ 倉]
船或飛機的內部 ◆ 船艙／一等艙。
【艙位】cāng wèi　船或飛機艙內供乘客用的座位或牀位 ◆ 這架客機有二百多個艙位。

14 艦(舰) 月 月 月 舟 舟 艦 艦
[jiàn ㄐㄧㄢˋ 粵lam⁶ 濫]
大型的戰船 ◆ 軍艦／航空母艦。
【艦艇】jiàn tǐng　軍用船隻的總稱 ◆ 中國已經能夠製造各種艦艇。

艮部

1 良 ⼀ ⼀ ⼀ ⼀ ⼀ 良 良
[liáng ㄌㄧㄤˊ 粵lœŋ⁴ 梁]
❶ 好；好的 ◆ 優良／良藥苦口。❷ 善良的人 ◆ 除暴安良／良莠不齊。❸ 很 ◆ 良久／用心良苦。
【良久】liáng jiǔ　很久 ◆ 他沉思良久，終於説出了事實真相。
【良心】liáng xīn　人們對是非、善惡和道德行為的出於內心的認識 ◆ 這孩子真有良心，對父母非常孝順。
【良田】liáng tián　肥沃的田地 ◆ 這一地區沃野千里，良田萬頃。
【良好】liáng hǎo　好；令人滿意 ◆ 要從小養成良好的生活習慣。
【良宵】liáng xiāo　美好的夜晚 ◆ 中秋之夜，親友歡聚，共度良宵。
【良策】liáng cè　好計謀；好辦法 ◆ 這是一個解決問題的良策。
【良機】liáng jī　好機會 ◆ 這次坐失良機，非常可惜。
【良辰美景】liáng chén měi jǐng　辰：時光。美好的時光和景色 ◆ 這清風月夜，良辰美景，令人心曠神怡。
【良師益友】liáng shī yì yǒu　對人有教益、有幫助的好老師和好朋友 ◆ 書籍是我們的良師益友。
【良莠不齊】liáng yǒu bù qí　良：指禾苗。莠：雜草。禾苗和雜草混在一起，比喻好的壞的夾雜在一起 ◆ 社會是個複雜的羣體，總是良莠不齊的。
〔注意〕"莠" 不讀 xiù(秀)。粵音讀 jeu⁵(友)。
② 改良、善良、喪盡天良

11 艱(艰) 艹 苩 莗 堇 嫨 艱 艱
[jiān ㄐㄧㄢ 粵gan¹ 奸]
困難 ◆ 艱難／艱險。
【艱巨】jiān jù　困難而費勁 ◆ 這個任務很艱巨。
【艱辛】jiān xīn　艱難辛苦 ◆ 一路上跋山涉水，歷盡艱辛。
【艱苦】jiān kǔ　艱難困苦 ◆ 搬運工是一個艱苦的工作。
【艱險】jiān xiǎn　又困難，又危險 ◆ 登山運動員不畏艱險的精神令人欽佩。
【艱難】jiān nán　困難 ◆ 大家終於艱難地登上了山頂。
② 艱深、艱澀

色部

0 色 ⼀ ⼀ ��� 各 多 色
[sè ㄙㄜˋ 粵sik⁷ 式]
❶ 顏色 ◆ 紅色／五顏六色。❷ 臉上的神情 ◆ 臉色／喜形於色。❸ 情景；景象 ◆ 夜色／景色。❹ 種類 ◆ 貨色齊全／花色品種。❺ 物品的質量 ◆ 成色。❻ 特指女色 ◆ 好色之徒。
【色盲】sè máng　眼睛不能分辨顏色的先天性疾病 ◆ 他是個色盲，分不清色彩。
【色彩】sè cǎi　❶ 顏色 ◆ 這件衣服色彩豔麗。❷ 比喻某種風格、情調或思想傾向 ◆ 這部小説具有濃郁的地方色彩。
【色調】sè diào　繪畫或室內裝飾等用來表現思想感情或情趣的色彩 ◆ 這房間色調高雅。
【色澤】sè zé　顏色和光亮的程度 ◆ 這枚郵票指色澤鮮明。
② 色素、色情
② 出色、角色、物色、神色、起色、特色、氣色、彩色、潤色、眉飛色舞、形形色色、和顏悅色

18 艷 "豔" 的異體字，見 400 頁。

艦艇

驅逐艦

核動力巡洋艦

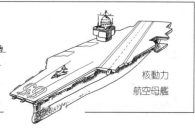

核動力航空母艦

莫道桑榆晚，微霞尚滿天。——唐・劉禹錫《酬樂天詠老見示》詩

艸部

²艾 (艾) 一 十 节 艾 艾 艾

〈一〉[ài ㄞˋ ⑧ŋai⁶ 刈]
❶ 草本植物，葉可做艾絨，供針灸用；枝葉熏煙可用來驅蚊。❷ 停止 ◆ 方興未艾。❸ 姓。

〈二〉[yì ㄧˋ ⑧ŋai⁶ 刈]
❹ 治理 ◆ 自怨自艾。

³芋 (芋) 一 十 节 节 芏 芋 芋

[yù ㄩˋ ⑧wu⁶ 互]
❶ 草本植物，地下的莖像圓球，可以吃。俗稱芋頭，也叫芋奶。❷ 泛指薯類 ◆ 山芋。

³芍 (芍) 一 十 节 节 芍 芍 芍

[sháo ㄕㄠˊ ⑧dzœk⁸ 雀]
見 "芍藥"。
【芍藥】sháo·yao 多年生草本植物。葉子卵形或披針形，成羽毛狀。花朵大而美麗，有紫紅、粉紅、黃、白等顏色，可供觀賞。根可入藥 ◆ 花圃裏芍藥盛開，散發出淡淡的芳香。
❀ 圖見 360 頁。

³芒 (芒) 一 十 节 节 芏 芒 芒

[máng ㄇㄤˊ ⑧mɔŋ⁴ 忙]
❶ 稻麥等外殼上的細刺 ◆ 麥芒／稻芒。❷ 像芒的東西 ◆ 光芒／鋒芒。❸ 見 "芒果"。
【芒果】máng guǒ 常綠喬木。葉子長圓形，花小，黃色。果實呈腎臟形，熟時黃色，味美多汁，營養豐富。產於亞熱帶地區。
【芒刺在背】máng cì zài bèi 像芒和刺扎在背上。比喻內心恐懼，坐立不安

◆ 在鐵的事實面前，他頓時如芒刺在背，啞口無言。

⁴芙 (芙) 一 十 节 芏 芏 芙 芙

[fú ㄈㄨˊ ⑧fu⁴ 扶]
見 "芙蓉"。
【芙蓉】fú róng ❶ 又叫 "木芙蓉"。落葉灌木，葉子闊卵形，花由白色或粉紅色逐漸變成深紅色，很美麗。❷ 荷花的別稱 ◆ 女子花樣游泳猶如出水芙蓉，清新美觀。

⁴芽 (芽) 一 十 节 节 芏 芽 芽

[yá ㄧㄚˊ ⑧ŋa⁴ 牙]
植物的幼體，可發育成莖、葉或花 ◆ 嫩芽／豆芽／生根、發芽、開花、結果。
⊡萌芽

⁴花 (花) 一 十 节 节 花 花 花

[huā ㄏㄨㄚ ⑧fa¹ 化¹]
❶ 植物的繁殖器官；也指能開花供觀賞的植物 ◆ 牡丹花／開花結果。❷ 形狀像花的東西 ◆ 雪花／浪花。❸ 指棉花 ◆ 軋花／彈花。❹ 條紋；圖案 ◆ 花紋／花邊。❺ 雜色的 ◆ 小花貓／花白頭髮。❻ 表示種類繁多 ◆ 花樣翻新／五花八門。❼ 視線模糊不清 ◆ 頭昏眼花／看花了眼。❽ 虛偽的；迷惑人的 ◆ 花招／花言巧語。❾ 用；耗費 ◆ 花錢／花時間。❿ 姓。
【花甲】huā jiǎ 指六十歲。由干支紀年每六十年為一個週期而得名 ◆ 他爺爺已年逾花甲。
【花卉】huā huì ❶ 花草 ◆ 各種花卉爭奇鬥豔。❷ 指畫花草的中國畫 ◆ 這位畫家擅長花卉。
【花白】huā bái 鬚髮黑白相間 ◆ 爺爺雖然頭髮花白，但氣色很好。
【花市】huā shì 買賣花卉的市場 ◆ 廣州的花市很熱鬧。
【花朵】huā duǒ 花的總稱 ◆ 牡丹花的花朵大而美麗。
【花色】huā sè ❶ 花紋色彩 ◆ 這絲綢的花色很美。❷ 同一品種在色彩、

樣式等方面的種類 ◆ 這家童裝專賣店的花色品種齊全。
【花招】huā zhāo 比喻騙人的手段 ◆ 孫悟空能識破妖怪的各種花招。
【花紋】huā wén 條紋和圖形 ◆ 雨花石的花紋多姿多彩，無奇不有。
【花費】huā fèi ❶ 消耗；用掉 ◆ 他製作這個模型花費了很多心血。❷ 用掉的錢 ◆ 她每月的花費不少。
【花絮】huā xù 比喻細小而有趣的新聞 ◆ 我喜歡看奧運會花絮。
【花園】huā yuán 栽有花木供觀賞休息的地方 ◆ 這家醫院有個很大的花園。
【花樣】huā yàng ❶ 式樣或種類 ◆ 花樣滑冰很富有藝術性。❷ 手法；手段 ◆ 你又在玩甚麼花樣？
【花瓣】huā bàn 花的組成部分之一，有各種不同的形狀和顏色 ◆ 菊花的瓣有多種形狀。
【花籃】huā lán 插有鮮花的籃子。用於祝賀或祭葬、弔喪 ◆ 今天酒店開張，大門兩側擺滿了各方面贈送的花籃。
【花天酒地】huā tiān jiǔ dì 形容沉湎酒色，生活腐敗 ◆ 紙醉金迷，花天酒地，不到一年光景，萬貫家財讓他弄得一乾二淨。
【花言巧語】huā yán qiǎo yǔ 虛偽而好聽的話 ◆ 你們不要被他的花言巧語所迷惑。
【花枝招展】huā zhī zhāo zhǎn 比喻婦女的打扮非常豔麗，引人注目 ◆ 參加舞會的小姐，個個打扮得花枝招展。
【花團錦簇】huā tuán jǐn cù 錦：有彩色花紋的絲織品。團、簇：聚集在一起。形容五彩繽紛、非常華麗 ◆ 春暖花開，公園內呈現出一派花團錦簇的景象。
⊡花燈、花好月圓、花花世界
⊡火花、百花齊放、眼花繚亂、落花流水、曇花一現、鳥語花香、火樹銀花、走馬觀花、錦上添花

⁴芹 (芹) 一 十 节 芏 芦 芦 芹

[qín ㄑㄧㄣˊ ⑧ken⁴ 勤]
常見的蔬菜，分水芹和旱芹 ◆ 芹菜。

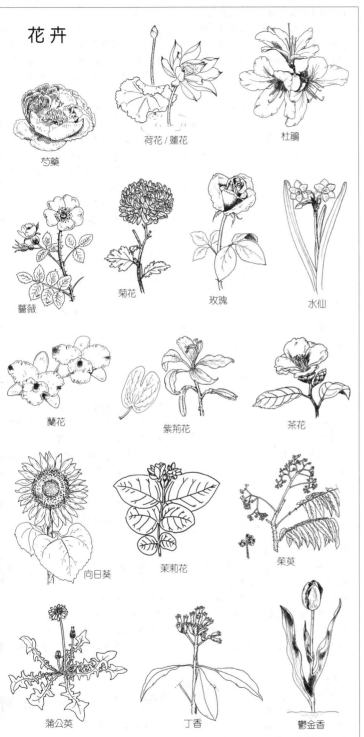

花卉

芍藥

荷花／蓮花

杜鵑

薔薇

菊花

玫瑰

水仙

蘭花

紫荊花

茶花

向日葵

茉莉花

茱萸

蒲公英

丁香

鬱金香

⁴ **芥**(芥) 一 十 艹 艻 夼 芥 **芥**

〈一〉［jiè ㄐㄧㄝˋ 粵 gai³ 介］

❶見"芥菜"。

〈二〉［gài ㄍㄞˋ 粵 gai³ 介］

❷見"芥藍菜"。

【芥菜】jiè cài　蔬菜，可以吃。種子有辣味，碾成粉後叫芥末，可以做調味品。

【芥₂藍菜】gài lán cài　二年生草本植物，葉柄長，葉片短而闊，花白色或黃色。一種蔬菜，可以吃。

⁴ **芬**(芬) 一 十 艹 艻 芬 芬 **芬**

［fēn ㄈㄣ 粵 fɐn¹ 分］

花草的香氣 ◆ 芬芳。

【芬芳】fēn fāng　香氣；香氣 ◆ 客廳裏散發着茉莉花的芬芳。

⁴ **芳**(芳) 一 十 艹 艻 芝 芳 **芳**

［fāng ㄈㄤ 粵 fɔŋ¹ 方］

❶香；香味 ◆ 芳香／芬芳。❷比喻好的品德或名聲 ◆ 孤芳自賞／流芳百世。

【芳香】fāng xiāng　香 ◆ 花兒散發着濃郁的芳香。

（注意）"芳香"多指花草的香味。

【芳齡】fāng líng　指女子的年齡 ◆ 當面詢問小姐的芳齡是不禮貌的。

☒芳名

⁴ **芯**(芯) 一 十 艹 艻 芯 芯 **芯**

〈一〉［xīn ㄒㄧㄣ 粵 sɐm¹ 心］

❶去了皮的燈心草，叫燈心或燈草，用來點油燈。

〈二〉［xìn ㄒㄧㄣˋ 粵 sɐm¹ 心］

❷物體的中心部分 ◆ 巖芯／蠟燭芯。

⁴ **芝**(芝) 一 十 艹 艻 芝 芝 **芝**

［zhī ㄓ 粵 dzi¹ 之］

❶見"芝麻"。❷靈芝：菌類植物，可作藥用。

【芝麻】zhī·ma 一年生草本植物。花有白、紫、淡紅等色。種子小而扁平，有白、黑、黃等顏色，可以吃，也可以榨油 ◆ 芝麻開花節節高。

---

4 芭(芭) 一 艹 艹 艹 芭 芭 　**芭**

[bā ㄅㄚ 粵ba¹ 巴]

❶ 見"芭蕉"。❷ 見"芭蕾"。

【芭蕉】bā jiāo 多年生草本植物。葉子寬大，果實像香蕉，可以吃 ◆ 芭蕉產於亞熱帶地區。

【芭蕾】bā lěi 用音樂、舞蹈和啞劇手法來表演故事情節的舞劇。女演員多用足尖點地跳舞。起源於意大利，形成於法國。"芭蕾"是 ballet 的音譯詞 ◆ 她少年時學芭蕾，後改行唱歌。

(注意)"芭蕾"也叫"芭蕾舞"。

---

5 茉(茉) 一 艹 艹 芏 苹 茉 　**茉**

[mò ㄇㄛˋ 粵 mut⁹ 末]

見"茉莉"。

【茉莉】mò lì 常綠灌木，花白色，很香，可提取芳香油和熏製茶葉 ◆ 我喜歡喝茉莉花茶。

🔆 圖見 361 頁。

---

5 苦(苦) 一 艹 艹 芏 苦 苦 　**苦**

[kǔ ㄎㄨˇ 粵 fu² 府]

❶ 味道苦；跟"甘"、"甜"相對 ◆ 酸甜苦辣／良藥苦口。❷ 難受；艱難 ◆ 痛苦／苦難。❸ 竭力；盡力 ◆ 苦讀／勤學苦練。

【苦心】kǔ xīn 為某些事情而過多耗費的心思和精力 ◆ 父親為這所工廠苦心經營了幾十年。

【苦果】kǔ guǒ 比喻使人痛苦的結果 ◆ 你這樣胡作非為，必將自食苦果。

【苦衷】kǔ zhōng 心中的痛苦或為難 ◆ 他確有難言的苦衷。

【苦惱】kǔ nǎo 痛苦煩惱 ◆ 每個人都會有苦惱的時候。

【苦悶】kǔ mèn 愁苦而煩悶 ◆ 事情已經解決，你不必再苦悶了。

【苦楚】kǔ chǔ 困苦 ◆ 他對《三毛流浪記》中三毛所遭受的苦楚深表同情。

【苦難】kǔ nàn 困苦和災難 ◆ 我們要為受災的苦難同胞奉獻一片愛心。

(注意)"難"不讀 nán（南）。

【苦肉計】kǔ ròu jì 故意傷害自己或自己一方的人的身體，騙取對方的信任而借機行事的計謀 ◆ 赤壁之戰中周瑜打黃蓋，用的是苦肉計。

【苦口婆心】kǔ kǒu pó xīn 像老太太那樣不怕煩勞地勸説。形容好心好意地再三勸告 ◆ 老師苦口婆心地跟他談了半天，他還是聽不進去。

【苦心孤詣】kǔ xīn gū yì 孤詣：獨到的成就或境地。盡心盡力地鑽研、經營，到了別人達不到的境地 ◆ 他苦心孤詣地開發新產品的精神令人敬佩。

(注意)"詣"不讀 zhǐ（指）。粵音讀 ŋei⁶（毅）。

【苦盡甘來】kǔ jìn gān lái 比喻艱苦的日子已經結束，好日子終於到來 ◆ 孩子都長大了，一個個事業有成，老人也苦盡甘來，過着幸福的晚年。

🔆 苦功、苦笑、苦戰

🔆 辛苦、困苦、刻苦、孤苦、勞苦功高、淒風苦雨、含辛茹苦

---

5 苯(苯) 一 艹 艹 芏 芏 苯 　**苯**

[běn ㄅㄣˇ 粵 bun² 本]

有機化合物，無色液體，有芳香味，可用來做溶劑、香料等。

---

5 苛(苛) 一 艹 艹 艹 苎 苛 　**苛**

[kē ㄎㄜ 粵 hɔ¹ 呵]

❶ 過分嚴厲、刻薄 ◆ 苛求／苛刻。❷ 繁重；瑣碎 ◆ 苛捐雜税。

【苛求】kē qiú 過分地要求 ◆ 家長不應該在學習成績上苛求孩子。

【苛刻】kē kè 要求過高，過分嚴厲、刻薄 ◆ 對方提出的條件太苛刻了。

---

5 若(若) 一 艹 艹 芏 芳 若 　**若**

[ruò ㄖㄨㄛˋ 粵 jœk⁹ 弱]

❶ 如果；假如 ◆ 假若／若要人不知，除非己莫為。❷ 好像 ◆ 旁若無人／

門庭若市。

【若干】ruò gān 多少；一些 ◆ 他就環境保護的若干問題談了一些看法。

【若是】ruò shì 假如；假如是 ◆ 你若是學習成績好，考上大學是不成問題的。

【若有所思】ruò yǒu suǒ sī 好像在想些甚麼。形容默默思考的樣子 ◆ 他在辦公室裏若有所思地踱着方步。

【若無其事】ruò wú qí shì 好像沒有那回事一樣。形容遇事鎮靜自若，不慌不忙；也指滿不在乎，不當回事 ◆ 不管發生甚麼情況，他都若無其事，沉着應付／他做錯了事，還裝出若無其事的樣子。

【若隱若現】ruò yǐn ruò xiàn 又像隱藏，又像顯露。形容隱隱約約，不明顯 ◆ 遠處，一隻小船在波浪裏若隱若現。

🔆 若有所失、若即若離、若明若暗

🔆 倘若、口若懸河、呆若木雞、置若罔聞、受寵若驚、泰然自若

---

5 茂(茂) 一 艹 艹 芏 茂 茂 　**茂**

[mào ㄇㄠˋ 粵 mɐu⁶ 貿]

❶ 草木長得繁盛 ◆ 茂密／枝葉繁茂。❷ 豐富精美 ◆ 圖文並茂。

【茂盛】mào shèng ❶ 植物長得又多又壯 ◆ 麥子長得很茂盛。❷ 比喻經濟等發展興旺 ◆ 公司財源茂盛。

【茂密】mào mì 草木茂盛繁密 ◆ 這足球場上的草長得茂密而平整。

🔆 根深葉茂

---

5 苫(苫) 一 艹 艹 芏 芏 苫 　**苫**

〈一〉[shān ㄕㄢ 粵 sim¹ 閃¹]

❶ 草簾子或草墊子。

〈二〉[shàn ㄕㄢˋ 粵 sim³ 閃³]

❷ 用苫或其他東西來遮蓋 ◆ 拿油布苫上。

---

5 苜(苜) 一 艹 艹 艹 芒 苜 　**苜**

[mù ㄇㄨˋ 粵 muk⁹ 木]

見"苜蓿"。

【首蓿】mù ·xu　草本植物，是重要的牧草和綠肥。

苗（苗）一 十 艹 艹 艹 苗 苗 苗

[miáo ㄇㄧㄠˊ 粵 miu⁴ 描]

❶ 初生的、幼小的植物 ◆ 禾苗／樹苗。❷ 某些初生的、幼小的動物 ◆ 魚苗。❸ 形狀像苗的東西 ◆ 火苗。❹ 事物初露出來的跡象 ◆ 苗頭／根苗。❺ 起防疫作用的細菌劑 ◆ 疫苗。❻ 苗族：中國少數民族之一。❼ 姓。

【苗圃】miáo pǔ　培育植物幼苗的園地 ◆ 苗圃裏有許多珍貴樹苗。

【苗條】miáo ·tiao　形容女子身材修長 ◆ 這些女模特兒長得多苗條！ 反 豐滿、肥胖。

▷ 秧苗、麥苗、蒜苗

英（英）一 十 艹 艹 苎 苹 英 英

[yīng ㄧㄥ 粵 jiŋ¹ 嬰]

❶ 花 ◆ 落英繽紛。❷ 才能出眾；傑出的人 ◆ 英雄／精英。❸ 英國的簡稱。❹ 姓。

【英才】yīng cái　才能出眾的人 ◆ 學校歷史悠久，培育了大批英才。

【英名】yīng míng　英雄人物和才能出眾的人的名字或名聲 ◆ 這些革命烈士的英名將流傳千古。

【英明】yīng míng　有遠見卓識 ◆ 這是一個英明的決策。反 愚昧。

【英姿】yīng zī　英俊威武的姿態 ◆ 運動員個個英姿颯爽。

【英勇】yīng yǒng　十分勇敢 ◆ 運動員英勇頑強的拼搏精神，令人欽佩。同 勇敢。反 怯懦。

【英俊】yīng jùn　指男子相貌俊秀 ◆ 這小伙子長得很英俊。

【英烈】yīng liè　為正義事業而英勇犧牲的烈士 ◆ 我們要發揚英烈們大無畏的獻身精神。

【英雄】yīng xióng　智勇超羣的人；對人民有重大貢獻的人 ◆ 自古英雄出少年。

【英豪】yīng háo　英雄豪傑 ◆ 各路英豪會聚梁山。

【英靈】yīng líng　受崇敬的人死後的靈魂 ◆ 我們用甚麼去告慰先烈的英靈呢？

注意 “英靈”也說“英魂”。

【英雄無用武之地】yīng xióng wú yòng wǔ zhī dì　指有才能的人沒有大顯身手的機會 ◆ 他認為在這裏英雄無用武之地，便辭職了。

▷ 羣英會

苑（苑）一 十 艹 艹 苎 苑 苑 苑

[yuàn ㄩㄢˋ 粵 jyn² 婉]

❶ 古代養禽獸、種樹木，供帝王貴族打獵遊樂之地；泛指園林、花園 ◆ 上林苑。❷ 會集的地方；文藝活動集中處 ◆ 文苑／藝苑。❸ 姓。

苟（苟）一 十 艹 艹 苎 苟 苟 苟

[gǒu ㄍㄡˇ 粵 geu² 狗]

❶ 馬虎；隨便 ◆ 一絲不苟／不苟言笑。❷ 暫且；只顧眼前 ◆ 苟安／苟活。

【苟且】gǒu qiě　❶ 暫且；得過且過 ◆ 苟且偷生。❷ 馬虎；不認真 ◆ 他做事一向認真，從不苟且。

【苟同】gǒu tóng　隨便贊同 ◆ 你的觀點，我不敢苟同。

【苟且偷生】gǒu qiě tōu shēng　偷：苟且。只顧眼前勉強活下去；得過且過 ◆ 他要努力奮鬥，不願苟且偷生。

【苟延殘喘】gǒu yán cán chuǎn　延：延續。勉強地拖延殘存的一口氣。比喻勉強維持生存 ◆ 敵人只能在包圍圈內苟延殘喘了。

苞（苞）一 十 艹 艹 艻 艻 苞 苞

[bāo ㄅㄠ 粵 bau¹ 包]

花未開時包着花朵的小葉片 ◆ 花苞／含苞待放。

范（范）一 十 艹 艹 艻 苏 范

[fàn ㄈㄢˋ 粵 fan⁶ 飯]

❶ 姓。❷ “範”的簡化字，見 320 頁。

茄（茄）一 十 艹 艹 艻 茄 茄

〈一〉[qié ㄑㄧㄝˊ 粵 ke⁴ 騎]

❶ 茄子 ◆ 拌茄泥。

〈二〉[jiā ㄐㄧㄚ 粵 ga¹ 加]

❷ 雪茄：用煙葉捲成的煙，比一般的香煙粗而長。

【茄子】qié ·zi　一年生草本植物，葉橢圓形，花紫色。果實球形或長圓形，紫色，是普通的蔬菜。

茅（茅）一 十 艹 艹 芢 茅 茅

[máo ㄇㄠˊ 粵 mau⁴ 矛]

❶ 茅草 ◆ 茅屋。❷ 姓。

【茅草】máo cǎo　多年生草本植物。白茅的俗稱。可用來造紙，根可以做藥材 ◆ 原來的茅草棚現在變成磚瓦房了。

【茅塞頓開】máo sè dùn kāi　頓：一下子。心靈原先像被茅草堵塞着，一下子給打開了。形容受到啟發，忽然領悟了某種道理 ◆ 你的這一番話，使我茅塞頓開。

注意 “茅塞頓開”也作“頓開茅塞”。

▷ 三顧茅廬

苗（苗）一 十 艹 艹 芒 芭 苗 苗

[zhuó ㄓㄨㄛˊ 粵 dzyt⁸ 啜]

旺盛地生長 ◆ 苗壯。

【苗壯】zhuó zhuàng　健壯；強壯 ◆ 禾苗苗壯／年輕的科技工作者在苗壯成長。

苔（苔）一 十 艹 艹 艻 苔 苔 苔

〈一〉[tái ㄊㄞˊ 粵 toi⁴ 台]

❶ 植物名，其根、莖、葉的區別不明顯，生長在陰濕的地方。

〈二〉[tāi ㄊㄞ 粵 toi⁴ 台]

❷ 舌苔。見“舌”字，357 頁。

⁶ **荊**(荆) 一 ㄓ 芾 荊 荊 荊 **荊**

[jīng ㄐㄧㄥ ⑧ giŋ¹ 京]

❶ 落葉灌木，枝條可用來編籃筐等器具。❷ 古代用荊條做的刑杖 ◆ 負荊請罪。

【荊條】jīng tiáo 荊的枝條，可編籃筐、籬笆等 ◆ 荊條具有柔韌性，用途很廣。

【荊棘】jīng jí 帶刺小灌木。比喻障礙或困難 ◆ 荊棘叢生 / 在前進道路上還會有荊棘，不能高枕無憂。

▷ 披荊斬棘

⁶ **茸**(茸) 一 ㄓ 艾 艾 茸 茸 **茸**

[róng ㄖㄨㄥˊ ⑧ juŋ⁴ 容]

❶ 初生的草；柔細濃密的毛 ◆ 綠草茸 / 毛茸茸 / 鹿茸。❷ 鹿茸：公鹿剛長出的嫩角，是名貴的藥材 ◆ 參茸。

⁶ **茬**(茬) 一 ㄓ 芐 芐 茬 **茬**

[chá ㄔㄚˊ ⑧ tsa⁴ 茶]

❶ 莊稼收割後殘留在地裏的莖和根 ◆ 麥茬 / 豆茬。❷ 莊稼種植和收割的次數 ◆ 頭茬 / 一年種三茬。

⁶ **草**(草) 一 ㄓ 艹 甘 苜 **草**

[cǎo ㄘㄠˇ ⑧ tsou² 粗²]

❶ 草本植物的總稱 ◆ 青草 / 草原。❷ 指用作燃料、飼料的稻、麥的莖葉 ◆ 稻草 / 柴草。❸ 初步的、未定的文稿 ◆ 草稿 / 起草。❹ 馬虎；不認真 ◆ 草率 / 潦草。❺ 漢字字體的一種 ◆ 草書 / 行草。

【草木】cǎo mù 草和樹木的總稱 ◆ 人非草木，豈能無情？

【草包】cǎo bāo 用稻草等編的或裝草的袋子。比喻沒有本事的人 ◆ 那人是個大草包。

【草坪】cǎo píng 人工種植或鋪上草皮的平坦的草地 ◆ 孩子們在草坪上玩耍。

【草原】cǎo yuán 半乾旱地區雜草叢生的廣闊原野 ◆ 遼闊的草原上有一羣羣牛羊。

【草草】cǎo cǎo 馬虎；匆匆忙忙 ◆ 我草草地看了幾個景點，沒有好好遊覽。

【草率】cǎo shuài 做事不認真；敷衍了事 ◆ 工作草率是缺乏責任心的表現。

【草稿】cǎo gǎo 初步完成、有待完善的文稿或畫稿 ◆ 這是文章的草稿，還要修改。

【草叢】cǎo cóng 生長在一起的草 ◆ 蝴蝶在草叢中翩翩飛舞。

【草藥】cǎo yào 以植物為原料的藥材 ◆ 中國的草藥具有特殊的功效。

【草木皆兵】cǎo mù jiē bīng 在淝水之戰中，前秦苻堅率軍攻打東晉，望見晉軍陣容嚴整，又望八公山上草木，以為都是晉兵，非常恐懼。後來就用“草木皆兵”形容驚慌不安、疑神疑鬼的心態 ◆ 你不要上了一次當，就草木皆兵。

◁ 草地、草案、草菅人命

▷ 打草驚蛇、斬草除根、風吹草動

⁶ **茵**(茵) 一 ㄓ 芐 芐 茵 **茵**

[yīn ㄧㄣ ⑧ jɐn¹ 因]

墊子、褥子一類東西的通稱 ◆ 綠草如茵。

⁶ **茱**(茱) 一 ㄓ 艹 芒 茥 **茱**

[zhū ㄓㄨ ⑧ dzy¹ 朱]

見“茱萸”。

【茱萸】zhū yú 落葉喬木，生長在山谷，有香味。古代風俗，重陽登高時佩茱萸，可以避災避邪 ◆ 王維《九月九日憶山東兄弟》：“獨在異鄉為異客，每逢佳節倍思親。遙知兄弟登高處，遍插茱萸少一人。”

◎ 圖見 360 頁。

⁶ **茴**(茴) 一 ㄓ 芐 芐 茴 茴 **茴**

[huí ㄏㄨㄟˊ ⑧ wui⁴ 回]

見“茴香”。

【茴香】huí xiāng 草本植物，有特別的香味，莖葉可以吃，果實可以做香料 ◆ 今天吃茴香餡餃子。

⁶ **茶**(茶) 一 ㄓ 艹 艾 苳 茶 **茶**

[chá ㄔㄚˊ ⑧ tsa⁴ 查]

❶ 茶樹：常綠灌木，嫩葉加工後就是茶葉 ◆ 茶林 / 採茶。❷ 用茶葉做成的飲料；某些其他原料做成的飲料 ◆ 喝茶 / 杏仁茶。

【茶色】chá sè 像茶葉那樣的褐色 ◆ 這輛汽車用的是茶色玻璃。

【茶花】chá huā 泛指山茶、茶樹、油茶樹的花；特指山茶的花 ◆ 公園裏茶花盛開，非常美麗。

◎ 圖見 361 頁。

【茶餘飯後】chá yú fàn hòu 茶、飯：泛指飲食。飲食後的空餘時間 ◆ 在茶餘飯後下下棋，是他的一大樂趣。

(注意) “茶餘飯後”也作“茶餘酒後”。

◁ 茶几、茶水、茶具、茶道、茶點

⁶ **荀**(荀) 一 ㄓ 艹 芍 芶 荀 **荀**

[xún ㄒㄩㄣˊ ⑧ sœn¹ 詢]

姓。

⁶ **茗**(茗) 一 ㄓ 艹 艿 茗 茗 **茗**

[míng ㄇㄧㄥˊ ⑧ miŋ⁵ 皿]

茶 ◆ 品茗 / 香茗。

⁶ **荒**(荒) 一 ㄓ 艹 芒 荒 芫 **荒**

[huāng ㄏㄨㄤ ⑧ fɔŋ¹ 方]

❶ 沒有開墾過或長期廢棄不種的 ◆ 荒地 / 墾荒。❷ 莊稼沒有收成或收成不好 ◆ 荒年 / 逃荒。❸ 偏僻；冷落 ◆ 荒涼 / 荒郊野林。❹ 廢棄 ◆ 荒疏 / 學業荒廢。❺ 嚴重缺乏 ◆ 糧荒 / 水荒。❻ 言行不合情理 ◆ 荒謬 / 荒唐。

【荒唐】huāng táng 錯得十分離奇 ◆ 這種做法荒唐透頂。

【荒涼】huāng liáng 人煙稀少；冷落 ◆ 這地方以前很荒涼。

【荒野】huāng yě 荒涼的野外 ◆ 這裏原是一片荒野。

【荒誕】huāng dàn 虛假不可信 ◆ 這個故事編得太荒誕了，誰能相信？

【荒蕪】 huāng wú 田地無人管理，雜草叢生 ◆ 那地方人煙稀少，田地荒蕪。

【荒廢】 huāng fèi ❶荒蕪廢棄；浪費 ◆ 把荒廢的土地充分利用起來／別把美好時光白白荒廢了。❷荒疏；舴誤 ◆ 他因為長期生病荒廢了學業。

【荒謬】 huāng miù 錯到極點；極不合情理 ◆ 這種説法太荒謬了，簡直叫人吃驚。

【荒淫無恥】 huāng yín wú chǐ 生活腐化，不知羞恥 ◆ 古代有很多荒淫無恥的君王。

▷荒山、荒漠
▷災荒、開荒、飢荒、兵荒馬亂

茨 (茨) 一 十 艹 艹 芀 茨 茨

[cí ㄘˊ ⑧ tsi⁴ 池]

❶用茅草或蘆葦等蓋房子。❷蒺藜，一種草本植物。

茫 (茫) 一 十 艹 艹 艹 芒 茫

[máng ㄇㄤˊ ⑧ mɔŋ⁴ 忙]

❶寬廣無邊；模糊不清 ◆ 茫茫大海／煙霧渺茫。❷一無所知 ◆ 茫然不知所措。

【茫茫】 máng máng 一望無邊，模糊不清 ◆ 輪船在茫茫大海上破浪前進。

【茫然】 máng rán 一點不清楚的樣子 ◆ 對這件事我茫然無知。

【茫無頭緒】 máng wú tóu xù 沒有一點頭緒 ◆ 這個案件目前還茫無頭緒。

▷迷茫、蒼茫、白茫茫

荔 (荔) 一 十 艹 艹 芀 荔 荔

[lì ㄌㄧˋ ⑧ lei⁶ 例]

見"荔枝"。

【荔枝】 lì zhī 常綠喬木，果肉汁多，香甜可口 ◆ 今年荔枝大豐收。

茹 (茹) 一 十 艹 艹 芀 茹 茹

[rú ㄖㄨˊ ⑧ jy⁴ 如]

❶吃 ◆ 茹毛飲血。❷忍受 ◆ 含辛茹苦。❸姓。

【茹毛飲血】 rú máo yǐn xuè 原始人不會用火熟食，捕到禽獸，連毛帶血地生吃 ◆ 人類從茹毛飲血到今天的高度文明，經過了漫長的發展歷程。

茲 (茲) 一 十 艹 艹 芝 茲 茲

[zī ㄗ ⑧ dzi¹ 資]

❶這；這個 ◆ 念茲／在茲。❷現在 ◆ 茲定於中秋節聚會。

注意 "茲"也寫作"玆"。

莆 (莆) 一 十 艹 艹 芀 莆 莆

[pú ㄆㄨˊ ⑧ pou⁴ 蒲]

莆田：縣名，在福建省。

荸 (荸) 一 十 艹 艹 芒 荸 荸

[bí ㄅㄧˊ ⑧ but⁹ 勃]

見"荸薺"。

【荸薺】 bí·qi 草本植物，生長在水裏，地下球莖扁圓形，皮赤褐色，肉白色，可以吃，也可以做澱粉。又叫馬蹄、地栗。

莽 (莽) 一 十 艹 艹 荋 荗 莽 莽

[mǎng ㄇㄤˇ ⑧ mɔŋ⁵ 網]

❶茂密的草 ◆ 草莽／原。❷粗魯；冒失 ◆ 魯莽／莽撞。

【莽莽】 mǎng mǎng ❶草木茂盛 ◆ 考察隊在莽莽叢林中摸索前進。❷原野遼闊無邊 ◆ 汽車在莽莽的黃土高原上奔馳。

【莽撞】 mǎng zhuàng 説話做事冒失輕率 ◆ 他不敲門就莽撞地闖進了經理室。

莖 (茎) 一 十 艹 艹 芝 萃 莖 莖

[jīng ㄐㄧㄥ ⑧ heŋ⁴ 恆]

植物的主幹 ◆ 花莖／莖葉粗壯。

莢 (荚) 一 十 艹 艹 艹 芽 莢 莢

[jiá ㄐㄧㄚˊ ⑧ gap⁸ 夾]

豆類植物結的長條形果實 ◆ 豆莢／皂莢。

莫 (莫) 一 十 艹 艹 苩 苴 莫 莫

[mò ㄇㄛˋ ⑧ mok⁹ 漠]

❶不要 ◆ 莫哭／閒人莫入。❷表示"沒有誰"或"沒有哪一種東西" ◆ 莫大的光榮／莫不拍手稱快。❸不；不能 ◆ 變幻莫測／愛莫能助。❹表示猜測或疑問 ◆ 莫非他有事不能來？／莫不是走漏了風聲？❺姓。

【莫非】 mò fēi 副詞，表示推測或反問 ◆ 電話打不通，莫非我把號碼記錯了？

【莫須有】 mò xū yǒu 也許有。宋朝岳飛被奸臣秦檜誣陷謀反，韓世忠不平，質問秦檜有甚麼證據，他回答説"莫須有"。韓世忠説：用"莫須有"三字來定人罪名，怎麼能使天下人服呢！後用來表示故意捏造 ◆ 辦案靠證據，不能用莫須有的罪名誣陷好人。

【莫名其妙】 mò míng qí miào 莫：沒有人。名：説出。沒有誰能説出它的奧妙。形容事情很奇怪，叫人不明白 ◆ 你這種做法，真讓人莫名其妙。

注意 "名"也作"明"。

【莫衷一是】 mò zhōng yī shì 衷：決斷。是：對的。不能斷定哪個是對的。形容分歧很大，不能得出一致的意見 ◆ 關於這件事，眾説紛紜，莫衷一是。

【莫逆之交】 mò nì zhī jiāo 莫逆：沒有違逆。指情投意合、絕無猜疑的知心朋友 ◆ 他們兩人是莫逆之交。

▷一籌莫展、高深莫測、望塵莫及、鞭長莫及

莉 (莉) 一 十 艹 艹 莉 莉 莉 莉

[lì ㄌㄧˋ ⑧ lei⁶ 利]

茉莉。見"茉"字，362頁。

⁷ **莠**（莠）一 十 艹 艹 苎 莠 莠 ‖莠‖

[yǒu ㄧㄡˇ ⑧ jɐu⁵ 友]

❶ 狗尾草，常跟禾苗長在一起。❷ 比喻品行不好的人 ◆ 良莠不齊。

⁷ **莓**（莓）一 十 艹 艹 芍 莓 莓 ‖莓‖

[méi ㄇㄟˊ ⑧ mui⁴ 梅]

植物名，果實較小。種類很多，常見的有草莓，味酸甜，可以吃。

⁷ **荷**（荷）一 十 艹 艹 芢 莅 荷 ‖荷‖

〈一〉[hé ㄏㄜˊ ⑧ hɔ⁴ 何]

❶ 水生草本植物，開的花叫荷花，果實叫蓮子，地下莖叫藕。荷花可供觀賞，蓮、藕可以吃 ◆ 荷葉 / 荷塘月色。❷ 荷蘭的簡稱。

☺ 圖見 360 頁。

〈二〉[hè ㄏㄜˋ ⑧ hɔ⁶ 賀]

❸ 扛着東西 ◆ 荷鋤 / 荷槍實彈。❹ 負擔 ◆ 負荷。

【荷包】hé bāo 隨身攜帶的裝零星東西的小包 ◆ 她做了個精緻的荷包，送給意中人。

⁷ **荼**（荼）一 十 艹 犬 苁 荼 荼 ‖荼‖

[tú ㄊㄨˊ ⑧ tou⁴ 途]

❶ 古書上説的一種苦菜。❷ 茅草開的白花 ◆ 如火如荼。

⁷ **莎**（莎）一 十 艹 艹 汁 莎 莎 ‖莎‖

[shā ㄕㄚ ⑧ sa¹ 沙]

多作翻譯用字 ◆ 莎士比亞。

⁷ **莞**（莞）一 十 艹 艹 苧 苧 莞 ‖莞‖

〈一〉[guǎn ㄍㄨㄢˇ ⑧ gun² 管]

❶ 東莞：地名，在廣東省。

〈二〉[wǎn ㄨㄢˇ ⑧ wun⁵ 浣]

❷ 見“莞爾”。

【莞₂爾】wǎn ěr 微笑的樣子 ◆ 她莞爾一笑。

---

⁷ **莊**（庄）一 十 艹 艹 艿 莊 莊 ‖莊‖

[zhuāng ㄓㄨㄤ ⑧ dzɔŋ¹ 裝]

❶ 村子 ◆ 村莊 / 農莊。❷ 商店 ◆ 錢莊 / 飯莊。❸ 嚴肅 ◆ 莊嚴 / 莊重。❹ 姓。

【莊重】zhuāng zhòng 言談舉止穩重；不輕浮 ◆ 他舉止莊重，很有修養。

【莊稼】zhuāng·jia 農作物 ◆ 今年莊稼長勢很好。

注意 “莊稼”多指糧食作物。

【莊嚴】zhuāng yán 莊重嚴肅 ◆ 主席莊嚴宣佈大會開幕。

☞山莊、端莊

⁸ **華**（华）一 十 艹 芏 芏 莛 華 ‖華‖

〈一〉[huá ㄏㄨㄚˊ ⑧ wa⁴ 蛙⁴]

❶ 指中國或中華民族 ◆ 華人 / 愛我中華。❷ 光彩；漂亮 ◆ 華麗 / 豪華。❸ 事物中最好的部分 ◆ 精華 / 英華。❹ 奢侈；鋪張 ◆ 奢華 / 華而不實。

〈二〉[huà ㄏㄨㄚˋ ⑧ wa⁶ 話/wa⁴ 蛙⁴]

❺ 姓。❻ 華山：山名，五嶽之一，在陝西省。

【華表】huá biǎo 古代宮殿、陵墓等前面作為裝飾或標誌的高大石柱。柱身多雕有蟠龍等圖案，上部橫插着雕花石板，柱頂多有蹲獸 ◆ 北京天安門前聳立着兩個漢白玉石的華表。

【華夏】huá xià 中國的古稱 ◆ 華夏子孫都是龍的傳人。

【華貴】huá guì 華麗珍貴 ◆ 展覽館裏陳列着各種華貴的工藝品。

【華裔】huá yì 裔：後代。華人的後代 ◆ 他是一位出類拔萃的美籍華裔科學家。

【華僑】huá qiáo 居住在國外而保留中國國籍的人 ◆ 華僑對中國的建設作

出了重大貢獻。

【華麗】huá lì 美麗而有光彩 ◆ 賓館的大堂裝飾得華麗而有氣魄。

☞才華、年華、繁華、榮華富貴

⁸ **著**（著）一 十 艹 芏 莎 莃 著 ‖著‖

〈一〉[zhù ㄓㄨˋ ⑧ dzy³ 注]

❶ 顯明 ◆ 著名 / 顯著。❷ 寫作；寫成的作品 ◆ 著書立説 / 名著。

〈二〉同“着”字，見299頁。

【著名】zhù míng 有名氣 ◆ 孫武是中國古代著名的軍事家。

【著作】zhù zuò ❶ 寫作 ◆ 他專心致志地從事著作。❷ 寫成的作品 ◆ 他又出版了一本學術著作。

【著稱】zhù chēng 有名氣 ◆ 山東萊陽以盛產梨子著稱於世。

☞巨著、卓著、臭名昭著

⁸ **菱**（菱）一 十 艹 芏 荧 蔆 菱 ‖菱‖

[líng ㄌㄧㄥˊ ⑧ liŋ⁴ 玲]

草本水生植物，果實外殼有角，俗稱菱角。果肉可以吃，也可做澱粉 ◆ 紅菱。

⁸ **萊**（莱）一 十 艹 艹 莎 茒 萊 ‖萊‖

[lái ㄌㄞˊ ⑧ lɔi⁴ 來]

多作地名用字，如山東省有萊陽縣、萊蕪市、蓬萊縣。

⁸ **菴**（菴）

“庵”的異體字，見 139 頁。

⁸ **菲**（菲）一 十 艹 艹 芣 芣 菲 ‖菲‖

〈一〉[fēi ㄈㄟ ⑧ fei¹ 非]

❶ 花草茂盛芳香 ◆ 芳菲。

〈二〉[fěi ㄈㄟˇ ⑧ fei² 匪]

❷ 微；薄 ◆ 菲薄。

【菲₂薄】fěi bó ❶ 微薄。指數量少或質量不好。多用作謙詞 ◆ 這些菲薄的禮物，不成敬意。❷ 輕視 ◆ 你還年輕，千萬不要妄自菲薄。

萌（萌）⎯ 一 艹 艹 艹 荫 荫 萌　**萌**

[méng ㄇㄥˊ （粵）meng⁴ 盟]

❶ 草木發芽 ◆ 萌芽。❷ 比喻事物的開始、發生 ◆ 萌發／萌生。

【萌生】méng shēng　產生 ◆ 他突然萌生了一個新的想法。（同）萌發。

（注意）"萌生" 多用於思想活動。

【萌芽】méng yá　❶ 植物發芽 ◆ 麥子萌芽了。❷ 比喻事物剛出現而未形成 ◆ 把事故消除在萌芽狀態。

【萌發】méng fā　❶ 發芽；長出 ◆ 老樹萌發新枝。❷ 產生 ◆ 他心中萌發了一個念頭。（同）萌生。

（逆）故態復萌

菌（菌）⎯ 一 艹 芍 芦 茵 菌　**菌**

〈一〉[jùn ㄐㄩㄣˋ （粵）kwen⁵ 窘]

❶ 生長在樹林裏或草地上的菌類植物。有的有毒，有的可以吃，如香菇。

〈二〉[jūn ㄐㄩㄣ （粵）kwen⁵ 窘]

❷ 細菌 ◆ 病菌／真菌。

萎（萎）⎯ 一 艹 苸 莱 萎 萎　**萎**

[wěi ㄨㄟˇ （粵）wei² 委]

草木乾枯；衰敗 ◆ 枯萎／萎縮。

【萎縮】wěi suō　❶ 乾枯；縮小 ◆ 他半身不遂，下肢肌肉漸漸萎縮了。❷ 衰退 ◆ 由於市場不景氣，經濟開始萎縮。

【萎謝】wěi xiè　衰敗凋謝 ◆ 荷花萎謝了。

【萎靡】wěi mǐ　意志消沉；精神不振 ◆ 不知為甚麼，最近他顯得萎靡不振。

（注意）"萎靡" 也作 "委靡"。

萸（萸）⎯ 一 艹 艻 苩 萸 萸　**萸**

[yú ㄩˊ （粵）jy⁴ 如]

茱萸。見 "茱" 字，363 頁。

菜（菜）⎯ 一 艹 艹 苧 苹 菜　**菜**

[cài ㄘㄞˋ （粵）tsoi³ 蔡]

❶ 蔬菜 ◆ 青菜／種菜。❷ 烹調好的魚、肉、蔬菜等食品 ◆ 素菜／酒菜。

【菜餚】cài yáo　烹調過的副食品 ◆ 酒席上菜餚豐盛。

（辨）菜市、菜園、菜農

（辨）川菜、飯菜、看菜吃飯

菊（菊）⎯ 一 艹 芍 筍 筍 菊　**菊**

[jú ㄐㄩˊ （粵）guk⁷ 谷]

❶ 菊花 ◆ 賞菊／春蘭秋菊。❷ 姓。

【菊花】jú huā　草本植物，秋季開花，種類很多。花可供觀賞，有的可做藥材。◉ 圖見 360 頁。

萄（萄）⎯ 一 艹 芍 筍 筍 萄　**萄**

[táo ㄊㄠˊ （粵）tou⁴ 陶]

葡萄。見 "葡" 字，368 頁。

菩（菩）⎯ 一 艹 艹 苹 苙 菩　**菩**

[pú ㄆㄨˊ （粵）pou⁴ 葡]

見 "菩薩"。

【菩薩】pú sà　❶ 佛教指修行到了一定程度、地位僅次於佛的人。泛指佛神像 ◆ 廟裏有一座觀音菩薩。❷ 比喻慈善、樂於助人的人 ◆ 你真是菩薩心腸，經常接濟生活有困難的人。

萍（萍）⎯ 一 艹 荘 荓 荓 萍　**萍**

[píng ㄆㄧㄥˊ （粵）pin⁴ 平]

浮萍：草本植物，浮生在水面上，可以做飼料 ◆ 萍水相逢。

【萍水相逢】píng shuǐ xiāng féng　比喻不相識的人偶然相遇 ◆ 我們雖是萍水相逢，但卻一見如故。

菠（菠）⎯ 一 艹 荻 荻 荻 菠　**菠**

[bō ㄅㄛ （粵）bo¹ 波]

❶ 見 "菠菜"。❷ 見 "菠蘿"。

【菠菜】bō cài　草本植物，葉子略呈三角形，根略帶紅色，是普通蔬菜。

【菠蘿】bō luó　多年生熱帶草本植物。葉子像劍，花紫紅色，果實外部鱗片狀，果肉香甜多汁，略帶酸味，可以吃 ◆ 中國廣東、廣西、台灣等地出產菠蘿。

（注意）"菠蘿" 也作 "波羅"；又叫 "鳳梨"。

菇（菇）⎯ 一 艹 疒 疒 莁 菇　**菇**

[gū ㄍㄨ （粵）gu¹ 姑]

菌類植物 ◆ 蘑菇／香菇。

葉（叶）⎯ 一 艹 並 莖 莖 葉　**葉**

[yè ㄧㄝˋ （粵）jip⁹ 頁]

❶ 植物的營養器官之一，通稱葉子 ◆ 樹葉／根深葉茂。❷ 像葉子的、成片的東西 ◆ 百葉窗。❸ 時期 ◆ 二十世紀中葉。❹ 姓。

【葉綠素】yè lǜ sù　植物體中進行光合作用製造養料的綠色物質 ◆ 多吃葉綠素豐富的蔬菜有益健康。

【葉公好龍】yè gōng hào lóng　葉公子高非常喜愛龍，房屋上、器物上都畫着龍。真龍知道後，就來到他家，頭剛伸向窗戶，就把葉公嚇壞了。比喻表面上愛好某事物，其實並不真愛好 ◆ 他買了一些古玩陳列在客廳裏，顯得有點文人雅趣，其實，只是葉公好龍罷了。

（注意）"葉" 舊讀 shè（社）。粵音讀 sip⁸（攝）。

【葉落歸根】yè luò guī gēn　比喻事物都有歸宿。多指旅居異國他鄉的人，最後回到本國本鄉 ◆ 葉落歸根是一些老華僑的最大心願。

（辨）茶葉、粗枝大葉

葫（葫）⎯ 一 艹 艹 苦 苦 葫　**葫**

[hú ㄏㄨˊ （粵）wu⁴ 胡]

見 "葫蘆"。

【葫蘆】hú·lu　一年生草本植物。莖蔓生，葉子心臟形，花白色。果實像連在一起的兩個球，可以食用和藥用，也可做器皿或供玩賞 ◆ 這是照葫蘆畫瓢，沒有任何創意。

商女不知亡國恨，隔江猶唱後庭花。——唐·杜牧《泊秦淮》詩

⁹
惹 見心部，158 頁。

⁹
葬 (葬) 一 十 艹 艹 莎 莎 葬 | 葬

[zàng ㄗㄤˋ ㊁dzɔŋ³ 壯]
掩埋或處理屍體 ◆ 埋葬／火葬。
【葬身】zàng shēn 指人或物體最後的
歸宿 ◆ 被擊毀的敵艦葬身海底。
【葬送】zàng sòng 斷送；毀滅 ◆ 這
個企業由於管理混亂而被葬送了。
【葬禮】zàng lǐ 送葬的儀式 ◆ 參加
葬禮的人很多。

⁹
萬 見内部，308 頁。

⁹
募 見力部，57 頁。

⁹
葛 (葛) 一 十 艹 苗 芎 莒 葛 | 葛

〈一〉[gé ㄍㄜˊ ㊁gɔt⁸ 割]
❶ 草本植物，根可製澱粉，也可做藥。
莖的纖維叫葛麻，用葛麻織的布叫葛布。
〈二〉[gě ㄍㄜˇ ㊁gɔt⁸ 割]
❷ 姓。

⁹
董 (董) 一 十 艹 苎 董 董 | 董

[dǒng ㄉㄨㄥˇ ㊁duŋ² 懂]
❶ 監督管理；監督管理事務的人 ◆ 董
事／校董。❷ 姓。
▷古董

⁹
葡 (葡) 一 十 艹 芍 匋 匋 葡 | 葡

[pú ㄆㄨˊ ㊁pou⁴ 蒲]
❶ 見“葡萄”。❷ 葡萄牙的簡稱。
【葡萄】pú·tao 藤本植物，果實成串，
是常見的水果，也可以用來釀酒。

⁹
葱 (葱) 一 十 艹 芴 芴 葱 | 葱

[cōng ㄘㄨㄥ ㊁tsuŋ¹ 沖]
❶ 草本植物，葉、莖有辣味，可做調
味品或當菜吃 ◆ 大葱／葱白。❷ 青

綠色 ◆ 葱翠／鬱鬱葱葱。
【葱翠】cōng cuì 草木青翠 ◆ 松柏葱
翠。
【葱綠】cōng lǜ 青翠碧綠 ◆ 麥苗一
片葱綠。
【葱蘢】cōng lóng 草木青翠繁茂 ◆
植物園裏樹木葱蘢。

⁹
蒂 (蒂) 一 十 艹 芒 芇 芇 | 蒂

[dì ㄉㄧˋ ㊁dɐi³ 帝]
花或瓜果跟枝、莖相連接的部分 ◆ 瓜
熟蒂落／根深蒂固。
▷歸根結蒂

⁹
落 (落) 一 十 艹 茫 茫 茨 | 落

〈一〉[luò ㄌㄨㄛˋ ㊁lɔk⁹ 樂]
❶ 從高處往下掉；下降 ◆ 墜落／降
落。❷ 衰敗；飄零 ◆ 衰落／流落他
鄉。❸ 停留；留下 ◆ 落腳／落款。
❹ 停留的地方 ◆ 着落／下落不明。
❺ 人聚居的地方 ◆ 村落／部落。❻
歸屬 ◆ 任務落到自己頭上。❼ 掉在
後面；跟不上 ◆ 落後／落伍。❽ 建
築物完成 ◆ 落成。
〈二〉[lào ㄌㄠˋ ㊁lɔk⁹ 樂]
❾ 用於“落枕”、“落價”等一些口語詞。
〈三〉[là ㄌㄚˋ ㊁lɔk⁹ 樂]
❿ 遺漏 ◆ 丟三落四。
【落伍】luò wǔ 跟不上隊伍；也比喻
跟不上發展水平 ◆ 快跟上，不要落伍／
這種舊觀念再不更新，就要落伍了。
【落空】luò kōng 沒有達到或實現；沒
有着落 ◆ 這個計劃落空了／他三心二
意，弄得兩頭落空。
【落後】luò hòu ❶ 落在後面 ◆ 他一
開始跑在前面，後來落後了。❷ 不
先進；不進步 ◆ 這裏是偏遠山區，文
化、經濟還比較落後。
【落款】luò kuǎn 在書畫、信件、禮品
上面題寫本人或對方的姓名等文字 ◆
這幅畫還沒有落款呢。
【落實】luò shí ❶ 計劃、措施等具體
明確，便於實行 ◆ 各項措施都比較落
實。❷ 使實現、實施 ◆ 各項措施都

很好，但落實起來還有困難。
【落網】luò wǎng 罪犯被抓獲 ◆ 三名
走私犯相繼落網。
【落湯雞】luò tāng jī 湯：熱水。掉在
熱水裏的雞。比喻渾身濕透的狼狽樣子
◆ 一陣大雨把你變成落湯雞了。
【落井下石】luò jǐng xià shí 看到別人
掉在井裏，非但不救還要往井裏扔石
塊。比喻乘人之危，加以陷害 ◆ 我決
不做這種落井下石的事情。
【落花流水】luò huā liú shuǐ 原來形容
暮春衰敗的景象，現在多比喻零亂或慘
敗的樣子 ◆ 對方球隊被我們打得落
花流水。
▷落水、落葉、落榜、落落大方
▷角落、流落、淪落、下落不明、水落
石出、名落孫山、瓜熟蒂落

⁹
葷 (荤) 一 十 艹 芒 芒 葷 | 葷

[hūn ㄏㄨㄣ ㊁fɐn¹ 昏]
雞、鴨、魚、肉等食物；跟“素”相對
◆ 葷菜／不吃葷／一葷兩素。

⁹
葦 (苇) 一 十 艹 芐 莘 董 | 葦

[wěi ㄨㄟˇ ㊁wɐi⁵ 偉]
蘆葦。見“蘆”字，373 頁。

⁹
葵 (葵) 一 十 艹 芐 莎 莎 | 葵

[kuí ㄎㄨㄟˊ ㊁kwɐi⁴ 攜]
某些開大花的草本植物，品種很多，常
見的有向日葵，種子可以吃，也可以榨
油。蒲葵葉子可以做扇子，俗稱葵扇、
芭蕉扇，木材可以做器具。
☺ 圖見 361 頁。

¹⁰
蒜 (蒜) 一 十 艹 芐 茅 蒜 | 蒜

[suàn ㄙㄨㄢˋ ㊁syn³ 算]
大蒜：草本植物，地下莖叫蒜頭。蒜頭、
蒜苗、蒜葉都可當菜吃 ◆ 蒜泥／謸蒜

10 **蓋**（盖）一ナナナブ芸莘蓋 蓋

〈一〉[gài ㄍㄞˋ 粵 gɔi³ 該³/kɔi³ 慨（語）]

❶ 遮在器物敞口上的東西 ◆ 瓶蓋／壺蓋。❷ 遮上；蒙上 ◆ 掩蓋／蓋被子。❸ 建造 ◆ 蓋房子。❹ 印上去 ◆ 蓋章／蓋印。❺ 超過；壓倒 ◆ 蓋世英雄／氣蓋山河。

〈二〉[gě ㄍㄜˇ 粵 gɐp⁸ 蛤]

❻ 姓。

【蓋世無雙】gài shì wú shuāng 蓋世：壓倒一個時代。無雙：沒有第二個。形容才能、功績等超羣，在一個時代無人能超過 ◆ 岳飛是一位蓋世無雙的民族英雄。

(注意)"蓋世無雙"也作"舉世無雙"。

⊠ 膝蓋、遮蓋、覆蓋、欲蓋彌彰、武功蓋世

10 **墓** 見土部，97 頁。

10 **幕** 見巾部，136 頁。

10 **夢** 見夕部，101 頁。

10 **蓓**（蓓）一ナナナ广产荶 蓓

[bèi ㄅㄟˋ 粵 pui⁵ 倍]

見"蓓蕾"。

【蓓蕾】bèi lěi 含苞未放的花；花骨朵 ◆ 蓓蕾滿枝。

10 **蓖**（蓖）一ナナ苫苩菑菑 蓖

[bì ㄅㄧˋ 粵 bei¹ 跛]

見"蓖麻"。

【蓖麻】bì má 草本植物，種子可以榨油。蓖麻油用途廣泛。

10 **蒼**（苍）一ナナ茳苍苓蒼 蒼

[cāng ㄘㄤ 粵 tsɔŋ¹ 倉]

❶ 深藍色；深綠色 ◆ 蒼海／蒼松翠柏。❷ 灰白色 ◆ 蒼白／白髮蒼蒼。

【蒼天】cāng tiān 天 ◆ 蒼天在上。

【蒼白】cāng bái ❶ 灰白色；臉上沒有血色 ◆ 他的臉色很蒼白。❷ 形象不鮮明；生命力不旺盛 ◆ 這本小說有的人物形象比較蒼白。

【蒼老】cāng lǎo 衰老 ◆ 經理已年過花甲，但他的相貌一點不顯得蒼老。

(注意)"蒼老"多指容貌、體態、聲音等。

【蒼穹】cāng qióng 指天空 ◆ 火箭直衝蒼穹。

(注意)"蒼穹"也作"穹蒼"。

【蒼勁】cāng jìng 挺拔有力 ◆ 這幾個字寫得蒼勁有力。

(注意)"蒼勁"多指樹木或書法、繪畫等。

【蒼茫】cāng máng 無邊無際；看不清楚 ◆ 輪船在蒼茫的大海上行駛／暮色蒼茫，遠處的景物已變得模糊起來。

【蒼翠】cāng cuì 深綠色 ◆ 山上樹木茂密蒼翠。

(注意)"蒼翠"多用來形容草木。

⊠ 蒼生、蒼蠅

10 **蓑**（蓑）一ナナ芏䒧莑蓑 蓑

[suō ㄙㄨㄛ 粵 sɔ¹ 疏]

見"蓑衣"。

【蓑衣】suō yī 用草或棕編成的，披在身上擋雨的用具。

10 **蒿**（蒿）一ナナ节节苦蒿 蒿

[hāo ㄏㄠ 粵 hou¹ 好¹]

見"蒿子"。

【蒿子】hāo ·zi 草本植物，有青蒿、白蒿、蓬蒿等，均有特殊氣味。青蒿可做藥材，蓬蒿可當蔬菜。

10 **蓆**（席）一ナナ广产萨蓆 蓆

[xí ㄒㄧˊ 粵 dzik⁹ 夕/dzɛk⁹ 瘠（語）]

用草、蘆葦、薄竹片等編成的舖墊用具 ◆ 竹蓆／枕蓆。

10 **蓄**（蓄）一ナナ节芋荶蓄 蓄

[xù ㄒㄩˋ 粵 tsuk⁷ 促]

❶ 儲存 ◆ 蓄水池／儲蓄。❷ 保留 ◆ 蓄髮。❸ 隱藏不露 ◆ 蓄意／含蓄。

【蓄意】xù yì 早有這種念頭；故意 ◆ 這是他蓄意設下的圈套。

(注意)"蓄意"含貶義。

【蓄謀】xù móu 早有這種打算 ◆ 日本襲擊珍珠港，發動太平洋戰爭，是蓄謀已久的。

(注意)"蓄謀"含貶義。

⊠ 積蓄、養精蓄銳

10 **蒞**（莅）一ナナ䒚艻茫蒞 蒞

[lì ㄌㄧˋ 粵 lei⁶ 利]

到 ◆ 蒞會／蒞臨指導。

10 **蒲**（蒲）一ナナ䒞萡蒲蒲 蒲

[pú ㄆㄨˊ 粵 pou⁴ 葡]

❶ 水生草本植物，葉子可編蒲蓆、蒲包和蒲扇，花穗可做枕芯。❷ 姓。

【蒲公英】pú gōng yīng 多年生草本植物，葉子羽狀，花黃色。果實成熟後呈白色絨球狀 ◆ 蒲公英圓球形的白花，隨風飄揚，像一把降落傘。

❀ 圖見 360 頁。

10 **蓉**（蓉）一ナナ芩芲荽蓉 蓉

[róng ㄖㄨㄥˊ 粵 juŋ⁴ 容]

❶ 芙蓉。見"芙"字，360 頁。❷ 四川省 成都市的別稱。

10 **慈** 見心部，159 頁。

10 蒙(蒙) 一 丷 芏 芦 萳 蒙 蒙

〈一〉[méng ㄇㄥˊ 粵mun⁴ 濛]

❶ 遮蓋 ◆ 蒙面強盜 / 蒙上一層灰。
❷ 遭遇；受到 ◆ 蒙受恥辱 / 承蒙關
照。❸ 愚昧；沒有文化 ◆ 蒙昧 / 啟
蒙。❹ 姓。

〈二〉[mēng ㄇㄥ 粵mun⁴ 濛]

❺ 欺騙 ◆ 蒙騙 / 欺上蒙下。❻ 昏迷
◆ 蒙頭轉向 / 被打蒙了。❼ 胡亂猜
測 ◆ 瞎蒙／這道題給他蒙上了。

〈三〉[měng ㄇㄥˇ 粵mun⁴ 濛]

❽ 蒙古族的簡稱 ◆ 蒙族。❾ 蒙古人
民共和國的簡稱 ◆ 中蒙。

【蒙受】méng shòu 遭受；受到 ◆ 因
對方違約，使公司蒙受重大經濟損失。

【蒙昧】méng mèi 沒有文化；不明事
理 ◆ 跟這種蒙昧無知的人講道理，
簡直是對牛彈琴。

【蒙混】méng hùn 靠欺騙隱瞞而混過
去 ◆ 他想再一次用假護照蒙混過關。

【蒙蔽】méng bì 用假象欺騙別人 ◆
不少人被他的花言巧語蒙蔽了。

【蒙騙】mēng piàn 欺騙 ◆ 商店不能
用假貨蒙騙顧客。

【蒙難】méng nàn 遭受災難 ◆ 孫中
山領導辛亥革命時曾多次蒙難。

(注意) "蒙難"多指有地位、有名望的人。
"難"不讀 nán（南）。

【蒙₃古包】měng gǔ bāo 蒙古族人居
住的用氈做的圓頂帳蓬 ◆ 草原上有幾
個蒙古包。

近 蒙蒙亮

近 承蒙

10 蒸(蒸) 一 丷 艹 苤 菸 蒸 蒸

[zhēng ㄓㄥ 粵dziŋ¹ 征]

❶ 液體受熱化成氣體上升 ◆ 蒸發 / 水
蒸氣。❷ 利用水蒸氣的熱力使食物變
熱、變熟 ◆ 蒸饅頭 / 清蒸魚。

【蒸發】zhēng fā 液體受高溫影響化
成氣體上升 ◆ 地面水分不斷蒸發。

【蒸氣】zhēng qì 水加熱到攝氏一百
度時變成的氣體 ◆ 火車最早是用蒸氣
作為動力的。

【蒸氣機】zhēng qì jī 利用蒸氣產生
動力的發動機。主要用作機車和船舶的
動力 ◆ 蒸氣機是應用最早的熱力發
動機。

【蒸蒸日上】zhēng zhēng rì shàng 蒸
蒸：上升、興旺的樣子。比喻事業一天
天迅速發展 ◆ 香港的對外貿易蒸蒸日
上。

近 蒸餾水

11 蔫(蔫) 一 丷 艹 荸 荸 蔫 蔫

[niān ㄋㄧㄢ 粵jin¹ 煙]

草木因失去水分而變得枯萎 ◆ 花蔫了。

11 蓮(蓮) 一 丷 艹 茝 菖 蓮 蓮

[lián ㄌㄧㄢˊ 粵lin⁴ 連]

水生草本植物，也叫荷。葉子叫荷葉，
開的花叫荷花或蓮花，種子叫蓮子，地
下莖叫藕。花供觀賞，蓮子、藕都可以
吃 ◆ 蓮藕 / 採蓮。

✿ 圖見 361 頁。

11 慕 見心部，160 頁。

11 暮 見日部，204 頁。

11 摹 見手部，185 頁。

11 蔓(蔓) 一 丷 艹 苗 荳 莄 蔓

〈一〉[màn ㄇㄢˋ 粵man⁶ 慢]

❶ 見"蔓草"。❷ 像蔓草一樣向周圍
擴展延伸 ◆ 蔓延 / 滋蔓。

〈二〉[wàn ㄨㄢˋ 粵man⁶ 慢]

❸ 細長能纏繞的莖 ◆ 瓜蔓。

【蔓延】màn yán 像蔓草一樣地擴展
開來 ◆ 森林大火還在蔓延。

【蔓草】màn cǎo 有細長的莖可以纏
繞其他植物的野草。

11 蔑(蔑) 一 丷 艹 苗 芦 蔑 蔑

[miè ㄇㄧㄝˋ 粵mit⁹ 滅]

❶ 小；輕 ◆ 蔑視 / 輕蔑。❷ "衊"的
簡化字，見 380 頁。

【蔑視】miè shì 輕視；看不起 ◆ 人
們蔑視那些遊手好閒的人。同 鄙視。
反 重視、尊重。

11 葍(卜) 一 丷 艹 芍 芍 苟 葍

[·bo ㄅㄛ 粵bak⁹ 白]

蘿蔔。見"蘿"字，374 頁。

11 蔡(蔡) 一 丷 艹 萝 莁 莁 蔡

[cài ㄘㄞˋ 粵tsoi³ 菜]

姓。

11 蓬(蓬) 丷 艾 莑 莑 莑 莑 蓬

[péng ㄆㄥˊ 粵puŋ⁴ 篷]

❶ 飛蓬：草本植物，秋後枝葉枯黃
隨風飄飛 ◆ 蓬生麻中，不扶自直。
❷ 散亂 ◆ 蓬鬆 / 蓬頭垢面。

【蓬勃】péng bó 興盛；旺盛 ◆ 年輕
人朝氣蓬勃。

【蓬頭垢面】péng tóu gòu miàn 垢：
骯髒。頭髮散亂、滿臉污垢的樣子 ◆
他故意蓬頭垢面，裝瘋賣傻。

11 蔗(蔗) 一 丷 艹 芦 萨 蔗 蔗

[zhè ㄓㄜˋ 粵dzɛ³ 借]

甘蔗：草本植物，莖含有大量糖分，可
以用來製糖 ◆ 蔗糖。

11 蓿(蓿) 一 丷 艹 芦 芽 荶 蓿

[·xu ㄒㄩ 粵suk⁷ 宿]

苜蓿。見"苜"字，362 頁。

11 蔚(蔚) 一 丷 艹 芦 尉 蔚 蔚

〈一〉[wèi ㄨㄟˋ 粵wɐi³ 慰]

❶ 草木茂盛；盛大 ◆ 蔚然成林 / 蔚然

成風。

〈二〉【yù ㄩˋ 粵 wɐt⁷ 屈】
❷ 蔚縣：地名，在河北省。
【蔚藍】wèi lán　深藍色 ◆ 眼前是一片蔚藍的大海。
【蔚然成風】wèi rán chéng fēng　蔚然：盛大的樣子。形容某種精神、行為逐漸盛行，形成良好的風氣 ◆ 保護環境已蔚然成風。

¹¹ 蔣 (蒋)
【jiǎng ㄐㄧㄤˇ 粵 dzœŋ² 掌】
姓。

¹¹ 蔭 (荫)
【yīn ㄧㄣ 粵 jɐm³ 廕】
被樹的枝葉遮蓋，不見陽光的 ◆ 樹蔭 / 林蔭道 / 綠樹成蔭。

¹¹ 蔽 (蔽)
【bì ㄅㄧˋ 粵 bɐi³ 閉】
遮蓋；擋住 ◆ 遮蔽 / 衣不蔽體。
⇲ 掩蔽、蒙蔽、隱蔽

¹² 蕙 (蕙)
【huì ㄏㄨㄟˋ 粵 wɐi⁶ 惠】
多年生草本植物，葉細長，初夏開黃綠色的花，有香味。

¹² 蕪 (芜)
【wú ㄨˊ 粵 mou⁴ 無】
❶ 田地荒廢，長滿雜草 ◆ 荒蕪。❷ 比喻雜亂或雜亂的東西 ◆ 蕪雜 / 去蕪存菁。

¹² 蕎 (荞)
【qiáo ㄑㄧㄠˊ 粵 kiu⁴ 橋】
見"蕎麥"。
【蕎麥】qiáo mài　草本植物，子粒磨成粉可以食用 ◆ 蕎麥麵。

¹² 蕉 (蕉)
【jiāo ㄐㄧㄠ 粵 dziu¹ 招】
大葉子的植物，有香蕉、芭蕉、美人蕉等。香蕉、芭蕉可以吃，美人蕉供觀賞。

¹² 蕩 (荡)
【dàng ㄉㄤˋ 粵 dɔŋ⁶ 盪】
❶ 無事隨意遊逛 ◆ 遊蕩 / 閒蕩。❷ 行為放縱，不加約束 ◆ 放蕩 / 淫蕩。❸ 搖動；晃動 ◆ 動蕩 / 蕩鞦韆。❹ 清除；弄光 ◆ 蕩滌 / 傾家蕩產。❺ 淺水湖泊 ◆ 蘆葦蕩。
注意 ❶❷❸❹ 也寫作"盪"。
【蕩漾】dàng yàng　❶ 水波輕微起伏浮動 ◆ 遊艇在碧波蕩漾的湖面上行駛。❷ 比喻樂曲聲起伏飄揚 ◆ 校園裏歌聲蕩漾。
【蕩滌】dàng dí　清洗 ◆ 一場大雨把草木上的塵土蕩滌一空。
【蕩氣迴腸】dàng qì huí cháng　形容宛轉動人，感染力極強 ◆ 這歌聲真使人蕩氣迴腸。
注意 "蕩氣迴腸"多指樂曲、文章等。也作"迴腸蕩氣"。
【蕩然無存】dàng rán wú cún　形容原有的東西一點也沒有了 ◆ 經過舊城改造，這裏的低矮小屋已經蕩然無存。
⇲ 晃蕩、浩蕩、掃蕩、激蕩、震蕩、飄蕩、闖蕩、空蕩蕩

¹² 蕊 (蕊)
【ruǐ ㄖㄨㄟˇ 粵 jœy⁵ 銳⁵】
花心 ◆ 花蕊。

¹² 蔬 (蔬)
【shū ㄕㄨ 粵 sɔ¹ 梳】
蔬菜 ◆ 布衣蔬食。
【蔬菜】shū cài　可以做菜吃的植物。

¹³ 薑 (姜)
【jiāng ㄐㄧㄤ 粵 gœŋ¹ 羌】

多年生草本植物，地下莖成塊狀，有辣味，可以做調味品，也可以做藥。俗稱生薑。

¹³ 蕾 (蕾)
〈一〉【lěi ㄌㄟˇ 粵 lœy⁵ 呂】
❶ 含苞待放的花朵 ◆ 花蕾。
〈二〉【lěi ㄌㄟˇ 粵 lœy⁴ 雷】
❷ 譯音字。蓓蕾。見"芭"字，361 頁。

¹³ 薔 (蔷)
【qiáng ㄑㄧㄤˊ 粵 tsœŋ⁴ 祥】
見"薔薇"。
【薔薇】qiáng wēi　落葉灌木，莖枝多刺，花白色或淡紅色，有香味，可供觀賞，也可製香料。
☺ 圖見 360 頁。

¹³ 薯 (薯)
【shǔ ㄕㄨˇ 粵 sy⁴ 殊】
甘薯、馬鈴薯等薯類植物的統稱 ◆ 紅薯 / 薯片 / 番薯。

¹³ 薛 (薛)
【xuē ㄒㄩㄝ 粵 sit⁸ 屑】
姓。

¹³ 薇 (薇)
【wēi ㄨㄟ 粵 mei⁴ 微】
❶ 薔薇。見"薔"字，本頁。❷ 白薇：一種草本植物，根可以做藥。

¹³ 薊 (蓟)
【jì ㄐㄧˋ 粵 gɐi³ 計】
古地名，在今北京市西南角，歷史上曾是燕國國都。

¹³薦（荐）一 一 广 广 萨 薦 薦

[jiàn ㄐㄧㄢˋ ⓹dzin⁶ 賤/dzin³ 箭（語）]

推舉；介紹 ◆ 推薦／舉薦。

☑保薦、毛遂自薦

¹³薪（薪）一 一 艹 莘 莘 薪 薪

[xīn ㄒㄧㄣ ⓹sɐn¹ 新]

❶ 柴草 ◆ 臥薪嘗膽／釜底抽薪。❷工資 ◆ 薪金／年薪。

☑杯水車薪、抱薪救火

¹³薄（薄）一 一 艹 芦 蒲 蒲 薄

〈一〉[bó ㄅㄛˊ ⓹bɔk⁹ 泊]

❶ 厚度小；數量少；程度淺 ◆ 單薄／淺薄／薄利傾銷。❷ 不莊重；不厚道 ◆ 輕薄／刻薄。❸ 輕視；看不起 ◆ 鄙薄／厚此薄彼。❹ 迫近 ◆ 日薄西山。❺ 姓。

〈二〉[báo ㄅㄠˊ ⓹bɔk⁹ 泊]

❻ 不厚；跟"厚"相對 ◆ 薄板／薄型。❼ 淡；稀 ◆ 酒味薄／空氣稀薄。❽ 土地不肥沃 ◆ 土地薄。❾ 感情冷淡；跟"深"、"厚"相對 ◆ 對他不薄。

〈三〉[bò ㄅㄛˋ ⓹bɔk⁹ 泊]

❿ 見"薄荷"。

【薄命】bó mìng 命運不好，沒有福氣 ◆《紅樓夢》中的年輕女子大都是紅顏薄命的。

注意 "薄命"多指婦女。

【薄弱】bó ruò 弱小；不堅強；易動搖 ◆ 這個球隊的力量太薄弱／她意志薄弱，做事沒有恒心。

注意 "薄弱"多指力量、意志等。

【薄荷】bò ·he 多年生草本植物，莖和葉可提取薄荷油和薄荷腦，用來製作糖果、飲料或藥物 ◆ 薄荷糖清涼香甜。

【薄情】bó qíng 缺乏情義 ◆ 他是個喜新厭舊的薄情郎。

注意 "薄情"多指男女情愛。

【薄暮】bó mù 指傍晚 ◆ 薄暮降臨，天色漸漸昏暗。

☑淡薄、微薄、妄自菲薄

¹⁴藍（蓝）一 一 艹 菩 蓝 蓝 藍

[lán ㄌㄢˊ ⓹lam⁴ 籃]

❶ 像晴空、大海一樣的顏色 ◆ 藍天白雲／蔚藍的大海。❷ 姓。

太陽光必須穿過厚厚的大氣層，才能進入地球。當太陽光照射在大氣層上時，陽光中紅、橙、黃、綠、藍、青、紫七種顏色，只有藍色才能被反射進人們的眼睛，所以我們看到天空是藍色的。

【藍本】lán běn 寫作時所依據的底本 ◆ 這部長篇小說就是以此為藍本創作而成的。

【藍圖】lán tú 用感光紙複製的圖紙。比喻設計或規劃 ◆ 這是新區建設的藍圖。

☑湛藍、青出於藍而勝於藍

¹⁴藏（藏）一 一 艹 疒 疒 蒲 藏 藏

〈一〉[cáng ㄘㄤˊ ⓹tsɔŋ⁴ 牀]

❶ 隱蔽起來；躲起來 ◆ 隱藏／躲藏／捉迷藏。❷ 收存 ◆ 收藏／珍藏。

〈二〉[zàng ㄗㄤˋ ⓹dzɔŋ⁶ 狀]

❸ 儲存大量東西的地方 ◆ 寶藏。❹ 藏族：中國少數民族之一 ◆ 藏語。❺ 西藏的簡稱 ◆ 青藏公路。

【藏匿】cáng nì 躲藏；隱藏 ◆ 警察發現了他們藏匿的地方。

【藏頭露尾】cáng tóu lù wěi 形容遮遮掩掩，不肯暴露真實情況 ◆ 一提到這件事，他老是藏頭露尾。

【藏龍臥虎】cáng lóng wò hǔ 比喻藏有人才 ◆ 高等學府是藏龍臥虎之地。

☑冷藏、窩藏、儲藏

¹⁴藉（借）一 一 艹 莘 莘 蕎 藉

〈一〉[jiè ㄐㄧㄝˋ ⓹dzɛ⁶ 謝/dzik⁹ 直]

❶ 假託 ◆ 藉口／藉故。❷ 依靠 ◆ 憑藉。❸ 安慰 ◆ 慰藉。

〈二〉[jí ㄐㄧˊ ⓹dzik⁹ 直]

❹ 狼藉：雜亂不堪 ◆ 杯盤狼藉。

【藉口】jiè kǒu 假託的理由 ◆ 你不能以路遠為藉口而經常遲到。

【藉助】jiè zhù 憑藉別人或事物的幫助 ◆ 帆船藉助於風力才能航行。

【藉故】jiè gù 用某種原因做藉口 ◆ 他與上司相處不好，便藉故辭職了。

¹⁴藐（藐）一 一 艹 菥 菥 菥 藐

[miǎo ㄇㄧㄠˇ ⓹miu⁵ 秒]

小 ◆ 藐小／藐視。

【藐小】miǎo xiǎo 微小；微不足道 ◆ 個人的力量是很藐小的。

【藐視】miǎo shì 輕視；小看 ◆ 不要藐視這些年輕人，希望正寄託在他們身上。

注意 "藐"粵音又讀mɔk⁹（莫）。

¹⁴薺（荠）一 一 艹 芹 薺 薺 薺

[qí ㄑㄧˊ ⓹tsi⁴ 池]

荸薺。見"荸"字，365頁。

¹⁴蕭（萧）一 一 芊 蕭 蕭 蕭 蕭

[xiāo ㄒㄧㄠ ⓹siu¹ 消]

❶ 冷落衰敗，沒有生氣 ◆ 蕭條／蕭瑟。❷ 姓。

【蕭條】xiāo tiáo ❶ 偏僻冷落 ◆ 這人煙稀少，十分蕭條。❷ 衰微；不景氣 ◆ 經濟蕭條的局面有所改變。

【蕭瑟】xiāo sè ❶ 形容風吹草木的聲音。多用於深秋初冬季節 ◆ 蕭瑟的風帶來絲絲寒意。❷ 冷落淒涼的樣子 ◆ 草木凋零，一片蕭瑟景象。

【蕭颯】xiāo sà 冷落；不熱鬧 ◆ 年前這裏還是一片蕭颯的荒灘。

¹⁴薩（萨）一 一 艹 艹 萨 萨 薩

[sà ㄙㄚˋ ⓹sat⁸ 殺]

❶ 菩薩。見"菩"字，367頁。❷ 姓。

¹⁵藝（艺）一 一 艹 艹 䓫 蓺 藝

[yì ㄧˋ ⓹ŋɐi⁶ 毅]

❶ 才能；技術 ◆ 技藝／手藝／多

多藝。❷ 指音樂、舞蹈、戲曲、美術、雕塑、攝影等藝術 ◆ 文藝／曲藝。

【藝人】yì rén ❶ 稱從事戲劇、曲藝、雜技等的演員 ◆ 新老藝人同台演出。❷ 稱製作某些手工藝品的人 ◆ 這些藝人捏的泥人個個活靈活現。

【藝術】yì shù ❶ 用語言、動作、線條、色彩、造型、音響等手段構成形象來反映社會生活、表達思想感情的創作。如文學、繪畫、戲劇、曲藝、音樂、舞蹈、電影、雕塑、建築等 ◆ 人民需要藝術，藝術也需要人民。❷ 巧妙而具有獨創性的方式方法 ◆ 營業員要講究服務藝術。

【藝壇】yì tán　指藝術界 ◆ 他是藝壇新秀。

▷ 工藝、武藝、球藝

藕
⁵藕（藕）一 艹 蕅 藕 藕 藕 藕

[ǒu ㄡˇ ⑧ ŋɐu⁵ 偶]

蓮的地下莖，可以吃，也可以製澱粉 ◆ 蓮藕／藕粉。

【藕斷絲連】ǒu duàn sī lián　藕折斷後絲還相連。比喻表面上斷絕了關係，實際上還有牽連 ◆ 他倆雖已分居，但還是藕斷絲連，常有來往。

藥
⁵藥（药）一 艹 药 药 蔹 藥

[yào ㄧㄠˋ ⑧ jœk⁹ 若]

❶ 治病的物品 ◆ 藥物／藥到病除。❷ 用藥物醫治 ◆ 不可救藥。❸ 有特殊作用的化學物品 ◆ 農藥／炸藥。❹ 用藥物毒殺 ◆ 藥老鼠／藥蟑螂。

【藥方】yào fāng　醫生給病人開的藥物的名稱、劑量、用法等 ◆ 這是一張祖傳藥方。

【藥材】yào cái　中藥的原料和製品的總稱 ◆ 這藥是從藥材公司批發來的。

【藥物】yào wù　對人或動植物有防治作用的物質 ◆ 這種病可用藥物治療。

【藥品】yào pǐn　藥物和化學試劑的總稱 ◆ 這些貴重藥品要好好保管。

▷ 藥片、藥水、藥房、藥酒

▷ 火藥、西藥、毒藥、彈藥、醫藥、良藥苦口、對症下藥、靈丹妙藥

藤
¹⁵藤（藤）一 艹 藤 藤 藤 藤 藤

[téng ㄊㄥˊ ⑧ teŋ⁴ 騰]

❶ 蔓生植物的統稱，有紫藤、白藤等。白藤的莖可以製作器具，如藤椅。❷ 指某些植物能纏繞、攀援的莖 ◆ 葡萄藤／絲瓜藤。

【藤條】téng tiáo　藤。有的能編箱子、椅子等 ◆ 這坐椅是用藤條編的，很結實。

藩
¹⁵藩（藩）一 艹 荜 萍 萍 藻 藩

[fān ㄈㄢ ⑧ fan¹ 凡]

❶ 籬笆 ◆ 藩籬。❷ 封建時代稱屬國或屬地 ◆ 藩國／藩地。

【藩籬】fān lí　籬笆。比喻屏障或門戶 ◆ 四周的山是這個城市的藩籬。

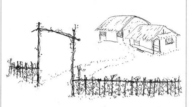

蘊
¹⁵蘊（蕴）一 艹 荕 荕 葯 葯 蘊

[yùn ㄩㄣˋ ⑧ wɐn⁴ 穩]

藏；包含 ◆ 蘊藏／蘊含。

【蘊含】yùn hán　包含 ◆ 這首詩蘊含着豐富的感情。

【蘊藏】yùn cáng　藏在裏面 ◆ 這一帶蘊藏着豐富的石油資源。

蘋
¹⁶蘋（苹）一 艹 萍 萍 蘋 蘋

[píng ㄆㄧㄥˊ ⑧ pɐn⁴ 貧／piŋ⁴ 平 (語)]

見"蘋果"。

【蘋果】píng guǒ　落葉喬木，果實香甜，品種很多，是普通水果。

蘆
¹⁶蘆（芦）一 艹 芦 芦 芦 蘆 蘆

[lú ㄌㄨˊ ⑧ lou⁴ 盧]

蘆葦 ◆ 蘆根／蘆花。

【蘆笙】lú shēng　中國苗、侗等少數民族的管樂器 ◆ 小伙子吹起蘆笙，姑娘們翩翩起舞。
☺ 圖見 221 頁。

【蘆葦】lú wěi　草本植物，生長在淺水中。稈可以造紙、編蓆，根可以做藥。

孽
¹⁶孽　見子部，115 頁。

蘇
¹⁶蘇（苏）一 艹 苏 蓝 蓝 蘇

[sū ㄙㄨ ⑧ sou¹ 鬚]

❶ 醒過來 ◆ 蘇醒／死而復蘇。❷ 江蘇省的簡稱 ◆ 蘇、浙、皖。❸ 蘇州市的簡稱 ◆ 蘇繡／上有天堂、下有蘇杭。❹ 姓。

【蘇醒】sū xǐng　從昏迷狀態醒過來 ◆ 病人終於蘇醒了。

藹
¹⁶藹（蔼）一 艹 葿 葿 葿 藹

[ǎi ㄞˇ ⑧ ɔi²／ŋɔi² 靄]

和氣 ◆ 和藹可親。

蘑
¹⁶蘑（蘑）一 艹 芦 芦 蘑 蘑

[mó ㄇㄛˊ ⑧ mɔ⁴ 磨]

蘑菇 ◆ 鮮蘑／口蘑。

【蘑菇】mó·gu　食用菌類的統稱。
注意 "蘑菇"也作"蘑菰"。

藻
¹⁶藻（藻）一 艹 芦 芐 蔘 藻

[zǎo ㄗㄠˇ ⑧ dzou² 早]

❶ 藻類植物，大都生長在水裏，沒有根、莖、葉的區分，種類很多；也泛指生長在水裏的綠色植物 ◆ 水藻／海藻。❷ 華麗的文辭 ◆ 辭藻。

藺
¹⁶藺（蔺）一 艹 芦 芮 蔺 蔺 藺

[lìn ㄌㄧㄣˋ ⑧ lœn⁶ 吝]

姓。

蘭
¹⁷蘭（兰）一 艹 芦 芦 蔺 蘭 蘭

[lán ㄌㄢˊ ⑧ lan⁴ 欄]

蘭花 ◆ 蝴蝶蘭／春蘭秋菊。

【蘭花】lán huā　草本植物，葉細長，春天開花，花清香，品種很多。

[注意]“蘭花”也叫“春蘭”。

✿ 圖見 361 頁。

17 **蘺** 見馬部，460 頁。

19 **蘸**(蘸)　一 艹 苒 蔷 蘸 蘸 **蘸**

[zhàn ㄓㄢˋ [粵] dzam³ 湛]

在液體或粉末裏沾一下 ◆ 蘸墨水／蘸糖吃。

19 **蘿**(萝)　一 艹 艹 芇 蔄 蘿 **蘿**

[luó ㄌㄨㄛˊ [粵] lɔ⁴ 羅]

通常指某些爬蔓的植物 ◆ 藤蘿／松蘿。

【蘿蔔】luó ·bo　草本植物，葉子羽狀分裂，花白色或淡紫色。主根肥大，圓柱形或球形。是一種普通蔬菜，有白蘿蔔、胡蘿蔔、紅蘿蔔等多種。

虍部

2 **虎**(虎)　丨 ⺊ 𠂆 广 卢 虍 **虎**

[hǔ ㄏㄨˇ [粵] fu² 苦]

❶ 哺乳動物，性情兇猛，會傷害人畜。俗稱“老虎” ◆ 狐假虎威／初生牛犢不怕虎。❷ 比喻勇猛威武 ◆ 一員虎將。

【虎口】hǔ kǒu　❶ 老虎的嘴。比喻危險的境地 ◆ 在警方的援救下，她終於逃脫虎口。❷ 大拇指和食指連接的部位 ◆ 他連續劈柴把虎口都磨破了。

【虎穴】hǔ xué　老虎住的洞。比喻危險的境地 ◆ 不入虎穴，焉得虎子？

【虎視眈眈】hǔ shì dān dān　眈眈：注視的樣子。形容像老虎一樣兇狠、貪婪地注視着 ◆ 雙方虎視眈眈，都存有擊倒對方的念頭。

【虎頭蛇尾】hǔ tóu shé wěi　比喻做事有始無終，前緊後鬆 ◆ 做任何事情都要善始善終，不能虎頭蛇尾。[反] 善始善終。

[↘] 馬虎、如虎添翼、放虎歸山、調虎離山、狼吞虎嚥、生龍活虎

3 **虐**　丨 ⺊ 广 卢 虍 虐 **虐**

[nüè ㄋㄩㄝˋ [粵] jœk⁹ 若]

殘暴兇狠 ◆ 虐待／暴虐。

【虐待】nüè dài　殘酷狠毒地待人 ◆ 每天聽到鄰居吵吵鬧鬧，簡直是一種精神虐待。

[↘] 助紂為虐

4 **虔**　⺊ 广 卢 虍 虔 虔 **虔**

[qián ㄑㄧㄢˊ [粵] kin⁴ 乾]

恭敬 ◆ 虔誠。

【虔誠】qián chéng　恭敬誠心 ◆ 媽媽是一位虔誠的基督徒。

5 **處**(处)　丨 ⺊ 广 卢 虍 虎 **處**

〈一〉[chù ㄔㄨˋ [粵] tsy³ 柱³]

❶ 地方 ◆ 住處／到處／難處。❷ 機關集體內的一個辦事部門 ◆ 辦事處／售票處。❸ 部分；方面 ◆ 長處／短處。

〈二〉[chǔ ㄔㄨˇ [粵] tsy² 褚]

❹ 居住 ◆ 穴居野處。❺ 置身；在 ◆ 處境／設身處地／地處珠江三角洲。❻ 交往；共同生活或工作 ◆ 相處得很好。❼ 辦理 ◆ 處理／處置。❽ 懲罰 ◆ 處罰／懲處。

【處₂女】chǔ nǚ　❶ 從未有過性行為的女子 ◆ 姑媽是個老處女。❷ 比喻第一次 ◆ 這篇小說是他的處女作。

【處₂分】chǔ fèn　對犯有錯誤或罪行的人給予處罰 ◆ 校方決定處分幾個嚴重違反校規的同學。[同] 處罰。

[注意]“分”不讀 fēn（紛）。

【處₂方】chǔ fāng　醫生給病人開藥方或寫着藥方的紙 ◆ 病人拿着處方去取藥。

【處所】chù suǒ　地方；地點 ◆“學校裏”、“碼頭上”是表示處所的詞。

【處₂理】chǔ lǐ　❶ 辦理；安排；解決 ◆ 校長每天要處理許多事情。❷ 削價出售 ◆ 那個商店在處理一批服裝。

【處₂境】chǔ jìng　所處的環境 ◆ 目前經濟不景氣，商家處境困難。

[注意]“處境”多指不利的環境。

【處₂罰】chǔ fá　對犯錯誤或犯罪的人給予懲罰 ◆ 小明在上課時偷吃糖果，受到老師處罰。[同] 處分。

【處₂心積慮】chǔ xīn jī lǜ　費盡心機地謀算 ◆ 為了謀取主任的職位，他處心積慮排斥同仁。[同] 千方百計、想方設法、挖空心思。

[注意]“處心積慮”多含貶義。

[↖] 處₂決、處₂世、處₂之泰然

[↘] 用處、好處、絕處逢生、設身處₂地、養尊處₂優、恰到好處

5 **彪**　丨 ⺊ 广 卢 虍 虎 **彪**

[biāo ㄅㄧㄠ [粵] biu¹ 標]

❶ 小老虎。❷ 比喻身材高大 ◆ 彪形大漢。

6 **虛**(虚)　广 卢 虍 虍 虚 虚 **虛**

[xū ㄒㄩ [粵] hœy¹ 墟]

❶ 空；跟“實”相對 ◆ 空虛／乘虛而入。❷ 自謙；不自滿 ◆ 謙虛／虛心。❸ 白白地 ◆ 虛驚一場／不虛此行。❹ 假的；不真實 ◆ 虛假／虛張聲勢。❺ 膽怯 ◆ 膽虛／做賊心虛。❻ 衰弱 ◆ 虛弱／身體很虛。

【虛心】xū xīn　能接受別人的意見，不自滿 ◆ 不懂就虛心向人請教，不要裝懂。[同] 謙虛。[反] 驕傲。

【虛弱】xū ruò ❶ 身體乏力，不健壯 ◆ 大病過後，他身體還很虛弱。 反 強壯。❷ 力量弱 ◆ 這個公司的經濟實力比較虛弱。同 薄弱。

【虛偽】xū wěi 假假；不真實；不真誠 ◆ 口是心非是虛偽的表現。反 真誠。

【虛構】xū gòu 文藝創作的一種手法，即作者對搜集來的素材加以集中、概括，並通過想像構成情節，塑造人物形象。因為不是真人真事，所以叫虛構。也泛指憑空想像編造出來 ◆ 本故事純屬虛構。

【虛榮】xū róng 虛假的榮耀；表面上的光彩 ◆ 這女孩虛榮心強，愛趕時髦。

【虛實】xū shí 指內部真實情況 ◆ 他是來探聽虛實的。

【虛驚】xū jīng 事後才知道的不必要的驚慌 ◆ 大家以為車子要出事，還好是一場虛驚。

【虛度年華】xū dù nián huá 年華：時光。白白地度過大好時光 ◆ 年輕人不應該虛度年華。同 虛度光陰。

【虛張聲勢】xū zhāng shēng shì 張：誇大。表面上裝出強大的氣勢 ◆ 你別看他們搖旗吶喊，不過是虛張聲勢罷了。

【虛無縹緲】xū wú piāo miǎo 縹緲：隱隱約約，似有似無的樣子。形容空虛渺茫，難以捉摸 ◆ 光有理想而缺乏毅力，那就變成虛無縹緲的空想了。

注意 "虛無縹緲" 也作 "虛無飄緲"。
⊠ 虛幻、虛懷若谷
⊠ 名不虛傳、徒有虛名、座無虛席

⁷ 虜 (虏) 广广卢卢虏虏虏 **虜**
[lǔ ㄌㄨˇ ⑧ lou⁵ 魯]
❶ 抓獲 ◆ 虜獲。❷ 作戰時抓獲的敵人 ◆ 俘虜。

⁷ 號 (号) 口 号 号 驴 驴 驴 **號**
〈一〉[hào ㄏㄠˋ ⑧ hou⁶ 浩]
❶ 名稱 ◆ 稱號／外號。❷ 指商店 ◆ 商號／老字號。❸ 標誌 ◆ 記號／符號／句號。❹ 表示次序、等級 ◆ 編號／特大號。❺ 命令 ◆ 號令／發號施令。❻ 喇叭 ◆ 吹號／號手。❼ 日

◆ 七月一號／本月五號是她的生日。

〈二〉[háo ㄏㄠˊ ⑧ hou⁴ 毫]
❽ 大聲呼喊 ◆ 號叫／呼號。❾ 大聲哭 ◆ 哀號／號啕大哭。

【號令】hào lìng 軍隊中發佈的命令 ◆ 司令員發佈號令，軍隊進入緊急戰備狀態。

【號外】hào wài 為了及時報道重要新聞，報社臨時增加出版的報紙 ◆ 市民爭相購買剛出的號外。

【號召】hào zhào 動員召喚人們一起去做某件事 ◆ 同學們響應號召，捐款捐物支援希望工程。

【號啕】háo táo 大聲地哭 ◆ 孩子在號啕大哭，快把她抱起來。

注意 "號啕" 也作 "號咷"、"嚎啕"、"嚎咷"。"號" 不讀 hào（浩）。

【號碼】hào mǎ 表示編號的數目字 ◆ 辦公室的電話號碼是 25811369。
⊠ 口號、代號、信號、型號、怒號₂、掛號、牌號、暗號、綽號

⁷ 虞 (虞) 广广卢卢卢卢卢 **虞**
[yú ㄩˊ ⑧ jy⁴ 如]
❶ 預料 ◆ 不虞之需。❷ 憂慮 ◆ 衣食無虞。❸ 欺騙 ◆ 爾虞我詐。❹ 姓。

⁹ 膚 見肉部，352 頁。

⁹ 慮 見心部，160 頁。

¹⁰ 盧 見皿部，294 頁。

¹¹ 虧 (亏) 广广卢虍虐虐虐 **虧**
[kuī ㄎㄨㄟ ⑧ kwei¹ 盔]
❶ 缺；損失 ◆ 虧本／虧空／理虧。❷ 對不起 ◆ 虧心／虧待。❸ 幸虧 ◆ 多虧鄰居照顧。

【虧心】kuī xīn 認為自己的言行不合情理而覺得對不起人 ◆ 我沒有做甚麼虧心事，不怕人家說閒話。

【虧空】kuī kōng 支出超過收入；欠

人錢財 ◆ 一筆生意就虧空了二十萬。反 盈餘。

【虧待】kuī dài 不公正或不盡心地對待人；對不起人 ◆ 我們是好朋友，我決不會虧待你。

【虧損】kuī sǔn 因支出超過收入而賠本受損失 ◆ 產品銷路不好，公司月月虧損。
⊠ 吃虧、功虧一簣

虫 部

³ 虹 口 中 虫 虫 虹 虹 **虹**
[hóng ㄏㄨㄥˊ ⑧ huŋ⁴ 紅]
雨後天晴，天空中出現的彩色圓弧，是太陽光照射水氣而形成的 ◆ 七色彩虹。

⁴ 蚜 口 中 虫 虫 虻 蚜 **蚜**
[yá ㄧㄚˊ ⑧ ŋa⁴ 牙]
蚜蟲：害蟲，吸食植物幼苗、嫩葉的汁液，對糧、棉、豆、菜的生長有很大危害。

⁴ 蚌 口 中 虫 虫 虻 蚌 **蚌**
〈一〉[bàng ㄅㄤˋ ⑧ poŋ⁵ 旁⁵]
❶ 軟體動物，生活在淡水裏，有兩片長圓形的殼，肉可以吃，有的能產珍珠 ◆ 鷸蚌相爭，漁翁得利。
〈二〉[bèng ㄅㄥˋ ⑧ poŋ⁵ 旁⁵]
❷ 蚌埠：市名，在安徽省。

⁴ 蚣 口 中 虫 虫 虹 蚣 **蚣**
[gōng ㄍㄨㄥ ⑧ guŋ¹ 公]
蜈蚣。見 "蜈" 字，376 頁。

⁴ 蚊 口 中 虫 虫 虻 蚊 **蚊**
[wén ㄨㄣˊ ⑧ mɐn⁴ 民／mɐn¹ 文¹（語）]
蚊子：害蟲，雄蚊吸食花果液汁，雌蚊

剪不斷，理還亂，是離愁，別是一番滋味在心頭。——五代南唐·李煜《相見歡》詞

吸人畜的血液，能傳染疾病。蚊在水裏
產卵，幼蟲叫孑孓 ◆ 蚊蟲／滅蚊。
【蚊香】wén xiāng　用來驅趕或熏死蚊
蟲的物品，有盤狀的和線狀的 ◆ 蚊香
是蚊蟲的克星。

⁴ **蚪**　口 中 虫 虫 虫 虫 蚪　蚪
[dǒu ㄉㄡˇ 　（粵）dɐu² 斗]
蝌蚪。見 "蝌" 字，378 頁。

⁴ **蚓**　口 虫 虫 虫 虫 蚓　蚓
[yǐn ㄧㄣˇ 　（粵）jen⁵ 引]
蚯蚓。見 "蚯" 字，本頁。

⁴ **蚤** (蚤)　丿 又 叉 叉 番 蚤　蚤
[zǎo ㄗㄠˇ 　（粵）dzou² 早]
跳蚤：害蟲，寄生在人畜身上，吸血，
能傳染疾病。

⁵ **蛆**　口 中 虫 虫 蚓 蛆　蛆
[qū ㄑㄩ 　（粵）dzœy¹ 追／tsœy¹ 吹]
蒼蠅的幼蟲。

⁵ **蚯**　中 虫 虫 虫 虫 蚯　蚯
[qiū ㄑㄧㄡ 　（粵）jɐu¹ 丘]
蚯蚓（qiū yǐn）：生活在土裏的環節動
物，身體細長。能鑽地成洞，使土壤疏
鬆，對農作物有益。

⁵ **蚱**　中 虫 虫 虫 虫 蚱 蚱　蚱
[zhà ㄓㄚˋ 　（粵）dza³ 炸／dzak⁸ 責]
蚱蜢（zhà měng）：蝗蟲的一種，頭三角
形。是危害稻麥和豆類植物的害蟲。

⁵ **蛉**　口 中 虫 蚣 蚣 蛉　蛉
[líng ㄌㄧㄥˊ 　（粵）liŋ⁴ 零]
白蛉：比蚊子小的昆蟲。吸人畜的血，
能傳染黑熱病。

⁵ **蛀**　口 中 虫 虫 虫 蚌　蛀
[zhù ㄓㄨˋ 　（粵）dzy³ 注]
❶ 蛀蟲：蛀蝕木器、衣服、書籍等的
小蟲。❷ 被蛀蟲咬壞 ◆ 蟲蛀／防霉
防蛀。

⁵ **蛇**　口 中 虫 虫 虫 蛇　蛇
[shé ㄕㄜˊ 　（粵）sɛ⁴ 余]
爬行動物，身體圓而長，有鱗無足。種
類很多，有的有毒 ◆ 畫蛇添足／一朝
被蛇咬，十年怕草繩。
⊠ 杯弓蛇影、虎頭蛇尾

⁵ **蛋**　一 ア 疋 足 召 番 蛋　蛋
[dàn ㄉㄢˋ 　（粵）dan⁶ 但]
❶ 禽鳥類和龜、蛇等生的卵 ◆ 雞蛋／
鵪鶉蛋。❷ 形狀像蛋的東西 ◆ 臉蛋。
【蛋白質】dàn bái zhì　生物體的主要
組成物質之一，是生命的基礎。種類很
多 ◆ 牛奶含有豐富的蛋白質。

⁶ **蛙**　中 虫 虫 虫 蛀 蛙　蛙
[wā ㄨㄚ 　（粵）wa¹ 娃]
兩棲動物，前肢短小，後肢粗大有力。
善於跳躍和泅水，捉食昆蟲，對農作物
有益。種類很多，最常見的是青蛙。青
蛙的幼蟲叫 "蝌蚪" ◆ 牛蛙／井底之蛙。
【蛙泳】wā yǒng　模仿青蛙游水動作的
一種游泳姿勢。身體俯卧在水面，雙臂
划水，下肢對稱向後蹬水、夾水。也是
游泳比賽項目之一 ◆ 蛙泳是他的強項。
☼ 圖見 249 頁。

⁶ **蛔**　中 虫 虫 蚵 蚵 蛔　蛔
[huí ㄏㄨㄟˊ 　（粵）wui⁴ 回]
蛔蟲：寄生在人或動物腸內的寄生蟲，

能損害人或動物的健康。

⁶ **蛛**　中 虫 虫 虫 虫 蚌　蛛
[zhū ㄓㄨ 　（粵）dzy¹ 朱]
蜘蛛。見 "蜘" 字，377 頁。
【蛛絲馬跡】zhū sī mǎ jì　蜘蛛的
絲，馬的足跡。比喻細小的、不很明顯
的線索 ◆ 偵察工作不能放過任何
絲馬跡。

⁶ **蛤**　中 虫 蚣 蚣 蛉 蛤　蛤
〈一〉[gé ㄍㄜˊ 　（粵）gɐp⁸ 鴿]
❶ 蛤蜊（gé lì）：軟體動物，生活在
海泥沙中，體外有長圓形或三角形
殼。肉味鮮美可口。❷ 蛤蚧：爬行
物，形狀像壁虎而稍大，可供藥用。
〈二〉[há ㄏㄚˊ 　（粵）ha⁴ 霞]
❸ 蛤蟆（há ·ma）：青蛙和蟾蜍的統稱
◆ 癩蛤蟆想吃天鵝肉。

⁶ **蛟**　中 虫 蚣 蚣 蚣 蛟　蛟
[jiāo ㄐㄧㄠ 　（粵）gau¹ 交]
蛟龍（jiāo lóng）：古代傳說中龍的一種
能發洪水 ◆ 蛟龍得水。

⁷ **蜀**　丶 口 罒 罒 罒 罸　蜀
[shǔ ㄕㄨˇ 　（粵）suk⁹ 熟]
四川省的別稱 ◆ 蜀錦／得隴望蜀。

⁷ **蜈** (蜈)　虫 虫 虫 蚞 蜈 蜈　蜈
[wú ㄨˊ 　（粵）ŋ⁴ 吳]
蜈蚣（wú gōng）：節肢動物，身體扁長
有許多節構成，每節有一對腳，頭部
腳像鈎子，能分泌毒液。吃小昆蟲，
做藥材。

⁷蛾

虫 虬 虮 虮 蛾 蛾　蛾

[é ㄜˊ （粵）ŋo⁴ 娥]

樣子像蝴蝶的昆蟲。種類很多，如麥蛾、蠶蛾、螟蛾等。一般在夜間活動，幼蟲大都是害蟲。俗稱蛾子 ◆ 飛蛾撲火，自取滅亡。

⁷蜂

虫 虰 蚁 蛤 蛤 蜂　蜂

[fēng ㄈㄥ （粵）fuŋ¹ 風]

❶ 昆蟲，種類很多，如蜜蜂、馬蜂、黃蜂等，通常成羣地生活。大都有毒刺，能螫人。❷ 特指蜜蜂 ◆ 蜂蜜／王漿。❸ 比喻眾多，像蜂成羣一樣 ◆ 蜂起／蜂擁而上。

【蜂蜜】fēng mì　蜜蜂用採集的花蜜釀成的黃白色黏稠液體，味甜，含有葡萄糖、果酸、蛋白質和多種維生素等，可食用和藥用。

【蜂擁】fēng yōng　像成羣的蜜蜂一樣擠向前去 ◆ 比賽即將開始，大批球迷蜂擁而入。

▷ 一窩蜂

蜓

虫 虫 虾 虻 蜓 蜓　蜓

[tíng ㄊㄧㄥˊ （粵）tiŋ⁴ 廷]

蜻蜓。見“蜻”字，本頁。

蜕

虫 虫 虫 蚋 蛻 蛻　蜕

[tuì ㄊㄨㄟˋ （粵）tœy³ 退／sœy³ 歲]

❶ 蛇、蟬等動物脫皮 ◆ 蛻皮／蛻化。❷ 蛇、蟬等動物脫下的皮 ◆ 蟬蛻。

蛹

虫 虫 虫 蚋 蛹 蛹　蛹

[yǒng ㄩㄥˇ （粵）juŋ⁵ 勇]

昆蟲從幼蟲變為成蟲過程中的一種形態。這時身體縮短，外皮變硬、變厚，不吃不動 ◆ 蠶蛹／蜂蛹。

⁸蜻

虫 虫 蛘 蚌 蜻 蜻　蜻

[qīng ㄑㄧㄥ （粵）tsiŋ¹ 青]

蜻蜓（qīng tíng）：昆蟲，身體細長，背上有兩對翅膀。捕捉蚊子等小飛蟲吃，是益蟲 ◆ 蜻蜓點水。

【蜻蜓點水】qīng tíng diǎn shuǐ　蜻蜓一觸到水就馬上飛走。比喻做事不深入 ◆ 上司派他去調查情況，他只是蜻蜓點水，收穫很少。

⁸蜥

虫 虰 蚸 蚸 蜥 蜥　蜥

[xī ㄒㄧ （粵）sik⁷ 色]

蜥蜴（xī yì）：爬行動物，俗稱“四腳蛇”。身上有細鱗，尾巴長，腳上有鈎爪。

⁸蜴

虫 虫 蚏 蚏 蛺 蜴　蜴

[yì ㄧˋ （粵）jik⁹ 亦]

蜥蜴。見“蜥”字，本頁。

⁸蜘

虫 虫 蚞 蛶 蛛 蜘　蜘

[zhī ㄓ （粵）dzi¹ 支]

蜘蛛（zhī zhū）：節肢動物，有四對腳，能分泌黏液，織網捕捉昆蟲 ◆ 蜘蛛網。

最大的蜘蛛是1925年在南美洲發現的“食鳥”蜘蛛。牠身體直伸，體寬可達25.4厘米。

最小的蜘蛛是在西薩摩亞羣島的成年雄性展蜘蛛，體長只有0.043厘米。

⁸蜒

虫 虫 蚗 蚝 蜒 蜒　蜒

[yán ㄧㄢˊ （粵）jin⁴ 言]

蜿蜒。見“蜿”字，本頁。

⁸蝕 (蚀)

丿 亽 亽 今 食 食　蝕

[shí ㄕˊ （粵）sik⁹ 食]

❶ 蟲蛀物，引申為損傷、侵害 ◆ 侵蝕／腐蝕。❷ 日、月虧缺的現象 ◆ 日蝕／月蝕。❸ 虧損 ◆ 蝕本／把錢蝕光了。

【蝕本】shí běn　本錢受到損失 ◆ 做生意有時會蝕本。〔同〕虧本。

⁸蜷

虫 虫 虳 蛶 蛺 蜷　蜷

[quán ㄑㄩㄢˊ （粵）kyn⁴ 拳]

身體彎曲 ◆ 蜷曲／蜷成一圈。

〔注意〕“蜷”不讀 juǎn（卷）。

⁸蜜

宀 宀 宓 宓 宓 宓　蜜

[mì ㄇㄧˋ （粵）met⁹ 勿]

❶ 蜂蜜：蜜蜂採集花蜜釀成的東西，可供食用或藥用 ◆ 蜜錢／採得百花成蜜後，為誰辛苦為誰忙。❷ 甜美 ◆ 甜蜜／甜言蜜語。

【蜜月】mì yuè　指結婚後第一個月 ◆ 他倆到外國度蜜月去了。

【蜜蜂】mì fēng　昆蟲。成羣生活，一個蜂羣有一隻蜂王、幾隻雄蜂和成千上萬隻工蜂。工蜂能修造蜂巢，採集花粉釀蜜蜂。蜂蜜和蜂王漿可作滋補品 ◆ 蜜蜂是一種十分勤勞的小動物。

▷ 口蜜腹劍

⁸蜿

虫 虫 虳 蛶 蛶 蜿　蜿

[wān ㄨㄢ （粵）jyn¹ 淵]

見“蜿蜒”。

【蜿蜒】wān yán　❶ 蛇類彎曲爬行的樣子 ◆ 蟒蛇在草叢中蜿蜒爬行。❷ 曲折地延伸開去。多指山脈、河流、道路等 ◆ 一條盤山公路蜿蜒在羣山之中。

⁸蜢

虫 虫 虷 虷 蜢 蜢　蜢

[měng ㄇㄥˇ （粵）maŋ⁵ 猛]

蚱蜢。見“蚱”字，376頁。

⁹蝶

虫 虫 蚛 蚛 蝴 蝴　蝶

[dié ㄉㄧㄝˊ （粵）dip⁹ 碟]

❶ 蝴蝶。見“蝴”字，本頁 ◆ 彩蝶／粉蝶。❷ 樣子或姿勢像蝴蝶的 ◆ 蝶泳。

【蝶泳】dié yǒng　像蝴蝶飛行那樣的一種游泳姿勢。身體平卧水面，兩臂划水

開軒面場圃，把酒話桑麻。——唐•孟浩然《過故人莊》詩

後提出水面，再伸到頭前入水。也是游泳比賽項目之一 ◆ 女子 100 米蝶泳的冠亞軍被中國選手獲得。
❀ 圖見 249 頁。

⁹蝴
虫 虫 蚌 蚏 蝴 蝴 蝴
[hú ㄏㄨˊ ⑱wu⁴ 胡]
蝴蝶（hú dié）：會飛的昆蟲，有兩對翅膀，闊大而美麗。喜歡飛到花上採蜜，能幫助傳播花粉。種類很多，有粉蝶、黃蝶等 ◆ 台灣有蝴蝶王國的美稱。

⁹蝠
虫 虫 蚯 蝐 蝠 蝠 蝠
[fú ㄈㄨˊ ⑱fuk⁷ 福]
蝙蝠。見 "蝙" 字，本頁。

⁹蝟
虫 虫 虾 蚵 蝟 蝟 蝟
[wèi ㄨㄟˋ ⑱wei⁶ 胃]
刺蝟。見 "刺" 字，49 頁。

⁹蝸⁽蜗⁾
虫 虫 虾 蚵 蚵 蝸 蝸
[wō ㄨㄛ ⑱gwa¹ 瓜/wo¹ 窩（語）]
蝸牛（wō niú）：軟體動物，有扁圓形硬殼，頭部有兩對觸角。爬行很慢，吃植物的苗、葉，對農作物有害。有些蝸牛的肉可以吃。

⁹蝌
虫 虫 蚪 蚪 蚪 蝌 蝌
[kē ㄎㄜ ⑱fo¹ 科]
蝌蚪（kē dǒu）：青蛙一類動物的幼體，頭圓尾細、黑色，生活在水裏。尾巴脫落後成青蛙或蟾蜍。
❀ 圖見 254 頁。

⁹蝗
虫 虫 蝗 蝗 蝗 蝗 蝗
[huáng ㄏㄨㄤˊ ⑱wɔŋ⁴ 王]

蝗蟲：昆蟲，背和翅膀黃褐色，常成羣飛行，吃莊稼，造成災害。種類很多，危害最大的是飛蝗 ◆ 蝗災。

⁹蝙
虫 虫 虻 蚧 蝙 蝙 蝙
[biān ㄅㄧㄢ ⑱bin¹ 鞭]
蝙蝠（biān fú）：會飛的哺乳動物，頭部像老鼠，四肢和尾巴之間有薄膜相連，張開像翅膀。常在夜間活動，捕食蚊、蛾等。

⁹螂
虫 蚐 蚄 蚄 螂 螂 螂
[láng ㄌㄤˊ ⑱lɔŋ⁴ 郎]
❶ 螳螂。見 "螳" 字，379 頁。❷ 蟑螂。見 "蟑" 字，378 頁。

⁹蝦⁽虾⁾
虫 虾 虾 虾 蚵 蝦 蝦
[xiā ㄒㄧㄚ ⑱ha¹ 哈/ha⁴ 霞]
節肢動物，生活在水裏。種類很多，有青蝦、龍蝦等。肉味鮮美，是重要的水產品之一 ◆ 蝦仁/蝦子醬。
【蝦兵蟹將】xiā bīng xiè jiàng 神話傳說中龍王手下的兵將；比喻人多而不中用 ◆ 他手下的這些蝦兵蟹將容易對付。⬚ 精兵強將。
✍ 蝦米

⁹蝨⁽虱⁾
乇 乇 乫 乬 蝨 蝨
[shī ㄕ ⑱set⁷ 室]
俗稱蝨子，寄生在人、畜身上吸血，能傳染疾病。

¹⁰融
一 口 鬲 鬲 鬲 鬲 融
[róng ㄖㄨㄥˊ ⑱juŋ⁴ 容]
❶ 冰、雪等化成水；溶化 ◆ 融化/冰雪消融。❷ 和協；調和 ◆ 融合/融

洽/水乳交融。❸ 貨幣；流通 ◆ 金融/融資。
【融合】róng hé 幾種不同的事物合在一起 ◆ 油和水融合不起來。
【融化】róng huà 冰雪等受熱變成水 ◆ 山上的積雪融化了。⬚ 凝結。
【融洽】róng qià 相處得好，沒有隔膜 ◆ 同學之間關係很融洽。
【融會貫通】róng huì guàn tōng 把有關的知識或理論融合起來，得到全面透徹的理解 ◆ 學習知識要善於舉一反三，融會貫通。

¹⁰螞⁽蚂⁾
虫 虫 虾 蚱 蚱 蚱 螞 螞
〈一〉[mǎ ㄇㄚˇ ⑱ma⁵ 馬]
❶ 螞蟻（mǎ yǐ）：昆蟲，體小，頭大，觸角長。身體黑色或褐色。成羣穴居地下巢內 ◆ 螞蟻向高處搬家，預示天要下雨。❷ 螞蟥（mǎ huáng）：環節動物，身體細長。生活在水田或池沼裏，吸人畜的血液。
〈二〉[mà ㄇㄚˋ ⑱ma⁵ 馬]
❸ 螞蚱（mà·zha）：蝗蟲的俗稱。

¹⁰螗
虫 虻 虻 蚄 蚄 蚄 螗 螗
[táng ㄊㄤˊ ⑱tɔŋ⁴ 唐]
蟬的一種。

¹⁰螃
虫 虫 蚄 蚄 螃 螃 螃
[páng ㄆㄤˊ ⑱pɔŋ⁴ 旁]
螃蟹（páng xiè）：節肢動物，全身有甲殼，橫着爬行。肉可以吃，有五對腳，第一對叫螯。腹部有臍，尖臍是雄蟹，圓臍是雌蟹。種類很多，有河蟹、海蟹等。

¹⁰螢⁽萤⁾
丶 丷 ㄚˇ 炏 炏 炊 螢
[yíng ㄧㄥˊ ⑱jiŋ⁴ 仍]
螢火蟲：昆蟲，腹部末端有發光器，發綠色的光。夜間活動，捕食小蟲。

¹⁰螟
虫 虫 蚓 蚓 蚓 螟 螟 螟
[míng ㄇㄧㄥˊ ⑱miŋ⁴ 明]

螟蟲：螟蛾的幼蟲。種類很多，吃水稻、玉米等的莖，是農作物的害蟲。

¹¹蟄（蛰）　土 壺 幸 剌 埶 執 執　蟄

[zhé ㄓㄜˊ 🔊 dzɐt⁹ 侄]

❶ 動物冬眠時隱伏在土中或穴中不吃不動的狀態 ◆ 蟄伏／驚蟄。❷ 比喻不出頭露面；隱居 ◆ 蟄居。

¹¹蟒（蟒）　虫 虬 虬 蚝 蟒 蟒　蟒

[mǎng ㄇㄤˇ 🔊 mɔŋ⁵ 網]

蟒蛇：無毒的大蛇，體長可達五六米。捕食小禽獸。

¹¹蟆（蟆）　虫 虬 虬 虴 虴 蟆　蟆

[má ㄇㄚˊ 🔊 ma⁴ 麻]

蛤蟆。見"蛤"字，376頁。

¹螳　虫 虬 蚻 蛘 螳 螳　螳

[táng ㄊㄤˊ 🔊 tɔŋ⁴ 堂]

螳螂（táng láng）：昆蟲，頭三角形，有三對腳，前腳發達，形狀像鐮刀，有鋸齒。捕食害蟲 ◆ 螳臂當車／螳螂捕蟬，黃雀在後。

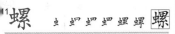

¹螺　虫 蚂 螺 螺 螺 螺　螺

[luó ㄌㄨㄛˊ 🔊 lɔ⁴ 羅]

❶ 軟體動物，體外有螺旋紋的硬殼。種類很多，有田螺、海螺等。有的螺肉可以吃 ◆ 炒田螺。❷ 螺旋形的指紋，也叫斗。❸ 螺旋形的東西 ◆ 螺絲釘。

¹蟈（蝈）　虫 虴 蚓 蜮 蝈 蝈　蟈

[guō ㄍㄨㄛ 🔊 gwɔk⁸ 國]

蟈蟈（guō ·guo）：樣子像蝗蟲的昆蟲，身體綠色或褐色，腹部大，翅膀短。雄

的能振動翅膀發出清脆的聲音。對農作物有害。

¹¹蟑　虫 虬 蚻 蟑 蟑 蟑　蟑

[zhāng ㄓㄤ 🔊 dzœŋ¹ 章]

蟑螂（zhāng láng）：有害的昆蟲，身體扁平，黑褐色，能發出臭氣。常在夜間出來偷吃食物，能傳染霍亂等疾病。

¹¹蟋　虫 虬 虴 蚲 蛱 蟋　蟋

[xī ㄒㄧ 🔊 sik⁷ 色]

蟋蟀（xī shuài）：昆蟲，身體黑褐色，觸角和尾鬚很長，後腿粗壯，善於跳躍。雄的好鬥，兩翅能摩擦發聲。吃植物的根，是害蟲。也叫蛐蛐或促織 ◆ 鬥蟋蟀。

¹¹蟀　虫 虬 蚋 蛘 蛘 蟀　蟀

[shuài ㄕㄨㄞˋ 🔊 sœt⁷ 戌]

蟋蟀。見"蟋"字，本頁。

¹²蟬（蝉）　虫 虬 虬 蚂 蟬 蟬　蟬

[chán ㄔㄢˊ 🔊 sim⁴ 禪]

昆蟲，身體黑褐色。雄的腹部有發聲器，能不斷發出很大的響聲。也叫知了 ◆ 螳螂捕蟬，黃雀在後。

【蟬聯】chán lián　連續保持。多用於連任某個職位或獲得某種稱號 ◆ 這支球隊已三次蟬聯冠軍。

📖 金蟬脫殼、噤若寒蟬

---

¹²蟲（虫）　、 一 口 中 虫 虫　蟲

[chóng ㄔㄨㄥˊ 🔊 tsuŋ⁴ 松]

❶ 各種昆蟲的總稱 ◆ 螢火蟲／蚊蟲／蛀蟲／害蟲。❷ 某些動物的別稱 ◆ 蛇又名長蟲／老虎又名大蟲。

¹³蠍（蝎）　虫 虬 蝎 蝎 蝎 蠍　蠍

[xiē ㄒㄧㄝ 🔊 hit⁸ 歇/kit⁸ 揭（語）]

蠍子（xiē ·zi）：節肢動物，頭部、胸部共有六對腳，第二對像大鉗子。尾部有毒鈎，能螫人 ◆ 蛇蠍心腸。

¹³蠅（蝇）　虫 虬 虬 虵 虵 蠅　蠅

[yíng ㄧㄥˊ 🔊 jiŋ⁴ 迎]

飛蟲，能帶菌傳染疾病，是害蟲。也叫蒼蠅 ◆ 消滅蚊蠅／蒼蠅不叮無縫的蛋。

¹³蟹（蟹）　ク 角 角 觖 觖 解　蟹

[xiè ㄒㄧㄝˋ 🔊 hai⁵ 駭⁵]

螃蟹。見"螃"字，378頁 ◆ 捕魚捉蟹。

¹³蟻（蚁）　虫 蚂 蚪 蛘 蟻 蟻　蟻

[yǐ ㄧˇ 🔊 ŋei⁵ 危⁵]

螞蟻。見"螞"字，378頁 ◆ 蟻穴／白蟻。

¹⁴蠕　虫 蚂 蠕 蠕 蠕 蠕　蠕

[rú ㄖㄨˊ 🔊 jyn⁵ 軟]

像蚯蚓爬行那樣動 ◆ 蠕動。

【蠕動】rú dòng　一伸一縮地活動，像蚯蚓爬行似的 ◆ 腸子的蠕動有助於對食物的消化吸收。

¹⁴蠔（蚝）　虫 虬 虬 蛢 蛢 蠔　蠔

[háo ㄏㄠˊ 🔊 hou⁴ 豪]

即牡蠣 ◆ 蠔油。

15 蠢 一二三夫春蠢 蠢

[chǔn ㄔㄨㄣˇ 粵tsœn² 春²]

❶ 愚笨 ◆ 愚蠢 / 別做蠢事。❷ 蟲子爬動的樣子 ◆ 蠢動 / 蠢蠢欲動。

【蠢蠢欲動】chǔn chǔn yù dòng 蠢蠢：蟲子爬動的樣子。比喻壞人將要開始活動 ◆ 那些歹徒又在蠢蠢欲動了。

15 蠟 (蜡) 虫 虵 蛣 蝋 蝋 蠟 蠟

[là ㄌㄚˋ 粵lap⁹ 臘]

❶ 某些動物、植物分泌的或從礦物中提煉出來的油質，可以製蠟燭等 ◆ 蜂蠟 / 石蠟 / 白蠟。❷ 特指蠟燭 ◆ 蠟台 / 點上一支蠟。

【蠟黃】là huáng 像蠟那樣黃的顏色 ◆ 他躺在病牀上，臉色蠟黃。

【蠟筆】là bǐ 用蠟和顏料製成的筆，可用來畫圖畫 ◆ 兒童喜歡用蠟筆畫圖畫。

【蠟像】là xiàng 用蠟製成的人像 ◆ 這座蠟像把人物的神態表現得惟妙惟肖。

【蠟燭】là zhú 用蠟或其他油脂製成的可以點燃的照明用具，一般為圓柱形 ◆ 蠟燭燃燒了自己，照亮了別人。

17 蠱 (蛊) 一 中 虫 虫 虫 蠱 蠱

[gǔ ㄍㄨˇ 粵gu² 古]

古代傳説中的一種毒蟲，能毒害、迷惑人。引申指毒害、迷惑 ◆ 蠱惑人心。

【蠱惑人心】gǔ huò rén xīn 蠱惑：迷惑；毒害。用製造謊言等欺騙手段來迷惑、毒害人們，擾亂人心 ◆ 這種蠱惑人心的宣傳，很容易使人受騙上當。

18 蠶 (蚕) 一 口 玗 殊 蠶 蠶 蠶

[cán ㄘㄢˊ 粵tsam⁴ 慚]

能吐絲做繭的昆蟲。有家蠶和柞蠶兩種。蠶吐的絲叫蠶絲，蠶絲是織綢緞的主要原料 ◆ 養蠶 / 蠶繭。

【蠶豆】cán dòu 草本植物，開白色帶紫斑的小花，成熟時結豆莢。種子可供食用 ◆ 蠶豆是一種常見的豆類植物。

【蠶食】cán shí 像蠶吃桑葉那樣，一步步地侵佔 ◆ 戰國時，秦國不斷蠶食周圍鄰國，引起一次次戰爭。

19 蠻 (蛮) 一 丷 言 緯 緯 緯 蠻

[mán ㄇㄢˊ 粵man⁴ 萬⁴]

❶ 粗野；不講理 ◆ 野蠻 / 蠻不講理。❷ 魯莽；強悍 ◆ 蠻幹。❸ 很；挺 ◆ 蠻好的 / 裝得蠻像。❹ 還未開化的地方 ◆ 蠻荒。❺ 中國古代對南方民族的稱呼 ◆ 南蠻。

【蠻幹】mán gàn 硬幹。多指不顧實際情況，不講究方法、策略 ◆ 做任何事都要講究策略，不能蠻幹。

【蠻橫】mán hèng 態度粗暴，不通情理 ◆ 對方的態度太蠻橫了。

注意 "橫" 不讀 héng（恆）。

血 部

0 血 丿 ノ 白 血 血 血

〈一〉[xuè ㄒㄩㄝˋ 粵hyt⁸]

❶ 人或高等動物心臟和血管裏流動的紅色液體 ◆ 血液 / 頭破血流。❷ 同一祖先的 ◆ 血統 / 血緣關係。❸ 比喻剛強、激烈 ◆ 血戰 / 有血性的男子。❹ 思慮；精神 ◆ 心血 / 嘔心瀝血。❺ 精力 ◆ 血氣方剛。❻ 勞力 ◆ 血汗 / 血本。❼ 紅色 ◆ 血色 / 血紅。

〈二〉[xiě ㄒㄧㄝˇ 粵hyt⁸]

❽ 義同❶，多用於口語 ◆ 吐血 / 一針見血。

人體內血管總長為 99780 公里，相當於繞行地球 2 周半。

【血肉】xuè ròu ❶ 血液和肌肉 ◆ 血肉橫飛。❷ 比喻彼此關係特別密切 ◆

中國各兄弟民族血肉相連。

【血汗】xuè hàn 血和汗。借指辛勤勞動 ◆ 這是你父親的血汗錢。

【血型】xuè xíng 由血細胞凝結現的不同而分的血液類型，有 O、A、和 AB 四種。輸血時，O 型血可以輸任何血型，AB 型可以接受任何血型其餘血型必須用同型的血輸血 ◆ 據血型跟人的個性有一定的關係。

【血液】xuè yè ❶ 血。❷ 比喻新生量等 ◆ 培養年輕教師，增加新鮮液。

【血統】xuè tǒng 由血緣關係而自然成的家族系統 ◆ 兄弟姊妹之間有血關係。⑩ 血緣。

【血腥】xuè xīng 血的腥味。比喻酷的屠殺 ◆ 侵略者濫殺無辜，實行腥統治。

【血緣】xuè yuán 由遺傳因素而形的親屬關係，如父子、兄弟姐妹等 ◆ 這孩子是領養的，跟我們沒有血緣係。⑩ 血統。

【血氣方剛】xuè qì fāng gāng 血氣精力。方：正。剛：堅強；旺盛。容年輕人精力正充沛 ◆ 年輕人血氣剛，大有可為。

⊲ 血跡、血₂淋淋、血肉相連、血海仇、血流成河、血濃於水

⊲ 流血、鮮血、熱血、驗血₂

6 衆 "眾" 的異體字，見 297 頁。

15 衊 (蔑) 血 血 蔑 蔑 蔑 衊 衊

[miè ㄇㄧㄝˋ 粵mit⁹ 滅]

造謠中傷，陷害別人 ◆ 誣衊 / 污衊。

行 部

0 行 丿 ノ ㇅ 彳 彳 行 行

〈一〉[xíng ㄒㄧㄥˊ 粵hɐŋ⁴ 恆]

❶ 走 ◆ 步行 / 緩緩而行。❷ 跟出

有關的 ◆ 行李 / 行程。❸ 流通；傳佈 ◆ 發行 / 流行 / 風行一時。❹ 做 實行 / 試行。❺ 所作所為 ◆ 行為 / 行動。❻ 可以 ◆ 這樣下去不行 / 行，就這麼辦。❼ 能幹 ◆ 這個年輕人真行。❽ 將要 ◆ 行將結束。❾ 漢字的一種字體，運筆介於草書和楷書之間 ◆ 行書。

〈二〉[xíng ㄒㄧㄥˊ ● heŋ⁶ 幸]
❿ 表現品德的舉止行為 ◆ 品行 / 德行。

〈三〉[háng ㄏㄤˊ ● hoŋ⁴ 杭]
⓫ 排成直線的 ◆ 行列 / 綠樹成行。
⓬ 職業 ◆ 改行 / 同行 / 各行各業。
⓭ 商店或某些營業機構 ◆ 商行 / 銀行。

〈四〉[háng ㄏㄤˊ ● heŋ⁴ 恆]
⓮ 兄弟姐妹長幼的次序 ◆ 排行 / 他行二，弟行第四。

【行列】háng liè　排成的行 ◆ 在儀仗隊的行列中，男生舉着彩旗，女生揮動着鮮花。

【行兇】xíng xiōng　兇殘地打人或殺人 ◆ 要防止壞人行兇報復。

【行李】xíng lǐ　外出時帶的包裹、箱子等 ◆ 一路上要照看好自己的行李物品。⑩ 行裝。

【行使】xíng shǐ　執行；使用 ◆ 你可以行使校長的權力，把他辭退掉。
注意 "行使" 多用於指職權、權利等。

【行政】xíng zhèng　❶ 行使國家權力的 ◆ 特別行政區。❷ 管理機關、團體內部事務工作的 ◆ 學校的行政經費不足。

【行星】xíng xīng　環繞太陽運行的天體，本身不發光，但能反射太陽光。離太陽最近的是水星，其餘依次為金星、地球、火星、木星、土星、天王星和海王星，稱為太陽系的八大行星。
🔹 圖見 104 頁。

【行為】xíng wéi　有目的的活動；所作所為 ◆ 私拆別人的信件是不道德的行為。

【行徑】xíng jìng　行為；舉動 ◆ 歹徒的殘暴行徑令人髮指。
注意 "行徑" 多指不好的。

【行動】xíng dòng　❶ 走動；行走 ◆ 祖父年老體衰，行動不便。❷ 行為；舉動 ◆ 弟弟並沒有甚麼不軌的行動 / 公司要趕快採取行動，扭轉被動局面。

【行程】xíng chéng　出行的路程 ◆ 到了上海，我們的行程已經過半。

【行業】háng yè　按生產、經營的性質或範圍分成的類別；職業 ◆ 房地產行業發展很快。

【行裝】xíng zhuāng　外出時所帶的衣物 ◆ 大家正在整理行裝，明天出發。⑩ 行李。

【行駛】xíng shǐ　車、船等向前行走 ◆ 輪船在茫茫大海中行駛。

【行蹤】xíng zōng　行動的蹤跡 ◆ 雷達密切注視着飛機的行蹤。

🔸 行人、行走、行軍、行家

🔸 平行、言行、施行、航行、遊行、罪行、執行、舉行、我行我素、橫行霸道、逆水行舟、字裏行間、見機行事、三思而行、寸步難行、身體力行、雷屬風行

³ 衍　[yǎn ㄧㄢˇ ● jin⁵ 演/jin² 偃]
❶ 延展 ◆ 推衍 / 敷衍。❷ 多餘的 ◆ 衍文。
🔸 繁衍

⁵ 術(术)　[shù ㄕㄨˋ ● sœt⁹ 述]
❶ 技藝；本領 ◆ 技術 / 醫術。❷ 方法；手段 ◆ 戰術 / 權術。
🔸 手術、武術、美術、算術、學術、藝術、魔術、不學無術

⁶ 街　[jiē ㄐㄧㄝ ● gai¹ 皆]
市鎮上比較寬闊的道路 ◆ 逛街 / 大街小巷。

【街道】jiē dào　城鎮中兩旁有房屋的較寬闊的道路 ◆ 街道兩邊霓虹燈鮮艷奪目。

【街談巷議】jiē tán xiàng yì　大街小巷人們的言談、議論 ◆ 即將舉辦的全國運動會，成了近來街談巷議的熱門話題。
🔸 街市、街頭、街頭巷尾

⁷ 衙　[yá ㄧㄚˊ ● ŋa⁴ 牙]
從前稱官員辦公的機關 ◆ 衙門 / 打道回衙。

⁹ 衝(冲)　[chōng ㄔㄨㄥ ● tsuŋ¹ 充]
〈一〉
❶ 交通要道 ◆ 要衝 / 首當其衝。❷ 迅猛向前 ◆ 最後衝刺 / 衝出重圍。❸ 猛烈地碰撞 ◆ 衝撞 / 衝擊。❹ 抵銷 ◆ 衝賬。

〈二〉[chòng ㄔㄨㄥˋ ● tsuŋ³ 充]
❺ 向；對着 ◆ 衝着我笑 / 看架勢是衝着我來的。❻ 力量大；氣味濃 ◆ 幹活很衝 / 酒味很衝。

【衝突】chōng tū　彼此爭吵、爭鬥；相互矛盾、不協調 ◆ 兩國邊境發生武裝衝突 / 雙方因意見衝突而暫停談判。

【衝動】chōng dòng　感情激動，難以控制 ◆ 遇事要沉着、冷靜，不要衝動。⑩ 冷靜。

【衝鋒陷陣】chōng fēng xiàn zhèn　陷：深入。衝擊敵人，攻入敵陣。形容作戰非常英勇 ◆ 老將軍身經百戰，衝鋒陷陣，屢建功勳。
🔸 橫衝直撞、怒髮衝冠

⁹ 衛　同 "衞" 字，見本頁。

¹⁰ 衡　[héng ㄏㄥˊ ● heŋ⁴ 恆]
❶ 稱重量的器具，如秤、天平等 ◆ 度量衡 / 衡器。❷ 用衡器稱重量 ◆ 衡量 / 衡其輕重。❸ 比較；斟酌 ◆ 權衡利弊得失。❹ 平 ◆ 平衡 / 均衡。

【衡量】héng liáng　比較；斟酌 ◆ 你要衡量一下兩種做法的利弊得失。

¹⁰ 衞(卫)　[wèi ㄨㄟˋ ● wei⁶ 胃]
❶ 保護；防護；使不受侵犯 ◆ 保衛 / 自衛 / 保家衛國。❷ 從事保衛工作的

人 ◆ 門衛／警衛。❸姓。

【衛生】wèi shēng　有關預防疾病，增進人體健康的措施或情況 ◆ 要從小養成良好的衛生習慣／人人都來保護環境衛生。

【衛星】wèi xīng　❶環繞行星運行的天體 ◆ 月球是地球的衛星。❷指人造衛星 ◆ 中國又成功地發射一顆人造地球衛星。

【衛冕】wèi miǎn　競技中繼續保持冠軍的稱號 ◆ 這支球隊衛冕成功，蟬聯冠軍。

▷衛士、衛兵、衛隊
▷守衛、防衛、捍衛、護衛

衣 ˋ 亠 亡 方 ぅ 衣
[yī ㄧ ⊕ji¹ 醫]

❶衣服 ◆ 大衣／棉衣。❷包在某些物體外面的一層東西 ◆ 糖衣／筍衣。

【衣着】yī zhuó　身上的穿戴，如衣服、鞋帽等 ◆ 出入社交場合，衣着要整潔大方。

【衣衫襤褸】yī shān lán lǚ　襤褸：破爛。衣服破破爛爛 ◆ 衣衫襤褸的小乞丐在橋底瑟縮，見者心酸。

【衣冠楚楚】yī guān chǔ chǔ　冠：帽子。楚楚：整潔、鮮明的樣子。形容穿戴整潔美觀 ◆ 來人西裝革履，衣冠楚楚，氣度不凡。

【衣冠禽獸】yī guān qín shòu　穿衣戴帽的禽獸。比喻外表虛偽而行為如同禽獸的人。多指道德敗壞、行為卑劣的人 ◆ 別看他一副正人君子的樣子，其實是個十足的衣冠禽獸。

▷衣物、衣架、衣裳、衣食住行
▷天衣無縫、節衣縮食、豐衣足食

初 ˋ ㄉ ㄔ ㄪ 初 初
[chū ㄔㄨ ⊕tso¹ 蹉]

❶剛開始；第一次 ◆ 初學／初次見

面。❷最低的 ◆ 初級／初等。❸本來的；原來的 ◆ 初衷／和好如初。

【初步】chū bù　開始階段的；不成熟、不完備的 ◆ 這只是我的初步想法。

【初衷】chū zhōng　衷：內心的想法。最初的心願 ◆ 事情的結局違背了我的初衷。

【初出茅廬】chū chū máo lú　茅廬：草屋。東漢末年，諸葛亮隱居在隆中。劉備三顧茅廬，請諸葛亮出來輔佐他爭奪天下。諸葛亮出山時年僅二十七歲。比喻年輕人剛進入社會，還缺乏經驗 ◆ 他雖是初出茅廬，但志向遠大。

【初生牛犢不怕虎】chū shēng niú dú bù pà hǔ　犢：小牛。剛出生的小牛不怕老虎。比喻年輕人敢作敢為，無所畏懼 ◆ 你看他小小年紀，卻有一股初生牛犢不怕虎的勁頭。

（注意）"初生牛犢不怕虎"也作"初生之犢不怕虎"。

▷初次、初試、初期、初交、初犯
▷起初、如夢初醒、悔不當初

表 一 二 ≠ 主 丰 表 表
〈一〉[biǎo ㄅㄧㄠˇ ⊕biu² 標]

❶露在外面的；跟"裏"相對 ◆ 表面／外表。❷顯示；説出 ◆ 表示／表表心意。❸榜樣 ◆ 表率／為人師表。❹分格分類記錄事項的文件 ◆ 表格／統計表。❺跟姑、舅、姨的親屬關係 ◆ 表哥／表弟／表叔。

〈二〉[biǎo ㄅㄧㄠˇ ⊕biu² 標²/biu¹ 標 (語)]

❻表示度數、用量等的儀器 ◆ 電表／水表。❼同"錶"字。計時器 ◆ 手表／秒表。

【表示】biǎo shì　顯示出某種意義或思想、感情等 ◆ 送上一束鮮花，向老師表示感謝。

【表白】biǎo bái　向人解釋自己的意思 ◆ 他再三表白，這樣做完全是出於好意。⊜表明。⊘隱瞞。

【表決】biǎo jué　參加會議的人用舉手、投票等方式對某事做出決定 ◆ 請大家舉手表決。

【表面】biǎo miàn　❶物體最外面的部分 ◆ 木製傢具表面都要塗上油漆。❷外在的表現 ◆ 他表面裝得正經，內心卻很骯髒。

【表明】biǎo míng　明確表示；表示清楚 ◆ 贊成還是反對，大家都要表明自己的態度。⊜表白、説明。⊘隱瞞。

【表現】biǎo xiàn　❶顯示出來 ◆ 在全校歌詠比賽中，她表現出很高的歌唱才能。❷故意顯示自己 ◆ 他喜歡在公開場合表現自己。

【表情】biǎo qíng　思想感情在面部或姿態上的表現 ◆ 演員的表情最豐富。

【表揚】biǎo yáng　公開讚揚 ◆ 司機拾金不昧，應該表揚。⊜表彰。⊘批評。

【表達】biǎo dá　表示；顯示 ◆ 文章表達了作者的思鄉之情。

【表彰】biǎo zhāng　公開而隆重地讚揚 ◆ 今天表彰了一批取得重大科研成果的技術人員。⊜表揚。

（注意）"表彰"多用於突出貢獻、偉大功績、英雄事跡等。

【表演】biǎo yǎn　❶演出戲劇、舞蹈等供人欣賞 ◆ 雜技演員表演了許多精彩的節目。❷做示範動作供人學習 ◆ 老師為我們表演了這道名菜的烹調技術。

【表裏如一】biǎo lǐ rú yī　表：外面。裏：指內心。形容説的、做的和內心想的完全一致 ◆ 他為人真誠坦率，表裏如一。⊜言行一致。

▷代表、發表、圖表、儀表

表情

喜　　　怒　　　哀　　　樂

衫　ㄔㄔㄔㄔㄔ衫　衫

[shān ㄕㄢ 粵 sam¹ 三]

❶ 單的上衣 ◆ 襯衫 / 汗衫。❷ 指衣服 ◆ 衣衫不整 / 衣衫襤褸。

衩　ㄔㄔㄔㄔㄔ衩　衩

〈一〉[chǎ ㄔㄚˇ 粵 tsa³ 岔]

❶ 衣服旁邊開口的地方 ◆ 開衩 / 衩口。

〈二〉[chǎ ㄔㄚˇ 粵 tsa³ 岔]

❷ 褲衩：指短褲。

袁　一十土吉吉声　袁

[yuán ㄩㄢˊ 粵 jyn⁴ 元]

姓。

衰　一亠亩亩声产衰　衰

[shuāi ㄕㄨㄞ 粵 sœy¹ 須]

人或事物由強變弱；跟“興”、“盛”相對 ◆ 衰弱 / 年老力衰 / 興衰存亡。

【衰老】shuāi lǎo　年老機能減退，精力衰弱 ◆ 父親忙碌了大半輩子，漸漸衰老了。

【衰退】shuāi tuì　減弱；變得衰弱 ◆ 經濟衰退 / 記憶力衰退。

【衰弱】shuāi ruò　由強變弱 ◆ 嚴重的疾病使他的身體越來越衰弱了。⚹ 強壯。

 “衰弱”多用於機能、精力、力量等。

【衰竭】shuāi jié　生理機能因傷病而嚴重減退 ◆ 腎功能衰竭。

⟐ 未老先衰

衷　一亠亩声声声　衷

[zhōng ㄓㄨㄥ 粵 dzuŋ¹ 終/tsuŋ¹ 衝 (語)]

內心 ◆ 言不由衷 / 由衷的感謝。

【衷心】zhōng xīn　發自內心的 ◆ 我向你們表示衷心的感謝。

【衷情】zhōng qíng　內心的情感 ◆ 他倆遠隔重洋，常用書信傾吐衷情。

⟐ 初衷、苦衷、無動於衷

袒　ㄔㄔ初初袒袒　袒

[tǎn ㄊㄢˇ 粵 dan⁶ 但]

❶ 露出身體的一部分 ◆ 袒露 / 袒胸露背。❷ 庇護；不公正地偏護或支持一方面 ◆ 袒護 / 偏袒一方。

【袒護】tǎn hù　不公正地支持或維護某一方 ◆ 家長不應該袒護自己的子女。⚹ 庇護。

袖　ㄔㄔㄔ袖袖袖　袖

[xiù ㄒㄧㄡˋ 粵 dzeu⁶ 就]

❶ 衣袖：上衣從肩到腕的部分 ◆ 袖子 / 長袖。❷ 藏在袖子裏 ◆ 袖手旁觀。

【袖珍】xiù zhēn　微型的、便於攜帶的 ◆ 他的袖珍收音機比火柴盒還小。

【袖手旁觀】xiù shǒu páng guān　兩手放在袖子裏在一旁觀看。比喻不參與、不過問或不協助 ◆ 朋友有困難，我怎能袖手旁觀？

⟐ 領袖、兩袖清風

袋　亻亻代代袋袋　袋

[dài ㄉㄞˋ 粵 dɔi⁶ 代]

❶ 口袋；裝東西的用具 ◆ 布袋 / 食品袋。❷ 量詞，用於成袋的東西 ◆ 一袋大米 / 兩袋麵粉。

【袋鼠】dài shǔ　哺乳動物。前肢短，後肢長，尾巴粗大，善於跳躍。雌的腹部有皮質的袋，用來放幼鼠。產於大洋洲。

袍　ㄔㄔㄔ袍袍袍　袍

[páo ㄆㄠˊ 粵 pou⁴ 葡]

長衣服 ◆ 旗袍 / 長袍馬褂。

被　ㄔㄔㄔ袙袙被　被

〈一〉[bèi ㄅㄟˋ 粵 bei⁶ 備]

❶ 表示被動關係 ◆ 小偷被捉住了 / 一場大火終於被撲滅。

〈二〉[bèi ㄅㄟˋ 粵 pei⁵ 婢]

❷ 被子：睡覺時蓋在身上禦寒的東西 ◆ 棉被 / 毛巾被。

【被告】bèi gào　案件中被控告的一方 ◆ 那家公司因涉嫌侵權而成了被告。⚹ 原告。

【被迫】bèi pò　受外力逼迫；不是自願的 ◆ 在警方的嚴密包圍下，歹徒被迫放下武器，束手就擒。

【被動】bèi dòng　❶ 在外力推動下才行動 ◆ 孩子太貪玩，學習被動，不督促就不好好學習。⚹ 自覺。❷ 不能使事情按自己的意圖進行 ◆ 對方節外生枝，弄得我們很被動。⚹ 主動。

裁　十圭圭表裁裁　裁

[cái ㄘㄞˊ 粵 tsɔi⁴ 才]

❶ 用刀剪等把布或紙剪開、割開 ◆ 裁剪 / 裁紙。❷ 削減 ◆ 裁減 / 裁軍 / 裁員。❸ 判斷；決定 ◆ 裁判 / 裁決 / 仲裁。❹ 控制；抑止 ◆ 獨裁 / 制裁。❺ 安排；設計 ◆ 別出心裁。❻ 文章的樣式 ◆ 體裁。

【裁判】cái pàn　按照體育競賽規則，對運動隊或運動員的成績和競賽中發生的問題加以評判。也指擔任評判工作的人員 ◆ 這場球的裁判執法公正。

【裁決】cái jué　有關部門或人員對有爭議的事做出決定 ◆ 仲裁委員會已作出裁決。

【裁縫】cái féng　剪裁縫製 ◆ 這套晚裝裁縫得體。

【裁縫】cái ·feng　裁剪縫製衣服的人 ◆ 這位裁縫手藝很高明。

⟐ 裁剪

⟐ 仲裁、制裁、獨裁、別出心裁

裂　一歹歹列列裂　裂

[liè ㄌㄧㄝˋ 粵 lit⁹ 列]

破開；分開 ◆ 裂開 / 破裂 / 分裂。

【裂痕】liè hén　破裂的痕跡 ◆ 碗上有一道裂痕。

【裂縫】liè fèng　❶ 東西裂開形成縫隙 ◆ 這木門裂縫了。❷ 裂成的縫 ◆ 牆上的裂縫已經補好。

☒決裂、割裂、四分五裂、身敗名裂

---

⁶袱　衤 衤 衤 衵 衵 袱　袱

[fú ㄈㄨˊ ⑧fuk⁹伏]

包衣物用的布 ◆ 包袱。

---

⁷補（补）　衤 衤 衤 衶 衶 補　補

[bǔ ㄅㄨˇ ⑧bou²寶]

❶ 把破損的東西修理好 ◆ 補衣服 / 補牙。❷ 把缺少的添足 ◆ 補課 / 補充。❸ 事後改正 ◆ 補救 / 將功補過。❹ 對身體健康有幫助的 ◆ 補品 / 補血益氣。❺ 益處；用處 ◆ 不無小補 / 於事無補。

【補充】bǔ chōng　補上一些，使更充實或完整 ◆ 球隊補充了一些年輕隊員。

【補救】bǔ jiù　事後採取措施，改正失誤，減少損失 ◆ 由於計劃不周，工作中出了差錯，現在正設法補救。

【補償】bǔ cháng　補足欠缺，抵消損失 ◆ 精神損失是無法用金錢來補償的。

☒補考、補習

☒修補、彌補、縫補、亡羊補牢、取長補短

---

⁷裘　十 圥 耂 求 求 裘 裘　裘

[qiú ㄑㄧㄡˊ ⑧keu⁴求]

❶ 皮衣 ◆ 裘皮大衣 / 聚沙成塔，集腋成裘。❷ 姓。

---

⁷裏（里）　亠 宀 亠 宣 里 宴 宴　裏

[lǐ ㄌㄧˇ ⑧loey⁵呂]

❶ 衣服的內層 ◆ 裏子 / 夾裏 / 被裏。❷ 裏面的；內部的；跟"外"、"表"相對 ◆ 裏屋 / 表裏如一。❸ 一定範圍以內 ◆ 城裏 / 夜裏 / 暑假裏。❹ 指地方 ◆ 這裏 / 那裏。

注意 "裏"不要錯寫作"裹"。

百裏挑一、笑裏藏刀

---

⁷裡　"裏"的異體字，見本頁。

---

⁷裔　一 亠 衣 产 斉 斉 裔　裔

[yì ㄧˋ ⑧jœy⁶銳]

後代 ◆ 後裔 / 華裔。

---

⁷裊（裊）　ʅ 白 白 鳥 鳥 裊　裊

[niǎo ㄋㄧㄠˇ ⑧niu⁵鳥]

細長柔弱的樣子 ◆ 裊娜 / 炊煙裊裊。

【裊娜】niǎo nuó　❶ 草木柔軟細長的樣子 ◆ 陽春三月，鶯飛草長，柳絲裊娜。❷ 形容女子體態優美 ◆ 舞台上的女模特兒裊娜多姿。

【裊裊】niǎo niǎo　細長而繚繞的樣子 ◆ 春風吹拂，垂柳裊裊。

注意 "裊裊"多用來形容煙霧、垂柳、聲音等。

---

⁷裕　衤 衤 衤 衵 衲 裕　裕

[yù ㄩˋ ⑧jy⁶預]

富足；充足 ◆ 富裕 / 充裕。

---

⁷裙　衤 衤 衤 衵 衵 裙　裙

[qún ㄑㄩㄣˊ ⑧kwen⁴羣]

❶ 裙子：一種圍在下身、沒有褲腿的服裝 ◆ 連衣裙 / 裙裾 / 超短裙。❷ 像裙子的東西 ◆ 圍裙。

---

⁷裝（装）　丬 爿 爿 壯 壯 裝　裝

[zhuāng ㄓㄨㄤ ⑧dzœŋ¹莊]

❶ 衣服 ◆ 服裝 / 西裝 / 時裝。❷ 修飾；打扮 ◆ 裝飾 / 裝扮 / 男扮女裝。❸ 假裝做作 ◆ 裝糊塗 / 裝聾作啞。❹ 安置；安放 ◆ 安裝 / 裝配 / 裝貨。❺ 把書刊裝成冊 ◆ 裝訂 / 平裝 / 精裝。❻ 行李 ◆ 準備行裝 / 整裝待發。

【裝束】zhuāng shù　裝扮後的衣着、模樣 ◆ 表哥這身裝束瀟灑大方。

【裝扮】zhuāng bàn　❶ 修飾打扮 ◆

她每次出門都要精心裝扮一番。❷ 假裝 ◆ 這些人裝扮成和尚到處行騙。

【裝修】zhuāng xiū　對房屋進行裝飾和安裝設備 ◆ 房屋的裝修現在越來越講究了。

【裝備】zhuāng bèi　❶ 配備。多指武器、器材和技術力量等 ◆ 這個部隊裝備了最先進的通訊工具。❷ 配備的東西 ◆ 這個部隊裝備精良。

【裝置】zhuāng zhì　安裝；安裝上的器件 ◆ 裝置防盜鎖 / 這幢大樓安裝了報警裝置。

【裝飾】zhuāng shì　❶ 裝扮修飾 ◆ 節日來臨，商店櫥窗裝飾一新。❷ 用來裝飾的物品 ◆ 你這些裝飾很有個。

【裝腔作勢】zhuāng qiāng zuò shì　腔：腔調。勢：姿勢。故意裝出某種腔調，做出某種姿勢。指故意做作，不自然 ◆ 演員的表演要真實、自然，不要裝腔作勢。

【裝模作樣】zhuāng mú zuò yàng　模樣：姿態；樣子。故意裝樣子 ◆ 他這方面是外行，卻裝模作樣地指手畫腳，顯示自己博學多才。⑩ 做作姿態。

【裝聾作啞】zhuāng lóng zuò yǎ　假裝聾子、啞巴。指故意裝糊塗，不聞不問 ◆ 碰到難辦的事情，他便裝聾作啞置身事外。

☒裝卸、裝載、裝點、裝神弄鬼、裝傻賣傻

☒化裝、包裝、武裝、假裝、偽裝、裝裝打扮

---

⁸褂　衤 衤 衦 衦 褂 褂　褂

[guà ㄍㄨㄚˋ ⑧gwa³卦/kwa²誇²]

中式的單上衣 ◆ 大褂 / 長袍馬褂。

 得道多助，失道寡助

8 **裳**

〈一〉[cháng ㄔㄤˊ [粵] sœŋ⁴ 常]

❶ 古代人下身的衣服叫裳，相當於今天的裙。

〈二〉[·shang ·ㄕㄤ [粵] sœŋ⁴ 常]

❷ 衣裳：衣服。

8 **裴**

[péi ㄆㄟˊ [粵] pui⁴ 培]

姓。

8 **裹**

[guǒ ㄍㄨㄛˇ [粵] gwɔ² 果]

❶ 包紮；纏 ◆ 包裹／裹腿。❷ 夾雜在裏頭；捲進去 ◆ 襪子裹到衣服裏去了／洪水裹走了大片莊稼。

【裹足不前】guǒ zú bù qián 像纏住腳似的不再前進。多指有所疑慮，不敢前進 ◆ 如果社會不安定，海外投資者便會裹足不前，不敢前來投資了。

[注意] “裹”不要錯寫作“裏”。

8 **裸**

[luǒ ㄌㄨㄛˇ [粵] lɔ² 羅²]

沒有遮掩；赤身露體 ◆ 裸體／裸露／赤裸裸。

8 **製**(制)

[zhì ㄓˋ [粵] dzɐi³ 祭]

造；做 ◆ 製造／製作／監製。

【製作】zhì zuò 製造 ◆ 這個航空模型製作得十分精巧。

【製品】zhì pǐn 製成的物品 ◆ 豆製品營養豐富。

【製造】zhì zào ❶ 用原料做成物品 ◆ 中國的汽車製造工業發展很快。❷ 人為地造成某種情況 ◆ 這些人故意製造混亂。

[又] 試製、複製、粗製濫造、如法炮製

8 **裨**

〈一〉[bì ㄅㄧˋ [粵] bei¹ 悲]

❶ 益處 ◆ 裨益／無裨於事。

〈二〉[pí ㄆㄧˊ [粵] pei⁴ 皮]

❷ 輔助的；副的 ◆ 裨將。

9 **褐**

[hè ㄏㄜˋ [粵] hɔt⁹]

❶ 黃黑色 ◆ 褐色。❷ 古代指粗布或粗布衣服，窮苦人所穿。借指貧賤人。

9 **複**(复)

[fù ㄈㄨˋ [粵] fuk⁷ 福]

❶ 重複 ◆ 複習／複製／複印。❷ 繁雜的；不是簡單的 ◆ 複雜／複句／繁複。

【複習】fù xí 對學過的知識再學習，以便加強記憶，加深理解 ◆ 複習是學習的一個重要環節。[同] 温習。

【複製】fù zhì 根據原件仿造 ◆ 這幅畫是複製品。

【複雜】fù zá 又多又雜 ◆ 車站、碼頭人來人往，人員情況複雜。

[又] 重複

9 **褒**

[bāo ㄅㄠ [粵] bou¹ 餔]

讚美；誇獎；跟“貶”相對 ◆ 褒獎／褒揚／褒義。

【褒貶】bāo biǎn 對好壞加以評論 ◆ 這本書對歷史人物的褒貶比較公正。

【褒義】bāo yì 含肯定的或讚許的意思。如“團結”含有褒義，“勾結”含有貶義；“再接再厲”是褒義詞，“變本加厲”是貶義詞。

10 **褥**

[rù ㄖㄨˋ [粵] juk⁹ 玉]

牀上鋪墊的臥具 ◆ 褥子／被褥。

10 **褡**(褡)

[dā ㄉㄚ [粵] dap⁸ 搭]

褡褳（dā lián）：布做的長帶，中間開口，兩頭是裝東西的口袋。大的搭在肩上，小的纏在腰間。也叫褡膊。

10 **褲**(裤)

[kù ㄎㄨˋ [粵] fu³ 富]

褲子 ◆ 長褲／短褲／毛褲。

10 **褪**

〈一〉[tùn ㄊㄨㄣˋ [粵] tɐn³ 吞³]

❶ 卸下衣物 ◆ 褪下手鐲／褪下一隻袖子。

〈二〉[tuì ㄊㄨㄟˋ [粵] tɐn³ 吞³]

❷ 脫去 ◆ 褪毛／褪色。

11 **褸**(褛)

[lǚ ㄌㄩˇ [粵] lœy⁵ 呂]

襤褸。見“襤”字，本頁。

[注意] “褸”不讀 lóu（樓）。

11 **襄**

[xiāng ㄒㄧㄤ [粵] sœŋ¹ 商]

協助 ◆ 襄理／襄辦。

13 **襟**

[jīn ㄐㄧㄣ [粵] gɐm¹ 甘/kɐm¹ 衾（語）]

❶ 衣服胸前有鈕釦可以開合的部分 ◆ 衣襟／對襟衫。❷ 姐妹的丈夫之間的稱呼 ◆ 連襟／襟兄。❸ 借指胸懷 ◆ 胸襟開闊／襟懷坦白。

13 **襠**(裆)

[dāng ㄉㄤ [粵] dɔŋ¹ 鐺]

兩條褲腿相連的地方 ◆ 褲襠／開襠褲。

13 **襖**(袄)

[ǎo ㄠˇ [粵] ou²/ŋou² 澳²]

有裏子的上衣 ◆ 夾襖／棉襖／皮襖。

14 **襤**(褴)

[lán ㄌㄢˊ [粵] lam⁴ 藍]

見“襤褸”。

【襤褸】lán lǚ 衣服破爛 ◆ 他從前也

是個衣衫襤褸的苦孩子。

注意 "褸"不讀 lóu (樓)。

---

15 **襪** (林) 衤 衤 衤 衤 禣 襪 襪 襪

[wà ㄨㄚˋ ⑧ met⁹ 物]

襪子：穿在腳上起保暖或保護作用的針織品 ◆ 絲襪／長襪。

---

16 **襯** (村) 衤 衤 衤 衤 襯 襯 襯

[chèn ㄔㄣˋ ⑧ tsɐn³ 趁]

❶ 在裏面托上一層 ◆ 襯上一層紗布／襯一張紙再寫。❷ 襯在裏面的 ◆ 襯布／襯衫。❸ 配上別的事物突出主要事物 ◆ 陪襯／襯托。

【襯托】chèn tuō 用另一事物作陪襯，使突出主要事物 ◆ 紅花由綠葉襯托，更顯得豔麗。

⊠ 反襯、映襯

---

16 **襲** (袭) 亠 育 育 龍 龍 龍 襲

[xí ㄒㄧˊ ⑧ dzap⁹ 習]

❶ 趁人不備突然攻擊 ◆ 襲擊／偷襲。❷ 照別人的樣子做；沿用過去的辦法繼續做下去 ◆ 抄襲／沿襲。❸ 侵，逼 ◆ 寒氣襲人。

【襲用】xí yòng 沿用；採用過去的方法、制度等 ◆ 這種保健品襲用古代配方，運用先進工藝精製而成。

【襲擊】xí jī 趁人不備突然攻擊；突然的打擊 ◆ 部隊遭受襲擊，損失慘重／沿海遭受颱風襲擊，造成嚴重損失。

⊠ 世襲、因襲、空襲、侵襲

西 部

0 **西** 一 ㅜ ㅜ 丙 西 西

[xī ㄒㄧ ⑧ sɐi¹ 犀]

❶ 方位名，日落的方向 ◆ 西面／夕陽西下。❷ 源於西方國家的 ◆ 西醫／西餐／西服。

【西方】xī fāng ❶ 西邊方向 ◆ 太陽從東方升起，在西方落下。❷ 指歐美各國 ◆ 對西方先進的科學技術和管理方法，我們要虛心學習。**反** 東方。

【西瓜】xī guā 一年生草本植物，果實呈球形或橢圓形，果肉味甜多汁，是夏天消暑佳品 ◆ 西瓜營養豐富，又能消暑解渴。

> 好吃的西瓜外表圓滾滾，果皮光滑、果柄新鮮，底下的果臍要平且小。按外皮時感到有彈性。敲一敲，會有清脆的蓬蓬聲，表示西瓜甜美又多汁。

【西洋】xī yáng 指歐美各國 ◆ 叔父年輕時在意大利學西洋油畫。

【西湖】xī hú 中國著名的遊覽勝地，在浙江省杭州市。有三潭印月、蘇堤春曉、柳浪聞鶯、花港觀魚等十個景點。湖光山色，風景秀麗。

⊠ 東西、東拉西扯、聲東擊西

---

3 **要** 一 ㅜ 币 西 要 要 要

〈一〉[yào ㄧㄠˋ ⑧ jiu³ 腰³]

❶ 希望得到；討取 ◆ 你要甚麼／要回那本書。❷ 叫；讓 ◆ 他要我去一次／老師要我們多讀書。❸ 應該；必須 ◆ 要有公德心／要互相幫助。❹ 將要 ◆ 天要下雨了／要吃飯了，你還到哪裏去？❺ 如果 ◆ 要是他不來呢／要不快走，就趕不上火車了。❻ 重要的；主要的 ◆ 要事／摘要。

〈二〉[yāo ㄧㄠ ⑧ jiu¹ 腰]

❼ 求 ◆ 要求。❽ 威脅；強求 ◆ 要挾。

【要求】yāo qiú ❶ 提出願望或條件，希望得到滿足 ◆ 大哥要求去美國留學。❷ 所提出的願望或條件 ◆ 父親滿足了大哥的要求，讓他去美國留學。

【要是】yào‧shi 如果。表示假設 ◆ 要是你有空，請你來一下。**同** 假如。

【要素】yào sù 構成事物的重要的或必要的因素 ◆ 時間、地點、人物、事件是記敍文的四要素。

【要挾】yāo xié 抓住對方的弱點或把

柄，迫使對方答應自己的要求 ◆ 對以幾張偷拍的照片相要挾，要我交五萬元。

【要害】yào hài ❶ 能致命的身體部位 ◆ 歹徒被擊中要害，倒地不起。❷ 比喻關鍵的部分或地方 ◆ 一句話擊了要害，他頓時啞口無言。

【要緊】yào jǐn ❶ 重要；緊急 ◆ 有要緊的事，先走了。❷ 嚴重 ◆ 人已脫離危險期，不要緊了。

【要領】yào lǐng ❶ 話語、文章的要意思 ◆ 聽他講了半天，我還是不得要領。**同** 要點。❷ 指某種動作的基本要求。多用於軍事或體育等動作 ◆ 射擊要注意要領。

【要麼】yào‧me 表示選擇關係的連 ◆ 要麼坐飛機，要麼乘火車，總之儘快到達。

注意 "要麼"也作"要末"。

【要點】yào diǎn 講話或文章的主要容 ◆ 聆聽報告，能抓住要點。**同** 領。

⊠ 要好

⊠ 只要、必要、次要、扼要、首要、需要險要、簡要、無關緊要

---

5 **票** 見示部，307 頁。

6 **粟** 見米部，324 頁。

7 **賈** 見貝部，404 頁。

12 **覆** 覀 覀 覆 覆 覆 覆 覆

〈一〉[fù ㄈㄨˋ ⑧ fɐk⁶ 阜]

❶ 遮蓋 ◆ 覆蓋。

〈二〉[fù ㄈㄨˋ ⑧ fuk⁷ 腹]

❷ 翻倒 ◆ 覆沒／重蹈覆轍／水可舟，亦可覆舟。❸ 轉回；反過來 ◆ 反覆無常／翻來覆去。❹ 回答 ◆ 覆／函覆。

【覆沒】fù mò ❶ 船翻倒沉沒 ◆ 艦艇船在海中觸礁覆沒。❷ 全部被滅；比喻徹底失敗 ◆ 我校參加校際

兵球賽的選手，全軍覆沒，沒有一個拿到雙牌。

【覆滅】fù miè　消滅；滅亡 ◆ 敵人全軍覆滅。

【覆蓋】fù gài　遮蓋 ◆ 茂密的樹木覆蓋着原先光禿禿的山岡。

☑傾覆₂、顛覆₂

13 覈（核）西畐畐畐畐畐畐 覈

[hé ㄏㄜˊ ⑧het⁹ 瞎]

仔細查考 ◆ 覈實／覈對。

（注意）"覈"也寫作"核"。

【覈對】hé duì　仔細查對 ◆ 經覈對筆跡，確認是他寫的。

【覈實】hé shí　考查證實 ◆ 這件事要進一步覈實，暫時不能做出結論。

見部

見（见）一 冂 冃 冃 目 見 見

〈一〉[jiàn ㄐㄧㄢˋ ⑧gin³ 建]

❶看到 ◆ 看見／所見所聞／耳聞不如目見。❷會面；拜會 ◆ 會見／接見。❸顯現；顯出 ◆ 見效／以國畫見長。❹遇到；接觸到 ◆ 怕見光／見水就化。❺看法 ◆ 主見／成見／固執己見。❻表示被動 ◆ 見笑。❼表示對我怎麼樣 ◆ 見諒／有何見教。

〈二〉[xiàn ㄒㄧㄢˋ ⑧jin⁶ 現]

❽顯露。同"現"字 ◆ 圖窮匕見／風吹草低見牛羊。

【見效】jiàn xiào　見到效果；產生效力 ◆ 這種病中醫針灸很見效。

【見解】jiàn jiě　對事物的認識和看法 ◆ 對中國傳統文化，兩位教授的見解不盡相同。◎觀點。

【見聞】jiàn wén　看到的和聽到的 ◆ 表哥到過許多國家，見聞很廣。

【見識】jiàn ·shi　❶接觸外界事物，增長見聞 ◆ 非洲給人以神秘的色彩，我很想去見識一下。❷見聞；知識 ◆ 到底是著名學者，見識很廣。

【見多識廣】jiàn duō shí guǎng　見識又多又廣 ◆ 校長經常出國旅遊，所以見多識廣。反孤陋寡聞。

【見異思遷】jiàn yì sī qiān　遷：改變。看到別的事物就改變原來的主意。形容意志不堅定，喜好不專一 ◆ 這份工作不錯，你不要再見異思遷了。

【見義勇為】jiàn yì yǒng wéi　義：正義。為：做。看到正義的事就勇敢地去做 ◆ 歹徒正持刀威逼一孤身女子，小勇見義勇為，與歹徒搏鬥。

☑見外、見面、見機行事

☑罕見、偏見、一見如故、一針見血、立竿見影、相形見絀、開門見山

4 現　見玉部，277 頁。

4 規（规）一 二 キ 夫 知 規 規

[guī ㄍㄨㄟ ⑧kwei¹ 虧]

❶畫圖形的工具 ◆ 圓規／不以規矩，不成方圓。❷法則；章程；條例 ◆ 規則／校規／墨守成規。❸勸告 ◆ 規勸。❹謀劃；打主意 ◆ 規劃。

【規定】guī dìng　按某種要求作出決定 ◆ 學校規定，學生進校要穿校服，要佩戴校徽。

【規則】guī zé　❶規定的法則或章程 ◆ 人人都要遵守交通規則。❷在結構、形狀或分佈等方面合乎一定的方式 ◆ 心臟出現不規則的跳

【規律】guī lǜ　事物客觀存在的發展趨勢和事物之間內在的必然聯繫 ◆ 人總是要變老的，這是自然規律。

【規格】guī gé　規定的標準或要求 ◆ 這些產品質量不合規格。

【規矩】guī ·ju　❶規則；標準 ◆ 沒想到吃西餐還有那麼多的規矩。❷正派老實；守本分 ◆ 校工一向很規矩，決不會做這種事。

【規劃】guī huà　❶比較長遠的發展計劃 ◆ 大家看了城市遠景規劃很受鼓舞。❷對未來的發展前景做計劃 ◆ 城市的綠化工作要全面規劃。

【規模】guī mó　指包括的範圍或數量 ◆ 這次運動會是歷次運動會中規模最

大的一次。

【規範】guī fàn　❶一定的標準 ◆ 寫字要合乎規範。❷符合標準的 ◆ 他的普通話不太規範。

☑犯規、法規、常規、循規蹈矩

4 覓（觅）⺈ ㇇ ⺈ ⺈ 爫 覔 覓

[mì ㄇㄧˋ ⑧mik⁹ 汨]

尋找 ◆ 尋覓／覓食。

4 視　見示部，307 頁。

9 親（亲）亠 立 立 辛 亲 親 親

〈一〉[qīn ㄑㄧㄣ ⑧tsɐn¹ 嗔]

❶父母 ◆ 父親／母親／雙親。❷有血統或婚姻關係的 ◆ 親屬／親戚。❸婚姻關係 ◆ 定親／談親事。❹關係密切；感情好 ◆ 親密／親熱／相親相愛。❺本人的；親自 ◆ 親身經歷／親臨現場。❻用嘴脣接觸，表示親熱 ◆ 親吻／親一親孩子的臉。

〈二〉[qìng ㄑㄧㄥˋ ⑧tsɐn³ 趁]

❼親家：夫妻雙方父母間的稱呼。

【親人】qīn rén　親屬；關係特別密切的人 ◆ 在香港，她沒有一個親人。

【親友】qīn yǒu　親戚朋友 ◆ 親友之間互相幫助是應該的。

【親切】qīn qiè　熱情懇切；親近 ◆ 老師對我的親切教導，我一直銘記在心。

【親手】qīn shǒu　親自動手 ◆ 媽媽親手為我織了一件毛衣。反假手。

【親自】qīn zì　自己 ◆ 這種事還是你親自去辦比較好。

【親身】qīn shēn　親自 ◆ 他以親身經歷為素材，寫了一部自傳體小說。

【親近】qīn jìn　關係密切而接近 ◆ 我們是好朋友，自然很親近。反疏遠。

【親戚】qīn qi　跟自己有血緣關係或婚姻關係的家庭及其成員 ◆ 我家的親戚大都在廣東。◎親屬。

【親情】qīn qíng　親人之間的情意 ◆ 這個電視劇演繹了一段友情、親情相互交織的故事。

【親愛】qīn ài　親密情深 ◆ 願親愛的

母親健康長壽！

【親屬】qīn shǔ　跟自己有血緣或婚姻關係的人 ◆ 他有個親屬在北京工作。⑤親戚。
⦿親朋好友、親力親為
⦾探親、眾叛親離、大義滅親

---

13 覺（觉）⠀⠀⠀覺

〈一〉[jué ㄐㄩㄝˊ ⑧gɔk⁸ 角]
❶感受到 ◆ 感覺 / 覺得不舒服。❷明白；醒悟 ◆ 覺醒了 / 覺悟過來。❸發現 ◆ 發覺 / 察覺。
〈二〉[jiào ㄐㄧㄠˋ ⑧gau³ 教]
❹睡眠 ◆ 睡覺 / 一覺醒來。

【覺悟】jué wù　認識；明白；醒悟 ◆ 父母的一番話，使他覺悟到金錢並不是萬能的。⑤覺醒。

【覺察】jué chá　發現；看出來 ◆ 姐姐最近好像有心事，不知你覺察到沒有？⑤發覺。
(注意)"覺察"也作"察覺"。

【覺醒】jué xǐng　覺悟；醒悟 ◆ 他終於覺醒了，決心痛改前非，重新做人。
⦾幻覺、自覺、味覺、知覺、錯覺、聽覺、不知不覺

---

14 覽（览）⠀⠀⠀覽

[lǎn ㄌㄢˇ ⑧lam⁵ 攬]
觀看 ◆ 展覽 / 遊覽 / 一覽無遺。
⦾博覽、閱覽、瀏覽

---

18 觀（观）⠀⠀⠀觀

〈一〉[guān ㄍㄨㄢ ⑧gun¹ 官]
❶看 ◆ 觀看 / 坐井觀天。❷景象 ◆ 外觀 / 景觀。❸對事物的看法或所持的態度 ◆ 主觀 / 樂觀。
〈二〉[guàn ㄍㄨㄢˋ ⑧gun³ 貫]
❹道教的廟宇 ◆ 道觀。

【觀光】guān guāng　參觀遊覽外國或外地的風景名勝和人文景觀 ◆ 暑假期間，我們將去北京觀光。

【觀念】guān niàn　對事物的認識，看法 ◆ 時代在發展，人們的觀念也在不斷更新。

【觀眾】guān zhòng　觀看演出、比賽或電視播映的人 ◆ 演出結束時，觀眾爆發出一陣陣掌聲。

【觀測】guān cè　觀察測量。多用於天文、水文、氣象等 ◆ 據天文台觀測及報告，明天將有大風大雨。

【觀感】guān gǎn　觀看後的感想 ◆ 你剛從外國回來，請你談談觀感。

【觀察】guān chá　仔細察看 ◆ 據我觀察，同學們的課業負擔很重。

【觀賞】guān shǎng　觀看欣賞 ◆ 老師帶領學生去花展觀賞花卉。

【觀摩】guān mó　參觀交流，互相學習 ◆ 學校將舉行觀摩教學活動。

【觀點】guān diǎn　❶觀察事物的立足點或所持的態度 ◆ 從生物學觀點看，人是一種高等動物。❷看法 ◆ 在這個問題上，我不同意你的觀點。
⦾壯觀、奇觀、美觀、客觀、參觀、悲觀、隔岸觀火、袖手旁觀

角 部

---

0 角（角）⠀⠀⠀角

〈一〉[jiǎo ㄐㄧㄠˇ ⑧gɔk⁸ 各]
❶牛、羊、鹿等頭上長的角 ◆ 牛角 / 羊角 / 鹿角。❷形狀像角的東西 ◆ 菱角 / 皂角。❸古代軍中吹的一種樂器 ◆ 號角 / 鼓角相聞。❹數學上稱兩條直線相交所形成的形狀 ◆ 直角 / 三角形。❺物體邊沿相接的地方；角落 ◆ 牆角 / 轉彎抹角。❻貨幣單位，十分等於一角，十角等於一元 ◆ 三元五角。
〈二〉[jué ㄐㄩㄝˊ ⑧gɔk⁸ 各]
❼演員；演員在劇中扮演的人物 ◆ 主角 / 角色。❽爭鬥；較量；爭吵 ◆ 角逐 / 角力 / 發生口角。

【角色】jué sè　演員在戲劇、電影、電視劇或廣播劇中扮演的人物 ◆ 他首次在電視劇中扮演一個重要角色。
(注意)"角色"也作"腳色"。

【角度】jiǎo dù　❶角的度數大小 ◆ 這個球射門的角度太小，碰在邊網上。❷看問題的立足點 ◆ 從個人的角度來看，這件事似乎與本人無關。

【角₂逐】jué zhú　競爭 ◆ 兩隊經九十分鐘的角逐以一比一握手言和。

【角落】jiǎo luò　❶兩邊相接的地方 ◆ 房裏裏窗明几淨，每個角落都一塵不染。❷指偏僻的地方 ◆ 為了尋找礦藏，勘察隊員的足跡踏遍了這裏每個角落。
⦾配角₂、眼角、天涯海角、鈎心鬥角

---

6 解（解）⠀⠀⠀角 角 角 角 解 解⠀⠀解

〈一〉[jiě ㄐㄧㄝˇ ⑧gai² 佳²]
❶剖開；分開 ◆ 解剖 / 分解。❷開；打開 ◆ 解開 / 解釦子。❸消除去掉 ◆ 解除 / 解渴。❹分析；說 ◆ 解釋 / 講解。❺明白；知道 ◆ 解 / 理解。❻大小便 ◆ 解手。
〈二〉[jiè ㄐㄧㄝˋ ⑧gai³ 介]
❼押送 ◆ 押解犯人。

【解決】jiě jué　處理事情，使有結 ◆ 兩人之間的矛盾已經解決，又言於好了。

【解放】jiě fàng　擺脫束縛或黑暗治，獲得自由 ◆ 你應該儘快從繁重家務勞動中解放出來。

【解剖】jiě pōu　把人體或動植物剖開 ◆ 屍體解剖有助於確定死因。

【解除】jiě chú　消除；去掉 ◆ 這藥可以解除病人的痛苦。

【解脫】jiě tuō　擺脫 ◆ 她終於從苦、絕望中解脫出來。

【解散】jiě sàn　❶分散開 ◆ 隊伍散，大家自由活。⑤集合。❷取 ◆ 學校的戲劇社上學期就解散了。

【解答】jiě dá　解釋回答 ◆ 誰能解老師的提問？

偷雞不着蝕把米

【解僱】jiě gù　停止僱用 ◆ 他被公司解僱了。⊜ 解聘。

【解釋】jiě shì　分析說明。多用於含義、道理、原因或事實等 ◆ 詞語解釋／你聽我解釋,這件事確實與我無關。

☑ 解體、解救、解甲歸田

☑ 瓦解、見解、註解、誤解、諒解、慷慨解囊、一知半解、大惑不解、迎刃而解

¹³觸(触)　角 角 角 罻 觸 觸 觸 **觸**

[chù ㄔㄨˋ ⓟtsuk⁷速/dzuk⁷足 (語)]

❶ 碰到;遇到 ◆ 觸電／觸礁。❷ 感動;引起 ◆ 感觸／觸怒。

【觸犯】chù fàn　冒犯;侵犯;違反 ◆ 他的行為已經觸犯法律。

【觸角】chù jiǎo　昆蟲、某些節肢動物或甲殼類動物頭上的一種鬚狀感覺器官 ◆ 蝸牛頭部有兩對觸角。

注意 "觸角"也叫"觸鬚"。

【觸動】chù dòng ❶ 接觸;碰到 ◆ 這種蛇,你不觸動牠,一般不咬人。❷ 因有感觸而引起思想感情活動 ◆ 這張舊照片觸動了他對往事的回憶。

【觸目驚心】chù mù jīng xīn　一看到某種情況,內心就很震驚。形容所見情況十分嚴重,令人吃驚 ◆ 車禍現場慘不忍睹,令人觸目驚心。

【觸景生情】chù jǐng shēng qíng　看到眼前的景物,便引起某種情感 ◆ 站在破舊不堪的祖屋前,父親觸景生情,想起了苦難的童年。

【觸類旁通】chù lèi páng tōng　用已經掌握的某一事物的知識來推知同類中的其他事物 ◆ 學習知識要善於舉一反三、觸類旁通。

☑ 抵觸、接觸、一觸即發

言 部

言　、亠ナ方言言 **言**

[yán ㄧㄢˊ ⓟjin⁴延]

❶ 說的話 ◆ 言語／言行一致。❷ 說 ◆ 言之有理／苦不堪言。❸ 一個字或一句話 ◆ 五言詩／一言難盡。

【言行】yán xíng　言語和行動 ◆ 做人要言行一致、表裏如一。

【言語】yán yǔ　說的話;說話 ◆ 移民外國先要解決言語不通的問題。

【言論】yán lùn　公開發表意見;公開發表的意見 ◆ 言論自由／寫文章批駁對方的錯誤言論。

【言辭】yán cí　說話所用的詞句 ◆ 老師態度和藹,言辭懇切,使我深受感動。

注意 "言辭"也作"言詞"。

【言不由衷】yán bù yóu zhōng　衷:內心。說的話不是出自內心的。指心裏想的和嘴上說的不一樣 ◆ 閃爍其詞,言不由衷,叫人難以相信。⊜ 心口不一。

【言過其實】yán guò qí shí　言語誇大,超過了實際情況 ◆ 情況並不嚴重,你言過其實了。

【言簡意賅】yán jiǎn yì gāi　賅:完備。言語精練,意思完備 ◆ 這份會談紀要言簡意賅。

注意 "賅"不讀 hái(孩)或 hé(核)。粵音讀 goi¹(該)。

【言歸正傳】yán guī zhèng zhuàn　歸:回到。正傳:正題。把話語拉回到正題上來 ◆ 剛才我談了一些旅遊見聞,下面言歸正傳,討論公司發展規劃。

【言聽計從】yán tīng jì cóng　說的話和出的主意都聽從採納。形容十分信任 ◆ 經理對人才濟濟的"智囊團"總是言聽計從。

☑ 言談、言外之意、言歸於好

☑ 文言、宣言、格言、寓言、發言、預言、誓言、語言、諾言、謠言、大言不慚、千言萬語、自言自語、忠言逆耳、察言觀色、名正言順、至理名言、啞口無言、暢所欲言

²計(计)　、亠ナ言言言 **計**

[jì ㄐㄧˋ ⓟgai³繼]

❶ 核算 ◆ 計算／統計。❷ 策略;主意;辦法 ◆ 計策／計謀。❸ 謀劃;打算 ◆ 計劃／從長計議。❹ 測量或計算的儀器 ◆ 溫度計／晴雨計。

【計策】jì cè　針對某種情況而採取的方法或策略 ◆ 派臥底摸清敵方底細,這計策不錯。

【計較】jì jiào ❶ 計算比較 ◆ 他從不計較個人得失。❷ 爭辯 ◆ 他正在氣頭上,你別跟他計較了。❸ 打算 ◆ 這事只好另作計較了。

【計算】jì suàn ❶ 用數學方法運算 ◆ 這道計算題很難。❷ 考慮;打算 ◆ 吃不窮穿不窮,計算不到一世窮。

【計劃】jì huà ❶ 事先考慮、安排 ◆ 開運動會的事,請你先計劃一下。❷ 事先擬定的工作或活動內容和安排 ◆ 新機場已按原定計劃順利竣工。

【計謀】jì móu　計策;謀略 ◆ 諸葛亮善用計謀克敵制勝。

☑ 估計、設計、預計、詭計、不計其數、言聽計從、將計就計、千方百計、錦囊妙計

²訂(订)　、亠ナ言言 **訂**

[dìng ㄉㄧㄥˋ ⓟding³定³]

❶ 制定 ◆ 訂計劃／簽訂合同。❷ 約定 ◆ 訂購／預訂。❸ 修改;改正 ◆ 訂正／修訂。❹ 用線、鐵絲等把書頁連在一起 ◆ 裝訂／合訂本。

【訂正】dìng zhèng　更正;改正 ◆ 請訂正作文中的錯別字。

注意 "訂正"多用於寫錯的字、做錯的作業。

【訂立】dìng lì　雙方或數方將商定的內容,用書面形式(如合同、條約等)肯定下來 ◆ 兩國訂立了雙邊貿易協定。

【訂閱】dìng yuè　預先付款訂購報紙或刊物 ◆ 家裏訂閱的報刊有十幾種。

【訂購】dìng gòu　預訂購買 ◆ 我校向廠家訂購了八百套學生校服。

☑ 擬訂、簽訂

²訃(讣)　、亠ナ言言詞 **訃**

[fù ㄈㄨˋ ⓟfu⁶付]

報喪 ◆ 訃告。

【訃告】fù gào　報喪;報喪的公告 ◆ 姐姐來電訃告:母親不幸逝世/看到報上登的訃告,我才得知老校長去世的消息。

³ 討 (讨)　ㄧ ㄧ ㄧ 言 言 言 討　討

[tǎo ㄊㄠˇ ⑭tou² 土]

❶ 索取；要回 ◆ 討債 / 討回。❷ 請求給予 ◆ 討教 / 乞討。❸ 招惹 ◆ 討人喜歡 / 自討苦吃。❹ 商議；研究 ◆ 商討 / 探討。❺ 出兵攻打或發動攻擊有罪的 ◆ 討伐 / 聲討。

【討好】tǎo hǎo ❶ 迎合別人的心意，取得別人的好感 ◆ 這人最善於討好人。❷ 取得好效果 ◆ 他經常做這種吃力不討好的事情。

【討教】tǎo jiào 請教 ◆ 我有個問題要向你討教。

【討厭】tǎo yàn ❶ 厭惡；不喜歡；使人厭煩 ◆ 我最討厭那些拍馬屁、説大話的人。❷ 麻煩；難辦；使人心煩 ◆ 這種事很討厭，要趕緊想辦法解決。

【討論】tǎo lùn 互相探討或辯論 ◆ 大家就城市綠化問題展開熱烈的討論。

☒ 討饒、討價還價

☒ 研討、檢討

³ 訓 (训)　ㄧ ㄧ ㄧ 言 言 訂 訓

[xùn ㄒㄩㄣˋ ⑭fen³ 糞]

❶ 教導；告誡 ◆ 訓導 / 訓誡。❷ 教導或告誡的話 ◆ 家訓 / 遺訓。❸ 訓練 ◆ 培訓 / 軍訓。❹ 可以作為準則的 ◆ 不足為訓。

【訓斥】xùn chì 教訓斥責 ◆ 媽媽從不大聲訓斥孩子。☒ 責備。

【訓話】xùn huà 上級對下級進行嚴肅的教導和告誡的話 ◆ 小強被校長叫去訓話了。

【訓練】xùn liàn 經過有計劃有步驟的練習，使學到某種技能 ◆ 語文教學要加強字、詞、句的訓練。

³ 託 (托)　ㄧ ㄧ ㄧ 言 言 訐 託

[tuō ㄊㄨㄛ ⑭tok⁸ 拓]

❶ 請人代辦 ◆ 委託 / 託運。❷ 寄放 ◆ 寄託 / 託兒所。❸ 借故推辭 ◆ 推託 / 託辭。

【託辭】tuō cí ❶ 藉口 ◆ 身體不適是個託辭，昨天我見他還是好好的。❷

找藉口；藉故 ◆ 他有要事在身，便託辭離去。

注意 "託辭" 也作 "託詞"。

☒ 拜託、囑託

³ 訖 (讫)　ㄧ ㄧ ㄧ 言 言 訐 訖

[qì ㄑㄧˋ ⑭get⁷ 吉]

完畢；終了 ◆ 收訖 / 銀貨兩訖。

³ 訊 (讯)　ㄧ ㄧ ㄧ 言 言 訊 訊

[xùn ㄒㄩㄣˋ ⑭sœn³ 迅]

❶ 問；審問 ◆ 訊問 / 審訊。❷ 消息；信息 ◆ 通訊 / 電訊 / 喜訊。

☒ 訊問、訊息

☒ 音訊、傳訊、聞訊、資訊

³ 記 (记)　ㄧ ㄧ ㄧ 言 言 訂 記

[jì ㄐㄧˋ ⑭gei³ 寄]

❶ 記住不忘 ◆ 記得 / 記在心裏。❷ 想念 ◆ 惦記 / 記掛。❸ 把事情寫下來 ◆ 記錄 / 記載 / 登記。❹ 記錄事情的書或文章 ◆ 傳記 / 日記 / 遊記。❺ 標誌；符號 ◆ 記號 / 標記。❻ 量詞 ◆ 打了他一記耳光。

【記者】jì zhě 通訊社、電台、電視台、報刊等單位中從事採訪新聞、編寫通訊報道的人員 ◆ 表哥在一家報社當記者。

【記敍】jì xù 用文字敍述 ◆ 本文記敍了一位科學家的成長道路。

【記載】jì zǎi ❶ 把有關的人或事寫下來 ◆《論語》記載了孔子及其弟子的言行。☒ 記錄。❷ 記載人或事的文章、書籍 ◆ 華佗的事跡古書上有記載。

【記錄】jì lù ❶ 把有關的話或事寫下來 ◆ 請你把各人發言的要點記錄一下。❷ 記錄下來的文字材料 ◆ 這是一份會議記錄。❸ 某一時期、某一範圍內的最好成績 ◆ 在本屆運動會上，多人打破了百米賽跑的亞洲記錄。

注意 "記錄" 也作 "紀錄"。

【記憶】jì yì ❶ 把經驗過的事物的印象保留在腦子裏 ◆ 這人的記憶力很

強。❷ 回憶；想起 ◆ 小時候的事還能記憶起來。

【記敍文】jì xù wén 指記人、敍事、寫景、狀物一類的文章。寫記敍文一般要把時間、地點、人物、事件、原因、結果交代清楚 ◆ 今天，老師要求我們模仿課文寫一篇記敍文。

【記憶猶新】jì yì yóu xīn 猶：像。過去的事還記得清清楚楚，就像新近發生的一樣。形容印象深刻 ◆ 小時候我們一起在海邊堆沙堆的情景至今還記憶猶新。

☒ 忘記、筆記、銘記

⁴ 訝 (讶)　ㄧ ㄧ ㄧ 言 訂 訐 訝

[yà ㄧㄚˋ ⑭ŋa⁶ 迓]

感到很奇怪 ◆ 驚訝。

⁴ 許 (许)　ㄧ ㄧ ㄧ 言 訐 許 許

[xǔ ㄒㄩˇ ⑭hœy² 栩]

❶ 同意；答應 ◆ 允許 / 准許 / 默許。❷ 預先答應 ◆ 許願 / 把女兒許配給他。❸ 稱讚 ◆ 讚許。❹ 或者；可能 ◆ 或許 / 也許。❺ 表示大約的數目 ◆ 許多 / 少許。❻ 姓。

【許可】xǔ kě 允許；准許 ◆ 公司自主出口貨物的許可證。☒ 容許。

【許諾】xǔ nuò 許下諾言；答應了的 ◆ 凡是許諾的事一定要努力做到。☒ 應承。

☒ 許久

☒ 興許

⁴ 訛 (讹)　ㄧ ㄧ ㄧ 言 訁 訌 訛

[é ㄜˊ ⑭ŋɔ⁴ 俄]

❶ 錯誤 ◆ 訛傳 / 以訛傳訛。❷ 詐；詐騙 ◆ 訛詐。

【訛詐】é zhà 製造藉口，進行威脅勒索錢財；恐嚇 ◆ 對方是在訛詐，我們不必理睬。

⁴ 訟 (讼)　ㄧ ㄧ ㄧ 言 言 訟 訟

[sòng ㄙㄨㄥˋ ⑭dzuŋ⁶ 頌]

❶打官司 ◆ 訴訟。❷爭辯是非曲直 ◆ 爭訟 / 聚訟紛紜。

---

⁴ **設**(设) 二 亠 言 言 訂 訳 設　設

[shè ㄕㄜˋ 🔊 tsit⁸ 徹]

❶佈置；安排 ◆ 陳設 / 設宴。❷建立 ◆ 設立 / 開設門市部。❸籌劃 ◆ 設計 / 設法。❹假使；如果 ◆ 假設 / 設想。

【設立】shè lì　建立；成立 ◆ 學校設立獎學金，獎勵成績優秀的學生。

【設法】shè fǎ　想辦法 ◆ 政府正設法解決市民的住房問題。

【設計】shè jì　為某項工作事先制定實施方案 ◆ 服裝設計是一門藝術。

【設施】shè shī　根據需要配置的設備 ◆ 這所學校各種設施都很完善。

【設問】shè wèn　無疑而問，自問自答，以引起別人注意和思考的一種修辭方法。如國家的發展靠甚麼？靠科學技術，靠人才優勢。

【設備】shè bèi　為某種需要而設置的器材或建築 ◆ 這家戲院的音響設備很好。⦿ 設施。

【設想】shè xiǎng　❶想像 ◆ 後果不堪設想。❷着想；考慮 ◆ 請為別人設想一下，不要一意孤行。

【設身處地】shè shēn chǔ dì　設想自己處在別人的地位。指為別人着想 ◆ 如果能設身處地為失學兒童着想，大家就會熱情贊助希望工程。

(注意)"處"不讀 chù（觸）。

≫設防、設置

≫建設、擺設

訪(访) 二 亠 言 言 訂 訪　訪

[fǎng ㄈㄤˇ 🔊 foŋ² 紡]

❶看望；探望 ◆ 訪問 / 拜訪。❷尋求；調查 ◆ 採訪 / 明查暗訪。

【訪問】fǎng wèn　為某種目的專門去看望並進行交談 ◆ 王老師帶我們去訪問兒童文學作家。

≫來訪、尋訪、探親訪友

---

⁴ **訣**(诀) 二 亠 言 言 訂 訮 訣　訣

[jué ㄐㄩㄝˊ 🔊 kyt⁸ 決]

❶竅門；方法 ◆ 訣竅 / 祕訣。❷順口易記的語句 ◆ 口訣 / 歌訣。❸分別 ◆ 訣別 / 永訣。

【訣別】jué bié　分別 ◆ 荊軻與送行的人們訣別，踏上了去秦國的路途。

(注意)"訣別"多指難以再見面的離別。

【訣竅】jué qiào　竅門；妙法 ◆ 他記英文單詞有訣竅，看一兩遍就能記住。

---

⁵ **評**(评) 二 亠 言 言 訂 訮 評　評

[píng ㄆㄧㄥˊ 🔊 piŋ⁴ 平]

❶議論是非好壞 ◆ 評論 / 評語。❷判定 ◆ 評判 / 評定。

【評判】píng pàn　判定勝負、優劣。多用於競賽項目 ◆ 參加大專辯論賽的各支隊伍都旗鼓相當，實在難以評判勝負。

【評理】píng lǐ　評判是非 ◆ 你們別吵了，還是請老師來評理吧。

【評價】píng jià　評定價值（水平、地位、作用等）的高低 ◆ 專家對這部小說評價很高。

【評論】píng lùn　❶批評議論 ◆ 近來報紙上正在評論這部電視劇。❷有關批評議論的文章 ◆ 報社就城市環保問題連續發表評論。

≫批評

---

⁵ **詛**(诅) 二 亠 言 言 訂 訓 詛　詛

[zǔ ㄗㄨˇ 🔊 dzɔ² 左/dzɔ³ 佐]

咒罵 ◆ 詛咒。

【詛咒】zǔ zhòu　原指祈求鬼神降禍於自己所仇恨的人；後指咒罵 ◆ 事情弄糟了，都怪自己不好，詛咒別人也無補於事。

---

⁵ **詐**(诈) 二 亠 言 訁 訐 訐　詐

[zhà ㄓㄚˋ 🔊 dza³ 炸]

❶欺騙 ◆ 詐騙 / 欺詐。❷假裝 ◆ 詐降 / 詐死。

【詐騙】zhà piàn　用不正當手段騙取別人錢財 ◆ 匪徒的詐騙手法層出不窮，我們要格外小心。

≫敲詐、兵不厭詐、爾虞我詐

---

⁵ **訴**(诉) 二 亠 言 訂 訐 訴　訴

[sù ㄙㄨˋ 🔊 sou³ 素]

❶對人説；説給人聽 ◆ 訴苦 / 告訴。❷控告 ◆ 起訴 / 上訴 / 控訴。

【訴説】sù shuō　講述；陳述 ◆ 來信中訴説了她的近況。

≫公訴、投訴、傾訴

---

⁵ **診**(诊) 二 亠 言 訁 訡 診　診

[zhěn ㄓㄣˇ 🔊 tsen² 疹]

看病；檢查病情 ◆ 診斷 / 門診。

【診所】zhěn suǒ　給人看病的地方。通常指個人開設的或規模較小的 ◆ 附近有一家退休醫生開的診所。

【診治】zhěn zhì　診斷治療 ◆ 有病要及時診治，不要延誤。⦿ 醫治。

【診斷】zhěn duàn　醫生根據病人的病情或有關檢查結果，確定病人的病症 ◆ 據醫生診斷，他患的是急性肺炎。

---

⁵ **註**(注) 二 亠 言 訁 訐 註　註

[zhù ㄓㄨˋ 🔊 dzy³ 注]

❶解釋。同"注"字 ◆ 註解 / 註釋。❷登記；記載 ◆ 註冊 / 註銷。

【註冊】zhù cè　登記備案 ◆ 今天來到註冊的新生很多。

(注意)"註冊"多用於新生入學或商標等。

【註解】zhù jiě　對文章中字、詞、句的含義或相關內容作解釋或説明 ◆ 課文後面有詳細的註解，可供參考。⦿ 註釋。

【註釋】zhù shì　註解 ◆ 好的註釋有助於讀者理解作品的含義。

≫附註、批註、備註

⁵詠（咏）二 亠 言 言 詞 詞 詠 詠

[詠 ㄩㄥˇ ⑧ wiŋ⁶ 泳]

❶ 歌唱；聲調抑揚地誦讀 ◆ 歌詠比賽／吟詠唐詩。❷ 用詩詞等來敘述或抒發 ◆ 詠史／詠梅。

⁵詞（词）二 亠 言 詞 詞 詞 詞 詞

[詞 ㄘˊ ⑧ tsi⁴ 池]

❶ 語言裏能獨立運用的最小的單位。詞有單音節的，如 "一"、"書"、"學"、"好" 等；也有多音節的，如 "書本"、"學校"、"好處" 等 ◆ 詞典／名詞／同義詞。❷ 語句；言辭 ◆ 歌詞／歡迎詞／振振有詞。❸ 一種長短句押韻的文體 ◆ 宋詞／詩詞歌賦。

【詞典】cí diǎn 收錄一定數量的詞語，逐個進行解釋（意義、用法），並按一定的方法（部首或音序等）編排起來，供人查閱的工具書 ◆ 詞典是我們的良師益友。

【詞牌】cí pái 詞的調子的名稱 ◆ 岳飛寫過一首著名的詞，詞牌為《滿江紅》。

【詞匯】cí huì 一種語言或一個人、一部作品所使用的詞的總和 ◆ 漢語的詞匯豐富多彩。

【詞義】cí yì 詞的含義 ◆ 只有懂得這個詞的詞義，才能正確地運用這個詞。

【詞語】cí yǔ 詞和短語 ◆ 這篇文章詞語豐富。

▷ 題詞、強詞奪理、理屈詞窮

⁶試（试）二 亠 言 言 計 試 試 試

[試 ㄕˋ ⑧ si³ 嗜]

❶ 指一件事物在正式推廣使用之前用用看、做做看，檢驗一下效果怎樣 ◆ 試製／試用／試飛。❷ 考試；測驗 ◆ 試卷／筆試。

【試行】shì xíng 先做起來看看，還不是正式實行 ◆ 這一改革方案先在少數學校試行。

【試圖】shì tú 打算 ◆ 我試圖說服他擔任這次比賽的司儀，但不成功。

【試探】shì tàn 試着瞭解對方的有關情況 ◆ 拳擊賽開始時，雙方都在試探對方的實力。

【試驗】shì yàn 為瞭解事物的性能、作用或效果而進行的實驗活動 ◆ 許多科學發明，都是經過無數次的試驗才獲得成功的。

▷ 口試、嘗試、躍躍欲試

⁶詩（诗）二 亠 言 計 詿 詩 詩

[詩 ㄕ ⑧ si¹ 師]

一種文學體裁。詩的語言優美精練，大都分行押韻，節奏鮮明，可以歌詠朗誦 ◆ 詩人／古詩。

【詩意】shī yì 給人以美感的詩的意境 ◆ 他這一番話富有詩意，耐人尋味。

【詩歌】shī gē 文學體裁之一，以情感豐富、語言凝煉、節奏鮮明、韻律和諧為主要特點 ◆《詩經》是中國最早的一部詩歌總集。

【詩情畫意】shī qíng huà yì 像詩和畫一樣的美好意境 ◆ 這裏的裝飾幽雅別致，充滿詩情畫意。

注意 "詩情畫意" 多形容自然風光、環境氣氛。

▷ 律詩、抒情詩、敘事詩

⁶詼（诙）二 亠 言 言 訂 詼 詼

[詼 ㄏㄨㄟ ⑧ fui¹ 灰]

見 "詼諧"。

【詼諧】huī xié 説話風趣，引人發笑 ◆ 振強談吐詼諧，常令人捧腹大笑。

⁶誠（诚）二 亠 言 言 訪 誠 誠

[誠 ㄔㄥˊ ⑧ siŋ⁴ 成]

❶ 真心實意 ◆ 誠懇／真誠。❷ 確實；的確是 ◆ 誠然。

【誠意】chéng yì 真心實意 ◆ 對方對互利合作缺乏誠意。

【誠實】chéng shí 忠誠老實，言行一致；不弄虛作假 ◆ 誠實的孩子才討人喜歡。▨ 虛假。

【誠懇】chéng kěn 真誠懇切 ◆ 對人要誠懇。

◁ 誠心、誠樸、誠摯、誠心實意

▷ 至誠、忠誠、熱誠、心悦誠服

⁶誇（夸）二 亠 言 訏 誇 誇 誇

[誇 ㄎㄨㄚ ⑧ kwa¹ 跨]

❶ 説大話；言過其實 ◆ 誇口／誇大其詞。❷ 稱讚；炫耀 ◆ 誇獎／誇耀。

【誇大】kuā dà 説得超過了實際 ◆ 説話要實事求是，不要誇大事實。▨ 言過其實。▨ 縮小。

【誇口】kuā kǒu 説大話；自誇 ◆ 不是我誇口，我們球隊一定能奪冠。

【誇張】kuā zhāng ❶ 誇大 ◆ 他這話未免太誇張了。❷ 修辭方式之一，指運用想像，對人或事物作誇大或縮小的形容或描述，以加強表達效果。如李白詩句 "白髮三千丈，緣愁似個長"。

【誇獎】kuā jiǎng 稱讚；讚揚 ◆ 小明學習成績好，又樂於助人，經常得到老師的誇獎。▨ 批評。

【誇耀】kuā yào 在別人面前顯示自己的優越 ◆ 有學問、有修養的人懂得謙虛，決不誇耀自己。

【誇誇其談】kuā kuā qí tán 滔滔不絕地説些不切實際的話 ◆ 做事要腳踏實地，誇誇其談將一事無成。▨ 高談闊論。

▷ 浮誇、王婆賣瓜，自賣自誇

⁶詣（诣）二 亠 言 言 詽 詣 詣

[詣 ㄧˋ ⑧ ŋei⁶ 毅]

到；學業或技能所達到的境地 ◆ 造詣

⁶誅（诛）二 亠 言 言 訐 誅 誅

[誅 ㄓㄨ ⑧ dzy¹ 朱]

❶ 殺 ◆ 誅殺／天誅地滅。❷ 譴責 ◆ 口誅筆伐。

話(话)

言 言 言 訐 話

[huà ㄏㄨㄚˋ 粵wa⁶ 華]

❶ 語言；言語 ◆ 說話／外國話。❷ 說；談論 ◆ 話別／話舊／話家常。

【話劇】huà jù 以對話和動作為主要表現手段的戲劇 ◆ 不少話劇演員進入了影視圈。

【話題】huà tí 談話的中心 ◆ 環境保護是當今社會的熱門話題。

☒ 話不投機

☒ 神話、笑話、閒話、電話、廢話、講話、謊話

詹

ノ ゲ ゲ 庐 庐 詹

[zhān ㄓㄢ 粵dzim¹ 尖]

姓。

詢(询)

言 言 言 訂 訽 詢

[xún ㄒㄩㄣˊ 粵sœn¹ 荀]

問；徵求意見 ◆ 詢問／咨詢。

【詢問】xún wèn 問；打聽 ◆ 有關法律方面的問題，可以找律師詢問。

☒ 查詢、徵詢

詭(诡)

言 言 訂 訮 訧 詭

[guǐ ㄍㄨㄟˇ 粵gwei² 鬼]

❶ 欺詐；狡猾 ◆ 詭計／詭詐。❷ 奇異多變 ◆ 詭異／行詭祕。

【詭計】guǐ jì 狡詐的計謀 ◆ 這夥人詭計多端，要提高警惕。

【詭辯】guǐ biàn 似是而非的推論；強詞奪理地狡辯 ◆ 人贓俱在，任何詭辯、抵賴都無濟於事。(同) 狡辯。

該(该)

言 言 訡 訬 該 該

[gāi ㄍㄞ 粵goi¹ 賅]

❶ 應當 ◆ 應該／早該如此。❷ 那個 ◆ 該校／該學生。

詳(详)

言 言 訠 訡 詳 詳

[xiáng ㄒㄧㄤˊ 粵tsœŋ⁴ 祥]

❶ 周密；完備；跟"略"相對 ◆ 詳細／詳盡。❷ 細細說明 ◆ 詳談／面詳。❸ 清楚 ◆ 地址不詳／生卒年不詳。

【詳情】xiáng qíng 詳細的情形 ◆ 這件事我只知道個大概，詳情並不清楚。(反) 概況。

【詳細】xiáng xì 周密細緻 ◆ 註解很詳細。

【詳盡】xiáng jìn 詳細、全面，沒有遺漏 ◆ 這本書詳盡地記載了愛因斯坦傳奇的一生。(反) 簡略。

☒ 安詳、周詳、端詳、不厭其詳

詫(诧)

言 言 訡 診 詫 詫

[chà ㄔㄚˋ 粵tsa³ 岔]

驚異；驚奇 ◆ 詫異／驚詫。

【詫異】chà yì 感到驚訝、奇怪 ◆ 對這突然發生的事件，大家都很詫異。

誡(诫)

言 言 訠 訶 誡 誡

[jiè ㄐㄧㄝˋ 粵gai³ 戒]

警告；規勸 ◆ 告誡／勸誡。

誌(志)

言 言 訂 誌 誌

[zhì ㄓˋ 粵dzi³ 至]

❶ 記住 ◆ 開張誌喜／永誌不忘。❷ 標記；記號 ◆ 標誌。❸ 記事的文字或書籍 ◆ 雜誌／地方誌。

誣(诬)

言 言 訂 訶 誣 誣

[wū ㄨ 粵mou⁴ 巫]

無中生有陷害、侮辱人 ◆ 誣告／誣陷。

【誣陷】wū xiàn 誣衊陷害 ◆ 惡人先告狀，想誣陷好人。

【誣賴】wū lài 無中生有地說別人做了壞事或說了壞話 ◆ 這事跟他無關，你們不能誣賴好人。

語(语)

言 言 訂 訮 語 語

[yǔ ㄩˇ 粵jy⁵ 雨]

❶ 說話 ◆ 自言自語／竊竊私語。❷ 說的話 ◆ 語重心長／語無倫次。❸ 語言 ◆ 漢語／英語。❹ 代表語言的動作 ◆ 旗語／手語。

【語文】yǔ wén ❶ 語言和文字 ◆ 老師的語文水平很高。❷ 語言和文學等人文知識 ◆ 中學語文教材的內容十分廣泛。

【語句】yǔ jù 句子；話語 ◆ 文章語句通順，條理清楚。

【語言】yǔ yán 人類用來表情達意、交流思想的最重要的工具，是由語音、詞匯、語法構成的一種符號系統，一般包括口語和書面語。不同的民族或地域有不同的語言 ◆ 去外國旅遊，最大的困難是語言不通。

【語法】yǔ fǎ 組詞造句的規則 ◆ 詞語搭配不當，是常見的語法錯誤。

【語氣】yǔ qì 說話的口氣 ◆ 對方語氣強硬，簡直沒有商量的餘地。

【語重心長】yǔ zhòng xīn cháng 言語懇切，情意深長 ◆ 老師語重心長地說："珍惜時間，就是珍惜生命。"

【語無倫次】yǔ wú lún cì 倫次：條理；次序。形容說話顛三倒四，沒有條理 ◆ 喝醉了的人，說話總是語無倫次。

☒ 口語、成語、評語、諺語、謎語、書面語、歇後語、鳥語花香、花言巧語

誓

扌 尹 打 折 折 誓

[shì ㄕˋ 粵sɐi⁶ 逝]

❶ 表示決心 ◆ 誓言／誓不罷休。❷ 表示決心的話 ◆ 發誓／起誓。

【誓言】shì yán 表示決心的話 ◆ 他立下誓言：不偵破此案，決不罷休。

☒ 宣誓、海誓山盟

誤(误)

言 言 訂 誤 誤 誤

[wù ㄨˋ 粵ŋ⁶ 悟]

❶ 錯；差錯 ◆ 錯誤／失誤。❷ 因錯誤而使人受害 ◆ 誤人子弟／聰明反被聰明誤。❸ 不是故意的 ◆ 誤傷。❹ 躭擱 ◆ 誤事／躭誤。

【誤差】wù chā 跟標準的相比有偏差、有出入 ◆ 鐘錶元件的加工要求非常精密，不能有絲毫誤差。

【誤會】wù huì 錯誤領會別人的意思 ◆ 我不是這個意思，你誤會了。(同) 誤解。

【誤解】wù jiě 理解錯誤 ◆ 你誤解了這句話的意思。

【誤入歧途】wù rù qí tú 歧途：大路分出來的小路；邪路。錯誤地走上了邪路 ◆ 在壞人的引誘下，他誤入歧途。

↘延誤、謬誤、磨刀不誤砍柴工

⁷ **誘**(诱) 言 言 言 計 誘 誘 誘
[yòu ㄧㄡˋ ⑧ jeu⁵ 有]

❶ 教導；引導 ◆ 誘導 / 循循善誘。❷ 用言語、行動迷惑人，使人上當受騙 ◆ 誘騙 / 引誘。❸ 吸引 ◆ 景色誘人。

【誘惑】yòu huò ❶ 引誘迷惑，使人上當 ◆ 他對壞人的種種誘惑毫不動心。❷ 吸引 ◆ 這種工作對他很有誘惑力。

【誘餌】yòu ěr 引誘動物上鈎的食物。比喻引誘人受騙上當或走上錯誤道路的東西 ◆ 這夥歹徒以金錢為誘餌拉人搞走私。

【誘導】yòu dǎo 引導 ◆ 一本好書能給人以啟發和誘導。

⁷ **誨**(诲) 言 言 訂 訂 訶 誨 誨
[huì ㄏㄨㄟˋ ⑧ fui³ 悔]

教導；勸說 ◆ 教誨 / 學而不厭，誨人不倦。

【誨人不倦】huì rén bù juàn 教導人十分耐心，不知疲倦 ◆ 我們的語文老師是一位誨人不倦的好老師。

⁷ **説**(说) 言 言 訂 訂 說 説 説
〈一〉[shuō ㄕㄨㄛ ⑧ syt⁸ 雪]

❶ 用話來表達意思 ◆ 説話 / 説説自己的想法。❷ 解釋 ◆ 説明 / 解説。❸ 言論；主張 ◆ 學説 / 著書立説。❹ 責備 ◆ 大哥才説了你幾句，就沉不住氣了？

〈二〉[shuì ㄕㄨㄟˋ ⑧ sœy³ 税]

❺ 用言語勸説、宣傳，使對方聽從、採納自己的意見 ◆ 遊説 / 説客。

【説明】shuō míng 解釋明白；表明 ◆ 修改下列病句並說明理由 / 事實說明，他是無辜的。

【説服】shuō fú 擺事實、講道理，使人信服 ◆ 他是牛脾氣，誰也説服不了他 / 這篇文章很有説服力。

【説明文】shuō míng wén 一種常用文體，主要用來說明某一事物的性質、特徵，常用的說明方法有舉例、列數字、作比較等。

【説一不二】shuō yī bù èr 説話算數，説到做到 ◆ 他向來言而有信，説一不二。

↘説法、説笑、説謊、説三道四
↘小説、傳説、演説、據説、聽説、胡説八道、自圓其説、道聽途説

⁷ **認**(认) 言 言 訂 訒 訒 認 認
[rèn ㄖㄣˋ ⑧ jing⁶ 迎⁶]

❶ 分辨；識別 ◆ 認字 / 認領 / 辨認。❷ 同意；承認 ◆ 認可 / 認錯 / 否認。

【認為】rèn wéi 表示某種確定的看法 ◆ 我們認為這樣做是正確的。

【認真】rèn zhēn ❶ 用心；嚴肅；不馬虎；不草率 ◆ 小姐學習認真，成績很好。❷ 當真 ◆ 這一回可是認真的，不是鬧着玩的。

【認識】rèn ·shi 認得；分辨得出 ◆ 這個人我認識。

↘認罪、認輸
↘公認、承認、默認

⁷ **誦**(诵) 言 言 訂 訂 誦 誦 誦
[sòng ㄙㄨㄥˋ ⑧ dzung⁶ 訟]

❶ 大聲地唸；朗讀 ◆ 朗誦 / 背誦。❷ 讚揚 ◆ 稱誦 / 廣為傳誦。

⁸ **請**(请) 言 言 訂 訐 訐 請 請
[qǐng ㄑㄧㄥˇ ⑧ tsing² 逞 /tsɛng² 青² (語)]

❶ 要求 ◆ 請求 / 請人幫忙。❷ 邀請 ◆ 請柬 / 聘請。❸ 敬辭；禮貌用語 ◆ 請進 / 請坐。

【請示】qǐng shì 請求指示 ◆ 這件事要請示校長，我做不了主。
(注意) "請示"用於下級對上級。

【請求】qǐng qiú 提出要求；所提出的要求 ◆ 張勇請求辭職 / 校方同意張勇的辭職請求。

【請柬】qǐng jiǎn 邀請客人參加某項活動的書面通知 ◆ 父親經常收到請柬，有邀請參加開業典禮的，也有請參加婚禮的。
(注意) "請柬"也叫"請帖"。

【請教】qǐng jiào 請求給予指教 ◆ 不懂就應虛心向人請教。

【請願】qǐng yuàn 採取遊行、靜坐或集體行動，要求政府或有關當局答應某種要求 ◆ 工會發動工人請願，要求增加工資。

↘申請、宴請、懇請、負荊請罪

⁸ **諸**(诸) 言 言 計 計 計 諸 諸
[zhū ㄓㄨ ⑧ dzy¹ 朱]

❶ 許多；各 ◆ 諸位 / 諸多疑問。❷ 相當於"之於" ◆ 付諸東流。❸ 姓。❹ 諸葛：複姓。

【諸位】zhū wèi 各位。表示尊重 ◆ 我們對諸位的光臨表示歡迎和感謝。

【諸如此類】zhū rú cǐ lèi 許多類似這樣的 ◆ 諸如此類的情況還不少。

⁸ **課**(课) 言 言 訂 訊 評 課 課
[kè ㄎㄜˋ ⑧ fo³ 貨]

❶ 教學的科目；學業 ◆ 課程 / 課業 / 功課。❷ 教學活動 ◆ 上課 / 課外閱讀。❸ 徵收捐税 ◆ 課税 / 課以重税。❹ 量詞，指教科書中的一篇課文 ◆ 第一課 / 教了三課書。

【課本】kè běn 即教科書 ◆ 現在中...

學的課本又厚又重。⑩ 教材。

【課外】kè wài　學校上課以外的時間
◆ 同學們的課外生活豐富多彩。⑩
課餘。⑫ 課內。

【課室】kè shì　進行各種教學活動的
場所 ◆ 我們的課室寬敞明亮。

（注意）"課室" 也叫 "教室"。

【課程】kè chéng　教學的科目和進程
安排 ◆ 這是本學期的課程表。

【課餘】kè yú　上完課以後餘下的時間
◆ 學生的課餘活動多種多樣，如參加
各種興趣小組。⑩ 課外。

誹(诽)　`⸛ 言 訓 訓 誹 誹`　誹

[fěi ㄈㄟˇ ⑧ fei² 匪]

毀謗 ◆ 誹謗。

【誹謗】fěi bàng　無中生有地説人壞
話，破壞別人的名譽 ◆ 誹謗他人是不
當的行為。

誕(诞)　`⸛ 言 訂 証 誕 誕`　誕

[dàn ㄉㄢˋ ⑧ dan⁶ 但]

❶ 出生；生日 ◆ 誕生 / 聖誕。❷ 虛
假的；荒唐的 ◆ 荒誕 / 怪誕。

【誕生】dàn shēng　出生 ◆ 孫中山先
生誕生在廣東香山縣翠亨村。

【誕辰】dàn chén　生日。帶莊重色彩，
多用於受尊敬的人 ◆ 今天是這位傑出
科學家的百年誕辰。

諛(谀)　`⸜ 言 訂 諂 諂 諛`　諛

[yú ㄩˊ ⑧ jy⁴ 如]

用好聽的話去迎合、討好人 ◆ 阿諛逢迎。

誰(谁)　`⸜ 言 訓 訢 誰 誰`　誰

[shéi/shuí ㄕㄟˊ/ㄕㄨㄟˊ ⑧ sœy⁴ 垂]

❶ 疑問代詞，甚麼人 ◆ 誰説的 / 你
找誰？❷ 不定代詞，無論何人；任何
人 ◆ 誰都不准進去 / 誰也不甘心。

論(论)　`⸜ 言 訃 訃 諭 諭`　論

〈一〉[lùn ㄌㄨㄣˋ ⑧ lœn⁶ 吝]

❶ 分析、説明道理 ◆ 評論 / 論述 / 辯
論。❷ 分析、説明道理的言論、文章
◆ 社論 / 長篇大論。❸ 衡量；評定
◆ 論功行賞 / 按質論價。❹ 按照 ◆
論斤計價。

〈二〉[lún ㄌㄨㄣˊ ⑧ lœn⁶ 吝/lœn⁴ 倫]

❺《論語》：古書名，是由孔子的弟子
記錄孔子言行的書。

【論述】lùn shù　分析、説明 ◆ 本文
論述了天才與勤奮的關係。

【論據】lùn jù　議論中用來證實論點
的根據。論據主要是典型的事實或公認
的道理 ◆ 論據不充足，就缺乏説服
力。

【論點】lùn diǎn　議論中闡述的觀點、
見解 ◆ 這篇議論文論點鮮明，論據
充分，很有説服力。

◁論調、論壇、論斷

◁言論、爭論、定論、討論、理論、結
論、輿論、議論、高談闊論

諍(诤)　`⸜ 言 訂 諍 諍 諍`　諍

[zhèng ㄓㄥˋ ⑧ dzɐŋ³ 增³]

直言規勸 ◆ 諍諫 / 諍言。

調(调)　`⸜ 言 訂 訊 調 調`　調

〈一〉[tiáo ㄊㄧㄠˊ ⑧ tiu⁴ 條]

❶ 配合得均勻、適當 ◆ 調味 / 諧調 /
風調雨順。❷ 使和解、諧調 ◆ 調解 /
調整 / 協調。❸ 挑逗；戲弄 ◆ 調戲 /
調情。❹ 保養身體 ◆ 調理 / 調養。

〈二〉[diào ㄉㄧㄠˋ ⑧ diu⁶ 掉]

❺ 更換 ◆ 調換 / 對調。❻ 分派；安
排 ◆ 調遣 / 調度。❼ 察訪 ◆ 調查。
❽ 樂曲的調子 ◆ 曲調 / 民間小調。❾
語音的高低升降變化 ◆ 聲調 / 語調。

【調皮】tiáo pí　頑皮；不聽話 ◆ 男孩
子一般都比較調皮。⑫ 老實。

【調和】tiáo hé　❶ 配合適當；諧調 ◆
這幅油畫色彩調和。❷ 勸説雙方和好
◆ 他們兩人關係緊張，要設法調和一
下。⑩ 調解。

【調查】diào chá　深入考察、弄清實
際情況 ◆ 中國每隔幾年要進行一次
人口調查。

【調動】diào dòng　❶ 變動；更換 ◆
他已多次調動工作單位。❷ 動員；激
發 ◆ 老師要善於調動學生的學習積
極性。

【調節】tiáo jié　調整，使適合要求 ◆
這種水龍頭，可以用來自由調節水溫。

【調解】tiáo jiě　勸説雙方和解 ◆ 還是
你出面調解比較合適。⑩ 調和。

【調整】tiáo zhěng　改變原先的計劃、
安排，使適應客觀需要 ◆ 根據市場需
求，調整產品結構。

【調劑】tiáo jì　加以調整，使安排適
當 ◆ 適當的娛樂，可以調劑生活。

【調兵遣將】diào bīng qiǎn jiàng　遣：
派遣。調動、派遣將士；泛指調用人員
◆ 雙方主教練頻繁地調兵遣將，力求
取勝。

【調虎離山】diào hǔ lí shān　比喻用計
謀使對方離開原來的地方 ◆ 我們用的
是聲東擊西、調虎離山之計。

◁失調、格調₂、基調₂、情調₂、單調₂、
強調₂、油腔滑調₂、南腔北調₂

諂(谄)　`⸜ 言 訒 訒 諂 諂`　諂

[chǎn ㄔㄢˇ ⑧ tsim² 簽²]

見 "諂媚"。

【諂媚】chǎn mèi　用好聽的話恭維人；
用卑賤的態度討好人 ◆ 她公開諂媚上
司，令人側目。

諒(谅)　`⸜ 言 訂 訴 諒 諒`　諒

[liàng ㄌㄧㄤˋ ⑧ lœŋ⁶ 亮]

❶ 寬容；不計較 ◆ 原諒 / 體諒。❷
料想 ◆ 諒必收到 / 諒他不會來了。

【諒解】liàng jiě　明瞭情況後給予原諒
◆ 今天來賓很多，招待不周，請各位
諒解。⑩ 包涵。

諄(谆)　`⸜ 言 訐 諄 諄 諄`　諄

[zhūn ㄓㄨㄣ ⑧ dzœn¹ 津]

懇切 ◆ 諄囑。

【諄諄】zhūn zhūn　誠懇而有耐心 ◆
諄諄教導 / 諄諄教誨。

（注意）"諄" 不讀 chún（淳）或 dūn（敦）。

⁸ 談 (谈)
言 言 言 言' 言' 談 談 談

[tán ㄊㄢˊ 粵tam⁴ 譚]

❶ 説；彼此對話 ◆ 談話／交談。❷
所説的話；言論 ◆ 奇談怪論／誇誇其
談。❸ 姓。

【談吐】tán tǔ 談話時的用語和態度
◆ 從談吐可以看出一個人的學識修養。

【談判】tán pàn 兩方或多方就需要解
決的問題進行會談 ◆ 兩國就邊界劃分
進行談判，取得進展。

【談論】tán lùn 議論 ◆ 現在大家都
在談論盜版光碟問題。

【談天説地】tán tiān shuō dì 指海闊天
空、漫無邊際地閒談 ◆ 幾個人坐在茶
館裏談天説地，逍遙自在。

【談笑風生】tán xiào fēng shēng 形容
談話生動有趣，有説有笑，氣氛活躍 ◆
幾個年輕人在一起談笑風生，非常愉快。

☑ 商談、高談闊論、促膝談心、紙上談
兵、老生常談、無稽之談

⁸ 誼 (谊)
言 言 言' 言' 誼 誼 誼

[yì ㄧˋ 粵ji⁶ 二]

交情 ◆ 友誼／情誼／深情厚誼。

⁹ 謀 (谋)
言 言 言 言' 謀 謀 謀

[móu ㄇㄡˊ 粵meu⁴ 牟]

❶ 計策 ◆ 計謀／有勇無謀。❷ 計
劃；尋求 ◆ 謀生／謀劃／謀財害命。
❸ 商量 ◆ 不謀而合。

【謀生】móu shēng 為維持生活而尋求
出路 ◆ 為了謀生，父母日夜外出工作。

【謀求】móu qiú 想辦法尋求 ◆ 公司
大力招聘人才，謀求更大的發展。

【謀害】móu hài 暗中設法殺害或陷害
◆ 岳飛是被秦檜謀害死的。

【謀略】móu lüè 計謀和策略 ◆ 諸葛
亮用兵的謀略至今仍為人們所稱道。

【謀殺】móu shā 暗中設法殺害 ◆ 警
方及時偵破了這起謀殺案。

【謀劃】móu huà 制定計劃；想辦法
◆ 這家公司正在謀劃擴大產品出口。

☑ 陰謀、圖謀、出謀劃策、深謀遠慮、
足智多謀

⁹ 諜 (谍)
言 言 言' 言' 諜 諜 諜

[dié ㄉㄧㄝˊ 粵dip⁹ 碟]

❶ 祕密刺探敵情 ◆ 諜報。❷ 祕密
探敵情的人員 ◆ 間諜。

⁹ 諫 (谏)
言 言 言' 言' 諫 諫 諫

[jiàn ㄐㄧㄢˋ 粵gan³ 澗]

直言相勸，使改正錯誤 ◆ 進諫／納諫。

⁹ 諧 (谐)
言 言 言' 言' 諧 諧 諧

[xié ㄒㄧㄝˊ 粵hai⁴ 鞋]

❶ 配合得好；協調 ◆ 諧調／和諧。
❷ 説話風趣，引人發笑 ◆ 詼諧。

【諧音】xié yīn 字詞的讀音相同或相
近。利用諧音，可以構成意義雙關，
增加表達的幽默感。如 "東邊日出西邊
雨，道是無晴卻有晴"，"晴" 和 "情"
諧音雙關；歇後語 "外甥打燈籠——照
舅"，"舅" 與 "舊" 諧音雙關。

【諧調】xié tiáo 配合得好 ◆ 他們既
分工，又合作，工作很諧調。⊜ 協調。

⁹ 諾 (诺)
言 言 言' 言' 諾 諾

[nuò ㄋㄨㄛˋ 粵nok⁹]

答應；允許 ◆ 許諾／諾言。

【諾言】nuò yán 答應過別人的話 ◆
履行諾言是講信用的表現。

☑ 承諾、一諾千金

⁹ 謁 (谒)
言 言 言' 謁 謁 謁

[yè ㄧㄝˋ 粵jit⁸ 咽]

拜見；進見 ◆ 謁見／拜謁。

(注意) "謁" 多用於下級、晚輩去見上級、
長輩。

⁹ 謂 (谓)
言 言 言' 謂 謂 謂

[wèi ㄨㄟˋ 粵wei⁶ 胃]

❶ 説 ◆ 所謂／可謂精妙絕倫。❷ 稱為；
叫做 ◆ 稱謂 "書聖" ／何謂超音速？

⁹ 諷 (讽)
言 言 言' 諷 諷 諷

[fěng ㄈㄥˇ 粵fung³ 風³]

用含蓄的話責備、譏笑或勸告 ◆ 諷刺／
譏諷。

【諷刺】fěng cì 用比喻、誇張等手法
含蓄或尖刻地對錯誤的、不良的或愚昧
的言行進行揭露、批評或嘲笑 ◆ 這幅
漫畫諷刺了某些人愛吹牛的行為。⊜
嘲諷。

☑ 借古諷今、冷嘲熱諷

⁹ 諺 (谚)
言 言 言' 言' 諺 諺

[yàn ㄧㄢˋ 粵jin⁶ 現]

見 "諺語"。

【諺語】yàn yǔ 民間流傳的俗話，
多反映深刻的道理或某方面經驗的總
結，如 "上梁不正下梁歪"、"只要功夫
深，鐵杵磨成針"、"人心齊，泰山移"。

⁹ 諮
同 "咨" 字，見 77 頁。

⁹ 諱 (讳)
言 言 言' 言' 諱 諱

[huì ㄏㄨㄟˋ 粵wei³ 畏／wei⁵ 偉（語）]

❶ 有顧忌而不敢説或不願説 ◆ 忌諱／
直言不諱。❷ 忌諱的事情 ◆ 避諱／
犯諱。

【諱疾忌醫】huì jí jì yī 不承認自己
有病，不肯接受治療。比喻掩飾自己的
毛病，不願接受批評幫助 ◆ 對自己的
缺點不應該採取諱疾忌醫的態度。

☑ 隱諱、毋庸諱言

¹⁰ 講 (讲)
言 言' 言' 講 講 講

[jiǎng ㄐㄧㄤˇ 粵gong² 港]

❶ 説；談 ◆ 講話／三天三夜也講不
完。❷ 解釋；説明 ◆ 講課／擺事實
講道理。❸ 注重 ◆ 講衛生／講信譽。
❹ 商議 ◆ 講和／講價錢。

【講求】jiǎng qiú 追求；注重 ◆ 工作
要講求效率。⊜ 講究。

【講究】jiǎng·jiu ❶ 重視；追求 ◆
祕書小姐很講究儀表。⊜ 講求。

值得注意或探討的東西 ◆ 書法是一門藝術，裏面大有講究。❸ 考究；精美 ◆ 房間的佈置很講究。

【講述】jiǎng shù　説；説出來 ◆ 請你把事情的來龍去脈講述一遍。⑩ 敍説。

【講解】jiǎng jiě　解釋；説明 ◆ 這堂課講解電腦的操作方法。

¹⁰ 謊（谎）言 言 言 訃 諄 謊 謊　謊
[huǎng ㄏㄨㄤˇ ⑧ fɔŋ¹ 方]
假話 ◆ 説謊 / 謊話。

【謊言】huǎng yán　假話；不合事實的言論 ◆ 謊言不能掩蓋事實真相。
☑ 撒謊、彌天大謊

¹⁰ 謝（谢）言 言 言 訃 諍 謝 謝　謝
[xiè ㄒㄧㄝˋ ⑧ dzɛ⁶ 樹]
❶ 表示感激 ◆ 感謝 / 致謝。❷ 道歉；認錯 ◆ 謝罪。❸ 委婉拒絕；推辭 ◆ 謝絕 / 閉門謝客。❹ 花凋落；衰退 ◆ 凋謝 / 新陳代謝。❺ 姓。

【謝絕】xiè jué　婉轉地拒絕 ◆ 父親謝絕了一家公司的聘請。

【謝幕】xiè mù　演出結束後演員到台前向觀眾致謝 ◆ 全體演員在觀眾熱烈的掌聲中登台謝幕。
☑ 謝天謝地
☑ 答謝、道謝、酬謝

¹⁰ 謄（誊）月 肀 肀 胖 腾 謄　謄
[téng ㄊㄥˊ ⑧ tɐŋ⁴ 騰]
照原稿抄寫 ◆ 謄寫 / 謄在本子上。

¹⁰ 謠（谣）言 訃 訝 諮 諮 謠 謠　謠
[yáo ㄧㄠˊ ⑧ jiu⁴ 搖]

❶ 口頭傳唱、沒有音樂伴奏的歌 ◆ 歌謠 / 民謠 / 童謠。❷ 沒有事實根據的傳言 ◆ 謠言 / 造謠。

【謠言】yáo yán　沒有事實根據的言論 ◆ 不要聽信謠言。

【謠傳】yáo chuán　謠言流傳；流傳的謠言 ◆ 社會上謠傳這家公司快要倒閉了 / 這種謠傳你也相信嗎？
☑ 闢謠

¹⁰ 謅（诌）言 言 訃 訣 詞 謅　謅
[zhōu ㄓㄡ ⑧ dzɐu¹ 周]
隨口亂説 ◆ 胡謅。

¹⁰ 謗（谤）言 訃 訝 誇 謗 謗　謗
[bàng ㄅㄤˋ ⑧ bɔŋ³ 邦³]
惡意地説人壞話；誣陷人 ◆ 誹謗 / 譭謗。

¹⁰ 謎（谜）言 訃 謎 謎 謎 謎　謎
[mí ㄇㄧˊ ⑧ mɐi⁴ 迷]
❶ 見“謎語”。❷ 指難以理解或還沒弄明白的事情 ◆ 這件事至今還是個謎。

【謎底】mí dǐ　❶ 謎語的答案 ◆ 有些謎語的謎底不容易猜出來。❷ 比喻事情的真相 ◆ 這起倉庫失竊案的謎底終於被揭穿，原來是管理人員監守自盜。

【謎面】mí miàn　見“謎語”。

【謎語】mí yǔ　一種暗指某個事物或文字供人猜測的詞句，分謎面和謎底兩部分。如謎面“十八子”，謎底是“李”字。
☑ 字謎、啞謎、猜謎、燈謎

¹⁰ 謙（谦）言 訃 訝 誄 諛 謙　謙
[qiān ㄑㄧㄢ ⑧ him¹ 欠¹]
虛心；不自滿 ◆ 謙虛 / 謙恭有禮。

【謙虛】qiān xū　虛心；不驕傲；不自滿 ◆ 謙虛是一種美德。⑩ 驕傲。

【謙遜】qiān xùn　謙虛而恭敬 ◆ 他為人謙遜，平易近人。⑩ 傲慢。

【謙讓】qiān ràng　謙虛地推讓，把方便、好處、榮譽、職位等讓給別人 ◆ 這個獎勵你受之無愧，不必謙讓了。

☑ 過謙、滿招損，謙受益

¹¹ 謹（谨）言 言 訃 諄 諱 謹 謹　謹
[jǐn ㄐㄧㄣˇ ⑧ gɐn² 緊]
❶ 小心慎重 ◆ 謹慎 / 謹防假冒。❷ 鄭重；恭敬 ◆ 謹啟 / 謹致謝忱。

【謹慎】jǐn shèn　小心；慎重 ◆ 一言一行都要格外謹慎，免得出錯。⑩ 草率、粗心。

【謹小慎微】jǐn xiǎo shèn wēi　對細小的事情過分小心謹慎，甚至流於畏縮 ◆ 謹小慎微的人做不了大事。⑩ 粗枝大葉。
☑ 拘謹、嚴謹

¹¹ 謾（谩）言 訃 誣 謾 謾 謾　謾
〈一〉[màn ㄇㄢˋ ⑧ man⁶ 慢]
❶ 輕視；無禮 ◆ 謾罵。
〈二〉[mán ㄇㄢˊ ⑧ man⁴ 蠻]
❷ 欺騙；蒙蔽 ◆ 欺謾。

【謾罵】màn mà　用輕視、嘲笑的口吻罵 ◆ 有事可以好好商量，怎麼能隨意謾罵呢？

¹¹ 謬（谬）言 訃 謬 誤 誤 謬　謬
[miù ㄇㄧㄡˋ ⑧ mɐu⁶ 茂]
錯誤；差錯 ◆ 謬誤 / 荒謬。

【謬誤】miù wù　錯誤；差錯 ◆ 這本書質量低劣，謬誤不少。

【謬論】miù lùn　極其錯誤的言論 ◆ 這種謬論不值一駁。

¹² 譚（谭）言 訃 訝 諢 諢 譚　譚
[tán ㄊㄢˊ ⑧ tam⁴ 談]
姓。

¹² 譁（哗）言 訝 訝 諢 譁 譁　譁
[huá ㄏㄨㄚˊ ⑧ wa¹ 娃]
人聲雜亂吵鬧 ◆ 喧譁 / 譁眾取寵。

【譁眾取寵】huá zhòng qǔ chǒng　用迎合眾人的言行來博得誇獎或擁護 ◆ 言行要實事求是，不要譁眾取寵。

¹² 識 (识) 言 言 訂 訐 諳 識 識 **識**

〈一〉[shí ㄕˊ ⑧sik⁷ 式]

❶ 認得；知道；能辨別 ◆ 識字／認識／老馬識途。❷ 見解；知識 ◆ 常識／見多識廣。

〈二〉[zhì ㄓˋ ⑧dzi³ 志]

❸ 記住 ◆ 博聞強識。❹ 記號。同"誌"字 ◆ 標識。

【識別】shí bié 辨別；分辨 ◆ 集郵者要會識別真假郵票。

【識破】shí pò 看穿；看清真相 ◆ 一切偽裝都被他識破了。

▷ 見識、學識、膽識、目不識丁

¹² 譜 (谱) 言 言' 評 評 譜 譜 **譜**

[pǔ ㄆㄨˇ ⑧pou² 普]

❶ 按照事物的類別或系統編成的表冊、圖書 ◆ 家譜／年譜。❷ 作示範的圖形、樣本 ◆ 棋譜／畫譜。❸ 指用符號記錄下來的樂曲曲調 ◆ 曲譜／樂譜。❹ 為歌詞作曲 ◆ 譜曲。❺ 大致的準則、打算 ◆ 這件事做得太離譜了／心裏還沒譜。

◁ 譜寫

▷ 食譜、五線譜

¹² 證 (证) 言 言' 訝 訝 諮 證 **證**

[zhèng ㄓㄥˋ ⑧dzing³ 政]

❶ 用事實或道理來表明、斷定真偽 ◆ 證明／出庭作證。❷ 憑據；用來表明、斷定真偽的人或事物 ◆ 證據／證件／身份證。

【證件】zhèng jiàn 證明身份、學歷等的文本。如身份證、工作證、護照等 ◆ 收件人憑有效證件到郵局領取郵件。

【證明】zhèng míng ❶ 用人或事物來說明或斷定真偽 ◆ 在場的人都可以證明，是他先動手打人。❷ 說明或斷定真實性的材料 ◆ 這些贓物就是有力的證明。⑩ 證據、憑證。

【證書】zhèng shū 證明資格、權力等的文件 ◆ 他拿到了大學畢業證書。⑩ 證件。

【證實】zhèng shí 證明並確定；證明

是確實的 ◆ 用甚麼來證實你的身份呢／你是香港居民的身份已經得到證實。

【證據】zhèng jù 用來證明真實性的可靠材料 ◆ 講話要有證據，不能冤枉好人。⑩ 憑據、憑證。

▷ 人證、公證、考證、見證、物證、保證、旁證、論證、簽證、鐵證如山

¹² 譏 (讥) 言 言 訅 諮 諮 譏 **譏**

[jī ㄐㄧ ⑧gei¹ 基]

諷刺；挖苦 ◆ 譏笑／譏諷。

【譏笑】jī xiào 諷刺和嘲笑 ◆ 我們不應該譏笑身體有缺陷的人。

【譏諷】jī fěng 諷刺挖苦 ◆ 我們要幫他克服缺點，不能譏諷他。

¹³ 警 (警) ⺮ ⺮ 芍 苟 敬 **警**

[jǐng ㄐㄧㄥˇ ⑧ging² 景]

❶ 防備；戒備 ◆ 警戒／警衛。❷ 提醒人注意 ◆ 警告／警鐘長鳴。❸ 險情；危急的消息 ◆ 報警／火警。❹ 感覺敏銳 ◆ 警覺／機警。❺ 警察的簡稱 ◆ 警署／刑警／巡警。

【警句】jǐng jù 含義深刻、發人深省的簡練的語句。如"人無遠慮，必有近憂"、"有志者，事竟成"、"路遙知馬力，日久見人心"。

【警戒】jǐng jiè ❶ 武裝部隊為防備敵人襲擊或防止發生意外事件而採取防衛戒備措施 ◆ 為了防止騷亂，警方加強警戒。❷ 告誡；引起人注意、警惕 ◆ 昨天水位已超過警戒線。

【警告】jǐng gào ❶ 提醒；告誡 ◆ 主裁判向一名球員提出口頭警告。❷ 一種處分 ◆ 他受過警告處分。

【警惕】jǐng tì 對可能發生的危險或錯誤保持敏銳的感覺，並有所戒備 ◆

山路狹窄，彎道多，駕車要特別提高警惕。⑩ 警覺。⑰ 疏忽。

【警報】jǐng bào 告誡民眾將發生某種嚴重情況的通知或信號 ◆ 今天天文台發佈了颱風緊急警報。

【警覺】jǐng jué 對危險或意外情況有敏銳的感覺 ◆ 海關人員提高警覺，打擊走私活動。⑩ 警惕。

▷ 警方、警官、警員、警察

▷ 民警、交通警

¹³ 譯 (译) 言 言' 評 評 譯 譯 **譯**

[yì ㄧˋ ⑧jik⁹ 亦]

翻譯：把一種語言文字翻成另一種語言文字 ◆ 譯文／口譯／中譯英。

¹³ 譽 (誉) ⼁ ⺊ 俏 俏 與 與 **譽**

[yù ㄩˋ ⑧jy⁶ 預]

❶ 稱讚 ◆ 稱譽／讚譽。❷ 好名聲 ◆ 名譽／榮譽／信譽。

▷ 聲譽、沽名釣譽

¹³ 議 (议) 言 訂 評 詳 議 **議**

[yì ㄧˋ ⑧ji⁵ 以]

❶ 商量；談論 ◆ 商議／議論紛紛／竊竊私議。❷ 意見；言論 ◆ 建議／倡議／街談巷議。

【議員】yì yuán 見"議會"條。

【議程】yì chéng 會議進行的程序；會議討論有關問題的程序 ◆ 大會議程已經確定／到今天，大會的議程已經過半。

【議會】yì huì 某些國家的最高立法機關，一般設上、下兩院（或參議院和眾議院）。議會成員稱議員，由選舉產生 ◆ 總統宣佈解散議會。

⒀注意 "議會"也叫"議院"、"國會"。

【議論】yì lùn 談論；發表意見或發表的意見 ◆ 對這件事，大家議論紛紛／對這件事，有各種各樣的議論。

◁ 議決、議事、議題

▷ 決議、抗議、爭議、協議、非議、異議、提議、會議、不可思議

13 譬 尸 尼 尼 辟 辟 辟 辟

[pì ㄆㄧˋ ⓟpei³ 屁]

打比方 ◆ 譬如。

【譬如】pì rú 比如；好比。用來打比方 ◆ 中國人喜歡以花比人，譬如菊花，就用來代表君子。

14 護(护) 言 言 言 謢 護 護

[hù ㄏㄨˋ ⓟwu⁶ 戶]

❶ 保衛；保護 ◆ 護航 / 愛護。❷ 掩蓋；包庇 ◆ 袒護 / 庇護。

【護士】hù ·shi 醫療單位中從事護理工作的人員 ◆ 姐姐在醫院當護士。

【護理】hù lǐ 為病人康復，配合醫生治療、照料病人生活等工作 ◆ 護士長有豐富的護理經驗。

【護短】hù duǎn 對自己或有關的人的缺點或過失加以掩飾、辯護 ◆ 孩子有過失，父母不要為他護短。

【護照】hù zhào 由本國主管機關發給出國公民用以證明身份的證件 ◆ 請出示護照。

🈶護送、護衛

🈶掩護、維護、擁護

4 譴(谴) 言 訓 訓 譴 譴 譴

[qiǎn ㄑㄧㄢˇ ⓟhin² 顯]

申斥；責備 ◆ 譴責。

【譴責】qiǎn zé 責備；斥責 ◆ 他的不道德行為受到了人們的譴責。

4 辯

見辛部，416頁。

5 讀(读) 言 訁 讀 讀 讀 讀

〈一〉[dú ㄉㄨˊ ⓟduk⁹ 毒]

❶ 照着文字唸出聲音來 ◆ 朗讀 / 宣讀。❷ 看書 ◆ 閱讀 / 讀者。❸ 指上學；學習研究 ◆ 讀五年級 / 攻讀理科。

〈二〉[dòu ㄉㄡˋ ⓟdeu⁶ 逗]

❹ 語句中的停頓 ◆ 句讀。

【讀者】dú zhě 閱讀書籍、文章的人 ◆ 這份晚報擁有廣大的讀者。

【讀物】dú wù 供閱讀的書籍報刊等 ◆ 這家出版社出版了許多優秀的兒童讀物。

【讀書】dú shū ❶ 照着書本唸 ◆ 課室裏傳來琅琅的讀書聲。🈶唸書。❷ 指學習課業 ◆ 讀書不用功，哪來好成績？❸ 指上學 ◆ 我和弟弟都是六歲開始讀書，十二歲小學畢業。

16 變(变) 言 結 結 結 辯 變 變

[biàn ㄅㄧㄢˋ ⓟbin³ 邊³]

❶ 事物的性質、形態有了更改，跟原來的不同 ◆ 變化 / 變更 / 變得面目全非了。❷ 突然發生的重大事件 ◆ 政變 / "七·七" 蘆溝橋事變。

【變化】biàn huà 事物改變原來的狀況 ◆ 新機場的建成，使赤鱲角發生了巨大的變化。

【變形】biàn xíng 改變了原來的形狀、樣子 ◆ 這傢具已經受潮變形。

【變更】biàn gēng 變動；改變 ◆ 把學的內容稍作變更。

注意 "更" 不讀 gèng。

【變遷】biàn qiān 變化轉移 ◆ 隨着時代的變遷，人們的價值觀也在改變。

【變本加厲】biàn běn jiā lì 變得比原來更加嚴重 ◆ 他不思悔改，變本加厲地偷竊他人錢財。

注意 "變本加厲" 多用於貶義。

【變幻無常】biàn huàn wú cháng 形容變化沒有規則，不可捉摸 ◆ 這裏的天氣忽冷忽熱，忽陰忽晴，變幻無常。

🈶變幻、變故、變卦、變質

🈶巨變、改變、突變、演變、轉變、千變萬化、一成不變、隨機應變

17 讒(谗) 言 語 諂 誚 讒 讒 讒

[chán ㄔㄢˊ ⓟtsam⁴ 慚]

説陷害人的壞話 ◆ 讒言。

17 讓(让) 訁 譁 譲 譲 讓 讓 讓

[ràng ㄖㄤˋ ⓟjœŋ⁶ 樣]

❶ 不跟人爭 ◆ 謙讓 / 退讓 / 孔融讓梨。❷ 把東西轉給他人 ◆ 讓位 / 轉讓。❸ 使；允許 ◆ 讓他去罷 / 讓人把話説完。❹ 躲閃；避開 ◆ 讓路 / 請讓開點兒。❺ 被 ◆ 兔子讓狼叼走了 / 不要讓困難給嚇倒了。

【讓步】ràng bù 在爭執中作出妥協，放棄自己的某些看法或利益 ◆ 大家要互相讓步，不要爭吵不休。🈶妥協。

🈺堅持。

🈶讓座

🈶出讓、忍讓、割讓、當仁不讓

17 讕(谰) 訁 訐 訶 訶 讕 讕 讕

[lán ㄌㄢˊ ⓟlan⁵ 懶]

見 "讕言"。

【讕言】lán yán 毀壞他人名譽，無中生有的話 ◆ 這種無恥讕言不值一駁。

19 讚(赞) 言 訁 讚 讚 讚 讚 讚

[zàn ㄗㄢˋ ⓟdzan³ 贊]

誇獎；頌揚 ◆ 稱讚 / 讚不絕口。

【讚美】zàn měi 稱讚；誇獎 ◆ 遊客參觀過七星巖後，無不由衷地讚美大自然的鬼斧神工。

【讚許】zàn xǔ 肯定並稱讚 ◆ 他拾金不昧，受到母親的讚許。

【讚揚】zàn yáng 稱讚表揚 ◆ 這種見義勇為的精神值得讚揚。

【讚歎】zàn tàn 稱讚；讚美 ◆ 這孩子還不足十歲，鋼琴卻彈得如此之好，令人讚歎不已。

【讚賞】zàn shǎng 讚美賞識 ◆ 上司對他的突出表現十分讚賞。

谷 部

0 谷 八 八 夕 公 谷 谷

[gǔ ㄍㄨˇ ⓟguk⁷ 菊]

❶ 兩山之間的夾道；兩山之間凹陷的地帶 ◆ 山谷 / 峽谷 / 深谷。❷ 姓。❸ "穀" 的簡化字，見312頁。

² 卻　見卩部，63 頁。

⁴ 欲　見欠部，223 頁。

¹⁰ 豁　⼧⼧⼧害害豁 豁
〈一〉[huō ㄏㄨㄛ 粵kut⁸ 括]
❶裂開；殘缺 ◆ 豁口／豁嘴。❷捨棄 ◆ 豁出性命。
〈二〉[huò ㄏㄨㄛˋ 粵kut⁸ 括]
❸敞開；開闊 ◆ 豁亮／豁然開朗。❹免除 ◆ 豁免。

¹⁰ 谿　"溪"的異體字，見 251 頁。

豆 部

⁰ 豆　一丆冃昮豆豆 豆
[dòu ㄉㄡˋ 粵dɐu⁶ 竇]
❶豆類植物及其種子 ◆ 大豆／蠶豆／綠豆。❷形狀像豆粒的東西 ◆ 花生豆／紅豆生南國。
【豆腐】dòu·fu 一種豆製品。在煮開的豆漿中加入石膏、鹽滷或葡萄糖酸內酯等凝結劑，壓去多餘的水份而成 ◆ 豆腐營養豐富。
▷目光如豆

³ 豈（豈）⼀⼭⼭岂岂豈 豈
[qǐ ㄑㄧˇ 粵hei² 起]
表示反問的語氣，相當於"哪裏"、"難道"、"怎麼" ◆ 豈有此理／豈不是巧合嗎？
【豈敢】qǐ gǎn 怎麼敢 ◆ 學校的規定我豈敢違反？
【豈有此理】qǐ yǒu cǐ lǐ 哪有這種道理。用於對不合情理的事表示氣憤 ◆ 明明是自己不對，還要反咬一口，真是豈有此理！

⁵ 壹　見士部，99 頁。

⁵ 短　見矢部，301 頁。

⁵ 登　見癶部，290 頁。

⁸ 豎（竖）一ㄱㄅ手臣臤豎 豎
[shù ㄕㄨˋ 粵sy⁶ 樹]
❶直立的，垂直的；跟"橫"相對 ◆ 豎排／豎寫。❷使直立 ◆ 豎電線杆／把旗杆豎起來。❸漢字筆畫名稱之一，指從上到下的直筆。如"中"字的最後一筆。
【豎立】shù lì 物體直立 ◆ 路旁豎立着一根根電線杆。⊘橫卧。
▷橫豎、橫七豎八

⁸ 豌  豌
[wān ㄨㄢ 粵wun¹ 碗¹]
豌豆：豆類植物，種子、嫩葉可以吃。

¹¹ 豐（丰）⼀⼌⼌豐豐豐 豐
[fēng ㄈㄥ 粵fuŋ¹ 風]
❶多；富足 ◆ 豐收／豐盛／豐衣足食。❷大 ◆ 豐功偉績／歷史豐碑。❸姓。
【豐收】fēng shōu 收成好 ◆ 今年中國農業喜獲豐收。⊘歉收。
【豐厚】fēng hòu 豐富；多 ◆ 這份工作報酬豐厚。
【豐盛】fēng shèng 豐富；東西多 ◆ 今天的晚宴菜餚豐盛。
【豐富】fēng fù ❶多；充足 ◆ 中國地域遼闊，物產豐富。❷增多；增加：變得豐富起來 ◆ 學習可以豐富自己的知識。
【豐滿】fēng mǎn 肌肉飽滿，勻稱好看 ◆ 她以前比較瘦小，現在長得豐滿一些了。⊘乾瘦。
⚠ "豐滿"多用來形容身體或身體的一部分。

【豐功偉績】fēng gōng wěi jì 偉大的功績 ◆ 孫中山先生領導辛亥革命，推翻帝制的豐功偉績永垂史冊。
【豐衣足食】fēng yī zú shí 足：充足。吃的穿的都很豐富充足。形容生活富裕 ◆ 這裏的農民也過上了豐衣足食的生活。⊘飢寒交迫。

²¹ 豔（艷） 豔
[yàn ㄧㄢˋ 粵jim⁶ 驗]
❶色彩鮮明美麗 ◆ 豔麗／鮮豔。❷有關愛情方面的 ◆ 豔史／豔事。
【豔麗】yàn lì 鮮豔美麗 ◆ 千姿百態的菊花色彩豔麗，惹人喜愛。

豕 部

⁵ 象（象）⼂⼛⼛各象象 象
[xiàng ㄒㄧㄤˋ 粵dzœŋ⁶ 像]
❶哺乳動物，身軀很大，長鼻子，大耳朵。大多有粗大的門牙，可以製作貴重的工藝品 ◆ 大象／象牙。❷事物的形狀、狀態 ◆ 形象／景象。❸仿 ◆ 象形／象聲。
【象棋】xiàng qí 中國傳統的棋類之一。雙方各有十六個棋子：將（帥）一個，士（仕）、象（相）、車、馬、炮各兩個，兵（卒）各五個。互相攻守，以將死對方為勝。
【象徵】xiàng zhēng ❶用具體事物表示某種意義、情感 ◆ 白鴿象徵和平。❷用來象徵某種思想、情感的具體事物或藝術手法 ◆ 這首詩運用象徵的手法表現了作者的思鄉之情。
▷印象、氣象、現象、萬象更新、包羅萬象

⁶ 豢　⼂⼶兴巻巻豢 豢
[huàn ㄏㄨㄢˋ 粵wan⁶ 患]
飼養牲畜 ◆ 豢養。

豕部

豪

一 士 古 亭 亭 亭 亭 豪

[háo ㄏㄠˊ ⑧hou⁴ 毫]

❶ 才智出眾的人 ◆ 豪傑／文豪。❷ 直爽；有氣魄 ◆ 豪放／豪爽。❸ 感到光榮；值得驕傲 ◆ 自豪／引以為豪。❹ 強橫；強橫的人 ◆ 巧取豪奪／土豪劣紳。❺ 奢侈 ◆ 豪華。❻ 指有錢有勢的 ◆ 豪門／豪富。

【豪放】háo fàng　有氣魄，無拘束 ◆ 他性情豪放，不拘小節。

【豪爽】háo shuǎng　豪放直爽 ◆《水滸傳》中的俠士們個個性格豪爽，仗義疏財。

【豪傑】háo jié　才能出眾的人 ◆ 秋瑾稱得上是女中豪傑。

【豪華】háo huá ❶ 過分奢侈；講排場，擺闊氣 ◆《紅樓夢》中賈府的生活極盡豪華。❷ 精美華麗；富麗堂皇 ◆ 大廳的裝飾十分豪華。

【豪邁】háo mài　胸懷寬廣；氣魄宏大 ◆ 這幅畫顯示了畫家豪邁的氣概。

⌧英豪、富豪

豬（猪）

了 豸 豸 豸 豵 豵 豬

[zhū ㄓㄨ ⑧dzy¹ 朱]

家畜，肉可食用，皮可製革。

豫（豫）

予 予 豫 豫 豫 豫 豫

[yù ㄩˋ ⑧jy⁶ 預]

❶ 猶豫。見"猶"字，273 頁。❷ 河南省的別稱 ◆ 豫劇。

豸部

豺

一 了 了 了 豸 豺 豺

[chái ㄔㄞˊ ⑧tsai⁴ 柴]

哺乳動物，形狀像狼，性情兇殘，會傷害人和牲畜。也叫"豺狗" ◆ 豺狼。

【豺狼】chái láng　豺和狼，兩種兇殘

的野獸。比喻兇惡殘忍的壞人 ◆ 這些作惡多端的豺狼終於落入法網。

【豺狼當道】chái láng dāng dào　豺狼橫臥在路上。比喻壞人掌權 ◆ 過去這裏豺狼當道，好人遭殃。

豹

一 了 了 豸 豹 豹 豹

[bào ㄅㄠˋ ⑧pau³ 炮]

哺乳動物，猛獸。身上有黑色斑紋。性情兇殘，會傷害人和牲畜 ◆ 雪豹、金錢豹。

獵豹是陸地上跑得最快的動物，時速達 113 公里。牠脊柱柔軟，可讓身體像彈簧般伸縮自如；腿骨細長，肌肉強而有力，腳爪像釘子鞋，能緊緊抓着地面。故能跑得很快。

貂

丿 彡 豸 豸 豹 貂 貂

[diāo ㄉㄧㄠ ⑧diu¹ 刁]

哺乳動物，身體細長，四肢較短。種類很多，有紫貂、水貂等。貂皮很珍貴 ◆ 貂皮大衣／狗尾續貂。

貉

丿 彡 豸 豸 豹 豿 貉

[hé ㄏㄜˊ ⑧hɔk⁹ 學]

哺乳動物，形狀像狸，尖頭尖鼻，皮毛很珍貴 ◆ 一丘之貉。

（注意）"貉"不讀 gè（各）。

貍（狸）

丿 彡 豸 豹 豹 豹 貍

[lí ㄌㄧˊ ⑧lei⁴ 離]

貍貓：哺乳動物，性兇猛，吃鳥、鼠等小動物。毛皮可做衣服，俗稱野貓。

貌

丿 彡 豸 豹 豿 豹 貌

[mào ㄇㄠˋ ⑧mau⁶ 矛⁶]

❶ 相貌；面容 ◆ 容貌／其貌不揚／不可以貌取人。❷ 外表；外觀形象 ◆ 外貌／全貌／貌似強大。

【貌似】mào sì　表面上看起來像 ◆ 這樣處理，貌似公正，實際上偏袒一方。

【貌合神離】mào hé shén lí　神：內心。表面上親密和好，實際上各懷各的心思 ◆ 他們兩人看上去親密無間，其實是貌合神離。

⌧面貌、風貌、概貌、禮貌、人不可貌相

貓（猫）

丿 彡 豸 豸 豸 豿 貓

[māo ㄇㄠ ⑧mau⁴ 矛/miu¹ 苗/mau¹ 矛（語）]

哺乳動物，家畜，寵物。頭部略圓，善跳躍，腳有利爪，會捉老鼠 ◆ 貓捉老鼠。

【貓頭鷹】māo tóu yīng　益鳥。頭部像貓，眼睛又大又圓。白天藏在樹上，夜間出來捕食鼠、麻雀等 ◆ 貓頭鷹是野鼠的天敵。

⌧貓哭老鼠假慈悲

⌧熊貓

貛（獾）

丿 彡 豸 豸 豿 貓 貛

[huān ㄏㄨㄢ ⑧fun¹ m]

哺乳動物，形狀像野豬。脂肪煉油後可治燙傷 ◆ 貛油。

貝部

貝（贝）

丨 冂 冂 冃 目 目 貝

[bèi ㄅㄟˋ ⑧bui³ 輩]

❶ 有硬殼的軟體動物的總稱 ◆ 貝殼／扇貝。❷ 姓。

【貝殼】bèi ké　貝類動物的硬殼 ◆ 孩子們在海灘上拾貝殼。

⌧寶貝

² 貞 (贞)

丶 亠 广 广 卢 卣 貞　貞

[zhēn ㄓㄣ 粵 dziŋ¹ 晶]

❶ 堅定不移 ◆ 忠貞 / 堅貞不屈。❷ 過去指女子不失身、不改嫁 ◆ 貞節。

² 則

見刀部，51 頁。

² 負 (负)

ⁿ ⁿ ⁿ 竹 竹 自 負　負

[fù ㄈㄨˋ 粵 fu⁶ 付]

❶ 背；承擔 ◆ 負重 / 擔負 / 身負重任。❷ 依仗 ◆ 負隅頑抗。❸ 背棄；違背 ◆ 負約 / 忘恩負義。❹ 失敗；輸了；跟 "勝" 相對 ◆ 不分勝負 / 甲隊負於乙隊。❺ 拖欠 ◆ 負債。❻ 跟 "正" 相對 ◆ 負數 / 負面影響。❼ 享有 ◆ 久負盛名。

【負責】 fù zé ❶ 擔負責任 ◆ 這件事由我負責。❷ 盡到責任 ◆ 他對工作認真負責。

【負荷】 fù hè 承受的負擔 ◆ 這裏人手少，任務重，人人都在超負荷地運行。 ⓘ注意ⓘ "荷" 不讀 hé(何)。粵音讀 h⁶(賀)。

【負擔】 fù dān ❶ 承受 ◆ 學費太高，有的家庭已經負擔不起。❷ 承擔的責任、任務等 ◆ 學生的學業負擔太重了。

【負荊請罪】 fù jīng qǐng zuì 荊：荊條，古時打人的刑具。戰國時趙國大將軍廉頗，對藺相如官位在自己之上不滿，揚言要侮辱他。藺相如顧全大局，處處避讓。廉頗知道後，深感羞愧，便背着荊條，登門請藺相如責罰自己。後用 "負荊請罪" 表示承認錯誤，賠禮道歉 ◆ 這事是我錯了，我是來負荊請罪的。

【負隅頑抗】 fù yú wán kàng 隅：險要的地勢。指憑藉某種條件頑固抵抗 ◆ 警察把兩名負隅頑抗的歹徒制服了。 ⓘ注意ⓘ "負隅頑抗" 含貶義。"隅" 不讀 ǒu(偶)。粵音讀 jy⁴(余)。

Ⓢ 負心、負傷

ⓈⓈ 自負、肩負、抱負、辜負、如釋重負

³ 貢 (贡)

一 丁 工 工 青 青 貢　貢

[gòng ㄍㄨㄥˋ 粵 guŋ³ 供³]

古代臣民或屬國向帝王進獻物品 ◆ 進貢 / 貢品。

【貢獻】 gòng xiàn ❶ 拿出財物、本領、知識等來獻給國家或民眾 ◆ 大家捐款捐物，為災民貢獻一份愛心。❷ 為國家、社會、事業所做的有益的事 ◆ 他為 育事業作出了巨大的貢獻。

³ 財 (财)

丨 冂 目 貝 貝 貯 財　財

[cái ㄘㄞˊ 粵 tsɔi⁴ 才]

金錢、物資的總稱 ◆ 財產 / 錢財。

【財物】 cái wù 錢財和物品 ◆ 大家都要愛護公共財物。

【財產】 cái chǎn 指金錢、物資、土地、房屋等財富 ◆ 私人財產受法律保護。

【財富】 cái fù 有價值的東西 ◆ 礦藏是大自然奉獻給人類的寶貴財富。

Ⓢ 財寶

ⓈⓈ 發財、仗義疏財、勞民傷財

⁴ 責 (责)

一 一 十 主 青 責 責　責

[zé ㄗㄜˊ 粵 dzak⁸ 窄]

❶ 分內應做的事 ◆ 責任 / 盡責。❷ 要求 ◆ 責成 / 責人寬，責己嚴。❸ 質問；批評別人的過錯 ◆ 責問 / 責備 / 指責。

【責任】 zé rèn ❶ 分內應做的事 ◆ 這是我應盡的責任。ⓘ 職責。❷ 因沒有盡責而應當承擔的過失 ◆ 這件事沒有做好，我有責任。

【責怪】 zé guài 指責；埋怨 ◆ 他是好心辦了壞事，不要責怪他了。ⓘ 責備。

【責備】 zé bèi 批評；指責 ◆ 大家都有責任，不要光責備他一個人。ⓘ 責怪。

【責罵】 zé mà 嚴厲地斥責 ◆ 對孩子要多教育、引導，不要責罵。ⓘ 訓斥。

【責無旁貸】 zé wú páng dài 貸：推卸。自己應盡的責任，不能推卸給旁人 ◆ 救死扶傷是醫生責無旁貸的事。

ⓈⓈ 自責、負責、譴責、求全責備

⁴ 販 (贩)

丨 目 貝 貝 貯 貯 販　販

[fàn ㄈㄢˋ 粵 fan³ 泛³]

❶ 買進貨物來出賣 ◆ 販賣 / 販運。❷ 小商人 ◆ 小販 / 商販。

⁴ 敗

見攴部，193 頁。

⁴ 貨 (货)

ノ イ イ 化 代 俗　貨

[huò ㄏㄨㄛˋ 粵 fɔ³ 課]

❶ 商品 ◆ 貨物 / 百貨 / 貨真價實。❷ 錢 ◆ 貨幣 / 硬通貨。❸ 罵人的 ◆ 蠢貨 / 賤貨。

【貨色】 huò sè 貨品 ◆ 超級市場色齊全。

【貨物】 huò wù 供出售的物品 ◆ 店裏貨物不多了，要趕快進貨。

【貨品】 huò pǐn 貨物；出售的物品 ◆ 最近日用百貨的貨品短缺。

【貨幣】 huò bì 錢幣；鈔票。如人幣、港幣、美元、馬克等 ◆ 貨幣貶值。

【貨真價實】 huò zhēn jià shí 貨物宗，價錢實在。也引申指實實在在，有半點虛假 ◆ 這種手錶貨真價實，是買一塊吧 / 他的氣功是貨真價實真功夫。

⁴ 貪 (贪)

ノ 人 人 今 含 貪　貪

[tān ㄊㄢ 粵 tam¹ 探¹]

❶ 求多；不知足 ◆ 貪心 / 貪玩。片面追求；貪圖 ◆ 貪便宜 / 貪生死。❸ 利用職權非法取得財物 ◆ 污 / 貪官污吏。

【貪心】 tān xīn 貪圖得到的心情 ◆ 望大而不知足 ◆ 做生意不可太貪心。

【貪污】 tān wū 利用職務上的便利非法佔有財物的行為 ◆ 公司會計污公款而入獄。

【貪婪】 tān lán 貪心大，不知滿足可用於貶義，也可用於褒義 ◆ 竊賊婪成性，幾乎偷走了所有值錢的東他很好學，乘地鐵時還在貪婪地看書

【貪圖】 tān tú 一心想得到 ◆ 買東不能只貪圖便宜，要注重質量。

【貪得無厭】tān dé wú yàn　厭：滿足。極力想得到更多，沒有滿足的時候 ◆ 這孩子貪得無厭，玩具一大堆，還要吵着買玩具。

【貪贓枉法】tān zāng wǎng fǎ　貪贓：官員接受賄賂。枉法：歪曲、違反法律。指官員貪污受賄，違法亂紀 ◆ 對於貪贓枉法的人必須嚴屬制裁。

貧（贫）丿八分分貧貧　貧

[pín ㄆㄧㄣˊ ⑬pen⁴ 頻]

❶ 窮；跟“富”相對 ◆ 貧窮 / 貧富不均。❷ 不足；缺少 ◆ 貧血 / 貧乏。❸ 話多，令人厭煩 ◆ 貧嘴。

【貧乏】pín fá　缺乏；不足 ◆ 不讀書、不看報的人，知識必然貧乏。⑬豐富。

【貧困】pín kùn　缺少錢物，生活困難 ◆ 市民熱心幫助貧困地區的失學兒童。⑬貧窮、貧苦。⑬富裕。

【貧苦】pín kǔ　缺衣少食，貧窮困苦 ◆ 爺爺出生在一個小山村，童年生活很貧苦。⑬貧困。⑬富裕。

【貧瘠】pín jí　土地不肥沃 ◆ 經過土壤改良，貧瘠的土地變成了良田。

【貧窮】pín qióng　缺少錢物 ◆ 貧窮落後的山區，現在大變樣了。⑬富裕。

☑貧民、貧寒

☑清貧、一貧如洗

貫（贯）ㄥㄐㄩㄐ冊冊貫貫　貫

[guàn ㄍㄨㄢˋ ⑬gun³ 灌]

❶ 連接；穿通 ◆ 聯貫 / 貫穿。❷ 古錢中間有孔，可用繩子穿成串，每串一千個錢叫“一貫” ◆ 腰纏萬貫 / 萬貫家財。❸ 原籍；世代居住的地方 ◆ 籍貫。❹ 姓。

【貫串】guàn chuàn　穿過全過程；連接一系列事物 ◆ 奉獻精神是貫串這

部電影的主旋律。⑬貫穿。

【貫注】guàn zhù　集中精力 ◆ 聽老師講課要全神貫注。

【貫穿】guàn chuān　穿過；貫串 ◆ 港九鐵路從北京起貫穿河北、河南、安徽、江西等省直達香港九龍。

【貫通】guàn tōng　❶ 連接；溝通 ◆ 這條高速公路已經全線貫通。❷ 聯繫起來求得透徹的理解 ◆ 學習要善於舉一反三，融會貫通。

【貫徹】guàn chè　徹底實現或體現。用於意圖、精神、方針、政策、原則、方法等 ◆ 全體隊員貫徹了主教練的作戰意圖。

☑一貫、連貫、魚貫而入

貳（贰）一二弎膏貳貳　貳

[èr ㄦˋ ⑬ji⁶ 二]

❶ 數目字“二”的大寫。❷ 有二心；背叛 ◆ 貳心。

貼（贴）目貝貝貝貼貼貼　貼

[tiē ㄊㄧㄝ ⑬tip⁸ 帖]

❶ 黏附 ◆ 剪貼 / 貼郵票。❷ 靠近；緊挨着 ◆ 貼身 / 貼近。❸ 補助 ◆ 貼補 / 津貼。

【貼切】tiē qiè　確切；恰當 ◆ 這個成語用得很貼切。

【貼心】tiē xīn　心與心靠得很近。形容很親近、很知己 ◆ 她是我最貼心的朋友。⑬知心。

【貼近】tiē jìn　靠得很近 ◆ 寫作要貼近生活，才能感染人心。⑬疏遠。

☑招貼、張貼、體貼

貴（贵）丶口口中中書貴　貴

[guì ㄍㄨㄟˋ ⑬gwai³ 桂]

❶ 價格高；跟“賤”相對 ◆ 昂貴 / 這套衣服太貴。❷ 價值大 ◆ 貴重 / 珍貴。❸ 值得重視 ◆ 可貴 / 人貴有自知之明。❹ 地位高；跟“賤”相對 ◆ 貴族 / 達官貴人。❺ 敬辭 ◆ 貴姓 / 貴國。❻ 貴州省的簡稱 ◆ 雲貴高原。❼ 姓。

【貴重】guì zhòng　價值高 ◆ 請旅客保管好自己的貴重物品。

【貴賓】guì bīn　尊貴的客人。多指外賓 ◆ 校長向貴賓贈送紀念品。

☑名貴、昂貴、高貴、尊貴、富貴、寶貴、兵貴神速、雍容華貴

買（买）、丆口四四冒買　買

[mǎi ㄇㄞˇ ⑬mai⁵ 埋⁵]

❶ 用錢購進物品；跟“賣”相對 ◆ 買書 / 購買。❷ 用金錢等拉攏 ◆ 買通 / 收買。

【買賣】mǎi·mai　生意 ◆ 做買賣要講信譽。

【買通】mǎi tōng　用錢財收買人 ◆ 他們買通海關人員，進行走私活動。

貸（贷）丿ㄟㄧ代代省貸　貸

[dài ㄉㄞˋ ⑬tai³ 太]

❶ 借出或借入 ◆ 貸款 / 借貸。❷ 推卸 ◆ 責無旁貸。❸ 寬恕 ◆ 嚴懲不貸。

貶（贬）目貝貝貶貶貶貶　貶

[biǎn ㄅㄧㄢˇ ⑬bin² 扁]

❶ 降低 ◆ 貶值 / 貶低。❷ 給予不好的評價；跟“褒”相對 ◆ 貶詞 / 貶斥。

【貶低】biǎn dī　有意降低對人或事物的評價 ◆ 貶低別人是為了抬高自己。⑬抬高。

【貶值】biǎn zhí　貨幣價值降低 ◆ 貨幣貶值會引起通貨膨脹。⑬升值。

【貶義】biǎn yì　帶有憎恨、厭惡、輕蔑等否定的意思。如“卑鄙”、“小氣”、“虛偽”等。含有這種意思的詞叫“貶義詞”。⑬褒義。

貿（贸）丶丆ㄠ幻卯留貿　貿

[mào ㄇㄠˋ ⑬meu⁶ 茂]

❶ 買賣；交易 ◆ 貿易 / 外貿。❷ 冒失 ◆ 貿然。

【貿易】mào yì　商品買賣活動 ◆ 附近有一個食品貿易市場。

【貿然】mào rán　冒失地；輕率地 ◆ 他不敲門就貿然闖了進來。

⁵**貯**^(贮) 目 貝 貯 貯 貯 貯 貯　**貯**

[zhù ㄓㄨˋ 粵 dzy² 主/tsy⁵ 柱 (語)]

儲存；積存 ◆ 貯存 / 貯藏室。

【貯存】zhù cún　把暫時不用的錢或物存放起來 ◆ 倉庫裏貯存了很多糧食。同儲存。

【貯藏】zhù cáng　儲藏 ◆ 這瓶酒已經貯藏五年了。

⁵**費**^(费) 一 コ 弔 串 弗 費 費　**費**

〈一〉[fèi ㄈㄟˋ 粵 fei³ 廢]

❶ 消耗；損耗 ◆ 費時 / 白費力氣。❷ 費用；款項 ◆ 經費 / 學費。❸ 姓。

〈二〉[fèi ㄈㄟˋ 粵 bei³ 祕]

❹ 邑名。

【費心】fèi xīn　耗費心思。多用於請人幫忙或表示感謝 ◆ 這件事讓您費心了。同操心。

【費用】fèi·yong　所花的錢；開支 ◆ 這裏的生活費用很高。同花費、開銷。

【費事】fèi shì　耗費力氣；麻煩 ◆ 幫你拿件行李，這並不費事。

【費解】fèi jiě　難懂；不好理解 ◆ 文章中有些話比較費解。

【費盡心機】fèi jìn xīn jī　用盡心思 ◆ 為了開拓市場，經理已費盡心機。

▷ 耗費、消費、浪費、枉費心機、煞費苦心

⁵**賀**^(贺) フ カ カ 加 加 賀 賀　**賀**

[hè ㄏㄜˋ 粵 ho⁶ 荷]

❶ 慶祝；道喜 ◆ 祝賀 / 恭賀新禧。❷ 姓。

【賀卡】hè kǎ　表示祝賀的精美紙片 ◆ 他向同學贈送生日賀卡。

【賀詞】hè cí　表示祝賀的話 ◆ 在公司成立大會上，來賓發表了熱情洋溢的賀詞。

▷ 恭賀、慶賀

⁶**賊**^(贼) 貝 貝 貝 貯 賦 賊　**賊**

[zéi ㄗㄟˊ 粵 tsak⁹ 拆⁹]

❶ 偷東西的人 ◆ 盜賊 / 竊賊。❷ 指危害國家、民族的人 ◆ 賣國賊。❸ 邪惡的；不正派的 ◆ 賊心不死 / 賊頭賊腦。

◁ 賊喊捉賊

◁ 做賊心虛

⁶**賈**^(贾) 一 一 一 一 両 両 両　**賈**

〈一〉[jiǎ ㄐㄧㄚˇ 粵 ga² 假]

❶姓。

〈二〉[gǔ ㄍㄨˇ 粵 gu² 古]

❷商人 ◆ 商賈 / 行商坐賈。❸做買賣 ◆ 長袖善舞，多錢善賈。❹賣 ◆ 餘勇可賈。

⁶**賄**^(贿) 貝 貝 貯 財 賄 賄　**賄**

[huì ㄏㄨㄟˋ 粵 kui² 繪/fui² 灰²]

❶ 為了達到不正當的目的，用財物買通別人 ◆ 賄賂 / 行賄。❷ 用來買通別人的財物 ◆ 受賄。

【賄賂】huì lù　用錢物買通別人；用來買通別人的錢物 ◆ 賄賂別人或接受賄賂都是違法的行為。

⁶**賃**^(赁) ノ ㇒ 亻 仟 仟 任 任　**賃**

[lìn ㄌㄧㄣˋ 粵 jem⁶ 任]

租借 ◆ 租賃 / 出賃房屋。

⁶**賂**^(赂) 貝 貝 貯 敗 敗 賂　**賂**

[lù ㄌㄨˋ 粵 lou⁶ 路]

賄賂。見“賄”字，本頁。

⁶**賅**^(赅) 目 貝 貯 貯 貯 賅 賅　**賅**

[gāi ㄍㄞ 粵 goi¹ 該]

兼備；完備 ◆ 言簡意賅。

⁶**資**^(资) 、 冫 ㇉ ㇉ 次 次　**資**

[zī ㄗ 粵 dzi¹ 支]

❶ 財產；本錢 ◆ 資本 / 資產。❷ 費用；錢 ◆ 郵資 / 工資。❸ 經歷；地位；身份 ◆ 資歷 / 資格 / 資深外交家。❹ 人在智能方面的素質；天賦 ◆ 資質 / 天資。❺ 供給；提供 ◆ 可資參考。

【資本】zī běn　❶ 從事工商業等經濟活動的本錢 ◆ 這家商店資本很雄厚。❷ 比喻進行某種活動的條件 ◆ 大學文憑，是你找工作的資本。

【資助】zī zhù　在經濟上給予幫助 ◆ 是姐姐資助他讀完了大學。

【資金】zī jīn　❶ 國家用來發展經濟的物資或貨幣 ◆ 國家在水利建設方面投入了大量資金。❷ 從事工商業經濟活動的本錢 ◆ 現在正值商業旺季，資金周轉較快。

【資格】zī gé　從事某種工作或活動的條件、身份等 ◆ 他已取得律師資格。

【資料】zī liào　❶ 生產或生活中必需的物資、材料 ◆ 水泥、鋼材、木材等生產資料供應充足。❷ 作為依據的材料 ◆ 這本學習參考資料內容很豐富。

【資產】zī chǎn　財產；資金 ◆ 用資產抵押，向銀行貸款 / 企業資產已入不敷出。

【資源】zī yuán　可供開發利用的物資的源泉 ◆ 科威特的石油資源很豐富

注意 “資源”多指天然的。

◁ 投資、物資

⁷**賒**^(赊) 貝 貝 貯 貯 賒 賒 賒　**賒**

[shē ㄕㄜ 粵 sɛ¹ 些]

買東西時暫不付錢 ◆ 賒欠 / 賒賬。

⁷**賓**^(宾) 、 宀 宀 宇 宇 宀　**賓**

[bīn ㄅㄧㄣ 粵 ben¹ 奔]

客人 ◆ 賓客 / 來賓。

【賓至如歸】bīn zhì rú guī　客人到這裏就像回到自己家裏一樣。形容服務熱情周到 ◆ 住在這家旅館，真有賓至如歸的感覺。

注意 “賓至如歸”多用於賓館、旅館、飯店等。

◁ 貴賓、嘉賓、喧賓奪主

⁸賬(账) 貝 貝 貝 貶 賬 賬 賬 【賬】

[zhàng ㄓㄤˋ ⓟ dzœŋ³ 障]

❶ 錢物進出的記錄 ◆ 賬簿／查賬。
❷ 債務 ◆ 欠賬／還賬。

⁸賦(赋) 貝 貝 賦 賦 賦 賦 賦 【賦】

[fù ㄈㄨˋ ⓟ fu³ 富]

❶ 國民向國家繳納的田地稅 ◆ 賦稅／田賦。❷ 古代的一種文體 ◆ 漢賦／《赤壁賦》。❸ 作詩 ◆ 賦詩一首。❹給予；授給 ◆ 賦予全權。❺ 天資；天賦／稟賦。

⁸賣(卖) 一 十 士 吉 吉 壺 【賣】

[mài ㄇㄞˋ ⓟ mai⁶ 邁]

❶ 用物品換錢；出售；跟 "買" 相對 ◆ 賣水果／拍賣。❷ 背叛 ◆ 出賣朋友／賣國賊。❸ 儘量使出來 ◆ 賣力／賣勁。❹ 故意顯示、表現自己 ◆ 賣弄／倚老賣老。
【賣力】mài lì 把力量都使出來 ◆ 他工作很賣力。
【賣弄】mài·nong 故意在人面前顯示 ◆ 他好賣弄小聰明。
【賣座】mài zuò 指顧客上座率高，如戲院、影院、飯店等 ◆ 這部電影很賣座，票房價值已超過一百萬。
〔同〕賣命、賣藝
〔近〕買賣、販賣、變賣、裝瘋賣傻

賭(赌) 貝 貝 貯 貯 賭 賭 賭 【賭】

[dǔ ㄉㄨˇ ⓟ dou² 睹]

❶ 用錢物作注爭輸贏 ◆ 賭博／賭錢／賭徒。❷ 以預料爭輸贏 ◆ 打賭。
【賭注】dǔ zhù 賭博時押上的錢物 ◆ 警方從地下賭場收繳賭注上百萬。
【賭氣】dǔ qì 因不順心而任性發脾氣 ◆ 她受不了別人的嘲笑，賭氣跑了。

賢(贤) 一 丁 丐 臣 臤 臤 【賢】

[xián ㄒㄧㄢˊ ⓟ jin⁴ 言]

❶ 有德有才 ◆ 賢能／賢明／賢妻良母。❷ 有德有才的人 ◆ 求賢若渴／任人唯賢。❸ 敬辭 ◆ 賢弟／賢姪。
【賢惠】xián huì 指婦女善良而温柔 ◆ 大家都説他娶了個賢惠的妻子。
【賢淑】xián shū 指女子賢惠 ◆ 小姐是個知書達理的賢淑女子。
〔近〕聖賢、禮賢下士

⁸賤(贱) 貝 貝 貯 賤 賤 賤 賤 【賤】

[jiàn ㄐㄧㄢˋ ⓟ dzin⁶ 煎⁶]

❶ 價格低；跟 "貴" 相對 ◆ 賤賣／穀賤傷農。❷ 地位低 ◆ 貧賤／卑賤／出身下賤。❸ 罵人品行不好，自失身份 ◆ 賤貨／賤骨頭。

⁸賜(赐) 貝 貝 貶 貶 賜 賜 【賜】

[cì ㄘˋ ⓟ tsi³ 次]

❶ 賞給（用於上給下，長輩給晚輩）◆賞賜／恩賜。❷ 敬辭 ◆ 賜／賜覆。

⁸賞(赏) 丷 丷 丷 常 常 常 【賞】

[shǎng ㄕㄤˇ ⓟ sœŋ² 想]

❶ 獎勵；獎勵的錢物；跟 "罰" 相對 ◆獎賞／賞罰分明。❷ 讚揚 ◆ 賞識／讚賞。❸ 玩味、領略事物的美 ◆ 欣賞／中秋賞月。❹ 要對方接受邀請或要求的客氣話 ◆ 賞光／賞臉。
【賞識】shǎng shí 讚賞；重視 ◆ 經理很賞識他的開拓精神。
【賞心悦目】shǎng xīn yuè mù 賞心：心情舒暢。悦目：看了舒服。指看到美好的情景，心情舒暢愉快 ◆ 面對這湖光山色，令人賞心悦目。

〔近〕觀賞、鑒賞、雅俗共賞

⁸質(质) 丿 厂 斤 斤 斤 所 【質】

〈一〉[zhì ㄓˋ ⓟ dzɐt⁷ 姪⁷]

❶ 事物的根本特性 ◆ 本質／性質。❷ 產品或工作的優劣程度 ◆ 質量上等／優質產品。❸ 樸實 ◆ 質樸。❹ 責問；詢問 ◆ 質問／質疑。

〈二〉[zhì ㄓˋ ⓟ dzi³ 至]

❺ 抵押；抵押品 ◆ 典質／人質。
【質地】zhì dì 指材料的性質 ◆ 這種木材質地細密堅硬。
【質素】zhì sù 即素質，見 326 頁。
【質問】zhì wèn 用責備的口氣問 ◆這事跟他無關，不要再質問他了。
【質量】zhì liàng 事物的好壞優劣程度◆ 龍井茶質量上乘。
〔近〕物質、品質、實質、變質、體質、文質彬彬

⁸賠(赔) 貝 貯 貯 賠 賠 賠 【賠】

[péi ㄆㄟˊ ⓟ pui⁴ 培]

❶ 償還損失 ◆ 賠款／損壞東西要賠。❷ 向別人道歉、認錯 ◆ 賠不是／賠禮道歉。❸ 虧損；跟 "賺" 相對 ◆ 賠本買賣／一筆交易賠了很多錢。
【賠償】péi cháng 補償對方的損失 ◆玩具賽車是我弄壞的，由我賠償。
【賠禮】péi lǐ 向人認錯 ◆ 這事是我不對，我向你賠禮道歉。
〔近〕賠罪、賠了夫人又折兵
〔近〕索賠

⁹賴(赖) 一 百 市 束 束 剌 【賴】

[lài ㄌㄞˋ ⓟ lai⁶ 籟]

❶ 依靠 ◆ 依賴／賴以生存。❷ 推脱；不承認 ◆ 抵賴／證據俱在，想賴也賴不了。❸ 誣陷；硬説別人做錯了事 ◆誣賴好人／自己做了錯事，卻要賴到別人頭上。❹ 責怪 ◆ 這場球賽輸了，不能賴運動員，只能怪教練臨場指揮不當。❺ 該走不走；不講道理 ◆ 賴着不走／耍賴。❻ 壞；不好 ◆ 字寫得不賴／好的賴的都要。❼ 姓。

落日照大旗，馬鳴風蕭蕭。——唐·杜甫《後出塞》詩

10 購 (购) 貝 貯 貯 購 購 購 **購**

[gòu ㄍㄡ 粵 geu³ 夠/keu³ 扣 (語)]
買 ◆ 購買 / 購物 / 收購。
【購物】gòu wù　買東西 ◆ 上街購物。
【購買】gòu mǎi　買 ◆ 這些東西都是在雜貨店購買的。
▷ 採購、郵購

10 賺 (赚) 貝 貯 賺 賺 賺 賺 **賺**

[zhuàn ㄓㄨㄢˋ 粵 dzan⁶ 撰]
獲利；盈利；跟 "賠" 相對 ◆ 賺錢 / 有賺有賠。

10 賽 (赛) 宀 宀 宀 宋 宝 实 **賽**

[sài ㄙㄞˋ 粵 tsoi³ 菜]
❶ 較量：比高低、強弱、勝負 ◆ 比賽 / 賽跑 / 競賽。❷ 勝過；比得上 ◆ 一個賽一個 / 塞北賽江南，一片好風光。

11 贅 (赘) 土 丰 考 考 赘 赘 **贅**

[zhuì ㄓㄨㄟˋ 粵 dzœy³ 最]
❶ 多餘的；無用的 ◆ 累贅 / 贅言。
❷ 招女婿 ◆ 入贅 / 贅婿。

12 贊 (赞) 丿 亻 土 先 赞 赞 **贊**

[zàn ㄗㄢˋ 粵 dzan³ 讚]
❶ 幫助；支持 ◆ 贊助 / 贊成。
❷ "讚" 的簡化字，見 399 頁。
【贊成】zàn chéng　同意；擁護 ◆ 大家一致贊成他當班長。⊘ 反對。
【贊同】zàn tóng　贊成；同意 ◆ 大家都贊同這個方案。⊘ 反對。
【贊助】zàn zhù　贊成並在物質上給以幫助 ◆ 這家公司是這次球賽的贊助商。

12 贈 (赠) 貝 貯 貯 贈 贈 贈 **贈**

[zèng ㄗㄥˋ 粵 dzang⁶ 增⁶]
送給 ◆ 贈送 / 捐贈。

【贈送】zèng sòng　送東西給別人 ◆ 這本書是朋友贈送給我的。
【贈言】zèng yán　臨別時勉勵對方的話 ◆ 你的臨別贈言我將永遠銘記在心。

13 贍 (赡) 貝 貯 貯 贍 贍 贍 **贍**

[shàn ㄕㄢˋ 粵 sim⁶ 閃⁶]
供養；供給生活所需 ◆ 贍養父母。
注意 "贍" 不讀 zhān（詹）
【贍養】shàn yǎng　子女對父母或晚輩對長輩在物質上、生活上給以幫助、照料 ◆ 中國有關法律規定，子女有贍養父母的義務。

13 贏 (赢) 亠 言 言 贏 贏 贏 **贏**

[yíng ㄧㄥˊ 粵 jing⁴ 仍/jeng⁴ (語)]
❶ 獲勝；跟 "輸" 相對 ◆ 輸贏 / 官司打贏了。❷ 獲利；跟 "虧" 相對 ◆ 贏利 / 贏餘。

13 寶

見 宀 部，122 頁。

14 贓 (赃) 貝 貯 贓 贓 贓 贓 **贓**

[zāng ㄗㄤ 粵 dzong¹ 莊]
偷盜得來的財物或官員貪污、受賄得來的財物 ◆ 贓物 / 贓款。
▷ 分贓、銷贓、貪贓枉法

15 贖 (赎) 貝 貯 贖 贖 贖 贖 **贖**

[shú ㄕㄨˊ 粵 suk⁹ 淑]
❶ 用財物換回抵押品 ◆ 把典當的東西贖回來 / 贖身。❷ 抵償；彌補 ◆ 立功贖罪。

17 贛 (赣) 立 音 章 章 章 章 **贛**

[gàn ㄍㄢˋ 粵 gem³ 禁]
江西省的別稱。

18 贓

"贓" 的異體字，見本頁。

 赤 部

0 赤 一 十 土 尹 赤 赤 **赤**

[chì ㄔˋ 粵 tsik⁸ 斥⁸/tsɛk⁸ 呎 (語)]
❶ 紅色 ◆ 赤豆 / 面紅耳赤。❷ 真誠；忠誠 ◆ 赤誠 / 赤膽忠心。❸ 光着；裸着 ◆ 赤腳 / 赤身露體。❹ 空無所有 ◆ 赤貧 / 赤手空拳。
【赤子】chì zǐ　初生的嬰兒；比喻純潔 ◆ 張叔叔海外飄泊三十年，但那顆赤子之心依然如故。
【赤字】chì zì　支出大於收入的差額數字 ◆ 由於經濟不景氣，財政赤字不斷增加。
【赤誠】chì chéng　十分真誠 ◆ 我欣賞他對朋友赤誠相見的態度。⊜ 赤忱。
【赤裸裸】chì luǒ luǒ　❶ 光着身子 ◆ 他倆赤裸裸地躺在沙灘上享受日光浴。⊜ 赤條條。❷ 比喻不掩飾，無遮蔽 ◆ 樹葉落盡，百草凋零，往日濃蔭遮蔽的村莊，赤裸裸地暴露在寒風中。
注意 "裸" 不讀 kē（棵）。
【赤手空拳】chì shǒu kōng quán　形容兩手空空，沒帶任何東西 ◆ 武松在景陽岡上赤手空拳地跟老虎搏鬥。
【赤膽忠心】chì dǎn zhōng xīn　形容非常忠誠 ◆ 岳飛赤膽忠心，英勇抗敵。

4 赦 土 尹 赤 赤 赦 赦 **赦**

[shè ㄕㄜˋ 粵 se³ 舍]
免除或減輕刑罰 ◆ 赦免 / 十惡不赦。
【赦免】shè miǎn　依法減輕或免除罪犯的刑罰 ◆ 罪犯認罪態度好，有立功表現的，可予以赦免。
▷ 大赦、特赦

7 赫 一 十 土 尹 赤 赤 **赫**

[hè ㄏㄜˋ 粵 hak⁷ 客⁷]

顯著；盛大 ◆ 顯赫／赫赫有名。

【赫赫】hè hè 形容顯著、盛大的樣子 ◆ 愛因斯坦是一位赫赫有名的物理學家。

走部

走 一 十 土 丰 丰 走 走

[zǒu ㄗㄡˇ [粵] dzɐu^{2} 酒]

❶ 步行 ◆ 走路／行走。❷ 跑；逃跑 ◆ 逃走／奔走相告。❸ 移動；挪動 ◆ 走棋／鐘不走了。❹ 離開 ◆ 他剛走／賴着不走。❺ 親友之間的往來 ◆ 走親戚／兩家走動很勤。❻ 泄漏 ◆ 走漏風聲／走漏消息。❼ 改變或失去原樣 ◆ 走樣／走味／走調。

【走私】zǒu sī 非法運輸、攜帶或郵寄物品，偷逃關稅的行為 ◆ 政府堅決打擊各種走私活動。

【走訪】zǒu fǎng 前去訪問；拜訪 ◆ 春節期間走訪了幾位親友。

【走廊】zǒu láng 屋簷下高出平地的通道或有頂的通道 ◆ 學生們在走廊裏玩耍。

【走運】zǒu yùn 交好運 ◆ 他很走運，中了個大獎。

【走投無路】zǒu tóu wú lù 無路可走，無處投靠。形容處境極端困難，找不到出路 ◆ 公司面臨倒閉，經理已走投無路。

【走馬觀花】zǒu mǎ guān huā 走：跑。騎馬跑着看花。比喻粗粗地看了一下，不深入、不仔細 ◆ 由於時間緊迫，幾個景點只是走馬觀花。

[注意] "走馬觀花" 也作 "走馬看花"。

◁ 走獸

▷ 遠走高飛、飛沙走石、不脛而走

赴 土 丰 丰 走 走 赴 赴

[fù ㄈㄨˋ [粵] fu^{6} 付]

前往；去到 ◆ 赴宴／赴會。

【赴湯蹈火】fù tāng dǎo huǒ 湯：熱水。蹈：踩。走向熱水，踐踏烈火。比喻不避艱險，奮不顧身 ◆ 為了朋友，即使赴湯蹈火也在所不辭。

▷ 奔赴、前赴後繼

2 赳 土 丰 丰 走 走 赳 赳

[jiū ㄐㄧㄡ [粵] gɐu^{2} 久]

赳赳：威武雄壯的樣子 ◆ 雄赳赳，氣昂昂。

3 起 (起) 土 丰 走 走 走 起 起

[qǐ ㄑㄧˇ [粵] hei^{2} 喜]

❶ 由躺而坐或由坐卧爬伏而站立 ◆ 起牀／起立／扶起來。❷ 離開原來的位置；開始 ◆ 起飛／起步／起初。❸ 取出 ◆ 起貨／起釘子。❹ 發生；發動 ◆ 起因／起火／發起。❺ 長出 ◆ 起了個疱。❻ 建造；建立 ◆ 平地起高樓／白手起家。❼ 草擬；擬寫 ◆ 起草／起個稿子。❽ 放在"得"或"不"後面，表示力量夠得上或夠不上 ◆ 買得起／買不起。❾ 放在動詞後面，表示向上 ◆ 抬起頭／舉起手。❿ 量詞，相當於"件"、"次" ◆ 一起事故／發生了幾起命案。

【起因】qǐ yīn 事情發生的原因 ◆ 這次糾紛的起因是多方面的。

【起伏】qǐ fú 一起一落；起落的變化 ◆ 田野裏麥浪起伏／病人病情穩定，沒甚麼起伏。

【起色】qǐ sè 情況好轉的表現 ◆ 新經理上任後，公司各項工作都大有起色。

【起草】qǐ cǎo 寫草稿 ◆ 校長起草了一份學校發展規劃，交董事會討論。[同] 草擬。

【起程】qǐ chéng 上路；動身 ◆ 我們一家人明天起程去歐洲旅行。[同] 啟程。

【起訴】qǐ sù 向法院提起訴訟 ◆ 公司因債務糾紛向法院起訴。[同] 上訴。[反] 撤訴。

【起義】qǐ yì 用武裝鬥爭的方式反抗反動統治。也指武裝力量棄暗投明 ◆ 中國歷史上發生過多次農民起義。

【起源】qǐ yuán ❶ 開始產生。多跟"於"字連用 ◆ 創作起源於生活。[同] 來源。❷ 事物產生的根源 ◆ 科學家正努力探究物種的起源。

【起碼】qǐ mǎ 至少；最低限度 ◆ 這項工作起碼要三天才能完成。

【起點】qǐ diǎn 開始的地點或時間 ◆ 京九鐵路的起點站是北京。

【起死回生】qǐ sǐ huí shēng 生：活。把快要死的人救活。形容醫術高明；也比喻手段高超，能把沒有希望的事挽救過來 ◆ 由於他出色的經營，企業終於起死回生。

◁ 起勁、起誓

▷ 掀起、興起、此起彼伏、風起雲湧、急起直追、肅然起敬

5 越 土 走 走 走 越 越 越

[yuè ㄩㄝˋ [粵] jyt^{9} 月]

❶ 跨過；經過 ◆ 跨越／越野賽跑／翻山越嶺。❷ 超出 ◆ 越軌／超越權限。❸ 更加 ◆ 腦子越用越靈活／越發懂事了。❹ 古國名，後用來指浙江一帶 ◆ 越劇。

【越軌】yuè guǐ 指違反社會行為準則 ◆ 在封建社會，青年男女自由戀愛被視為越軌行為。

【越發】yuè fā 更加 ◆ 由於連降暴雨，水位越發升高了。

▷ 卓越、穿越、優越、逾越

5 趄 土 丰 走 走 起 趄 趄

[qiè ㄑㄧㄝˋ [粵] tsœy^{1} 吹]

趔趄。見"趔"字，408 頁。

5 趁 土 丰 丰 走 走 赹 趁

[chèn ㄔㄣˋ [粵] tsɐn^{3} 襯]

❶ 利用條件，抓住時機 ◆ 趁機／趁熱打鐵。❷ 搭乘。同"乘"字 ◆ 趁車／趁船。

【趁機】chèn jī 利用機會 ◆ 別讓他趁機逃跑！[同] 乘機。

[注意] "趁機" 多用於貶義。

【趁火打劫】chèn huǒ dǎ jié 趁人家火災慌亂之機搶劫財物。比喻趁別人危難時去撈取好處 ◆ 人家有困難，你不

但不幫助，竟還想趁火打劫？

【趁熱打鐵】chèn rè dǎ tiě　趁鐵燒紅的時候趕快錘打。比喻抓住有利時機立刻行動 ◆ 這些內容老師剛講過，我們趁熱打鐵好好消化。

5 **超**　土 ‡ 丰 走 走 起 超

[chāo　ㄔㄠ　[粵] tsiu1 昭]

❶ 越過；高出 ◆ 超越 / 超出 / 超音速。❷ 突出的；不平常的 ◆ 超級聯賽 / 超等享受。

【超越】chāo yuè　超出；越過 ◆ 他在衝刺時超越前面的車輛，獲得冠軍。

【超羣】chāo qún　出眾；超過一般 ◆ 豹子頭林沖武藝超羣。

◁ 超人、超重、超額

▷ 高超

6 **趔**　土 走 走 走 趔 趔 趔

[liè　ㄌㄧㄝˋ　[粵] lɐi6 例]

見"趔趄"。

【趔趄】liè ·qie　身體歪斜，走路或站立不穩的樣子 ◆ 他走着走着，一個趔趄，差一點跌倒。

7 **趙**(赵)　土 ‡ 走 走 走 趙 趙

[zhào　ㄓㄠˋ　[粵] dziu6 召]

姓。

7 **趕**(赶)　土 ‡ 丰 走 赶 趕 趕

[gǎn　ㄍㄢˇ　[粵] gɔn2 稈]

❶ 從後面追上去 ◆ 追趕 / 你追我趕。❷ 加快行動，使不誤時間 ◆ 趕路 / 趕去開會。❸ 驅使；驅逐 ◆ 趕羊羣 / 趕蒼蠅 / 把敵人趕出去。❹ 恰巧碰上 ◆ 趕巧 / 趕上好天氣。

【趕忙】gǎn máng　趕快；連忙 ◆ 放學之前趕忙把作業做好。

【趕快】gǎn kuài　抓緊時間，加快速度 ◆ 這事要趕快辦好。[同] 趕緊。

【趕緊】gǎn jǐn　抓緊時間，不要拖延 ◆ 請你趕緊把計劃寫出來，下午要討論。[同] 趕快。

8 **趣**　走 走 走 走 趣 趣 趣

[qù　ㄑㄩˋ　[粵] tsœy3 脆]

❶ 讓人感到愉快、有意思 ◆ 有趣 / 興趣。❷ 志向 ◆ 志趣。

【趣味】qù wèi　讓人感到愉快而有意思從而發生興趣的特性 ◆ 趣味數學 / 這部卡通片很有趣味。

◁ 趣事、趣聞

▷ 知趣、風趣、情趣、樂趣

8 **趟**　土 ‡ 走 走 走 趟 趟

[tàng　ㄊㄤˋ　[粵] tɔŋ3 燙]

量詞，表示來回的次數 ◆ 去一趟 / 去了三趟。

10 **趨**(趋)　土 ‡ 走 走 趨 趨 趨

[qū　ㄑㄩ　[粵] tsœy1 吹]

❶ 快步走 ◆ 趨前 / 亦步亦趨。❷ 傾向 ◆ 趨向 / 大勢所趨。

【趨向】qū xiàng　❶ 向一定的方向發展 ◆ 生產過程趨向自動化。❷ 發展的方向 ◆ 隨着生活水平、生活環境的改善，人均壽命總的趨向是不斷提高。

【趨勢】qū shì　事物發展變化的方向 ◆ 全球經濟一體化是一種趨勢，無法逆轉。

【趨炎附勢】qū yán fù shì　炎：很熱，指權勢大。比喻奉承依附有權勢的人 ◆ 他做事有原則，決不趨炎附勢。

足部

0 **足**　丶 口 口 尸 早 足 足

[zú　ㄗㄨˊ　[粵] dzuk7 竹]

❶ 腳 ◆ 足跡 / 足球。❷ 充分；夠；滿 ◆ 充足 / 足夠 / 心滿意足。❸ 值得 ◆ 微不足道 / 不足為訓。

【足以】zú yǐ　足夠；完全可以 ◆ 這些錢足以買一台電腦了。

【足球】zú qiú　球類運動之一。比賽在足球場上分兩隊進行，每隊十一人。比賽時間為九十分鐘。用腳踢球，以踢進對方球門內球次的多少決定勝負。

【足夠】zú gòu　能滿足需要；夠得上 ◆ 乘車去機場，有一個小時就足夠了。

【足跡】zú jì　腳印 ◆ 勘探隊員的足跡踏遍中國名山大川。

◁ 足智多謀

▷ 滿足、不足掛齒、手舞足蹈、微不足道、豐衣足食、畫蛇添足

2 **趴**　口 卩 早 足 足 趴 趴

[pā　ㄆㄚ　[粵] pa1 扒1]

臉朝下卧倒或身子向前靠在物體上 ◆ 趴倒在地 / 趴在桌上睡覺。

4 **趾**　口 卩 早 足 足 趾 趾

[zhǐ　ㄓˇ　[粵] dzi2 止]

❶ 腳指頭 ◆ 趾甲 / 鴨子趾間有蹼。❷ 借指腳 ◆ 趾高氣揚。

【趾高氣揚】zhǐ gāo qì yáng　走路時腳抬得很高，神氣活現。形容態度傲慢、得意忘形的樣子 ◆ 你看那暴發戶趾高氣揚、目空一切的樣子，真叫人討厭。

▷ 腳趾

5 **跋**(跋)　口 足 足 趵 跋 跋 跋

[bá　ㄅㄚˊ　[粵] bɐt9 拔]

❶ 翻山越嶺 ◆ 跋山涉水。❷ 寫在書籍或文章等後面的短文，一般用來說明寫作經過，或對內容加以評論、介紹 ◆ 序跋。

【跋涉】bá shè　又爬山又過河。形容旅途辛勞 ◆ 表哥從遠方來，長途跋涉，需要好好休息。

【跋山涉水】bá shān shè shuǐ　翻山越嶺，蹚水過河。形容旅途艱辛 ◆ 勘探隊員常年跋山涉水，工作非常辛苦。

5 **距**　口 足 足 趴 距 距 距

[jù　ㄐㄩˋ　[粵] kœy5 拒]

距離 ◆ 行距 / 相距二十里。

【距離】jù lí　相隔；隔開 ◆ 這裏距離火車站很近。

⁵ **跌**　ㅁ 吊 吊¹ 跖 跊 跌 跌 **跌**

[diē ㄉㄧㄝ （粵）dit⁸ 秩⁸]

❶ 摔倒 ◆ 跌倒 / 跌了一跤。❷ 下降；落下 ◆ 跌價 / 從樹上跌下來。

【跌跌撞撞】diē diē zhuàng zhuàng　形容走路不穩，東倒西歪，像要摔倒的樣子 ◆ 他的腿受了傷，走路跌跌撞撞的。同 踉蹌。

⁵ **跑**　ㅁ 吊 吊¹ 跔 跑 跑 **跑**

[pǎo ㄆㄠˇ （粵）pau² 拋²]

❶ 大步快速向前走 ◆ 賽跑 / 奔跑。❷ 逃走 ◆ 逃跑 / 別讓小偷跑了！❸ 漏出 ◆ 跑氣 / 跑電。❹ 為某事而奔忙 ◆ 跑單幫 / 跑買賣。

【跑步】pǎo bù　邁開大步向前跑 ◆ 他每天早晨堅持跑步，鍛煉身體。

【跑道】pǎo dào　❶ 田徑場上供賽跑、競走用的路面設施，一般為環形，全長四百米 ◆ 運動員們在跑道上你追我趕。❷ 機場上供飛機升降時滑行的路面設施 ◆ 飛機徐徐降落在跑道上。

⁵ **跚**（跚）　ㅁ 吊 吊¹ 跜 跚 跚 **跚**

[shān ㄕㄢ （粵）san¹ 山]

蹣跚。見“蹣”字，410頁。

⁵ **跛**　ㅁ 吊 吊¹ 跐 跛 跛 **跛**

[bǒ ㄅㄛˇ （粵）bo² 波²/bɐi¹ 閉¹（語）]

腿腳有毛病，走起路來一瘸一拐的 ◆ 跛腳。

⁶ **跨**　吊 吊¹ 跀 跁 跨 跨 **跨**

[kuà ㄎㄨㄚˋ （粵）kwa³ 誇³]

❶ 抬起一腳大步邁或邁出；越過 ◆ 跨進大門 / 跨年度。❷ 騎；橫架 ◆ 跨在馬上 / 大橋橫跨浦江兩岸。

【跨越】kuà yuè　跨過；超越界限 ◆ 請不要跨越馬路旁的欄杆。

⁶ **跳**　吊 吊¹ 跁 跁 跳 跳 **跳**

[tiào ㄊㄧㄠˋ （粵）tiu⁴ 條/tiu³ 眺（語）]

❶ 雙腳騰空，向上或向前躍起 ◆ 跳高 / 跳遠。❷ 一起一伏地動 ◆ 心跳 / 脈搏跳動。❸ 越過 ◆ 跳級。

☑ 跳舞、跳躍、跳繩

☒ 彈跳、暴跳如雷、狗急跳牆、歡蹦亂跳、心驚肉跳

⁶ **踩**　吊 吊¹ 跁 跔 踩 踩 **踩**

[duò ㄉㄨㄛˋ （粵）dɔ² 躱]

頓腳；用腳使勁踏 ◆ 踩腳。

⁶ **跪**　吊 吊¹ 跁 跔 跪 跪 **跪**

[guì ㄍㄨㄟˋ （粵）gwɐi⁶ 櫃]

膝蓋着地的一種姿勢 ◆ 下跪 / 跪在地上求饒。

⁶ **路**　吊 吊¹ 跁 跂 路 路 **路**

[lù ㄌㄨˋ （粵）lou⁶ 露]

❶ 道路 ◆ 公路 / 鐵路 / 修路。❷ 途徑；方法 ◆ 生路 / 門路 / 怪路子。❸ 條理 ◆ 思路 / 紋路。❹ 方面；種類 ◆ 各路人馬 / 一路貨色。❺ 姓。

【路人】lù rén　路上的行人。比喻陌生的、與己不相干的人 ◆ 這人十分傲慢，常把熟人視作路人。

【路徑】lù jìng　走向目的地的道路；門路 ◆ 初到此地，路徑不熟 / 請你指點路徑。

【路途】lù tú　路程；道路 ◆ 這次歐洲旅行路途遙遠。

【路程】lù chéng　路的遠近 ◆ 從這裏到那裏大約有三十里路程。

【路線】lù xiàn　由一地到另一地的道路 ◆ 去飛機場按這條路線走最近。

【路不拾遺】lù bù shí yí　東西掉在路上沒有人撿走據為己有。形容社會風氣良好 ◆ 唐貞觀年間，人們生活安定，

路不拾遺，夜不閉戶，堪稱太平盛世。

（注意） “路不拾遺”也作“道不拾遺”。

☑ 路口、路牌、路障、路標、路燈、路遙知馬力

☒ 出路、迷路、馬路、狹路相逢、冤家路窄、走投無路

⁶ **跡**（迹）　ㅁ 吊 吊¹ 跁 跂 跡 **跡**

[jì ㄐㄧˋ （粵）dzik⁷ 積]

❶ 腳印；印痕 ◆ 足跡 / 痕跡。❷ 前人留下的事物 ◆ 遺跡 / 古跡。

【跡象】jì xiàng　略有顯露的某種情況 ◆ 他體內的癌細胞有擴散的跡象。

☒ 血跡、形跡、事跡、筆跡、蹤跡

⁶ **跤**　吊 吊¹ 跁 跜 跏 跤 **跤**

[jiāo ㄐㄧㄠ （粵）gau¹ 交]

跌倒；跟頭 ◆ 摔跤 / 跌了一跤。

⁶ **跟**　吊 吊¹ 跁 跁 跟 跟 **跟**

[gēn ㄍㄣ （粵）gɐn¹ 根]

❶ 腳後跟；鞋、襪的後部 ◆ 鞋跟 / 高跟鞋 / 踮起腳跟。❷ 緊隨其後 ◆ 跟隨 / 緊跟上隊伍。❸ 和；同 ◆ 我跟爸爸一起去 / 我跟小明是同班同學。❹ 對；向 ◆ 我跟他說過了 / 他從來沒有跟我談過這件事。

【跟前】gēn qián　身邊 ◆ 妹妹在媽媽跟前撒嬌。

【跟隨】gēn suí　緊跟在後面 ◆ 警察跟隨我來到事故現場。

【跟蹤】gēn zōng　在後面緊緊跟着 ◆ 警察跟蹤追擊逃犯。

⁷ **踉**　吊 吊¹ 跁 跁 踉 踉 **踉**

〈一〉[liáng ㄌㄧㄤˊ （粵）lœŋ⁴ 良]

❶ 跳躍 ◆ 跳踉。

〈二〉[liàng ㄌㄧㄤˋ （粵）lœŋ⁶ 亮/lɔŋ⁴ 狼]

❷ 見“踉蹌”。

【踉蹌】liàng qiàng　走起路來搖搖晃晃的樣子 ◆ 他醉醺醺地踉踉蹌蹌着摸進家門。

8 踐 (践)

足 足′ 跱 跱 跱 践 **踐**

[jiàn ㄐㄧㄢˋ ⑧ tsin⁵ 前⁵]

❶ 踩；踏 ◆ 踐踏。❷ 實行；履行 ◆ 實踐／踐約。

【踐踏】jiàn tà　踩；比喻摧殘、折磨 ◆ 不要踐踏草地／貪官污吏魚肉百姓、踐踏民心。

8 踏

足 足l 跱 跳 跺 踏 **踏**

〈一〉[tà ㄊㄚˋ ⑧ dap⁹ 答⁹]

❶ 用腳踩 ◆ 踐踏／腳踏實地／踏破鐵鞋無覓處。❷ 親自到現場去 ◆ 踏看／踏勘。

〈二〉[tā ㄊㄚ ⑧ dap⁹ 答⁹]

❸ 見 "踏實"。

【踏實】tā ·shi　❶ 工作或學習切切實實；不虛浮 ◆ 小雪做事情一向很踏實。❷ 情緒安定；不慌亂 ◆ 心裏很踏實。

8 踢

足 足l 踋 踋 踢 踢 **踢**

[tī ㄊㄧ ⑧ tek⁸]

抬起腿腳用力伸出或猛擊 ◆ 踢球／踢毽子。

8 踩

足 足′ 跱 跱 跱 踩 **踩**

[cǎi ㄘㄞˇ ⑧ tsai² 猜²]

腳踏 ◆ 踩了一腳／踩壞了花草。

8 跕

足 足′ 跱 跱 跱 跕 **跕**

[diǎn ㄉㄧㄢˇ ⑧ dim³ 店³]

提起腳跟，用腳尖着地 ◆ 跕起腳向窗外望去。

8 踞

足 足′ 跱 跱 跱 踞 **踞**

[jù ㄐㄩˋ ⑧ gœy³ 句³]

❶ 蹲或坐 ◆ 虎踞龍盤。❷ 佔據 ◆ 盤踞。

8 踪

"蹤" 的異體字，見本頁。

9 踵

足 足′ 跱 踵 踵 踵 **踵**

[zhǒng ㄓㄨㄥˇ ⑧ dzuŋ² 總]

腳後跟 ◆ 接踵而至／摩肩接踵。

9 踱

足 足′ 跱 跱 踱 踱 **踱**

[duó ㄉㄨㄛˊ ⑧ dɔk⁹ 鐸]

慢步行走 ◆ 踱方步／在客廳裏踱來踱去。

注意 "踱" 不讀 dù（度）。

9 蹄

足 足′ 跱 跱 蹄 蹄 **蹄**

[tí ㄊㄧˊ ⑧ tɐi⁴ 啼]

牛、馬、羊等動物的腳 ◆ 馬蹄／豬蹄。 ⊡馬不停蹄

9 踴 (踊)

足 足′ 踊 踊 踊 踴 **踴**

[yǒng ㄩㄥˇ ⑧ juŋ⁵ 勇]

❶ 跳躍 ◆ 踴躍。❷（物價）上漲 ◆ 物價騰踴。

【踴躍】yǒng yuè　❶ 跳躍 ◆ 同學們為校排球隊奪取冠軍而踴躍歡呼。❷ 形容氣氛熱烈、人人爭先恐後的樣子 ◆ 同學們踴躍地回答老師的問題。

9 蹂

足 足′ 跱 跱 蹂 蹂 **蹂**

[róu ㄖㄡˊ ⑧ jɐu⁴ 由/jɐu⁵ 友]

見 "蹂躪"。

【蹂躪】róu lìn　踩；踐踏。比喻用暴力欺壓、侮辱、侵害 ◆ 香港淪陷後，不少人慘遭日軍的蹂躪。

10 蹋

足 足′ 跱 跱 跱 蹋 **蹋**

[tà ㄊㄚˋ ⑧ dap⁹ 踏]

❶ 踩。同 "踏" 字 ◆ 糟蹋。❷ 踢。

10 蹌 (跄)

足 足′ 跱 跱 跱 蹌 **蹌**

[qiàng ㄑㄧㄤˋ ⑧ tsœŋ¹ 槍]

跟蹌。見 "跟" 字，409頁。

10 蹈

足 足′ 跱 跱 跱 蹈 **蹈**

[dǎo ㄉㄠˇ ⑧ dou⁶ 道]

❶ 踩；踏 ◆ 重蹈覆轍／赴湯蹈火。❷ 遵循 ◆ 循規蹈矩。❸ 腳有節奏地跳動 ◆ 舞蹈／手舞足蹈。

注意 "蹈" 右邊是 "舀"，不是 "臽"。

10 蹊

足 足′ 跱 跱 蹊 蹊 **蹊**

〈一〉[qī ㄑㄧ ⑧ kɐi¹ 溪]

❶ 見 "蹊蹺"。

〈二〉[xī ㄒㄧ ⑧ hɐi⁴ 奚]

❷ 小路 ◆ 獨闢蹊徑／桃李不言，下自成蹊。

【蹊蹺】qī qiāo　奇怪；可疑 ◆ 案情很蹊蹺。

10 蹉 (蹉)

足 足′ 跱 跱 蹉 蹉 **蹉**

[cuō ㄘㄨㄛ ⑧ tsɔ¹ 初]

見 "蹉跎"。

【蹉跎】cuō tuó　虛度光陰 ◆ 珍惜生命，切勿蹉跎歲月。

11 蹟

"跡" 的異體字，見409頁。

11 蹣 (蹒)

足 足′ 跱 跱 跱 蹣 **蹣**

[pán ㄆㄢˊ ⑧ pun⁴ 盤]

見 "蹣跚"。

【蹣跚】pán shān　腿腳不靈，走路緩慢，一瘸一拐的樣子 ◆ 步履蹣跚。

11 蹦

足 足′ 跱 跱 跱 蹦 **蹦**

[bèng ㄅㄥˋ ⑧ bɐŋ¹ 崩]

跳 ◆ 蹦蹦跳跳／歡蹦亂跳。

11 蹤 (踪)

足 足′ 跱 跱 跱 蹤 **蹤**

[zōng ㄗㄨㄥ ⑧ dzuŋ¹ 宗]

腳印；痕跡 ◆ 蹤跡／無影無蹤。

【蹤跡】zōng jì　足跡；泛指行動所留下的痕跡 ◆ 這山上曾發現老虎的蹤跡。

【蹤影】zōng yǐng 蹤跡；身影 ◆ 我們好多天不見他的蹤影了。

↘ 失蹤、行蹤、追蹤、跟蹤

12 蹺 (跷)

[qiāo ㄑㄧㄠ [粵] hiu1 囂]

❶ 抬起腿腳 ◆ 蹺起一條腿／把腿蹺得高高的。❷ 豎起指頭 ◆ 蹺起大拇指。

12 蹶

[jué ㄐㄩㄝˊ [粵] kyt8 決]

跌倒；比喻失敗或挫折 ◆ 一蹶不振。

12 躇 (躇)

[chú ㄔㄨˊ [粵] tsy4 廚]

躊躇。見"躊"字，本頁。

12 蹼

[pǔ ㄆㄨˇ [粵] buk7 卜]

鴨、鵝等禽鳥趾間相連的膜，用來划水 ◆ 鴨的趾間有蹼。

12 蹲

[dūn ㄉㄨㄣ [粵] tsyn4 存]

兩腿彎曲，像坐的姿勢，但臀部不着地 ◆ 蹲下／蹲在屋簷下躲雨。

12 蹭

[cèng ㄘㄥˋ [粵] tsɐŋ3 層3]

❶ 摩；擦 ◆ 只是蹭破了一點皮／不小心蹭了一身油漆。❷ 行動緩慢 ◆ 別磨蹭了／做事情磨磨蹭蹭的。

12 蹬

[dēng ㄉㄥ [粵] dɐŋ1 燈]

腳用力向下踩 ◆ 蹬單車／蹬他一腳。

13 躁

[zào ㄗㄠˋ [粵] tsou3 燥]

性急；不冷靜 ◆ 急躁／暴躁。

↘ 浮躁、煩躁

14 躊 (踌)

[chóu ㄔㄡˊ [粵] tsɐu4 酬]

見"躊躇"。

【躊躇】chóu chú ❶ 猶豫不決的樣子 ◆ 顧慮重重，躊躇不前。❷ 洋洋得意的樣子 ◆ 領獎回來，他顯得躊躇滿志。

[注意] "躊躇"也作"躊躕"。

【躊躇滿志】chóu chú mǎn zhì 形容心滿意足、非常得意的樣子 ◆ 他提升職位後，更是躊躇滿志了。

14 躍 (跃)

[yuè ㄩㄝˋ [粵] jœk9 若]

跳起 ◆ 跳躍／一躍而過。

【躍躍欲試】yuè yuè yù shì 躍躍：心情激動的樣子。形容心情急切地想試一試 ◆ 看到有人買彩票中大獎，他也躍躍欲試。

↙ 躍進、躍然紙上

↘ 活躍、魚躍、飛躍、雀躍、踴躍

20 躪 (躏)

[lìn ㄌㄧㄣˋ [粵] lœn6 論]

蹂躪。見"蹂"字，410頁。

身部

0 身

[shēn ㄕㄣ [粵] sɐn1 申]

❶ 身體；人和動物的軀體 ◆ 身高／身強力壯／全身上下。❷ 物體的中部或主要部分 ◆ 車身／機身。❸ 生命 ◆ 奮不顧身／以身殉職。❹ 親自；自己 ◆ 以身作則／親身經歷。❺ 人的地位、名分 ◆ 身份／身敗名裂。❻ 人的品德、行為 ◆ 修身養性／言傳不如身教。

【身手】shēn shǒu 本領；技能 ◆ 到底是行家，果然身手不凡。

【身心】shēn xīn 身體和精神 ◆ 參加文娛體育活動，有益身心健康。

【身世】shēn shì 人生的遭遇和處境。指不幸的 ◆ 大家對他的不幸身世深表同情。

【身份】shēn ·fen 地位；資格 ◆ 爸爸以校友的身份參加我校的校慶活動。

[注意] "身份"也作"身分"。

【身材】shēn cái 身體高矮胖瘦的外形 ◆ 弟弟身材不高，但很靈活。

【身段】shēn duàn ❶ 女性的身體形態 ◆ 小姐長得身段優美。[同] 身材。❷ 演員表演時的形體動作 ◆ 這齣戲裏，花旦不但唱功好，身段也好。

【身影】shēn yǐng 身體的影子；身體的大致形象 ◆ 轉眼就不見他的身影。

【身軀】shēn qū 身體；身材 ◆ 籃球運動員大多具有高大健壯的身軀。

【身體】shēn tǐ 人或動物的軀體；有時專指軀幹和四肢 ◆ 參加體育活動，增進身體健康。

【身不由己】shēn bù yóu jǐ 行動不能由自己作主 ◆ 他這樣做也是身不由己，就不要過多責備他了。[同] 不由自主。

【身先士卒】shēn xiān shì zú 作戰時將帥帶頭衝在士兵的前面。泛指上司要帶頭走在部下的前面 ◆ 部隊長官身先士卒，奮勇抗洪。

【身敗名裂】shēn bài míng liè 身：指身份，地位。地位失去，名聲毀壞 ◆ 一起醜聞，使他身敗名裂。

【身臨其境】shēn lín qí jìng 臨：來到。親自來到那個環境 ◆ 看了這本遊記，有身臨其境之感。

【身體力行】shēn tǐ lì xíng 身：親身。體：體驗；實行。親自去體驗，努力去實行 ◆ 校長不但要求師要敬業樂羣，而且身體力行，作出榜樣。

↘ 化身、出身、替身、動身、終身、挺身而出、粉身碎骨、設身處地

慈母手中線，遊子身上衣。臨行密密縫，意恐遲遲歸。——唐・孟郊《遊子吟》詩

³ 射

見寸部，123頁。

³ 躬

[gōng ㄍㄨㄥ ⑭ gung¹ 弓]

❶ 自身；親自 ◆ 反躬自省 / 事必躬親。❷ 彎下身子 ◆ 躬身 / 鞠躬。

⁴ 躭 (耽)

[dān ㄉㄢ ⑭ dam¹ 擔]

❶ 拖延 ◆ 躭擱 / 躭誤。❷ 過度的喜好；入迷 ◆ 躭於聲色。

【躭誤】dān wù　因拖延而誤事 ◆ 快走吧，不要躭誤上學。

【躭擱】dān·ge　❶ 停留 ◆ 由於遇到大風，輪船在港口多躭擱了兩天。❷ 延誤 ◆ 這事要抓緊辦理，不能躭擱。

⁶ 躲

[duǒ ㄉㄨㄛˇ ⑭ do² 朵]

避開；隱藏起來 ◆ 躲藏 / 躲避。

【躲避】duǒ bì　避開；隱藏起來 ◆ 歹徒為了躲避警方的追捕，逃到深山老林中去了。⑮ 逃避。

【躲藏】duǒ cáng　隱蔽起來，不讓人發現 ◆ 小貓兒害羞得很，一看見陌生人便躲藏起來。

⁶ 躱

"躲"的異體字，見本頁。

⁸ 躺

[tǎng ㄊㄤˇ ⑭ tong² 倘]

平臥 ◆ 躺在牀上 / 剛躺下就睡着了。

¹¹ 軀 (躯)

[qū ㄑㄩ ⑭ kœy¹ 驅]

身體 ◆ 軀體 / 身軀。

【軀幹】qū gàn　人體除頭和四肢以外的部分 ◆ 把軀幹挺直。

⬚ 為國捐軀

車 部

⁰ 車 (车)

〈一〉[chē ㄔㄜ ⑭ tsɛ¹ 奢]

❶ 車子；陸地上有輪子的交通工具 ◆ 汽車 / 火車。❷ 用輪軸轉動的工具 ◆ 吊車 / 風車。❸ 用轉動的機械製作器物 ◆ 車零件 / 車螺絲。

〈二〉[jū ㄐㄩ ⑭ gœy¹ 居]

❹ 象棋棋子之一 ◆ 車、馬、炮。

【車站】chē zhàn　供上下乘客或裝卸貨物而設的車輛停靠點 ◆ 車站上有很多等車的乘客。

【車廂】chē xiāng　火車、汽車、馬車等供人坐臥或裝運貨物的部分 ◆ 我們都在三號臥鋪車廂。

⬚ 注意　"車廂"也作"車箱"。

【車禍】chē huò　車輛運行時發生的碰撞傷亡等事故 ◆ 這一帶交通混亂，經常發生車禍。

【車輛】chē liàng　車的總稱 ◆ 馬路上各種車輛川流不息。

【車水馬龍】chē shuǐ mǎ lóng　車如流水，馬像游龍。形容車馬往來不斷的熱鬧情景 ◆ 馬路上車水馬龍，商店裏顧客盈門。

⬚ 注意　"車"粵音習慣讀 gœy¹（居）。

⬚ 卡車、列車、馬車、前車之鑒、杯水車薪、安步當車、閉門造車

¹ 軋 (轧)

〈一〉[yà ㄧㄚˋ ⑭ at⁸/ŋat⁸ 壓]

❶ 碾壓 ◆ 軋路機。❷ 排擠 ◆ 傾軋。

〈二〉[zhá ㄓㄚˊ ⑭ dzat⁸ 札]

❸ 把鋼坯壓成一定形狀的鋼材 ◆ 軋鋼。

² 軌 (轨)

[guǐ ㄍㄨㄟˇ ⑭ gwei² 鬼]

❶ 為火車、電車行駛而鋪設的條形鋼材 ◆ 鐵軌 / 有軌電車 / 火車出軌。❷ 比喻法則、規矩、秩序等 ◆ 常軌，越軌 / 步入正軌。

【軌道】guǐ dào　❶ 用條形鋼材鋪設的供火車、電車等行駛的交通線路 ◆ 火車在軌道上飛速行駛。❷ 物體運行的路線 ◆ 氣象衛星在預定的軌道上運行。❸ 比喻行動應遵循的規則 ◆ 開學一星期，學校的各項工作都已走上軌道。⑮ 正軌。

² 軍 (军)

[jūn ㄐㄩㄣ ⑭ gwen¹ 君]

❶ 軍隊；武裝部隊 ◆ 陸軍 / 海軍 / 軍用物資。❷ 軍隊的編制單位之一，在"師"以上 ◆ 軍長。

【軍火】jūn huǒ　武器和彈藥的統稱 ◆ 私自販賣軍火是違法的。

【軍事】jūn shì　跟軍隊或戰爭有關的事情 ◆ 他從事軍事科學研究已有多年。

【軍隊】jūn duì　正規的武裝部隊 ◆ 軍隊已奉命開赴前線。

【軍艦】jūn jiàn　軍用艦艇的總稱，如巡洋艦、驅逐艦、航空母艦、潛艇等 ◆ 港口停泊着幾艘軍艦。

⬚ 注意　"軍艦"也稱"兵艦"。

⬚ 圖見 359 頁。

⬚ 軍人、軍官

⬚ 冠軍、千軍萬馬、潰不成軍

³ 軒 (轩)

[xuān ㄒㄩㄢ ⑭ hin¹ 牽]

❶ 有窗戶的長廊或小屋。❷ 高；大 ◆ 氣宇軒昂。

⁴ 軟 (软)

[ruǎn ㄖㄨㄢˇ ⑭ jyn⁵ 遠]

❶ 柔和；疏鬆；跟"硬"相對 ◆ 柔軟，軟木塞 / 米飯煮軟一點好。❷ 懦弱；無能 ◆ 軟弱 / 欺軟怕硬。❸ 不堅決；容易動搖 ◆ 心軟 / 心慈手軟。❹ 沒有氣力 ◆ 兩腿發軟。

【軟弱】ruǎn ruò ❶ 沒有力氣 ◆ 身體軟弱無力。同 虛弱。反 強健。❷ 不堅強 ◆ 性格軟弱，受人欺負。反 剛強。

【軟綿綿】ruǎn mián mián ❶ 柔軟的樣子 ◆ 沙發座墊軟綿綿的。❷ 軟弱無力的樣子 ◆ 病了幾天，走起路來兩腿軟綿綿的。

【軟硬兼施】ruǎn yìng jiān shī　軟的和硬的兩種手段都用上 ◆ 不管對方怎樣軟硬兼施，他就是不屈服。

注意 "軟硬兼施" 用於貶義。

🈲 疲軟、鬆軟

⁴ **斬**
見斤部，197 頁。

⁵ **軸**(轴) 一 亘 亘 車 軕 軸 〔軸〕

[zhóu ㄓㄡˊ 🈷 dzuk⁹ 俗]

❶ 橫穿在車輪或其他轉動機件中間的圓桿 ◆ 車軸 / 輪軸。❷ 用來捲東西或繞東西的物件 ◆ 畫軸 / 線軸。

⁶ **載**(载) 一 亠 圭 車 載 載 〔載〕

〈一〉[zài ㄗㄞˋ 🈷 dzoi³ 再]

❶ 用車、船等交通工具裝運 ◆ 載客 / 裝載 / 超載。❷ 充滿 ◆ 怨聲載道。❸ 又；且 ◆ 載歌載舞。

〈二〉[zǎi ㄗㄞˇ 🈷 dzoi² 宰]

❹ 一年的時間 ◆ 一別三載 / 一年半載。

〈三〉[zǎi ㄗㄞˇ 🈷 dzoi³ 再]

❺ 記錄；刊登 ◆ 記載 / 登載 / 載入史冊。

【載歌載舞】zài gē zài wǔ　又唱歌又跳舞。形容歡樂氣氛 ◆ 歡迎人羣載歌載舞。

🈲 刊載₃、運載、轉載₃、滿載而歸

⁶ **較**(较) 一 亘 車 軒 軒 較 〔較〕

[jiào ㄐㄧㄠˋ 🈷 gau³ 教]

比；比較 ◆ 較量 / 成績較好 / 甲隊較乙隊強。

【較量】jiào liàng　比高低 ◆ 足球比賽不光是雙方實力的較量，也是教練指揮優劣的較量。

🈲 比較、計較

⁷ **輒**(辄) 一 亘 車 軒 軒 輒 〔輒〕

[zhé ㄓㄜˊ 🈷 dzip⁸ 接]

總是；就 ◆ 淺嘗輒止 / 動輒得咎。

⁷ **輔**(辅) 一 亘 車 軒 軒 輔 〔輔〕

[fǔ ㄈㄨˇ 🈷 fu⁶ 付]

幫助；從旁協助 ◆ 輔助 / 輔佐。

【輔助】fǔ zhù ❶ 幫助；協助 ◆ 有那麼多人輔助你，事情一定能成功。同 輔佐。❷ 起輔助作用的；非主要的 ◆ 除了教材，還有不少輔助讀物。

【輔導】fǔ dǎo　幫助、指導 ◆ 教師正在對學習有困難的同學進行輔導。

🈲 相輔相成

⁷ **輕**(轻) 一 亘 車 軒 輕 輕 〔輕〕

[qīng ㄑㄧㄥ 🈷 hiŋ¹ 兄/heŋ¹ (語)]

❶ 重量小；跟 "重" 相對 ◆ 輕巧 / 行李很輕。❷ 程度淺 ◆ 輕傷 / 病得不輕。❸ 數量少 ◆ 年紀輕 / 工作負擔輕。❹ 用力小 ◆ 小心輕放 / 輕輕地敲了一下門。❺ 負重少；輕鬆 ◆ 輕裝 / 無債一身輕。❻ 不注意；不重視 ◆ 輕視 / 輕敵。❼ 隨便；不慎重、不莊重 ◆ 輕率 / 輕薄 / 輕舉妄動。

【輕巧】qīng qiǎo ❶ 輕便小巧 ◆ 這種型號的摩托車比較輕巧。反 笨重。❷ 靈巧不費力 ◆ 他拉住繩子沿着山崖輕巧地登上了山頂。同 輕捷。❸ 簡單容易 ◆ 這事說起來輕巧，做起來難。

【輕快】qīng kuài ❶ 輕鬆愉快 ◆ 舞會在輕快的樂曲聲中開始。❷ 不費力 ◆ 他力氣大，手提兩隻箱子走得還很

輕快。同 輕鬆。反 費力。

【輕易】qīng yì ❶ 輕鬆容易 ◆ 這枚金牌不是輕易得來的。反 艱難。❷ 隨便；不慎重 ◆ 他從不輕易地對人許諾。同 輕率。反 慎重。

【輕便】qīng biàn　重量較小，簡易方便 ◆ 外出旅行，別忘了帶上輕便的隨身聽。

【輕浮】qīng fú　不嚴肅；不莊重 ◆ 舉止輕浮是缺少修養的表現。

【輕率】qīng shuài　説話做事隨便；不慎重 ◆ 不了解情況，不要輕率下結論。同 輕易。反 慎重。

【輕視】qīng shì　小看；不認真對待 ◆ 不能輕視孩子的家庭教育。反 重視。

【輕蔑】qīng miè　極其輕視 ◆ 你不要老是用輕蔑的眼光看他，他已悔過自新了。同 蔑視。反 重視。

【輕鬆】qīng sōng　沒有負擔；不緊張 ◆ 這工作比較輕鬆 / 輕鬆自在。

【輕而易舉】qīng ér yì jǔ　東西輕很容易舉起來。比喻毫不費力；很容易做到 ◆ 經老師一指點，這道難題便輕而易舉地解決了。同 易如反掌。

【輕描淡寫】qīng miáo dàn xiě　用淺淡的顏色輕輕地繪畫。比喻着力不多，輕輕帶過 ◆ 在談到自己應負的責任時，他卻輕描淡寫地一筆帶過。

【輕舉妄動】qīng jǔ wàng dòng　輕率胡亂地採取行動 ◆ 這種事要慎重考慮，不可輕舉妄動。

🈸 輕生、輕信、輕重緩急、輕歌曼舞

🈲 減輕、駕輕就熟、頭重腳輕、避重就輕

⁷ **輓**(挽) 一 亘 車 軒 軒 輓 〔輓〕

[wǎn ㄨㄢˇ 🈷 wan⁵ 挽]

哀悼死者 ◆ 輓聯 / 輓歌。

注意 "輓" 又作 "挽"。

⁸ **輛**(辆) 一 亘 車 軒 軒 輛 〔輛〕

[liàng ㄌㄧㄤˋ 🈷 lœŋ⁶ 亮]

量詞，用於計算車的數量 ◆ 三輛汽車 / 禁止車輛通行。

⁸輩 (辈)
ノ ゝ ヲ 非 非 非 菲 輩

[bèi ㄅㄟˋ 粵bui³ 貝]

❶家族的世代；長幼的身份 ◆ 長輩／輩分不同。❷同一類人 ◆ 我輩／無能之輩。❸人的一生 ◆ 一輩子／半輩子。

⁸輝 (辉)
ノ ゝ ㄓ ㄔ ㄦ 桴 輝

[huī ㄏㄨㄟ 粵fɐi¹ 揮]

❶閃耀的光彩 ◆ 光輝／落日餘輝。❷照耀 ◆ 日月交輝／輝映成趣。

【輝映】huī yìng 照耀；映襯 ◆ 湖光山色交相輝映。

【輝煌】huī huáng ❶光輝燦爛 ◆ 入夜，大街兩旁燈火輝煌。❷比喻突出、卓著 ◆ 得諾貝爾獎的科學家都有輝煌的業績。

⁸輥 (辊)
一 百 車 車 軒 軒 輥 輥

[gǔn ㄍㄨㄣˇ 粵gwen² 滾／kwen² 捆 (語)]

能滾動的圓筒形的機件 ◆ 輥筒／輥軸。

⁸輪 (轮)
一 百 車 車 軡 軡 輪 輪

[lún ㄌㄨㄣˊ 粵lœn⁴ 倫]

❶車輪；像車輪的東西 ◆ 輪胎／齒輪／樹木的年輪。❷按次序替換 ◆ 輪流／今天輪到你值日。❸指輪船 ◆ 客輪／渡輪。❹量詞 ◆ 一輪紅日／首輪演出／進入第三輪比賽。

【輪船】lún chuán 用機器推動的船的總稱 ◆ 輪船開進了避風港。

【輪流】lún liú 一個接一個地按次序替換 ◆ 全班同學輪流值日。

【輪椅】lún yǐ 供行走有困難的人使用的裝有輪子的椅子 ◆ 他下肢癱瘓，輪椅陪他度過了大半生。

【輪廓】lún kuò
❶物體外緣的線條 ◆ 他幾筆就勾出老虎的輪廓。❷大概的情況 ◆ 這件事我只知道個輪廓，詳情並不了解。同概況。
🔎巨輪

⁸輟 (辍)
一 百 車 車 軒 輟 輟 輟

[chuò ㄔㄨㄛˋ 粵dzyt⁸ 啜]

中止；停止 ◆ 輟學／時作時輟。

【輟學】chuò xué 中途停止上學 ◆ 幫助輟學兒童重返學校。

⁹輻 (辐)
一 百 車 車 軒 輻 輻 輻

[fú ㄈㄨˊ 粵fuk⁷ 福]

車輪上連接車軸和輪圈的木條或金屬條 ◆ 輻條。

⁹輯 (辑)
一 百 車 車 軒 軒 輯 輯

[jí ㄐㄧˊ 粵tsɐp⁷ 緝]

❶搜集材料，加以整理 ◆ 編輯／輯錄。❷整套書的一部分 ◆ 叢書共十輯，第一輯是中國歷史。

⁹輸 (输)
一 百 車 車 軒 軡 輸 輸

[shū ㄕㄨ 粵sy¹ 書]

❶運送 ◆ 運輸／輸油管。❷注入 ◆ 輸血／輸液。❸敗；跟“贏”相對 ◆ 認輸／連輸三局。

【輸送】shū sòng 運送；提供 ◆ 輸送煤氣／高等學府為社會源源不斷地輸送人才。
🔎輸入、輸出
🔎灌輸

¹⁰轅 (辕)
一 百 車 車 軒 軒 轅 轅

[yuán ㄩㄢˊ 粵jyn⁴ 元]

❶車前駕牲口用的兩根長木 ◆ 車轅／南轅北轍。❷官署 ◆ 行轅／轅門。

¹⁰輿 (舆)
ノ 車 申 申 血 血 輿 輿

[yú ㄩˊ 粵jy⁴ 如]

❶眾人的；公眾的 ◆ 輿論／輿情。❷車 ◆ 輿馬／舟輿。❸轎子 ◆ 肩輿。❹地域 ◆ 輿地。

【輿論】yú lùn 眾人的言論 ◆ 這種醜惡行為受到了輿論的譴責。

¹⁰轄 (辖)
一 百 車 軡 軡 轄 轄 轄

[xiá ㄒㄧㄚˊ 粵hɐt⁹ 瞎]

管理 ◆ 管轄／直轄市。

¹⁰輾 (辗)
一 百 車 軒 軒 輾 輾 輾

[zhǎn ㄓㄢˇ 粵dzin² 展]

轉動 ◆ 輾轉反側。

【輾轉】zhǎn zhuǎn ❶翻來覆去 ◆ 他心煩意亂，輾轉不眠。❷經過許多人的手或許多地方；曲曲折折地 ◆ 這些珍貴文物，幾經輾轉，終於回到了中國。

【輾轉反側】zhǎn zhuǎn fǎn cè 在牀上翻來覆去不能入睡。形容心事重重 ◆ 為了孩子的事，他輾轉反側，一夜未眠。

¹¹轉 (转)
一 百 車 軒 軒 軒 輔 轉

〈一〉[zhuǎn ㄓㄨㄢˇ 粵dzyn² 專²]

❶改變方向、地點、情勢等 ◆ 轉移／轉危為安。❷不是直接傳送的 ◆ 轉告／轉交／轉播。

〈二〉[zhuàn ㄓㄨㄢˋ 粵dzyn³ 鑽]

❸繞着中心旋轉 ◆ 轉椅／地球繞着太陽轉。❹量詞。圈 ◆ 一分鐘三千轉。

【轉折】zhuǎn zhé 改變原來方向、形勢出現轉折，由緊張變得緩和 ◆ 句中常用“但是”表示轉折關係。

【轉眼】zhuǎn yǎn 一會兒工夫。形容時間過得快 ◆ 幾年前還是個孩子，轉眼已是英俊少年了。

【轉移】zhuǎn yí 從一處轉到另一處；變換 ◆ 火山爆發前，當地居民已轉移到安全地帶／請不要轉移話題。

【轉動】zhuàn dòng 物體圍繞一條線或一固定點旋轉運動 ◆ 車輪轉動得快，車速就大。

【轉換】zhuǎn huàn　改變；變換 ◆ 這部電視劇鏡頭轉換比較快。

【轉機】zhuǎn jī　好轉的苗頭或可能 ◆ 這件事終於有了轉機。

【轉變】zhuǎn biàn　改變；變化 ◆ 他的思想還有轉變過來。

【轉危為安】zhuǎn wēi wéi ān　由危急轉為平安 ◆ 經全力搶救，他的病情終於轉危為安。

【轉彎抹角】zhuǎn wān mò jiǎo　❶ 形容道路彎彎曲曲或走曲曲折折的路 ◆ 汽車在轉彎抹角的盤山公路上緩緩行駛／幾經轉彎抹角才找到了你的家。❷ 比喻説話不直爽 ◆ 有話就直説，別老是轉彎抹角的。⟨反⟩ 開門見山。

注意 "轉彎抹角"也作"拐彎抹角"。

◁ 轉口、轉學、轉彎、轉讓

▷ 好轉、扭轉、周轉、婉轉、運轉、目不轉睛、回心轉意、暈頭轉向

² 轎 (轿)　車 軒 軺 軺 軺 轎

[jiào ㄐㄧㄠˋ ⓟ kiu⁴ 喬]

轎子：由人抬着走的舊式交通工具 ◆ 上轎／花轎／八抬大轎。

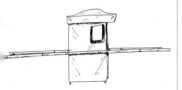

² 轍 (辙)　車 軒 軒 軵 軵 轍

[zhé ㄓㄜˊ ⓟ tsit⁸ 撤]

❶ 車輪碾過在地上留下的痕跡 ◆ 車轍／重蹈覆轍。❷ 歌、曲所押的韻 ◆ 合轍押韻。

⁴ 轟 (轰)　一 ⺀ ⺲ 亩 車 轟

[hōng ㄏㄨㄥ ⓟ gwen¹ 肱]

❶ 形容巨大的響聲 ◆ 馬達轟鳴／隆一聲巨響。❷ 用大炮、炸彈等攻擊、破壞 ◆ 轟炸／炮轟。❸ 驅逐；趕走 ◆ 統統轟去／把他們轟出去。

【轟炸】hōng zhà　由飛機對地面或水上目標投擲炸彈或發射導彈 ◆ 出動飛

機，轟炸對方的軍事目標。

【轟動】hōng dòng　引起很多人的震驚或關注 ◆ 這一事件曾經轟動全國。

【轟鳴】hōng míng　發出很大的聲音 ◆ 車間裏機器轟鳴。

【轟轟烈烈】hōng hōng liè liè　形容聲勢浩大、氣概不凡 ◆ 他決心轟轟烈烈地幹一番事業。

辛 部

⁰ 辛　＼ ＾ ㇒ ⽴ 立 辛

[xīn ㄒㄧㄣ ⓟ sen¹ 新]

❶ 天干的第八位 ◆ 甲乙丙丁戊己庚辛。❷ 辣味 ◆ 辛辣。❸ 勞苦 ◆ 辛勞／辛苦／千辛萬苦。❹ 悲傷 ◆ 一把辛酸淚。❺ 姓。

☺ 圖見 103 頁。

【辛苦】xīn kǔ　勞苦；疲勞 ◆ 媽媽上班回家還要做家務，很辛苦。

【辛勤】xīn qín　辛苦勤勞 ◆ 農民在田間辛勤勞作。

【辛酸】xīn suān　又辣又酸，比喻痛苦、悲傷 ◆ 奶奶常給我們講述辛酸的往事。

▷ 艱辛

⁵ 辜　一 十 古 古 辜 辜

[gū ㄍㄨ ⓟ gu¹ 孤]

❶ 罪 ◆ 無辜／死有餘辜。❷ 辜負；對不起 ◆ 辜負。❸ 姓。

注意 "辜"下邊是"辛"，不是"幸"。

【辜負】gū fù　有負於；對不起。多用於別人的幫助、期望等 ◆ 我一定不辜負師長的教導。

⁶ 辟　⼀ ⼷ 尸 尸 辟 辟 辟 辟

⟨一⟩ [bì ㄅㄧˋ ⓟ bik⁷ 碧]

❶ 君主 ◆ 復辟。

⟨二⟩ [pì ㄆㄧˋ ⓟ pik⁷ 僻]

❷ "闢"的簡化字，見 440 頁。

⁷ 辣　＼ ⺀ 辛 ⻊ 扣 辣 辣

[là ㄌㄚˋ ⓟ lat⁹ 瘌]

❶ 辣椒、生薑等有刺激性的味道 ◆ 辣醬／酸辣湯。❷ 狠毒 ◆ 手段毒辣／心狠手辣。

▷ 辛辣、潑辣、火辣辣

⁹ 辨　＼ ⺈ ⽴ 辛 辛 辬 辨

[biàn ㄅㄧㄢˋ ⓟ bin⁶ 便]

識別；區別 ◆ 分辨／明辨是非。

【辨別】biàn bié　區分；識別 ◆ 假幣和真幣有時很難辨別。

【辨析】biàn xī　辨別分析 ◆ 辨析同義詞，有助於正確理解詞義和用法。

【辨認】biàn rèn　辨別並確認 ◆ 因年代久遠，石碑上的文字已難以辨認了。

⁹ 辦 (办)　＼ ⺈ ⽴ 辛 辛 辦 辦

[bàn ㄅㄢˋ ⓟ ban⁶ 扮]

❶ 處理事務 ◆ 辦事／這事交給他去辦。❷ 設立；經營 ◆ 創辦／辦學校。❸ 購買 ◆ 採辦。❹ 處罰 ◆ 法辦／懲辦。

【辦公】bàn gōng　辦理公事 ◆ 這是他辦公的地方。

【辦法】bàn fǎ　處理事情，解決問題的方法 ◆ 你有甚麼辦法能使他們重新和好呢？

【辦理】bàn lǐ　處理 ◆ 公司發行部辦理郵購業務。

▷ 代辦、包辦、承辦、興辦

¹² 辭 (辞)　＼ ⺌ 四 靑 靑 辭 辭

[cí ㄘˊ ⓟ tsi⁴ 池]

❶ 告別 ◆ 辭行／不辭而別。❷ 請求解除或被解除 ◆ 辭職／辭退。❸ 推託；躲避 ◆ 推辭／不辭勞苦。❹ 言詞；文字 ◆ 修辭／措辭。

【辭呈】cí chéng　要求辭職的報告 ◆ 他已正式向公司提交辭呈。

【辭別】cí bié　告別 ◆ 他是來向大家辭別的。

【辭退】cí tuì 解僱；不再聘用 ◆ 最近，公司辭退了幾個職員。

【辭職】cí zhí 要求辭去自己的職務 ◆ 他不滿意這份工作，便辭職了。

◁辭謝、辭藻

▷告辭、言辭、振振有辭、與世長辭、義不容辭

¹²辦

見瓜部，279頁。

¹³辯

見糸部，335頁。

¹⁴辯（辩）一 一 亖 亖 亖 亖 亖 辯

[biàn ㄅㄧㄢˋ ⑧bin⁶ 便]

爭論是非真假 ◆ 辯解／爭辯。

【辯解】biàn jiě 辯護解釋 ◆ 這顯然是你的過錯，不用再辯解了。

【辯論】biàn lùn 各自發表意見，進行辯駁爭論 ◆ 經過激烈的辯論，意見逐漸統一。

【辯護】biàn hù 為保護自己或別人，對某種見解或行為進行解釋、爭辯；特指在法庭上，被告和他的律師所作的申訴和辯解 ◆ 他自己都認錯了，你不用為他辯護了／律師為被告出庭辯護。

▷申辯、狡辯、詭辯、事實勝於雄辯

辰 部

⁰辰 一 厂 厂 匚 辰 辰

[chén ㄔㄣˊ ⑧sen⁴ 神]

❶ 地支的第五位 ◆ 子丑寅卯辰巳午未。❷ 辰時：指上午七時至九時。❸ 泛指時間、日子 ◆ 誕辰／吉日良辰。❹ 日、月、星的統稱 ◆ 星辰。❀圖見91頁。

³辱 一 厂 严 辰 辰 辱

[rǔ ㄖㄨˇ ⑧juk⁹ 肉]

❶ 羞恥；恥辱 ◆ 奇恥大辱。❷ 受到羞辱 ◆ 侮辱／喪權辱國。

【辱罵】rǔ mà 侮辱謾罵 ◆ 互相辱罵不是解決矛盾的辦法。

▷污辱、羞辱、忍辱負重

³唇 "脣"的異體字，349頁。

⁴唇 見肉部，349頁。

⁴晨 見日部，202頁。

⁶農（农）冂 曲 曲 曲 严 農 農

[nóng ㄋㄨㄥˊ ⑧nung⁴ 濃]

❶ 農業 ◆ 務農／農產品。❷ 從事農業生產的人 ◆ 農民／菜農。

【農夫】nóng fū 從事農業生產的男子 ◆ 有個寓言叫《農夫和蛇》。

【農村】nóng cūn 農民聚居的村子 ◆ 農村的面貌發生了很大的變化。

【農具】nóng jù 用於農業生產的工具，如犁、耙、鋤、鐮刀等。

【農業】nóng yè 以種植農作物為主的事業。糧食、棉花、油料等都是農業產品。

【農曆】nóng lì 中國的一種傳統曆法。全年分十二個月，大月三十天，小月二十九天。每隔若干年有一個閏月。一年又分成二十四個節氣 ◆ 農曆六、七月份通常是一年中最熱的時期。

(注意) "農曆"也叫"陰曆"或"夏曆"。

【農作物】nóng zuò wù 農田裏種植的各種植物的總稱，如糧食作物、油料作物、蔬菜和果樹等 ◆ 今年本地農作物獲得豐收。

◁農舍、農莊、農家、農婦

辵 部

³迂 一 二 于 于 迂 迂 迂 迂

[yū ㄩ ⑧jy¹ 於/jy⁴ 余]

❶ 曲折；繞道 ◆ 迂迴。❷ 拘泥保守，不合時宜 ◆ 迂腐／這個人太迂了。

【迂迴】yū huí 彎曲；環繞 ◆ 遊客在迂迴曲折的山路上行走。

【迂腐】yū fǔ 拘泥守舊，不合潮流 ◆ 這人太迂腐，觀念太陳舊。

³迄 ′ 乞 乞 乞 迄 迄

[qì ㄑㄧˋ ⑧het⁷ 乞]

❶ 到 ◆ 迄今為止。❷ 始終；一直 ◆ 迄未成功／迄無音信。

³迅 ㄋ ㄋ ㄔ 迅 迅 迅 迅

[xùn ㄒㄩㄣˋ ⑧soen³ 信]

速度快 ◆ 迅速／迅猛。

【迅即】xùn jí 立即；馬上 ◆ 火勢迅即蔓延。(同)即刻。

【迅速】xùn sù 快速；很快 ◆ 接到警報，警方迅速趕到現場。(同)迅疾。

【迅猛】xùn měng 迅速而猛烈 ◆ 風來勢迅猛。

【迅雷不及掩耳】xùn léi bù jí yǎn ěr 雷聲突然響起，使人來不及捂耳朵。比喻來勢迅猛，使人無法防備 ◆ 警察以迅雷不及掩耳之勢制服了劫匪。

³巡 ′ ″ ‴ ‴ 巡 巡 巡

[xún ㄒㄩㄣˊ ⑧tsœn⁴ 秦]

農具

耙　　鍬　　鋤　　钁　　犁

❶ 往來查看 ◆ 巡視／巡邏。❷ 量詞，相當於"遍" ◆ 酒過三巡。

【巡迴】xún huí　按一定路線到各地去活動 ◆ 演出團赴各地巡迴演出。

【巡視】xún shì　❶ 到各處視察 ◆ 部隊首長巡視了各邊防哨所。❷ 向四周察看 ◆ 警察銳利的目光，巡視着周圍的一切動靜。

【巡禮】xún lǐ　❶ 宗教徒朝拜聖地 ◆ 每年去參加巡禮的教徒成千上萬。❷ 觀光遊覽 ◆ 香港離島巡禮。

【巡邏】xún luó　來回查看警戒 ◆ 軍事基地四周有士兵在巡邏。⊜ 巡查。

近

[jìn ㄐㄧㄣˋ 粵 gen⁶ 覲／ken⁵ 勤⁵]

❶ 距離或時間短；跟"遠"相對 ◆ 學校離家很近／人無遠慮，必有近憂。❷ 關係密切 ◆ 親近。❸ 相差不多 ◆ 近似／年齡相近。❹ 淺顯易懂 ◆ 淺近。

【近代】jìn dài　離現在較近的時代。在中國歷史上，指 1840 年鴉片戰爭到 1919 年五四運動這一時期 ◆ 近代中國屢遭外國列強的侵略。

【近似】jìn sì　相像；相差不多 ◆ 兩人的性格很近似。

【近況】jìn kuàng　近期的情況 ◆ 他近況如何？

【近視】jìn shì　看近清楚、看遠模糊的一種視力缺陷 ◆ 學生要注意保護眼睛，預防近視。

【近期】jìn qī　最近一段時間 ◆ 工程近期內即可完工。

⊟ 近日、近來、近郊
⊡ 附近、接近、遠近、靠近、捨近求遠、平易近人

返

[fǎn ㄈㄢˇ 粵 fan² 反]

回；回來 ◆ 返回／返航。

【返回】fǎn huí　回到 ◆ 有些人造衛星能自動返回地面。

【返老還童】fǎn lǎo huán tóng　從老年回到童年。形容由衰老回復到青春 ◆ 年逾古稀的梁伯，鶴髮童顏，似有返

老還童的樣子。

⊟ 返工、返校
⊡ 往返、流連忘返

迎

[yíng ㄧㄥˊ 粵 jin⁴ 仍]

❶ 迎接 ◆ 歡迎／迎來送往／有失遠迎。❷ 朝着；對着 ◆ 迎面而來／迎風招展。

【迎合】yíng hé　故意用言行去投合對方的心意 ◆ 為了迎合女朋友，他專門買時裝送給她。

【迎面】yíng miàn　對着臉 ◆ 兩人在電梯口迎面碰上。

【迎接】yíng jiē　到某個地點去等候客人的到來 ◆ 他到機場迎接客人去了。

【迎刃而解】yíng rèn ér jiě　劈竹子時只要劈開前幾節，下面的就順着刀口自然剖開了。比喻一旦解決了主要問題，其他問題就很容易解決了 ◆ 有了資金，其他問題就迎刃而解了。

述(述)

[shù ㄕㄨˋ 粵 sœt⁹ 術]

陳説；講 ◆ 陳述／敍述。

⊡ 口述、描述、論述、講述

迪

[dí ㄉㄧˊ 粵 dik⁹ 敵]

啟發；引導 ◆ 啟迪。

迥

[jiǒng ㄐㄩㄥˇ 粵 gwiŋ² 炯]

❶ 形容差別很大 ◆ 迥然不同／兩者迥異。❷ 遠 ◆ 山高路迥。

迭

[dié ㄉㄧㄝˊ 粵 dit⁹ 秩]

❶ 更換；輪流 ◆ 更迭。❷ 屢次；接連 ◆ 高潮迭起／花樣迭出。❸ 及 ◆ 叫苦不迭。

迤

[yǐ ㄧˇ 粵 ji⁴ 而／ji⁵ 以]

逶迤。見"逶"字，420 頁。

迫

⟨一⟩[pò ㄆㄛˋ 粵 bak⁷ 伯⁷]

❶ 威逼；強壓 ◆ 逼迫／強迫。❷ 急切；緊急 ◆ 迫切／緊迫。❸ 接近；靠近 ◆ 迫近。

⟨二⟩[pǎi ㄆㄞˇ 粵 bik⁷ 碧]

❹ 迫擊炮：火炮，能攻擊遮蔽物後面的目標。

【迫切】pò qiè　非常急切 ◆ 環境污染是當前迫切需要解決的問題之一。

【迫害】pò hài　壓迫人，使受害 ◆ 人質是被綁匪迫害而死的。

【迫不及待】pò bù jí dài　十分迫切，不能再等待 ◆ 一聽説父親住院，他迫不及待地趕往醫院探望。⊜ 急不可待。

【迫不得已】pò bù dé yǐ　迫於壓力，不得不這樣做 ◆ 我這樣做，也是迫不得已。

【迫在眉睫】pò zài méi jié　迫：逼近。比喻事情到了十分緊急的關頭 ◆ 洪水包圍了村莊，解救被圍村民已迫在眉睫。⊜ 千鈞一髮。

⊡ 急迫、壓迫、飢寒交迫、從容不迫

迢

[tiáo ㄊㄧㄠˊ 粵 tiu⁴ 條]

遠 ◆ 千里迢迢。

迴(回)

[huí ㄏㄨㄟˊ 粵 wui⁴ 回]

曲折；環繞 ◆ 九曲迴廊／迂迴曲折。

【迴旋】huí xuán　❶ 繞來繞去活動 ◆ 飛機在空中迴旋飛行，進行偵察活動。⊜ 盤旋。❷ 比喻可進退；可商量 ◆ 事情還沒有完全弄僵，還有迴旋餘地。

【迴避】huí bì　躲避；讓開 ◆ 近來，她總是迴避我，不知為甚麼。

⊡ 巡迴、峯迴路轉

追

6 追 ㄓㄨㄟ ⑧ dzœy¹ 錐

[zhuī ㄓㄨㄟ ⑧ dzœy¹ 錐]

❶ 趕上；緊跟上 ◆ 你追我趕／跟蹤追擊。❷ 尋求；查究 ◆ 追求／追究。❸ 回憶過去 ◆ 追憶／追悔莫及。❹ 事後補救或補辦 ◆ 追加／追認。

【追求】zhuī qiú 努力爭取達到或得到 ◆ 兩人志趣不同，一個追求真理，一個追逐名利。

【追究】zhuī jiū 追問；追查 ◆ 這事一定要追究責任。

【追查】zhuī chá 對發生的事進行調查 ◆ 這起事故要徹底追查清楚。

【追悼】zhuī dào 沉痛懷念死者 ◆ 家屬、親戚和生前好友，都參加了爺爺的追悼會。

【追問】zhuī wèn 為求徹底弄清而查問 ◆ 警方不斷追問，歹徒還是不肯交代。

【追溯】zhuī sù 向江河上游方向走，尋找它的源頭。比喻探求事物的由來 ◆ 中國詩歌的源頭，可以追溯到《詩經》。

【追蹤】zhuī zōng 沿着蹤跡或線索進行追尋、查訪 ◆ 根據作案現場留下的蛛絲馬跡，警方連夜展開追蹤調查／新聞追蹤報導。

🈯 追逐、追趕、追隨

🈲 急起直追、一言既出，駟馬難追

逃

6 逃 ノ ゝ 兆 兆 逃 逃 逃

[táo ㄊㄠˊ ⑧ tou⁴ 桃]

躲避；逃走 ◆ 逃跑／逃難。

【逃亡】táo wáng 逃跑；出逃在外流亡 ◆ 除一名逃亡國外，其餘罪犯已全部抓獲。

【逃避】táo bì 避開 ◆ 誰也無法逃避現實。⑩ 躲避。

【逃竄】táo cuàn 逃跑流竄 ◆ 幾名歹徒竄到內地作案。

🈯 逃命、逃課、逃之夭夭

🈲 出逃、潛逃、死裏逃生、臨陣脫逃

迹

6 迹 "跡"的異體字，見 409 頁。

迸

6 迸 "" 兰 并 并 讲 迸 迸

[bèng ㄅㄥˋ ⑧ bin³ 並³]

❶ 噴射；飛濺 ◆ 迸發／火花迸濺。❷ 突然破裂 ◆ 迸裂。

注意 "迸"不讀 bìng（並）。

送

6 送 "" 兰 关 关 误 误 送

[sòng ㄙㄨㄥˋ ⑧ sung³ 宋]

❶ 無償把東西給別人，表示祝賀或友好等 ◆ 贈送／送禮。❷ 送行 ◆ 送客／歡送。❸ 把東西運走或拿去給人 ◆ 運送／送貨上門。❹ 失掉；失去 ◆ 送命／斷送。

【送行】sòng xíng 到機場、車站、碼頭等地方跟出行的人告別 ◆ 大哥出國時，前來機場送行的人很多。⑩ 送別。

【送別】sòng bié 送行告別 ◆ 送別親人的場面很讓人感動。

🈯 送命、送葬

🈲 秋風送爽、雪中送炭

逆

6 逆 兰 兰 弟 弟 逆 逆 逆

[nì ㄋㄧˋ ⑧ jik⁹ 亦]

❶ 方向相反；跟"順"相對 ◆ 逆風／逆時針方向／逆水行舟。❷ 不順 ◆ 逆境／忠言逆耳。❸ 背叛 ◆ 叛逆。❹ 預先 ◆ 很難逆料。

【逆境】nì jìng 不順利的處境 ◆ 逆境可以鍛煉人的意志。

【逆水行舟】nì shuǐ xíng zhōu 朝水流相反的方向划船。比喻不努力前進就要後退 ◆ "逆水行舟，不進則退"，這一格言是勉勵人們要不斷努力進取。

【逆來順受】nì lái shùn shòu 不管別人怎樣惡劣地對待都順從、忍受 ◆ 一味地逆來順受是軟弱的表現。

🈲 大逆不道、倒行逆施

迷

6 迷 "" 半 米 米 迷 迷 迷

[mí ㄇㄧˊ ⑧ mɐi⁴ 謎]

❶ 分辨不清 ◆ 迷路／迷失方向。❷ 對某事物特別愛好；沉醉於某事物 ◆ 球迷／入迷。❸ 使迷惑；使陶醉 ◆ 財迷心竅／景色迷人。

【迷人】mí rén 使人着迷 ◆ 那迷人的景色使人流連忘返。

【迷信】mí xìn ❶ 相信風水，占卜，崇拜神仙鬼怪等 ◆ 我們要提倡科學，破除迷信。❷ 盲目信仰或崇拜 ◆ 要迷信洋貨，並非甚麼都是外國的好。

【迷茫】mí máng ❶ 遼廣闊而模糊的樣子 ◆ 風沙四起，浩瀚的沙漠一片迷茫。❷ 神志恍惚；心神不定 ◆ 他心中迷茫，不知所措。⑩ 迷蒙。

【迷惑】mí huò 分不清是非曲直；使人分辨不清 ◆ 你千萬不要被他的花言巧語所迷惑／他善於用花言巧語迷惑人。

【迷糊】mí·hu 神志不清醒或眼睛糊不清 ◆ 病人有時清醒，有時迷糊／睡睡矇矓，眼睛迷糊。

【迷戀】mí liàn 特別愛好而難以捨棄 ◆ 兄弟倆都迷戀上了足球，只要有球賽，每場必看。

🈯 迷魂陣、迷途知返

🈲 昏迷、着迷、鬼迷心竅、執迷不悟

退

6 退 ㄅ 月 艮 艮 退 退 退

[tuì ㄊㄨㄟˋ ⑧ tœy³ 蛻]

❶ 向後移動；跟"進"相對 ◆ 後退／倒退。❷ 離開 ◆ 退席／早退。❸ 還；撤銷 ◆ 退貨／退婚。❹ 消除減弱 ◆ 退燒／衰退。

【退化】tuì huà ❶ 生物體在進化中部分器官變小、構造簡化、機能減弱甚至完全消失的現象 ◆ 海豚的四肢退化成鰭狀。⑤ 進化。❷ 事物變差，由強變弱 ◆ 你怎麼越大越退了，小時候還挺聰明的。

【退休】tuì xiū 因年老或失去勞動力而退出工作崗位休息 ◆ 爺爺已經退休多年了。

【退步】tuì bù ❶ 往後退／落後

智者千慮，必有一失；愚者千慮，必有一得

◆ 這學期學習成績退步了。反 進步。
❷ 後路；餘地 ◆ 你要給自己留個退步。反 退路。

【退卻】tuì què ❶ 畏難後退 ◆ 面前雖有困難，但不該退卻。❷ 向後撤 ◆ 敵軍已開始退卻。同 撤退。

【退縮】tuì suō　往後退；縮回去 ◆ 困難再大，也決不退縮。

【退讓】tuì ràng　讓步 ◆ 在原則問題上，我們決不退讓。

☑ 退出、退伍、退位、退色、退學

☑ 辭退、進退兩難、不進則退、急流勇退

7 連 (连)
一 亓 車 連 連 連 連

[lián ㄌㄧㄢˊ 粵 lin⁴ 蓮]

❶ 相接在一起；不間斷 ◆ 骨肉相連 / 連續不斷。❷ 加在一起 ◆ 連本帶利 / 連同他一共五人。❸ 表示強調，含有「甚至於」的意思 ◆ 連我也不知道 / 連飯也不吃就走了。❹ 軍隊的編制單位，在「營」以下，「排」以上 ◆ 連長 / 連隊。❺ 姓。

【連忙】lián máng　趕緊；急忙 ◆ 醫生看他病情嚴重，連忙搶救。

【連接】lián jiē　相連在一起；銜接 ◆ 大橋一建成，就把兩岸的交通幹線連接起來了。

【連累】lián lěi　因牽連而使人拖累或受到損害 ◆ 一人做事一人當，我決不連累大家。

【連貫】lián guàn　連接貫通 ◆ 講話、寫文章前後意思要連貫。

【連綿】lián mián　連續不斷 ◆ 山脈連綿起伏 / 近日陰雨連綿。

【連續】lián xù　一個接着一個；不間斷地 ◆ 報警電話連續不斷。

【連篇累牘】lián piān lěi dú　累：堆積。牘：古代寫字用的木片。指用過多篇幅來敘述；也形容文章囉嗦冗長 ◆ 報紙上連篇累牘地報導了這起桃色事件 / 寫文章不要連篇累牘地寫一些枯燥乏味的事。

☑ 連夜、連任、連帶、連載

☑ 接連、牽連、接二連三、藕斷絲連

7 速
一 申 束 涑 涑 涑 速

[sù ㄙㄨˋ 粵 tsuk⁷ 促]

❶ 快；迅速 ◆ 速去速回。❷ 速度 ◆ 時速 / 加速。❸ 邀請 ◆ 不速之客。

【速度】sù dù　單位時間內物體移動的距離；快慢的程度 ◆ 火車的速度已經大大提高了 / 她手腳麻利，做甚麼事的速度都比別人快。

【速戰速決】sù zhàn sù jué　快速打仗，快速取勝。比喻快幹快結束，不拖泥帶水 ◆ 我們速戰速決，這些事一天幹完。

☑ 火速、神速、飛速、欲速則不達

7 逗
一 口 豆 豆 逗 逗 逗

[dòu ㄉㄡˋ 粵 deu⁶ 豆]

❶ 停留 ◆ 逗留。❷ 惹；招引 ◆ 逗人喜歡 / 逗人發笑。❸ 逗號：一種標點符號（，），表示句子裏較小的停頓。

【逗留】dòu liú　暫時停留 ◆ 回港途中，在泰國逗留了三天。

7 逐
了 豕 豕 豕 涿 涿 逐

[zhú ㄓㄨˊ 粵 dzuk⁹ 俗]

❶ 追趕 ◆ 追逐 / 隨波逐流。❷ 強迫離開；趕出去 ◆ 驅逐 / 逐客令。❸ 按順序；一個一個地 ◆ 逐步 / 逐個。

【逐一】zhú yī　一個一個地 ◆ 這些問題要逐一解決。

【逐步】zhú bù　一步一步地 ◆ 工作已逐步走上軌道。同 逐漸。反 突然、立刻。

【逐漸】zhú jiàn　漸漸地 ◆ 小莉正逐漸適應新的工作環境。同 逐步。反 突然、立刻。

☑ 角逐、放逐、笑逐顏開、捨本逐末

7 逝
扌 扩 折 折 折 折 逝

[shì ㄕˋ 粵 sɐi⁶ 誓]

❶ 人去世 ◆ 病逝 / 逝世。❷ 過去；消失 ◆ 消逝 / 歲月流逝。

【逝世】shì shì　去世 ◆ 大家對老校長的不幸逝世十分沉痛。

注意 「逝世」多用於莊重場合。

7 逍
丷 肖 肖 逍 消 逍

[xiāo ㄒㄧㄠ 粵 siu¹ 消]

見 "逍遙"。

【逍遙】xiāo yáo　無拘無束，自由自在 ◆ 人人都渴望逍遙自在的生活。

【逍遙法外】xiāo yáo fǎ wài　指犯了法的人沒有受到法律制裁，仍可自由活動 ◆ 警方設法緝兇，決不讓不法之徒逍遙法外。

7 逞
口 旦 呈 逞 逞 逞

[chěng ㄔㄥˇ 粵 tsiŋ² 請]

❶ 顯示 ◆ 逞能 / 逞威風。❷ 放縱 ◆ 逞性子 / 逞兇狂。❸ 實現 ◆ 得逞。

【逞能】chěng néng　顯示自己能幹、有本事 ◆ 做人要謙虛，別老在別人面前逞能。

【逞強】chěng qiáng　顯示自己能力強；不服輸 ◆ 這孩子好逞強。

7 造 (造)
丬 牛 告 告 浩 浩 造

〈一〉[zào ㄗㄠˋ 粵 dzou⁶ 做]

❶ 製作；建築；做 ◆ 製造 / 建造 / 造船。❷ 憑空瞎編 ◆ 造謠 / 捏造。

〈二〉[zào ㄗㄠˋ 粵 tsou³ 燥]

❸ 培養；成就 ◆ 造就 / 造詣。❹ 前往；到 ◆ 造訪 / 登峯造極。

【造型】zào xíng　創造物體形象；創造出來的物體形象 ◆ 繪畫、雕塑又稱造型藝術 / 香港會議中心造型別致。

【造就】zào jiù　培養出 ◆ 這所學校造就了大批人才。

【造詣】zào yì　學問、技藝等所達到的程度 ◆ 他在橋梁設計方面造詣很深。

（注意）"詣"不讀 zhǐ(旨)；粵音讀 ŋei⁶(毅)。

【造福】zào fú　帶來幸福 ◆ 搞好綠化，造福人羣。

【造謠】zào yáo　製造謠言；無中生有地散佈消息 ◆ 有人唯恐天下不亂，到處造謠生事。

☑ 造化、造句、造成、造₂次

☑ 改造、深造₂、創造、偽造、構造、塑造、天造地設、閉門造車

透 ⁷　天 禾 秀 秀 诱 诱 透

[tòu ㄊㄡˋ 粵teu³ 偷³]

❶ 通過；穿過 ◆ 透風 / 滲透。❷ 泄露；顯露 ◆ 透漏風聲 / 白裏透紅。❸ 徹底 ◆ 透徹 / 把利害關係說透。❹ 極 ◆ 熟透了 / 倒霉透了。

【透明】tòu míng　能透過光線的 ◆ 水晶、無色玻璃都是透明的。

【透徹】tòu chè　深入而徹底 ◆ 這篇文章說理透徹。

【透露】tòu lù　吐露；泄露 ◆ 這消息是從內部透露出來的。

途 ⁷　入 今 余 余 涂 涂 途

[tú ㄊㄨˊ 粵tou⁴ 徒]

道路 ◆ 中途 / 老馬識途。

【途徑】tú jìng　道路。比喻達到某種目的的方法、手段等 ◆ 用功讀書是獲取好成績的最佳途徑。

☑ 用途、長途、路途、歧途、前途、旅途、半途而廢、殊途同歸、日暮途窮、道聽途說

逛 ⁷　犭 犭 狂 狂 逛 逛

[guàng ㄍㄨㄤˋ 粵kwaŋ³ 框³/gwaŋ⁶]

閒遊 ◆ 逛馬路 / 逛商店 / 逛公園。

逢 ⁷　夂 夆 夆 峯 逢 逢

[féng ㄈㄥˊ 粵fuŋ⁴ 馮]

❶ 遇到 ◆ 重逢 / 久旱逢甘雨 / 每逢佳節倍思親。❷ 迎合 ◆ 逢迎。

【逢迎】féng yíng　故意迎合別人的心意 ◆ 阿諛逢迎的人讓人看不起。

☑ 左右逢源、千載難逢、萍水相逢

這 (这) ⁷　亠 言 言 言 這 這 這

[zhè ㄓㄜˋ 粵dze² 姐]

指示代詞，表示近指；跟"那"相對 ◆ 這裏 / 這個 / 這條街比那條街熱鬧。

☑ 這兒、這些、這樣、這邊

通 ⁷　マ 甬 甬 诵 诵 通

[tōng ㄊㄨㄥ 粵tuŋ¹ 同]

❶ 沒有阻礙，可以順利穿過 ◆ 暢通 / 通行無阻 / 四通八達。❷ 清除障礙，使不阻塞 ◆ 通陰溝 / 疏通河道。❸ 相互交往 ◆ 溝通 / 互通情報。❹ 傳達；告知 ◆ 通知 / 通風報信。❺ 明白；懂得 ◆ 精通英語 / 通情達理。❻ 通順；有條理 ◆ 句子不通 / 文理不通。❼ 普通的；一般的 ◆ 通常 / 通用 / 普通。❽ 全部；整個 ◆ 通盤計劃 / 通讀一遍。❾ 很；十分 ◆ 燈火通明 / 滿臉通紅。

【通行】tōng xíng　❶ 通過；經過 ◆ 步行街禁止車輛通行。❷ 流通；通用 ◆ 這種方言只在部分地區通行。

【通知】tōng zhī　❶ 把事情告訴人家，讓人知道 ◆ 你通知有關人員明天開會。❷ 通知事情的文書或口信 ◆ 入學通知已收到。

【通俗】tōng sú　內容淺顯，容易被理解和接受的 ◆ 這本書寫得通俗易懂。

【通信】tōng xìn　互相寫信互通消息 ◆ 有了電話，大家就很少通信了。

【通訊】tōng xùn　❶ 利用電訊設備傳遞信息 ◆ 電話、傳真機、電郵網絡等都是重要的通訊工具。❷ 新聞體裁之一，指比一般新聞更詳細、更生動的事件或人物報導 ◆ 新華社發表長篇通訊，報導軍民眾一心抗洪救災的感人事跡。

【通病】tōng bìng　通常都會有的缺點 ◆ 愛吃零食是一些孩子的通病。

【通宵】tōng xiāo　整個晚上 ◆ 我們加班幹了一個通宵。

（注意）"宵"不要錯寫成"霄"。

【通常】tōng cháng　平常；一般 ◆ 媽

媽通常是下午五點鐘下班。

【通順】tōng shùn　語句連貫順暢 ◆ 這篇習作文句通順，結構完整。（同）通暢。

【通過】tōng guò　❶ 從一頭到另一頭；穿過 ◆ 汽車通過大橋。❷ 經過；用某種方法、手段 ◆ 這件事可以通過協商來解決。❸ 獲批准；同意 ◆ 大會通過了你的提案。

【通暢】tōng chàng　❶ 沒有堵塞 ◆ 道路通暢，運行正常。（同）暢通。❷ 順流暢 ◆ 文章寫得很通暢。

【通緝】tōng jī　警方發出通告，捉拿在逃的犯人 ◆ 警方已下了通緝令捉拿這幾名罪犯。

【通融】tōng róng　變通；放寬限度 ◆ 這事能不能通融一下？

【通宵達旦】tōng xiāo dá dàn　從黃昏直到天亮 ◆ 工地上通宵達旦地施工，使周圍居民日夜間無法安息。

☑ 交通、流通、變通、一竅不通、水泄不通、融會貫通

達 ⁸　土 圥 坴 幸 達 達 達

[kuí ㄎㄨㄟˊ 粵kwɐi⁴ 葵]

四通八達的道路。多作人名用字。

逶 ⁸　禾 委 委 逶 逶

[wēi ㄨㄟ 粵wɐi¹ 威]

見"逶迤"。

【逶迤】wēi yí　形容道路、山脈、河流等彎彎曲曲連綿不斷的樣子 ◆ 羣山逶迤。

進 (进) ⁸　亻 佳 佳 进 进 进

[jìn ㄐㄧㄣˋ 粵dzœn³ 俊]

❶向前移動；跟"退"相對 ◆ 前進 /
進步。❷從外向裏；跟"出"相對 ◆
進屋 / 走進學校。❸收入；買入 ◆
進賬 / 進款 / 進貨。❹獻上 ◆ 進貢。

【進化】jìn huà　事物由低級到高級、
由簡單到複雜的逐漸變化過程 ◆ 事物
有一定的進化過程。⚋ 退化。

【進行】jìn xíng　❶從事；做 ◆ 警方
立即進行調查。❷前進 ◆ 隊伍在進
行曲中走過主席台。⚋ 行進。

【進攻】jìn gōng　主動出擊；發動攻
勢 ◆ 向敵軍司令部進攻 / 我隊的進
攻勢頭不減，最終以三比一獲勝。⚋
防守。

【進步】jìn bù　有提高；有進展；不
落後 ◆ 孩子的學習成績大有進步。
⚋ 落後。

【進度】jìn dù　進展的速度 ◆ 大橋的
施工進度很快，可提前一個月完工。

【進修】jìn xiū　為提高業務水平而進
一步學習 ◆ 她正在進修外語。

【進展】jìn zhǎn　向前推進 ◆ 各項工
作進展順利。

⚏引進、先進、改進、長進、促進、循
序漸進

週(周)　冂月用用用周週调　週
[zhōu ㄓㄡ ⟨粵⟩dzeu¹ 舟]

❶循環 ◆ 週期 / 週而復始。❷一星
期稱一週 ◆ 週末 / 週記。❸一整年
◆ 週年 / 週歲。❹全；普遍 ◆ 週身 /
眾所週知。

【週而復始】zhōu ér fù shǐ　復始；重
新開始。一次又一次地不斷循環 ◆ 月
亮圓了又缺，缺了又圓，週而復始。

⚏週刊

逸　ㄅ夕兔兔逸逸　逸
[yì ㄧˋ ⟨粵⟩jet⁹ 日]

❶跑；逃跑 ◆ 四處逃逸。❷散失；
失傳 ◆ 逸文 / 遺聞逸事。❸安閒；
休息 ◆ 安逸 / 以逸待勞。❹超出一
般 ◆ 超逸 / 逸羣。

⚏好逸惡勞、一勞永逸

逮　ㄋ肀肀隶隶逮　逮
⟨一⟩[dài ㄉㄞˋ ⟨粵⟩dei⁶ 弟]

❶捉拿；拘捕 ◆ 逮捕。

⟨二⟩[dǎi @(# tdɐi⁶ 弟]

❷捉 ◆ 貓逮老鼠 / 逮住了小偷。

【逮捕】dài bǔ　捉；捉拿 ◆ 兩名逃犯
已被逮捕。

達(达)　土产宇室肇達達　達
[dá ㄉㄚˊ ⟨粵⟩dat⁹]

❶通 ◆ 直達車 / 四通八達。❷到；
到達 / 抵達。❸實現 ◆ 達成協議 /
不達目的，誓不罷休。❹告訴；表示
◆ 表達 / 傳達。❺明白事理；認識透
徹 ◆ 明達 / 知書達理。❻顯貴；地
位高 ◆ 顯達 / 達官貴人。

【達成】dá chéng　得到；實現 ◆ 雙方
經過商談達成協議。

⚏詞不達意、通情達理、欲速不達

逼　一□畐畐偪逼逼　逼
[bī ㄅㄧ ⟨粵⟩bik⁷ 壁]

❶強迫；威脅 ◆ 逼迫 / 威逼利誘。
❷非常接近 ◆ 逼真 / 逼近。

【逼迫】bī pò　強迫；施加壓力 ◆ 他
是被人逼迫才不得不這樣做的。

【逼上梁山】bī shàng liáng shān　《水
滸》中林沖等人被官府逼迫而上梁山造
反。後用來指被迫進行反抗或不得不採
取某種行動 ◆ 經多次協商，對方就是
不肯履行合約，我們被逼上梁山，只
好向法庭起訴。

遇　日号禺禺禺遇遇　遇
[yù ㄩˋ ⟨粵⟩jy⁶ 預]

❶碰上；相逢 ◆ 遇見 / 百年不遇。
❷對待；接待 ◆ 禮遇 / 待遇。❸機
會 ◆ 機遇 / 際遇。

【遇見】yù jiàn　碰到 ◆ 我在車站遇
見了他。

【遇刺】yù cì　被暗殺 ◆ 一名外交官
不幸遇刺身亡。

【遇害】yù hài　遭到殺害 ◆ 這次事件
中有一人遇害。

【遇難】yù nàn　遭迫害或意外事故而
死亡 ◆ 因飛機失事，乘客全部遇難。
⚋ 罹難。

⚠ "難"不讀 nán（南）。

⚏巧遇、冷遇、遭遇

遏　冂号号号遏遏遏　遏
[è ㄜˋ ⟨粵⟩at⁸/ŋat⁸ 壓]

阻止；抑止 ◆ 遏止 / 怒不可遏。

【遏制】è zhì　制止；抑制 ◆ 亂捕亂
殺受保護動物的行為已得到遏制。

過(过)　冂咼咼咼過過過　過
⟨一⟩[guò ㄍㄨㄛˋ ⟨粵⟩gwo³ 果³]

❶經過 ◆ 過河 / 過橋。❷超出 ◆ 過
分 / 過半數。❸過於；太 ◆ 過獎 /
過謙。❹轉移 ◆ 過户 / 過賬。❺錯
誤 ◆ 過錯 / 悔過自新。❻放在動詞
後面，表示已經完成或曾經發生過 ◆
吃過了 / 他來過。

⟨二⟩[guō ㄍㄨㄛ ⟨粵⟩gwo¹ 戈]

❼姓。

【過分】guò fèn　超出一定的限度 ◆
你的玩笑開得太過分了。⚋ 過度。

【過失】guò shī　由於疏忽造成的錯誤
◆ 我無意中傷害了你，請原諒我的過
失。⚋ 過錯。

【過度】guò dù　超過限度 ◆ 過度疲
勞容易傷害身體。⚋ 過分。

【過問】guò wèn　參加意見；干預；
關心地問起 ◆ 這是你們的私事，我不
想過問。

【過程】guò chéng　事情的經過；進行
的程序 ◆ 這件事情的過程並不複雜。

【過渡】guò dù　❶從一個階段逐漸轉
到另一個階段 ◆ 校長助理是為將來正
式擔任校長所作的過渡性安排。❷
文章中承上啟下作用的語句或段落
◆ 這一段是文章的過渡段。

【過錯】guò cuò　過失；錯誤 ◆ 這確
實是你的過錯。

【過濾】guò lǜ　液體或氣體通過有關
材料或裝置而得到淨化 ◆ 這種純淨水

是經過層層過濾的。

◁ 過時、過敏、過量

▷ 通過、超過、難過、得過且過、言過其實、矯枉過正、閉門思過

9 **遁** 𠂆 𠂆 盾 遁 遁 遁 [遁]

[dùn ㄉㄨㄣˋ [粵] dœn⁶ 頓]

逃走；隱避 ◆ 逃遁／遁入空門。

9 **逾** 𠆢 亼 俞 俞 逾 逾 [逾]

[yú ㄩˊ [粵] jy⁴ 如]

越過；超過 ◆ 逾越／逾期。

【逾越】yú yuè　超過；超越 ◆ 這種做法是逾越常規的。

9 **遊**(游) 亠 方 方 斿 遊 遊 [遊]

[yóu ㄧㄡˊ [粵] jɐu⁴ 由]

❶ 玩；從容地行走 ◆ 遊玩／遊覽。❷ 相互交往 ◆ 交遊很廣。❸ 不固定的；經常移的 ◆ 遊牧／無業遊民。

【遊行】yóu xíng　為了慶祝、紀念或示威等很多人結隊而行 ◆ 遊行隊伍經過市區主要街道。

【遊客】yóu kè　遊覽的人 ◆ 這裏風景如畫，一年四季遊客不斷。

【遊蕩】yóu dàng　不務正業，到處閒逛 ◆ 你應該找點事做，不能整天遊蕩。

【遊戲】yóu xì　❶ 民間娛樂活動 ◆ 孩子們在玩捉迷藏遊戲。❷ 玩耍 ◆ 幾個小孩在草坪上遊戲。

【遊覽】yóu lǎn　從容行走，觀看風景 ◆ 遊客興致勃勃地遊覽長城。

【遊手好閒】yóu shǒu hào xián　遊手：空着手；指閒着不做事。好閒：貪圖安逸。形容閒逛懶散，不愛勞動 ◆ 他改變了過去遊手好閒的惡習。[同] 好逸惡勞。

◁ 遊記、遊藝、遊山玩水

▷ 旅遊、導遊

9 **道** 丷 丷 首 首 道 道 [道]

[dào ㄉㄠˋ [粵] dou⁶ 稻]

❶ 路 ◆ 道路／街道／羊腸小道。❷ 方法；途徑 ◆ 門道／治學之道。❸ 正義；事理 ◆ 道義／道理。❹ 道教的簡稱 ◆ 道觀／道士。❺ 説 ◆ 道歉／常言道。❻ 量詞 ◆ 一道題目／一道名菜／第一道工序。

【道理】dào ·li　事理；規律；理由 ◆ 説話不講道理／老師在物理課上講了許多科學道理／他這樣做有他的道理。

【道路】dào lù　❶ 路 ◆ 這地方道路四通八達。❷ 比喻人生的歷程或事物發展的進程 ◆ 年輕人成長的道路是曲折的。

【道歉】dào qiàn　説對不起；表示歉意或認錯 ◆ 是你錯怪了他，應該向他道歉。

【道德】dào dé　人與人之間相互關係的行為準則和規範 ◆ 人人都應遵守公共道德。

【道聽途説】dào tīng tú shuō　路上聽到的。指沒有根據的傳聞 ◆ 這些道聽途説的話你也相信？

◁ 道別、道謝

▷ 公道、厚道、軌道、背道而馳、志同道合、怨聲載道、微不足道

9 **遂** 丷 ㇇ 豕 豕 遂 遂 [遂]

〈一〉[suì ㄙㄨㄟˋ [粵] sœy⁶ 睡]

❶ 順；如意 ◆ 遂心／遂願。❷ 成功 ◆ 陰謀未遂／未遂政變。

〈二〉[suí ㄙㄨㄟˊ [粵] sœy⁶ 睡]

❸ 義同 ❶，用於“半身不遂”。

9 **運**(运) 冖 冐 軍 軍 運 運 [運]

[yùn ㄩㄣˋ [粵] wɐn⁶ 混]

❶ 移動；轉動 ◆ 運動／運轉。❷ 搬運；輸送 ◆ 運輸／空運。❸ 利用；使用 ◆ 運用／運筆。❹ 運氣 ◆ 幸運／祝你好運。

【運用】yùn yòng　使用；利用 ◆ 學習詞語不但要懂得它的意思，還要會運用。

【運行】yùn xíng　沿着一定的線路運轉 ◆ 人造衞星在預定軌道上運行。

【運河】yùn hé　人工挖掘的可以通航的河 ◆ 中國的南北大運河已有一千多年的歷史。

【運氣】yùn ·qi　命運；幸運 ◆ 他運氣好，中了大獎。

【運動】yùn dòng　❶ 物體位置發生變化的現象 ◆ 天體運動。❷ 指體育活動 ◆ 我喜歡排球運動。❸ 規模較大的羣眾性社會活動 ◆“五四”運動具有深遠的意義。

【運算】yùn suàn　運用數學方法計算 ◆ 電子計算機的運算速度大大超過以往任何計算工具。

【運輸】yùn shū　轉運輸送人和物資 ◆ 發展鐵路、公路、航空，提高運輸能力。

◁ 運載、運轉、運籌帷幄

▷ 走運、命運、客運、貨運、時來運轉

9 **遍** 户 肩 扁 扁 遍 遍 [遍]

[biàn ㄅㄧㄢˋ [粵] pin³ 片]

❶ 到處；全面 ◆ 普遍／漫山遍野。❷ 量詞，表示次數 ◆ 讀一遍／再讀一遍。

【遍地】biàn dì　到處 ◆ 樹林裏，遍地都是枯枝敗葉。

【遍體鱗傷】biàn tǐ lín shāng　滿身都是像魚鱗一樣密的傷痕。形容傷勢嚴重 ◆ 綁匪把他打得遍體鱗傷。

9 **違**(违) 𠂉 𠂉 吾 韋 違 違 [違]

[wéi ㄨㄟˊ [粵] wɐi⁴ 惟]

❶ 不遵守；不順從 ◆ 違法／陽奉陰違。❷ 離別 ◆ 久違。

【違反】wéi fǎn　不遵守；不符合 ◆ 不要違反校規。

【違抗】wéi kàng　違背抗拒 ◆ 這是上級的命令，不得違抗。

【違法】wéi fǎ　違反法律 ◆ 販賣盜版光碟是違法行為。

【違背】wéi bèi　違反；不遵守 ◆ 這種行為違背了做人的起碼道德／違背自己的諾言會失去別人的信任。

▷ 事與願違

10 **遠**(远) 土 吉 袁 袁 遠 遠 [遠]

[yuǎn ㄩㄢˇ [粵] jyn⁵ 軟]

❶ 距離長；時間久；跟"近"相對 ◆ 遠方／遙遠。❷ 關係疏；不親密 ◆ 疏遠／遠房親戚。❸ 差別大 ◆ 相差很遠／不如從前。

【遠大】yuǎn dà　長遠而寬廣 ◆ 他從小就有遠大的理想。

【遠足】yuǎn zú　徒步到較遠的地方去遊玩 ◆ 老師帶我們去離島遠足。

【遠見】yuǎn jiàn　長遠的眼光 ◆ 做事要有遠見，不能光顧眼前。

【遠走高飛】yuǎn zǒu gāo fēi　到很遠的地方去 ◆ 他已遠走高飛，到外國深造去了。

☒ 遠洋、遠遊、遠親不如近鄰

☒ 久遠、永遠、長遠、敬而遠之、深謀遠慮、任重道遠

遭
⺖ 串 書 書 遣 遣　遣
[qiǎn ㄑㄧㄢˇ ⏺ hin² 顯]

❶ 派；打發 ◆ 派遣／遣送／調兵遣將。❷ 消磨；排解 ◆ 消遣／排遣。

☒ 差遣、調遣

遞
⺁ 庐 庐 庑 遞 遞　遞
[dì ㄉㄧˋ ⏺ dei⁶ 第]

❶ 傳送 ◆ 傳遞／郵遞／遞交。❷ 順次 ◆ 遞補／遞增。

遙
夕 乡 名 名 谣 谣　遙
[yáo ㄧㄠˊ ⏺ jiu⁴ 搖]

遠 ◆ 遙遠／千里之遙。

【遙控】yáo kòng　遠距離操縱 ◆ 現在的電視機都有遙控裝置。

【遙遠】yáo yuǎn　很遠 ◆ 路途遙遠。

【遙相呼應】yáo xiāng hū yìng　遠遠地互相配合、照應 ◆ 文章的開頭和結尾遙相呼應。

10 遜 (逊)
孑 孫 孫 孫 遜 遜　遜
[xùn ㄒㄩㄣˋ ⏺ sœn³ 信]

❶ 謙虛 ◆ 謙遜／出言不遜。❷ 差；不如 ◆ 毫不遜色／稍遜一籌。

注意 "遜"不讀 sūn（孫）。

【遜色】xùn sè　差；比不上 ◆ 這幅畫跟那幅畫相比，就遜色多了。

11 遨 (遨)
士 圭 圭 敖 敖 遨　遨
[áo ㄠˊ ⏺ ŋou⁴ 熬]

遊歷；遊逛 ◆ 遨遊太空。

【遨遊】áo yóu　漫遊；遊歷 ◆ 遨遊太空的夢想將成為現實。

11 遭
一 曲 曲 曹 遭 遭　遭
[zāo ㄗㄠ ⏺ dzou¹ 糟]

遇到不幸的事 ◆ 遭災／遭難。

【遭受】zāo shòu　受到。用於不幸或不利方面 ◆ 工作上的失誤，使公司遭受巨大的經濟損失。

【遭殃】zāo yāng　遭到災禍 ◆ 破壞生態環境，人類就會遭殃。

【遭遇】zāo yù　❶ 遇到；碰上 ◆ 今年已多次遭遇強颱風的侵襲。❷ 遇到的事情。多指不幸的 ◆ 他永遠不會忘記童年那悲慘的遭遇。

11 遷 (迁)
西 栗 栗 晷 遷 遷　遷
[qiān ㄑㄧㄢ ⏺ tsin¹ 千]

❶ 轉移；由一個地方搬到另一個地方 ◆ 遷移／遷居。❷ 改變 ◆ 變遷／事過境遷。

【遷移】qiān yí　從一處搬到另一處 ◆ 我們學校遷移到新址去了。

【遷徙】qiān xǐ　遷移 ◆ 這裏的人大多是從別處遷徙來的。

【遷就】qiān jiù　不堅持自己的主意而將就別人 ◆ 家長不應一味地遷就孩子。

☒ 喬遷、見異思遷

11 遮
广 庐 庶 庶 遮 遮　遮
[zhē ㄓㄜ ⏺ dze¹ 嗟]

擋住；掩蓋 ◆ 遮擋／遮風擋雨。

【遮蓋】zhē gài　遮住；掩蓋 ◆ 落葉把小路遮蓋住了。

【遮蔽】zhē bì　遮掉；擋住 ◆ 撐傘可以遮蔽陽光／高樓遮蔽了視線。

☒ 遮羞、遮醜、遮攔

11 適 (适)
一 丬 商 商 滴 滴　適
[shì ㄕˋ ⏺ sik⁷ 式]

❶ 切合 ◆ 適合／適用。❷ 正好 ◆ 大小適中／適得其反。❸ 舒服 ◆ 舒適／身體不適。❹ 剛才 ◆ 適才。❺ 去；往 ◆ 無所適從。

【適中】shì zhōng　正合適 ◆ 這件衣服價格適中。

【適用】shì yòng　適合使用；合用 ◆ 這本參考書很適用。

【適合】shì hé　符合 ◆ 這些運動項目對中小學生比較適合。

【適宜】shì yí　合適；合宜 ◆ 他適宜於做這種工作。⊜ 適當。

【適當】shì dàng　合適；恰當 ◆ 這個工作至今還沒找到適當的人選。⊜ 適宜。

【適應】shì yìng　順應；符合客觀條件或需要 ◆ 他剛來，對這裏的環境還不太適應。

【適可而止】shì kě ér zhǐ　到了適當的程度就停止，不要過分 ◆ 吃東西要適可而止，不要暴飲暴食。

【適得其反】shì dé qí fǎn　結果跟願望正好相反 ◆ 過多食用補品，效果會適得其反。⊝ 如願以償。

☒ 適逢、適齡

☒ 削足適履

11 蓬
見艸部，370 頁。

12 遼 (辽)
大 九 尞 尞 潦 潦　遼
[liáo ㄌㄧㄠˊ ⏺ liu⁴ 聊]

❶ 遠 ◆ 遼闊。❷ 遼寧省的簡稱。

【遼遠】liáo yuǎn　遙遠 ◆ 星星在遼遠的天空中閃閃發光。

注意 "遼遠"多用於地域、空間等。

【遼闊】 liáo kuò 廣闊 ◆ 馬兒奔馳在遼闊的草原上。

¹² 遺（遗） 中 虫 書 貴 遺 遺 遺

〈一〉[yí ㄧˊ 粵 wɐi⁴ 惟]
❶ 丟失；漏掉 ◆ 遺失／遺漏。❷ 遺失的東西 ◆ 路不拾遺，夜不閉戶。❸ 專指死人留下的 ◆ 遺囑／遺產。❹ 留下的 ◆ 遺留／不遺餘力。

〈二〉[wèi ㄨㄟˋ 粵 wɐi⁶ 位]
❺ 贈送 ◆ 遺贈。

【遺失】 yí shī 不小心丟失 ◆ 駕駛員把乘客遺失的東西送還失主。

【遺忘】 yí wàng 忘記 ◆ 童年時候的事情，有的還記得，有的已經遺忘了。 同 忘卻。 反 記得。

【遺產】 yí chǎn ❶ 人死後留下的財產 ◆ 繼承遺產。❷ 借指歷史上遺留下來的精神或物質財富 ◆ 中國的古籍浩如煙海，是寶貴的文化遺產。

【遺棄】 yí qì 拋棄；丟棄 ◆ 這些東西是原來的房客遺棄的。

【遺傳】 yí chuán 生物體的構造和生理機能等代代相傳 ◆ 他個子高大，跟遺傳基因有關。

【遺漏】 yí lòu 因疏忽而漏掉 ◆ 在抄寫中遺漏了一行字。

【遺憾】 yí hàn ❶ 不稱心；惋惜；抱歉 ◆ 很遺憾，大哥今年沒有能考上大學／你託我辦的事沒能辦好，我感到很遺憾。❷ 感到悔恨或不稱心的事情 ◆ 一念之差成了終生遺憾。

【遺囑】 yí zhǔ 死者生前對本人財產或其他事情的處理所作的囑咐 ◆ 爺爺在臨終前立下了遺囑。

◸ 遺址、遺物、遺書、遺願
◿ 補遺

¹² 遵 艹 芢 酋 尊 遵 遵 遵

[zūn ㄗㄨㄣ 粵 dzœn¹ 津]
依照；按照 ◆ 遵守／遵照。

【遵守】 zūn shǒu 按規定行動；不違反 ◆ 人人都要遵守交通規則。

【遵循】 zūn xún 遵照；依照 ◆ 人人必須遵循規章制度辦事。

【遵照】 zūn zhào 按照；依照 ◆ 遵照校長指示，學校開展了一週的清潔運動。

¹² 遲（迟） 尸 尸 犀 犀 犀 遲 遲

[chí ㄔˊ 粵 tsi⁴ 池]
❶ 緩慢；不迅速 ◆ 遲緩／事不宜遲。
❷ 晚；跟"早"相對 ◆ 遲到／別睡得太遲了。

【遲到】 chí dào 比規定的時間到得晚 ◆ 他上學從不遲到。 反 早到。

【遲鈍】 chí dùn 反應慢 ◆ 腦子遲鈍不等於笨。 反 敏捷。

【遲緩】 chí huǎn 緩慢 ◆ 爺爺老了，動作也遲緩了。 反 迅速。

【遲疑】 chí yí 猶豫 ◆ 要趕快拿定主意，不要再遲疑了。

◿ 延遲、推遲

¹² 選（选） 已 巴 罪 巽 選 選 選

[xuǎn ㄒㄩㄢˇ 粵 syn² 損]
❶ 挑揀 ◆ 選擇／挑選。❷ 指選舉 ◆ 大選／競選。❸ 選出來的 ◆ 人選／選手。

【選拔】 xuǎn bá 挑選人才 ◆ 這是一次選拔賽。

【選擇】 xuǎn zé 挑選 ◆ 現在有兩種工作可以供你選擇。

【選舉】 xuǎn jǔ 用投票或舉手等方式選出有關人員 ◆ 全班同學選舉李明當班長。

◸ 選民、選材、選取、選集
◿ 入選、推選、候選人

¹³ 邁（迈） 一 芇 莴 萬 萬 邁 邁

[mài ㄇㄞˋ 粵 mai⁶ 賣]
❶ 抬起腳向前走；跨越 ◆ 邁步／邁不過去／邁向二十一世紀。❷ 年老 ◆ 年邁／老邁。

【邁步】 mài bù 邁開步伐；緩慢地走 ◆ 他倆有說有笑，在公園小徑邁步。

【邁進】 mài jìn 大步向前走 ◆ 在新的一年，我們要向更高的目標邁進。
◿ 豪邁

¹³ 還（还） 四 罒 景 睘 睘 還 還

〈一〉[huán ㄏㄨㄢˊ 粵 wan⁴ 環]
❶ 返回原來的地方；回復原來的狀態 ◆ 還鄉／還原／返老還童。❷ 送還借的東西 ◆ 還書／歸還。❸ 回報 ◆ 還禮／罵不還口，打不還手。

〈二〉[hái ㄏㄞˊ 粵 wan⁴ 環]
❹ 仍舊 ◆ 還在看書／還住在老地方。❺ 更加 ◆ 比進口的還貴／今天比昨天還熱。❻ 再；又 ◆ 看了還看／還要去一次。❼ 表示程度上勉強過得去 ◆ 成績還可以。❽ 表示早已如此 ◆ 還在小學時，他們就是好朋友了。❾ 用來加強反問語氣 ◆ 說了幾遍，你還不明白嗎？

【還是】 hái ·shi ❶ 仍然是；沒有改變 ◆ 兩人約好，還是老地方見面。❷ 表示選擇 ◆ 去還是不去，請你作決定。❸ 表示程度上勉強過得去 ◆ 成績還是可以的。

【還原】 huán yuán 恢復到原來狀態 ◆ 東西都打爛了，無法再還原了。

【還擊】 huán jī 回擊 ◆ 自衛還擊。
◿ 交還、送還、退還、償還

¹³ 邀 白 身 身 敫 邀 邀 邀

[yāo ㄧㄠ 粵 jiu¹ 腰]
❶ 約請 ◆ 邀請／特邀。❷ 求得 ◆ 邀功請賞。

【邀請】 yāo qǐng 請 ◆ 邀請作家到學校演講。

¹³ 避 昌 圹 脖 辟 避 避 避

[bì ㄅㄧˋ 粵 bei⁶ 鼻]
❶ 躲開 ◆ 逃避／躲避。❷ 防止 ◆ 避免。

【避免】 bì miǎn 防止 ◆ 開車要小心避免發生意外。

【避暑】bì shǔ　為避免炎熱天氣而到涼快的地方去 ◆ 這裏是北方，又在海邊，是避暑的好地方。

【避難】bì nàn　躲避災難 ◆ 他要求到大使館避難。

(注意) "難" 不讀 nán（南）。

☑ 避雨、避嫌、避重就輕

☑ 迴避、退避三舍

邊（边）

[biān ㄅㄧㄢ ⑧bin¹ 鞭]

❶ 物體的四周、外緣 ◆ 海邊／邊境。❷ 表示近旁 ◆ 身邊／旁邊。❸ 表示方位或方面 ◆ 左邊／後邊／一邊吃，一邊談。

【邊界】biān jiè　國與國之間、地區與地區之間的界線 ◆ 中國有些邊界地區貿易活動很活躍。

【邊境】biān jìng　緊靠邊界的地方 ◆ 海關人員在邊境加強巡邏，以防非法入境人士。

【邊際】biān jì　邊緣；界限 ◆ 茫茫草原，望不到邊際／說話不着邊際。

【邊疆】biān jiāng　靠近國界的領土 ◆ 邊疆人民與內地人民交往很密切。

邏（逻）

[luó ㄌㄨㄛˊ ⑧lo⁴ 羅]

巡察 ◆ 巡邏。

【邏輯】luó jí　思維的規律 ◆ 講話要合乎邏輯。

邑 部

邑

[yì ㄧˋ ⑧jep⁷ 泣]

都城；城市 ◆ 都邑／通都大邑。

邢

[xíng ㄒㄧㄥˊ ⑧jin⁴ 形]

姓。

邪

[xié ㄒㄧㄝˊ ⑧tsɛ⁴ 斜]

不正當的思想或行為 ◆ 邪念／改邪歸正。

【邪念】xié niàn　不正當的或卑鄙的念頭 ◆ 一個人邪念抬頭，往往會做壞事。

【邪惡】xié è　不正派；兇惡 ◆ 社會上的邪惡勢力還很囂張。

【邪門歪道】xié mén wāi dào　不正當的門路、途徑 ◆ 我們要採取正當措施，不搞邪門歪道。

(注意) "邪門歪道" 也作 "歪門邪道"。

☑ 歪風邪氣

邦

[bāng ㄅㄤ ⑧bɔŋ¹ 幫]

國家 ◆ 邦交／鄰邦。

【邦交】bāng jiāo　國家之間的正式外交關係 ◆ 國與國之間可以藉體育運動建立邦交。

☑ 友邦

祁

見示部，306 頁。

那

〈一〉[nà ㄋㄚˋ ⑧na⁵ 拿⁵]

❶ 指示代詞，表示遠指；跟 "這" 相對 ◆ 那裏／那地方／這山望着那山高。❷ 承接上文，說明後果；相當於 "那麼" ◆ 實在沒有辦法，那就算了。

〈二〉[nèi ㄋㄟˋ ⑧na⁵ 拿⁵]

❸ 義同 ❶，在口語中常用在量詞與數量詞之前 ◆ 那個人／那些玩具。

【那麼】nà ·me　❶ 指示方式、程度、數量等 ◆ 這字不該那麼寫。❷ 表示承接上文，說明後果。常與 "如果"、"要是" 等搭配使用 ◆ 如果你願意去的話，那麼我們就一起去。

邯

[hán ㄏㄢˊ ⑧hɔn⁴ 韓]

邯鄲：地名，在河北省。

邱

[qiū ㄑㄧㄡ ⑧jɐu¹ 休]

姓。

邸

[dǐ ㄉㄧˇ ⑧dɐi² 底]

高級官員的住所 ◆ 官邸。

耶

見耳部，343 頁。

郁

〈一〉[yù ㄩˋ ⑧juk⁷ 沃]

❶ 香氣濃烈 ◆ 馥郁／濃郁。

〈二〉[yù ㄩˋ ⑧wɐt⁷ 屈]

❷ "鬱" 的簡化字，見 464 頁。

郊

[jiāo ㄐㄧㄠ ⑧gau¹ 交]

城市周圍的地區 ◆ 郊區／市郊。

☑ 郊外、郊遊、郊野

☑ 近郊、遠郊

郎

[láng ㄌㄤˊ ⑧lɔŋ⁴ 狼]

❶ 對青年男子的稱呼 ◆ 令郎／郎才女貌。❷ 女子稱丈夫或情人 ◆ 郎君／情郎。❸ 對某種人的稱呼 ◆ 貨郎／放牛郎。❹ 古代官名 ◆ 侍郎／員外郎。

郝

[hǎo ㄏㄠˇ ⑧kɔk⁸ 確]

姓。

郡

[jùn ㄐㄩㄣˋ ⑧gwɐn⁶ 君⁶]

古代的行政區劃名稱，比現在的縣要大 ◆ 郡縣。

8 都　土耂者者都　都

〈一〉[dū ㄉㄨ ⑧dou¹ 刀]
❶ 首都：一國中央政府的所在地 ◆ 國都 / 建都。❷ 大城市 ◆ 都市 / 都會。

〈二〉[dōu ㄉㄡ ⑧dou¹ 刀]
❸ 全；統統 ◆ 大家都來了 / 手心手背都是肉。❹ 加重語氣 ◆ 連小學生都明白。

【都市】dū shì　大城市 ◆ 都市生活豐富多彩。

【都會】dū huì　大城市 ◆ 香港是個國際大都會。

8 郴　一十才林林郴郴　郴

[chēn ㄔㄣ ⑧tsɐm¹ 侵]
郴州市、郴縣：地名，在湖南省。

8 部　一一立咅咅部部　部

[bù ㄅㄨ ⑧bou⁶ 步]
❶ 部分；部位 ◆ 局部 / 內部 / 胸部。❷ 某些機關、單位按業務而設立的部門 ◆ 外交部 / 編輯部 / 門市部。❸ 指軍隊 ◆ 部隊 / 率部突圍。❹ 統率 ◆ 所部 / 部下。❺ 量詞，用於書籍、影片等 ◆ 一部字典 / 兩部電影 / 一部汽車。

【部下】bù xià　下級；下屬 ◆ 首長對部下很關心。

【部分】bù·fen　整體中的若干個 ◆ 學校裏的部分同學愛好足球。⚏ 全體。
〔注意〕"部分"又作"部份"。

【部件】bù jiàn　構成機器、設備等的較大物件 ◆ 這種汽車的許多部件都是國產的。

【部位】bù wèi　地方；位置 ◆ 用X光照片確定腫瘤的部位。
〔注意〕"部位"多用於人的身體。

【部門】bù mén　整體裏的某一部分 ◆ 公司召集部門經理開會。

【部首】bù shǒu　字典、詞典對漢字形體偏旁歸類後分出的類別。如 "銅" 字的部首是 "金"，"想" 字的部首是 "心" 等。

【部隊】bù duì　軍隊 ◆ 駐港部隊擔負着保衛香港的重大使命。

【部署】bù shǔ　安排；佈置 ◆ 學校正在部署下一學期的工作。

【部落】bù luò　由兩個以上血緣相近的氏族構成的比較原始的社會組織 ◆ 現在有些國家的偏僻地區還有部落存在。
☒ 分部、總部、按部就班

8 郭　一一亠亨亨享郭　郭

[guō ㄍㄨㄛ ⑧gwok⁸ 國]
❶ 外城 ◆ 城郭。❷ 姓。

9 鄂　口口四咢咢咢鄂　鄂

[è ㄜˋ ⑧ŋok⁹ 岳]
湖北省的別稱 ◆ 湘、鄂。

9 郵 (邮)　一一千千垂垂　郵

[yóu ㄧㄡˊ ⑧jɐu⁴ 由]
❶ 通過郵局寄送 ◆ 郵寄 / 郵匯。❷ 有關郵務的 ◆ 郵局 / 郵票。

【郵局】yóu jú　辦理郵政業務的機構 ◆ 郵局正在發行紀念郵票。

【郵票】yóu piào　貼在郵件上的郵資憑證 ◆ 紀念郵票很有收藏價值。
☒ 郵件、郵筒、郵購
☒ 通郵、集郵

9 鄉 (乡)　纟纟纟纟绉绉鄉鄉　鄉

[xiāng ㄒㄧㄤ ⑧hœŋ¹ 香]
❶ 農村 ◆ 鄉村 / 窮鄉僻壤。❷ 家鄉 ◆ 鄉親 / 故鄉。❸ 縣或縣以下的區所屬的農村行政區劃 ◆ 鄉長。

【鄉村】xiāng cūn　農村；主要從事農業生產，人口比較分散的地方 ◆ 她是一位鄉村女教師。

【鄉音】xiāng yīn　家鄉的口音 ◆ 鄉音難改。

【鄉親】xiāng qīn　❶ 同一家鄉的人 ◆ 一聽你的口音，就知道我們是鄉親。⊜ 老鄉。❷ 農村裏對當地農民的親熱稱呼 ◆ 各位父老鄉親，新年好！
☒ 鄉土、鄉間
☒ 同鄉、夢鄉、入鄉隨俗、背井離鄉

10 鄒 (邹)　ㄅ凵勹芻芻芻鄒　鄒

[zōu ㄗㄡ ⑧dzɐu¹ 周]
姓。

11 鄞　艹芦芦苩堇堇鄞　堇

[yín ㄧㄣˊ ⑧ŋɐn⁴ 銀]
鄞縣：地名，在浙江省。

11 鄙 (鄙)　口口吕吕啚啚鄙　啚

[bǐ ㄅㄧˇ ⑧pei² 披²]
❶ 粗俗；低劣 ◆ 鄙俗 / 卑鄙。❷ 輕視；看不起 ◆ 鄙視 / 鄙薄。❸ 表示自謙 ◆ 鄙人 / 鄙意。

【鄙視】bǐ shì　輕視；看不起 ◆ 即使一個人犯過錯誤，也不應該鄙視他。

12 鄲 (郸)　口口豆單單鄲　單

[dān ㄉㄢ ⑧dan¹ 丹]
邯鄲。見 "邯" 字，425 頁。

12 鄭 (郑)　艹苩首奠奠奠　奠

[zhèng ㄓㄥˋ ⑧dzɛŋ⁶ 井⁶]
姓。

【鄭重】zhèng zhòng　嚴肅認真 ◆ 外交部發表鄭重聲明。

【鄭重其事】zhèng zhòng qí shì　形容說話辦事態度非常嚴肅認真 ◆ 老師鄭重其事地告誡我，以後不許再欺負同學。

12 鄰 (邻)　丷米米粦粦粦鄰　舛

[lín ㄌㄧㄣˊ ⑧lɐn⁴ 倫]
❶ 貼近住家的人家 ◆ 鄰居 / 左鄰右舍。❷ 接壤的或接近的 ◆ 鄰國 / 鄰近。

【鄰邦】lín bāng　鄰國 ◆ 我們兩國是友好鄰邦。

【鄰居】lín jū　靠近住家的人或人家 ◆ 鄰居之間要和睦相處。
☒ 鄰里、鄰近
☒ 睦鄰、遠親不如近鄰

【邑部】

鄧 (邓)
ㄱ ㄤ ㄇ 怸 登 登 登 鄧 鄧
[dèng ㄉㄥˋ 粵 dɐŋ⁶ 燈⁶]
姓。

鄴 (邺)
业 业 业 业 業 業 鄴
[yè ㄧㄝˋ 粵 jip⁹ 業]
姓。

鄺 (邝)
广 户 庐 廣 廣 廣 鄺
[kuàng ㄎㄨㄤˋ 粵 kwɔŋ³ 曠]
姓。

酉 部

酉
一 厂 厂 丙 丙 酉 酉
[yǒu ㄧㄡˇ 粵 jɐu⁵ 有]
❶ 地支的第十位 ◆ 申酉戌亥。❷ 酉時：下午五時至七時。
☺ 圖見 92 頁。

酋
丷 厂 芍 芍 芍 酋 酋
[qiú ㄑㄧㄡˊ 粵 tsɐu⁴ 酬/jɐu⁴ 由（語）]
部落的首領；頭目 ◆ 酋長 / 匪酋。
【酋長】 qiú zhǎng 部落的首領 ◆ 在部落裏，酋長享有至高無上的權力。

酌
一 厂 丙 酉 酉 酌 酌
[zhuó ㄓㄨㄛˊ 粵 dzœk⁸ 雀]
❶ 斟酒；喝酒 ◆ 對酌 / 自斟自酌。❷ 指簡單的酒飯 ◆ 小酌 / 便酌。❸ 考慮；衡量 ◆ 斟酌 / 酌情處理。
【酌情】 zhuó qíng 斟酌情況；根據實際情況採取適當辦法 ◆ 對家庭困難的學生，學校可酌情減免他們的學費。

酒
氵 氵 沂 沂 洒 酒 酒
[jiǔ ㄐㄧㄡˇ 粵 dzɐu² 走]
用糧食或水果經發酵而製成的含有酒精的飲料，種類很多 ◆ 白酒 / 啤酒 / 葡萄酒。
【酒精】 jiǔ jīng 無色的可燃液體。是重要的化工原料，並有殺菌作用，醫療上用作消毒劑 ◆ 喝酒過量會酒精中毒。
注意 "酒精" 也叫 "乙醇"。
【酒窩】 jiǔ wō 歡笑時臉頰上出現的小圓窩 ◆ 她微笑時的兩個小酒窩很美。

配
一 厂 丙 酉 酉 酊 配
[pèi ㄆㄟˋ 粵 pui³ 佩]
❶ 按標準或規格加以調和或組合在一起 ◆ 配搭 / 裝配。❷ 有計劃地分派 ◆ 分配 / 配備。❸ 把缺少的東西補足 ◆ 配零件 / 配鑰匙。❹ 陪襯；襯托 ◆ 配角 / 紅花還要綠葉配。❺ 夠得上；相稱 ◆ 配當優等生 / 不配當警察。❻ 男女結婚 ◆ 婚配 / 配偶。❼ 使動物交配 ◆ 配種。
【配合】 pèi hé 互相合作 ◆ 全隊球員配合默契。
【配角】 pèi jué ❶ 戲劇、影視中的次要角色 ◆ 他獲得電影最佳配角獎。❷ 比喻做次要工作的人 ◆ 這件事他是主角，我只是配角。
注意 "角" 不讀 jiǎo（腳）。
【配偶】 pèi ǒu 夫妻中的一方 ◆ 配偶雙方享有同等的權利和義務。
【配備】 pèi bèi ❶ 按需要分配、安排人或物 ◆ 學校在每個課室裏配備有影音設備。❷ 裝備；設備 ◆ 警方的配備很先進。
【配搭】 pèi dā 跟主要的合在一起做陪襯 ◆ 這場戲中，主角和配角配搭得不錯。❀ 搭配。
⇨ 支配、分配

酗
一 厂 丙 酉 酉 酗 酗
[xù ㄒㄩˋ 粵 hœy³ 去]
酗酒：經常無節制地過量喝酒 ◆ 幾個大漢在酗酒鬧事。
注意 "酗" 不讀 xiōng（兇）。

酣
一 厂 丙 酉 酉 酣 酣
[hān ㄏㄢ 粵 ham⁴ 函]
❶ 飲酒暢快、盡興 ◆ 酣飲 / 酒酣耳熱。❷ 泛指舒暢、痛快 ◆ 酣睡 / 酣暢。
【酣睡】 hān shuì 睡得很熟 ◆ 一聲巨響，把我從酣睡中驚醒。

酥
一 厂 丙 酉 酉 酥 酥
[sū ㄙㄨ 粵 sou¹ 蘇]
❶ 酥油：從牛羊奶中提煉出來的脂肪。❷ 食物鬆脆 ◆ 酥糖 / 酥餅。❸ 鬆脆多油的食物 ◆ 桃酥 / 杏仁酥。❹ 身體軟弱無力 ◆ 四肢酥軟。

酮
一 厂 丙 酉 酊 酊 酮
[tóng ㄊㄨㄥˊ 粵 tuŋ⁴ 同]
有機化合物的一類，如丙酮。

酪
一 厂 丙 酉 酉 酪 酪
[lào ㄌㄠˋ 粵 lɔk⁹ 烙]
❶ 半凝固的乳製食品 ◆ 奶酪。❷ 用果實或果仁為原料做成的糊狀食品 ◆ 杏仁酪。
注意 "酪" 不讀 luò（洛）。

酬
一 厂 丙 酉 酊 酬 酬
[chóu ㄔㄡˊ 粵 tsɐu⁴ 囚]
❶ 用錢或物償付或答謝 ◆ 酬金 / 報酬。❷ 交際往來 ◆ 應酬。❸ 實現；達到願望 ◆ 壯志未酬。
【酬勞】 chóu láo ❶ 用錢物感謝出過力的人 ◆ 足球俱樂部酬勞全體隊員。❷ 報酬 ◆ 這是你應得的酬勞。
【酬謝】 chóu xiè 送上錢物表示感謝 ◆ 他們幫了你大忙，你要好好酬謝他們。

酵
一 厂 丙 酉 酊 酵 酵
[jiào ㄐㄧㄠˋ 粵 hau¹ 敲]
發酵：由於酶的化學作用使有機物生微菌，起泡變酸。發麪、釀酒都要經過發酵。

【注意】"醇"不讀 xiào（孝）。

---

⁷**酷**（酷）一 厂 丙 酉 酻 酻 **酷**

[kù ㄎㄨˋ ⑭ huk⁹ 鵠]

❶ 殘忍狠毒 ◆ 殘酷／冷酷無情。❷ 極；非常 ◆ 酷熱／酷似。

【酷暑】kù shǔ　炎熱的夏天 ◆ 建築工人在酷暑盛夏仍然堅持施工。⊠ 嚴寒。

【酷愛】kù ài　非常喜愛 ◆ 他從小酷愛音樂。

☒ 酷刑
☒ 嚴酷

---

⁷**酶**　一 厂 酉 酻 酻 酶 **酶**

[méi ㄇㄟˊ ⑭ mui⁴ 梅]

具有催化作用的有機物質，由蛋白質組成。也就是酵素。

---

⁷**酸**（酸）一 厂 丙 酉 酻 酻 酸 **酸**

[suān ㄙㄨㄢ ⑭ syn¹ D]

❶ 像醋的氣味或味道 ◆ 酸菜／酸梅／酸奶。❷ 悲痛；傷心 ◆ 辛酸／心酸。❸ 微痛而無力的感覺 ◆ 腰酸背痛。❹ 譏諷文人迂腐；貧窮或小氣 ◆ 說話酸溜溜的／寒酸／窮酸相／。

【酸甜苦辣】suān tián kǔ là　泛指各種味道。比喻人生經歷中各種各樣的遭遇、感受 ◆ 他外出打工多年，酸甜苦辣的人生滋味都嘗到了。

【注意】"酸甜苦辣"也作"甜酸苦辣"。

---

⁸**醋**　酉 酉 酉 酻 酻 醋 **醋**

[cù ㄘㄨˋ ⑭ tsou³ 燥]

❶ 有酸味的調味品，大都用糧食發酵做成 ◆ 米醋／老陳醋。❷ 比喻妒嫉 ◆ 吃醋／醋意大發。

---

⁸**醃**（腌）一 酉 酻 酻 酻 醃 **醃**

[yān ㄧㄢ ⑭ jim¹ 淹]

用鹽、糖等浸製食物 ◆ 醃肉／醃蘿蔔。

---

⁸**醇**　酉 酉 酉 酻 醇 醇 **醇**

[chún ㄔㄨㄣˊ ⑭ sœn⁴ 純]

❶ 酒味純厚 ◆ 醇酒／香醇可口。❷ 有機化合物的一類，如酒精也叫乙醇。

---

⁸**醉**　酉 酉 酉 酻 酻 醉 **醉**

[zuì ㄗㄨㄟˋ ⑭ dzœy³ 最]

❶ 喝酒過量，引起嘔吐或神志不清等現象 ◆ 醉漢／醉得不省人事。❷ 用酒浸製食物 ◆ 醉蝦／醉鴨。❸ 過分愛好或沉迷於某事 ◆ 醉心於武俠小說／沉醉在娛樂場所。

【醉醺醺】zuì xūn xūn　喝醉後神志不清的樣子 ◆ 飲酒要適量，不要喝得醉醺醺的。

【醉生夢死】zuì shēng mèng sǐ　像喝醉了酒和在夢中那樣，糊里糊塗地活着 ◆ 人要有理想，不能遊手好閒，醉生夢死。

☒ 麻醉、陶醉

---

⁹**醞**（酝）酉 酉 酻 酻 酻 醞 **醞**

[yùn ㄩㄣˋ ⑭ wen² 穩]

醞釀（yùn niàng）：造酒；比喻逐漸達到成熟的準備過程 ◆ 充分醞釀／醞釀候選人。

---

⁹**醒**　酉 酻 酻 酻 酻 醒 **醒**

[xǐng ㄒㄧㄥˇ ⑭ siŋ¹ 星／siŋ² 省／seŋ² 語]

❶ 睡覺過後或還沒睡着時的狀態 ◆ 一覺醒來／還醒着呢。❷ 酒醉、麻醉或昏迷後神志恢復正常 ◆ 酒醒了／蘇醒過來。❸ 覺悟過來 ◆ 醒悟／發人深醒。❹ 明顯；突出；引人注意 ◆ 醒目。

【醒目】xǐng mù　清楚明顯而引人注意 ◆ 這幅畫掛在這裏比較醒目。

【醒悟】xǐng wù　由迷糊變得清醒 ◆ 在老師的教導下，他終於醒悟過來，表示要痛改前非。圓 覺醒、覺悟。

☒ 清醒、提醒、如夢初醒

---

¹⁰**醛**（醛）酉 酉 酻 酻 酻 醛 **醛**

[quán ㄑㄩㄢˊ ⑭ tsyn⁴ 全]

有機化合物的一類，如甲醛。

---

¹⁰**醜**（丑）酉 酉 酻 酻 醜 醜 **醜**

[chǒu ㄔㄡˇ ⑭ tseu² 丑]

❶ 相貌難看；跟"美"相對 ◆ 醜小鴨／長得很醜。❷ 令人厭惡的；可恥的 ◆ 醜聞／醜態百出。

【醜化】chǒu huà　把美的事物歪曲成醜的 ◆ 他為人忠厚老實，你不要醜化他。⊠ 美化。

【醜陋】chǒu lòu　模樣長得難看 ◆ 他相貌醜陋，心地卻很善良。⊠ 美麗、漂亮。

【醜惡】chǒu è　可恥卑劣 ◆ 現實雖然醜惡，但公義是永遠長存的。

【醜態百出】chǒu tài bǎi chū　表現出各種各樣的醜惡的模樣或舉動 ◆ 當警察突然出現的時候，那些賭徒東躲西藏，醜態百出。

☒ 出醜、遮醜

---

¹⁰**醚**　酉 酻 酻 酻 酻 醚 **醚**

[mí ㄇㄧˊ ⑭ mei⁴ 迷]

有機化合物的一類，如乙醚。

---

¹¹**醫**（医）医 医 殹 殹 殹 **醫**

[yī ㄧ ⑭ ji¹ 衣]

❶ 治病 ◆ 醫治／醫療。❷ 指醫生 ◆ 軍醫／獸醫。❸ 指醫學 ◆ 醫書／中醫。

【醫生】yī shēng　用醫藥知識和技能給人治病的人 ◆ 救死扶傷是醫生的天職。

【醫治】yī zhì　治療 ◆ 有病要請醫生醫治。圓 醫療。

【醫院】yī yuàn　主要從事治療、護理病人工作的機構 ◆ 病人已送進醫院接受治療。

【醫學】yī xué　研究疾病的發生及其防治，以保護和增進人類健康的一門科學 ◆ 治療癌症是醫學上的一個難題

【醫療】yī liáo　醫治；治療 ◆ 這家醫院的醫療設備很先進。

【醫藥】yī yào　醫療和藥品 ◆ 他付不出那麼多醫藥費。

☑中醫、西醫、行醫、諱疾忌醫

¹¹醬(酱)　丶ㅗㅓㅓㅕ將　醬

[jiàng ㄐㄧㄤˋ ⑧dzœŋ³ 漲]

❶ 用發酵後的豆、麵等加鹽製成的糊狀調味品 ◆ 甜麵醬。❷ 用醬或醬油醃製的食品 ◆ 醬菜／醬黃瓜。❸ 像醬的糊狀食品 ◆ 蝦醬／花生醬。

¹⁴醺　酉 酉 酉 酉 酉 酉 醺

[xūn ㄒㄩㄣ ⑧fen¹ 分]

酒醉 ◆ 醉醺醺。

¹⁷釀(酿)　酉 酉 酉 酉 酉 酉 釀

[niàng ㄋㄧㄤˋ ⑧jœŋ⁶ 讓]

❶ 造酒 ◆ 釀造／釀酒。❷ 蜜蜂做蜜 ◆ 釀蜜。❸ 指酒 ◆ 佳釀／陳釀。❹ 逐漸形成 ◆ 醖釀已久／釀成大錯。

¹⁸釁(衅)　⺆⺆⺆⺆⺆⺆⺆ 釁

[xìn ㄒㄧㄣ ⑧jen³ 印]

找藉口生事；爭端 ◆ 挑釁／尋釁。

釆 部

釆　丿丷丷丷平釆 釆

[cǎi ㄘㄞˇ ⑧tsoi² 彩]

❶ 神態 ◆ 神采／興高采烈／無精打采。❷ "採"的簡化字，見180頁。

釉(釉)　丿丷丷平釆釉 釉

[yòu ㄧㄡˋ ⑧jeu⁶ 又]

塗在陶瓷表面的一種光滑的物質 ◆ 上釉／彩釉。

¹³釋(释)　丿丷平釆釆釋釋 釋

[shì ㄕˋ ⑧sik⁷ 式]

❶ 説明；解説 ◆ 解釋／註釋。❷ 消除 ◆ 消釋／渙然冰釋。❸ 放出；放下 ◆ 釋放／手不釋卷。

【釋放】shì fàng　❶ 把拘押或服刑的人放出來，恢復人身自由 ◆ 由於獄中表現好，他獲得了提前釋放。⊘扣留、關押。❷ 把所含的物質或能量放出來 ◆ 太陽在不斷地釋放熱量。⊘吸收。

☑如釋重負、冰釋前嫌、愛不釋手

里 部

里　丨口日日旦里 里

[lǐ ㄌㄧˇ ⑧lei⁵ 李]

❶ 居住的地方；家鄉 ◆ 里弄／榮歸故里。❷ 長度單位，一里等於五百米，一公里等於一千米 ◆ 讀萬卷書，行萬里路。❸ "裏"的簡化字，見383頁。

【里程】lǐ chéng　路程；發展的過程 ◆ 小説描寫了幾位青年成長的里程。

【里程碑】lǐ chéng bēi　道路旁邊刻着路程里數的標誌。比喻在歷史發展過程中可以作為標誌的大事 ◆ 中國第一顆人造衛星發射成功，是中國航天事業發展的一個里程碑。

☑千里迢迢、一瀉千里、鵬程萬里

²厘　見厂部，63頁。

²重　一二丨音音重 重

〈一〉[zhòng ㄓㄨㄥˋ ⑧tsuŋ⁵ 蟲⁵]

❶ 重量大；跟"輕"相對 ◆ 如釋重負／水比油重。❷ 物體的分量 ◆ 體重／超重。❸ 程度深 ◆ 重傷／重病在身。❹ 數量多 ◆ 重金收買／重兵把守。

〈二〉[zhòng ㄓㄨㄥˋ ⑧dzuŋ⁶ 仲]

❺ 主要的；要緊的 ◆ 重點／軍事重

地。❻ 重視；特別關注的 ◆ 尊重／重男輕女。❼ 嚴肅；不輕率 ◆ 莊重／慎重。

〈三〉[chóng ㄔㄨㄥˊ ⑧tsuŋ⁴ 蟲]

❽ 再 ◆ 重寫／舊地重遊。❾ 重複 ◆ 重疊在一起／書買重了。❿ 層 ◆ 重重包圍。

【重心】zhòng xīn　❶ 物體的受力點 ◆ 跳芭蕾舞時，人體的重心落在兩個腳尖上。❷ 比喻事物最重要的部分 ◆ 學校的工作重心是教學工作。

【重要】zhòng yào　在一定範圍內有重大的意義、作用和影響的 ◆ 家庭教育對孩子的成長有重要作用。

【重視】zhòng shì　注重；認為重要而認真對待 ◆ 學校很重視學生的素質教育。

【重量】zhòng liàng　物體的輕重程度 ◆ 這種新型移動電話體積小、重量輕，攜帶方便。

【重陽】chóng yáng　農曆九月初九日，稱為重陽節，是中國傳統節日。古代有登高、插茱萸、賞菊、飲菊花酒等習俗。

☃圖見23頁。

【重新】chóng xīn　從頭再開始；再一次 ◆ 他把這篇文章又重新看了一遍。

【重複】chóng fù　❶ 相同的東西再次出現 ◆ 這兩段意思重複。❷ 再次做相同的事情 ◆ 他老是重複這幾句話。

【重點】zhòng diǎn　❶ 同類事物中最重的 ◆ 老師給我們指出了學習重點。❷ 着重 ◆ 大熊貓是重點保護動物。⊜ 要點。

【重疊】chóng dié　一層層堆起來 ◆ 如果把他寫的書一本本重疊起來，足有桌子那麼高。

【重整旗鼓】chóng zhěng qí gǔ　旗鼓：旗幟和戰鼓，古代軍隊發號司令的工具。重新整理旗幟和戰鼓。比喻失敗以後重新組織力量，準備再幹 ◆ 這個足球俱樂部決心重整旗鼓，爭取明年取得好成績。

【重蹈覆轍】chóng dǎo fù zhé　蹈：踏；踩。覆轍：翻過車的道路。重新走上翻車的老路。比喻不吸取失敗的教訓，又犯從前的錯誤 ◆ 他決定徹底改變原來的策略，以免重蹈覆轍。
☑ 重2大、重3重3
☑ 沉重、保重、貴重、隆重、敬重2、繁重、穩重、嚴重、體重、任重道遠、語重心長、德高望重

⁴ 野

日 日 旦 里 野 野 野

[yě ㄧㄝˇ 粵 jɛ⁵ 冶]

❶ 郊外；原野 ◆ 野外／田野。❷ 界限；範圍 ◆ 視野。❸ 不是人工馴養或培植的 ◆ 野鴨／野菜。❹ 粗魯；蠻橫無禮 ◆ 粗野／野蠻。❺ 不當政 ◆ 在野黨／朝野議論紛紛。

【野心】yě xīn 對名利、權勢等的強烈的慾望 ◆ 這夥人野心勃勃。⚫雄心。
(注意)"野心"多指非分的慾望。

【野生】yě shēng 在自然環境裏生長的；不是人工馴養或培植的 ◆ 學生們參觀野生動物園。

【野外】yě wài 原野；郊外 ◆ 地質工作者經常到野外考察、測量。⚫郊野。

【野獸】yě shòu 人類馴養的家畜之外的獸類 ◆ 原始森林裏有很多野獸。

【野蠻】yě mán ❶ 沒有開化 ◆ 人類由野蠻時代逐漸進入文明時代。⚫文明。❷ 蠻橫；不通情理 ◆ 你這樣對待下屬，手段太野蠻了。

☑ 野味、野餐、野營
☑ 原野、漫山遍野

⁵ 量

日 旦 昌 昌 量 量 量

〈一〉[liàng ㄌㄧㄤˋ 粵 lœŋ⁶ 亮]

❶ 數目的多少 ◆ 數量／產量／降雨量。❷ 容納的限度 ◆ 飯量／氣量。❸ 估計；衡量 ◆ 量入為出／量力而行。

〈二〉[liáng ㄌㄧㄤˊ 粵 lœŋ⁴ 良]

❹ 測定物體的長短、大小、多少、輕重等 ◆ 測量／量體重／量體溫。❺ 估計；考慮 ◆ 估量／思量。❻ 商議 ◆ 商量。

【量力而行】liàng lì ér xíng 根據自己的力量去做 ◆ 爬山時大家要量力而行，能爬多高就爬多高。

☑ 力量、較量、質量、自不量力

¹¹ 釐

釐 (厘)

釐 釐 釐 釐 釐 釐 釐

[lí ㄌㄧˊ 粵 lei⁴ 離]

❶ 長度單位，千分之一尺。❷ 重量單位，千分之一兩。❸ 地積單位，百分之一畝。❹ 銀行計算利息的單位，年利率一釐為本金的百分之一。❺ 整理；改正 ◆ 釐定／釐正。

☑ 失之毫釐，謬以千里

金 部

⁰ 金

人 人 今 全 全 全 金 金

[jīn ㄐㄧㄣ 粵 gɐm¹ 今]

❶ 黃金：貴重金屬，色黃 ◆ 金飾／金幣。❷ 金屬的通稱 ◆ 五金／合金。❸ 錢 ◆ 現金／金錢。❹ 指金屬製的打擊樂器 ◆ 金鼓齊鳴／鳴金收兵。❺ 姓。

【金魚】jīn yú 觀賞魚，品種很多。身體一般短而肥，鰭長大。身體的顏色多種多樣，以紅色的最常見。

【金屬】jīn shǔ 有光澤和伸展性，容易導電和傳熱的物質，如金、銀、銅、鐵等 ◆ 傘柄一般是金屬做的。

【金字塔】jīn zì tǎ 古代埃及等國的錐形建築物，裏面安葬國王的屍體。因形狀像漢字的"金"字而得名 ◆ 埃及的金字塔是世界奇觀之一。

【金碧輝煌】jīn bì huī huáng 形容建築物或室內陳設富麗堂皇，光彩奪目 ◆ 賓館大廳裝飾得金碧輝煌。

☑ 金枝玉葉、金科玉律、金蟬脫殼、金雞獨立
☑ 冶金、基金、酬金、資金、獎金、揮金如土

² 針

針 (针)

人 스 슈 슈 金 金 針

[zhēn ㄓㄣ 粵 dzɐm¹ 斟]

❶ 縫紉、刺繡、編結用的引線工具 ◆ 針線／繡花針。❷ 形狀像針的細長的

東西 ◆ 時針／大頭針。❸ 用針刺入人體穴位治病 ◆ 針灸。

【針對】zhēn duì 對着；對準 ◆ 他的話不是針對你說的。

【針鋒相對】zhēn fēng xiāng duì 針尖對着針尖。比喻雙方的意見、行動尖銳對立 ◆ 雙方你來我往，展開了針鋒相對的激烈辯論。

☑ 方針、別針、指南針、一針見血、如坐針氈、大海撈針

² 釘

釘 (钉)

人 스 슈 슈 金 金 釘

〈一〉[dīng ㄉㄧㄥ 粵 diŋ¹ 丁／dɛŋ¹ 盯 (語)]

❶ 釘子：用來起固定作用或掛東西的物件 ◆ 鐵釘／螺絲釘。

〈二〉[dìng ㄉㄧㄥˋ 粵 diŋ¹ 丁]

❷ 把釘子打進別的物體裏使固定住 ◆ 釘木盒／釘鞋掌。❸ 用針線把東西縫住 ◆ 釘釦子／釘帶子。

☑ 斬釘截鐵

² 剑

剑 (钊)

人 스 슈 슈 金 釗

[zhāo ㄓㄠ 粵 tsiu¹ 超]

勉勵。多作人名用字。

² 釜

人 父 父 父 爹 爹 釜

[fǔ ㄈㄨˇ 粵 fu² 苦]

古代的一種鍋 ◆ 釜底抽薪／破釜沈舟。

【釜底抽薪】fǔ dǐ chōu xīn 薪：柴。從鍋底下抽去柴火。比喻從根本上解決問題 ◆ 查封製造假貨的工場，是打擊假冒產品的釜底抽薪的辦法。

³ 釦

釦 (扣)

人 슈 슈 金 金 釦

[kòu ㄎㄡˋ 粵 kɐu³ 扣]

衣紐 ◆ 紐釦／釘釦子。

³ 釺

釺 (钎)

人 슈 슈 金 釺 釺

[qiān ㄑㄧㄢ 粵 tsin¹ 千]

打孔眼用的一頭尖的鋼棍 ◆ 鋼釺。

³ 釣(钓) ノ ケ 午 年 金 釒 釣　釣

[diào ㄉㄧㄠˋ 粵 diu³ 吊]

❶ 用食物引誘魚、蝦等上鈎 ◆ 釣魚 / 垂釣。❷ 比喻用手段謀取 ◆ 沽名釣譽。

³ 釵(钗) ノ ケ 午 年 金 釓 釵　釵

[chāi ㄔㄞ 粵 tsai¹ 猜]

婦女髮髻上的一種首飾,由兩股簪子合成 ◆ 金釵 / 紫玉釵。

⁴ 鈣(钙) ケ 午 金 金 釔 釫 鈣　鈣

[gài ㄍㄞˋ 粵 koi³ 丐]

金屬元素,銀白色。人體缺鈣會引起骨骼疏鬆。鈣的化合物,如石灰石、石膏等,在工業和醫藥上用途很廣。

⁴ 鈍(钝) ケ 午 金 金 釕 釦 鈍　鈍

[dùn ㄉㄨㄣˋ 粵 dœn⁶ 頓]

❶ 不鋒利;跟“銳”、“利”相對 ◆ 菜刀鈍了 / 鈍刀子割肉。❷ 腦子不靈活;做事動作不快 ◆ 遲鈍。

³ 鈔(钞) ノ 午 金 釓 釥 鈔　鈔

[chāo ㄔㄠ 粵 tsau¹ 抄]

紙幣 ◆ 鈔票 / 美鈔。

³ 鈉(钠) ケ 午 金 釕 釖 鈉　鈉

[nà ㄋㄚˋ 粵 nap⁹ 納]

金屬元素,銀白色。鈉和它的化合物,如食鹽、燒鹼等,在工業上用途很廣。

³ 鈞(钧) ケ 午 金 釕 鈞 鈞　鈞

[jūn ㄐㄩㄣ 粵 gwen¹ 均]

古代的重量單位,三十斤為一鈞 ◆ 一髮千鈞 / 千鈞一髮。

³ 鈎(钩) ケ 午 金 釕 釤 鈎　鈎

[gōu ㄍㄡ 粵 ŋeu¹ 勾]

❶ 鈎子:形狀彎曲,用來懸掛或取東西的用具 ◆ 掛鈎 / 魚鈎。❷ 用鈎子掛或取 ◆ 把東西鈎出來。❸ 一種縫紉或編織的方法 ◆ 鈎邊 / 鈎花。❹ 漢字筆畫名稱之一,是末端彎曲的一種筆畫,如“小”的第二筆、“戈”的第二筆等。

【鈎心鬥角】gōu xīn dòu jiǎo 原指建築結構錯綜交叉,精巧嚴整。後用來比喻明爭暗鬥 ◆ 兩人表面上客客氣氣,暗地裏鈎心鬥角。

注意 “鈎心鬥角”也作“勾心鬥角”。

⁴ 鈕(钮) ケ 午 金 釕 釦 鈕　鈕

[niǔ ㄋㄧㄡˇ 粵 neu⁵ 扭]

❶ 同“紐”字 ◆ 鈕釦。❷ 電器開關 ◆ 電鈕 / 按鈕。

⁵ 鉗(钳) ケ 金 金 釒 釬 鉗　鉗

[qián ㄑㄧㄢˊ 粵 kim⁴ 黔]

❶ 鉗子:夾束西的工具 ◆ 鉗夾 / 老虎鉗。❷ 把東西夾住;約束 ◆ 鉗制。

⁵ 鉢(钵) ケ 金 金 釪 釫 鉢　鉢

[bō ㄅㄛ 粵 but⁸ 勃]

❶ 盆狀陶器,可以盛東西或研藥末 ◆ 鉢頭 / 乳鉢。❷ 指和尚盛飯的器具 ◆ 衣鉢。

⁵ 鉅(巨) ケ 金 金 釕 鉅 鉅　鉅

[jù ㄐㄩˋ 粵 gœy⁶ 巨]

大。同“巨”字 ◆ 鉅款。

⁵ 鉀(钾) ケ 金 金 釕 鉀 鉀　鉀

[jiǎ ㄐㄧㄚˇ 粵 gap⁸ 甲]

金屬元素,鉀的化合物用途很廣,如鉀肥是重要的肥料。

⁵ 鈾(铀) ケ 金 金 釕 鈤 鈾　鈾

[yóu ㄧㄡˊ 粵 jeu⁴ 由]

一種放射性元素,主要用來產生原子能。

⁵ 鈴(铃) ケ 金 金 釓 釙 鈴　鈴

[líng ㄌㄧㄥˊ 粵 liŋ⁴ 零]

❶ 用金屬製成的響器 ◆ 門鈴 / 上課鈴聲響了。❷ 形狀像鈴的東西 ◆ 槓鈴 / 啞鈴。

⚲ 風鈴、掩耳盜鈴

⁵ 鉛(铅) ケ 金 金 釙 釢 鉛　鉛

[qiān ㄑㄧㄢ 粵 jyn⁴ 元]

❶ 金屬元素,青灰色,質軟,有毒,用途很廣 ◆ 鉛字 / 鉛球。❷ 用石墨研成粉末,加入顏料、黏土製成筆心 ◆ 鉛筆。

鉛筆筆心不是用鉛,而是由一種叫“石墨”的礦物做的。因石墨太軟,人們就在石墨粉裏摻上一些細黏土,用膠水攪合均勻以後做成筆心。黏土摻得愈多,筆心就愈硬。硬筆心用 H 表示,H 越多,筆心愈硬;軟筆心用 B 表示,B 越多,筆心愈軟。軟硬鉛心各有各的用處。而 HB 就代表不硬不軟,正合適的意思。

⁵ 鉚(铆) ケ 金 釒 釞 鉚 鉚　鉚

[mǎo ㄇㄠˇ 粵 mau⁵ 卯]

用釘子連接金屬件的方法 ◆ 鉚接 / 鉚釘。

⁶ 銬(铐) ケ 金 釒 釬 銬 銬　銬

[kào ㄎㄠˋ 粵 keu³ 扣]

❶ 手銬:鎖犯人用的刑具。❷ 給犯人戴上手銬 ◆ 把犯人銬起來。

⁶ 銅(铜) ケ 金 釕 釦 銅 銅　銅

[tóng ㄊㄨㄥˊ 粵 tuŋ⁴ 同]

金屬元素,紅棕色,導電性能好。銅和銅的合金材料在工業上用途廣泛 ◆ 銅絲 / 銅鼓。

【銅牌】tóng pái　用銅做的獎牌，某項比賽第三名的標誌 ◆ **他在體操比賽中獲得一枚銅牌。**

【銅錢】tóng qián　中國古代銅質錢幣，上有文字或圖案花紋，圓形，中有方孔 ◆ **古代的銅錢現在已成文物。**

【銅牆鐵壁】tóng qiáng tiě bì　比喻堅不可摧的事物 ◆ **廣大軍民築起了一道道銅牆鐵壁，抵禦洪水。**

6 **銑**(铣) [銑]

〈一〉[xiǎn ㄒㄧㄢˇ [粵] sin^{2} 癬]

❶ 最有光澤的金屬。

〈二〉[xǐ ㄒㄧˇ [粵] sin^{2} 癬]

❷ 在銑牀上切削金屬 ◆ **銑刀。**

6 **銜**(衔) [銜]

[xián ㄒㄧㄢˊ [粵] ham^{4} 咸]

❶ 用嘴叼 ◆ **燕子銜泥築巢。** ❷ 存在心裏 ◆ **銜冤／銜恨。** ❸ 職位或級別的稱號 ◆ **頭銜／軍銜。**

【銜接】xián jiē　相連接 ◆ **有了這個過渡句，兩段文字就銜接起來了。**

6 **銘**(铭) [銘]

[míng ㄇㄧㄥˊ [粵] miŋ^{4} 明]

❶ 刻在器物上的記述事跡、功德或用來勉勵自己的文字 ◆ **墓誌銘／座右銘。** ❷ 比喻深刻記住 ◆ **銘記／刻骨銘心。**

【銘刻】míng kè　❶ 刻在器物、碑石上的文字 ◆ **這些古代銘刻，已有上千年的歷史。** ❷ 牢記不忘 ◆ **你的恩情，我一定銘刻在心中。** [同] 銘記。

【銘記】míng jì　深刻牢記 ◆ **老師的臨別贈言，我永遠銘記在心。** [同] 銘刻。

6 **鉻**(铬) [鉻]

[gè ㄍㄜˋ [粵] gɔk^{8} 各]

金屬元素，可用來電鍍、製不鏽鋼等。

6 **銥**(铱) [銥]

[yī ㄧ [粵] ji^{1} 衣]

金屬元素，銀白色。銥的合金可做鋼筆尖等 ◆ **銥金筆。**

6 **銀**(银) [銀]

[yín ㄧㄣˊ [粵] ŋɐn^{4} 垠]

❶ 金屬元素，白色，可用來製造貴重的日用器皿和裝飾品，工業上也有廣泛用途 ◆ **銀幣／金銀首飾。** ❷ 像銀子的顏色 ◆ **銀河／銀灰。** ❸ 跟錢幣有關的 ◆ **銀行。**

【銀行】yín háng　經營存款、匯款、貸款、貨幣兑換等業務的金融機構 ◆ **向銀行貸款要提供擔保。**

【銀杏】yín xìng　落葉喬木。葉子扇形，可供製藥。種子橢圓形，表皮橙黃色，帶臭味，果仁可吃，也可入藥。木材細密，可用於工藝雕刻。是中國特有的珍貴樹木 ◆ **銀杏有地球活化石之稱。**

[注意] "銀杏" 也叫 "白果樹"。

【銀河】yín hé　晴朗的夜晚，在天空出現的一條又長又寬的明亮光帶，它是由許許多多恒星構成的，因像一條銀白色的河而叫銀河。

[注意] "銀河" 也叫 "天河"、"銀漢"。

【銀牌】yín pái　銀質的獎牌。某項比賽第二名的標誌 ◆ **他在百米賽跑中得了銀牌。**

【銀幕】yín mù　放映電影、幻燈片或投影電視用的白色幕布 ◆ **銀幕上打出了"禁止吸煙"的字樣。**

[↘] 水銀、白銀、火樹銀花

7 **鋪**(铺) [鋪]

〈一〉[pū ㄆㄨ [粵] pou^{1} 普^{1}]

❶ 把東西展開、攤平 ◆ **鋪地毯／用沙石把路鋪平。**

〈二〉[pù ㄆㄨˋ [粵] pou^{1} 普^{1}]

❷ 牀；牀位 ◆ **牀鋪／卧鋪。**

〈三〉[pù ㄆㄨˋ [粵] pou^{3} 普^{3}]

❸ 商店。同"舖"字 ◆ **藥鋪／雜貨鋪**

【鋪$_{3}$面】pù miàn　商店的門面；也指多層商店的一樓店面 ◆ **鋪面的商品琳琅滿目。**

[注意] "鋪面" 也作 "舖面"。

【鋪設】pū shè　鋪排；修築 ◆ **工人們在鋪設海底電纜。**

[注意] "鋪設" 多用於鐵軌、管道、電纜等

【鋪張】pū zhāng　過分講究排場 ◆ **生日不必太鋪張。**

[↘] 店鋪$_{3}$、平鋪直敍

7 **銷**(销) [銷]

[xiāo ㄒㄧㄠ [粵] siu^{1} 消]

❶ 熔化金屬；燒燬 ◆ **銷毀。** ❷ 除去；解除 ◆ **撤銷／註銷。** ❸ 賣出 ◆ **銷售／推銷。** ❹ 消費 ◆ **開銷。** ❺ 銷子：像釘子一樣的金屬棒；插上銷子 ◆ **插銷／把門銷上。**

【銷售】xiāo shòu　把商品賣出去 ◆ **現在正是銷售旺季。**

【銷量】xiāo liàng　貨品售出的數量 ◆ **這種產品目前在市場上的銷量很好。**

【銷路】xiāo lù　商品銷售的出路 ◆ **產品銷路很廣。**

【銷毀】xiāo huǐ　毀掉；燒掉 ◆ **作案人已銷毀了全部罪證。**

[注意] "銷毀" 也作 "銷燬"。

【銷聲匿跡】xiāo shēng nì jì　匿跡：隱藏行跡。指隱藏起來，不再公開露面 ◆ **那個騙子最近已銷聲匿跡，再也沒有露面。**

[↘] 代銷、暢銷、報銷、一筆勾銷

7 **鋇**(钡) [鋇]

[bèi ㄅㄟˋ [粵] bui^{3} 貝]

金屬元素，銀白色，可用來做合金材料和化學材料。

7 **鋤**(锄) [鋤]

[chú ㄔㄨˊ [粵] tsɔ^{4} 雛]

❶ 翻土和除草的農具 ◆ 鋤頭。❷ 用鋤翻土、除草 ◆ 鋤地／鋤草。❸ 除掉 ◆ 鋤奸／鋤暴安良。
🕮 圖見 416 頁。

鋁(铝)　金 金' 釣 釘 釕 鋁　鋁

[lǚ ㄌㄩˇ ⑧ lœy⁵ 呂]

金屬元素，銀色，容易導電、傳熱，可以製電線及日用器具。鋁的合金是製造飛機、火箭的重要材料 ◆ 鋁合金。

銹
“鏽” 的異體字，見 436 頁。

銼(锉)　金 釒' 釘 釕 銼 銼　銼

[cuò ㄘㄨㄛˋ ⑧ tsɔ³ 挫]

❶ 銼刀：用來磨平金屬、竹木等器物使表面光滑的工具 ◆ 鋼銼／木銼。❷ 用銼刀打磨東西 ◆ 銼平／銼尖。

鋒(锋)　金 釒' 鈔 釩 鋒 鎽　鋒

[fēng ㄈㄥ ⑧ fuŋ¹ 風]

❶ 刀、劍等物體的鋭利或尖端部分 ◆ 刀鋒／筆鋒／針鋒相對。❷ 在前面帶頭的 ◆ 先鋒／前鋒。
【鋒芒】fēng máng ❶ 刀劍等的尖端或刃口；比喻事物的尖銳部分 ◆ 文章的鋒芒指向社會的腐敗現象。❷ 比喻銳氣或才幹 ◆ 年輕隊員在球場上初露鋒芒。
【鋒利】fēng lì ❶ 武器、工具的頭尖銳或刀口快 ◆ 這把寶劍很鋒利。❷ 言論、文章能一針見血 ◆ 這篇文章文筆鋒利。

鋅(锌)　金 釒' 釔 釤 鋅 鋅　鋅

[xīn ㄒㄧㄣ ⑧ sɐn¹ 辛]

金屬元素，顏色青白，可製鋅板和合金材料，鍍在鐵器上可避免生鏽。

銻(锑)　金 釒' 釔 釕 銻 銻　銻

[tī ㄊㄧ ⑧ tɐi¹ 梯]

金屬元素，銀白色。銻的合金可鑄鉛字、軸承等。

銳(锐)　金 釒'' 釤' 鈗 鉛 鋭　銳

[ruì ㄖㄨㄟˋ ⑧ jœy⁶ 裔]

❶ 刀鋒快而尖利；跟 “鈍” 相對 ◆ 鋭利／尖鋭。❷ 快捷 ◆ 敏鋭／鋭減。❸ 強有力的氣勢 ◆ 鋭氣／鋭不可當。
【鋭利】ruì lì ❶ 又尖又快 ◆ 荊軻拿起鋭利的匕首刺向秦王。❷ 尖鋭，多用於言論、文章、目光等 ◆ 他目光鋭利，一下子識破了對方的詭計。⑤ 敏鋭。
【鋭氣】ruì qì　強烈的上進心；奮勇向前的氣勢 ◆ 年輕人富有鋭氣。
🔲 精鋭、養精蓄鋭

錶(表)　金 釒' 錶' 釒 鈔 錶　錶

[biǎo ㄅㄧㄠˇ ⑧ biu² 表／biu¹ 標 (語)]

計時用具，一般比鐘要小，可以隨身帶的 ◆ 手錶／懷錶。

鍺(锗)　金 釒' 鉗 鈔 鍺　鍺

[zhě ㄓㄜˇ ⑧ dzɛ² 者]

金屬元素，是半導體材料，也用於製藥。

錯(错)　金 釒' 釬' 鉗 錯　錯

⟨一⟩ [cuò ㄘㄨㄛˋ ⑧ tsɔ³ 挫]

❶ 不正確；不對；跟 “對” 相對 ◆ 錯誤／知錯就改。❷ 岔開；失去 ◆ 錯車／錯過機會。❸ 壞；差。多用在否定詞 “不” 的後面 ◆ 感情不錯／成績不錯。
⟨二⟩ [cuò ㄘㄨㄛˋ ⑧ tsɔk⁸]
❹ 交叉 ◆ 縱橫交錯／錯綜複雜。
【錯₂亂】cuò luàn　混亂；不正常 ◆ 他連續發高燒，精神有點錯亂。
【錯誤】cuò wù ❶ 不正確 ◆ 這個答案是錯誤的。❷ 不正確的事物、行為 ◆ 犯了錯誤要勇於改正。
【錯覺】cuò jué　對客觀事物的錯誤知覺 ◆ 當你乘坐的列車不知不覺啟動時，你以為是停在一旁的列車開動

了，這就是一種錯覺。
【錯₂綜複雜】cuò zōng fù zá　形容頭緒很多，情況複雜 ◆ 這個部門的人事關係錯綜複雜。
🔲 錯過、錯別字
🔲 差錯、過錯、盤根錯₂節

錢(钱)　金 釒' 鈗 錢 錢 錢　錢

[qián ㄑㄧㄢˊ ⑧ tsin⁴ 前]

❶ 貨幣 ◆ 錢幣／五塊錢。❷ 錢財；費用 ◆ 有錢有勢／車錢／房錢。❸ 重量單位，一兩的十分之一。❹ 姓。
【錢財】qián cái　金錢 ◆ 貪圖錢財的人容易上當受騙。
🔲 錢包、錢莊
🔲 本錢、金錢、值錢、零錢、價錢

錫(锡)　金 釒' 釔 鈿 鈿 錫　錫

[xī ㄒㄧ ⑧ sik⁸ 色⁸／sɛk⁸ 石⁸ (語)]

金屬元素，顏色青白，質地較軟，可用來焊接金屬，製成合金材料。

鋼(钢)　金 釒 釕 鋼 鋼 鋼　鋼

[gāng ㄍㄤ ⑧ gɔŋ³ 降／gɔŋ¹ 剛]

經精煉而成的含碳的鐵，質地堅硬而有彈性，是重要的工業材料 ◆ 煉鋼。
【鋼琴】gāng qín　鍵盤式敲擊樂器。在木製框架內裝有幾十根鋼絲弦，按動鍵盤時，帶動裏面的小木槌敲打鋼絲弦而發聲。是重要的獨奏或伴奏樂器。
🕮 圖見 220 頁。
🔲 鋼材、鋼板、鋼盔、鋼筆、鋼筋

錐(锥)　金 釒 鈔 鉾 錐 錐　錐

[zhuī ㄓㄨㄟ ⑧ dzœy¹ 追]

❶ 錐子：一頭尖的用來鑽孔的工具 ◆ 上無片瓦，下無立錐之地。❷ 指一頭尖的東西 ◆ 錐體。

錦(锦)　金 釒' 釘 鉑 錦 錦　錦

[jǐn ㄐㄧㄣˇ ⑧ gɐm² 感]

❶ 有彩色花紋的絲織品 ◆ 錦緞／壯錦。❷ 形容色彩鮮明美麗 ◆ 錦霞。

【錦旗】jǐn qí 用彩色綢緞製成的旗子，上面有題詞，用來表示獎勵或感謝 ◆ 在學校陳列室裏，掛滿了各種各樣的錦旗。

【錦標】jǐn biāo 授給競賽中優勝者的獎品，包括錦旗、獎杯、獎牌等 ◆ 中國運動員在世界乒乓球錦標賽中共獲得四項錦標。

【錦繡】jǐn xiù 鮮豔精美的絲織品。比喻美好 ◆ 年輕人要珍惜自己的錦繡前程。

【錦上添花】jǐn shàng tiān huā 在彩色絲綢上再繡上花。比喻好上加好 ◆ 一幅精美的畫再題上一首優美的詩，真是錦上添花。

【錦囊妙計】jǐn náng miào jì 錦囊：用絲織品做的口袋。裝在錦囊中的好計策。指解決緊急問題或疑難問題的好辦法 ◆ 這個問題很棘手，不知你有甚麼錦囊妙計？

⊡ 花團錦簇、前程似錦

鍁 ⁸ (锨)　金 釒 釔 釙 釷 鍁 鍁　鍁

[xiān ㄒㄧㄢ ⓥ hin¹ 掀]

挖土、鏟東西的工具 ◆ 鐵鍁。

錠 ⁸ (锭)　金 釘 釘 釕 釕 錠　錠

[dìng ㄉㄧㄥ ⓥ diŋ³ 訂]

❶ 錠子：紡織機上繞紗的機件 ◆ 紡錠。❷ 塊狀的金屬或藥物等 ◆ 鋼錠／萬應錠。❸ 量詞，用於塊狀的東西 ◆ 一錠墨／一錠白銀。

鋸 ⁸ (锯)　金 釒 釕 釕 鋸 鋸　鋸

[jù ㄐㄩ ⓥ gœy³ 據]

---

❶ 有齒的切割工具 ◆ 鋸子／電鋸／相傳鋸是魯班發明的。❷ 用鋸割開 ◆ 鋸木／把竹竿鋸成三截。

錳 ⁸ (锰)　金 釒 釕 鋿 錳 錳　錳

[měng ㄇㄥˇ ⓥ maŋ⁵ 猛]

金屬元素，是製造合金、特種鋼的重要原料 ◆ 錳鋼。

錄 ⁸ (录)　金 釓 釕 釷 鉻 銯　錄

[lù ㄌㄨˋ ⓥ luk⁹ 綠]

❶ 記載；抄寫 ◆ 記錄／抄錄。❷ 記載言行、事物的作品 ◆ 回憶錄／備忘錄。❸ 選取；任用 ◆ 錄取／錄用。

【錄取】lù qǔ 經考試達到一定分數線而選定 ◆ 哥哥接到了大學的錄取通知書。

【錄音】lù yīn ❶ 把聲音記錄下來 ◆ 家裏用的是錄音電話。❷ 記錄下來的聲音 ◆ 現在請你聽錄音。

【錄像】lù xiàng ❶ 把圖像記錄下來 ◆ 今天的開業典禮，電視台要來錄像。❷ 記錄下來的圖像 ◆ 當晚電視台播放了開業典禮的錄像。

注意 "錄像"也叫"錄影"。

⊡ 目錄、附錄

鍥 ⁹ (锲)　丿 午 金 釤 鍒 鍥　鍥

[qiè ㄑㄧㄝˋ ⓥ kit⁸ 揭]

用刀子雕刻 ◆ 鍥而不捨。

【鍥而不捨】qiè ér bù shě 不停地雕刻。比喻堅持不懈 ◆ 只要有鍥而不捨的精神，沒有學不會的東西。同 持之以恆。

鍊 ⁹ ❶ 同"煉"字，見264頁。❷ 同"鏈"字，見435頁。

錨 ⁹ (锚)　金 金 釒 釒 鉪 錨　錨

[máo ㄇㄠˊ ⓥ nau⁴ 撓／mau⁴ 矛]

鐵製的停船或穩定船身的爪鈎 ◆ 抛錨／起錨。

鍘 ⁹ (铡)　金 釕 釗 鉬 鉬 鍘　鍘

[zhá ㄓㄚˊ ⓥ dzat⁸ 扎／dzap⁹ 集]

❶ 鍘刀：切草、中藥材等用的刀具 ❷ 用鍘刀切 ◆ 鍘草。

注意 "鍘"不讀 zé（則）。

鍋 ⁹ (锅)　金 釕 釕 鋦 鋦 鍋　鍋

[guō ㄍㄨㄛ ⓥ wɔ¹ 窩]

煮飯燒菜用的炊具 ◆ 鐵鍋／沙鍋。

錘 ⁹ (锤)　金 釒 釕 鋅 鉙 錘　錘

[chuí ㄔㄨㄟˊ ⓥ tsœy⁴ 徐]

❶ 秤砣 ◆ 秤錘。❷ 錘子：敲打東西用的工具 ◆ 鐵錘。❸ 用錘子敲打 ◆ 千錘百煉。

【錘煉】chuí liàn ❶ 鍛煉；磨煉 ◆ 年足球隊員通過實戰比賽的錘煉進步很快。❷ 反復琢磨推敲 ◆ 文章的句要好好錘煉。

鍾 ⁹ (钟)　金 釒 釕 鋿 鋿 鍾　鍾

[zhōng ㄓㄨㄥ ⓥ dzuŋ¹ 宗]

❶ 集中；專一 ◆ 鍾愛／鍾情。❷ 姓

【鍾情】zhōng qíng 情感專注 ◆ 他兩人一見鍾情。

【鍾愛】zhōng ài 特別喜愛 ◆ 老年大多鍾愛孫子、孫女。

注意 "鍾愛"多用於對晚輩。

鍬 ⁹ (锹)　金 釒 釕 釷 鍫 鍬　鍬

[qiāo ㄑㄧㄠ ⓥ tsiu¹ 超]

鐵製的用來挖土或鏟東西的工具 ◆ 鍬。

✿ 圖見 416頁。

鍛 ⁹ (锻)　金 釒 釕 鉮 鉮 鍛　鍛

[duàn ㄉㄨㄢˋ ⓥ dyn³ 慨]

把金屬燒紅後錘打 ◆ 鍛造／鍛件。

【鍛煉】duàn liàn ❶ 鍛造：冶煉鐵經過反覆鍛煉才能製成工具。❷ 指通過體育活動來增強體質 ◆ 堅持

畫虎不成反類犬

育鍛煉不僅可以強身，還能磨煉意志。❸ 指通過各種實踐活動的磨煉來提高能力 ◆ 部隊生活艱苦，讓他去鍛煉鍛煉有好處。

⁹ **鍍**（镀）　釒 釒 釒 釒 釒 鍍　**鍍**

[dù ㄉㄨˋ ⑧ dou⁶ 渡]

用電解或化學方法使一種金屬附着在別的金屬或物體表面上 ◆ 鍍金／電鍍。

⁹ **鎂**（镁）　釒 釒 釒 釒 鎂 鎂　**鎂**

[měi ㄇㄟˇ ⑧ mei⁵ 美]

金屬元素，銀白色，燃燒時發出極白的亮光，用於照相閃光、照明彈和製造飛機等。

⁹ **鍵**（键）　釒 釒 鍵 鍵 鍵 鍵　**鍵**

[jiàn ㄐㄧㄢˋ ⑧ gin⁶ 健]

鋼琴、手風琴、打字機等物上可以按動的部件 ◆ 鍵盤／琴鍵。

▷ 關鍵

¹⁰ **鎮**（镇）　釒 釒 釒 釒 鎮 鎮　**鎮**

[zhèn ㄓㄣˋ ⑧ dzen³ 振]

❶ 壓；抑制 ◆ 鎮尺／鎮痛。❷ 用武力壓制 ◆ 鎮壓。❸ 安定 ◆ 鎮靜／鎮定。❹ 防守 ◆ 鎮守／坐鎮。❺ 用冰或冷水使飲料變涼 ◆ 冰鎮汽水。❻ 較大的市集 ◆ 小鎮／集鎮。❼ 行政區劃單位，由縣、市領導 ◆ 鄉鎮／城鎮。

【鎮定】zhèn dìng　在緊急情況下沉着、冷靜，不慌亂 ◆ 在緊要關頭，他鎮定自若，真有大將風度。

【鎮靜】zhèn jìng　情緒平靜穩定 ◆ 請大家鎮靜，不要驚慌。

【鎮壓】zhèn yā　用強力加以壓制 ◆ 歷史上多次農民起義，都遭到了統治者的殘酷鎮壓。

¹⁰ **鎖**（锁）　釒 釒 釒 釒 鎖 鎖　**鎖**

[suǒ ㄙㄨㄛˇ ⑧ so² 所]

❶ 防護用具，加在門上或箱、櫃上，

沒有相應的鑰匙便不能隨意打開 ◆ 門鎖／密碼鎖。❷ 用鎖關住 ◆ 鎖門／把門鎖上。❸ 鎖鏈 ◆ 枷鎖／披枷帶鎖。❹ 一種縫紉方法，用線順着布邊密密縫緊 ◆ 鎖邊／鎖鈕眼。

【鎖鏈】suǒ liàn　由一個個鐵環連接起來的鏈條 ◆ 狼狗頸子上套着鎖鏈。

¹⁰ **鎧**（铠）　釒 釒 釒 釒 鎧 鎧　**鎧**

[kǎi ㄎㄞˇ ⑧ hoi² 海／koi³ 概]

鎧甲（kǎi jiǎ）：古代戰士的護身衣。

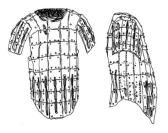

¹⁰ **鎳**（镍）　釒 釒 釒 鎴 鎴 鎳　**鎳**

[niè ㄋㄧㄝˋ ⑧ nip⁹ 聶]

金屬元素，銀白色，可用來製造錢幣和合金材料。

¹⁰ **鎢**（钨）　釒 釒 釒 釒 鎢 鎢　**鎢**

[wū ㄨ ⑧ wu¹ 烏]

金屬元素，可用來製造燈泡裏的燈絲和合金鋼。

¹⁰ **鎬**（镐）　釒 釒 釒 鎬 鎬 鎬　**鎬**

〈一〉[gǎo ㄍㄠˇ ⑧ gou² 稿]

❶ 刨土的工具 ◆ 十字鎬。

〈二〉[hào ㄏㄠˋ ⑧ hou⁶ 浩]

❷ 古地名，周朝初期的國都，在今陝西省西安市西南。

¹⁰ **鎊**（镑）　釒 釒 釒 鎊 鎊 鎊　**鎊**

[bàng ㄅㄤˋ ⑧ bong⁶ 磅]

英國等一些國家的貨幣單位 ◆ 英鎊。

¹⁰ **鎔**　"熔" 的異體字，見 264 頁。

¹¹ **鏈**（链）　釒 鉅 鉅 鏈 鏈 鏈　**鏈**

[liàn ㄌㄧㄢˋ ⑧ lin⁶ 練]

❶ 用許多金屬環套接起來的長條 ◆ 鐵鏈／鎖鏈／項鏈。❷ 像鏈子的東西 ◆ 拉鏈。

【鏈條】liàn tiáo　由一個個金屬小環連起來製成的東西 ◆ 懷錶上有一根銀白色的鏈條。

¹¹ **鏗**（铿）　ㄥ 釒 釒 釒 鏗 鏗　**鏗**

[kēng ㄎㄥ ⑧ heng¹ 亨]

形容聲音響亮 ◆ 鏗鏘／鏗然有聲。

【鏗鏘】kēng qiāng　形容聲音響亮有節奏 ◆ 用編鐘演奏古樂曲，聽起來鏗鏘悅耳。

〔注意〕 "鏗" 不讀 jiān（堅）。

¹¹ **鏟**（铲）　釒 釒 釒 鏟 鏟 鏟　**鏟**

[chǎn ㄔㄢˇ ⑧ tsan² 產]

❶ 鏟子 ◆ 鐵鏟／鍋鏟。❷ 用鏟子鏟東西 ◆ 鏟土／把地鏟平。

¹¹ **鏖**　广 广 庐 庐 庐 鏖　**鏖**

[áo ㄠˊ ⑧ ou¹／ngou¹ 澳¹]

戰鬥激烈；苦戰 ◆ 鏖戰／鏖兵。

¹¹ **鏡**（镜）　釒 釒 釒 鏡 鏡 鏡　**鏡**

[jìng ㄐㄧㄥˋ ⑧ geng³ 頸³]

❶ 鏡子 ◆ 穿衣鏡／波平如鏡。❷ 利用光學原理製成的器具 ◆ 眼鏡／顯微鏡／望遠鏡。

¹¹ **鏘**（锵）　釒 釒 釒 鏘 鏘 鏘　**鏘**

[qiāng ㄑㄧㄤ ⑧ tsœng¹ 槍]

形容金屬器物的撞擊聲 ◆ 鏗鏘悅耳／鏘聲鏘鏘。

¹² **鐐**（镣）　釒 釒 釒 鐐 鐐 鐐　**鐐**

[liào ㄌㄧㄠˋ ⑧ liu⁴ 聊]

套在腳上的刑具 ◆ 腳鐐／鐐銬。

12 鐘(钟) 金 釒 鈝 鈝 鐥 鐥 鐘

[zhōng ㄓㄨㄥ ⓟdzuŋ¹ 中]

❶ 金屬製成的響器 ◆ 警鐘／鐘鼓齊鳴。❷ 指計時器 ◆ 鐘錶／鬧鐘。❸ 指鐘點、時間 ◆ 六點鐘／五分鐘。

13 鐵(铁) 金 釒 鈝 鈝 鐥 鐵 鐵

[tiě ㄊㄧㄝˇ ⓟtit⁸]

❶ 金屬元素，灰色，質地堅硬。可以煉鋼及製造各種器具 ◆ 鐵礦／鋼鐵。❷ 比喻堅強、堅固、剛正無私 ◆ 鐵漢子／銅牆鐵壁／鐵面無私。❸ 比喻確定不移 ◆ 鐵了心／鐵證如山。❹ 指武器 ◆ 手無寸鐵。

【鐵窗】tiě chuāng 有鐵柵的窗戶。借指監獄 ◆ 他度過了十年鐵窗生涯。
【鐵路】tiě lù 鋪有鐵軌供火車行駛的道路 ◆ 鐵路是中國交通的大動脈。
【鐵石心腸】tiě shí xīn cháng 像鐵和石頭一樣硬的心腸。比喻心腸很硬，不為感情所動 ◆ 面對悲慘的一幕，他居然無動於衷，真是鐵石心腸。

【鐵面無私】tiě miàn wú sī 不講私情，不留情面，辦事公正 ◆ 包公是個鐵面無私的清官。
☑ 趁熱打鐵、斬釘截鐵

13 鐳 金 釒 鈝 鈝 鐥 鐳

[léi ㄌㄟˊ ⓟlœy⁴ 雷]

金屬元素，有放射性，可用來治療癌症。

13 鐺(铛) 金 釒 鈝 鈝 鐺 鐺

〈一〉[dāng ㄉㄤ ⓟdɔŋ¹ 當]
❶ 象聲詞，撞擊金屬器物發出的聲音。
〈二〉[chēng ㄔㄥ ⓟtsaŋ¹ 撐]

❷ 平底鐵鍋，用來烙餅或煎食物 ◆ 餅鐺。

13 鐮(镰) 金 釒 鈝 鈝 鐮 鐮

[lián ㄌㄧㄢˊ ⓟlim⁴ 廉]

鐮刀：收割莊稼或割草的農具 ◆ 開鐮收割。

14 鏽(锈) 金 釒 鈝 鏽 鏽 鏽

[xiù ㄒㄧㄡˋ ⓟsɐu³ 秀]

❶ 金屬表面所生的氧化物 ◆ 鐵鏽／生鏽。❷ 長鏽 ◆ 菜刀鏽了。

14 鑄(铸) 金 釒 鈝 鑄 鑄 鑄

[zhù ㄓㄨˋ ⓟdzy³ 注]

把熔化的金屬倒在模子裏製成器物 ◆ 澆鑄／這口大鐘是青銅鑄的。
【鑄造】zhù zào 金屬加熱熔化後倒進模子，冷卻後形成物件 ◆ 這些零件都是用不鏽鋼鑄造的。

14 鑑(鉴) 𠂉 𠂉 𠂉 𠂉 臨 臨 鑒

[jiàn ㄐㄧㄢˋ ⓟgam³ 監³]

❶ 同 "鑑" 字。古代銅製的鏡子。❷ 照 ◆ 水清可鑑／光可鑑人。❸ 可以引為教訓、警戒的事 ◆ 前車之鑒。❹ 仔細觀察 ◆ 鑒別／鑒定。❺ 書信中常用的客套話，表示請人看信 ◆ 台鑒／鈞鑒。
【鑒別】jiàn bié 辨別；識別 ◆ 博物館請專家鑒別文物的真假。
【鑒賞】jiàn shǎng 鑒別欣賞 ◆ 他對文學作品很有鑒賞能力。

14 鑑 同 "鑒❶"，見本頁。

15 鑣(镳) 金 釒 鈝 鈝 鈝 鑣

[biāo ㄅㄧㄠ ⓟbiu¹ 標]

勒馬口的器具，與銜合用，銜在口內，鑣在口旁 ◆ 分道揚鑣。

17 鑰(钥) 金 釒 鈝 鑰 鑰 鑰

[yào ㄧㄠˋ ⓟjœk⁹ 若]

鑰匙(yào‧shi)：開鎖的用具 ◆ 一把鑰匙開一把鎖。

17 鑲(镶) 金 釒 鈝 鑲 鑲 鑲

[xiāng ㄒㄧㄤ ⓟsœŋ¹ 商]

把東西嵌入別的物體，或加在邊緣上 ◆ 鑲牙／鑲邊。
【鑲嵌】xiāng qiàn 把一個物體卡入另一個物體 ◆ 戒指上鑲嵌了一顆紅寶石。

18 鑷(镊) 金 釒 鈝 鈝 鑷 鑷

[niè ㄋㄧㄝˋ ⓟnip⁹ 聶]

鑷子：用來夾小東西的用具。

19 鑼(锣) 金 釒 鈝 鈝 鑼 鑼

[luó ㄌㄨㄛˊ ⓟlɔ⁴ 羅]

圓形的銅製打擊樂器 ◆ 敲鑼打鼓／鑼鼓喧天。

19 鑽(钻) 金 釒 鈝 鈝 鑽 鑽

〈一〉[zuān ㄗㄨㄢ ⓟdzyn¹ 專]
❶ 穿孔；打眼 ◆ 鑽孔／鑽探。❷ 鑽過；進入 ◆ 鑽火圈／鑽山洞。❸ 深入研究 ◆ 鑽研／鑽法律。
〈二〉[zuàn ㄗㄨㄢˋ ⓟdzyn³ 轉³]
❹ 穿孔、打眼用的工具 ◆ 電鑽／鑽。❺ 鑽石 ◆ 鑽戒。
【鑽石】zuàn shí 金剛石，質地堅硬、透明，能折射出光芒，是名貴的飾品 ◆ 金店裏有各種各樣的鑽石出售。
【鑽研】zuān yán 深入細緻地研究 ◆ 經過刻苦鑽研，他在治療癌症方面取得了重大成果。

20 鑿(凿) 业 业 甲 菐 鑿 鑿 鑿

[záo ㄗㄠˊ ⓟdzɔk⁹ 昨]

❶ 鑿子：打孔、挖槽用的工具 ◆ 扁鑿

圓鑿。❷用鑿子打孔、挖槽；鑿出的孔 ◆ 鑿孔 / 鑿井 / 方枘圓鑿。❸明確；確實 ◆ 證據確鑿 / 確鑿無疑。

20 鑺（钁）

金　鐯　鐯　鐯　鐯　鑺　鑺

[jué ㄐㄩㄝˊ 粤gwɔk⁸ 國]

鑺頭：刨土的工具。

❀圖見 416 頁。

長 部

⁰ 長（长）

一ㄏㄈㄐㄐ長長　長

〈一〉[cháng ㄔㄤˊ 粤tsœŋ⁴ 祥]

❶ 空間或時間的距離大；跟"短"相對 ◆ 長途 / 長遠。❷ 長度 ◆ 褲長一米 / 大橋長三千米。❸ 優點；專有技能 ◆ 長處 / 專長。

〈二〉[zhǎng ㄓㄤˇ 粤dzœŋ² 掌]

❹ 發育生長 ◆ 孩子長高了 / 柳枝長出了新葉。❺ 增加 ◆ 增長 / 不經一事，不長一智。❻ 輩分高、年紀大的；跟"幼"相對 ◆ 長輩 / 年長。❼ 領導人；主管人 ◆ 首長 / 校長。

【長久】cháng jiǔ　很長時間 ◆ 兩人長久沒有見面了。⟨反⟩短暫。

【長江】cháng jiāng　中國第一大河，世界第三大河。發源於青海省唐古拉山，流經西藏、四川、雲南、湖北、湖南、江西、安徽、江蘇等省區，從上海市入東海。全長 6300 公里。

【長城】cháng chéng　❶ 指萬里長城。始建於戰國時期。秦始皇統一中國後，以秦、趙、燕三國舊長城為基礎，西起臨洮（今甘肅岷縣），東到遼東，建成一道一萬多里的長城，用來防禦匈奴的侵擾。❷ 比喻堅不可摧的雄厚力量 ◆ 百萬軍民築起了一道抗洪的鋼鐵長城。

【長期】cháng qī　很長時期 ◆ 他長期從事文學創作。

【長₂進】zhǎng jìn　有進步 ◆ 經過培訓，知識、技能長進不少。

【長年累月】cháng nián lěi yuè　形容經歷的時間很長 ◆ 戰士們長年累月駐守在海島。

注意 "累"粤音讀 lœy⁵（呂）。

【長治久安】cháng zhì jiǔ ān　長期的太平安定 ◆ 國家保持長治久安，經濟才能不斷繁榮。

【長驅直入】cháng qū zhí rù　驅：快跑。形容迅速、順利地前進 ◆ 我們的軍隊長驅直入，攻破了敵人一道道防線。

⟨⟩長₂者、長此以往、長篇大論

⟨⟩生長₂、成長₂、延長、特長、滋長₂、天長地久、取長補短、細水長流、一技之長、意味深長、語重心長

門 部

⁰ 門（门）

丨丨冂冂冂門門門　門

[mén ㄇㄣˊ 粤mun⁴ 瞞]

❶ 建築物的出入口；開關出入口的裝備 ◆ 校門 / 鐵門。❷ 形狀和作用像門的東西 ◆ 球門 / 閘門。❸ 途徑 ◆ 訣竅 ◆ 門路 / 竅門。❹ 家；家族 ◆ 雙喜臨門 / 名門貴族。❺ 種類 ◆ 門類 / 五花八門。❻ 派別 ◆ 佛門 / 門戶之見。❼ 量詞 ◆ 一門大炮 / 三門功課。

【門戶】mén hù　❶ 門 ◆ 昨天門戶緊閉，你上哪兒去啦？❷ 比喻出入的必經之地 ◆ 上海是長江的門戶。❸ 家庭 ◆ 孩子大了，讓他自立門戶。❹ 派別 ◆ 學術問題不該有門戶之見。

【門面】mén ·mian　商店沿街的部分；比喻外表 ◆ 本店裝修門面，歇業一個月 / 他在酒家大擺筵席，是為了裝門面、擺闊氣。

【門可羅雀】mén kě luó què　羅：捕鳥的網。門前可以張網捕捉麻雀。形容來往的人很少，冷冷清清 ◆ 老教授在世時，這裏經常是高朋滿座；現在是門可羅雀，無人問津了。⟨反⟩門庭若市。

【門庭若市】mén tíng ruò shì　門前和院子裏像集市一樣熱鬧。形容來往的人很多 ◆ 他交際很廣，常常門庭若市。⟨反⟩門可羅雀。

⟨⟩門口、門票、門診、門外漢

⟨⟩專門、冷門、熱門、分門別類、班門弄斧、閉門造車、開門見山

2 閃（闪）

丨丨冂冂冂門門閃　閃

[shǎn ㄕㄢˇ 粤sim² 陝]

❶ 天空裏放電時突然出現的亮光 ◆ 閃電 / 打閃。❷ 突然出現；忽隱忽現 ◆ 閃現 / 閃閃發光。❸ 側身躲避 ◆ 閃開 / 躲躲閃閃。❹ 動作過猛而扭傷 ◆ 閃了腰。

【閃電】shǎn diàn　雷陣雨之前或降雨時天空中閃現的一道道亮光，往往跟雷聲一起出現 ◆ 空中有閃電，快要下雨了。

> 閃電和打雷其實是同時發生的，不過光每秒大約可以走 300,000 公里（186,000 哩），比雷聲的速度要快得多。所以人總是先看到閃電，接着再聽到傳來的雷聲。

【閃爍】shǎn shuò　❶ 光亮忽明忽暗，動搖不定 ◆ 舞臺裏燈光閃爍。⟨同⟩閃耀。❷ 説話吞吞吐吐，躲躲閃閃 ◆ 一談到關鍵問題，他就閃爍其詞。

【閃耀】shǎn yào　光亮閃爍耀眼 ◆ 街道兩旁到處閃耀着霓虹燈。

⟨⟩閃光燈

⟨⟩電閃雷鳴

3 閉（闭）

丨丨冂冂冂門門門閉　閉

[bì ㄅㄧˋ 粤bei³ 蔽]

❶ 關；合上；跟"開"相對 ◆ 關閉 / 封閉。❷ 堵塞；不通 ◆ 閉塞 / 閉氣。❸ 結束 ◆ 閉幕 / 閉會。

【閉塞】bì sè　❶ 阻塞不通 ◆ 下水道閉塞。⟨反⟩暢通。❷ 與外界不溝通 ◆ 這個地方比較閉塞。⟨反⟩開通。

【閉幕】bì mù　❶ 演出告一段落或結束時合上舞臺前的幕布 ◆ 演出閉幕後，觀眾起立熱烈鼓掌。❷ 會議、大

型活動會結束 ◆ 運動會已勝利閉幕。
反 揭幕。

【閉門羹】bì mén gēng 大門緊閉，客人無法進門 ◆ 昨天我去你家吃了個閉門羹。

【閉門造車】bì mén zào chē 關起門來造車子。比喻不管客觀實際，只按主觀想像辦事 ◆ 這份計劃完全是閉門造車，太脫離實際了。

【閉關自守】bì guān zì shǒu 封閉關口，自行防守。指不跟外界往來 ◆ 我們要加強地區之間的聯繫，決不能閉關自守。
◁ 閉門思過
▷ 倒閉、禁閉

³問 見口部，80頁。

⁴閏(闰) ⎸ ⎹ ⎸' ⎸' 門 門 閏 閏

[rùn ㄖㄨㄣˋ ⑧ jœn⁶ 潤]
地球繞太陽一周的時間是 365 天 5 小時 48 分 46 秒。農曆一年是 354 天或 355 天，多出的時間積三年成一個月，加在一年裏，這一個月叫閏月。陽曆一年是 365 天，多出的時間積四年成一天，加在二月末，這一天叫閏日。有閏日或閏月的那一年叫閏年。

⁴開(开) ⎸ ⎹ ⎸' 門 門 門 開

[kāi ㄎㄞ ⑧ hoi¹ 海¹]
❶ 打開；展開；跟「關」、「閉」相對 ◆ 開門 / 張開翅膀。❷ 起始 ◆ 開始 / 開學。❸ 創辦；建造 ◆ 開辦 / 開工廠。❹ 開闢；拓展 ◆ 開拓 / 開發。❺ 列出；寫出 ◆ 開發票 / 開清

單。❻ 發給；支付費用 ◆ 開支 / 開銷。❼ 發動；發射 ◆ 開車 / 開槍。❽ 解除 ◆ 開除 / 開脫。❾ 水煮沸 ◆ 水開了。❿ 十分之幾的比例 ◆ 四六開。⓫ 整張紙切割成若干份 ◆ 八開 / 三十二開。⓬ 黃金裏含純金的計量單位 ◆ 十四開金 / 二十四開金。⓭ 放在動詞後，表示分開、離開 ◆ 把門打開 / 他走開了。⓮ 放在動詞後，表示擴大 ◆ 消息傳開了。

【開支】kāi zhī 用錢；用的錢 ◆ 衣食住行，哪一樣不要開支 / 要儘量節約開支。

【開放】kāi fàng ❶ 花開 ◆ 池塘裏的荷花開放了。❷ 打開；不再封閉 ◆ 颱大風時，臨時庇護站開放給露宿者使用。

【開始】kāi shǐ ❶ 起頭；開頭 ◆ 新學期開始了。反 結束。❷ 着手進行 ◆ 現在開始做作業。

【開朗】kāi lǎng ❶ 地方寬廣，光線充足 ◆ 車子出了隧道，便豁然開朗。❷ 樂觀爽快 ◆ 他性格開朗，整天有說有笑的。同 爽朗。

【開展】kāi zhǎn 廣泛進行 ◆ 大力開展環保宣傳活動。同 展開。

【開除】kāi chú 除名，使退出某個羣體 ◆ 學校開除了一名學生。

【開埠】kāi bù 對外開放，闢為商埠 ◆ 自香港開埠以來，萬商雲集，經濟日益繁榮。

【開採】kāi cǎi 挖掘 ◆ 礦工們開採鐵礦石。

【開設】kāi shè 設立；設置 ◆ 書局又開設了一家門市部 / 中學都開設了電腦課程。

【開創】kāi chuàng 開始建立；開拓創造 ◆ 新經理上任一年多，出口貿易大幅增加，為公司開創了新局面 / 這項研究富有開創性。

【開發】kāi fā 挖掘資源，充分利用 ◆ 我們要大力開發水力資源。

【開幕】kāi mù 拉開舞台前的幕布。指演出或某些重大活動正式開始 ◆ 運動會今天開幕了。反 閉幕。

【開端】kāi duān 開頭；開始 ◆ 第一次參賽就得了名次。這是一個好的開端，希望能再接再厲。

【開墾】kāi kěn 使荒地變成可以種的土地 ◆ 開墾荒地，擴大種植面積。

【開闢】kāi pì 從無到有地開始建或發展 ◆ 航空公司開闢一條新航線 / 開闢農村市場，大有可為。

【開天闢地】kāi tiān pì dì 古代傳說古開天闢地，才有了人類世界。後用表示有史以來第一次 ◆ 這個項目是國運動員在奧運會上開天闢地第一獲得的金牌。同 破天荒。

【開門見山】kāi mén jiàn shān 比喻話寫文章一開始就接觸正題 ◆ 請你門見山，說明來意，不要拐彎抹角

【開誠佈公】kāi chéng bù gōng 真待人，坦率無私 ◆ 如果能開誠佈公談一談，兩人的矛盾也許可以解決

【開源節流】kāi yuán jié liú 開闢源，節制水的流失。比喻增加收入，約開支 ◆ 開源節流，是理財的上策。
◁ 開水、開心、開花、開會
▷ 召開、展開、離開、皮開肉綻、眉眼笑、信口開河、繼往開來、笑逐開、異想天開

⁴閑 同 "閒" 字，見 439 頁。

⁴間(间) ⎸ ⎹ ⎸' 門 門 門 間 間

⟨一⟩[jiān ㄐㄧㄢ ⑧ gan¹ 奸]
❶ 當中 ◆ 中間 / 兩者之間。❷ 一的範圍之內 ◆ 期間 / 晚間。❸ 屋 ◆ 房間 / 洗手間。❹ 量詞，用於計房間 ◆ 兩間卧室 / 一間貯藏室。

⟨二⟩[jiàn ㄐㄧㄢˋ ⑧ gan³ 諫]
❺ 空隙 ◆ 間隙 / 親密無間。❻開；不連接 ◆ 間斷 / 間隔。❼ 使開；使人不和 ◆ 反間計 / 挑撥離間

【間接】jiàn jiē 通過第三者發生產生的 ◆ 這個消息我是間接得來的反 直接。

【間隙】jiàn xì 空隙 ◆ 他善於利工作間隙鍛煉身體。

【間諜】jiàn dié 受有關組織派遣事竊取情報或顛覆、破壞活動的人國際間諜無孔不入。

【間斷】jiàn duàn 中途停止；不連

◆ 他堅持長跑，從不間斷。⑩ 中斷。
↘ 人間、空間、時間、一瞬間

閒^(闲) ｜ ｜' ｜' 門 門 閒 閒 〔閒〕

[xián ㄒ丨ㄢˊ ⑧ han⁴ 閑]

❶ 沒有事情做；有空；跟"忙"相對 ◆ 空閒 / 清閒。❷ 放着不用 ◆ 閒置 / 四海無閒田。❸ 跟正事無關的 ◆ 閒談 / 少管閒事。

【閒暇】xián xiá　空閒 ◆ 事情太多，哪有閒暇去看電影？

【閒談】xián tán　沒有中心的隨便談話 ◆ 這消息是在與朋友的閒談中聽到的。⑩ 閒聊。

↘ 安閒、悠閒、等閒視之、忙裏偷閒、遊手好閒

悶

見心部，156 頁。

閘^(闸) ｜ ｜' ｜' 門 門 閘 〔閘〕

[zhá ㄓㄚˊ ⑧ dzap⁹ 雜]

❶ 可以開關的攔水建築 ◆ 閘門 / 水閘。❷ 機械上的制動器 ◆ 車閘。

閨^(闺) ｜ ｜' ｜' 門 門 閨 〔閨〕

[guī ㄍㄨㄟ ⑧ gwei¹ 歸]

舊時女子的臥室 ◆ 閨房 / 大家閨秀。

【閨女】guī·nü　❶ 沒有結婚的女子 ◆ 這幾個老閨女愛在一起打牌。❷ 女兒 ◆ 我家閨女今年上大學了。

聞

見耳部，344 頁。

閩^(闽) ｜ ｜' ｜' 門 門 閩 閩 〔閩〕

[mǐn ㄇ丨ㄣˇ ⑧ men⁵ 敏]

福建省的別稱 ◆ 閩南話。

閥^(阀) ｜ ｜' ｜' 門 門 閥 閥 〔閥〕

[fá ㄈㄚˊ ⑧ fɐt⁹ 伐]

❶ 稱在某方面權勢很大、具支配地位

的人或集團 ◆ 軍閥 / 財閥。❷ 管道上起調節、控制作用的活門 ◆ 閥門 / 氣閥。

閣^(阁) ｜ ｜' 門 門 門 閣 閣 〔閣〕

[gé ㄍㄜˊ ⑧ gɔk⁸ 各]

❶ 類似樓房的建築物 ◆ 亭台樓閣 / 蓬萊閣（在山東蓬萊縣）。❷ 女子的臥室 ◆ 閨閣 / 出閣。❸ 中央官署 ◆ 內閣 / 組閣。❹ 放置東西的架子 ◆ 束之高閣。

【閣下】gé xià　對對方的敬稱 ◆ 歡迎總統閣下來訪。

注意 "閣下" 多用於外交場合。

閡^(阂) ｜ ｜' 門 門 閂 閡 〔閡〕

[hé ㄏㄜˊ ⑧ ŋɔi⁶ 外]

阻隔 ◆ 隔閡。

閱^(阅) ｜ ｜' 門 門 閂 閱 〔閱〕

[yuè ㄩㄝˋ ⑧ jyt⁹ 月]

❶ 看；察看 ◆ 閱讀 / 閱兵 / 檢閱。❷ 經歷 ◆ 閱歷。

【閱歷】yuè lì　親身經歷積累的知識 ◆ 他年紀不大，閱歷卻很廣。

【閱覽】yuè lǎn　看書看報 ◆ 他們喜歡到閱覽室看書。

【閱讀】yuè dú　看書看報，領會內容 ◆ 同學們的閱讀能力大大提高了。

↘ 批閱、查閱、訂閱

閹^(阉) ｜ ｜' 門 門 閃 閹 〔閹〕

[yān 丨ㄢ ⑧ jim¹ 淹]

割去動物的生殖腺 ◆ 閹割 / 閹雞。

閻^(阎) ｜ ｜' 門 門 閂 閻 閻 〔閻〕

[yán 丨ㄢˊ ⑧ jim⁴ 炎]

姓。

闌^(阑) ｜ ｜' 門 門 閂 閒 閻 〔闌〕

[lán ㄌㄢˊ ⑧ lan⁴ 蘭]

晚；將盡 ◆ 夜闌人盡。

闆^(板) ｜ ｜' 門 門 閂 閂 〔闆〕

[bǎn ㄅㄢˇ ⑧ ban² 板]

老闆：工商業的業主。

闊^(阔) ｜ ｜' 門 門 門 閃 闊 〔闊〕

[kuò ㄎㄨㄛˋ ⑧ fut⁸]

❶ 寬廣；跟"狹"相對 ◆ 寬闊 / 廣闊。❷ 時間久 ◆ 闊別。❸ 富有；奢華 ◆ 闊氣 / 闊綽。

【闊氣】kuò·qi　❶ 奢侈豪華 ◆ 家裏的裝潢、擺設顯得很闊氣。❷ 指大方；慷慨 ◆ 他很闊氣，一次拿出十萬元捐獻給希望工程。⑩ 小氣。

【闊綽】kuò chuò　排場大，生活奢華 ◆ 他很闊綽，進出有私人轎車，別墅裏是高檔的紅木傢具。

↘ 開闊、遼闊、海闊天空、大刀闊斧、高談闊論

闖^(闯) ｜ ｜' 門 門 門 閂 闖 〔闖〕

[chuǎng ㄔㄨㄤˇ ⑧ tsɐŋ³ 創/tsɔŋ² 廠（語）]

❶ 猛衝；突然進入 ◆ 闖進去 / 橫衝直闖。❷ 招惹 ◆ 闖禍。❸ 四處奔走謀生 ◆ 闖江湖 / 走南闖北。

關^(关) ｜ ｜' 門 門 閂 闕 關 〔關〕

[guān ㄍㄨㄢ ⑧ gwan¹ 慣¹]

❶ 閉；合攏；跟"開"相對 ◆ 關閉 / 關窗。❷ 禁閉；不讓出來 ◆ 關押 / 關在監牢裏。❸ 古代設在邊界上或出入要道上的關口 ◆ 關隘 / 邊關 / 山海關。❹ 檢查出入口貨物並徵税的國家機構 ◆ 海關 / 關税。❺ 重要的時機、轉折點 ◆ 關鍵 / 緊急關頭。❻ 牽連；聯繫 ◆ 關聯 / 息息相關。❼ 念及；重視 ◆ 關心 / 關注。❽ 姓。

【關切】guān qiè　關心 ◆ 老師對同學們的學習非常關切。⑩ 關注。

【關心】guān xīn　重視；常放在心上 ◆ 同學之間要互相關心，互相幫助。

【關於】guān yú　表示涉及的對象 ◆

關於環保問題，已經越來越引起人們的重視。

【關注】guān zhù　關心重視 ◆ 綠化問題已引起廣大市民的關注。⑩ 關切。

【關係】guān xì　❶ 人或事物之間的某種聯繫 ◆ 我們是同事關係。❷ 指原因、條件 ◆ 由於交通的關係，他遲到了。❸ 關聯；涉及 ◆ 這件事關係到他的前途。

【關照】guān zhào　❶ 關心照顧 ◆ 我是新來的，請各位多多關照。❷ 告訴 ◆ 請你關照他一聲，我在車站等他。

【關節】guān jié　❶ 身體骨骼之間相連接的部分 ◆ 四肢關節活動自如。❷ 有決定作用的環節 ◆ 問題的關節在於對方是否真有誠意。⑩ 關鍵。

人體的關節可分3種：
1. 固定關節 —— 在頭顱骨之間，叫骨縫。
2. 半活動關節。
3. 自由活動關節 —— 能平穩地調節活動範圍。
最靈活的關節在手臂及腿部。

【關聯】guān lián　有牽連；有聯繫 ◆ 社會安定與發展經濟是互相關聯的。

【關懷】guān huái　關心 ◆ 父母對子女總是關懷備至。

注意 "關懷" 多用於長輩對晚輩，上級對下級。

【關鍵】guān jiàn　門閂。比喻最重要的、起決定作用的 ◆ 學習成績能不能提高，關鍵在於自己用功不用功。

⊠ 牙關、有關、相關、無關、機關、難關、人命關天、漠不關心

12 闡 (阐) ｜ ｜ ｜ ｜ 門 門 閏 閏 閏 闡

[chǎn ㄔㄢ 粵tsin2 淺/dzin2 展 (語)]
說明 ◆ 闡明 / 闡述。

【闡述】chǎn shù　論述 ◆ 對環保的重要性，他作了深刻的闡述。

13 闢 (辟) ｜ ｜ ｜ 門 門 門 閂 閂 闢

[pì ㄆㄧˋ 粵pik7 僻]

❶ 開拓；開發 ◆ 開闢 / 闢為旅遊區。

❷ 透徹 ◆ 精闢 / 透闢。 ❸ 排除；駁斥 ◆ 闢謠。

【闢謠】pì yáo　用事實真相駁斥謠言 ◆ 這件事已經在報紙上闢謠了。

⊡ 開天闢地

阜 部

0 阜 ＇ ｲ ｸ ｸ 白 阜 阜

[fù ㄈㄨˋ 粵feu6 埠]

❶ 土山。 ❷ 物資豐富 ◆ 物阜民豐。

3 阡 ＇ ｺ ｹ ﾄ ﾄﾖ 阡

[qiān ㄑㄧㄢ 粵tsin1 千]

田間的小路 ◆ 阡陌。

3 埠 見土部，95頁。

4 阱 ＇ ｺ ｹ ﾄﾖ ﾄﾖ 阱 阱

[jǐng ㄐㄧㄥˇ 粵dzing6 靜]

陷坑 ◆ 陷阱。

4 阮 ＇ ｺ ｹ ﾄﾖ ﾄﾖ 阮

[ruǎn ㄖㄨㄢˇ 粵jyn5 遠]

姓。

4 防 ＇ ｺ ｹ ﾄﾖ ﾄﾖ 防 防

[fáng ㄈㄤˊ 粵fong4 房]

❶ 預先戒備 ◆ 防備 / 預防。 ❷ 守備；守衛 ◆ 防禦 / 國防。

【防止】fáng zhǐ　預先設法制止 ◆ 冬天要防止火災。⑩ 預防。

【防守】fáng shǒu　防禦守衛 ◆ 對方防守嚴密，我隊未能進球。⑩ 進攻。

【防備】fáng bèi　預先作好準備以應付突發事件 ◆ 家中備有簡易滅火器，可防備突發性火災。⑩ 預防。

【防範】fáng fàn　防備；戒備 ◆ 採取安全防範措施，減少事故的發生。

【防禦】fáng yù　防備抵抗 ◆ 沿海地區要防禦颱風的襲擊。

【防衛】fáng wèi　防備保衛 ◆ 警方開槍射擊屬於正當防衛。

【防患未然】fáng huàn wèi rán　患：災禍。未然：還沒有成為事實。在事故或災禍沒有發生之前就做好防備 ◆ 為防患未然，在颱風來到之前就加固了堤壩。

注意 "防患未然"也作"防患於未然"。

⊠ 防火、防空、防汛、防治、防疫、防護、防不勝防

⊡ 國防、邊防、以防萬一

5 阿 ＇ ｺ ｹ ﾄﾖ ﾄﾖ ﾄﾗ 阿 阿

〈一〉[ā ㄚ 粵a3/nga3 亞]

❶ 用在稱謂前面的詞頭 ◆ 阿哥 / 阿姨。

〈二〉[ē ㄜ 粵o1/ngo1 柯]

❷ 迎合；偏袒 ◆ 阿諛逢迎 / 剛正不阿。

【阿斗】ā dǒu　劉備的兒子，三國蜀漢後主劉禪的小名。此人庸碌無能。後用來比喻無能之輩 ◆ 別提他了，他是個扶不起的阿斗。

【阿2諛逢迎】ē yú féng yíng　拍馬討好，迎合別人 ◆ 此人陰險，當面阿諛逢迎，背後卻在搞鬼。

注意 "阿諛逢迎"也作"阿諛逢承"。

5 阻 ＇ ｺ ｹ ﾄﾖ ﾄﾗ 阻 阻 阻 阻

[zǔ ㄗㄨˇ 粵dzo2 左]

❶ 擋住；攔住 ◆ 阻擋 / 阻攔。 ❷ 險要的地方 ◆ 艱難險阻。

【阻止】zǔ zhǐ　不讓行動 ◆ 兩人正要打架，老師立刻上前阻止。

【阻撓】zǔ náo　阻止；使不能順利進行 ◆ 球迷衝入球場，阻撓了比賽的正常進行。

【阻擋】zǔ dǎng　阻止抵擋 ◆ 對方來勢兇猛，我隊無法阻擋。

【阻礙】zǔ ài　❶ 阻止；妨礙 ◆ 由於修路工程阻礙了交通。❷ 阻礙的東西 ◆ 一路上沒有遇到甚麼阻礙。

【阻攔】zǔ lán　阻止攔截 ◆ 他性格倔強，想做的事誰也阻攔不了他。⑩阻擋。

☑阻力

☒勸阻、通行無阻

---

⁵ **附**　　　フ ｜ ｱ ｱ ｱ 阶 附　附

[fù ㄈㄨˋ ⑧ fu⁶ 父]

❶ 隨帶的；外加的 ◆ 附帶 / 附加。

❷ 依託；依從；歸屬 ◆ 依附 / 附屬醫院 / 魂不附體。 ❸ 靠近 ◆ 附近 / 附耳交談。

【附和】fù hè　跟着別人説 ◆ 他缺乏主見，往往是別人説甚麼他都隨聲附和。

(注意)"附和"多含貶義。"和"不讀 hé(禾)。

【附近】fù jìn　靠近的；靠近的地方 ◆ 我們學校附近有一個公園。

【附錄】fù lù　附在正文後面的有關文章或資料 ◆ 這本字典附錄了不少很實用的資料。

【附屬】fù shǔ　由某一機構附設或管轄的 ◆ 這個醫學院有三個附屬醫院。

☑附件、附設

☒牽強附會

---

⁵ **陀**　　　フ ｜ ｱ ｱ 阶 陀　陀

[tuó ㄊㄨㄛˊ ⑧ to⁴ 駝]

陀螺(tuó luó)：一種兒童玩具。

---

⁵ **陌**　　　フ ｜ ｱ ｱ 阶 陌　陌

[mò ㄇㄛˋ ⑧ mɐk⁹ 脈]

田間小路；泛指道路 ◆ 阡陌 / 陌路人。

【陌生】mò shēng　生疏；不熟悉 ◆ 這個名字有點陌生。

---

⁶ **陋**　　　フ ｜ ｱ ｱ 陋 陋　陋

[lòu ㄌㄡˋ ⑧ leu⁶ 漏]

❶ 醜；不好看 ◆ 醜陋。 ❷ 粗劣；狹小 ◆ 簡陋 / 陋室。 ❸ 不文明的；不好的 ◆ 陋習 / 陋規。 ❹ 見識少；學識淺薄 ◆ 淺陋 / 孤陋寡聞。

---

⁶ **降**　　　フ ｜ ｱ 阶 陉 降 降　降

〈一〉[jiàng ㄐｌㄤˋ ⑧ gɔŋ³ 鋼³]

❶ 從高處往下落；跟"升"相對 ◆ 降落 / 降價。

〈二〉[xiáng ㄒｌㄤˊ ⑧ hɔŋ⁴ 杭]

❷ 投降 ◆ 誘降 / 寧死不降。 ❸ 制服 ◆ 降龍伏虎。

【降低】jiàng dī　下降；使減少、減輕或減低 ◆ 要求降低了 / 降低收費標準。 ⑫ 提高、提升。

【降臨】jiàng lín　來到 ◆ 夜幕降臨，華燈初放。

【降落傘】jiàng luò sǎn　傘狀的空降器具，它利用空氣阻力，使人或物從空中緩慢下落到地面。

☑降溫

☒投降₂、升降機

---

⁶ **限**　　　フ ｜ ｱ 阴 阴 限　限

[xiàn ㄒｌㄢˋ ⑧ han⁶ 閒⁶]

❶ 規定的範圍，不能超越 ◆ 期限 / 限期歸還。 ❷ 門檻 ◆ 戶限為穿。

【限制】xiàn zhì　規定的範圍，不許超過 ◆ 每次借書有限制，不能超過三本。

【限度】xiàn dù　極限；最高或最低的數量或程度 ◆ 人的體力是有限度的。

【限期】xiàn qī　規定的日期，不許超過 ◆ 這項緊急任務必須限期完成。

☑限定、限量、限額

☒有限、局限、界限、極限、無限

---

⁷ **陡**　　　フ ｜ ｱ 阶 阹 陡　陡

[dǒu ㄉㄡˇ ⑧ dɐu² 斗]

❶ 坡度很大 ◆ 陡坡 / 懸崖陡壁。 ❷ 突然 ◆ 陡然 / 形勢陡變。

【陡峭】dǒu qiào　形容坡度極大 ◆ 山峯陡峭，攀登困難。

---

⁷ **陣**(阵)　　　フ ｜ ｱ 阽 陌 陣　陣

[zhèn ㄓㄣˋ ⑧ dzɐn⁶ 振⁶]

❶ 軍隊作戰時佈置的隊列 ◆ 陣勢 / 一字長蛇陣。 ❷ 指戰場 ◆ 陣地 / 陣亡。

❸ 量詞 ◆ 陣陣掌聲 / 一陣風吹來。

【陣亡】zhèn wáng　在戰鬥中犧牲 ◆ 人們向陣亡將士獻上鮮花。

【陣地】zhèn dì　軍隊作戰的地方，通常築有工事 ◆ 工兵在前沿陣地搶築工事。

【陣容】zhèn róng　軍隊的儀容，如人數和裝備；隊伍的人員配備 ◆ 這支球隊陣容強大。

☒臨陣脱逃、嚴陣以待、衝鋒陷陣

---

⁷ **陝**(陕)　　　フ ｜ ｱ ｱ 阽 陝　陝

[shǎn ㄕㄢˇ ⑧ sim² 閃]

陝西省的簡稱。

---

⁷ **陛**　　　フ ｜ ｱ ｱ 阱 阱 陛　陛

[bì ㄅｌˋ ⑧ bei⁶ 幣]

台階，也專指宮殿的台階

【陛下】bì xià　對君主的尊稱 ◆ 國王陛下。

---

⁷ **除**　　　フ ｜ ｱ 阶 阶 除 除　除

[chú ㄔㄨˊ ⑧ tsœy⁴ 徐]

❶ 去掉 ◆ 除名 / 為民除害。 ❷ 不計算在內 ◆ 除此之外 / 他們二人除外。 ❸ 算術中的除法，就是把一個數分成相等的若干份 ◆ 十五除以三等於五。 ❹ 台階 ◆ 黎明即起，灑掃庭除。

【除夕】chú xī　一年最後一天的夜晚；也指一年的最後一天 ◆ 除夕之夜，親人團聚，共享天倫之樂。

【除非】chú fēi　表示唯一的條件。相當於"只有" ◆ 除非你親自去請，否則他不會來。

(注意)"除非"常與"才"、"否則"等詞語配搭使用。

☒根除、消除、排除、掃除、解除、廢除、斬草除根

---

⁷ **院**　　　フ ｜ ｱ ｱ 阮 阮 院　院

[yuàn ㄩㄢˋ ⑧ jyn⁶ 願 / jyn² 婉 (語)]

❶ 房屋前後用圍牆圍起來的空地 ◆ 院子 / 庭院 / 後院。 ❷ 某些機關或公共場

舊時王謝堂前燕，飛入尋常百姓家。——唐·劉禹錫《烏衣巷》詩

所的名稱 ◆ 法院／醫院／電影院。❸指高等學校 ◆ 理工學院／高等院校。

8 陸(陆) 陸

〈一〉[lù ㄌㄨˋ 粵 luk^{9} 綠]

❶高出水面的土地 ◆ 陸地／登陸。❷指旱路 ◆ 水陸並進。❸姓。

〈二〉[liù ㄌㄧㄡˋ 粵 luk^{9} 綠]

❹數目字“六”的大寫。

【陸地】lù dì　地球表面除海洋、江河湖泊等水面以外的土地 ◆ 陸地上動物的生活習性與海洋動物很不相同。

【陸續】lù xù　指有先有後，時斷時續 ◆ 參觀的人陸續來到展覽大廳。

⊳水陸交通、光怪陸離

8 陵 陵

[líng ㄌㄧㄥˊ 粵 liŋ^{4} 零]

❶大的土山 ◆ 山陵／丘陵。❷高大的墳墓 ◆ 陵墓／中山陵。

8 陳(陈) 陳

[chén ㄔㄣˊ 粵 tsɐn^{4} 塵]

❶擺放 ◆ 陳列／陳設。❷敘述 ◆ 陳述／陳訴。❸時間久的；舊的 ◆ 陳酒／陳舊。❹姓。

【陳列】chén liè　擺出物品，供人觀看 ◆ 書架上陳列着很多新書。

【陳述】chén shù　有條理地敘說 ◆ 請你陳述一下事情的經過。

【陳設】chén shè　❶擺放 ◆ 街道兩旁陳設着一盆盆鮮花。❷擺設的東西 ◆ 屋內的陳設很簡陋。

【陳舊】chén jiù　舊；過時的 ◆ 這些傢具太陳舊了。[反]新鮮、新穎。

【陳詞濫調】chén cí làn diào　陳舊而不切實際的言詞或論調 ◆ 這些陳詞濫調人們都聽膩煩了。

⊳新陳代謝、推陳出新

8 陰(阴) 陰

[yīn ㄧㄣ 粵 jɐm^{1} 音]

❶不見陽光的；跟“晴”、“陽”相對 ◆ 陰天／陰雨連綿。❷山的北面，水的南岸，因不易照到陽光而稱陰。多用於地名；跟“陽”相對 ◆ 華陰（華山北面）／江陰（長江南岸）。❸凹下去的；不顯露的；跟“陽”相對 ◆ 陰溝／陰文。❹背地裏；不光明正大的 ◆ 陰謀／陽奉陰違。❺指人死後的 ◆ 陰間／陰魂。❻帶負電的 ◆ 陰極。❼月亮；跟月亮有關的 ◆ 太陰／陰曆。❽光陰；時間 ◆ 一寸光陰一寸金，寸金難買寸光陰。❾男女生殖器官的通稱 ◆ 陰部／陰莖。❿姓。

【陰森】yīn sēn　陰暗寂靜而令人可怕 ◆ 探險者進入一個陰森的狹谷。

【陰暗】yīn àn　暗；光線不足 ◆ 黃昏來臨，天色漸漸陰暗下來。

【陰影】yīn yǐng　❶暗暗的影子 ◆ 月光下，我們踏着路邊樹木的陰影，在公園裏散步。❷比喻心靈上的負擔或創傷 ◆ 他終於走出了失敗的陰影，重新振作起來。

【陰謀】yīn móu　❶暗中策劃幹壞事 ◆ 據報導，他們曾陰謀搶劫銀行。❷暗中幹壞事的謀劃 ◆ 警方很快識破了他們的陰謀。

【陰險】yīn xiǎn　外表善良，內心狠毒 ◆ 這人很陰險，要小心提防。

⊲陰冷、陰沉、陰陽怪氣

8 陶 陶

[táo ㄊㄠˊ 粵 tou^{4} 桃]

❶用黏土燒製成的瓦器 ◆ 陶瓷／彩陶。❷比喻教育培養 ◆ 陶冶／熏陶。❸快樂 ◆ 陶醉／樂陶陶。❹姓。

【陶冶】táo yě　燒製陶器，冶煉金屬。比喻對人的思想、性格產生好的影響 ◆ 好的文藝作品可以陶冶人的思想情操。

【陶醉】táo zuì　滿意地沉浸在某種情境中 ◆ 他被優美的音樂陶醉了。

8 陷 陷

[xiàn ㄒㄧㄢˋ 粵 ham^{6} 咸^{6}]

❶掉進去；沉下去 ◆ 陷入泥坑／地基下陷。❷設法害人 ◆ 陷害／誣陷。❸被佔領；攻破 ◆ 陷落／失陷。❹缺點 ◆ 缺陷。

[注意]“陷”右上角是“⺈”，不是“⺤”。

【陷阱】xiàn jǐng　上面有偽裝的深坑，野獸或敵人踩上就會掉進去。比喻誘人上當的圈套 ◆ 這是他們設置的陷阱，千萬別上當。

【陷害】xiàn hài　用計謀害人 ◆ 他們拉人下水，不知陷害了多少好人。

⊳淪陷、衝鋒陷陣

8 陪 陪

[péi ㄆㄟˊ 粵 pui^{4} 培]

❶伴同 ◆ 陪同／陪他去一趟。❷從旁協助 ◆ 陪審／陪襯。

【陪伴】péi bàn　隨同相伴 ◆ 子女陪伴老人到公園遊玩。

【陪襯】péi chèn　❶襯托 ◆ 鮮花有綠葉陪襯，更顯得嬌豔。❷陪襯的人或事物 ◆ 這部電影他是主角，我只是陪襯。

⊲陪葬

⊳失陪、奉陪

9 隋 隋

[suí ㄙㄨㄟˊ 粵 tsœy^{4} 徐]

❶朝代名 ◆ 隋、唐。❷姓。

9 階(阶) 階

[jiē ㄐㄧㄝ 粵 gai^{1} 佳]

❶台階 ◆ 階梯／石階。❷等級 ◆ 官階／軍階。

【階段】jiē duàn　事物發展過程中的段落 ◆ 比賽已進入決賽階段。

【階梯】jiē tī　台階和梯子。比喻前進的途徑 ◆ 書籍是人類進步的階梯。

【階層】jiē céng　社會團體；社會各界 ◆ 他的講話受到社會各階層的歡迎。

【隊伍】duì ·wu ❶ 軍隊 ◆ 接到命令後，隊伍立即奔赴前線。❷ 排成行列的人羣 ◆ 遊行隊伍解散了。
☒ 隊友、隊長、隊員
☒ 成羣結隊

❶ 裂縫 ◆ 縫隙／空隙。❷ 空閒的時間 ◆ 閒隙／農隙。❸ 空子；機會 ◆ 有隙可乘／可乘之隙。

---

⁹**陽**（阳），ˊ ㄅ ㄇ ㄇ 阝 陣 陽 陽　[陽]

[yáng ㄧㄤ／ 粵 jœŋ⁴ 羊]

❶ 太陽；日光 ◆ 陽光／朝陽。❷ 山的南面，水的北岸，因容易照到陽光而稱陽。多用於地名：跟"陰"相對 ◆ 衡陽（衡山南面）／洛陽（洛水北岸）。❸ 凸出來的；外露的：跟"陰"相對 ◆ 陽文／陽溝。❹ 表面上的 ◆ 陽奉陰違。❺ 指人世間；跟"陰"相對 ◆ 陽間。❻ 帶正電的 ◆ 陽極。❼ 男性生殖器 ◆ 陽痿。

【陽奉陰違】yáng fèng yīn wéi　表面上遵從，暗地裏違背 ◆ 上司最厭惡那些陽奉陰違的人。
☒ 夕陽、重陽、豔陽天

---

⁹**隅**，ˊ ㄅ ㄇ 阝 阳 阴 隅　[隅]

[yú ㄩˊ 粵 jy⁴ 如]

❶ 角落 ◆ 向隅而泣／負隅頑抗。❷ 最邊沿的地方 ◆ 海隅。

隆，ˊ ㄅ ㄇ 阝 阡 降 降 隆　[隆]

[lóng ㄌㄨㄥˊ 粵 luŋ⁴ 龍]

❶ 高起；凸起 ◆ 隆起。❷ 盛大 ◆ 隆重。❸ 興旺 ◆ 生意興隆。❹ 程度深 ◆ 隆冬。

【隆冬】lóng dōng　冬天最冷的一些日子 ◆ 喜歡冬泳的人在隆冬季節照常游泳。

【隆重】lóng zhòng　盛大莊重 ◆ 運動會的開幕式隆重而熱烈。

【隆隆】lóng lóng　象聲詞，形容雷聲、機器轟鳴聲等 ◆ 雷聲隆隆／炮聲隆隆。

隊（队），ˊ ㄅ ㄇ 阝 阡 阣 阣 隊　[隊]

[duì ㄉㄨㄟˋ 粵 dœy⁶ 兑]

❶ 行列 ◆ 排隊／隊列。❷ 有組織的集體 ◆ 軍隊／球隊／樂隊。❸ 量詞 ◆ 一隊人馬。

---

¹⁰**隔**，ˊ ㄅ ㄇ 阝 阡 阴 隔 隔　[隔]

[gé ㄍㄜˊ 粵 gak⁹ 格]

❶ 攔阻使斷絕、分開 ◆ 阻隔／隔開。❷ 分開的距離 ◆ 間隔／相隔萬里。

【隔絕】gé jué　隔斷；斷絕往來 ◆ 他足不出戶，過着與世隔絕般的生活。

【隔閡】gé hé　彼此情意不和，缺乏溝通 ◆ 他們兩人過去有點隔閡，現在消除了。

【隔離】gé lí　分隔開，使不讓與外界的人或物接觸 ◆ 他得的是傳染病，需要隔離治療。

【隔岸觀火】gé àn guān huǒ　比喻別人有危難不去救援，而在一旁看熱鬧 ◆ 別人有危難，應該熱情相助，怎能隔岸觀火？⊙同 袖手旁觀。

【隔靴搔癢】gé xuē sāo yǎng　比喻說話、寫文章、做事情等沒有抓住要害，不能解決問題 ◆ 雖是長篇大論，卻是隔靴搔癢，並無多少實際意義。
☒ 隔壁、隔牆有耳
☒ 分隔、遠隔重洋

---

¹⁰**隕**（陨），ˊ ㄅ ㄇ 阝 阳 阴 隕　[隕]

[yǔn ㄩㄣˊ 粵 wen⁵ 允]

從高處落下 ◆ 隕落／隕石。

【隕落】yǔn luò　從高空落下 ◆ 一顆流星隕落了。

---

¹⁰**隘**，ˊ ㄅ ㄇ 阝 阣 阣 隘　[隘]

[ài ㄞˋ 粵 ai³/ŋai³ 唉³]

❶ 狹窄 ◆ 狹隘。❷ 關口；險要的地方 ◆ 關隘／要隘。
☒注意 "隘"不讀 yì（益）。

---

¹⁰**隙**，ˊ ㄅ ㄇ 阝 阝 陷 隙　[隙]

[xì ㄒㄧˋ 粵 kwik⁷]

---

¹¹**際**（际），ˊ ㄅ ㄇ 阝 阣 降 際　[際]

[jì ㄐㄧˋ 粵 dzɐi³ 祭]

❶ 交界處；邊；涯 ◆ 邊際／一望無際。❷ 彼此之間 ◆ 國際／校際。❸ 時候 ◆ 開學之際／颱風到來之際。❹ 機遇 ◆ 際遇／風雲際會。
☒ 交際、實際

---

¹¹**障**，ˊ ㄅ ㄇ 阝 阵 隨 障　[障]

[zhàng ㄓㄤˋ 粵 dzœŋ³ 帳]

❶ 阻隔；遮蔽 ◆ 障礙／障眼法。❷ 用作遮擋、防護的東西 ◆ 屏障／保障。

【障礙】zhàng ài　阻礙；阻擋前進的東西 ◆ 憑你的才能和人際關係，提升為副總經理應不會有障礙。
☒ 故障、路障

---

¹³**隨**（随），ˊ ㄅ ㄇ 阝 隋 隋 隨　[隨]

[suí ㄙㄨㄟˊ 粵 tsœy⁴ 徐]

❶ 跟着 ◆ 跟隨／隨聲附和。❷ 順着 ◆ 隨機應變／隨心所欲。❸ 聽便；想怎樣就怎樣 ◆ 隨意／隨你的便。❹ 順便 ◆ 隨手關門／隨口說說。❺ 立刻 ◆ 隨即／隨叫隨到。

【隨和】suí ·he　待人和氣，不固執己見 ◆ 爸爸很隨和，從不跟人爭吵。

【隨意】suí yì　任憑自己的意願 ◆ 商品很多，請隨意挑選。

【隨心所欲】suí xīn suǒ yù　心裏想怎樣就怎樣 ◆ 在羣體中生活，不免要受到這樣那樣的束縛，哪能隨心所欲？
☒注意 "隨心所欲"多含貶義。

【隨波逐流】suí bō zhú liú　隨着水流起伏飄蕩。比喻沒有主見，跟着別人行動 ◆ 他是學者，又有幾分清高，豈肯隨波逐流？

【隨機應變】suí jī yìng biàn　順應時機，應付變化。指根據情況的變化而採取相應的辦法 ◆ 當遇到火警時，千萬要保持鎮定，隨機應變。

【隨聲附和】suí shēng fù hè　別人怎麼説就跟着怎麼説，缺乏主見 ◆ 要自己動腦子思考，不要只是隨聲附和。
注意 "和" 不讀 hé（禾）。
◀ 隨行、隨便、隨時、隨從
◀ 伴隨、尾隨、追隨

¹³ 險 (险)，丨 卩 阝 阶 阶 險　險
[xiǎn ㄒㄧㄢˇ ⑨ him² 謙²]
❶ 不安全，有遭遇不幸或發生災難的可能 ◆ 危險 / 風險。❷ 地勢險惡，不易通過的地方 ◆ 險阻 / 長江天險。❸ 用心狠毒 ◆ 陰險 / 奸險。❹ 幾乎；差一點兒 ◆ 險遭不測 / 險些墜入山谷。
【險要】xiǎn yào　地勢險峻，位置重要 ◆ 這一帶地勢險要，向來是兵家必爭之地。
【險峻】xiǎn jùn　❶ 山勢又高又險 ◆ 華山山峯陡峭險峻，只有一條道可以登上山頂。❷ 比喻形勢危急 ◆ 目前已是兵臨城下，形勢十分險峻。⑪ 嚴峻。
【險惡】xiǎn è　❶ 危險可怕 ◆ 處境非常險惡。❷ 狠毒 ◆ 對方用心險惡，要特別提高警惕。
◀ 險境、險象環生
◀ 兇險、冒險、保險、探險、脱險、艱險、驚險、化險為夷、鋌而走險

¹³ 隧，丨 卩 阝 阝 隊 隊 隧　隧
[suì ㄙㄨㄟˋ ⑨ sœy⁶ 睡]
隧道（suì dào）：在山嶺或地下鑿成的通道 ◆ 過海隧道。

¹⁴ 隱 (隐)，丨 卩 阝 阝 陽 隱　隱
[yǐn ㄧㄣˇ ⑨ jen² 忍]
❶ 藏起來；不暴露 ◆ 隱藏 / 隱姓埋名。❷ 不清楚；不明顯；跟 "顯" 相對 ◆ 隱晦 / 隱約。❸ 潛在的；隱祕的 ◆ 隱患 / 難言之隱。
【隱私】yǐn sī　私人生活方面的事 ◆ 有人專門愛打聽別人的隱私，真無聊。
【隱約】yǐn yuē　模糊；不清楚、不明

顯 ◆ 天剛蒙蒙亮，對面半山腰的亭子已隱約可見。
【隱患】yǐn huàn　潛在的禍患 ◆ 加強防火檢查，消除火災隱患。
【隱蔽】yǐn bì　隱藏；遮掩 ◆ 老鼠白天隱蔽在洞裏，晚上出來活動。
【隱瞞】yǐn mán　掩蓋真相，不讓人知道 ◆ 犯了錯誤要敢於承認，不要隱瞞。
【隱藏】yǐn cáng　藏起來，不給發現 ◆ 請你把隱藏在心裏的不快事説出來，讓我分擔一下。
◀ 隱居、隱匿

¹⁶ 隴 (陇)，丨 卩 阝 阝 隋 隴　隴
[lǒng ㄌㄨㄥˇ ⑨ luŋ⁵ 壟]
甘肅省的別稱。

隶 部

⁹ 隸 (隶)，丬 圭 圭 𥝡 𥝡 隸　隸
[lì ㄌㄧˋ ⑨ dɐi⁶ 第]
❶ 附屬；屬於 ◆ 隸屬。❷ 奴隸。❸ 漢字的一種字體，也叫隸書。

隹 部

² 隻 (只)，亻 广 尸 亻 隹 隹　隻
[zhī ㄓ ⑨ dzɛk⁸ 炙]
❶ 量詞，稱動物或單件的東西 ◆ 一隻雞 / 一隻手 / 一隻鞋。❷ 單獨的；極少的 ◆ 隻身前往 / 片言隻語。

³ 雀，小 少 少 ⺌ 雀 雀　雀
[què ㄑㄩㄝˋ ⑨ dzœk⁸ 爵]
❶ 麻雀；泛指小鳥 ◆ 鳥雀 / 歡呼雀

躍。❷ 有的鳥也稱雀 ◆ 孔雀。
【雀躍】què yuè　像雀兒一樣跳躍。形容蹦蹦跳跳，非常高興 ◆ 消息傳來，大家歡呼雀躍。
◀ 雀斑、雀巢
◀ 鴉雀無聲

⁴ 集，亻 广 价 亻 隹 隹　集
[jí ㄐㄧˊ ⑨ dzap⁹ 習]
❶ 聚在一起；跟 "散" 相對 ◆ 聚集 / 集合。❷ 農村裏的定期交易市場 ◆ 集市 / 趕集。❸ 單篇作品合編成的書籍 ◆ 文集 / 選集 / 全集。❹ 大部頭的書或長篇影視劇中分出的相對完整的部分 ◆ 上集 / 三十集電視連續劇。
【集中】jí zhōng　把分散的聚集在一起 ◆ 上課時注意力要集中。⑫ 分散。
【集合】jí hé　把許多分散的人或物聚集起來 ◆ 隊伍開始集合！
【集團】jí tuán　由若干個人為某種目的而組織起來的團體；由若干分支機構聯合組成的集合體 ◆ 幾個同鄉變成一個小集團 / 五家製衣廠合作成立一間製衣集團公司。
【集體】jí tǐ　有組織的整體 ◆ 老師帶領我們玩集體遊戲。
【集思廣益】jí sī guǎng yì　集中眾人的意見和智慧，廣泛吸取一切有益的東西 ◆ 個人的智慧是有限的，只有集思廣益，才能計劃周全，萬無一失。
◀ 集結、集資、集會
◀ 收集、採集、密集、搜集、徵集、百感交集

⁴ 雁，厂 厂 厏 厏 雁 雁　雁
[yàn ㄧㄢˋ ⑨ ŋan⁶ 顏⁶]
大雁：候鳥，樣子像鵝。秋天往南飛，春天往北飛。飛行時排成 "人" 字或 "一" 字行。也叫鴻雁 ◆ 雁南飛 / 鴻雁傳書。

⁴ 雄，ナ 左 太 太 雄 雄　雄
[xióng ㄒㄩㄥˊ ⑨ huŋ⁴ 紅]
❶ 公的；陽性；跟 "雌" 相對 ◆ 雄雞

業精於勤，荒於嬉

雄蕊。❷ 強有力的；威武的；有氣魄的 ◆ 雄風 / 雄赳赳 / 雄心勃勃。❸ 強有力的人或國家 ◆ 英雄 / 戰國七雄。

【雄壯】xióng zhuàng　很有氣勢 ◆ 晚會在雄壯的樂曲聲中圓滿結束。

【雄厚】xióng hòu　財力、人力等充足，有實力 ◆ 這家公司資金雄厚。

【雄偉】xióng wěi　雄壯而偉大 ◆ 萬里長城古樸而雄偉。

【雄辯】xióng biàn　強有力的或富有説服力的辯論 ◆ 事實勝於雄辯。

【雄心壯志】xióng xīn zhuàng zhì　遠大的理想，偉大的志向 ◆ 年輕人應該有雄心壯志。

4
雅　ᄆ 尹 邪 邪 邪 雅　雅
[yǎ ㄧㄚˇ 粵 ŋa⁵ 瓦]

高尚的；不粗俗的；跟"俗"相對 ◆ 文雅 / 高雅。

【雅致】yǎ ·zhi　美觀別致，不落俗套 ◆ 這房間佈置得很雅致。

【雅觀】yǎ guān　文雅 ◆ 他這種舉動很不雅觀。

(注意) "雅觀"多用於服飾、舉

【雅俗共賞】yǎ sú gòng shǎng　指無論文化水平高低，都能欣賞 ◆ 這部電視劇雅俗共賞，收視率較高。

④雅座、雅號

焦　見火部，262 頁。

雇　同"僱"字，見 34 頁。

雍　一 ア 穷 疒 疒 疒 疒 雍
[yōng ㄩㄥ 粵 juŋ¹ 翁]

❶ 融洽；和睦 ◆ 雍和。❷ 姓。

【雍容華貴】yōng róng huá guì　形容穿着華麗，舉止大方 ◆ 她在電影中扮演一位雍容華貴的夫人。

雌　止 止 此 此 雌 雌 雌　雌
[cí ㄘˊ 粵 tsi¹ 痴]

母的；陰性的；跟"雄"相對 ◆ 雌兔 / 雌貓 / 雌蕊。

8
霍　見雨部，447 頁。

8
雕（雕）ㄇ ㄇ 月 冃 冊 雕 雕　雕
[diāo ㄉㄧㄠ 粵 diu¹ 刁]

❶ 兇猛的大鳥，樣子像鷹 ◆ 射雕。❷ 刻 ◆ 雕刻 / 雕花。❸ 指雕刻作品 ◆ 玉雕 / 浮雕。

【雕刻】diāo kè　在玉石、象牙、金屬等材料上刻出形象 ◆ 這尊觀音菩薩是用上等的玉雕刻而成的。

【雕琢】diāo zhuó　❶ 雕刻玉石 ◆ 這尊人像是用漢白玉雕琢而成的。❷ 對文字過分修飾 ◆ 這篇文章由於過分雕琢而不夠流暢。

【雕塑】diāo sù　造型藝術之一，即通過雕刻塑造、創作藝術形象 ◆ 斷臂維納斯是著名的雕塑作品之一。

④雕像、雕梁畫棟

⑤精雕細刻

9
雖（虽）ㅁ 呂 吕 虽 虽 雖　雖
[suī ㄙㄨㄟ 粵 sœy¹ 須]

縱然；即使 ◆ 雖死猶榮 / 麻雀雖小，五臟俱全。

【雖然】suī rán　用在一句話的前半部分，表示承認是事實，後半部用"但是"、"可是"、"卻"等呼應，表示轉折 ◆ 雖然已是盛夏季節，這裏卻很涼爽。

10
雙（双）ㄏ ㅓ ㅌ 倠 隹 雔　雙
[shuāng ㄕㄨㄤ 粵 sœŋ¹ 商]

❶ 兩個 ◆ 雙手 / 舉世無雙。❷ 偶數；跟"單"相對 ◆ 雙數 / 雙號。❸ 加倍的 ◆ 雙料 / 雙倍。❹ 量詞，用於成對的東西 ◆ 一雙鞋 / 一雙手套。

【雙親】shuāng qīn　指父母親 ◆ 雙親年邁，需悉心照料。

【雙關】shuāng guān　表面上是這個意思，而實際上隱含着另一個意思 ◆ 他這話一語雙關，用心良苦。

【雙管齊下】shuāng guǎn qí xià　原指用兩管筆同時畫畫。比喻從兩方面一齊下手 ◆ 治療這種病中，西醫雙管齊下，既要治標，又要治本。

④雙方、雙親、雙重

⑤成雙結對、舉世無雙

10
雞（鸡）ㅇ 丞 夭 雞 雞 雞　雞
[jī ㄐㄧ 粵 gɐi¹ 計]

家禽。雄雞能報曉，母雞能下蛋。雞肉、雞蛋都是家常食品 ◆ 雞飛蛋打 / 老鷹捉小雞。

④雞尾酒、雞毛蒜皮、雞犬不寧

⑤鶴立雞羣

10
雛（雏）ㄅ 白 白 芻 芻 雛　雛
[chú ㄔㄨˊ 粵 tso⁴ 鋤]

幼禽；幼小的 ◆ 雛燕 / 雛鶯。

【雛形】chú xíng　❶ 事物初步形成的形態 ◆ 她心靈手巧，三五下就用橡皮泥捏出了一隻老鷹的雛形。❷ 依照原物縮小而成的模型 ◆ 大家在桌上所看到的，是大型核電站的雛形。

10
雜（杂）ㅗ 杂 杂 剎 雜 雜　雜
[zá ㄗㄚˊ 粵 dzap⁹ 習]

❶ 多種多樣的；不單一 ◆ 雜亂 / 雜草叢生。❷ 混合在一起 ◆ 夾雜 / 混雜。

【雜技】zá jì　車技、頂碗、走鋼絲、口技、魔術等各種技藝表演的總稱 ◆ 雜技演員的精彩表演受到觀眾的熱烈歡迎。

【雜誌】zá zhì　定期出版的刊物 ◆ 圖書館裏有各種各樣的報刊雜誌。

【雜亂無章】zá luàn wú zhāng　章：條理。又多又亂，沒有條理 ◆ 房間裏東西雜亂無章。

④雜質、雜貨鋪

⑤嘈雜、複雜、龐雜、苛捐雜税

11
難（难）ㅛ 苩 苹 薁 難 難　難
〈一〉[nán ㄋㄢˊ 粵 nan⁴]

❶ 做起來費勁；不容易；跟"易"相

對 ◆ 難辨/困難。❷不好 ◆ 難聽/難
吃。❸使人感到困難 ◆ 為難/這道題
把他難住了。

〈二〉[nàn ㄋㄢˋ 粵 nan⁶]
❹災禍；不幸的遭遇 ◆ 災難/大難臨
頭。❺責問 ◆ 發難/責難。

【難免】nán miǎn　不容易避免 ◆ 小孩
學走路，難免要跌倒。

【難受】nán shòu　❶指身體不舒服 ◆
頭疼得難受。❷指心情不愉快；悲傷
◆ 爺爺去世了，大家心裏都很難受。

【難怪】nán guài　❶怪不得；表示不
足為奇 ◆ 難怪他今天特別高興，原來
考試得了全班第一。❷不應該責怪；
表示情有可原 ◆ 工作中有些差錯，這
也難怪他，因為他是個新手。

【難看】nán kàn　❶醜；不好看 ◆ 這
隻脫毛狗真難看。❷丟臉；不光彩 ◆
一個大學生，寫起東西來錯別字連
篇，實在太難看了。❸指氣色、神情
不正常 ◆ 他臉色很難看，是不是生
病了？

【難得】nán dé　不容易得到、達到、
辦到或遇到 ◆ 真正的野山參已經很難
得了/機會難得，千萬不要錯過。

【難堪】nán kān　受不了；難為情 ◆
玩笑開得太過分，會使人難堪。

【難道】nán dào　用來加強反問語氣
◆ 這難道不是你的過錯嗎？

【難關】nán guān　不容易通過的關
口。比喻不易克服的困難或艱難的時刻
◆ 攻克難關／共度難關。

【難能可貴】nán néng kě guì　不容易
做到的事情居然做到了，非常可貴 ◆
一個傷殘人士在奧運會上奪冠，實在
難能可貴。

☑難₂民、難忘、難過、難處

☒刁難₂、避難₂、艱難、知難而退、寸
步難行、千載難逢、排憂解難₂

---

11 離（离） ⺊ ⺬ 离 离 離 離 | 離

[lí ㄌㄧˊ 粵 lei⁴ 梨]

❶分開；分別；跟 "合" 相對 ◆ 離開／離
別。❷相隔的遠近 ◆ 距離／我的家離
學校很近。❸缺少 ◆ 魚兒離不開水。

【離奇】lí qí　奇特；不尋常 ◆ 這部電
影的情節很離奇。

【離間】lí jiàn　從中挑撥，使別人不和
◆ 由於他的挑撥離間，弄得公司上下
很不團結。

注意 "間" 不讀 jiān（堅）。

【離鄉背井】lí xiāng bèi jǐng　離開家
鄉到外地 ◆ 他十來歲就離鄉背井，外
出謀生。

注意 "離鄉背井" 也作 "背井離鄉"。

☑離婚、離家出走

☒脫離、隔離、遠離、支離破碎、悲歡
　離合、貌合神離、顛沛流離

雨 部

0 雨 一 丆 冂 雨 雨 雨 | 雨

[yǔ ㄩˇ 粵 jy⁵ 語]

❶從雲層中落下的水滴 ◆ 下雨／傾盆
大雨。❷形容像雨一樣多而密 ◆ 槍
林彈雨。

【雨後春筍】yǔ hòu chūn sǔn　春雨過
後，竹筍長得又多又快。比喻新事物不
斷湧現 ◆ 隨着科技的發展，各種各
樣的通訊工具如雨後春筍，讓人目不
暇接。

☑雨水、雨衣、雨季、雨量、雨傘、雨
　過天晴

☒陣雨、雷雨、風調雨順、呼風喚雨、
　滿城風雨

---

3 雪 一 卢 雨 雨 雪 雪 | 雪

[xuě ㄒㄩㄝˇ 粵 syt⁸ 説]

❶從雲層中落下的六角形結晶體 ◆ 下
雪／大雪紛飛。❷顏色或光彩像雪似

的 ◆ 雪白／雪亮。❸除去；洗刷掉
◆ 報仇雪恥／報仇雪恨。

【雪花】xuě huā　雪。六角形，形狀像
花，所以叫雪花 ◆ 空中雪花飛舞，地
上一片銀白。

【雪恥】xuě chǐ　洗掉恥辱 ◆ 驅逐外
侮，為國雪恥。

【雪上加霜】xuě shàng jiā shuāng　比
喻接連遭難，苦上加苦 ◆ 這地方剛遭
水災，又遭颱風襲擊，真是雪上加霜。

【雪中送炭】xuě zhōng sòng tàn　在大
雪天給人送去木炭烤火取暖。比喻在別
人急需的時候給以幫助 ◆ 捐錢捐物，
賑濟災民，無異於雪中送炭。

☑雪山、雪片、雪橇

☒昭雪、瑞雪兆豐年

---

4 雲（云） 一 丆 雨 雨 雪 雲 雲 | 雲

[yún ㄩㄣˊ 粵 wen⁴ 勻]

❶天上飄浮的雲彩 ◆ 雲開日出／萬里
無雲。❷雲南省的簡稱 ◆ 雲貴高原。

【雲梯】yún tī　登攻用的長梯。古代用
來攻城，現在用於消防滅火等 ◆ 消防
隊員登上雲梯救人。

【雲彩】yún ·cai　雲。因為雲在不同的
氣候條件下會出現不同的顏色，所以叫
雲彩 ◆ 在夕陽照耀下，天空出現
美麗的雲彩。

【雲集】yún jí　比喻很多人從四面八
方聚集起來 ◆ 香港是萬商雲集的國際
大都會。

【雲霄】yún xiāo　高空 ◆ 火箭騰空而
起，直上雲霄。

注意 "霄" 不要錯寫成 "宵"。

【雲霧】yún wù　雲和霧；也比喻遮蔽事
物或表面的虛假現象 ◆ 山上雲霧繚繞／
撥開層層雲霧，案子終於真相大白。

☑雲端、雲霞

☒白雲、烏雲、騰雲駕霧、風起雲湧、
　煙消雲散

---

5 雷 一 丆 雨 雨 雩 雷 雷 | 雷

[léi ㄌㄟˊ 粵 lœy⁴ 擂]

❶雲層放電時發出的巨大響聲 ◆ 打
雷／雷聲隆隆。❷一種能爆炸的武

◆ 地雷 / 魚雷。❸ 姓。

【雷同】léi tóng　不應相同而相同 ◆ 這兩部小說的情節似有雷同。

【雷達】léi dá　一種探測裝置，用來搜索目標。廣泛應用於軍事、航空、航海、氣象等方面。

【雷霆】léi tíng　暴雷；比喻巨大的威力或怒氣 ◆ 他為這件事大發雷霆。

【雷厲風行】léi lì fēng xíng　像雷一樣猛烈，像風一樣迅速。比喻行動迅速、果斷 ◆ 各地雷厲風行地開展反貪污運動。

◧雷雨、雷聲

◨佈雷、掃雷、電閃雷鳴、暴跳如雷

5 **電**(电)　亠雨雨雷雷雷　電

[diàn ㄉㄧㄢˋ ⑨din⁶ 殿]

❶ 一種重要的能源，可以發光、發熱、產生動力等 ◆ 電燈 / 電爐 / 電車。❷ 電報的簡稱 ◆ 電信 / 電告。

【電台】diàn tái　❶ 指無線電台，一種能接收和發射信號的電訊工具。❷ 指廣播電台，對外播送各種節目的機構 ◆ 電台每天都播送氣象消息。

【電車】diàn chē　以架空電線傳輸電能的公共交通工具。分有軌電車和無軌電車兩種 ◆ 叔叔每天乘電車上班。

【電腦】diàn nǎo　能自動而高速地處理大量信息的電子設備 ◆ 電腦已進入千家萬戶。

注意　“電腦”也叫“電子計算機”。

【電影】diàn yǐng　用放映機把拍攝的形象連續放映在銀幕上的現代綜合藝術 ◆ 早期的電影是黑白的無聲電影。

◧電話、電視、電梯、電線、電閃雷鳴

◨閃電、賀電、風馳電掣

5 **零**　亠雨雨雪零零零　零

[líng ㄌㄧㄥˊ ⑨liŋ⁴ 玲]

❶ 花、葉枯萎而落下 ◆ 凋零 / 草木零落。❷ 零碎的；小部分的 ◆ 零星 / 零件。❸ 數目字，符號是“0”。❹ 數的空位 ◆ 一百零八將 / 一千零一夜。

【零用】líng yòng　零碎地用錢；零碎地用的錢，即零用錢 ◆ 這些錢給你足時零用 / 乘車、理髮、看電影……每個月要不少零用。

【零件】líng jiàn　裝配機器或工具等的單個製件 ◆ 這個廠主要生產汽車零件。

【零星】líng xīng　零碎的；少量的；分散的 ◆ 下午有零星小雨。

【零售】líng shòu　零星地出售商品 ◆ 這家大商場每天的商品零售額在一百萬元左右。反批發。

【零散】líng sǎn　分散；不集中 ◆ 把報刊上零散的材料分門別類剪貼起來，就成了很有用的剪報。

【零碎】líng suì　細小；瑣碎；不完整的 ◆ 幫家裏做點零碎活兒 / 這些零碎資料用處不大。

◧零食、零敲碎打

◨孤零零、七零八落、化整為零

6 **電**　亠雨雨雷雹雹　電

[báo ㄅㄠˊ ⑨bok⁹ 薄]

空氣中的水氣遇冷後結成的冰粒或冰塊，通常隨雷陣雨降下，對農作物形成災害。俗稱雹子 ◆ 冰雹 / 雹災。

6 **需**　亠雨雨雫雫需需　需

[xū ㄒㄩ ⑨sœy¹ 須]

❶ 必要 ◆ 需要 / 急需。❷ 必要的東西 ◆ 軍需 / 不時之需。

【需求】xū qiú　因需要而想得到 ◆ 你有甚麼需求可以提出來。同需要。

【需要】xū yào　❶ 應當有或必須有 ◆ 我們需要這方面的人才。❷ 慾望；要求 ◆ 人人都需要有一個溫暖的家庭。

◨必需、無需

7 **震**　雨雨严严雱震震　震

[zhèn ㄓㄣˋ ⑨dzen³ 鎮]

❶ 劇烈顫動 ◆ 震動 / 地震。❷ 情緒非常激動 ◆ 震怒 / 震驚。

【震動】zhèn dòng　❶ 抖動；顫動 ◆ 重型卡車開過時，地面都震動。❷ 使人內心很不平靜；有強烈的反響 ◆ 這件事在社會上引起了很大的震動。

【震撼】zhèn hàn　震動，搖動 ◆ 這部電影驚險離奇，震撼人心。

【震驚】zhèn jīng　震動，大吃一驚 ◆ 這是震驚全國的一起金融詐騙案。

【震耳欲聾】zhèn ěr yù lóng　耳朵都要震聾了。形容聲音極響 ◆ 突然油罐爆炸，傳出一聲震耳欲聾的巨響。

7 **霄**　亠户雨雨雨霄　霄

[xiāo ㄒㄧㄠ ⑨siu¹ 消]

雲；天空 ◆ 雲霄 / 九霄雲外。

7 **霆**　亠雨雨雪雪霆霆　霆

[tíng ㄊㄧㄥˊ ⑨tiŋ⁴ 庭]

霹靂；暴雷 ◆ 雷霆。

7 **霉**　亠雨雪雪霉霉霉　霉

[méi ㄇㄟˊ ⑨mui⁴ 梅]

東西因受潮生黴菌而長出白色毛狀物或變質 ◆ 發霉 / 霉爛。

8 **霖**　雨雪雪雫雫霖　霖

[lín ㄌㄧㄣˊ ⑨lem⁴ 林]

久雨 ◆ 久旱逢甘霖。

8 **霍**　雨雫雫霍霍霍　霍

[huò ㄏㄨㄛˋ ⑨fok⁸ 縛]

❶ 形容快速 ◆ 霍然 / 霍地站起來。❷ 姓。

8 **霓**　雨雪雪雫霓霓　霓

[ní ㄋㄧˊ ⑨ŋɐi⁴ 危]

❶ 虹的一種。❷ 見“霓虹燈”。

【霓虹燈】ní hóng dēng　燈的一種，在真空管裏充入惰性氣體，通電後能放射出多種色彩的光。大多用作商業廣告 ◆ 街兩旁的霓虹燈光彩奪目。

8 **霎**　雨雪雪霎霎霎　霎

[shà ㄕㄚˋ ⑨sap⁸ 澀]

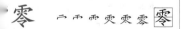

很短的時間 ◆ 霎時 / 一霎那。

霜

霝 雫 雫 霏 霜 霜　霜

[shuāng ㄕㄨㄤ 粵sœŋ¹ 商]

❶ 接近地面的水氣遇冷在地上或物體上凝結成的白色晶體 ◆ 霜降 / 霜凍。
❷ 像霜的東西 ◆ 杏仁霜。
◁ 雪上加霜

霞

霝 雫 雫 霞 霞 霞　霞

[xiá ㄒㄧㄚˊ 粵ha⁴ 瑕]

在日出或日落前後天空中出現的彩色的雲 ◆ 朝霞 / 晚霞。
【霞光】xiá guāng 陽光透過雲霧射出的彩色光芒 ◆ 旭日東升,霞光萬道。

霧 (雾)

霝 雫 雫 雺 霚 霧　霧

[wù ㄨˋ 粵mou⁶ 務]

接近地面的水蒸氣,遇冷凝結成的小水滴,在空氣中飄浮,這就是霧 ◆ 迷霧 / 大霧彌漫。

霸

霝 雫 雫 雫 霏 霸　霸

[bà ㄅㄚˋ 粵ba³ 壩]

❶ 依仗權勢,橫行一方,欺壓別人的人 ◆ 惡霸。❷ 蠻不講理,用強力奪取佔有 ◆ 霸道 / 霸佔。❸ 中國春秋時代五個強大的諸侯 ◆ 春秋五霸。
【霸佔】bà zhàn 依仗權勢,佔為己有 ◆ 他是當地的惡霸,不知霸佔了多少田地,糟踏了多少民女。
【霸道】bà dào 蠻不講理 ◆ 這工頭一向橫行霸道。
◁ 欺行霸市

露

霝 雫 雫 雫 霏 露　露

〈一〉[lù ㄌㄨˋ 粵lou⁶ 路]

❶ 露水:水氣夜間遇冷凝結在地面或物體上的小水珠 ◆ 露珠 / 朝露。❷ 在屋外,沒有遮蔽 ◆ 露天 / 露宿街頭。❸ 顯現出來 ◆ 顯露 / 暴露。❹

用果汁或加藥料製成的飲料或藥劑 ◆ 果子露 / 枇杷露。

〈二〉[lòu ㄌㄡˋ 粵lou⁶ 路]

❺ 義同 ❸,多用於口語 ◆ 露面 / 露一手。
【露天】lù tiān 在屋外;上面沒有遮蓋的 ◆ 鄉親們在空地上看露天電影。
【露骨】lù gǔ 露出骨頭。比喻十分顯露,毫不掩飾 ◆ 這話講得太露骨了。
◁ 露營
◁ 披露、泄露、流露、透露、揭露、嶄露頭角、拋頭露面、原形畢露

霹

霝 雫 雫 霏 霏 霹　霹

[pī ㄆㄧ 粵pik⁷ 僻]

見“霹靂”。
【霹靂】pī lì 急速而來的、響聲很大的雷;比喻突然發生的事件 ◆ 接到爸爸去世的消息,猶如晴天霹靂,她不禁失聲痛哭。

靂 (雳)

霝 雫 雫 霏 靂 靂　靂

[lì ㄌㄧˋ 粵lik⁷ 力]

霹靂。見“霹”字,本頁。

靈 (灵)

霝 雫 霏 霏 霏 霏　靈

[líng ㄌㄧㄥˊ 粵lìŋ⁴ 零/lɛŋ⁴ 鯪 (語)]

❶ 聰明;反應快 ◆ 靈敏 / 心靈手巧。
❷ 人的精神;靈魂 ◆ 心靈 / 英靈。❸ 關於神仙的或死人的 ◆ 神靈 / 靈柩。
❹ 效驗;有效 ◆ 靈驗 / 這辦法真靈。
【靈巧】líng qiǎo 靈活巧妙 ◆ 她有一雙靈巧的手。⚟ 笨拙。

【靈活】líng huó 敏捷;能隨機應變 ◆ 出去辦事,腦子要靈活些。
【靈敏】líng mǐn 靈活而敏捷;反應快 ◆ 猴子爬樹,動作很靈敏 / 狗的嗅覺

特別靈敏。⚟ 遲鈍。
【靈通】líng tōng 消息來得快;消息來源廣 ◆ 據消息靈通人士說,明天報上有特大新聞。
【靈魂】líng hún ❶ 宗教上指附在人的軀體上作為主宰的一種東西 ◆ 人死後靈魂還繼續存在嗎？❷ 指人的精神境界或人格與良知 ◆ 靈魂骯髒 / 出賣靈魂。❸ 比喻起主導作用的因素 ◆ 他是這支球隊的靈魂。
【靈丹妙藥】líng dān miào yào 靈驗奇的藥物。比喻能解決問題的奇妙辦法 ◆ 公司已面臨破產,你有甚麼靈丹妙藥能使它起死回生？
◁ 靈便
◁ 失靈、幽靈、活靈活現、人傑地靈

青部

青

一 二 ≠ 丰 圭 青　青

[qīng ㄑㄧㄥ 粵tsiŋ¹ 清/tsɛŋ¹ 請 (語)]

❶ 綠色 ◆ 青草 / 青山綠水。❷ 藍色 ◆ 青天白雲 / 青雲直上。❸ 黑色 ◆ 青布 / 青絲。❹ 指青草或沒有成熟的莊稼 ◆ 踏青 / 青黃不接。❺ 比喻年輕 ◆ 青年 / 青春年華。❻ 青海省的簡稱 ◆ 青藏高原。
【青年】qīng nián ❶ 通常指十五六歲到三十五歲左右的階段 ◆ 青年時代是人生最寶貴的時期。❷ 指這一年齡段的人 ◆ 他們是一些朝氣蓬勃的青年。
【青春】qīng chūn 青年時期 ◆ 每個人都要珍惜自己的青春年華。
【青蛙】qīng wā 蛙的一種,身體綠色,間有灰色斑紋。是益蟲 ◆ 一隻青蛙蹲在荷葉上。
【青出於藍】qīng chū yú lán 藍:藍草,可作藍色顏料。靛青是由藍草提煉而成,但比藍草的顏色更深。比喻學生超過老師,後人超過前人 ◆ 只要大家刻苦努力,一定能夠青出於藍。

注意 "青出於藍" 一般與 "而勝於藍" 連用。

【青紅皂白】qīng hóng zào bái　皂：黑色。青紅黑白等不同顏色。比喻事情的是非曲直或情由 ◆ 你應該把事情的青紅皂白先弄清楚，然後才發表意見。

【青梅竹馬】qīng méi zhú mǎ　青梅：青的梅子。竹馬：小孩放在胯下當馬騎的竹竿。玩青梅，騎竹馬。形容男女小孩天真無邪，從小在一起玩耍 ◆ 他們兩人是青梅竹馬，一起長大的。

【青黃不接】qīng huáng bù jiē　青：指青苗，未成熟的莊稼。黃：指成熟的穀物。陳糧已經吃完，新糧還未成熟。比喻人力或物力暫時短缺，銜接不上 ◆ 我們要抓緊培養青年人，防止青黃不接。

▷ 青松、青菜、青翠
▷ 平步青雲、萬古長青、爐火純青

靖 ⟍ ㇀ 立 ⟍ 立 立 靖 靖
[jìng ㄐㄧㄥˋ ⟨粵⟩dziŋ⁶ 靜]
❶ 安定；沒有動亂 ◆ 安靖。❷ 平息動亂；使安定 ◆ 靖難 / 綏靖。

靜(静) ㇀ 主 青 青 靜 靜 靜 **靜**
[jìng ㄐㄧㄥˋ ⟨粵⟩dziŋ⁶ 淨]
❶ 停止不動；跟 "動" 相對 ◆ 靜止 / 風平浪靜。❷ 沒有聲響 ◆ 安靜 / 寂靜。

【靜止】jìng zhǐ　物體停止不動 ◆ 今天一點風都沒有，連樹梢都靜止不動。

【靜默】jìng mò　安靜；不出聲 ◆ 全體肅立，靜默三分鐘。

【靜悄悄】jìng qiāo qiāo　形容非常安靜，一點聲音也沒有 ◆ 夜深了，周圍靜悄悄的。

▷ 平靜、冷靜、幽靜、清靜、寧靜、肅靜、鎮靜、平心靜氣

靛 ㇀ 主 青 青 靛 靛 靛 **靛**
[diàn ㄉㄧㄢˋ ⟨粵⟩din⁶ 電]
深藍色的顏料 ◆ 靛青。

非 部

非 ㇓ ㇀ ㇇ ㇉ ㇒ 非 **非**
[fēi ㄈㄟ ⟨粵⟩fei¹ 飛]
❶ 過失；錯誤；跟 "是" 相對 ◆ 痛改前非 / 文過飾非。❷ 不是；不 ◆ 責品 / 答非所問。❸ 不合於 ◆ 非法 / 非禮。❹ 反對；責備 ◆ 非難 / 無可非議。❺ "非…不…"，表示必須 ◆ 非去不可 / 非你不成。❻ 非洲的簡稱 ◆ 南非 / 北非。

【非凡】fēi fán　超過一般；十分突出 ◆ 在家庭的熏陶下，她在音樂上表現出了非凡的才能。

【非法】fēi fǎ　不合法 ◆ 沒收他的非法所得。反 合法。

【非常】fēi cháng　❶ 十分；極 ◆ 他學習非常刻苦。❷ 不同一般的；特殊的 ◆ 那是在非常時期採取的臨時措施。

【非同小可】fēi tóng xiǎo kě　小可：平常；尋常。不同於平常的。形容事情重要或情況嚴重，不可忽視 ◆ 這事非同小可，必須慎重處理。

▷ 是非、除非、為非作歹、胡作非為、口是心非、面目全非、啼笑皆非、想入非非

⁴**悲** 見心部，156 頁。

⁶**翡** 見羽部，340 頁。

⁷**輩** 見車部，414 頁。

⁷**靠** ㇀ 牛 告 告 告 靠 靠 **靠**
[kào ㄎㄠˋ ⟨粵⟩kau³]
❶ 依賴 ◆ 依靠 / 靠自己努力。❷ 倚著；挨近 ◆ 靠近 / 靠牆站。❸ 信得

過 ◆ 質量可靠 / 這個人靠得住。

【靠山】kào shān　比喻可依靠的人或集體 ◆ 他自以為有人作他的靠山，便胡作非為。

【靠近】kào jìn　❶ 距離近 ◆ 辦公桌放在靠近窗口的地方。❷ 接近；使距離縮小 ◆ 高壓危險，切勿靠近。

【靠攏】kào lǒng　靠近 ◆ 船漸漸向着碼頭靠攏。

▷ 牢靠、停靠

¹¹**靡** 广 广 庇 庇 靡 靡 靡 **靡**
〈一〉[mí ㄇㄧˊ ⟨粵⟩mei⁴ 眉]
❶ 浪費 ◆ 靡費 / 奢靡。
〈二〉[mǐ ㄇㄧˇ ⟨粵⟩mei⁵ 美]
❷ 順風倒下 ◆ 所向披靡 / 風靡一時。

面 部

面 ㇀ ㇇ ㇆ 而 而 面 **面**
[miàn ㄇㄧㄢˋ ⟨粵⟩min⁶ 麵]
❶ 臉 ◆ 面孔 / 面紅耳赤。❷ 當面；直接 ◆ 面談 / 面交。❸ 物體的表面 ◆ 地面 / 封面。❹ 部位；方面 ◆ 反面 / 南面。❺ 對着；向着 ◆ 面臨 / 背山面水。❻ 量詞，用於扁平的東西或會見的次數 ◆ 一面鏡子 / 見過幾面。❼ "麵" 的簡化字，見 469 頁。

【面子】miàn·zi　❶ 物體表面的一層 ◆ 這風衣的面子用的是防雨絲綢。反 裏子。❷ 體面；情面 ◆ 他很愛面子 / 看在我的面子上，請你原諒他這一回吧。

【面具】miàn jù　❶ 戴在面部的防護用品 ◆ 消防隊員戴着防毒面具去化工廠滅火。❷ 戲劇表演或遊戲時套在臉部的假臉；也比喻虛假的外表 ◆ 同學們戴着面具扮演課文中的角色 / 他的假面具被揭穿，人面獸心的真面目暴露無遺。

【面容】miàn róng　容貌；相貌 ◆ 老

師太辛苦了，面容顯得有些憔悴。

【面貌】miàn mào　❶相貌；面容 ◆ 姐妹倆面貌長得很相像。❷比喻事物的狀態、景象 ◆ 城市的面貌發生了很大的變化。

【面積】miàn jī　平面或物體表面的大小。通常以平方米（㎡）為計量單位 ◆ 這個操場面積很大，大約有500平方米。

【面臨】miàn lín　面對；即將遇到 ◆ 快要面臨升學考試，大家一定要好好複習。

【面目全非】miàn mù quán fēi　樣子跟過去完全不同。形容變化極大 ◆ 洪水過後，這個村子變得面目全非。（同）面目一新。

（注意）"面目全非"多用於貶義。

【面面俱到】miàn miàn jù dào　俱：全；都。指各方面都照顧到 ◆ 旅行社為我們考慮得面面俱到，大家很滿意。

【面紅耳赤】miàn hóng ěr chì　臉和耳朵都漲紅了 ◆ 兩人為一點小事爭得面紅耳赤。

（注意）"面紅耳赤"多用於害羞、慚愧、着急或爭吵等。

【面黃肌瘦】miàn huáng jī shòu　臉色發黃，身體消瘦。形容身體衰弱消瘦的樣子 ◆ 這孩子生了一場大病，變得面黃肌瘦。

（字）面頰、面龐、面如土色、面面相覷

（詞）片面、水面、正面、全面、門面、路面、體面、鐵面無私、別開生面、改頭換面、笑容滿面

革 部

⁰
革　一ㄧ廿廿苎苎革

[gé ㄍㄜˊ 　gak⁸ 隔]

❶去毛後加工過的獸皮 ◆ 皮革／西裝革履。❷改變 ◆ 改革／變革。❸除去；撤消 ◆ 革除／革職。

【革命】gé mìng　❶人們對社會和自然所作的重大變革 ◆ 辛亥革命／技

術革命。❷具有革命意識的 ◆ 革命家。

【革新】gé xīn　改革舊的，創造新的 ◆ 廠裏正在進行技術革新。

²
勒　見力部，55頁。

⁴
靴　廿苎苴革靪靴

[xuē ㄒㄩㄝ 　hœ¹]

高筒的鞋；靴子 ◆ 皮靴／雨靴。

（字）隔靴搔癢

⁴
靳　廿苎苴革靪靳

[jìn ㄐㄧㄣˋ 　gen³ 巾³]

姓。

⁴
靶　廿苎苴革靪靶

[bǎ ㄅㄚˇ 　ba³ 霸]

射擊的目標；靶子 ◆ 箭靶／擊中靶心。

⁶
鞋　廿苎苴革靪鞋

[xié ㄒㄧㄝˊ 　hai⁴ 孩]

鞋子 ◆ 皮鞋／拖鞋。

⁶
鞏（巩）　工巩巩巩鞏

[gǒng ㄍㄨㄥˇ 　gun² 拱]

牢固；堅固 ◆ 鞏固。

【鞏固】gǒng gù　❶堅固；穩固 ◆ 對方善於防守，防線很鞏固。❷使堅固 ◆ 課後練習可以鞏固所學的知識。

⁶
鞍　廿苎革靪靮鞍

[ān ㄢ 　ɔn¹/ŋɔn¹ 安]

馬鞍：放在騾馬背上供騎坐或馱東西的器具 ◆ 鞍前馬後／鞍馬勞頓。

⁷
鞘　廿苎革靪靮鞘

<一> [qiào ㄑㄧㄠˋ 　tsiu⁹ 俏]

❶裝刀劍的套子 ◆ 劍鞘／刀出鞘。

<二> [shāo ㄕㄠ 　sau¹ 梢]

❷拴在鞭子頭上的細皮條 ◆ 鞭鞘。

⁸
鞠　廿苎革靪靮鞠

[jū ㄐㄩ 　guk⁷ 谷]

❶養育；撫養 ◆ 鞠育。❷彎曲 ◆ 鞠躬。❸古代的一種球。

【鞠躬】jū gōng　彎身行禮 ◆ 這不過是小小的禮物，你又何需鞠躬道謝如此客套呢！

【鞠躬盡瘁】jū gōng jìn cuì　盡瘁：盡勞苦。恭敬謹慎，不辭勞苦地貢獻自己的一切力量 ◆ 校長已從教四十年，他為教育事業真可謂鞠躬盡瘁。

⁹
鞦（秋）　廿苎革靪靮鞦

[qiū ㄑㄧㄡ 　tsɐu¹ 秋]

鞦韆（qiū qiān）：運動和遊戲的用具，在高架上拴兩根長繩，下端拴一塊板子，人在板上用腳蹬，使上下擺動 ◆ 盪鞦韆。

（注意）"鞦韆"也寫作"秋千"。

⁹
鞭　廿苎革靪靮鞭

[biān ㄅㄧㄢ 　bin¹ 邊]

❶鞭子：趕牲口的用具 ◆ 皮鞭／馬鞭。❷用鞭子抽打 ◆ 鞭打。❸成串的小爆竹 ◆ 鞭炮。❹古代兵器 ◆ 鐵鞭／竹節鞭。

【鞭炮】biān pào　爆竹：成串的小爆竹 ◆ 中國許多地方辦喜事時有放鞭炮的習俗。

【鞭策】biān cè　用馬鞭趕馬。比喻督促 ◆ 我要用老師的教導經常鞭策自己。

【鞭長莫及】biān cháng mò jí　鞭子長，但不能打到馬肚子上。比喻力量達不到 ◆ 他在外國工作遇到了困難，我很想幫助他，但鞭長莫及。

（字）快馬加鞭

革部

¹³韁(缰) 苎 莒 革 鞘 韁 韁 韁
[jiāng ㄐㄧㄤ 粵goeng¹ 姜]
拴馬和其他牲口的繩子 ◆ 韁繩 / 脫韁的野馬。

¹⁵韆(千) 革 革 革 革 韆 韆 韆
[qiān ㄑㄧㄢ 粵tsin¹ 千]
鞦韆。見"鞦"字，450頁。

韋部

韋(韦) ㄱ ㄗ �户 吾 声 查 韋
[wéi ㄨㄟˊ 粵wai⁴ 圍]
姓。

韌(韧) ㄱ ㄗ ㄗ 吾 韋 韌
[rèn ㄖㄣˋ 粵jen⁶ 刃]
柔軟而堅固；不容易折斷 ◆ 韌性 / 堅韌。
【韌帶】rèn dài　堅韌而有彈性的白色帶狀組織，具有連接骨骼和固定某些內藏的作用。俗稱"筋" ◆ 他在體操比賽中拉傷了韌帶，現在還行走不便。
▷堅韌不拔

韓(韩) 十 古 卓 車 軒 韓 韓
[hán ㄏㄢˊ 粵hon⁴ 寒]
❶韓國的簡稱。❷姓。

韭部

韭 ㄧ ㄧ ㅣ 韭 韭 韭 韭
[jiǔ ㄐㄧㄡˇ 粵geu² 九]
韭菜：一種蔬菜，葉子扁而細長 ◆ 韭黃 / 韭菜餃。

音部

⁰音 、 一 宀 立 产 音 音
[yīn ㄧㄣ 粵jem¹ 陰]
❶聲音 ◆ 讀音 / 錄音。❷指消息 ◆ 音信 / 佳音。
【音色】yīn sè　指聲音的個性、特色。如笛子與雙簧管音色不同 ◆ 她的音色很甜美。
（注意）"音色"也叫"音質"。
【音信】yīn xìn　消息 ◆ 他出國後杳無音信。
【音符】yīn fú　樂譜中表示音長和音高的符號。如在五線譜中，1、2、3、4、5、6、7代表不同的音符。
【音樂】yīn yuè　通過一連串有組織的樂音來表現人們思想感情、反映現實生活的藝術。可分為聲樂和器樂兩大類 ◆ 音樂能陶冶人們的情操。
【音調】yīn diào　指聲音的高低 ◆ 這支歌的音調鏗鏘有力。
【音容笑貌】yīn róng xiào mào　聲音容貌。泛指人的形象 ◆ 他的音容笑貌依然歷歷在目。
▷知音、拼音、雜音、弦外之音

⁴韵 "韻"的異體字，見本頁。

⁵韶 立 音 訡 訡 韶 韶
[sháo ㄕㄠˊ 粵siu⁴ 燒⁴]
美好 ◆ 韶光 / 韶華。

¹⁰韻(韵) 立 音 訡 訡 韻 韻
[yùn ㄩㄣˋ 粵wen⁵ 運]
❶和諧好聽的聲音 ◆ 琴韻悠揚。❷情趣；風度 ◆ 韻味 / 風韻猶存。❸漢字的音節，前段叫聲母，後段叫韻母 ◆ 押韻。

¹²響(响) 乡 绅 绅 绅 纲 鄉 響
[xiǎng ㄒㄧㄤˇ 粵hoeng² 享]
❶聲音；發出聲音 ◆ 聲響 / 一聲不響。❷回聲 ◆ 響應 / 引起強烈反響。❸聲音大 ◆ 響亮。
【響亮】xiǎng liàng　聲音宏大、嘹亮 ◆ 說話的聲音再響亮些！
【響應】xiǎng yìng　像回聲那樣應和。比喻對某種號召或倡議表示贊成和支持 ◆ 大家紛紛響應這個倡議。
（注意）"應"不讀yīng(英)。粵音讀jing³(英³)。
【響徹雲霄】xiǎng chè yún xiāo　徹：到達。形容聲音十分響亮，能直達高空 ◆ 民眾的歡呼聲響徹雲霄。
◁響噹噹
▷音響、影響、交響樂、不同凡響

頁部

⁰頁(页) 一 ㄒ ㄒ 万 百 百 頁
[yè ㄧㄝˋ 粵jip⁹ 葉]
❶書冊的一張 ◆ 插頁 / 活頁。❷書冊中一張紙的一面 ◆ 頁碼 / 請翻到第十五頁。

²頂(顶) 一 ㄒ ㄒ 广 佰 佰 頂
[dǐng ㄉㄧㄥˇ 粵ding² 鼎/deng² 定²(語)]
❶人或物體最上面的部分 ◆ 頭頂 / 屋頂。❷用頭支承 ◆ 頂碗 / 頂天立地。❸支撐 ◆ 用木槓把門頂住 / 頂不住對方的猛烈進攻。❹迎着 ◆ 頂風冒雨。❺不順從 ◆ 頂撞 / 頂嘴。❻代替 ◆ 冒名頂替。❼相當；抵得上 ◆ 一個人頂兩個人用 / 老將出馬，一個頂倆。❽表示程度最高；最 ◆ 頂多 / 頂聰明。❾量詞，用於某些有頂的東西 ◆ 一頂帽子 / 一頂花轎。
【頂替】dǐng tì　用別的人或物來代替 ◆ 一號守門員受傷了，教練只得派後備隊員頂替。

【頂撞】dǐng zhuàng　態度強硬地反駁上級或長輩 ◆ 你不該這樣頂撞媽媽，惹她生氣。

【頂天立地】dǐng tiān lì dì　頭頂藍天，腳踏大地。形容形象高大，氣概豪邁 ◆ 做一個堂堂正正、頂天立地的男子漢。

🔁 頂點、頂端、頂峯

²頃(顷)

ートヒヒ項頃頃

[qǐng ㄑㄧㄥˇ 粵 kin² 傾²]

❶ 計算土地面積的單位。一畝為一頃 ◆ 良田萬頃。❷ 短時間 ◆ 少頃 / 頃刻之間。

【頃刻】qǐng kè　一會兒；極短的時間 ◆ 天空烏雲密佈，頃刻間下起了瓢潑大雨。⑩ 須臾。

🔁 碧波萬頃

³項(项)

ー工工工項項項

[xiàng ㄒㄧㄤˋ 粵 hɔŋ⁶ 巷]

❶ 頸的後部 ◆ 頸項 / 項鏈。❷ 事物的種類或條目 ◆ 事項 / 項目。❸ 指款項，經費 ◆ 進項。❹ 量詞，用於分項目的事物 ◆ 三項任務 / 兩項運動。❺ 姓。

【項目】xiàng mù　事物劃分出來的種類 ◆ 運動會上，一共要進行田徑、球類、體操等幾十個項目的比賽。

【項鏈】xiàng liàn　掛在脖子上的一種鏈形首飾 ◆ 項鏈有很多的款式。

³順(顺)

丿丿丿川川順順順

[shùn ㄕㄨㄣˋ 粵 sœn⁶ 純⁶]

❶ 向着同一方向；跟"逆"相對 ◆ 順風 / 順流而下。❷ 沿着 ◆ 順着這條路往前走。❸ 趁便 ◆ 順便 / 順帶。❹ 服從；不違背 ◆ 順從 / 百依百順。

❺ 整理；使有條理 ◆ 把文章內容再順一順。❻ 有條理 ◆ 語句通順 / 文從字順。❼ 次序；按次序 ◆ 順序 / 筆順。❽ 適合；如意 ◆ 順心 / 工作順利。

【順手】shùn shǒu　❶ 做事情沒有遇到麻煩 ◆ 沒想到事情進行得那麼順手。❷ 順便；隨手 ◆ 請你順手把報紙拿過來。

【順心】shùn xīn　稱心；符合心意 ◆ 他近來一帆風順，事事順心。

【順利】shùn lì　沒有或很少遇到阻礙 ◆ 工作進行得很順利。

【順序】shùn xù　❶ 次序 ◆ 操作必須按規定順序進行。❷ 按照次序 ◆ 請大家一個個順序進場。

【順便】shùn biàn　趁便 ◆ 路過這裏，順便來看看你。

【順水推舟】shùn shuǐ tuī zhōu　比喻順應情勢行事 ◆ 既然兩家有意聯合，你就順水推舟，協助他們實現願望。

【順手牽羊】shùn shǒu qiān yáng　比喻順便拿走人家的東西 ◆ 沒想到他來取貨時，順手牽羊，把我的錢包也偷了去。

🔁 孝順、溫順、名正言順

³須(须)

丿丿彡彡彡彡須須

[xū ㄒㄩ 粵 sœy¹ 需]

一定要；應當 ◆ 必須 / 務須。

【須知】xū zhī　必須知道的事項 ◆ 展覽館門口貼着一張"參觀須知"。

注意 "須知"多用做通知或通告的名稱。

【須臾】xū yú　片刻 ◆ 須臾之間，風雨大作。⑩ 頃刻。

⁴頑(顽)

ーニ元元元頑頑頑

[wán ㄨㄢˊ 粵 wan⁴ 還]

❶ 愚蠢；無知 ◆ 愚頑 / 冥頑不靈。❷ 固執；不容易改變 ◆ 頑固 / 頑疾。❸ 淘氣；調皮 ◆ 頑皮 / 頑童。

【頑皮】wán pí　調皮；愛玩愛鬧，不聽勸告 ◆ 這孩子很頑皮。

【頑抗】wán kàng　盡全力抵抗 ◆ 歹徒不顧一切地負隅頑抗。

注意 "頑抗"多含貶義。

【頑固】wán gù　❶ 思想守舊，不願受新事物 ◆ 他是個老頑固，對新的東西總是看不順眼。❷ 固執己見，不改變 ◆ 他頑固地堅持自己的錯誤意見。

【頑強】wán qiáng　堅強；不服輸，不屈服 ◆ 頑強的意志 / 我隊頑強拼搏終於奪冠。⑫ 軟弱。

⁴頓(顿)

ーーГ屯屯屯頓頓

[dùn ㄉㄨㄣˋ 粵 dœn⁶ 鈍]

❶ 稍停一下 ◆ 停頓 / 抑揚頓挫。❷ 處理；安置 ◆ 整頓 / 安頓。❸ 頭下叩或腳跺地 ◆ 頓首 / 捶胸頓足。❹ 立刻 ◆ 頓時 / 茅塞頓開。❺ 疲乏 ◆ 困頓 / 鞍馬勞頓。❻ 量詞 ◆ 一飯 / 教訓了一頓。

【頓時】dùn shí　立刻；馬上 ◆ 表演剛結束，會場上頓時響起雷鳴般的掌聲。⑩ 即刻。

【頓號】dùn hào　表示停頓最短的標點符號（、），主要用在並列的詞或詞組之間。如："北京、上海、天津、重慶都是直轄市。"

⁴頒(颁)

丿八勺分分分頒頒

[bān ㄅㄢ 粵 ban¹ 班]

❶ 公佈 ◆ 頒佈。❷ 發給 ◆ 頒獎。

【頒佈】bān bù　公佈 ◆ 新的交通規已經頒佈了。

注意 "頒佈"用於法令、條例等。

【頒發】bān fā　❶ 發給；授與。多指獎品、證書等 ◆ 校長向學生頒發獎狀。❷ 宣佈發出。多指命令、指示 ◆ 中央已頒發緊急命令。

【頒獎】bān jiǎng　頒發獎品 ◆ 頒獎大會隆重舉行。

⁴頌(颂)

丿八公公公頌頌頌

[sòng ㄙㄨㄥˋ 粵 dzuŋ⁶ 仲]

❶ 讚揚；稱讚 ◆ 頌揚 / 讚頌 / 歌頌。❷ 以讚揚為內容的詩文 ◆《祖國頌》。

🔁 歌功頌德

預 (预) `一 ㄱ ㄇ ㄡ 予 予 預 預`
[yù ㄩˋ ⑧jy⁶ 譽]
❶ 事先 ◆ 預先／預防。❷ 參加；過問 ◆ 參預／干預。
【預見】yù jiàn ❶ 預先料到 ◆ 他早就預見到會有此事發生。❷ 預先斷定事實的見解 ◆ 科學家的種種預見，一一得到了證實。
【預防】yù fáng 事先防備 ◆ 每天早晚要漱口刷牙，預防蛀牙。
【預計】yù jì 預先計算、規劃或推測 ◆ 這項工程預計所需資金超過一百萬／我預計他不會來了。
【預料】yù liào ❶ 事先推測 ◆ 他預料今天這場球賽可能打成平局。❷ 預先所作的推測 ◆ 比賽結果大大出乎他的預料。⑥ 意料。
【預期】yù qī 事先所期望的 ◆ 經過努力，終於達到了預期的目的。
【預備】yù bèi 事先準備 ◆ 大家抓緊預備好功課，過兩天就要考試了。
【預謀】yù móu 事先謀劃。用於壞人做壞事 ◆ 他們這樣做是有預謀的。
◿預定、預約、預習、預感、預算

領 (领) `ㄱ ㄠ ㄥ ㄒ ㄒ ㄒ 領 領`
[lǐng ㄌㄧㄥˇ ⑧ liŋ⁵ 嶺／liŋ⁵ 嶺（語）]
❶ 脖子 ◆ 領帶／引領而望。❷ 衣領 ◆ 尖領／雞心領。❸ 要點；綱要 ◆ 要領／綱領。❹ 帶引 ◆ 率領／領隊。❺ 佔有；管轄的 ◆ 佔領／領土。❻ 妄受；取得 ◆ 領取／領獎。❼ 瞭解；理解 ◆ 領會／領悟。
【領先】lǐng xiān 走在最前面；處於優勢地位 ◆ 在百米跑中，永強一路領先，得了第一／這一方面，我們處於領先地位。
【領袖】lǐng xiù 國家、政黨、團體等的領導人 ◆ 各國領袖經常會晤。
【領域】lǐng yù ❶ 一個國家所管轄的區域 ◆ 這些島嶼都在中國領域範圍之內。❷ 泛指某個範圍 ◆ 在科技領域，我們有些技術處於領先地位。
【領略】lǐng lüè 體會；欣賞；品嘗 ◆ 出國旅行，可以領略到種種異國風情。

【領會】lǐng huì 理解和體會 ◆ 文章最後一段的意思，我還是無法領會。⑥ 明白。
【領導】lǐng dǎo 帶領並引導；擔任領導職務的人 ◆ 還是校長領導有方，大家都很佩服／有事情可以找我們的領導談。
◿本領、將領、心領神會、提綱挈領

頜 (颌) `一 ㄏ ㄏ 皮 皮 頜 頜`
〈一〉[pō ㄆㄛ ⑧ pɔ¹ 婆¹]
❶ 偏差；不正 ◆ 偏頜。
〈二〉[pō ㄆㄛ ⑧ pɔ² 回]
❷ 很；相當地 ◆ 頜好／頜能幹。

頜 (颌) `ㄱ ㄠ ㄥ 合 合 頜 頜`
[hé ㄏㄜˊ ⑧ hɐp⁹ 合]
構成口腔上下部的骨頭和肌肉組織，上部叫上頜，下部叫下頜。

頦 (颏) `一 亠 亥 亥 頦 頦`
[kē ㄎㄜ ⑧ hɔi⁴ 海⁴]
下巴；臉的最下部分。

頭 (头) `一 ㄆ ㄐ 豆 豆 頭 頭`
〈一〉[tóu ㄊㄡˊ ⑧ tɐu⁴ 投]
❶ 腦袋 ◆ 頭痛／頭暈。❷ 指頭髮或髮式 ◆ 剃頭／梳頭／分頭。❸ 物體的頂端；最前的 ◆ 船頭／山頭。❹ 事情的起點和終點 ◆ 開頭／沒有盡頭。❺ 剩下的部分 ◆ 布頭／鉛筆頭。❻ 第一 ◆ 頭班車／頭等艙。❼ 領頭 ◆ 頭目／頭子。❽ 量詞，用於動物或某些東西 ◆ 一頭牛／一頭蒜。
〈二〉[·tou ㄊㄡ ⑧ tɐu⁴ 投]
❾ 名詞詞尾 ◆ 石頭／外頭／有看頭。
【頭腦】tóu nǎo ❶ 指腦筋；思想 ◆ 一個很精明的人，怎麼一下子頭腦糊塗起來了？❷ 頭緒 ◆ 亂糟糟的，叫人摸不着頭腦。
【頭銜】tóu xián 官銜、學銜等的統稱 ◆ 他是知名人物，頭銜很多。

【頭緒】tóu xù 條理；線索 ◆ 這件案子很複雜，目前還沒有頭緒。
【頭頭是道】tóu tóu shì dào 形容説話或做事很有條理 ◆ 別看他年紀小，説起話來卻頭頭是道。
◿頭髮、頭破血流

頤 (颐) `一 丅 丆 臣 臣 頤 頤`
[yí ㄧˊ ⑧ ji⁴ 兒]
❶ 臉頰；腮幫子 ◆ 頤指氣使（用面部表情示意）。❷ 保養 ◆ 頤養天年。

頰 (颊) `一 ㄱ ㄲ 夾 夾 頰 頰`
[jiá ㄐㄧㄚˊ ⑧ gap⁸ 夾]
臉的兩側 ◆ 面頰／臉頰紅潤。

頸 (颈) `一 丆 マ 巠 巠 頸 頸`
[jǐng ㄐㄧㄥˇ ⑧ gɛŋ² 鏡²]
脖子 ◆ 頸項／長頸鹿。

穎 (颖)
見禾部，312 頁。

頻 (频) `⊦ 止 屵 步 步 頻 頻`
[pín ㄆㄧㄣˊ ⑧ pɐn⁴ 貧]
連續多次 ◆ 頻繁／捷報頻傳。
【頻頻】pín pín 連連；接連 ◆ 他聽了後頻頻點頭。
【頻繁】pín fán 次數很多 ◆ 兩家關係密切，來往頻繁。⑥ 頻密。

頹 (颓) `一 千 禾 禿 穎 頹`
[tuí ㄊㄨㄟˊ ⑧ tɵy⁴ 推⁴]
❶ 倒塌 ◆ 斷壁頹垣。❷ 衰敗 ◆ 衰頹。❸ 精神不振；情緒低落 ◆ 頹廢／頹唐。
【頹喪】tuí sàng 情緒低沉，精神不振 ◆ 幾次實驗失敗後，他毫不頹喪，繼續做實驗。
【頹廢】tuí fèi 意志消沉，委靡不振 ◆ 也許是由於厭世的緣故吧，他變得越來越頹廢了。

⁸顆(颗) 日 旦 甲 果 界 顆 顆

[kē ㄎㄜ 粵 fo² 火]

量詞，用於粒狀的東西 ◆ 一顆心／一顆子彈。

【顆粒】kē lì ❶ 小而圓的東西 ◆ 這串珍珠項鏈顆粒大小均勻。❷ 指一顆一粒的糧食 ◆ 由於水災，大片農田顆粒無收。

⁹題(题) 日 旦 早 是 是 題 題

[tí ㄊㄧˊ 粵 tɐi⁴ 提]

❶ 題目 ◆ 試題／標題／文不對題。❷ 寫上；簽署 ◆ 題名／題詞。

【題目】tí mù ❶ 詩文的標題 ◆ 這篇文章的題目很吸引人。❷ 指練習題或考試題 ◆ 這幾道題目很難。

【題字】tí zì 為留作紀念而寫上字或寫上的字 ◆ 球迷請隊員題字留念／這個足球上有全體隊員的親筆簽字。

【題材】tí cái 寫作材料，即作品所描寫的生活事件或現象 ◆《荊軻刺秦王》是一部歷史題材的電視劇。

【題詞】tí cí 為表示紀念或勉勵而寫詞句或寫下的詞句 ◆ 在校慶時，校長請幾位校友題詞／老校友的題詞是對我們的鼓勵。

▷問題、習題、話題

⁹顎(腭) 同"腭"字，見351頁。

⁹顏(颜) 亠 立 產 彥 彥 顏 顏

[yán ㄧㄢˊ 粵 ŋan⁴ 眼⁴]

❶ 色彩 ◆ 顏色／五顏六色。❷ 臉；臉部的表情 ◆ 容顏／和顏悅色。❸ 面子 ◆ 無顏見人／厚顏無恥。❹ 姓。

【顏色】yán sè ❶ 色彩 ◆ 這件衣服顏色很好看。❷ 指向人顯示的厲害表情或行動 ◆ 給他點顏色看看。

▷笑逐顏開

⁹額(额) 宀 宀 安 客 客 額 額

[é ㄜˊ 粵 ŋak⁹]

❶ 頭的前面，頭髮以下、眉毛以上的部分。俗稱腦門兒 ◆ 額頭／額角。❷ 規定的數目 ◆ 額外／名額。

¹⁰顛(颠) 十 古 直 真 真 顛 顛

[diān ㄉㄧㄢ 粵 din¹ 癲]

❶ 頂部 ◆ 塔顛／高山之顛。❷ 跌倒；跌落 ◆ 顛覆／顛撲不破。❸ 搖晃震盪 ◆ 顛簸／路不平，車子顛得利害。

【顛倒】diān dǎo ❶ 位置相反；倒過來 ◆ 書架上有幾本書放顛倒了。❷ 指神經錯亂 ◆ 這兩天忙得神魂顛倒。

【顛覆】diān fù ❶ 翻倒 ◆ 由於大雨和山體滑坡，出現了列車顛覆事故。❷ 比喻從內部推翻合法政府 ◆ 警方已拘捕那些進行顛覆活動的人。

【顛簸】diān bǒ 上下震盪左右搖晃 ◆ 船在風浪中航行顛簸得很厲害。

【顛沛流離】diān pèi liú lí 顛沛：窮困和挫折。流離：流浪。形容生活困苦和遭受挫折，四處流浪 ◆ 他的童年是在顛沛流離中度過的。

【顛倒黑白】diān dǎo hēi bái 把黑說成白，把白說成黑。形容故意歪曲事實，混淆是非 ◆ 原告顛倒黑白，捏造事實，蓄意害人。⊜ 顛倒是非。

¹⁰願(愿) 厂 厂 厈 原 原 願 願

[yuàn ㄩㄢˋ 粵 jyn⁶ 縣]

❶ 樂意；肯 ◆ 願意／心甘情願。❷ 希望 ◆ 願望／心願。❸ 許下的酬謝 ◆ 許願／還願。

【願望】yuàn wàng 心願；想得到或達到的 ◆ 他終於實現了當工程師的願望。

【願意】yuàn yì 同意；肯 ◆ 大家都願意資助希望工程。

▷甘願、自願、志願、但願、祝願、情願、意願、寧願、遺願、如願以償、事與願違

¹⁰類(类) 丷 半 米 米 米 類 類

[lèi ㄌㄟˋ 粵 lœy⁶ 淚]

❶ 相似 ◆ 類似／類人猿。❷ 根據物相似或相同的特徵分出的種別 ◆ 類／種類。

【類別】lèi bié 種類上的區別，即同的種類 ◆ 不同類別的試題有不的作答要求。

【類似】lèi sì 相似；大致相像 ◆ 所學校的校服很類似／類似的文章像在哪兒見過。

【類型】lèi xíng 特徵相同的事物所成種類 ◆ 這是兩種不同類型的打機。

【類推】lèi tuī 根據某一事物的道理出其他同類事物的道理 ◆ 其他問題依此類推。

▷同類、門類、敗類、歸類、不倫不類、分門別類

¹²顧(顾) 尸 尸 戸 戽 雇 雇 雇

[gù ㄍㄨˋ 粵 gu³ 故]

❶ 回頭看；看 ◆ 回顧／左顧右盼。❷ 照管；關心 ◆ 照顧／奮不顧身。❸ 商店稱前來購物的人 ◆ 顧客。❹ 拜訪 ◆ 三顧茅廬。❺ 姓。

【顧忌】gù jì 有顧慮，不敢大膽說或行動 ◆ 有意見儘管提，不要有麼顧忌。

【顧客】gù kè 商店稱前來購物的人服務行業稱自己的服務對象 ◆ 服務熱情地接待顧客。

【顧慮】gù lǜ 憂慮；擔心 ◆ 事情解決了，我已經沒有任何顧慮了。

【顧此失彼】gù cǐ shī bǐ 顧了這個丟了那個。形容不能全面照顧 ◆ 由工作頭緒太多，常常顧此失彼。

【顧名思義】gù míng sī yì 看到名稱就能想到它的含義 ◆ 公德，顧名義，就是所有人都應遵守的公共德。

▷光顧、兼顧、自顧不暇、義無反顧

¹³顫(颤) 一 古 亩 亩 亶 亶

〈一〉[chàn ㄔㄢˋ 粵 dzin³ 戰]

❶ 物體振動 ◆ 顫動。

〈二〉[zhàn ㄓㄢˋ 粵 dzin³ 戰]

解鈴還須繫鈴人

❷ 同 "戰" 字。發抖 ◆ 打顫 / 顫慄。

【顫抖】chàn dǒu　發抖；振動 ◆ 他被凍得渾身發顫抖。

【顫動】chàn dòng　抖動；輕微而連續不斷地晃動 ◆ 爸爸中風後，右手總是不停地顫動，連筷子都拿不住。

14 **顯**（显）⿰日耳 显 㬎 㬎 顯 顯 顯

[xiǎn ㄒㄧㄢˇ ⓟhin² 遣]

❶ 露在外面，容易看出 ◆ 明顯 / 顯而易見。❷ 露出；表現 ◆ 顯露 / 大顯身手。❸ 有地位、有權勢、有名聲的 ◆ 顯貴 / 顯達 / 顯赫一時。

【顯示】xiǎn shì　表現出 ◆ 這次比賽充分顯示了我們的實力。

【顯著】xiǎn zhù　十分明顯 ◆ 這種新藥療效顯著。

【顯然】xiǎn rán　很明顯 ◆ 顯然，這事與他無關。

【顯赫】xiǎn hè　名聲、權勢等很大 ◆ 在當地，他是個名聲顯赫的實業家。

【顯微鏡】xiǎn wēi jìng　用來觀察微小物體的光學儀器 ◆ 細菌只有在顯微鏡下才能看到。

【顯而易見】xiǎn ér yì jiàn　形容事情、道理等很明顯，很容易看清楚 ◆ 他們這樣做的目的是顯而易見的。

⯈ 淺顯、各顯神通

16 **顱**（颅）⿰广 广 卢 卢 虍 顱 顱

[lú ㄌㄨˊ ⓟlou⁴ 盧]

顱蓋骨：頭 ◆ 腦顱 / 拋頭顱，灑熱血。

18 **顴**（颧）丷 廾 㽱 㽱 雚 雚 顴

[quán ㄑㄩㄢˊ ⓟkyn⁴ 權]

顴骨：眼下腮上突出的部分 ◆ 顴骨高高的。

風 部

0 **風**（风）丿 几 凡 凤 風 風 風

[fēng ㄈㄥ ⓟfuŋ¹ 封]

❶ 空氣流動的現象 ◆ 起風 / 颱風。❷ 像風那樣流行 ◆ 風行 / 風靡一時。❸ 消息；傳聞 ◆ 聞風而動 / 風言風語。❹ 習俗 ◆ 風俗 / 風氣。❺ 景象 ◆ 風景 / 風光迷人。❻ 人的舉止、氣度 ◆ 風度 / 風格。

【風光】fēng guāng　風景；景致 ◆ 黃山勝地，風光迷人。

【風光】fēng ·guang　指體面 ◆ 我們家在祖父那一代是何等風光，祖父去世後，家境便一落千丈，風光不再了。

【風行】fēng xíng　到處流行；盛行 ◆ 牛仔服已風行全球。

【風車】fēng chē　一種利用風作動力的機械裝置，可以帶動其他機械，用來發電、抽水、磨面、榨油等 ◆ 隨着科技的發展，風車已越來越少見了。

【風味】fēng wèi　指事物的特色 ◆ 媽媽做了幾道四川風味的菜招待客人。

注意 "風味" 多指地方特色。

【風采】fēng cǎi　❶ 人的美好的儀表或風度 ◆ 她年過四十，但風采依舊。❷ 一個國家或地區獨特的自然或人文景觀 ◆ 一睹上海風采，令人驚訝不已。◎ 風貌。

【風波】fēng bō　比喻糾紛或事端 ◆ 他的一番話引起了一場風波。

【風俗】fēng sú　一個國家或民族長期

形成的禮儀、習俗等的總稱 ◆ 中國有端午節吃糉子的風俗。

【風度】fēng dù　言談舉止所顯示的美好的神情姿態 ◆ 他穩重大方，很有學者風度。

【風格】fēng gé　❶ 作風；氣質 ◆ 嚴肅認真、不苟言笑是他為人處事的風格。❷ 指文學藝術作品的鮮明個性和特色 ◆ 他的小說具有獨特的風格。

【風氣】fēng qì　流行的做法；習以為常的事情 ◆ 時下，請客送禮的風氣很盛行。

【風流】fēng liú　❶ 才學傑出，名聲卓著 ◆ 當今社會造就了一批風流人物。❷ 富有才華，瀟灑不拘 ◆ 他年輕時是個風流才子。❸ 指男女之間的私情 ◆ 報上披露了他們的風流韻事。

【風景】fēng jǐng　自然景色 ◆ 西湖的風景非常優美。◎ 風光。

【風箏】fēng zhēng　一種玩具。用細竹條紮成形態各異的骨架，糊上棉紙或絹布而成。放飛時，手拉繫在風箏上的長線，利用風力使風箏升上天空。

【風趣】fēng qù　幽默；有趣味 ◆ 他伶牙俐齒，説話風趣。

注意 "風趣" 多指言談、寫作或表演。

【風範】fēng fàn　風度；氣派 ◆ 形勢雖然十分嚴峻，但他依舊沉着冷靜，表現出大將風範。

【風險】fēng xiǎn　可能發生的危險 ◆ 股票交易，風險很大。

【風土人情】fēng tǔ rén qíng　一個地方獨有的自然環境和風俗習慣 ◆ 他初來乍到，對這地方的風土人情還不很了解。

【風吹草動】fēng chuī cǎo dòng　風一吹，草就動。比喻微小的動靜或變故 ◆ 一旦發現綁匪有甚麼風吹草動，我們就立即行動。

【風雨同舟】fēng yǔ tóng zhōu　在大風大雨中同坐一條船。比喻同心協力，共度難關 ◆ 只要全體同仁風雨同舟，定能克服眼前的困難。◎ 同舟共濟。

【風起雲湧】fēng qǐ yún yǒng　風一颳，雲就像波浪一樣湧動。常用來比喻許多事物不斷湧現，聲勢浩大 ◆ 一個時期，反對種族歧視、種族隔離的民主運動風起雲湧。

【風馳電掣】fēng chí diàn chè 掣：一閃而過。像風一樣奔馳，像電一樣閃過。形容速度極快 ◆ 火車風馳電掣一般，飛奔在大江南北。

【風調雨順】fēng tiáo yǔ shùn 調：調和；均勻。順：順應需要。形容氣候很好，風雨適合農時 ◆ 今年風調雨順，又是一個豐收年。

▢ 風沙、風暴、風和日麗

▢ 作風、威風、見風使舵、捕風捉影、乘風破浪、移風易俗、雷厲風行、滿面春風、談笑風生

⁵ 颯⁽颯⁾ ㇐ ㇇ 凤 凤 颯 颯 颯 **颯**
[sà ㄙㄚˋ ⑧ sap⁸ 霎]
形容風聲 ◆ 秋風颯颯。

⁵ 颱⁽台⁾ 几 几 凡 凤 風 颱 **颱**
[tái ㄊㄞˊ ⑧ toi¹ 抬]
颱風：一種極猛烈的風暴，風力常達十級以上，同時有暴雨 ◆ 颱風造成嚴重災害。

⁸ 颶⁽飓⁾ 几 凡 凤 風 風 颶 **颶**
[jù ㄐㄩˋ ⑧ gœy⁶ 巨]
颶風：十二級以上的強烈風暴。

⁹ 颼⁽飕⁾ 凡 凤 風 風 風 颼 颼 **颼**
[sōu ㄙㄡ ⑧ søu¹ 收]
風雨聲 ◆ 北風颼颼。

¹¹ 飄⁽飘⁾ 覀 票 剽 飘 飄 飄 飄 **飄**
[piāo ㄆㄧㄠ ⑧ piu¹ 漂]
隨風飛揚 ◆ 飄揚／雪花飄舞。

【飄浮】piāo fú 浮在水面或空氣中，隨風移動 ◆ 由於提高了環保意識，水上的飄浮物少了。

【飄揚】piāo yáng 在空中隨風擺動 ◆ 彩旗飄揚。

【飄搖】piāo yáo 隨風搖動；不穩固 ◆ 由於經營不善，這個企業已是風雨飄搖。

【飄零】piāo líng ❶ 花、葉凋謝枯萎隨風落下 ◆ 秋風勁吹，樹葉飄零。❷ 比喻無依無靠，生活動盪，流落四方 ◆ 祖父年輕時因家境貧寒，為謀生計，到處飄零。

【飄盪】piāo dàng 隨風擺動；隨波浮動 ◆ 降落傘在空中飄盪。

飛 部

⁰ 飛⁽飞⁾ ㇏ ㇆ 飞 飞 飛 飛 **飛**
[fēi ㄈㄟ ⑧ fei¹ 非]
❶ 鳥類、昆蟲等扇動翅膀在空中往來活動 ◆ 飛翔／大雁南飛。❷ 物體在空中像飛一樣活動 ◆ 大雪紛飛／飛機飛越太平洋。❸ 形容極快 ◆ 飛快／飛奔。❹ 沒有根據的 ◆ 流言飛語。

【飛行】fēi xíng 在空中航行 ◆ 飛機在高空飛行。

【飛揚】fēi yáng 向上飄起 ◆ 汽車在沙漠裏奔馳，只見塵土飛揚，像一股濃煙。

【飛翔】fēi xiáng 在空中迴旋飛行 ◆ 雄鷹在空中展翅飛翔。

【飛馳】fēi chí 車、馬等快速前進 ◆ 一輛汽車從大橋上飛馳而過。⑤ 奔馳

【飛舞】fēi wǔ 像跳舞般在空中飄動 ◆ 北風呼呼，雪花飛舞。

【飛機】fēi jī 有動力裝置的飛行工具，由機翼、機身、發動機等構成 ◆ 飛機是目前速度最快的交通工具。

【飛濺】fēi jiàn 向四周濺起 ◆ 水花飛濺。

【飛躍】fēi yuè 飛行跳躍。比喻突飛猛進 ◆ 中國的航天事業有了飛躍的發展。

▢ 起飛、眉飛色舞、不翼而飛、遠走高飛

食 部

⁰ 食 ㇓ ㇇ 今 今 食 食 **食**
[shí ㄕˊ ⑧ sik⁹ 蝕]
❶ 吃 ◆ 吞食／廢寢忘食。❷ 吃的東西 ◆ 食品／飢不擇食。❸ 日、月虧缺的現象。同"蝕"字 ◆ 日食／月食。

【食物】shí wù 可以吃的東西 ◆ 食物的品種很多。⑤ 食品。

【食指】shí zhǐ 靠近大拇指的那個手指。

【食品】shí pǐn 經過加工、可以直接食用的物品 ◆ 不吃不潔食品。⑤ 食物

【食慾】shí yù 想吃東西的願望 ◆ 這種保健品有助於增進食慾。

▢ 飲食、零食、糧食、自食其力、自食其果、節衣縮食、豐衣足食

² 飢⁽饥⁾ ㇓ 今 今 食 食 飽 **飢**
[jī ㄐㄧ ⑧ gei¹ 基]
肚子餓；跟"飽"相對 ◆ 飢餓／飢寒交迫。

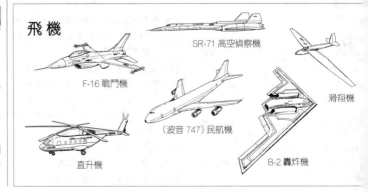

飛機

F-16 戰鬥機
SR-71 高空偵察機
滑翔機
（波音 747）民航機
直升機
B-2 轟炸機

【飢餓】jī è　肚子餓了，想吃東西 ◆ 一天沒吃東西，這時才知道飢餓是甚麼滋味。

【飢不擇食】jī bù zé shí　飢餓的時候不挑選食物。比喻急需的時候顧不上選擇 ◆ 他們急需這類設備，也就飢不擇食了。

【飢寒交迫】jī hán jiāo pò　交：一齊。飢餓和寒冷，一同襲來。形容受凍捱餓，極其貧困 ◆ 走了一天路，又遇上大風雪，探險隊員處於飢寒交迫之中。
☑ 如飢似渴、忍飢捱餓、畫餅充飢

⁴ 飪 (饪) ノ 亽 今 食 飠 飦 飪 飪
[rèn ㄖㄣˋ ⑧ jem⁵ 任⁵/jem⁶ 賃]
做飯做菜 ◆ 烹飪。

⁴ 飯 (饭) ノ 亽 今 食 飠 飰 飯
[fàn ㄈㄢˋ ⑧ fan⁶ 犯]
每天按時吃的食物；指煮熟的穀類食物 ◆ 吃飯 / 飯前要洗手。

飲 (饮) ノ 亽 今 食 飠 飲 飲
⟨一⟩ [yǐn ㄧㄣˇ ⑧ jem² 音²]
❶ 喝 ◆ 飲茶。❷ 喝的東西 ◆ 飲料 / 冷飲。❸ 含着；懷着 ◆ 飲泣 / 飲恨。
⟨二⟩ [yìn ㄧㄣˋ ⑧ jem³ 蔭]
❹ 給水喝 ◆ 飲馬。

【飲水思源】yǐn shuǐ sī yuán　喝水時想到水的來源。比喻不忘本 ◆ 飲水思源，不忘師恩。

飾 (饰) ノ 亽 今 食 飠 飾 飾
[shì ㄕˋ ⑧ sik⁷ 式]
❶ 裝修、打扮；使美觀 ◆ 裝飾 / 修飾。❷ 裝飾品 ◆ 首飾 / 服飾。❸ 掩蓋 ◆ 掩飾 / 文過飾非。❹ 扮演 ◆ 飾演記者。

飽 (饱) ノ 亽 今 食 飠 飽 飽
[bǎo ㄅㄠˇ ⑧ bau² 包²]

❶ 吃夠了；跟 "餓"、"飢" 相對 ◆ 吃飽了 / 飽漢不知餓漢飢。❷ 充滿；豐富 ◆ 飽和 / 飽學之士。❸ 感到滿足 ◆ 大飽口福。

【飽和】bǎo hé　達到了最高限度，不能再增加了 ◆ 招生人數已經飽和。

【飽滿】bǎo mǎn　❶ 豐滿 ◆ 稻穀顆粒飽滿。❷ 充足；充沛 ◆ 他精神飽滿，神采奕奕。

【飽經風霜】bǎo jīng fēng shuāng　飽：充分。風霜：借指旅途的艱辛、生活中的磨難。比喻經受過許多艱難困苦 ◆ 他飽經風霜，還不到六十歲，就顯得很蒼老了。

⁵ 飼 (饲) ノ 亽 今 食 飠 飼 飼 飼
[sì ㄙˋ ⑧ dzi⁶ 自]
餵養；給動物吃食 ◆ 飼養 / 飼料。

【飼養】sì yǎng　餵養動物 ◆ 魚缸裏飼養着幾條鮮紅的金魚。

⁶ 餌 (饵) ノ 亽 今 食 飠 飼 餌 餌
[ěr ㄦˇ ⑧ nei⁶ 膩]
❶ 誘魚上鈎用的魚食 ◆ 魚餌 / 鈎餌。❷ 用來引誘的東西 ◆ 誘餌。❸ 糕餅 ◆ 餅餌。

⁶ 餉 (饷) ノ 亽 今 食 飠 飼 餉 餉
[xiǎng ㄒㄧㄤˇ ⑧ hœŋ² 享]
❶ 軍隊的食糧；軍警的薪金 ◆ 糧餉 / 發餉。❷ 用酒食款待 ◆ 餉客。

⁶ 餃 (饺) ノ 亽 今 食 飠 飭 餃 餃
[jiǎo ㄐㄧㄠˇ ⑧ gau² 狡]
餃子：有餡的半圓形的麵食 ◆ 水餃 / 蒸餃。

⁶ 養 (养) ㆒ ㆍ ㅛ ꖌ 羊 美 養 養
[yǎng ㄧㄤˇ ⑧ jœŋ⁵ 仰]
❶ 生孩子 ◆ 養兒育女 / 養了一個男孩。❷ 撫育；供給生活費用 ◆ 撫養成人 / 供養父母。❸ 飼養鳥獸蟲魚；

栽培花草樹木 ◆ 養羊 / 養蠶 / 養花。❹ 使身體得到滋補和休息；有益身體健康的滋補品 ◆ 養病 / 調養 / 營養。❺ 對事物進行維修、保護 ◆ 養路 / 保養。❻ 人品、學問的學習和磨煉 ◆ 修養 / 培養 / 養成良好習慣。❼ 非親生而撫養的 ◆ 養父 / 養母。

【養育】yǎng yù　撫養教育 ◆ 父母養育子女不容易。

【養料】yǎng liào　有營養的物質。比喻有益的東西 ◆ 我們要從外國文化中吸取養料。

【養尊處優】yǎng zūn chǔ yōu　處於尊貴的地位，過着優裕的生活 ◆ 幾個孩子養尊處優，無所事事。
注意 "養尊處優" 含貶義。

【養精蓄銳】yǎng jīng xù ruì　銳：銳氣。養好精神，積蓄力量 ◆ 球隊要養精蓄銳，準備迎接決賽。
☑ 休養、素養、教養、給養、飼養、療養、嬌生慣養

⁶ 餅 (饼) ノ 亽 今 食 飠 飵 餅 餅
[bǐng ㄅㄧㄥˇ ⑧ bɛŋ² 柄²]
❶ 一種扁圓形的麵食 ◆ 餅乾 / 月餅。❷ 形狀像餅的東西 ◆ 鐵餅 / 柿餅。
☑ 烙餅、畫餅充飢

⁷ 餐 ㆒ ㅑ ㅓ ㅆ ㅉ 飱 餐 餐
[cān ㄘㄢ ⑧ tsan¹ 產¹]
❶ 吃 ◆ 聚餐 / 飽餐一頓。❷ 指飯食 ◆ 早餐 / 西餐 / 自助餐。❸ 量詞，吃一頓叫一餐 ◆ 一日三餐。
☑ 野餐、風餐路宿、廢寢忘餐

⁷ 餓 (饿) ノ 亽 今 食 飠 餁 餓 餓
[è ㄜˋ ⑧ ŋo⁶ 臥]
肚子空了，想吃東西；跟 "飽" 相對 ◆ 飢餓 / 忍飢捱餓。

⁷ 餘 (余) ノ 亽 今 食 飠 飵 餘 餘
[yú ㄩˊ ⑧ jy⁴ 余]
❶ 剩下的；多出來的 ◆ 剩餘 / 多

餘。❷ 整數後面的零數 ◆ 五十餘人 /
一百餘年。

【餘地】yú dì　可迴旋的地方 ◆ 做事
要留有餘地。

▷ 殘餘、業餘、不遺餘力、綽綽有餘、
心有餘而力不足

⁷ 餒（馁）ㄕ 今 飠 飠 飠 飠 飠 餒 `餒`

[něi ㄋㄟˇ ⓟ nœy⁵ 女]

❶ 飢餓 ◆ 凍餒。❷ 信心不足；失去
勇氣 ◆ 氣餒 / 勝不驕，敗不餒。

⁸ 餞（饯）ㄕ 飠 飠 飠 飠 飠 餞 `餞`

[jiàn ㄐㄧㄢˋ ⓟ dzin³ 箭]

❶ 設酒食送行 ◆ 餞行 / 餞別。❷ 用
蜜、糖浸漬加工而成的果品 ◆ 蜜餞。

⁸ 餡（馅）ㄕ 飠 飠 飠 飠 飠 餡 `餡`

[xiàn ㄒㄧㄢˋ ⓟ ham⁶ 陷]

包在食品裏的肉、菜、糖等東西 ◆ 肉
餡 / 豆沙餡 / 皮薄餡多。

⁸ 館（馆）ㄕ 今 飠 飠 飠 飠 館 `館`

[guǎn ㄍㄨㄢˇ ⓟ gun² 管]

❶ 接待賓客的房屋 ◆ 賓館 / 旅館。
❷ 某些服務性的商店 ◆ 飯館 / 理髮
館。❸ 某些文化體育、休閒娛樂活動
的場所 ◆ 博物館 / 體育館。❹ 外交
使節辦公的地方 ◆ 大使館 / 領事館。

⁸ 鮻（肴）ㄕ 今 飠 飠 飠 飠 鮻 `鮻`

[yáo ㄧㄠˊ ⓟ ŋau⁴ 肴]

煮熟的魚肉等 ◆ 菜鮻 / 美味佳鮻。

⁹ 餵（喂）ㄕ 飠 飠 飠 飠 飠 餵 `餵`

[wèi ㄨㄟˋ ⓟ wei³ 畏]

❶ 把食物送到別人嘴裏 ◆ 餵奶 / 餵藥。
❷ 飼養；給動物吃食 ◆ 餵豬 / 餵牲口。

⁹ 餿（馊）ㄕ 飠 飠 飠 飠 飠 餿 `餿`

[sōu ㄙㄡ ⓟ seu¹ 收]

食物腐敗變質，有酸臭味 ◆ 菜餿了 /
飯餿了。

¹⁰ 饞　"饋"的異體字，見本頁。

¹⁰ 餾（馏）ㄕ 飠 飠 飠 飠 餾 餾 `餾`

[liú ㄌㄧㄡˊ ⓟ leu⁶ 漏]

蒸餾：液體加熱後變成蒸氣，冷卻後再
凝成液體 ◆ 蒸餾水。

¹¹ 饃（馍）ㄕ 飠 飠 飠 飠 飠 饃 `饃`

[mó ㄇㄛˊ ⓟ mɔ⁴ 磨]

北方有些地區稱饅頭叫饃，也叫饃饃。

¹¹ 饅（馒）ㄕ 飠 飠 飠 飠 飠 饅 `饅`

[mán ㄇㄢˊ ⓟ man⁴ 蠻]

饅頭（mán ·tou）：用麵粉發酵後蒸成的
沒有餡的食品 ◆ 白麵饅頭。

¹² 饒（饶）ㄕ 飠 飠 飠 飠 饒 饒 `饒`

[ráo ㄖㄠˊ ⓟ jiu⁴ 搖]

❶ 豐富；多 ◆ 富饒 / 饒有興趣。❷
寬恕 ◆ 饒恕 / 決不輕饒。❸ 姓。

【饒恕】ráo shù　寬恕；寬容 ◆ 你就
饒恕了他吧！

▷ 求饒、討饒

¹² 饋（馈）ㄕ 飠 飠 飠 飠 饋 饋 `饋`

[kuì ㄎㄨㄟˋ ⓟ gwei⁶ 櫃]

贈送 ◆ 饋贈。

【饋贈】kuì zèng　贈送；贈送的東西
◆ 饋贈親友 / 接受饋贈。

¹² 饑（饥）ㄕ 飠 飠 飠 飠 飠 饑 `饑`

[jī ㄐㄧ ⓟ gei¹ 基]

荒年；五穀欠收 ◆ 饑荒。

【饑荒】jī ·huang　❶ 農作物收成不好
或沒有收成 ◆ 過去這一帶天災多，常
常發生饑荒。❷ 指經濟困難；手頭很
緊 ◆ 近來家鄉鬧饑荒。

¹⁷ 饞（馋）ㄕ 飠 飠 飠 飠 飠 饞 `饞`

[chán ㄔㄢˊ ⓟ tsam⁴ 慚]

❶ 貪吃 ◆ 嘴饞 / 又饞又懶。❷ 貪
心；羨慕 ◆ 眼饞。

【饞涎欲滴】chán xián yù dī　涎：口
水。饞得連口水都快要掉下來了。形容
嘴很饞；也比喻看到別人的好東西而很
想得到 ◆ 滿桌的美味佳餚使人饞涎
欲滴 / 她穿金戴銀，花枝招展，使歹
徒饞涎欲滴。

注意 "饞涎欲滴"也作"垂涎欲滴"。

首 部

⁰ 首　丶丷屮屮芦芦芦 `首`

[shǒu ㄕㄡˇ ⓟ seu² 手]

❶ 頭 ◆ 昂首闊步 / 痛心疾首。❷ 最
高領導人；帶頭的 ◆ 首腦 / 元首 / 罪
魁禍首。❸ 開頭的；第一的 ◆ 首先 /
首屆。❹ 出頭認罪或告發犯罪事實 ◆
自首 / 出首。❺ 量詞，用於詩詞、歌
曲等 ◆ 一首詩 / 一首歌。

【首先】shǒu xiān　最先；第一 ◆ 李
強首先衝過終點線。

【首長】shǒu zhǎng　部隊或行政機關
中的高層領導人 ◆ 特區首長。

【首相】shǒu xiàng　有些國家內閣的最
高領導人，如英國首相、日本首相。

【首要】shǒu yào　最重要的；第一位
的 ◆ 學生的首要任務是學習。反 次
要。

【首都】shǒu dū　國家最高政權機關所
在地 ◆ 北京是中國的首都。

【首創】shǒu chuàng　首先創造 ◆ 這
種先進的操作方法是他首創的。

【首飾】shǒu ·shi　戴在頭上的裝飾品，
泛指耳環、項鍊、戒指、手鐲等飾品
◆ 金銀首飾放在銀行保險箱內比較安
全。

【首腦】shǒu nǎo　最高領導人；為首
的 ◆ 各國首腦聚集聯合國。

【首屈一指】shǒu qū yī zhǐ　用手指計

數時首先彎下的是大拇指。表示第一 ◆ 她的普通話在全班是首屈一指的。

【首當其衝】shǒu dāng qí chōng　當：面對。衝：要衝，交通要道。指最先受到攻擊或遭受災難 ◆ 颱風來臨時，沿海地區常常首當其衝。

🔼 首位、首領

🔽 匕首、回首、俯首

香 部

香

ˋ 一 二 千 禾 禾 香 香　香

[xiāng ㄒㄧㄤ ⑧ hœŋ¹ 鄉]

❶ 芬芳好聞的氣味；跟 "臭" 相對 ◆ 芳香／花香／清香。❷ 帶有香味的東西 ◆ 香料／香水／香皂。❸ 吃得有味道；睡得很熟 ◆ 吃得真香／睡得很香。❹ 比喻受歡迎、受重視 ◆ 很吃香。

¹¹ 馨

十 声 产 殸 殸 馨 馨　馨

[xīn ㄒㄧㄣ ⑧ hiŋ¹ 兄]

香氣 ◆ 馨香／溫馨。

馬 部

馬 (马)

一 ㄣ ㄣ ㄣ ㄦ ㄒ ㄕ 馬　馬

[mǎ ㄇㄚˇ ⑧ ma⁵ 碼]

❶ 哺乳動物，頸部有鬣，尾部有長毛，四肢強健，善跑，可供拉車、耕地、乘騎，訓練後可充戰馬。皮可製革 ◆ 騎馬／賽馬／快馬加鞭。❷ 姓。

【馬上】mǎ shàng　立刻 ◆ 姐姐叫我馬上去。

【馬虎】mǎ ·hu　草率；不認真；不細心 ◆ 這件事馬虎不得。

【馬戲】mǎ xì　指人騎在馬上做各種表演；泛指有經過訓練的狗、馬、猴子等

參加的雜技表演 ◆ 小朋友很喜歡看馬戲表演。

【馬不停蹄】mǎ bù tíng tí　比喻一刻不停地繼續幹 ◆ 小蓮馬不停蹄地趕路，終於在黃昏時分追上了先頭的隊伍。

【馬到成功】mǎ dào chéng gōng　戰馬一到，就取得成功。形容一開戰就取得勝利；泛指迅速取得成果 ◆ 祝你旗開得勝，馬到成功。

🔼 馬車、馬路

🔽 斑馬、一馬當先、老馬識途、汗馬功勞、走馬觀花、人仰馬翻、車水馬龍、指鹿為馬、懸崖勒馬

² 馮 (冯)

丶 冫 冫 冫 馮 馮　馮

[féng ㄈㄥˊ ⑧ fuŋ⁴ 逢]

姓。

² 馭 (驭)

一 ㄣ ㄦ ㄒ 馬 馭　馭

[yù ㄩˋ ⑧ jy⁶ 預]

駕馭車馬 ◆ 駕馭／馭手。

³ 馱 (驮)

一 ㄣ ㄦ ㄒ 馬 馱　馱

〈一〉[tuó ㄊㄨㄛˊ ⑧ tɔ⁴ 駝]

❶ 用背背東西 ◆ 我馱你過河／馬馱着兩筐蘋果。

〈二〉[duò ㄉㄨㄛˋ ⑧ dɔ⁶ 惰]

❷ 牲口馱的東西 ◆ 馱子。

³ 馴 (驯)

一 ㄣ ㄦ ㄒ 馬 馴　馴

[xùn ㄒㄩㄣˋ ⑧ sœn⁴ 純]

❶ 順從；順服 ◆ 馴服／溫馴。❷ 使順從 ◆ 馴養／馴馬。

【馴服】xùn fú　❶ 順從；溫順 ◆ 這小狗很馴服。❷ 使順從；使溫順 ◆ 馴獸員能把老虎馴服。

【馴養】xùn yǎng　使野生動物經過飼養而逐漸馴服 ◆ 馬戲團馴養了兩隻狗熊。

³ 馳 (驰)

一 ㄣ ㄦ ㄒ 馬 馳　馳

[chí ㄔˊ ⑧ tsi⁴ 池]

❶ 車、馬等快速奔跑 ◆ 奔馳／馳騁。❷ 傳揚 ◆ 馳名中外。❸ 心思嚮往 ◆ 心馳神往。

【馳名】chí míng　名聲傳得很遠 ◆ 貴州的茅台酒馳名中外。

【馳騁】chí chěng　騎馬奔跑；也比喻充滿活力地工作或戰鬥 ◆ 這名球星在綠茵場上已馳騁多年。

🔽 飛馳、風馳電掣、背道而馳

⁴ 駁 (驳)

一 ㄣ ㄦ ㄒ 馬 馬　駁

[bó ㄅㄛˊ ⑧ bɔk⁸ 博]

❶ 爭辯是非；否定別人的意見 ◆ 批駁／反駁。❷ 幾種顏色混雜在一起 ◆ 斑駁。❸ 用小船分載轉運；分載轉運的小船 ◆ 駁運／駁船。

【駁斥】bó chì　反駁斥責錯誤的言論 ◆ 大家對這種錯誤言論進行了嚴厲的駁斥。

🔽 批駁、辯駁

⁵ 駛 (驶)

一 ㄣ ㄦ ㄒ 馬 馴　駛

[shǐ ㄕˇ ⑧ si² 史／sɐi² 洗 (語)]

❶ 車、船、馬等快速行走 ◆ 奔駛／疾駛／飛駛而去。❷ 操縱車船等 ◆ 駕駛。

⁵ 駡

見网部，337頁。

⁵ 駒 (驹)

一 ㄣ ㄦ ㄒ 馬 駒　駒

[jū ㄐㄩ ⑧ kœy¹ 驅]

❶ 小馬、小驢、小騾等 ◆ 馬駒子／驢駒子。❷ 指少壯的駿馬 ◆ 千里駒。

⁵ 駐 (驻)

一 ㄣ ㄦ ㄒ 馬 駐　駐

[zhù ㄓㄨˋ ⑧ dzy³ 注]

停留在一個地方 ◆ 駐守邊疆／駐外使節。

【駐守】zhù shǒu　駐紮防守 ◆ 部隊駐守在海島上。

【駐紮】zhù zhā　軍隊住在某地 ◆ 有一支部隊駐紮在郊外。

⁵ 駝（驼）

ㄏ ㄏ ㄏ 馬 馹 **駝**

[tuó ㄊㄨㄛˊ ⑨ tɔ⁴ 佗]

❶ 駱駝 ◆ 駝峯／駝絨。❷ 脊背彎曲 ◆ 駝背。

⁵ 駕（驾）

ㄌ 加 架 架 智 駕 **駕**

[jià ㄐㄧㄚˋ ⑨ ga³ 架]

❶ 用牲口拉 ◆ 駕車／駕輕就熟。❷ 操縱車、船、飛機等 ◆ 駕駛。❸ 指車輛 ◆ 並駕齊驅。

【駕馭】jià yù ❶ 驅使車馬行進 ◆ 這馬馴服，容易駕馭。❷ 控制；支配 ◆ 形勢變得錯綜複雜，難以駕馭。

【駕駛】jià shǐ 操縱車船或飛機等行駛 ◆ 這名駕駛員駕車的技術很高超。

【駕輕就熟】jià qīng jiù shú 輕：指輕車。就：走上。熟：指熟路。趕着輕車走上熟路。比喻對情況熟悉，辦起來很容易 ◆ 他做這項工作是駕輕就熟，得心應手。

⊇ 勞駕、騰雲駕霧

⁶ 篤

見竹部，320 頁。

⁶ 駱（骆）

ㄧ ㄏ ㄏ 馬 駅 **駱**

[luò ㄌㄨㄛˋ ⑨ lɔk⁹ 落]

❶ 見“駱駝”。❷ 姓。

【駱駝】luò·tuo 一種哺乳動物，身體高大，背上有駝峯，性情馴良。能負重在沙漠裏走遠路，所以有“沙漠之舟”的美譽。

⁶ 駭（骇）

ㄧ ㄏ ㄏ 馬 馹 **駭**

[hài ㄏㄞˋ ⑨ hai⁵ 蟹／hai⁶ 械]

害怕；吃驚 ◆ 驚駭／驚濤駭浪。

【駭人聽聞】hài rén tīng wén 聽了使人震驚 ◆ 那裏發生了一起駭人聽聞的銀行搶劫案。

⁷ 騁（骋）

ㄏ ㄏ 馬 騁 騁 騁 **騁**

[chěng ㄔㄥˇ ⑨ tsiŋ² 請]

（馬）奔跑 ◆ 騎馬在草原上馳騁。

⁷ 駿（骏）

ㄧ ㄏ ㄏ 馬 駿 **駿**

[jùn ㄐㄩㄣˋ ⑨ dzœn³ 俊]

好馬 ◆ 駿馬飛奔。

⁸ 騎（骑）

ㄧ ㄏ ㄏ 馬 馹 **騎**

〈一〉[qí ㄑㄧˊ ⑨ kei⁴ 其/kɛ⁴ 茄（語）]

❶ 兩腿跨坐 ◆ 騎馬／騎自行車。❷ 跨在兩邊 ◆ 騎牆。

〈二〉[qí ㄑㄧˊ ⑨ gei⁶ 忌/kei³ 冀（語）]

❸ 騎兵；也泛指騎馬的人 ◆ 車騎／鐵騎。❹ 騎的馬 ◆ 坐騎。

【騎兵】qí bīng 騎馬作戰的部隊 ◆ 騎兵是陸軍的兵種之一。

【騎虎難下】qí hǔ nán xià 騎在虎背上很危險，下來又怕被老虎吃掉。比喻左右為難 ◆ 工程已開工，而資金跟不上，真是騎虎難下。

⁹ 騙（骗）

ㄧ ㄏ ㄏ 馬 駲 **騙**

[piàn ㄆㄧㄢˋ ⑨ pin³ 片]

説謊話或耍花招讓人上當 ◆ 欺騙／受騙上當。

【騙子】piàn·zi 騙取他人錢財的人；也泛指言而無信、專搞欺騙的人 ◆ 對騙子我們要提高警惕。

【騙局】piàn jú 騙人的圈套 ◆ 這是對方設置的一個騙局，千萬別上當。

⊇ 拐騙、詐騙、蒙騙、招搖撞騙

¹⁰ 騰（腾）

月 胖 胖 胖 騰 騰 **騰**

[téng ㄊㄥˊ ⑨ teŋ⁴ 藤]

❶ 奔跑；跳躍 ◆ 萬馬奔騰／一片歡騰。❷ 上升 ◆ 升騰／騰空而起。❸ 空出來 ◆ 騰出房間／騰不出時間來。

¹⁰ 騰雲駕霧

【騰雲駕霧】téng yún jià wù 乘着雲霧在空中飛行。形容行進迅速或暈頭轉向 ◆ 孫悟空騰雲駕霧來到花果山／酒喝多了，人就像是騰雲駕霧一般，走起路來跌跌撞撞。

⊇ 沸騰、翻騰、龍騰虎躍、飛黃騰達

¹⁰ 騷（骚）

ㄧ ㄏ ㄏ 馹 駴 **騷**

[sāo ㄙㄠ ⑨ sou¹ 蘇]

❶ 擾亂；不安定 ◆ 騷擾／騷亂。❷ 輕浮；不正經 ◆ 賣弄風騷。

【騷動】sāo dòng ❶ 動亂，失去秩序 ◆ 電影突然中止播放，場內觀眾頓時騷動起來。❷ 擾亂，使不得安寧 ◆ 這一帶經常發生騷動，很不太平。

【騷亂】sāo luàn 搗亂；混亂 ◆ 球迷騷亂事件時有發生。

【騷擾】sāo rǎo 擾亂，使不安寧 ◆ 這家舞廳經常受到醉漢、流氓的騷擾。

⊇ 牢騷

¹¹ 驁（骜）

一 考 考 教 教 驁 **驁**

[ào ㄠˋ ⑨ ŋou⁴ 遨]

❶ 駿馬。❷ 馬不馴良。比喻傲慢、不溫順 ◆ 桀驁不馴。

¹¹ 驅（驱）

ㄧ ㄏ ㄏ 馬 駈 **驅**

[qū ㄑㄩ ⑨ kœy¹ 軀]

❶ 趕牲口；駕駛車輛 ◆ 驅馬／驅車前往。❷ 趕走 ◆ 驅逐／驅趕。❸ 快跑跑在前面 ◆ 長驅直入／先驅。

【驅使】qū shǐ ❶ 迫使；強迫人行走 ◆ 黑幫頭子驅使他去盜竊汽車。❷ 促使；推動 ◆ 受好奇心的驅使，我們探險隊來到了大峽谷。

【驅逐】qū zhú 趕走；趕跑 ◆ 三名偷渡者被驅逐出境。

【驅散】qū sàn 趕走，使分散 ◆ 警察保護現場，驅散圍觀的人羣。

⊇ 並駕齊驅

¹¹ 驀（蓦）

一 艹 甘 菒 莫 驀 **驀**

[mò ㄇㄛˋ ⑨ mɐk⁹ 默]

突然；忽然 ◆ 驀然回首。

11 **騾**(骡) ㄧㄏㄏㄈㄈ馬騾 騾
[luó ㄌㄨㄛˊ (粵)lɔ⁴ 羅/lœy⁴ 雷 (語)]
哺乳類動物，由母馬和公驢雜交而生的家畜，體格強壯，有耐久力。能拉車、駄運。俗稱騾子。

12 **驕**(骄) ㄧㄏㄈㄈ馭驕 驕
[jiāo ㄐㄧㄠ (粵)giu¹ 嬌]
❶ 自高自大；傲慢 ◆ 驕傲 / 勝不驕，敗不餒。❷ 猛烈的 ◆ 驕陽似火。
【驕傲】jiāo ào ❶ 認為自己了不起；看不起別人 ◆ 不要因為考了第一名就驕傲起來。⑤ 謙虛。❷ 自豪 ◆ 悠久而豐富的民族文化，使我們感到驕傲。
⑦ 戒驕戒躁

13 **驚**(惊) ㄧㄧ敬敬警驚 驚
[jīng ㄐㄧㄥ (粵)gin¹ 京/gɐŋ¹ 頸¹ (語)]
❶ 緊張；害怕 ◆ 驚慌 / 驚恐萬狀。❷ 騾、馬等因驚嚇而狂奔亂跑，失去控制 ◆ 馬驚了。❸ 震動 ◆ 驚動 / 震驚中外。
【驚人】jīng rén 令人吃驚 ◆ 他以驚人的意志和毅力戰勝了病魔。
【驚奇】jīng qí 感到意外 ◆ 一個十歲的孩子鋼琴彈得這麼好，令人驚奇。
【驚異】jīng yì 感到十分吃驚和奇怪 ◆ 聽到這突如其來的消息，大家感到驚異。⑥ 詫異。
【驚訝】jīng yà 非常吃驚 ◆ 半身不遂的殘疾人能作出這樣大的貢獻，使人驚訝。⑥ 驚異。
【驚喜】jīng xǐ 又驚又喜 ◆ 給你一個驚喜。
【驚慌】jīng huāng 害怕慌亂 ◆ 請大家保持鎮靜，不要驚慌。
【驚歎】jīng tàn 驚奇讚歎 ◆ 同學們對他取得優異成績驚歎不已。
【驚醒】jīng xǐng 受驚而醒來 ◆ 一陣敲門聲把他從睡夢中驚醒了。

【驚險】jīng xiǎn 危險的情景使人緊張害怕 ◆ 這個雜技表演非常驚險。
【驚嚇】jīng xià 因受驚而害怕；嚇唬 ◆ 在動物園遊玩時不要驚嚇動物。
【驚弓之鳥】jīng gōng zhī niǎo 被弓箭嚇怕了的鳥。戰國時期，有個人當着魏王的面用不帶箭的弓打下了一隻雁。魏王感到很奇怪，那人說，這是一隻受過箭傷的雁，聽到弓響便嚇得掉下來了。後用來比喻受過驚嚇的人遇到一點動靜就惶恐不安 ◆ 這些敵人已成了驚弓之鳥，聽到鞭炮聲就逃跑。
【驚天動地】jīng tiān dòng dì 形容震動非常大。形容聲勢或影響很大，令人震驚 ◆ 孫中山領導的辛亥革命，推翻了帝制，是驚天動地的偉業。
【驚心動魄】jīng xīn dòng pò 形容使人感受很深，震動很大；也形容十分緊張激烈 ◆ 這部電影有許多驚心動魄的格鬥場面。
【驚慌失措】jīng huāng shī cuò 形容害怕慌張，不知如何是好 ◆ 不管發生甚麼事情，都不要驚慌失措。
【驚濤駭浪】jīng tāo hài làng 使人害怕的大風浪。比喻險惡的環境或遭遇 ◆ 人生不可能一帆風順，難免會遇到驚濤駭浪。
⑦ 吃驚、受驚、虛驚、心驚肉跳、擔驚受怕、一鳴驚人、打草驚蛇、觸目驚心、受寵若驚

13 **驗**(验) ㄧㄏㄈㄈ馬駗驗 驗
[yàn ㄧㄢˋ (粵)jim⁶ 豔]
❶ 檢查 ◆ 驗血 / 檢驗。❷ 有功效 ◆ 效驗 / 靈驗。
【驗證】yàn zhèng 得到證實 ◆ 新藥推出前，都要經過臨牀驗證。
⑦ 化驗、測驗、經驗、考驗、試驗、實驗、體驗

14 **驟**(骤) ㄧㄏㄈㄈ馬駗駗 驟
[zhòu ㄓㄡˋ (粵)dzɐu⁶ 就/dzau⁶ 棹 (語)]
突然；急速 ◆ 驟然 / 天氣驟變 / 暴風驟雨。

16 **驢**(驴) ㄧㄏㄈㄈ馬駗驢 驢
[lǘ ㄌㄩˊ (粵)lœy⁴ 雷/lou⁴ 勞 (語)]
家畜，體形像馬而比馬小，性情溫馴。能拉車、駄運，也能供人騎。俗稱毛驢
◆ 騎驢看唱本——走着瞧。

骨 部

0 **骨**(骨) ㄧㄇㄇㄇㄇㄇ骨 骨
〈一〉[gǔ ㄍㄨˇ (粵)gwɐt⁷ 橘]
❶ 動物體內的支架，是一種堅硬的組織 ◆ 骨骼 / 大腿骨折。❷ 比喻物體內部起支撐作用的架子 ◆ 扇骨 / 傘骨。❸ 比喻人的品質、氣概 ◆ 骨氣 / 傲骨。
〈二〉[gū ㄍㄨ (粵)gwɐt⁷ 橘]
❹ 骨朵(gū·duo)：花苞；還沒開放的花朵 ◆ 花骨朵。
【骨肉】gǔ ròu ❶ 比喻父母子女兄弟姐妹等親人 ◆ 除夕之夜，全家骨肉團聚，共享天倫之樂。❷ 比喻緊密相連、無法分割的關係 ◆ 海內外的炎黃子孫都是骨肉同胞。
【骨氣】gǔ qì 剛強不屈的氣概 ◆ 魯迅很有骨氣，從不向惡勢力低頭。
【骨幹】gǔ gàn 長骨的中間部分。比喻起主要作用的人或事物 ◆ 班長是全班的骨幹分子。
【骨骼】gǔ gé 人或某些動物體內的骨頭架子 ◆ 人體缺鈣會影響骨骼的生長。

每個成人約有 206 塊大小不同的骨頭。嬰孩約有 305 塊骨頭。隨着成長，小骨頭會結合在一起。
全身最長的骨骼是大腿股骨，大約是身高的十分之一。
最小的骨頭是中耳裏的鐙骨，長1.6—3.6 公厘。
面孔有 14 塊骨頭，只有下顎骨可以自由活動。

【骨髓】gǔ suǐ　骨頭空腔中柔軟像膠的物質 ◆ 骨髓移植是挽救血癌病人的一種很有效的方法。

【骨瘦如柴】gǔ shòu rú chái　形容瘦到極點 ◆ 清姐大病初癒，骨瘦如柴。

◁骨架、骨頭

▷排骨、筋骨、露骨、毛骨悚然、鋼骨水泥、粉身碎骨、脫胎換骨

---

⁴骯(肮)　｜｜｜日日骨骨

[āng ㄤ ⑧ɔŋ¹/ŋɔŋ¹ 益¹]

見"骯髒"。

【骯髒】āng zāng　❶ 不清潔 ◆ 這地方很骯髒。❷ 比喻卑鄙、醜惡 ◆ 他滿腦子都是骯髒的思想。

---

⁶骼(骼)　｜｜｜日日骨骼

[gé ㄍㄜˊ ⑧gak⁸ 格]

骨骼。見"骨"字，461頁。

---

⁶骸(骸)　｜｜｜日日骨骸

[hái ㄏㄞˊ ⑧hai⁴ 孩]

❶骨；屍骨 ◆ 骸骨 / 屍骸。❷指身體 ◆ 遺骸 / 放浪形骸。

---

¹³髓(髓)　骨骨骨骨骨骨髓

[suǐ ㄙㄨㄟˇ ⑧sœy⁵ 緒]

❶骨髓。見"骨"字，461頁。❷物體內像骨髓的東西 ◆ 腦髓。❸比喻事物的精華部分 ◆ 中華文化的精髓。

---

¹³髒(脏)　骨骨骨骨髒髒髒

[zāng ㄗㄤ ⑧dzɔŋ¹ 莊]

不清潔 ◆ 骯髒 / 衣服髒了。

---

¹³體(体)　骨骨骨體體體體

[tǐ ㄊｉˇ ⑧tɐi² 替²]

❶身體；人和動物的全身 ◆ 體型 / 體重。❷指身體的一部分 ◆ 肢體 / 四體不勤。❸物態 ◆ 固體 / 液體 / 氣體。❹事物的本身或全部 ◆ 個體 /

整體 / 集體。❺形式；制度 ◆ 文體 / 體例 / 體制。❻親身經歷的 ◆ 體驗 / 體會。❼為人着想 ◆ 體諒 / 體貼。

【體力】tǐ lì　人體所能使出的力量 ◆ 孩子體力小，提不起這隻箱子。

【體系】tǐ xì　由某些相關聯的事物構成的一個整體 ◆ 由幼稚園、小學、中學到大學，構成一個完整的教育體系。

【體制】tǐ zhì　制度；組織形式 ◆ 有的學校有董事會，有的學校沒有，體制不同。

【體育】tǐ yù　❶ 指體育運動，即鍛煉身體增強體質的各種活動 ◆ 大家對體育比賽很感興趣。❷指學校裏傳授體育運動知識和技能，來增強體質、提高運動水平的教育 ◆ 學校要使學生在德育、智育、體育、美育等方面得到全面發展。

【體現】tǐ xiàn　具體表現出來 ◆ 責旗活動是愛心的體現。

【體裁】tǐ cái　按文學作品的表現形式分成的類別，如詩歌、小説、散文、戲劇等 ◆ 從體裁上看，《紅樓夢》屬於長篇小説，《聊齋誌異》是短篇小説。

【體貼】tǐ tiē　設身處地為別人考慮；細心地關懷照顧 ◆ 媽媽心地好，很能體貼別人的難處 / 孩子們都非常孝順、體貼年邁的雙親。

【體會】tǐ huì　親身感受；領會 ◆ 請同學們把這次參觀活動的體會寫成一篇作文。

【體質】tǐ zhì　身體的素質 ◆ 體育活動有助於增強體質。

【體諒】tǐ liàng　體貼諒解 ◆ 同事之間要互相體諒，團結合作。

【體操】tǐ cāo　體育運動項目，如徒手操、球操、單槓、高低槓、吊環等 ◆

中國的體操運動水平較高。

【體積】tǐ jī　物體所佔的空間大小，通常用立方米（m³）來計算 ◆ 這盒子體積太大，包裹放不下。

【體驗】tǐ yàn　親身經歷；親自體會 ◆ 到國外旅遊，語言不通最傷腦筋，你有這種體驗嗎？

【體無完膚】tǐ wú wán fū　身體上沒有一塊完好的皮膚。形容渾身是傷 ◆ 他被打得體無完膚。⑤遍體鱗傷。

▷身體、具體、團體、五體投地、身體力行、心廣體胖、魂不附體

---

¹⁴髖　"臗"的異體字，見353頁。

高 部

⁰高　⟶ 亠 六 古 高 高 高

[gāo ㄍㄠ ⑧gou¹ 膏]

❶由下至上的距離大；跟"低"相對 ◆ 高山 / 高樓大廈。❷由下至上的長度 ◆ 高度 / 身高二米。❸等級在上的 ◆ 高級 / 高等學校。❹超出一般標準的；程度較深的 ◆ 高血壓 / 理論高深。❺歲數大 ◆ 高齡 / 高壽。❻聲音大 ◆ 高聲朗讀 / 振臂高呼。❼姓

【高手】gāo shǒu　技術特別高超的人 ◆ 這幾個都是圍棋高手。

【高尚】gāo shàng　❶ 道德修養高，樂於助人是品格高尚的一種表現。⑤卑劣。❷有意義的；不庸俗的 ◆ 樹

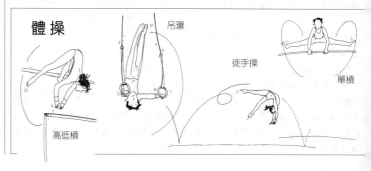

體操

吊環

徒手操

單槓

高低槓

牌、圍棋是高尚的娛樂。⊗ 庸俗。

【高昂】gāo áng ❶ 高高抬起 ◆ 高昂着頭站在大屏幕前看球賽。❷ 高漲 ◆ 觀眾情緒高昂。❸ 價格很高 ◆ 鑽石表價格高昂。⊜ 昂貴。⊗ 低廉。

【高明】gāo míng ❶ 高超 ◆ 我們單位就數他技術高明。⊜ 出色。❷ 高明的人 ◆ 這事只好另請高明了。

【高原】gāo yuán 地勢較高的大片平原 ◆ 中國西北部有遼闊的黃土高原。

【高超】gāo chāo 超出一般水平 ◆ 企業很需要技術高超的人。⊜ 高明、出色。

【高貴】gāo guì ❶ 指品德優良 ◆ 這種助人為樂的高貴品質應該發揚。❷ 貴重 ◆ 白金、鑽石都是高貴消費品。⊜ 昂貴。❸ 社會地位較高；生活較優越 ◆ 出身高貴或低下不能決定人一生的命運。⊗ 低賤。

【高漲】gāo zhǎng 士氣、情緒、物價等向上升，很高 ◆ 參賽同學情緒高漲。⊜ 高昂。⊗ 低落。

【高潮】gāo cháo ❶ 水面最高的潮位。比喻發展的最高階段 ◆ 觀眾的情緒達到了高潮。⊗ 低潮。❷ 指小說、戲劇、電影等情節的矛盾衝突發展到最緊張激烈的階段，高潮一過，便進入結局 ◆ 這篇小說的高潮部分寫得很精彩。

【高興】gāo xìng ❶ 愉快興奮 ◆ 聽說要到電視台表演節目，同學們都很高興。❷ 喜歡；樂意 ◆ 他高興一個人玩，讓他去。

【高枕無憂】gāo zhěn wú yōu 墊高了枕頭安心睡覺。形容無憂無慮或思想麻痹，放鬆警惕 ◆ 快考試了，他還高枕無憂，一點不着急。⊗ 憂心忡忡。

【高瞻遠矚】gāo zhān yuǎn zhǔ 瞻：看。矚：注視。站得高，看得遠。形容目光遠大 ◆ 做事要高瞻遠矚，不能只顧眼前。⊗ 鼠目寸光。

⚠ “矚”不讀 shǔ（蜀）。

◁ 高大、高山、高峯、高齡、高不可攀、高聳入雲

▷ 清高、崇高、居高臨下、秋高氣爽、眼高手低、趾高氣揚、德高望重、遠走高飛、水漲船高

髟 部

⁴
髦

ㄧ ㄏ 镸 镸 髟 髦

[máo ㄇㄠˊ ⑧ mou⁴ 毛]
古代指孩童額前的短髮。

⁵
髮 (发)

ㄧ ㄏ 镸 髟 髟 髮 髮

[fà ㄈㄚˋ ⑧ fat⁸ 法]
頭髮 ◆ 理髮／髮型。

📌 頭髮含有黑色素，故呈黑色。年紀大了，製造新細胞的機能衰退，也逐漸不能製造頭髮中的黑色素，頭髮便開始變灰、變白了。年輕人若碰到緊張事情或過度疲勞，也會長白頭髮。

▧ 一髮千鈞

⁶
髻

ㄧ ㄏ 镸 髟 髟 髻

[jì ㄐㄧˋ ⑧ gei³ 繼]
盤在頭頂或腦後的髮結 ◆ 髮髻。

⁸
鬆 (松)

ㄧ ㄏ 镸 髟 髟 鬆

[sōng ㄙㄨㄥ ⑧ suŋ¹ 嵩]
❶ 不緊密；跟 “緊” 相對 ◆ 鬆散／蓬鬆。❷ 放開；解開 ◆ 鬆手／鬆綁。❸ 不緊張；不嚴格 ◆ 輕鬆／鬆懈。❹ 用瘦肉、魚等加工成的絨毛狀的食品 ◆ 肉鬆／魚鬆。

【鬆弛】sōng chí ❶ 不緊張；不嚴格 ◆ 這個部門紀律鬆弛。❷ 放鬆；使鬆弛 ◆ 球場休息時，足球隊員需要鬆弛一下腿部的肌肉。

【鬆懈】sōng xiè 注意力不集中；工作不抓緊 ◆ 思想一鬆懈，工作上就容易出錯。

▧ 鬆軟、鬆脆

⁸
鬃

ㄧ ㄏ 镸 髟 髟 鬃

[zōng ㄗㄨㄥ ⑧ dzuŋ¹ 宗/tsuŋ⁴ 蠱]
馬、豬等動物頸上的長毛，可製刷、帚等 ◆ 馬鬃／豬鬃。

⁹
鬍 (胡)

ㄧ ㄏ 镸 髟 髟 鬍

[hú ㄏㄨˊ ⑧ wu⁴ 胡]
鬍子；鬍鬚 ◆ 絡腮鬍。

¹²
鬚 (须)

ㄧ ㄏ 镸 髟 髟 鬚

[xū ㄒㄩ ⑧ sou¹ 蘇]
❶ 鬍子：長在嘴旁、下巴和面頰旁的毛 ◆ 剃鬚刀／鬚髮皆白。❷ 像鬍鬚的東西 ◆ 鬚根／觸鬚。

¹⁴
鬢 (鬓)

ㄧ ㄏ 镸 髟 髟 鬢

[bìn ㄅㄧㄣˋ ⑧ bɐn³ 殯]
長在耳朵前面、面頰兩旁的頭髮 ◆ 鬢角／兩鬢斑白。

¹⁵
鬣

ㄧ ㄏ 镸 髟 髟 鬣

[liè ㄌㄧㄝˋ ⑧ lip⁹ 獵]
某些獸類頸上的長毛。

鬥 部

⁰
鬥 (斗)

ㄧ ㄏ ㄏ ㄈ ㄈ 鬥 鬥

[dòu ㄉㄨˋ ⑧ dɐu³ 豆³]
❶ 對打 ◆ 搏鬥／格鬥。❷ 競賽；比勝負 ◆ 鬥智鬥勇。

【鬥志】dòu zhì 戰鬥的意志、勇氣 ◆ 紅隊鬥志很高，藍隊士氣低落。

【鬥爭】dòu zhēng ❶ 發生衝突 ◆ 朝野兩黨鬥爭激烈。⊜ 爭鬥。❷ 奮鬥 ◆ 這篇小說描寫一對年輕人為爭取婚姻自由而鬥爭的故事。

【鬥毆】dòu ōu 打架 ◆ 兩人為一點小事而鬥毆。

【鬥部】

⁵ 鬧 (闹) ｜ ｜ ｜ ｜ ｜ ｜ ｜ 鬧

[nào ㄋㄠˋ ⑧ neu⁶ 撓⁶]

❶ 人多，聲音雜 ◆ 熱鬧／喧鬧。❷ 吵嚷；擾亂 ◆ 吵鬧／無理取鬧。❸ 發生；發作 ◆ 鬧事／鬧脾氣。❹ 弄；搞 ◆ 鬧不清楚。

【鬧市】nào shì 熱鬧的街市 ◆ 這條街就是鬧市區了。

【鬧事】nào shì 聚眾搗亂 ◆ 為防止球迷鬧事，警察加強了防範。

⬚ 鬧哄哄、鬧笑話

⁶ 鬨 (哄) ｜ ｜ ｜ ｜ ｜ ｜ ｜ 鬨

[hòng ㄏㄨㄥˋ ⑧ hung⁶ 汞]

吵鬧；搗亂 ◆ 起鬨／一鬨而散。

¹⁵ 鬪

"鬥"的異體字，見463頁。

鬯 部

¹⁹ 鬱 (郁) 木 村 桝 鬱 鬱 鬱 鬱

[yù ㄩˋ ⑧ wet⁷ 屈]

❶ 樹木茂盛的樣子 ◆ 蔥鬱／鬱鬱蔥蔥。❷ 心情煩悶、不舒暢 ◆ 憂鬱／鬱鬱寡歡。

【鬱金香】yù jīn xiāng 多年生草本植物。葉闊，莖和葉子上有白粉，花又大又美，有紅、黃、白等顏色。供觀賞。❀ 圖見360頁。

鬼 部

⁰ 鬼 (鬼) ，白白白白鬼鬼 鬼

[guǐ ㄍㄨㄟˇ ⑧ gwai² 軌]

❶ 迷信説法，人死後的靈魂變成鬼 ◆ 鬼魂／妖魔鬼怪。❷ 陰險；不光明正大 ◆ 搗鬼／鬼頭鬼腦。❸ 看不起別人的稱呼 ◆ 酒鬼／小氣鬼。❹ 説人聰明、機靈 ◆ 這孩子真鬼。

【鬼鬼祟祟】guǐ guǐ suì suì 形容不是光明正大的行 ◆ 這個人鬼鬼祟祟的，不知在幹甚麼。

注意 "祟"不要錯寫成"崇"；也不讀 chóng（蟲）。

⬚ 鬼哭狼嚎、鬼迷心竅

◪ 搞鬼

⁴ 魂 (魂) 一 云 云 神 神 魂 魂

[hún ㄏㄨㄣˊ ⑧ wen⁴ 雲]

❶ 古人指離開肉體而獨立存在的精神 ◆ 魂魄／靈魂。❷ 指人的精神、情緒 ◆ 神魂顛倒。❸ 泛指一切事物的精神 ◆ 國魂／民族魂。

【魂不守舍】hún bù shǒu shè 舍：指人的軀體。靈魂脱離了軀體。形容精神不集中，像掉了魂似的 ◆ 這人近來心事重重，常常魂不守舍。

【魂不附體】hún bù fù tǐ 靈魂離開了軀體。形容十分驚恐，把靈魂都嚇跑了 ◆ 突然一聲巨響，把他嚇得魂不附體。⑩ 魂飛魄散、靈魂出殼。

【魂飛魄散】hún fēi pò sàn 魂魄都飛散了。形容極端驚懼 ◆ 看到警察突然來臨，兩名正在進行毒品交易的販子嚇得魂飛魄散。⑩ 魂不附體、靈魂出殼。

◪ 英魂、冤魂、幽魂

⁴ 魁 (魁) 白 臼 鬼 鬼 鬼 鬼 魁

[kuí ㄎㄨㄟˊ ⑧ fui¹ 灰]

❶ 第一名；為首的 ◆ 奪魁／罪魁禍首。❷ 指身體高大而強壯 ◆ 魁梧／魁偉。

【魁梧】kuí wú 身體高大強壯 ◆ NBA球員個個身材魁梧。

⁵ 魅 (魅) 白 臼 鬼 鬼 鬼 鬼 魅

[mèi ㄇㄟˋ ⑧ mei⁶ 味]

❶ 鬼怪 ◆ 鬼魅。❷ 指一種特別吸引人的力量 ◆ 魅力。

⁵ 魄 (魄) ，白 白 帥 帥 魄 魄

[pò ㄆㄛˋ ⑧ pak⁸ 拍]

❶ 古人指依附於人體而存在的精神，跟"魂"的意思相近 ◆ 魂魄／失魂落魄。❷ 指人的氣質、精力 ◆ 氣魄／體魄。

【魄力】pò lì 指處事大膽、果斷的作風 ◆ 這位總經理工作很有魄力。

◪ 魂飛魄散

⁸ 魏 (魏) 禾 委 委 魏 魏 魏 魏

[wèi ㄨㄟˋ ⑧ ŋei⁶ 偽]

❶ 戰國時國名。❷ 朝代名。❸ 姓。

¹¹ 魔 (魔) 广 庁 庐 磨 磨 魔 魔

[mó ㄇㄛˊ ⑧ mo⁴ 磨／mo¹ 摩]

❶ 神話傳説中害人的鬼怪 ◆ 魔怪／妖魔。❷ 神秘的；奇特的 ◆ 魔力／魔術。

【魔王】mó wáng 佛教中指專做壞事的惡鬼。比喻十分兇殘的人 ◆ 警方已把那個殺人魔王抓獲。

【魔鬼】mó guǐ 宗教或神話傳説中害人的妖魔鬼怪。比喻邪惡的人或勢力 ◆ 那個殺人魔鬼終於落入法網。

【魔術】mó shù 雜技的一種。用敏捷的手法或特殊的裝置進行表演，使一些實物或消失或出現 ◆ 觀眾喜歡看魔術表演。

注意 "魔術"也作"幻術"、"戲法"。

⬚ 魔爪

◪ 惡魔、病魔

魚 部

⁰ 魚 (鱼) ㄆ ㄆ 午 午 角 角 魚 魚

[yú ㄩˊ ⑧ jy⁴ 如]

生活在水中的脊椎動物，大都有鱗和鰭，用鰓呼吸。種類很多，大部分可以吃，有的可供觀賞 ◆ 鯉魚／金魚／捕魚

最長壽的魚是分佈在北半球寒冷地區的狗魚，可活 200 歲，堪稱魚中的"老壽星"。
壽命最短的魚是一種透明的白鰕魚，從出生到死亡，只不過是 1 年的時間。也是脊椎動物中最短命的。

【魚躍】yú yuè　像魚一樣地跳躍 ◆ 運動員一個魚躍，把球救了起來。

【魚目混珠】yú mù hùn zhū　把魚眼睛混入珍珠裏。比喻用假的冒充真的 ◆ 市場上魚目混珠的假貨不少，要特別當心。

【魚貫而入】yú guàn ér rù　像游魚般一個接着一個地進入 ◆ 參觀者排成長龍，大門一開，便魚貫而入。

☒ 魚缸、魚塘、魚網

魷(魷)　ⁿ 鱼 魚 魚 魣 魷 │魷│

[yóu ㄧㄡˊ ⑧ jɐu⁴ 由]

魷魚：生活在海洋裏的軟體動物，體白色，身體扁長。可以吃 ◆ 炒魷魚。

魯　ˊ鱼 魚 魚 魯 魯 │魯│

[lǔ ㄌㄨˇ ⑧ lou⁵ 老]

❶ 笨；遲鈍 ◆ 魯鈍／愚魯。❷ 粗野；莽撞 ◆ 粗魯／魯莽。❸ 山東省的別稱。❹ 姓。

【魯班】lǔ bān　春秋 戰國時期魯國傑出的能工巧匠。相傳他發明了鋸鉋等木工工具，是中國建築工匠的始祖。

【魯莽】lǔ mǎng　輕率；莽撞 ◆ 這件事還是要認真考慮，不要太魯莽。

注意 "魯莽"也作"鹵莽"。

鮎(鲇)　ˊ鱼 魚 魚 魟 魟 鮎 │鮎│

[nián ㄋㄧㄢˊ ⑧ nim⁴ 黏]

鮎魚：淡水魚，身體扁長，頭扁口闊，灰黑色，身上有黏液。

穌　見禾部，313 頁。

鮑(鲍)　ˊ鱼 魚 魚 魡 鮑 │鮑│

[bāo ㄅㄠ ⑧ bau⁶ 包⁶]

❶ 鮑魚：貝類動物，肉鮮美。❷ 姓。

鮭(鲑)　ˊ鱼 魚 魚 魟 鮭 │鮭│

[guī ㄍㄨㄟ ⑧ gwɐi¹ 歸]

魚類中的一科，身體較大，紡錘形，鱗細而圓，肉味美。中國常見的大馬哈魚是鮭魚的一種。

鮮(鲜)　ˊ鱼 魚 魚 魟 鮮 鮮 │鮮│

〈一〉[xiān ㄒㄧㄢ ⑧ sin¹ 仙]

❶ 新鮮的；不枯乾的 ◆ 鮮魚／鮮花／鮮果。❷ 味道好 ◆ 鮮美／湯很鮮。❸ 色彩明亮 ◆ 鮮明／鮮艷。❹ 鮮美的食物 ◆ 時鮮／海鮮。

〈二〉[xiǎn ㄒㄧㄢˇ ⑧ sin² 洗]

❺ 少 ◆ 鮮見／鮮為人知。

【鮮明】xiān míng　❶ 色彩鮮艷明亮 ◆ 這幅油畫色彩鮮明。❷ 分明；不含糊 ◆ 兩種態度形成鮮明的對比。

【鮮艷】xiān yàn　色彩明亮艷麗 ◆ 牡丹花鮮艷奪目。

☒ 鮮美、鮮嫩
☒ 新鮮、屢見不鮮

鯉(鲤)　ˊ鱼 魚 魟 鯉 鯉 │鯉│

[lǐ ㄌㄧˇ ⑧ lei⁵ 里]

淡水魚，身體寬扁，嘴角有兩對觸鬚。肉可以吃 ◆ 鯉魚跳龍門。

鯊(鲨)　ˊ氵 氵 沙 沙 沙 鯊 │鯊│

[shā ㄕㄚ ⑧ sa¹ 沙]

鯊魚：生活在海洋裏，性兇猛，種類很多。肝可製魚肝油，鰭可加工成魚翅，是名貴食品。

注意 "鯊魚"也寫作"沙魚"。

鯽(鲫)　ˊ鱼 魚 魟 鯽 鯽 │鯽│

[jì ㄐㄧˋ ⑧ dzik⁷ 績]

鯽魚：淡水魚，身體側扁，背部青褐色。是常見的食用魚。

鯨(鲸)　ˊ鱼 魚 魣 鯨 鯨 │鯨│

[jīng ㄐㄧㄥ ⑧ kiŋ⁴ 瓊]

生活在海洋中的哺乳動物，樣子像魚，用肺呼吸。種類很多，大的體長達三十多米，重數噸。肉可以吃，脂肪可以製油。

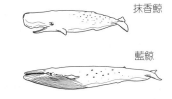

抹香鯨

藍鯨

☒ 蠶食鯨吞

鰓(鳃)　ˊ鱼 魚 魟 鰓 鰓 鰓 │鰓│

[sāi ㄙㄞ ⑧ sɔi¹ 腮]

魚類的呼吸器官，在頭部的兩邊 ◆ 魚鰓。

☺ 圖見本頁。

鰐　"鱷"的異體字，見 466 頁。

鰍(鳅)　ˊ鱼 魚 魣 鯎 鯎 鰍 │鰍│

[qiū ㄑㄧㄡ ⑧ tsɐu¹ 秋]

泥鰍：身體圓而細長，青褐色。常鑽在泥裏，肉可以吃。

鰭(鳍)　ⁿ 鱼 魚 魣 鯌 鯌 鰭 │鰭│

[qí ㄑㄧˊ ⑧ kei⁴ 其]

魚類身上用來划水的運動器官，有脊鰭、腹鰭、尾鰭等。

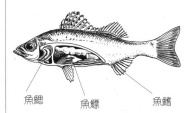

魚鰓　　魚鰾　　魚鰭

【魚部】

¹⁰**鰣**(鲥) ⺈ 鱼 鱼 鮮 鮮 鰣 | **鰣**

[shí ㄕˊ ⑨si⁴ 時]

鰣魚：身體扁長，白色圓鱗。生活在海中，春季到中國 珠江、長江產卵。皮下脂肪多，肉細嫩而鮮美，是名貴食用魚。

¹¹**鰾**(鳔) ⺈ 鱼 鱼 鮃 鰾 鰾 | **鰾**

[biào ㄅㄧㄠˋ ⑨piu⁵ 飄⁵]

魚鰾：魚肚裏的白色氣囊，可以漲縮使魚在水中上浮或下沉。
☺ 圖見465頁。

¹¹**鰻**(鳗) ⺈ 鱼 鱼 鯧 鰮 鰻 | **鰻**

[mán ㄇㄢˊ ⑨man⁶ 慢/man⁴ 蠻]

鰻魚：體長，背脊灰黑色，腹部白色，肉鮮美，可以吃。

¹¹**鱉** "鼈"的異體字，見471頁。

¹²**鱖**(鳜) ⺈ 鱼 鱼 鮃 鮮 鱖 | **鱖**

[guì ㄍㄨㄟˋ ⑨gwɐi³ 桂]

鱖魚：一種淡水魚，身體黃綠色，有黑色斑點，肉味鮮美。
(注意) "鱖"不讀jué（決）。

¹²**鱗**(鳞) ⺈ 鱼 鱼 鯦 鮴 鱗 | **鱗**

[lín ㄌㄧㄣˊ ⑨lœn⁴ 鄰]

❶魚類、爬蟲類身體表面長的透明小薄片 ◆ 魚鱗／鱗甲。❷像魚鱗樣的 ◆ 鱗莖／遍體鱗傷。
【鱗次櫛比】lín cì zhì bǐ 次：按順序排列。櫛：梳子、篦子的總稱。比：並列。像魚鱗和梳子齒那樣一個挨一個順序地排列着。形容房屋等建築物很多 ◆ 街道兩旁的高樓大廈鱗次櫛比。
(注意) "櫛"不讀jié（節）。粵音讀dzit⁸（折）。

¹⁶**鱷**(鳄) ⺈ 鱼 鱼 鯃 鰐 鰐 | **鱷**

[è ㄜˋ ⑨ŋok⁹ 岳]

鱷魚：兇猛的爬行動物，大多生活在熱帶的河裏。鱗甲堅硬，嘴大牙尖，有四

隻腳。皮可以製革。

¹⁶**鱸**(鲈) ⺈ 鱼 鱼 鱾 鰳 鱸 | **鱸**

[lú ㄌㄨˊ ⑨lou⁴ 盧]

鱸魚：生活在沿海。嘴大鱗細，銀灰色，背部有小黑點，肉味鮮美。

鳥 部

⁰**鳥**(鸟) ⺈ ⺈ ⼞ 白 鳥 | **鳥**

[niǎo ㄋㄧㄠˇ ⑨niu⁵ 嬝]

飛禽的統稱。鳥全身有羽毛，大多會飛 ◆ 鳥籠／益鳥。

最大的鳥是北非的鴕鳥。雄鴕鳥體重達156.5千克，高達2.74米。
最小的鳥是分佈在南美及中美洲的蜂鳥。公蜂鳥平均翼展是2.82厘米，體重僅2克，還不如一隻大飛蛾。

【鳥瞰】niǎo kàn ❶從高處向下看 ◆ 登上太平山頂，可以鳥瞰港九全貌。❷事物的概括的描述 ◆ 當今世界文壇鳥瞰。
【鳥語花香】niǎo yǔ huā xiāng 鳥兒唱歌，花兒飄香。形容春天的美麗景色 ◆ 陽春三月，鶯飛草長，鳥語花香。
⊃侯鳥、笨鳥先飛、驚弓之鳥

²**鳩**(鸠) ⺈ 九 九 ⿰九鸟 鳩 鳩 | **鳩**

[jiū ㄐㄧㄡ ⑨kɐu¹ 溝]

樣子像鴿子的鳥。種類很多，常見的有斑鳩、山鳩等 ◆ 鵲巢鳩佔。

²**鳧**(凫) ⼂ ⼂ 白 鳥 鳥 鳧 | **鳧**

[fú ㄈㄨˊ ⑨fu⁴ 符]

❶野鴨。❷在水裏游 ◆ 鳧水。

³**鳶**(鸢) 一 弋 弋 ⿱弋 鳶 鳶 | **鳶**

[yuān ㄩㄢ ⑨jyn⁴ 元]

老鷹。

³**鳴**(鸣) ⼝ ⼝ ⿰口鸟 ⿰口鸟 鳴 | **鳴**

[míng ㄇㄧㄥˊ ⑨miŋ⁴ 明]

❶鳥獸或昆蟲叫 ◆ 雞鳴／鳥鳴／蟬鳴。❷泛指其他東西發出聲響 ◆ 鳴笛／鑼鼓齊鳴／電閃雷鳴。❸表達感情或意見 ◆ 鳴謝／鳴冤叫屈／百家爭鳴。
⊃共鳴、一鳴驚人、孤掌難鳴

³**鳳**(凤) 几 几 凤 凤 鳳 鳳 | **鳳**

[fèng ㄈㄥˋ ⑨fuŋ⁶ 奉]

鳳凰（fèng huáng）：傳說中的百鳥之王，常用來象徵吉祥 ◆ 龍鳳呈祥／龍飛鳳舞。

【鳳毛麟角】fèng máo lín jiǎo 鳳凰的毛和麒麟的角。比喻稀少而寶貴的人或事物 ◆ 像李教授這樣博古通今的才真是鳳毛麟角。

⁴**鴉**(鸦) 一 ⼂ 于 牙 ⿰牙鸟 鴉 | **鴉**

[yā ㄧㄚ ⑨a¹/ŋa¹ 丫]

烏鴉：鳥名，全身羽毛黑色 ◆ 烏鴉聲／天下烏鴉一般黑。
【鴉片】yā piàn 用罌粟果實中的汁製成的毒品 ◆ 當年，林則徐在虎門銷了大批鴉片。
(注意) "鴉片"也叫"大煙"。
【鴉雀無聲】yā què wú shēng 形容非常寂靜 ◆ 閱覽室裏座無虛席，卻鴉雀無聲。

滿招損，謙受益

⁵ 鴣（鸪）＋ 古 扩 扩 扩 扩 鴣　鴣

[gū 《ㄨ ⑧ gu¹ 姑]

鷓鴣；鶬鴣。見 "鷓" 字，本頁； "鶬"
字，468 頁。

⁵ 鴨（鸭）日 甲 鸭 鸭 鸭 鴨　鴨

[yā ㄧㄚ ⑧ ap⁸/ŋap⁸ 押]

嘴扁腳短，趾間有蹼，會游水，肉和
蛋都可以吃 ◆ 烤鴨 / 春江水暖鴨先
知。

⁵ 鴦（鸯）二 央 茶 茶 鴦 鴦　鴦

[yāng ㄧㄤ ⑧ jœŋ¹ 央]

鴛鴦。見 "鴛" 字，本頁。

⁵ 鴛（鸳）夕 死 鸳 鸳 鸳 鴛　鴛

[yuān ㄩㄢ ⑧ jyn¹ 淵]

鴛鴦：鳥名，樣子像野鴨，雄的羽毛美
麗，雌雄常成對生活在水裏。常用來比
喻夫妻 ◆ 鴛鴦戲水。

鴕（鸵）户 自 鸟 鸟 鸵 鸵　鴕

[tuó ㄊㄨㄛˊ ⑧ tɔ⁴ 駝]

鴕鳥：現代鳥類中最大的鳥，頭小頸
長，腿長
有力，善
奔跑，翅
小 不 能
飛。生活
在沙漠地
帶。

鴿（鸽）ㄅ 合 鸽 鸽 鸽 鸽　鴿

[gē 《ㄜ ⑧ gɐp⁸ 急⁸]

鴿子：鳥名，善於飛行，有家鴿和野鴿
兩種。家鴿經訓練可以成傳遞書信的信
鴿。◆ 和平鴿。

⊙ 圖見 75 頁。

⁶ 鴻（鸿）氵 氵 沖 沖 沖 鴻　鴻

[hóng ㄏㄨㄥˊ ⑧ huŋ⁴ 洪]

❶ 大雁 ◆ 鴻雁 / 輕於鴻毛。❷ 大 ◆
鴻圖大志。

【鴻溝】hóng gōu　古運河名，在今河
南省。項羽、劉邦楚漢相爭時一度以鴻
溝為界。比喻明顯的界限 ◆ 如果説兩
代人之間存在代溝，那末這決不是不
可逾越的鴻溝。

⊳ 大展鴻圖

⁷ 鵓（鹁）十 六 享 鈞 鈞 鵓　鵓

[bó ㄅㄛˊ ⑧ but⁹ 勃]

鵓鴣（bó gū）：鳥名，全身羽毛黑褐色。
常在下雨前鳴叫。俗稱 "水鵓鴣"。

⁷ 鵑（鹃）口 月 郥 郥 郥 鵑　鵑

[juān ㄐㄩㄢ ⑧ gyn¹ 捐]

杜鵑。見 "杜" 字，209 頁。

⁷ 鵠（鹄）ㄑ ㄐ 生 告 鈞 鵠　鵠

[hú ㄏㄨˊ ⑧ huk⁹ 酷]

天鵠：鳥名，比雁大，羽毛純白，頸長。
能高飛 ◆ 燕雀安知鴻鵠之志哉？

⁷ 鵝（鹅）ㄧ 才 我 我 鈚 鵝　鵝

[é ㄜˊ ⑧ ŋɔ⁴ 俄]

家禽，比鴨大，頸長，頭部有肉瘤，腳
趾間有蹼。能游水，不能飛行，肉和蛋
可以吃 ◆ 燒鵝 / 鵝毛大雪。

⁸ 鵡（鹉）二 ㄓ 武 武 鈚 鵡　鵡

[wǔ ㄨˇ ⑧ mou⁵ 武]

鸚鵡。見 "鸚" 字，468 頁。

⁸ 鵲（鹊）一 ㄝ 昔 昔 鈚 鵲　鵲

[què ㄑㄩㄝˋ ⑧ tsœk⁸ 緯]

喜鵲：背部黑褐色，頸、肚為白色，尾
巴較長。常聚集在民屋周圍樹上喳喳
叫，民間習俗認為這是喜兆 ◆ 鵲喜。

⊙ 圖見 81 頁。

⁸ 鵪（鹌）大 右 右 鈞 鈞 鵪　鵪

[ān ㄢ ⑧ ɐm¹/ŋɐm¹ 庵]

鵪鶉：樣子像小雞的鳥，羽毛灰褐色，
有黑色斑點。雄的好鬥，蛋的營養價值高。

⁸ 鵬（鹏）月 朋 脂 脂 脂 鵬　鵬

[péng ㄆㄥˊ ⑧ paŋ⁴ 彭]

傳説中的大鳥，能飛得很高很遠 ◆ 鵬
程萬里。

【鵬程萬里】péng chéng wàn lǐ　古代
寓言中説大鵬能乘着旋風飛到九萬里的
高空。後用來比喻前程遠大 ◆ 年輕人
來日方長，鵬程萬里。

⁸ 鶉（鹑）亠 古 享 鈞 鈞 鶉　鶉

[chún ㄔㄨㄣˊ ⑧ sœn⁴ 純]

鵪鶉。見 "鵪" 字，本頁。

⁹ 鶿（鹚）亠 亠 兹 兹 鶿 鶿　鶿

[cí ㄘˊ ⑧ tsi⁴ 池]

鸕鶿。見 "鸕" 字，468 頁。

¹⁰ 鷂（鹞）夕 名 𠂤 𠂤 鈞 鷂　鷂

[yào ㄧㄠˋ ⑧ jiu⁴ 搖/jiu⁶ 耀]

鷂子：兇猛的鳥，樣子像鷹而比較小。
捕食小鳥，經馴養能幫助打獵。也叫
"鷂鷹"。

¹⁰ 鷄（鸡）

"雞" 的異體字，見 445 頁。

¹⁰ 鶯（莺）ᐟ ㄐ 炒 炒 鶯 鶯　鶯

[yīng ㄧㄥ ⑧ ɐŋ¹/ŋɐŋ¹ 嬰]

益鳥，背部灰黃色，腹部灰白色，尾
黑色，叫聲清脆好聽。常
見的有黃鶯、柳鶯
等。也叫 "黃鶯"
◆ 鶯歌燕
舞。

試看天塹投鞭渡，不信中原不姓朱。——明·鄭成功《出師討滿夷自瓜州至金陵》詩

【鶯歌燕舞】yīng gē yàn wǔ 　鶯在歌唱，燕在飛舞。形容春光明媚；也比喻大好形勢 ◆ 鶯歌燕舞，鳥語花香，滿園春色。

【鶴】(鶴) 一 ㄣ 牟 雀 雀 鶴 鶴
[hè ㄏㄜˋ 粵 hok⁹ 學]
鳥名，頸、腿細長，翅膀大，善飛。種類很多，常見的有白鶴、灰鶴、丹頂鶴等，是國家的保護動物 ◆ 鶴立雞羣/風聲鶴唳。

【鶴立雞羣】hè lì jī qún 　像鶴站立在雞羣中。比喻人的儀表或才能出眾 ◆ 他是數百名青年學者中唯一獲得大獎的人，真是鶴立雞羣，出類拔萃。

【鷗】(鸥) 一 ㄇ 吂 區 鷗 鷗 鷗
[ōu ㄡ 粵 eu¹/ŋeu¹ 歐]
水鳥，翅寬尾巴短，羽毛多灰、白色，生活在湖海邊，捕食魚蝦等。常見的有海鷗、燕鷗等。

【鷓】(鹧) 广 庐 庶 鷓 鷓 鷓 鷓
[zhè ㄓㄜˋ 粵 dze³ 借]
鷓鴣：樣子像雞而比較小，胸部有白色圓點，頭頂紫紅色，吃穀粒、昆蟲等。

【鷸】(鹬) ㄋ 禾 矞 矞 矞 鷸
[yù ㄩˋ 粵 jyt⁹ 月]
鳥名，嘴、頸、腿都比較長，翅膀短，常在水邊或田野捕食小魚、貝類、昆蟲等。

【鷸蚌相爭】yù bàng xiāng zhēng 　古代有個寓言：一隻蚌張開貝殼在曬太陽，嘴尖長的鷸來啄蚌肉，蚌殼迅速合攏，夾住了鷸嘴。雙方互不相讓。一個漁翁看到了，把它們都捉了回去。後用

“鷸蚌相爭”比喻雙方相持不下，卻讓第三者得利。

注意 “鷸蚌相爭”常與“漁翁得利”連用。

【鷺】(鹭) 一 卩 趵 路 醫 鷺 鷺
[lù ㄌㄨˋ 粵 lou⁶ 路]
鷺鷥：鳥名，頸長腿長，翅膀大尾巴短，羽毛多為白色。生活在水邊，捕食小魚、貝類等。常見的有白鷺、蒼鷺等。

【鷹】(鹰) 广 广 庐 庐 雁 膺 鷹
[yīng ㄧㄥ 粵 jiŋ¹ 英]
兇猛的鳥，嘴像彎鈎，腳趾有鈎爪，翅膀大。常在空中盤旋飛行，捕食小禽獸。俗稱“老鷹” ◆ 老鷹捉小雞。

金鷹　　　　白頭鷹

【鷹犬】yīng quǎn 　打獵時追捕獵物的鷹及狗。比喻壞人的幫兇 ◆ 歹徒頭目派出不少鷹犬，打探風聲。

【鸕】(鸬) 广 广 卢 卢 盧 鸕 鸕
[lú ㄌㄨˊ 粵 lou⁴ 盧]
鸕鷀(lú cí)：水鳥，樣子像烏鴉而比較大，羽毛黑色，頸部羽毛白色，嘴長。能潛水捕魚，經馴養能幫助漁民捕魚。也叫“魚鷹”、“水老鴉”。

【鸚】(鹦) 目 賏 賏 賏 嬰 鸚 鸚
[yīng ㄧㄥ 粵 jiŋ¹ 英]
鸚鵡(yīng wǔ)：鳥名，羽毛美麗，頭圓，嘴短而大，上嘴為鈎狀。經訓練能模仿人說話 ◆ 鸚鵡學舌。

【鸚鵡學舌】yīng wǔ xué shé 　鸚鵡學人說話。比喻人家怎麼說，也跟着怎麼說。指缺乏主見或一味模仿 ◆ 說話、寫文章不能只是鸚鵡學舌，而是要有自己的看法。同 人云亦云。

【鸛】(鹳) 一 卄 萑 萑 雚 鸛 鸛
[guàn ㄍㄨㄢˋ 粵 gun³ 貫]
鳥名，樣子像鶴，嘴長，腿長，羽毛有灰色、白色和黑色。常生活在水邊，吃魚、蝦和貝類。

【鸝】(鹂) 吕 丽 酈 酈 麗 鸝
[lí ㄌㄧˊ 粵 lei⁴ 離]
黃鸝：鳥名，羽毛黃色，叫聲婉轉重聽。也叫“黃鶯” ◆ 古詩：“兩個黃鸝鳴翠柳，一行白鷺上青天。”

鹵 部

【鹹】(咸) 卤 卤 卤 卤 卤 鹹 鹹
[xián ㄒㄧㄢˊ 粵 ham⁴ 函]
鹽的味道；含鹽過多；跟“淡”相對鹹魚/這湯太鹹了。

【鹽】(盐) 千 臣 臨 臨 臨 鹽 鹽
[yán ㄧㄢˊ 粵 jim⁴ 炎]
食鹽：有鹹味，主要調味品之一。有海鹽，井鹽等 ◆ 開門七件事，柴米油鹽醬醋茶。

【鹼】(硷) 卤 卤 卤 卤 卤 鹼 鹼
[jiǎn ㄐㄧㄢˇ 粵 gan² 簡]
一種化合物。純鹼可以用來洗衣服。

油漬；燒鹼是工業原料。

鹿 部

⁰
鹿　广广户户户鹿鹿　鹿
[lù ㄌㄨˋ 　⑧luk⁹ 綠]

哺乳動物，腿細長，毛黃褐色，有白斑，雄鹿頭上有樹枝樣的角，是貴重藥材。常見的有梅花鹿、長頸鹿等 ◆ 鹿茸 / 指鹿為馬。

【鹿茸】lù róng　雄鹿的帶茸毛的嫩角，是名貴的中藥，有滋補強壯的功效 ◆ 人參、鹿茸都是貴重的中藥材。

【鹿死誰手】lù sǐ shuí shǒu　不知道鹿會死在誰的手裏。比喻不知誰能奪取天下或誰能取得最後勝利。現常用於比賽 ◆ 兩強相遇，必有一番激戰，不知鹿死誰手。

⁸
麒　户户户户庐庐麒麒　麒
[qí ㄑㄧˊ 　⑧kei⁴ 其]

❶ 見 "麒麟"。❷ 姓。

【麒麟】qí lín　古代傳說中的動物，樣子像鹿，頭上有角，身上有鱗甲。古人拿它象徵吉祥。

麓　木林莽莽莽麓　麓
[lù ㄌㄨˋ 　⑧luk⁹ 綠]

山腳 ◆ 山麓。
❀ 圖見 129 頁。

麗（丽）　日日日严严严严麗　麗
〈一〉[lì ㄌㄧˋ 　⑧lei⁶ 例]

❶ 美；好看 ◆ 美麗 / 秀麗 / 華麗。
〈二〉[lí ㄌㄧˊ 　⑧lei⁴ 離]
❷ 麗水：地名，在浙江省。
☑ 壯麗、瑰麗、綺麗、豔麗、富麗堂皇、風和日麗

¹²
麟　户户户户麟麟　麟
[lín ㄌㄧㄣˊ 　⑧lœn⁴ 鄰]

麒麟。見 "麒" 字，本頁。
☑ 鳳毛麟角

麥 部

⁰
麥（麦）　十十十办央夾麥　麥
[mài ㄇㄞˋ 　⑧mɐk⁹ 脈]

❶ 重要的糧食作物，有大麥、小麥、黑麥、燕麥等多種 ◆ 小麥去殼磨成粉就是麵粉。❷ 姓。

⁴
麩（麸）　十十十办央麥麥麩　麩
[fū ㄈㄨ 　⑧fu¹ 呼]

小麥磨成麵粉時篩剩下的皮屑。可做飼料。也叫麩皮 ◆ 麥麩。

⁴
麵（面）　木央麥麥麵麵麵　麵
[miàn ㄇㄧㄢˋ 　⑧min⁶ 面]

❶ 麥子或其他糧食磨成的粉；泛指其他東西的粉末 ◆ 麵粉 / 胡椒麵。❷ 麵食的通稱 ◆ 麵包 / 炒麵。

⁹
麵　"麵" 的異體字，見本頁。

麻 部

⁰
麻　广广广广庐庐麻　麻
[má ㄇㄚˊ 　⑧ma⁴ 蔴]

❶ 草本植物，種類很多，有大麻、黃麻、亞麻等。麻的莖皮纖維可做紡織原料 ◆ 麻袋。❷ 指芝麻 ◆ 麻油。❸ 身體局部感覺發木 ◆ 麻木 / 腿發麻。❹ 用藥物使全身或局部失去知覺 ◆ 麻藥 / 麻醉。

【麻木】má mù　肢體發麻，失去知覺；也指感覺遲鈍，反應不靈敏 ◆ 兩腿麻木 / 由於長期跟外界不接觸，思想變得麻木了。

【麻雀】má què　一種小鳥。頭圓尾巴短，羽毛暗褐色，翅膀短小。不能高飛，善於跳躍。吃穀物和昆蟲 ◆ 麻雀雖小，五臟俱全。

【麻煩】má·fan　❶ 費事；事情複雜難辦 ◆ 這件事很麻煩，一下子不能解決。❷ 煩勞；給人增加負擔 ◆ 這件事我自己可以解決，就不麻煩大家了。

【麻醉】má zuì　用藥物或扎針等方法使全身或局部暫時失去知覺。多用於外科手術 ◆ 口腔打了麻醉藥後，拔牙就不疼了。

【麻木不仁】má mù bù rén　不仁：沒有感覺。肢體失去知覺。比喻反應遲鈍或漠不關心 ◆ 此類問題見得多了，反而習以為常，有些麻木不仁了。
☑ 肉麻、密密麻麻、心亂如麻

³
麼（么）　广广广广麻麻麼　麼
[·me ·ㄇㄜ 　⑧mɔ⁵ 魔⁵/mɔ¹ 魔¹ (語)]

❶ 詞尾 ◆ 甚麼 / 怎麼 / 多麼 / 那麼。
❷ 助詞，表示含蓄的語氣，用在前半句末了 ◆ 不讓你去麼，你又要去。

黃 部

⁰
黃（黄）　艹艹艹世苗苗苗　黃
[huáng ㄏㄨㄤˊ 　⑧wɔŋ⁴ 皇]

❶ 像金子、蛋黃那樣的顏色 ◆ 黃色 / 黃金。❷ 姓。

【黃山】huáng shān　中國著名風景名勝區，位於安徽省黃山市南，以奇松、

怪石、雲海、溫泉聞名中外 ◆ **黃山**風景秀麗，素有"黃山歸來不看山"的美譽。

【黃昏】huáng hūn 太陽下山、天快黑的時候 ◆ 黃昏時分，街道兩旁的霓虹燈開始亮了起來。

【黃河】huáng hé 中國第二大河。發源於雅拉達澤山，流經青海、四川、甘肅、寧夏、內蒙古、陝西、山西、河南等省區，在山東省流入渤海。全長5464公里。

🔎 枯黃、焦黃、飛黃騰達、信口雌黃

黍 部

⁰ 黍

禾 天 禿 秃 黍 黍 黍

[shǔ ㄕㄨˇ ⑧sy² 鼠]

一種糧食作物，去殼後叫黃米，有黏性。也叫"黍子"。

³ 黎

禾 勼 杒 黎 黎 黎

[lí ㄌㄧˊ ⑧lei⁴ 犁]

❶ 眾多 ◆ 黎民百姓。❷ 姓。

【黎明】lí míng 天快亮的時候 ◆ 黎明前，不少人來到山頂，準備觀看日出。

⁵ 黏

禾 秂 秊 黍 黏 黏

〈一〉[nián ㄋㄧㄢˊ ⑧nim⁴ 鮎]

❶ 具有膠水或漿糊那樣的性質 ◆ 黏性 / 黏土 / 黏液。

〈二〉[zhān ㄓㄢ ⑧nim¹ 念¹]

❷ 黏性的東西附着在別的物體上，或互相連結起來 ◆ 腸黏連 / 這種糖黏牙。

〈三〉[zhān ㄓㄢ ⑧nim⁴ 念⁴]

❸ 用黏性的東西使物件連結起來 ◆ 黏貼郵票。

(注意) ❷❸ 也作"粘"。

【黏合】nián hé 把兩個物體互相黏結起來 ◆ 強力膠水可以用來黏合皮革、塑料等。

黑 部

⁰ 黑

口 m m 四 甲 里 黑

[hēi ㄏㄟ ⑧hɐk⁷ 刻]

❶ 像煤或墨的顏色；跟"白"相對 ◆ 黑板 / 頭髮烏黑。❷ 暗；缺少光亮 ◆ 黑夜 / 屋裏漆黑一片。❸ 隱祕的；不正當的 ◆ 黑市 / 黑話。❹ 邪惡的；狠毒的 ◆ 黑心。

【黑暗】hēi àn ❶ 沒有光亮 ◆ 周圍一片黑暗，伸手不見五指。⟨反⟩明亮。❷ 比喻邪惡或腐敗 ◆ 歷史上經歷了無數黑暗統治的時代。⟨反⟩光明。

🔎 漆黑一團、顛倒黑白、起早貪黑

³ 墨

口 m m 甲 里 黑 墨

[mò ㄇㄛˋ ⑧mɐk⁹ 脈]

❶ 寫字、繪畫用的黑色塊狀物；泛指寫字、繪畫、印刷用的顏料 ◆ 文房四寶：筆墨紙硯 / 油墨。❷ 黑色 ◆ 墨鏡 / 墨菊。❸ 指字畫 ◆ 墨跡 / 墨寶。❹ 比喻學問 ◆ 胸無點墨。

【墨跡】mò jì ❶ 墨的痕跡 ◆ 墨跡未乾。❷ 指某人親手寫的字或畫的畫 ◆ 這是蘇東坡的墨跡，非常珍貴。

【墨守成規】mò shǒu chéng guī 墨守：戰國時墨翟善於守城，後稱善守者為墨守。成規：現成的或陳舊的規矩和方法。形容思想保守，只會按老規矩辦事，不思改進 ◆ 時代在不斷前進，辦事墨守成規，就會跟不上時代的發展。

🔎 墨水、墨汁、墨魚

🔎 筆墨、粉墨登場

⁴ 默

口 m 四 甲 里 黑 默

[mò ㄇㄛˋ ⑧mɐk⁹ 墨]

❶ 不説話；不出聲 ◆ 默讀 / 靜默。❷ 憑記憶把書本上的字句寫出來 ◆ 默寫 / 默生字。

【默契】mò qì ❶ 雙方不講明而想法或行動一致 ◆ 隊員們配合默契。❷ 私下約定 ◆ 既然雙方有過默契，就應該實行。

【默哀】mò āi 在追悼儀式上，人們低頭肅立，默默地哀悼 ◆ 全體肅立，默哀三分鐘。

【默許】mò xǔ 沒有明說，但暗示同意 ◆ 這件事上級已經默許。

【默默無聞】mò mò wú wén 默默：無聲無息。無聞：沒有聽人説過。指不出名或無人知道 ◆ 幾年前，他還是個默默無聞的小學教師，現在已成了顯赫有名的作家了。

🔎 沉默、幽默、沉默寡言、潛移默化

⁴ 黔

口 m 四 甲 里 黑 默 黔

[qián ㄑㄧㄢˊ ⑧kim⁴ 鉗]

❶ 黑色。❷ 貴州省的別稱。

【黔驢技窮】qián lǘ jì qióng 黔：今貴州。窮：盡。唐柳宗元在《黔之驢》說貴州沒有驢，有人從外地帶來一頭，虎見牠個子大，叫聲響，很害怕。但漸漸發現驢只會用蹄子踢，沒有別的領，就把牠吃了。後用來比喻有限的一點本領也用完了 ◆ 對方已黔驢技窮，再沒有甚麼高着了。

⁵ 點 (点)

口 m m 里 黑 黑 默 點

[diǎn ㄉㄧㄢˇ ⑧dim² 玷]

❶ 小的水滴；像水滴樣的斑痕 ◆ 點 / 斑點。❷ 漢字筆畫之一（丶）；數學符號之一（·）◆ 三點水 / 小數點。❸ 用筆加點 ◆ 點評 / 畫龍點睛。❹ 表示一落一起的動作 ◆ 點頭 / 蜻蜓點水。❺ 把液體滴進去 ◆ 點眼藥水。❻ 逐一查對 ◆ 點名 / 清點。❼ 挑選指定 ◆ 點菜 / 點歌。❽ 啟發；指點 ◆ 指點 / 點題。❾ 引着火 ◆ 點燈 / 點火。❿ 裝飾 ◆ 點綴 / 裝點。⓫ 時間單位；小時；時間 ◆ 鐘點 / 十二點鐘 / 誤點。⓬ 一定的處所或限度 ◆ 終點 / 熔點。⓭ 事物的方面或部分 ◆ 重點 / 優點。⓮ 食品 ◆ 點心 / 糕點。⓯ 量詞，表示少量 ◆ 兩點建議 / 一點事也沒有。

【點綴】diǎn zhuì 經過裝飾或襯托

使事物更美好 ◆ 五顏六色的彩燈把節日之夜點綴得更加絢麗多姿。
☐ 點燃、點頭哈腰
☐ 要點、起點、缺點、標點、觀點

5 黛
[dài ㄉㄞˋ ⑧ doi⁶ 代]
青黑色的顏料，古代用來畫眉 ◆ 粉黛。

5 黝
[yǒu ㄧㄡˇ ⑧ jeu² 憂²]
淡黑色 ◆ 黝黑 / 黑黝黝。

8 黨(党)
[dǎng ㄉㄤˇ ⑧ dɔŋ² 擋]
❶ 政治團體 ◆ 政黨 / 黨派。❷ 小集團 ◆ 結黨營私。

8 黧
[lí ㄌㄧˊ ⑧ lei⁴ 黎]
黑裏帶黃的顏色 ◆ 面目黧黑。

9 黯
[àn ㄢˋ ⑧ em²/ŋem² 庵²]
❶ 陰暗 ◆ 黯淡。❷ 黯然：沮喪的樣子 ◆ 黯然銷魂。
【黯淡】àn dàn　昏暗；不明亮 ◆ 屋子裏光線黯淡。

黽 部

1 鼇(鰲)
[áo ㄠˊ ⑧ ŋou⁴ 遨]
傳説中海裏的大龜。

12 鼈(鱉)
[biē ㄅㄧㄝ ⑧ bit⁸ 憋]

生活在淡水裏的爬行動物，樣子像烏龜。肉有豐富的營養，背殼可做藥材。也叫"甲魚"、"團魚" ◆ 龜鼈丸 / 甕中捉鼈。

鼎 部

0 鼎
[dǐng ㄉㄧㄥˇ ⑧ diŋ² 頂]
❶ 古代煮東西的器物，有三足兩耳 ◆ 寶鼎。❷ 比喻三方面對立 ◆ 鼎立 / 鼎足而三。❸ 正當 ◆ 鼎盛時期。❹ 大 ◆ 鼎力相助。
【鼎力】dǐng lì　大力。用於請求或感謝 ◆ 希望各位能鼎力相助 / 謝謝各位的鼎力相助。
【鼎沸】dǐng fèi　形容人聲嘈雜，像水在鍋裏沸騰一樣 ◆ 由於球迷對裁判的執法不滿，球場上頓時人聲鼎沸。
【鼎盛】dǐng shèng　正當興盛或強壯 ◆ 貞觀年間是唐代的鼎盛時期。

鼓 部

0 鼓
[gǔ ㄍㄨˇ ⑧ gu² 古]
❶ 在圓筒兩頭蒙上皮革，敲起來咚咚有聲的打擊樂器 ◆ 鑼鼓喧天 / 鼓聲陣陣。❷ 拍；敲 ◆ 鼓掌 / 鼓琴。❸ 發動；激勵 ◆ 鼓動 / 鼓勵。❹ 凸起；漲大 ◆ 鼓着嘴 / 書包裝得鼓鼓的。
【鼓吹】gǔ chuī ❶ 宣揚；提倡 ◆ 一

些有識之士，大力鼓吹保護生態環境。❷ 吹噓 ◆ 有的人喜歡鼓吹自己。
【鼓動】gǔ dòng　鼓勵；激發人們行動 ◆ 受朋友的鼓動，我買了一台電腦。
【鼓舞】gǔ wǔ ❶ 興奮；激動 ◆ 學校歌詠隊得了冠軍，同學們歡欣鼓舞。❷ 使人增強信心或勇氣 ◆ 這一喜訊非常鼓舞人心。
【鼓勵】gǔ lì　激發和勉勵 ◆ 老師鼓勵學生發揮創造性。
☐ 一鼓作氣、旗鼓相當、偃旗息鼓

鼠 部

0 鼠
[shǔ ㄕㄨˇ ⑧ sy² 暑]
老鼠：哺乳動物，尾巴長，門齒發達。喜啃東西，常損壞衣物或農作物，會傳染疾病。也叫"耗子" ◆ 鼠疫。
【鼠目寸光】shǔ mù cùn guāng　形容目光短淺 ◆ 一位成功的企業家應該目光遠大，而不是鼠目寸光。
☐ 抱頭鼠竄、膽小如鼠

鼻 部

0 鼻
[bí ㄅㄧˊ ⑧ bei⁶ 備]
❶ 鼻子：呼吸和嗅覺器官 ◆ 鼻梁 / 鼻孔。❷ 器物上帶孔的部分 ◆ 針鼻。❸ 開創 ◆ 鼻祖。

3 鼾
[hān ㄏㄢ ⑧ hɔn⁴ 寒]
睡熟時口鼻發出的粗重的呼吸聲，俗稱"打呼" ◆ 打鼾 / 鼾聲如雷。

齊部

齊（齐）一ㄣ亠亣亣亣亣亣齊　齊

[qí ㄑㄧˊ ⑧ tsɐi⁴ 妻⁴]

❶ 整齊；長短、高矮、大小等相差不多 ◆ 參差不齊／長短不齊。❷ 完備；全 ◆ 齊備／人都到齊了。❸ 同時；一起 ◆ 齊唱／並駕齊驅。❹ 同樣；一致 ◆ 齊名／齊心協力。❺ 達到某一高度 ◆ 河水有齊腰深。❻ 姓。

【齊全】qí quán 應有盡有，一樣不缺 ◆ 學校實驗室設備齊全。

【齊心協力】qí xīn xié lì 認識一致，共同努力 ◆ 只要大家齊心協力，這事就一定能順利完成。

◨ 一齊、整齊、百花齊放、雙管齊下

齋（斋）一亠亣亣亣亣齊齋　齋

[zhāi ㄓㄞ ⑧ dzai¹ 債¹]

❶ 古人在祭祀前清心潔身，表示虔敬 ◆ 齋戒。❷ 某些信仰宗教的人吃的素食 ◆ 吃齋。❸ 文人的書房或某些商店的名稱 ◆ 書齋／榮寶齋。

齒部

齒（齿）止止步步齿齿齒　齒

[chǐ ㄔˇ ⑧ tsi² 始]

❶ 牙齒：咀嚼食物的器官 ◆ 犬齒／白齒。❷ 像牙齒的東西 ◆ 鋸齒／齒輪。

◨ 齒冷

◨ 啟齒、咬牙切齒、伶牙俐齒

齡（龄）止步齿齿齡齡齡　齡

[líng ㄌㄧㄥˊ ⑧ liŋ⁴ 零¹]

❶ 歲數 ◆ 年齡／同齡／九十高齡。❷ 年限 ◆ 工齡／教齡。

齣（出）止步齿齿齺齣　齣

[chū ㄔㄨ ⑧ tsœt⁷ 出]

戲劇的一個獨立劇目或一個段落 ◆ 三齣戲。

齧（啮）三丰丰刧刧㓞齧　齧

[niè ㄋㄧㄝˋ ⑧ jit⁹ 熱/jit⁸ 揭（語）]

咬 ◆ 蟲咬鼠齧。

齜（龇）止步齿齿齜齜　齜

[zī ㄗ ⑧ dzi¹ 枝¹]

張開嘴露出牙 ◆ 齜牙咧嘴。

【齜牙咧嘴】zī yá liě zuǐ ❶ 形容兇惡的樣子 ◆ 看他齜牙咧嘴的樣子，一副兇相。❷ 形容疼痛難受的樣子 ◆ 牙痛的時候，齜牙咧嘴，實在難受。

龍部

龍（龙）立立立立龍龍　龍

[lóng ㄌㄨㄥˊ ⑧ luŋ⁴ 隆]

❶ 古代傳說中的神奇動物，像蛇而有鱗有足，能興雲降雨 ◆ 畫龍點睛／龍鳳呈祥。❷ 古生物學上指一些巨大的爬行動物 ◆ 恐龍。❸ 古代用龍比喻皇帝 ◆ 龍袍／龍顏。❹ 比喻有特殊本領的人 ◆ 臥虎藏龍。❺ 姓。

【龍舟】lóng zhōu 像龍一樣的船 ◆ 中國許多地方有端午節賽龍舟的習俗。

◨ 注意 “龍舟”也叫“龍船”

【龍捲風】lóng juǎn fēng 猛烈的旋風，形狀像個大漏斗，風速極快，破壞力很大，能把人、畜等捲入空中 ◆ 一場龍捲風，把村裏的大樹拔起，房頂掀翻。

【龍爭虎鬥】lóng zhēng hǔ dòu 比喻鬥爭雙方勢均力敵或競爭激烈 ◆ 兩隊實力相當，必然有一場龍爭虎鬥。

【龍飛鳳舞】lóng fēi fèng wǔ 像龍和鳳在飛舞。形容氣勢奔放雄壯；也形容書法筆勢活潑有力 ◆ 秦嶺山脈羣山巍峨，如龍飛鳳舞／這幅題詞寫得龍飛鳳舞，富有神韻。

◨ 龍潭虎穴

◨ 蛟龍、生龍活虎、來龍去脈、降龍伏虎、畫龍點睛、羣龍無首、老態龍鍾、虎踞龍盤、車水馬龍、葉公好龍

龔（龚）青青青青龍龔　龔

[gōng ㄍㄨㄥ ⑧ guŋ¹ 公]

姓。

龠部

龠（龠）人人合合命命龠　龠

[yuè ㄩㄝˋ ⑧ jœk⁹ 若]

古代管樂器名。

龜部

龜（龟）凸龟龟龟龜龜　龜

[guī ㄍㄨㄟ ⑧ gwɐi¹ 歸]

爬行動物，身體扁平，背、腹都有堅硬的甲殼，頭、尾、四肢都能縮進甲殼內。行動緩慢，壽命很長。甲殼可以做藥材 ◆ 龜兔賽跑。

附錄一
漢語拼音方案
（附國語注音字母）

（1957年11月1日國務院全體會議第60次會議通過）（1958年2月11日第一屆全國人民代表大會第五次會議批准）

一、字 母 表

字母 名稱	Aa ㄚ	Bb ㄅㄝ	Cc ㄘㄝ	Dd ㄉㄝ	Ee ㄜ	Ff ㄝㄈ	Gg ㄍㄝ
	Hh ㄏㄚ	Ii ㄧ	Jj ㄐㄧㄝ	Kk ㄎㄝ	Ll ㄝㄌ	Mm ㄝㄇ	Nn ㄋㄝ
	Oo ㄛ	Pp ㄆㄝ	Qq ㄑㄧㄡ	Rr ㄚㄦ	Ss ㄝㄙ	Tt ㄊㄝ	Uu ㄨ
	Vv ㄫㄝ	Ww ㄨㄚ	Xx ㄒㄧ	Yy ㄧㄚ	Zz ㄗㄝ		

v只用來拼寫外來語、少數民族語言和方言。
字母的手寫體依照拉丁字母的一般書寫習慣。

二、聲 母 表

b ㄅ玻	p ㄆ坡	m ㄇ摸	f ㄈ佛	d ㄉ得	t ㄊ特	n ㄋ訥	l ㄌ勒
g ㄍ哥	k ㄎ科	h ㄏ喝		j ㄐ基	q ㄑ欺	x ㄒ希	
zh ㄓ知	ch ㄔ蚩	sh ㄕ詩	r ㄖ日	z ㄗ資	c ㄘ雌	s ㄙ思	

在給漢字注音的時候，為了使拼式簡短，
zh ch sh 可以省作ẑ ĉ ŝ。

三、韻 母 表

		i ㄧ 衣	u ㄨ 烏	ü ㄩ 迂
a ㄚ	啊	ia ㄧㄚ 呀	ua ㄨㄚ 蛙	
o ㄛ	喔		uo ㄨㄛ 窩	
e ㄜ	鵝	ie ㄧㄝ 耶		üe ㄩㄝ 約
ai ㄞ	哀		uai ㄨㄞ 歪	
ei ㄟ	欸		uei ㄨㄟ 威	
ao ㄠ	熬	iao ㄧㄠ 腰		
ou ㄡ	歐	iou ㄧㄡ 憂		
an ㄢ	安	ian ㄧㄢ 煙	uan ㄨㄢ 彎	üan ㄩㄢ 冤
en ㄣ	恩	in ㄧㄣ 因	uen ㄨㄣ 溫	ün ㄩㄣ 暈
ang ㄤ	昂	iang ㄧㄤ 央	uang ㄨㄤ 汪	
eng ㄥ	亨的韻母	ing ㄧㄥ 英	ueng ㄨㄥ 翁	
ong (ㄨㄥ)	轟的韻母	iong ㄩㄥ 雍		

四、聲 調 符 號

陰平	陽平	上聲	去聲

聲調符號標在音節的主要母音上，輕聲不標。例如：

媽 mā	麻 má	馬 mǎ	罵 mà	嗎 ma
（陰平）	（陽平）	（上聲）	（去聲）	（輕聲）

五、隔 音 符 號

a, o, e 開頭的音節連接在其他音節後面的時候，如果音節的界限發生混淆，用隔音符號（'）隔開，例如：pi'ao（皮襖）。

韻母表說明

(1) "知、蚩、詩、日、資、雌、思"等七個音節的韻母用i，即：知、蚩、詩、日、資、雌、思等字拼作zhi，chi，shi，ri，zi，ci，si。

(2) 韻母ㄦ寫成er，用做韻尾的時候寫成r。例如："兒童"拼作ertong，"花兒"拼作huar。

(3) 韻母ㄝ單用的時候寫成ê。

(4) i 行韻母，前面沒有聲母時，寫成：yi(衣)，ya(呀)，ye(耶)，yao(腰)，you(憂)，yan(煙)，yin(因)，yang(央)，ying(英)，yong(雍)。

　u 行韻母，前面沒有聲母時，寫成：wu(烏)，wa(蛙)，wo(窩)，wai(歪)，wei(威)，wan(彎)，wen(溫)，wang(汪)，weng(翁)。

　ü 行韻母，前面沒有聲母時，寫成：yu(迂)，yue(約)，yuan(冤)，yun(暈)；ü上兩點省略。

　ü 行韻母，跟聲母j，q，x拼時，寫成：ju(居)，qu(區)，xu(虛)，ü上面兩點也省略；但跟聲母n，l拼時，寫成：nü(女)，lü(呂)。

(5) iou，uei，uen 前面加聲母時，寫成：iu，ui，un，例如niu(牛)，gui(歸)，lun(論)。

(6) 在給漢字注音時，為了使拼式簡短，ng可以省作ŋ。

附錄二
廣州話注音：國際音標

一、聲母表

聲母	例字	拼寫	聲母	例字	拼寫
b	巴	ba^1	l	啦	la^1
d	打	da^2	m	媽	ma^1
dz	渣	dza^1	n	拿	na^4
f	花	fa^1	ŋ	牙	ŋa^4
g	家	ga^1	p	扒	pa^4
gw	瓜	gwa^1	s	沙	sa^1
h	蝦	ha^1	t	他	ta^1
j	也	ja^5	ts	茶	tsa^4
k	卡	ka^1	w	蛙	wa^1
kw	誇	kwa^1			

二、韻母表

韻母	例字	拼寫	韻母	例字	拼寫
a	巴	ba^1	ik	力	lik^9
ai	佳	gai^1	ou	母	mou^5
au	交	gau^1	ɔ	破	pɔ^3
am	函	ham^4	ɔi	開	hɔi^1
an	晏	an^3/ŋan^3	ɔn	岸	ŋɔn^6
aŋ	坑	haŋ^1	ɔŋ	方	fɔŋ^1
ap	鴨	ap^8/ŋap^8	ɔt	割	gɔt^8
at	壓	at^8/ŋat^8	ɔk	擴	kwɔk^8
ak	百	bak^8	œ	靴	hœ^1
ɐi	溪	kɐi^1	œy	女	nœy^5
ɐu	收	sɐu^1	œn	倫	lœn^4
ɐm	金	gɐm^1	œŋ	強	kœŋ^4
ɐn	根	gɐn^1	œt	律	lœt^8
ɐŋ	耿	gɐŋ^2	œk	約	jœk^8
ɐp	汁	dzɐp^7	u	烏	wu^1
ɐt	疾	dzɐt^9	ui	灰	fui^1
ɐk	得	dɐk^7	un	援	wun^4
ei	戲	hei^3	uŋ	夢	muŋ^6
ɛ	借	dzɛ^3	ut	潑	put^8
ɛŋ	鏡	gɛŋ^3	uk	曲	kuk^7
ɛk	隻	dzɛk^8	y	書	sy^1
i	似	tsi^5	yn	村	tsyn^1
iu	耀	jiu^6	yt	月	jyt^8
im	點	dim^2	m̩	唔	m̩^{4} （輔音元音化）
in	年	nin^4			
iŋ	炯	gwiŋ^2	ŋ̩	五	ŋ̩^{5} （輔音元音化）
ip	貼	tip^8			
it	列	lit^9			

三、聲調表

聲調	符號	例字	拼寫
陰平	1	詩	si^1
陰上	2	史	si^2
陰去	3	試	si^3
陽平	4	時	si^4
陽上	5	市	si^5
陽去	6	事	si^6
陰入	7	色	sik^7
中入	8	錫	sik^8
陽入	9	食	sik^9

附錄三
基本筆順規則表

名　稱	筆　　形	例　　字
1. 橫	一	三　十
2. 豎	丨	上　中
3. 撇	ノ	人　利
4. 點	丶	主　江
5. 提	㇀	习　地
6. 捺	㇏	之　近
7. 鈎	一 丨 丿 乚 心	冠　丁　家　我　心
8. 折	フ乚ㄥㄑㄅ	口　山　紅　女　弓

	規　　則	例　　字
一、基本規則	1. 先橫後豎	一十丨二干
	2. 先撇後捺	ノ人丨才木
	3. 從上到下	一二三丨一口豆
	4. 從左到右	亻仁丨王玥班
	5. 先外後裏	月月丨門問
	6. 先外後裏再封口	丨冂日丨冂田田
	7. 先中間後兩旁	亅小丨手承
二、補充規則	**1. 帶點的字**	
	(1) 點在左上先寫點	丷斗丨丶為
	(2) 點在右上後寫點	戈戈丨弎我
	(3) 點在裏面後寫點	瓦瓦丨又叉
	2. 兩面包圍的字	
	(1) 右上包圍結構，先外後裏	勹句丨冂司
	(2) 左上包圍結構，先外後裏	厂原丨户房
	(3) 左下包圍結構，先裏後外	斤近丨聿建
	3. 三面包圍結構的字	
	(1) 缺口朝上的，先裏後外	乂凶丨柔函
	(2) 缺口朝下的，先外後裏	冂向丨冂周
	(3) 缺口朝右的，先上後裏再左下	一至匡丨一兀匹

附錄四
合體字的基本結構表

結　　構	例　　字			
1. 上下結構	音	奇	恩	意
2. 左右結構	羽	梧	部	謝
3. 左上右包圍結構	風	周	閥	
4. 左下右包圍結構	凶	函		
5. 左下包圍結構	廷	避	起	
6. 上左下包圍結構	匠	匿	匯	
7. 上左包圍結構	庫	厚	盧	
8. 上右包圍結構	句	司		
9. 全包圍結構	因	圓		

附錄五
部首讀音表

部首	普通話	廣州話		部首	普通話	廣州話		部首	普通話	廣州話	
一畫				又	yòu	jɐu⁶	右	⺕	jì	gɐi³	計
一	yī	jɐt⁷	壹	**三畫**				彡	shān	sam¹	衫
丨	gǔn	gwɐn²	滾	口	kǒu	hɐu²		彳	chì	tsik⁷	斥
丶	zhǔ	dzy²	主	囗	wéi	wɐi⁴	圍	**四畫**			
丿	piě	pit⁸	撇	土	tǔ	tou²	討	心	xīn	sɐm¹	深
乙	yǐ	jyt⁸		士	shì	si⁶	是	（忄）			
亅	jué	gyt⁸		夂	sūi	sœy¹	衰	戈	gē	gwɔ¹	
二畫				夕	xī	dzik⁹	直	戶	hù	wu⁶	互
二	èr	ji⁶	異	大	dà	dai⁶		手	shǒu	sɐu²	首
亠	tóu	tɐu⁴	頭	女	nǚ	nœy⁵	餒	支	zhī	dzi¹	知
人	rén	jɐn⁴	仁	子	zǐ	dzi²	紫	攴	pū	pɔk⁸	撲
儿	ér	jɐn⁴	人	宀	mián	min⁴	棉	（攵）			
入	rù	jɐp⁹	邑⁹	寸	cùn	tsyn³	串	文	wén	mɐn⁴	聞
八	bā	bat⁸		小	xiǎo	siu²	消²	斗	dǒu	dɐu²	兜
冂	jiǒng	gwiŋ²	迥	尢	wāng	wɔŋ¹	汪	斤	jīn	gɐn¹	巾
冖	mì	mik⁹	覓	（兀）				方	fāng	fɔŋ¹	荒
冫	bīng	biŋ¹	冰	尸	shī	si¹	施	无	wú	mou⁴	毛
几	jī	gei¹	機	屮	chè	tsit⁸	徹	日	rì	jɐt⁹	逸
凵	kǎn	hɐm²	砍	山	shān	san¹	珊	曰	yuē	jœk⁹	若
刀	dāo	dou¹	都	巛	chuān	tsyn¹	穿	月	yuè	jyt⁹	粵
力	lì	lik⁹	曆	工	gōng	guŋ¹	公	木	mù	muk⁹	目
勹	bāo	bau¹	包	己	jǐ	gei²	紀	欠	qiàn	him³	謙³
匕	bǐ	bei²	比	巾	jīn	gɐn¹	斤	止	zhǐ	dzi²	子
匚	fāng	fɔŋ¹	方	干	gān	gɔn¹	肝	歹	è	at⁸	壓
匸	xì	hɐi⁵	奚⁵	幺	yāo	jiu¹	腰	殳	shū	sy⁴	殊
十	shí	sɐp⁹	拾	广	yǎn	jim⁵	染	毋	wú	mou⁴	無
卜	bǔ	buk⁷		廴	yǐn	jɐn⁵	引	比	bǐ	bei²	彼
卩	jié	dzit⁸	節	廾	gǒng	guŋ²	拱	毛	máo	mou⁴	無
厂	chǎng	hɔn³	漢	弋	yì	jik⁹	亦	氏	shì	si⁶	是
厶	sī	si¹	私	弓	gōng	guŋ¹	公	气	qì	hei³	氣

部首	普通話	廣州話		部首	普通話	廣州話		部首	普通話	廣州話	
水	shuǐ	sœy²	雖²	禾	hé	wɔ⁴	和	**七畫**			
(氵)				穴	xué	jyt⁹	月	見	jiàn	gin³	建
(氺)				立	lì	lap⁹	蠟	角	jiǎo	gɔk⁸	各
火	huǒ	fɔ²	夥	**六畫**				言	yán	jin⁴	然
(灬)				竹	zhú	dzuk⁷	足	谷	gǔ	guk⁷	菊
爪	zhǎo	dzau²	找	米	mǐ	mɐi⁵	迷⁵	豆	dòu	dɐu⁶	鬥⁶
(爫)				糸	mì	mik⁹	覓	豕	shǐ	tsi²	始
父	fù	fu⁶	付	缶	fǒu	fɐu²	否	豸	zhì	dzi⁶	治
爻	yáo	ŋau⁴	肴	网	wǎng	mɔŋ⁵	網	貝	bèi	bui³	背
爿	pán	tsœŋ⁴	牆	(罒)				赤	chì	tsik⁸	斥⁸
片	piàn	pin³	騙	(罓)				走	zǒu	dzɐu²	酒
牙	yá	ŋa⁴	芽	羊	yáng	jœŋ⁴	揚	足	zú	dzuk⁷	竹
牛	niú	ŋau⁴		羽	yǔ	jy⁵	雨	身	shēn	sɐn¹	申
犬	quǎn	hyn²	圈²	老	lǎo	lou⁵	魯	車	chē	tsɛ¹	奢
五畫				而	ér	ji⁴	兒	辛	xīn	sɐn¹	身
玄	xuán	jyn⁴	元	耒	lěi	lɔi⁶	淚	辰	chén	sɐn⁴	臣
玉	yù	juk⁹	肉	耳	ěr	ji⁵	已	辵	chuò	tsœk⁸	卓
(王)				聿	yù	wɐt⁹	屈⁹	(辶)			
瓜	guā	gwa¹		肉	ròu	juk⁹	玉	邑	yì	jɐp⁷	泣
瓦	wǎ	ŋa⁵	雅	(月)				(右阝)			
甘	gān	gɐm¹	金	臣	chén	sɐn⁴	神	酉	yǒu	jɐu⁵	有
生	shēng	sɐŋ¹	牲	自	zì	dzi⁶	字	采	biàn	bin⁶	辨
用	yòng	juŋ⁶	容⁶	至	zhì	dzi³	志	里	lǐ	lei⁵	李
田	tián	tin⁴	填	臼	jiù	kɐu³	扣	**八畫**			
疋	shū	sɔ¹	疏	舌	shé	sit⁹		金	jīn	gɐm¹	今
(乛)				舛	chuǎn	tsyn²	喘	長	cháng	tsœŋ⁴	祥
疒	nì	nik⁹	溺	舟	zhōu	dzɐu¹	周	門	mén	mun⁴	瞞
癶	bō	but⁹	撥	艮	gèn	gɐn³	根³	阜	fù	fɐu⁶	埠
白	bái	bak⁹	百⁹	色	sè	sik⁷	式	(左阝)			
皮	pí	pei⁴	脾	艸	cǎo	tsou²	草	隶	dài	dɔi⁶	代
皿	mǐn	miŋ⁵	茗	(艹)				隹	zhuī	dzœy¹	追
目	mù	muk⁹	木	虍	hū	fu¹	呼	雨	yǔ	jy⁵	語
(罒)				虫	huǐ	wɐi²	毀	青	qīng	tsiŋ¹	清
矛	máo	mau⁴	茅	血	xuè	hyt⁸		非	fēi	fei¹	飛
矢	shǐ	tsi²	始	行	xíng	hɐŋ⁴	恆	**九畫**			
石	shí	sɛk⁹	碩	衣	yī	ji¹	醫	面	miàn	min⁶	麪
示	shì	si⁶	是	(衤)				革	gé	gak⁸	隔
内	róu	jɐu⁴	由	西	xià	a³	亞	韋	wéi	wɐi⁴	圍

部首	普通話	廣州話		部首	普通話	廣州話		部首	普通話	廣州話	
韭	jiǔ	gɐu²	狗	鬼	guǐ	gwɐi²	軌	鼓	gǔ	gu²	古
音	yīn	jɐm¹	陰	**十一畫**				鼠	shǔ	sy²	暑
頁	yè	jip⁹	葉	魚	yú	jy⁴	余	**十四畫**			
風	fēng	fuŋ¹	封	鳥	niǎo	niu⁵		鼻	bí	bei⁶	備
飛	fēi	fei¹	非	鹵	lǔ	lou⁵	老	齊	qí	tsɐi⁴	
食	shí	sik⁹	蝕	鹿	lù	luk⁹	綠	**十五畫**			
首	shǒu	sɐu²	手	麥	mài	mɐk⁹	脈	齒	chǐ	tsi²	恥
香	xiāng	hœŋ¹	鄉	麻	má	ma⁴		**十六畫**			
十畫				**十二畫**				龍	lóng	luŋ⁴	隆
馬	mǎ	ma⁵	碼	黃	huáng	wɔŋ⁴	王	**十七畫**			
骨	gǔ	gwɐt⁷		黍	shǔ	sy²	暑	龠	yuè	jœk⁸	若
高	gāo	gou¹	糕	黑	hēi	hɐk⁷	刻	**十八畫**			
髟	biāo	biu¹	標	黹	zhǐ	dzi²	子	龜	guī	gwɐi¹	歸
鬥	dòu	dɐu³	斗 3	**十三畫**							
鬯	chàng	tsœŋ³	唱	黽	mǐn	mɐŋ⁵	盟 5				
鬲	lì	lik⁸	力	鼎	dǐng	diŋ²	頂				

附錄六
常用標點符號表

名　稱	符　號	作　用	例　子
句　號	。	表示一句話完了之後的停頓	人生最可敬的精神是奮進。
逗　號	，	表示一句話中的停頓	我們看到的星星，大部分是恆星。
問　號	？	用在問句之後	你最喜歡哪個科目？
感歎號	！	(1) 表示強烈的感情	看今天的月色多美！
		(2) 用在語氣強烈的祈使句之後	你給我滾出去！
頓　號	、	表示句中並列詞語之間的停頓	我們日常所見、所聞、所接觸的事物裏，有很多的道理。
分　號	；	表示複句中並列分句之間的停頓	燕子去了，有再來的時候；楊柳枯了，有再青的時候；桃花謝了，有再開的時候。
冒　號	：	用來提起下文	俗語説："種瓜得瓜，種豆得豆。"
引　號	「 」 ' ' 『 』 " "	(1) 表示文中引用的部分	愛因斯坦説："想像力比知識更重要。"
		(2) 表示特定的稱謂或需要著重論述的對象	此後我就留心這八隻腳的"諸葛亮"怎樣捉飛將，並且看出，他有各種各樣捉拿的方法。
		(3) 表示諷刺或否定的意思	這樣對待我，你還敢説是我的"朋友"！
		※引號裏面還要用引號時，外面一層用雙引號，裏面用單引號。	他站起來問老師："老師，'始終不渝'的'渝'是什麼意思？"
括　號	（ ） 〔 〕	表示文中注釋的部分	除了詩（因為詩是最難翻譯的），雨果的重要作品（小説和劇本）大都有了中文的譯本。
破折號	——	(1) 表示底下是解釋、説明，有括號的作用	我這題目——學問之趣味，並不是要説學問是如何如何的有趣味，只是要説如何如何便會嘗得著學問的趣味。
		(2) 表示意思的轉折或説話的中斷	好悦耳的歌聲——看到伴奏的人嗎？
		(3) 表示聲音的延長	"嗚——"火車開動了！

名　稱	符　號	作　用	例　子
省 略 號	……	(1) 表示文中省略的部分	茶有很多種，普洱、龍井、鐵觀音……，你到底想買哪一種？
		(2) 表示說話斷斷續續	"我……對不起……大家，我……沒有……完成……任務。"
連 接 號	—	(1) 表示時間、地點、數目等起止	戰國時代 (公元前475年—公元前221年)
		(2) 表示相關的人或事物的聯繫	"香港—廣州"直通車。
著 重 號	•	表示文中需要強調的部分	以上四題選答三題。
間 隔 號	·	(1) 表示書名和篇名的分界	《三國志·蜀志·諸葛亮傳》
		(2) 表示外國人或某些少數民族人名中的音界	差利·卓別靈｜愛新覺羅·溥儀
書 名 號	《 》〈 〉﹏﹏	表示書名、文件、報刊、文章等名稱	《紅樓夢》｜《荷塘月色》
		※書名號內還要用書名號時，外面一層用雙書名號，裏面用單書名號。	《〈體壇日刊〉發刊號》終於發表了。
專 名 號	＿＿	表示人名、地名、朝代名等	魯迅，原名周樹人，浙江紹興人，生於清光緒七年 (公元1881年)，卒於民國15年 (公元1936年)。

附錄七
詞類名稱表

詞　類	定　義	用　法	例　子
名　詞	表示人或事物名稱、時間或方位的詞	(1) 表示人或事物 (2) 表示時間 (3) 表示方位	學生、菊花 早上、春天 東方、前面
代　詞	代替人或事物名稱的詞	(1) 人稱代詞 (2) 指示代詞 (3) 疑問代詞	你、我、他 這裏、那兒 甚麼、哪個
形容詞	(1) 表示人或事物的形貌、性質、狀態的詞 (2) 一般用作修飾名詞	(1) 表示形貌 (2) 表示性質 (3) 表示狀態	大、小、紅、白 好、壞、美、醜 平靜、愉快、疲倦
動　詞	(1) 表示動作、行為、心理活動或存在、變化、消失等的詞 (2) 大都可以帶賓語。如：吃飯（動詞＋賓語）	(1) 表示動作、行為、心理活動 (2) 表示存在、變化、消失 (3) 表示判斷 (4) 表示能願（能願動詞） (5) 表示趨向（趨向動詞）	吃、走、學習、喜歡 有、變、消失 是 能、可以、會、肯、敢、應該 來、去、進來、出去
副　詞	(1) 用在動詞、形容詞前面，修飾、限制動詞和形容詞，表示程度、範圍、時間等的詞。如：忽然出現（副詞＋動詞）、十分清楚（副詞＋形容詞） (2) 不可以修飾名詞	(1) 表示程度 (2) 表示範圍 (3) 表示時間、頻率 (4) 表示語氣 (5) 表示肯定、否定 (6) 表示情態	很、十分、非常、最 都、只、全部 已經、將、時常、馬上、偶然、屢次 難道、其實、偏偏 必定、不、沒有 忽然、突然
數　詞	(1) 表示數目和次序的詞 (2) 現代漢語基數數詞之後必須有量詞	(1) 表示數目多少（基數） (2) 表示次序（序數） (3) 表示大概數目（概數）	一、二、百、千、萬 第一、初一 幾、一些、左右、上下
量　詞	表示計算單位的詞	(1) 表示人或事物的單位（物量詞） (2) 表示動作的單位（動量詞）	個、隻、件、元、斤 次、回、遍、趟、頓

詞 類	定 義	用 法	例 字
連 詞	(1) 連接詞、詞組或句子的詞	(1) 連接詞 (2) 連接詞組 (3) 連接句子	老師和學生 看電影或者逛公園 雖然我不同意，但是我尊重他的決定。
	(2) 表明被連接的部分之間的關係的詞	(4) 並列關係 (5) 承接關係 (6) 遞進關係 (7) 選擇關係 (8) 因果關係 (9) 轉折關係 (10) 條件關係 (11) 讓步關係	也、又、以及、一面……一面 就、於是、然後 而且、甚至、不僅……還 或者、不是……就……、與其……不如 因為、由於、所以、以致 而、雖然、可是、但是、不過 只要、除非、不管、如果、假如 雖然、即使、縱然、就算
介 詞	(1) 用在名詞、代詞或詞組之前，把它介紹給動詞、形容詞 (2) 表示處所、對象、時間等的詞	(1) 表示處所、方向 (2) 表示對象、關聯 (3) 表示時間 (4) 表示被動 (5) 表示比較 (6) 表示排除 (7) 表示方式、手段 (8) 表示目的、原因	在、往 把、對、關於 自、從、當、到 被、讓 比、同、跟 除了 按、依照、憑 因、由於、為了
助 詞	(1) 附在詞、詞組或句子後面，表示某些附加意義的詞 (2) 常見的助詞有結構助詞和時態助詞	(1) 結構助詞（主要表示附加成分和中心語之間的結構關係） (2) 時態助詞（表示動詞、形容詞的時態變化）	的　例句：高高的大樓拔地而起。 得　例句：妹妹睡得真香。 地　例句：任務出色地完成了。 所　例句：這位演員早就為觀眾所熟悉。 似的　例句：棉花白得像雪似的。 着、了　例句：他吃過了飯，抽着煙，出外散步去了。 過　例句：這兒前幾天冷過一陣子。
語 氣 詞	附在句尾、表示說話語氣的詞	(1) 表示確實如此	的　例句：老師的話，我們是不會忘記的。

詞　類	定　義	用　法	例　字
語氣詞		(2) 表示出現新情況 (3) 表示不容置疑 (4) 表示半信半疑 (5) 表示可疑 (6) 增加感情色彩	了　　例句：老殘隨手摘了幾個蓮蓬，一面吃着，一面船已到鵲華橋畔了。 呢　　例句：我沒甚麼，你才辛苦呢。 吧　　例句：這個建議不錯，但實行起來恐怕不容易吧！ 嗎、麼 例句：我們不是約定好了嗎？ 啊、呀 例句："鳥的天堂"的確是鳥的天堂啊！
象聲詞	摹擬聲音的詞	形容聲音	叮噹、嘩啦、乒乓
歎詞	表示感歎或呼喚、應答的詞	(1) 表示感歎 (2) 表示呼喚、應答	唉、呀、喲、哎呀、嗨 喂、唔、嗯
着色詞	在語詞中表現顏色的字眼，稱為着色詞。	點染景物的外在特點，增加色彩美	一路秋山紅葉，老圃黃花。
褒義詞	指肯定的、讚許的、好的方面的詞語	表示讚許、肯定	高潔、光榮
貶義詞	指否定的、貶斥的、壞的方面的詞語	表示否定、不支持	醜惡、吝嗇
中性詞	指既不表示褒義，也不表示貶義的詞語	不表示褒、貶義	快車、慢車
同義詞	指意義相同或相近的詞語	(1) 表示意義相同 (2) 表示意義相近	誕辰—生日 | 父親—爸爸 天氣—氣候 | 勇敢—英勇
反義詞	指意義相反或相對的詞語	表示意義相反	好—壞 | 善—惡 | 聰明—愚蠢 | 高大—矮小
反語	是用正話反説，或反話正説的一種表現形式。	表示相反意思	我那時真是聰明過分，總覺他説話太不漂亮，非自己插嘴不可。（其實作者欲表達自己那時的愚笨，但又自以為是的性格。）

附錄八
現代漢語句子類型表

詞　類	定　　　義	例　　　子
陳 述 句	説明一件事情	秋天來了。
疑 問 句	提出問題或反問	你明白嗎？｜難道你不明白？
祈 使 句	發出命令或請求、勸告	別上當！｜上課時不准進食。
感 嘆 句	表示強烈的感情	多美的景色！｜太不像話了！
把 字 句	用 "把" 字把賓語提到動詞前面，表示處置	把門關上。　比較　關上門。
被 字 句	用 "被" 字把賓語提到動詞前面，表示被動	他 被蛇咬了。｜比較　蛇 咬了他。

附錄九
現代漢語句子成分表

詞　類	定　　　義	例　　　子
主 語	謂語陳述的對象，指出主語是誰或者是甚麼	他是老師。｜太陽升起來了。
謂 語	陳述主語，説明主語怎麼樣或者是甚麼	天氣很冷。｜這是紫荊花。
賓 語	在動詞後面，表示跟動作有關的人或事物	穿衣服｜探望朋友
定 語	在名詞前面，表示數量、性質、歸屬	紅花｜我的書｜許多商品
狀 語	在動詞、形容詞前面表示程度、範圍、時間、方式等	非常好｜都參加｜昨天來的
補 語	在形容詞和動詞後面，表示結果、數量、程度等	做得好｜書看完了。

附錄十
親屬關係表

表一：建華的家庭（男方稱呼）

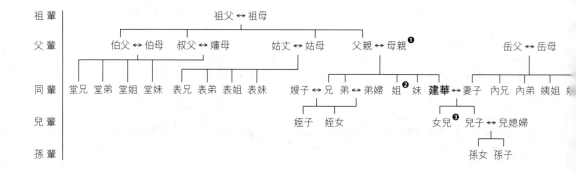

表二：淑芬的家庭（女方稱呼）

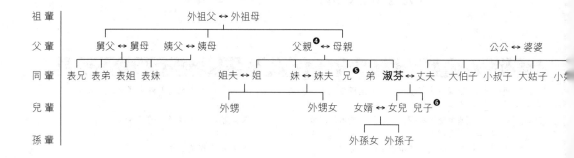

※（↔）代表夫妻關係

❶ 建華母親的父母及兄弟姐妹之稱呼，同表二。

❷ 建華姐妹的丈夫及孩子之稱呼，同表二。

❸ 建華女兒的丈夫及孩子之稱呼，同表二。

❹ 淑芬父親的父母及兄弟姐妹之稱呼，同表一。

❺ 淑芬兄弟的妻子及孩子之稱呼，同表一。

❻ 淑芬兒子的妻子及孩子之稱呼，同表一。

附錄十一
二十四節氣表

四　季	農曆月序	節氣名稱	含　　義	公曆常見日期
春	正　月	立　春	春季開始	2月4、5日
		雨　水	降雨開始	2月18、19日
	二　月	驚　蟄	冬眠動物復蘇	3月5、6日
		春　分	春季的中間，晝夜平分	3月20、21日
	三　月	清　明	天氣清和明朗	4月4、5日
		穀　雨	雨量增多，對穀物生長有利	4月20、21日
夏	四　月	立　夏	夏季開始	5月5、6日
		小　滿	夏熟作物子粒逐漸飽滿	5月21、22日
	五　月	芒　種	耕作忙，麥類等有芒作物成熟	6月5、6日
		夏　至	夏天到了，日長夜短	6月21、22日
	六　月	小　暑	天氣開始炎熱	7月7、8日
		大　暑	一年中最炎熱的時節	7月22、23日
秋	七　月	立　秋	秋季開始	8月7、8日
		處　暑	炎熱即將過去	8月23、24日
	八　月	白　露	天氣漸涼，出現露水	9月7、8日
		秋　分	秋季的中間，晝夜平分	9月23、24日
	九　月	寒　露	氣溫下降，露水很涼	10月8、9日
		霜　降	開始降霜	10月23、24日
冬	十　月	立　冬	冬季開始	11月7、8日
		小　雪	開始降雪	11月22、23日
	十一月	大　雪	降雪較大	12月7、8日
		冬　至	寒冬到來，晝短夜長	12月21、22日
	十二月	小　寒	天氣開始寒冷	1月5、6日
		大　寒	一年中最寒冷的時節	1月20、21日

附錄十二
中國歷史朝代公元對照表

朝代／時代			年　代
夏			約前 21 世紀 — 約前 16 世紀
商			約前 16 世紀 — 約前 1066
周	西周		約前 1066 — 前 771
	東周		前 770 — 前 256
	春秋時代 ❶		前 770 — 前 476
	戰國時代 ❶		前 475 — 前 221
秦			前 221 — 前 206
漢	西漢 ❷		前 206 — 公元 23
	東漢		25 — 220
三 國	魏		220 — 265
	蜀		221 — 263
	吳		222 — 280
西晉			265 — 316
東　晉 十六國	東晉		317 — 420
	十六國 ❸		304 — 439
南北朝	南朝	宋	420 — 479
		齊	479 — 502
		梁	502 — 557
		陳	557 — 589
	北朝	北魏	386 — 534
		東魏	534 — 550

朝代／時代			年　代
南北朝	北朝	北齊	550 — 577
		西魏	535 — 557
		北周	557 — 581
隋			581 — 618
唐			618 — 907
五代 十國		後梁	907 — 923
		後唐	923 — 936
		後晉	936 — 946
		後漢	947 — 950
		後周	951 — 960
		十國 ❹	902 — 979
宋		北宋	960 — 1127
		南宋	1127 — 1279
遼			907 — 1125
西夏			1032 — 1227
金			1115 — 1234
元			1279 — 1368
明			1368 — 1644
清			1644 — 1911
中華民國			1912 — 1949

中華人民共和國 1949 年 10 月 1 日成立

附注： ❶ 這時期，主要有秦、魏、韓、趙、楚、燕、齊等國。

❷ 包括王莽建立的"新"王朝（公元 9 年 —23 年）。王莽時期，爆發大規模的農民起義，建立了農民政權。公元 23 年，新莽王朝滅亡。公元 25 年，東漢王朝建立。

❸ 這時期，在中國北方，先後存在過一些封建政權，其中有：漢（前趙）、成（成漢）、前涼、後趙（魏）、前燕、前秦、後燕、後秦、西秦、後涼、南涼、北涼、南燕、西涼、北燕、夏等國，歷史上叫做"十六國"。

❹ 這時期，除後梁、後唐、後晉、後漢、後周外，還先後存在過一些封建政權，其中有：吳、前蜀、吳越、楚、閩、南漢、荊南（南平）、後蜀、南唐、北漢等國，歷史上叫做"十國"。

廣州話 普通話 詞匯對照表

蔬　果

廣州話	普通話
粟米	玉米 yù mǐ
紅蘿蔔	胡蘿蔔 hú luó ·bo
薯仔	馬鈴薯 mǎ líng shǔ
荷蘭豆	豌豆 wān dòu
黃芽白	大白菜 dà bái cài
椰菜	洋白菜 yáng bái cài
矮瓜	茄子 qié ·zi
大蕉	芭蕉 bā jiāo
生果	水果 shuǐ guǒ
馬蹄	荸薺 bí ·qi
啤梨	澳洲梨 Ào zhōu lí
士多啤梨	草莓 cǎo méi
提子	葡萄 pú ·tao
車厘子	櫻桃 yīng ·tao
布冧	李子 lǐ ·zi

動　物

廣州話	普通話
雀仔	小鳥 xiǎo niǎo
麻鷹	老鷹 lǎo yīng
烏蠅	蒼蠅 cāng ·ying
了哥	八哥 bā ·ge
草猛	蚱蜢 zhàměng
百足	蜈蚣 wú ·gong
甴曱	蟑螂 zhāng láng
鹽蛇	壁虎 bì hǔ
馬騮	猴子 hóu ·zi
大笨象	大象 dà xiàng
雞公	公雞 gōng jī
雞乸	母雞 mǔ jī
雞仔	小雞 xiǎo jī

服 飾

廣州話	普通話
恤衫	襯衫 chèn shān
底衫	內衣 nèi yī
波衫	球衣 qiú yī
領呔	領帶 lǐng dài
手襪	手套 shǒu tào
高踭鞋	高跟兒鞋 gāo gēnr xié
棉衲	棉襖 mián ǎo
雨褸	雨衣 yǔ yī
頸巾	圍巾 wéi jīn
冷衫	毛衣 máo yī

飲 食

廣州話	普通話
飲筒	吸管 xī guǎn
為食	饞嘴 chán zuǐ
食晏	吃午飯 chī wǔ fàn
雪條	冰棍 bīng gùn
雪糕	冰淇淋 bīng qí lín
牛油	黃油 huáng yóu
波板糖	棒棒糖 bàng bàng táng
啫喱	果子凍 guǒ ·zi dòng
三文治	三明治 sān míng zhì
公仔麵	方便麵 fāng biàn miàn
香口膠	口香糖 kǒu xiāng táng
雞翼	雞翅膀 jī chì bǎng
雞脾	雞腿 jī tuǐ
忌廉	奶油 nǎi yóu

起 居

廣州話	普通話
瞓覺	睡覺 shuì jiào
瞓晏覺	睡午覺 shuì wǔ jiào
爛瞓	貪睡 tān shuì
除褲	脫褲子 tuō kù ·zi
着衫	穿衣服 chuān yī ·fu
起身	起牀 qǐ chuáng
擦牙	刷牙 shuā yá
洗面	洗臉 xǐ liǎn
沖涼	洗澡 xǐ zǎo

品　性

廣州話	普通話
醒目	機靈 jī líng
生性	爭氣 zhēng qì
穩陣	牢靠 láo kào
百厭	淘氣 táo qì
鬼馬	滑頭 huá tóu
孤寒	吝嗇 lìn sè
標青	拔尖 bá jiān
詐諦	裝蒜 zhuāng suàn
淹尖	挑剔 tiāo tì
高寶	架子大 jià ·zi dà
八卦	饒舌 ráo shé
硬頸	固執 gù zhí
烏龍	糊塗 hú ·tu
失魂	冒失 mào shī
諸事	好事 hào shì

身　體

廣州話	普通話
眼眉	眉毛 méi mao
鬥雞眼	鬥眼 dòu yǎn
鼻哥	鼻子 bí ·zi
口水	唾液 tuò yè
口唇	嘴唇 zuǐ chún
手指公	大拇指 dà mǔ zhǐ
手指尾	小拇指 xiǎo mǔ zhǐ
手踭	肘關節 zhǒu guān jié
手瓜	胳膊 gē ·bo
肚腩	小肚子 xiǎo dù ·zi
膝頭哥	膝蓋 xī gài
腳眼	踝子骨 huái ·zi gǔ
後尾枕	後腦勺兒 hòu nǎo sháor

娛　樂

廣州話	普通話		廣州話	普通話
影相	照相 zhào xiàng		睇戲	看電影 kàn diàn yǐng
曬相	洗相片 xǐ xiàng piàn		卡通片	動畫片 dòng huà piàn
相底	底片 dǐ piàn		結他	吉他 jí tā
相機	照相機 zhào xiàng jī		聽歌	聽音樂 tīng yīn yuè
			雪屐	旱冰鞋 hàn bīng xié
			跐雪屐	滑旱冰 huá hàn bīng
			溜冰	滑冰 huá bīng
			跐單車	騎自行車 qí zì xíng chē

廣州話	普通話		廣州話	普通話
菲林	膠捲 jiāo juǎn			
打波	打球 dǎ qiú			
踢波	踢足球 tī zú qiú			
行街	逛街 guàng jiē			
打麻雀	打麻將 dǎ má jiàng			
耍太極	打太極拳 dǎ tài jí quán		電單車	摩托車 mó tuō chē
打啤牌	打撲克 dǎ pū kè		公仔	洋娃娃 yáng wá ·wa
游水	游泳 yóu yǒng		公仔書	小人兒書 xiǎo rénr shū
水泡	救生圈 jiù shēng quān		行山	登高 dēng gāo
遊車河	坐車玩 zuò chē wán		捉棋	下棋 xià qí
遊船河	坐船玩 zuò chuán wán		伏匿匿	藏貓兒 cáng māor
講笑	開玩笑 kāi wán xiào		捉伊人	捉迷藏 zhuō mí cáng
講古仔	講故事 jiǎng gù ·shi		放紙鷂	放風箏 fàng fēng ·zheng